Otto Zierer · Doktor Li

Otto Zierer

Doktor Li

Roman

VERLAG DAS BERGLAND-BUCH SALZBURG

Schutzumschlaggestaltung: Hans K. Stöckl

ISBN 3-7023-0132-1

Gedruckt und gebunden bei R. Kiesel zu Salzburg

INHALT

Ost zu Ost und West zu West ...
Es führt keine Brücke hinüber!

Rudyard Kipling

Er ist zu uns gekommen, uns Barmherzigkeit und Liebe zu lehren, und wir haben ihn als Gast aufgenommen.
Er ist wahrhaft einer von uns geworden, und in ihm haben wir dem Westen die Hand gereicht!

Kaiser Shen-tsung im Nachruf auf Dr. Li

Die Zeit, in die Pater Matteo Ricci – später Dr. Li genannt – hineingeboren wird, ist eine der Gipfelepochen europäischer Geschichte: er ist ein Zeitgenosse des Galilei, Cervantes und Shakespeare. In dem Jahrhundert zwischen dem Geburtsjahr Leonardo da Vincis (1452) und dem Matteo Riccis (1552) treten die vier Evangelisten der Neuzeit auf: Gutenberg mit der Erfindung der Buchdruckerkunst, Kolumbus, der Entdecker der Neuen Welt, Martin Luther als Reformator und Künder der Gewissensfreiheit und Kopernikus, der Verfechter des heliozentrischen Sonnensystems.

Der Humanismus bringt unter Wiederbelebung antiker Kulturgüter eine Unzahl großer Gelehrter, Entdecker, Forscher und Literaten hervor; die Renaissance schafft einen neuen Kunststil und blüht in Malerei, Architektur und Bildhauerkunst mit Namen wie Botticelli, Leonardo, Michelangelo, Sluyter, Dürer, Palladio, Holbein und Tizian, mit El Greco, Raffael und Altdorfer.

Der Schritt über die Schwelle des neuen Zeitalters ist aber auch erschüttert von den weltweiten Kämpfen zwischen den Mächten. Die Länder der alten Zeit: das Deutsche Reich und Italien, die einst die Geschichte zwischen den Rand- und Binnenmeeren Europas bestimmten, sinken zurück, und die atlantischen Mächte: England, Niederlande, Frankreich und Spanien-Portugal, eröffnen den größeren Bereich am Ozean, der zum Mittelmeer der neueren Geschichte wird. Europa bricht auf nach Amerika, Afrika, Indien und Ostasien.

Diese Weltauseinandersetzung verbirgt sich – dem Geist der Zeit entsprechend – nicht hinter der Kulisse politischer, sondern religiöser Konflikte. Das Abendland flammt auf unter der Gegnerschaft von Reformation und Gegenreformation. Die in vielerlei Konfessionen und Sekten zerfallende Kirche ringt um die Erhaltung der christlichen Einheit. Ignatius von Loyola, der Gründer des Jesuitenordens (1534), trägt die Banner der alten Kirche auf die Kampfplätze Europas, aber auch der größer gewordenen Welt. Die große Missionszeit des zu neuer Kraft erstarkten Christentums hebt an.

Pater Matteo Ricci ist eine der Schlüsselfiguren in diesem Weltkrieg der Geister. Er tritt in einer Zeit auf, von der Robert Young mit Recht sagt, daß es Städte gab, die in e i n e r Generation mehr Weltgenies, Entdecker, Gelehrte, Erfinder und Künstler hervorbrachten, als die Kulturgeschichte mancher großer Länder insgesamt aufzuweisen hat, und in der Hunderte von Alleskönnern und großen Männern nur darum nicht zu Weltruhm gelangten, weil sie das Pech hatten, Zeitgenossen so vieler, noch Größerer zu sein.

Auch Pater Matteo Ricci ist einer von diesen zu Unrecht Vergessenen: ein Genie, ein Polyhístor und großer Beweger seines Jahrhunderts.

Über ihn gibt es kaum Literatur.

Wenn sein Leben, Wirken und Abenteuer in Romanform erzählt wird, so stützt sich der Autor nur auf die teilweise vorhandenen Tagebücher Matteo Riccis, auf die verhältnismäßig kurzen Erwähnungen in der Geschichte des Jesuitenordens von Fülöp-Miller, auf einige chinesische Würdigungen und die wenigen Broschüren, die sein Orden – die Jesuiten – über ihn verfaßt hat.

Trotz dieser Dürftigkeit der Quellen und Sekundärliteratur ist es möglich, sowohl den Gang der Ereignisse wie die wichtigsten Personen des großen Dramas einigermaßen faktengetreu darzustellen. Der große Zug der Geschichte ist demnach historisch wahr.

Das China der bereits ihrem Untergang entgegentreibenden Ming-Dynastie ist eine völlig überschaubare Bühne, und auch hier entsprechen die historischen Ereignisse den Tatsachen.

Wenn am Ende der großartige Versuch des Matteo Ricci, China für das Christentum zu gewinnen, zu scheitern scheint, so ist dies eben doch nur eine Teilwahrheit. In seinem Kielwasser waren die Händler, die Geschäftsgeier und Machtlüsternen nach China gelangt, das eben anfing, auf den Anruf Europas zu hören.

In diesem „anderen Europa" der Kolonialisten und Imperialisten mußte das Reich der Mitte die Gefahr und Verderbnis seiner Zukunft erkennen. Das Europa der Geschäftsleute, Piraten und Ausbeuter erschien den Chinesen wie eine Kehrseite des Christentums. Darum endete die große Tat des Matteo Ricci bald nach seinem Tode mit dem erneuten Zuschlagen der Türe und mit Fremdenhaß.

Eines jedoch gelang Pater Matteo Ricci jedenfalls: Die durch ihn erreichte Öffnung Chinas für den christlichen und europäischen Geist bewirkte eine Erweiterung des Weltgefühls und der Weltdurchdringung sowohl für China wie für Europa. Die Aussaat christlicher Glaubens- und Daseinsform ging nie mehr völlig unter und wuchs in die Zukunft. Unter den Mandschus und sogar im modernen China wirkten die Ideen des Christentums und Europas fort, so wie Chinas Kultur seither befruchtend auf das Abendland ausstrahlte.

Er war der Mann, der in die Mauer zwischen zwei großen Kulturkreisen zuerst eine Pforte brach.

Es erscheint wert, sein Gedächtnis der Vergessenheit zu entreißen.

Monte Molar 1979 *Otto Zierer*

1. Buch

YIN — Das Dunkle der Welt

Die Alten wußten, daß der Mensch nur für eine kurze Weile ins Leben kommt, sie wußten, daß er nach einer kurzen Weile durch den Tod dahingeht.
Daher folgten sie ganz natürlich allen Regungen ihrer Herzen, ohne sich ihnen zu widersetzen durch Religion oder Moral. Genüsse, die sich ihnen boten, flohen sie nicht ...

(bei YANG-CHU, einem Philosophen des 3. Jh. vor Chr.)

1

Die Brust des Ozeans hob und senkte sich im Atemzuge einer schweren und gleichmäßig von Ost heranlaufenden Dünung.

Pater Matteo Ricci SJ, der auf der Höhe der Kampanje, nahe dem dritten und kleinsten Mast und dicht bei Fernando Gomez, dem Steuermann, auf dem offenen Deck stand, hatte geglaubt, das Meer müsse in dieser Gegend, durch die man nun schon tagelang auf Nordkurs lief, eine gelbliche Farbe annehmen. Es war ja bereits Chinas Meer. Und China hieß auch das „Land der gelben Erde", sein Ozean trug daher den Namen das „Gelbe Meer".

Aber Senhor Gaspar Viegas, der weltbereiste Emporion und Besitzer der „Sao Luiz", hatte ihn aufgeklärt: Das „Gelbe Meer" lag noch tausend oder mehr Leguas weiter im Norden. Man durchpflügte das „Südmeer", nicht die „Gelbe See". Die Maßstäbe auf diesem fremden Ozean waren allesamt größer, die Entfernungen ungeheuerlich, die Zeit ohne Grenze. Das Meer war tintenblau, abgründig und weit.

Eine sengende Sonne strahlte weißgolden von einem endlosen Firmament. Selbst hier auf dem höchsten Deck des Kajütenaufbaues, wo stets der Wind wehte und sich mit den aus den prallgefüllten Segeln herabfallenden Luftströmen mengte, spürte man die lastende Hitze eines Julitages unter nur 16 Grad Nord über dem Äquator.

Pater Ricci kehrte zu dem kleinen, an den Bodenplanken festgeschraubten Tischchen zurück, auf dem seine Karten ausgebreitet waren. Alle an Bord wußten es, daß der gelehrte Pater jede freie Minute dazu nutzte, Gradmessungen vorzunehmen, die alten Landmarkenkarten zu korrigieren und neue, verbesserte Konturen der Kontinente zu zeichnen. Er war ein Narr der Geographie.

Das Schiff stampfte seit Goa durch die wenig bekannten und ungewissen Meere fremder Inseln, kaum entdeckter Länder und sehr ferner Erdteile. Die Seereise nach China war ein Abenteuer. Pater Ricci fing dieses Abenteuer in seinen Gradnetzen und Landkarten ein.

Die „Sao Luiz" – eine schwerbäuchige, mit drei Masten bestückte Galeone – stieg und fiel auf der öligen Dünung, gegen die sie mit Gischt vor dem kühn gewölbten Bug anlief, sie schwojte manchmal, hielt aber tapfer den Kurs. Die beiden mit den mächtigen Taunetzen überspannten Hauptmaste hatten ihre jeweils drei Rahsegel ausgerollt. Diese wölbten sich gelblichweiß unter dem Druck des Windes: das vorderste Segel trug das aufgemalte Bild des Kreuzes, das mittlere, am höchsten Mast, das des Erlösers: das „Heilige Licht", nach welchem das Schiff benannt war. Obschon die „Sao Luiz" inmitten dieser ungeheueren See nur eine Nußschale war, ein Punkt in der tiefblauen, aufgewühlten Wasserwildnis, war sie doch ein ziemlich sicherer und verläßlicher Standort für einen Mann, der dem Ozean und seinen Gefahren trotzen wollte.

Das nach Karavelleart mit glatten, sich in Feder und Nut ineinanderschiebenden Planken gebaute, nach der Wasserlinie sich ausbuchtende Schiff war fast unsinkbar, wenn es tief genug beladen war. Im Notfall eines Orkans konnte man immer noch die zwei Hauptmasten kappen, indem man die Spanntaue und Strickleitern an der Reling durchhieb und Masten samt Segel und Rahen über Bord schickte.

Trotz der hohen Aufbauten an Heck und Bug würde die „Sao Luiz" durch keine noch so hohe Woge zum Kentern zu bringen sein, und ihr Rumpf aus spannendicken Eichenbohlen war auch durch einen tonnenschweren Anprall der Wogen nicht aufzuschlagen.

Die „Sao Luiz" war sicher, soweit es überhaupt Sicherheit auf See oder im Dasein gab. Aber Pater Ricci war nun mal kein Seefahrer. Er fühlte sich immer beengt und wie ein deportierter Gefangener, sobald er die Planken eines Schiffes betrat. Er hatte recht wohl ein Empfinden für die Großartigkeit des Meeres, für die ungeheure Weite, die wie das Atmen der Weltenbrust war, und sogar für die elementare Kraft des stürmisch und wütend sich erhebenden Wassers, wenn der Orkan es peitschte.

Dennoch verließ ihn nie das Gefühl des Ausgeliefertseins an diese Konstruktion aus Balken, Segeltuch, Hanfseilen, Werg und Teer.

Er verabscheute dieses ewig Schwankende des sich hebenden und senkenden Schiffsbodens, die Enge der Kajüten, das endlose Sausen des Windes in der Harfe der Takelage, das brackige Trinkwasser, das von Maden zerfressene Schiffsbrot, das Pfeifen der Ratten hinter den Bohlen des Laderaums und das allzu dichte Aufeinandersitzen der Menschen. Er liebte weder die Seefahrt, noch sehnte er sich nach der Ferne, die man durch Seefahrt erreichen würde.

Was er liebte oder vielmehr geliebt hatte, war die italienische Heimaterde, das feste Ausschreiten im Tal der Potenza, der seidige Himmel über den Stauferbergen und das leise Wehen in den silbrigen Ölhainen und über den ausgedörrten Schafweiden der Marken bei Macerata.

Aber diese Liebe lag lang schon begraben in seiner Vergangenheit.

Jetzt stand er auf schwankendem Deck, fuhr übers Meer, ging in eine unbekannte Fremde. Die „Sao Luiz“ ritt wacker und unaufhörlich von Wellenberg zu Wellenberg weiter ins offene Meer hinaus. Sie nahm Kurs Nordost, und langsam versank der blaue Küstenstreif über Backbord.

Senhor Viegas sagte, vermutlich sei im offenen Ozean draußen, weit bei den Philippinen, ein Orkan gewesen, der nun diese auslaufende Dünung bis zur Ton-king-Küste herüberschickte.

Das Schiff schwojte und stampfte, aber es drohte ihm keinerlei Gefahr. Pater Matteo Ricci stützte sich mit beiden Händen auf die hohe Schanzverkleidung der Kampanje, um seinen Stand zu halten; denn manchmal bockte die „Sao Luiz“ ein wenig auf, wenn sie einen Wogenkamm durchschnitt.

Der Pater blickte hinaus zum nordöstlichen Horizont, in dem flirrender Sonnenglast, Bläue des Meeres und Dunstschichten die Grenze zwischen Himmel und Meer verwischten.

Zur linken Hand war dem Kurs des Schiffes lange der dunkle Strich einer Küste – eines offenbar sehr großen und leicht gebirgigen Landes – gefolgt. Senhor Viegas hatte gesagt, das sei die Pirateninsel Hai-nan – etwa so groß wie Portugal. Hai-nan lag vor dem Ton-king-Golf, und erst dahinter folgte das Festland Asiens: unüberschaubar, unentdeckt, riesig wie ein fremder Stern. Der Pater hatte den geographischen Ort der Insel vermessen und ihre Umrisse in seine Karte eingetragen.

Die portugiesischen Seefahrer nannten dieses Meer, das zwischen Hai-nan, den Atollen und Riffen der Paracel-Inseln und dem gewaltigen Inselschwarm der Philippinen im Osten lag, auch die Piratensee.

Wenn man dem Piloten und Steuermann Fernando Gomez trauen durfte, dann kreuzten hier unter den zerpflügten Küsten der Inseln noch mehr malayische, chinesische und ton-kinesische Freibeuter als droben im Norden, wo die Südchinasee anfing, ins Gelbe Meer überzugehen. Durch die Hai-nan-Straße und im Windschatten der Philippinen, auf der Palawanpassage, segelten alle Handelsfahrer, die von der Sundasee herauf, um das Malayische Kap herum von Ceylon und Indien kamen, und ebenso die Schiffe, die zu den Sundainseln, nach Borneo, Celebes oder gar nach dem Javanischen Paradies ausgelaufen waren und nun in ihre chinesischen Häfen heimkehrten. Diese waren allesamt reich beladen mit Gewürzen, Edelhölzern, Elfenbein, Gold, Zinn, Kupfer, Perlen oder auch nur mit Reis, ganz zu schweigen von den europäischen Schiffen, in deren dicken Rümpfen sich die begehrten Waren des Westens stapelten: Wollstoffe, indische Färbemittel, Stahlwaren, Gewehre, Spiegel, Gläser, Heilmittel und Kamelhaarballen.

Aber ein europäisches Schiff brauchte sich wenig Sorgen zu machen. Es war nur in Küstennähe und in Ankerbuchten gefährdet.

Auf offener See und bei einiger Vorsicht war es sogar bei Nacht sicher vor Überfällen. Auch die „Sao Luiz“ trug ja, gespickt wie ein Igel mit Stacheln, ihre Kanonen hinter den Schießluken, die Feldschlangen und Mauerbüchsen an der Reling. Sogar auf der Heckseite, zu beiden Seiten des scheunentorgroßen Ruders, starrten Kanonenrohre aus dem Rumpf. Zudem waren etwa 70 bis an die Zähne bewaffnete, mit Musketen ausgerüstete Soldaten und Matrosen an Bord.

Da würden sich malayische, chinesische oder andere Piraten wohl hüten, auf Kollisionskurs zu gehen. Sogar die kriegerischen Huks von den Philippineninseln der Suluse verschwanden in ihren zahllosen Schlupfwinkeln, wenn eine portugiesische oder spanische Galeone aufkreuzte. Senhor Viegas hatte versichert, daß es nur zwei Sorten von Seeräubern gäbe, die der „Sao Luiz“ gefährlich werden könnten: das eine waren spanische „Karracken“ – große, bis zu 400 Tonnen schwere, vierdeckige Kriegsschiffe mit bis zu 40 Geschützen – und das andere die Galeonen der Holländer, von denen ein gewisser Huitzinga am gefährlichsten war.

Und selbst diese Drohungen waren im Augenblick harmlos.

Seit zwei Jahren hatte Portugal aufgehört, ein eigener Staat zu sein. König Philipp II. hatte drüben in Europa reinen Tisch gemacht und das stolze Portugal okkupiert, so daß die Portugiesen fortan ebenfalls spanische Untertanen waren und nicht mehr deren Konkurrenten und verhaßte Rivalen. Freilich – so fügte Senhor Viegas etwas skeptisch hinzu –: was im fernen Europa galt, mochte noch lange keine Bedeutung im einsamen Ozean haben. Die Spanier waren und blieben die feindlichen Brüder, und sollte eine Karracke auftauchen, würde Senhor Viegas alle Segel setzen und „klar Schiff zum Gefecht“ befehlen.

Besser stand es mit diesem legendären Huitzinga.

Das war ein holländischer Pirat, ein mächtiger und rücksichtsloser Mann, der sich mit einer Schar seiner Flamen auf der Insel Formosa – oder Tai-wan, wie die Chinesen sagen – festgesetzt hatte. Huitzinga war auf allerlei Umwegen den Wirren seiner Heimat, wo die spanische Kolonialmacht gegen das Volk kämpfte, entflohen. Er war ein „Wassergeuse“ gewesen und heute ein Großhändler, Pirat und Allerweltskerl, der seinen Profit nahm, wo er ihn bekommen konnte. Seine stark bewaffnete Flotte zählte an die zehn Galeonen und Karavellen.

Aber sein Markt und sein Jagdgebiet lagen gute sechshundert Seemeilen nördlich, zwischen Formosa, den Philippinen und Macao.

Ihn brauchte man jedoch nicht zu fürchten, Senhor Viegas kannte Huitzinga seit langer Zeit und stand mit ihm in guter Geschäftsbeziehung. Was also blieb, das gefährlich werden konnte?!

Einzig das Meer und seine Riffe, Untiefen und Stürme. Aber auch dies war ein Nichts. Die „Sao Luiz“ lief unter dem Kommando des Piloten Fernando Gomez, der da breitbeinig, schwarzbärtig und riesengroß die eisernen Pranken um das Steuerruder geklammert hielt und mit Gelassenheit den Kurs hielt, den er schon ein dutzendmal gefahren war.

Sie hatten den Seeweg von Goa, südwärts an den Riffen und Inselbarrieren der Lakkadiven und Malediven vorbei durch die schwierige Ceylonstraße über den Bengalischen Golf genommen, die von Riffen gespickten Nikobaren durchlaufen und die wegen ihrer Strömungen und Wirbelwinde gefürchtete Malakkastraße glücklich gequert und waren, ohne größere Schrecken erlebt zu haben, in das Südchinesische Meer eingefahren. Dank der neuen Navigations-Instrumente hatte Fernando Gomez den Kurs weitab von der Küstenlinie auf Hai-nan gesetzt und würde mit Gottes weiterer Hilfe alsbald Macao anvisieren, das nur noch sechs oder sieben Tagereisen entfernt war.

Fernando Gomez war schließlich der Enkel jenes Antonio Gomez, der vor einem Menschenalter mit der „Victoria" des Magellan als einer der ersten Menschen den Erdball von West nach Ost umrundet hatte. Antonio Gomez war der Schiffsmeister Magellans gewesen; Fernando, sein Enkel, hatte das Patent als Steuermann erworben und galt als der beste Schiffsführer und Pilot, den Senhor Viegas auf seiner Flotte je gehabt hatte.

Die „Sao Luiz" würde sicher und ungeschoren Macao erreichen.

Umsonst war das Bedauern der Mitbrüder in Goa gewesen, gegenstandslos die Sorge der portugiesischen Kolonie, als bekanntgeworden war, daß der hochwürdigste Pater Alexander de Valignano, der Visitator der fernöstlichen Jesuitenmission, den eben zum Priester geweihten und bei allem Volke ungemein beliebten Pater Matteo Ricci dazu bestimmt hatte, ins beinah auf dem Monde gelegene Macao zu gehen, und als sich der feinnervige und eigentlich zarte Pater Ricci rüstete, diese Reise ins Abenteuer mit der „Sao Luiz" anzutreten.

Man beschwor die Gefahren des Meeres, sprach von Piraten, von spanischen Intrigen, von Orkanen, Seeungeheuern und Mahlströmen; die alte Legende vom Magnetberg und die ebenso alte vom Lebermeer tauchte wieder auf. Die frommen Kirchengängerinnen in Goa beteten lange Rosenkränze für den armen Pater, und als die „Sao Luiz" von Goa loswarf, standen Hunderte weinende und klagende Christenmenschen – weiße und braune – auf dem Kai und sandten ihm Segenswünsche nach.

Aber Pater Matteo Ricci fuhr ja auf der „Sao Luiz", Fernando

Gomez war sein Steuermann, der mächtige Kaufherr Gaspar Viegas sein Freund und zwanzig Kanonen sein Schutz.

Doch all dies bedeutete wenig, denn Pater Matteo Ricci fuhr an der Hand seines Gottes über das Meer, der Mantel des Ewigen schlang sich schützend um seine Seele.

Kurz vor seiner Abreise aus Goa hatte er einen Brief an Pater Maselli, den seinerzeitigen Rektor des römischen Kollegs, wo er studiert hatte, geschrieben.

„Gott, der mich hat so weit fliegen lassen in seiner Welt, der mich aus dem mütterlichen Neste Europas herauszog, wird mir auch die Flügel geben, damit ich nicht in den Abgrund stürze, und er wird mich immer führen, wenn es sein Wille ist!"

Gottes Anruf war sein Kompaß, die Vorsehung sein Pilot und das Bewußtsein einer Sendung, die erfüllt werden mußte, das Schiff, das Matteo Ricci über die Ozeane und ihre Gefahren tragen würde. Er fuhr in Gottes Hut.

Die Dünung schien flacher zu werden, die schaumgekrönten Kräuselwellen auf den Wasserbergen glichen jetzt einer weithin versprengten Herde, die sich im Blau der See verlor, und der Südostwind, unter dem die „Sao Luiz" dahinschäumte, verlor sichtlich an Kraft. Schon klatschten die bisher prallgefüllten Segel gelegentlich an die Rahen und Masten, als wären sie müde geworden. Fernando Gomez, der Steuermann, schrie eine Reihe Befehle und jagte die Matrosen ins Takelwerk. Die Männer – ein Gemisch aus Europäern, Malayen und Indern, die allesamt wie Seeräuber aussahen – enterten wie Katzen in die Taue. Rufe in einem Seemannskauderwelsch aus Portugiesisch, Malayisch und Tamilisch zerflatterten im Wind. Die halbnackten, braunen und beinah schwarzen oder gelblichen Körper bewegten sich mit der lautlosen Gewandtheit von Affen im Dschungel. Die bunten Kopftücher hoben sich vom Segeltuch und vom beinahe weißen Himmel ab.

Die Sonne stand fast senkrecht über dem Schiff.

Jetzt hatten die ersten Matrosen die stark armierten Krähennester der Hauptmasten erreicht, zwängten sich durch die Einstiegsluken und erschienen alsbald jenseits davon auf den emporsteigenden Strickleitern der Toppmasten. Schon stiegen die Geschicktesten in die bogenförmig herabhängenden Sailinge der Topprahen und begannen die Haltetaue zu lösen. Langsam entrollten sich die höchsten Segel, die nun den Winddruck der „Sao Luiz“ verstärkten.

Pater Ricci hatte diesem immer wieder faszinierenden Manöver zugesehen, indem er, den Kopf weit in den Nacken gelegt, in die Höhe starrte. So wurde er beinahe erschreckt, als sich das lateinische Segel am kleinen Besanmast der Kampanje entrollte, unter dem er stand. Auch das Dreieckssegel am Bugspriet war unterdessen gesetzt worden. Die „Sao Luiz“ legte sich schwer auf den Bug nach vorne und wühlte sich tiefer in die blaue See. Man hörte, wie der Gischt aufschäumte. Spritzer flogen über die Galionsfigur bis zum Vorderkastell.

Die Fahrt des Schiffes nahm deutlich zu.

Pater Matteo Ricci schob seine Hand in die tiefen Taschen der schwarzen, bis zum Halse hochgeschlossenen Kutte, um seine Taschenuhr hervorzuholen. Es mußte nahe der Mittagsstunde sein.

Die Uhr, die er trug, war eine verbesserte Nachbildung des sogenannten „Nürnberger Eis“, das vor etwa zwei Menschenaltern von einem geschickten Deutschen erfunden worden war: ein Chronometer, den eine Stahlfeder, ein als „Unruh“ schwingendes Rädchen und allerhand Zahnräderwerk in Gang hielten und der somit unabhängig von Pendel, Sand oder Wasser das genau abgepaßte Vorrücken der Zeiger bewirkte. Diese Art Uhren waren vor allem für die Seefahrt ungeheuer bedeutsam geworden; denn sie gaben auch auf schwankendem Deck eines Schiffes die genaue Zeit an, wo ein Pendelchronometer längst in Verwirrung geraten wäre.

Ja – es war zwölf Uhr und Mittag. Pater Ricci hatte seine Taschenuhr so rechtzeitig gezückt, daß er es genau traf, wie das kunstreiche Instrument sein zartes Glockenspiel ertönen ließ. Befriedigt steckte der Pater die Uhr in die Tasche des Priesterrocks zurück.

Er trug dieses lange, vom Hals bis zu den Knöcheln reichende, von zahllosen schwarzüberzogenen Knöpfen geschlossene, ziemlich eng an seiner schlanken, ja beinahe mageren Figur anliegende Kleid trotz der brütenden Tropensonne. Fast alle Menschen an Bord – die Matrosen und Soldaten natürlich zuerst – liefen halbnackt umher, mit Kurzhosen, Lendenschurzen oder malayischen Sarongs um die Hüften. Alle lechzten nach Luft und Kühle. Man schützte in diesen Breiten nur den Kopf vor der Sonne: durch breitrandige Strohhüte, bunte Kopftücher oder chinesische Spitzhüte. Pater Matteo Ricci trug sein vierkantiges, schwarzes Birett. Aber dieses sowohl wie sein Priestergewand waren aus sehr dünnem chinesischen Seidensatin. Alle Jesuiten in Goa hatten sich diese leichten, von chinesischen Kauffahrern angebotenen Stoffe besorgt, nur im Zuschnitt ihrer Kleidung hatten sie sich an das übliche europäische Muster gehalten.

So waren – den Emporion Senhor Viegas und dessen erlauchte Familie ausgenommen – Pater Ricci und sein Begleiter, Pater Ruggieri, die einzigen an Bord der „Sao Luiz", die stets in vollständiger Gewandung einhergingen. Bei den Viegas gebot es die Achtung vor ihrer Stellung, daß sie die Beschwernis der Kleidung auf sich nahmen, bei den Patres war es eine Notwendigkeit ihrer Würde.

Selbst Fernando Gomez, der Pilot, stand nur in blauen Leinenhosen, Bastsandalen und mit rotem Kopftuch am Steuer. Sein dunkelbraun gebrannter Oberkörper glänzte von Schweiß, und sein grobflächiges Gesicht, das nur durch die kühn hervorstoßende Iberernase von der Farbe eines Tamilen oder Coromandelmannes zu unterscheiden war, wurde vom wilden Gestrüpp eines pechschwarzen Vollbartes umwuchert. Die ebenso wild wachsenden Haupthaare, die in Überfülle unter dem Kopftuch hervorkamen, hatte Senhor Gomez im Nacken zu einem Zopf geflochten.

Pater Ricci wandte sich nun von der Reling ab und schaute zu Fernando Gomez hinüber; weil er wußte, was nun kommen würde.

Auch Gomez hatte seine Taschenuhr gezückt, warf einen kurzen Blick zur Sonne und legte eine Tauschlinge um das Ruder.

„Vindaya!" brüllte er mit einem Ton wie der erzene Stier von Babylon, „mein Meßzeug!"

Fast im gleichen Augenblick öffnete sich die Tür zur Kajüte im Hinterdecksaufbau und zwei Männer erschienen. Der eine war ein mit einem Lendenschurz bekleideter, sehr dunkelhäutiger Tamile, der die Meßgeräte an seine schmale Brust gedrückt hielt; der andere war hager und groß, ein derberes Abbild von Pater Ricci, ein Jesuit im schwarzen Habit und mit dem Birett auf dem Haupt.

Das war Pater Ruggieri. Er trug ein dickleibiges Buch und stieg nun hinter dem sich aufgeregt nach vorn drängenden Tamilen mit würdigen Stelzschritten über den Treppenaufgang der Kampanje zum Steuerdeck herauf.

Der Tamile hatte allen Grund, eilfertig zu sein.

Als er mit demütiger Gebärde Senhor Gomez den „Jakobsstab“ – ein langes mit Ziffern bedecktes Lineal, auf dem ein verschiebbarer, senkrecht aufsitzender Querstab war – darbot, erhielt er sogleich einen kräftigen Schlag hinter die Ohren und im Zurückweichen einen ebenso kraftvollen Tritt in das dürre Hinterteil. Dazu überschüttete ihn der Pilot mit gutgewürzten Schmähungen.

„Warum muß man dich rufen, du jauchenfarbiges Ferkel?!“ brüllte Gomez. „Wenn es Zeit ist, hast du dazustehen wie eine Eins; zu etwas anderem bist du ja doch zu blöd, du haarloser Urwaldaffe!“

Diese Titulierungen begleitete der mächtige Steuermann mit fortgesetzten Versuchen, dem kaffeebraunen Eingeborenen weitere Tritte oder Hiebe zu versetzen, denen dieser jedoch mit stoischer Miene sehr geschickt auswich.

Pater Matteo Ricci hatte schon in Goa immer wieder gegen die rohe Behandlung der Farbigen durch die weißen Herren protestiert. Überall konnte man sehen, wie diese Tamilen, Koromandelleute, Maharatten oder Malayen getreten, gejagt und beschimpft wurden. Und das geschah durch fremde Eindringlinge und im eigenen Lande der Eingeborenen. Die Schlimmsten, die den Wahn von der angeborenen Überlegenheit der weißen Rasse und der Minderwertigkeit aller Farbigen exerzierten, waren übrigens nicht etwa die wirklichen Herren: also Entdecker, Kaufherren, Conquistadores und einigermaßen gebildete Europäer, sondern gerade jene Schicht von Leuten, die in ihren Heimatländern selber für unterste Mischpoke gehalten wurden. Nicht die Herren praktizierten die Exzesse des Rassenwahns, sondern die Knechte. Es waren Menschen fragwürdiger Abstammung, deren Gesichtsschnitt, Hautfarbe und menschliche Qualität selbst zu höchsten Bedenken Anlaß hätte geben können: Matrosen, Schauermänner, portugiesische Herumtreiber und Schiffsvolk, das die Häfen Europas ausgespien hatten und das sich nun in der Fremde endlich überlegen fühlen durfte, weil es dort Menschen gab, die wenigstens in einem Punkte benachteiligt waren: weil sie nämlich zufällig nicht in Europa geboren und keine Christen waren.

Dabei war es den meisten dieses rohen Packs ziemlich gleichgültig, ob ein Inder, Malaye oder Thai inzwischen Christ geworden war oder nicht. Für sie war er ein fremdes Wesen, das man ungestraft treten und schmähen konnte, und treten und schmähen war nun einmal eine Lieblingsbeschäftigung des gemeinen Volkes.

Pater Ricci konnte es immer noch nicht mit ansehen, wie etwa Steuermann Gomez den farbigen Teil der Schiffsbesatzung behandelte. Obschon er um die Nutzlosigkeit seiner Einwände wußte, sprach er Gomez auch diesmal wieder an.

„Senhor Gomez! Warum sind Sie mit Vindaya so grob?! Er ist ein getaufter Christenmensch und hat genau wie Sie selbst eine unsterbliche Seele . . .“

„Um Vergebung, hochwürdiger Pater!“ grinste der Schwarzbart, „daß ich nicht lache! Ein Christenmensch – sagten Sie?! Und eine unsterbliche Seele! Sie sind zu gut zu dem Pack! Diese Kerle bedürfen der festen Hand, denn sie sind von Natur aus faul wie die Stinktiere und sie haben das Gedächtnis von Schildkröten! Alles muß man ihnen einprügeln, sonst vergessen sie es. Sie sehen nur aus wie Menschen! Soviel Taufwasser können Sie ihnen gar nicht über die Köpfe gießen, daß sie unsterbliche Seelen bekämen!“

Ehe noch der Pater entgegnen konnte, begann der Steuermann seine tägliche Prozedur der Standortbestimmung. Er begann „die Sonne zu schießen“.

Vindaya war mit einem weiteren Fußtritt ans Steuerruder befördert worden und nahm nun das schwere Rad. Vor ihm war in einer Bussole aus Messing ein freischwebender Kompaß aufgehängt und an dessen Glasscheibe durch einen beweglichen, aber feststellbaren Messingzeiger der richtige Grad angezeigt, um den der Kurs von der Nordrichtung abweichen sollte.

Gomez hielt nun den „Jakobsstab“ wie mit einen Gewehr zielend an sein rechtes Auge, während er das andere zukniff, und verschob den senkrechten Stab auf dem Lineal so lange, bis dessen unteres Ende genau die Horizontlinie, der obere aber den Rand der Sonnenscheibe berührte. Nachdem er dies einige Male wiederholt und geprüft hatte, setzte er das Meßinstrument ab, las den Winkelwert ab und winkte dem schon wartenden Pater Ruggieri zu, ihm das Buch zu reichen.

„Es ist heute der 30. Juli 1582“, stellte er fest. „Schlagen Sie die Tabelle für zwölf Uhr mittags auf, Hochwürden! Der Wert ist 82 Grad, 15 Minuten und drei Sekunden.“

Fernando Gomez kannte die Winkelwerte des Sonnenstandes auswendig, wenn er die Zahl auf dem Lineal abgelesen hatte.

Pater Ruggieri hatte das Ephemeridenbuch auf die Schanzverkleidung gelegt, seine Rechte blätterte die Seiten um, die Linke wühlte in dem gekrausten, schon graumelierten Ziegenbart, der sein asketisch anmutendes, ein wenig langes Gesicht fortsetzte.

Dann las er den geographischen Standort ab, der für diesen Wert und für diese Zeit zutraf.

Inzwischen hatte Fernando Gomez eine große, auf Pergament gezeichnete Seekarte entrollt, auf die er nun die angegebenen Werte übertrug, wobei er einen Stechzirkel – von Vindaya trotz seiner Rudergängertätigkeit eilfertig zugereicht – benützte.

„Wir liegen genau richtig auf Kurs!" stellte der Pilot nicht ohne Befriedigung fest. „Die ‚Sao Luiz' steht jetzt nördlich der Paracel-Inseln etwa dreißig Leguas östlich von Hai-nan und westlich von der Insel Luzon, etwa im östlichen Viertel der Hai-nan-Straße. Wir laufen geraden Nordnordost-Kurs auf Macao. In einer Woche spätestens sind wir dort, wenn Gottes Hand uns vor Sturm und Piraten bewahrt!"

Pater Matteo Ricci wandte sich ab. Er sagte nichts mehr, obschon er genau wußte, daß der Steuermann nun den Tamilen mit einem Fußtritt vom Steuerruder entfernen würde und obgleich er hinter seinem Rücken die nur noch geknurrten Beleidigungen des Portugiesen vernahm.

„Scher dich zum Teufel, stinkendes Negerschwein! Und schick mir Antonio herauf, damit er mich am Ruder ablöst."

Vindaya huschte gehorsam den Niedergang abwärts.

Pater Ricci stützte die Arme auf die Schanze und schaute auf das von Sonne flirrende Meer hinaus. Ruggieri trat neben ihn. Vindaya hatte Meßinstrumente und Ephemeriden mit sich genommen.

„Wie halten Sie es nur stundenlang auf diesem glühheißen Deck aus, Pater", sagte Ruggieri. „Seit wir in das ‚Südmeer' eingefahren sind, stehen Sie von morgens bis abends hier oben unter der Sonne und schauen nach China aus. Sie werden noch früh genug dem großen Abenteuer begegnen, mein Freund. Man kommt im Leben zu allem zur rechten Zeit und braucht seinem Schicksal nicht vorauszulaufen. Vielleicht werden Sie schon bald Ihren Blick nach Süden wenden und von der Straße träumen, die wieder nach Indien, nach Goa oder Europa führt.

Vergessen Sie nicht, daß es ein beinah unmöglicher Auftrag ist, den man uns gestellt hat. Selbst der große Franz Xaver ist nur bis zu einer kleinen Insel vor der Küste Chinas vorgedrungen und ist dort elend und verlassen gestorben. Sehnen Sie sich nicht zu sehr nach China, mein lieber Pater!"

Matteo Ricci schien nicht gehört zu haben, was Pater Ruggieri gesagt hatte. Der hagere Jesuit mit dem spanischen Knebelbart und dem kurz geschorenen, schon leicht ergrauenden Haar überragte den zarteren Ricci fast um Haupteslänge. Ruggieri war auch zehn Jahre älter. Aber er war ihm unterstellt. Nicht Ruggieri, sondern Ricci hatte den Auftrag vom Pater Visitator erhalten; Ruggieri war ihm nur als Unterstützung beigegeben.

Der Blick Riccis ging in eine unerreichbare Ferne, die weit hinter dem Horizont des Meeres zu liegen schien. Sein schmales, mit dreißig Jahren noch jünglinghaft wirkendes Gesicht erinnerte eher an die Züge eines spanischen Matadors, eines Flamencotänzers oder Heiligen, wie sie El Greco zu malen pflegte, als an einen italienischen Bürgerssohn, der er war. Es lag soviel mit Mystizismus gemischte Strenge in seinem jungen Gesicht, in dem die beinah schwarzen Augen wie dunkle Sterne brannten, daß man ihn trotz seiner Jugend immer für älter gehalten hatte, und selbst Höhergestellte und reifere Mitbrüder sich diesem beinahe zeitlosen und völlig fertigen Antlitz untergeordnet hatten. Auch Ruggieri, der so viel Erfahrenere und Bewährte, brachte seine leisen Mahnungen nur in demütiger Art und mit den Vorbehalten eines gewissen Rangunterschiedes vor.

Ricci wischte die Bedenken seines Gefährten mit der Souveränität eines sanften Lächelns fort, so wie er auf die Klagen seiner Freunde in Europa oder in Goa – als sie ihn wegen seines Fortganges und seines gefahrvollen Weges bedauert hatten – nur mit einem überlegenen Lächeln geantwortet hatte. Er kannte seine Straße, die er ging.

Das Thema Gefahr, Sorge oder Unmöglichkeit war für ihn schon lange erledigt. Seine Gedanken gingen ganz andere und seltsame Wege.

Er begann – während die „Sao Luiz" nun ruhiger und stetiger

ihren Kurs lief und der blaue Landstreif Hai-nans immer mehr über Backbord versank – darüber zu sprechen.

„Sehen Sie, Ruggieri, Fernando Gomez hat soeben den Standort unseres Schiffes bestimmt. Da kam mir der Gedanke, daß auch wir das tun sollten.“

„Wie meinen Sie das, Pater? Ist unser Standort nicht der gleiche wie jener der ‚Sao Luiz‘, auf der wir fahren?“

„Ich glaube das nicht unbedingt“, erwiderte Pater Ricci. „Manchmal erscheint mir alles, was ich erlebe, empfinde, um mich sehe und denke wie ein Traum, der mich zweifeln läßt, ob es überhaupt eine Wirklichkeit gibt. Was ist zum Beispiel dieses China für uns?

Ein Gedanke, eine Vorstellung, etwas Kommendes – aber doch nichts Tatsächliches! Wir haben es nie gesehen, nie begriffen, nie gefühlt. Man hat uns nur davon erzählt. Aber es ist nicht da! – Oder sehen Sie es, Ruggieri?! Wo ist es? Nein, wir erkennen es nicht, denn wir fahren auf der ‚Sao Luiz‘ und sehen nur Wasser ringsum.

China gibt es gar nicht, es gibt nur die ‚Sao Luiz‘ und das Meer. Und es gibt uns und den Augenblick.“

„Aber, Pater! Was soll das?! Natürlich gibt es China! Es liegt dort oben im Norden mit all seinen Städten, Menschenmassen und seinen vielfältigen Landschaften. Wir sehen es nur im Augenblick nicht, aber wir wissen, daß es genauso da ist wie wir und die ‚Sao Luiz‘!“

Pater Ricci bekam wieder jenen verlorenen Ausdruck, den Ruggieri mehr fürchtete als schätzte.

„Unseren Standort, sagten wir?! Warum sind wir da, Ruggieri?

Wir – und alle Dinge um uns – haben drei Dimensionen: unsere Länge, Breite und Höhe, daraus ergibt sich die Körperlichkeit. Wir sind also ‚da‘. Ein Physiker würde so die Existenz definieren.

Aber bedenken Sie, Ruggieri, auch Pharao Ramses oder Kaiser Augustus besaßen ihre Körperlichkeit und sie sind dennoch nicht da. Denn ihre Existenz ist weit auf der Zeitkurve hinabgerutscht ins Vergangene, während sich bei uns beiden die drei Dimensionen der Physik mit der vierten Dimension der Zeit genau in dem Punkte treffen, der aus Körperhaftigkeit Gegenwart schafft. Wir sind nur echt, weil man den 30. Juli 1582 und eben die Mittagsstunde feststellt. Vor hundert Jahren und nach hundert Jahren sind wir beide nicht mehr wirklich. Wir sind demnach Kinder von Raum und Zeit, wären jedoch lediglich Phantome, schnitte sich nicht in dem Punkte unserer Existenz noch eine fünfte Dimension."

„Noch eine fünfte, Pater?"

Man merkte Pater Ruggieris fassungslosem Gesicht an, wie verstört er war. Seine Rechte zwirbelte nervös den spanischen Knebelbart.

„Ja, Ruggieri: eine fünfte! Es ist die wichtigste, die uns aus bloßen Wirklichkeiten zu Lebenden macht: die Dimension des Geistes. Denn wir sind unter allen existierenden Wesen die einzigen, die es vermögen, über sich selbst und ihre Situation nachzudenken, volles Ich-Bewußtsein zu entwickeln und damit in Konfrontation zu unserem Schicksal zu treten."

„Das ist mir zu hoch, ehrwürdiger Pater! Wie soll ich so etwas verstehen? Was mich anbelangt, so stehe ich immer noch auf dem Schanzdeck der ‚Sao Luiz' und segle mit guter Fahrt durch das Meer!"

„Ja, das tun wir beide tatsächlich. Das ist der Meridian unseres Standorts. Aber wir brauchen auch eine geographische Breite, um genau zu sein! Erst im Schnittpunkt ist Wahrheit. Denn in Raum und Zeit segeln wir auf Kurs, der Breitengrad erst bestimmt unseren Standort. Es ist der Geist, der uns bewegt.

Wir sind Christenmenschen durch Geburt und Erziehung, wir tragen eine Welt in uns, die das Abendland in zwei Jahrtausenden seiner Kulturentfaltung aufgebaut und gedeutet hat und die uns Elternhaus, Schule und Universität eingeprägt haben.

Wir sind keine originellen Wesen, wir sind Ergebnisse eines mehrtausendjährigen Geistes, keiner von uns kann anders sehen, hören, fühlen oder denken, als in der Weise, nach der er geformt ist. Darum ist alle Wirklichkeit und Wahrheit rings um uns nur das Spiegelbild unseres eigenen Wesens. Sie und ich, wir empfinden und sehen den Ozean da draußen so, wie wir ihn sehen: Wasserberge, Bläue, Rauschen, Gischt und viel Verborgenes in der Tiefe.

Kann man ihn nicht ganz anders empfinden und anders sehen, wenn man aus einer anderen, fünften Dimension herkommt?!

Wir haben schon in Indien bemerkt, wieviel uns von diesem fremden Kontinent trennt, wie so ganz andersartig seine Menschen denken, fühlen und sehen. Was nun, wenn wir in China auf eine Wirklichkeit stoßen, in der ein ganz anderer Geist erwachsen ist als der unsere?

Wir werden uns im körperlichen, im wirklichen Standort, in Raum und Zeit zwar begegnen und dennoch durch die fünfte Dimension so unterschiedlich geortet sein, daß unsere Schiffe wie hinter Nebelwänden trotz eines gleichen Kurses aneinander vorüberfahren, ohne sich jemals zu treffen.

Das ist es, lieber Ruggieri, was ich manchmal bedenke. Wir sind auf einer Reise zu einem anderen Stern . . ."

Pater Ruggieri schlug ein hastiges Kreuz und starrte seinen Gefährten mit runden Augen an.

„Gott schütze Sie, Pater", sagte er, „Gott schütze uns alle!"

„Ja, Ruggieri. Gott ist das einzige in dieser geheimnisvollen Welt, das ohne Dimensionen und ohne Einschränkung überall ist. Er wird uns führen, so wie er die Christenheit und die Chinesen geschaffen hat. Aber wir werden seines besonderen Schutzes bedürfen, da wir uns anschicken, die Grenzscheide zweier Welten zu überschreiten."

Die „Sao Luiz" machte jetzt gleichmäßige, gute Fahrt in der ablaufenden Dünung. Die Nebelschleier am Horizont begannen sich zu heben.

Vom Bug, wo er eben die Schnur mit den eingeflochtenen Korken ausgeworfen hatte, meldete ein Matrose mit leiernder Stimme die Fahrt. Die „Sao Luiz" machte im Augenblick zehn Knoten die Stunde. Sie war – ohne daß selbst der Pilot es wußte – auf Kollisionskurs gegangen.

2

Weit hinter dem Horizont zog ein anderes Schiff seine Bahn. Weder die Dschunke noch die Galeone vermochten einander zu sehen. Die Wölbung der Erde und der in der Mittagshitze aufsteigende Dunst über dem Meer verbargen sie, obschon sie beide auf Kollisionskurs liefen. Die Dschunke steuerte längs der Luzon-Insel, aber weit genug von ihren vorgelagerten Riffen, Korallenbarrieren und dschungelbedeckten Eilanden entfernt, um nicht der Gefahr des Auflaufens zu unterliegen, mit dem mäßigen Südwestwind nach Norden, hatte aber nun das Ruder umgelegt, so daß sie mit der schwächer werdenden Dünung auf Westnordwest-Kurs ging.

Ihr Ziel war das Ästuar des Perlstromes und der Hafen Kwangchou, den die Europäer Kanton nannten.

Da die Chinesen das neue Navigationsinstrument des „Jakobsstabes" – das von dem Deutschen Martin Behaim erfunden worden und mit den Ephemeridenbüchern des deutschen Humanisten Regiomontanus kombiniert worden war – nicht kannten oder doch nicht beherrschten, segelten sie meist nach uralter Manier nach dem Kompaß, der bei ihnen seit 2000 Jahren in Gebrauch war, und hielten sich an Landmarken.

Deshalb war Kapitän Tscheng-Hsiang bei seiner Fahrt von Java nordwärts lange den bekannten Merkpunkten des riesigen Inselbogens gefolgt: von den zahlreichen Inseln der Karimata-Straße in Sichtweite der Borneoküste, an den Natuna-Inseln vorbei, längs der Borneostrände zur langgezogenen Palawan-Insel und nach Luzon.

Hier endlich war die Landmarke: drei kleine, im Dreieck angeordnete Palmeninseln mit einem vorgelagerten Korallenriff, die es dem Kapitän gebot, die Wendung ins offene Meer vorzunehmen und sein Schiff etwa vier Tagereisen lang auf Westnordwest-Kurs zu halten. Die auf grobes Leinenpapier gezeichnete Seekarte hatte der erfahrene Tscheng-Hsiang so genau im Kopf, daß er sie nicht einmal zu Rate zog, als er das Umlegen des Steuers und die Schwenkung der Segel befahl.

Von nun an würde die Dschunke, die den schönen Namen „Östlicher Jadestern" trug, lange Zeit über freie See fahren. Auf diesem Meeresarm zwischen Hai-nan und der nördlichsten Philippineninsel gab es nur die kleine Inselgruppe der Pratas, an deren Sandstrand die hochgestelzten Pfahlbauten chinesischer Fischer, Kormoran-Halter und Perltaucher lagen.

Doch diese einsamen Inselchen würde man auf der „Yang-Seite" – also steuerbord, wie ein europäischer Seefahrer sagen würde – passieren, ohne den Sandbänken und Korallen auch nur nahe zu kommen.

Die Pratas-Inseln waren lediglich eine „Landmarke", die dem Piloten die Richtigkeit seines Kurses bestätigen würde.

Es war ein stolzer Anblick, wie der „Östliche Jadestern" die Wellen durchschnitt.

Hoch über dem rechteckigen Kasten des Rumpfes spreizten sich an den beiden Hauptmasten die auf Bambusstangen aufgezogenen Bastsegel, sogenannte „Drachenflügel", die auch tatsächlich den braunen Flugarmen von Fledermäusen oder den ausgespannten Flügeln von Fabelwesen glichen. Um aber den „Blauen Drachen", über dessen mit tintenfarbigen Schuppen rhythmisch atmenden Leib man dahinglitt, nicht zu reizen, hatte man an den vielen Bambusstangen, welche die Segel spannten, bunte Seidenbänder angebracht, die im Winde knatterten.

Auch das nach Art eines chinesischen Kangs mit geschweiften Dächern und vielerlei Schnörkeln gezimmerte Kajüthaus des Hinterdecks war mit grellen, ein wenig von Sonne, Wassersturz und Zeit ausgebleichten Farben bemalt, genau wie der plumpe Rumpf der Dschunke, die sogar am Bugspriet riesige, gemalte Augen trug. Wie sollte der „Östliche Jadestern" auch sonst seinen Kurs sehen?!

Vor den Fenstern des Kastells hingen an eisernen Haken farbige Blumenkästen voller Geranien und Fuchsien, die jedoch von Salzluft und Wassergüssen stark mitgenommen waren.

Die Chinesen waren eben kein Seefahrervolk. Sie nahmen ihre geliebte Erde und ihre Pflanzen sogar auf die See mit. Jede der zahlreichen Familien, die in den Tagen des Mongolensturmes vor 300 Jahren auf die Inselwelt der Südlichen See und in Massen nach Java oder Malakka geflüchtet waren, hatte in einem heilig gehaltenen Schrein Erde der Heimat mitgeführt: den geliebten gelben Lehm der Terrassen über den großen Strömen oder aus dem gesegneten Hügelland.

Und wenn sie weit in der Ferne starben, versuchten sie heimzukehren ins Reich der Mitte, zur gelben Erde. Manche sparten ein Leben lang, um nur sicher zu sein, daß ihr Leib oder ihre Asche die Heimreise zu den Äckern der Ahnen antreten konnte. Der „Östliche Jadestern" führte – von reichgewordenen Java-Chinesen bezahlt – in seinem Kielraum die Überreste von Dutzenden von Chinesen mit sich. In Kanton würden die Familien die Gebeine oder die Asche von Urgroßvätern, Vettern, Cousinen und Oheimen in Empfang nehmen und ehrenvoll auf den immer größer werdenden Totenäckern in

Heimaterde bestatten. Und keiner von allen hatte jemals den anderen gekannt oder gesehen, aber alle wußten, daß sie der gleichen Familie entstammten und daß sie Chinesen waren, die nur im Schoße Chinas Ruhe finden konnten.

Das Totengut jedoch war nur die Beiladung, ohne die kaum eine Dschunke aus Java, von Luzon, aus Malakka oder gar von Ceylon auf Heimatkurs ging, so wie die Reisdschunken, die nach Thailand oder ins Menangdelta fuhren, ihre Ballastfiguren im Laderaum trugen, um auf der Hinfahrt – wo man ja nur leichte Fracht wie Seide, Tee oder Schnitzwerk trug – den nötigen Tiefgang zu haben. Diese Ballastfiguren – meist Statuen minderer Qualität von Heiligen, Göttern und Feldherren – wurden von den primitiveren Völkern der südlichen Randwelt gerne übernommen, eingehandelt und aufgestellt. Für China waren sie lediglich Ausschuß.

Aber der „Östliche Jadestern" hatte Wertvolleres geladen als Tote. Er war in kaiserlichem Auftrag nach Surabaya gegangen und führte nun den alljährlichen Schatz des sogenannten „Kaisergeschenkes" mit sich.

Noch vor einigen Jahren hatten die Gouverneure und Vizekönige der südlichen Provinzen eine ganze Flotte von Dschunken ausgesandt, die in Cochin-China, Malakka, auf den Sundainseln und sogar auf Luzon, in Hai-nan und auf der Blumeninsel Tai-wan die Gaben für den Kaiser abgeholt hatten. Denn – wohin auch chinesische Familien auswandern mochten – sie blieben Chinesen und dem Reich der Mitte verpflichtet.

Das gelbe Reich, das man auch „Blume des Erdkreises" nannte, personifizierte sich seit undenklichen Zeiten im „Himmelssohn", dem Kaiser auf dem Drachenthron, und jeder Chinese, sei er arm oder reich, empfand es als Pflicht, diesem Himmelssohn wenigstens einmal im Jahr Ehrerbietung durch ein Geschenk zu erweisen. Es war ein Opfer vor dem Unvergänglichen, vor China.

Der „Östliche Jadestern" durchpflügte einsam die See.

Nur noch wenige Kaiserdschunken fuhren aus, um die Geschenke einzuholen. In Ceylon, Malakka und Cochin-China, ja sogar auf den Sundainseln und auf dem Philippinenbogen hatten sich die Barbaren aus dem Westen festgesetzt: zuerst Portugiesen und Spanier und nunmehr in steigendem Maße jene besonders schreckliche Rasse, die sich

Holländer nannte, von den Chinesen jedoch ihrer hellen Gesichter, blauen Augen und blonden Haare wegen mehr noch als alle anderen als Fremde empfunden wurden. Man nannte sie zwar die „rotgesichtigen, langnasigen Barbaren des Südmeeres“, fürchtete sie aber zugleich ihrer Brutalität und Kanonen, ihrer körperlichen Stärke und ihrer überlegenen Kriegsschiffe wegen.

Diese Holländer hatten sogar die Portugiesen aus Malakka und von den Sundainseln verjagt und sich dort wie Freibeuter festgesetzt.

Ein holländischer Pirat namens Hui-tsing-Ah hatte die Herrschaft über das blumenreiche Tai-wan an sich gerissen und lag mit seinen kanonenbestückten Galeonen in dessen Häfen.

Selbst auf Java drangen diese Langnasen vor, nahmen den Mohammedanern und den Hinduherren Hafen um Hafen und Gau um Gau ab, so daß der „Östliche Jadestern“ nur noch unter ständiger Gefahr die Kaisergeschenke im weit östlich gelegenen Surabaya hatte aufnehmen können. Die Holländer ruinierten den chinesischen Handel mit den Sundainseln und raubten jede Dschunke aus, die sie auf freier See einholen konnten.

Ihre Schiffe waren größer, besser besegelt und daher schneller, und sie trugen große Kanonen.

Es war ein Abenteuer geworden, mit einer Kaiser-Dschunke auszufahren, die Geschenke der treuen Auslandschinesen einzubringen.

Noch hatte der „Östliche Jadestern“ die offene Meeresbahn an den Pratas-Inseln nicht gequert und war weit von der Küste Chinas entfernt. Dieser Meeresarm zwischen der Luzonküste und der Provinz Kwan-tung war etwa 1600 Li (oder 600 Seemeilen) breit, man sagte von ihm, daß neuerdings der schreckliche Hui-tsing-Ah von Tai-wan herab bis in diesen Bereich vorstoße und Seeraub betriebe.

Aber Hui-tsing-Ah wäre nicht der Gefährlichste gewesen, überlegte Ch'ü-Tai-su, mit ihm konnte er sich arrangieren. Er kannte ihn von Macao her, sie waren gewissermaßen Geschäftsfreunde.

Mehr zu fürchten hatte die Kaiser-Dschunke von anderen Langnasen und ihren Piratenschiffen, die zufällig keine Beziehungen zu Ch'ü-Tai-su hatten. Diese würden rücksichtslos die Fracht kapern, die Passagiere und Besatzung – soweit sie für den Sklavenmarkt nicht in Frage kam – über Bord werfen und den „Östlichen Jadestern“ zum Blauen Drachen hinabschicken. Ch'ü-Tai-su – er war ein

„Tuan“ oder „Herr“ – hatte ziemliche Sorgen. Nicht nur die Schwüle der von Luzon herüberwehenden Tropenluft trieb ihm den Schweiß auf die Stirn. Es war auch Furcht, eine unerklärliche Nervosität, die ihm aus einer Ahnung nahenden Unheils aufstieg.

Herr Ch'ü-Tai-su machte äußerlich durchaus nicht den Eindruck eines Mannes, den die Angst im Halse würgte und dem vielerlei ungute Überlegungen den Schweiß ins Gesicht trieben.

Er war ein hoher Mandarin, ein „Kuan“ oder Staatsbeamter, wie die Chinesen das nannten, und konnte es sich nicht leisten, vor anderen, gewöhnlichen Menschen irgendwelche Gefühle zu zeigen. Sein junges Gesicht war maskenhaft glatt, von gelblicher Blässe, wie man das von einem aus großer Familie stammenden Yü-Chinesen aus Honan erwarten durfte. Da er offenbar auch nördliches Blut in den Adern hatte, waren seine schwarzen Jett-Augen hinter mongolischen Schlitzen versteckt und die glatten Haare noch pechschwärzer als die der gewöhnlichen Yao-, Han-, Tung- oder Tai-Chinesen, die aus dem Süden herkamen. Nördliche Herkunft galt, besonders seit die Ming-Kaiser die Stadt Peking zu ihrer Hauptstadt gemacht hatten, als besonders vornehm.

Und vornehm war Ch'ü-Tai-su ohne Zweifel.

Auf dem erhöhten Deck des Hinterkastells der Dschunke und im spärlichen Schatten des Drachensegels am Hauptmast war ein orangenrot gestreiftes Sonnentuch ausgespannt. Die Bohlen waren mit bunten Kissen und Tüchern bedeckt, auf denen eine farbenfroh gekleidete Mädchenschar lagerte. Für den ehrenwerten Tuan Ch'ü-Tai-su war eine Art Thronsessel aus Polstern mit einem von Bambusstäben extra gestützten Baldachin aufgebaut. Ch'ü-Tai-su lehnte bequem und breitbeinig in den Kissen, so daß sein aus Schantungseide gewebtes Mandarinsgewand voll zur Geltung kam.

Er bot einen prächtigen Anblick.

Das Kleid war aus zartem Resedagrün mit breiten, so fein wie Malerei gestickten Ärmelstreifen, und das ebenfalls gestickte Brustschild zeigte den Silberfasan – das Zeichen für den vierthöchsten Rang des Zivilbeamten. Diesen hohen Rang bewies auch der funkelnde Kristallknopf auf der einem Birett ähnlichen schwarzen Satinkappe.

Nur noch der blaue Türkis, der geblümte Korallenknopf und als höchstes der einfache Korallenknopf standen über dem Kristall, den Ch'ü-Tai-su trotz seiner offenbaren Jugend trug.

Obschon ein Chinese schwerer als ein Europäer im Alter einzuschätzen ist, sah man, daß Ch'ü kaum über dreißig Jahre zählte.

Es war demnach erstaunlich, daß er in so jungen Jahren bereits auf der vielstufigen Beamtenleiter so hoch geklettert war. Von seinen Verdiensten sprachen auch die beiden Pfauenfedern, die er auf dem Rücken in der Weise trug, daß die bunten Spiegel jeweils über seine Schultern nickten. Pfauenfedern wurden vom kaiserlichen Hof wie hohe Orden verliehen. Tuan Ch'ü hatte sie als Auszeichnungen für Prüfungen bekommen, die er als Bester unter vielen hundert Bewerbern bestanden hatte.

Nicht nur sein ehrenwerter Rang, sondern auch sein besonderer Auftrag machten ihn zum hochverehrten Mittelpunkt der kleinen Gesellschaft auf dem „Östlichen Jadestern".

Der Gouverneur von Kwan-tung, der verehrungswürdige Mandarin vom Türkisknopf, Tuan Wang-P'ai, der sein Oheim war, hatte Ch'ü mit der Sendung nach Java beauftragt, und der mächtige Hof-Eunuch Ma-T'ang hatte dieser Ernennung zugestimmt. Es war klar, daß Herr Ch'ü eine große Karriere vor sich hatte.

Trotzdem belästigten ihn mehrere Sorgen.

Er vermochte sich weder auf die zirpenden Gesänge der Mädchen mit ihren fünfsaitigen Instrumenten noch auf die etwas wackeligen Tanzversuche einer schönen Javanerin zu konzentrieren, die auf dem schwankenden Verdeck mehr mit Hüften und Händen als mit den bloßen Füßen tanzte.

Herr Ch'ü winkte dann auch endlich ab und gebot der munter zwitschernden Mädchenschar Ruhe, um nachdenken zu können.

Es waren alles Konkubinen, die Herrn Ch'ü gehörten. Seine ehrenwerte Gattin und alle seine Nebenfrauen hatte er zu Hause im Kang der Familie in Nam-yang gelassen. Nur seine sehr geschätzte Konkubine Pi-shan war ausgezeichnet worden, die Java-Reise mitmachen zu dürfen. Pi-shan lag sehr malerisch hindekoriert in den Kissen neben Herrn Ch'ü.

Was die übrigen Mädchen anbelangte, so gehörten sie einfach zum ständigen Gefolge eines hohen Mandarins, einige waren ihm auch erst in Java geschenkt worden. Sie hatten keinerlei tiefere Bedeutung.

Der Wind fiel knatternd vom Drachensegel zum Hinterdeck herab und brachte Sonnensegel und Baldachin über dem Haupte des Herrn Ch'ü in leichte Flatterbewegung. Das Knattern kam daher, daß der Luftstrom über die von Bambusstäben ausgespreizten Bastsegel wie über Lamellen strich. Als die Mädchen nun plötzlich gehorsam, ja beinah ängstlich schwiegen, wurden auch die anderen Geräusche der dahinstampfenden Dschunke hörbar und mengten sich in das fortwährende Rasseln der Drachensegel.

Da knarrten die Bambusrahen, ächzten die schweren Taue, murrten die Taljenblöcke, manchmal vernahm man ein dumpfes Poltern aus dem Rumpf, als verschiebe sich die Ladung, und wenn der schwerfällige Schiffskörper mit hellem Klatschen von einem Wellenkamm herabfiel, mischte sich in das Gischten das Stöhnen des Holzes, als suchten Balken, Planken und Spanten sich aus dem Gefängnis ihrer Fugen, Verzapfungen und Überlappungen zu befreien. Wenn eine besonders hoch aufwogende Wasserwand die Dschunke traf, ging ein Zittern durch das Schiff, und einige der Mädchen, die zum ersten Male zur See fuhren, zitterten mit. Sie konnten sich weder an das Wiegen und Schaukeln noch an das Ausgeliefertsein an die Elemente gewöhnen. In ihren ängstlichen Vogelherzen kauerte bleich die Furcht vor den beiden Drachen, die mit dem „Östlichen Jadestern" Fangball spielten: dem „Blauen Drachen", der seinen geschuppten Leib unruhig wie ein Reptil von Horizont zu Horizont bewegte, und dem „Weißen", der unsichtbar, heulend und sausend über den Himmel jagte und die Mattensegel rüttelte.

Seit die Dschunke vom Nordkurs abgefallen war und ins offene Meer hinauslief, rollte und bockte sie stärker als zuvor.

Das Mädchen Pi-shan mit ihrem porzellanhaften, stark gepuderten und sehr zart bemalten Puppengesicht schmiegte sich enger an die Beine des Herrn Ch'ü. Sie hob die langen, künstlich angeklebten Wimpern, so daß es wie das Heben eines Vorhanges war, und blickte mit einem Gemisch von Ehrfurcht und Hingabe zu dem hohen Herrn empor, der ganz plötzlich so schweigsam und nachdenklich geworden war.

Ein Blinder hätte bemerken müssen, daß sie Herrn Ch'ü liebte.

Er aber schob sie ein wenig beiseite, als sei ihm ihre Annäherung lästig. Pi-shan rückte sogleich gehorsam ein Stück zur Seite, sie senkte die Lider, und der dunkle Vorhang fiel über die schwarzglänzenden Augen.

Pi-shan wollte nicht lästig sein.

Jetzt stand der dickleibige Kapitän Tscheng-Hsiang persönlich an der Ruderpinne, was er für gewöhnlich nur tat, wenn gefährliche Gewässer zu durchsegeln waren. Für die Mädchen war dies ein Sturmzeichen. Soviel hatten auch sie bereits von der Seefahrt begriffen.

Solange sie singen und tanzen mußten oder durften, war alles halb so schlimm gewesen. Da waren sie abgelenkt und ganz von jenen Verrichtungen beherrscht, die man ihnen beigebracht hatte, um ihren Herrn und Meister zu unterhalten.

Trotz Anfällen von Seekrankheit, schwankendem Kajütboden und drangvoller Enge in den Schlafräumen unter Deck hatten sie sich wie jeden Morgen mit duftendem Chrysanthemenwein gewaschen, gepudert, geschminkt und mittels Antimon, Zinnoberrot und blauem Indigopulver zu maskenhafter Schönheit hochstilisiert, hatten die schwarzen Haare frisiert, geflochten und mit Goldnetzen, Silberglöckchen, Edelsteinkämmen aufgetürmt, die Perlohrringe, Jadeketten, Türkisbroschen und bunten Bänder angelegt und die bestickten Seidengewänder, die winzigen Pantöffelchen und farbigen Schärpen angezogen, um jederzeit in bester Aufmachung vor Herrn Ch'ü erscheinen zu können. Der ehrenwerte und sehr hochgestellte Mandarin des „silbernen Fasans“ und des Kristallknopfs, Kuan Ch'ü, war nicht nur ein berühmter Liebhaber weiblicher Schönheit, sondern auch ein Ästhet von Graden, der großen Wert auf Kosmetik, reizvolle Kleidung und himmlisches Benehmen legte. Die Mädchen aber – kaum durch Gesichtsausdruck oder charakteristische Züge voneinander zu unterscheiden – waren Herrn Ch'üs Eigentum, und ihr ganzer Lebenszweck bestand darin, den hohen Gebieter bei Laune zu halten.

Daher sangen, musizierten oder tanzten sie wie Automaten, wenn Herr Ch'ü winkte, oder sie verfielen in beflissenes Schweigen, sobald er nach Ruhe verlangte. Nur Pi-shan, die Schöne und Ausgezeichnete, war einfach da und wartete stumm, bis Herr Ch'ü sie gelegentlich ansprach oder zu sich in die Kajüte rief. Pi-shan war ein wohlerzogenes „blumenhaftes Trostmädchen“, das mit feinem Taktgefühl jede Regung des Gebieters im voraus wußte und sich dementsprechend verhielt.

Herr Ch'ü hatte erklärt, er wolle nunmehr meditieren.

Er hatte die Augen geschlossen, die Bodhisattva- oder Lotosstellung eingenommen und sich in die Kissen zurückgelehnt.

Seine Gedanken gingen aber weder die Pfade des erleuchteten Buddha noch die des Tao, von dem der weise Lao-tse gesprochen hatte.

Sie waren viel profanerer Art.

Noch einmal, wie schon so oft, seit er die Java-Reise angetreten hatte, überdachte er seine Situation und wog die Auswege gegeneinander ab, die sich ihm anboten.

Er begann, wie es einem chinesischen Intellektuellen zustand, seine Überlegungen wie ein Rechenexempel.

Wo befinde ich mich, fragte er sich, und antwortete darauf, daß sich das Menschenwesen namens Ch'ü-Tai-su, was den Raum anbelange, soeben auf einer Dschunke mit dem Namen „Östlicher Jadestern" auf jenem Teile des Meeres vorfinde, der „Südlicher Lotossee" genannt wurde und daß er sich mit jedem Stampfen und Schlingern dem Ästuar des Perlstromes nähere. Die ehrenwerte Stadt Kwan-chou oder Kanton war sein demnächst zu erstrebendes Ziel.

Was die Zeitkurve anbelangte, so durchmaß Herr Ch'ü soeben den 28. Tag des Löwenmonats im 7. Zyklus des Pferdes, in der Periode der Himmelsschildkröte, was genau dem 9. Jahre der Regierung des göttlichen Himmelssohnes Shen-tsung entsprach. In zwei weiteren ehrenwerten Mondphasen würde das Leben des Herrn Ch'ü zum einunddreißigsten Male einen Sonnenumlauf durchmessen haben.

Aller Wahrscheinlichkeit nach würde Herr Ch'ü noch nicht die Mittagsstunde seines Daseins erreicht haben. Viele Jahre lagen vor ihm; denn er war körperlich und geistig sehr gesund.

Sein Rang auf der erstrebenswerten Leiter der Beamtenlaufbahn war für die Zeit, die er zu dessen Erlangung aufgewandt hatte, sehr hoch, ja außerordentlich, und seine Einkünfte beachtlich.

Trotzdem war er genau betrachtet bankrott. Die bisher möglichen Quellen seiner Einnahmen waren erschöpft, alle Freunde, die zahlreichen angesehenen Verwandten und die schröpfbaren Kaufleute hatten ihm bereits so viel geborgt und ihm so reichliche Freundlichkeiten erwiesen, daß keine weiteren mehr zu erwarten waren. Am kommenden Neujahrsfest, wenn die Sitte es gebot, daß alle Schulden zurückbezahlt werden mußten, würde er sein Gesicht verlieren, wenn er nicht große Summen aufzubringen imstande war. Oheim Wang-P'ai, der Gouverneur von Kwan-tung, hatte diese Katastrophe, deren Schatten ja auch die ehrenwerte Familie betreffen würden, genau vorausgesehen und daher seinem ehrenwerten Neffen den Posten eines kaiserlichen Botschafters verschafft, um den jährlichen Kaiserzins von Java einzuholen. Dieser Posten war teils begehrt, teils gefürchtet, und darum war die Konkurrenz nur gering gewesen.

Da aber sogar Oheim Wang-P'ai nicht völlig frei in seinen Entscheidungen war und die Zustimmung des mächtigen Hof-Eunuchen Ma-T'ang, eines Chefs der Steuereintreibung, benötigte, ergaben sich daraus einige unabdingbare Verpflichtungen für Herrn Ch'ü.

Es mußte nicht nur dem Oheim Wang-P'ai, sondern auch dem noch mächtigeren Ma-T'ang für die Zuweisung des einträglichen Amtes natürlich eine entsprechende Summe bezahlt werden. Auch die unteren Funktionäre der Beamtenschaft, die mit der Aufgabe betraut waren und die Herrn Ch'ü unterstanden, mußten bezahlt und teilweise bestochen werden, sonst blieb die Java-Mission ohne Erfolg.

Nun wäre dies alles den altgewohnten Weg jeder Verwaltungstätigkeit gegangen, hätte nicht auch der Vizekönig von Kanton einen Vetter vierzehnten Grades gehabt, der gerne nach Java gefahren wäre. Als jedoch Oheim Wang-P'ai – dank seiner guten Beziehungen zu Ma-T'ang – das Rennen machte und Herr Ch'ü ernannt wurde, hatte der ehrenwerte Vizekönig seinen Vetter, einen noch im niederen Beamtenrang eines „Kuan des Herbstes" stehenden Mandarin vom „adlergeprägten Goldknopf" mit dem „Brustschild des Hasen", Herrn T'sai-shen, als Assistenten von Herrn Ch'ü abgeordnet, was selbstredend bedeutete, daß dieser widerwärtige T'sai-shen am Ertrag der Reise beteiligt werden mußte.

Herr Ch'ü gehörte der Oberschicht der „Beamten des Himmels" an; es war beinahe ein Affront, daß man ihm einen niederen Mandarin aus der „Kategorie der Erde", noch dazu des Herbstes, beigegeben hatte.

Und Herr Ch'ü war bankrott. Ein ekelhafter Zustand, wenn man ein aufwendiges und weltmännisches Leben, wie es Herr Ch'ü gewohnt war, führte!

Alle wußten natürlich, daß Herr Ch'ü bankrott war: auch der Vizekönig, auch der mächtige Ma-T'ang und vor allem Oheim Wang-P'ai und der unwürdige Vetter T'sai-shen.

Nichts war verloren, kein Gesicht eingebüßt, wenn es Herrn Ch'ü nur gelang, die Java-Reise richtig zu nutzen. Der normale Weg wäre gewesen, alle Leute, von denen man abhängig war, entsprechend zu bestechen. Das erwarteten sie. Das Problem lag woanders.

Der Vizekönig war Herrn Ch'ü nicht wohlgesinnt, und Vetter T'sai-shen war ein aus dem Felde geschlagener Konkurrent. Die Frage lag nahe, ob sich diese Herren mit der üblichen Bestechung zufriedengeben würden oder ob sie die allgemein übliche Korruption, die man von Herrn Ch'ü erwartete, später zum Anlaß nehmen würden, eine Untersuchung und Anklage gegen ihn einzuleiten. Das war die einfachste Methode, ihm endgültig das Grab zu schaufeln und Vetter T'sai-shen an seine Stelle zu setzen.

Die Intrige lag beinah greifbar in der Luft.

Nun wäre die Möglichkeit gewesen, daß Herr Ch'ü als ehrlicher, unantastbarer Beamter gehandelt hätte, aber dann konnte er seine Gönner nicht bezahlen und – was fast noch schlimmer war – am Neujahrstag seine Schulden nicht begleichen. Das würde ihn Rang, Stellung und Gesicht kosten. Sanierte er sich jedoch, so setzte er sich allen Angriffen aus und gab seinen Feinden das Material in die Hände, ihn zu stürzen.

Ein Ausweg aus dieser Situation war schwer zu finden.

Immer wieder dachte Herr Ch'ü darüber nach, ob es keinen diskreten Weg gäbe, den im Bauche der Dschunke befindlichen Kaiserschatz genügend zur Ader zu lassen, ohne sich in die Hände von Mitwissern auszuliefern.

Sogar Kapitän Tscheng-Hsiang wußte ziemlich genau über die an Bord genommenen Waren Bescheid; Vetter T'sai-shen jedoch saß während der ganzen Überfahrt von Java in den Laderäumen des „Östlichen Jadesterns“ und stellte Listen über die eingebrachten „Geschenke“ zusammen.

Es würde schwer sein, beim Entladen des Schiffes am Kai von

Kanton diese beiden Aufpasser abzuschütteln, um einiges „abzuzweigen“, ohne daß es ruchbar würde.

Jetzt bereute Herr Ch'ü, daß er nicht vorausschauender gehandelt und sich vor seiner Abreise nach Java nicht mit seinem guten Freunde, dem Barbaren Hui-tsing-Ah, verabredet hatte. Ein holländisches Piratenschiff wäre für Herrn Ch'ü die ideale Lösung gewesen – soferne man mit dem Piraten ehrliche Geschäfte machen konnte.

Eine große Erleichterung aller Probleme des Herrn Ch'ü wäre es natürlich schon gewesen, wenn zum Beispiel ein unerforschliches Schicksal diesen widerlichen Vetter T'sai von dieser Welt – in der Vetter T'sai seiner Torheit wegen sowieso nicht zurechtkam – in eine andere, bessere versetzt hätte. Vetter T'sai konnte etwa krank werden, ein leichtes und ganz natürliches Ende haben, oder sogar über Bord fallen. Das würde vieles lösen und wäre im Grunde auch für ihn selbst nicht schlecht. Denn selbstredend hatte auch Vetter T'sai seine Schicksalswidrigkeiten zu überwinden, Herr Ch'ü war nur eine von diesen und stand im Rang weit über ihm.

Als hätten diese sich im Kreise drehenden Überlegungen Herrn Ch'üs magnetische Wirkung gehabt, so erschien eben jetzt auf der zu den Kajüten und Laderäumen führenden Treppe niemand anders als Vetter T'sai-shen.

Herrn Ch'üs maskenhaft-starres Gesicht belebte sich sofort. Ein Lächeln, strahlend wie der Mond einer Frühlingsnacht, erschien als Lichtglanz. Vetter T'sai-shen verneigte sich mehrmals, so daß sein „adlergeprägter Goldknopf“ ins Wippen geriet. Er kreuzte demütig die Hände vor dem seidengestickten „Brustschild des Hasen“. Als er sich endlich mit einer äußerst untertänigen Gebärde aus einer letzten, sehr tiefen Verbeugung aufrichtete, lag ein öliges Lächeln auch auf seinem runden Gesicht. Er war ein Kuang-si, ein dicklicher, rundgesichtiger Südchinese, und schon darum dem vornehmen Ch'ü widerwärtig.

„Ist es erlaubt, den ehrenwerten und hochgeschätzten Kuan des Himmels durch meine höchst unwürdige Anwesenheit zu stören?!“ lispelte Herr T'sai-shen. „Ich Unwerter hoffe nicht, den würdigen Tuan bei einer außerordentlich bedeutsamen Meditation unterbrochen zu haben.“

Herr Ch'ü – der sich stets seines hohen Ranges bewußt war – antwortete mit sehr freundlichem Gesichtsausdruck und mit einem Wort des weisen Lao-tse. „Das Beste der Menschen gleicht dem Wasser: Wasser nützt allen Dingen, es wetteifert mit niemandem."

Und dann fuhr er mit sanfter Stimme fort: „Selbst wenn ich meditiere, ausgezeichneter Herr T'sai, versuche ich mich dem Tao anzunähern, was bedeutet, daß Aufmerksamkeit gegen Mitmenschen, Freunde und Beamte mir mehr bedeuten als meine eigenen unwichtigen Gedanken. Sie sind zu jeder Zeit willkommen, mein kluger Freund! Sagt doch Lao-tse vom Weisen: Er liebt in Geschäften die Tüchtigkeit. In seinen Handlungen liebt er es, die rechte Zeit zu wählen. Und eben, weil er n i c h t strebt, ist er ohne Vorwurf!"

Herr T'sai begriff natürlich sogleich, was sich hinter den wohlklingenden Zitaten und den höflichen Formulierungen des Herrn Ch'ü verbarg. Es war weder eine freundliche Einladung zum Gespräch noch ein Willkommen, sondern eine ziemlich hübsch verpackte Beleidigung. Herr Ch'ü wies ihn indirekt darauf hin, daß er den falschen Zeitpunkt gewählt habe und daß er mit seinem Anliegen den Vorwurf der Streberei verdiene.

Herr Ch'ü wußte genau, daß der eifrige Herr T'sai dabei war, ihm durch übergenaue Pflichterfüllung das Handwerk zu legen. Keiner von beiden gab sich einer Täuschung über die Todfeindschaft hin, die sie füreinander empfanden. Weil sie jedoch beide hochgebildete Intellektuelle waren, schossen sie ihre Pfeile hinter der schön bemalten Papierwand der Höflichkeit hervor.

Lao-tse hatte einmal gesagt: „Überall dort, wo die gepanzerte Faust nicht durchschlägt, dringt die Hand im Samthandschuh ein!"

Herrn T'sais Lächeln wurde breiter, sein Mondgesicht strahlte auf, als er sich aus einer neuerlichen, sehr tiefen Verneigung erhob.

„Wie genau trifft doch auf Sie, verehrungswürdiger Kuan, das Wort unseres Meisters Kung-fu-tse zu, als er einstmals zum Minister Tse-ch'an sprach: ‚Von den Wegen eines Edlen hatte er vier, sein Betragen war höflich, im Dienste seiner Oberen war er aufrichtig, in der Behandlung des Volkes wohlwollend und in seinen Handlungen gerecht.'"

Er meinte selbstredend genau das Gegenteil von allem. Herrn

T'sais Schmeicheleien waren purer Spott, und er wußte, daß Herr Ch'ü dies auch so begriff.

Nur die Puppengesichter der Mädchen rings um den Thronsitz des Herrn Ch'ü glänzten mit runden Augen und offenen roten Mündern. Sie waren offenbar hingerissen von den gelehrten Redensarten der beiden Mandarine, die so mühelos die Weisheitslehrer der Vergangenheit zitierten.

Herr Ch'ü registrierte, daß dieser ekelhafte Vetter des Vizekönigs um so unverschämter wurde, je mehr man sich dem Hafen von Kanton näherte. Er schien seiner Sache ziemlich sicher zu sein. Doch verbarg Herr Ch'ü diese betrübliche Einsicht hinter einem sanften und ganz allgemeinen Gesichtsausdruck.

Es wurden noch mehrere Floskeln versteckten Tiefsinns gewechselt, fast alle Regeln der Höflichkeit eingehalten, bevor die Herren zur Sache kamen. Bei aller Milde und Gefälligkeit hatte es Herr Ch'ü mit spürbarer Absicht versäumt, seinem Amtsgehilfen T'sai einen Platz anzubieten oder ihn zum Niedersetzen aufzufordern, so daß Herr T'sai zu seinem nicht geringen Ärger noch immer katzbuckelnd vor dem im Lotossitz verharrenden Ch'ü stehen mußte, was angesichts des zunehmenden Geschaukels der Dschunke recht unangenehm war. Da der dickliche T'sai mit seinen kurzen Beinen nur schwer das Gleichgewicht zu halten vermochte, war er gezwungen, vor der gesamten Mädchenschar einen ziemlich lächerlichen Eindruck zu machen. Er torkelte bald da- und bald dorthin, seine Mandarinswürde wurde sehr in Mitleidenschaft gezogen, und insofern war es doch vielleicht nicht der rechte Zeitpunkt gewesen, Herrn Ch'ü anzusprechen. Leider hatte Herr T'sai die Lebensregeln des Philosophen Tschuang-tse, die Gelassenheit, Abwarten und innere Kälte auch gegenüber Gegenständen der Leidenschaft verlangten, mißachtet und bekam nun die Quittung dafür. Er hatte sich einen vorzeitigen Triumph holen wollen und erhielt nur Lächerlichkeit ausbezahlt.

Herr T'sai war nämlich gekommen, seinem vorgesetzten Mandarin Ch'ü die freudige Botschaft zu bringen, daß er nun in tagelanger, emsiger Arbeit alle dem Kaiser gespendeten „Geschenke", die im Laderaum des „Östlichen Jadesterns" waren, in genauen Listen erfaßt, dem Wert nach abgeschätzt und registriert hatte. Nichts konnte mehr verlorengehen. Alles würde sein Ziel in Kanton erreichen und dem Vizekönig zur Weiterleitung an den erlauchten Hof in Peking übergeben werden.

Herr Ch'ü drückte sein Entzücken über den Fleiß seines Assistenten in sehr schönen Worten aus. Er schien sehr zufrieden und lobte Herrn T'sai seiner Mühewaltung wegen.

Dabei wendete Herr Ch'ü jedoch zwei Zitate an, die Herrn T'sai ein wenig nachdenklich stimmten, weil er sie aus dem Munde des Herrn Ch'ü als Lügen, in ihrer Zielrichtung auf ihn selbst jedoch als Zurechtweisung empfand. Das eine stammte von Lao-tse, dem Begründer des Taoismus, und lautete: „Der Zustand des Glücklichseins kann nur durch die Selbstbegrenzung der Wünsche erreicht werden!“ Und das andere ging auf Meister Kung-fu-tse zurück: „Was sind Reichtümer schon! In Wahrheit kann man nichts besitzen – besitzt man sich ja nicht einmal selbst; denn man verändert sich ständig und vermag sich nicht festzuhalten.“

Solche schönen Worte sprach Herr Ch'ü, umringt von seinen Konkubinen und Tänzerinnen, starrend in Seidenpracht und behängt mit Jadeschmuck, bekannt als Lebemann und bankrotter Verschwender: welch eine Verhöhnung der Weisen! Und er richtete sie an Herrn T'sai, wie ein Lehrer an seinen unmündigen Schüler.

Herr T'sai hatte in dieser Stunde, von der er sich den moralischen Triumph über Herrn Ch'ü und dessen Beschämung erwartet hatte, sehr viel Gesicht verloren und würde die Beleidigung rächen müssen. Bei einer starken Schlingerbewegung des Schiffes fiel er wie ein Sack gegen die mit Geranienkästen geschmückte Balustrade des Decks, glitt hilflos an dieser entlang und landete – o grenzenlose Schmach – im Schoß des „blumenhaften Trostmädchens“ Pi-shan, die ihn entsetzt zurückstieß.

Ch'ü versagte sich nicht einmal ein Lächeln, als er diesen Vorfall wortlos verfolgte.

Ohne Herrn T'sai sein Bedauern auszusprechen, senkte er seine Augen auf die Blätter, die ihm dieser übergeben hatte, und begann die Endsummen der Listen zu studieren.

Sie entsprachen ziemlich genau der Wirklichkeit.

Der „Östliche Jadestern“ trug an Kaisergeschenken allein 6000 Barren Silber, einen Wert von etwa 300.000 Taels oder ein Gewicht von rund 20.000 Tschin (= 12.000 kg), was einem Geldwert von etwa 180.000 Escudos in Gold der Portugiesen von Macao entsprach.

Dazu kamen die Seidenballen aus Thai- und Javaware, die Edelsteine, die Nephritstücke und die kostbare Chinin-Rinde, die Teeballen und die Ladung Zuckerrohr, die gespendet worden waren: Alles zusammen abermals ein Wert von 4000 Barren oder in Escudos ausgedrückt von 120.000 Goldstücken. Diese Fracht, die, in die übliche Papierwährung der Kaesch umgerechnet, ein Millionenvermögen darstellte, hatte als Adressaten den Kaiserhof zu Peking – aber man nahm von vorneherein an, daß ein gutes Drittel davon unterwegs verlorengehen werde.

Herr Ch'ü saß auf einem Schatz, der ihn nicht nur vor dem Bankrott bewahren, ihn seinen Freunden angenehm machen würde, sondern ihm auch Wohlleben und Reichtum für einige Zeit garantieren mußte: Wenn er nur ohne Gefahr darüber verfügen könnte.

Und nun hatte dieser Vetter T'sai, wie zu erwarten, die Listen erstellt, die mit Sicherheit in Abschriften an den Vizekönig, wenn nicht gar an den Eunuchen Ma-T'ang gehen würden. Damit war das Vermögen, das bereits in Herrn Ch'üs Händen lag, unanfaßbar geworden.

Wie Herr Ch'ü die Angelegenheit auch betrachtete, er fand nur einen einzigen Ausweg: Er mußte sich mit dem Kapitän des „Östlichen Jadesterns", Herrn Tscheng-Hsiang, arrangieren und diesen veranlassen, den Hafen Macao anzusteuern, bevor man in den Perlstrom einlief.

Macao lag stark befestigt auf einer Halbinsel vor dem Ästuar des Stromes. Vor 25 Jahren hatte der ehrwürdige Großvater des jetzigen Kaisers, der Himmelssohn der Periode Kia-tsing mit dem Namen Schi-tsung, den Portugiesen die Halbinsel und den Hafen geschenkt, weil sie ihm mit ihren Kanonenschiffen bei der Bekämpfung der japanischen und taiwanischen Seeräuber geholfen hatten. Es waren ungute Zeiten gewesen, in denen vor allem die frechen Inselzwerge aus Japan mit großen Dschunkenflotten die chinesischen Küsten beunruhigt hatten. Sie waren mit ihren Raubschiffen sogar bis Kanton vorgedrungen, hatten es gewagt, weiter im Norden den gewaltigen Yang-tse-kiang hinaufzusegeln und die alte Kaiserstadt Nan-king zu belagern und alle Handelsschiffe zu kapern, die von chinesischen Häfen ausliefen. China, das kaum über eine wesentliche

Kriegsflotte verfügte, war zwar ein riesiges und in seinem Kernbestand unangreifbares Reich, ein in Ostasien allgemein als „Reich der Mitte“ anerkanntes Imperium, aber dies galt leider nur für die Erde – nicht für das Meer.

Jedesmal, wenn China über die See auszugreifen versuchte, hatte es Niederlagen erlitten. Sogar unter der Mongolenherrschaft des Kublai-Chan, als eine Riesenflotte ein chinesisch-mongolisches Heer auf den Ozean hinausgetragen und die Unterwerfung Japans geplant hatte, waren seine Dschunken nur dem „Kamikaze“ – dem Götterwind – begegnet und vollständig vernichtet worden.

Die Chinesen taugten offenbar nur als Seeräuber, nicht aber als Seefahrer. So war Kaiser Schi-tsung sehr froh gewesen, daß ihm die Portugiesen ihre Hilfe und Kanonen anboten, dem Spuk ein Ende zu machen.

Damit die freundlichen Schwarzbärte aus dem Fernen Westen eine feste Operationsbasis gegen Piraten und Japaner hätten, war die Schenkung der Halbinsel Macao erfolgt. Und die Portugiesen hatten tatsächlich den japanischen Angriffen ein Ende gemacht.

Leider waren sie bald darauf selber zu Seeräubern, gefährlichen Handelskonkurrenten und Kontrolleuren der Perlstromeinfahrt nach Kanton geworden. Heute saßen sie gleich einer Pestbeule im Nacken Chinas, und ihr Verhältnis zum Kaiserthron von Peking oder zum Vizekönig von Kanton hatte sich so sehr mit Spannungen und Fremdenhaß angereichert, daß ihnen derzeit nur einmal im Jahre erlaubt wurde, den Markt von Kanton zu besuchen. Und auch diese Geschäftsbeziehung war auf einen einzigen Tag im Jahre beschränkt.

Andererseits jedoch hatten sich gewisse Kreise in China so sehr an die Waren der Europäer gewöhnt, und einige Handelsherren in Kanton waren schon so stark in den Macaohandel verstrickt, daß die Chinesen stets mit vielen Schiffen im dortigen Hafen lagen und daß zahlreiche China-Kaufleute bereits ihre Magazine, Kontorhäuser und Kais in Macao besaßen. Auch Herr Ch'ü war der ertragreichen Geschäfte wegen oft in Macao gewesen, er besaß dort sogar einen schönen Kang, sprach einigermaßen Portugiesisch und hatte längere Zeit in Macao gelebt.

Sollte er demnach Kapitän Tscheng-Hsiang durch Überredung und einige „Handsalben“ dahin bringen können, daß er unter irgendeinem Vorwand den Hafen Macao anlief und sollte es gar noch der Fügung des Tao oder der Schicksalsgöttin entsprechen, daß der ganz unwichtige Mandarin des „adlergeprägten Goldknopfes“ T’sai-shen etwa noch vor der Ankunft in Macao einen kleinen Unfall hätte – vielleicht gar von den schwankenden Planken des „Östlichen Jadesterns“ ins Meer fiel und dort von den Haifischen gefressen würde –, so konnte man in Macao die geschäftlichen Dinge so ordnen, daß alle zufrieden sein würden.

Vor allem würde Herr Ch’ü hoch befriedigt sein: kein Bankrott, keine leeren Hände für seine Freunde und Gönner und immer noch genug für den erhabenen Himmelssohn, den Vizekönig, den Gouverneur-Oheim und für den sehr wichtigen Eunuchen Ma-T’ang.

Selbstredend mußten auch die Ladelisten des T’sai-shen ins Nichtsein eingehen – aber sicherlich würden die „Handsalben“ für Kapitän Tscheng-Hsiang bewirken, daß auch dieser seine sicherlich schon ausgehändigten Duplikate verlor. Herr Ch’ü würde ihm sogleich neue und bessere überreichen.

Es gab keinen anderen Ausweg. Herr Ch’ü wälzte seine Gedanken hin und her.

Er beschloß, so bald wie möglich Kapitän Tscheng-Hsiang um eine Unterredung zu bitten, die im kleinen Salon des Kajütaufbaues stattfinden sollte, den Herr Ch’ü als hoher Mandarin ganz allein bewohnte. Man würde sich die hohe Ehre erweisen, miteinander Tee zu trinken, viele und große Weisheiten der Philosophen austauschen und auch ein wenig von Geschäften sprechen.

Es war Herrn Ch’üs immer wacher Aufmerksamkeit nicht entgangen, daß der bullige Kapitän Tscheng-Hsiang seine wohlwollenden Blicke, länger als es allgemeiner Höflichkeit entsprochen hätte, auf den zierlichen Formen und dem puppenhaften Gesicht der schönen Pi-shan hatte ruhen lassen. Sie war für ihn natürlich unerreichbar, da sie ja Herrn Ch’üs Eigentum war, und Herr Ch’ü trug immerhin den kristallenen Knopf. Aber – so überlegte Herr Ch’ü ganz realistisch – vielleicht wäre Pi-shan ein angemessener Preis, wenn man dafür unbesorgt den „Östlichen Jadestern“ in völlige Eigenregie übernehmen könnte.

Herr Ch’ü liebte Pi-shan sehr, wennschon er Philosoph genug war, sich nicht wirklich und unabdingbar an irgend etwas Vergängliches zu binden. Wenn höhere Interessen es erforderten, so konnte er sich auch von Pi-shan trennen: So tief gingen seine Bindungen nicht, obgleich sie höchst angenehm und befriedigend waren.

Er überlegte hin und her, hatte jedoch kein gutes Gefühl bei der Sache.

Was er zu tun beabsichtigte, ja wozu er sich durch den Zwang der Realitäten genötigt sah, ließ sich nur schwer in die ehrenwerte Lebenshaltung eines Hochgelehrten und Gebildeten einordnen. Bevor er Kapitän Tscheng-Hsiang seine Einladung übermittelte, wandte er sich noch einmal, tief meditierend, dem eigenen Geiste zu. Er wollte natürlich nichts wirklich Unmoralisches und Verwerfliches tun. Nicht umsonst hatte er sich durch eingehende Studien aller philosophischen und literarischen Strömungen zu einem Wissenden hohen Grades ausgebildet.

Entscheidungen dieser Art, wie er sie zu treffen im Begriffe war, konnten vor dem Urteil seines Intellekts nur bestehen, wenn sie philosophisch begründet und unterbaut waren.

Doch den alten Weisen sei Dank, fiel ihm nun ein Zitat des sehr alten Philosophen Yang-Chu – eines Nachfolgers des berühmten Mo-tsi aus der 30. Himmelsperiode – ein, das da lautete:

„Die Alten wußten, daß der Mensch nur für eine kurze Weile ins Leben kommt, sie wußten, daß er nach kurzer Weile durch den Tod dahingeht. Daher folgten sie ganz natürlich allen Regungen ihrer Herzen, ohne sich ihnen zu widersetzen durch Religion oder Moral. Genüsse, die sich ihnen boten, flohen sie nicht . . ."

Es war demnach ganz im Einklang mit der Weisheitslehre, ja sogar mit der Ethik des Meisters Kung-fu-tse, wenn der wissende und gebildete Mensch – ohne sich von Religion oder Moral beirren zu lassen – sich für die begrenzte Zeit seines Daseins den Genüssen des Wohllebens zuwandte. Wie aber konnte Herr Ch'ü, der am Rande des Bankrotts stand, dies tun, ohne sich Geld zu beschaffen?!

Er war verpflichtet, seinen hohen Geist mit der Lösung dieses Problems zu befassen und vor keinem Weg zurückzuscheuen, der zu dem einzig erstrebenswerten Ziele führte. Vetter T'sai-shen besaß sein aufrichtiges Mitgefühl, aber er würde notwendigerweise das Opfer sein. Es war seine eigene Schuld, daß er nicht klüger war als Herr Ch'ü. Aber Vetter T'sai-shen war eben nur ein Mandarin vom

„adlergeprägten Goldknopf“ und vom „Brustschild des Hasen“, während Herr Ch'ü den „Kristallknopf“ und das „Schild des Silberfasans“ trug.

So kamen alle Dinge in ihre natürliche Ordnung. Die Harmonie war wieder hergestellt.

Fast etwas wie Befriedigung durchzog Herrn Ch'ü, und er war schon entschlossen, den Kapitän rufen zu lassen, als ein anderes Ereignis ihn hinderte, seine Absichten weiterzuverfolgen.

Der kleine Junge, der über dem höchsten Drachensegel im Mastkorb kauerte, hatte sich in seinem schwankenden Sitz aufgerichtet und die Hand über die Augen gelegt. Er schrie mit heller Stimme: „Ein Schiff kommt über den Rand des Blauen Drachens! Ein Schiff, ein großes Schiff!“

Gewaltige Aufregung ergriff die Dschunke.

Die ehrfürchtig zu Füßen des Herrn Ch'ü kauernde Mädchenschar stob wie ein flatterndes Hühnervolk empor und strebte nach einigem Gezirpe und Gegacker furchtsam den geschützten Räumen des Zwischendecks zu. Kapitän Tscheng-Hsiang, der breitbeinig auf dem Heckaufbau und neben dem Rudergänger gestanden hatte, begann in seinem schnatternden Kanton-Dialekt Befehle zu kreischen. Matrosen und bewaffnete Wächter stürzten die breite Holztreppe vom Bauch der Dschunke herauf und drängten sich zwischen den abwärts strebenden Mädchen durch. Auf der kleinen geraniengeschmückten Plattform des Bugs wurde die Plane von der Drehbrasse gezerrt, und eine rasch anwachsende Bedienungsmannschaft bemühte sich, das kleine Geschütz zu laden und feuerfertig zu machen. Es war eine Art drehbare Feldschlange, die wie die meisten chinesischen Geschütze von kunstfertigen Mohammedanern aus Turkestan gegossen war: ein langes, aber kleinkalibriges Rohr aus stark kupferhaltiger Bronze, mit Drachen und Löwen verziert, das auf einem einfachen Holzsockel drehbar aufmontiert war.

Die Begegnung mit einem offenbar europäischen Schiff in diesem Teile der See konnte nur eines bedeuten: Piraterie, Seeräuberei und Kampf ums Leben!

„Oh!“ dachte Herr Ch'ü mit pochendem Herzen, „wenn es nur Hui-tsing-Ah, der Seebarbar, wäre! Dann würden sich alle Probleme aufs beste lösen!“ Er hatte sich mit aller Gelassenheit und Würde, die einem hochgestellten Mandarin anstand, emporgerichtet und sich mit Hilfe der diensteifrigen Pi-shan aus seinen Kissen erhoben.

Von seinem erhöhten Standort auf dem Hinterdeck aus konnte er nun deutlich das Heraufkommen des fremden Schiffes über der Kimmung erkennen.

Der „Östliche Jadestern“ lief mit dem Fremden auf direktem Kollisionskurs. Die Bahn der beiden Schiffe bildete einen fast genauen rechten Winkel und beide liefen gegeneinander, so daß sie sich bei Beibehaltung des Kurses in weniger als einer halben Stunde kreuzen mußten. Das fremde, sehr hochbordige Schiff hatte alle Segel gesetzt, man konnte nun schon das große Kreuz auf dem prallgefüllten Hauptsegel erkennen: Es waren also mit Sicherheit „Barbaren der Südsee“, denn fast alle Piraten fuhren unter dem Zeichen des Kreuzes.

Da sich die Schiffe mit jedem Rollen der Dünung und mit jedem Neigen ihrer Rümpfe unter dem Segeldruck näherkamen, stieg der Fremde sehr rasch aus der Horizontlinie empor.

Herr Ch'ü, der ja viel gereist war und lange in Macao gelebt hatte, war sich jetzt klar, mit wem es der „Östliche Jadestern“ zu tun hatte. Was da heraufkam, war eine Galeone mit wenigstens zwanzig Kanonen. Griff sie an, so war die Dschunke verloren.

Aber es war nicht Hui-tsing-Ah, wie Herr Ch'ü gehofft hatte. Es war die „Sao Luiz“, die nun deutlich den Kurs wechselte und direkt auf den „Östlichen Jadestern“ zulief.

3

Einige Minuten bevor der Schiffsjunge des „Östlichen Jadesterns“ seinen Alarmruf ausgestoßen hatte, war die Dschunke vom Mastkorb der „Sao Luiz“ aus entdeckt worden.

Die „Sao Luiz“ lag als hochbordiges Schiff höher im Wasser und besaß auch größere Masten, so daß ihr Gesichtskreis weiter reichte als jener der tiefliegenden Dschunke mit ihren stumpfen Mastbäumen.

Auch die „Sao Luiz“ war in nicht geringe Erregung geraten, als der Junge aus dem Krähennest lauthals zu brüllen begann.

„Ein Schiff zehn Strich über Steuerbord! Ein Drachensegel! Ein Pirat!"

Senhor Fernando Gomez, der schwarzbärtige Riese, schnellte von seiner Bank auf dem Mitteldeck empor, auf der er im Schatten der Segel gedöst hatte. Er stieß die Korbflasche mit dem Rotwein um und stand in Sekundenschnelle breitbeinig auf Deck. Schon legte er die gewaltigen Hände wie Trichter an den Mund und schrie: „Alarm! Alarm! Alles an Deck!"

Pater Matteo Ricci, der noch immer über seine Karten und Instrumente gebeugt auf der Kampanje stand, schreckte auf und suchte gegen den Sonnenglast blinzelnd den Horizont nach dem gemeldeten Schiff ab, konnte jedoch nichts davon entdecken.

Während Matrosen und bewaffnete Mannschaften aus den Niedergängen der Galeone quollen und lärmend ihre Gefechtspositionen einnahmen, kam auch Pater Ruggieri die Treppe heraufgehastet und gesellte sich zu Ricci.

„Was ist geschehen?" rief er. „Greift uns tatsächlich ein Seeräuber an?"

„Im Gegenteil", antwortete Ricci gelassen, „es scheint, als ob w i r die Absicht hätten, jemanden anzugreifen. Im übrigen sehe ich nichts."

Sie starrten nun beide angestrengt in die Fahrtrichtung, wo der Horizont immer noch im Dunst und Sonnenlicht mit dem Himmel sich mengte. Vom tiefergelegenen Mitteldeck her, wo die Türen zu den Kajüträumen waren, erschien nun auch der Emporion, Schiffseigner und Kaufherr Don Gaspar Viegas. Hinter ihm drängten sich seine beiden Kinder aus der Kajüte: der junge, etwas affektiert wirkende Don Diego Viegas, ein schlanker Jungherr von 27 Jahren, und die hübsche, feueräugige Joanna, das Töchterchen des Padrone.

Senhorita Joanna hatte ein weißes Spitzentuch über ihren großen Schildpattkamm und die schwarzen Locken geworfen und sah viel kindlicher aus als sie war. Sie hatte es am eiligsten und drängte sich an Vater und Bruder vorbei zum Aufgang. Dabei vergaß sie das züchtige Trippeln, wie es der Tochter eines so angesehenen Mannes wie Don Gaspar Viegas zugestanden hätte, und lief, die Röcke raffend, gleich einem Schuljungen, dem der Pedell auf den Fersen sitzt, zum Hinterdeck hinauf.

Es gab einen guten Grund, warum Don Viegas seine erst achtzehnjährige Tochter auf die gefährliche Reise von Goa nach Macao mitgenommen hatte. Donna Theresa Viegas, die ehrenwerte Matrona und Gattin des Kaufherrn, war in Lissabon zurückgeblieben, als Don Gaspar wieder einmal auf große Fahrt gegangen war und den Bitten seiner Kinder entsprochen hatte, sie ins ferne Wunderland Indien nach Goa mitzunehmen.

Donna Theresa vertrug die Seefahrt nicht – so sagte man. Außerdem war sie viel zu fromm und ängstlich, als daß sie sich um den halben Erdball unter die Heiden und Menschenfresser begeben hätte.

Sie war es lange schon gewohnt, ihren Gatten zu entbehren, der den Großteil seines Lebens auf Reisen und in fernen Ländern verbrachte. Don Diego, der Erbe und Stammhalter der Viegas, war nicht ihr Kind. Er stammte – wie die Fama berichtete – aus einer ersten Ehe Don Gaspars, die er vor beinah drei Jahrzehnten mit einer schönen Inderin christlichen Glaubens in Goa geschlossen hatte. Deshalb war Don Diego auch dunkelhäutiger, als es selbst einem Portugiesen gebührte.

Aber Senhorita Joanna war ihr Kind. Theresa stammte aus einer alten, sehr reichen Kaufmannsfamilie Portos und besaß sogar den niederen Adel. Zudem hatte sie drei Schiffe, eine Faktorei in Lissabon und zahlreiche Gold-Escudos in die Ehe mitgebracht.

Aber nach Art der Portugiesinnen war sie rasch gealtert, ziemlich dick und dabei ein wenig träge geworden. Sie konnte stundenlang mit ihrem Stickrahmen auf dem Mirador – dem vergitterten Aussichtsbalkönchen des palastartigen Hauses – am Tajoufer zu Lissabon sitzen und dem Treiben auf Straße, Markt und Fluß zuschauen. Manchmal bekam sie Besuch von Matronen der anderen Kaufherren oder sogar von echten Marquesas. Sie hatte ihre Pflichten als Ehefrau, als Herrin eines großen Hauses und als Mutter einer Tochter erfüllt.

Was Joanna anbelangte, so hatte sie dem Mädchen eine angemessene Erziehung angedeihen lassen, die vor allem in ständiger Aufsicht, in christlichen Ermahnungen, viel Gebeten und schließlich in der Fürsorge einer Klosterschule bestand. Joanna hatte stets und vom zartesten Alter an eine eigens für sie engagierte „Donna“ gehabt, die sie als „Tia“ oder Tante ansprach, und die vor allem die Aufgabe hatte, Joanna vor allen Gefahren und Verführungen des Weltlebens zu bewahren.

Auch die frommen Schwestern des Instituts „Sa Anna" waren wie fromme Wachhunde gewesen, das Mädchen Joanna als ihr anvertrautes Lämmchen vor den Wölfen zu schützen.

So war Joanna zwischen Kirchgang, Klosterschule, christlichem und sehr strengem Elternhaus zu einer kleinen Schönheit von vierzehn Jahren erblüht, als die „Donna" sie dabei ertappte, daß sie abends in der Rosenlaube des Klostergartens, wohin sie sich angeblich zu Gebet und stiller Andacht zurückgezogen hatte, im Arm eines jungen Gecken lag. Wie die jungen Leute es angestellt hatten, bekannt und verliebt zu werden, blieb für immer ungewiß; denn Joanna gab keine Auskunft. Sie weinte viel, brach in temperamentvolle Schreie aus und gab zu erkennen, daß sie sich weder schämte noch zerknirscht war. Sie würde ähnliches wieder versuchen.

Der Skandal wurde vertuscht, obschon die frommen Schwestern von „Sa Anna" darauf beharrten, daß Joanna kein Recht mehr haben sollte, bei der Maienmesse und bei der Fronleichnamsprozession den Blütenkranz der Jungfräulichkeit zu tragen.

Don Gaspar, der eben in Lissabon weilte, nahm Joanna aus der Klosterschule und entschloß sich, die Angelegenheit künftig selbst in die Hand zu nehmen. Er erlaubte Joanna, mit ihm nach Goa zu segeln, wo er sie in die ebenfalls hochangesehene Gesellschaft der portugiesischen Kolonie einführen und so bald wie möglich gut situiert verheiraten wollte. Der junge, sehr geschäftstüchtige Don Diego war sowieso schon seit Jahren in Goa, wo er in Abwesenheit des Vaters die dortige Faktorei leitete. Goa war Don Diegos eigentliche Heimat, zudem war seine Mutter Inderin gewesen, was durchaus nicht als ehrenrührig galt, da Senhora Indira christlich getauft und sehr reich gewesen war.

Donna Theresa Viegas jedoch, die sich längst in das Schicksal alternder Matronen ergeben hatte, blieb in ihrem Mirador zu Lissabon sitzen, stopft sich das kleine Schmollmündchen mit Kandis und Zuckerplätzchen voll, wurde immer beleibter, würdiger und fauler.

Sie schaute auf den Tajo und die Gassen hinab, und das war ihr genug. Alle Welt wußte, daß sie die adelige Gattin des reichen und hochangesehenen Don Gaspar Viegas war. Die Gesellschaft brachte ihr Achtung entgegen.

Anders war es mit Senhorita Joanna.

Ihr angeborenes, sehr feuriges Temperament hatte sich durch die lange Reise in ein so fernes Land wie Indien keineswegs abgeschwächt. Im Gegenteil schien die heiße Sonne des Landes auf der anderen Seite der Erdkugel ihr stürmisches Blut in noch größere Wallung gebracht zu haben.

Anstatt – wie es die allgemeine Auffassung der Zeit und Gesellschaft von der Tochter eines hochgestellten Mannes und ihre Klostererziehung erfordert hätte – sich züchtig und scheu zu benehmen, ihre Tage mit Gebeten, Handarbeiten, Musik und frommen Werken der Wohltätigkeit hinter den Gittern des orientalisch prachtvollen Goa-Hauses der Viegas zu verbringen und höchstenfalls in Schleier und Mantilla bei den von ihrem Vater arrangierten Gesellschaften, in Begleitung einer allgegenwärtigen „Donna" zu erscheinen, anstatt die steifen und mit sehr viel Höflichkeitsfloskeln belasteten Vorstellungen der jungen Kaufherren der portugiesischen Kolonie zu akzeptieren, versuchte sie von Anfang ihres Indienaufenthaltes an, auszubrechen und alle Regeln des guten Benehmens zu mißachten.

In Goa entwickelte sie eine verwerfliche Vorliebe für das Exotische, fand die feueräugigen, schwarzen Inder interessant und ließ sich immer wieder in unpassende und höchst anstößige Flirts mit Farbigen ein. Mit 16 ertappte sie Don Gaspar persönlich, wie sie Chandra – den etwa 20jährigen Hausboy – in ihrem Jungfrauengemach verführen wollte. Der Inder war in ihrem Zimmer, hatte sich bereits seiner leichten Gewänder entledigt, und auch Joanna hatte nicht mehr sehr viel abzulegen. Natürlich flog Chandra kopfüber aus der Villa Viegas und sogar aus Goa hinaus. Aber schon ein Jahr später hatte es den Skandal mit Gupta, dem schnauzbärtigen Hauptmann der Leibwache des Maharadja von Calikut, gegeben, und diese Affäre war nicht mehr vor der Kolonie zu verbergen gewesen. Die Senhores der portugiesischen Oberschicht, die nach Vermögen, Abstammung und Rang als eventuelle Ehepartner für die Tochter des reichen Gaspar Viegas in Frage gekommen wären, zogen sich entweder als Bewerber zurück oder wenn sie um Joanna warben, so war nicht mehr von Heirat die Rede. Die Wölfe witterten den Hautgout und strichen um Joanna wie um leichte Beute.

Vor einigen Monaten war dann der endgültige Ruin des guten Rufes von Senhorita Joanna erfolgt. Sie hatte sich tatsächlich von einem sehr schwarzen Singhalesen, der noch dazu im Geruche stand, ein Pirat zu sein, auf sein Schiff entführen lassen, war dort eine Nacht lang geblieben und nur durch Zufall rechtzeitig gerettet worden.

Der Singhalese, der leider nebenbei ein recht wichtiger Handelspartner für Ceylon war und mit dem die Portugiesen fast alle Geschäfte abwickelten, die seit der Festsetzung der holländischen Ketzer auf Ceylon im direkten Verkehr nicht mehr möglich waren, hatte kurz darauf die Segel gesetzt und war ausgelaufen. Er hatte die Frechheit besessen, vom Verdeck seiner Dhau aus Don Gaspar und seinen Freunden am Kai zuzuwinken und herzliche Grüße an Senhorita Joanna zu bestellen.

Joanna war das Hauptgesprächsthema der Kolonie geworden.

Die frommen Patres schüttelten die Köpfe und gebrauchten viele sehr nachdenkliche Worte; die portugiesischen Matronen tuschelten recht vernehmlich in ihren Kränzchen, die jungen Kavaliere lächelten süffisant, wenn Don Gaspar oder Don Diego erschienen, und die Inder wagten es, hinter Joanna dreinzugrinsen.

Das war der Grund gewesen, warum Don Gaspar sich entschlossen hatte, sein Töchterchen mit nach Macao zu nehmen. Dort war sie unbekannt und mochte ein wohlgefälligeres Leben beginnen. Auch in Macao gab es angesehene und reiche Kaufherren. Joanna war noch jung und würde nun rasch unter die Haube gebracht werden.

Don Gaspar Viegas als ein von Lissabon bekannter und wegen seiner christlichen Gesinnung, seiner Ehrenhaftigkeit und seines Reichtums hochgeachteter Mann, konnte und wollte es sich nicht leisten, daß ein Mitglied seiner Familie aus den Schranken der Gesellschaft brach. Er war fest entschlossen, in Macao die Sache schleunigst in Ordnung zu bringen. Auch er hielt – gleich dem Herrn Ch'ü – viel von Harmonie und Ordnung.

Don Gaspar Viegas, der jetzt würdevoll und ohne jedes Anzeichen von Aufregung vom Niederdeck zur Kampanje hinaufstieg, war eine imponierende Erscheinung. Er trug – trotz der heiß brennenden

Tropensonne – die Kleidung eines vornehmen Kaufherren, die sich nur wenig von der eines Adeligen unterschied: die an den Ärmeln gepuffte schwarze Samtjacke, den silberbeschlagenen Gürtel mit dem goldintarsierten „Benedetto" zur Linken, unter den plissierten Rockschößen die ausgebuchteten Culottas – die Puffhosen – mit ihren Kniebändern, dann die weißen Strümpfe aus feinem niederländischen Garn und die Schnallenschuhe mit edelsteinbesetzten Silberschnallen. Der hohe, ein wenig konische Spanierhut mit der Reiherfeder paßte zu dem hageren, sonnengegerbten Gesicht und dem Knebelbart à la Philipp II.

Als ihn Pater Ricci oben am Schanzdeck so daherstolzieren sah, empfand er mehr Hochachtung vor ihm als im Beichtstuhl, wo Don Gaspar bei weitem keine so gute Figur machte. Der Pater war schon in Lissabon und Goa der Beichtiger und Vertraute aller Seelennöte Don Gaspars gewesen und war es noch, obschon er Don Gaspar meist heftig ins Gebet nahm und durchaus nicht zimperlich mit ihm umging.

Aber der große Kaufherr war immer schon ein demütiger und getreuer Bewunderer der „Societas Jesu" und ihrer hochgebildeten Patres gewesen. Er war 1525 zu Lissabon geboren, und sein Vater hatte ihn schon im jugendlichen Alter von zwölf Jahren in das soeben zu Lissabon gegründete Ordenshaus der „Societas" gebracht, damit er „Familiar" der Gesellschaft Jesu würde. Die „Societas" war erst 1534 von Ignatius Loyola, Franz Xaver und Peter Faber sowie einigen anderen Studenten der Pariser Sorbonne ins Leben gerufen worden – also erst drei Jahre alt, als Gaspar Viegas ihr als Laienmitglied beitrat.

Die „Societas" nannte sich auch manchmal „des Papstes leichte Reiterei" und faßte sich als Kampftruppe der katholischen Kirche im weltweiten Ringen von Reformation und Gegenreformation auf.

Sie hatte ein sehr neuartiges Element in die Auseinandersetzung dieses revolutionären Jahrhunderts hineingetragen, indem sie Geist, Bildung, ja Wissenschaft, als Waffen benutzte und ganz offen ins Feld der Politik zog. Wenige Jahre nach ihrer Gründung durch Ignatius von Loyola, einen Spanier und ehemaligen Offizier, hatte sie sich fast völlig militärisch organisiert, und ihre Ordensmitglieder saßen als Beichtväter, Berater und Politiker an fast allen abendländischen

Königs- und Fürstenhöfen – soweit diese der Katholischen Kirche treu geblieben waren. Einige von ihnen hatten es sogar geschafft, auch das Vertrauen der protestantischen, evangelischen oder reformierten Herrscher zu gewinnen, von denen die meisten gar nicht ahnten, daß ein Jesuit an ihrer Seite saß und manchen ihrer Schritte leise lenkte.

Diese einzigartige „Societas", die für das Papsttum, die alte Kirche und den Sieg der Gegenreformation stritt und sich zum Ziele gesetzt hatte, die ganze Welt endlich katholisch zu machen, hatte in den wenigen Jahren ihres Bestandes so großes Ansehen, so bedeutende Macht und solch große Verbreitung gefunden, daß die armen Bettelmönche des heiligen Franziskus, die altehrwürdigen Benediktiner und vor allem die mit der Inquisition betrauten Dominikaner neiderfüllt, ja mit einer gewissen Feindseligkeit auf sie blickten oder sogar emporblickten.

Die in Spanien und auch im nunmehr spanisch gewordenen Portugal eifrig qualmenden Scheiterhaufen der „Autodafés" wurden von der hell durch Geist, Überzeugungskraft und Wissenschaft strahlenden Sonne der Gesellschaft Jesu verdunkelt. Viele Menschen hatten begriffen, daß die Zugehörigkeit zur Klientel der „Societas" das einzige war, was vor Inquisition, peinlicher Befragung in Glaubensdingen und Konfiskation des Vermögens bewahren konnte. Die Jesuiten waren dank ihrer hohen Beziehungen stets in der Lage, ihre Schäflein zu beschützen. Darum hatte der alte Don Diego Viegas, Don Gaspars Vater, sehr weise gehandelt, als er so früh schon seinen Sohn im Jesuitenhaus als „Familiar" hatte einschreiben lassen.

Und Don Gaspar war stets ein getreuer Freund und Gönner des Ordens geblieben. Er hatte nicht nur eifrig die Messen, Predigten und Exerzitien der Jesuitenniederlassungen besucht, sondern der „Societas" auch stets eine offene Hand gezeigt. Kraft seines großen Vermögens hatte er zum Bau der Jesuitenkirche von Lissabon, zur Ausstattung der Jesuitenseminare und Ordenshäuser von Goa und neuerdings von Macao beigetragen. Stets stellte er der „Societas" auch Freiplätze auf seinen Schiffen zur Verfügung, wenn diese ihre Sendboten, Vikare und Missionare auf Routen verschiffte, die von der Handelsflotte der Viegas befahren wurden.

Auf solche Weise war auch Pater Ricci schon in Lissabon auf die

„Sao Luiz“ gekommen und mit ihr nach Goa gesegelt. Und nun reiste er als Gast Don Gaspars mit dem gleichen Schiff nach Macao.

Es bestand nirgendwo ein Zweifel, daß Don Gaspar ein guter, christ-katholischer Mann, eine Stütze der Gesellschaft und ein eifriger Familiar der Jesuiten war. Sein hohes Ansehen und seine geschäftlichen Erfolge hingen natürlich eng zusammen; er war einer der führenden Leute von Goa und Macao.

Aber Pater Ricci, den Don Gaspar schon seit der Lissaboner Zeit besonders ins Herz geschlossen hatte, war auch seit langem der Beichtvater Don Gaspars und seiner Familie. Weil aber die Viegas als fromme Katholiken in ihren Beichten all ihre geheimen Konflikte und Sündenfälle preisgaben, um Vergebung zu ständigem Neuanfang zu erlangen, kannte der Pater auch eine Seite des Don Gaspar Viegas, die weniger prächtig und die widersprüchlich, wenngleich verborgen war.

Wenn er nun, auf das Schanzkleid der Kampanje aufgestützt, dem über den Niedergang heraufstolzierenden Don Gaspar entgegensah, so war es ihm, als ginge sein Blick durch gepufftes Sammetwams, Ehrenkette und Patrizieraufzug hindurch und er erkenne nur einen nackten Menschen. Doch schien ihm dies mit den Augen des Priesters gesehen. Als Mensch dieser Welt war er verpflichtet, von allen Geheimnissen und Schwächen des Don Gaspar nichts zu wissen. Ein Beichtiger ist wie ein Grab, in dem alles Wissen um das wahre Wesen seiner Beichtkinder für ewig zu ruhen hat. Don Gaspar mußte für Pater Ricci als Patrizier, Gönner des Ordens, Gastgeber und Padrone gelten – nichts sonst!

Schon hatte sich Senhorita Joanna neben die beiden Patres gedrängt, und Pater Ruggieri zeigte dem Fräulein, wo sie am nordöstlichen Gesichtskreis den schwarzen Punkt zu suchen habe, der nun rasch über die Kimm heraufstieg.

Jetzt trat Don Gaspar hinzu. Der dunkle Fleck am Horizont hatte sich vergrößert, man konnte nun schon erkennen, daß es eine Dschunke mit gespreizten Drachensegeln war, die da im rechten Winkel auf die „Sao Luiz“ zulief.

Auf Befehl von Fernando Gomez enterten soeben die Matrosen in die Takelage, um bereit für Segelmanöver zu sein. Trotz des

Windsausens der Segel, Taue und Spannseile, trotz des Knarrens von Rahen und Taljen und dem fortlaufenden Platschen des Bugs in der Dünung, vernahm man deutlich das Poltern und Rumoren aus dem Geschützdeck, wo die Kanoniere die Schießluken aufstießen und die Rohre einfuhren.

„Was ist das?“ fragte Pater Ricci. „Ein Chinese? Ein Philippino? Oder gar ein Pirat?“

Don Gaspar hatte unterdessen das fremde Schiff ausgemacht und mit geschultem Seemannsblick dessen Charakter als Dschunke erkannt.

„Was immer es ist, Hochwürden, ein gottverfluchter Heide und Pirat ist es jedenfalls! Aber er ist viel schwächer als wir, und wir werden ihn kapern!“

Zugleich rief er mit Stentorstimme nach dem Steuermann Gomez und befahl ihm, Kurs auf die Dschunke zu nehmen.

„Anlaufen, Gomez! Kanonenschuß vor den Bug, aber keinesfalls in Brand schießen oder versenken. Wir entern. Wir wollen die Ladung!“

Mit behaglichem Händereiben wandte sich Don Gaspar dem Jesuiten zu. Sein vollflächiges Gesicht strahlte Befriedigung aus.

„Das kann ein fetter Brocken sein, Hochwürden! Um diese Jahreszeit sind die sogenannten Kaiserschiffe unterwegs: vollgepackt mit Geschenken für den Kaiser von Cathay!“

Don Gaspar gebrauchte noch den älteren Namen für China, den Marco Polo seligen Angedenkens für das sagenhafte Ostreich des Kublai-Chan eingeführt hatte. Man vermutete nur, daß Cathay mit China identisch sei und daß seine legendäre Hauptstadt weit im Landesinneren des hohen Nordens lag – jedenfalls weit genug von Macao und Kanton entfernt, so daß man sich um den legendären Kaiser da oben keine Sorgen zu machen brauchte. Zumindest war dies nicht in einsamer Meerwüstenei nötig.

„Aber, Don Gaspar!“ rief Pater Ricci mit deutlicher Entrüstung, „Sie wissen doch noch gar nicht, ob da drüben nicht ein friedlicher Handelsfahrer seine Bahn zieht! Und wenn es so ist, dann kann nicht er, sondern müssen Sie als Pirat gelten. Wie können Sie nur gleich an Kapern und Beutemachen denken!“

„Ach, Pater! Was haben Sie für eine Ahnung von Seefahrt! Hier auf See gibt es nur zwei Möglichkeiten: entweder ist man abendländischer Christ oder abscheulicher Heide, entweder führt man wie wir zwanzig Kanonen an Bord und läuft auf starkem Kiel oder man hat nichts dergleichen. In unserem Falle sind wir die Christen und haben wir die Kanonen. Das wird dieser schwerfällige Dschunkenkasten da drüben bald spüren."

„Don Gaspar! So darf ein Christenmensch nicht denken! Auch die da drüben sind Menschenkinder und kein Freiwild. Ich fordere Sie auf, Ihre Absichten wohl zu überlegen!"

„Pater, Pater! Sie passen wirklich nicht auf ein Vollschiff! Und nicht in die Welt, wie sie ist. Im Fernen Osten liegen die Dinge anders, als man sie in der Bibelstunde oder bei der Sonntagspredigt sieht. Kein vernünftiger Geschäftsmann wird sich solch eine Beute entgehen lassen! Und hätte dieser chinesische Kasten dort vorne zwanzig Kanonen und wir torkelten auf flachem Kiel dahin, so ginge es umgekehrt. Dann würde der Chinese keinen Augenblick zögern, uns das Heulen und Zähneknirschen zu lehren!"

„Nein, Don Gaspar! Ich protestiere dagegen! Wie sollen wir Sendboten Christi unsere Mission erfüllen, den Heiden die Botschaft von Liebe, Barmherzigkeit, Hoffnung und Erlösung zu bringen, wenn gleichzeitig unsere eigenen Glaubensbrüder auf Seeraub und Unmenschlichkeit ausgehen!?" Und mit einer beinah mutlosen Geste fügte er hinzu: „Jetzt verstehe ich besser noch als in Goa, warum die Chinesen uns als ‚Barbaren' bezeichnen und warum sie bisher keinen von uns in ihr Reich einließen!"

„Das ist allerdings ein Argument", gab Don Gaspar zu und strich seinen spanischen Knebelbart. „Die Chinesen sind wirklich gottverfluchte Heiden. Sie haben niemals begriffen, wie wichtig Welthandel und Öffnung des Landes für das moderne Geschäftsleben sind. Könnten wir frei ihre Häfen anlaufen und ihre Märkte besuchen, so wären Millionen zu verdienen. Aber nein! Sie versperren sich, weisen uns ab und sind verschlossen wie Mördermuscheln."

Dann wandte er sein sonnengebräuntes, trotz der tiefeingekerbten Falten eigentlich großflächiges Gesicht voll zu Pater Ricci. Eine kleine Listigkeit saß in seinen Augenfältchen und um den schmallippigen Mund beinah ein Lächeln. Man spürte, daß er den Pater mochte, wennschon er ihn nicht in allen Dingen für voll nahm.

„Ach, Hochwürden, da fällt mir eben ein, daß meine Tochter Joanna heute die Morgenandacht versäumt hat und gerne Beichte und Zuspruch bei Ihnen empfänge. Sie sind sicher so freundlich, sie in die Kajüte zu begleiten, um ihren Wunsch zu erfüllen.

Hier versäumen Sie gar nichts. Es wird noch einige Zeit dauern, bis wir die Dschunke erreicht haben, um mit den Leuten zu reden. Ich will nicht vergessen, Sie alsdann an Deck zu rufen!"

Pater Ricci zuckte die Schultern und machte Anstalten, einer etwas unwilligen Joanna zu folgen.

Bevor er zum Niedergang schritt, sagte er mit mahnend erhobenem Finger: „Ich darf wohl bitten, Don Gaspar, daß Sie unterdessen niemanden mit Ihren Kanonen erschießen!"

Der Kaufherr lachte wie ein Schuljunge.

„Seien Sie sicher, Hochwürden! Kein Kaufmann feuert Geschütze auf eine Schatztruhe ab, die er besitzen will!"

Pater Ricci schickte sich an zu gehen. Sein Mitbruder Ruggieri blieb schweigend an Deck zurück. Mit ihm würde Don Gaspar keinerlei Schwierigkeiten haben. Ruggieri war bekannt für sein Schweigen.

Dann lief alles wie in einem gutgeplanten Bühnenstück ab.

Die „Sao Luiz" hatte den Kurs so ausgelegt, daß sie nach etwa einer halben Stunde den des „Östlichen Jadesterns" schneiden mußte. Als Senhor Gomez, der jetzt persönlich die Ruderpinne bediente, die richtige Position hatte, ließ er einen Teil der Segel reffen oder fallen und drehte auf Kanonenschußweite der Dschunke bei.

Don Gaspar stand mit dem trichterförmigen Megaphon auf der Kampanje und rief seinen Befehl in einem halben Dutzend europäischer und fernöstlicher Sprachen zur Dschunke hinüber.

Diese hatte versucht, mit der vollen, aber im Vergleich zur „Sao Luiz" nur ungenügenden Segellast ihren Kurs zu halten, ließ aber nun ihre Bastsegel auf den Bambusstangen wie Jalousien fallen und verlor rasch an Fahrt.

Man erkannte von der „Sao Luiz", deren Kajütaufbauten die Dschunke wie schwimmende Häuser überragten, daß das Deck und die Schanzen des „Östlichen Jadesterns" von Bewaffneten wimmelten und daß eine lächerliche kleine Drehbrasse am Bug bemannt war. Doch was bedeutete dies schon angesichts der vollen Breitseite von acht dicken Geschützen, die aus den Luken der „Sao Luiz“ herausgestoßen waren!

„Segel ab!“ schrie Don Gaspar. „Drehen Sie bei!“

Die Portugiesen standen mit Helm, Harnisch und mit schußfertigen Musketen längs der Steuerbordseite ihres Schiffes. Die Übermacht war so deutlich, daß auch Herr Ch'ü und Kapitän Tscheng-Hsiang dies erkannten. Die Mädchen heulten lauthals in den Kajüten, die Matrosen und die Bewaffneten begannen wie aufgescheuchte Hühner durcheinanderzurennen. Vetter T'sai-shen saß klagend und in einer eines Mandarins unwürdigen Verfassung auf dem Niedergang.

„Seid tapfer, ihr Wächter!“ schrie er, „bedenkt, wir fahren den Kaiserzins!“

Nur Herr Ch'ü blieb sich seines Ranges und seiner philosophischen Bildung bewußt. Er hatte in der Lotosstellung auf dem Kissenthron des Hecks Platz genommen, lächelte in sich hinein und war die Gelassenheit selbst.

Die „Sao Luiz“ war nun auf eine Entfernung von 180 Puhs oder einem halben Li (also etwa 270 m) herangekommen und schwojte mit eingeholten Segeln genau in der Fahrtrichtung des „Östlichen Jadesterns“. Da sie sich quer gelegt hatte, zeigten ihre Kanonen direkt auf die Dschunke. Bevor jedoch die „Sao Luiz“ dieses Manöver durchgeführt und das Vorsegel eingerollt hatte, war Herrn Ch'üs Auge auf das Bild des aufgemalten Kreuzes gefallen und hatte auch noch am Hauptsegel das wohlbekannte Bild des Christengottes gesehen.

Er wußte jetzt, mit wem er es zu tun hatte, und war sehr erleichtert, daß es die „Sao Luiz“ war.

Wenn der große Tuan Viegas, was wahrscheinlich war, persönlich an Bord der Galeone weilte, würde es eine sehr wesentliche Chance für Herrn Ch'ü geben, heil aus der Sache herauszukommen. Er kannte den Tuan Viegas ebensogut wie den Piraten Hui-tsing-Ah und hatte während seiner Macao-Zeit oft mit ihm ertragreiche Geschäfte gemacht.

So schaute er allem ruhig ins Auge und verbrachte die Zeit, bis die „Sao Luiz“ die Dschunke entern würde, mit Meditationen über das Buch I-king, in dem erklärt war, wie der Yin-Yang-Dualismus der Weltkräfte alles Geschehen des Daseins bestimmte.

Yin, das war wörtlich genommen das „Schattige", Yang das „Sonnenbeschienene". Die Welt hatte nur diese beiden Seiten.

Ob es sich um die Jahreszeiten Winter oder Sommer, um die verheerende Wirkung der hochwasserführenden Flüsse oder die segenspendende Kraft des Regens handelte, so blieb doch das Prinzip, daß alle Erscheinungen ihre negative und positive Seite besaßen.

So geschah es aber auch mit dem Charakter der Menschen, mit den Vorfällen des Schicksals oder ganz einfach mit der Wirkung von Heilmitteln. Nichts war so übel, daß es nicht auch seine guten Aspekte gehabt hätte, und nichts so gut, daß ihm nicht auch Schädliches anhaftete.

Worauf es im Kosmos wie im menschlichen Leben ankam, war der harmonische Ausgleich zwischen Yin und Yang.

Als Herr Ch'ü mit waghalsigen und düsteren Plänen im Herzen auf seinem unerreichbaren Schatz dahingefahren war, hatte ihn das Yin überschattet, aber auch das Yang war gegenwärtig; denn er war frei in seinen Entschlüssen und voller Hoffnung auf Macao gewesen. Jetzt schienen all die Probleme, die ihn noch vor kurzem bedrängt hatten, gelöst; denn sein Schiff war von den Barbaren gekapert – was sicherlich dem Yin zuzurechnen war. Aber schon tauchte die Yang-Seite des Schicksals hinter den Schicksalsfügungen empor: Vetter T'sai-shen würde ihm keine weiteren Sorgen machen und er war – dank seinem Yang – ausgerechnet in die Hände seines Geschäftsfreundes Viegas gefallen.

Im Buche I-king stand vieles über Yin und Yang geschrieben: ein Weiser konnte damit ein Erdbeben erklären und ein Ehemann lesen, wie er mit seiner entlaufenen Frau verfahren sollte.

Herr Ch'ü aber fand im I-king die Erklärung und Lösung all seiner schicksalhaften Erlebnisse.

Er schöpfte Hoffnung, weil er glaubte, das Yin dieses unerhörten Tages durch Yang ausgleichen zu können. Er würde mit Tuan Viegas verhandeln und mit Vorteilen beladen aus der Affäre herauskommen.

Kapitän Tscheng-Hsiang hatte inzwischen eine blaugrüne Flagge als Zeichen der Ergebung gehißt. Es war ein Glück, daß der fernosterfahrene Don Gaspar auf der „Sao Luiz" den Zusammenhang kannte und seinen Piloten Gomez daran hinderte, einen Kanonenschuß abzufeuern. In Europa galt Weiß als Farbe der Kapitulation. In China war es Blaugrün.

Denn seit alters gab es in China ein geometrisches Schema der Zuordnungen von Kategorien der Weltkräfte, deren Symbolwert sich ergänzte. In der Mitte war das Feld für Erde-Mensch mit der Farbe Gelb. Um dieses zentrale Sein ordneten sich, den Himmelsrichtungen entsprechend, vier andere Felder: im Norden Wasser-Schildkröte und Winter mit der Farbe Schwarz; im Osten Holz-Drache und Frühling mit der Farbe Blaugrün; im Süden Feuer-Vogel und Sommer mit der Farbe Rot, und im Westen Metall-Tiger und Herbst mit der Farbe Weiß.

Da nun Metall immer Holz besiegt, also Weiß die Farbe des Sieges und Blaugrün die der Niederlage bedeutet, hißt ein Heer oder ein Schiff, das sich zu ergeben gedenkt, natürlich nicht die weiße, sondern die blaugrüne Farbe.

Immer haben die Revolutionäre in China entweder die Farbe ihrer Kopftücher weiß oder rot (in der Farbe des Feuers) getragen, wenn sie darangegangen waren, eine Dynastie zu stürzen, die angefaultem Holze geglichen hatte.

Was in China auch geschah, es hatte stets eine tiefe, mystisch-symbolische Beziehung zum Weltganzen und zum Kosmos.

Darum meditierte Herr Ch'ü angesichts der Piraten über das Buch I-king und Kapitän Tscheng-Hsiang zog die Fahne des Holzes auf, die aber zugleich auch Drache und Frühling bedeutet – anzeigend, daß auch in Ergebung und Niederlage schöpferische Drachenkraft und frühlingshafte Wiedergeburt steckte.

Die „Sao Luiz" verstand das Signal und ließ nun Boote zu Wasser, die ein schwerbewaffnetes Prisenkommando zum „Östlichen Jadestern" hinüberbrachten.

Vetter T'sai-shen wimmerte vor sich hin, er klammerte sich innerlich an seinen Glauben an die Bodhisattvagestalt des Amitabha, der auch „Herr des Westlichen Paradieses" genannt wurde. Die buddhistischen Bonzen des Klosters, in dem Vetter T'sai-shen gelegentlich betete, sagten, daß allein das Aussprechen des Namens „Buddha Amitabha" schon genüge, die Wiedergeburt im Paradies zu erlangen. Das Klagen der Mädchen wurde lauter, die Waffenträger schleuderten voller Zorn ihre Steinschloßflinten, Krummschwerter und Streitäxte über Bord, und der Ruderschlag der Barbarenboote kam näher und näher. Nur Herr Ch'ü blieb gelassen im Lotossitz, er wartete ab.

Er fuhr mit dem Beiboot zur „Sao Luiz" hinüber, nachdem er dem Piloten Fernando Gomez in gutverständlichem Portugiesisch klargemacht hatte, daß er ein alter Freund von Don Gaspar Viegas sei.

In diesem Boot nahm er auch das „blumenhafte Trostmädchen" Pi-shan mit. Er kannte die Schwächen des portugiesischen Kaufherrn.

4

Pater Ricci und Senhorita Joanna waren eben dabei – wenn auch unwillig – das Deck zu verlassen. Joanna war viel zu neugierig, um ausgerechnet in dem Moment, da sich endlich auf der langweiligen Seefahrt sensationelle Ereignisse ankündigten, plötzliche Sehnsucht nach Beichte und Erbauung zu verspüren. Ihre wütenden Blicke in Richtung des Vaters sagten alles. Sie wagte nur nicht zu widersprechen, denn sie wußte sehr wohl, daß sie die Geduld ihres recht autoritären Vaters in letzter Zeit schon über Gebühr strapaziert hatte. Und der Pater konnte als Priester natürlich keine Einwände gegen angebliche fromme Wünsche vorbringen. Wenn eines seiner Schäflein nach Seelentrost rief, hatte er freudig den Hirten zu spielen. Er war also in einem entscheidenden Augenblick ausgeschaltet worden. Und sein Gefährte, Pater Ruggieri, nahm wie gewöhnlich von allem nur wortlos Notiz.

Er sagte nichts. Auf seinem hageren Gesicht war nicht einmal abzulesen, was *er* über die unchristliche Haltung des Don Gaspar dachte. Sein maskenhaft verschlossenes Wesen drückte weder Mißbilligung noch Zustimmung aus.

Pater Ricci, der sich schon zum Niedergang gewandt hatte, kehrte plötzlich um und machte ein paar Schritte auf Ruggieri zu, der jetzt dicht neben Don Gaspar stand.

„Pater", sagte er mit so vernehmlich lauter Stimme, daß auch Don Gaspar jedes Wort mithören mußte, „ich gehe jetzt, die Beichte Senhoritas zu hören, aber *Sie* bleiben ja an Bord! Und ich nehme wohl zu Recht an, daß *Sie* nun die Grundsätze jener Religion vertreten, die zu verbreiten wir ausgesandt sind!"

Ruggieri wandte sich Ricci zu. Er senkte den Kopf wie ein gerügter Schüler und nahm eine beinah demütige Haltung ein.

„Pater“, erwiderte er flüsternd, aber vernehmlich genug, daß auch Don Gaspar sein Teil mitbekam, „ich entsinne mich einer Ermahnung unseres Stifters, des seligen Ignatius von Loyola, der da sprach: Seid Knecht mit dem Knechte, Soldat mit dem Soldaten, Bürger mit dem Bürger und Herr mit dem Herren – seid alles ‚ad maiorem Dei gloriam‘ – zur höheren Ehre Gottes!“ Pater Riccis dunkle Augen blitzten.

„Das mag in vielem gelten. Niemals jedoch hat Ignatius gefordert: Seid Sünder mit dem Sünder.“

Und als er Ruggieris Verlegenheit und Scham erkannte, fügte er noch hinzu: „Wenn es Ihnen leichter eingeht, den Regeln Ignatius zu folgen, dann ergänzen Sie doch sein Wort dahin, daß Sie sagen: Seid Chinese mit den Chinesen! Denn auch sie sind Menschen, ja sie sind sogar jene Menschen, aus denen wir Christen machen wollen!“ Dann ging er hinter Senhorita Joanna die Treppen hinab zur Kajüte.

Don Gaspar drehte sich lächelnd zu Ruggieri um und schaute ihm voll ins errötende Gesicht.

„Hochwürden – sehen Sie, wie tief der Chinese da drüben im Wasser liegt?! Es ist eine volle Ladung und ein fettes Stück Beute, das Gott uns beschert hat. Ich versichere Ihnen, die heilige Kirche wird ihr gutes Teil davon abbekommen!“

Ruggieri nickte nur und schwieg.

Nach einer Weile, in der sich Don Gaspar schon wieder dem Meer und der Beobachtung der rasch höher heraufkommenden Dschunke zugewandt hatte, fügte er wie zu sich selber hinzu: „Manchmal ist der gute Pater Ricci starrsinnig wie ein Inquisitor, obschon er die Inquisition nicht mag. Vielleicht wird er einstmals ein Heiliger: Geschäftsmann ist er jedenfalls keiner . . .“

5

Senhorita Joanna konnte Pater Ricci gut leiden.

Für gewöhnlich genoß sie die Zweisamkeit des Beichtkindes mit ihm. Sie fand den drahtigen, schlanken Pater mit dem El-Greco-

Gesicht und den gleich dunklen Sonnen brennenden Augen interessant, schätzte seine außerordentliche Klugheit und tiefe Menschenkenntnis. Es bereitete ihr ein erotisches Vergnügen, sich ihm ganz zu offenbaren und sich in ihren geheimsten Empfindungen von ihm verstanden zu fühlen. Pater Ricci – von dem sie wußte, daß er sich schon sehr früh für den Priesterberuf und damit für das Zölibat entschieden hatte – war in ihren Augen zwar ein rassiger und begehrenswerter Mann, aber ein Mann, der keine Ahnung von Frauen hatte. Die Jesuiten waren dafür bekannt, daß sie alles sehr gründlich, ja mit wissenschaftlicher Akribie betrieben und sich nicht in der Art von primitiven Landpfarrern oder bigotten Franziskanerpatres damit begnügten, irgendeinen naiven „Beichtspiegel" abzuleiern. Sie verteilten ihre Zensuren nicht nach dem Schema der Zehn Gebote, sondern versuchten die Sünde in all ihren psychologischen Nuancen zu ergründen.

Daher waren – seit der Jesuitenorden begründet worden war – auch eine Anzahl hochgelehrter Werke über all die tausenderlei Möglichkeiten des Sündigens entstanden, die den modernen Beichtvätern als psychologische und praktische Anleitungen dafür dienen sollten, die Abgründe menschlicher Verhaltensformen zu verstehen. Alte, sehr erfahrene und kluge Patres hatten dickleibige Bücher über Moraltheologie geschrieben. Der Spanier Molino etwa hatte ein sechzehnbändiges Lexikonwerk über alle nur denkbaren Variationen von Gebotsübertretungen verfaßt und hatte dabei eine bewundernswürdige Phantasie entwickelt. Sieben der sechzehn Bände befaßten sich allein mit dem Sechsten Gebot. Molino hatte – zur Belehrung der Beichtväter – alle nur möglichen Perversionen und Abarten sexueller und erotischer Verirrungen aufgeschrieben, damit auch junge und naive Beichtiger Stoff zur Nachfrage und Maßstäbe zur Beurteilung bekamen.

Pater Ricci erschien Joanna sowohl jung wie naiv. Sie genoß es richtig, wenn er offensichtlich verlegen wurde und schamhaft sein Matadorgesicht verhüllte, sobald sie im Tone reuiger Unschuld die intimsten Fakten ihres Sexuallebens und die recht schwülen Träume ihrer im Grunde höchst einfachen Liebesabenteuer offenlegte.

Obschon Pater Ricci tatsächlich in praktischen Dingen sehr unerfahren war, besaß er doch Gespür und Scharfsinn genug, um zu erkennen, daß es überwiegend nur Träume, unerfüllte Sehnsüchte und Wunschbilder waren, die ihm sein aufgerührtes und verwirrtes Beichtkind darbot. Er ertrug diese „Beichtsitzungen" wie eine ihm auferlegte Last. Sie putschten ihn weder auf, noch reizte ihn die intime Unterhaltung mit Joanna über ihre meist nur zusammenphantasierten „Sünden". Bisher hatte er vergeblich versucht, dem jungen Mädchen Vernunft und innere Ruhe beizubringen. Sie war das schwierigste seiner Beichtkinder, aber sie war zugleich eine Seele, die gerettet werden mußte.

Joanna jedoch hatte – da sie auch Italienisch und damit die Muttersprache des Paters sprach – die verbotenen Bücher des Boccaccio, vor allem das „Decamerone" gelesen, und da hatte sie vielerlei aufreizende Geschichten über gewisse Vorfälle im Beichtstuhl, über lokkere Sitten von Beichtvätern und seltsame Verwicklungen der Liebe aufgenommen. Es machte ihr Freude, mit dem jungen, gescheiten Pater das Katz-und-Maus-Spiel zu spielen. Das Tändeln mit etwas Frevelhaftem, Ungewöhnlichem und Verbotenem war für Joanna fast ein Ersatz für Umarmung und Exzeß.

Aber der Pater durchschaute sie völlig.

Einmal, als sie ihm wieder in eingehender Schilderung nie erlebte, aber erwünschte Abenteuer aus dem Bereiche des Sechsten Gebotes gebeichtet hatte, hatte er sie mit seiner leisen, sicheren Stimme unterbrochen und zu ihr gesagt: „Und wenn du mit allem fertig bist, liebes Kind, dann vergiß nicht beim Achten Gebot zu beichten, daß du gelogen hast!" Joanna war zuerst erschrocken gewesen, da sie sich so gänzlich durchschaut sah, dann aber hatte sie im Beichtstuhl gelacht und zum wiederholten Male gebeichtet, wie sie ihre Jungfernschaft verloren habe.

Pater Ricci mußte sich alles anhören. Sein Amt als Priester und Seelenhirt verpflichtete ihn dazu.

Es war eine alte, ihm wohlbekannte Geschichte, von der Joanna offenbar nicht loskam. Sie hatte einen dauernden Seelenschaden davongetragen, der sie nicht nur als Schuldgefühl, sondern mehr noch als fortwirkendes Begehren verfolgte.

Sie war für die wohlbehütete Tochter aus vornehmen Hause verhältnismäßig früh aus dem Stande der Unschuld herausgetreten.

Vorausgegangen waren bei der Zwölf- und Dreizehnjährigen die üblichen schwülen Flüstereien und mit Phantasie aufbereiteten Geschichten, die sich Klosterschülerinnen im dunklen Schlafsaal mitzuteilen pflegten. Jedes der Mädchen wollte bereits Erlebnisse gehabt haben, schmückte alle Geringfügigkeiten aus, suchte die Freundin zu übertreffen. Sie machten sich die Köpfe heiß, erzählten sich die wildesten Dinge, die sie im heimlich beschafften Boccaccio oder anderen verbotenen Heften gelesen hatten, und schließlich krochen sie zueinander in die Betten und simulierten sich Liebe oder das, was sie dafür hielten. Es gab immer einige verdorbene Geschöpfe unter ihnen, die wohl wußten, welchen Ersatz man inmitten von Einsamkeit und männerloser Erziehung für verwehrten Eros finden konnte.

So waren sie seelisch genommen allesamt mit vierzehn keine Jungfrauen mehr. Ihre Körper glühten, und ihre Seelen lebten inmitten der Schwüle. Der Kirchgang zum Dom, von Klosterschwestern behütet, war die einzige Möglichkeit, Kontakt mit jungen Herren aufzunehmen.

Joanna brachte es fertig, einem besonders leidenschaftlich blickenden jungen Gecken einen Zettel zuzustecken, der diesen zum Abenteuer im Klostergarten aufrief.

Sie hatten sich in der Rosenlaube am Ende des Gartens und bei Nacht getroffen. Joanna hatte es gewagt, sich aus dem Schlafsaal fortzustehlen und klopfenden Herzens durch die Büsche zu huschen. Es war nicht viel gesprochen worden. Der Geck hatte längst die Mauer überklettert und wartete in der Laube.

Joanna lief in seine Arme wie in einen rettenden Hafen. Es war ihr, als sei alles damit getan, dem Kloster, der Aufsicht der Donna und der Nonnen entwischt zu sein und unentdeckt den mondbeschienenen Garten bis ins schützende Dunkel der Laube durchquert zu haben. Als der Geck sie in die Arme nahm, fühlte sie sich geborgen und endlich erfüllt. Sie gab sich dem Abenteuer sogleich hin und leistete keinen Widerstand, als der junge Mensch alsbald von einigen leidenschaftlichen Küssen zu handfesteren Liebkosungen überging.

Sie wollte ja, daß es geschah, und sie genoß es von Anfang an.

Das, was die Erwachsenen und die Bücher „Liebe“ nannten, was Vater und Bruder ganz offenbar mit den leichten Mädchen, mit den Töchtern der billigeren Schichten und – wie aus einigen Reden zu schließen war – mit den hübschen Inderinnen zu Goa trieben, gefiel

Joanna nicht nur, es erschütterte ihr gesamtes Nervensystem, ihr Wesen und ihr Leben. Bisher hatte sie als ein unruhiges, sich selbst und ein Ziel suchendes Wesen weiblichen Geschlechts im Gefängnis der Gesellschaft und in den zahlreichen Fesseln einer gestrengen Erziehung dahingelebt und nicht recht gewußt, was sie mit diesem widerspruchsvollen Dasein anfangen sollte.

Jetzt hatte sie plötzlich etwas Erstrebenswertes, etwas Gültiges und Erfüllendes gefunden. Sie begriff, daß inmitten all dieser frommen Lügen und dieser leeren Formen nur die tiefe, in Erlösung und Traum mündende Liebe ein Inhalt sein konnte.

Seither war sie entschlossen, sich so viel und so rücksichtslos an Liebe zu nehmen, wie sie nur konnte – sie wollte nicht eine sinn- und inhaltsentleerte Matrone werden, wie es ihre Mutter, Donna Theresa, war, die ihre Jahre im Mirador oder bei Damenkränzchen stickend, schwätzend und betend verbrachte. Sie wollte das ganze und volle Leben, sie wollte Liebe und träumte seither nur von Umarmung, Küssen und Männern.

„Joanna, mein Kind", sagte Pater Ricci, „ich habe dir oft schon im Namen Unseres Herrn die Absolution erteilt, obschon ich es eigentlich nicht sollte. Denn es ist wahr: du bereust nichts. Im Gegenteil, du genießt noch in der Beichte das, was wir Sünde nennen, und du bist allzeit bereit, die Sünde zu wiederholen.

Aber ich weiß auch, daß du nur darum der Reue und des Willens zur Umkehr ermangelst, weil dir die Einsicht in das wahrhaft Menschliche ebenso wie die Erkenntnis des Göttlichen in uns fehlt. Man hat dir nur Formeln der Frömmigkeit, nicht aber Frommsein beigebracht. Du hast dich verirrt, weil dich niemand führte.

Das, was du erfahren hast, ist keine Liebe; es ist nur eine vorübergehende Befriedigung körperlicher Bedürfnisse. Dein Körper hat Liebe erfahren, deine Seele jedoch nicht.

Du aber solltest das Beste in dir, auch deine Reinheit, bewahren für einen Gefährten, der einst kommen wird und der dich wirklich liebt: nicht nur als Körper, sondern als vollen Menschen. Ein großer und guter Mensch jedoch setzt seine Ziele ins Höhere. Dann kann auch die Liebe zweier Menschen und ihre körperliche Vereinigung ein Weg sein, den man gemeinsam zu Gott geht. Wenn du weiterlebst wie bisher, wird am Ende jeder Umarmung nur die Leere sein, eine Leere, die du mit einer neuen Umarmung zu übertäuben versuchst. Und am Ende werden Alter, Kälte und Einsamkeit bleiben."

Matteo Ricci, der weder Boccaccio gelesen noch Erfahrungen mit Frauen gesammelt hatte, sprach nicht von den Kapiteln jener Moraltheologien, die auch ihm nicht unbekannt waren. Er sprach wie ein Mensch zum Menschen, wie einer, der selber ein Ziel hat und der einem Verirrten und Weglosen helfen will.

Joanna liebte ihn darum. Sie hätte ihn am liebsten umarmt und geküßt. Sie dachte intensiv an die Nacht in der Rosenlaube, aber es war Pater Ricci, dem sie sich hingab.

Plötzlich pochte es an der Kajüttür.

Ein Matrose stand davor und meldete, daß die Dschunke nun beigedreht habe und daß Don Gaspar den Pater an Deck bitte.

Sie verließen beide das Kajüthaus und stiegen zur Kampanje empor.

6

Der „Östliche Jadestern" lag auf- und abschwingend mit gerefften Segeln einen halben Kanonenschuß querab.

Man sah nun, wie schwerfällig der große Holzkasten im Vergleich zur „Sao Luiz" war. Sein Mittelbord lag kaum eine Mannshöhe über dem Tintenblau der See; die Geranien in den Blumenkästen nickten zum Wasser herab. Wie die Galeone trug die Dschunke vorne und hinten jeweils hohe Aufbauten. Eigentlich waren es zwei schwimmende Häuser, die da – verbunden durch einen plumpen Rumpf – auf den Wellen schaukelten. Die Prisenbesatzung war bereits an Bord gegangen, ihr Boot lag längsseits. Pater Ricci sah, daß ein zweites Boot, bemannt mit Matrosen der „Sao Luiz" und geführt von Fernando Gomez, der aufrecht im Heck stand, Fahrt zur „Sao Luiz" genommen hatte. Die Ruder schlugen im Takt die See, und das Boot schob sich von Wellenberg zu Wellental.

Wenn es einen Kamm schnitt, erkannte man die beiden bunten Vögel, die es mit sich führte.

Zwei fremdartige Gestalten, resedagrün und rot-blau gewandet,

Farbkleckse inmitten der halbnackten Matrosen, saßen mittschiffs. Es waren Chinesen: ein Mann und eine Frau.

„Hol's der Teufel! Vergebung, Hochwürden!" rief Don Gaspar plötzlich aus. „Jetzt bin ich meine Beute los! Das ist niemand anders als Senhor Ch'ü, der da ankommt! Ich kann ihn unmöglich kapern!"

Pater Ricci blickte erstaunt ob dieses plötzlichen Gesinnungswandels auf den mächtigen Padrone und verstand nichts. Inzwischen hatte sich Don Gaspars Antlitz ins Säuerliche verändert, er zupfte ärgerlich an seinem Knebelbart. Offenbar wälzte er schwere und widersprüchliche Gedanken.

„Sehen Sie sich den Mann an, Hochwürden! Den Chinesen im grünen Gewand mit dem bestickten Brustschild und der Satinkappe, auf der ein Kristallknopf sitzt! Sie müssen wissen, daß das ein hoher Mandarin im etwa vierthöchsten Rang der Beamtenschaft ist, ein Senhor Ch'ü, den ich von Macao und Kanton her kenne. Wenn er an Bord kommt – und das wird er mit Sicherheit tun – reichen Sie ihm um Gottes willen nicht die Hand. Jeder Chinese von Rang betrachtet eine körperliche Berührung als schwere Beleidigung. Man begrüßt so einen Herrn, indem man die Hände gekreuzt vor die Brust legt und sich tief verneigt. Wünschen Sie ihm irgend etwas Hübsches: ein Leben von tausend Sommern oder zahlreiche Nachkommen, so etwa in dieser Richtung, und wenn er sich seinerseits verneigt, so wiederholen auch Sie die Verbeugung. Wollen Sie höflich sein – und bei diesem Burschen ist es fast angebracht –, so verneigen Sie sich immer ein wenig tiefer als er, bis sie endlich beide fast auf dem Boden angekommen sind. So macht man das in China!"

„Oh, das will ich gerne tun, Don Gaspar. Aber wird er mich denn verstehen? Ich habe nur wenige Worte Chinesisch in Goa gelernt."

„Senhor Ch'ü spricht Portugiesisch, Spanisch und sogar ein wenig Holländisch, Hochwürden. Seien Sie unbesorgt. Sie haben es mit dem größten Schlitzohr von Macao zu tun."

Und dann fügte er mit einem abermaligen Aufwallen seines Ärgers hinzu: „Der Kerl bringt mich vermutlich um meine fetteste Beute seit langem! Denn nun ist es klar, daß dieser Kasten da drüben eine Kaiserdschunke ist, die den Kaiserzins von irgendeiner Insel der Südsee trägt. Hol es der Geschwänzte! Dieser Senhor Ch'ü kommt mich teuer zu stehen!"

„Nun erklären Sie schon, warum Sie plötzlich ihre Piratenabsicht vergessen haben, Don Gaspar?! Ist dieser Senhor Ch'ü so wichtig?"

Der Padrone senkte den Blick und stampfte ärgerlich auf.

„Hochwürden, dieser Bursche ist nicht nur einer der höchsten Beamten in Kwan-tung, er ist leider auch bis vor kurzem der Hafenmeister von Whampoa, dem Hafen von Kanton, gewesen. Von ihm hängt es ab, welche Kaufleute und wie viele Schiffe von Macao einmal im Jahr den Markt von Kanton anlaufen dürfen. Wer sich mit ihm anlegt, der ist den Handel mit China los! Ich werde ihm seine Dschunke zurückgeben müssen."

Dabei schoß Don Gaspar kurz der Gedanke durch den Kopf, wie es wäre, wenn Senhor Ch'ü zusammen mit dem übrigen gelben Menschenzeug, das dort drüben auf der Dschunke wimmelte, von den Haifischen gefressen würde und die erbeutete Dschunke im Schlepp der „Sao Luiz" in Macao einliefe.

Doch verwarf er diese Idee sogleich. Das ging nicht. Pater Ricci war an Bord und würde zumindest den Bannfluch über das Haupt Don Gaspars herabbeschwören; auch die Besatzung der „Sao Luiz" würde in Macao reden, und über kurz oder lang würde man in Kanton wissen, was auf hoher See geschehen war und warum dieser Kasten voller Kaiserzins nicht angekommen sei.

Nein – das Spiel war verkehrt gegangen! Es würde keine Beute geben und mit einer freundlichen Begrüßung der beiden Emporions enden.

Man war umsonst auf Piratenkurs gegangen.

Unten am Steignetz des Mittelganges legte unterdessen das Boot an. Fernando Gomez, der offenbar auch schon begriffen hatte, wie der Hase lief, half zuvorkommend dem vornehmen Mandarin über das Netz und die Reling. Als nächstes folgte das Mädchen. Don Gaspar war sofort von dessen Schönheit geblendet. Es war eine Perle, die da aus der blauen Muschel der See stieg.

Don Gaspar war nicht der einzige, der von dem unerwarteten Auftritt der Chinesen an Bord der „Sao Luiz" fasziniert war.

Er war ein alter Fernost-Fahrer, der viele Jahre seines Lebens in Goa und Macao verbracht hatte und dem der exotische Aufzug von vornehmen Indern, Malayen oder Chinesen vertraut war. Auch hatte er im Laufe seines Aufenthaltes in den Kolonien zahllose dunkel- oder gelbhäutige Schönheiten nicht nur kennengelernt, sondern dank seiner Stellung und seines Reichtums sie auch seiner Sammlung seltener Schmetterlinge zuzuführen verstanden. Hübsche Mädchen waren in all diesen Heidenländern für einen mächtigen Kaufherrn aus Europa billig. Manchmal wurden sie ihm sogar geschenkt, soferne ein fernöstlicher Geschäftsfreund das Interesse bemerkte, das weiße Männer an tropischen Schönheiten nahmen. Mädchen zählten zu den vielerlei Gastgeschenken und moralischen Bestechungen, durch die sich Geschäftsbeziehungen vertiefen oder verbessern ließen.

In erster Ehe war Don Gaspar sogar mit einer zarten Inderin höherer Kaste, der Tochter eines Rajas aus Goa, verheiratet gewesen. Sein Sohn Diego war das Ergebnis dieser Beziehung.

Es gab auch jetzt noch, da Don Gaspar lange schon mit Donna Theresa vermählt und abermals Vater geworden war, im Hause der Viegas zu Goa einige „Dienerinnen" unterschiedlicher Hautfarbe und Herkunft, die das Privatleben des Kaufherrn verschönten. Und ebenso würde er in seiner Macao-Faktorei einige Mädchen antreffen, die ihrem Gebieter keinen Wunsch versagen konnten.

Trotzdem also die Tafel des Don Gaspar reichlich gedeckt war, überwältigte ihn fast augenblicklich der Appetit, als er das „blumenhafte Trostmädchen" Pi-shan über das Mitteldeck auf sich zutrippeln sah.

Er wußte längst, daß von allen Frauen der Welt die Chinesinnen die begehrenswertesten sind. Niemand konnte so hingebend, zärtlich und anschmiegsam sein wie ein wohlerzogenes Chinesenmädchen. Man sagte, sie würden von früher Jugend an für die Liebe erzogen. Sicher war, daß eine chinesische Jungfrau völlig in der Hochachtung vor dem Manne und zur uneingeschränkten Dienerschaft für ihren Gatten oder Liebhaber aufwuchs. Sie hatte keinen eigenen Willen, keine Neigung zu Widersetzlichkeit, Nörgelei oder Eigensinn. Ein Mädchen kannte nur äußerste Höflichkeit, Fürsorge und Liebesbereitschaft für den Mann, dem man sie zuteilte. Natürlich war dieses „blumenhafte Trostmädchen", das Senhor Ch'ü da mitbrachte, bestimmt keine Jungfrau. Sonst wäre sie nicht in Gesellschaft des Herrn Ch'ü gereist, der ja als Lebemann bekannt war. Sie würde also über all ihre vorzüglichen Eigenschaften hinaus auch noch eine Künstlerin der Betten sein, was ihren Wert ganz sicher erhöhte. Im

Fernen Osten legte man – übrigens ganz ähnlich wie im christlichen Abendlande – keinen absoluten Wert auf das Vorhandensein kindlicher Reinheit bei einem Mädchen, das man mehr oder weniger als ein „Genußmittel" betrachtete. Die einzige Ausnahme bildeten die jungen Damen der Gesellschaft, die Mädchen der „guten Familien", die man als Heiratskandidatinnen ansah und die man zu den Müttern der akzeptablen Nachkommen machen wollte.

Aber Heirat und Liebe waren in Europa wie in China zweierlei.

Nur von Eheanwärterinnen und Mädchen, die man im gesellschaftlichen und moralischen Sinne ernst nahm, erwartete man strengste Zurückhaltung, unzweifelhafte Keuschheit und makellosen Ruf.

Don Gaspar würde dieses „blumenhafte Trostmädchen" – denn etwas anderes konnte sie unmöglich sein – natürlich weder heiraten noch ernst nehmen, aber er verspürte starke Neigung dazu, sie seiner Sammlung einzuverleiben. Das würde nicht schwierig sein. Wozu sonst hatte Senhor Ch'ü diese Perle von Tanzmädchen mitgebracht?!

Pi-shan war von der richtigen Art, wie sie hübsche Chinesinnen haben sollen: hellhäutiger als der Durchschnitt der Kuliweiber, mit antimonuntermalten jettschwarzen Schrägaugen, über denen sich dunkel von der Pfirsichhaut der Bogen der Brauen abhob. Ein matter Hauch von Reispuder lag über dem sanft geschnittenen Gesicht, aus dem die korallenroten Lippen wie ein fortwährender Kuß aufglühten.

In diesem Mädchengesicht gab es kleine Grübchen und einen reizvollen Zug von Aufmerksamkeit. Was waren dagegen etwa die Pfannenkuchengesichter von Japanerinnen oder die breitflächigen Masken der dunkelgelben Südchinesinnen! Nein: dieses Trostmädchen hatte unbedingt Mandschu- oder Han-Chinesenblut in den Adern, sie stammte aus dem Norden und war aus guter Zucht. Don Gaspar schätzte sie nicht nur ab, er begeisterte sich sogleich für sie und geriet angesichts dieses Gastgeschenkes in aufgekratzte Stimmung.

Aber auch andere Leute zeigten ihr Vergnügen an der unverhofften Begegnung. Don Diego, der sich nun endlich an Bord bequemt hatte, starrte ebenso fasziniert auf Pi-shan, die darob aufs Neckischste errötete.

Don Diego, schlank und von der indischen Mutter her ein wenig zarter als Don Gaspar gebaut, machte in seinem schwarzen, gelb gepufften Anzug mit dem gefältelten Schrägzylinder auf den langen dunkelbraunen Locken eine recht stattliche Figur. Er tippte seinen Zierdegen an und verbeugte sich als erster mit einem höfischen Kratzfuß.

Das Anstarren, Begrüßen und Umringen durch die europäische Gesellschaft auf dem fremden, schrecklichen Piratenschiff hatten die schöne Pi-shan ganz offenbar verwirrt. Sie war es gewohnt, bescheiden im Hintergrund zu bleiben, und sah sich nun von ihrem Herrn Ch'ü nach vorne lanciert, ja gewissermaßen den Fremden zum Fraße vorgeworfen.

Sie begann leise zu zittern, senkte die langen schwarzen Wimpern über die Augen und blickte schüchtern zu Boden.

Pi-shan hatte das Herz eines Vogels.

Ihr Leben lang hatte sie Furcht gekannt, war in Gehorsam und Hochachtung erzogen. Ihre ehrenwerten Eltern waren arme Kulis auf den Reisterrassen von Schen-si, nahe am Gelben Drachen – jenem gewaltigen Strome namens Hoang-ho – gewesen. Sie besaßen nur etwa zwei Mou Ackerlandes, also dreimal vier Tschih im Quadrat, was ungefähr fünfzehn Schritt Feldlänge auf jeder Seite entsprach. Von dem darauf angebauten Reis, einigen Ziegen, Hühnern und einem winzigen Enten- und Karpfenteich hatte die Familie mit ihren zehn Kindern gelebt.

Es war verständlich, daß Vater Wang in einem Jahr der Dürre und der besonderen Hartherzigkeit der Dorfwucherer in die Stadt fuhr und seine zwei jüngsten Töchter, die sehr schön zu werden versprachen, an eine jener Tanz- und Benehmensschulen verkaufte, wo man immer neue junge Mädchen suchte. Diese Institute bildeten geeignete Mädchen im Tanz, im Servieren des Tees, im Gesang zum Saitenspiel, in höflichem Benehmen und auch im Liebesspiel aus. Die weniger Begabten kamen dann in gewisse Häuser, die man „Paläste der Erbauung“ nannte oder auf die Sampans in Whampoa, wo es die „Straße der Blumenschiffe“ gab. Andere, die sich sehr schön entwikkelten und höhere Begabung zeigten, wurden an Tanztruppen vermietet oder von reichen Privatleuten, wie etwa Herrn Ch'ü, gekauft.

Wohin aber immer die kleinen Vogelherzen vom Wind ihres

Schicksals getrieben wurden, folgte ihnen der Schatten der Furcht. Sie waren aufgewachsen in der ständigen Furcht, den ehrenwerten Eltern oder Brüdern zu mißfallen, hatten in der gestrengen Schule der Tanzinstitute Gehorsam, Fügsamkeit und Unterwürfigkeit erlernt und bebten nun vor jedem mahnenden oder strafenden Blick ihres Herrn. Keine von ihnen war sich jemals ganz sicher, in Gunst und Gnade zu stehen, und über allen schwebte die Drohung des Verstoßenwerdens.

So war es nur zu verständich, daß die kleine, zarte Pi-shan nun an Bord der „Sao Luiz" mit Schlimmem rechnete und es nur mit Mühe fertigbrachte, jene maskenhafte Gelassenheit zu zeigen, die gute Erziehung von ihr verlangte.

Bevor sie die Lider senkte und die Augen niederschlug, hatte sie noch einmal wie hilfesuchend auf die fremden Männer mit ihren roten, spitznäsigen Gesichtern und dunklen Trachten geblickt und war dabei auch den prüfenden und ernsten Augen Pater Riccis begegnet.

Er begriff sogleich die Not des Mädchens und empfand Mitleid, noch ehe ihm aufgegangen war, welcher Handel sich hier anbahnte.

Pi-shan war eine Fremde für ihn. Ein Wesen aus einer anderen Welt, in ihrem roten Seidenkleid voller Stickereien, behangen mit Perlen und Silberfiligran, den mit Schildpatt hochgesteckten Haaren und den langen Jadeohrringen – ein fremdartiger Vogel von einem entfernten Stern und doch ein Menschenkind, dem Furcht und Klage anzusehen waren. Der einzige, hilfesuchende Blick, den Pi-shan ausgesandt hatte, war wie eine Aussage über ein Schicksal gewesen.

Für Pater Ricci war das Mädchen ein Menschenkind, das verloren in einem anderen Lande in Dunkelheit und Ratlosigkeit lebte und das nach einem Sinn suchte.

Hunderttausende, ja Millionen solcher verlorener Menschenkinder warteten in China auf ihn. Das würde seine Aufgabe sein: ihnen den Sinn und die Hilfe zu bringen.

Hier an Bord der „Sao Luiz" war seine erste wirkliche Berührung mit China erfolgt. Zum ersten Male stand er einem echten Mandarin gegenüber, einem Angehörigen jener gebildeten Oberschicht, mit der er es zu tun haben würde.

In Goa, in dessen Hafen gelegentlich chinesische Handelsschiffe eingelaufen waren, hatte er bereits Chinesen angetroffen. Aber das waren primitive Matrosen, Schauerleute und hie und da ein Kaufmann von geringem Bildungsstand gewesen, von denen kaum etwas zu erlernen war. Zudem hatten sich die Chinesen in Goa betont zurückgehalten, waren meist auf ihren Dschunken verblieben und hatten nur selten persönliche Gespräche mit den Fremden zugelassen.

Sie wollten Geschäfte machen und so bald wie möglich wieder auf See gehen. Man hatte stets den Eindruck gehabt, daß sie die fremde Welt des Abendlandes zwar fürchteten, aber im Grunde auch verachteten. Sie waren bei aller Höflichkeit ihrer äußeren Formen im Grunde eine stolze, selbstbewußte, ja sogar hochmütige Rasse gewesen.

Für sie war China der Mittelpunkt der Welt.

Die wenigen Brocken der chinesischen Sprache, um die sich der Pater angesichts seiner kommenden Sendung schon in Goa bemüht hatte, waren ihm daher nicht etwa von Chinesen, sondern von Mitbrüdern zugetragen worden, die aus Macao zurückkamen.

Aber diese alten Herren, die oft ein Jahrzehnt oder mehr in Macao gelebt hatten, konnten selbst nicht mehr als einige Redensarten oder das Pinseln eines halben Dutzends Schriftzeichen.

Es war unmöglich, Chinesisch zu erlernen, das behaupteten alle.

Zwar glaubte Pater Ricci, der bereits ein halbes Dutzend Sprachen perfekt beherrschte und der sogar den Dialekt der Malabar-Küste einigermaßen erlernt hatte, nicht an diese Unmöglichkeit, aber es beeindruckten ihn doch, als er in Marco Polos Reisebericht – einem vor rund dreihundert Jahren abgefaßten Buche – las, daß auch das Sprachgenie Marco Polo niemals Chinesisch gelernt hatte. Und Marco Polo war immerhin 17 Jahre in Cathay gewesen.

So traf Pater Ricci eigentlich erst in dem Augenblick, als Herr Ch'ü und das Mädchen an Bord der „Sao Luiz" kamen, zum ersten Male auf jene Welt, in die er eindringen wollte. Er gebrauchte die chinesische Formel für „Guten Tag", die ihm ein alter Pater in Goa beigebracht hatte, legte nach der Anweisung des Don Gaspar die Hände gekreuzt vor die Brust und verneigte sich vor der Dame.

Das war zwar eine in Europa übliche Höflichkeit, daß man die Dame zuerst begrüßte – im Fernen Osten jedoch war es ein Affront gegen den Herrn. Das Mädchen reagierte überhaupt nicht, ja es trat fast erschrocken hinter Herrn Ch'ü zurück.

Don Gaspar dirigierte mit einem sanften Stoß die Höflichkeit des Paters in die rechte Richtung und verneigte sich selber vor Herrn Ch'ü. Dieser tat es ihm nicht nur gleich, sondern suchte den Kaufherrn sogar an Tiefe und Dauer der Verbeugungen zu übertreffen.

Von Pater Ricci und seinen wiederholten chinesischen Floskeln nahm er keine Notiz. Offenbar verstand er gar nicht, was der Pater sprach. Als die Verneigungscour vorüber war, schaute er Pater Ricci aus schwarzen Augen blicklos an.

Dann wandte er sich an Don Gaspar, den er natürlich als den Ranghöchsten erkannt hatte, verneigte sich noch einmal mit vor der Brust gekreuzten Händen und sprach in gut verständlichem Portugiesisch: „Der Bodhisattva Amitabha und Vai-lot-schana, der Schöpfer, haben meine heißen Gebete erhört, o Ehrenwerter und Erhabener, und haben meinen unwürdigen Weg mit Ihrem großartigen Meerpfad gekreuzt. Es ist für mich Unwerten eine große Gnade, in Ihr leuchtendes Antlitz schauen zu dürfen."

Don Gaspar antwortete mit einer ähnlich exotischen Formel, und die beiden Herren fingen schon wieder an, sich voneinander zu verneigen. Don Diego, sogar der Pilot Fernando Gomez und die beiden Patres schlossen sich der neuerlichen Verbeugungsserie an.

Dann tat Herr Ch'ü etwas sehr Überraschendes.

Er wandte sich plötzlich Senhorita Joanna zu, die sich bislang staunend, aber auch züchtig im Hintergrund gehalten hatte. Ihr Blick war von dem Moment an, als Herr Ch'ü das Deck betreten hatte, großäugig auf dem Mandarin geruht. Er kam ihr – nicht nur seiner kostbaren und bunten Gewandung wegen – wie ein Paradiesvogel vor.

Das Portugiesisch, das Herr Ch'ü sprach, war zwar einwandfrei und glatt, aber mit einer beinah zwitschernden, auf- und abschwellenden Betonung vorgetragen, daß es seltsam fremdartig wirkte.

Herr Ch'ü machte einen Schritt auf Senhorita Joanna zu, ergriff ihre Hand und deutete einen formvollendeten Handkuß an.

„Senhorita", flötete er, „niemals vordem sah ich so viel Schönheit und Anmut in einer Person vereinigt! Ihr Liebreiz wird nur noch von der Grazie übertroffen, mit der Sie ihn darbieten. Betrachten Sie mich als Ihren unwürdigen, aber ehrerbietigen Diener!"

Joanna war hingerissen.

Nie zuvor hatte man ihr ein derartiges Kompliment gemacht, niemals war ihr von einem Caballero die Hand geküßt worden. Selbst in Europa wurde diese vom französischen Hofe stammende Sitte nur in den Häusern des Adels gebraucht.

Sie starrte Herrn Ch'ü mit runden Augen an und versuchte ein Lächeln, das etwas verkrampft wirkte.

„Senhor", flüsterte sie, „ich bin sehr entzückt, Sie zu sehen!"

Don Gaspar aber mokierte sich und zwirbelte seinen Bart.

Dieser Herr Ch'ü war ein noch viel schlimmeres Schlitzohr, als er gedacht hatte. Er war zwar lange in Macao und sogar auf Malakka gewesen, hatte sich die Gebräuche der Europäer angeeignet, aber daß er so weit gehen würde, sich wie ein spanischer Grande zu benehmen, hatte Don Gaspar nicht erwartet.

Er ahnte ja nicht, daß Herr Ch'ü seit seinem letzten Zusammentreffen mit ihm auf den Philippinen geweilt hatte und dort in der hochgestochenen Gesellschaft der Dons verkehrt hatte.

Jetzt klatschte Don Gaspar in die Hände, und als zwei Diener herbeieilten, gab er Befehl, Portwein und Gläser in die Kajüte zu bringen. Dann bat er Herrn Ch'ü unter Deck.

Sogleich machte sich Don Diego, der Sohn, an das Mädchen Pi-shan heran, bot ihr den Arm und zwitscherte eine chinesische Redensart, die aber niemand verstand. Auch Pi-shan schaute ihn mehr erschrokken als verstehend an.

„Um die Dame", sagte Don Gaspar stirnrunzelnd, „werden sich Joanna und die Donna bekümmern! Du, Diego, folgst uns in die Kajüte!"

So setzte sich alles zum Unterdeck in Bewegung.

Und jeder der beiden Schiffseigner trat den Weg zur Kajüte mit völlig verschiedenen und gänzlich falschen Vorstellungen an.

Nun würde man über Geschäfte reden: über die befriedigende Lösung der etwas unklaren Situation.

Herr Ch'ü schätzte Don Gaspar, den er im Grunde für einen dummen und rücksichtslosen Barbaren hielt, falsch ein, weil er glaubte, nur durch eine große Bestechung und das Versprechen bedeutender Handelsvorteile dahin zu kommen, daß ihm dieser Beute und Anteil beließ, ja ihm sogar half, die Probleme mit der Dschunke zu lösen. Und Don Gaspar, der ja bereits entschlossen war, von Seeraub und Plünderung der Dschunke abzusehen und der gar nicht der direkten Bestechung bedurfte, irrte insoferne, als er den Chinesen, den er zwar für einen Schlaukopf, aber letztlich eben doch für einen primitiven Heiden und menschlich minderwertigen Chinesen hielt, leicht zu erpressen hoffte.

Er dachte, daß der Gelbe durch den Kaperangriff der „Sao Luiz" erschreckt genug sei, um alles als Gnade anzunehmen, was er ihm aus rein geschäftlichen Erwägungen sowieso zu geben bereit war. Da er alle Farbigen für Menschen betrachtete, die der Intelligenz der Europäer untergeordnet, ja ausgeliefert waren, glaubte er sich sicher in der Annahme, daß sich Herr Ch'ü in seiner fragwürdigen Position glücklich schätzen würde, überhaupt mit einem blauen Auge davonzukommen. Er würde, so meinte Don Gaspar, alles in Macao und Kanton einhalten, was man ihm auf offener See abgezwungen hatte. Don Gaspar war fest überzeugt, Herrn Ch'ü und seine Dschunke fest im Griff zu haben. Die Verhandlungen würden leicht und angenehm sein.

Sie ließen sich an dem breiten Eichentisch nieder, auf dem die Diener bereits Weingläser und etwas Schiffszwieback angeordnet hatten. Pater Ricci nahm unaufgefordert neben Don Gaspar Platz.

Herr Ch'ü setzte sich neben Don Diego ans andere Ende der Tafel.

„Salud!" sagte Don Gaspar und hob sein Glas.

„Mögen Ihnen tausend Jahre des Glückes und viele Söhne beschieden sein", antwortete Herr Ch'ü und trank.

Er liebte den Portugieser-Wein sehr. Er hatte ihn oft in Macao genossen.

Was nun kam, war für Pater Ricci eine zweite Lektion über den Umgang mit vornehmen Chinesen.

Er saß schweigend dabei und verfolgte mit wachen Augen und Ohren das auf Portugiesisch geführte Gespräch der drei Herren; übrigens sehr zum Mißvergnügen aller drei.

Die Viegas hätten lieber die Methoden ihrer Handelsschaft weniger offen dargelegt, denn schließlich waren sie nicht nur Geschäftsleute, sondern auch gute Christen. Sie legten Wert darauf, diesen Ruf zu behalten.

Herr Ch'ü jedoch war durch die Gegenwart des Schwarzrocks einfach irritiert. Er kannte ihn nicht, hatte ihn aber sogleich als sehr wichtige Person erkannt. Ein kurzer schweifender Blick hatte ihm genügt, um zu wissen, daß dieser fremde Priester ein kluger und bedeutender Mensch war. Selbstredend gab er durch keine Geste oder leiseste Veränderung seiner Miene zu erkennen, daß er den Pater überhaupt bemerkt hatte, denn schließlich hatte ihn der Unbekannte gleich bei der Begrüßung dadurch beleidigt, daß er das „blumenhafte Trostmädchen" vor einem Mandarin vom Kristallknopf begrüßen wollte. Es mußte demnach schon einiges geschehen, bevor Herr Ch'ü entdecken würde, daß auch Pater Ricci im Raume war. Aber er hätte freier und ungezwungener sprechen können, wäre er mit seinen vertrauten Geschäftspartnern allein gewesen.

Das, was Pater Ricci nun erfuhr, war ein Grundsatz, dem er schon im indischen Goa begegnet war und der wohl für den gesamten Osten galt: wollte man hier etwas erreichen, so mußte man Zeit haben.

Die Menschen dieser fernen Weltgegend hatten ein anderes Verhältnis zur Zeit wie die ewig hektischen und direkten Europäer.

Nur niemals rasch und niemals unvermittelt auf ein Ziel losgehen, das war offenbar so viel wie ein Gesetz!

Das hatte Ricci bereits in Goa erlebt.

Wenn man im Basar etwa einen Teppich kaufen wollte, so konnte man nicht wie in Rom oder Lissabon hingehen und sagen: „He, Sie, ich wünsche diesen Teppich zu kaufen!"

Höflichkeit wie auch Klugheit geboten, daß man zuerst eine längere Unterhaltung über Familie, Wetter und Stadtgerüchte anfing, dann vielleicht Tonwaren besichtigte oder die Qualität der Saris begutachtete, bevor man überhaupt ein Wort über Teppiche verlor.

Jede andere Einleitung eines Handels wäre als barbarisch empfunden worden und würde mit erhöhten Preisen geahndet worden sein.

Chinesen mußte man ganz offensichtlich ähnlich behandeln.

Don Gaspar fragte zunächst nach dem Wohlergehen der ehrenwerten Familie des Herrn Ch'ü, wobei er deren weibliche Mitglieder mit Ausnahme der ehrenwerten Mutter taktvoll überging. Er erkundigte sich nur nach den „zahllosen“ Söhnen des Herrn Ch'ü, von denen dieser leider keinen besaß. Don Diego brachte sodann das Gespräch auf den gegenwärtigen Zustand von Macao; denn die Viegas hatten die Kolonie ja vor einem Jahr verlassen, um nach Goa zu segeln.

Er gehorchte der höflichen Aufforderung des Herrn Ch'ü und berichtete über vieles, was sich in Goa zugetragen hatte, sprach von dem verabscheuungswürdigen Treiben der „spitznäsigen, rotgesichtigen Barbaren der Südsee“, worunter er die Holländer verstand, und klagte mit Herrn Ch'ü zusammen darüber, daß sich diese brutalen Heiden jetzt schon auf Ceylon, in Malakka und auf Java eingenistet hätten.

Don Diego nannte sie Heiden, weil ja die meisten dieser Holländer reformierte Ketzer waren, häufig sogar „Wassergeusen“, die sich vor den fortdauernden Kämpfen der Niederlande mit ihren spanischen Herren aufs Meer verdrückt hatten und nun der christ-katholischen Seefahrt in aller Welt Ungelegenheiten bereiteten.

„Die Holländer vor allem im Fernen Osten“, sagte Don Diego, „die Engländer (die beinahe noch schlimmere Protestanten und Ketzer waren) auf dem Atlantischen Meer und in Amerika!“

„Was ist das?“ fragte Herr Ch'ü nachdenklich, „das Atlantische Meer und Amerika?!“ Doch dann schien es ihm einzufallen und er lächelte.

„Ach ja, ich weiß es: da liegt ja noch so eine Insel draußen, zu der die Spanier gefahren sind: Mexiko heißt sie oder so ähnlich. Man hat berichtet, daß die Japaner Schiffe dorthin gesandt hätten. Aber sie fanden nichts als Wüstenei und kehrten zurück.“

Wieder klang die totale Verachtung des Chinesen für all die Randländer und Inseln durch, die das Reich der Mitte nur wie ein Rahmen umgaben. Dann vertieften sich die drei Herren in eine Würdigung des Wetters, das im vergangenen Jahr in Macao und Kwan-tung vorgeherrscht hatte. Es war sehr heiß gewesen, doch hatte es auch reichlich Regen während der Monsunzeit gegeben, so daß eine mittlere Ernte eingebracht werden konnte. Herr Ch'ü erwähnte einen Wirbelsturm namens Tai-fun, der wie ein „weißer Drache“ gewütet habe. Zahlreiche Dschunken und auch zwei Galeonen des Piraten Hui-tsing-Ah waren gesunken. In Macao waren Hütten fortgeblasen und einige Dächer der Europäersiedlung abgedeckt worden.

Dieses allgemeine Gerede ging eine lange Weile fort. Beide Parteien benützten eine gewundene, blumenreiche Sprache, verneigten sich immer wieder voreinander. Herr Ch'ü gebrauchte für sich selbst stets die Beiwörter „unwürdig, bescheiden oder minderwertig", meinte jedoch ganz offensichtlich das Gegenteil. Die Herren Viegas zeichnete er konsequent mit „ehrwürdig", auch mit „geehrt" und „bewunderungswürdig" aus, und er meinte wohl auch in solchem Falle stets das Gegenteil.

Die Herren Viegas antworteten ihm, wenn auch weniger gewandt und um eine Nuance realistischer, mit ähnlichen Floskeln einer alles verhüllenden Höflichkeit.

Dann – als Pater Ricci schon glaubte, sie hätten die draußen unter Prisenkommando schwojende Dschunke und den Piratenakt, der noch immer stattfand, völlig vergessen – waren sie unversehens mitten in den Verhandlungen und sprachen von den Geschäften, um die es im Grunde ging. Und auch in diesem Abschnitt der nun heftiger werdenden Unterhaltung lernte der Pater vieles hinzu, was ihm nachmals von Nutzen sein würde. Er lernte die Menschen von einer Seite kennen, die er zwar vielfach aus seinen verschiedenen Begegnungen im Weltleben und vor allem aus dem Beichtstuhl schon zu kennen glaubte, jedoch in diesen Kontrastfarben bei den christkatholischen Viegas nicht vermutet hatte.

Was den chinesischen Mandarin anbelangte, so meinte er nun zu sehen, welch teuflische Züge sich hinter dem Staatsgewand, hinter all den gelehrten Zitaten und der zeremoniellen Höflichkeit verbargen.

Da saß er inmitten einer feinen Gesellschaft!

Sie verhandelten über das Schicksal der „Kaiserdschunke" und – was schlimmer war – mit der gleichen Gefühlskälte um das der Menschen, die sich auf diesem Schiff befanden.

Ganz plötzlich hatte Herr Ch'ü aus den weiten Ärmeln seines Mandarinkleides eine Rolle von Listen hervorgezaubert und vor den beiden Viegas ausgebreitet. Diese sprangen von ihren Sitzen auf und beugten sich voll Begierde darüber, was für einen Moment ein verächtliches Lächeln auf Herrn Ch'üs glattem Antlitz erscheinen ließ.

Doch die Viegas vermochten nichts zu lesen. Die Listen waren mit chinesischen Schriftzeichen geschrieben. Es waren die Ladelisten des „Östlichen Jadesterns". Herr Ch'ü persönlich hatte sie zusammengestellt, sie hatten nichts mit jenen verräterischen Aufstellungen zu tun, die Vetter T'sai-shen so hinterhältig hergestellt hatte.

Und nun begann Herr Ch'ü ins Portugiesische zu übersetzen, was Don Diego sogleich eilfertig auf einem rasch herbeigeschafften Blatt Papier notierte.

„Es interessiert Sie sicherlich", sagte Herr Ch'ü, „was wir im Laderaum mitführen. Darum habe ich mir erlaubt, meinen ehrenwerten Freunden die Frachtlisten mitzubringen!"

Er begann aufzuzählen.

Je weiter er fortschritt, von Zuckerrohr, Gewürzen, Jadesteinen, Thaiseide, Perlen oder Silberbarren zu sprechen, je imponierender die Zahlen wurden, die den Marktwert der Waren angaben, um so öfter stieß Don Diego Laute des Vergnügens aus. Don Gaspar wühlte nach seiner Art im Spitzbart. Er bereute nun offenbar seinen Entschluß, die Dschunke ungeschoren zu lassen; denn dies war ein wahres Schatzschiff, das er gekapert hatte.

Aufgestörte Gedanken gingen in seinem Kopf hin und her.

Freundschaft hin oder her, sagte er sich, gute Beziehungen zum ehemaligen Hafenkontrolleur von Whampoa oder zum hohen Mandarin aus Kanton hin oder her: Bargeld ist besser. Und dieser Fang war reines Bargeld! Abgesehen von den Silberbarren, die fast die Hälfte der Ladung ausmachten, war alles übrige teuer auf den Märkten von Macao oder Goa umzusetzen. Nach Lissabon verschifft, würde allein Zuckerrohr, Gewürze und Jade ein Vermögen einbringen.

Hol es der Teufel! Mag dieser Herr Ch'ü über die Klinge springen, soll seine Mannschaft von den Haien gefressen werden! Es war sehr fraglich, ob die Dienste, die Don Gaspar von Herrn Ch'ü erwarten durfte, jemals den Wert dessen aufwogen, was man schon hatte!

Schon spielte er mit der Möglichkeit, die Ladung auf offener See umzuladen. Das war möglich, seit sich die Dünung gelegt und der Wind nachgelassen hatte. Wenn die Dschunke mit Mann und Maus zu den Fischen fuhr, wartete man eben in Kanton vergeblich auf ihre Rückkehr.

Natürlich blieb die eigene Mannschaft als Zeugenschaft. Ganz abgesehen von den Farbigen, die man an Bord hatte, waren nicht einmal die Portugiesen sichere Schweiger. Alles Saufgurgeln, Hafenstörzer und Lumpenpack, das in der nächsten Hafenkneipe mit der fetten Beute prahlen und auf den Padrone schimpfen würde, der ihnen so wenig davon abgegeben hatte. Die Kaperung des „Östlichen Jadesterns" konnte nicht verborgen bleiben und würde mit Sicherheit die Feindschaft des Vizekönigs von Kanton und damit die Ausschließung der Viegas vom jährlichen Whampoa-Markt, wenn nicht die Aussperrung aller Portugiesen, bedeuten.

Ein teures Geschäft! Denn ohne Chinahandel war die Macao-Faktorei praktisch nutzlos.

Man mußte genau Vor- und Nachteil abwägen und vielleicht doch die Freundschaft des Herrn Ch'ü erhalten.

Herr Ch'ü selbst nahm es Don Gaspar ab, das schwierige Problem lösen zu müssen.

Er hatte den beiden Viegas Zeit gelassen, die Listen zu studieren und die Summen auszurechnen, die sie profitieren konnten. Dabei hatte er aus klugen, pechschwarzen Schlitzaugen genau das Mienenspiel der beiden Kaufherren beobachtet und unschwer die Gedanken von ihren Stirnen abgelesen, die sie wälzten.

Nun machte er seinen wohlerwogenen Vorschlag.

Nach chinesischer Art holte er weit aus und begann mit einem Zitat des Kung-fu-tse.

„Als Meister Kung, der Weiseste von allen, sehr alt geworden war, und als er sah, daß all seine hohen Lehrsätze, mit welchen er die Menschen bessern und die Ordnung aufrichten wollte, keinerlei sichtbare Wirkung getan hatten, da rief er aus: Wehe, der Himmel vernichtet mich! Wehe, am Ende siegt doch nur die Erde ... Und er sagte: Alles geht dahin, ohne Aufhören, Tag und Nacht ... Einem Strome gleicht unser Dasein! Sehen Sie, Ehrenwerte, so ergeht es auch dem ‚Östlichen Jadestern' – einer aus Holz gebauten, auf flachem Kiel laufenden Dschunke, die leicht versinken kann. Sie trägt Reichtümer, deren sowohl ich Unwürdiger wie auch Sie, meine ausgezeichneten Freunde, dringend bedürften, um ein Leben in Würde führen zu können.

Sie könnten mit den Schätzen, die der ‚Östliche Jadestern' trägt, ihre Faktorei vergrößern, neue Schiffe wie dieses hier bauen und vielleicht den Handel mit China so vermehren, daß sich das Vermögen des ‚Östlichen Jadesterns' verdoppeln, ja verzehnfachen würde.

Und ich ganz Unwesentlicher wäre in der Lage – bliebe mir nur die Hälfte der Schätze –, meine Freunde in Kanton und Kwan-tung, den hochgeschätzten Vizekönig, meinen ehrenwerten Oheim, den Gouverneur Kwan-tungs, und sogar den sehr bedeutenden Eunuchen Ma-T'ang mit Geschenken zu erfreuen, so daß all diese wahren Freunde mir wohlwollend verbunden wären.

Wenn wir nur die Ladung des ‚Östlichen Jadesterns' gerecht zwischen uns teilen könnten, wäre dies sehr gut für uns alle. In jener ziemlich bedeutenden Stellung, die ich dann sicherlich einnehmen würde, wäre es mir wahrscheinlich möglich, nicht nur für einen sehr gerechten Marktanteil der ehrenwerten Viegas an dem alljährlichen Handel zu Whampoa zu sorgen. Vermutlich brächte ich es mit der Zeit auch fertig, den Sinn der über China regierenden, ungemein ehrwürdigen Beamten dahin zu verändern, daß sie weitere Häfen für die Viegas und ihre Schiffe, ja vielleicht sogar für alle Portugiesen die Zulassung in China selbst, erlaubten. Es scheint mir nicht gänzlich unmöglich, zunächst wenigstens einige Vertreter Macaos nach China hereinzubringen. Nur – das müssen Sie, meine hochgeachteten Freunde und Gönner verstehen – in meiner gegenwärtigen Lage, in einer zwar hohen, aber nicht ausreichend hohen Stellung als Mandarin, hätte ich keine Möglichkeit, meinen geehrten Freunden behilflich zu sein. Darum bewundere ich die Weisheit Meister Kungs, wenn er ausruft: Wehe! der Himmel vernichtet mich. Wehe, am Ende siegt doch nur die Erde! Legt man Meister Kung richtig aus, so zeigt er uns deutlich den Pfad, der zu einem höchst befriedigenden Ergebnis führen würde!"

Sogar Pater Ricci begriff, was der Chinese meinte: Er schlug den Viegas ein Geschäft vor, gemeinsam den „Östlichen Jadestern" auszurauben und die Beute untereinander zu teilen.

Würden sie ihm seine Hälfte überlassen, wäre Herr Ch'ü bereit, sich für die so lang und stets vergeblich erstrebte Öffnung Chinas wenigstens für einige Europäer einzusetzen. Und hatten die Europäer erst einmal einen Fuß in der Türe, so wäre der Rest wohl ein Kinderspiel!

Da bot sich also nicht nur den Kaufherren Viegas eine unerwartete, ja einmalige Chance, sondern auch Pater Ricci.

Seine „Societas Jesu“ hatte ihn schließlich mit dem ausdrücklichen Auftrag nach Macao in Marsch gesetzt, das zu erreichen, was selbst dem heiligen Franz Xaver nicht gelungen war: die Zulassung der christlichen Mission in China!

Millionen und Abermillionen Menschen der gelben Rasse warteten auf die frohe Botschaft Christi, die von Europa herüberkam, aber sie würden sie niemals zu hören bekommen, wenn China sich weiterhin hinter seiner Großen Mauer und dem Meer verschanzte und in Fremdenfeindlichkeit abschloß.

Natürlich begriff Pater Ricci völlig die korrupten und verbrecherischen Aspekte jenes Geschäfts, das sich da in seiner Gegenwart anbahnte. Die Viegas unternahmen nichts anderes als gewöhnlichen Seeraub. Ihre einzigen moralischen Argumente waren ihre zwanzig Kanonen, die der kleinen Drehbrasse auf dem „Östlichen Jadestern“ überlegen waren; ihre Triebkraft bestand in jener unendlichen Habgier, die besonders erfolgreiche Geschäftsleute auszeichnet, und ihr Ziel lag in noch mehr Handel, Ausbeutung eines großen und offenbar kulturell hochstehenden Volkes; sie wollten das billige Silber, die Seide, Gewürze, Tee, Gold, den Reis und die exotischen Waren Chinas, um sie mit Riesengewinnen auf den indischen und europäischen Markt zu werfen.

Es genügte ihnen nicht, reich zu sein, sie wünschten superreich und beherrschend zu werden!

Der Chinese jedoch war ein noch bedeutenderes Phänomen.

Pater Ricci hatte unterdessen klar erkannt, daß der Mandarin ein hochintelligenter und auf seine Weise auch sehr gebildeter Mann war: ein Intellektueller, wie sie jetzt auch im Abendlande gleich Kraut und Rüben emporschossen. Herr Ch'ü war nicht anders als jene revolutionären, progressiven und klugschnakenden Philosophen, Gelehrten und Wissenschaftsgläubigen in Europa, die nur noch vom praktischen Nutzen, von realen Ergebnissen und vom materiellen Erfolg sprachen und die so geschickt waren, jede Religion, alle Moral und Sozialethik so auszulegen, daß sie auch auf Raub, Korruption und Verrat paßten.

Die Weltgeschichte schien mit dem Ansturm auf den göttlichen

Wahrheitsgehalt der Religion in ein Zeitalter eingetreten zu sein, in dem für die einen nur noch das Geld, für die anderen nur noch das intellektuelle Geplauder von Entwurzelten galt.

Sie hatten für alles ein passendes Zitat, eine gewundene Theorie, eine rationale Erklärung, ein Geschwätz. Jetzt begriff Pater Ricci, daß er sich nicht einem fremden Gestirn näherte, sondern im Grunde in ein und derselben Welt geblieben war und daß er in China den gleichen urmenschlichen Problemen begegnen würde, die er mit Europa hinter sich gelassen glaubte.

Dieser Herr Ch'ü war als hoher Beamter des Kaisers ausgesandt worden, jenen legendären „Kaiserzins" einzuholen. Aber er dachte nur daran, wie er sich selbst bereichern und seine Beamtenkarriere beschleunigen könnte. Was immer er für eine Religion oder Weltanschauung auch haben mochte, er verriet sie, genau wie er seinen Kaiser verriet. Denn Herr Ch'ü war sicherlich viel zu klug und zu gebildet, um sich nicht klar darüber zu sein, daß er wie ein Betrüger und Dieb handelte. Er hatte trotzdem den praktischen und unmoralischen Weg gewählt. Was aber das für Pater Ricci Abstoßendste war, betraf das hochgestochene Geschwätz und das intellektuelle Getue, mit dem er sein Verbrechen umkränzte, ja sogar umfunktionierte.

Obschon der Pater die Situation und den moralischen Zustand der Verhandlungspartner nun gänzlich durchschaute, vermochte er dennoch die verführerischen Vorstellungen nicht von sich zu weisen, daß sich auch ihm und seiner Aufgabe durch eben dieses Geschäft, das sich hier anbahnte, eine ungeahnte Möglichkeit eröffnete. Konnte China tatsächlich durch die Vermittlung des Herrn Ch'ü und das Geschäftsgebaren der Viegas für zunächst einige Europäer geöffnet werden, so würde sicherlich einer der ersten ein Missionar sein und wahrscheinlich Pater Ricci heißen.

Er war sich völlig der Tatsache bewußt, daß er oder die „Societas Jesu" keinerlei Möglichkeiten haben würden, im Namen der christlichen Religion derartige Geschäfte zu verhindern. Schließlich waren die Viegas die bedeutendsten Gönner und Geldgeber des Ordens im Fernen Osten. Er aber war nur der kostenlos nach Macao beförderte Gast der Viegas, dem man zwar eine gewisse Narrenfreiheit, nicht aber Einmischung in die Handelspolitik zugestand.

Es war nutzloser zu protestieren, als es gewesen war, die rauhen Sitten des Steuermannes Gomez oder die Piratenabsichten Don Gaspars zu bändigen.

Auf der anderen Seite lockte ein unwahrscheinlich hohes Ziel: die Verwirklichung der Chinamission!

Für einen Augenblick streifte auch ihn ein häufig gebrauchtes Zitat, das den Intellektuellen des Abendlandes so leicht von den Lippen ging. Es stammte aus dem „El Principe" des Macchiavelli und lautete: „Der Zweck heiligt die Mittel!"

Es war klug, verlogen und bösartig, wie die meisten der neumodischen Worte. Christus hätte es niemals gebraucht.

Pater Ricci schämte sich, auch nur für eines Gedankens Länge wie ein Intellektueller gedacht zu haben. So hoch das Ziel auch gesteckt war: auf solche Weise konnte es nicht erreicht werden.

Es kam aber noch schlimmer.

Die beiden Viegas hatten aufgehorcht. Sie waren nun hellwach. Don Gaspar sah erfreuliche Aspekte auf sich zukommen: Die Hälfte des Schatzes, den der „Östliche Jadestern" trug, war verlockend genug, wenn man ihn ohne Gefahr und Folgen bekommen konnte. Die angedeuteten Versprechen Herrn Ch'üs eröffneten ungeheuere Aussichten auf Handelsgewinn, und ein wenig und wie nebenbei erinnerte sich Don Gaspar auch an das schöne Mädchen Pi-shan, das ihm Herr Ch'ü offenbar als Zugabe mitgebracht hatte. Dies alles zusammen war eine recht akzeptable Verhandlungsgrundlage.

Er verständigte sich mit einem raschen Blick – der jedoch den flinken Schlitzaugen Herrn Ch'üs nicht entging – mit seinem Sohne Diego, der offenbar ebenso schnell gedacht hatte wie der Vater und ihm sogar darin gleichkam, daß auch er das Mädchen Pi-shan mit einem kurzen Gedanken streifte.

Sie nickten also mit einiger Zurückhaltung Herrn Ch'ü zu und fragten dann, sich gegenseitig vor Eifer unterbrechend, nach den Einzelheiten des Geschäftes, das Herrn Ch'ü vorschwebte.

Und dann kamen Details, wohlverpackt in philosophische Erwägungen und sehr kluge Satzgirlanden, jene Punkte des sich anbahnenden Vertrages, die Pater Ricci endgültig erschütterten.

Der Plan des Herrn Ch'ü war schlau, ja sogar raffiniert ausgedacht. Pater Ricci, der immer noch als stummer Beobachter am Tisch saß, las an den Gesichtern der beiden Viegas ab, wie Herr Ch'ü, je weiter er in seinen verschnörkelten Reden mit der Darlegung seiner Vorstellung kam, in der Hochachtung der Kaufherren stieg.

Es ging, ganz unverblümt gesagt, um zwei Grundfragen, die zu lösen waren: Erstens um die Teilung des Raubes, denn darin stimmten die drei Herren völlig überein, daß die Kaiserdschunke samt ihrer kostbaren Ladung niemals in Kanton ankommen sollte und daß der Schatz in ihre Hände gelangen müsse. Zum zweiten jedoch mußte ein Weg gefunden werden, der es ausschloß, daß aus dem Piratenstreich der Herren Viegas und dem korrupten Verhalten des Herrn Ch'ü irgendwelche politischen oder wirtschaftlichen Nachteile erwuchsen.

Dies aber bedeutete die Notwendigkeit der Irreführung beziehungsweise die Ausschaltung unliebsamer Zeugen, also vor allem der Mannschaften und des Kapitäns des „Östlichen Jadesterns“, insbesondere aber eines chinesischen Beamten namens T'sai-shen, der sich noch an Bord der Dschunke befand.

Über die Verwertung des Kaiserschatzes war man sich schnell einig, nun aber sprachen die Herren über das Schicksal von Menschen, die ihnen offenbar im Wege waren.

Sie taten dies – trotz aller phrasenreicher Verbrämung ihrer Reden – mit derartiger Gefühlskälte und nüchterner Sachlichkeit, daß es Pater Ricci kalt über den Rücken lief.

Er hatte die beiden Herren Viegas trotz all ihrer menschlichen Schwächen und zahlreicher Sünden, die ihm ja wohlbekannt waren, im Grunde für fromme, tiefgläubige Christen gehalten, für Männer, die von Kindesbeinen an im Geiste der katholischen Religion erzogen worden waren und die auch – trotz ihrer gelegentlichen Eskapaden – ein Leben streng im Sinne dieser Religion führten. War Don Gaspar nicht sogar Seminarist der „Societas Jesu“, ihr „Familiar“ und nachmals ihr großzügiger Förderer und Stifter gewesen? Hatte nicht der junge Don Diego die Jesuitenschule zu Goa, die sein Vater mitbegründet hatte, besucht und sich immer als frommer Prozessionsteilnehmer, Gebetsgenosse und häufiger Teilnehmer der Exerzitien hervorgetan?

Selbst der mißtrauischste und bösartigste Inquisitor hätte an den Glaubensbekenntnissen und am Verhalten der Viegas der Kirche gegenüber kein Fehl zu finden vermocht. Sie galten in der Gesellschaft von Lissabon bis Goa als Inbegriff überzeugter Katholiken, ja fast als Fanatiker der Gegenreformation, haßten die englischen und holländischen Ketzer mit echter Inbrunst – und waren, wie Pater Ricci nun zu seiner Erschütterung einsehen mußte, so wenig Christen wie die menschenfressenden Heiden Afrikas oder diese offenbar atheistischen Chinesen. Oder sie waren beides: Christen und Heiden in der gleichen Person: gespaltene Persönlichkeiten, die es fertigbrachten, Glaube und Realismus, Hingabe und Verbrechen, Frömmigkeit und Profitstreben unter einen Hut zu bringen. Sie waren ganz einfach Geschäftsleute, die Religion und Handelsschaft, moralisches und praktisches Verhalten wohl zu trennen wußten.

Aber sie waren keine Christen!

Pater Ricci hatte das ferne Europa nicht nur der großartigen Vorstellung wegen, den unerfüllten Auftrag Christi: „Gehet hin und lehret alle Völker!" zu vollenden, verlassen und sich bei den Oberen seines Ordens früh schon um einen Missionsauftrag in Asien beworben, wo es so viele und große Völker ohne Kenntnis des Christentums gab.

Dieses Streben war ihm auch aus einer gewissen Europamüdigkeit entgegengewachsen, die ihn – der so wachsam und aufgeschlossen von Jugend an die stürmische Veränderung des „christlichen Abendlandes" beobachtet und beinahe miterlitten hatte – immer mehr erfüllte.

Er begriff, daß die Tage der gotischen Kathedralen, der großen Mystiker und Gläubigen, die Zeiten eines Thomas von Aquin, aber auch eines Savonarola, eines Bernhard von Clairvaux und heiligen Franziskus endgültig vorüber waren. Freilich gab es noch die Masse der einfachen Menschen, die von ihrem naiven Glauben erfüllt und hingegeben an das Ewige ihr meist ärmliches, hartes und von tausend Gefahren umgebenes Dasein nur der Religion wegen ertrugen und die bereit waren, ihre erbärmlichen Schicksale um Christi willen und um der Hoffnung auf jenseitigen Lohn, für Erlösung und göttliche Verklärung, wie Opfergaben darzubieten. Aber die Steine brannten nicht mehr gleich Feuerstößen zum Himmel; die Kuppel der einen, Leben und Völker überdachenden Kirche war zersprungen. Das kalte Licht aus dem All: Vernunft, Wissenschaft, Kritik, Protest und Intellekt war in die mystische Dämmerung der zerstörten Gotik hereingebrochen und hatte sich wie Weltraumkühle über das Lebensgefühl einer neuen Zeit gelagert.

Eine Welt war zerstört und löste sich auf.

Vielleicht war jene Zeit, die der große Deutsche Nicolaus von Cues schon vor drei Generationen als „Mittelalter" bezeichnet und in bewußten Gegensatz zum Neuen gesetzt hatte, nur Dämmerung oder sogar Nacht gewesen. Doch hatten über dieser Dunkelheit ewige Gestirne gestanden. Jetzt, da über dem Abendlande die Sonne eines neuen Denkens aufgegangen war, herrschte zwar Helligkeit, aber in dem neuen, grellen Licht von Intellekt, Vernunft, Wissenschaft und Freiheit versanken auch die Sterne der Religion.

Es hatte mit der Emanzipation der Universitäten begonnen, der Humanismus setzte die Hinwendung der gebildeten Schichten zur rein intellektuellen Entdeckung und Erklärung der Schöpfung fort, die Neuerer und Reformatoren, diese Befreier wie Martin Luther, Zwingli, Calvin, John Knox und wie sie alle hießen und die allesamt aus dem immer noch barbarischen Norden kamen, hatten dann die Religion der freien Gewissensentscheidung der Individuen letztlich dem Intellekt und der Politik ausgeliefert und ihren wahren Geist wie eine Gaswolke aus jener mittelalterlichen Kuppel der einen Kirche durch die zahllosen Risse entweichen lassen, die sie selber in die Einheit geschlagen hatten. Einmal war die Christenheit in dem kindlichen Glauben glücklich gewesen, daß die Erde eine Scheibe inmitten des Weltozeans mit dem Grab des Erlösers im Zentrum sei, daß Europa das Viertel des Abendlandes im Westen, Asien die große Erdhälfte in Sonnenaufgang und Afrika das dunkle Viertel des Südens sei.

Dies alles lag unter den sieben Himmelssphären wie unter einem Glassturz: ein Daseinsmodell mit einer klaren Mitte und eingehüllt von einem Mantel, der wie Gottes Kleid war. Das Modell war geschaffen für jenes Wesen, das Gott nach seinem Bilde geformt hatte: für den Menschen, der sich selbst als Subjekt und als etwas Göttliches ansah und der als einziges Wesen, das fähig war, über sich selbst und die Schöpfung nachzudenken, würdig war, daß Gott nur ihm und ihm allein seinen eingeborenen Sohn als Erlöser zugesandt hatte. Der Mensch war selbst eine Mitte, ein Geschöpf mit dem göttlichen Hauch in sich, das ein ewiges Schicksal, eine Aufgabe und ein Ziel hatte.

Dies alles – so überlegte Pater Ricci nun, da ihn wie schon so oft seine Europamüdigkeit anfiel – war nunmehr in Frage gestellt.

Vor hundert Jahren war ein Deutscher namens Johannes Gutenberg aufgetreten und hatte das Druckverfahren mit beweglichen Lettern erfunden. Seither konnten alle jene geistigen, politischen und religiösen Auseinandersetzungen, die sich bisher im Volke nur von Mund zu Mund und in sehr beschränktem Rahmen, meist jedoch an Universitäten und unter humanistischen Gelehrten in ihrem eingegrenzten Bereich vollzogen hatten, in Massendrucken, Flugblättern, Zeitungen und Büchern in alle Volksschichten, Völker und Kreise getragen werden. Ein Instrument der breiten Kommunikation und Information war geschaffen, das fortan jede neue Entdeckung und neue Idee rasch unter die Massen trug.

Dann war Kolumbus über den „Rand der Erdscheibe“ hinaus in den Westen gesegelt und hatte einen vierten Kontinent entdeckt. Magellan hatte bald darauf die Erde umrundet und endgültig bewiesen, daß sie eine Kugel und nicht eine Scheibe sei.

Eine Kugel jedoch hat keinen Mittelpunkt auf ihrer Oberfläche. Das Grab des Erlösers war nur ein Punkt auf der neuen Weltkarte, kein Zentrum mehr.

Wieder war es ein Deutscher, mit Namen Nikolaus Kopernikus, der die alte Weltvorstellung endgültig zerstörte. Den alten Griechen nachfolgend, hatte er astronomisch bewiesen, daß nicht die Erdkugel im Mittelpunkt des Alls schwebe und die Sonne um sie kreise, sondern daß die Erde ein Planet unter Planeten und damit ein Staubkorn in einem viel größeren Raume sei, den die Sonne beherrsche und neben der es vielleicht noch viele Sonnen gäbe.

Wo war die Mitte? Schon hatte das Grab des Erlösers seine zentrale Position eingebüßt, nun wurde sogar die Erdkugel an den Rand der Bedeutungen auf ihre Umlaufbahn verwiesen – wie sollte man noch an die zentrale Stellung des Menschen glauben und die Selbstauffassung jenes Wesens vergöttlichen, das nichts als ein Staubkorn auf einem Staubkorn war! Wie konnte man noch daran festhalten, daß der ewige und einzige Gott seinen eingeborenen Sohn ausgerechnet diesem Wesen zugesandt habe, um es als einziges in einem unendlich ausgeweiteten All zu erlösen?! Der Mensch hatte sich selbst aus dem Subjekt zum Objekt der Schöpfung gemacht.

Der letzte in dieser Reihe der großen Revolutionäre war wieder ein Deutscher mit Namen Martin Luther, ein Humanist und Professor, der ursprünglich zwar nur die verweltlichte und arg darniederliegende Romkirche reformieren und bessern wollte, dann aber die Grenze überschritt, indem er die „Gewissensfreiheit", also die geistige Freiheit schlechthin, verkündete. Er setzte das Evangelium an Stelle der Kirchenautorität, gab jeder Ausdeutung und Auffassung der Religion die Bahn frei und zerstörte damit die Einheit der Christenheit.

Die Fürsten Europas waren die ersten, die von dieser neuen „Freiheit" Gebrauch machten, sich der geistlichen Güter und Herrschaften bemächtigten und sich selber zu Päpsten in ihren Ländern erklärten.

Und hunderttausend Prediger, Reverends, Presbyter, Pastoren und Konsistorien füllten eilfertig die Lücken aus, die der Zerfall der Rom-Autorität gerissen hatte.

Die Engländer nützten die neue Lage und fielen mit ihren Piratenschiffen über die spanischen Gold- und Silberflotten her, die von Peru oder Mexiko her den Atlantik kreuzten: sie nannten das den Kampf der evangelischen Freiheit gegen die spanischen Papisten und vermengten den Kampf der religiösen Fronten mit ihrer Handels- und Geschäftspolitik. Die Schweden, die sich dem Protestantismus zugewandt hatten, fielen die katholischen Polen an, dehnten ihre Macht auf die Ostsee aus und erklärten, daß dies alles um der „Freiheit des Glaubens" willen geschehe. Sogar die aufständischen Niederländer versteckten ihren Unabhängigkeitskampf hinter den Parolen von Freiheit und Reformation. Im Deutschen Reich saßen protestantische Landesfürsten und Buschräuber auf den beschlagnahmten Bistümern, Abteien und geistlichen Ländereien, widerstanden der Romkirche und dem Kaiser gleichermaßen, und dies selbstredend der evangelischen Gewissensfreiheit wegen.

Das christliche Abendland war in eine Phase der Verwirrung und des Verfalls eingetreten. Die katholische Kirche, die in fünfzehnhundert Jahren der Missionierung das Abendland gewonnen hatte, war tief erschüttert und in die Verteidigung gedrängt.

Schon als Sechzehnjähriger, der sich damals aufmerksam mit den politischen und gesellschaftlichen Vorgängen der Welt beschäftigt hatte, war sich Matteo Ricci darüber klar geworden, daß sich die einstige Größe und Einheit der alten Kirche nicht mehr durch die bisher üblichen Gewaltmittel der Inquisition, der militärischen und finanziellen Druckmittel herstellen ließe. Krieg, Folter, Autodafé, Gefängnis, Bestechung und Bannfluch, die man dereinst als Argumente angewandt hatte und es leider in den Ländern, in welchen der Katholizismus noch Macht dazu besaß, auch heute noch tat, waren ungeeignet, um Regierungen oder Völker zur alten Religion zurückzubringen.

Nur der überlegene Geist konnte dem befreiten und oftmals chaotischen Wesen entgegentreten und es besiegen.

Wie hatte der Chinese vorhin in der Kajüte gesagt: Yin, das Dunkle und Chaotische, stand dem hellen, positiven Yang gegenüber, und nur der Kreis – das Wu-ki – führte beide in die Harmonie zurück.

Der Kreis, der alles menschliche Tun und Trachten umschloß, war der Geist. In ihm würde das Leben aus dem Chaos zur Harmonie zurückfinden. Deshalb hatte Matteo Ricci, als er mit siebzehn von seiner Heimatstadt Macerata, einem kleinen Städtchen nahe Ancona, nach Rom kam, um Rechtswissenschaften zu studieren, bald schon den Anschluß an das Jesuitenseminar von „Il Gesù" gefunden. Denn bei den Männern dieses ziemlich jungen Ordens hatte er ähnliche Vorstellungen angetroffen, wie er sie selbst hegte.

Die „Societas" faßte sich als eine beinah militärisch organisierte Gesellschaft auf, die den verzweifelten Kampf des Papstes und der alten Kirche gegen die allgemeine Revolution der Zeit mit ganz ungewöhnlichen Mitteln und Methoden zu führen gedachte. Da der Angriff auf die überkommene Welt des Glaubens letztlich von seiten der Universitäten, der Humanisten, der progressiven Wissenschaftler und einer immer mehr zu Vernunft, Naturwissenschaft und Nützlichkeitsdenken neigenden Schicht der Gebildeten herkam, hatte es sich die „Societas" zur Aufgabe gemacht, eben in diesen Bereichen den Gegner zu schlagen.

Indem ihre Mitglieder nicht nur Knechte mit den Knechten, Bürger mit den Bürgern und Soldaten mit den Soldaten, sondern ebenso

Gelehrte mit den Gelehrten, Politiker mit den Politikern und Forscher mit den Forschern sein wollten, ja durch fleißiges Studium und überlegenes Wissen alle Gegner sogar übertreffen und schlagen wollten, betraten sie eine Kampfbahn der neuen Zeit, in welcher letztlich die Entscheidungen fallen würden.

Die Jesuiten waren nicht – gleich alten Scholastikern des Mittelalters – gegen jede Form und Richtung der reinen Wissenschaft, die sich nicht von Anfang an an der Bibel oder an der Lehrmeinung der Kirche orientierte. Sie hätten niemals einen Albertus Magnus gezwungen, seine großartige „Botanik“ zu verbrennen, nur weil sie den Grundsätzen einiger Kirchenväter widersprach – sie hätten eher versucht, die scheinbaren Widersprüche sowohl rhetorisch wie analytisch zu klären.

Für die „Societas“ waren weder Wissenschaft noch Politik etwas grundsätzlich Fragwürdiges und der Religion Feindliches, sondern nur andere und notwendige Facetten ein und derselben Schöpfung, ja des von Gott gegebenen Daseins. Und da der ewige Gott, der den Menschen die Gnade des Glaubenkönnens, der Vision und der Religion gegeben hatte, ihnen auch den Verstand zu logischer, exakter Forschung, zu intellektueller Nachdenklichkeit, ja zu Kritik und progressiver Wissensausweitung verliehen hatte, machten sie auch von dieser Möglichkeit Gebrauch. Doch war es ihr Anliegen, Intellekt und Wissenschaft nicht zur Zerstörung und Auflösung des Bestehenden und Geglaubten, sondern zur besseren Erklärung, Ausdeutung und Einsicht zu gebrauchen.

Sie glaubten an jenen Satz, den Ignatius von Loyola einst in einem Briefe an Peter Faber geschrieben hatte: Gott steht am Anfang der Religion – und am Ende der Naturwissenschaft!

Sie würden also nicht nur – gleich den Dominikanern oder Franziskanern – mit mystisch entflammter Seele oder naiver Frömmigkeit, sondern mit allen Mitteln und Methoden der neuen Wissenschaft gegen die heraufziehende Epoche des Glaubensverfalls, der Areligiosität und des Atheismus ankämpfen.

Mit Zustimmung und Freude hatte der junge Matteo Ricci damals in „Il Gesù“ erfahren, daß Jesuitengelehrte bereits an zahlreichen Universitäten Lehrstühle eingenommen hatten, daß es große Gelehrte unter ihnen gab und daß die Spitzen der Wissenschaft heute

Jesuiten waren. Es hatte ihm auch imponiert, als er erfuhr, wie die „Societas“ mit Geschick und manchmal sogar unter allerhand Tarnungen ihre hochgebildeten Mitglieder als Beichtväter, Berater, gelehrte Sachverständige und Staatsmänner in jene Positionen gebracht hatte, von denen aus im Abendlande wichtige Entscheidungen getroffen wurden.

Maria Stuart, die katholische Königin der Schotten und Aspirantin auf den englischen Thron, hatte einen Jesuiten als Gitarrenspieler, Troubadour und Beichtvater; im wichtigen Herzogtum Bayern, an den Höfen habsburgischer Erzherzöge und Kaiser, am polnischen Königshof, in St. Germain zu Frankreich und sogar im protestantischen Schweden saßen die Patres in vielerlei Verkleidungen am Ohr der Fürstenschaft.

Aber der Orden, der sehr rasch gewachsen und bedeutungsvoll geworden war, hatte unterdessen auch begriffen, daß für die Zukunft nicht mehr der verhältnismäßig kleine Kontinent Europa, sondern die größere Welt mit ihren Riesenerdteilen Asien, Afrika und vor allem Amerika Gewicht haben würde.

Noch war der Auftrag Christi unerfüllt: Gehet hin und lehret alle Völker! Man konnte ihn auch jetzt nicht den Dominikanern mit ihrer Inquisition, nicht den armen, meist wenig gebildeten Franziskanern und den etwas träge gewordenen Benediktinern überlassen. Diese Orden spielten nur allzusehr mit der weltlichen Obrigkeit zusammen oder waren einfach zu wenig für ihre Aufgabe geschult.

Man hörte schreckliche Dinge über die christliche Mission in Mexiko, Peru oder anderen Kolonien in Südamerika. Die Klöster ließen sich mit reichen Ländereien beschenken, nahmen Indios als Sklaven auf ihre Plantagen, arbeiteten mit Scheiterhaufen und Folterwerkzeugen bei der Christianisierung der Eingeborenen oder verbreiteten eine primitive, mit Eingeborenenaberglauben und Götzendienst vermischte Form der Religion, so daß kaum zu erwarten war, daß aus solcher Tätigkeit eine neue, bessere und menschlichere Menschheit hervorgehen würde.

Darum hatten die Jesuiten angefangen, sich der Weltmission anzunehmen und auch dort mit allen Methoden einer neuen, aufgeklärteren und gebildeteren Geistigkeit ihre Netze auszuwerfen, um

Seelen zu fangen – so wie einst Christus es die Fischer am See Genezareth gelehrt hatte. Es gab bereits Jesuitenmissionen in Südamerika; kühne Patres fuhren auf Kanus sogar schon auf den Strömen des amerikanischen Nordens zu entlegenen Indianerdörfern. Andere landeten im indischen Goa und Calikut, und Franz Xaver war bis Japan und endlich an die Küsten Chinas vorgedrungen.

Dies alles hatte Matteo Ricci nicht nur imponiert, sondern auch fasziniert. Es entsprach ganz seinen eigenen, kühnen Jugendträumen. Er belegte im Jesuitenseminar Vorlesungen bei dem berühmten Pater SJ Christoph Klau, einem deutschen Universitätsprofessor, der sich mit seinem Humanistennamen „Calvius" nannte, und studierte bei diesem „König der Mathematiker" Astronomie, Geometrie, später auch alle Naturwissenschaften, die „Il Gesù" anzubieten hatte.

Dann trat er noch im Alter von 19 Jahren in die „Societas Jesu" als Laienmitglied ein.

Inzwischen waren Jahre vergangen und Pater Ricci stand nun selbst in dem Ruf, ein hervorragender Gelehrter, ein Wissenschaftler von Rang zu sein. Er hatte vielerlei Erfahrungen auch mit den Menschen gemacht, hatte als Beichtvater und als Weltmann tiefe Einblicke in den wahren Zustand der sogenannten Gesellschaft gewonnen. Das wüste Treiben der Politik, die hoffnungslose Zerstrittenheit Europas, das chaotische Geplauder der intellektuellen oder mystisch-fanatischen Klugredner aller Couleurs, vom religiös erleuchteten Schuster bis zum überdrehten Universitätsprofessor, vom arroganten Adeligen bis zum selbstbewußt gewordenen Bürger, hatte ihn schließlich so sehr abgestoßen, daß er mit aller Kraft danach trachtete, aus diesem offenbar wahnsinnig gewordenen Erdteil herauszukommen und in der Mission zu wirken, wo er naivere, natürlichere und vielleicht sogar aufgeschlossenere Menschen erhoffte. Und nun – da er seine erste Begegnung mit einem hochgestellten und gebildeten Chinesen hatte – sah er, daß diese Leute offenbar seelisch und geistig genauso zerstört und doppelgesichtig waren wie seine eigene Rasse, der er zu entfliehen gehofft hatte.

Alle waren sie verdorben durch das Denkvermögen, dem der echte religiöse Mutterboden fehlte; die Viegas hatten sich als Nicht-Christen entpuppt, hinter deren papierener Fassade nichts als die nackte Gier des Urmenschen nach Reichtum und Macht hervorkam, und dieser Chinese mit dem Namen Ch'ü unterschied sich von ihnen wohl nur durch seine gelbe Gesichtsfarbe und seine gewählte, blumenreiche Ausdrucksweise. Als Menschenwesen waren sie allesamt leer.

Pater Ricci tröstete sich damit, daß China erst vor ihm lag: ein riesiges Reich mit vielen Millionen Menschen.

Und so wie in Europa würde es auch unter diesen Millionen viele geben, die gut waren, die ehrlich nach dem Höheren, nach Erlösung und echter Menschlichkeit suchten. Zu ihnen war er ausgeschickt, ihnen wollte er die ewige Botschaft der Menschenliebe, des Friedens und der Hoffnung bringen.

Es waren die einfachen Menschen, die er suchen würde. Das schlichte, im Dunkel der Zeiten lebende Volk.

Doch – um es zu erreichen – bedurfte er des guten Willens der Schicht, deren ersten Vertreter er in Herrn Ch'ü kennengelernt hatte: jener intellektuellen, hochgebildeten und klugen Männer, die ebenso wie in Europa wohl auch in China die Völker regierten und die über sein Wohl und Wehe bestimmten. Er mußte demnach zuerst die Herren Ch'üs gewinnen, bevor er Gelegenheit haben würde, mit einem Kuli oder Bauern zu sprechen.

Denn immer noch galt das strenge Gesetz, daß kein Fremder das Reich der Mitte betreten durfte. China war ein verschlossenes Land.

Franz Xaver, der große Heilige, war vor seinen Pforten gescheitert. Was aber würde ein Pater Ricci erreichen?!

Er seufzte schwer auf und schaute nun zum ersten Male, seit er die Kajüte verlassen hatte, bewußt zu der Dschunke hinüber. Plötzlich fiel ihm auf, daß sich die Beleuchtung verändert hatte. Aber nicht nur dies! Irgend etwas Fremdes, Bedrohliches war in die Atmosphäre getreten.

Die Wasser, die vordem so tintenblau gewesen waren, hatten eine bleierne Färbung angenommen und bewegten sich in öligem Auf und Ab; das grelle, flirrende Sonnenlicht schien nun wie ausgeblutet und schwamm hinter einer grauweißen Dunstschicht. Im Südosten, wo hinterm Horizont die großen Inseln Luzon und Mindoro sein mußten, hatte sich eine Wolkenbank emporgeschoben, aus deren gelblichen Wänden einzelne blauschwarze Türme hervorzustoßen schienen.

Offenbar zog ein Gewitter oder Unwetter auf. Pater Ricci erkannte über der dumpf und schwer gewordenen See das Hinfegen erster Windstöße, die sich wie krause Striche in die glatte Oberfläche gruben. Aber noch lagen die „Sao Luiz“ und die Dschunke ruhig schwojend in beinahe stillem Wasser. Der Wind sprang ferne und in ziellosen Kapriolen über das Meer.

Die „Sao Luiz“ und die Dschunke waren sich näher gekommen. Sie hatten kaum noch die Entfernung eines Musketenschusses voneinander, und der Pater konnte ziemlich deutlich die Vorgänge an Bord des Chinesenschiffes beobachten. Er erkannte einen scharlachrot gekleideten Chinesen in lang wallenden Gewändern, mit der birettartigen Satinkappe auf dem Haupt, der einen Stoß Papiere in den Händen hielt und eifrig auf den riesigen Schwarzbart Gomez einsprach. Das war offenbar ein zweiter Mandarin. Den ersten hatte Pater Ricci in Resedafarbe und in Person des Herrn Ch'ü kennengelernt. Vermutlich war das jener Herr T'sai-shen, von dem in der Kajüte gesprochen worden war und der nach der Ansicht des Herrn Ch'ü „in irgendeiner Nacht vielleicht ins Wasser fallen sollte“.

Steuermann Gomez und Herr T'sai-shen unterhielten sich auf dem höhergelegenen Schanzdeck der Dschunke sehr lebhaft, während ein Chorus bunt gekleideter Mädchen sich ängstlich im Hintergrund drängte.

Besatzung und Wächter der Dschunke waren im niederbordigen Mitteldeck zum Haufen geballt. Bewaffnete Männer des Prisenkommandos hielten sie mit ihren Pistolen und Musketen in Schach, während andere Portugiesen eifrig zwischen Laderaum, Kajüten und Reling hin und her liefen und allerhand Beutegut schleppten.

Pater Ricci schätzte die Zahl der Chinesen auf wenigstens sechzig Menschen, wenn nicht mehr. Vielleicht waren andere noch unter Deck eingeschlossen.

Wahrscheinlich hatte man auch auf der Dschunke die rasche Veränderung des Wetters bemerkt; denn eine ganze Anzahl von chinesischen Matrosen war damit beschäftigt, die auf Bambusstäben gespreizten Segel mit Tauen zu bündeln und festzuzurren. Andere holten die bunten Sonnentücher über der Poop und am Bug ein. Ein stämmiger Chinese, ein Mann mit rotem Kopftuch und vermutlich der Kapitän, trat zu Steuermann Gomez und dem roten Mandarin, katzbuckelte heftig und gestikulierte, worauf die beiden Männer zum Himmel aufschauten und sogleich in Bewegung gerieten. Gomez rief Befehle und wandte sich der Besatzung zu; Herr T'sai-shen jedoch schnatterte auf die erschreckten Mädchen ein, worauf diese wie eine aufgescheuchte Vogelschar auseinanderflatterten und unter Deck verschwanden.

Ein portugiesischer Bootsmann jagte zwei der längsseits liegenden Ruderboote mit geringer Besatzung zur „Sao Luiz" zurück, während ein drittes Boot auf das Deck der Dschunke eingeholt wurde.

Es war klar: die Leute auf der Dschunke hatten den heraufziehenden Sturm entdeckt: die Bedrohung kam rasch näher. Schon fauchten erste Böen um die Schiffe. Auch die „Sao Luiz" rührte sich nun und stampfte unwillig auf und ab.

Pater Ricci war im Grunde eine Landratte, und die See war ihm immer noch bedrohlich, obschon er nun schon die halbe Erdkugel auf den Planken eines Schiffes umrundet hatte. Er verstand inzwischen wie ein echter Pilot zu navigieren, hatte gelernt, wie und warum die Matrosen die Segel zu setzen hatten, und er fand sich dank seiner ausgezeichneten astronomischen und nautischen Kenntnisse auch dann auf den Ozeanen zurecht, wenn ringsum nur Wasser den Horizont bildete.

Aber das alles war Theorie, war angelernt und war Wissen. In seinem Existenzgefühl war er ein Landmensch geblieben, einer, dem allzuviel Wasser unheimlich war.

Eben jetzt, da offenbar ein Unwetter heraufzog, das weite Meer sich bleiern verfärbte und am Horizont wie von innen her zu kochen begann, spürte er wieder jenes hilflose Ausgeliefertsein des Menschen an die Natur, das ihn nirgendwo mehr befiel als auf einem Schiff. Er hatte Stürme erlebt und wußte, welches Nichts der Mensch inmitten von Luft und Wasser und tobenden Elementen war.

All die Raffinesse, mit der sich Menschen aus Holz, Leinen und Hanfseilen, aus Eisen und Kalfaterpech ihre schwimmenden Nußschalen zusammengezimmert haben, galt nichts, wenn Gottes Atem blies und die Urkraft der Schöpfung sich aus den Tiefen erhob. Dann war der Mensch sich plötzlich bewußt, daß er nur ein glitzerndes Fünkchen Leben inmitten eines ungeheueren Stromes von Dasein war, eine Idee nur, die der Realität der Elementarkraft gegenüberstand, genau wie sein Schiff nur ein Gebäude aus Gedanken war, das zerbrechlich im Ozean der Natur dahintrieb.

Die Natur jedoch kannte weder Moral noch Mitleid, die Elemente folgten grausam harten Gesetzen, die sich der Wertung entzogen, welche der Mensch in Philosophie und Religion gesetzt hatte.

Jenes größere Dasein der Schöpfung, das wie eine Schale die kleine Existenz des Menschlichen umschloß, verhielt sich wie der Sturm zum Staubkorn – zu einem seiner selbst bewußten, denkenden und fühlenden Staubkorn.

Das menschliche Wesen war ausgeliefert ans Elementare, das nicht nur vom Himmel herabstürzte, sich aus den Tiefen erhob, das ihn mit der Zerbrechlichkeit eines Körpers, mit Krankheit, Tod, Vergänglichkeit und Furcht schlug, sondern ihn auch immer wieder wie uraltes Barbarentum in seiner eigenen Seele überfiel.

Pater Ricci schaute zur Dschunke hinüber, sah das Durcheinanderwimmeln der ameisenhaften Menschenwesen und empfand die Bedrohung all dieser namenlosen Wesen durch das Heraufkommen des Unwetters – aber stärker noch die Gefahr, die all diesen Menschen aus den Gedanken entgegenwuchs, die von den Männern da unten in der Kajüte der „Sao Luiz“ gedacht wurden.

Die Elemente waren ohne Moral und Religion, aber sie waren auch ohne Intelligenz. Die Menschen, die den Elementen Trotz zu bieten versuchten, waren auch ohne Moral und Religion, nur besaßen sie jene gezielte Intelligenz, die sie gefährlicher machte, als es alles Elementare war.

Die Leute dort drüben waren verloren.

Im Sturm würden sie in Gottes Hand sein, sie konnten mit dem Meer und dem Wind kämpfen – die a-moralisch und a-religiös waren; in den Plänen der Bösen jedoch waren sie Menschen anheimgegeben, die un-moralisch und un-religiös waren. Das war die wahre Crux dieser Welt.

Pater Ricci schien es, als habe er niemals deutlicher als eben in dieser Stunde, da er das Unwetter heraufkommen sah und soeben einer Verschwörung gegen alles Menschliche beigewohnt hatte, empfunden, wie die Schichten des Schicksals sich überlagerten: Natur und Geist, Elementares und Bewußtes.

Zwischen Urkräfte und Naturgesetze einerseits und göttlichen

Anruf und Denken andererseits hineingestellt, war der Mensch ein Wesen jenseits von Elementen wie von Gedanken, ein Zwitter, der sich von einer Ebene des Daseins in eine andere erheben konnte, indem er das Göttliche – das weder von Natur noch von Gedanken angreifbare Sein – erstrebte. Die Heimat, der rettende Hafen und die Erlösung seines Wesens war einzig in Gott. Ohne ihn, ohne die Zielrichtung auf das Ewige und Übernatürliche war er ein Nichts: ein Staubkorn für alle Winde der Welt und ein Spielball des Denkens.

Vor fünfzehnhundert Jahren war Jesus Christus, der Größte, der Gottessohn, aufgetreten und hatte die ratlos irrenden Menschenwesen zu ihrer eigenen Rettung aufgerufen, hatte Glaube, Liebe, Hoffnung verkündet, und damit den Pfad der Erlösung gewiesen. Er hatte diesen Aufbruch zur wahren Menschlichkeit in Barmherzigkeit, Gewaltlosigkeit, Brüderlichkeit und Hingabe ans Göttliche nicht nur verkündet, sondern durch sein Leiden und Sterben besiegelt. Der Mensch und seine Weltgeschichte hatten einen Sinn, ein Ziel und eine große Hoffnung erhalten.

Fünfzehnhundert Jahre nach seinem Kreuzestode qualmten die Scheiterhaufen der Inquisition, wälzten sich die Kriege gegen Andersgläubige und Ketzer über die Erde des christlichen Abendlandes, raubten noch immer die Starken die Schwachen aus, verhöhnten die Klugen die Törichten und unterdrückten die Mächtigen die Hilflosen, und weit in der Welt, die sich über Ozeane und Kontinente ausgedehnt hatte, lebten große und begabte Völker in der Dunkelheit von Aberglaube, Sinnlosigkeit und Heidentum. War Christus umsonst erschienen, war sein Opfertod vergeblich gewesen?

Pater Ricci war tief überzeugt, daß dies nicht zutraf.

Die Religion war geboren und lebte weiter in hunderttausendfachen Gefühlen, Gedanken und Forderungen. Und hätte das Christentum nicht mehr erreicht als das Vorhandensein des schlechten Gewissens bei denen, die seine Regeln brachen, so wäre es nicht vergeblich gewesen!

Der römische Senator, der seine Sklaven peitschen und foltern ließ, der germanische Häuptling, der seine Gefangenen zu ermorden befahl, hatten kein schlechtes Gewissen – sie taten nur, was ihnen Natur und Brauch zu tun befahlen.

Der Christ mußte göttliche Gesetze brechen, wenn er unrecht tat. Christlich zu sein hatte Hunderttausende armer Bettelmönche hervorgebracht, die sich in Pestzeiten für ihre Nächsten opferten, hatte Hospitäler begründet, den Gottesfrieden in einem fehdezerrissenen Europa ausgerufen, hatte Millionen kleiner Existenzen die innere Kraft zum Ertragen ihrer erbärmlichen Schicksale verliehen und hatte Trost, Glaube und Hoffnung unter die Ausgebeuteten, Geschundenen und Erpreßten getragen. Christus war immer noch unterwegs, sein Werk wuchs in die Geschichte hinüber – trotz aller Verwirrung, trotz Narrheit und Barbarentum der Menschen.

Und wenn Christus auch die Welt nicht mit einem Schlage erobert und verwandelt hatte, so war er doch immer noch unterwegs, es zu tun. Er lebte fort in all den Seelen, die bereit waren, seinen Weg zu gehen. Das Ziel war ausgesteckt, der Aufruf zu einer menschlicheren Welt und einer göttlicheren Erhebung verkündet.

Auch Pater Ricci empfand sich als einer der vielen, die bereit waren, ihr eigenes, beschränktes Dasein solcher Aufgabe zu opfern.

Er blickte aufs Meer hinaus, das anfing, sich unter Windböen zu krausen, zum Himmel, der nun gelb und düster geworden war, und er wußte, daß ihn weder Elemente noch Naturkraft, weder Stürme noch Wogen, nicht Erdbeben noch Vulkane aufhalten konnten, zu erfüllen, was Gott ihm aufgetragen hatte. Der Geist erhob sich über alle Bedrohung.

Aber er würde sich auch über das Barbarische und Böse erheben, das von Menschen und ihrem Denken ausging.

Mochten tausend Hindernisse sein zwischen jenem fernen Land China und dem, der da hinging, die Botschaft Christi zu bringen: mochte selbst ein Franz Xaver gescheitert sein und sollten hundert Gefahren und Unmöglichkeiten aufgerichtet sein zwischen Christus und dem dunklen Menschenreich, das da im Unbekannten lag, sie würden überwunden werden durch den Geist.

Pater Ricci wischte mit einer Gebärde alles hinweg, was er von den Viegas und nun dort unten in der Kajüte auch von dem Chinesen an Schrecklichem erfahren hatte.

Er wußte: er ging in Gottes Hand.

Der Sturm rührte nun schon seine Fittiche. Windsausen, fernes Donnergrollen und Brausen rumorte über dem Meer.

Pater Ricci kniete in jäher Aufwallung seines Herzens an der Reling nieder, faltete die Hände und begann zu beten.

7

Joanna und Pi-shan saßen sich in der Mädchenkabine an einem winzigen Tischchen gegenüber, als die „Sao Luiz" plötzlich zu rollen begann. Der Boden schien sich zu heben, der Schiffsrumpf legte sich schief. Einige Bücher fielen aus dem Regal, und die Teetassen rutschten, während der Tee überschwabbte.

Die beiden Mädchen faßten kichernd nach den Teetassen. Dabei erhoben sie sich halb von den griechischen Scherenstühlen, die selber ins Gleiten kamen, und fielen gegeneinander.

Einen Augenblick lang hielten sie sich umschlungen, lachten herzlich und fanden die Situation köstlich.

Durch die jähe Berührung, als sich ihre Gesichter auf einmal so nahe waren und sie sich in die Augen sahen, waren sie sich nicht nur körperlich näher gekommen! Plötzlich war alle Scheu gewichen, die sie bisher getrennt hatte. Die Portugiesin wie die Chinesin spürten die Wärme des jungen Körpers der anderen, erkannten im Lachen, daß sie beide menschliche Wesen waren und sich jenseits ihrer unterschiedlichen Rassenzugehörigkeit und ihrer andersartigen Kleidung und Aufmachung ganz gut verstehen konnten. Bisher hatten sie wie zwei höfliche Fremde zueinander gesprochen.

Das Mädchen Pi-shan sprach beinahe so gut Portugiesisch wie Herr Ch'ü, mit dem sie ja längere Zeit in Macao gelebt hatte. Aber es war nur ein gewundenes Gepiepse von seiten Pi-shans und ein konventionelles Getue Joannas gewesen. Keine wußte, was sie der anderen mitteilen sollte.

Jetzt umarmte Joanna die zierliche Chinesin noch einmal bewußt, drückte sie vorsorglich in den Stuhl zurück und setzte sich dann selber. Sie strich die schwarzen Flechten aus dem olivfarbenen Gesicht.

„Sagen Sie, Pi-shan, sind Sie eigentlich die Gemahlin von Herrn Ch'ü?"

Pi-shan schüttelte lebhaft den Kopf, so daß die Silberglöckchen in ihrer hochaufgebauten Frisur zu klingeln begannen. Sie öffnete die Mandelaugen weit und blickte Joanna offen an.

„Ich bin es nicht", erwiderte sie mit einem Lächeln. „Die ehrenwerte Hauptfrau des hochzuverehrenden Herrn Ch'ü sitzt in Namyang. Mir ist nur die Ehre zuteil geworden, ein ‚blumenhaftes Trostmädchen' des Herrn Ch'ü zu sein. Aber ich glaube, daß auch dies zu Ende ist. Wahrscheinlich hat mich der ausgezeichnete Herr Ch'ü als Geschenk für seine portugiesischen Freunde mitgebracht."

Joanna bekam runde Augen.

„Das erscheint mir eigenartig, Pi-shan. Darf ich fragen: lieben Sie Ihren Herrn Ch'ü?!"

Pi-shan nickte abermals eifrig, aber es war, als habe man sie gefragt, ob sie ihr Jadeamulett – das sie am violetten Seidenkragen ihres Kostüms trug – sehr schätze.

„Natürlich liebe ich den ehrenwerten Herrn Ch'ü sehr! Er ist mein Gebieter."

„Nun ja, ich meinte eigentlich, ob Sie Herzklopfen haben, wenn Sie ihn sehen und ob Sie nicht ohne ihn leben möchten?!"

„Ich habe oft Herzklopfen, liebenswürdige Gastgeberin! Aber ich glaube, daß ich auch leben werde, wenn Herr Ch'ü mich verstoßen sollte. Ich kann immer leben, ich bin sehr gesund."

„Wie reizend Sie sind, Pi-shan! Ich würde gerne du zu Ihnen sagen und Sie wie eine Schwester betrachten. Ist Ihnen das recht?"

Pi-shan klingelte mit ihren Silberglöckchen; eine sanfte Röte zog über ihre Pfirsichhaut.

„Ich bin gerne Ihre unwürdige Schwester, o Ausgezeichnete!"

Joanna lachte ein wenig, dann erhob sie sich, während das Schiff abermals rollte und schwankte. Sie trat zu Pi-shan und nahm sie, die sich nun ebenfalls rasch erhob, in die Arme.

„Wir müssen uns küssen, um Schwestern zu sein. Und dann mußt du fortan ganz ohne Ehrerbietung zu mir sprechen."

Joanna versuchte Pi-shan auf den vollen, rot geschminkten Mund zu küssen, bekam jedoch nur ein sanftes Reiben der Nase Pi-shans an der ihren als Antwort.

„Was soll dies? Kannst du nicht küssen?"

„Ich kann es", erwiderte Pi-shan, „aber es ist mir ungewohnt. Ich habe küssen gelernt, als mich der ehrenwerte Herr Ch'ü einmal einem holländischen Handelsherrn vor großer Bedeutung geliehen hat. Der Mann hieß Hui-tsing-Ah, er war sehr groß und stark, und er tat mir ein wenig weh. Dieser Mann hatte einen roten Bart und lehrte mich, wie man küssen macht."

„Küssen macht dir also keinen Spaß?"

„Nein, es macht keinen Spaß. Es ist so aufdringlich und unrein. Der ehrenwerte Herr Hui-tsing-Ah wollte unbedingt seine Zunge zwischen meine Zähne stecken. Er versuchte sogar noch andere Körperteile mit seiner Zunge zu berühren. Er war kein sehr gut erzogener Mann, besaß jedoch große Bedeutung. Ich war sehr geehrt."

Joanna war nun aufgeregt. Auch ihre Wangen hatten sich dunkler gefärbt.

„Sage, Pi-shan, sind Chinesen stürmische Liebhaber? Herr Ch'ü sieht sehr rassig aus, er hat Feuer in den Augen."

„Was ist stürmischer Liebhaber? Sie machen alle dasselbe. Man hat mich ausgebildet, viele Formen von Liebe zu können, und ich mache es gut, wie man mir freundlicherweise sagte. Auch Herr Ch'ü versteht viel von Liebemachen, er hat ausgezeichneten Ruf. Viel besser als der etwas rauhe Herr Hui-tsing-Ah. Aber dieser ist ja rotgesichtiger Barbar aus dem Süden, jedoch von großer Bedeutung. Es war Ehre für mich."

Joannas Interesse ließ nun alle Masken anerzogener Zurückhaltung fallen. Dieses Chinesenmädchen gefiel ihr nicht nur aus vielerlei Gründen, sie empfand die Begegnung mit ihr als ein Geschenk des Himmels.

Pi-shan konnte Joannas Wißbegierde über jene fremde Welt stillen, in die man sie verfrachten würde. Sie fand Pi-shan von großer Ehrlichkeit und Natürlichkeit.

Mit ihr vermochte sie so offen zu sprechen wie einst mit ihren Mitschülerinnen im Kloster-Internat, nur mit dem Unterschied, daß sie nicht das Gefühl hatte, etwas Unerlaubtes anzurühren. Mit Pishan ließ sich ganz frei über jenes Intimleben sprechen, das sich letztlich immer um Sex und Liebe drehte, und über das die gute Gesellschaft im christlichen Abendlande den heuchlerischen Mantel von Tugend und die Tarnkappe des Schweigens gelegt hatte.

Joanna war sich schon seit langem der Tatsache bewußt, daß in ihr eine heiße Flamme brannte, die weder der Religionsunterricht noch die Vorstellungen der vornehmen Familien von christlicher Mädchenerziehung zur Kenntnis nehmen oder gar zulassen wollten. Sie war nun mal ein temperamentvolles, von Leidenschaft und dunkler Sehnsucht erfülltes Menschenkind. Gott hatte sie so und nicht anders geschaffen.

Immer schon, wenn ihre Träume um das Eine, das wahrhaft Erlösende, gekreist waren, hatte sie sich das Aufgehen in Liebe, das Geborgensein in der Hingabe an einen Mann, die grenzenlose Vereinigung mit einem Menschen, den man lieben und begehren konnte, vorgestellt. Sie war zu dem Schluß gelangt, daß die Erfüllung des Lebens, ja sein Sinn und Wert für ein Mädchen in der Liebe zu suchen waren.

Bereits als sehr junges Mädchen hatte sie sich bei der Vorstellung entsetzt, eine Wiederholung dessen werden zu müssen, was ihre Mutter Donna Theresa, ihre Tanten und all die würdigen Matronen waren. Sie würde es niemals fertigbringen, den Inhalt ihres Daseins darin zu sehen, die gehorsame Haussklavin eines vorbestimmten Gatten, die Mutter ungewollter Kinder, die fromme, ewig stickende oder klatschende Dame der guten Gesellschaft zu sein und so zu tun, als bestünde sie nur aus Achtbarkeit, Kirchgang, christlicher Schamhaftigkeit und Enthaltsamkeit – so als hätte sie keine Gefühle und keine Begierden.

Sie logen doch alle, die jemals aus der mit moralischen Sprüchen bemalten Kulisse ihrer Jugendjahre hervorgetreten waren, sowohl die Männer wie auch die Frauen – nur daß die einen sich mehr oder weniger vertuschte Freiheiten nahmen, und die anderen sich so verhielten, als fänden sie den Käfig ihrer Tabus für die beste aller Ordnungen.

Joanna war ausgebrochen, wo sie nur konnte. Sie hatte stets Mut gehabt. Familie und Gesellschaft hatten dieses ungewöhnliche Verhalten als Fehltritte, Sünde oder gar als Schande bezeichnet. Sie aber war innerlich immer stärker von der Sehnsucht nach Freiheit, ihrer Leidenschaft und vom Drang nach Liebe ergriffen worden.

Vater Viegas hatte – um sie zu bändigen und aus den Augen einer puritanischen Gesellschaft zu schaffen – das Törichste getan, was er tun konnte, als er sie aus dem sicheren Familienverband, aus den festen Mauern von Klostererziehung und Gesellschaft herausgenommen und in eine fremde Welt verpflanzt hatte.

Er wußte nicht, daß Mädchen auf Reisen, Mädchen in fremder Umgebung und losgelöst von der Reglementierung ihre Umwelt genauso reagieren wie junge Füllen, die man aus der eingezäunten Koppel entläßt: sie schlagen nach allen Seiten aus, laufen in die Freiheit davon und genießen ihr Leben.

In Goa oder Macao würde es nicht so wichtig sein, den „guten Ruf" zu wahren. Im exotischen Bereich der Kolonien wehte ein anderer Wind, die Wertordnungen Europas fielen zurück. Für die Gesellschaft Lissabons würde eine spätere Heimkehrerin immer noch Joanna, die Tochter des reichen und angesehenen Kaufherrn Viegas sein.

In diesem Mädchen Pi-shan, mit dem Joanna so ungeschminkt sprechen konnte, begegnete ihr nun die Freiheit.

Wenn China, zu dessen Küsten man reiste, so war, wie es sich durch Pi-shan darstellte, so freute sich Joanna von nun an auf das Abenteuer.

Pi-shan war mit Joanna etwa gleichaltrig, beide ungefähr achtzehn. Die Chinesin war offenbar gut gebildet, sie sprach sogar Portugiesisch, während Joanna kaum ein Wort Chinesisch verstand.

Und Pi-shan sprach mit großer Natürlichkeit über jene Fragen, die von den Matronen der christlichen Gesellschaft mit Tabu und Schweigen belegt, von den kleinen, erhitzten Klosterschülerinnen aber in eine schwüle Wolke von Phantastereien gehüllt waren.

Ganz offensichtlich galt den Chinesen alles, was mit Sex oder Liebe zu tun hatte, als etwas so Selbstverständliches wie Essen und Trinken, nicht aber als etwas Verboten-Sündiges.

Pi-shan plauderte ganz ohne Prüderie oder Geilheit über die Einzelheiten ihrer „Erziehung zur Liebe", über die Details chinesischer Sex-Spiele und über das, was chinesische Männer taten. Das einzige, was Joanna in ihrer jugendlichen Naivität nicht begriff, war, daß sie mit einem „blumenhaften Trostmädchen" und nicht mit der streng behüteten Tochter einer ehrenwerten Familie sprach.

Wenn sie nach Herrn Ch'ü fragte, so verstand sie nicht, daß sie die Auskünfte einer Konkubine über einen Liebhaber bekam, den auch diese nur von der Seite des Lebemannes her kannte.

„Wer ist Herr Ch'ü?!"

Pi-shan antwortete: „Er sein ein sehr großer Mandarin von bedeutendem Reichtum und hoher Stellung, mein verehrungswürdiger Gebieter, und ein sehr feiner Mann. Er ist Kuan vom Kristallknopf, sein hochgeachteter Vater trug sogar den Korallenknopf und war ein wegen seines Scharfsinnes und seiner Rechtschaffenheit in ganz China hochverehrter Gelehrter, Dichter und Historiker, der viele Bücher geschrieben hat. Sogar der Himmelssohn hat den ausgezeichneten Vater Herrn Ch'üs empfangen. Dann ist Herr Ch'ü der ehrenwerte Neffe des hervorragenden Herrn Wang-P'ai, des Gouverneurs von Kwan-tung. Ein anderer Oheim Herrn Ch'üs ist Gelehrter an der Han-Lin-Akademie; ein dritter übt das hervorragende Amt eines Mandarins des Türkisknopfes an der Seite des mächtigen Eunuchen Ma-T'ang aus; die hochgeachtete Verwandtschaft des Herrn Ch'ü zählt viele tausend Vettern und Oheime, und ich bin in der angenehmen Lage, viele davon zu kennen."

Pi-shan, die vor Eifer rote Backen bekommen hatte, schickte sich an, den weitverzweigten Stammbaum des Herrn Ch'ü aufzuzählen; denn – wie sie erklärte – war in China Familie alles. Im Grunde stammten alle Chinesen von nur vierzig Familien ab, deren Verbindungen untereinander weitgehend bekannt waren. Als Pi-shan jedoch ankündigte, sie werde alle Vettern bis zum siebzehnten Grad aufzählen und deren ausgezeichnete Stellungen nennen, winkte Joanna lachend ab und meinte, sie werde sich kaum einige hundert oder gar tausend chinesische Namen merken können.

Statt dessen fragte Joanna nun nach den persönlichen Eigenschaften des Herrn Ch'ü.

„Ist er liebenswert und freundlich?"

„Ja, sehr. Er ist fast so klug, wie sein ehrenwerter Vater es war, und hat vor drei Jahren die Prüfung in Peking als bester seines Pohi-Jahrganges gemacht. Darum hat man ihm den Kristallknopf verliehen."

„Ich meinte: ob er zu dir liebenswürdig ist? Liebt er dich sehr?"

„Sieh diese Seidengewänder, sieh den köstlichen Jadeschmuck und den silbernen Kopfputz! Alles ist von ihm. Spricht das nicht dafür, daß er mich sehr liebt?"

„Und du liebst ihn?"

„Ich habe oft die Ehre, sein Lager zu teilen. Herr Ch'ü ist sehr süß."

„Und doch bringt er dich als Geschenk für seine Freunde mit! Du verstehst mich nicht Pi-shan: ich meine, ob du ihn wirklich liebst, wie eine Frau aus vollem Herzen lieben kann. So, daß man sterben möchte für ihn, so, daß man von ihm träumt, wenn er nicht da ist, und daß man jeden Augenblick in seinem Arm liegen möchte . . ."

Pi-shan senkte die langen Wimpern und schlug die Augen nieder. Sie dachte nach. Nach einer Weile sagte sie leise: „Ich will nicht sterben: denn ich bin jung. Und ich träume fast nie. Ich bin sehr zufrieden."

„Ich glaube, Pi-shan, du weißt nicht, was Liebe sein kann!"

Wieder ließ die Chinesin eine Weile verstreichen. Sie saß still da, kreuzte die Arme vor der Brust und seufzte leise.

„Vielleicht ich doch wissen", sagte sie. „Es war im ‚Haus der duftenden Chrysanthemen-Erziehung'. Da gab es einen jungen Hausboy, ich habe sehr geweint. Er schaute mich aus sehr großen Augen an und berührte ganz leicht meinen Arm, so daß ich schnell fortlief. Der Boy wurde bald aus dem vornehmen Haus gejagt. Da habe ich in der Nacht noch einmal viel geweint."

Joannas Augen füllten sich mit Tränen. Impulsiv streckte sie die Arme nach Pi-shan aus, sie an ihre Brust zu ziehen. Doch ein neuerliches Rollen und Stampfen des Schiffes verzerrte ihre Gebärde zum Stolpern. Da kam ihr Pi-shan entgegen und umschloß sie ganz zart.

Für einige Atemzüge standen die beiden Mädchen eng aneinandergedrückt und schwiegen.

Joanna glaubte nun mehr zu verstehen. Auch in China gab es nicht nur natürliche Sachlichkeit, auch dort erregten sich Herzen in Liebe. Aber es schien schwieriger zu sein, als sie gedacht hatte, hinter diese schönen, lächelnden Masken zu schauen.

Pi-shan war ein Mädchen wie sie, und ihr Herz vermochte zu lieben. Und doch war alles ganz anders.

Was Joanna jedoch überhaupt nicht begriff, war dieser Herr Ch'ü. Wie konnte er eine solche Geliebte haben und sie doch als ein Gastgeschenk seinen Freunden ausliefern?!

„Warum gibt er dich fort?" fragte Joanna. „Liebt er dich nicht mehr?"

Pi-shan weinte nicht. Ihr hübsches Gesicht war unbewegt wie ein Bild. Sie stieß einen kleinen Piepslaut aus, als wäre sie ein Vögelchen, das Furcht hat, und sie preßte sich enger an Joanna.

„Ich glaube, er liebt mich sehr. Aber ich sein gehorsam, denn ehrenwerter Herr Ch'ü ist mein Gebieter."

Wieder und wieder rollte die „Sao Luiz". Die Bewegung des Schiffsbodens nahm nun einen regelmäßigen Rhythmus an. Die Mädchen schreckten auseinander und hielten sich an dem festgeschraubten Tisch. Sie spürten es beide: die „Sao Luiz" hatte Fahrt aufgenommen und lief über See.

8

Der Sturm dauerte zwei Tage.

Er beschädigte die „Sao Luiz" nur geringfügig in der Takelage. Dem „Östlichen Jadestern", der auf flachem Kiel lief und mehrmals in die Gefahr zu kentern geriet, riß er zwei der gerefften Drachensegel und einen Mast weg, hinterließ ihn jedoch fahrtüchtig. Sie waren dem „Blauen Drachen" ohne größere Schäden entkommen.

Es war nur ein kleiner Sturm gewesen. Gott war den Menschen gnädig gewesen.

Er war besonders gnädig den Senhores Viegas und Herrn Ch'ü; denn es verlief alles nach deren Wünschen.

Die „Sao Luiz" und der „Östliche Jadestern" hatten – dank der Prisenbesatzung unter Steuermann Gomez – niemals den Kontakt verloren und waren auf Sichtweite geblieben. Die Dschunke folgte der Galeone wie ein Hündchen, das an unsichtbarer Leine geführt wird.

Der große Wind hatte die beiden Schiffe stark nach Nordosten abgetrieben, so daß sie nun wieder weiter im offenen Meer standen als je zuvor.

Es waren ziemlich unangenehme Stunden gewesen, als sich der heulende Sturm in den Rahen, Tauen und gerefften Segeln verfing und riesige Wasserstürze aus der See aufstanden und über Deck brachen. Aber die Schiffe waren jedes auf seine Weise fest gezimmert und hielten stand.

Sie rollten, schwankten, schlingerten und tanzten und waren nichts anderes als losgerissene Blätter auf schäumenden Wogen, doch blieben sie oben, ritten tapfer gegen die Wellenkämme an und tauchten aus allen wässerigen Abgründen empor: zwei Tage und zwei Nächte lang, bis das Toben der Elemente endlich nachließ und die See sich deutlich beruhigte. Alles, was nicht Matrose war, hatte sich schutzsuchend unter Deck verkrochen, jedoch kaum eine Mütze voll Schlaf mitbekommen; denn die Schiffe mit ihren winzigen Kammern und grob gezimmerten Kajüten waren wie Tollhäuser gewesen. Die Fußböden hoben und senkten ihre Bohlen nach Belieben. Alle nicht festgezurrten Gegenstände flogen umher, und nicht nur die beiden Mädchen, die sich angstvoll aneinandergeklammert in eine einzige Koje geflüchtet hatten, fielen aus ihren Schlafkästen. Schlimm war die Schwärze der Nacht, da die Besatzung noch vor Beginn des Sturmes die Luken und die dicken Fensterläden geschlossen hatte und es streng verboten war, Feuer oder Licht zu machen.

Diese Nächte waren von dumpfem Brausen, Windesheulen, zerfetzten Schreien und dem Gerumpel fallender Gegenstände erfüllt gewesen.

Mehr noch hatten die wechselnden Deckwachen der Mannschaft inmitten von überlaufenden Wogen, schlagenden Tauen und salzigem Gischt mitgemacht, zwei Tamilen waren mit gebrochenen Knochen unter Deck gebracht worden, und Pater Ricci hatte sie ärztlich versorgt.

So waren alle sehr froh, als der Sturm fast so plötzlich, wie er begonnen hatte, zu Ende ging. Die Luft begnügte sich nun mit einem sanften Säuseln, die Wogenberge sanken rasch zurück, und der Gischt verlor seine Kronen, während die kochende See in eine hohe Dünung auslief. Die Fahrt der „Sao Luiz“ wurde gleichmäßiger und gewann wieder Kurs.

Ein alter portugiesischer Seemann, der die Macaoreise schon öfter gemacht hatte, glaubte sogar den ungefähren Standort zu wissen, als weitab an Steuerbord eine weißschäumende Fläche im Meer sichtbar wurde, die der arme, halbtote Schiffsjunge im Krähennest als Riff ausrief. Wenn es stimmte, was der alte Bootsmann sagte, war man bis zur „Vereker Bank“ abgetrieben: einem hohen Unterwasserriff, an dem sich die Grundwellen brachen.

„Vereker Bank" – was von „verrecken" oder untergehen herkam und holländisch klang – war diese gefährliche Untiefe von Mynheer Huitzinga, dem großen Piraten und Seefahrer, genannt worden. Sie lag inmitten seines Jagdgebietes, etwa zweihundert Seemeilen östlich von Macao.

Am Nachmittag, nachdem der Sturm aufgehört hatte, konnte der etwas ramponierte „Östliche Jadestern" bis auf Rufweite an die „Sao Luiz" aufkreuzen, und so erfuhr man, was sich auf der Dschunke zugetragen hatte.

Auch sie war einigermaßen gut durch das Unwetter gekommen. Nur hatte sich vergangene Nacht, etwa auf Höhe der Insel Tung-sho-Tao – die zu dem von den Portugiesen „Pratas-Inseln" genannten Archipel gehörte – ein kleiner Unfall ereignet.

Der rotgekleidete Mandarin vom „adlergeprägten Goldknopf", Vetter T'sai-shen, der ehrenwerte Mitarbeiter und Freund des Herrn Ch'ü, war in der Nacht von einem Brecher über Bord gespült worden. Da Don Gaspar noch vor dem Ausbruch des Sturmes dem Führer des Prisenkommandos, Steuermann Gomez, besonders ans Herz gelegt hatte, auf das Wohlergehen und die Gesundheit des Vetters T'sai zu achten, war dieser besorgte Steuermann Gomez ganz in der Nähe gewesen, als das Unglück geschah. Eingedenk seiner Pflicht hatte er sofort und trotz Sturm, Wogengetümmel und Dunkelheit geeignete Rettungsaktionen befohlen.

Ein kleines Boot war zu Wasser gelassen worden. Obschon sich der chinesische Kapitän Tscheng-Hsiang und die anderen Chinesen leidenschaftlich geweigert hatten, bei diesem Wetter in das Boot zu gehen, waren sie von dem wackeren Gomez gezwungen worden, es zu tun.

Schließlich war es Pflicht der Chinesen, einen der ihren zu retten. Man durfte sich weder vor Gefahren noch vor der Aussichtslosigkeit des Unternehmens scheuen, wenn es galt, das wertvolle Leben des Vetters T'sai zu bewahren.

Der kleine Kahn war unter Protest seiner angstvoll schnatternden Besatzung zu Wasser gebracht worden, aber er schlug tatsächlich um und niemand konnte gerettet werden.

Der übrigen Besatzung und den Passagieren jedoch ging es gut. Gottes Güte hatte auch ihr Leben bewahrt.

Die Dschunke war schon dabei, an einem Notmast ein rasch aus Bastmatten und Bambusstäben zusammengeflicktes Drachensegel zu setzen und dem Kielwasser der „Sao Luiz" zu folgen. Auf Fernando Gomez durften sich die Senhores Viegas verlassen.

Herr Ch'ü, dessen Würde durch bedeutende Anfälle von Seekrankheit etwas gelitten hatte, trug die Nachricht vom Hinscheiden seines Kollegen und Freundes mit großer Gelassenheit und zog sich bald wieder in seine Kabine zurück. Er verließ sie erst gegen Abend, als die See sich so weit beruhigt hatte, daß man ohne Gefahr das Deck betreten und seinem Magen wieder vertrauen konnte.

Die „Sao Luiz" lief jetzt überraschend ruhig. Ein stetiger und sanfter Ostwind füllte ihre wieder entrollten Segel und brachte sie in guter Fahrt dem Festland entgegen.

Aber: wo war dieses Festland? Und wie weit war man abgetrieben? Die See war groß, ihr Horizont ging ringsum in einen von grauen Schichtwolken bedeckten Himmel über, der nur ferne im Westen den gelblichen Lichtschein der Sonne zeigte.

Das Gestirn selber war von Nebelbänken verhüllt und stand hinter den Wolken. Während des Sturmes war es natürlich nicht möglich gewesen, durch die ausgeworfene Lotleine eine Koppelnavigation vorzunehmen, so daß der Kurs seit achtundvierzig Stunden und stürmischer Fahrt nicht mehr ausgesteckt worden war. Man konnte nur schätzen, daß die „Sao Luiz" vermutlich südöstlich der „Vereker Bank", also nahe bei den Pratas-Inseln, stand. Aber man wußte es nicht.

Einen Stern oder die Sonne „zu schießen" war infolge des bedeckten Himmels unmöglich. Da Steuermann Gomez auf dem „Östlichen Jadestern" und damit ohne Instrumente und Tabellen war, blieb es dem sachkundigen Pater Ricci überlassen, Standort und neuen Kurs zu bestimmen.

Senhor Viegas wußte, daß der Pater dazu sehr wohl imstande war. Er verstand von Gestirn- und Erdmessung, von Navigation und Kartenzeichnen mehr als der alte Gomez.

Da die „Sao Luiz" wieder ruhig dahinsegelte, baute der Pater seinen Tisch mit Instrumenten und Karten auf dem erhöhten Hinterdeck auf und begann das „Besteck" zu nehmen.

Die beiden Mädchen, noch ein wenig grün im Gesicht und sichtlich von den Sturmnächten gezeichnet, hatten ihre Kabine verlassen, frische Luft geschöpft und waren neugierig an den Navigationstisch getreten, um den sich schon Don Gaspar und Don Diego gruppiert hatten.

„Ist er ein Bonze oder geehrter Mandarin?“ fragte Pi-shan ihre Freundin Joanna und wies schüchtern auf Pater Ricci.

„Nein. Er ist Priester, aber zugleich Gelehrter! Sieh nur hin, wie er es anstellt, unseren geographischen Ort zu bestimmen!“

Über den Niedergang kam würdevoll Herr Ch'ü geschritten, verneigte sich mehrmals und stellte sich neben den Jesuiten.

„Erlauben Sie mir, Hochgeehrter, von Ihnen zu lernen! Es wäre mir eine hohe Ehre, sehen zu dürfen, wie Sie erfahren werden, wo sich die ‚Sao Luiz‘ in diesem Augenblick befindet. Kein Chinese in all seiner Unwissenheit vermöchte dies zu ergründen. Die Erdscheibe ist weit, der Himmel bedeckt, und das Meer gibt keine Auskunft darüber, wie weit von Macao entfernt wir sind.“

Pater Ricci wandte sich freundlich lächelnd Herrn Ch'ü zu, mit dem er in diesem Moment zum ersten Mal persönlich Kontakt aufnahm.

„Sie bemerken hier“, sagte er, „eine Karte, die ich von diesem Teil der Welt gezeichnet habe: da drüben ist die Küste Chinas, irgendwo hinterm westlichen Horizont. Hier im Meere sind die Pratas-Inseln, weiter östlich die große Insel Luzon, welche zum Archipel der Philippinen gezählt wird. Dahinter kommt der große Ozean, der sich bis zu dem sehr fernen Kontinent des Amerigo, also nach Mexiko und Peru, erstreckt. Da aber dieses Kartenblatt zu klein und der Maßstab zu groß ist, haben diese fernen Küsten im Osten keinen Raum mehr auf dem Blatt gefunden.“

Herr Ch'ü beugte sich interessiert über das Blatt. Dann schüttelte er den Kopf. „Verzeihen Sie, Ehrenwerter. Ich bin unwissend und wenig gelehrt, aber auch ich habe schon Karten gesehen. Wir haben ausgezeichnete Karten in China. Auf Ihrer Karte liegt das Reich der Mitte nur wie ein Küstenstreif am Rande des Ozeans und ist viel zu geringfügig eingezeichnet. Ich nehme an, daß dies nur durch den Maßstab so erscheint. Das Reich der Mitte nähme sicherlich mehrere solcher Blätter ein, hätten Sie es in eine Weltkarte eingetragen. Was wir hier sehen, ist nur der wässerige Rand der Erde.“

„Erlauben Sie, ehrenwerter Herr Ch'ü", erwiderte Pater Ricci mit Eifer, „Sie unterliegen einem Irrtum. China ist sicherlich sehr groß und bedeutend, doch nimmt es auf einer Weltkarte nur einen kleinen, wenn auch hervorragenden Platz ein. Die Erde ist eine Kugel, und ihre Segmente laufen weit nach Osten zum Kontinent Amerika und weit nach dem Westen, wo das Abendland, Afrika und ein anderer Ozean namens Atlantik liegen. Das Reich der Mitte ist nur ein Fleck – wennschon ein bedeutender – auf der Weltkarte, keinesfalls jedoch eine Mitte. Denn eine Kugel hat keine Mitte auf ihrer Oberfläche."

Diese Gedanken gingen Herrn Ch'ü nicht ein. Er brachte auf sehr höfliche Weise allerlei Einwände vor, die bewiesen, daß auch er recht wohl in Dingen der Geographie und Astronomie bewandert war.

Dann ließ er jedoch den Gegenstand fallen und wandte sich den Instrumenten des Paters zu. Ein aus Sphären und Bronzekreisen bestehendes Astrolabium und eine ebenfalls aus Messing- und Bronzekreisen oder Teilkreisen zusammengesetzte Armillarsphäre waren aufgebaut.

Ein um den Kreismittelpunkt drehbarer Arm, den die arabischen Erfinder „Alhidade" nannten, trug längs der Kreisteilung eine schleifende Marke. Es waren auf das zu messende Objekt einstellbare Zielvorrichtungen. Daneben gab es einen schattenwerfenden Stab namens „Gnomon", der senkrecht gestellt zur Höhenmessung von Sonne oder Mond dienen konnte. Es waren sehr kompliziert aussehende astronomische Instrumente.

„Sie haben bemerkt", fuhr Pater Ricci fort, „daß die Sonne hinter Wolken verborgen und daher augenblicklich nicht geeignet ist, mit dem ‚Jakobsstab' anvisiert zu werden. Sie wirft jedoch auch in diesem Falle einen Schatten. Durch diesen Schattenwinkel kann ich sie anmessen."

Während sich alle um den Tisch Stehenden über die Vorrichtungen beugten und den Erklärungen des Paters lauschten, fand Herr Ch'ü, obschon er wohl der aufmerksamste der Zuhörer war, Gelegenheit, in die Nähe von Joanna zu rücken und diese beim nächsten Schwanken des Decks – was den Vorgang entschuldigen mochte – leicht mit dem Arm zu berühren.

Joanna war mehr von der resedafarbenen Pracht des Mandarins, von seinem klugen und männlichen Gesicht beeindruckt als von den gelehrten Ausführungen des Paters. Auch Pater Ricci mit seinem asketisch-scharfgeschnittenen Antlitz, den feurigen und hellwachen Augen faszinierte sie immer wieder; aber der schlanke und hochgewachsene Chinese, dem man den Herrn und den Frauenhelden ansah, beeindruckte sie noch viel mehr. Als sie daher den leichten Druck seines Armes verspürte, was ja Zufall sein konnte, durchlief sie ein angenehmer Schauer. Sie blickte Herrn Ch'ü für einen Moment voll an und senkte dann die Augen.

Herr Ch'ü schien schon wieder von Pater Riccis Erklärungen gefesselt. Aber er hatte recht wohl bemerkt, daß der sanfte Druck seines Ellbogens erwidert worden war.

Der Jesuit sprach von „Peurbachs Geometrischem Quadrat", von der Beziehung der Sonnen- und Sternhöhen zu Uhrzeit, Datum und geographischem Ort und von der Übertragung der angemessenen Werte mittels der „Ephemeriden-Tabellen" auf ein Kartenbild, das mit einem Gradnetz versehen war.

Dann führte er der ehrfürchtig lauschenden Gesellschaft den praktischen Gebrauch der Instrumentarien vor, blätterte in den „Ephemeridenbüchern", gebrauchte Zirkel und Meßstab und zeichnete die Koordinaten in seine Seekarte ein.

„Sehen Sie, meine Freunde", schloß er das Privatissimum, „hier und nirgendwo anders auf dieser Erdkugel steht die ‚Sao Luiz': 200 Seemeilen in genau östlicher Richtung vor der Halbinsel Macao. Wenn wir Kurs 240 Grad segeln, werden wir in etwa vier Tagen den Hafen der Kolonie vor uns auftauchen sehen!"

Während all dies geschah, hatten die Zuschauer geschwiegen und ihre Bewunderung für die Kunstfertigkeit des Paters durch würdige Haltung zum Ausdruck gebracht. Nur Senhor Diego hatte den Anlaß allgemeiner Konzentration dazu benutzt, wie in Gedanken seinen Arm um die Hüfte des Mädchens Pi-shan zu legen.

Die kleine Chinesin erschrak darüber und drängte sich enger an Joanna, zu der sie wie hilfesuchend aufblickte. Dies wiederum fiel Senhor Gaspar Viegas auf, der selber einen gelegentlichen Blick auf die zierliche Pi-shan geworfen hatte. Er entdeckte den so unpassend plazierten Arm Diegos und runzelte die Stirn.

„Diego!“ rief er, als fiele ihm eben etwas Wichtiges ein, „du solltest mit dem Bootsmann den Laderaum kontrollieren, ob sich die Fracht nicht im Sturm verschoben hat. So etwas muß gleich erledigt werden, wenn du ein guter Padrone werden willst! Ab mit dir in den Laderaum!“

Don Diego kniff Pi-shan zärtlich in die Taille, so daß sie einen erschreckten Vogellaut ausstieß. Dann verschwand er grinsend über den Niedergang.

„Hochachtbarer Gelehrter“, rief Herr Ch'ü aus und verneigte sich tief vor Pater Ricci, „Sie sind wie ein Zauberer und ein Born des ausgezeichneten Wissens. Ich Unwerter bewundere Sie sehr, und es wäre mir eine unverdiente Ehre, öfter mit Ihnen sprechen und mehr von Ihnen lernen zu dürfen. Ich glaube, daß wir unwissenden Chinesen viel von Ihnen lernen könnten.“

„Pater Ricci hat bei dem berühmtesten Mathematiker und Astronomen des Abendlandes, bei dem Doktor und Magister Pater Christoph Clavius in Rom, studiert!“ sagte Don Gaspar Viegas nicht ohne Stolz. „Er gilt selber als eine Leuchte der Wissenschaft. Von ihm, verehrter Herr Ch'ü, können Sie alles erfahren, was zwischen Himmel und Erde besteht!“

Pater Ricci wehrte dieses Lob bescheiden ab, erklärte sich jedoch mit Freuden bereit, mit Herrn Ch'ü über gelehrte Dinge zu diskutieren. Dann verneigte er sich – schon angepaßt an chinesische Höflichkeit – tief vor dem Mandarin und fügte hinzu, auch er würde mit Begierde hören, was ein so hochgebildeter Mann wie Herr Ch'ü über chinesische Wissenschaft und Erfindergabe, ja über das Reich der Mitte selbst, zu lehren habe.

Sie gaben sich nicht die Hände, um die neue Freundschaft zu besiegeln, sondern kreuzten die Hände über der Brust, verbeugten sich und wiederholten die blumenhaften Phrasen gegenseitiger Wertschätzung.

Pater Ricci aber dachte, nun habe er eben den ersten Fuß in das rätselhafte China gesetzt. Er mußte die Chinesen von Grund auf kennenlernen, bevor er daran gehen konnte, sie für die Religion zu gewinnen.

9

Er mußte die Sprache erlernen.

Das war das erste.

Herr Ch'ü sagte es ihm. Und er sagte es auf Portugiesisch.

Pater Ricci traf sich seit jener Begegnung auf dem Steuerdeck nun täglich mehrmals mit Herrn Ch'ü. Er steckte mit dem Chinesen mehr zusammen als mit seinem Mitbruder Ruggieri oder den Herren Viegas, so daß man hätte meinen können, e r sei der Geschäftspartner Herrn Ch'üs und nicht die Kaufherren. Zwar ging es Pater Ricci in den Augen des Herrn Ch'ü um genau das gleiche wie den Viegas: nämlich um die Öffnung eines Einschlupfloches nach dem Reich der Mitte, aber zu seinem Erstaunen hatte der kluge Chinese auch begriffen, daß es dem Jesuiten nicht auf Märkte oder Handelsgewinn ankam, sondern auf rein geistige Dinge.

Der Pater, der den geraden und direkten Weg liebte und durch dieses Verhalten den chinesischen Mandarin sehr verwirrte, hatte ziemlich deutlich gesagt, daß der letzte Zweck seiner Reise die Öffnung Chinas für die christliche Mission sei.

Was das Christentum war, das glaubte Herr Ch'ü zu wissen. Er kannte ja Macao und besaß allerlei Verbindungen unter den Barbaren. Das war eine ziemlich primitive Religion, die einen Gott aus Holz oder auf Leinwand gemalt verehrte und außerdem noch zahlreiche Untergötter besaß. Das Barbarische und Schreckliche an dieser Religion aber erschien Herrn Ch'ü, daß sowohl der Hauptgott wie auch zahlreiche Untergötter als grausam gefolterte, blutig geschundene Menschen dargestellt wurden. Diese Barbaren der Südsee hatten offenbar Gefallen daran gefunden, ständig in der Gesellschaft von Folterdarstellungen, blutigen Kreuzigungen, von glühenden Rosten, Henkerschwertern oder pfeilgespickten Leidensmännern zu leben. Sie redeten ständig von den Martyrien und grausamen Qualen, die ihre Heiligen erduldet hätten. Auch hatten Spanier, die von den Philippinen herübergekommen waren, Herrn Ch'ü berichtet, daß diese seltsame und unmenschliche Form der Religionsausübung im Abendlande immer noch sehr im Schwange war: dort qualmten die Scheiterhaufen, wurden Leute gefoltert und gelegentlich ganze Volksstämme umgebracht: alles nur, um besonders religiös zu sein.

Herr Ch'ü hatte sich niemals um ein tieferes Verständnis dieser geistigen Haltung, die sich Christentum nannte und die offenbar zusammen mit zahlreichen Widersprüchen für eine Religion galt, bemüht. Das alles war ihm nicht nur zu primitiv und unphilosophisch, es war schlimmer: Er verachtete es und verabscheute es, so wie er im Grunde alle Barbaren, ja alle Nicht-Chinesen, verachtete und verabscheute. Dabei war Herr Ch'ü viel zu klug und zu gebildet, um nicht die Vorzüge der Barbaren zu erkennen: Sie waren sehr geschickt im Handel, besaßen große Reichtümer und vielerlei technische Ausrüstungen, die denen der Chinesen überlegen waren. Auch gab es einige unter ihnen, die wirklich erstaunliche Kenntnisse und sogar gute Umgangsformen hatten. Dieser Pater Ricci war einer von ihnen.

Es war nützlich, sich mit dieser Sorte von Barbaren näher abzugeben. Bisher hatten sich Herrn Ch'üs Beziehungen zu Macao und den Barbaren als ziemlich einträglich und förderlich erwiesen.

Aber dies alles hatte nichts mit deren Religion zu tun.

Was aber war das: Mission?! Pater Ricci sprach davon, daß er China für das Christentum öffnen wolle?! War es etwa die Absicht des Paters, die Chinesen dahin zu bringen, das Bild des blutig Gekreuzigten anzubeten und ebenfalls Scheiterhaufen für Andersdenkende zu errichten, wie man es in Europa tat?

Und warum wollte er dies tun? Welchen Vorteil versprach er sich davon?

Es mußte ihm doch klar sein, daß die weit überlegenen Chinesen gar keiner Mission bedurften, sie besaßen seit Jahrtausenden ihre großartigen Philosophiesysteme, auch einige bedeutende Religionen wie etwa die Erlösungslehre des Buddha oder die Sittenlehre Meister Kung-fu-tses. Wie kämen sie dazu, sich künftig inmitten ihrer hohen Kultur an Folter- und Mordgeschichten zu erbauen oder sich der Religion wegen gegenseitig umzubringen?

So töricht und primitiv konnte doch dieser Pater Ricci nicht sein, ein Mann wie er, der offenbar viel von Mathematik, Astronomie und Geographie verstand und sich auch sonst wie ein gebildeter Mensch benahm?!

Nach der abschließenden Meinung des Herrn Ch'ü war das ganze das Ergebnis von Trugschlüssen. Pater Ricci kannte weder China noch die Chinesen. Wenn sich dies änderte, würden sich auch seine Missionsabsichten ändern.

Die Höflichkeit gebot es Herrn Ch'ü, dem unmöglichen Vorhaben des Paters keinesfalls direkt zu widersprechen. Er mußte ihm Teilzugeständnisse machen und hoffen, daß der Jesuit dann begriff, den Teil bejahen bedeute das Ganze abzulehnen.

„Es wird Ihnen sicherlich möglich werden, Hochwürdiger", sagte er, „in Macao die Bekanntschaft einiger gebildeter Chinaleute zu machen und mit ihnen ins Gespräch über Ihre Religion zu kommen. Auch will ich mich gerne bemühen, daß Sie eine Zulassung zum alljährlichen Markt von Whampoa erhalten, wo Sie noch mehr gebildeten Chinesen begegnen können."

Aber Pater Ricci blieb hartnäckig und direkt. Er verstand nichts von dem, was ihm Herr Ch'ü so gewunden und zartfühlend beizubringen versuchte. Er wiederholte sein Anliegen, Zutritt zum eigentlichen China zu bekommen, um dort missionieren zu können.

Ja, er besaß die Taktlosigkeit, Herrn Ch'ü, in dem er zwar den hochrangigen Mandarin erkannt, dessen deutliche Ablehnung er jedoch nicht begriffen hatte, mit unmißverständlichen Worten um Hilfe und Vermittlung bei seinem Unterfangen zu bitten.

Wiederum reihte Herr Ch'ü die verschnörkelten Girlanden seiner höflichen Zurückweisung aneinander. Seine gute Erziehung verbot ihm, den Pater durch eine glatte Ablehnung vor den Kopf zu stoßen. Er sprach von den strengen Fremdenbestimmungen des Vizekönigs, von dem grundsätzlichen Einreiseverbot für Ausländer, das vom Himmelssohn persönlich erlassen war und das schon seit Generationen, ja eigentlich seit dem ersten Auftauchen der Barbaren im Ostmeer bestand, fügte aber sogleich abmildernd hinzu, daß die sehr gelehrten Chinesen zu jeder Zeit aufgeschlossen für neue wissenschaftliche Erkenntnisse, für unbekannte Techniken und Erfindungen seien.

Wenn der Pater mit seinen Astrolabien, Armillarsphären, Gnomons, Peurbachschen Quadraten, Ephemeriden, seiner Uhr, die wie ein Ei aussah, und ähnlichen interessanten Instrumenten, mit seinen guten Land- und Seekarten, kurz mit mathematischen, astronomischen und geographischen Neuerungen auftreten würde, könnte er recht wohl ein gebildetes Publikum an sich ziehen. An Religion jedoch waren die Chinaleute weniger interessiert. Davon besaßen sie genug, sie hatten die Wahl unter zahlreichen Systemen.

Als Pater Ricci mit unbegreiflicher Hartnäckigkeit abermals ansetzte, seine verrückten Chinapläne zu erläutern, lenkte Herr Ch'ü rasch auf ein Thema ab, durch das er die Begierde seines Gesprächspartners mit Sicherheit zu dämpfen hoffte.

„Was immer, o Hochzuverehrender, Sie bei einigermaßen gebildeten Chinesen zu erreichen trachten, setzt voraus, daß Sie deren Denkungsart und eigene Weltanschauung verstehen. Dies wiederum ist nur möglich, wenn Sie perfekt die Sprache der Gebildeten beherrschen; denn nur in ihrer Sprache werden Sie wirklich in die Tiefen Chinas einzudringen vermögen." Und dann riß ihn – obschon er Mandarin vom Kristallknopf und daher ein in Selbstbeherrschung und geistiger Disziplin hochgeschulter Mann war – das chinesische Selbstbewußtsein, ja der Stolz auf das Reich der Mitte fort, indem er einige Sätze anfügte, die darauf hinwiesen, wie sehr China der Mittelpunkt der Welt war und wie seit Jahrtausenden alle anderen Länder und Völker nur wie Schnörkel am Rahmen jenes einzigartigen Spiegels waren, der China hieß.

Er sagte, daß Sprache und Kultur des gelben Reiches wie einsame Gipfel alle übrigen Erscheinungen der Erde überragten und daß jedermann, der in diesem Lande ernst genommen werden wollte, zunächst Mandarin-Chinesisch sprechen und wenigstens einige Prüfungen in Literatur und Wissenschaft bestanden haben mußte.

„Was ist Mandarin-Chinesisch?" fragte Pater Ricci, der sich nun endlich seiner Hartnäckigkeit entledigte.

Herr Ch'ü hielt ihm ein erstes Kolleg über China, dem noch viele folgen sollten.

Mandarin-Chinesisch war eine Hochsprache der Gebildeten, die gleich einem Dach all die vielen Provinzdialekte und Stammesidiome des unendlich großen Reiches überdeckte. Es war nicht nur Amtssprache, sondern auch die Sprache der Poesie, der Literatur und der Gelehrten. Im Reich der Mitte gab es eine vielseitige und ausgedehnte Bibliographie. Zehntausende von Büchern existierten, die meist im Druckverfahren auf in Holz geschnittenen Platten hergestellt wurden. Von buddhistischen Schriften bis zu den zahlreichen Historienbüchern, von den klassischen Texten der Philosophie bis zu Gedichtbänden wurde in China seit mehr als 700 Jahren alles Wesentliche durch Druck erhalten und verbreitet. Die vor Zeiten gemachten Erfindungen von Papier, Tusche und Druckstempel hatten diese Entwicklung einer reichen Literatur ermöglicht.

Herr Ch'ü erklärte nicht ohne Begeisterung das Verfahren: Zuerst schreibt ein erfahrener Schriftkünstler den Text in wohlgeformten Zeichen auf durchscheinendes Reispapier, indem er Pinsel und Tusche benutzt. Sodann bestreicht er einen Holzstock aus Linden- oder Maulbeerholz mit Kleister, legt das Reispapier mit der beschriebenen Seite nach unten darauf. Mit einem stoffbezogenen Tampon drückt der Künstler die Schrift in die Kleisterschicht auf der Holzplatte, so daß sie sich überträgt. Das Papier wird fortgezogen und der Drucker schneidet nun alle nicht mit Schriftzeichen eingefärbten Stellen des Weichholzes aus, so daß die Schrift als erhabener Grat stehen bleibt.

Dieser Druckstock wird nun mit Pinsel und Tusche eingefärbt, und von ihm kann man nun Blatt um Blatt abziehen. Die Druckfarbe wird aus Ruß von Öllampen und Klebstoff hergestellt, das Papier entsteht aus ausgekochten Lumpen, Maulbeerrinde und Hanf, vermischt mit leichtem Klebstoff.

Ein einigermaßen gewandter Drucker kann auf diese Weise täglich bis zu 2000 Seiten herstellen, die dann zu Büchern zusammengenäht werden.

Pater Ricci vernahm diese Schilderung mit Erstaunen und sogar Verwunderung. Sie erinnerte ihn an die schwarze Kunst, die vor etwa hundert Jahren auch in Europa durch den Mainzer Gutenberg aufgekommen war und die seither – mit sehr zweifelhafter Wirkung – das Abendland mit billig gewordenen Flugblättern, Handzetteln und Büchern überschwemmte.

Nur in einem schien Europa den Chinesen voraus zu sein: Es druckte seine Schriften mit beweglichen Lettern und verwendete eine Druckerpresse.

Jedenfalls wurde ihm immer klarer, daß er in China einer hochstehenden Kultur begegnen würde, die der des Abendlandes nur wenig nachstand. Es würde viel Arbeit geben, sich durch die chinesische Literatur hindurchzuwühlen: ganze Bibliotheken warteten auf ihn.

Aber würde er sie jemals lesen können?!

Er hatte bereits chinesische Schriftzeichen gesehen. Sie schienen komplizierter als die bekannten arabischen oder die indischen Palizeichen zu sein.

Herr Ch'ü gab ihm wenig Mut, als er von der chinesischen Schrift sprach und ihm in seiner Kabine einige Blätter mit diesen in langen Kolonnen untereinander gereihten Pinselbildern vorwies.

„Sie sollen wissen, Ehrwürdiger, daß in unserem erhabenen Reich ein Mann nur dann als einigermaßen gebildet gelten kann und Anspruch auf gewisse niedere Ämter erheben darf, wenn er wenigstens 5000 dieser Schriftbilder beherrscht. Der wirklich Gebildete schreibt an die 10.000 Zeichen, der höhere Beamte 15.000 und ein Mandarin des Himmels oder ein Gelehrter verfügt über 40.000 verschiedene Schriftsymbole. Jedes dieser Zeichen ist ursprünglich ein Bildsymbol gewesen, das durch vielerlei phonetische Zeichen variiert werden kann. Da man etwa das Zeichen für ‚Baum' in jeden Dialekt übersetzen kann, es kommt ja nur darauf an, wie man es ausspricht, ist die Schrift Chinas in ganz Ostasien – von Korea bis Japan, von Annam bis zur Mandschurei – lesbar. Nur die Dialekte, die Übersetzungen in Laute, sind verschieden.

Sie werden demnach, o ehrenwerter Gelehrter, selbst wenn Sie die 40.000 Zeichen der Schrift beherrschen, noch lange nicht Chinesisch sprechen und sich verständigen können!"

Pater Ricci war überrascht von dem komplizierten Charakter der Sprache, ließ sich jedoch keineswegs entmutigen.

„Warum sollte ich nicht erlernen können", erwiderte er, „was in Ihrem Lande jedes Kind sicherlich erlernt?! Auch die Bedeutung und Aussprache sehr vieler Schriftzeichen ist erlernbar. Sie, verehrter Herr Ch'ü, oder ein anderer gebildeter Chinese werden mir Unterricht geben."

Herrn Ch'üs maskenhaft beherrschtes Gesicht glänzte für einen Moment in einem Lächeln auf.

„Sind Sie sehr musikalisch, Hochwürdiger?" fragte er. „Man muß Chinese sein, um Chinesisch zu lernen, und Chinesen sind sehr musikalisch."

Hier war Pater Ricci anderer Meinung.

Er hatte dem Mädchen Pi-shan zugehört, das gestern für Joanna und Don Diego auf dem Schanzdeck zu einer Art Harfe, die einem Tiger nachgebildet war, Lieder gesungen hatte. Diese Musik erschien ihm nicht nur eintönig, sondern eher lärmend in ihrem der Tonstärke nach ewig gleichbleibenden Auf und Ab chromatischer Fortschreitungen.

Er hatte in Rom Palestrina-Messen gehört, war im Jesuitenkolleg von Orlando di Lasso begeistert worden und hatte sich im Zuge seiner Mathematikstudien bei Clavius auch mit der Harmonielehre des Italieners Zarlino befaßt. Wohl durfte er sich für musikalisch halten; er liebte die Vielfalt gleichzeitiger Melodien mit ihrem herben Zusammenklang, der nach Harmonie strebte und wie ein Tongemälde einer mystisch veranlagten Zeit wirkte.

Seine Begegnung mit chinesischer Musik, wie Pi-shan sie ausübte und die Herr Ch'ü für köstlich empfunden hatte, war eher schokkierend gewesen. Lärm und Gepiepse, chromatisch hinschmelzende, monotone Tonfolgen von großer Unsauberkeit und viele undefinierbare Zwischentöne – das nahmen die Chinesen für Musik.

„Ich glaube musikalisch zu sein", antwortete er deshalb, „aber ich scheine nichts von chinesischer Musik zu verstehen."

Gleich nahm Herr Ch'ü die Gelegenheit wahr, den Pater in dieser Sache zu belehren.

„Sie müssen wissen, o Wohlbelehrter, daß in unserem Lande alles und somit auch die Musik tief verflochten ist mit dem Weltganzen und der Natur. Unsere Alten haben erkannt, daß der tiefste Ton, den wir hören können, der Grund- oder Urton der Natur ist, und mit dem Rauschen des Stromes Hoang-ho übereinstimmt. Von diesem Grundton leiten sich die zwölf gleichmäßigen Intervalle der Tonleiter ab. Da aber alles in der Welt der Trennung in das männliche Prinzip Yang und das weibliche Yin unterliegt, so sind auch die zwölf Töne in sechs männliche und sechs weibliche geschieden. Der ewige Wechsel zwischen dem Chaotischen und Harmonischen in der Natur wie in der Seele des Menschen ergibt die unterschiedlichen Ausdrucksformen der Musik. Musik ist daher Philosophie für uns, wir hören das Weben der Schöpfung in ihr. Unser erhabener Meister Kung-fu-tse hat Musik sogar zu einem vornehmen Instrument der Gemütserziehung gemacht, und eine alte Legende besagt: ‚der weise Wu-pa schlug die Harfe, daß die Vögel im Reigen flogen und die

Fische im Wasser hüpften'. Durch Musik vermag man den Zusammenklang alles Lebens im Weltprinzip darzustellen. Wenn das Mädchen Pi-shan etwa eine Harfe in Form eines Tigers schlägt, so symbolisiert sich darin der Einfluß der Töne auf jegliche Wildheit. Sie müssen, o mein gelehrter Freund, das chinesische Wesen begreifen lernen, um all seine Ausdrucksformen zu verstehen."

„Gut, Ehrenwerter, so will ich denn auch chinesische Musik zu erlernen und zu begreifen versuchen! Warum jedoch fragen Sie mich, ob ich musikalisch bin?"

„Weil Sie nur dann, o wahrhaft Strebender, einige Aussicht haben, die chinesische Sprache und nicht nur die Schrift zu erlernen. Denn Tonhöhe, chromatische Variation eines Wortes ergeben erst den wahren Sinn. Nehmen Sie etwa das Wort ‚Li'. Wenn es geschrieben wird, setzt man einen Punkt oder Strich hinzu, der die Tonwerte angibt. Sprechen Sie ‚Li' dunkel und weiblich aus, so heißt es ‚Pflaume'; heben Sie aber den Ton an, so daß er hell und männlich klingt, bedeutet das gleiche Zeichen und Wort ‚Gerechtigkeit'. Es gibt aber für jedes Wort fünf Tonhöhen und damit auch fünf Bedeutungen . . ."

Pater Ricci seufzte tief auf: er sah den Berg wachsen, der auf seinem Wege lag und den er überwinden mußte, bevor er darangehen konnte, die Aufgabe in Angriff zu nehmen.

Jetzt erst begriff er, warum der so ungewöhnlich begabte Marco Polo vor drei Jahrhunderten in den siebzehn Jahren seines Chinaaufenthaltes niemals richtig Chinesisch gelernt hatte. Obschon er Italiener wie Ricci war, hatte offenbar seine Musikalität nicht ausgereicht, ein Chinese zu werden.

Er aber – Matteo Ricci – würde es schaffen. Gott hatte ihn bis hierher geführt, er würde ihn weiterführen.

10

Die „Sao Luiz" mit der Dschunke im Kielwasser lief nun auf ruhigem Westkurs. Der schwache Luftstrom, der ihre Segel füllte, drückte ihren Bug nur mäßig gegen die Wellen. Der Bootsmann hatte die Logleine ausgeworfen und festgestellt, daß man mit 2½ Knoten pro Stunde stetig dahinfuhr. Das ergab pro Tag 60 Knoten, und die Koppelnavigation besagte, daß in etwa zwei Tagen die Küste Chinas mit dem Hafen von Macao vor den Schiffen auftauchen müsse.

Der Bewegungsraum auf der Galeone war mehr als begrenzt. Obschon dank der ruhigen Fahrt und des guten Wetters auch die Oberdecks des Schiffes zur Verfügung standen, war es doch spürbar eng: zuviele Menschen auf zu kleinem Platz! Es gab kaum einen Augenblick, an dem irgendwer allein sein konnte. Ob in den Kajüten, Speise- und Wohnkammern oder auf der Poop, dem Mitteldeck oder dem hohen Aufbau des Hecks, man entkam seinen Mitpassagieren nicht, von der stets herumwimmelnden Besatzung ganz zu schweigen. Pater Ricci und Herr Ch'ü steckten beinah den ganzen Tag beisammen, hantierten mit Büchern, Karten und Instrumenten und schienen wenig Notiz von dem Treiben ringsum zu nehmen.

Pater Ruggieri hatte ein stilles Plätzchen zwischen Taurollen gefunden, wo er unter einem Sonnensegel herumsaß und in seinen Gebetbüchern las. Er hielt sich aus allem heraus, auch sonst ging er sowohl Ricci wie den Senhores Viegas sichtlich aus dem Wege.

Er fühlte, daß zu viele Spannungen zwischen den Mitreisenden herrschten, und vermied es, zur Stellungnahme gezwungen zu werden, indem er einfach schwieg und sich hinter seinem Brevier verschanzte.

Für die anderen Passagiere jedoch machte sich sowohl die Spannung wie auch das nahe Aufeinander auf der „Sao Luiz" immer deutlicher bemerkbar, je näher man dem Reiseziel kam.

Nach so langer Reise wurde es hohe Zeit, daß die Menschen wieder festen Boden unter die Füße und ein wenig Luft um sich herum bekamen.

Sogar die beiden Herren Viegas, die für gewöhnlich mit großer Achtung und Freundlichkeit miteinander zu verkehren pflegten, zeigten ihre Gereiztheit, fuhren sich häufig an, und man vermochte auf dem engen Raum kaum zu überhören, wenn sie lautstark in der Kabine oder auf dem Deck miteinander stritten.

Don Gaspar, der sehr in seinen Sohn vergafft war und diesen stets wie einen Juniorpartner und tüchtigen Nachfolger behandelt hatte, zeigte nun stark patriarchalische Züge, befahl, wo er bisher gebeten hatte und wies Don Diego öfter wegen Kleinigkeiten zurecht, die er vordem zu übersehen pflegte. Alle an Bord hatten begriffen, daß der alte und der junge Viegas wegen des Mädchens Pi-shan rivalisierten und sichtlich aufeinander eifersüchtig waren.

Jeder von ihnen wußte zu verhindern, daß der andere mit der schönen Chinesin allein sein konnte. Der Padrone schickte seinen Sohn, kaum daß er sich Pi-shan genähert hatte und ein Gespräch mit ihr versuchte, sogleich zu allerhand Verrichtungen, die der Bootsmann oder ein Stewart ebensogut hätten ausüben können, und der junge Senhor brachte es immer fertig, dann aufzutauchen, wenn sein Vater einen Vorwand gefunden hatte, sich zwischen die beiden Mädchen zu drängen und mit Pi-shan auf eine gewisse, zwischen Besitzanspruch und Werbung liegende Weise zu flirten. Dabei war es beinah unmöglich, die kleine Chinesin allein anzutreffen; denn seit Pi-shan an Bord gekommen war und sich unter die Fittiche von Senhorita Joanna geflüchtet hatte, hielt sie sich so dicht wie möglich an ihre portugiesische Freundin. Sie wohnte, aß und schlief zusammen mit Joanna und der fetten, faulen Donna in einer der schmalen Schiffskammern und betrat niemals das Deck ohne deren Begleitung.

Da die beiden Senhoras Viegas ebenfalls eine enge Kajüte miteinander teilten und die einzig andere verfügbare Kammer, in der bislang der Pilot Fernando Gomez gehaust hatte, Herrn Ch'ü abgetreten worden war, gab es unter Deck keine Gelegenheit zu heimlichen Zusammenkünften. Natürlich wollte keiner der großmächtigen Dons so weit Gesicht und Anstand verlieren, daß er sich mehr oder weniger gewaltsam oder öffentlich zum Liebhaber der schönen Chinesin deklariert hätte. Diesen Teil der Planungen mußte man notgedrungen auf später verschieben, wenn man endlich an Land ging und Pi-shan in ein Haus der Viegas gebracht hatte.

Ständig ruhten viele Augen auf allem, was jedermann an Bord tat oder sprach, und nachdem die Form gewahrt werden mußte, beschränkten sich die Herren Viegas auf gesellschaftlich akzeptable Begegnungen und doppeldeutige Ansprachen an das Mädchen Pi-shan.

Auch die Anwesenheit der beiden Jesuiten wirkte hemmend auf ihren Eifer. Schließlich war Don Gaspar Familiar – also Laienbruder – der „Societas", Förderer und Vorkämpfer der Kirche, und ein als fromm und tugendhaft bekannter Mann. Was den jungen Diego anbelangte, dem zwar nicht der Makel des Rassenmischlings, aber dafür jener eines „Christiano nuevo“ anhaftete – eines Menschen, dessen Mutter erst spät getauft worden und vordem eine Heidin gewesen war –, so hatte dieser allen Grund, sich der katholischen Gesellschaft angenehm zu machen, da er allzu leicht als Halb-Heide oder zweifelhafter Christ bezeichnet werden konnte. Er durfte den Patres keinesfalls als ein Mensch erscheinen, der sich über die Sittengesetze oder die gängige Moral hinwegsetzte.

Trotzdem war es jedermann klar, daß die Jagd auf die schöne Pi-shan bereits eröffnet war. Und am meisten war es Pi-shan selber klar. Sie hatte ja gewußt, daß ihr Herr Ch'ü sie als Gastgeschenk fortgegeben hatte; denn ihr ehemaliger Gebieter kümmerte sich, seit sie an Bord der „Sao Luiz“ waren, nicht im geringsten um sie. Er übersah sie wie einen Gegenstand, der einem nicht mehr gehört, und tat, als habe sie niemals das geringste für ihn bedeutet. Herr Ch'ü war fast ständig mit diesem schwarz gekleideten Mandarin des Westens zusammen, der offenbar das höchste Ansehen genoß und der sie gleich zu Anfang so höflich begrüßt hatte.

Von all den „spitznäsigen, rotgesichtigen Barbaren“, mit denen Pi-shan zu tun hatte und denen sie je begegnet war, gefiel ihr Pater Ricci weitaus am besten. Sie spürte, wie er über den Dingen stand, aber dabei nicht jene intellektuelle Kälte ausströmte, die Herrn Ch'ü häufig so unnahbar machte. Der Schwarzrock hatte ein gutes Gesicht und gütige Augen. Er begegnete jedermann – ja sogar den verachteten tamilischen Matrosen – mit Freundlichkeit, war auf seine Weise höflich und sanft. Am meisten gefiel es Pi-shan, daß er lachen konnte.

Chinesische Männer lächelten viel, aber sie lachten selten.

Pi-shan dachte an das, was Herr Ch'ü, der ihr gelegentlich die Ehre erwiesen hatte, sie zu belehren, über die hervorragende Höflichkeit und das ewige Lächeln der Chinesen gesagt hatte.

In Urzeiten waren die Chinesen ein ziemlich wildes und ungebärdiges Volk Innerasiens gewesen, das genau wie seine großen Ströme und Ebenen von naturhaften Urgewalten bewegt war.

Seit die Chinesen begonnen hatten, Kultur zu entwickeln, war ihr Lebenskampf eine endlose Auseinandersetzung zwischen Chaos und

Harmonie, Yin und Yang, gewesen. Die Natur und die Chinesen waren im Grunde eins gewesen, sie unterlagen den gleichen Grundgesetzen.

Die Wildheit der Ströme war durch Dammbauten, die Dürre der Ebenen durch ein Netz von Kanälen, die Unfruchtbarkeit der Berghänge durch ein System von Reisterrassen gebändigt worden.

Das jedoch, was an Leidenschaften und Wildheit in der Seele des Volkes beheimatet war, dieser Hang zu gelegentlicher Grausamkeit, die Freude an Martern, die Kaltblütigkeit gegenüber dem Schmerz und die ewige Aufsässigkeit gegen die Ordnung, war von den Weisen der Vorzeit durch ein Netz von Höflichkeitsformen, durch die Kanäle der Zeremonien, der Rangstufen, die Reglementierung des täglichen Lebens und die strenge Ordnung eines Beamtenstaates reguliert worden.

Höflichkeit war die Form, die das Yin bändigte, und das Lächeln glich der Papierwand, hinter der sich alles Chaotische und Wilde verhüllte. Dieses Lächeln verbarg – aber es erwärmte nicht.

Das befreiende Lachen jedoch war selten. Es galt wie jeglicher Gefühlsausbruch als eine Öffnung der Schleusen zum Chaotischen.

Man vermied es, Dammbrüche an den Strömen zu haben, und so vermied man es auch, Ausbrüche der Seele zu erlauben.

Dieser Pater Ricci jedoch vermochte es, genau wie das Mädchen Joanna, herzlich zu lachen. Pi-shan fand ihr Entzücken darin, daß diese beiden Menschen ihre Seelen zu öffnen vermochten, ohne daß Chaos und Wildheit hervorbrachen. Sie hatte, zu ihrem eigenen Erstaunen, Vertrauen zu diesen beiden Barbaren gefaßt.

Und dabei hatte sie mit dem Schwarzrock kaum ein paar Worte gewechselt. Sie hatte ihn nur ganz bescheiden und hintergründig beobachtet.

Vor den beiden Senhores Viegas jedoch hatte sie Angst, sie spürte das Fordernde, Rücksichtslose und Gewalttätige hinter den kalten Höflichkeitsfloskeln und dem geilen Bemühen. Diese Barbaren mochten bedeutend, reich und sehr vornehm sein, aber sie waren sicherlich genauso brutale Eroberertypen, wie es jener riesige Hui-tsing-Ah gewesen war, dem Herr Ch'ü sie einstmals zur Verfügung gestellt hatte.

Wem immer von beiden Pi-shan letztlich zufiel, er würde von ihr nur das fordern, was alle Männer wollten: Vergnügen, Befriedigung ihrer wilden Triebe, einen Genuß, den nur sie – nicht aber Pi-shan – haben würden. Das Schicksal, das sie vor sich sah, da Herr Ch'ü sie offenbar aufgegeben hatte, war trübe und schlecht.

„Ich fürchte mich, liebliche Joanna", sagte sie zu ihrer portugiesischen Freundin. „Sie werden mir sehr weh tun, und ich werde wie ein Blumenmädchen im Sampan oder in einem Chrysanthemenhaus sein: nichts als ein Gegenstand, den man fortwirft, wenn er zerbrochen ist."

Joanna hatte ebenfalls begriffen, was gespielt wurde, und so sehr sie selber nach Liebe hungerte, mißbilligte sie doch die Art, wie Vater und Bruder diese suchten.

Sie kam sich selber im Schicksal Pi-shans gedemütigt vor. Ein Gefühl von Schwesterlichkeit mit der Chinesin kam in ihr hoch. Da sie wohl wußte, was mit Pi-shan geschehen würde, sobald man Land erreicht hatte, empfand sie beinahe die gleiche Angst wie diese. Es ging um die Einschätzung der Frau, und sie war selbst ein weibliches Wesen.

Die Männer waren fleischgierige Bestien. Drüben im christlichen Abendland nahmen sie sich die Weiber, wenn diese nicht durch Familie oder gesellschaftliche Stellung geschützt waren, nach Belieben. Und die Frauen, die sie heirateten und zu Müttern ihrer Kinder machten, sperrten sie ein, hielten sie wie Haussklavinnen oder Schoßhündchen, die man rief, wenn man sie brauchte und zu ehrenhaften, sterilen Matronen ernannte, wenn man von ihnen als Frauen genug hatte.

Am Ende war auch Joannas Mutter, Donna Theresa, nur eine Variation von menschlichem Gebrauchsgegenstand, der sein Leben hinter der Pappkulisse gesellschaftlicher Tabus, Ehrenwertsein und Tugend vertrauerte.

Pi-shan aber würde noch weniger sein: eine Flasche Weins, die man austrank und fortwarf. Joanna empörte sich.

„Ach, wir armen Mädchen!" rief sie. „Niemand versteht uns, niemand gibt sich die Mühe, uns zu verstehen! Alle sind grausam zu uns. Aber sie sollen keine Konkubine aus dir machen, liebe Pi-shan! Ich werde einen Weg finden, dir zu helfen."

Dann benützte sie die nächste Gelegenheit, als Herr Ch'ü allein an der Reling der Poop stand, trat zu ihm, indem sie höflich nach chinesischer Art grüßte, und sprach ihn an.

„Darf ich mit dem erhabenen Mandarin einige Worte wechseln", sagte sie und schaute Herrn Ch'ü – anstatt die Augen züchtig niederzuschlagen – voll an, was diesen beinahe verwirrte. Er nickte und verneigte sich ebenso leicht, wie es einer Frau gegenüber anstand.

„Sprechen Sie, liebliche Blume aus dem Südmeer! Ich wüßte nicht, was ich gänzlich Unwerter freudiger täte, als Ihnen zu lauschen!"

Dann erzählte sie von ihren Befürchtungen, Pi-shan betreffend, und bat Herrn Ch'ü, sein „Geschenk" zurückzunehmen.

Der Chinese hatte ihr mit maskenhaft starrem Gesicht zugehört. Seine tiefschwarzen Jett-Augen tasteten, während sie sprach, ihr Gesicht, ja ihren Körper ab. Es war jedoch kein Ausdruck von Wohlgefallen, Begierde oder überhaupt eine Seelenregung in ihnen: nur Aufmerksamkeit und lediglich Interesse.

Herr Ch'ü hatte darauf gewartet, daß er mit Joanna ins Gespräch kommen würde. Er war sehr befriedigt von dem ungemein unmanierlichen und herausfordernden Vorgehen des Mädchens. Es war nicht seine erste Begegnung mit einem Barbaren-Mädchen.

Diese Frauen und Mädchen aus Europa hatten einige Vorzüge, die er als großer Genießer und Weltmann zu schätzen wußte. Sie besaßen sehr große Augen, die rund und offen wie Sonnen waren; außerdem war es sehr reizvoll, ihre wohlgeformten und prallen Brüste zu sehen, die ihren Figuren einen entschiedenen Vorzug vor den meist flachbrüstigen Chinesinnen gaben. Joanna trug ein Kleid, das die schneeweißen Grübchen ihrer noch mädchenhaften, aber doch voll ausgebildeten Brüste wie Andeutungen großen Vergnügens durch den Spitzenschleier der Mantilla erkennen ließen, und sie blickte kühn, ja beinahe unhöflich ins Antlitz Herrn Ch'üs.

Zunächst tat der Chinese etwas sehr Unchinesisches, indem er, wie von Diensteifer erfüllt, die schmale Hand Joannas ergriff, an seine Brust drückte und dabei seufzte. Wie zufällig verstand er es, durch eine kleine Körperdrehung Joanna etwas näher zu kommen, so daß seine rauschenden Seidenkleider mit dem Brustschild des Silberfasans ihren Körper streiften.

Joanna errötete. Ein gelinder Schauer durchrann sie, und jetzt schlug sie die Wimpern wie einen Fächer über die Augen.

„Liebliche, Bewundernswerte!“ seufzte Herr Ch'ü, „ich finde es sehr rührend von Ihnen, einem unbedeutenden und unwürdigen Chinesenmädchen das Wort zu reden! Wie großmütig und edel Sie sind!

Aber ich fürchte, daß ich in dieser Angelegenheit – ohnmächtig und unwichtig wie ich bin – kaum etwas für Sie tun kann. Ich habe dieses „blumenhafte Trostmädchen“ Pi-shan mitgebracht, damit es meinen sehr ehrenwerten und erhabenen Freunden ein wenig Freude bereite. Sie kann Harfe spielen, bläst die Flöte, sie singt und tanzt recht passabel und wird eine Zierde des Hauses Viegas sein. Höflichkeit und alter Brauch verbieten mir Unwertem selbstredend, ein Geschenk zurückzunehmen.

Man wird sicherlich meine bescheidene Gabe im Hause Viegas mit viel Hochachtung und Zartheit behandeln. Seien Sie also unbesorgt, liebliche Frühlingsblume!“

„Aber gilt denn bei euch Chinesen eine Frau für gar nichts?!“ entrüstete sich Joanna und blitzte Herrn Ch'ü an. „Ist sie euch nicht mehr als ein Geschenk an andere: wie ein Fäßchen Portwein oder ein Schmuckstück? Das ist doch empörend!“

„Liebliche Blume“, erwiderte Herr Ch'ü und streichelte gedankenverloren Joannas Hand, „Sie befinden sich leider im Irrtum. Man achtet in China eine Frau sehr hoch – wenn sie die Mutter zahlreicher und hervorragender Söhne ist.“

Und er fügte nach einer Pause, in der er Joanna bedeutungsvoll anschaute, hinzu: „Wie aber sollte sie Mutter von Söhnen werden, o duftende Lotosblüte, wenn sie sich weigert, das Lager eines Mannes zu teilen?“

„Ja, freilich“, entrüstete sich Joanna, „wenn sie die Wünsche der Männer erfüllt! Aber heiratet ihr sie deswegen?! Und fragt ihr sie vorher, ob sie überhaupt das Bett jedes Mannes zu teilen wünscht? Ob sie ihn liebt?“

„Ach! Ach!“ klagte Herr Ch'ü, „wer spricht denn von Liebe? Das ist ein seltenes Geschenk der Götter, das nur manchmal erblüht.“

Dann seufzte er abermals, setzte ein hintergründiges Lächeln auf und preßte die Hand Joannas.

Diese war nun sehr verwirrt. Sie empfand das Verhalten Herrn

Ch'üs aufregend und hatte beinahe das Gefühl, selbst das Objekt des Gespräches zu sein. Es schoß ihr heiß in die Brust.

Trotzdem versuchte sie es noch einmal, ein gutes Wort für Pi-shan einzulegen. Schließlich fragte sie Herrn Ch'ü in ihrer unverblümten europäischen Art, ob er keinen Weg wisse, der kleinen, verängstigten Chinesin zu helfen.

„Um Ihnen, o Liebliche, zu Gefallen zu sein", antwortete Herr Ch'ü nach sehr kurzem Überlegen, „weiß ich einen Weg. Es ist der einzige, der das Mädchen Pi-shan vor der offenbar ungewünschten Obhut der Herren Viegas bewahren könnte. Sie sollten mit Pater Ricci sprechen. Er bedarf einer Sprachlehrerin und wird in Macao im Kloster Sao Martin wohnen, wo Pi-shan dann der Betreuung durch die Jesuiten untersteht und sehr sicher ist. Den Jesuiten werden die Herren Viegas sicherlich keinen Wunsch abschlagen; denn die Jesuiten sind noch mächtiger als die Kaufherren. Reden Sie also mit Pater Ricci, aber – wenn ich in aller Bescheidenheit bitten darf – lassen Sie mich aus dem Spiel! Ich möchte mir nicht die Geneigtheit Ihres Herrn Vater verscherzen."

Joanna ergriff Herrn Ch'üs Hand und drückte sie dankbar, was wiederum eine grobe Unhöflichkeit war, von Herrn Ch'ü aber freundlich toleriert wurde.

„Wann immer Sie Wünsche haben, Liebliche", sagte er, „ich werde stets Ihr sehr ergebener Diener sein und auf Ihren Ruf warten!"

11

Pater Matteo Ricci war ein hartnäckiger Mann.

Er hatte in den wenigen Tagen seines engeren Zusammenseins mit Herrn Ch'ü gelernt, daß ein vornehmer Chinese eine Ablehnung niemals direkt aussprach, sondern sie dadurch ausdrückte, daß er das unangenehme Thema umging, von ihm ablenkte und seine Höflichkeit anderen Gegenständen der Diskussion zuwandte.

So war die Frage, die Pater Ricci am brennendsten interessierte: ob und wie es möglich sein würde, ins Reich der Mitte zu gelangen und dort eventuell eine bescheidene Missionsstation aufzubauen, von Herrn Ch'ü sozusagen mit einem Tabu belegt worden. Darüber wollte er nicht mehr sprechen. Auf weitere Versuche, das Thema anzuschneiden, antwortete Herr Ch'ü demonstrativ mit der Erörterung wissenschaftlicher Probleme, die sich meist auf Geographie, Kartenzeichnen oder auf höhere Mathematik bezogen. Pater Ricci hatte unterdessen auch entdeckt, daß die Chinesen weder eine bedeutende Geometrie noch gar Kenntnis der Algebra besaßen, obschon ihre Rechenmethoden, vor allem ihre Astronomie, auf andere Weise sehr hoch entwickelt schienen.

Pater Ricci besaß ein sehr ausgeprägtes Einfühlungsvermögen, und so hatte er unschwer einige Formen chinesischer Höflichkeit und auch verschiedene blumenreiche Redensarten angenommen, die ihm der hochgebildete Mandarin durch sein Beispiel vermittelte. Er wußte also längst, daß man über unerwünschte Dinge nicht mehr sprach und daß es ein grober Verstoß gegen chinesische Lebensregeln sein würde, noch einmal auf die Möglichkeit einer Einreiseerlaubnis zurückzukommen.

Und doch hatten die Herren Viegas damals bei der ersten und so dramatischen Unterredung in der Kajüte ebenfalls davon gesprochen, daß Herr Ch'ü kraft seiner Position ihnen mehr Zugang zu chinesischen Märkten verschaffen sollte! Und hatte Herr Ch'ü nicht ausdrücklich Hoffnungen dafür erweckt, daß er diese Vorteile zu beschaffen in der Lage sein würde?!

Aber Pater Ricci wünschte nicht, Zugang zum Markt von Whampoa, sondern zum eigentlichen China zu erlangen; ihm ging es nicht um die Vermehrung oder Ausweitung der Handelstage, sondern um Mission. Da lag seine Aufgabe. Er fuhr als später Nachfolger des heiligen Franz Xaver nach China.

Wenn ihm nun schon der liebe Gott, der ihn führte, diesen hohen Mandarin über den Weg hatte laufen lassen, so wollte er auch diesen Glücksfall bis zur Grenze des Möglichen nützen. Höflichkeit in Ehren, aber hier war sie fehl am Platz.

Er war ein unbeugsamer Mensch, der zäh auf sein Ziel losmarschierte. Herr Ch'ü, der ihn insgeheim scharf beobachtete und sich nicht recht klar wurde, wie er ihn beurteilen und einordnen sollte, war sich nur darüber schlüssig geworden, daß der Pater ein hochintelligenter und gebildeter Mann war, in dem aber noch etwas lebte, das dem Verständnis des Herrn Ch'ü vorläufig unzugänglich schien.

Dieser verhältnismäßig kleine und schlanke Mann mit dem brennenden Asketengesicht war wie eine Degenklinge, irgend etwas vom Soldaten oder Kämpfer lebte in ihm.

Herr Ch'ü wußte nichts von den Heiligengestalten, wie El Greco sie in Toledo malte, er hatte niemals eine Corrida und nie die zu Stahlfedern der Energie gespannten Gestalten von Matadoren gesehen, aber er begriff, daß das Soldatische an Pater Ricci wenig mit dem Kämpferischen und der Gewaltsamkeit eines Waffenmannes, sondern vielmehr mit dem Geist zu tun hatte.

Soldaten waren in China der verachtetste Stand, doch den Geist eines Mannes schätzte man über alles.

Herr Ch'ü empfand Hochachtung vor Pater Ricci, obschon dieser in der klassischen Literatur und Philosophie Chinas so unbedarft wie ein Kuli war. Er hielt ihn für einen klugen und vor allem höflichen Mann, der vielerlei wußte und noch mehr zu erlernen imstande war. Um so mehr enttäuschte es ihn, daß der Pater trotz seines offenbar hohen Intellekts die Taktlosigkeit besaß, immer wieder von seinem Wunsche zu sprechen, als Fremder in China einzureisen. Dieser Schwarzrock war wirklich hartnäckiger, aber sein Verlangen war gänzlich aussichtslos und unmöglich.

Die beiden Herren hatten sich auf dem Steuerdeck ein gestreiftes Sonnensegel über ihre Sessel ausspannen lassen und genossen die ruhige und gleichmäßige Fahrt der „Sao Luiz".

Als der Pater nun wieder einmal von seinem Vorhaben einer China-Mission zu reden begann, wich Herr Ch'ü diesmal nicht aus, sondern versuchte seinem Gesprächspartner das Vergnügen an seinen Illusionen auf andere Weise zu nehmen. Er ging auf die Frage ein.

„Sie müssen anerkennen, mein ausgezeichneter Gönner", sagte er, „daß im Reich der Mitte nun einmal gewisse strenge Gesetze und Anordnungen bestehen, die das Eindringen von Fremden in das Land gänzlich unmöglich machen. Da hat es gewisse Piratenschiffe des Gelben Meeres gegeben, meist kamen sie von den Inseln der aufgehenden Sonne: Zipangu oder Japan nennen Sie dieses Land im Meer, soviel ich weiß. Diese bösartigen Inselzwerge haben nicht nur unsere Schiffe gekapert, sondern oftmals auch in kleinen Buchten und nahe an unseren Städten zu landen versucht. Ich selbst habe es gesehen, wie sie als Gefangene im Block – das ist ein Holzblock, in dem man jeweils drei Hälse festmachen kann – dahintrotteten, wie man sie in Bambuskäfigen durchs Land führte und wie der Henker ihnen mit dem Krummschwert die Köpfe abschlug. Es gibt sehr viele Soldaten an den Küsten, die jeden einfangen, der China unbefugt betritt. Aber ich habe auch erlebt, wie holländische oder portugiesische Männer, die mit ihren Schiffen eine kleinere Küstenstadt angelaufen hatten, um vielleicht Handel zu treiben oder Opium zu verkaufen, hart bestraft wurden. Die Polizei oder das Militär hatten sie rasch aufgegriffen. Mit ihnen wurde besonders streng verfahren: einige hat man bis zum Halse eingegraben, Bambuskäfige über ihre Köpfe gestülpt und in diese Käfige ausgehungerte Ratten oder Schlangen gesetzt; anderen wieder wurde die Tropfenfolter zuteil oder man hat ihnen die Augen ausgestochen und sie dann mit dem Schwert hingerichtet.

Da im Reich der Mitte die Gerichtsbarkeit in den Händen der örtlichen Richter, der Stadtoberhäupter, Gouverneure und Militärbefehlshaber liegt, kommt es immer darauf an, in wessen Hände man fällt. Gegen Fremde jedoch, die entgegen den Befehlen des Himmelssohnes die gelbe Erde betreten, sind alle Gerichte sehr hart.

Es hat chinesische Beamte gegeben, die jenen Verordnungen nur sehr zögernd oder gar nicht gehorcht haben, die mit den Fremden unerlaubte Geschäfte machten, Opium gehandelt haben oder Bestechungsgelder annahmen. Wo immer solch ein pflichtvergessener Chinese sich zum Komplizen von Fremden gemacht hat und ertappt wurde, verlor er nicht nur Rang, Position und Gesicht, sondern meist auch das Leben.

Ehrlich gesagt, erhabener Freund aus Fernwest, ich möchte nicht in der Haut eines Holländers oder Portugiesen stecken, den man in China aufgreift. Und verbergen oder maskieren kann sich ein Europäer in unserem Lande niemals: seine Hautfarbe, sein Gesichtsschnitt und seine Augen verraten ihn an jeden Kuli. Aber – o mein gelehrter Beschützer – ich möchte auch nichts mit jenen Unbedachten und Zweifelhaften zu tun haben, die einen Fremden ins Land schmuggeln helfen.“

Pater Ricci erschrak zutiefst, als er diese Dinge zu hören bekam. Zwar hatte man ihm schon in Goa berichtet, daß es völlig ausgeschlossen sei, das verschlossene Reich zu betreten, aber er hatte sich die wirklichen Verhältnisse nicht so drastisch vorgestellt.

So hatten sich also die damals in der Kajüte gemachten Andeutungen und halben Versprechungen Herrn Ch'üs gegenüber den Herren Viegas wohl nur auf eine Ausweitung des Marktes von Whampoa, nicht jedoch auf eine generelle Öffnung des Landes bezogen?

Trotzdem wollte sich Pater Ricci nicht mit den Tatsachen abfinden. Er führte das Thema fort.

„Erklären Sie mir doch, mein hochgelehrter Schutzherr", sagte er, „warum ist China so fremdenfeindlich? Warum verschließt es sich gleich einer Auster? Wäre es nicht auch für Ihr großes und stolzes Reich, das Sie wohl zu Recht das der Mitte nennen, von großem Vorteil, wenn es durch die Verbindung mit der übrigen Welt nicht nur allerhand fremde und in China unbekannte Waren, Ausrüstungen und Instrumente, sondern auch neue Ideen und Weisheiten gewänne?! Die vielen Völker dieser Erde können doch nur durch Berührung und gegenseitige Durchdringung voneinander lernen und ihren Reichtum nur durch Welthandel vermehren! Weshalb also verharrt ein so großes Reich in seiner strengen Isolation?"

Ein undeutbares Lächeln stand im hageren Antlitz des Herrn Ch'ü. Er legte die langen gepflegten Hände gekreuzt auf das gestickte Brustschild des Silberfasans, als kehre er aus dieser sehr ungewöhnlichen Diskussion ganz zum Mutterboden Chinas zurück. Pater Ricci fielen jetzt erst die überlangen, fein polierten Nägel an den schmalen Fingern auf. Über einigen dieser Fingernägel trug Herr Ch'ü sogar Schoner aus Goldblech.

Vermutlich waren auch diese Attribute Zeichen seines hohen Ranges, jedenfalls bewiesen sie, daß ein Herr wie Herr Ch'ü niemals mit gewöhnlicher Handarbeit zu tun hatte, sondern ein Mann des Pinsels und des Papiers war.

„Verehrungswürdiger Weiser", sprach er und verneigte sich leicht, „das Reich der Mitte benötigt nichts, was ihm fremde Völker zu geben hätten. Es besitzt alles selbst im höchsten und vollkommensten Maße. Und das, was China bisher von den Fremden erfuhr, ist nicht danach, daß wir Begierde hätten, mehr davon zu erhalten. Wir sind unsere eigene Welt und benötigen keine Hilfe von Völkern, die so viel geringfügiger und meist auch barbarischer sind – verzeihen Sie, Erleuchteter, ich meinte natürlich nicht die Portugiesen, sondern eher die Holländer, die Spanier oder Engländer. Das Reich der Mitte besitzt nach der letzten Volkszählung etwa siebzig Millionen Menschen, ich habe gehört, daß selbst das mächtige Portugal kaum eine Million hat und daß seine Größe nicht ganz jener der Provinz Kwantung entspricht, und das ist nur eine von achtzehn viel größeren Provinzen. Warum also soll der Riese von Zwergen lernen? Alles, was es auf dieser Erdscheibe an Kultur und höherer Zivilisation gibt, hatte seinen Ursprung in China."

„Zwerge sind oft sehr klug, o Wohlbelehrter! Sie selbst haben zugegeben, daß Ihnen vieles an unseren Karten, Instrumenten und mathematischen Methoden unbekannt war. Weshalb wollen Sie nicht annehmen, was Ihnen Europa anzubieten hat? Und wir haben noch mehr zu geben: auch eine höhere Auffassung von Menschlichkeit und eine göttliche Religion . . ."

Herr Ch'ü legte sich breit in seinen Sessel zurück und faltete nun die Hände.

„Was die Ordnung anbelangt, mein hervorragender Freund und Gönner, so hat das Reich der Mitte diese stets aus sich selbst heraus entwickelt. Zwischen Yin und Yang, Chaos und Harmonie, geht der ewige Lauf unserer Geschichte zur Zukunft. Immer dann, wenn die Dämme, die Kanäle, das Netz der Bewässerung, die Straßen und die Schleusen in Ordnung gehalten werden, die Reisterrassen, die Teeplantagen und Fruchtgärten Chinas dank der Harmonie zwischen Erde, Himmel und Menschen reiche Frucht brachten und das Volk in Frieden und Gerechtigkeit im Arm der Natur lebte, wenn die Regierung ihre Pflicht tat, die Behörden das Recht geachtet haben und Bauern und Bürger ihre Pflichten erfüllten, der Sohn des Himmels als Kaiser aber die geistige Harmonie mit den ewigen Mächten einzuhalten vermochte, so daß weder Dürre noch Hochflut, weder Stürme noch Heuschrecken oder Wucherer, weder Kriegsgedröhn noch Aufstände den großen Zusammenklang der Ordnung störten, immer dann erlebte China große Zeiten unter einer großen Dynastie. Und immer dann, wenn die Harmonie gestört war, wenn chaotische Kräfte sich erhoben und Ungerechtigkeit, Unfriede, Katastrophen und der Aufstand der Elemente das Dunkel des Yin über uns brachten, hat sich aus der Mitte des gelben Volkes die Rebellion erhoben. Irgendein Bauernführer oder General gründete einen Geheimbund und stürzte die Dynastie, die versagt hatte. Eine neue Ordnung, eine neue Harmonie wurde aus dem Chaos geboren. China trat in eine junge Epoche seiner Geschichte ein – aber das Gesetz unseres Lebens, das uns so tief mit dem Kosmos verbindet, blieb das gleiche. Wir haben alles, o gelehrter Freund aus dem Westen, alles, was ein Staat und seine Menschen brauchen, wir haben unsere Ordnung und auch unsere Religion. Warum also wollen Sie einem so großen und gefestigten Reich eine andere Ordnung und eine neue Religion bringen? Wir benötigen beides so wenig, wie wir nicht eure Waren, euer Opium oder eure Kanonen brauchen."

So deutlich und hart hatte Herr Ch'ü noch nie zuvor gesprochen. Er selber empfand diese Rede als nahe der Grenze von Höflichkeit und versuchte nunmehr durch einige abschwächende Phrasen, in denen er die Bedeutung der abendländischen Wissenschaft, der Erfindungen und des Handels von Whampoa pries, seine Aussagen zu mildern.

Pater Ricci ging über diese Floskeln hinweg. Ihn interessierte es viel mehr, von einem gebildeten Chinesen etwas über die Selbstauffassung der Chinesen und die Aussichten einer Mission zu hören. Deshalb überging er die versteckten Anwürfe und Herabsetzungen des abendländischen Geistes, er würde sich die Erklärung der höheren Ordnung des Christentums – von dem Herr Ch'ü offenbar nur eine sehr vage Kenntnis hatte – für eine spätere Gelegenheit aufsparen.

Was ihm im Augenblick angeboten wurde und was er ergreifen wollte, war eine Zustandsschilderung Chinas durch einen hohen Würdenträger. So wiederholte er seine Frage: „Warum dann – wenn sie so selbstsicher und in ihrer eigenen Harmonie ruhend sind – fürchten sich die Chinesen vor einer engeren Berührung mit den Fremden? Wo liegen die wahren Gründe?"

Nun vernahm Pater Ricci zum ersten Mal etwas über die gegenwärtige Lage Chinas. Herr Ch'ü war offensichtlich in Redelaune und sprach so offen, als wolle er sich selber Rechenschaft über diese Probleme geben.

Nach Herrn Ch'üs Worten befand sich das Reich der Mitte soeben im dritten Jahr des 72. Zyklus des Hasen oder im neunten Jahre des Kaisers Shen-tsung. Die herrschende Dynastie, die in Peking residierte, war das Haus Ming; sie war vor etwas mehr als zweihundert Jahren auf den Drachenthron gelangt.

Obwohl nach den Aussagen Herrn Ch'üs Kaiser Shen-tsung ein sehr tatkräftiger und auch gerechter Herrscher war, hatte doch das Prinzip Yin durch vielerlei Kanäle Eingang in die Harmonie des Ming-Reiches gefunden.

Am Hofe bestimmten die untereinander eng verbundenen Eunuchen den Ton. Die Vorliebe dieser Clique für Jagdhunde, Pferde, Falken oder für Musik, Theater, Ringkämpfe, Rennen und ausgedehnte Feste widersprach sehr der Situation der Bauern, die von Wucherern, Steuereintreibern und korrupten Beamten an den Rand des Ruins gedrängt worden waren.

Neben den Eunuchen gab es im Reich der Mitte noch eine zweite, fast ebenso einflußreiche Schicht: die der Mandarine.

Da China von jeher ziemlich demokratisch gewesen war, wurde der Zugang zur Gelehrtenklasse der Mandarine nicht durch Vorschriften über Herkunft, Abstammung oder Vermögen, sondern einzig durch die persönliche Tüchtigkeit und den Bildungsgrad der Bewerber bestimmt. Der Sohn eines Kuli konnte sich ebenso wie der Sprößling eines hohen Hofbeamten dem Bildungsgang und den stufenweise sich steigernden Prüfungen unterziehen. Wenn er begabt, fleißig und reich an Wissen war, standen ihm alle Wege in der Rangordnung der Mandarine offen. Er konnte „Kuan" oder Beamter je nach seinem Bildungsgrad werden.

Dieses System hatte sich über viele Jahrhunderte bewährt und galt auch heute noch. Durch das Aufkommen der Eunuchen-Clique und deren bedeutenden Einfluß auf das Kaiserhaus in Peking war jedoch eine rivalisierende Klasse von Würdenträgern entstanden. Viele hochgestellte Eunuchen, die sich die höchsten Ämter verschafft hatten – ohne durch die Mandarinprüfungen gegangen zu sein –, benützten ihre Stellung zu Intrige, Korruption und sogar Terror. Da das Reich sehr groß und der Kaiser sehr abgeschlossen war, vermochten sie ihre Macht immer weiter auszubauen. Deshalb hatte sich unter den Gebildeten Chinas eine Opposition gebildet, die sich „tung-lin" oder „Östlicher Wald" nannte. Unter der Landbevölkerung der Provinzen Kwan-tung, Fu-kien, Kian-si, Shan-si und Shan-tung war ein Geheimbund mit dem Namen „Rote Kopftücher" entstanden. Da und dort gab es Rebellionen gegen bestechliche und ungerechte Beamte. Der buddhistische Teil der Bevölkerung, vor allem in den Städten und in den großen Höhlenklöstern, hielt sich aus allem heraus und bildete durch seine zahlreichen Mönche eine stille, gewaltlose Armee, die eines Tages recht relevant werden konnte.

Der Kaiser hatte also im Inneren mit allerhand Widerständen zu rechnen. Dazu kam die außenpolitische Lage, die auch schon günstiger gewesen war. Seit jeher hatte China unter den räuberischen Einfällen der mongolischen Völker im Norden und Westen gelitten. Es waren erst dreihundert Jahre vergangen, seit der Mongolensturm ganz China mit Eroberung, Gewalt und Plünderung überrannt hatte.

Die Ming waren es gewesen, die die Mongolen aus dem Lande getrieben und die den Erdwall des Vorzeitkaisers Shu-hi-ang-ti nach Verjagung der Steppenräuber in jene 1500 Meilen lange, über Bergkämme und Täler hinwegkletternde Riesenmauer verwandelt hatten, um Innerchina für immer zu schützen. Trotzdem setzten sich die Mongolenkriege fort, und neuerdings drohten von der Mandschurei her die wilden Dschahar unter ihrem Chan Lin-tan, und die Ordos-Mongolen hatten wiederholt am Oberlauf des Hoang-ho angegriffen. Einige Male war es ihnen schon gelungen, die große Mauer – die im letzten Jahrhundert ziemlich verfallen war – zu durchbrechen.

Hoch im Norden, wo die tributpflichtigen Nebenprovinzen Chinas lagen, gab es einen alten Grenzstrom, der „Schwarzer Drache" genannt wurde, den Amur und seinen Nebenfluß Ussuri. Seit langem galten diese Länder als Außenpositionen des Reiches der Mitte. Nun aber waren bärtige, sehr wilde Reiterhorden aus dem Westen an diesen Strömen und Flüssen aufgetaucht, die dort Forts bauten, die Jagd ausübten, Handel und Raub betrieben und die einheimische Bevölkerung unterwarfen.

Diese Fremden nannten sich abwechselnd Kosaken oder auch Russen. Sie drangen immer weiter nach Osten vor und nahmen sich Land, soviel sie nur wollten. Es waren Fremde aus dem Abendlande, hinter denen ein ferner Czar oder Kaiser stand.

Zu allem Unglück hatten sich auch im Inselreich der aufgehenden

Sonne, das man Zipangu oder Japan nannte, die Machtverhältnisse geändert. Ein krankhaft ehrgeiziger Premierminister namens Toyotomi Hideyoshi war an die Macht gelangt und machte Anstalten, sein Inselreich auf das chinesische Festland auszudehnen. Die japanischen Piraten, die an den Küsten Shan-tungs, Tsche-kiangs und Fu-Kiens räuberten, ja landeten und vor einigen Jahren sogar die alte Kaiserstadt Nanking, am Yang-tse-kiang stromaufwärts fahrend, angegriffen hatten, rüsteten sich nun, die zu China gehörende Halbinsel Korea zu überfallen.

Kein Wunder, daß man die Inselzwerge, wo immer man ihrer habhaft werden konnte, eingrub, den Ratten vorwarf oder ihnen einfach die Köpfe abschlug!

Von Japan ausgehend hatte eine kleine Geschichte die Runde in Ostasien gemacht und war auch an den Kaiserhof nach Peking gelangt:

Auf der Insel Shikoku in Japan war ein portugiesisches Handelsschiff gestrandet und von den Behörden beschlagnahmt worden. Das war zu einer Zeit geschehen, als eben unter Franz Xaver die christliche Mission Fuß in Japan zu fassen begann. Es gab schon einige Kirchen und christliche Stationen auf den Inseln, und die „Bekehrungen" machten bedeutende Fortschritte. Vor allem die Städte Nagasaki und Hiroshima waren christlich geworden.

Da kam dieser Händler mit seinem gestrandeten Schiff.

Um sich dem auf Shikoku herrschenden Daimyo angenehm zu machen, sagte er ihm folgendes: Ihr seid Narren, denn ihr begreift nicht, wie wir Europäer vorgehen, wenn wir ein Land erobern und unterwerfen wollen! Zuerst schicken wir die Missionare, die euch viel von Liebe und Barmherzigkeit erzählen, bis ihr richtig schwach werdet. Dann kommen die Händler, die euch wenigstens gute Ware verkaufen und euer Geld wollen, aber dahinter segeln schon die Flotten mit den Soldaten, und bis ihr euch umseht, seid ihr eine Kolonie und arbeitet als Sklaven für uns! So haben wir es in Mexiko, in Peru und im Lande Brasil gemacht. Jetzt sind die Philippinen, China und Japan an der Reihe!

Die Japaner hatten dem aufrichtigen Kaufmann zwar sein Schiff zurückgegeben und ihn ziehen lassen, aber bald darauf die christlichen Missionen aufgelöst, die Kirchen zerstört und alle Bekehrten strafrechtlich verfolgt. Heute war Japan für die fremden Teufel verschlossen. Einzig die Holländer, die nachgewiesen hatten, daß sie als Protestanten Todfeinde der anderen Christen seien, hatten ihren Stützpunkt auf der Insel Deshima behalten.

Sollte da China, das bereits mit den Portugiesen von Macao so üble Erfahrungen gemacht hatte, nicht auch seine Grenzen schließen?!

Alle waren sie gefährlich, die fremd waren: Mongolen, Russen, Holländer und Portugiesen.

Schon der alte Philosoph Shang-Yang hatte vor zweitausend Jahren gelehrt: „Wenn du ein fremdes Land erobern willst, so tu es von innen heraus. Zersetze seine Jugend durch progressive Lehren, schleuse Agenten ins Land, die Korruption und Verrat verbreiten, und zersetze die Moral deines Gegners durch Zweifel, Sexualität, Rauschgift, Sektiererei und Verkündigung der hemmungslosen Freiheit. Dann erst falle mit deinen Truppen über das Reich her, das du erobern willst. Es wird ein leichter Sieg sein!"

China lebte seit der Mongolenzeit in der Furcht, daß es von innen her durch das Fremde, Chaotische und Hemmungslose ausgehöhlt und durch gezielte Agitation fremder Ideen zersetzt werden könnte.

Denn so groß und reich das Land war, es besaß nur unzureichende und schlecht geführte Truppen, weil es seit alters zwar den Gelehrten, nicht aber den General, zwar den Handwerker, nicht jedoch den Soldaten achtete. Erst jetzt, da die Gefahr am Horizont durch Russen, Japaner und Mongolen, durch europäische Piraten und Händler deutlich geworden war und auch im Innern eine spürbare Gärung stattfand, hatte man angefangen, die Armee wieder zu verstärken. Aber ein großer Eunuch, General Shih-Hsing, führte die Truppen Chinas an, und Shih-Hsing war korrupt wie alle Eunuchen.

„Verstehen Sie nun, mein ehrwürdiger Lehrer", schloß Herr Ch'ü seine Ausführungen, die zum Ende hin immer offener und rückhaltloser geworden waren, „begreifen Sie nun, warum China seine seit der Mongolenherrschaft bestehende Fremdenfeindlichkeit nun sogar verstärkt hat und sich mit großer Vorsicht gegen die Außenwelt abschließt? Sie werden nicht die geringste Aussicht haben, im Reich der Mitte eine neue fremde Religion zu verkünden, ja Sie werden nicht einmal den Boden des Landes betreten!"

Selten noch hatte Herr Ch'ü so wortreich und eindringlich mit dem

Pater gesprochen. Diesmal hatten sogar so etwas wie Leidenschaft oder inneres Engagement mitgeklungen und die Aussagekraft der Rede hatte die glatten Höflichkeitsfloskeln deutlich überwogen. Pater Ricci nahm diese Tatsache für eine Bestätigung seines Gefühls, daß sich er und der chinesische Mandarin in den wenigen Tagen ihrer Bekanntschaft auch menschlich nähergekommen waren.

Gegenseitige Achtung vor dem hohen Bildungsgrad des anderen hatte wohl gleich zu Anfang bestanden. Doch während der vielschichtigen Auseinandersetzungen und während des beiderseitigen Voneinanderlernens war auch eine deutliche Sympathie zwischen ihnen aufgewachsen, wennschon der Pater immer noch das Trennende der Rasse, der verschiedenen Herkunft und der so völlig anderen Inhalte europäischen und chinesischen Denkens und Fühlens wie eine dünne Wand aus Seidenpapier empfand, die einen wirklich freundschaftlichen Kontakt verhinderte.

Trotzdem bewegten sich er und Herr Ch'ü aufeinander zu.

Der Pater konnte es bereits wagen, mit dem Mandarin auf ganz unchinesisch offene und direkte Weise zu sprechen und erlebte zu seiner Freude, daß Herr Ch'ü darauf mit Fakten anstatt mit Phrasen antwortete.

Man hatte in den Jesuitenkollegs besonders die Spitzenleute des Ordens eingehend mit einem neuen Lehrfach und seiner praktischen Anwendung vertraut gemacht, das auf die Lehrsätze und Anregungen des heiligen Ignatius von Loyola zurückging: Psychologie und Menschenführung. Pater Ricci glaubte nicht nur die Grundbegriffe dieser Lehren gut verstanden zu haben, sondern er hatte auch von jeher ein angeborenes Gespür für die Wesenszüge anderer. So meinte er, auch von Herrn Ch'ü einige Charakteristika der Persönlichkeit erfaßt zu haben.

Dieser Mann, der etwa ebenso alt wie Pater Ricci selbst war, zeichnete sich bestimmt durch scharfen Verstand, durch eine gewisse Lebensklugheit und große Spannweite der Bildung – wenn auch auf chinesisch – aus. Er wußte unterdessen von ihm, daß er aus sehr angesehener Familie stammte und den besten Start in eine Beamtenkarriere gehabt hatte, den man sich nur denken konnte: ein gescheiter, in Literatur und Wissenschaft hochversierter und auch schon arrivierter Mann.

Dies alles lag klar auf der Hand.

Wie aber stand es mit Herrn Ch'üs moralisch-seelischer Verfassung? Hier war schwerer durchzuschauen. Herr Ch'ü machte den Eindruck eines Zynikers oder wenigstens eines Skeptikers.

Er kannte sehr schöne Zitate aus den Philosophen, und manchmal flocht er ungemein geistreiche Formeln über eine Syntax von hohen Gedanken ein, hinter denen dann urplötzlich der nackte Realist, der intellektuelle Spötter und Wortgaukler hervorbrach, der eben für alles und jedes eine funkelnde Redewendung hatte und der im Grunde nur an eines: an sich selbst und sein Wohlergehen glaubte.

Solche Menschentypen gab es im Europa der Renaissance und Reformation auch. Sie waren meist in der geistigen Oberschicht zu finden, nannten sich Theologieprofessoren, Philosophen, Erneuerer, Politiker oder Staatsmänner. Viele von ihnen zogen die Bewunderung des Jahrhunderts um ihrer Fähigkeiten, Bildung und neuen Ideen willen auf sich, hätten aber häufig ihres Charakters, ihrer Lebensführung und menschlichen Ungereimtheiten wegen Ketten verdient.

Der schizophrene Mensch der Neuzeit, der zwischen Denkvermögen und seelischem Instinkt, Verstand und Gefühl, Sollen und Wollen hin und her gerissen wurde, war offenbar ein Geschöpf des Jahrhunderts und nicht nur auf einen Kontinent beschränkt. Herr Ch'ü schien diesem Typus sehr ähnlich zu sein.

Pater Ricci versuchte es abermals mit der direkten und unchinesischen Methode.

„Mein lieber Freund, Sie haben bislang in den höchsten Tönen von Ihrem ‚Reich der Mitte' und von Ihrem Kaiser, den Sie ‚den Himmelssohn auf dem Drachenthron' nennen, gesprochen. Ich habe daraus nicht nur Bewunderung und Hochachtung für China und seinen Kaiser gezogen, sondern auch auf Ihre selbstbewußte und kaisertreue Einstellung geschlossen. Nun aber sprachen Sie in einer nüchternen und offenen Art von den Zuständen Ihres Landes und seiner Regierung, die mir den Schluß nahelegt, daß auch Sie weder damit einverstanden sind, noch Anlaß zur Verherrlichung sehen. Sie verehren und bewundern, üben jedoch gleichzeitig harte Kritik. Ja, ich bemerke, daß der Widerspruch tiefer greift: wie viele blumenreiche Floskeln habe ich aus Ihrem Munde gehört, wenn es um den

Himmelssohn, um das Reich der Mitte, um den Glanz des Mandarinstandes ging, ... und gleichzeitig, verehrter Herr Ch'ü, sah ich Sie in der Kajüte der Senhores Viegas sitzen und hörte Sie Abmachungen treffen, die – nun, wir brauchen darüber kaum näher zu sprechen – nackte Faustschläge ins Gesicht all jener Ideale sind, denen Sie offenbar nur rhetorisch huldigen? Nun bin ich verwirrt, lieber Ch'ü. Sagen Sie mir doch, Verehrter: wer oder was sind Sie eigentlich?!"

Einen Moment schien Herr Ch'ü, dessen hart gemeißeltes Gesicht nur von den aus schmalen Schlitzen funkelnden Augen belebt war, völlig in maskenhafte Ablehnung zu verfallen. Es war unerhört, wie taktlos der Schwarzrock auf die Intimsphäre seines hochrangigen Gesprächspartners losging.

Doch Herr Ch'ü hatte sich schon zu weit mit dem Pater eingelassen, als daß ihm noch die Flucht hinter die übliche Wand von Höflichkeit, Phrase und Ablehnung möglich gewesen wäre.

Ein leichtes Lächeln glitt über seine sich lösenden Züge.

„Sie fragen sehr direkt, Pater Ricci Hochwürden, aber ich will Ihnen auch direkt antworten: ich bin ganz einfach ein Realist, vielleicht sogar ein sehr kluger und wohlbelehrter Realist, der genau erkannt hat, was alle Phrasen wert sind, und der die Wirklichkeit genau zu beurteilen gelernt hat. Viele und unterschiedliche Blumen blühen auf dem gelben Lehm Chinas, sie sind wie eine Wolke von Schönheit, Duft und Zartheit, aber sie gehen in jedem Herbst, ja in jeglichem Unwetter dahin. Der Lehm jedoch bleibt, die Erde bleibt.

Philosophie, Religion, sogar Wissenschaft sind wie Blumen, die im Wind der Zeiten blühen, welken und vergehen: nur die Wirklichkeit der Erde bleibt. Auf ihr stehe ich, auf ihr lebe und handle ich, lasse mich von Blumenduft wiegen, wenn es die Stunde der Schönheit erlaubt, aber über sie allein gehe, ja stampfe ich auch dahin, ob es den Blumen nun die Hälse bricht oder ich sie zertrete: wichtig ist, daß ich gehe – vorwärts und aufwärts gehe und glücklich werde."

So ähnlich hatte sich Pater Ricci die Einstellung des Herrn Ch'ü vorgestellt: ein hochgradiger Intellektueller, der mit allen Ideen, Zitaten und viel Wissen beliebig spielen konnte, um am Ende doch immer das für richtig zu finden, was ihm nützte und seinem persönlichen Vergnügen am meisten diente. Der Pater wollte nur noch eine letzte Bestätigung erfahren, als er ganz schlicht fragte: „Glauben

Sie eigentlich an Gott, verehrter Herr Ch'ü?! An irgendeinen Gott, mag er heißen wie immer?"

Abermals lächelte Herr Ch'ü in einer feinen, überlegenen Weise. Er faltete die schmalen, mit langen Nägeln krallenartig verlängerten Hände vor dem Brustschild des Silberfasans.

„Hochgeschätzter", erwiderte er, „es gibt eine Geschichte von unserem hochverehrten Meister Kung-fu-tse. Als er schon alt war und seine Lehrtätigkeit vollendet hatte, ging er mit seinen Jüngern auf Wanderschaft. Eines Tages, nachdem er den Seinen vieles über die rechten Beziehungen der Menschen untereinander erklärt hatte und sie unter einer Trauerweide nahe einem schönen Wasserfall saßen, bat ihn sein Lieblingsschüler Li: ‚Und nun, o Meister, lehre uns über Gott, die Götter und den Himmel!'

Kung-fu-tse antwortete: ‚Wie soll ich Unwissender, der ich eben anfange, die Menschen zu verstehen und die Erde zu erforschen, etwas über Gott oder die Götter und über den Himmel aussagen? Ich schweige darüber, o Li!' Lassen Sie mich, hochwürdiger ‚Po-hi Li-Ma-tou' – denn so will ich Sie künftig nennen –, mit dieser Legende erwidern: Auch i c h schweige darüber!"

Damit war Pater Matteo Ricci zwar zu keiner klaren Antwort, jedoch zu einem chinesischen Namen gekommen, den er fortan führen würde und den alle Chinesen leicht begriffen.

Da die Chinesen offenbar unfähig waren, ein „R" auszusprechen, und sowieso seinen Namen „Ricci" wie „Licci" hervorbrachten, war die Verkürzung auf die erste Silbe, also auf „Li", sehr praktisch.

„Li bedeutet, richtig ausgesprochen, auch ‚Gerechtigkeit'", erklärte Herr Ch'ü mit höflicher Verneigung. „Es steht einem Manne wie Ihnen, ehrenwerter Li-Ma-tou, sehr wohl an, diesen Namen zu führen; denn ich sehe: Sie suchen Gerechtigkeit. Ihr Vorname ‚Matteo' kann auf chinesisch ‚Ma-tou' ausgesprochen werden und bedeutet dann soviel wie ‚edles Streben', und auch dies steht Ihnen gut an."

Bevor Pater Ricci noch etwas erwidern konnte, erhob sich Herr Ch'ü aus seinem Bordstuhl, verbeugte sich mehrmals und machte Anstalten zu gehen.

„Ich sehe, o Ehrwürdiger", sagte er, „daß die Chrysantheme des Südens, Senhorita Joanna, und jenes unwürdige, aber blumenhafte

Trostmädchen Pi-shan Ihre Gesellschaft suchen. So will ich den hochgelehrten Po-hi seinen Schülerinnen überlassen."

Herr Ch'ü gab jetzt öfter als zu Beginn ihrer Bekanntschaft dem Pater den Ehrentitel eines „Po-hi". Es war der chinesische Doktor- oder Magistergrad, den nur Mandarine des Himmels, vom Kristallknopf und Silberfasan aufwärts, beanspruchen durften.

Es war mehr als eine Höflichkeit, wenn Herr Ch'ü dies tat – es war eine Huldigung vor der Bildung des Paters.

12

Die „Sao Luiz" lief unter gleichmäßigem Ostwind der fernen Küste entgegen. Sie hatte fast alle Segel gesetzt und nur auf die Toppen verzichtet, damit die schwerfälligere Dschunke in ihrem Kielwasser folgen konnte. Der „Östliche Jadestern" lag einen Kanonenschuß weit in Luv der „Sao Luiz" und platschte mit weitgespreizten Drachensegeln durch die tintenblaue See. Fernando Gomez, der Schwarzbart, führte das Kommando.

Am Nachmittag hatte es einen lautstarken und infolge der Enge an Bord der „Sao Luiz" allen vernehmlichen Streit in der Kajüte gegeben.

Man vernahm die schneidende Stimme von Don Diego und dazwischen die beinah hysterischen Aufschreie Senhorita Joannas. Don Diego beschuldigte Joanna mit heftigen Worten der Intriganz gegen ihn, sie habe ihm aus reinem Futterneid die Sache mit der schönen Pi-shan verdorben, während sie selber diesem Chinesen schöne Augen mache.

Wenn die beiden streitenden Geschwister eine Atempause einlegten, war auch das leisere, vogelgezwitscher-ähnliche Schluchzen Pishans zu vernehmen, über das der Tumult jedoch sogleich wieder hinwegging. Pater Ruggieri, der unter Deck bei seinen Büchern gesessen hatte, kam über die Treppe heraufgestürzt. Seine weite, schwarze Kutter wehte an seinem knochigen Körper, das eilig aufgesetzte Birett saß schief, und man sah, daß er, von der Auseinandersetzung aufgestört, wieder einmal rasch das Weite gesucht hatte, um nur ja nicht darin verwickelt zu werden. Ruggieri verkroch sich sogleich hinter den Taurollen und Handspaken des Mitteldecks, wo er völlig unauffällig blieb.

Pater Ricci in seinem Sonnenstuhl auf dem Steuerdeck saß gelassen unter dem Schattensegel und las in einem Buch, das ihm ein aus Europa angekommener Mitbruder noch vor der Abreise aus Goa geschenkt hatte. Es hieß „Das befreite Jerusalem“ und war eine Dichtung des berühmten Italieners Torquato Tasso. Es handelte vom Ersten Kreuzzug und gab Pater Ricci manchen Anlaß zum Nachdenken. War es wohl die rechte Methode für die Verbreitung des Christentums, mit Schwert und Rüstung gegen Andersgläubige auszuziehen und diesen die Taufe aufzuzwingen?

Aber über dieses Problem dachte der Pater überhaupt viel nach. Er war – genau wie seine „Societas“ – ein Gegner von Inquisition, gewaltsamer Bekehrung und Kampfmaßnahmen. Die Strategie der Jesuiten legte alles Gewicht auf Überzeugung, Lehre, auf geistige Überwindung, vielleicht auch auf Diplomatie und Politik.

Doch die Begegnung Pater Riccis mit Torquato Tasso kam nicht recht voran, sie war wie perforiert von dem nicht überhörbaren Disput der beiden Geschwister, die sich gegenseitig der schlimmsten Dinge beschuldigten.

Herr Ch'ü lehnte mit süffisantem Lächeln an der Reling, und man merkte seinem angespannten Ausdruck an, wie er jedes Wort genoß, das von der Kajüte hergeflattert kam.

Don Diego, mit dem offenbar sein aus portugiesischem Stolz und indischem Feuer gemischtes Temperament durchging, behauptete, Joanna sei es gewesen, die Pater Ricci dazu überredet habe, das Mädchen Pi-shan nicht nur als Sprachlehrerin, was man hätte zur Not ablehnen können, anzufordern, sondern sie zur Katechumenin, also zur Bekehrungsbereiten, zu erklären, was natürlich so sehr die Interessen der Kirche berührte, daß kein vernünftiger Mensch, der nicht mit der „Societas“ oder gar mit der Inquisition in Konflikt kommen wollte, die Bitte abschlagen durfte. Nur deswegen habe Vater Gaspar die schöne Pi-shan der Obhut des Ordens übergeben und sich selbst und Don Diego dazu des schon sicheren Vergnügens beraubt, von den Künsten Pi-shans zu profitieren.

„Du vergönnst weder dem Vater noch mir etwas“, brüllte Don Diego, „du spielst immer die Sittenrichterin und bist selber die verlogenste und männertollste Katze, die ich kenne! Immer schon warst du schamlos, deine Skandale haben dich nach Goa und nun bis Macao gebracht. Der Name Joanna ist ein Schandfleck auf dem der Viegas!"

Ein wilder Aufschrei Joannas fuhr dazwischen, das Schluchzen Pi-shans wurde lauter und klagender. Doch Don Diego setzte seine Beschuldigungen wie rasend fort.

„Glaubst du etwa, es habe nicht jedermann an Bord bemerkt, wie du schon wieder um einen Farbigen herumscharwenzelst? Dieser Chinese hat es dir angetan. Und wenn er nur winkt, wirst du ihm in die Arme fallen! Und bei solchem Verhalten hast du die Stirne, mir die Gesellschaft dieser kleinen, harmlosen Puppe zu entziehen und sie lieber dem Kloster zuzuspielen, als daß sie im Hause der Viegas Vergnügen bereitet!"

„Vergnügen bereitet!" wiederholte Joanna mit schriller Stimme und mit deutlichem Hohn. „Die Art von Vergnügen kenne ich zur Genüge! Die Vergnügungen der Herren Viegas mit eingeborenen Dienerinnen habe ich in Lissabon und Goa erlebt und ziemlich abscheulich gefunden!"

Dann fuhr der grollende Baß Don Gaspars dazwischen. Er beendete den Streit der Geschwister.

„Meine Entscheidung ist endgültig!" sagte er, „Pi-shan wird mit Pater Ricci ins Kloster gehen! Kein Wort mehr! Und denkt gefälligst daran, daß auf diesem Schiff eine Menge Leute Portugiesisch verstehen!"

Sie gingen auseinander. Aber Don Diego zischte seiner Schwester im Vorüberstreifen noch zu: „Wir sind noch nicht zu Ende, liebe Joanna!"

Der Pater wandte sich seinem Buch zu, fand aber nicht mehr den Anschluß an die Stimmung, die ihm die Dichtung vermittelt hatte.

Die Auseinandersetzung, deren Zeuge er und andere geworden waren und die mit beinah unverschämter Nacktheit die rücksichtslose Rohheit der in die Kolonien fahrenden „christlichen Abendländer" gezeigt hatte, war dazu angetan, ihn aufzustören.

Je weiter diese Menschen ins freie Feld der Welt vorstießen, je mehr sie sich von der in Tabus, Gesellschaftsregeln und religiösen Normen eingeschachtelten Lebensform ihrer Heimat entfernten, um so deutlicher kam ihr völlig ungebändigter Kern des Barbarentums zum Vorschein. Jetzt schien es ihnen nicht mehr notwendig, die Form zu wahren und sich die Fächer des Wohlverhaltens vorzuhalten. Sie sprachen aus, was sie in Lissabon oder Rom vornehm verschwiegen hätten, und sie taten ganz offen, woran sie christliche Gesellschaft und Gesetz im Westen gehindert hätten. Die Raubtiere brachen durch. Fünfzehn Jahrhunderte Christentum hatten ihre Barbarenseelen nur angetüncht, aber kaum verändert. Das gleiche erlebte man ja im gegenwärtigen Europa, wo sich die angeblich christlich und menschlich gewordenen Fürsten und Völker wie Bestien anfielen, wo in Spanien die Scheiterhaufen der Inquisition qualmten, in Frankreich die Hugenotten in der Bartholomäusnacht zu Tausenden gemordet worden waren, in England und Deutschland die Religionskriege schwelten und sich deren Ziele mit Kampf um Märkte, Goldflotten, Kolonien und Fürstenmacht mengten.

Überall war die Bestie der Urzeit wiedererwacht. Hatte Jesus Christus je gelebt, gelehrt und gelitten?

Sie führten ihn auf den Lippen und Mord in den Herzen!

Alles trat Pater Ricci neu vor Augen: die großzügige, aber wohl berechnete Frömmigkeit der Viegas, die der „Societas" Ordenshäuser und Kirchen gebaut und ihre Schiffe zur Verfügung gestellt hatten, und die nicht zögerten – weitab von Europa –, beim Anblick der ersten Dschunke an Seeraub zu denken. Ohne irgendwelche Skrupel hatte Don Gaspar das Piratenstück befohlen und ausgeführt.

Wohin war plötzlich sein Christentum gekommen?

Und weiter war das Gesetz der Urzeit, daß man eben nahm, was man bekommen konnte, gediehen. Der fromme Don Gaspar hatte, ohne mit der Wimper zu zucken, dem Menschenhandel des Herrn Ch'ü zugestimmt und das Mädchen Pi-shan wie ein Geschenk angenommen.

Wohin war europäische Menschlichkeit geraten?

Schlimmer noch: mit Entsetzen überdachte Pater Ricci, was er in der Kajüte der „Sao Luiz" angehört hatte, als die Viegas mit Herrn Ch'ü gemeinsam ihre eiskalten, verbrecherischen Pläne geschmiedet hatten. Da gab es plötzlich keine Wertskalen mehr: weder Achtung vor fremdem Eigentum noch Respekt vor fremden Hoheitsrechten, weder Ehrlichkeit noch Beachtung von Lebensrechten. Man plante

Mord, Betrug und Raub, als wären es Weltgesetze, denen zu folgen die Natur gebot.

Was für Pater Ricci jedoch am erschütterndsten schien, war die Tatsache, daß sich Christen und Chinesen offenbar auf dieser Basis glänzend verstanden. Es war doch Herr Ch'ü gewesen, der das Mädchen Pi-shan „verschenkte" und der die raffiniertesten Züge in die Piratenpläne der Viegas gebracht hatte.

Ach, wohin ging Pater Ricci?!

Hinter sich hatte er keine Christenheit, der er vertrauen durfte und die ihn stützen würde; vor sich aber wußte er ein fremdes, gefahrvolles Reich, dessen Menschen heidnische und vermutlich ebenso korrupte und mörderische Bestien waren.

War er nicht hilflos den Urgesetzen allen Barbarentums ausgeliefert, einer, der allein stand, getragen von der schwachen Kraft seines Ordens und doch nur ein Fünkchen Geist zwischen den ungeheueren Naturkräften der Kontinente? War sein Unternehmen nicht dem des heiligen Augustinus gleich, dem der Engel mit der Schöpfkelle gezeigt hatte, wie das Meer auszuschöpfen sei? Sinnlos, unmöglich, verloren ...

Das Buch des Torquato Tasso rutschte und fiel zu Boden. Pater Ricci bückte sich nicht.

Er war nicht mutlos. Er wußte, daß er in Gottes Hand ging.

Als Herr Ch'ü zu ihm trat und mit höflicher Verbeugung einen zweiten Deckstuhl neben den seinen rückte, brachte Pater Ricci ohne weitere Einleitung das Gespräch sogleich wieder auf sein Lieblingsthema.

„Ehrenwerter", sagte er, „ohne alle Umschweife, Sie müssen mir einen Weg zeigen, wie ich das Reich der Mitte betreten kann! Erwidern Sie nicht, daß es unmöglich sei! Sie haben einen sehr hohen Rang unter den Beamten, Ihr Einfluß scheint bedeutend und Ihre Beziehungen reichen weit. Gott hat Sie mir nicht ohne Absicht über den Weg geführt, Sie werden mir helfen!"

Herr Ch'ü schüttelte leicht den Kopf. Seine Seidengewänder rauschten, als er sich umständlich in dem Stuhle niederließ.

„Hochgelehrter Li-Ma-tou", sprach er, „Ihre Ausdauer ist wirklich erstaunlich, Ihre Beharrlichkeit verdient Bewunderung. Wir haben über die Lage der Dinge bereits mehrmals gesprochen, und ich habe versucht, soferne es meiner schwachen Überzeugungskraft angemessen war, Ihnen ausführlich zu erklären, warum ein derartiges Verlangen – so gerne ich Ihnen dienlich wäre – gänzlich unerfüllbar bleiben muß.

Das Reich der Mitte ist für Fremde verschlossen. Würden wir etwa eine Form finden, Sie in das Land zu schmuggeln, was immerhin denkbar wäre, so brächte ich Ihre ehrenwerte Person mit Sicherheit in die Hände der Polizei, der Gerichte und endlich des Henkers. Man würde Ihnen ohne viel Umstände den Kopf abschlagen und mich, der ich Ihnen behilflich war, degradieren und endlich zu Tode bringen. Unsere Gesetze sind sehr hart, die Polizei ist findig, und ich habe nicht nur Freunde unter den höchsten Beamten, sondern auch leider einige sehr unangenehme Feinde. Diese würden ein solches Unternehmen, in das ich verwickelt wäre, dazu benützen, mir endlich jenen Strick zu drehen, an dem sie sowieso schon lange werken.

Ich sehe – so sehr ich auch nachdenke – keine Möglichkeit, Ihnen in dieser Sache behilflich zu sein."

„Hören Sie, mein ausgezeichneter Freund, Sie scheinen vergessen zu haben, daß ich bei jener Unterredung anwesend war, die Sie gleich nach Ihrem Übersetzen auf die ‚Sao Luiz' mit den Herren Viegas in der Kajüte hatten. Es ist mir noch recht wohl im Gedächtnis, daß Sie dabei gewisse Pläne vorschlugen, die ein etwas fragwürdiges Geschäft betrafen, das Sie mit den Herren Viegas machen wollten.

Sie versprachen den Kaufleuten, soferne diese mit der Teilung der Beute einverstanden wären, große Handelsvorteile, also Ausweitung der Geschäfte, Zulassung zu den Märkten und öfteren Zutritt nach Kanton. Sie beriefen sich auf Ihre Eigenschaft als ehemaliger Hafenkommissar und Verbindungsmann in Macao.

Wenn Sie also für die Viegas, die Ihnen doch nur billige Europaware, ja sogar Opium und vielleicht Waffen liefern werden, solche Lizenzen beschaffen können, so werden Sie auch eine Möglichkeit finden für einen armen Missionar, der keine andere Absicht hat, als China die Botschaft der Erlösung und der Barmherzigkeit zu bringen!"

„Oh, Li-Ma-tou, Hochwürdiger und Erleuchteter! Wie sehr verkennen Sie die Situation! Was ich den Herren Viegas verschaffen kann, bewegt sich im Rahmen der erlaubten Handlungen. Ich kann wahrscheinlich bewirken, daß ich die Zulassung der Firma Viegas zum Markt von Whampoa – das ist ein Hafen- und Lagerplatz am Perlstrom und gleich unterhalb von Kanton gelegen – erweitern lasse. Jedoch nur erweitern, nicht ausdehnen auf andere Plätze. Whampoa ist streng abgeschirmt vom übrigen China und vom Vizekönig als Platz der Begegnung bestimmt. Die gewissen Hong-Kaufleute aus Kanton haben hier Zutritt, ebenso wie die Portugiesen. Alles wickelt sich unter Aufsicht der Behörden ab. Polizei sorgt für die Eingrenzung der Bewegungsfreiheit. Wir nehmen in Whampoa zwar Waren auf und geben andere dafür, aber wir verschließen uns nach wie vor gegen fremde Personen und gegen fremden Geist.

Deshalb kann ich Ihnen und Ihrem Anliegen, o Hochgelehrter, keine wirksame Hilfe angedeihen lassen."

Pater Ricci starrte aufs weite Meer hinaus.

Es lag tiefblau, fast ohne Schaumkronen, unter einem wolkenlosen Himmel und verlief sich im Sonnenglast der Horizonte: endlos, dem All mehr verwandt als der Welt, ein riesiges Nichts und Rätsel wie das Dasein selber. Hier gab es kein Mitleid, keine Gedanken, keine Seele. Und doch pulste auch dort Leben, bewegten sich Geschöpfe inmitten der Tiefen und war irgendwie Gottes Atem spürbar.

Pater Ricci fühlte sich nur für einen Moment verloren in dieser Weite: als ein einsamer Mensch, den ein Wille und eine Idee trugen und der abgeschieden war von allem anderen Dasein. Dann war es ihm plötzlich, als wandle er – Christus auf dem stürmischen See Genezareth ähnlich – mit einer tief inneren Sicherheit über die Wogen, ganz anderen Gesetzen untertan als die übrigen Menschen.

Er war – wie Christus – unsinkbar in seinem Glauben.

„Ich werde ins Reich der Mitte kommen", sagte er ruhig, „Gott hat mich ausgesandt, seinen Willen zu tun."

Herr Ch'ü schüttelte heftiger als zuvor den Kopf. Etwas wie Unmut huschte über seine steinernen Züge.

„Was sind Sie für ein seltsamer, zwar bewundernswerter, aber doch unbegreiflicher Mann, Li-Ma-tou! Warum tun Sie dies alles? Weshalb riskieren Sie Leben, Glück und mögliche Ehre?!

Sie sind ein bedeutender Mann, ein Po-hi und Gelehrter. Ich bemerke ja, wie hochgeehrt und angesehen Sie unter Ihren Landsleuten sind. Sie könnten bei Ihren hohen Fähigkeiten reich, mächtig und sehr glücklich und eine große Persönlichkeit sein. Ein so schönes Mädchen wie die blumenhafte Pi-shan liebt Sie, ja betet Sie an! Warum nehmen Sie nicht, was Ihnen das Leben anbietet, wozu wollen Sie nicht ein Mensch sein wie jeder andere, der nach Ehre, Reichtum und Glück strebt? Sie könnten alles haben; denn Sie sind ein großer Gelehrter und ein Mann, dem das Schicksal wohl will. Warum nur streben Sie nach etwas Unmöglichem, das selbst dann sinnlos wäre, wenn Sie es erreichen würden?"

„Ich habe eine Aufgabe mitbekommen, ehrenwerter Herr Ch'ü, nicht nur Begabungen. Gott hat mich gerufen, und ich folge seinem Anruf."

Herr Ch'ü stieß zischend die Luft durch die Zähne. Sein Gesicht, das er für einen Augenblick nun nicht mehr beherrschte, drückte beinah Abscheu aus.

„Manchmal, o Hochwürdiger, denke ich, Sie seien ein sehr hoher Mandarin, ein Po-hi von seltenen Graden. Man kann mit Ihnen über alle Gebiete des Wissens sprechen: Mathematik, Astronomie, Geographie, Pflanzen, Tiere, Physik, Chemie und Literatur. Sie belehren sogar manchen unwissenden Mandarin hohen Grades über Dinge der Technik, der Gestirnberechnung, des Landkartenwesens oder der Navigation. Sie verstehen geistreich über Philosophie, Religion, Dichtung, Musik und Medizin zu sprechen und kennen ein Dutzend Sprachen außer Chinesisch. Aber dann wieder – und verzeihen Sie mir Unwürdigem nun mein Unverständnis – erscheinen Sie mir wie ein Kind, das sein Spielzeug nicht bekommt und das trotzig mit dem Fuß aufstampft und sich der Einsicht verweigert.

Was sind Sie nun eigentlich, Li-Ma-tou: ein Weiser oder ein Kind?"

„Ich bin ein Kind Gottes, lieber Ch'ü, und ein Weiser, der alle Weisheit aus seinem Glauben an Gott bezieht. Denn, verehrter Freund, ich habe andere Gestirne über mir als Sie, dem die wahren Sterne durch das Gewölk des Daseins verdunkelt sind. Ich habe von Anfang an eine Aufgabe mitbekommen, die ich erfüllen muß. Und mein Gott führt mich treu an der Hand, bis alles vollendet ist."

„Ich glaubte Sie zu kennen, Hochwerter und Großer, aber ich

sehe: ich kenne Sie nicht!" rief Herr Ch'ü mit ganz unwürdiger Lautstärke. „Bitte, tun Sie mir einen Gefallen, Verehrter, und sagen Sie mir, wer Sie sind!"

Pater Ricci sagte es ihm.

Oder: er versuchte es wenigstens zu tun.

Jetzt, da er angesprochen war, sich selbst zu erklären, merkte er erst, wie schwierig das war.

Insgeheim sah er in Herrn Ch'ü und der schönen Pi-shan bereits die ersten Objekte seiner Missionierungstätigkeit, die Vorboten jenes China, das zu bekehren er ausgezogen war, und die ihm eine göttliche Fügung über den Weg geführt hatte. Es waren jedoch, besonders was Herrn Ch'ü anbelangte, sehr unzugängliche Objekte für einen Bekehrungsversuch. Darum war es wichtig, die christlichen Gedankengänge und idealistischen Prinzipien, die sein eigenes Leben bestimmt hatten, sehr vorsichtig und doch verständlich zu bringen, um Herrn Ch'ü – der sein erster Katechumene werden sollte – weder durch allzuviel Fremdartiges abzustoßen noch durch Unbegreifliches zu langweilen.

Wenn nun Pater Ricci aufgefordert war, zu erklären, wer er war und nach welchen Zielen er strebte, so würde dieses Gespräch sicherlich nicht sein erster Versuch einer Selbstanalyse sein. Es gehörte zu den Grundregeln der „Societas Jesu", daß sich deren Mitglieder von Zeit zu Zeit einer genauen Inventur der Seele, der Selbstkritik und Rückschau unterwarfen.

Der Orden, zu dem Pater Ricci gehörte und in dessen Offiziersrang er vor noch nicht allzu langer Zeit aufgerückt war, hatte nicht nur eine straffe militärische Organisation, sondern auch sehr moderne Leitlinien, die sich von jenen der älteren Mönchsgemeinschaften, wie etwa der Benediktiner oder Franziskaner, stark unterschieden.

Ganz neu war das Streben nach völliger „Umfunktionierung des Geistes" und die systematisch zu erlernende „Willensdisziplin". Im Sinne einer solchen Ausbildung des geistlichen Offizierskorps spielten Gewissenserforschung, Hinabsteigen in psychische Tiefenschichten und vor allem die geistig hart disziplinierenden Exerzitien eine bedeutende Rolle. In den Regeln und deren Kommentierung, die Ignatius von Loyola aufgestellt hatte, hieß es zum Beispiel: „Gleich der Phantasie wird auch das Gemütsleben in die strengste Zucht genommen; Leid und Freude, Verzweiflung und Jubel, dies alles bleibt nicht der unberechenbaren Willkür des Augenblicks überlassen. Sämtliche Gefühlsregungen werden vielmehr unter die Aufsicht eines zielbewußten Willens gestellt!"

Man war im Orden so weit gegangen, Gewissenserforschungen mit Hilfe eines Raster- und Liniensystems, also beinahe mathematisch, zu vollziehen. Denn Ignatius hatte erkannt, daß eine mögliche Umformung des Menschen bei der exakten Selbsterkenntnis, also bei der Erforschung des eigenen Seelenlebens und beim Sündenbekenntnis, beginnen müsse. Er berief sich bei dieser Einsicht sogar auf den stoischen Philosophen Seneca, der in einem seiner sechzehn Bücher über den Zorn geschrieben hatte: „Wißt ihr, weshalb wir unsere Laster geheimhalten? Weil wir ganz mit ihnen verwachsen sind. Ihr Bekenntnis jedoch ist das erste und sicherste Zeichen der Heilung!"

Bekennen, Selbstkritik, Eigen-Analyse waren demnach altbekannte und vor allem in der „Societas" geübte Vorgänge. Pater Ricci hatte all diese Stadien innerer Klärung und Rechtfertigung durchlaufen und daher sich selbst und sein Leben Dutzende Male erklärt, durchforscht und gewertet. Er sprach demnach über einen sehr vertrauten Gegenstand.

Und dennoch erschien es ihm komplizierter als etwa die „Ephemeriden" des Regiomontanus zu erklären, einem Fremden die Programmierungen und Weichenstellungen seines Lebens zu verdeutlichen, so daß sie dieser Fremde auch verstand.

Man sprach eben mit der eigenen Seele anders als zu einem außenstehenden Menschen, noch dazu zu einem Intellektuellen, der alles Berechenbare, in Logik und Formeln Faßbare, nicht aber das Hinter- und Untergründige begriff.

Trotz dieser Hindernisse, die ihm erst im Augenblick des Sprechens bewußt wurden, versuchte er es, diesem klugen Chinesen, der wohl von Anfang an ein intellektueller Lebemann gewesen und zum zynischen Genußmenschen geworden war, sein so gänzlich anders geartetes Leben zu erklären.

Er begann mit der Zeit, als er ein Kind war.

Macerata war eine italienische Kleinstadt von wenigen tausend Einwohnern. Sie lag am Rande des „Mezzogiorno", im armen, seit den Stauferkriegen politisch unwesentlich gewordenen Süden, nahe bei Ancona.

Wie üblich, war ein Bischof Stadtherr von Macerata und dem Land, das sich mit baumlosen und steinigen Feldern, Weingärten und Ölhainen unter der heißen Sonne ausbreitete. Aber der Bischof lebte nicht bei seiner Herde, sondern ließ sich die Zinsen, Steuern und Abgaben von seinen wohlgenährten Verwaltern in sein Stadtpalais nach Rom schicken, wo trotz „Sacco di Roma" und Tridentiner Konzil immer noch ein üppiges und sehr weltzugewandtes Leben herrschte.

Die Bevölkerung der „Marken", denn so hieß die Provinz, war durch endlose Kriege und die rücksichtslose Ausbeutung der örtlichen Tyrannen ziemlich herabgekommen. Die Hügel waren entwaldet, die gute Erde von Regengüssen herabgeschwemmt, so daß meist nur noch in den halbtrockenen Flußtälern der Potenza und des Chienti größere Landgüter mit Getreidefeldern, Obst- und Weingärten zu finden waren. Das arme Volk hielt sich an dürre Schaf- und Ziegenweiden oder arbeitete auf den Gütern. Auch die Stadt hatte viel von ihrem einstigen Reichtum eingebüßt, sie war wiederholt geplündert und ihre Stadtmauern teilweise niedergerissen worden. Sogar die alte, aus Bruchsteinen erbaute Kathedrale wies Sprünge und Risse auf, obschon ihre Altäre noch immer vergoldete, silberne oder reich geschnitzte Figuren und kostbare Gemälde zur Schau stellten. Denn einzig die Kirche war reich: die Klöster, die Domherrensitze und das Bischofspalais.

Einige Patrizierhäuser hatten die Stürme der Zeiten ebensogut überstanden wie ihre Besitzerfamilien: große Kaufleute, ein paar Stadtadelige, ein Condottieri im Ruhestand und das breithingelagerte Haus am Marktplatz, das dem Apotheker Giovanni Ricci gehörte.

Giovanni und Giovanna Ricci waren wohlhabende Bürger, denen außer der alteingeführten Apotheke auch noch einige kleine Bauerngüter in der Umgebung gehörten. Da die Pillensucht der Leute, je ärmer sie wurden, immer mehr zunahm und Messer Giovanni Ricci für alle Leiden und Schmerzen dieser Welt Wurzeln, Säfte, Pülverchen, Mixturen, Wundermittel und selbstgedrehte Pillen verkaufte, war die Familie, wenn auch nicht reich, so doch wohlhabend geworden. Sein sehr teueres „Mumm", das aus dem Staub von Mumien hergestellt wurde, sowie sein bekanntes Aphrodisiakum aus dem geschabten Horn afrikanischer Rhinos lieferte Messer Ricci sogar bis ins Bischofspalais nach Rom.

Kein Wunder, daß ein so verdienter und wichtiger Mann eine bedeutende Rolle unter den Patriziern spielte und sogar kurz vor der Geburt seines dreizehnten Kindes zum Bürgermeister gewählt wurde.

Matteo war sein Ältester, auf den Messer Ricci die größten Hoffnungen setzte.

Der kleine, schwarzhaarige Matteo mit seinen tiefdunklen Kirschenaugen war von Anfang an der Liebling der Eltern gewesen, der auch später, als die große Schar der Geschwister heranmarschiert kam, immer vorgezogen wurde. In ihm sah Vater Giovanni den künftigen Nachfolger in der Apotheke, ja, er machte sich sogar Hoffnungen, daß Matteo einstmals das Examen als Physikus oder Arzt machen werde, um auf solche Weise das Geschäft dessen, der Rezepte verschrieb, mit dem, der sie herstellte, zu verbinden.

Matteo schien auch alle Erwartungen für ein gelehrtes Studium zu erfüllen. Mit vier Jahren konnte er bereits fließend lesen und gut schreiben. Mit fünf nahm er bei einem Prälaten Lateinunterricht, und schon damals zeigte es sich, daß Matteo ein fast absolutes Gedächtnis besaß: Was er einmal gehört oder gelesen hatte, behielt er für immer. In der Kathedralschule, die einem Gymnasium entsprach, war er von Beginn an der Klassenbeste und gewann alle Preise.

Obschon er die Schar seiner zwölf Brüder und Schwestern und das Ansehen eines Bürgermeister- und Patriziersohnes hinter sich hatte, blieb er ein Einzelgänger. Seine Überlegenheit in allen geistigen Dingen schied ihn von der Horde der Stadtjugend. Seine Auszeichnungen in der Schule brachten ihm nur Neid, Mißgunst und Vereinsamung ein.

Selbst die Geschwister ertrugen ihn mehr, als daß sie ihn liebten. Nur Vater und Mutter bewunderten ihn, lobten ihn und waren auf seiner Seite. Dabei suchte Matteo ständig nach Freundschaft und Liebe. Oft schloß er sich den wilden Exkursionen seiner Altersgenossen in den Hügeln und Tälern vor der Stadt an, kletterte entgegen besserer Einsicht mit seinen Klassenkameraden in den Ruinen der Stauferburg umher oder beteiligte sich an dem streng verbotenen Fisch- oder Vogelfang, der einzig ein Privileg der kirchlichen Herren war.

Die Schar der Kinder honorierte dieses Bestreben Matteos, sich nicht auszuschließen und dabei zu sein, nur wenig. Für sie blieb er entweder der „feine Knabe" oder der „Streber".

Dazu kam, daß Matteo von echter Frömmigkeit erfüllt war, viel zur Kirche ging und bei jeder Gelegenheit Gebete sprach, religiöse Weisheiten von sich gab und sich als Sittenrichter aufspielte.

Einmal hatte die Knabenschar vor der Stadtmauer einen Igel aufgestöbert, der dann keine Fluchtmöglichkeit mehr sah und sich stachelig einrollte. Battista, einer der rohesten in der Horde, öffnete mit einem Stock die Stachelhülle des Tierchens so weit, daß alle das ängstlich schnuppernde Gesicht sehen konnten.

„Er lebt! Er lebt!" schrie er. „Wir wollen ihn steinigen wie den heiligen Stephan!"

Gleich griffen alle zu Feldsteinen und begannen zu werfen. Doch Matteo war das alles zuwider, und er sagte irgend etwas von Geschöpfen Gottes, die ihr Lebensrecht hätten. Da machte die Horde eine Ehrensache daraus, daß jeder einen Brocken auf das Tierchen zu werfen habe.

Matteo ließ sich überreden und führte einen lahmen Wurf auf den Igel, der auch traf. Aber Matteo war es, als habe er sich selbst getroffen. Es tat ihm weh, und er würde nie mehr vergessen können, wie das kleine Wesen im Todeskampf seinen Stachelpelz entrollte, das winzige Näschen mit den verzweifelt blickenden Äuglein hervorstreckte und noch einmal zu fliehen versuchte, bevor ihn der Steinhagel der Jungen in blutigen Brei verwandelte.

Damals war er schweigend fortgegangen, hatte das Hohngelächter seiner Kameraden hinter sich gelassen und war nicht wieder in die Schar zurückgekehrt. Er machte sich endlose Vorwürfe, auch einen Stein geworfen zu haben, und beschloß, fortan nur noch seinem eigenen Gefühl zu folgen. In dieser Zeit begann er eine Freundschaft mit einem Stallhasen. Diesem possierlichen Wesen vertraute er all seine widerstrebenden Gefühle und Gedanken an. Der weiße Hase schaute ihn verständnisvoll – wie es Matteo schien – an, gab auch schnuppernd und blasend Antwort und verkroch sich oftmals in den weiten Ärmeln des Jungen.

Bei den Franziskanern – den braunen Kuttenträgern des Bettelordens – fand er einige Freunde, die ihm von dem Heiligen aus Assisi erzählten. Er hörte den „Sonnengesang“ des heiligen Franz, seine Hymnen auf die allbelebte Natur, in denen er vom „Bruder Vogel“ und von seiner „Schwester Biene“ sprach.

Er entflammte in Liebe zu allem Leben, zu Pflanze, Tier und Sonne, und entdeckte plötzlich die Menschen.

Matteo war wie alle Kinder von Macerata, ja wie wohl alle in Italien oder im christlichen Abendland von Beginn seines Denkens an durch Umwelt, Erziehung und Belehrung oder einfach durch sein Dasein in einer fertig ausgeformten Gesellschaft in ganz bestimmte, traditionelle Denkformen und Vorstellungen eingespannt worden. Es gab klare, niemals angezweifelte Bewertungen und Deutungen des Lebens, ja des Menschseins und des rechten Verhaltens, die man ihm sozusagen mit der Muttermilch eingeflößt hatte und die dann das Elternhaus, der Pfarrer, bei dem er lesen lernte, der Prälat, der ihm Latein beibrachte, und die Kathedralschule, in der er die höheren Kenntnisse erwarb, ebenso bestätigen und verstärkten wie jede Begegnung mit anderen Menschen. Selbst wenn es in Macerata protestantische Ketzer gegeben hätte, so hätten wohl auch sie keine andere Weltauffassung gehabt als die allgemeine.

Danach war jeder Mensch ein Kind Gottes, ein Geschöpf, das sich durch den Besitz einer unsterblichen Seele auszeichnete. Und Christus, der eingeborene Sohn Gottes, war aus Mitleid und Liebe von seiner unendlichen Seligkeit und Herrlichkeit herabgestiegen auf diese Erde, war in die zerbrechliche und leidensfähige Hülle eines Menschen eingetreten, um wie ein Mensch fühlen, leiden und sterben zu müssen, und eben durch seine Menschwerdung, seine Verkündigung und seinen Kreuzestod das Beispiel zu vollenden, das über Auferstehung und Verklärung die rat- und richtungslosen Menschen zu Gott führen sollte.

Schon als Kind war Matteo die Vorstellung tief eingeprägt worden, daß der Mensch geboren sei, um durch das Jammertal des Lebens zu gehen, sein ewiges Teil aber dem goldenen Tor der Ewigkeit entgegenzutragen.

Nun aber – als er etwa acht oder neun Jahre alt war – blickte er zum ersten Mal bewußt und forschend in die Gesichter der Menschen.

Etwas wie Erschrecken und Furcht, alle Belehrungen seiner Kindertage könnten nicht stimmen, erfaßte ihn.

Was er da sah, waren das alles Menschen? Waren es Kinder Gottes, unsterbliche Seelen, Wesen, für deren Heil der Erlöser gestorben war? Menschen?

Er sah die Gesichter durchziehender Landsknechte oder der am Potenzakanal werkenden Taglöhner, jene von Not, Suff und Hurerei, von Gewalttätigkeit und Gemeinheit zerstörten Antlitze; er schaute erstmals bewußt in die Fratzen verzottelter Weiber und gröhlender Knechte, die in den Weinschänken vor den Stadttoren saßen, und er erkannte, daß all diese Niederen nur Fressen, Saufen und das, was sie für Liebe hielten, im Sinne hatten. Da waren jene anderen, von Heuchelei, Affektiertheit und Wohlleben gezeichneten Antlitze der Vornehmen; die breiten, von Sattheit und Lebensgenuß geprägten Gesichter der Bürger und die arroganten, in Selbstgefälligkeit und Hochmut erstarrten Masken der Herren – wenn Prozessionen, Kirchenfeste oder Aufzüge weltlicher Art an ihm vorübertrieben: in wie viele Menschenantlitze glaubte Matteo zu schauen?!

Und alle sollten sie unsterblich, alle Kinder des gleichen Gottes sein?!

Alle waren sie – der Forderung ihrer Zeit entsprechend – selbstredend fromm, sehr katholisch und sehr christlich. Aber Matteo kannte ihre Lügen und Schwächen: daß der dicke Prälat sich die schöne Fiametta, des Schusters Tochter, als Geliebte hielt; daß der Physikus trotz seiner fünf Kinder und seiner ewig säuerlichen Ehefrau heimliche Besuche bei hübschen und reichen Patientinnen machte; daß der Wollweber – der Kirchenältester und Kreuzträger bei den Prozessionen war – seine armen Webermädchen mißbrauchte und die Leute um ihren Lohn prellte; daß in den Hütten der Armen Hunger und Krankheit hausten, weil alle Erträge, die diese Armen mit ihrer Hände Arbeit erbrachten, in die Taschen der Gutsbesitzer, der Chorherren und des Adels flossen. Er wußte – wie jedermann – um das üppige Leben im Bischofspalais und um den wölfischen Zustand der Hirten und der Leute in den Steinhütten der Berge. Matteo war aufgeweckt genug, sich darüber klar zu sein, woher der Wohlstand seines sehr frommen Vaterhauses kam: er war das Ergebnis eines endlosen Betruges, den man an Kranken, Hilflosen und Verzweifelten übte und das Produkt jenes künstlich geschürten Bedarfes, den man Dummköpfen und Narren einredete.

Wo gab es Nächstenliebe, wenn man von dem Bemühen einiger Bettelmönche und von ein paar Wohltätern absah?!

Es wurde für Matteo, den altklugen Musterschüler des Gymnasiums, zu einer Art Zeitvertreib, ja fast zum Zwang, die Gesichter und das Wesen der Menschen zu erforschen. Er sah allen prüfend in die Gesichter, suchte Menschen und fand meist nur höchst unvollkommene Geschöpfe, die zwar alle äußeren Kennzeichen von Menschlichkeit mehr oder minder aufwiesen, aber weit davon entfernt schienen, Kinder Gottes und unsterbliche Seelen zu sein.

Er geriet – vielleicht auch von seiner zunehmenden Vereinsamung und Isolierung veranlaßt – auf eine recht fragwürdige, ja gefährliche Bahn des Denkens und Fühlens. Als er zehn Jahre zählte, verstärkte sich seine angeborene Frömmigkeit und Weltfeindlichkeit; er hielt sich selbst gelegentlich für einen Menschenfeind.

Das Erlebnis mit dem gesteinigten Igel hatte ihn noch nachdenklicher gemacht. Nach diesem Vorfall hatte er seine lockere Kameraderie mit den Altersgenossen gänzlich aufgegeben und war noch mehr zum Eigenbrötler geworden.

Er fragte sich, warum seine Kameraden so grausam waren. Weshalb empfanden sie nicht jenes Mitgefühl mit dem Tier, das der heilige Franz gepredigt hatte?! Sie waren doch genau wie er selbst im Geiste der christlichen Religion erzogen, und auch ihnen hatte man in der Schule den Sonnengesang vorgetragen oder die Bergpredigt verkündet. Jeder einzelne von ihnen ging zur Kirche, zu Kommunion und Beichte, jeder sprach eifrig die Litaneien und marschierte brav in der Prozession hinter Fahne und Kreuz!

Alle waren sie fromm, alle glaubten sie an Christus.

Und doch waren sie zu Mord und Folter bereit, töteten Tiere aus Lust an der Qual und prügelten sich bei jeder Gelegenheit untereinander. Wie nur vermochten sie ihr Wissen um die Dinge so sehr von ihrem Tun zu trennen?!

War das Wölfische im Menschen bestimmender als der Geist?

Aber Matteo begriff auch, daß die meisten Menschen überhaupt nicht nachdachten, sondern wie Gras im Winde waren. Sie ließen sich vom Leben dahintreiben, wie der Zufall es befahl.

Battista würde Fleischer wie alle in seiner Familie werden; Giorgio lebte in den Tag hinein und schlenderte durch Schule und Universität dem sicheren Advokatenstuhl seines Vaters entgegen, und was Matteos Schwestern anbelangte, so war ihnen der Weg aller Mädchen aus gutem Hause vorgezeichnet: Sie lernten den Haushalt führen, lernten sticken und nähen und ein wenig singen, viel beten, bis sie eines Tages ein Freier aus der Gefangenschaft des Elternhauses befreien und in das Sklavenschicksal einer Ehefrau mit vielen Kindern entrücken würde.

Alle Menschen, mit denen Matteo zusammenlebte, die im Elternhaus, in der Stadt oder draußen auf dem Lande, waren wie jene Gliederpuppen sizilianischer Ritterspiele, die er bei den Spielern auf dem Marktplatz gesehen hatte: seelen- und sinnlose Figuren, die an den Fäden uralter Gewohnheiten, eingespurter Bräuche, überkommener Lebensregeln und gesellschaftlicher Normen hingen und nach den Gesetzen des Zufalls tanzten – den sie dann Schicksal nannten.

Sie agierten nach Lust und Laune, ohne höhere Absichten, ohne eigene Entscheidungen und spielten ihren sinnlosen Part auf der Bühne des Daseins.

Je älter und klüger Matteo wurde, um so mehr ging ihm auf, wie hohl und sinnentleert das Leben der meisten Menschen war. Sie übten Berufe aus, in die sie hineingeboren oder für die sie erzogen waren, und keiner fragte: warum und zu welchem Ende? Sie heirateten, zeugten Kinder, die dann genauso wurden wie sie selbst und sie wußten nicht, warum. Alle sagten, wir tun alles für die Kinder, sie sollen es einmal besser haben!

Was aber ist b e s s e r ?! Mehr Geld, mehr Besitz, größere Sicherheit, mehr Glück!

Lag Glück nicht einzig in der Selbstbegrenzung der Wünsche und in einem Gedanken, der über dieses Jammertal hinausging und aufs Ewige, aufs Unvergängliche und Göttliche zielte?!

Denn was sollte alles irdische Streben nach Macht, Gütern und Ehren, wenn der Mensch wahrhaft Gottes Kind war und sein Pfad für eine kurze Zeit durch das Jammertal des Daseins doch nur in Gott mündete? Matteo dachte in jenen Schülerjahren sehr fromme und seltsame Gedanken, er las alle Bücher, die er in der Kathedralbibliothek erreichen konnte: Philosophie, Theologie, auch über Naturwissenschaften und die von den Humanisten neu herausgegebenen antiken Autoren. Er suchte nach dem Höheren.

Seine Umwelt verstand ihn nicht mehr, und er verdankte es nur seiner glänzend verteidigten Position als Klassenbester, seinem Ruf als hervorragender Lateiner und Alt-Grieche, daß ihn Lehrer, Kleriker und die stolzen Eltern in seiner Absonderlichkeit tolerierten. Sie sagten, er sei ein frommer und besonders gescheiter Junge – aber keiner begriff, daß er ein Suchender und ein Kämpfer war.

Ja – alle waren sehr fromm. Matteo begriff auch dies.

Sie alle hatten eine tief im Untergrund ihres Seins wurzelnde Furcht vor dem Tode – obschon sie angaben, ans ewige Leben und an die Auferstehung zu glauben. Nur deshalb überredeten sie sich selbst zu Religion und Hoffnung; nur aus Angst vor dem Nichtsein ergaben sie sich dem Glauben, und aus Entsetzen vor der Hölle flüchteten sie in Gebet, Ritus und Psalmen.

Als Matteo sechzehn Jahre alt war, überfiel ihn eine schwere Krankheit. Er hatte Wasser aus der Zisterne eines Bauern getrunken, der gleich neben dem Brunnen einen Misthaufen angelegt hatte. Schon einige Menschen waren an dem verseuchten Wasser dieses wackeren Landmannes erkrankt und unter schrecklichen Fieberschauern gestorben. Nur dem Bauern und seiner Familie schien der Brunnen nicht zu schaden.

Das tödliche Fieber ergriff Matteo mit aller Macht. Er lag hilflos im Hause der Eltern.

Wenn der Erstgeborene des Apothekers und Bürgermeisters so schwer darniederliegt, wird natürlich alles Menschenmögliche zu seiner Rettung getan. Der Stadtphysikus – ein Arzt, der im berühmten Salerno studiert hatte – kam dreimal am Tage; Vater Giovanni flößte dem Kranken die besten und wirksamsten Mittel seiner Apotheke ein: von zermahlenem Mumm bis zum Mithradatikum, das allen Fiebern Einhalt gebieten sollte. Magister Caravacho, der Physikus, sagte, in Matteos Leib wüteten ganz winzige Tierchen – wie sie schon der große Fibonacci während der Pestzeit von 1348 beschrieben habe –, die durch die Luft, durch Berührung oder durch vergiftetes Wasser übertragen würden. Nach Fibonacci gab es dagegen nur eine Therapie. Man mußte den erkrankten Körper bei

Kräften erhalten, damit er selbst den Abwehrkampf gegen die kleinen, tödlichen Tierchen im Blute führen konnte.

Alles lag also in Gottes Hand.

Mit Matteo ging es sehr schnell bergab. Die Stadt raunte bereits, er liege im Sterben, und der Pfarrer kam, die Letzte Ölung zu spenden.

Der junge Mann war sich seiner Situation längst bewußt geworden. Zu Beginn seiner Erkrankung hatte er Furcht empfunden und sich mit allen Kräften seines jungen Lebens gewehrt. Dann war er immer schwächer geworden, Schmerzen und Fieberwellen durchrasten seinen Körper. Nur sein Denken nahm eher an Klarheit zu. Noch einmal überdachte er seine vergangenen Jahre, seinen gegen die Menschen und den Zustand der Welt emporgewachsenen Unmut, die Weltmüdigkeit, die er in sich hatte hochkommen lassen, bevor er die Welt tiefer erkannt hatte. Er wußte nun, da er selber schwach, elend und herabgekommen auf seinem Bette lag, da sein vordem volles und hübsches Gesicht in Hagerkeit und Totenkopfähnlichkeit verfiel, daß die Gesichter der Menschen und ihr äußerer Zustand, an denen er vordem Anstoß genommen hatte, nichts bedeuteten gegenüber der Flamme des menschlichen Bewußtseins, die in jeder dieser Hüllen brannte.

Irgendwo war der Mensch ein Etwas von höherem Sein, ein Unsterbliches I c h , das nur aus sich selbst existierte und das den göttlichen Bereichen angehörte.

Dieses I c h war es, das sich gegen den Tod wehrte und das unverändert von Krankheit, Zerstörung und Erniedrigung durch den Stoff blieb.

Und damals, als Matteo Ricci vor der Pforte ohne Wiederkehr und im Angesicht des Todes war, als die Weiber bereits im Vorraum des abgedunkelten Krankenzimmers ihre Litaneien und Sterbegebete murmelten, traf er in aller Klarheit seines ungebrochenen Geistes eine Entscheidung, die für sein ganzes weiteres Leben gelten sollte.

Er sprach zu sich selbst: warum wehrst du dich gegen den Tod?

Bist du nicht fest überzeugt, als Kind Gottes, als Atem von seinem Atem unsterblich zu sein? Weshalb also Furcht?!

Wohin du auch gehst, du wirst in Gottes Hand gehen. Denn E r ist es, der dich führt, weder Tod noch Krankheit, weder Menschen noch Dämonen können deinen Kern berühren; denn du – Matteo Ricci – bist unsterblich durch Christus.

Fürchte dich also nicht. Der Tod hat keine Gewalt über dich, wenn Gott es nicht will. Wenn Gott aber mit dir etwas Besonderes vor hat und dich ausersehen hat, eine Aufgabe zu erfüllen, dann wird er dich auch inmitten von Krankheit, Gefahr oder Tod erhalten und führen.

Lege also, mein Ich, alle Ängste ab! Gehe mit unerschütterlicher Sicherheit den Weg, den Gott dir bestimmt hat.

Ein einziges Mal in seinem Leben, und dies an der Schwelle des Todes, hatte Matteo die Furcht besiegt. Zugleich war ihm das unendliche Vertrauen auf Gottes gütige Lenkung zugewachsen. Er brauchte seit dieser dunklen Stunde im Sterbezimmer niemals wieder mit Furcht zu kämpfen. Er hatte den Tod einmal in die Schranken gewiesen – fortan besaß er die Sicherheit des Lebens.

Matteo überwand die Krise der Krankheit, genas alsbald und war, als er sich vom Krankenlager erhob, aus einem Knaben zum Mann geworden. Doch die schwere Krise seines Lebens hatte gewisse Spuren hinterlassen. Vordem hatte er alle körperlichen Anlagen seines hochgewachsenen und kraftvollen Vaters gezeigt, war ein Junge gewesen, der starkbeinig und beinah soldatisch auf dem Boden stand. Sein Gesicht war eher rundlich und kraftvoll gewesen.

Nun jedoch hatte sich sein Aussehen und wohl auch seine weitere Entwicklung zum Erwachsenen stark geändert.

Er wuchs fortan keinen Zoll mehr, blieb von mittlerer Statur, war mehr hager und sehnig als muskulös, und sein Antlitz nahm immer mehr jene asketisch-introvertierten Züge an, die ihn später einem der Heiligen El Grecos so ähnlich machten. Aus seinen einst kindlichen Kirschenaugen waren zwei dunkle Flammen geworden, aus denen Energie und Sicherheit strahlten.

Auch seine Einstellung zu den Menschen hatte sich gewandelt.

Er verachtete und mißachtete sie nicht mehr; Mitleid mit ihnen beherrschte ihn nun. Sie taten ihm so leid, wie ihm einstmals der kleine Igel leid getan hatte.

Obschon er nach wie vor alle Fehler, Schwächen, Lügen und Heucheleien seiner Umwelt erkannte, würde er keinen Stein auf sie werfen, sondern das zu tun versuchen, was er einstmals bei der Steinigung des Igels unterlassen hatte: er wollte ihnen helfen: nicht nur „Bruder Vogel“ und „Bruder Igel“ würde er sagen, sondern vor allem „Bruder Mensch“. Wie schon einmal in Knabentagen beschloß er Priester zu werden, wahrscheinlich in den Orden des heiligen Franziskus einzutreten und ein Missionar unter den Christen zu werden, die gar keine Christen waren. Er sprach mit seinem Vater, der sich ja sechzehn Jahre lang Hoffnungen auf einen Nachfolger in der Apotheke und sogar auf einen hochstudierten Physikus gemacht hatte, jetzt aber – in der Freude seines Herzens über die wunderbare Genesung seines Erstgeborenen – seufzend zustimmte, daß dieser nach Rom ging, um Theologie und Jurisprudenz zu studieren. Mit knapp siebzehn Jahren schrieb sich Matteo Ricci am Collegium Gregorianum in Rom als Student ein.

13

Bis dahin hatte Herr Ch'ü schweigend, wenn auch sichtlich interessiert, zugehört. Er war bewegungslos in seinem Bordstuhl gesessen, und da die „Sao Luiz“ ruhige und glatte Fahrt machte, war außer der gleichmäßig dahinplätschernden Stimme des Paters, dem Windsausen in den Tauen und dem Platschen der Bugwelle kein Laut gewesen. Nun aber hörte Pater Ricci das knisternde Rauschen der Seidengewänder neben sich und ein Aufmerksamkeit forderndes Hüsteln Herrn Ch'üs. Er legte also eine Atempause ein und wandte sich fragend seinem Zuhörer zu.

„Vergeben Sie, hochzuverehrender und ungewöhnlicher Gelehrter“, sagte der Mandarin, „Sie haben von so vielen wichtigen Begebenheiten und Erwägungen Ihrer jungen Jahre, ja sogar von einem ehrenwerten Igeltier gesprochen, aber – wie mir Unwissendem auffällt – niemals den Namen eines weiblichen Wesens erwähnt: es sei denn den Namen Ihrer hochwürdigen Mutter.

Meiner bescheidenen Aufmerksamkeit ist es nicht entgangen, daß Sie die Worte Mädchen, Liebe oder Vergnügen niemals gebraucht haben. Ich bin sehr sicher, daß der Bericht eines chinesischen Mannes über den Verlauf seiner Jugend nicht ohne diese Begriffe ausgekommen wäre. Und ...“, fügte er ein wenig diabolisch lächelnd hinzu,

„auch meine portugiesischen und holländischen Freunde hätten in dieser Hinsicht Interessantes und Bedeutendes zu sagen gewußt!

Bei Ihnen jedoch, o Ausgezeichneter, fehlt jede Erwähnung dieses sehr wesentlichen Punktes des Lebens. Schweigen Sie darüber aus vornehmer Zurückhaltung, etwa aus einer frühen Verwundung Ihres Herzens heraus, oder gibt es diese Erfahrung bei Ihnen nicht?

Sie erwähnten, daß Sie immerhin 17 Jahre alt waren, als Sie zum höheren Studium aufbrachen!"

Pater Ricci erwiderte Herrn Ch'üs Lächeln.

„Es gab solche Erfahrungen und Wünsche nicht", antwortete er. „Ich war zu sehr in religiösen Vorstellungen befangen, und meine Gedanken richteten sich auf so völlig andere Dinge, daß ich in diesen Jahren weder Zeit noch Anlaß gefunden hätte, mich um Mädchen zu bekümmern. Aber Sie haben Recht: dabei blieb es natürlich nicht; denn auch ich war ein junger und heißblütiger Mensch. Man sagt uns Italienern sogar nach, daß wir besonders liebebedürftig seien, mehr wohl als Holländer, Portugiesen und Chinesen. Wir sind sehr anfällig gegen die Verführungen der Welt."

Dann schöpfte er tief Luft und setzte seinen Ber cht fort.

„Rom – in dem ich acht Jahre, nämlich von meinem 17. bis zum 25. Lebensjahr, mit nur kurzen Unterbrechungen lebte – war eine ebenso großzügige wie auch leichtsinnige Weltstadt. Es konnte nicht ausbleiben, daß ich – ein naiver und unerfahrener Junge aus der Provinz, dem noch dazu einige Geldmittel des wohlhabenden Vaterhauses zur Verfügung standen – alsbald in den Trubel des ausgelassenen Weltlebens geriet. Durch meine Studienfreunde lernte ich auch junge Mädchen und Damen kennen."

„Wie bin ich erleichtert, mein ehrenwerter Freund!" seufzte Herr Ch'ü. „Ich erwähnte schon einmal, daß ich viele Gründe habe, Eunuchen zu mißtrauen. Es wäre mir sehr zuwider gewesen, Sie in diese Kategorie einordnen zu müssen. In meinem Lande spielten Eunuchen und buddhistische Asketen oft eine sehr zweifelhafte Rolle."

Der Pater lachte herzlich, nahm aber sofort die Gelegenheit wahr, Herrn Ch'ü über verschiedene Irrtümer aufzuklären.

Er sagte ihm, daß im christlichen Bereich sich ein junger Mann, der die Absicht habe, Priester oder gar Mönch zu werden, mit dem Gedanken des Zölibats auseinanderzusetzen habe.

Dieses Gebot, das in etwa der Haltung buddhistischer Mönche oder gewisser indischer Heiliger entsprach, verlangte Ehelosigkeit von denen, die Seelenhirten der anderen sein wollten. Denn diese Priester mußten ganz ihrer Aufgabe, dem Dienst ihrer Kirche und der Hingabe an die Mission, gehören. Da blieb kein Platz für Weib und Kind und kein Raum für Familie. Die Gemeinde war die Familie des katholischen Pfarrers, die Christenheit seine Verwandtschaft.

Nun war Zölibat nicht gleichbedeutend mit einem absoluten Keuschheitsgebot. Wenn ein Priester seinen fleischlichen Gelüsten erlag, so sündigte er nur auf die gleiche Weise wie jeder Christ, er konnte durch Reue und Buße von seiner Sünde gelöst werden. Die Priester und Mönche der Christenheit waren und blieben Menschen wie alle anderen, nur daß sie strengeren Gesetzen unterlagen.

Das Rom, in das Matteo Ricci gekommen war, hatte noch vor einem knappen Menschenalter als „die große Hure von Babylon" gegolten. Unter den großen Mediceerpäpsten Leo X. und Clemens VII. war es die berauschende Metropole der Künste, der luxuriösen Lebensart und ausgelassener Sinnenfreude gewesen. Päpste, Kardinäle und hohe Prälaten hatten sich mit schönen Frauen, mit Prunk und orgiastischen Vergnügungen umgeben; Feste rauschten durch die Palazzi, Gondelfahrten auf dem Tiber, Laternenfeste am Janiculus, üppige Schmausereien mit Tänzerinnen und Dirnen im Vatikan gehörten ebenso zum Alltag wie die Entdeckung neuer Antiken, die Gemälde Raffaels oder Piombinos, die Bauten des San Gallo und Bramante und die Schöpfungen eines Michelangelo. Der Papst feierte Apollofeste im Petersdom, Kardinäle dichteten Liebeslieder, ganz Rom huldigte der Liebe, der Schönheit und dem Leben.

Dieses Rom und diese Kirche, die entartet schien, und die vom betrügerisch in ganz Europa eingetriebenen Geld der Gläubigen lebte, war aber hart angegriffen worden: in Deutschland stand Luther auf, in Frankreich und der Schweiz Calvin, in Schottland John Fox; der große Abfall von der Kirche begann, die Teilung des Christentums, der fortschwelende Krieg zwischen Reformation und Gegenreformation.

Landsknechtstruppen plünderten Rom, zerbrachen die Blüte und den Glanz des Papsttums. Rom war ärmer, bescheidener und auch einsichtiger geworden.

Trotzdem war von verflossenem Glanz und vergangener Sinnenlust noch genug übriggeblieben. Man hatte nur die Tünche neuer Frömmigkeit und das Leintuch erneuerter Moral darüber gebreitet.

Das Leben selbst erwies sich als unsterblich. Rom hatte sich keineswegs in ein Koster oder in eine Exerzitienanstalt verwandelt.

Man lebte, liebte, sang und tanzte wie eh und je, nur geschah jetzt alles mehr im Verborgenen und im Schatten von Gefahr. Denn nun gingen die Sittenrichter um, spionierte die Inquisition.

Matteo Ricci geriet gleich zu Beginn seines Romaufenthaltes im Collegium Gregorianum in einen Kreis von Studenten, die mit oder ohne Geld ein ziemlich freies Leben führten, den Musen huldigten und die sich immer wieder der Aufsicht der Präfekten zu entziehen wußten, um in Trastevere bei Wein, Gesang und munterer Mädchengesellschaft zu feiern. Natürlich diskutierten sie nach Studentenart auch alle Fragen und Probleme der Zeit.

Matteo, der in seinen Schülerjahren ein Einzelgänger und isolierter Inselmensch gewesen war, hatte anfangs den Eindruck, als habe er nun endlich Festland erreicht und sei von einer großen Kameraderie empfangen worden. Er schloß sich diesmal nicht aus und lief vergnügt mit dem Haufen. Da die Zucht im Gregorianum, besonders was zahlungskräftige Studenten anbelangte, nicht sehr streng war, und er über reichliche Mittel verfügte, kam er bald auch in einige Bürgerhäuser, ja durch Vermittlung älterer und vornehmer Studienkollegen sogar in den einen oder anderen Patrizier- und Adelspalast. Es gab gelegentlich Einladungen, Tanzereien und Zusammenkünfte in Salons. Man sprach geistreich, besichtigte neue Kunstwerke, diskutierte darüber und bekam die neuesten Gedichte vorgelesen.

In einem Salon, in dem auch die berühmte Vittoria Colonna, die Witwe des Feldherrn Pescara und hochsinnige Freundin Michelangelos, verkehrte, wurden eines Tages einige Verse Michelangelos vorgelesen.

Sie lauteten etwa so:

„Bald mich zur Rechten neigend, bald zur Linken,
Such ich nach meinem Heil, und meine Seele
Irrt müde zwischen Tugend hin und Fehle,
Wie einer, der vom rechten Wege weicht,
Weil ihm vom Himmel keine Sterne blinken ...

Zur Schönheit meine Blicke suchend gleiten,
Es sucht die Seele Seligkeit zugleich;
Den Weg ins Himmelreich
Vermögen sie nur schauend zu beschreiten.
Aus höchsten Sternenweiten
Herniederglänzt ein Schimmer,
Den Trieb emporzuleiten;
Wir nennen's Liebe! Nimmer
Wird andres zünden! Immer
Wird Glut und Klarheit edlen Herzen werden.
Durch Augen, die wie Sterne sind auf Erden!"

„Ach, so wollte auch ich leben!" sagte eine leise Mädchenstimme dicht neben Matteo, als die Vorleserin geendet hatte. „Diese Verse hat der große Michelangelo für seine Altersliebe, Vittoria, geschrieben. Keusch und rein gehen beide ihren Sternenpfad Hand in Hand hinauf zum Göttlichen – oh, wenn man so leben und wirken könnte!"

Matteo Ricci, der Student aus der Provinz im schwarz-weißen Habit des Gregorianums, wandte sich erstaunt der Sprecherin zu. Ihre Worte hatten ihn ebenso getroffen wie das Gedicht, aber am heftigsten traf ihn nun der Anblick des Mädchens selbst.

Immer schon hatten ihn Gesichter und Augen am meisten berührt. Dies nun war eine dunkle Madonna: ein schmales, sehr bleiches und fast asketisch geschnittenes Antlitz mit feurigen, sehr großen Augen, das von einer wilden, dunkelrotbraunen Haarflut umrahmt war, die sich kaum dem Goldnetz fügen wollte und überall mit dichten Locken hervorquoll. Sie zählte vierzehn Jahre und war eine Tochter aus gutem Hause.

Die Begegnung durchfuhr Matteo wie ein Blitzstrahl. Von einem Augenblick zum anderen wußte er, daß er fortan nicht mehr frei war. Jetzt begriff er, was Liebe war.

„Kuang-fu, dem Gott der glücklichen Fügung, sei gedankt!" rief Herr Ch'ü neben Pater Ricci aus und rieb sich vergnügt die Hände. „Endlich fangen Sie an, ein Mensch zu werden!"

Der Pater streifte den Mandarin nur mit kurzem Blick, dann wandte er sein Auge der weiten See zu, die tintenblau ins Goldblau des Horizonts hinüberfloß. Er schwieg eine Weile.

Dann senkte er das schmale Haupt.

„Ich habe sie sehr bald verloren“, sagte er.

„Pi-shan wird Sie trösten, Verehrter! Pi-shan ist in Sie verliebt!“

„Sie denken in anderen Maßstäben, lieber Ch'ü! Da ist etwas, das weder die schöne Pi-shan noch sonst wer korrigieren kann: eine Sperre und eine Entscheidung. Pi-shan wird meine erste Bekehrte, nicht meine Geliebte sein. Denn mein Leben gehört nicht mehr mir, sondern Gott.“

Bevor Herr Ch'ü protestieren oder antworten konnte, fuhr der Pater fort zu berichten.

Die beiden jungen Leute, der Seminarist aus dem Gregorianum und die Tochter aus gutbürgerlichem Hause, verstanden sich sofort. Sie hatten die gleichen hohen Ideale, sie strebten beide zum Höheren und Unvergänglichen.

Christina war es, die Matteos Hand ergriff und leidenschaftlich drückte. Und er war plötzlich heiß wie im Fieber, und sein El-Greco-Antlitz übergoß sich mit Röte.

„Auch ich habe schon Verse geschrieben“, flüsterte er ihr zu. „Freilich sind sie unbeholfen und plump, aber sie sind mir sehr wert.“

In einer stillen Ecke des Salons sagte er ihr sein Gedicht:

„In heller Nacht sah ich den Berg
Den Höchsten, den es gibt,
Getürmt aus allen Dingen,
Aus allen Leiden und Gedanken
Dieser Welt.
Um ihn steigt blau und schattenhaft
Ein Klippenmeer der Rätsel.
Zu silberner Musik gespannt
Wölbt sich des Himmelsbogens Aufschrei
In das All.
Die flache Kuppe steigt ins Weite,
Auf ihr brennt blutig ein Altar.
Drauf sah ich liegen, bleich
Als schwelend Opfer, nackt und arm
Mein eignes Ich.“

Christina weinte, dann drückte sie inniger seine Hand, die feucht und heiß war, und sagte: „Matteo, du bist ein guter Mensch!“

Durch Christina lernte er Rom kennen. Sie führte ihn in die Sixtina, wo Michelangelo eben erst sein „Jüngstes Gericht" vollendet hatte, und sie standen beide lange und schweigend vor dem Gemälde, während steinerne Propheten und Sybillen auf sie niederschauten. Dies war jene höhere Welt der reinen Ideen und Ideale, zu der auch sie strebten.

Christina war eine Schwärmerin. Sie wußte so viel Schönes und Gutes zu sagen, sprach immer wieder von dem alten Michelangelo und seiner platonischen Liebe zur edlen Vittoria Colonna.

„Sieh hinauf zum Gewölbe", rief das Mädchen, „wo Gottvater den schweren Lehmkloß des Adam erweckt! Sieh, wie er, der aus Erde geschaffen und mit aller Schwere des Tierischen belastet ist, seine Hand dem Herrn entgegenstreckt und wie unsichtbar für uns und doch fühlbar der göttliche Funke des Geistes überspringt, um aus dem Irdischen etwas Göttliches zu machen. Das ist die Menschwerdung des natürlichen Geschöpfes durch Gott. Und auch wir sind vorerst nur Geschöpfe, die erst im Anhauch des Göttlichen Menschen werden können.

Matteo, diesen Pfad wollen wir – gleich Michelangelo und Vittoria – zusammen gehen, und du wirst mich führen; denn du bist ein großer Geist!" – Es dauerte nur sehr kurze Zeit.

In diesen wenigen Wochen jedoch glaubte Matteo seine Beatrice gefunden zu haben, die gleich der großen Liebe des Dante Alighieri ihn zum Göttlichen emporgeleiten würde.

Es gab – der abfallenden Tendenz der Zeiten folgend – drei weibliche Idole der Literatur: Dante hatte in Beatrice eine Art Madonnenbild, eine geistige und seelische Idealgestalt verherrlicht, die er niemals körperlich begehrt oder besessen hatte und die für ihn nur eine Symbolisierung alles Großen, Guten und Edlen war. Sein Nachfolger, Francesco Petrarca, der eigentliche Begründer des lateinischen Humanismus, verehrte in Laura bereits die irdische Frau als Ideal – aber auch er wollte sie weder heiraten noch besitzen, sondern schuf sich nur ein Leitbild hoher Menschlichkeit, dem er seine Werke zu Füßen legte. Boccaccio endlich, der den Humanismus zum Griechischen hin erweiterte und der völlig im Realen stand, schuf in seiner Fiametta nur noch das Ideal einer irdischen Geliebten, die vollkommen lieben konnte und auch seine Geliebte war.

Beatrice strebte zum Göttlichen, Laura zum Guten und Schönen, Fiametta zum Irdischen. Matteo hatte sich von Anfang an für Beatrice entschieden.

Als sie eines Abends in Pietro in Vincoli vor dem Grabmal Papst Julius II. standen und erschüttert die Größe eines zum Göttlichen sich aufrichtenden Menschenbildes im Moses betrachteten, sagte Matteo zu Christina: „Du bist meine Beatrice!"

Und wie schon damals, als er sein Gedicht gesprochen hatte, weinte das Mädchen und preßte leidenschaftlich seine Hand.

Einen Tag später erfuhr Matteo durch einen Studienkollegen zwei Dinge, die alles änderten und beendeten.

Das erste war, daß die schöne Christina – seine Beatrice – seit einem Jahr die ausgehaltene Geliebte eines römischen Bankiers war, der sie ihren Eltern mehr oder weniger abgekauft hatte. Aber vorher schon war sie die gefällige Dirne eines kirchlichen Würdenträgers gewesen.

Die zweite Nachricht war noch schlimmer: Christina war schwer lungenkrank und dem Tode geweiht. Wahrscheinlich hatte sie auch aus diesem Grunde, der ihr lange bekannt war, ein so lebenshungriges und leidenschaftliches Leben geführt. Gestern jedenfalls hatte sie einen Blutsturz erlitten. Nun lag sie sterbenskrank im Haus ihrer gutbürgerlichen Eltern, die bereits nach dem Priester geschickt hatten.

Matteo eilte zu Christina, fand sie sehr schwach und bleich und verschwieg, daß er alles über ihre wahre Lebensführung wußte. Er betete zusammen mit Eltern und Pfarrer an ihrem Lager.

Sehr spät, als das Mädchen schon die Fahlheit des Endes anzunehmen begann, ergriff sie noch einmal und wie mit letzter Kraft die Hand Matteos und sah ihn mit ihren groß und sonnenhaft gewordenen Augen voll an.

„Wir wollen zum Höheren gehen, Matteo!" flüsterte sie.

„Ja", antwortete er schluchzend, „zu Gott, meine Beatrice . . ."

In der folgenden Nacht starb Christina, und der Kirchenfürst, der einst der Geliebte der Vierzehnjährigen gewesen war, begrub sie feierlich.

Der Pater legte wiederum eine Pause ein. Er schien von seiner eigenen Erzählung ergriffen und nachdenklich geworden. Auch Herr Ch'ü zeigte sein Mitgefühl, indem er schwieg. Daß er jedoch kaum den Kern der Geschichte begriffen hatte, erwies sich, als er dann endlich zu reden begann.

„Ach, mein Verehrter und Berühmter", sagte er, „deshalb also wünschen Sie nicht Pi-shan zu Ihrer Geliebten zu machen? Sie haben jenes Mädchen immer noch nicht vergessen? Dabei gibt es kein besseres und wirksameres Mittel gegen eine verlorene Liebe, als eine neue zu beginnen. Das sagt bereits unser Philosoph Meng-tse und auch bei Kung-fu-tse finden wir einen ähnlichen Hinweis."

„Sie mißverstehen, mein sonst so Hochgelehrter! Die Dinge liegen anders. Ich habe mich damals ganz abgewandt von allem, was irdische Liebe bedeutet, weil ich erkannte, daß Friede und Zuflucht einzig bei Gott ist. Ich hatte nicht nur Beatrice und Laura, sondern auch Fiametta als Phantome erkannt, die wir uns selbst aus unseren Gefühlen, Leidenschaften und Illusionen erschaffen. Gott allein ist keine Illusion. Er ist das Wesen alles Seins."

„Kurz nach dem Tode Christinas", fuhr der Pater fort, „kehrte ich nicht nur ganz zu den Idealen meiner Jugend und zum eifrigen Studium zurück, ich bemühte mich auch wirklich um jenen göttlichen Funken, der aus Gottvaters Finger zur Hand des Adam übersprang – wie mir Christina einstmals gesagt hatte. Ich versuchte mich selbst zu analysieren und etwas aus mir zu formen, das des höheren Zieles würdig sei.

Dabei empfahl mir ein kluger Lehrer am Collegium Gregorianum, der mich beobachtet hatte, an den Exerzitien des noch jungen Ordens der ‚Societas Jesu' teilzunehmen. Ich begab mich zur Kirche ‚Il Gesù' und zum Colleg der ‚Societas'."

„Ja, ja!" rief Herr Ch'ü aus, „ich kenne die Jesuiten! Oft war ich in ihrem Ordenshause Sao Martin in Macao. Es sind allesamt hochgelehrte und ungemein gebildete Leute. Doch keiner von ihnen vermag Ihnen, verehrungswürdiger Po-hi, das Wasser zu reichen. Sie sind der gelehrteste von allen!"

„Es ist kein Orden wie andere", setzte der Pater seine Rede fort, „Ignatius von Loyola, der die ‚Societas' gegründet hat, lehnt zum Beispiel die übermäßige Kasteiung des Leibes im Kloster ab. Er will den Körper nicht schwächen, sondern kampfkräftig erhalten, und wendet sein Bemühen der Mortifikation des Geistes und der Disziplinierung des Willens zu. Die ‚Societas' ist eine Gesellschaft, die sich der Welt und ihrer Veränderung zuwendet, und erzieht daher Soldaten des Geistes. Einmal schrieb Ignatius an einen Ordensbruder die Sätze: ‚Ich sehe dich immer lachen, mein Teuerster! Ich freue mich darüber; denn wer sich Gott geweiht hat, der hat keinen Grund zu trauern, wohl aber einen Grund fröhlich zu sein.‘

Die ‚Societas‘ nahm den Kampf gegen eine in Sektierertum, Verweltlichung und Verderbnis verfallende Zeit auf und weihte ihre ganze Anstrengung der Erneuerung der Welt durch die Religion.

Das faszinierte mich sehr und es entsprach ganz dem, was ich undeutlich in Jugendtagen geträumt hatte."

„Jetzt verstehe ich Sie besser, Erhabener! Sie kommen demnach ins Reich der Mitte, um uns zu verbessern und uns zu rechten Menschen zu machen?"

Etwas wie leiser Spott klang in Herrn Ch'üs demütig vorgebrachter Rede.

Inzwischen war die schattenhafte, hagere Gestalt Pater Ruggieris aufgetaucht. Der meist so schweigsame Jesuit hatte seinen unter Taurollen und Handspaken abgeschiedenen Platz verlassen und war aufs Hinterdeck gekommen. Da sein Buen Retiro gleich unter der Schanzverkleidung und damit den Sitzen der beiden Gesprächspartner gelegen war, hatte er vermutlich einen Teil der Gespräche mitbekommen. Pater Ricci suchte das Bild, das er von sich selber gegeben hatte, abzurunden.

„Es wird berichtet, daß Ignatius von Loyola, als er nach seiner Verwundung auf dem Krankenbett lag – denn er war vor seiner Bekehrung Offizier und ein Weltmann gewesen –, die *Vita Christi* des Karthäusermönchs Ludolf von Sachsen gelesen habe. Darin schreibt Ludolf: ‚Beklagen wir die Saumseligkeit der Christenheit in unseren Tagen, die so viele hehre Beispiele vor sich sieht und dennoch zögert, die Erde, die Christus mit seinem Blute geheiligt hat, den Händen der Feinde zu entreißen ...‘ Dieser Gedanke hat Ignatius so sehr ergriffen, daß er beschloß, sich der Mission zu weihen und den Teil der Menschheit, der noch nichts von Christus gehört hatte, zur Kirche heimzuholen. Da er Offizier gewesen war, den Krieg kannte und selbst nun verwundet im Lazarett lag, wollte er nichts von Eroberung, Kreuzzug und Gewalt wissen. Er dachte an geistige

Argumente, an Überzeugung und Missionierung. Schon sein engster Freund und Gefährte, den er dann während seiner Studienzeit an der Sorbonne anwarb und mit dem zusammen er seine ‚Societas' gründete, Franz Xaver, ging hinaus in die Welt: nach Indien, Japan und China. Er erlernte Tamilisch, Malayisch, Japanisch, sprach außerdem Baskisch, Spanisch, Französisch und Italienisch, opferte all sein Genie und sein großartiges Leben auf, um nach China zu kommen. Verlassen von allen und schwer krank starb er auf der kleinen Schmugglerinsel San-Choan in Sichtweite des Hafens von Kanton, ohne jemals sein Ziel erreicht zu haben.

Diese Geschichte ergriff mich sehr, und ich beschloß damals in Rom schon, als ich erst Student war, seinem Beispiel zu folgen und mit Gottes Hilfe zu vollenden, was ihm nicht geglückt war.

Das – mein verehrter Ch'ü – ist die Aufgabe, für die ich lebe. Sie zielt auf das Höhere ..."

Da mengte sich zur nicht geringen Überraschung des Paters und Herrn Ch'üs der hagere, sonst so schweigsame Pater Ruggieri ein und begann plötzlich wie ein Wasserfall zu reden.

„Sie haben noch einiges anzumerken vergessen, Pater Ricci", sagte er. „Aus Bescheidenheit wohl haben Sie einige wichtige Dinge vergessen!"

Dann wandte sich Ruggieri an Herrn Ch'ü, mit dem er vordem niemals ein Wort gewechselt hatte.

„Pater Ricci, ehrenwerter Herr Mandarin, hat fast acht Jahre in Rom studiert: zuerst am Collegium Gregorianum, später im Jesuiten-Colleg. Und zwar belegte er außer Theologie, Philosophie, Metaphysik auch Physik, Chemie und Astronomie. In den Naturwissenschaften war er bald der Assistent von Pater Christoph Clavius, einem Magister, der aus der deutschen Stadt Bamberg stammte, und solch großen Ruf als Professor der Mathematik und Astronomie besaß, daß er nicht nur der Freund und wissenschaftliche Berater mehrerer Päpste war, sondern auch von Gregor XIII. zur Kalenderreform des Abendlandes berufen wurde. Dieser Magister Clavius ordnete die Zeitrechnung. Diese hatte sich seit den Tagen des Julius Caesar um dreizehn Tage nach rückwärts verschoben. Clavius und einige andere Astronomen korrigierten diesen Fehler und – wie ich weiß – wird eben in diesem Jahre 1582 nach Geburt des Erlösers auf den 4. Oktober allsogleich der 15. folgen, damit wieder alles in Ordnung ist. Solch ein Mann war der Lehrer des Paters Ricci.

Aber der Pater hatte ihn auch verdient. Schon lange vorher wußte man in Gelehrtenkreisen Roms, daß Matteo Ricci ein Wunder des Gedächtnisses war. Was er einmal gelesen oder gehört hatte, blieb für immer in seinem Kopfe. Wir sahen in ihm ein wandelndes Kompendium.

Bald sprach er fließend Französisch, Spanisch und Portugiesisch außer dem Lateinischen und Alt-Griechischen, das von der Schule mitgebracht wurde. In den wenigen Wochen in Goa erlernte er spielend das Tamilische und das Maharatta. Von arabischen Kaufleuten nahm er ebenso leicht das Arabische und Persische an, während wir gewöhnlichen Menschen uns mit Mühe einiger Wortbrocken bedienten.

Er ist ein Genie, wie die ‚Societas' selten eines in ihren Reihen hatte. Ich selbst habe mich seit zehn Jahren auf die indische und chinesische Mission vorbereitet. Als jedoch unser Ordensgeneral die fernöstliche Mission beschloß, schickte er nicht etwa mich – der ich zehn Jahre lang Vorstudien betrieben und indische Sprachen erlernt hatte –, sondern Pater Ricci hinaus. Ich bin nur sein Gehilfe.

Wir trafen uns erst in Goa. Pater Ricci war zu Land bis Genua gereist und dann mit dem Schiff nach Lissabon. Von dort nahm ihn die ‚Sao Luiz' nach Indien mit . . ."

„So war es, verehrter Herr Ch'ü", unterbrach nun Pater Ricci, dem die Lobeshymnen seines Mitbruders auf die Nerven fielen. „In Goa betete ich am Grabe des großen Heiligen Franz Xaver, denn dorthin hatte man den Sarkophag mit dem eingetrockneten Leichnam des Heiligen gebracht.

Nachdem ich einige Zeit in Goa geweilt hatte und dort erst zum Priester geweiht worden war, kam der Befehl des Visitators der fernöstlichen Jesuitenmission, des hochwürdigen Paters Alexander de Valignano, daß sich Pater Ruggieri und ich nach Macao zu begeben hätten. Unser Auftrag lautet genaugenommen dahin, das Hoch-Chinesische, also Mandarin-Chinesisch, zu erlernen und zu sehen, ob es uns möglich sei, als Missionare nach China vorzudringen.

Und nun, mein hochachtbarer Ch'ü, sind wir da. Wir setzen alle

Hoffnung auf Sie, daß Sie uns dereinst die Tore zum Reich der Mitte aufschließen werden!"

Herr Ch'ü schüttelte beinah leidenschaftlich den Kopf und klatschte zum Zeichen seiner totalen Verwirrung mehrmals in die Hände. Er tat es so heftig, daß sich einer seiner goldenen Nagelschoner löste und klirrend zu Boden fiel.

„Nein, nein, nein!" rief er. „Nun haben Sie mir so ausführlich und genau gesagt, wer Sie sind! Aber, o Hochzuverehrender, ich weiß es immer noch nicht! Sie sind etwa so alt wie ich, haben eine großartige Laufbahn als Gelehrter hinter sich, sind in Ihrem Lande sicherlich ein Mandarin höchsten Grades. Mit Ihren Fähigkeiten, Ihrer wohlhabenden Familie im Hintergrund und den zahlreichen Verbindungen, die Sie haben, hätten Sie mit Leichtigkeit Reichtümer scheffeln, Macht und Rang einnehmen und ein sehr glückliches, vergnügtes Leben führen können. Trotzdem haben Sie nie nach all dem gestrebt, sondern sich für etwas Ungreifbares, ‚Höheres', entschieden?! Sie wollen die Welt verändern, eine Religion verbreiten, unter Leib- und Lebensgefahr nach China vordringen, und nehmen dafür allerhand Opfer und Beschwernisse auf sich! Wie begreife ich das?! Wir alle wissen, was eine weite Seereise bedeutet: Enge, Seekrankheit, Ungeziefer an Bord, schlechtes Essen und Gefahr durch Stürme, Piraten und Krankheiten. Als man mir die Reise nach Java zur Einholung des Kaiserzinses anbot, war ich sehr entsetzt. Nur der Gedanke an hohen Gewinn und an Rangerhöhung, die mit diesem Auftrag verbunden sind, haben mich bewogen, diese Reise zu wagen.

Sie aber – o unbegreiflicher und edler Po-hi – tun dies alles um einer Aufgabe willen, die Sie von Ihrem Gott glauben aufgetragen erhalten zu haben. Der weise Kung-fu-tse wußte im Alter noch nichts über die Götter und selbst der Bodhisattva sprach nur vom Nirwana, dem Nichtsein! Wie können Sie Ihres Gottes so sicher sein, um auf so vieles zu verzichten und so viel anderes auf sich zu nehmen? Nein, Ehrenwerter, ich verstehe Sie nicht!"

Pater Ricci schaute Herrn Ch'ü mit ernstem Blick an und antwortete dann mit sanfter Stimme.

„Ja, ich bin meines Gottes sicher. Was wäre ich ohne *Ihn*, der mich führt und der micht trägt?! Ich wäre ein Nichts, ein Stück

Staubes, das atmet und stirbt, ich wäre ein Tonkrug ohne jeglichen Inhalt. So aber erfüllt mich der Glaube."

„Vergeben Sie mir, weiser Po-hi", antwortete Herr Ch'ü fast verzweifelt, „aber ich verstehe Sie trotzdem nicht im geringsten. Sie kommen von einem anderen Stern . . ."

14

Etwa um die gleiche Stunde, als Pater Ricci an Bord der „Sao Luiz" Herrn Ch'ü einen Abriß seiner Lebensgeschichte gab, lief der „Wonnige Schweinebauch" von Tung-sho-Tao aus.

Der Schauplatz dieser nebensächlichen und der Erwähnung fast unwürdigen Begebenheit war der einzige Tiefwasserhafen auf dem Pratas-Archipel, das bei den Chinesen Tung-sho-Tao oder „erhabene Gabe der Vernunft" genannt wurde. Er lag fast vier Tagereisen östlich vom Standort der „Sao Luiz" und im fernen Kielwasser ihres Kurses.

Der „Wonnige Schweinebauch" – eine sehr plumpe Sampan-Dschunke von nur tausend Tan (60 Tonnen) Laderaum – lag mit seinem runden Kiel schwerfällig im Wasser und begann sogleich, kaum daß er die kurze Mole aus Korallenstein passiert hatte, heftig auf der See zu tanzen. Dieses Geschaukel verstärkte sich noch, als der Kapitän das einzige Drachensegel herabrollen ließ. Jetzt gebärdete sich der „Wonnige Schweinebauch" wie eine fette Gans, die vergeblich die Flügel spreizt, um das Fliegen zu versuchen.

Der große Sampan richtete seinen runden Bug auf das ferne chinesische Festland aus. Beiderseits des Bugs waren zwei riesige Augen aufgemalt, damit das ehrenwerte Schiff auch seinen Weg genau sehen konnte.

Der Zielhafen war Hai-feng an der Küste der Provinz Kwan-tung und lag rund zweihundert Meilen nordöstlich von Kanton.

Der „Wonnige Schweinebauch" würde diese kleine Stadt mit Hilfe der gütigen Yang-Mächte, der See- und Luftgeister und mit freundlicher Erlaubnis des Blauen Drachens in etwa sechs oder sieben Tagen erreichen, wenn der Atem des Weißen Drachens gleichmäßig und ruhig weiter in dieser Richtung blies und wenn man unterwegs weder bösartigen Maruts, also Sturm- und Feuerdämonen, oder – was noch schlimmer wäre – Holländern oder Portugiesen begegnete.

Dieses kleine Schiff, das nicht einmal Geranien- oder Fuchsienkästen an seinen Verschanzungen hängen hatte und dessen einstige Bemalung bereits abblätterte, glich mit dem tonnenartigen Überbau des niederen Mitteldecks – einem über rundgebogene Bambusstangen mit Bastmatten abgedeckten Wohn- und Schutzraum – eher einem Sampan als einer richtigen Dschunke und war keinesfalls mit einem so stattlichen Schiff wie etwa dem „Östlichen Jadestern" zu vergleichen. Der „Wonnige Schweinebauch" war ein kleiner Handelsfahrer aus Hai-feng, der alle zwei oder drei Mondphasen mit allerhand Waren nach Tung-sho-Tao auslief, um die auf den Korallen- und Perlinseln lebende Fischer- und Taucherbevölkerung zu versorgen und deren Erzeugnisse: Schildpatt, Perlen, Perlmutt und seltene Korallen, manchmal auch eingesalzenen Abbalone – einen kostbaren Tiefseefisch – auf den Festlandmarkt zu bringen.

Es war ein unverhofftes Glück für die beiden sehr ehrenwerten, aber im Augenblick leider völlig vermögenslosen Herren, die nun auf dem Ruderdeck des „Wonnigen Schweinebauches" standen, daß dieser elende und gänzlich unwürdige Sampan gerade jetzt in Tung-sho-Tao gelegen hatte und daß er so bald schon von den Inseln ablegte.

Freilich, es war gänzlich unmöglich gewesen, ohne Geld oder ausreichende Geschenke Tang-hua, den Eigner und Kapitän des „Schweinebauches", zu überreden, den Kurs nicht auf Hai-feng, sondern nach Kanton zu setzen, wohin die beiden Herren dringend strebten.

Sie würden – vorausgesetzt, daß alles gut verlief – wenigstens zwei bis drei Wochen brauchen, um nach Kanton-Whampoa zu gelangen und ihre wichtige Meldung beim Vizekönig zu machen.

Aber wer glaubte schon den beschwörenden Worten zweier halbnackter, zerschlissener Männer, denen sogar die langen Fingernägel als Kennzeichen hoher Stellung abgebrochen waren und denen nicht ein einziges Tael in den Fetzen ihrer Kleidung hängen geblieben war?!

Sie waren als Schiffbrüchige in die Bucht von Pi-kao-tsung geschwemmt worden. Die wenigen Seidenlumpen des einen, der behauptete, dies seien die Reste eines gestickten Brustschildes des „Hasen" und die Satinkappe mit dem „adlergeprägten Goldknopf" sei ihm während des Sturmes abhanden gekommen, sagten sehr wenig aus. Keines der Argumente, das die beiden Geretteten vorbrachten, hatte durchschlagende Kraft. Ein paar Kaesch, locker unter das Volk gestreut, hätten mehr Überzeugungskraft besessen.

Einzig dem Umstand, daß Herr Tscheng-Hsiang durch sehr seemännische Fachkenntnisse dem Eigner und Piloten des „Wonnigen Schweinebauches" seine Kapitänseigenschaften wahrscheinlich erscheinen ließ, verdankten es die beiden hilflosen Schiffbrüchigen, daß sie von diesen verdammten Inseln wieder loskamen und daß sie der „Schweinebauch" gnadenhalber nach Hai-feng mitnahm. Hätte sich Herr Tscheng-Hsiang nicht mit dem Piloten des „Wonnigen Schweinebauches" anzufreunden verstanden, wären die beiden wohl auf Jahr und Tag auf den Pratas-Inseln sitzen geblieben und hätten auf Fischfang umlernen müssen.

Es waren nämlich der ehemalige Kapitän des „Östlichen Jadesterns" und Vetter T'sai-shen, der verflossene Assistent Herrn Ch'üs, die sich an die Reling des „Wonnigen Schweinebauches" lehnten und sehnsüchtig der fernen Festlandküste entgegenschauten.

Gütige Fügung und ihre eigene Zähigkeit hatte die beiden in jener dunklen Sturmnacht gerettet. Bei dem bulligen, breitbrüstigen Kapitän schien dies immerhin im Bereich des Möglichen zu liegen; dem kleinen, rundlichen und ziemlich verweichlichten T'sai-shen jedoch hätte wohl niemand zugetraut, daß er unbeschadet aus jener Situation entkommen würde, die sich damals ergeben hatte.

Er war über Bord gefallen, als die See kochte und schäumte, der Sturm die Wellen peitschte und kein Fünkchen Licht von Mond oder Sternen auf die nachtschwarzen Wasser fiel.

Von dem Augenblick an, als der „Östliche Jadestern" durch die „Sao Luiz" gekapert worden war und Herr Ch'ü samt seiner Lieblings-Konkubine zu den Portugiesen hinüberruderte, wußte Vetter T'sai Bescheid, was gespielt wurde. Herr Ch'ü war Hafenkommissar von Whampoa und lange Zeit der amtliche Verbindungsmann der Hong-Kaufleute von Kanton in Macao gewesen. Jedermann in eingeweihten Kreisen wußte auch, wie korrupt dieser Herr Ch'ü war. Man hatte ihn lange schon in Verdacht, mit den „fremden Teufeln" von Macao oder sogar mit dem gefürchteten Holländer Hui-tsing-Ah üble Geschäfte zu machen. Jedenfalls bestahl er den Staat, wo es nur möglich war. Der Vizekönig von Kanton, Herrn T'sais hochgeschätzter und ausgezeichneter Vetter vierzehnten Grades, hatte lange schon sein Auge auf die Amtstätigkeiten des Herrn Ch'ü geworfen, und dies war mit ein Grund gewesen, warum Herr T'sai dem sehr hohen Mandarin vom Kristallknopf, Herrn Ch'ü, auf die Java-Expedition beigegeben worden war. Der Vizekönig befürchtete bedeutende Unterschleife des Herrn Ch'ü und baute Vetter T'sai als Kontrolleur ein.

Vetter T'sai war sich niemals ganz klargeworden, welche Gedankengänge sich hinter der glatten und hohen Stirn seines ehrenwerten Vetters vierzehnten Grades vollzogen. Aber: wer kann schon die Gedanken eines Vizekönigs und Mandarins vom „geblümten Korallenknopf", der das Brustschild des Paradiesvogels trägt, durchschauen! Solche Ränge erreicht man nicht, wenn man durchschaubar ist.

Mag sein, daß der Vizekönig „Handsalben" und wertvolle Geschenke von Herrn Ch'ü bekam und auch diesmal wieder erwartete, und daß er die Höhe dieser „Geschenke" lediglich durch eine gewisse Kontrolle sichern wollte? Es war aber auch möglich, daß er Herrn Ch'ü wirklich das Handwerk legen wollte und nur nicht die Macht besaß, gegen die ausgezeichneten Verbindungen des Herrn Ch'ü offen aufzutreten.

Herr Ch'ü, dieser gänzlich unwürdige und verderbte Beamte, war immerhin der Neffe des Gouverneurs von Kwan-tung, Herrn Wang-P'ais, und der Protegé des beinah allmächtigen Eunuchen Ma-T'ang, der wiederum durch seine Eunuchen-Clique unmittelbar das Ohr des Himmelssohnes besaß. Es war sehr schwierig, gegen Herrn Ch'ü aufzutreten.

Vielleicht war es falsch gewesen, daß Vetter T'sai seine natürliche Abneigung gegen Herrn Ch'ü so offen gezeigt hatte, und sehr wahrscheinlich war es noch verkehrter gewesen, daß er diesem noch an Bord des „Östlichen Jadesterns" die korrekten Ladelisten vorgezeigt und damit angekündigt hatte, wie er die Unterschleife des Herrn Ch'ü verhindern würde. Daß er diese kompromittierenden Ladelisten dem Kapitän gezeigt hatte, war für diesen verderblich genug geworden; denn auch er war in jener Sturmnacht beinah zu Tode gekommen.

Als nun die „Sao Luiz“ längsseits gegangen war und Herr Ch’ü vergnügt festgestellt hatte, daß er einem alten Freunde aus Macao begegnet war, wußte Vetter T’sai mit Gewißheit, daß etwas Gefährliches geschehen würde. Von diesem Augenblick an begann er um sein Leben zu zittern. Herr Ch’ü war auf die „Sao Luiz“ umgesiedelt. Damit war die Kaiserdschunke aufgegeben und alle, die noch an Bord blieben, dazu.

Vetter T’sai begab sich sofort unter Deck zu den Mädchen und war durch nichts mehr zu bewegen, sich unter der Mannschaft oder der portugiesischen Prisenbesatzung sehen zu lassen.

Als der „Östliche Jadestern“ angesichts des aufkommenden Unwetters wieder lossegelte und die Nacht mit Windesgeheul und Wogenrauschen über die wild tanzende Dschunke hereinfiel, ließ sich Vetter T’sai, der stark an Seekrankheit litt und überhaupt stark trostbedürftig war, von den weinenden und völlig aufgestörten Mädchen in der Kabine pflegen. Da er Übles ahnte, befahl er ihnen, keinen Augenblick von seiner Seite zu weichen.

Aber es kam, wie er es befürchtet hatte. Mitten in Sturm und Nacht ließ der portugiesische Schwarzbart, der jetzt die Dschunke führte, Vetter T’sai durch zwei stämmige Matrosen dringend an Deck bitten. Man hatte angeblich Lichtsignale backbord gesehen und brauchte einen gebildeten Chinesen, der diese deuten konnte.

So stand Vetter T’sai, von zwei Matrosen aufrecht gehalten, schließlich dicht am niederen Schanzkleid des Mitteldecks neben Steuermann Gomez und suchte vergeblich die pechschwarze, brausende Nacht nach Lichtzeichen ab. Die schaumgekrönten Wellen schlugen über das Deck hin, der Sturm versetzte ihm gewaltige Stöße in den Rücken oder vor die Brust. In kürzester Zeit waren seine purpurfarbenen, bestickten Mandarinsgewänder durchnäßt, die Satinkappe mit dem Goldknopf davongeht und Herr T’sai naß wie eine Katze im Brunnen.

Er bebte und jammerte und klammerte sich fest an die Reling.

Plötzlich fühlte er sich hochgehoben, gestoßen und wußte genau, daß es der portugiesische Schwarzbart, dieser Riese von Mann, war, der ihn hinaus in die Nacht warf.

Er flatterte in seinen Seidengewändern wie eine Fledermaus zwischen Wind und Wogen, fiel klatschend ins Wasser und sank.

Vetter T'sai war zwar im Geiste des Kung-fu-tse erzogen, aber später Buddhist geworden. In diesem Augenblicke höchster Not, da er gewiß war, sein einziges und höchst persönliches Leben zu verlieren, war er weder Kung-fu-tsianer noch Buddhist, sondern ein Lebewesen, das nicht sterben wollte. Er strampelte mit aller Kraft, schrie, daß ihm Wasser in die Lungen kam, riß sich selber und seinen Kugelkopf mit aller Macht zur Luft empor und faßte im gleichen Moment ein neben der Dschunke herschwimmendes Tau, das vom Steuerdeck herunterhing.

Verzweifelt krallte er sich fest, wurde durch Wellen, Schaum und Wind geschleift, bekam Luft und schrie seine Not in die Nacht.

Niemand hörte ihn, der nun im Schlepptau des „Östlichen Jadesterns" oder vielmehr in Lee der Bordwand wie ein geangelter Fisch dahintrieb.

An Bord des Schiffes gab es Alarm, ein kleines Beiboot wurde bemannt und zu Wasser gebracht. Für einen Augenblick sah Herr T'sai die bullige Gestalt Kapitän Tscheng-Hsiangs, die sich gegen mehrere Portugiesen wehrte und dann ins Boot geworfen wurde.

Die winzige Nußschale, bemannt mit vier Chinesen, stieg auf einem Wellenkamm höher als die Reling des „Östlichen Jadesterns". Vetter T'sai hörte sogar wie einen Windfetzen den gemeinsamen Aufschrei der kleinen Besatzung. Dann sah er, wie das Boot umschlug und alles von Nacht, Wasser und Getöse verschlungen wurde.

In diesem Augenblick geriet sein Denkapparat, der wie gelähmt gewesen war, wieder in Gang.

Von all seinem Buddhismus fiel ihm nur ein, daß das Rad des Lebens nun hinabschwang in die Abgründe des Todes und daß er jetzt wohl sogleich seine nächste Wiedergeburt erleben würde.

Was würde er sein? Das Kind eines Kuli, ein Ochsenfrosch im Sumpf oder ein Sternwesen auf fremdem Himmelskörper?

Jedenfalls T'sai-shen würde er nie mehr sein. Der Rang des „Hasenbrustschildes" und des „adlergeprägten Goldknopfes", die einflußreiche Familie und die Vetternschaft mit dem Vizekönig waren verloren; all die Mädchen, die in seinem Kang gehorteten Silber-Taels und seine hoffnungsvollen Söhne waren dahin. Herr

T'sai war dabei, ausgelöscht zu werden. Das Rad der Schicksalsverknüpfung schwang heftig und schmerzlich nach unten. Nur eines war sicher: das Nirwana, das selige Nichtsein, würde ihn nicht aufnehmen – er war nicht reif dafür, er hing mit jeder Faser zu sehr am Dasein. Er wollte leben!

In diesem Augenblick kam die Rettung.

Das vorübertreibende, mit Wasser vollgeschlagene Boot streifte ihn leicht an der Schulter, und er griff automatisch nach diesem Halt. Als er sich wie eine Qualle oder ein Oktopus mit allen Armen und Händen an das treibende Holz heftete, sah er, daß am anderen Rande Kapitän Tscheng-Hsiang klebte.

Sie sahen sich wortlos an, waren wie triefende, von Strähnen gezeichnete Katzen inmitten von Wasserstürzen und trieben samt dem Boot ins Kielwasser der davonziehenden Dschunke.

Sturm und Strömung schwemmten sie landwärts.

Als im Morgengrauen der Sturm nachließ und das Brausen ringsum in regelmäßiges Tosen und Branden überging, warf eine letzte gewaltige Dünung das Boot samt den darin verkrallten Männern an einen flachen Sandstrand. Nach Stunden erst fanden sie die Kraft, durch das seichte Wasser an die Küste zu kriechen.

Dort wurden sie von Fischern gefunden. Sie waren auf der Hauptinsel Tung-sho-Tao angetrieben worden.

Der „Wonnige Schweinebauch" torkelte nun über die offene See. Er hatte die Leeseite der Insel verlassen, und sein Drachensegel knarrte und drehte sich nun heftiger im aufkommenden Ostwind. Das Verdeck stieg und fiel, Vetter T'sai wurde es übel und er erbrach sich.

Kapitän Tscheng-Hsiang sah ihn verächtlich an.

Wie jämmerlich der purpurne Mandarin nun in seinen Fetzen und Bastumhängen aussah!

Es war noch ein langer Weg bis Hai-feng und noch weiter bis Kanton. Dort erst würde Vetter T'sai-shen seine Wiedergeburt in Purpurseide, mit Hasenschild und Goldknopf erleben.

Das Rad des Lebens begann wieder aufwärts zu schwingen.

So übel es Vetter T'sai auch momentan war, so fühlte er doch ein gewisses Behagen in sich. Denn er lebte und war Herr T'sai geblieben. Wenn er nach Kanton zu seinem hochachtbaren Vetter vierzehnten Grades, dem Vizekönig, kam, würde er allerhand zu berichten haben.

Dann würde sich das Rad des Schicksals für Herrn Ch'ü vermutlich nicht nur nach unten drehen, sondern ihn völlig zermalmen.

Denn darüber gab es keinen Zweifel: hinter allen Leiden und Katastrophen, die Vetter T'sai hatte durchmachen müssen, stand die Intrige des Herrn Ch'ü. Er allein trug an allem die Schuld.

15

Als der sanfte, blaue Streif der Küste über die Kimm stieg, änderte die „Sao Luiz“ den Kurs leicht nach Nordwest.

Plötzlich waren Don Gaspar und sein Sohn Diego auf dem hohen Steuerdeck erschienen.

Die beiden Viegas, die schon mehrere Male die Macao-Route gefahren waren, studierten lange und eingehend die Konturen der Küstenlinie: die spitzen Bergkuppen, die Einschnitte der Buchten und das tiefe und breite Loch im Horizont, das im Nichts verlief.

Sie entrollten eine der Seekarten und prüften, was sie sahen, baten dann Pater Ricci, die Sonnenhöhe zu nehmen und den Standort zu bestimmen. Dann waren sie sich klar.

Die hügelige Landzunge backbord, die mit dunkleren Farben in die See hinausragte, mußte Macao sein. Die weit in die Tiefe verlaufende Bucht in der Mitte der Perspektive, dort wo der Horizont endlos schien, war das Ästuar des Perlstromes und die Bay, die fast sechzig Seemeilen weit bis Kanton reichte. Die hingestreuten Berggipfel und Silhouetten an Steuerbord aber gehörten zum Archipel von Heang-Keang, das die Holländer „Hong-Kong“ nannten und welches bei den Chinesen „Tal der duftenden Wasser“ hieß.

Don Gaspar befahl den Kurs zu ändern und die Ton-kon-shan-Inseln steuerbord auf Nordostkurs zu passieren. Fast gleichzeitig hatte auch der „Östliche Jadestern“, der immer noch brav im Kielwasser der „Sao Luiz“ lief, das Ruder umgelegt und den neuen Kurs genommen.

Steuermann Gomez hatte offenbar eine ähnliche Ortung wie Don

Gaspar vorgenommen und befolgte nun die Anweisungen, die er noch vor den Pratas-Inseln erhalten hatte.

Pater Ricci, dessen nautischem Scharfblick das Manöver nicht entgangen war, wußte nun, daß die Viegas nicht Macao, sondern zuerst das als Schmugglerparadies bekannte Archipel von Hong-Kong anlaufen würden.

Sie hatten begonnen, ihren verbrecherischen Plan, den sie mit Herrn Ch'ü damals in der Kajüte ausgeheckt hatten, auszuführen.

Der Pater sprach noch einmal mit Herrn Ch'ü.

„Ich habe Sie inzwischen als philosophisch gebildeten und sehr klugen Mann von bedeutenden Kenntnissen schätzengelernt", sagte er. „Moralische Grundsätze, Treue gegen Ihren Kaiser und Liebe zu Ihrem Vaterland sind Ihnen nicht fremd, verehrter Ch'ü. Wie können Sie es zulassen, daß das nun geschieht, was aller Menschlichkeit und allem Gesetz Hohn spricht?! Ich bitte Sie, Hochachtbarer, t u n Sie etwas dagegen!"

Herrn Ch'üs Gesicht wurde zur Maske. Er verneigte sich nur geringfügig. „Es ist unmöglich, etwas zu tun, verehrter Po-hi! Wenn ich heil aus dieser Sache herauskommen will, muß ich so handeln, wie es geschieht. Es gibt keinen anderen Ausweg. Meine Existenz steht auf dem Spiele. Sprechen Sie doch mit den Herren Viegas!"

Da der Pater unterdessen den Punkt erkannt hatte, an dem der Chinese bei aller Höflichkeit unnachgiebig bleiben würde, begriff er die Aussichtlosigkeit seines Bemühens und schwieg.

Er sprach mit Don Gaspar, der ihm mit finsterer Miene zuhörte, dann aber eine kurze abweisende Handbewegung machte.

„Religion ist eine gute Sache", sagte er, „Geschäft ist eine andere, Hochwürden! Man muß beides streng getrennt halten, wenn man in dieser Welt etwas erreichen will. Ich fürchte, Pater, daß ich nichts tun kann. Das Leben ist hart. In den Kolonien ist es noch härter. Am besten, Sie bleiben sehr lange unter Deck und sorgen sich um das Seelenheil Ihrer Beichtkinder!"

„Verdammt noch mal!" erregte sich Pater Ricci, „sind Sie ein Christ, Don Gaspar? Oder sind Sie ein Heide?"

„Ich denke schon, daß ich ein Christ bin! Sogar ein guter. Vergessen Sie nicht, daß ich Familiar der ‚Societas' bin. Wenn Sie in ein paar Tagen in Macao einlaufen werden, wird Ihnen die neue Kirche von Sao Martin – Ihrem Colleg – auffallen: Sie ist eine Stiftung des Hauses Viegas. Ich glaube schon, daß ich ein guter Christ bin."

„Mit Geld kann man sich die Seligkeit nicht erkaufen!"

„Warum nimmt die ‚Societas' dann mein Geld? Warum lesen Ihre Brüder in Lissabon, Goa und Macao so viele Messen für das Heil der Viegas? Auch die Religion braucht das Geld, um wirken zu können. Ich aber gebe es. Doch muß man mir die Möglichkeit einräumen, es zu verdienen. Man muß Geschäfte dort machen, wo sie sich lohnen. Und in Hong-Kong werde ich ein sehr gutes Geschäft machen."

Pater Ricci ging ziemlich entmutigt von Deck. Er betete lange in seiner Kajüte.

Die „Sao Luiz" lief drei Stunden später in eine Bucht zwischen bewaldeten Hügeln ein. Es war ein ideales Versteck für Schmuggler oder Piraten. Das Schiff ließ auf offener Reede Anker fallen, der „Östliche Jadestern" ging näher an den Strand und machte an einem Polder fest.

Hinter einer mit Palmen bestandenen Landzunge, die den Ankerplatz der „Sao Luiz" von der nächsten Bucht trennte, ragte das Gegitter der Takelage eines Dreimasters auf. Man sah, ohne den Schiffskörper erkennen zu können, daß dort ein sehr großes Schiff lag.

Eine orangenrote Fahne am Topp und darunter ein schwarzer Wimpel mit weiß aufgemaltem Totenkopf wehten in der leichten Brise.

Alle, die auf dem hohen Schanzdeck der „Sao Luiz" das Einfahrtmanöver und das Ankerauswerfen beobachtet hatten, erblickten diese mächtigen Masten und aufgerefften Segel erst, als die „Sao Luiz" fast schon an der Kette lag. Eine Gruppe sehr hoher und üppig belaubter Tropenbäume an der Landspitze hatte bis dahin den Ausblick zur nächsten Bucht verstellt.

Jetzt aber achtete kaum einer auf das Hin- und Herkriechen der zahlreichen Sampans, Fischerboote und kleinen Ruderkähne, die sich auf der öligen Fläche des Naturhafens tummelten. Alle schauten zu den drei Masten hinter den Palmen und den beiden Flaggen hinüber.

„Huitzinga ist da!" rief Don Gaspar mit dröhnender Stimme.

Dann wandte er sich Don Diego zu und sagte sehr vernehmlich: „Das kommt mir mehr als gelegen! Gott ist mit uns!"

Nun sah Pater Ricci zum ersten Mal chinesisches Land. Es schien ein tropischer oder subtropischer Strand mit Palmen, dichtbebuschten Laubbäumen und Bambusgestrüpp zu sein. Eine Menge kleiner Hütten, die zum Teil auf Pfählen standen und allesamt mit Palmwedeln und Stroh bedeckt waren, zeigten an, daß die Insel ständig bewohnt war. Halbnackte Menschen mit spitzen Strohhüten auf den Köpfen liefen hin und her. Im Schatten des tropischen Waldes, der gleich hinter dem Sandstrand zu vulkanisch aussehenden Kuppen emporstieg, gab es offenbar einige Lagerschuppen. Dichter am Wasser standen dürftige Bambusgestelle, auf denen Netze zum Trocknen ausgespannt waren.

Das Wasser der Bucht schien in einigen Fahrrinnen tief zu sein und bis nahe an die Ufer auch größeren Schiffen Anlaufplätze zu öffnen. Schon beim Einlaufen in das Inselgewirr hatte Pater Ricci bemerkt, daß die Gewässer mit ihren zahllosen bewaldeten und meist unbewohnten Inselchen, den verborgenen Tiefwasserbuchten und hohen Hügeln, die gegen Sicht abdeckten, ein großartiges Versteck boten! Wenn sich Schmuggler, Piraten oder dunkle Geschäftemacher mit ihren Schiffen treffen wollten, so konnte es hier geschehen.

Diese Küstengewässer mit ihren sowohl zum Ästuar des Perlstromes und zur Kantonbucht wie zum freien Ozean offenen Ein- und Ausschlupflöchern waren nur durch eine sehr große Flotte abzuriegeln und kaum zu kontrollieren. Aber die Chinesen besaßen offenbar keine entsprechenden Kriegsschiffe und waren nicht in der Lage, ihre riesigen und unübersichtlichen Küstengebiete vor den überlegenen Schiffen der Fremden zu schützen.

Als die „Sao Luiz" die Nordostspitze der Ton-kon-shan-Inseln gekreuzt hatte, um direkten Kurs in das Buchtengewirr von Hong-Kong zu nehmen, war für eine kurze Zeit der Blick über die große Bay, die vom offenen Meer zum Ästuar von Kanton hinüberführte und die mit ihrem nordöstlichen Teil die Insel Hong-Kong vom Festland abschnitt, frei geworden. Ganz fern, schon mit dem östlichen Horizont verschwimmend, war ein Festlandufer erkennbar geworden. Man kam immerhin nahe genug an diesen zur See vorspringenden Teil Chinas heran, um zu erkennen, daß dort eine kleine, niedrig ummauerte Stadt oder ein großes Dorf hingebreitet lag.

„Das ist Kow-lun", hatte Don Gaspar erklärt. „Ein Fischernest, in dem aber mehr Schmuggler und Räuber wohnen als Fischer. Diese Leute kommen mit ihren Sampans zu den Liegeplätzen von Hong-Kong herüber und übernehmen die Waren. Die Hong-Kaufleute von Kanton stehen hinter ihnen."

Allmählich ging Pater Ricci ein Licht auf. Er begann die Besonderheit des Chinahandels zu verstehen.

Da hatte der ferne Kaiser von China den Portugiesen als Dank für deren militärische Hilfe gegen die japanischen Seeräuber das Niederlassungsrecht auf der Halbinsel Macao eingeräumt und ihnen gestattet, ein- oder zweimal im Jahr in Whampoa Markt zu halten. Offenbar hatten auch die Hong-Kaufleute – also die für den Auslandshandel lizenzierten Großfirmen von Kanton – Geschmack an dem Handel gefunden. Die eingeschränkten und staatlich kontrollierten Märkte von Whampoa genügten ihnen nicht. Sie wünschten genau wie die Fremden den ständigen und zollfreien Austausch von Gütern. Darum hatte sich neben Macao dieser Schwarzmarkt von Hong-Kong entwickelt. Über die Bewohner von Kow-lun, wo die Vertreter der Kantonesen saßen, hatte sich ein riesiges Schmugglergeschäft entwickelt.

In Hong-Kong redeten weder die Hafenbehörden von Macao noch der Vizekönig mit. Das heißt – und auch das begriff der Pater nach all seinen bisherigen Erfahrungen –, sicherlich hatten sowohl die offiziellen Behörden Macaos wie auch der ehrenwerte Vizekönig von Kanton die Hände im Spiel und bezogen beide ihre Anteile aus dem lukrativen Geschäft.

Sie übersahen sogar großzügig, daß auch die Piratenschiffe des berüchtigten Huitzinga hier Anker warfen, um ihre Beute auf den Markt zu bringen. Offiziell freilich durften sich der Holländer und seine Genossen nirgendwo sehen lassen. Sowohl Macao wie auch Kanton hatten einen hohen Kopfpreis auf ihn ausgesetzt.

Pater Ricci erklärte, nun da man Hong-Kong angelaufen hatte, all die Zusammenhänge seinem Gefährten Ruggieri.

Doch dieser gewöhnlich schweigsame und abweisende Mensch mit der Gestalt und dem Gesicht eines Don Quichotte nickte nur und sagte, er habe längst begriffen, was hier gespielt würde.

„Da scheinen wir in ein hübsches Rattennest geraten zu sein", lächelte Pater Ricci und seufzte dann. „Mir scheint, wir sollten zuerst unsere Landsleute bekehren, bevor wir in China anfangen, Mission zu betreiben!"

Und Ruggieri erwiderte mit einem verzerrten Lachen: „Eher werden wir China christlich machen als die Christen! Und nach China kommen wir sowieso nicht. Uns wird es ergehen wie Franz Xaver!"

Alles verlief nach den Plänen der Viegas und Herrn Ch'üs.

Kaum hatte die „Sao Luiz" Anker geworfen, als sich schon ein Schwarm von Sampans, Fischerbooten und Schuten um ihren hochbordigen Rumpf sammelte.

Braungelbe, meist halbnackte Gestalten mit spitzzulaufenden oder breitrandigen Strohhüten standen in den Sampans und Kähnen, sie ruderten, refften kleine Bastsegel oder stakten mit Stangen im flacheren Ufergewässer. Alle schrien durcheinander, gestikulierten, lächelten und verneigten sich. Sie boten ihre Dienste beim Löschen der Ladung an. Aber Don Gaspar beachtete sie nicht weiter, ja, er verbot einigen Übereifrigen, die schon angefangen hatten, an Tauen oder mit kleinen Bambusleitern die Schanzverkleidung der „Sao Luiz" zu entern, das Betreten des Schiffes. Dann stellte er Posten mit geladenen Musketen an die Reling.

Er wartete auf das Eintreffen anderer Gäste.

Zuerst kam in einem bunt bemalten, mit einem Bastdach überwölbten Sampan ein sichtlich vornehmer Chinese, dem man sogleich über die Leiter an Deck half. Der Mensch, von dessen Oberlippe ein fadendünner, schwarzer Bart herabhing, trug himmelblaue Seide mit einem Brustschild, das eine Wachtel zeigte. Ein Goldknopf mit einer undefinierbaren Gravierung zierte seine Satinkappe.

Seine flinken Rattenaugen überschauten sofort die Situation. Zuerst verbeugte er sich tief vor Don Gaspar, Don Diego und den Patres, flüsterte einige sehr gewundene Phrasen, dann wandte er sich an Herrn Ch'ü, der in all seiner Mandarinspracht erschienen war.

Er tat, als habe er den hohen Rang Herrn Ch'üs erst jetzt bemerkt, verbeugte sich nun sehr tief und gab seiner unendlichen

Freude Ausdruck, als höchst unwürdiger und niederer Beamter die Ehre einer so ausgezeichneten Begegnung zu haben.

Der Chinese kam aus Kow-lun und schien für die Hong-Kaufleute zu sprechen. Er wünschte Geschäfte zu machen.

Herr Ch'ü antwortete mit einer Serie ähnlicher Phrasen und erklärte dann die Situation. Er begann mit größter Phantasie zu lügen.

Seufzend und die alten Philosophen wiederholt zitierend, berichtete er von der gefahrvollen Überfahrt der Kaiserdschunke und wie diese vor den Tung-sho-Tao-Inseln in einen schrecklichen Taifun geraten sei. Den Himmels- und Wassergöttern sei Dank, daß die „Sao Luiz" erschienen sei. Senhor Viegas habe den „Östlichen Jadestern" samt seiner kostbaren Ladung gerettet und endlich abgeschleppt.

Er selber – der unwerte Mandarin vom Kristallknopf und Neffe Wang-P'ais, des verehrungswürdigen Gouverneurs von Kwan-tung – sei ein Gast auf diesem Schiff, das zwar glücklich die Buchten von Hong-Kong erreicht habe, nun jedoch das Unglück habe, dem schrecklichen Hui-tsing-Ah in die Hände gelaufen zu sein. Die Götter oder der große Bodhisattva Amitabha wüßten, was nun aus der Kaiserdschunke und der „Sao Luiz" werden würde.

Der himmelblaue Mandarin mit dem Goldknopf schlug gerührt die Schlitzaugen nieder und seufzte vernehmlich.

Damit hatte die Handelsschaft bereits begonnen. Keiner glaubte natürlich dem anderen. Jedoch die Form war gewahrt.

Der Mandarin aus Kow-lun wußte jedenfalls, daß Mynheer Hui-tsing-Ah bei dem Geschäft miteinbezogen werden würde und daß er die Profite keinesfalls allein machen konnte.

Dann kam Huitzinga.

Eine große Barkasse mit zwölf schwerbewaffneten Ruderern bog um die Landzunge. Es waren verwegene Gestalten mit Kopftüchern und Schärpen, rotgesichtig und blond, Holländer vermutlich. Nur zwei oder drei baumlange Formosa-Chinesen waren darunter. Man erkannte sie an ihren spitzen Strohhüten, tiefbraunen, nackten Oberkörpern und den hängenden, dünnen Bärten. Am Heck der Barkasse stand aufrecht das Steuer führend Mynheer Huitzinga.

Als er an Deck der „Sao Luiz" stand, sah Pater Ricci, wie groß und gewaltig der Mann war. Huitzinga überragte alle ringsum um mehr als Haupteslänge. Er zog den flandrischen Schlapphut und schwenkte ihn mit der Geste eines Granden. Sein üppiges blondes Haupthaar quoll hervor, ein mächtiger rotblonder Bart umrahmte sein wie aus Eichenholz geschnitztes Piratengesicht. In seiner rotseidenen Schärpe über den holländischen Pluderhosen aus blauem Leinen steckten Dolche und zwei Steinschloßpistolen.

Er begrüßte Don Gaspar und Don Diego wie alte Bekannte durch Umarmung und schmatzte Bruderküsse auf alle verfügbaren Wangen, dann wandte er sich mit dröhnendem Baß und in glattem Portugiesisch den beiden Patres zu.

„Hol mich der Geschwänzte!“ rief er. „Zwei Schwarzröcke! Zwei Pfaffen in voller Lebensgröße! Zum Teufel, Viegas, exportieren Sie neuerdings Kuttenbrunzer und noch dazu von der gefährlichsten Sorte?!“

Seine Gefolgschaft, die unterdessen ebenfalls das Deck der „Sao Luiz“ geentert hatte, quittierte diese Begrüßung mit dröhnendem Gelächter.

„Jesuiten!“ schrie Huitzinga, „als ob sie in Macao noch nicht genug von denen hätten! Viegas, was kostet das Stück?! An wen liefern Sie? Mit mir werden Sie kein Geschäft machen können, ich bin ein gut Reformierter, ein Ketzer und Protestant!“

Abermals donnerte das Gelächter der Crew.

„Bezähmen Sie Ihren Humor, Huitzinga!“ befahl Don Gaspar stirnrunzelnd, „Sie wissen, daß ich ein guter Katholik bin. Die hochwürdigen Patres haben die Absicht, nach Inner-China zu gehen und Mission zu betreiben!“

Der große Seemann schlug sich klatschend gegen die Schenkel.

„Das ist keine schlechte Idee! Wenn die Schwarzröcke erst drüben in Kanton und nicht zufällig geköpft worden sind, können sie viel für den Handel tun! Damit das Geschäft endlich in Schwung kommt.“

Dann wandte er sich plötzlich Pater Ricci und Pater Ruggieri zu, schlug ein Kreuz vor Stirn und Brust und sagte mit überraschend sanfter Stimme: „Nichts für ungut, hochwürdige Herren! Gott segne Euch! Er segne Euren Eingang und Ausgang und alles, was ihm persönlich wichtig erscheint. Ich habe nichts gegen Pfaffen jedweder

Art, nicht einmal gegen Jesuiten. Hier draußen im Osten gibt es keine Reformation und Gegenreformation, keine Protestanten und Papisten! Da haben wir manchmal sogar Zweifel, ob es das Christentum gibt."

Als er sich auf solche Weise bekannt gemacht hatte, legte er die mächtigen Arme um die Schultern von Don Gaspar und Don Diego und zog beide in Richtung Kajüte davon.

Herr Ch'ü, den Huitzinga zwar sofort bemerkt, aber völlig übersehen hatte, folgte dem Trio mit durchtriebenem Lächeln.

Das Geschäft ging reibungslos über die Bühne. Pater Ricci, der zwar die Einzelheiten der Verhandlungen und Abmachungen nicht zu hören bekam, konnte sich dennoch alles zusammenreimen.

Die „Sao Luiz" lag drei Tage in der Bucht von Hong-Kong.

Die Hälfte der Ladung, welche die Kaiserdschunke mit sich führte, ein Wert von vielen hunderttausend Gold-Eskudos, wurde von Sampans und deren chinesischer Besatzung auf die „Sao Luiz" und die „Joufrow" – den großen Dreimaster Huitzingas – umgeladen.

Don Gaspar hatte offenbar einen guten Handel mit Huitzinga gemacht; denn von der „Joufrow" kam eine Barkasse, die eine Menge Silberbarren und Beutel mit Goldstücken brachte.

Auch die zitternde Mädchenschar, die zum Vergnügen des Herrn Ch'ü auf dem „Östlichen Jadestern" als Tänzerinnen, Flötenspielerinnen und Trostmädchen mitgefahren war, wurde zur „Joufrow" gebracht. Huitzinga bezahlte für solche Ware gut. Er besaß in Tai-wan auf Formosa, wo er fast wie ein Herrscher über Hafen, Stadt und Umgebung regierte, einige Häuser, die ihm viel Geld einbrachten. Außerdem hatte er selbst stets großen Bedarf an jungem Gemüse.

Bei einem zweiten Besuch auf der „Sao Luiz" entdeckte er auch Pi-shan, die ängstlich ihr Gesicht verbarg, als er sie begrüßte.

Huitzinga sträubte sich der rote Bart vor Vergnügen, er griff Pi-shan unters Kinn, um ihr Gesicht besser zu sehen.

„Hallo, Meisje!" rief er entzückt, „wir kennen uns doch?! Weiß Gott, du warst ein sehr bekömmlicher Leckerbissen!"

Zu Don Gaspar gewandt sagte er, wenn er schon Pi-shan nicht als Dreingabe bekommen könne, wie es eigentlich rechtens sei, dann wolle er zehn Eskudos extra drauflegen. Diesen Goldapfel wolle er haben, und zwar für seine ganz private Tafel!

Doch Don Gaspar stand zu seinem Wort.

Er antwortete, Pi-shan sei nicht mehr sein Eigentum, sondern er habe sie bereits dem Pater übergeben, damit sie Christin werde.

Herr Ch'ü stand daneben und lächelte süffisant.

Huitzinga aber kraute den Bart, blickte kurz zu Pater Ricci hinüber, der mit flammenden Augen und bleichem Antlitz dabeistand und tief Atem holte.

„Laß es sein, Don Gaspar!" brummte er dann. „Mit dem Schwarzrock will ich nichts zu tun haben! Mag sie seine Christin werden, es gibt noch andere Weiber . . ."

Der Handel ging weiter. Pater Ricci bemerkte, wie Geld hin- und hergeschoben wurde, Sampans voller Kostbarkeiten bald zur „Sao Luiz", bald zur „Joufrow" fuhren.

Dann wurde Herr Ch'ü wie ein Gefangener von den Piraten des Holländers abgeführt. Alle im Hafen konnten es sehen. Die Barkasse, die Herrn Ch'ü – der einen sehr gelassenen Eindruck machte – zur Landzunge ruderte, fuhr dicht am „Östlichen Jadestern" vorüber, so daß Herr Ch'ü seinen Leuten zurufen konnte, er selber und die Dschunke seien verloren, Hui-tsing-Ah habe alles an sich gerissen. Großes Wehegeheul antwortete ihm von Bord der Dschunke.

Herr Ch'ü, der ein alter Geschäftsfreund von Huitzinga war, trank auf der „Joufrow" Tee und besprach einige künftige Geschäfte. In der Nacht brachte ihn ein kleines Beiboot zur „Sao Luiz" zurück.

Der Form war wieder einmal Genüge getan. Ein Gerücht, das sicherlich bald in Kanton ankommen würde, war in Gang gesetzt, und das Brustschild des Silberfasans des Herrn Ch'ü war so rein geblieben wie der Kristallknopf auf seiner Kappe.

In der gleichen Nacht ruderte Herr Ch'ü zum „Östlichen Jadestern" herüber. Dort hatte fast gleichzeitig ein großer Sampan festgemacht, der ohne Laterne fuhr.

Herr Ch'ü ging an Bord und rief eilig die chinesische Besatzung der Dschunke zusammen, ohne daß ihn die portugiesische Prisenbesatzung bei diesem Unterfangen behindert hätte.

Herr Ch'ü teilte flüsternd und sichtlich erregt den Leuten mit, er sei mit großer Gefahr den Fallstricken des schrecklichen Hui-tsing-Ah entronnen und in den Schutz der „Sao Luiz“ zurückgekehrt. Außerdem habe er Steuermann Gomez und seine Portugiesen mit einer sehr hohen Summe bestochen, so daß sie einverstanden seien, daß die chinesische Besatzung des „Östlichen Jadesterns“ gerettet würde.

Sie sollten allesamt so schnell wie möglich auf den abgedunkelten Sampan umsteigen, der längsseits liege. Senhor Gomez persönlich würde sie aus der Bucht lavrieren, bis sie ins offene Meer kämen, wo es ein leichtes für sie als Seeleute sein müsse, das Ästuar und schließlich Kanton zu erreichen.

Die dreißig Menschen, die noch auf der Dschunke waren, liefen so leise und schnell sie nur konnten zum Niederdeck, drängten sich auf den Sampan und ruderten los, während Steuermann Gomez tatsächlich das Steuer führte. In gehörigem Abstand folgte dem fliehenden Sampan ein kleines Ruderboot, das mit zwei Portugiesen bemannt war.

Herr Ch'ü kehrte zur „Sao Luiz“ zurück.

Als der Sampan schon durch die sich erweiternde Bucht dem offenen Meer zustrebte, schlug Schwarzbart Gomez die Lunte an. Und damit die eng zusammengedrängten und eifrig rudernden Chinesen nicht merkten, was geplant war, zündete er mit der gleichen Flamme seine Tabakspfeife an.

Dann ließ er sich über Bord fallen und schwamm mit kräftigen Stößen auf das kleine Beiboot zu, das dem Sampan gefolgt war.

Er hatte es eben erreicht, als der Sampan mit großem Krach und in einem Funkenregen in die Luft ging.

Gerüchte hin oder her, es war jedenfalls besser, wenn es keine geschwätzigen Zeugen über das Schicksal des „Östlichen Jadesterns“ gab.

Tags darauf wurde die Kaiserdschunke samt dem Rest ihrer Ladung, die Herrn Ch'üs Geschäftsanteil war, von dem blauseidenen Mandarin aus Kow-lun übernommen. Dieser segelte sie aus dem Hong-Kong-Hafen in eine abgelegene Bucht, wo er die großen gelben Augen am Bug überpinselte und durch schön gezeichnete blaue ersetzen ließ. Der Name „Östlicher Jadestern“ wurde ebenfalls ausgelöscht und in den ebenso schönen „Duftende Wolke“ verbessert.

Dann nahm das Schiff Kurs auf Kow-lun, wo es am Lagerhaus der Firma „Ch'ü und Wang" festmachte. Auch der blaue Mandarin verdiente bei dem Geschäft.

Die „Sao Luiz" jedoch hievte noch am gleichen Morgen den Anker und lief nach Macao aus, das nur eine halbe Tagesreise entfernt jenseits der Bay lag.

Pater Matteo Ricci war durch all diese Vorfälle, die er nicht hatte verhindern können, sehr tief erschüttert.

Nur einmal noch sprach er mit Herrn Ch'ü, der ihm offenbar aus dem Wege ging. Das Gespräch mit den Herren Viegas hatte er sowieso als zwecklos aufgegeben.

„Wie können Sie diese Serie von Schurkereien vor Ihrem Gewissen verantworten?" fragte er. „Sie sind zwar ein gottloser Heide, aber ich habe Sie für einen gebildeten und nicht uneinsichtigen Mann gehalten!"

Herr Ch'ü zuckte die Achseln und verschloß sein maskenhaftes Gesicht.

„Alles ist so gelaufen, wie die Natur es wollte, hochwürdiger Po-hi! Zwischen Yang und Yin, Harmonie und Chaos, schwingt die Linie Yü-ming, die das Schicksal bedeutet. Was sollen wir unwürdige Menschen gegen das große Gesetz alles Daseins schon tun? Uns bleibt nur der Dank an das große Unbenennbare, wenn Yü-ming sich auf unsere Seite neigt."

Der Pater starrte Herrn Ch'ü wie ein Monstrum an, das nicht aus seiner Welt stammte.

Nach langer Zeit sprach er zu ihm: „Und eines Tages werden Sie es sein, der mir die Pforten Chinas aufschließt! Denn Gott ist es, der das Yü-ming lenkt!"

Herr Chü schloß die Augenschlitze und senkte die Wimpern darüber. Er hatte nichts mehr zu sagen.

Wenige Stunden später kam die Küste mit sanften Höhen und schütteren Savannen auf. Es war der 7. August des Jahres 1582, als Pater Ricci den Hafen von Macao anlief.

2. Buch

YANG — Das Lichte der Welt

Da Tse-Chien Amtmann in Shan-fu wurde, nahm er Abschied bei Meister Kung-fu-tse. Der Meister sprach: „Du übernimmst ein schweres Amt, die Menschen werden dich bestürmen.
Willige also nicht in alles ein, was sie wollen; weise auch nicht unbedacht ab.
Hast du eingewilligt, verlorst du die Selbstbestimmung. Hast du abgewiesen, wirst du zu engherzig.
Sei gleich einem hohen Berg, zu dem man aufsieht; sei aber auch wie tiefes Wasser, das niemand ergründet.
Wichtig ist nur: Du erfüllst deine Aufgabe!"

Nach: Fu-Tse (4. Jh. v. Chr.)

1

Es war schon zuviel gesagt, von einem „Hafen" Macao zu sprechen.

Hier gab es keinen Naturhafen, wie jenseits der großen Bucht im Inselgewirr von Hong-Kong und auch keinen künstlich durch Molen und ausgeschachtete Becken geschaffenen wie in Goa.

Das Meer wurde angesichts der Halbinsel Macao so seicht, daß selbst kleinere Schiffe weitab vom Ufer auf offener Reede ankern mußten, wo sie offenbar in den über die See heranwehenden Winden ungeschützt vor den Ankertauen schwojten.

Eine ganze Anzahl von Dschunken, Galeonen und anderen Seefahrzeugen lagen in einem weiten Halbkreis verstreut an den flachen Uferbänken vor Anker. Schwärme von flachgehenden Ruderbooten pendelten wie Wasserspinnen mit langen Beinen zwischen ihnen und dem entfernten Hafenkai hin und her. Dieses durch Molen unterteilte Becken war jedoch kein eigentlicher Hafen, sondern nur ein Anlegeplatz für Fischerkähne und flache Lastboote.

Senhor Viegas sagte dem Pater, wenn ein Taifun oder auch nur ein stärkerer Wind aufkäme, hievten alle Schiffe Anker auf und liefen um die Halbinsel herum in den engen Kanal zwischen der Macao-Halbinsel und dem Patera genannten Festland oder sie gingen auf hohe See zurück.

Macao war als sicherer Hafen ziemlich fragwürdig, etwas Besseres jedoch hatten die Portugiesen vom Kaiser Chinas nicht bekommen können. Sie mußten froh sein, daß man sie seit einem Menschenalter an diesem Platze duldete. Denn die Halbinsel, die durch eine Befestigungsmauer von der riesigen Halbinsel Heng-Shan – einem chinesischen Verwaltungsbezirk – abgetrennt war, stellte lediglich einen Landsplitter dar, der vom Festland in das Inseldickicht der

Meeresbucht Tschu-kiang oder des Kantonflusses, den man auch „Perlstrom" nannte, vorstieß. Die Verwaltungsbezirke Heng-Shan und Shun-Tak nördlich von Macao, die bis Kanton hinauf reichten, hatten bereits eine Ausdehnung, die jener der Ost-West-Breite von ganz Portugal entsprach, und doch waren sie nur eine Unterprovinz, die der Vizekönig von Kanton verwaltete. So weit Pater Riccis Auge der Küste in all ihren Windungen, Sandstränden und vorgelagerten Inseln nach Norden folgte, sah er unter Strohdächern hingeduckte Fischerdörfer, sanft terrassierte Reisfelder und chinesische Gehöfte. Nach Süden jedoch, wo sich die gewaltige Kantonbucht zum Meere Nan-Hai erweiterte und endlich in den offenen Ozean überging, war der vielfältige Inselbogen aufgereiht, der Macao wie einen niemals abgeschossenen Pfeil gefangenhielt. Herr Ch'ü zeigte ihm die bewaldeten Inseln Macarira, Aponi und Montanha, die sich die Portugiesen als vorgeschobene Forts gesichert hatten.

Macao schien überhaupt gut bewehrt. Sowohl an der Landspitze wie oben auf der überragenden Berghöhe lauerten mit Rundtürmen und Schießscharten ausgestattete Festungen. Herr Ch'ü sagte sogar, es gäbe ein halbes Dutzend kanonenbestückte Forts um die Stadt. Dazu kam die Überlegenheit portugiesischer Schiffe und Kanonen, und es wäre vermutlich für die Chinesen mehr als schwierig gewesen, die Europäer, die sich einmal an diesem Punkt ihrer Küste festgesetzt hatten, wieder zu verjagen.

Herr Ch'ü erklärte dem Pater ferner, daß in der Stadt Macao heute an die 19.000 Chinesen und nur etwa 1000 Portugiesen wohnten; Macao war also eher eine chinesische als eine portugiesische Stadt. Und doch machte sie, je näher die „Sao Luiz" den Ankergründen kam und je deutlicher der Prospekt wurde, ganz den Eindruck einer mittelmeerischen Siedlung, ja sie glich in gewissem Sinne sogar Lissabon.

Macao bot vom Meer aus einen imposanten Anblick.

Der flache Strand hinter dem Bootshafen war mit den bunten Schirmen und den Strohdächern eines großen Marktes bedeckt, man sah Zweiräderkarren inmitten eines bunten Menschengewühls hin und her fahren, konnte nun schon die spitzen Basthüte der Kulis und die schwarzen Halbzylinder und Tropenhüte der Europäer unterscheiden, und der Wind trug – trotz des Rauschens der See und dem Knarren der niedergehenden Segel – das dumpfe Brausen von Volksgeschrei und Marktlärm herüber.

„Dort oben, seitlich von der Kathedrale St. Paul", rief Don Viegas voll Stolz, „sehen Sie eine mit Pinien bewaldete Kuppe! Dort liegt die Grotte des Luiz Vaz de Camões! Sie kennen doch das berühmte Gedicht ‚Die Lusiaden'? Das hat Camões dort oben vor etwa zehn Jahren geschrieben – ein Lied zu Ehren Portugals!"

Pater Ricci betrachtete schweigend den herrlichen Anblick der mit steilen und offenbar engen Gassen zu den Berghöhen hinaufsteigenden Stadt mit ihren weißen und oft sogar bunt bemalten Häusern. Er sah die großen Gebäude der Klöster und der breit hingelagerten Faktoreien, die Villen der Reichen zwischen den Gärten der Hügel und die sich bescheiden an den strahlend weißen Kern Macaos anschmiegenden Strohhütten der Chinesenviertel. Doch waren auch dort große, durch Mauern umgrenzte Besitzungen – sogenannte „Kangs", wie Herr Ch'ü erklärte –, in denen sich stattliche Holzhäuser mit geschwungenen Ziegeldächern, ja mit bunt glasierten „Azulejos", aneinanderdrängten: das waren die Sitze ganzer Familienclans, und in den Parks gab es wohl jene phantastischen Blumenbeete, Steingärten und Karpfenteiche, von denen Herr Ch'ü so geschwärmt hatte.

„Wo finde ich Sao Martin?" fragte der Pater, „das Haus der ‚Societas'?".

Don Gaspar beeilte sich, es zu zeigen, während schon die Anker fielen.

Sao Martin lag auf halber Höhe des Stadtberges, ziemlich nahe dem Zentrum. Es war ein kleiner, im kolonialen Renaissancestil erbauter Komplex mit Collegienhaus und Kirche, schneeweiß getüncht, wie vieles hier in Macao. Ein vergoldetes Kreuz glitzerte in der Sonne auf der Turmspitze.

„Auch diese Kirche ist eine Stiftung des Hauses Viegas!" sagte Don Gaspar.

„Ja, ja", flüsterte Herr Ch'ü, als Don Gaspar gegangen war, um das Aussetzen der Boote zu überwachen, dem Pater zu, „aber vergessen Euer Ehrwürden nicht, daß auch diese Stiftung des ehrenwerten Hauses Viegas auf chinesischer Erde erbaut ist!"

„Und Sie werden mir doch eines Tages ins wirkliche China verhelfen, mein lieber Herr Ch'ü!" gab der Pater lächelnd zur Antwort.

2

Pater Matteo Ricci war schon seit einiger Zeit im Ordenshaus der „Societas" zu Macao erwartet worden. Seine Chinamission war Teil eines lange vom Ordensgeneral und dem Generalstab der „Societas" geplanten Feldzuges, dessen Ziel und Zweck es war, die in Europa erschütterte Weltstellung der katholischen Kirche durch ein den Erdball umspannendes Missionsprogramm wiederherzustellen und zugleich den Auftrag Jesu Christi zur Bekehrung der gesamten Menschheit zu erfüllen.

Nun endlich – nach rund 1500 Jahren christlicher Kultur – sollten die Völker der Erde in den Bereich der wahren Erlösung einbezogen werden. China, als das wohl größte und kulturträchtigste Reich – wenn man vom tiefzerrissenen Abendland absah –, sollte dabei eine Schlüsselrolle spielen.

Gelang es, das Reich der Mitte mit all seinen Millionen und Abermillionen Menschen für die Kirche zu gewinnen, so konnte der Verlust, den man durch den Abfall der protestantischen Länder in Europa erlitten hatte, mehr als ausgeglichen und vermutlich sogar revidiert werden.

Der Visitator und General für den Fernen Osten, Pater Alexander de Valignano, der seinen Sitz in Goa hatte, war beauftragt worden, jene Schritte zu unternehmen, die Pater Ricci und seinen Gehilfen, Pater Ruggieri, nach Macao geführt hatten. Da man in Rom und in Goa sich durchaus der Situation bewußt war und begriffen hatte, daß ein so altes und blühendes Kulturreich wie China nicht durch religiöse Lehren allein zu überwältigen sei, sondern sich am ehesten dem Vorrang einer anderen Kultur dann hingeben würde, wenn es deren wissenschaftliche, technische und organisatorische Überlegenheit anerkennen mußte, hatte Pater Valignano wohlüberlegt einen hochgradigen Gelehrten, einen modernen Naturwissenschaftler und Sprachexperten, eben Pater Ricci, ausgewählt und mit einem Rang versehen, der den Pater befähigte, sich innerhalb der „Societas" und deren streng militärischer Ordnung durchzusetzen. Er stand etwa im Range eines Obersten. Der höchste Jesuit von Macao, Pater Prokurator Juan Bautista, war zwar an die sechzig Jahre alt, bekleidete jedoch nur den Rang eines Majors, er war demnach dem eben angekommenen Pater Ricci entschieden untergeordnet. Dabei zählte Pater Matteo Ricci erst knapp dreißig Jahre.

Der Pater Prokurator von Sao Martin war außerdem Portugiese, Ricci aber der Herkunft nach Italiener. Es gab Leute in Sao Martin, die sagten, Ricci habe seine rasche und ungewöhnliche Beförderung vor allem diesem Umstand zu danken; man wußte ja von den Papstwahlen her, wie die Italiener untereinander zusammenhielten, und der Pater General-Visitator Alexander de Valignano war ebenfalls Italiener.

Es gab demnach einige allzu menschliche Schwierigkeiten, als der dreißigjährige „Oberst" in Sao Martin erschien und einen so unmöglichen Auftrag, wie es die Chinamission war, mitbrachte. Nur die strenge militärische Zucht und die Treue zu den Grundsätzen des Ordens brachten es zuwege, daß die sechs in Macao wirkenden Jesuiten mit dem Pater Prokurator an der Spitze sich wenigstens äußerlich dem Rang Pater Riccis unterwarfen.

Aber eines konnten, ja durften sie nicht: mit all ihrer Chinaerfahrung sich widerspruchslos den Meinungen eines Neulings fügen.

Gleich in den ersten Tagen nach seiner Ankunft in Macao, und nachdem Ricci seinen Auftrag bekanntgegeben und erläutert hatte, versuchte Pater Juan Bautista, dem Sendboten die Situation klarzumachen und ihn auf den Boden der Realität zurückzubringen.

Er erklärte ihm die Unmöglichkeit, ja Unsinnigkeit seines Vorhabens und sagte ihm, daß er selbst und einige andere Patres seit zwölf und mehr Jahren versucht hätten, was selbst dem heiligen Franz Xaver kläglich mißlungen sei: nämlich einen Zugang nach Inner-China zu finden oder überhaupt nur mit wesentlichen Chinesen ins Gespräch zu kommen.

Pater Ricci hörte sich alles an und fragte dann: „Sprechen Sie Chinesisch, Pater?" – Und nach einer Pause: „Leben Sie wie ein Chinese, Pater? Denken und fühlen Sie wie ein Chinese?"

Pater Juan Bautista fragte zurück: „Nein, Hochwürdiger! Aber tun S i e es denn?"

„Noch nicht!“ gab Pater Ricci zurück. „Aber ich werde es lernen.“

Schon ein vor der „Sao Luiz“ eingelaufenes Schiff hatte einige Leute aus Goa mitgebracht, die der Pater General-Visitator der geplanten China-Mission zur Verfügung stellen wollte und die nunmehr sogleich in die unmittelbaren Dienste Pater Riccis traten. Es waren Familiares der „Societas“, also Laienmitglieder des Ordens, die mit all ihren Kräften der „Societas“ und ihren Absichten dienten, aber weder Geistliche waren, noch mit der religiösen Führung zu tun hatten.

Der eine war ein Inder, der als ungemein geschickter Uhrmacher ausgebildet war, ein Mann namens Chandra, etwa fünfzig Jahre alt und überzeugter Christ; der andere war ein Malaye aus der Malakkamission, hieß Chura und hatte sich als tüchtiger Mechaniker, Drukker und technischer Zeichner erwiesen. Beide waren in den Lehrwerkstätten der „Societas“ ausgebildet worden und würden wichtige Gehilfen für Pater Ricci sein.

Zu diesem kleinen Team kam nun das „blumenhafte Trostmädchen“ Pi-shan hinzu, das als Dolmetscherin und chinesische Sprachlehrerin wirken sollte.

Mit Pi-shan gab es zunächst einige Probleme. Da der Jesuitenorden, als ganz militärisch organisierte Gesellschaft, keinen Frauenorden besaß und auch keinerlei weibliches Personal in seinen Kollegien duldete, mußte Pi-shan außerhalb der eigentlichen Klausur, im Haus der Bediensteten und Gärtner, untergebracht werden. Sie konnte nur mit der Sondergenehmigung des Paters Prokurator den inneren Bereich von Sao Martin betreten und mußte jedesmal die mißbilligenden Blicke der Schwarzröcke passieren, wenn sie zu ihrem verehrten Pater Ricci zum Unterricht kam.

„Das ist eine chinesische Kurtisane, Ehrwürdiger!“ sagte Pater Juan Bautista. „Man sieht es sogleich. In Macao gibt es gewisse Häuser, die sind voll von ähnlichen Mädchen. Es wird Ihrem Ruf als Priester schaden, wenn sie öfter in ihrem Studierzimmer weilt!“

„Behandelt sie so, wie Christus Maria Magdalena behandelt hat!“ befahl Pater Ricci. „Ja, behandelt sie wie eine Dame – und sie wird eine Dame sein.“

Als der Pater Prokurator etwas betreten und ungläubig dreinsah, fügte Pater Ricci erklärend hinzu: „Sie hat ein sehr schweres Leben gehabt und sucht mit ihrer Seele nach Erlösung. Ich werde sie unterrichten, sie wird eine meiner ersten Katechumeninnen sein."

„Ach, machen Sie sich darin keine Hoffnungen", erwiderte der Prokurator mit wissendem Lächeln. „Uns ist es in allen zwölf Jahren nicht gelungen, auch nur einen einzigen Chinesen oder eine Chinesin zu bekehren. Unsere Gemeinde besteht nur aus Portugiesen und aus höflichen Chinesen, die zu allem nicken und lächeln, aber stets bleiben, was sie sind: nämlich Chinesen."

„Sie hätten eben Chinesisch lernen und wie ein Chinese leben müssen, Pater. Vielleicht hätten Sie dann auch Chinesen gewonnen. Warten Sie ab, was geschieht!"

Und so nahm Pater Ricci vom ersten Tage seiner Ankunft in Macao an bei Pi-shan Sprach- und Schreibunterricht, übte sich fleißig im Gebrauch von Marderhaarpinsel, Tusche und Papier, erlernte mit seiner angeborenen Musikalität und trotzdem mühsam genug die fünf Tonhöhen beherrschen und einige Worte richtig sprechen und schreiben.

Er ging systematisch vor. Pi-shan half ihm zunächst bei der Zusammenstellung eines chinesischen Wörterbuches, das nun Tag für Tag um einige Vokabeln anwuchs.

Dabei war es nicht ganz einfach gewesen, das „blumenhafte Trostmädchen" Pi-shan für die „Societas" zu behaupten und im Klosterbereich unterzubringen. Don Gaspar hatte Pi-shan zwar dem Pater mehr oder weniger zum Geschenk gemacht, aber sein Sohn Diego fand sich mit dieser Lösung nur schwer ab. Vielleicht hatte er sich auf seine Weise tatsächlich in Pi-shan vergafft, und so versuchte er alles, sie doch noch in seine Hände zu bekommen.

Gleich bei der Landung wollte er Pi-shan ein Quartier in der weitläufigen Villa der Viegas oben auf dem Berg und im Pinienhain anweisen. Er sagte, sie könne ja zu ihrem Religions- und Sprachunterricht täglich ins Kloster gehen, wo man ja sowieso keine Frauen dulden würde. Pi-shan hatte mit ängstlichen Augen auf den Pater geblickt, ob er sie jetzt wohl aufgebe; denn sie wußte genausogut wie jedermann, warum sie ein Zimmer bei den Viegas bekommen würde.

Doch auch dies hatte Pater Ricci mit ruhiger Sicherheit abgewehrt. Pi-shan wurde in Sao Martin untergebracht und war innerhalb der Klostermauern vor allen Nachstellungen sicher. Sie hatte sich sehr erleichtert von ihrer neuen Freundin und Gönnerin Joanna verabschiedet, die zudem versprach, Pi-shan in Sao Martin zu besuchen. Joanna selbst war in einer von Kulis getragenen Sänfte davongeschwebt. Herr Ch'ü hatte sie begleitet, da auch er eine ansehnliche Villa im Pinienhain – dem Nobelviertel Macaos – besaß. Sie lag gleich neben dem Grundstück der Viegas.

Nach einigen Tagen Aufenthalt in Macao folgte Pater Ricci seiner alten Hinneigung zum Orden der Franziskaner, die er schon als Knabe ihrer absoluten Armut und sozialen Einstellung wegen sehr geschätzt hatte. Wäre er doch selber um ein Haar Franziskanermönch geworden, hätten ihn nicht die Diktion und der Wissenschaftsgeist der „Societas" mehr angezogen.

Er ging also zu Fuß – was laut einem Protest des Paters Prokurator durchaus nicht seinem hohen Range entsprach – durch das Gewirr der zum Berge ansteigenden Treppengassen und das bunte Volksgewühl zu dem bescheiden anmutenden Franziskanerkloster auf der Anhöhe. Vor fünf Jahren, also kurz nach der Vereinigung Spaniens mit Portugal und immerhin ein Dutzend Jahre nach dem Auftauchen der spanischen Eroberer auf den Philippinen, wurde nämlich auch in Macao, dieser ehemaligen Domäne der Portugiesen, ein spanisches Franziskanerkloster errichtet.

Die Bettelmönche des Heiligen aus Assisi waren mit dieser Gründung eben noch den Dominikanern des Diego Guzman zuvorgekommen, was Pater Ricci und die „Societas" im Interesse Macaos und der eigenen Absichten nur begrüßten. Wären die Dominikaner in Macao eingezogen, so hätte man anstatt eines Armeleuteordens und einer barmherzigen Bruderschaft die Inquisition und das Autodafé in Macao gehabt. Und da sie Spanier waren, hätten sie das Sagen gehabt. Schließlich hatte Spanien Portugal verschluckt und nicht Portugal Spanien.

Pater Ricci traf bei den Franziskanern einen sehr bekannten und gelehrten Mann, der als Visitator seines Ordens eben die Missionen bereiste: Pater Pietro d'Alfaro, einen ausgezeichneten Kenner des Fernen Ostens. Ihm erzählte er von seinem Auftrag und von den Vorbereitungen, die er treffen wollte, um erfolgreich nach China einzudringen.

Pater Alfaro schaute seinen Kollegen von der „Societas“ mit großen, verblüfften Augen an und schüttelte dann nur das silbergraue Haupt.

„Mein lieber, junger Amtsbruder“, sagte er, „Sie haben offenbar keine Ahnung von China und den Verhältnissen, die Sie hier antreffen! Eben jetzt gerät das Reich der Mitte in eine Phase, die sogar für den Himmelssohn auf dem Drachenthron gefährlich werden kann. Wissen Sie nicht, daß die Japaner, diese giftigen Inselzwerge, einen Feldzug gegen Korea und große Piratenmanöver gegen die chinesischen Küstenstädte vorbereiten? Haben Sie noch nichts von der inneren Unruhe vernommen, die sich da drüben ausbreitet und schon mehrere Küstenprovinzen erfaßt hat? Es gibt sogar einen Geheimbund der Mandarine, genannt ‚Östlicher Wald‘, der gegen den Kaiser und seine Eunuchenherrschaft opponiert, und unter den Bauern wächst der ‚Bund der Roten Kopftücher‘. Immer wenn China in seiner Geschichte das Entstehen von Geheimbünden und Bauernverschwörungen erlebte, hat sich die Politik Pekings besonders verhärtet und sich vor allem gegen alles Fremde gewandt. Den Fremden schiebt man nämlich das Aufkommen der Unruhe, die Störung des chinesischen Lebens, ja sogar die überall sich ausbreitende Korruption in die Schuhe. Sie werden kein Glück haben, auch nur einen Fuß auf chinesische Erde zu setzen.“

Und dann fügte er, wie um alles noch deutlicher zu machen, hinzu: „Nach China zu gelangen ist genauso utopisch, wie den Mond zu erreichen!“

„O Pater!“ antwortete Ricci, „auch den Mond wird man einmal erreichen, wenn man nur fest genug daran glaubt und es wirklich will! Christus hat uns den Auftrag gegeben. Die ‚Societas‘ wird die Pforten Chinas eröffnen!“

„Gut denn!“ lächelte der alte Pater, „da habe ich nur einen Wunsch! Wenn Sie dereinst tatsächlich auf dem Mond sind, lieber Pater Matteo, dann nehmen Sie in Ihrem Kielwasser doch auch die armen Brüder des heiligen Franz mit hinauf!“

3

Gleich nachdem die „Sao Luiz“ auf dem Ankergrund festlag, kamen die ersten Landungsboote vom Fischerhafen herübergerudert, um zunächst die Passagiere zu übernehmen. Mit diesem Pendeldienst bei einlaufenden Schiffen verdienten sich die Küstenleute einige Kaesch.

Man sah auch schon die größeren und sehr flachgebauten Lastkähne vom Kai loswerfen, die sich nun langsam und von vielen Ruderern bewegt auf die Reede hinausschoben, um die Fracht der „Sao Luiz“ zu löschen.

Die beiden Herren Viegas waren damit beschäftigt, Befehle auszugeben, wie und in welcher Reihenfolge die Fracht zu den Magazinen gebracht werden sollte. Der Vorgang des Be- und Entladens eines Schiffes war immer eine Gefahrenzone für Eigentum und Ehrlichkeit. Selten, daß nach dieser Arbeit die Listen der Waren, die man an Bord gehabt hatte, mit denen übereinstimmten, die man im Magazin anfertigen würde. Die vielen Matrosen, Schauerleute, Bootsmänner und Aufseher brachten es immer fertig, einige Ballen oder Barren verschwinden zu lassen.

Da die beiden Herren Viegas jedoch sehr erfahrene Padrones und Kaufleute waren, wendeten sie ihr Augenmerk auf die richtigen Punkte und beaufsichtigten die mit den Löscharbeiten beschäftigten Personen so eingehend, daß sich der Verlust an ihrem Besitz in den allergeringsten Mengen niederschlug. Don Gaspar pflegte stets so lange an Bord zu bleiben, bis das letzte Krümel der Ladung aus dem Bauch eines Schiffes geholt war, und Don Diego kontrollierte unterdessen an Land die richtige Ankunft beziehungsweise Lagerung der Waren. Steuermann Gomez und ein paar bewaffnete Matrosen halfen ihm dabei, das Hafengesindel, die Bettler und all die Strolche unter den chinesischen Kulis in Schach zu halten.

Natürlich verschwanden dennoch diese oder jene Kleinigkeiten, die den langen Weg vom Laderaum der „Sao Luiz“ bis zur Faktorei der Viegas nicht unter den gleichen Besitzverhältnissen überstanden hatten. Die Chinesen – aber auch die zusammengewürfelte Besatzung der „Sao Luiz“ – waren eben sehr raffiniert und fanden immer wieder neue Tricks, um sich auf Kosten der Viegas zu bereichern.

Da fiel irgendein kostbarer Ballen Thai-Seide auf der Luvseite der „Sao Luiz“ über Bord, während auf Lee das Geschrei der Lastbootsbesatzungen tobte und alle Aufmerksamkeit der Kette von Schauerleuten galt. Und wie zufällig war eines der kleinen Fischerboote, die rings um die „Sao Luiz“ schwärmten, gerade in dem Augenblick auf Luv, als der Ballen von Bord rollte. Oder am Kai geschah es, daß ein mit Bündeln Zuckerrohrs hochaufgeladener Zweiräderkarren, den zwei Kulis zogen, zwar eilfertig durch die von Posten gesicherte Gasse auf die offenen Tore des Magazins zuholperte, dann aber wie selbstverständlich daran vorbei in das nächste Gäßchen einbog und auf Nimmerwiedersehen verschwand. Und selbst Senhor Gomez, der riesig und mit grimmig gesträubtem Schwarzbart vor den Faktoreigewölben die Ankunft der vielen Karren beobachtete, übersah diesen Vorgang, weil er schon dem nächsten Karren entgegenblickte.

Außerdem hatte Senhor Gomez, obschon er als Pilot und Steuermann eine Sonderprämie von der gut angekommenen Fracht erwarten durfte, seine eigenen Methoden, sich bei der Anzahl der eintreffenden Säcke, Ballen und Kisten zu irren und seinen bescheidenen Nebengewinn zu machen.

Diesmal war es noch wichtiger als sonst, daß die Herren Viegas die Augen offenhielten, denn diesmal hatte die „Sao Luiz“, dank ihrer Begegnung mit dem „Östlichen Jadestern“, besonders wertvolle Dinge an Bord: Silberbarren, Perlen, Seide, Jade und Gewürze.

Don Diego hatte eines der ersten eintreffenden Passagierboote genommen, um schon am Kai zu sein, wenn die Frachtschuten anfingen einzulaufen. Don Gaspar aber stand aufmerksam und mit drohender Miene auf dem Niederdeck der „Sao Luiz“, wo sich nun schon die Waren für die Verladung zu stapeln begannen.

Als Don Diego den Fischerkahn heranwinkte, trat seine Schwester neben ihn und erklärte, sie werde mit ihm an Land fahren. Sie war des ewigen Geschaukels der Galeonen müde, behauptet, entsetzliche Kopfschmerzen zu haben und außerdem vor Neugierde auf das ihr noch unbekannte Haus der Viegas in Macao zu zerspringen. Sie wünschte sofort in die ihr bereits als sehr luxuriös geschilderte Villa gebracht zu werden, um diese zu begutachten und sich dann sogleich und ausgiebig zur Ruhe zu legen. Endlich ein Bett, das fest auf der Erde stand und in dem man sich ausstrecken konnte!

Die Donna oder Tia, die zu Joannas Betreuung mitgefahren war, mochte sich später um Gepäck und persönlichen Hausrat des verwöhnten Kaufherrn-Töchterchens kümmern. Don Diego, der um so viele Jahre ältere Bruder, brummte seine Zustimmung zu Joannas Vorschlägen und half ihr ins Boot.

Ihm war alles recht, wenn er nur seine Halbschwester von irgendeinem Schauplatz entfernen konnte. Sie ging ihm auf die Nerven, und obschon sie sichtlich Don Gaspars Liebling war, ertrug er sie nur schwer.

Für Don Diego hatte die olivenfarbige, aber immerhin rein weiße Schwester, die da aus Lissabon und Goa mitgekommen war, nur eine Eigenschaft, die ihre Existenz entschuldbar machte: sie war, Gott sei bedankt, ein Mädchen.

Er war auch nach der Geburt Joannas der älteste und einzige Sohn des großen Viegas geblieben, und seine Erbansprüche hatten sich nicht vermindert, obschon seine Mutter Inderin, also eine Farbige, gewesen war.

Nicht auszudenken, was geschehen hätte können, wäre Don Gaspar ein volleuropäischer Sohn geschenkt worden!

Mit einer spätgeborenen Tochter jedoch, noch dazu mit einer Joanna, deren bisheriger Lebenswandel so wenig Anlaß zu Stolz und Würde gegeben hatte, konnte Don Diego leicht fertig werden. Außerdem hatte Joanna ganz andere Dinge in ihrem hübschen Trotzköpfchen als das riesige Vermögen der Viegas.

So ging also Joanna im gleichen Boot wie Don Diego an Land.

Fast parallel mit ihrem Kahn ruderten zwei braungesichtige Kantonchinesen den in seine prächtigsten Mandarinsgewänder gehüllten Herrn Ch'ü auf den Kai zu. Nur hatte Herr Ch'ü nicht versäumt, über seinem Sitz am Heck des Bootes einen großen, rotseidenen und mit Fransen versehenen Sonnenschirm aufspannen zu lassen, wie es seinem bedeutenden Range entsprach. Dieser Schirm glich dem einer gewaltigen Lampe, er war wie ein Dach, auf dem sich eingestickte Drachen herumtrieben. Herr Ch'ü grüßte mit feiner Geste zu den beiden Viegas-Kindern herüber, und Joanna errötete deutlich, was Don Diego mit Verwunderung bemerkte.

Die dumme Gans brauchte doch dieses Chinesen wegen, mit dem sie fast eine Woche Kammer an Kammer an Bord gelebt hatte, nicht zu erröten. Und warum grüßte er, als habe man sich lange nicht mehr gesehen?

Aber Don Diego hatte jetzt andere Sorgen, als daß er sich hätte lange mit dem Verhalten seiner Schwester beschäftigen können. Er überdachte die glückliche und möglichst vollständige Bergung der Fracht. Schließlich war sie ein Teil seines künftigen Erbes.

Als das schnelle Ruderboot mit dem roten Sonnenschirm als eines der ersten an der „Sao Luiz" angelegt hatte, war es Herrn Ch'ü klar gewesen, daß die Nachricht, die er von der Hong-Kong-Bucht aus mit einem Sampan quer über die Bay des Perlstroms nach Macao geschickt hatte, angekommen und daß alles in Ordnung war. Der Verwalter seines hiesigen Kangs würde mit der Prunksänfte am Kai warten, die Villa war bereit, ihren Herrn aufzunehmen. Herr Ch'ü besaß seit seiner Zeit als Hafenkommissar von Whampoa und als Verbindungsmann der Kantoner Hongs zu den Portugiesen einen sehr schönen Besitz auf dem Pinienhügel. Es war ein ziemlich großes, ummauertes Grundstück mit herrlichem Park und großer in einem chinesisch-portugiesischen Mischstil erbauten Villa, deren bunte Glasurziegel weithin durch die alten Baumgruppen leuchteten. Es lag auf Pfeilschußweite neben dem Herrenhaus der Viegas.

Die Aktion „Östlicher Jadestern", das Einholen des Kaiserzinses von Java und die Sicherstellung der dabei gemachten, außerordentlich bedeutenden Beute waren glatt abgelaufen. Nichts hielt Herrn Ch'ü mehr an Bord der „Sao Luiz" zurück. Im Gegenteil trieb ihn seine Neugierde, Nachrichten aus Kanton und vom Vizekönig zu erhalten, eilig an Land, wo sein Hausverwalter mit der Sänfte stehen würde.

Bevor Herr Ch'ü jedoch sein Ruderboot mit dem Schirm herangewinkt hatte, war er wie zufällig Senhora Joanna begegnet und hatte sie aus seinen pechschwarzen Jettaugen angelächelt.

„Würde die wundersame Chrysantheme etwa mit einem der ersten Boote an Land gehen", sagte er fast flüsternd, „so hätte sie Gelegenheit, mit einer Sänfte, die sie dort vorfinden würde, sogleich in das prachtvolle Haus ihres ehrenwerten Vaters zu gelangen. Ich Unwürdiger wollte ihr gerne diesen unbedeutenden Dienst erweisen."

Joanna, die kaum eine Ahnung von der Ausdrucksweise und den Hintergründigkeiten eines vornehmen Chinesen hatte, empfand dieses Angebot als aufmerksam und reizvoll. Sie nickte Zustimmung und schoß einen ihrer brennenden Blicke auf Herrn Ch'ü ab, der dieses Verhalten lächelnd quittierte.

Sie konnte ja nicht wissen, daß ein Mandarin, der ein Mädchen als „Chrysantheme" bezeichnete, ihr damit zu verstehen gab, daß er sie für ein leicht zu eroberndes Geschöpf hielt und daß er sie begehrte. Die Einladung, in die Sänfte eines fremden Mannes zu steigen, besagte nur, daß sie bei Annahme des brüskierenden Angebots den versteckten Vorschlägen Herrn Chü's zustimme und bereit war, seine Konkubine zu werden. Würde sie sonst etwa in die Sänfte steigen?!

Der resedafarbene Mandarin mit dem Brustschild des Silberfasans und dem Kristallknopf hatte auf Joanna von Anfang an einen umwerfenden Eindruck gemacht. Herr Ch'ü war für sie ein Inbegriff des geheimnisvollen China, sein bedeutender Rang und die hohe Achtung, die sogar die Herren Viegas dem Chinesen entgegenbrachten, seine so bald schon zu engem geistigen Kontakt gereiften Beziehungen zu dem hochverehrten und gelehrten Pater Ricci hatten Joanna sehr imponiert; aber er hatte ihr auch als Mann gefallen. Sie spürte mit dem feinen Instinkt einer liebeshungrigen Frau den Weltmann und großen Verführer. Herr Ch'ü – der sie im übrigen kaum beachtet hatte – strahlte jenes gewisse Etwas aus, das nicht nur die Neugierde, sondern auch das Vergnügen an der Gefahr bei einem Mädchen hervorruft. Gerade, weil er sie hatte fast links liegen lassen und mit ihr nur selten – dann aber stets mit prickelnder Vieldeutigkeit – gesprochen hatte, begann sie über ihn nachzudenken und sich vorzustellen, wie solch ein Mann wohl als Geliebter sein müsse. Herr Ch'ü war hochgewachsen, schlank und von einer für Chinesen ungewöhnlich hellgelben Gesichtsfarbe, seine Augen waren zwei schwarze Geheimnisse, aus denen es gelegentlich frivol und anzüglich aufblitzte.

Manchmal hatte Joanna ein Erschauern verspürt und sich hinreißen lassen, dem Chinesen durch Blicke, Gesten oder ihre Haltung offene Avancen zu machen. Das alte und immer wieder neue Spiel mit der Gefahr, mit dem Verbotenen und Heimlichen war entstanden. Aber Herr Ch'ü hatte niemals zu erkennen gegeben, daß er dies bemerkt hatte, und er hatte niemals darauf reagiert.

Dies wiederum hatte Joanna um so mehr erhitzt. Seine wenigen anzüglichen oder bedeutungsvollen Worte, die er meist unerwartet und wie zufällig hingestreut hatte, waren ihr jedesmal wie kühne Hoffnungen in die Glieder gefahren. Doch dann wieder hatte sich Herr Ch'ü wie ein sehr hochgestellter und sehr weit entfernter Weltmann benommen, der das kleine Mädchen gar nicht bemerkte.

So hatte Joanna dieses unerwartete Angebot, das Haus ihrer Familie mit der Sänfte des Herrn Ch'ü zu erreichen, als erstes Anzeichen eines sich anspinnenden Flirts aufgenommen. Sie war plötzlich heiß und glücklich und wartete voller Neugierde, was an Land geschehen würde.

Aus diesem Grunde war sie errötet, als Herr Ch'ü lächelnd gegrüßt hatte.

Am Kai drängte sich eine große Menge brauner und gelber Kulis, die auf Arbeit warteten; dazu kamen Gaffer, Marktleute und auch einige Portugiesen in ihren unpraktischen, dunklen Gewändern mit Puffärmeln, Halskrägen und steifen Halbzylindern.

Als Herrn Ch'üs Boot als erstes anlegte, bahnten sich einige mit Bambusstöcken bewaffnete Chinesen, die offenbar zur Dienerschaft des Mandarins gehörten, durch die geballte Masse und machten die Bahn für zwei prachtvolle Sänften frei, die jeweils von zwei halbnackten Kulis an Stangen getragen wurden.

Diese Sänften waren lackierte, mit allerlei symbolischen Figuren und goldlackierten Schnörkeln bemalte Kästen, deren Fenster- oder Türöffnungen rote und blaue Seidenvorhänge und viele Silberglöckchen und Quasten trugen. Jede dieser Sänften hatte einen gepolsterten Sitz für eine einzige Person.

Und nun langten auch die anderen Kähne mit ihren Passagieren am Kai an.

Don Diego und seine Schwester Joanna wurden die Ufertreppe hinaufgeleitet; gleich dahinter erschienen nun Pater Ricci und Ruggieri. Die schöne, nun wieder tief verschleierte Pi-shan trippelte daher. Jetzt kam es zu jenem vorläufig letzten Versuch Don Diegos, dem Pater seinen Schützling doch noch abzunehmen, indem er Pi-shan Quartier im Hause der Viegas anbot.

Diese kurze Szene wiederum nutzte Herr Ch'ü, um neben Joanna zu treten, sie sanft am Arm zu berühren – was abermals im chinesischen Sinne eine grobe Ungehörigkeit gegenüber einer wirklichen Dame war – und ihr zuzuflüstern: die Sänfte sei da, die sie ins Haus am Pinienhain bringen würde.

Die Sänfte mit den blauen Vorhängen war das Eigentum Herrn Ch'üs, dessen Hausverwalter mit tiefen Bücklingen die Ausführung aller Befehle meldete. Herr Ch'ü half Joanna – was von allen umstehenden Chinesen richtig verstanden und mit Bewunderung registriert wurde – in die schöne Sänfte und schob eigenhändig die Vorhänge zu. Aber Joanna, die von der unbekannten Stadt und ihrem Treiben möglichst viel zu sehen wünschte, zog die Vorhänge allsogleich wieder auf und schaute voll Neugierde in das lärmende Getümmel am Hafen.

Herr Ch'ü hätte, was eines Mandarins seines Ranges höchst unwürdig gewesen wäre, um ein Haar die Stirn gerunzelt, als er dies bemerkte; denn damit, daß sie in einer offenen Sänfte mit unverschleiertem Antlitz sich allen Blicken preisgab, hatte Senhorita Joanna nun jeden Anspruch auf das Attribut „Dame" verspielt.

Doch er schob diese Gedanken beiseite und sagte sich, man könne von diesen Barbaren des Südmeeres eben keinerlei Haltung erwarten. Er gab das Zeichen zum Aufbruch, zog seinerseits die Purpurvorhänge der eigenen Sänfte zu und schwebte sogleich von eifrigen Kulis getragen davon. Die blaue Sänfte folgte ihm nach. Neben den geschlossenen Vorhängen trabte unverdrossen Ku-ling, der Hausverwalter, und gab Herrn Ch'ü seinen Bericht über die Vorfälle, die sich während dessen Abwesenheit zugetragen hatten.

Es hatte sich nichts Aufregendes ereignet. Bisher war keinerlei Gerücht über das bedauernswerte Schicksal der Kaiserdschunke nach Kanton gedrungen. Man wartete dort immer noch auf die glückliche Heimkehr des „Östlichen Jadesterns". Soviel Ku-ling hatte in Erfahrung bringen können, stand Herr Ch'ü beim Vizekönig weder in besonderer Gunst, noch war er in ausgesprochene Ungnade gefallen. Man sprach in Kanton nur wenig von Herrn Ch'ü und wartete auf seine Rückkehr.

Anders stand es mit dem ehrenwerten Oheim Wang-P'ai, dem Gouverneur von Kwan-tung, der in Shiu-hing residierte. Vor einer Woche war ein Schiff in Macao eingelaufen, das eine sehr besorgte Anfrage des ausgezeichneten Oheims gebracht hatte. Wie gehe es dem hochgeachteten Neffen? Sei die Kaiserdschunke mit all ihren Schätzen schon gesichtet worden? Sie würde in Shiu-hing mit bedeutender Freude willkommen geheißen werden. Und auch Herrn Ch'ü würde man mit höchstem Vergnügen sehen. Oheim Wang-P'ai sehne sich danach, den Großartigen zu umarmen.

Dies war alles gewesen: keine Nachricht vom Seeräuber Hui-tsing-Ah, keine Botschaft aus Kanton, nichts Neues vom allmächtigen Eunuchen Ma-T'ang.

Das Haus im Pinienhain war bereit und wohlgerüstet, den Herrn zu empfangen. Ein Mandarinsessen werde seit vielen Stunden komponiert, und das Bad aus Lapislazuli sei mit warmem Wasser angefüllt und mit Rosenöl duftend gemacht.

Langsam keuchten die Sänftenträger die steilen Gäßchen Macaos bergauf. Herr Ch'ü hinter seinen Purpurvorhängen hörte sich alles an, was sein Hausverwalter zu sagen hatte, und traf nur eine einzige Anordnung, bevor er in vornehmes Schweigen verfiel.

Er sagte, wenn er in das „Haus des springenden Berglöwen" komme, so wünsche er keines der „blumenhaften Trostmädchen" zu sehen und auch von der übrigen Dienerschaft unbelästigt zu bleiben. Das Mandarinsessen werde erst auf seinen Befehl hin serviert. Er bringe nämlich einen Gast in das Haus.

Joanna wiederum, die mit weit zurückgeschobenen Vorhängen durch die engen Gäßchen schwebte, war entzückt von dem ungemein romantischen Anblick der Stadt: diese endlosen Treppen, die bemalten Hauswände, die über die Gassen gespannten Sonnensegel aus gestreiften Tüchern, die schmiedeeisernen Miradores vor den erkerhaft vorspringenden Fenstern, in denen ganz ähnlich wie in Lissabon die Frauen mit Stickzeug die Häkelnadeln saßen und alles ausspähten.

Als man endlich die Kuppe des Hügels erreicht hatte, die bewohnten Straßen aufhörten und das finster-trutzige Gemäuer des Forts an der Sänfte vorbeiglitt, fand Joanna sogar die kleinen Rundtürme und die gezackten Zinnen der Festung sehr schön und den Anblick einiger Bronzekanonen, die hinter den Mauerdurchbrüchen gähnten, als sehr beruhigend. Macao war eben eine portugiesische Stadt. Von den strohgedeckten Chinesenvierteln, die sich weiter unter den Hang entlangzogen, hatte Joanna nur wenig gesehen.

Noch mehr steigerte sich ihr Entzücken, als sie hinter dem Fort den schütteren Pinienwald mit den darin weiß strahlenden Villen entdeckte. Einige davon waren mit Azulejos gedeckt, hatten geschwungene, mehrfache Dächer in den verschiedensten Farben: Gelb, Rot oder Blau. Drachen, Monster oder bizarre Wächterfiguren aus Fayence oder gar Porzellan und Bronze standen vor den breiten Steintreppen, und in den Gärten blühten riesige Fuchsschwänze in Purpur, Azur oder Sonnengelb. Hibiskus und exotische Glockenblumen rankten sich um bemalte Pfeiler, in den Alleen gab es fächerige Palmen und in den wohlangelegten Beeten Blumen aller Art. Die meisten davon waren Joanna gänzlich unbekannt.

Da sie die Gegend nicht kannte und sich ganz auf die Führung des Herrn Ch'ü verließ, bemerkte sie nicht, daß man soeben den großen Parkbesitz der Viegas passiert hatte und einem anderen Hause zustrebte, das mit seinen seltsamen Dachformen, den Fabelgestalten an den Giebeln, Drachen als Dachreiter und bemalten Dämonen an den Traufen einen sehr chinesischen Eindruck machte. Es war das Haus „Zum springenden Berglöwen" und gehörte Herrn Ch'ü. Der hohe Mandarin selbst stieg als erster aus, kam zu der blauen Sänfte und öffnete die Tür, um Senhorita Joanna über die breite Freitreppe ins Haus zu geleiten.

Sie durchquerten ein Haus, wie Senhorita Joanna noch keines gesehen hatte. Alles war fremd und exotisch: Bronzeschalen, Dreifüße mit Räuchergefäßen, Rosenholzschnitzereien, seltsame Tuschemalereien und seidenbestickte Vorhänge, Sofas voller kostbarer Kissen, Elfenbeinfiguren, dazu gestickte Seidenteppiche auf den Böden aus Teak- oder Mahagoniholz ...

Herr Ch'ü führte Joanna zu einem rückwärtigen Eingang und über einen mit rotem Korallengries und weißen Kieseln bestreuten Parkweg, der zu einem hinter Trompetenbäumen und blühenden Jakarandas versteckten Pavillon führte.

Dieses kleine Gartenhaus stand auf einem Pfahlrost aus Pinienholz, es war achteckig und sehr zart gebaut. Ein leichtgeschwungenes Dach aus Purpurziegeln überdeckte mit seinen Vorstößen die hölzernen Stufen, die es rings umzogen.

Innen lagen bunte Bastmatten, einige Seidenkissen gab es um einen sehr niederen Lacktisch aus rotem Rosenholz, und alle Wände waren zugleich Fenster, deren zwar licht-, nicht aber blickedurchlässige Bespannung aus Impanati – also aus geschabten und mit Bleiweiß getränkten Eselshäuten – bestand. Das ergab ein mildes, gelbliches und sanftes Licht und eine sehr intime Atmosphäre.

„Wohin haben Sie mich gebracht?!" fragte Joanna verwirrt. „Das ist doch nicht das Haus der Viegas?!"

„Nein, meine Chrysantheme: dies ist nicht das Haus Ihres ehrenwerten Vaters. Es ist das Heim eines sehr unwürdigen Dieners Ihrer Schönheit: nämlich das meine."

„Aber um Gottes willen!" rief Joanna, „was tun Sie?! Ich kann doch nicht allein in das Haus eines fremden Mannes gehen?! Was werden die Leute sagen?!"

„Sie werden nichts sagen, weil sie es nicht erfahren werden. Ihr sehr geehrter Vater und Ihr ebenso bedeutender Bruder sind wenigstens drei Stunden am Hafen beschäftigt, um ihren Besitz sicherzustellen. Sie haben völlig vergessen, daß Sie, liebenswürdige Orchideenblüte, auch auf der Welt und ein wenig später im ungemein vornehmen Hause Ihrer Familie eingetroffen sind."

Joanna errötete tief und senkte den Blick. Schauer zwischen Lust und Furcht durchrieselten sie.

„Was wollen Sie tun?" flüsterte sie.

„Ist das sehr schwer zu erraten, Joanna?"

Dann nahm er sie ganz langsam und vorsichtig in die Arme, und sie schmiegte sich an, als habe sie lange auf diesen Augenblick gewartet.

Als Herr Ch'ü sich in dieses interessante Abenteuer einließ, hatte er eigentlich nur die Gunst der Stunde und die Gelegenheit genützt. Aber er hatte es beinahe von dem Moment an geplant, als er Joanna zum ersten Male sah.

Der Gedanke, dieses rassige und für ihn exotische Mädchen zu verführen, war ihm sofort gekommen. Solch ein Einfall kam ihm fast immer, wenn er irgendwo auf eine besonders reizvolle Frau oder ein sehr hübsches Mädchen traf.

Bei Joanna kamen noch andere Erwägungen hinzu.

Im Grunde haßte er – wie die meisten Chinesen – die „rotgesichtigen, spitznäsigen Barbaren aus dem Südmeer", diese fremden Freibeuter, die es wagten, die Hoheit des Reiches der Mitte und die

Überlegenheit der Chinesen zu mißachten. Die Viegas aber haßte er ganz besonders.

Deshalb war er mit ihnen sehr eng befreundet.

In seinen Zeiten als Hong-Mandarin von Kanton und als Hafenkommissar von Whampoa hatte er ausgezeichnete Geschäfte mit den Portugiesen, insbesondere mit den sehr reichen und mächtigen Viegas, später auch mit den noch gefährlicheren Piraten, wie diesem Holländer Hui-tsing-Ah, gemacht und er machte sie zu seinem Wohle immer noch. Ja, er hoffte sogar seine Geschäftsverbindungen mit Macao, den Schmugglern von Hong-Kong und den Piraten von Formosa in der Zukunft auszuweiten. Ein Mandarin Ch'ü brauchte sehr viel Geld, um leben zu können, wie es ihm zustand. Dieses Geld bekam er durch seine Verbindungen mit den Fremden. Es gab genug Zitate aus den alten Philosophen, mit denen ein intellektuell sehr gebildeter Mann seine Haltung begründen und verteidigen konnte. Sogar der Bodhisattva Amitabha wurde manchmal in dem Sinne ausgelegt, daß der Kluge nicht den Möglichkeiten der Welt widerstreben, sondern sich ihnen anheimgeben sollte. Von dieser Seite aus betrachtet, war Herr Ch'ü ohne Bedenken.

Dennoch haßte er die Fremden und haßte besonders die Viegas.

Stets spürte er die Mißachtung, die diese Barbaren ihm als Chinesen entgegenbrachten. Obwohl sich auch die Viegas als kluge Geschäftsleute bemühten, der chinesischen Höflichkeit ihren Tribut zu zollen und einigermaßen die Formen einer zivilisierten Umwelt zu wahren, empfand Herr Ch'ü doch genau den Rassenhochmut und das betonte Überlegenheitsgefühl, das sie ihm, dem hochgradigen Gelehrten, dem kaiserlichen Beamten und Träger des Kristallknopfes, entgegenbrachten. Die unsichtbare Papierwand der Rassen stand immer dazwischen. Und ihn, den Neffen des Gouverneurs Wang-P'ai und den Schützling des großen Ma-T'ang, der diesen Geld- und Pfeffersäcken haushoch an Wissen und Bildung überlegen war, behandelten sie gelegentlich wie einen Kuli oder wenigstens als einen Menschen von minderer Qualität, anstatt sich vor ihm zu verbeugen und die eigene Unwürdigkeit zuzugeben. Sie hatten zwar aufgehört, ihn wie am Anfang durch Händeschütteln, Schulterklopfen und ähnliche Beleidigungen herabzusetzen, aber sie bezogen ihn bei allen Dingen niemals in ihren inneren Kreis mit ein, sie wiesen ihn immer wieder durch Nichtbeachtung seiner Würde zurück.

Es war unverschämt und entehrend.

Allein die Tatsache, daß sie nur Portugiesisch oder Holländisch sprachen und von allen Chinesen erwarteten, daß diese ihre barbarische Sprache erlernen sollten, war wie eine ständig sich wiederholende Ohrfeige. Nicht einer von ihnen hatte sich jemals ernsthaft bemüht, die einzige und hohe Kultursprache der Welt, nämlich Chinesisch, zu lernen. Ein kleiner Beamter in der Provinz konnte wenigstens 2000 oder 3000 Schriftzeichen malen und mehr als 5000 lesen.

Diese Viegas und ihr Anhang jedoch beherrschten nicht ein einziges.

Bisher hatte Herr Ch'ü nur einen Mann aus dem Fernen Westen angetroffen, der anders war und der sich bemühte, Sprache, Wissenschaft und Literatur Chinas ernst zu nehmen und zu erlernen. Es war Pater Ricci, der Po-hi Li-Ma-tou. Dieser Schwarzrock war zudem ein Gelehrter von sehr hohem Rang, der sogar einem Chinesen noch etwas Neues sagen konnte.

Die Viegas jedoch waren unverschämte Barbaren, die unaufhörlich China und Herrn Ch'ü beleidigten.

Wie waren sie stolz auf ihre Abstammung, auf ihren Besitz, auf ihre Religion, auf ihre angefaulte Familie!

Als Herr Ch'ü die schöne, junge und völlig unwissende Joanna sah und für ungemein reizvoll fand, war ihm sogleich der Gedanke gekommen, sich durch sie an den Viegas, ja an Europa, zu rächen. Es würde eine ebenso verborgene wie süße Rache sein, dieses Mädchen als Konkubine zu besitzen und dabei zu denken, daß dann alle Viegas, ja das ganze verfluchte Abendland, unter ihm liegen würden und sich seinen Launen zu fügen hatten.

Diese Vorstellung würde den Genuß der Verführung erhöhen.

Zudem rechnete sich Herr Ch'ü bei diesen Kalkulationen aus, daß aus einem Verhältnis mit Joanna keinerlei Gefahr für die geschäftlichen Angelegenheiten erwachsen konnte. Joanna würde als rassenstolze Portugiesin und Europäerin zwar die erotische Anziehungskraft eines sehr erfahrenen Chinesen genießen und sich ihr willig ergeben, aber zugleich würde sie es als Schande empfinden, sich mit einem Farbigen eingelassen zu haben. Sie würde große Furcht vor der Meinung der Leute, vor der Verachtung der eigenen Rasse empfinden und daher tiefer schweigen als Herr Ch'ü selber.

Sollte jedoch irgend etwas ruchbar werden, so konnte man selbst diesen Fall kaum als ärgerlich empfinden: Herr Ch'ü würde Joanna heiraten. Selbstverständlich würde sie nur als eine der Nebenfrauen in seinen Kang einziehen. Aber die reichen Viegas würden diese Eheschließung ernst genug nehmen, um eine hohe Mitgift zu bezahlen. Denn den Viegas blieb im Falle eines Skandals gar nichts anderes übrig, als die Sache zu legalisieren, ja zu honorieren und damit nach ihren törichten Tabuvorstellungen für die Gesellschaft annehmbar zu machen.

Wie Herr Ch'ü dieses nachmittägliche Abenteuer mit Joanna auch betrachtete, es gewann ständig an Reiz und Vergnügen für ihn.

Darum nahm er das Mädchen, das sich nun völlig in Gefühle und Liebe aufgelöst hatte, noch wiederholte Male auf die Matte und liebte sie so intensiv und rachsüchtig, daß Joanna wußte, noch niemals zuvor war sie so stark, so großartig und zart, aber auch so hingebungsvoll und überwältigend geliebt worden.

Sie gab alles und sich selber auf; denn sie spürte auch, daß ihr nie wieder ein Mann wie Ch'ü begegnen würde. Jetzt war sie sich sicher, diesen gelben Mandarin und Weltmann sehr tief zu lieben.

Als Herr Ch'ü endlich fand, es sei Zeit für Joanna, ins Haus der Viegas überzuwechseln, wollte sie nicht mehr gehen.

Sie fragte die ewig weibliche und europäische Frage: „Wirst du mich heiraten, Liebster?!"

Und der Mandarin gab zur Antwort: „Heute war die Stunde der Liebe! Die der Gespräche wird kommen!"

Dann wies er ihr einen geheimen Parkweg, der die beiden Grundstücke miteinander verband. Über ihn konnte sie fortan gehen und kommen, wann immer Zeit und Gelegenheit waren.

So erlebte Senhorita Joanna ihren ersten Tag zu Macao.

4

Die „Sao Luiz“ war Anfang August, also mitten im Hochsommer, in Macao eingelaufen. Obwohl von der meerweiten Bucht des Perlstroms wie auch vom offenen Ozean her fast ständig eine kühlende Brise über die Hügel der Stadt wehte, war die Hitze dennoch sehr spürbar. Es gab Tage, an denen sich der Himmel mit einer dichten Dunstdecke überzog und wie Blei auf Land und Meer zu lasten schien. Dann fiel die Schwüle lähmender als der blanke Sonnenschein über die Menschen, die braungelben nackten Körper der Kulis begannen von Schweiß zu glänzen; den Angehörigen der gehobenen Stände, denen Würde und Stand es geboten, in vollständiger Bekleidung zu gehen, klebten die Hemden oder Röcke am Leib, und alle atmeten schwer.

Pater Ricci erkannte auch hier, wie schon im indischen Goa, daß die Bekleidung der Eingeborenen – hier also der Chinesen – viel zweckmäßiger und vernünftiger war als die der Europäer.

Diese Länder unter dem Wendekreis waren nicht geeignet für enge Wadenstrümpfe, Kniehosen, Samtwämser und Puffärmel oder die vielgefälteten Röcke der Damen und deren Mieder. Wenn die chinesischen Mandarine, die Geschäftsleute oder Handwerker diese weiten, kaftanartigen Gewänder aus leichten Seiden-, Satin- oder Baumwollstoffen trugen, wenn sie streng ihre Mittagsruhe in den abgedunkelten Schattenzonen der leicht und luftig gebauten Häuser einhielten und erst in der Abendkühle zu Aktivität, Handel, Geschäft und Geselligkeit erwachten, so war dieser Lebensrhythmus eben das Kind von Geographie und Klima. Pater Ricci fand es töricht, daß die Europäer starr an ihren traditionellen Kleidern, ihrem so ganz anders gearteten Lebensstil und ihrem Hochmut festhielten.

Sie nannten die Chinesen faul, weil sie die erschöpfende Arbeit in der Mittagshitze vermieden, und übersahen, wie weit in den späten Abend hinein sie in ihren Werkstätten, Kontoren und Märkten tätig waren.

Die erste Folgerung, die Pater Ricci aus den Umständen zog, war, daß er sich vom Schneider, der seine Werkstatt gleich neben Sao Martin hatte, eine Art Kaftan oder Kutte, ein in lockeren und leichten Falten bis zur den Knöcheln herabfallendes Gewand anfertigen ließ, zu dem ihm die Kleidung jener „Bonzen" genannten chinesischen Mönche das Vorbild gab.

Er hatte bald nach seiner Ankunft in Macao diese „Mönche" entdeckt, die – wie man ihm sagte – in ganz China, also auch in Macao, existierten. Sie gehörten der buddhistischen Bewegung an, sollten drüben in Kanton in großen Klöstern zu Tausenden zusammenleben und vornehmlich von Bettelei und ihrem Pendant, der Wohltätigkeit, leben. Sie waren so etwas wie die Franziskaner und trugen gleich diesen auch rotbraune Kutten. Ihre Tonsur allerdings erstreckte sich über den ganzen Kopf, denn sie waren kahlgeschoren und sahen auch sonst sehr asketisch aus. Da diese Mönche einige Verwandtschaft mit den christlichen Lebensformen zeigten, ihr „franziskanischer Geist" Pater Matteo Ricci im übrigen gefiel, paßte er seine Kleidung der ihren an und glaubte somit einen ersten Schritt der Annäherung an China getan zu haben.

Als er zum ersten Mal in seinem „Bonzenkleid" in Sao Martin auftrat, sprach ihn der Pater Prokurator daraufhin an. Pater Juan Bautista wahrte alle Formen der gebotenen Demut und des Gehorsams, machte jedoch kein Hehl daraus, wie unpassend er es fände, daß ein Jesuit so hohen Ranges angetan wie ein Eingeborener herumliefe. So etwas untergrübe die Achtung vor der „Societas" und setze den Orden sowohl in den Augen der Chinesen wie auch der Portugiesen herab.

Aber Pater Ricci antwortete dem Prokurator mit einem Zitat des Ordensgründers Ignatius von Loyola, indem er sagte: „Sei Knecht mit dem Knechte, Herr mit dem Herrn, Soldat mit dem Soldaten und Kaufmann mit dem Kaufmann! Warum nicht auch Chinese mit dem Chinesen?"

Zudem ertrug sich die schwüle Hitze des Hochsommers in der landesüblichen Kleidung bedeutend besser. Macao lag, was Pater Ricci mit seinen mitgebrachten astronomischen Instrumenten festgestellt und nachgemessen hatte, dicht unter dem nördlichen Wendekreis und demnach etwa auf der gleichen Höhe wie der Sudan oder wie Südarabien, gehörte also bereits zu den Tropen.

Pater Ricci beschäftigte sich in diesen Wochen sehr viel mit Geographie und Kartenkunde. Die Gespräche, die er an Bord der „Sao

Luiz" mit Herrn Ch'ü geführt hatte, waren nicht ohne Eindruck geblieben.

So klug und gebildet die Chinesen offenbar waren, was ihre geographischen und astronomischen Vorstellungen anbelangte, hatten sie doch nicht den Stand der abendländischen Wissenschaft erlangt. Schon Herrn Ch'üs Ausführungen hatten gezeigt, wie sehr Nationalstolz und Wunschdenken bei den geographischen Darstellungen ihres „Reiches der Mitte" mitgewirkt hatten. In der Bibliothek von Sao Martin fand Pater Ricci nun unter anderem Material auch eine chinesische „Weltkarte", deren Beschriftung er zwar nicht lesen, deren Sinn zu verstehen er jedoch in der Lage war.

Auf diesem Kartenbild war die Welt wie ein geometrisches Schema gezeichnet: ein riesiges Viereck stellte China dar und überdehnte allein dessen östliche Begrenzung zum Ozean hin zwischen Hai-nan und der Halbinsel Korea um ein Vielfaches im Verhältnis zur übrigen Welt. Alle übrigen Länder der Erde: Sibirien im Norden, Japan, Formosa und die Philippinen im Osten, Hinter- und Vorderindien im Süden und endlich all die Landflächen Persiens, Arabiens, Afrikas und Europas im Südwesten und Westen waren nur wie Anhängsel oder Randornamente dem Reich der Mitte hinzugefügt, und ihre Größenordnung stand in keinerlei Relation zu den wirklichen Gegebenheiten.

Diese chinesische „Kastenkarte" erinnerte Pater Ricci stark an die mittelalterlichen „Radkarten" der Christenheit.

Diese hatten einst nach biblischen Vorstellungen und ein wenig dem alten Griechen Ptolemäos folgend, die Erdscheibe mit dem Mittelpunkt Jerusalem und dem Grab des Erlösers so dargestellt, daß das Mittelmeer von Ost nach West und die Trennlinie Schwarzmeer–Nil von Nord nach Süd eine Art Achsenkreuz bildete. Im Westen und Norden davon lag Europa, im Süden Afrika, und die gesamte östliche Hälfte wurde von Asia eingenommen. Noch die „Weltkarte" des Venezianers Fra Mauro vor hundert Jahren hatte große Ähnlichkeit mit solchen Radkarten gehabt.

Doch diese primitiven Vorstellungen vergangener Zeiten hatten sich im Abendland seit Humanismus und Renaissance gründlich geändert.

Zuerst waren es die Seefahrer und Weltentdecker gewesen, die ziemlich genaue Kartenumrisse der Küstenländer auf die langen Rollen ihrer „Landmarkenkarten“ eingezeichnet hatten; dann aber waren die Astronomen und Mathematiker mit ihren Erdkreis- und Meridiangradmessungen aufgetreten, man hatte sich um eine genauer berechnete Projektion der geographischen Verhältnisse in die Ebene bemüht und angefangen, die wirklichen Umriß- und Größenverhältnisse einer Kugelfläche in Atlanten zu projizieren.

Alle diese Voraussetzungen des Kartenzeichnens hatte Pater Ricci eingehend bei seinem Lehrer, dem großen Clavius, in Rom studiert.

Von dort her kannte er den ersten Versuch des Nürnbergers Martin Behaim, die Weltkarte auf eine Kugel – „Globus“ genannt – zu übertragen; er war vertraut mit den Projektionen des Nürnbergers Johann Werner und des Niederländers Mercator, hatte die Karten des Petrus Apianus, Abraham Ortelius und den neuen Erdglobus des Johann Schöner studiert. Durch seine Hände waren im Seminar zu Rom die sensationellen Landkarten der Neuen Welt, wie die des Juan de la Cosa oder Diego Ribeiro, gegangen, und er hatte bei dem verehrten Clavius alle modernen Methoden der Sternmessung, der Erdvermessung und der astronomischen Kartographie erlernt. Pater Ricci hatte sehr viele Lieblingsfächer gehabt, Geographie war eines seiner liebsten.

Da er nun jene Erfahrungen mit Herrn Ch’ü und dessen offensichtlicher Verwunderung über die geographisch-mathematischen Kenntnisse der europäischen Wissenschaft gemacht hatte und somit wußte, wie es möglich sein würde, selbst bei einem hochgebildeten Mandarin bedeutenden Grades Beachtung und Interesse zu erzeugen, wandte er sich bald nach seinem Eintreffen in Sao Martin dem intensiven Kartenstudium zu.

Irgendwo mußte er schließlich anfangen, die Aufmerksamkeit der Chinesen auf sich zu ziehen. Auf dem Sektor der Geographie und Astronomie schienen sie ihm – wenn er an Herrn Ch’üs Verhalten dachte – besonders interessiert. Zugleich war es deutlich geworden, daß ihnen Pater Ricci hierin überlegen war.

Das hatte er bereits begriffen, daß man die Chinesen, als ein sehr altes und selbstbewußtes Kulturvolk, nur durch höhere Bildung und durch überlegenes Wissen beeindrucken und somit aufschließen konnte.

Wenn dies gelingen würde, war auch dem eigentlichen Anliegen Riccis – nämlich der Missionierung – das Tor geöffnet.

So begann Pater Ricci sein Kartenmaterial, seine Instrumente, Zirkel, Astrolabien, Maßstäbe und Tabellenbücher, dazu die geringen Quellen der Klosterbibliothek in seinem Studierzimmer anzuhäufen und sich mit dem Entwurf einer großen Weltkarte zu beschäftigen. Dieses Unternehmen würde ihm sicherlich dereinst nützlich sein.

Es war ihm auch aufgefallen, mit welchem Vergnügen Herr Ch'ü die astronomischen Instrumente, Sternhöhenmesser, Chronometer und Astrolabien betrachtet, ja sich überhaupt sehr für mechanische Vorrichtungen interessiert hatte. Das schien ebenso wie die Anteilnahme an den praktischen Wissenschaften überhaupt eine Vorliebe der Chinesen zu sein: sich mit mechanischem Spielzeug zu beschäftigen. Herr Ch'ü hatte einmal beiläufig erwähnt, daß sogar der „Himmelssohn auf dem Drachenthron" ein leidenschaftlicher Sammler solcher Instrumente, vor allem von Uhren aller Art, sei.

Deshalb gab Pater Ricci seinen beiden Gehilfen, dem Inder Chandra, der ja Uhrmacher war, und Chura, dem Malayen und Feinmechaniker, den Auftrag, einige möglichst kunstvolle Spieluhren herzustellen. Seit ein paar Jahren fertigte man in Europa wunderbare Räderuhren an, deren Werk durch Gewichte angetrieben wurde und die sogar Vorrichtungen besaßen, die vollen Stunden durch Glockenschläge oder neuerdings auch durch Melodien anzuzeigen. Aus Nürnberg war dann die Erfindung der Taschenuhren gekommen.

Es war einem findigen Mechaniker gelungen, eine mit hauchdünnem Räderwerk ausgestattete Uhr zu konstruieren, die von einer gespannten Stahlfeder bewegt wurde und die etwa 40 Stunden ohne neues Spannen der Feder lief. Die kostbarsten dieser Sackuhren, die man auch „Nürnberger Eier" nannte, verstanden es außerdem, ein Spielwerk hören zu lassen.

Freilich gab es Räderuhren schon seit sehr langer Zeit. Man sagte, daß schon Abt Gerbert von Magdeburg die erste angefertigt habe, und dies war immerhin 500 Jahre her. Aber selbst in den europäischen Ländern hatten die uralten Sonnen-, Sand- oder Wasseruhren noch lange den Vorrang behalten, und es war noch eine

Sensation gewesen, als Tycho de Brahe vor kurzem Quecksilber anstatt des Sandes zur Zeitmessung benutzt hatte. Die neuen Räderuhren mit ihren Glockenspielen und Stundenschlägen mußten sicherlich auch für die Chinesen etwas Neues und Aufregendes sein. Chandra war in der Lehrwerkstatt zu Goa als Uhrmacher ausgebildet und, wie das bei den Jesuiten üblich ist, sehr gründlich und modern geschult worden. Als Pater Ricci mit ihm sprach, erklärte er nach kurzem Nachdenken seine Fähigkeit und Bereitschaft, dessen Wünsche zu erfüllen.

Genauso reagierte der Malaye Chura, als ihm der Pater den Auftrag gab, einige geometrische Bestecke, neue Meßgeräte und Astrolabien herzustellen, die er für Geschenkzwecke benötigen würde.

Er dachte unablässig an seinen Auftrag und plante weit in die Zukunft. So waren schon seine ersten Wochen und Monate in Macao mit intensiver Arbeit ausgefüllt. Pater Ricci verbrachte den größten Teil seiner Zeit in Sao Martin. Am wichtigsten erschien ihm das gründliche Erlernen des Chinesischen, und dieser Absicht widmete er auch die meisten Stunden.

Nun begriff er, warum Marco Polo – dieser sprachbegabte Italiener des 13. Jahrhunderts – in seinen siebzehn Chinajahren fast nichts von der Landessprache erlernt hatte. Es war eine Sisyphusarbeit, wenn man die Schwierigkeiten von Schriftzeichen, Tonhöhen, Wortvielfalt und Dialekten bedachte.

Chinesisch war nur als Kind und nur durch Menschen von hoher Musikalität zu erlernen, wobei noch zu bedenken war, daß das europäische Gehör auf die sieben Grund- und fünf Halbtöne der Oktave eingestellt, die chinesische Tonleiter jedoch ähnlich wie jene der alten Lyder, Griechen oder Alexandriner nur fünf Haupttonhöhen und dazwischen verwischte chromatische Übergänge kannte.

Musikalisch war Marco Polo wie fast jeder Italiener immer gewesen. Man erzählte von ihm, er habe trefflich die Laute geschlagen und herrlich gesungen. Auch Pater Ricci durfte sich hohe Musikalität zugestehen. Er hatte als Knabe sehr gewandt die Hirtenflöte, später als Seminarist die Laute gespielt, auch gesungen und sogar einige kleine Motetten komponiert. Musik lag ihm im Blut, sein Gehör war fein und genau, so daß es ihm bald keine Schwierigkeiten mehr machte, sich in den fünf chinesischen Tonhöhen zu bewegen und die oft nur geringen Unterschiede bei der Aussprache von Wörtern als deren Bedeutungswandel zu erkennen. In einem Punkte jedoch war er Marco Polo ganz entschieden überlegen: er besaß das absolute Gedächtnis. Das ist eine Gabe, die nur sehr selten vorkommt.

Die Geschichte erzählt etwa von Alexander dem Großen oder von Kaiser Titus, sie hätten jeden Namen eines ihrer zahllosen Soldaten, den sie einmal gehört haben, für immer und ewig behalten. Auch vom heiligen Augustinus und dem Verfasser eines sehr frühen Lexikons, Isidorus von Sevilla, sagte man, sie hätten nur ein einziges Mal irgendeinen Text zu lesen brauchen, um ihn für immer wortgetreu wiedergeben zu können.

Pater Ricci hatte dieses seltene Talent ebenfalls mitbekommen.

Es war ihm schon in der Schule ein leichtes gewesen, lateinische oder griechische Vokabeln zu lernen: er las sie einmal aufmerksam und vergaß sie nie wieder. Später, auf der Universität zu Rom, war er als Weltwunder bestaunt worden, wenn er eine zweistündige Vorlesung des Magisters Clavius Wort für Wort wiederholen oder einen schwierigen Text aus dem Kopernikus, des Luca Ghini und Geronimo Cardano nach kurzer Lektüre auswendig konnte.

Und nie mehr vergaß . . .

Jetzt, da er bei Pi-shan Chinesisch-Unterricht nahm, kam ihm diese Fähigkeit sehr zustatten. Kaum einmal, daß Pi-shan eine Wortbedeutung, eine Redewendung oder Paraphrase mit ihm rekapitulieren mußte. Er hörte die Wörter, prägte sie sich ein und behielt sie.

So konnte er sich eine Methode des Erlernens leisten, die jeden anderen umgebracht oder wahnsinnig gemacht hätte: Er legte sich jeden späten Abend eine Liste von Wörtern, Begriffen und Wendungen an, die er in Portugiesisch und für den eigenen Gebrauch auch in Italienisch niederschrieb. Am anderen Tage ließ er sich von Pi-shan alles in chinesische Sprache und Schrift übersetzen und fügte das Neuerlernte seinem ständig wachsenden Wortschatz hinzu.

Da er sehr methodisch und diszipliniert vorging, setzte er sich als Ziel, jeden Tag, der ins Land ging, wenigstens 50, besser jedoch 80 neue Ausdrücke und Zeichen zu lernen.

Als im Oktober die große Schwüle nachließ und einige kühlere und erträglichere Tage kamen, beherrschte Pater Ricci bereits einen Grundstock der chinesischen Sprache, und sein langsam entstehendes und nunmehr alphabetisch geordnetes „Wörterbuch des Chinesischen“ umfaßte bereits mehr als 4000 Wörter.

Damit näherte sich sein Sprachunterricht jener Grenze, die Pishans Bildungsgrad bereits überforderte. Denn das „blumenhafte Trostmädchen“ hatte zwar in dem ausgezeichneten Chrysanthemen-Institut, an das ihre Eltern sie einstmals verkauft hatten, eine sehr gute Ausbildung erfahren, war aber doch nur auf eine Bildungsstufe gelangt, die etwa der eines sehr subalternen Beamten entsprach. Um in China ernstgenommen zu werden, mußte man nicht 4000 oder 5000 Wörter in Ton und Schrift beherrschen, sondern wenigstens 10.000. Das wußte der Pater von Herrn Ch'ü.

Und er erfuhr es noch auf andere Weise.

In der Klosterbibliothek von Sao Martin hatte er einige alte chinesische Bücher entdeckt, an denen er seine wachsenden Sprachkenntnisse erproben wollte.

Das Buch, das er auf Papier gepinselt und zwischen Bambusstäbe eingebunden entdeckte, hieß „I-king“ und war ein sehr altüberkommenes Orakel- und Wahrsagebuch, wörtlich hieß sein Titel „Buch der Wandlungen“. Wie ihm Pater Prokurator Juan Bautista sagte, galt das „I-king“ für eines der drei kanonischen Weisheitsbücher der klassischen Literatur und gehörte in den geistigen Bereich des Tao'ismus, der wiederum auf den uralten Philosophen Lao-tse zurückging. Gelesen hatte Pater Prokurator das „I-king“ natürlich nicht; denn er konnte trotz seiner dreizehnjährigen Chinazeit kaum ein Wort Chinesisch. Aber ein gelehrter Chinese, der gut Portugiesisch sprach, hatte ihn so weit aufgeklärt, daß das „I-king“ zu einer Sammlung von Büchern gehörte, die als die Grundlagen der klassischen Literatur gelten durften.

Neben dem „I-king“ gab es noch das „Shi-king“ oder „Buch der Lieder“ und das „Shu-king“ oder „Buch der Urkunden“, alles Sammlungen, die zum größten Teil von Meister Kung-fu-tse selbst – also vor fast 2000 Jahren – veranstaltet worden waren. Später waren dann das Buch „Li-ki“ – das der „Aufzeichnungen über Riten“ – und das „Tschun-ts'iu“ – die „Frühlings- und Herbstannalen des Staates Lu“ –, von Meister Kung-fu-tse persönlich verfaßt, hinzugekommen. Darüber hinaus gab es noch viele Lehrwerke der konfutsianischen Schule, die man die „vier shu“ nannte.

Ein Berg von Literatur wartete demnach auf Pater Ricci. Wenn er wie ein Chinese denken und handeln wollte, so mußte er zuerst die klassische Literatur beherrschen, es war nicht damit getan, die Volkssprache und die Schreibgewandtheit eines niederen Beamten zu erlernen.

Aber er entdeckte, daß er weder das „I-king“ noch irgendeine andere in der Klosterbibliothek vorhandene chinesische Buchausgabe lesen konnte. Waren die Bemühungen seiner Lehrerin Pi-shan völlig vergeblich gewesen und führten sie ihn in eine Sackgasse?!

Bald erkannte er, daß diese alten, klassischen Bücher in einem altertümlichen Idiom geschrieben waren, das sich deutlich von dem „Mandarin“ unterschied, das heute unter den Gebildeten üblich war und das Pi-shan ihn gelehrt hatte. Und dann gab es da noch eine Schwierigkeit, die sicherlich von Pi-shan nicht zu überwinden war: die hochgelehrten, meist philosophischen oder wissenschaftlichen Werke enthielten so viele Fachausdrücke, Spezialformeln und abstrakte Wortbildungen, daß dafür auch Pi-shans im Chrysanthemenhaus erworbenes Sprachniveau nicht ausreichte.

Er beschloß daher, sich nach einem zusätzlichen Lehrer umzusehen, der möglichst Mandarinsrang haben sollte. Herr Ch'ü wäre ihm natürlich am liebsten gewesen, weil er sich mit diesem bereits gut verstand und weil Herr Ch'ü sicherlich ein hochgebildeter Mann war. Aber Herr Ch'ü war in Macao ein großer Herr und vielbeschäftigter Mann. Er würde kaum Zeit finden, einem Pater Sprach- und Literaturunterricht zu geben. Wie Pater Ricci hörte, ging Herr Ch'ü viel im Hause der Herren Viegas aus und ein, betrieb aber auch allerlei Geschäfte in den Faktoreien, und einmal meldete das Gerücht sogar, der Pirat Hui-tsing-Ah sei heimlich in Macao gewesen und habe mit den Herren Viegas und Herrn Ch'ü konferiert.

So wie Pater Ricci die Sachlage jetzt kannte, hatten sie sicherlich neue Schmuggel- oder Korruptionsaffären ausgebrütet: die drei oder vier Herren waren einander würdig.

Trotzdem schickte er eines Tages eine Grußbotschaft in die Villa des Herrn Ch'ü und erhielt auch seinerseits eine solche zurück. Das Billett war auf Purpurpapier und mit schwarzer Tusche auf chinesisch beschrieben. Herr Ch'ü wußte offenbar bereits, daß der Pater dabei war, Chinesisch zu lernen.

Ch'ü schrieb die üblichen Floskeln der Höflichkeit, die sich bemühten, mit viel Freundlichkeit nichts zu sagen. Dann aber gratulierte er dem Pater zu seinem Lerneifer und sprach die Hoffnung aus, daß man sich bereits bei einem nächsten Wiedersehen in der Kultursprache des Reiches der Mitte würde unterhalten können.

Das war natürlich, bei allem Lerneifer und aller phänomenalen Sprachbegabung Riccis, stark übertrieben, freute ihn aber doch.

Von nun ab wartete Pater Ricci auf einen Besuch Ch'üs.

Wer jedoch kam, war nicht Ch'ü, sondern Senhorita Joanna.

Sie war noch schöner geworden, machte aber einen beinah verstörten, sicherlich einen ungemein nervösen Eindruck. Eine Sänfte des Hauses Viegas, die mit dem Familienwappen geschmückt war, hatte sie hergebracht.

Sie sagte, sie wollte Pater Ricci und Pi-shan besuchen, und man führte sie in das Besucherzimmer des Klosters, wo alsbald Pi-shan angetrippelt kam. Die beiden Mädchen fielen sich in die Arme und küßten sich, was zumindest von Pi-shans Seite aus sehr ungewöhnlich war. Die Umarmung Joannas erwies sich jedoch als zerstreut und flüchtig. Sie fragte sogleich nach dem Pater, und Pi-shan hatte ein wenig enttäuscht den Eindruck, daß sie nur seinetwegen und nicht aus Freundschaft zu ihr gekommen war. Da der Pater nicht sofort abkömmlich schien und die Mädchen eine ganze Weile allein blieben, beruhigte sich Joanna nach einer Weile und zeigte nun, daß ihr auch ein Gespräch mit Pi-shan willkommen war.

Sie sahen sich nun erst richtig an, da sie sich so lange nicht mehr getroffen hatten, und dann lachten sie beide. Gleichzeitig hatten sie jene Veränderung aneinander bemerkt, die sie zur Heiterkeit stimmte.

Joanna trug keine strenge portugiesische oder europäische Tracht mehr, weder Schnürmieder noch Faltenrock, sondern ein weites, fließendes Seidengewand chinesischen Zuschnitts, hatte Stickereien an den Ärmeln, eine Orchidee am Kragen und trug sogar die einst üppig wallenden, von einem Goldnetz überspannten Locken mit Schildpattkämmen und Silbernadeln aufgesteckt wie eine vornehme Chinesin. Pi-shan hingegen hatte sich einen vielfach gefältelten

Rock, einen Gürtel um die Taille und eine auf portugiesische Weise bestickte Bluse zugelegt, ihre einstmals hochgetürmte Frisur hatte sich in einen Kranz locker geflochtener Zöpfe verwandelt.

Eine Zeitlang plauderten die beiden Mädchen über das „Wie geht es?“ und „Was treibst du?“, versicherten einander beide sehr höflich ihrer Zufriedenheit mit dem Lauf der Dinge. Sie lachten auch über Don Diego, der – nach Joannas Worten – noch gelegentlich darüber schimpfte, daß man ihm Pi-shan fortgenommen habe.

Dann fragte Joanna ganz unvermittelt, so als sei sie nur deswegen hergekommen: „Sind eigentlich chinesische Männer ihren Frauen sehr treu oder betrachten sie alle Frauen nur als Objekt ihrer Lust?“

Pi-shan war überrascht von dieser Frage und senkte die Augen. Das rührte zuviel aus einer Vergangenheit auf, die sie lieber vergessen hätte.

„Was verstehst du unter treu, ehrenwerte Joanna? Meinst du damit, daß ein Mann nur eine einzige Frau liebt und daß er sie so sehr liebt, daß er keine andere mehr ansieht?! Nein, Joanna, ich glaube nicht, daß es solch einen Mann gibt. Aber die meisten Chinesen sind trotzdem sehr treu, wenn es sich um ihre Hauptfrau handelt und wenn diese die Mutter erhabener Söhne ist. Sie würden sie niemals verlassen.“

Joanna schwieg und starrte zu Boden. Als müsse sie sich überwinden, preßte sie die folgende Frage hervor.

„Du kennst Herrn Ch'ü, der mit uns auf der ‚Sao Luiz‘ fuhr! Weißt du, ob er Kinder besitzt – ich meine von seiner Hauptfrau?!“

Nun wurde Pi-shan sehr lebhaft. Sie nickte und klatschte in die Hände.

„Ach, liebe Joanna! Herr Ch'ü, der Gute und Ehrenwerte, ist in einer sehr unglücklichen Lage. In seinem Hause zu Nam-yang, einem sehr großen Kang, sitzt seine Hauptfrau und weint Tag und Nacht. Es ist ihr und Herrn Ch'ü versagt geblieben, Söhne zu haben. Es gibt nur nichtswürdige Mädchen in dem Hause und keinen erhabenen Sohn. Ob Herr Ch'ü von irgendwelchen Nebenfrauen Söhne besitzt, weiß ich nicht. Darüber hat er niemals gesprochen, und es ist auch sehr gleichgültig. Doch das Schicksal Herrn Ch'üs erscheint mir sehr traurig und echt beklagenswert!“

„Er ist sehr reich, nicht wahr?“ forschte Joanna weiter. „Ich habe sein Haus auf dem Pinienberg gesehen.“

„Der hervorragende Herr Ch'ü ist ein Besitzer zahlreicher Güter. Er hat ein großes Stadthaus in Kanton, neben seinem Haupthaus in Nam-yang einen bedeutenden Kang in Shiu-hing, mehrere Landgüter und einige Lagerhäuser, auch Schiffe und viele Geschäfte gehören ihm. Wieviel er an Silbertaels besitzt, weiß ich nicht, jedoch war er immer sehr großzügig mit kostbaren Geschenken. Ja, Herr Ch'ü ist ein sehr reicher Mann. Wenn er irgendwo ein Chrysanthemenhaus betritt, verbeugt sich die Hausherrin tief, und die Mädchen geraten in große Aufregung. Es ist eine große Ehre, Herrn Ch'ü zu kennen.“

In diesem Augenblick betrat Pater Ricci das Besucherzimmer.

Sofort verwandelte sich Joanna. Pi-shan war vergessen!

„Ach, Hochwürden!“ rief sie, „ich bin gekommen, bei Ihnen zu beichten! Es ist mir ein großes Bedürfnis, und Sie waren mir immer der verständnisvollste und liebste aller Beichtväter!“

Pi-shan hatte unterdessen genug von den Gebräuchen der Christen vernommen, daß sie wußte, was Beichten bedeutete. Das war Aussprache, Seelenberatung und Trost, den die Priester der Christen hilfesuchenden Menschen gewährten. Es war eine intime Angelegenheit zweier Menschen, und ein Tabu lag darüber.

Eine Welle von Eifersucht stieg in Pi-shan hoch, da sie sich genötigt sah, den Pater mit Joanna allein zu lassen. Sie wußte zwar, daß Pater Ricci ein Priester war – aber auch Priester waren Männer. Joanna hatte sie immer bewundert, so schön war sie mit ihrem Oliventeint, ihren geringelten Schwarzhaaren und den großen feurigen Augen. Nie hatte Pi-shan verstanden, warum nicht alle Männer auf der „Sao Luiz“ gierig hinter einem so reizvollen Mädchen hergewesen waren.

Da sie ja nur ein „blumenhaftes Trostmädchen“ war, begnügte sie sich mit Seufzen, schlug die Wimpern wie einen Vorhang über die Augen und ging rückwärts schreitend unter endlosen Verneigungen aus dem Zimmer.

„Nun, mein Kind“, fragte Pater Ricci freundlich, „was gibt es? Wollen Sie wirklich nur beichten? Ein so gutes Mädchen wie Sie kann doch gar nicht so viele Sünden haben.“

Joanna zögerte eine Weile, dann gab sie sich sichtlich einen Stoß.

„Hochwürden", sagte sie, „was ich Sie auch frage, ich möchte, daß zwischen uns das Beichtgeheimnis gilt. Bitte erklären Sie mir, ob es möglich ist, daß eine Christin einen Chinesen heiratet?"

5

Der nächste Besucher kam schon am folgenden Tage.

Es war Herr Ch'ü höchstpersönlich. Auch er kam in einer Mandarinssänfte.

Nun, da Pater Ricci durch Joannas ziemlich ausführliche Beichte wußte, was zwischen Herrn Ch'ü und der schönen Portugiesin spielte, sah er diesen mit ganz anderen Augen an. Natürlich durfte er durch nichts zu erkennen geben, daß er im Bilde war. Das Beichtgeheimnis band ihn. Das, was der Priester gehört hatte, durfte Matteo Ricci nicht wissen. Und doch waren die beiden in eine Person zusammengesperrt.

Es war schwierig, mit einem Menschen zu sprechen, über dessen Gewissenlosigkeit und Zynismus man genau Bescheid wußte, und dennoch so zu tun, als glaube man ihm die Rolle des Biedermannes und ehrenwerten Menschen, die er mit großem Geschick vorspielte. Herr Ch'ü benahm sich ganz so, wie es einem hochgestellten Mandarin und graduierten Akademiker zukam.

Pater Ricci beschloß zu vergessen, daß er Joanna den dringenden Rat gegeben hatte, sich von diesem Chinesen und Heiden zu trennen. Eine noch so brennende Liebe zwischen Menschen, die aus zwei verschiedenen Welten kamen und die außer ihrer Leidenschaft nichts Verbindendes, weder die gleiche kulturelle Herkunft noch die gleiche Religion, ja nicht einmal einen ähnlichen Charakter oder ähnliche Wertvorstellungen besaßen, die nur ihr Trieb, der Reiz des Exotischen und Fremden einander in die Arme geworfen hatte, eine derartige Liebe war keine Liebe im Sinne einer christlichen Ehe oder auch nur in der Bedeutung einer echt menschlichen Bindung. Joanna hatte diese Beurteilung abgelehnt und war sehr verwirrt fortgelaufen. Herr Ch'ü jedoch erwähnte das Thema mit keinem Wort.

Er spielte den ehrenwerten Mandarin, den Gentilhomme.

Pater Ricci brauchte ihn. Auch der Sünder und Heide war ja ein Rädchen im großen Uhrwerk Gottes und würde das Seine dazu tun müssen, damit sich der Auftrag erfülle.

So also bat Pater Ricci Herrn Ch'ü – und diesmal in etwas holprigem Mandarin-Chinesisch –, ob er nicht bereit wäre, ihn in die klassischen Bücher einzuführen und ihm gelegentlich jenen Sprachunterricht zu geben, dessen er bedurfte.

„Po-hi Li, verehrungswürdiger Gelehrter aus Fernwest!" antwortete Herr Ch'ü mit einer seiner üblichen Verneigungen, „Ihr ganz unwürdiger Diener ist voll Erstaunen und Verwirrung, daß ein so hochgestellter Mann wie Sie sich herabläßt, die völlig unzureichenden Kräfte eines geringen Chinesen als Lehrer in Anspruch zu nehmen! Aber ich habe bereits gehört, daß Sie keine Abneigung gegen Chinesen haben, daß Sie unser Land dadurch geehrt haben, daß Sie unsere ganz minderwertige, wenn auch schwierige Sprache zu erlernen trachten, ja daß Sie zu diesem Zwecke sogar die höchst fragwürdigen Unterweisungen eines Blumenmädchens entgegennehmen. Meine Freunde und ich selber finden es großartig, daß Sie dies tun. So will ich Ihnen auch gerne bei diesem Unterfangen behilflich sein, soweit meine sehr schwachen Kräfte dies zulassen."

Dann fügte er, als Pater Ricci sich erfreut und überrascht zugleich mehrmals tief verneigt hatte, noch einiges hinzu.

Er sagte, daß man ihm berichtet habe, der Pater wünsche das Buch „I-king" zu studieren, dies sei freilich der Anfang jeder höheren Gelehrsamkeit in China und müsse wohl kommentiert und interpretiert werden. Nur werde er selber lediglich für eine kurze Zeit als bescheidener Lehrer zur Verfügung stehen, da es sehr wahrscheinlich sei, daß ihn gewisse Ereignisse alsbald nach Kanton oder Shiuhing riefen.

Da jedoch in China keinerlei Dinge so eilig wären, daß sie nicht auch Zeit hätten, konnte diese Reise erst in einigen Wochen stattfinden.

Herr Ch'ü schien es mit seiner Bereitwilligkeit übrigens ernst zu sein.

Schon hatte Pater Ricci die Erfahrung gemacht, daß ein Chinese fast immer auf jeden von Freunden geäußerten Wunsch einging und schon aus Höflichkeit niemals eine Bitte direkt abschlug, seine

Zustimmung jedoch so kunstvoll zu formulieren wußte, daß sie keinerlei Ergebnis zeitigte und praktisch ohne Folgen blieb.

Eine Chinese – und auch dies hatte Pater Ricci bereits erlebt – konnte zum Beispiel sagen: „Verfügen Sie über mein Haus! Es ist das Ihre! Besuchen Sie mich bald und lange!" Aber er würde sehr erstaunt, ja betreten sein, wenn der also Apostrophierte wirklich die Taktlosigkeit besitzen sollte und zu ihm ins Haus käme.

Beide Teile würden dabei nur an Gesicht verlieren.

Anders schien es bei Herrn Ch'ü. Er erklärte sich nicht nur bereit, den gewünschten Unterricht zu geben, er vereinbarte auch sofort einen Termin und Ort, was dafür sprach, daß es ihm ernst war.

„Es wäre mir eine hohe Ehre", sagte er, „wenn der Hochwürdige etwa gleich morgen abend in mein Haus auf dem Pinienberg käme, um eine bescheidene Tasse Tee mit mir zu trinken. Ich werde eine Sänfte an die Klosterpforte schicken. Das Buch ‚I-king' jedoch besitze ich auch, Sie brauchen es nicht mitzubringen."

Pater Ricci bedankte sich mit vielen, sehr blumenhaften Worten und Formeln, die er bereits von Pi-shan gelernt hatte, und war hocherfreut. Eigentlich war er überrascht von dieser Hilfsbereitschaft Herrn Ch'üs, da dieser ihm doch die Vermittlung einer Einreise ins Reich der Mitte abgeschlagen hatte und weil er ihn für einen Menschen hielt, der nichts ohne Rücksicht auf eigene Vorteile tun würde. Aber: welchen Nutzen versprach sich Herr Ch'ü?! Selbstlose Freundschaft traute Pater Ricci dem Mandarin kaum zu.

Die Gründe wurden ihm klarer, als er Herrn Ch'üs kaum verhohlenes Interesse an den Karten und Instrumenten bemerkte, die auf den Arbeitstischen herumlagen.

Die Unterredung fand – da Herr Ch'ü als männliches Wesen ja Zutritt zum inneren Klosterbereich von Sao Martin gefunden hatte – in der Studierstube des Paters statt. Auf einem großen Zeichentisch waren die mit Gradnetzen überzogenen Rohentwürfe von Weltkarten ausgespannt; Atlanten und andere Kartenblätter lagen daneben.

Chandra hatte das Räderwerk seiner ersten Spieluhr abgeliefert, und Chura war fleißig bei der Konstruktion einer kleinen Wasserorgel und eines neuen Astrolabiums gewesen.

Auf all diesen Dingen ruhte das brennende Auge Herrn Ch'üs.

Pater Ricci wollte ihm eben einige Erklärungen dazu geben, als Herr Ch'ü selber die Katze aus dem Sack ließ und meinte: „Vielleicht könnten wir, o Ehrwürdiger und Großer, später eine andere Lehrstunde über das ‚I-king' dann in Ihrem ausgezeichneten Zimmer abhalten. Denn auch Sie verfügen ja, wie Sie sagten und wie ich weiß, über ein Exemplar dieses hochzuverehrenden Buches!"

Jetzt hatte Pater Ricci eine Ahnung, warum Herr Ch'ü so bereitwillig eine Fortsetzung seiner Bekanntschaft mit ihm betrieb.

Auch er versuchte zu lernen.

6

Wiederum vergingen einige Wochen, und schon fegten herbstliche Stürme über die große Bay. Gelegentlich überzog sich der Himmel mit dickem blauen Gewölk, und die Striche des Regens tanzten über die Landzunge von Macao hin, so daß überall die geölten, aus dickem Papier bestehenden Bambusschirme auftauchten.

Pater Ricci und Herr Ch'ü trafen sich regelmäßig und bewunderten sich gegenseitig ihrer Kenntnisse wegen. Die meisten Unterrichtsstunden fanden in der Studierstube des Paters in Sao Martin statt, und Herr Ch'ü versäumte es nie, wenigstens die Hälfte der Zeit mit den Karten und Instrumenten zu verbringen. Er war ungemein wissensdurstig, fragte nach jeder Kleinigkeit und begnügte sich nicht damit, eine Funktion zu verstehen, er wünschte sie auch nachzuvollziehen und auf ihre Ursachen zu kommen. Chandra mußte etwa vor seinen Augen das Räderwerk der Uhr auseinandernehmen und wieder zusammensetzen; der Pater war genötigt, ihm den Vorgang der Meridiangradmessung und seine Übertragung bei der Einzeichnung einer Küstenlinie auf das kartographierte Netz der Karte mathematisch zu beweisen.

Als Gegengabe bemühte sich Herr Ch'ü mit den Deutungen und Erklärungen des Buches „I-king". Pater Ricci lernte nicht nur eine ganze Anzahl schwieriger und ihm bisher unbekannter Schriftzeichen und Wörter, sondern auch ein gewisses Einfühlen in die chinesische Denkungsweise. Es waren sehr fruchtbare Begegnungen für beide.

Auch das chinesisch-portugiesisch-lateinische Wörterbuch erlebte ein fröhliches Wachstum.

In diese grauen Novembertage fiel ein Ereignis, das Pater Riccis hoffnungsvolle Anfänge in Macao beinahe von einer völlig unerwarteten Seite her gefährdet hätte. Wieder einmal hatte Herr Ch'ü dem Pater seine Sänfte zugeschickt, um ihn zum Teehaus auf dem Berge holen zu lassen.

Wegen der Wasserstürze, welche über die gepflasterten Treppengassen der Bergstadt herabkamen, hatten die Sänftenträger einen Umweg über das flachere Hafengelände gemacht, kamen dabei jedoch in eine wüste Szene. Pater Ricci befahl sofort, die Sänfte anzuhalten. Er schob die Vorhänge zurück.

Trotz des Regensturmes und obwohl die meisten Schiffe von der offenen Reede geflohen waren und in der südwestlich von Macao gelegenen Meerenge Zuflucht gesucht hatten, lag draußen vor den Sandbänken eine große Dschunke vor Anker. Sie stieg und fiel mit ihrem geschnitzten Bug auf den schaumgekrönten Wellen, hatte alle Drachensegel gerefft und zerrte an den Tauen der Bug- und Heckanker.

Im Fischer- und Landehafen lagen zwei schwere Frachtschiffe auf flachen Kielen und tanzten nicht minder auf den unruhigen Wassern. Es war kein Wetter für eine Seefahrt. Dennoch schien eine Gruppe von europäisch und chinesisch gekleideten Männern dabei zu sein, die Lastkähne zu beladen und hinaus auf die Reede zu schicken.

Es war die „Ware", die den Menschenauflauf und das Geschrei verursacht hatte.

Pater Ricci sah eine Kette von etwa dreißig jungen Mädchen, alles Chinesinnen, die im Regen wie getaufte Mäuse aussahen und die, zu einer ängstlichen Gruppe gedrängt, mit Leinen aneinanderhingen und sich weinend und schreiend gegen die Einschiffung zur Wehr setzten. Die bewaffneten Männer schlugen mit Bambusstöcken auf sie ein.

Es war schon einige Male das Gerücht an Pater Riccis Ohr gedrungen, daß sich einige Portugiesen Macaos auch mit Mädchenhandel befaßten. Man sagte, die sehr arme Fischer- und Bauernbevölkerung der umliegenden Inseln verkaufe gelegentlich ihre überschüssigen jungen Töchter an die Händler Macaos. Diese wieder gaben die lebende „Ware“ an Piraten, an die Holländer von Formosa oder auch an chinesische Freudenhäuser in Kow-lun oder Kanton weiter. Alle erzielten bei diesem Geschäft hohen Gewinn, sogar die armen Inselleute fuhren nicht übel bei dem Handel.

Was Pater Ricci nun am Kai sah, mußte eine Fracht solcher Mädchen sein. Es waren Kinder darunter, die sicherlich nicht mehr als zehn oder zwölf Jahre zählten. Und wenn er richtig kalkulierte, dann war diese Dschunke dort draußen eines der Schiffe Huitzingas, das das böse Wetter dazu nutzte, ohne Aufsehen seine Fracht an Bord zu nehmen.

Nun war Pater Ricci ja nicht nur Gelehrter, sondern vor allem auch christlicher Priester. Er zögerte keinen Augenblick, um einzugreifen, sprang mit wehender und alsbald durchnäßter Kutte aus der Sänfte und ging, befehlsgewohnt als Offizier der „Societas“, auf die Waffenträger los.

Zum ersten Male erlebte er, daß man ihn als Priester mißachtete und auslachte. Dann begriff er, daß die wüsten Kerle ihn gar nicht als Jesuiten erkannten. Er trug ja jenes „Bonzenkleid“, das er sich hatte anfertigen lassen, um dem chinesischen Wesen näher zu sein.

Erst als er aus der Kutte das versilberte Kreuz hervorholte und erklärt hatte, wer er sei, wichen die Kerle zurück. Sie waren nahe daran gewesen, ihn zu verprügeln. Schließlich kam ein rotgesichtiger, blondbärtiger Riese daher, der offenbar das Kommando führte, und fragte den Pater, was er denn eigentlich wolle.

„Es ist schändlich, was ihr hier treibt!“ rief der Pater. „Das ist Menschenhandel! Gotteslästerei! Barbarei! Ich verbiete euch hiemit, diese armen Geschöpfe fortzuschaffen und werde mich sogleich an die Behörden des christlichen Macao wenden!“

Der blonde Riesenkerl strich sich die tropfenden Bartsträhnen und spuckte dicht vor dem Pater aus.

„Was wollen Sie denn?!“ schrie er. „Alles ist bar bezahlt, von Ihren Macaobehörden gekauft! Die blöden Gänse schreien ja nicht, weil sie an die Freudenhäuser verscherbelt worden sind, sondern nur, weil sie Angst vor dem Wellengang haben!“

„Und warum habt ihr sie dann wie Schnepfen an einer Leine aufgereiht?“

„Ganz einfach: weil sie so dumm sind, daß wir sie sonst unterwegs in den Gassen verloren hätten. So finden sie wenigstens den Weg!"

„Trotzdem: ich dulde es nicht, daß in einem katholischen Hafen Mädchenhandel getrieben wird!"

Der Goliath spuckte abermals und nun schon dichter vor dem Pater aus.

„Geht uns nichts an, Pater!" grinste er. „Wir sind gutgläubige Protestanten aus Holland. Der Papismus schert uns nur wenig. Im übrigen habe ich selber gesehen, wie ich noch in der Karibensee gefahren bin, wie die Katholen die Indios schiffsladungsweise für ihre Bergwerke und Plantagen zusammengetrieben haben. Also halten Sie Ihre Luft an, Hochehrwürden!"

Die umstehenden Matrosen brachen in lautes Gelächter aus und machten sich dann unter Anleitung ihres Anführers daran, die sich sträubenden Mädchen wie strampelnde Lämmer auf den Armen in die Lastboote zu tragen. Damit dies leichter ginge, schnitten sie sogar die Leine durch, an der die Mädchen aufgereiht gewesen waren.

Pater Ricci sah, daß er machtlos war, und befahl seinen Sänftenkulis, ihn schleunigst zur Präfektur zu bringen. Er wünschte den „Provedittore" oder Alkalden zu sprechen, damit er sofort gegen das böse Geschäft der Holländer einschritte.

Der Vorsteher der Macao-Kolonie empfing ihn auch sogleich, als er hörte, welch hoher Ordensgeistlicher ihn zu sprechen wünschte. Er hörte sich ruhig an, was der Pater vorbrachte, nickte beifällig mit dem Kopf und war sehr entrüstet.

Er versprach der Angelegenheit nachzugehen und sofort ein Polizeikommando an den Hafen zu entsenden.

Aber selbstredend geschah gar nichts. Der Alkalde selber war Kaufmann. Er hieß Viegas und war der Bruder Don Gaspars.

7

Der Auftritt, den Pater Ricci am Hafen mit den holländischen Mädchenhändlern gehabt hatte, blieb nicht ohne Nachspiel.

In Sao Martin kam Pater Prokurator Juan Bautista aufgeregt zu ihm und bat um eine Unterredung.

„Hochwürden“, sagte er, „Sie haben einen Fehler gemacht. Sie kennen die Verhältnisse von Macao noch zu wenig und sollten vorsichtiger sein. Das Haus Viegas hat uns wissen lassen, daß es sehr betreten sei, wenn sich hochgestellte Patres der ‚Societas‘ in die hiesigen Handelsgebräuche einmengten. Und sogar der Alkalde, mit dem zu speisen ich heute die Ehre hatte, deutete an, daß es besser wäre, sich auf rein religiöse Fragen zu beschränken und die Finger von Dingen zu lassen, die der Kirche und dem Orden nicht anständen. Bedenken Sie, hochwürdiger Pater, daß dieses Ordenshaus Sao Martin und seine Kirche größtenteils aus Stiftungen der Viegas erbaut ist und daß der Grund und Boden, auf dem wir sitzen, nur eine sogenannte ‚ewige Leihgabe‘ der Handelskolonie Macao an die ‚Societas‘ darstellt. Wir wollen doch diese ‚Ewigkeit‘ nicht selber abkürzen oder eines Tages beenden, sondern im Interesse des Ordens eher durch weitere wohltätige Stiftungen vergrößern! Ich bin der Prokurator und Finanzchef dieses Kollegiums und verpflichtet, Sie auf diese Gefahren aufmerksam zu machen.“

„Vor allem sind wir Sendboten Christi, lieber Mitbruder“, erwiderte Pater Ricci. „Natürlich müssen wir uns mit jener Welt arrangieren, in der wir leben – aber unsere eigene Lehre und Mission dürfen wir niemals verraten. Wir dürfen sie auch nicht verkaufen, wenn wir glaubwürdig bleiben wollen. Wo Menschenrecht und Moral verletzt werden, hört unser Recht auf Duldsamkeit auf. Ich werde immer wieder protestieren, wenn dies geschieht, ganz gleich, was die Viegas oder der Alkalde sagen.“

„Haben Sie nicht kürzlich unseren Stifter Ignatius von Loyola zitiert, Pater? Seid Knecht mit dem Knechte, Kaufmann mit dem Kaufmann und Soldat mit dem Soldaten? Könnten Sie nicht auch in diesem oder ähnlichen Fällen Kaufmann mit dem Kaufmann sein? Wir leben nun mal in einer Niederlassung von Geschäftsleuten und Weltleuten!“

„Sie werden recht haben, Pater: es ist sehr schwierig für uns. Aber Ignatius hat nicht gesagt: seid Räuber mit dem Räuber und Bordellchef mit dem Bordellchef. Er hat uns – wie Jesus Christus auch – ausgeschickt, die Welt zu verbessern, nicht sie zu nehmen, wie sie ist.“

Ganz anders verlief die Unterredung mit Herrn Ch'ü.

Natürlich hatte auch er sogleich erfahren, was geschehen war, und er sprach Pater Ricci selbst auf das Vorkommnis an.

„Der Menschen Natur ist böse; was an ihnen gut erscheint, ist angezüchtet!“ sagte er und bemerkte zugleich, daß dies ein Zitat des sehr alten Philosophen Sün-tse aus der kung-fu-tsianischen Schule sei. „Wenn dies wahr ist, o Ehrenwerter, dann stellen Sie selbst eines der großartigsten Züchtungsergebnisse dar, das mir jemals in meinem unbedeutenden Leben begegnet ist. S i e sind wirklich gut, das habe ich schon lange begriffen. Der Name, den ich Ihnen gegeben habe: Po-hi Li-Ma-tou, der in Ihre Sprache übersetzt ‚Doktor Gerechtigkeit, edles Streben‘ bedeutet, trifft sehr zu.

Sie wollen das Gute und Gerechte, ich bewundere Sie sehr. Unser großer Weisheitslehrer Lao-tse hat in seinem Buch ‚Tao-te-king‘ einen Vers hinterlassen, der nur teilweise auf Sie, verehrter Dr. Li, zutrifft. Er lautet: ‚Ich besitze drei köstliche Dinge, die ich festhalte und schätze: Sanftmut, Genügsamkeit und ... Scheu vor dem Vorrang der Welt!‘ Alles besitzen Sie auch, Dr. Li, nur nicht die gebührende Scheu vor dem Vorrang der Welt. Sie haben einen gravierenden Fehler gemacht, wenn ich das in aller Schärfe einer europäischen Formulierung sagen darf. Einen Irrtum, möchte ich besser sagen. Und Sie haben ihn gemacht, weil Sie China und den Fernen Osten noch nicht genügend kennen.“

„Was für ein Irrtum ist es, lieber Ch'ü? Ich bin immer bereit, zu lernen.“

„Sie wissen nichts von den schicksalhaften Zusammenhängen, und darum handeln Sie spontan nach dem, was Sie Ihr Gewissen nennen.“

Herr Ch'ü, der noch niemals so freundschaftlich und menschlich zu Pater Ricci gesprochen hatte, lehnte sich in die Polster seines Sitzes zurück und faltete die Hände mit den goldenen Fingernagelschonern.

Dann erklärte er Pater Ricci, welchen Irrtümern er unterlegen war, als er in den Geschäftsgang der holländischen Mädchenhändler eingegriffen hatte.

Da waren zuerst die armen Inselbewohner von Macarta, Wungkum und San-tschan, die ihre Töchter verkauften. Der Fischfang war schlecht gewesen, Stürme hatten ihnen Boote und Netze zerstört, und die wenigen Reisterrassen hatten unter Dürre und Mangel an Wasser gelitten. Die Folge waren Hungersnot, allerhand Krankheiten und die Gefahr, daß vor allem sehr viele Kinder starben. Es waren zu viele Menschen auf den Inseln, zu wenig Fisch, zu wenig Reis.

Sollten die Leute der Inseln nun ihre Familien hungern und sterben lassen oder einige wenige junge Töchter verkaufen, um damit die paar Silber-Taels zu bekommen, mit denen sie in der Lage waren, neue Netze, andere Boote und einige Sack Reis zu kaufen?! Einige Mädchen mußten fortgehen, was besser war, als wenn viele Kinder starben und vielleicht jene Mädchen dazu.

Die Inselleute bekamen also Geld von den Portugiesen aus Macao. Die Mädchen aber sahen in ihrem Los kein großes Unglück, sie wußten es, daß es das Schicksal der weiblichen Familienmitglieder war, so oder so dem Vergnügen der Männer zu dienen. Wenn sie in ein Chrysanthemenhaus kamen, erhielten sie nicht nur genug zu essen, schöne Kleidung und ein wenig Geld, sondern wurden auch zu wirklichen Damen erzogen. Es war ein Glücksfall für sie, der nicht nur ihre Familien rettete, sondern ihnen selbst die einzige Chance des Lebens bot.

Deshalb – so belehrte Herr Ch'ü den Pater – war es wahr, was jener rotgesichtige Barbar am Hafen gesagt hatte: daß die Mädchen nicht wegen ihres Verkaufes in ein Freudenhaus, sondern nur wegen der schrecklichen See protestiert hatten. Bei ruhigem Wasser und schönem Wetter wären sie lachend und munter an Bord der Kähne gegangen. Sie fuhren ja einem durchaus erstrebenswerten Schicksal entgegen.

Und die Portugiesen und Holländer, die diesen Menschenhandel betrieben, waren ebenfalls zu verstehen. Sie hatten erkannt, daß aus dem ungeheueren Sextrieb der Chinesen, aber auch aus den erotischen Bedürfnissen der Europäer Geld herauszuschlagen war. Sie richteten, genau wie die Chinesen auch, ihre Freudenhäuser in Formosa oder Macao ein, fanden damit allgemeine Zustimmung und große Frequentierung, oder sie gaben die kleinen Chinesinnen eben an gut bezahlende Häuser in Kow-lun oder Kanton weiter. Ein Profit steckte immer in dem Geschäft, bei dem alle gewannen und keiner verlor. Warum also sollte man aus rein theoretischen und philosophischen

Erwägungen gegen eine Schicksalskette einschreiten, die am Ende zu jedermanns Befriedigung abrollte? Und Herr Ch'ü wiederholte noch einmal die Verse Lao-tses, die mit dem Satz endeten: „Scheu vor dem Vorrang der Welt!"

Es war im Grunde die gleiche Belehrung, die der Pater Prokurator ebenfalls ausgedrückt hatte.

Herr Ch'ü fügte sogar noch ein Zitat des verehrten Bodhisattva Amitabha hinzu, den er offenbar neben Meister Kung und Lao-tse am meisten bewunderte: „Nichts mehr anfassen, nichts anrühren in der Welt, nur so wirst du dich befreien vom Rade des Schicksals!"

„Dies wäre eine sehr gute Einstellung, Hochwürdiger Dr. Li", fügte Herr Ch'ü hinzu, „wenn Sie jemals China betreten und dort am Leben bleiben und wirken wollen. Anders jedoch werden Sie sogar in Macao und unter Christen die größten Schwierigkeiten bekommen."

„Man kann auch durch Schweigen und Dulden schuldig werden, verehrter Ch'ü. Ich glaube nicht, daß ich anders sein kann, als ich bin."

Da lächelte Herr Ch'ü, wie man einem sehr begabten Kinde zulächelt, wenn es sich weigert, eine unbequeme Wahrheit anzunehmen. Er sagte: „Ich weiß es, Dr. Li! Ihr Name bedeutet Gerechtigkeit."

8

Das Schicksal – oder, wie Dr. Matteo Ricci sagen würde: die göttliche Vorsehung – webt den Gobelin des Geschehens aus vielen Fäden. Die Zeit ist der Raster, auf dem die Fäden der Einzelschicksale eingestickt werden, jeder in seiner Farbe, jeder eine Linie oder Form für sich, und alle zusammengenommen ergeben ein Bild.

Eines wirkt auf das andere und setzt sich fort in neuer Wirkung. Der weise Bodhisattva Amitabha nennt jede Tat, die jemals getan wurde, einen Anstoß für den neuen Umschwung des Schicksalsrades, aus dem tausend neue Taten hervorgehen müssen.

Als der ehrenwerte Mandarin des Kristallknopfes, Herr Ch'ü-Tai-su, damals in Rivalität mit dem Vetter vierzehnten Grades T'saishen, des Vizekönigs von Kanton, durch bessere Beziehungen, Bestechung und große Verheißungen erreicht hatte, daß schließlich er und nicht dieser nichtswürdige Mandarin der Erde namens T'sai zur Einholung des Kaiserzinses nach Java ausgeschickt wurde, hatte er eine Kette in Gang gesetzt, deren Glieder nun in logischer Folge abrollten.

So klug Herr Ch'ü sich auch seine Pläne ausgedacht haben mochte, das Schicksalsrad war dennoch über sie hinweggerollt. Denn er konnte nicht wissen, daß die beiden Hauptzeugen seiner Schändlichkeit trotz Nacht, Sturm und tobendem Meer am Leben geblieben und nach glücklicher Rettung mit einem Schiff namens „Wonniger Schweinebauch" unversehrt zum Festland gelangt waren.

Das Rad würde sich weiterdrehen.

Vetter T'sai und Kapitän Tscheng, die inzwischen durch endlosen Vergleich der beiderseitigen Ahnenreihen übrigens festgestellt hatten, daß sie über etwa vierundzwanzig Ecken miteinander verwandt waren und sich daher seit dieser erfreulichen Feststellung duzten, hatten die Überfahrt mit dem „Wonnigen Schweinebauch" gut überstanden, saßen jedoch an deren Ende ohne jede Mittel in einem unbedeutenden Fischer- und Schmugglerhafen an der nordöstlichen Kwan-tung-Küste. Kein Mensch wollte ihnen Geld borgen, weil die Leute in den Dörfern und kleinen Städten an der Hung-hai-Wan-Bucht einfach zu töricht waren, um zu begreifen, mit welch hochgestellten Personen sie es zu tun hatten.

Auf die Empfehlung des minderwertigen Kapitäns des „Wonnigen Schweinebauches" hin, der während der Überfahrt die seemännischen Eigenschaften Tscheng-Hsiangs überprüft und für gut befunden hatte, gab es zwar einige Eigner von kleineren Küstenbooten, die bereit waren, den Piloten der verschollenen Kaiserdschunke anzustellen, aber gerade dem Höhergestellten, dem ehrwürdigen Mandarin vom Hasenschild und adlergeprägten Goldknopf, Herrn T'sai, dem Vetter vierzehnten Grades des Vizekönigs von Kanton, nahm es kein Mensch und nicht einmal der Dorfbonze oder Schullehrer ab, daß er wirklich ein Mann hohen Ranges sei. Sie blickten alle nur auf seine schäbigen Kleider, die wie vermoderte Säcke an ihm schlotterten, sahen anstatt der wohlbekannten Satinkappe mit dem Mandarinsknopf nur einen billigen Kulistrohhut und fragten spöttisch nach den Silbertaels, die Herr T'sai sicherlich irgendwo versteckt hätte.

Ein Mandarin ohne Seidenkleider und Brustschild war eben keiner, und ein Mann ohne einen einzigen Kaesch galt nichts.

Vetter T'sai befand sich wirklich in einer sehr schlechten Lage. Trotzdem gelang es ihm, seinen neuen Verwandten, Kapitän Tscheng, dazu zu überreden, das Angebot hinsichtlich eines Küstenbootes auszuschlagen und mit ihm zusammen die mühselige Wanderschaft nach Shiu-hing und Kanton anzutreten. Denn Herr T'sai brauchte den ehemaligen Kapitän der Kaiserdschunke unbedingt als wichtigen Zeugen.

Dieser von allen Schutzgeistern verlassene und zur Schande seiner unbedeutenden Ahnen noch lebende Herr Ch'ü würde sehr große Augen machen, wenn Vetter T'sai plötzlich auftauchte und seine wichtigen Aussagen machte. Um dies alles zu untermauern, mußte der Kapitän auftreten, ja man würde sich um Überlebende vom „Östlichen Jadestern" bemühen und alles durch sehr gewaltige Eide erhärten. Vorerst war es nur wichtig, bald und gesund in jene Städte zu gelangen, in welchen man einen Mandarin vom Hasenschild entsprechend zu würdigen wußte und wo man den Vetter vierzehnten Grades des Vizekönigs erkennen würde.

Ohne Geld und Unterstützung gab es nur einen Weg, und der war bitter genug für einen „Kuan", einen höheren Beamten: man mußte zu Fuß gehen und sich durch persönliche Bemühung auf der Landstraße fortbewegen.

In dem Aufzuge, in dem das Meer die beiden Herren an Land gespien hatte, war jedoch weder Hilfe noch Almosen, war nicht einmal zu erwarten, daß sie ein Ochsenkarren mitnahm oder ein Feldkuli mit ihnen sein Stück Reiskuchen teilte. Man würde sie für Räuber, Landstreicher oder ähnliches wurzelloses Gesindel halten und mit Hunden aus den Dörfern jagen.

Deshalb entschloß sich Vetter T'sai, eine seiner hohen Stellung durchaus unwürdige, wenn auch notwendige Handlung zu begehen. Er stahl nämlich dem Dorfbonzen seine goldbraune Mönchskutte. Der Bonze besaß völlig ungehörigerweise zwei von diesen Gewändern, die ihn als frommen, buddhistischen Asketen und Denker auswiesen. Er hatte eine seiner Kutten am Fluß gewaschen, was auf eine gewisse Neigung zum Weltleben hindeutete, und hatte sie zum Trocknen neben seiner Schilfhütte an einen Ast gehängt.

Diese Kutte wurde die leichte Beute Herrn T'sais. In einiger Entfernung von dem Dorfe, das man fortan mied, bat Vetter T'sai den Kapitän, ihm das Haupthaar abzurasieren, damit die Leute auch glaubten, einen Mönch vor sich zu haben. Denn ein buddhistischer Asket im goldbraunen Habit, mit der Bettelschale oder gar einem Glöckchen in der Hand, war überall ein hochgeehrter Gast. Dort, wo es viele Klöster gab, brachen jeden Morgen Dutzende von Bettelmönchen auf, begaben sich in die Häuser der Kulis oder reicheren Leute, um ihre Nahrung zu holen.

Keine Hausfrau, die eine Suppe, ein Reisgericht, ein Huhn oder gar noch bessere Speisen auf dem Herd stehen hatte, würde auf den Gedanken kommen, dem heiligen Manne etwa nicht die besten Bissen in seine Bettelschale zu legen. Dabei spielte es nicht die geringste Rolle, ob die Bauern und Bürger dem Geister- und Ahnenkult, der Vielgötterlehre der Vorfahren, dem Tao'ismus oder Kung-fu-tsianismus anhingen und überhaupt keine Buddhisten waren. Jedermann wäre sicher gewesen, daß unglückliche Lüfte, häßliche Geister oder besonders unangenehme Fügungen die Zurückweisung eines heiligen Mönches geahndet hätten.

Ein Mönch durfte einfach alles fordern, solange er sich in Grenzen hielt. Deshalb war die Erwägung des Vetters T'ai, daß ihm, der kein Geld und keine Rangabzeichen hatte, die Mönchskutte helfen würde, sehr richtig.

Kapitän Tscheng, dieser bullige und ein wenig primitive Mensch, hate sich – dank Kuang-fu, dem Gott der glücklichen Fügung – schon auf dem „Wonnigen Schweinebauch" ein etwas schartiges Messer verschafft, das er unter seinem Lumpengewand verborgen gehalten hatte.

Mit diesem sehr ungeeigneten, jedoch nützlichen Instrument rasierte er nun hinter einem Weidengebüsch die Kopfhaare Vetter T'sais, wobei der Mandarin sehr jammerte. Fortan pilgerten die beiden Herren in ihrer Verkleidung die Landstraßen entlang südwestwärts. In den Dörfern, die sich unter ihre niederen Schilf- oder Strohdächer in die Gebüsche und Reisfelder duckten, bekamen sie nun überall Essen oder Unterkunft. Vetter T'sai erklärte, daß er und sein Schüler auf dem Wege zu einem sehr heiligen Stein seien, der im Kiulin-Shan entdeckt worden sei.

Alle Menschen wußten natürlich, daß in China seit uralten Zeiten gelegentlich besonders seltsame Felsen, ungewöhnlich geformte Steinnadeln oder bizarre Gebirgsformationen entdeckt wurden, in denen man rätselhafte Botschaften der Geisterwelt sah und denen man gewisse Wunderkräfte zuschrieb. Wenn sich solch ein hervorragender Stein transportieren ließ, wurde er oft in die Steingärten der Hauptstädte oder in besonderen Fällen sogar bis Peking geschickt, um den Kaiser in seinem Palastgarten am Himmelstempel zu erfreuen.

Es waren schon Steinbrocken aus Szechuan über viele tausend Li bis Peking gelangt, und viele hundert Kulis hatten diese Steine über Gebirgspässe, Stromschnellen und staubige Straßen befördert.

Es gab demnach keine Zweifler, als Vetter T'sai in seiner Mönchskutte erklärte, daß er auf frommer Pilgerschaft zu einem heiligen Stein wäre. Die Bauern und ihre Weiber sprachen Segenswünsche aus, füllten die Schalen der beiden Asketen und halfen ihnen sogar manchmal, mit ihren Wasserbüffeln und Karren zur nächsten Siedlung zu gelangen.

Auf solche Art hatten Vetter T'sai und Kapitän Tscheng etwa Anfang September die schöne Stadt Shiu-hing erreicht, in welcher der Gouverneur von Kwan-tung, der ehrenwerte Mandarin des geblümten Korallenknopfes mit dem Brustschild des springenden Berglöwen, Herr Wang-P'ai, residierte.

Dieser sehr bedeutende und hohe Beamte war der ziemlich unbeschränkte Herr über die Provinz Kwan-tung, einem Landstrich an der Küste des Südchinesischen Meeres, der etwa die Größe Portugals hatte und im Süden vom Si-kiang-Strom mit Kanton, nördlich vom flachen Gebirgsland Fu-kien und nach Westen von den Provinzen Kiang-si und Honan eingeschlossen war. Als Gouverneur und Träger des rotgeblümten Korallenknopfes stand Herr Wang-P'ai nur dem Vizekönig von Kanton im Range ein wenig nach, was jedoch dadurch ausgeglichen wurde, daß er besonders enge Beziehungen zu dem mächtigen Hof-Eunuchen Ma-T'ang unterhielt.

Ausgerechnet zu Herrn Wang-P'ai strebten nun Vetter T'sai und Kapitän Tscheng, um ihre Meldung zu machen.

Der Weg zu einem Provinzgouverneur und Mandarin des geblümten Korallenknopfes ist weiter als der von der Hung-hai-Wan-Bucht nach Shiu-hing.

Zwar standen die beiden Herren in ihren etwas unpassenden Kleidern nun vor dem mächtigen Gebäude des Gouverneurspalastes, sahen zu den dreifach übereinander gestuften, bunten Glasurdächern mit all den Fayencedrachen, Dämonenfiguren und phantastischen Dachreitern, Traufen und Wasserspeiern hinauf, aber sie kamen nicht an den Tatarenposten des weit geöffneten Palasttores vorbei. Diese Soldaten in ihren bizarren Wattepanzern, den geschwungenen Schulterblechen, maskenhaften Helmen und kurzen, gefältelten Knieröcken legten jedesmal, wenn sie den Versuch machten, die Schwelle zu passieren, die zackigen Hellebarden quer und schüttelten die Köpfe.

Vetter T'sai war selber Beamter. Auch vor seinem Amt in Kanton hatten selbstverständlich Wachtposten gestanden, um die Herren vor den Belästigungen des Volkes zu bewahren. Die Herren Beamten mußten ja schließlich Papier bepinseln, Formulare ausfüllen, amtliche Vorgänge bearbeiten und Denkschriften für noch höhere Ämter verfassen, sie waren sehr überlastet, und viele rieben sich im Dienste des Volkes auf, das ja größtenteils mit sehr minderwertigen Tätigkeiten seine Zeit vertat. Diese Leute hobelten, sägten, färbten Wolle oder Seide, webten, schneiderten, andere buken Kuchen und wieder andere ackerten jahraus, jahrein auf ihren Reisterrassen und Hirsefeldern, um das Korn zu erzeugen, das andere aßen. Dann gab es die Geschäftsleute, die alle Waren verteilten und die Märkte in Gang hielten, die Steuern und Bestechungsgelder bezahlten und nebenbei immer noch Geld verdienten, ehrenwert sicherlich, jedoch nicht zu vergleichen mit der wichtigen Tätigkeit der Beamten. Denn die Beamten sorgten dafür, daß alles, was auch geschah, in der Ordnung des Staates verlief und daß alles nach Recht und Gesetz ging. Ohne sie wäre aller Fleiß des Volkes, alle Tüchtigkeit der Kaufleute und selbst die Gelehrsamkeit der Oberschicht im Chaos untergegangen.

Der Himmelssohn in Peking hatte zwar in einem Erlaß anläßlich seiner Thronbesteigung vor etwa zehn Jahren verkündet, daß selbst *er* nur für das Volk da wäre und daß all seine Beamten dem Volke zu dienen hätten. Aber um zu dienen, mußte man die Beamten vom Volke und seinen unablässigen Wünschen abschirmen.

Darum verstand es Vetter T'sai sehr gut, daß der Palast des Gouverneurs so streng bewacht war und daß es beinah unmöglich schien für einen gewöhnlich Sterblichen, in irgendein Amt hineinzukommen. Er begriff es als Beamter, ärgerte sich jedoch im Augenblick als gewöhnlicher Mensch, der dringend Hilfe suchte.

Es war sein Glück, daß er selber Beamter war und daher von einem Kollegen als solcher erkannt wurde.

Ein Mandarin sehr niederen Ranges trat aus dem Portal, Vetter T'sai sprach ihn an, gab sich zu erkennen, erzählte seine abenteuerliche Geschichte und fand zu seiner eigenen Überraschung Glauben. Irgendwie hatte eben selbst ein niederer Beamter ein Gespür für den Kollegen.

Der Mandarin niederen Grades veranlaßte, daß Herr T'sai wieder jene Kleider erhielt, die seinem Rang und seiner Menschenwürde entsprachen. Sogar Kapitän Tscheng wurde auf Kosten des Amtes neu eingekleidet. Man gab den beiden Schiffbrüchigen einige Taels für ihre Bedürfnisse und wies ihnen Quartier in einem Regierungsrasthaus an. Selbstverständlich unterschrieb der Vetter vierzehnten Grades des Vizekönigs von Kanton einige Schuldscheine, die später einzulösen waren.

Vetter T'sai war zurückgekehrt in die Sphäre, zu der er gehörte. Er fühlte sich wieder als Mensch; sogar die kurzgeschorenen Haare begannen zu wachsen.

Eine Woche nach ihrer Ankunft in Shiu-hing wurden sie beide zur Audienz bei dem hochwichtigen und mächtigen Gouverneur Kwan-tungs, Herrn Wang-P'ai, zugelassen. Vetter T'sai war der Wortführer. Kapitän Tscheng stand lediglich verlegen und sich fortwährend verneigend dabei.

Als Vetter T'sai dem Gouverneur die Geschichte des „Östlichen Jadesterns" erzählte, unterbrach ihn dieser kein einziges Mal. Sein fettes und einem Vollmond ähnliches Gesicht nahm eine maskenhafte Starre an, die schmalen Schlitzaugen schlossen sich beinah.

Vetter T'sai hatte mehrere Fehler begangen.

Der erste und bedeutendste war es, überhaupt zum Gouverneur gegangen zu sein. Schließlich war dieser der ehrenwerte Oheim Herrn Ch'üs und hatte diesem den Posten verschafft. Konnte er – ohne selbst an Gesicht zu verlieren – nun zugeben, daß er eine Fehlentscheidung nicht nur getroffen, sondern durchgefochten hatte? Durfte er seinen Neffen fallen lassen, nur um ein guter Beamter zu sein?

Nein! Oheim Wang-P'ai würde vor allem ein guter Onkel sein. Die Familie stand über dem Staat. Zudem – wer wußte schon, ob nicht Oheim Wang an dem Geschäft seines Neffen beteiligt war?!

Vetter T'sai ging plötzlich auf, in welche Kalamität er sich eingelassen hatte. Das starre, ausdruckslose Antlitz des Gouverneurs verriet ihm schlagartig, welche Irrtümer er begangen hatte. Durch den Haß gegen Ch'ü hatte er sich zu einer Unklugheit hinreißen lassen.

Und das waren seine anderen Fehler: er hatte Herrn Ch'ü angeklagt, anstatt nur kühl die Ereignisse zu berichten. Es war sehr falsch, sich in Verdächtigungen und Mutmaßungen über Herrn Ch'ü zu ergehen; denn Tatsache war nur, daß der „Östliche Jadestern" gekapert und Herr Ch'ü auf die „Sao Luiz" gebracht worden war. Selbst der Wassersturz der beiden Herren war nicht als Anschlag nachzuweisen, und vom weiteren Schicksal der „Sao Luiz" wußten sie nichts.

Was nun, wenn der „Östliche Jadestern" oder Herr Ch'ü morgen schon mit Schätzen beladen zurückkehren würden?! Vetter T'sai fiele zum zweiten Mal ins Wasser.

Als T'sai, nun gegen Ende seiner Anklagerede sehr kleinlaut geworden und schon alles abschwächend, plötzlich den Faden verlor und zu stottern begann, gebot ihm eine energische Geste des Gouverneurs gänzlich Einhalt. Die schmalen Schlitzaugen verengten sich zu Messerschnitten.

„Genug, Herr T'sai!" Der ziemlich verwirrte Vetter bemerkte recht wohl, daß ihm der Gouverneur jedes ehrende Beiwort versagte. „Ich weiß, daß Sie der Verwandte vierzehnten Grades des Vizekönigs von Kanton sind und einen niederen Mandarinsrang bekleiden. Hier in Shiu-hing jedoch bestimme ich allein. Da Sie es gewagt haben, sehr schwere Beschuldigungen gegen einen Mandarin sehr hohen Ranges, einen gewissen Herrn Ch'ü-Tai-su, der zufällig auch mein leiblicher Neffe ist, vorzubringen, die jedoch weder Sie selbst noch dieser Seemann beweisen können, muß ich Sie vorläufig in Haft setzen: das ist notwendig, damit eine Untersuchung der Vorfälle nicht etwa durch Ihr verantwortungsloses Geschwätz beeinträchtigt und vielleicht der gute Ruf des abwesenden Herrn Ch'ü unnötig geschädigt wird. Inzwischen wollen wir abwarten, bis Herr

Ch'ü und seine Kaiserdschunke glücklich zurückkehren. Zu meinem großen Bedauern, Herr T'sai, müssen Sie und Ihr sogenannter Zeuge als Gäste des Gouvernements in den ‚Kang der vielen Seufzer' einziehen. Man wird Ihnen Wasser und etwas Reis reichen."

Mit einer fortwischenden Gebärde beendete der ehrenwerte Oheim Wang die Audienz und war sehr mit sich zufrieden. Das einzige, was ihn beunruhigte, war die Tatsache, daß sich Neffe Ch'ü bisher noch nicht gemeldet hatte.

Darum schickte er Botschaft nach Macao, um sich nach Ch'ü zu erkundigen.

9

Die Lage des ehrenwerten Vetters T'sai und seines Verwandten vierundzwanzigsten Grades, Tscheng, war wirklich sehr schlecht. Für ihn schwang das Rad des Lebens immer noch hinab. Da es jedoch in der Natur rollender Räder liegt, nach einiger Zeit die untere Seite nach oben zu kehren, war Vetter T'sai ziemlich hoffnungsvoll.

Er wußte, daß eine Kette von Fehlschlägen und Mißhelligkeiten mit Notwendigkeit die Einleitung zu einer besseren Periode des Lebens sein würde.

Kapitän Tscheng war hier ganz anderer Meinung. Er war nicht wie der Mandarin vom Hasenschild von kung-fu-tsianischen Morallehren oder jener seltsamen Mischung von Taoismus und Buddhismus angekränkelt wie die Hochgebildeten. Für ihn war das ganze Gerede von Kuan-yin, dem Gott der Barmherzigkeit, Omit'o, dem Herrn des westlichen Paradieses, oder Mi-lo-fo, dem kommenden Buddha und Erlöser, nichts anderes als Narrengeschwätz. Er mochte diesem ewig plaudernden und klugrednerischen Mandarin vom Hasenschild, Herrn T'sai, trotz seines Ranges nicht mehr zuhören.

Tscheng war Realist, er war Seemann und erdverbundener Bauer zugleich und glaubte nur an die Drachen, Geister und Ahnen, kurz an alles, was er in der Natur widergespiegelt fand. Da er mehrmals in Java, Sumatra und Malakka gewesen war und viel mit mohammedanischen Seefahrern, Kauf- und Kriegsleuten zu tun gehabt hatte, waren ihm einige Grundbegriffe des Islams nähergekommen, die er schon darum für richtig hielt, weil sie einfach und begreifbar waren.

Vor allem glaubte er an das Fatum, die Schicksalsbestimmung, gegen die der Mensch machtlos ist. Mag sein wer immer diese vielfältige und widerspruchsvolle Welt bewegte: sei es eine Naturkraft, ein Geist oder Gott oder eine ganze Menge von diesen unfaßbaren Mächten, für Kapitän Tscheng war auch der Mensch nur ein Wassertropfen im unendlichen Meer des Daseins, und es lag nicht in der Hand von Wassertropfen, darüber zu entscheiden, ob sie Woge, Welle oder Regen sein würden.

Obschon er somit bei all seiner körperlichen Bärenstärke und Rauheit sich im Grunde bei jeder Katastrophe seines Lebens in Fatalismus fallen ließ und sagte: Da kann man eben nichts machen, wir wollen abwarten, wie es weitergeht! – Trotz dieser keineswegs kämpferischen Haltung löckte er doch gegen den Stachel und ärgerte sich sehr über seine Dummheit, das Angebot für den Küstensegler abgelehnt zu haben und mit diesem verkommenen Mandarin gegangen zu sein.

Jetzt saß er mit diesem zusammen hinter den Bambusstäben einer Art Käfig und mußte sich wie ein Affe von einem Wärter höchst unzureichend füttern lassen. Sogar die wenigen Silbertaels, die das Amt ihnen gegeben hatte, waren ihnen abgenommen worden. Die Gefängnisaufseher, die demnach kein zusätzliches Geschäft mit irgendeinem Speisehaus machen konnten, brachten der nicht vorhandenen Kasse der Gefangenen entsprechend nur das amtliche Mindestmaß an Gefängniskost: abgestandenes Wasser und eine Schale gedämpften Reis. Manchmal war es sogar nur Hirse.

Kein Wein, kein Gläschen Jasmin-Schnaps oder Sake und nicht einen Bissen Fleisch! Darum versäumte er, nun unter gänzlicher Mißachtung des Beamtenranges des Herrn T'sai, keine Gelegenheit, seinen Gefährten mit Vorwürfen zu überhäufen, daß er sie beide durch seine Torheit in diese Situation gebracht habe.

Hätte Herr Tscheng dies geahnt, bei allen Drachen der See und des Himmels, er hätte Vetter T'sai damals vor den Tung-sho-Tao-Stränden wie eine Katze absaufen lassen! Oder er wäre lieber in der Hung-hai-Wan-Bucht geblieben.

Es war überhaupt eines richtigen Mandarins unwürdig, sich die abgetragene Kutte eines Bonzen zu stehlen. Und wäre Herr T'sai ein ernsthafter Gelehrter gewesen und nicht nur ein Sprücheklopfer, dann hätte er nicht die unglaubliche Torheit besessen, zum Oheim eines Mannes zu rennen, den er anschwärzen wollte.

Aber Vetter T'sai blieb unverdrossen optimistisch. Er baute auf das Eingreifen von Kuan-yin, des Gottes der Barmherzigkeit, und auf den Umschwung des Schicksalsrades.

„Eben weil es uns schlecht ergeht", sagte er überzeugt, „muß es uns bald besser gehen!"

Mehr als vier Wochen saßen die beiden Unglücksraben nun schon im „Kang der vielen Seufzer" zu Shiu-hing, und langsam wurde auch Vetter T'sais guter Mut kurzatmiger. Er wußte zwar – noch dazu man ihm die neuen Mandarinsgewänder belassen hatte –, daß es auch der Gouverneur Kwan-tungs nicht wagen würde, einen Vetter vierzehnten Grades des Vizekönigs von Kanton, mit dem er sowieso auf gespanntem Fuße stand, körperlich anzutasten oder gar verschwinden zu lassen, doch wußte er nicht, wie lange das Spiel dauern konnte, das ihn in eine so verabscheuungswürdige Lage gebracht hatte. Es gab Fälle, da die Behörden Gefangene auf Jahre hinaus im Bambuskang vergessen hatten, und es war ungewiß, ob sein Vetter vierzehnten Grades in Kanton eines Tages Nachforschungen wegen Herrn T'sai anstellen würde. Bei aller Selbsteinschätzung war sich Vetter T'sai nicht klar, ob seine eigene Wichtigkeit solche Maßnahmen hervorrufen würde. Es konnte demnach beliebig lange dauern, bis er wieder frei kam.

So kauerten die beiden Gefährten im Unglück im Bambuskäfig und verbrachten ihre Tage mit einigen knurrigen und gar nicht mehr höflichen Bemerkungen, jedoch hauptsächlich mit dem Warten auf das Essen.

Sie hatten Hunger. Bei Kapitän Tscheng war das nicht so wichtig. Als Seemann und einfacher Mensch aus dem Volke war er solche Unbillen gewohnt. Er fraß wie ein Tier mit den Händen, schmatzte vor Vergnügen, wenn etwas Sojasoße unter den Reis gemischt war, und schimpfte nur, wenn die Schale zu bald leer war.

Er nahm ganz sichtlich ab. Nach vier Wochen Haft schlotterten ihm Falten um den vordem wohlgerundeten Bauch. Das war ärgerlich. Bei Herrn T'sai jedoch war das Erschlaffen seiner gut gepolsterten Backen und die Aushöhlung seines Bauches zugleich ein bedeutender Verlust an Ansehen, Würde und Gesicht. Dazu kam, daß ihm während der Wanderschaft und des Aufenthaltes im Gefängnis die letzten seiner sehr gepflegten Fingernägel abgebrochen waren. Jener besonders lange am rechten Zeigefinger war schon während des Sturmes, als er am Boot hing, verlorengegangen. Lange Fingernägel sind aber das deutlichste Symbol dafür, daß ein Mann nicht gezwungen war, gemeine Handarbeit zu verrichten, sondern sich nur mit Büchern, mit Schriften und mit geistigen Dingen beschäftigte. Sie gaben ihm Ansehen und waren wie Ausweise seines Ranges.

Vielleicht war Herr T'sai vor allem seiner abgerissenen Nägel wegen von den Schiffern, Fischern und Bauern so sehr mißachtet worden?

Je länger er in diesem schrecklichen Käfig saß, um so mehr verlor er seine Identität, und es war ein Glück für ihn, daß man ihn nicht auch noch der Kleider beraubt hatte.

Als etwa Mitte Oktober schon die kühlere Jahreszeit mit Regenstürmen einzusetzen begann und die Stimmung der beiden Gefangenen sich rasch einem Tiefpunkt näherte, kam die unerwartete Wende. Herr Shen-wang-ku trat auf.

Das war jener junger Beamte sehr niederen Ranges, der seinerzeit den beiden Schiffbrüchigen geglaubt und ihnen die Tore der Ämter aufgeschlossen hatte.

Plötzlich war er wieder da: ein Mandarin beinahe des untersten Ranges, der seinem Alter nach die Kuan-Prüfungen erst kürzlich abgelegt haben mußte. Er war nicht viel mehr als ein Student, der aber doch schon Beamtenehren erlangt hatte.

Herr Shen-wang-ku war zur Gefängnisverwaltung versetzt worden. Die Aufseher respektierten ihn als Beamten und grüßten mit tiefen Verbeugungen.

Zuerst fragte Herr Shen, ob es stimmte, was er von einem höheren Beamten des Gouvernements erfahren habe, daß Herr T'sai und sein Verwandter in Angelegenheiten des Herrn Ch'ü beim hochverehrten Gouverneur vorstellig geworden seien? Sie hatten ihm ja damals vor dem Tor etliche Andeutungen in dieser Hinsicht gemacht. Und als Vetter T'sai diese Annahme nicht nur bestätigte, sondern auch genauere Angaben über die Untaten und Verbrechen des Herrn

Ch'ü machte, lauschte ihm Herr Shen aufmerksam und nickte sehr zustimmend.

Er sagte, daß Herr Ch'ü zwar als Neffe des hochachtbaren Gouverneurs Wang bekannt und sehr geehrt sei, daß aber jedermann auch wisse, wie korrupt und verderbt er sei. Herr Shen glaubte aufs Wort, was Vetter T'sai zu berichten wußte.

Und nun zeigte sich, wie jung und töricht Herr Shen war. Er legte seine Mahjongsteine offen auf.

Schon als Student in Kanton hatte er einer Gruppe puritanisch strenger Kung-fu-tsianisten angehört, die sich geschworen hatten, die Korruption und die Vetternwirtschaft im Reich der Mitte zu beseitigen, Gerechtigkeit zu schaffen und der Gleichheit vor dem Gesetz wieder Geltung zu geben. Einige Male hatten diese Studenten vor gewissen Ämtern oder Privathäusern bestechlicher Beamter, betrügerischer Kaufleute und hartherziger Wucherer protestiert, doch sie waren von der Polizei zusammengeknüppelt und verhaftet worden, so weit man sie ergreifen konnte.

Herr Shen war glücklich durchgekommen und sogar zur Kuan-Prüfung zugelassen worden. Obschon er nunmehr selber Beamter war, hing er immer noch seinen ursprünglichen Idealen an, ja er flüsterte Vetter T'sai sogar geheimnisvoll zu, daß er der Vereinigung „Östlicher Wald" beigetreten sei, die eine grundlegende Änderung der Zustände in China fordere. Ob Sie schon von diesem Bund der puritanischen Mandarine, dem „Östlichen Wald", gehört hätten? Dieser mächtige Geheimbund spielte mit der Volksbewegung der „Roten Kopftücher" zusammen.

Vetter T'sai und Kapitän Tscheng waren ihm sehr sympathisch, weil sie ja auch sehr mutig gegen die Korruption eines der übelsten Schurken, nämlich des Herrn Ch'ü, aufzutreten gewagt hatten. Daß sie sogar zum Gouverneur, der Herrn Ch'üs Oheim war, gegangen waren, imponierte dem jungen Mann gewaltig.

Weder Vetter T'sai noch Kapitän Tscheng hatten jemals von diesen geheimen Verbindungen vernommen. Aber sie begrüßten es sehr, als Herr Shen sagte, er wolle ihnen beiden als tapferen Gesinnungsgenossen helfen, aus dem Kang zu entkommen.

Acht Tage später war es so weit. Herr Shen bestach einen Aufseher, der selber den „Roten Kopftüchern" nahestand. Dieser wieder vergaß das Holzschloß des Bambuskäfigs abzuschließen, und Herr Shen kam leise und heimlich herein und führte die beiden Gefangenen persönlich aus dem Gefängnis.

Sie liefen, so rasch sie die Füße trugen, zum Stadttor, dessen Wächter wie üblich schliefen, öffneten sich ein Schlupftürchen und rannten hinaus in die Nacht.

Vier Wochen später – etwa Mitte November – stand Vetter T'sai vor seinem Vetter vierzehnten Grades, dem Vizekönig von Kanton. Er berichtete alles, machte auch kein Hehl aus der seltsamen Haltung, die Gouverneur Wang in Shiu-hing eingenommen hatte, und ließ wieder einmal, da er aus allen Erlebnissen nichts gelernt hatte, seinem von Haß, Zorn und Rachsucht übervollen Herzen freien Lauf.

Der Vizekönig hörte ihm schweigend zu. Sein ausdrucksloses Gesicht verriet durch kein Zucken oder Lächeln, was er dachte.

Als Vetter T'sai geendet hatte, blickte ihn der Vizekönig starr an.

„Ich danke Ihnen, Vetter T'sai, Ehrenwerter! Es ist interessant, was Sie mir über den ‚Östlichen Jadestern' und Herrn Ch'ü berichtet haben. Aber es ist leider noch ein wenig unbewiesen, was Sie – o eifrig Strebender – aus gewissen Vorfällen geschlossen haben. Deshalb will ich bis etwa zum Laternenfest warten, um eine Entscheidung zu treffen. Kehren der ‚Östliche Jadestern' oder Herr Ch'ü bis dahin nicht zurück, so werde ich handeln."

Vetter T'sai verneigte sich überglücklich. Nun endlich würde er sein Gesicht zurückgewinnen und zugleich seine Rache an Herrn Ch'ü haben.

„Ich weiß", rief er voller Gefühl aus, „Sie, o Erhabener, werden diesen verächtlichen Ch'ü vernichten!"

Der Vizekönig schaute ihn beinahe mitleidig an und sprach: „Ich glaube nicht, lieber T'sai, daß Sie jemals ein höherer Beamter werden."

10

Am Tage nach dem Besuch Vetter T'sais beim Vizekönig erfuhr Herr Ch'ü in Macao alles was vorgefallen war und auch den Ausspruch des erhabenen Vizekönigs, die Frist bis zum Laternenfest betreffend.

Das Laternenfest würde Ende Januar stattfinden. Eine schnellsegelnde Dschunke war noch in der gleichen Nacht den Perlstrom hinab und nach Macao ausgelaufen und hatte die Nachrichten überbracht.

Nun wußte Herr Ch'ü, daß es Zeit war, sich in Kanton zu melden und bald nach Shiu-hing zurückzukehren.

Daß Vetter T'sai und Kapitän Tscheng am Leben geblieben waren, betrübte ihn sehr; daß sie beide oder wenigstens Vetter T'sai in diesem Falle zu allen Behörden laufen würden, hatte Herr Ch'ü erwartet. Es überraschte ihn keineswegs. Er wußte ja, wie dumm und ehrgeizig Vetter T'sai war: der typische Subalternbeamte, der mit aller Gewalt höherkommen wollte.

Indem Herr Ch'ü in seiner unendlichen Güte es zu arrangieren verstanden hatte, daß Vetter T'sai gewisse Ungelegenheiten, die ihm aus Dummheit und Ehrgeiz entgegenwachsen würden, erspart bleiben sollten, wenn er aus diesem nichtswürdigen Leben in ein besseres anderes einginge, hatte er große Freundlichkeit und Weisheit bewiesen. Doch waren diese Wohltaten von den Göttern nicht honoriert worden. Sie hatten offenbar den gänzlich unwürdigen T'sai am Leben gelassen, damit er Herrn Ch'ü Ungelegenheiten bereite. Man ersah jedoch aus dem Ganzen, wie vorausschauend Herr Ch'ü gewesen war, als er trotz des vermeintlichen Hinscheidens von Vetter T'sai alle weiteren Spuren des „Östlichen Jadesterns" verwischt hatte. Es gab keine Zeugen mehr auf chinesischer Seite, es sei denn das blumenhafte Trostmädchen Pi-shan, und dieses würde schweigen, weil sie Herrn Ch'ü verständlicherweise durch große Liebe verbunden war. Alle übrigen Mitglieder der Reisegesellschaft auf dem „Östlichen Jadestern" waren entweder mit diesem ekelhaften Piraten Hui-tsing-Ah fortgegangen oder hatten einen bedauernswerten Unfall gehabt. Selbst wenn Leute aus Hong-Kong oder Kow-lun, wie etwa dieser korrupte blaue Mandarin sehr niedrigen Grades, gesprächig sein sollten, so besaß Herr Ch'ü einige sehr schlagende Gegenargumente und Beweise seiner Integrität.

Er war nämlich durch den günstigen Verlauf, den das Unternehmen „Kaiserdschunke" genommen hatte, sehr reich geworden. Seine Gläubiger würden ihn nicht länger bedrängen, seine Schulden würden wenigstens dort getilgt werden, wo sie anfingen, gefährlich zu werden, und es würde genug übrig bleiben, um all jene Leute zu salben, deren Urteil wichtig war.

Die ehrenvolle Rückkehr Herrn Ch'üs nach Kanton und zu seiner Amtsstelle nach Shiu-hing – denn er hatte den Hafenkommissar von Whampoa zugunsten des einträglicheren Postens eines Ober-Finanzbeamten der Provinz Kwan-tung aufgegeben – war längst vorbereitet. Er würde am Abend vor dem Laternenfest beim Vizekönig in Kanton sein.

Der „blaue Mandarin" in Kow-lun, der den „Östlichen Jadestern" samt dem Beuteanteil des Herrn Ch'ü fortgebracht und auf den sehr schönen Namen „Duftende Wolke" umgetauft hatte, war zuverlässig gewesen und hatte alle Anweisungen des Herrn Ch'ü befolgt. Viele wertvolle Waren waren in dem Lagerhaus der Firma „Ch'ü und Wang" zu Kow-lun eingelagert worden, die „Duftende Wolke" fuhr bereits auf neuer Handelsfahrt mit Ballastfiguren im Kielraum weit im Südmeer und würde nach einer gewissen Zeit der Unsichtbarkeit weiteres Geld verdienen. Vor allem jedoch hatte der „blaue Mandarin" weisungsgemäß einige sehr große Summen in Silbertaels auf Kantoner und Shiu-hing-Banken einbezahlt, wo sie dem ehrenwerten Herrn Ch'ü jederzeit zur Verfügung standen.

Nachdem demnach von einem eventuellen Bankrott keine Rede mehr sein konnte, Herr Ch'ü mit neuem Vermögen auch neues Ansehen gewonnen hatte, würden seine hochgestellten Freunde, der Vizekönig, Oheim Wang-P'ai und vor allem der sehr entfernt lebende, aber ungemein wichtige Hof-Eunuch Ma-T'ang, sehr glücklich über die gesunde Heimkehr Herrn Ch'üs sein und sich über die „Geschenke" freuen, die er ihnen mitgebracht hatte. Der bedauerliche Verlust des „Östlichen Jadesterns" würde aus der Realität in einen ziemlich dicken Akt übergehen, der auf dem Wege nach Peking immer mehr anschwoll, um am Ende in einer Ablage der kaiserlichen Hofkanzlei sein Dasein zu beschließen. Selbst der sehr wichtige Eunuch Ma-T'ang, der für gewöhnlich auf die Einnahmen des Kaiserhofes bedacht war, würde den Ausfall des Kaiserzinses aus Java verschmerzen.

Die Ämter würden den Verlust der Schatz-Dschunke dem verruchten Piraten Hui-tsing-Ah zuschreiben, die wundersame Errettung des mutigen Herrn Ch'ü jedoch auf das Konto der Firma Viegas buchen, was ganz dem Geschmack Herrn Ch'üs entsprechen würde.

Hui-tsing-Ah konnte dieses neue Verbrechen nicht schaden. Er hatte so viele andere begangen, daß schon ein Kopfpreis auf ihn ausgesetzt war. Und den Kopf konnte man nur einmal verlieren, was jedoch für Hui-tsing-Ah nicht zutraf; denn er besaß viele mit Kanonen bestückte Schiffe und war in Formosa unerreichbar.

Die Viegas hingegen wollte Herr Ch'ü in der Gunst der Behörden erhalten; denn mit ihnen machte er immer besser florierende Geschäfte, so daß ihr Vorteil allmählich identisch mit dem seinen war.

Eben jetzt, während seines vierteljährigen Aufenthaltes in Macao, hatte Herr Ch'ü eine ganze Reihe neuer Geschäfte mit den Viegas, ja sogar mit Hui-tsing-Ah, eingeleitet. Alles würde auch für die Zukunft gutgehen. Die Verbindung mit den Viegas und mit Macao wurde für Herrn Ch'ü immer wichtiger.

Trotzdem mußte er nun für einige Zeit nach China zurück, um das Laternenfest nicht zu versäumen.

Was also für Herrn Ch'ü in Macao vor seiner baldigen Abreise noch zu tun blieb, war die Regelung seines Verhältnisses zu den Viegas – so weit es Joanna betraf. Das Mädchen war verrückt nach ihm und liebte ihn sehr, was Herr Ch'ü völlig verstand. Sie konnte nicht genug bekommen von all den feinabgestimmten Zärtlichkeiten und erotischen Finessen, die ein so hochgebildeter Mann wie Herr Ch'ü in ausgezeichnetem Maße zu spenden wußte.

Joanna war in den vergangenen Wochen und Monaten so aufgestört und hemmungslos geworden, daß sie bereits den notwendigen Takt, eine gewisse Zurückhaltung und die gebotene Geheimhaltung ihrer Beziehung vermissen ließ. Herr Ch'ü hatte Joanna zum Beispiel eingeschärft, daß sie nur dann den Geheimpfad zwischen den beiden Parkanlagen benutzen und zu ihm herüberkommen sollte, wenn er eine gewisse rote Lampionlaterne am Teehaus aushängen ließe. Aber Joanna in all ihrer Unruhe und Sehnsucht hatte es schon mehrmals fertiggebracht, auch außerhalb dieser festgelegten Liebesstunden ins Haus Herrn Ch'üs zu huschen und plötzlich dazustehen, als habe Herr Ch'ü nur darauf gewartet, sie zu empfangen.

Einmal hatte sie sogar die Ungereimtheit besessen, das Teehaus zu betreten, als dieses voller Gamelang- und Saitenspiels war, als alle Lampions brannten und Herrn Ch'üs Lieblingsmädchen vor ihm tanzten. Sie wäre sogar imstande gewesen, voller Eifersucht in eine geschäftliche oder philosophische Besprechung von Herren hineinzuplatzen, was natürlich noch schlimmer gewesen wäre.

Diese Europäerinnen besaßen keine Lebensart. Eifersucht und Liebesgier waren Eigenschaften, die bei Chinesinnen sehr selten, bei wohlerzogenen Chinesinnen sogar unmöglich waren. Und doch gaben gerade diese Eigenschaften den Europäerinnen einen besonderen Reiz. Herr Ch'ü fühlte sich ein wenig geschmeichelt, daß sie sich auf seine Person konzentrierten.

Obschon eine Chinesin als Geliebte bedeutend bequemer zu handhaben und problemloser im Sinne von Vergnügen zu gebrauchen gewesen wäre, fand Herr Ch'ü dennoch Joanna irgendwie reizvoller und anziehender. Vielleicht war es das Ungewöhnliche, das Exotische oder auch das Prickeln einer gewissen Gefahr, das ihm den Genuß an Joannas Liebe so sehr erhöhte; aber es mochte auch sein, daß es dieser Hautgout von Persönlichkeit war, den er bei ihr vorgefunden hatte und den er wie ein seltenes Gewürz in einer oft genossenen Lieblingsspeise als neue Nuance entdeckte.

Chinesinnen waren beim Liebesspiel wie Instrumente, auf denen ein Mann spielte, und selbst wenn sie in Chrysanthemenhäusern gut ausgebildet waren oder selber Begabung für das Erotische besaßen, so waren sie doch stets die Hinnehmenden, die Unterworfenen oder die Werkzeuge. Im Grunde blieb der Mann und Herr stets allein und spürte bei allen kunstreichen Bemühungen der Mädchen, daß diese nur Liebessklavinnen, Technikerinnen, manchmal auch einsam Genießende waren.

Die Europäerin vom Schlage Joannas benahm sich anders.

Zu seiner großen Überraschung hatte Herr Ch'ü gefunden, daß auch Mädchen Persönlichkeiten sein konnten, daß sie versuchten, durch ihre Liebe echte Partner eines Mannes zu sein und daß sie im Liebesakt mehr zu schenken wußten, als nur ihren Körper. Chinesinnen wurden hochgeachtet als Mütter von Söhnen und als Herrinnen des inneren Kangs; sie blieben jedoch ihrer kung-fu-tsianischen Einordnung in die gesellschaftliche Reglementierung nach stets nur indirekte Werte: als Gefäße, in die man seine männlichen Gefühle ergoß, als Modeln, in denen das wichtige neue Leben gebacken wurde, oder als unabdingbares Glied zur Fortsetzung der Ahnenreihe, manchmal auch als hochgeehrter Hausgeist, der die Familie zusammenhielt.

Joanna jedoch wollte mehr sein, wenn sie Herrn Ch'ü liebte: sie machte ihm mit jeder Geste und Zärtlichkeit in ihren Worten und ihrer Haltung klar, daß sie ein Mensch war, der ebenso wie Herr Ch'ü selber zu fühlen, zu denken und zu leiden imstande war. Natürlich war sie vom Standpunkt der Sprache, der Bildung und des Wissens, ja sogar von ihren ungezogenen Manieren her gegenüber einem Manne wie Herrn Ch'ü das reine Nichts und stand weit unter einem blumenhaften Trostmädchen wie etwa Pi-shan. Und trotzdem verlor sie niemals ihre Persönlichkeit. Sie behauptete ihre Seele, und selbst wenn sie sich preisgab, so geschah es nicht aus wohlerzogener Unterwürfigkeit, sondern aus freiem Willen.

Dieser Wille aber, die frech geäußerte und höchst ungebührliche Eifersucht und das unverständliche Besitzdenken Joannas waren es, die Herrn Ch'ü seltsamerweise gefesselt hielten.

Als ob man einen Mann wie ihn besitzen könnte!

Joanna jedenfalls wollte es. Sie sagte, dies sei Liebe.

Aber es war eine so eigenartige Form der Liebe, wie sie Herr Ch'ü niemals vordem erfahren hatte und die ihn darum irgendwie tiefer beschäftigte, als je eine Beziehung zu einer Frau vorher.

Das war ihm jedenfalls klargeworden, daß er bei seiner bevorstehenden Abreise nach Kanton Joanna keinesfalls allein lassen konnte, außer er nahm einen großen Skandal oder vielleicht noch Schlimmeres in Kauf. Diese Europäerin war anders als jede Chinesin.

Sie gab sich restlos hin, war jedoch nicht willenlos; sie suchte ganz im Wesen des Mannes aufzugehen, blieb aber dabei Persönlichkeit, und wenn sie aus ihrer Liebesekstase erwachte, war sie ein weiblicher Mensch, der einen männlichen umarmt hatte. Man mußte sie jedesmal neu erobern, beugen und brechen, was sehr reizvoll war, doch sie kehrte nach jeglichem Liebesakt zu sich selber zurück.

Herr Ch'ü entschloß sich, dieses Mädchen wenigstens für längere Zeit zu behalten. Wenn es anging, würde er sie sogar zu einer Nebenfrau machen. Er hatte diesen Gedanken schon mehrmals erwogen und auch dessen mögliche Auswirkungen abgemessen.

Joanna war in dieser Hinsicht kein Problem. Sie war so sehr in ihn verliebt, daß sie mit ihm als Ehefrau, als Konkubine, ja sogar als Dienerin mitgehen würde. Auch diese Haltung war einer der unbegreiflichen Widersprüche der Europäerin! Einerseits war sie Persönlichkeit, ja sogar Trotzkopf, und fühlte sich ihm gleichwertig, und zugleich war sie bereit, sich völlig zur Sklavin ihrer Leidenschaft zu machen.

Die Schwierigkeiten würden von seiten der Viegas und der europäischen Gesellschaft kommen.

Zwei Begriffe, die für Herrn Ch'ü Lächerlichkeiten von höchst geringer Bedeutung waren, wenn es um eine Heirat oder Liebesverbindung ging, standen entgegen: Religion und Rasse.

Diese Portugiesen nannten sich Christen, sie gehörten einer Glaubensgemeinschaft an, die sich Katholiken nannte. Herr Ch'ü hatte die eigenartigen Gebräuche dieser Religion öfter miterlebt. Sie versammelten sich in ihren Kirchen, murmelten Gebete, einer ihrer Priester – der eine Art Mandarinsgewand trug – vollführte bestimmte Zauberriten, die Menschen knieten nieder, schlugen Kreuze vor Brust und Stirn, besprengten sich auch mit geweihtem Wasser oder sangen ein gemeinsames Lied.

Herr Ch'ü hatte auch erfahren, daß die Christen von Zeit zu Zeit ein Stück geweihtes Brot, das man in Wein tauchte, zu sich nahmen und sich nach dieser Zeremonie besonders heilig vorkamen. Sie liefen auch gelegentlich zu ihren Priestern und berichteten diesen all ihre Verbrechen, Schurkereien und moralischen Verirrungen, an denen – bei sämtlichen Drachen Chinas – wahrhaftig kein Mangel war! Das nannten sie Beichte und glaubten, daß sie nach dieser höchst gefährlichen und würdelosen Geschwätzigkeit sündenlos würden. Sogar ein so hochachtbarer, aber sehr durchtriebener Mann wie Don Gaspar Viegas machte gelegentlich von solchen Formen Gebrauch, und man durfte als Geschäftspartner nur hoffen, daß er seinen Priestern nicht alles über den Handel mit Hui-tsing-Ah und das Opium- oder Mädchengeschäft erzählte.

Es waren sehr seltsame Dinge, die diese Katholiken taten. Aber dies hätte Herrn Ch'ü kaum zu weiterem Nachdenken angeregt; denn seltsame Gebräuche und Zaubereien gab es bei den Bonzen der Buddhatempel, bei den chinesischen Geomanten und Geisterbeschwörern, den Tao'isten oder Mohammedanern der Sundasee auch.

Was Herr Ch'ü immer schon mit Erstaunen und einer gewissen Abscheu bemerkt hatte, war die Verehrung, die diese Europäer ihrem Hauptgott entgegenbrachten. Dieser Obergott war überall: in Privathäusern und Kirchen, in Klöstern und sogar in den Handelskontoren zu sehen. Es war ein beinah nackter Mann, den man mit Nägeln an ein Kreuz geheftet, in die Seite gestochen und durch Aufdrücken einer Dornenkrone grausam gefoltert hatte.

Wie konnten diese „rotgesichtigen, spitznäsigen Barbaren des Südmeeres" nur ständig mit derartigen Folter- und Henkerszenen zusammenleben, ja sie sogar als heilig empfinden und davor niederknien?! Verehrten sie jene Grausamkeit, die sie selbst nur zu häufig an anderen übten? War ihnen der Anblick von Tod, Blut und Wunden so ergötzlich, daß sie nicht mehr ohne ihn sein mochten?

Natürlich gab es in chinesischen oder hinterindischen Tempeln ebenfalls mythologische Monsterszenen: Dämonenkämpfe, Schreckgespenster, Geisterkrieg mit Geschöpfen, die Ausgeburten tropischer Phantasien waren, mit Fratzen, Wolfszähnen, Feueratem, Tigeraugen und zerstampftem Dämonengewürm! Auf jedem Dachfirst vornehmer chinesischer Häuser oder gar der Tempel und Paläste saßen in Ton und Terrakotta bunt bemalte „Maruts", Drachen und „Kukris", Geister symbolisierend, die andere Geister abwehren sollten!

Aber dies war etwas anderes: das war Mythologie, war religiöse Phantasie und Symbolik. Der Leidensmann am Kreuz jedoch war ein Mensch, ein grausam zu Tode gebrachter Europäer, dessen Leiden und Sterben diese Barbaren ständig vor Augen haben wollten. Herr Ch'ü empfand diese Vorstellungen nicht nur als grausam, sondern auch als geschmacklos, wobei ihn letzteres am meisten störte.

Christentum war eine eigenartige, ziemlich unverständliche Religion, wie sie vermutlich nur in sehr barbarischen Ländern entstehen konnte. Herr Ch'ü hatte sich über diese Religion kaum jemals tiefere Gedanken gemacht. Dazu erschien ihm der Gegenstand zu unwichtig.

Er hatte sich eigentlich zum ersten Mal mehr damit beschäftigt, seit er Dr. Li kennengelernt hatte.

Wenn ein Mann von so hohem Bildungsstand und so ausgezeichnetem Wissen, der sogar die chinesische Kultursprache und das „I-king" zu erlernen trachtete und sicher auch erlernen würde, wenn sich solch ein Gelehrter bedeutenden Grades nicht nur mit dem

Christentum identifizierte, sondern sogar extra nach China gereist kam, um seine Religion zu verkünden und andere zu lehren, dann mußte doch offenbar mehr dahinter sein, als Herrn Ch'ü bisher verständlich geworden war.

Gerade im Zusammenhang mit dem Problem Joanna machte sich Herr Ch'ü nun einige Gedanken über das Christentum.

Er hatte längst entdeckt, daß diese Religion sehr selbstbewußt und intolerant war. Sie anerkannte keine andere Denkungsweise als die ihre und war nicht wie etwa Buddhisten oder Hindus, Kung-futsianer oder Tao'isten großzügig genug, zu sagen: so denke ich, aber es ist möglich, auch anders zu denken. Am Ende denken wir alle falsch oder haben alle recht.

Nein, die Christen hielten nur ihre Meinung für glaubwürdig. Zu Hause in Europa führten sie ja sogar blutige Kriege wegen gewisser Unterschiedlichkeiten ihrer religiösen Auffassung und in der Heimat der Viegas zündeten sie große Scheiterhaufen an, um Menschen zu verbrennen, die in irgendeiner Weise von der allgemeinen Religion abgewichen waren.

Vor allem aber sahen diese Katholiken oder Christen darauf, daß kein Mitglied ihrer Familien einen Menschen heiratete, der nicht ebenfalls Katholik oder Christ war. Diese anderen – und dazu gehörten auch die Chinesen – nannten sie voller Verachtung „die Heiden". Herr Ch'ü war sehr erzürnt über diese Unverschämtheit.

Aber eben dies würde eine legalisierte Verbindung mit Joanna erschweren, wenn nicht unmöglich machen.

Die Chinesen dachten hier völlig anders.

Für Herrn Ch'ü gäbe es keine Schwierigkeiten, weder in der Gesellschaft noch im engeren Kreis seiner Großfamilie, die immerhin an die 5000 Personen umfaßte, wenn er eine europäische Nebenfrau nach Hause brächte. Ja, sogar als Hauptfrau würde man Joanna begrüßen, soferne sie genügend Vermögen mitbrächte und die Verbindung mit ihrer Familie günstig wäre. Kein Mensch würde sie nach Religion oder Herkunft, sondern nur nach Vermögen und Verwandtschaft fragen.

Ein anderes, beinah ebenso gravierendes Problem war der Rassenhochmut der Europäer. Obschon man den Portugiesen nachsagen konnte, sie seien unter all diesen Fernostfahrern noch diejenigen, denen Rassenstolz am wenigsten bedeutete, wie ja zum Beispiel die Heirat des Don Gaspar mit einer Inderin bezeugte, steckte doch in den meisten ein gewisser Hang, nur die eigene Art als die allerhöchste zu betrachten.

Holländer etwa nahmen sich zwar alle farbigen Frauen, die sie erreichen konnten, hätten sie jedoch kaum geheiratet oder gar eine ihrer blonden Meisjes einem „Farbigen“ gegeben.

Auch hier empfanden Chinesen sehr anders.

Sie waren sogar stolz darauf, daß sie die Fähigkeit besaßen, jede fremde Rasse in sich zu integrieren. China hatte die Invasionen und Eroberungen der Huang-hu, der Uigüren und vor allem der Mongolen des Kublai-Chan erlebt. Es hatte immer Rassenmischungen gegeben – aber nach drei Generationen waren alle Eroberer zu Chinesen geworden. Warum sollte die hohe Kultur des Reiches der Mitte nicht auch ein paar Europäer verkraften?

Aber die Europäer selber waren hier anders. Sie scheuten vor jeder ernsthaften Verbindung ihrer Familien mit einem Chinesen zurück.

Es würde also nicht ganz so leicht sein, wie es sich Herr Ch'ü ursprünglich ausgedacht hatte, die Familie Viegas dahin zu bringen, in seine Verbindung mit Joanna einzuwilligen. Freilich gab es ein einziges und sehr gewichtiges Argument, das die Viegas Religion, Rasse und Chinesenfurcht vergessen machen würde: es war der sichtbare geschäftliche Vorteil.

Und eben diesen suchte ja auch Herr Ch'ü.

Natürlich haßte und verabscheute Herr Ch'ü die Fremden von Macao immer noch und die Viegas ganz im besonderen, aber er war viel zu gebildet und zu gescheit, als daß er seine innersten Gefühle jemals nutzlos preisgegeben hätte.

Nur ein Narr wie etwa Vetter T'sai oder ein Idealist wie Pater Ricci – was übrigens beinah das gleiche war – legten ihre Emotionen vor den anderen dar. Ein wirklich kluger Mensch würde immer zwischen dem, was er Seelenregungen, Moral oder Philosophie nannte, und dem, was nützlich und realistisch war, zu unterscheiden wissen: das eine verbergen, das Nützliche aber tun.

Der geringfügige Umstand, daß Herr Ch'ü etwa fremdenfeindlich war und insbesondere die arrogante Familie Viegas (manchmal sogar einschließlich dieser ihn herausfordernden Joanna!) verabscheute, verachtete und sogar haßte, würde ihn niemals in jenen Überlegungen stören, die darauf abzielten, eine noch engere und gewinnbringendere Verbindung mit diesen Leuten anzustreben.

Er hatte sich sogar schon ausgedacht, das in Kow-lun – also dicht vor den Buchten des Schmuggler- und Piratennestes Hong-Kong – existierende und eben dort mit Absicht angesiedelte Export-Import-Unternehmen „Ch'ü und Wang" in eine Firma umzuwandeln, die sich ein „& Companie" hinzufügte, wobei die neuen Kompaneiros durchaus Viegas heißen konnten. Wenn dies gelang und die Interessen Ch'üs mit denen der beinah den Markt von Macao beherrschenden Viegas zusammenfielen, würde man die beiden Enden der Fäden, die Import und Export hießen, in Händen halten. Man konnte dann soviel Geld verdienen, wie man nur wünschte.

Herr Ch'ü – abgesichert durch seine hohe Position als Beamter und die stille Partnerschaft von Oheim Wang, dem Vizekönig und dem Eunuchen Ma-T'ang – konnte die Kanäle offen halten, durch die wertvolle chinesische Ausfuhrgüter nach Hong-Kong, Kow-lun und sogar nach Macao gelangten, während ihm die Macao-Leute alles anliefern würden, was für China begehrenswert und für den innerchinesischen Markt gewinnträchtig war.

Dazu gehörten nicht nur der immer mehr in Schwung kommende Handel mit Opium oder der Handel mit Mädchen, sondern vor allem auch die unter Ausfuhrverbot stehenden Silberbarren und Münzen. Silber war in China verhältnismäßig billig, weil es in zahlreichen Bergwerken gefördert wurde. Auf dem Weltmarkt erzielte es jedoch den sechsfachen Preis und war daher ein sehr begehrter Handelsartikel für die Portugiesen. Die kaiserliche Regierung hingegen hatte ein Ausfuhrverbot erlassen, weil sie mit dieser Maßnahme die auf Silber basierende Währung des Reichs stützen wollte und eine Deflation befürchtete, die selbst durch eine inflatorische Vermehrung des umlaufenden Papiergeldes nicht aufgefangen werden konnten.

Wenn es Herrn Ch'ü gelang, die geplante Handelskette aufzubauen und sich den Viegas nicht nur zu verbinden, sondern zu verschwägern, so hatte er wohl für immer und ewig ausgesorgt. Das Geld würde in Strömen fließen, das Wohlleben, das Herr Ch'ü so sehr schätzte, würde für unabsehbare Zeiten abgesichert sein, und er könnte sich seine ehrenwerten Fingernägel ungestört noch länger wachsen lassen.

Denn auch der eingebrachte „Kaiserschatz“ konnte ja nicht endlos vorhalten. Der Aufwand Herrn Ch'üs war zu groß, der Unterhalt der verschiedenen Haushaltungen in Macao, Shiu-hing, Kanton und Nam-yang, die zahlreichen Mädchen, die noch neu zu erwerben oder zumindest in den Chrysanthemenhäusern zu besuchen waren, sowie die notwendigen Bestechungssummen, die er freudig nach allen Seiten zu verteilen hatte, würden wie eine Schar unersättlicher Ratten an dem großen Kuchen des „Östlichen Jadesterns“ nagen. Ein großes Welthandelsgeschäft, dessen Umsatz sich ständig steigerte und der immer floß, war eine bessere Garantie für den Erhalt jenes Lebenstils, der Herrn Ch'ü seinem Intelligenzgrad angemessen erschien.

So entschloß er sich jetzt und angesichts seiner bevorstehenden Reise nach Kanton endgültig dafür, die engste Verbindung mit den verhaßten Viegas einzugehen. Joanna sollte dabei eine bedeutende Rolle spielen: sie war Rache, Geliebte und Unterpfand zugleich.

Er sprach mit dem Mädchen, als es in einer der nächsten Nächte wieder zu ihm ins Teehaus gehuscht kam, während sie sich drüben im Viegas-Haus vorzeitig und mit angeblichem Kopfweh ins Schlafgemach zurückgezogen hatte.

Als er sagte, er würde sie heiraten, weil er sie sehr und außergewöhnlich liebe, fiel sie ihm mit einem Jubelschrei um den Hals, was er immer noch unpassend, aber zugleich erregend fand.

Sie küßte ihn wild und fordernd, und er ließ sich nicht ohne Vergnügen herab, ihr Trost zu spenden. Doch als sie sich endlich mit zerzaustem Haar in den Kissen aufstützte und ihn von sich schob, erlebte er nochmals eine Überraschung.

„Du machst mich sehr glücklich, Geliebter“, sagte Joanna, „heute hätte ich dir sowieso eine großartige Nachricht gebracht: natürlich werden wir heiraten; denn ich bekomme ein Kind! Es wird sicher ein Sohn sein.“

Bei aller Beherrschung entfuhr Herrn Ch'ü ein kleiner Entzückensschrei. Er war von dieser Mitteilung ungemein angetan; denn ein Sohn war schon lange seine geheime Sehnsucht und sein größter, aber offenbar unerfüllbarer Wunsch gewesen. Weder seine Hauptfrau in

Nam-yang noch die zahlreichen Nebenfrauen, Konkubinen und Tanzmädchen, über die Herr Ch'ü in all seinen Häusern verfügte, hatten ihm je eine ähnlich angenehme Nachricht gebracht.

Er würde schon morgen einen Tao-Priester oder sogar den berühmten Tantra-Seher aus dem Chinesenviertel herbeizitieren, damit sie durch Handlesen, Urinuntersuchung und Horoskop bei Joanna die freudige Vorhersage bestätigten. Herr Ch'ü selbst zweifelte keinen Augenblick, daß Joannas Ankündigung, was einen Sohn betraf, der Wahrheit entsprach. Schließlich hatte er sich in all den vier Monaten des Teehauses die größte Mühe gegeben. Das einzige, was man vergessen hatte festzustellen, war die Übereinstimmung der Personenkräfte mit der Erdsituation des Teehauses, in dem das Kind gezeugt worden war.

Doch auch dies konnte ein Geomant noch nachholen, schließlich hatte ja schon beim Bau des Teehauses eine Befragung der Erd- und Himmelsgeister stattgefunden, und die Lage desselben war für angenehm und günstig begutachtet worden.

Es kam jetzt nur noch darauf an, ob die an der Zeugung beteiligten Personen die rechte Sternkonstellation gehabt hatten und ob der Zeitpunkt dieses Vorgangs mit Personengeist, Ortslage und Himmelssituation übereinstimmte.

Wichtig war jetzt nur, daß Joanna selbst an den Sohn glaubte. Endlich würde Herr Ch'ü seinen Ahnen melden dürfen, daß sie sorglos der Fortsetzung der Familie im Mannesstamme entgegenblicken konnten.

Nachdem Herr Ch'ü noch einmal besonders zärtlich zu Joanna gewesen war, teilte er ihr seine Reisepläne mit und meinte, er würde sie einfach mit nach Kanton nehmen. Mit den Viegas würde er später sprechen, wenn er zurückkäme; denn die Kürze der Zeit, die bis zum Laternenfest noch verblieb, ließ es als untunlich erscheinen, jetzt noch um Joannas Hand anzuhalten, lange Verhandlungen zu führen, allerhand Schwierigkeiten, die es vielleicht geben würde, auszuräumen und etwa noch in Macao zu heiraten.

Man konnte dies alles zu einem späteren Zeitpunkt regeln. Vorerst sollte Joanna einfach mit ihm reisen, von heute ab gerechnet in drei Tagen würde eine schnellsegelnde Dschunke im Hafen sein und sie abholen. Vorsichtshalber dachte Herr Ch'ü an eine Abfahrt etwa um

Mitternacht, damit niemand aus dem Schlaf gestört würde. Joanna bekam rote Wangen. Sie küßte Herrn Ch'ü leidenschaftlich.

„Du willst mich entführen, Liebster!“ rief sie, „aber du sollst mich heiraten! Das sind zweierlei Stiefel!“

Herr Ch'ü sah keinerlei bedeutende Unterschiede.

Man würde die Hochzeit in Kanton nachholen, da es sich ja nur um eine Nebenfrau handelte. Da war es nicht notwendig, all die Hunderte von Familienangehörigen beider Geschlechter einzuladen und Tausende für Festmahl, Feuerwerk und Umzüge auszugeben. Es würde eine schlichte und schnelle Trauung durch einen Bonzen oder noch besser einen kung-fu-tsianischen Beamten sein.

Damit kam er jedoch bei Joanna übel an.

Erstens wünschte sie eine große Hochzeit, zweitens sollte diese bald sein, da sie im dritten Monat war, und drittens kam nur eine richtige, katholische Trauung in Frage.

„Was meinst du, Liebster!“ rief sie, „was für eine Aufregung sein wird, wenn du mich entführst! Sie werden aus dem Häuschen sein, die Degen wetzen und die Kanonen laden! Du kannst dich nie wieder in Macao blicken lassen, und mich werden sie nach Goa oder zu den Pfefferinseln zurückschicken! Nein, nein: so geht es nicht, so gerne ich auch gleich heute mit dir auf und davonliefe! Du mußt mich wirklich auf christliche Weise heiraten, was du auch kannst, da du ja nach katholischem Ritus keinerlei echte Ehe geschlossen hast und praktisch ein Junggeselle bist. Nur mußt du dich vorher taufen lassen und ein Christ werden!“

Herr Ch'ü war sehr verwirrt. So kompliziert hatte er sich diesen einfachen Vorgang einer Heirat nicht vorgestellt.

„Du meinst ernstlich, ich sollte Christ werden?“

„Aber natürlich, du Dummerchen! Sonst kannst du nicht das Sakrament der Ehe empfangen. Und ohne kirchlichen Segen kann ich nicht deine Frau werden!“

„Du bist es doch schon lange! Was soll das?“

„Jedoch nicht vor Gott und einem Priester!“

„Was haben Gott und der Priester damit zu tun, wenn wir miteinander schlafen? Man heiratet doch nur, damit die Söhne den richtigen Namen bekommen und anerkannt sind. Das kann auch noch kurz vor deiner Niederkunft geschehen. Weshalb sollte ich Christ werden? Dazu bin ich viel zu gescheit und zu wohlbelehrt. Oh, meine Lotosblüte und Chrysantheme, welchen Wirrwarr hast du in deinem hübschen Köpfchen! Glaubst du wirklich, daß die Viegas ohne christliche Heirat die Degen ziehen und die Kanonen laden würden? So etwas würde ich überhaupt nicht schätzen! Ich lehne es ab, mich wie ein gewöhnlicher Soldat aufzuführen, ich bin schließlich Gelehrter: ein Mandarin sehr hohen Grades!"

„Es ist unumgänglich, daß du dich taufen und dann eine katholische Trauung vollziehen läßt! Anders sehe ich keinen Weg, daß diese Sache zum guten Ende kommt – außer du gibst Macao und deine Freundschaft zum Hause Viegas für immer auf!"

„Nein, nein!" seufzte Herr Ch'ü, „das will ich und kann ich nicht. Da lasse ich mich lieber taufen, was ja im Grunde völlig gleichgültig und nur eine Zeremonie ohne Folgen ist. Und dann wollen wir katholisch heiraten – aber sehr heimlich!"

„Ich werde gleich morgen mit Pater Ricci sprechen", erwiderte Joanna sichtlich erleichtert. „Er ist ein Mann von großem Verständnis, und er wird uns helfen!"

11

Herr Ch'ü und Joanna kamen sehr unauffällig zur Abendstunde nach Sao Martin. Sie benützten beide gewöhnliche Mietsänften und hatten die Vorhänge zugezogen.

Der Pater empfing sie im Besucherzimmer, und Joanna trug ihm in leidenschaftlichen Worten den Fall vor. Dann bat sie um Rat, wie man möglichst rasch den Stand der heiligen Ehe mit kirchlichem Segen erlangen könne.

Sie erwähnte auch, daß Herr Ch'ü sogar bereit sei, sich taufen zu lassen. Und daß sie übermorgen bereits nach Kanton entfliehen wollten.

Pater Riccis El-Greco-Gesicht wurde noch schmäler und herber. Die wenigen Kerzen im Raume malten harte Schatten in seine Züge. Er sah angestrengt und überarbeitet aus. Wenn Joanna erwartet hatte, der Pater würde sich entrüstet oder gar entsetzt über die Zumutung zeigen oder er würde sie mit einer Flut Ermahnungen, Herrn Ch'ü jedoch mit argen Injurien überhäufen, so sah sie sich angenehm enttäuscht.

Der Jesuit blieb völlig nüchtern und sachlich.

Joanna hatte ihm ja schon vor einiger Zeit ihr Verhältnis mit dem Chinesen gebeichtet. Er hatte darüber nachgedacht und war zu dem Schluß gekommen, daß es sich hier um eine zumindest auf Joannas Seite so hell und unwiderstehlich lodernde Leidenschaft, wenn nicht gar um eine sehr irdische Abart von Liebe handelte, daß jedes weitere Wort der Abmahnung, der Besinnlichkeit und der Vernunft vergeblich sein würde.

Was er von einer Verbindung von Menschen zweier so verschiedener Rassen und Kulturkreise hielt, hatte er schon einmal zum Ausdruck gebracht.

Für ihn war eine echte und gute Ehe vor allem eine seelisch-geistige Gemeinschaft zweier Menschen, die alle physischen Triebkräfte und Leidenschaften überhöhte. Jugend, Schönheit und Begierde waren Umstände, die sehr vergänglich waren. Auf ihnen als Basis konnte man nicht aufbauen, das war wie ein Fundament, das allzurasch in wehenden Sand gelegt wurde: es hielt nicht und zerbrach, wenn Jugend, Schönheit und Begierde anfingen abzubröckeln.

Wie aber konnten echte seelische Bindungen zwischen Menschen bestehen, die aus ganz verschiedenen Lebensformen herkamen und ganz anderen Religionen angehörten? Jedesmal, wenn sie von Gott sprachen, werden sie etwas anderes meinen; jedesmal, wenn sie die Werte des Lebens aneinander maßen, würden sie mit ihren unterschiedlichen Maßstäben zu unterschiedlichen Ergebnissen kommen. Welche geistige Welt würde sie verbinden, wenn die jedes einzelnen nur aus Fremdheit bestand?

Sie würden nur im Bett beieinander sein und sonst auf zwei Sternen aneinander vorbeiziehen. Dann würden sie Kinder in die Welt setzen, die weder weiß noch gelb, weder Europäer noch Chinesen waren und die später von beiden Rassen als Fremde abgelehnt würden: eine Verantwortung, der sie niemals gerecht werden konnten; weil es eine Verantwortung für kommendes Leben sein würde, das sein Recht auf volle Menschenwürde haben sollte und sie weder von Europa noch von China erhalten würde.

Pater Ricci seufzte, da er wußte, daß keines seiner Argumente gegen den vom heißen Blut und vom Augenblick bestimmten Willen Joannas ankam oder ankommen würde. Hier sprach er mit einem liebestollen Mädchen, das nicht mehr hören und sehen konnte und dessen Vernunft gelähmt war durch Gefühle.

Es war nutzlos.

Herr Ch'ü aber, den Pater Ricci unterdessen als einen sehr zielbewußten und ganz intellektuellen Mann erkannt hatte, war sicherlich nicht ohne einen festumrissenen und wohlüberlegten Plan hierhergekommen. Wenn er darauf aus war, die Tochter der Viegas zu heiraten – sei es auf welche Art immer –, dann hatte er Gründe, die er weder aussprechen noch sich ausreden lassen würde.

Auch bei ihm war nichts gegen die Verbindung an sich zu sagen. Nichts, das ankommen und wirken würde.

Es blieb also nur noch übrig, die religiöse und rituelle Seite des Problems zu behandeln. Deshalb sprach der Pater kein Wort mehr, das sich gegen dieses wahnsinnige Vorhaben richtete, sondern er blieb ganz sachlich.

„Liebe Joanna, Sie als Katholikin wissen, daß ich das Sakrament der Ehe nicht an einer Christin vollziehen kann, die einen Nichtchristen heiraten will. Und Ihnen, verehrter Herr Ch'ü, muß ich sagen, daß der Wunsch nach einer raschen Trauung unerfüllbar ist. Meine Religion verbietet mir dies."

Von nun an übernahm Herr Ch'ü die Führung des Gespräches.

„Hochwürdiger Dr. Li", sagte er, „Sie hatten an Bord der ‚Sao Luiz' die unendliche Güte, mir Unwürdigem mitzuteilen, weshalb Sie an die Küste Chinas gekommen sind. Sie wollen eine Mission beginnen, wünschen die Chinesen zu Christen zu machen. Nun habe ich Ihnen die erfreuliche Kunde zu bringen, daß Sie, Verehrungswürdiger, dabei sind, Ihren ersten Erfolg zu ernten. Denn vor Ihnen steht Ihr erster Chinese, der bereit ist, ein Christ zu werden und sich taufen zu lassen. Wollen Sie so gütig sein und mir diesen großen Gefallen tun? Bitte gießen Sie mir etwas Wasser auf den Kopf, und ich werde ein Christ sein."

„Verehrter Herr Ch'ü, so geht das leider nicht. Bevor ich Sie in die Gemeinschaft der Christen aufnehmen darf, müßten sie wirklich ein Christ sein. Das bedeutet, ich müßte Sie in der Glaubenslehre unterrichten, so wie Sie mir das ‚I-king' beigebracht haben. Aber, mehr noch: Sie selber müßten Ihr Leben grundlegend ändern und wirklich alle Regeln der Kirche und des Christentums befolgen."

„Aber das tue ich ja längst!" ärgerte sich Herr Ch'ü, „Verehrter, Hochgeschätzter! Lebe ich etwa anders als etwa der verehrungswürdige Don Gaspar Viegas, der doch ein sehr guter Christ ist und stets die Kirche besucht, ja sogar Stiftungen macht? Auch ich bin bereit, eine Stiftung zu machen. Was am Christentum zu erlernen ist, kann mir ja Joanna noch beibringen. Es wird sicher rascher gehen als das Studium des ‚I-king'!"

Es half nichts. Herr Ch'ü begriff nicht, daß es so schwierig und nicht einmal mit Geld möglich sein sollte, dieses bißchen Taufe zu erhalten, um als Christ getraut werden zu können. Und Pater Ricci, der so unversehens zu seinem ersten und im Falle eines Mandarins sogar bedeutenden Missionserfolg gekommen war, konnte diesen Erfolg nicht auf so billige und frevelhafte Weise annehmen. Herr Ch'ü, der bisher stets Höfliche und sogar Liebenswürdige, wurde zunehmend schärfer. Er glaubte sein Ziel sowohl durch Überredung wie durch Bestechung erreichen zu können. Doch der Pater blieb in der Sache unerschütterlich. Da verlegte sich Joanna auf Tränen und Bitten, weil sie keinen Ausweg mehr sah.

Pater Ricci verstand, daß die beiden auf jeden Fall fliehen und das Abenteuer ihres Verhältnisses fortführen würden. Als ihm Joanna sogar eingestand, daß sie ein Kind von Herrn Ch'ü erwarte, erfaßte ihn starkes Mitleid.

Er legte Joanna die Hände auf den Scheitel.

„Liebes Kind! Trauen kann und darf ich euch nicht. Das werden wir später einmal nachholen, wenn Herr Ch'ü wirklich ein Christ geworden ist. Aber ich kann euch segnen und Gott bitten, daß er sich euer erbarme!"

Joanna kniete sich nieder und versuchte auch Herrn Ch'ü zum Knien zu bewegen, was dieser jedoch als hoher Mandarin ablehnte. Doch verneigte er sich tief vor dem Pater.

Der sprach den Segen über beide.

Er versicherte sie seiner Freundschaft und Gebete und versprach, im Falle sie wirklich Macao heimlich verlassen sollten, ein Wort bei den Viegas für sie einzulegen.

Herr Ch'ü, dem am Ende die ganze Szene offenbar peinlich geworden war, verbeugte sich tief mit vor der Brust gekreuzten Armen. Seinen Ärger hatte er abgelegt.

„Po-hi Li-Ma-tou“, sagte er, „ich werde nicht vergessen, daß ich den ‚Doktor Gerechtigkeit‘ zu kennen die Ehre gehabt habe.“

Dann gingen sie hinaus in die Nacht.

12

Als bekannt wurde, daß Joanna Viegas, die einzige Tochter des großmächtigen Kaufherrn Don Gaspar Viegas, mit dem Mandarin vom Kristallknopf und Silberfasan-Schild, dem hochangesehenen und mächtigen Herrn Ch'ü, nach Kanton durchgebrannt war, sprach Macao einige Tage von nichts anderem. Die Europäerkolonie hatte ihre Sensation, das bedeutend volkreichere Chinesenviertel sein Vergnügen.

Die Reaktion Don Gaspars war explosiv.

Am Morgen des Tages, der auf die Flucht der beiden folgte, erfuhr er als erster von dem Vorfall, als ihm eines der chinesischen Kammerzöfchen meldete, Senhorita Joannas Zimmer sei leer, das Bett unbenützt und ein in Portugiesisch an Don Gaspar adressierter Brief habe auf Senhorita Joannas Schreibpult gelegen.

Als Don Gaspar diesen geöffnet und gelesen hatte, wußte er alles, aber er glaubte es nicht. Nach einiger Zeit begann er zu toben, rief nach Don Diego und teilte ihm alles mit.

Don Diego verfluchte zunächst Joanna samt diesem verdammten Chinesen mit sehr kraftvollen Worten, wurde aber dann vernünftig, als er Don Gaspars Schwüre vernahm, daß er Joanna nun endgültig verstoßen und gänzlich enterben wolle. Für Don Diego barg der Gedanke, daß dieses kleine Mistvieh Joanna jetzt für immer aus seiner Lebenssphäre verschwunden und enterbt sein würde, keine besonderen Schrecken. Die einzige Frage, die übrigblieb, war die nach den gesellschaftlichen und geschäftlichen Auswirkungen. Diese galt es nun ganz sachlich abzuwägen.

Wie sollte das Haus Viegas auf den offenbaren Familienskandal reagieren?

Der Brief, den Don Gaspar wie eine Brandfackel schwenkte, war von Herrn Ch'ü in ausgezeichnetem Portugiesisch geschrieben. Joanna hatte ihn nur durch eine Nachschrift bestätigt. Er war auf sogenanntem Kaiserpapier mit schwarzer Tusche hingepinselt und trotz der eckigen lateinischen Schriftzeichen beinah ein ästhetisches Kunstwerk der Kalligraphie, was jedoch Don Gaspar überhaupt nicht bemerkte. Außerdem steckte er in einer Hülle aus Purpur-Bütte und war nach europäischer Art versiegelt gewesen. Herr Ch'ü, dieser Mädchenräuber und falsche Schurke, schrieb sehr höflich.

„Hochzuverehrender und ausgezeichneter Herr Schwiegervater!

Erlauben Sie mir, Ihnen, prachtvolle Gnadenterrasse, zu sagen, daß ich es immer als den glücklichsten Tag meines unwürdigen Daseins empfunden habe, als ich die unverdiente Ehre hatte, Ihre hervorragende Bekanntschaft zu machen. Mein Glück konnte sich nur noch erhöhen, als ich ins blumengleiche Antlitz Ihrer orchideenhaften Tochter blicken durfte.

Omit'o, der Herr des westlichen Paradieses, und der heilige Christus haben es so gefügt, daß meine unbedeutende Liebe zu Senhorita Joanna von dieser erwidert wurde. Joanna, Ihre ausgezeichnete Tochter, wird Sie, o Mächtiger, bald schon zum Großvater eines wunderbaren Enkels machen.

Da gewisse Umstände mich zur überstürzten Abreise nach Kanton zwingen, wo ich ganz im Sinne bestimmter Abmachungen und in Ihrem Sinne wirken werde, haben wir beide Unwürdigen beschlossen, noch diese Nacht dorthin zu fahren und zu heiraten. Wir hoffen sehr, daß all diese Nachrichten, die wir Ihnen pflichtgemäß machen, Sie sehr erfreuen und dazu beitragen, die ungemein nützlichen und ausgezeichneten Geschäftsbeziehungen zwischen dem Hause Ch'ü und dem Hause Viegas noch mehr zu vertiefen. Wir werden bald von uns hören lassen, und Sie, o Verehrungswürdiger, werden in nur kurzer Zeit einige sehr angenehme Neuigkeiten aus Kanton erfahren.

Die geringfügige Sache mit den Opiumkisten, die Sie von Huitsing-Ah nach Hong-Kong geliefert bekommen haben und mit sehr großem Gewinn nach Kanton verkaufen wollen, geht zudem in Ordnung. Ich Unwürdiger habe einen sehr guten Weg gefunden, der diese Fracht über Kow-lun auf den Markt der Hong-Kaufleute bringen wird.

Vielleicht bald schon können wir direkt nach Whampoa liefern.

Unsere ausgezeichnete Joanna befindet sich bei sehr guter Gesundheit und wird in etwa einem halben Jahr einen sehr kräftigen und hervorragenden Sohn gebären, wie gewisse chinesische Astrologen, Geomanten, Tantristen und Ärzte versichert haben. Dieser Erbe des Hauses Ch'ü und des Hauses Viegas wird immerhin einen Vater haben, der Mandarin vom Silberfasanenschild und Kristallknopf, der leibliche Neffe des Gouverneurs von Kwan-tung und ein Hauptzweig der sehr reichen, angesehenen und zahlreichen Familie Ch'ü-Wang ist. Sein Großvater jedoch wird einer der mächtigsten und bedeutendsten Männer von Macao und der gesamten westlichen Welt sein.

Freuen Sie sich, o Erhabener, mit Ihrem Schwiegersohn Ch'ü."

Joanna hatte mit ihrer noch kindlichen Schrift einen Absatz angefügt.

„Lieber Vater! Vergib mir, daß ich jetzt mit Herrn Ch'ü für einige Zeit fortgehe, um seine angetraute Frau zu werden. Ich weiß: ich hätte Dich vorher fragen sollen und Deine Zustimmung erbitten müssen. Aber es ging alles so schnell, und ich liebe Herrn Ch'ü wirklich.

Wir waren noch vor unserer Abreise bei dem hochwürdigen Pater Ricci in Sao Martin und haben seinen Segen erhalten. Sei also unbesorgt und verzeihe alles, was ich Dir an Kummer bereitet habe. Deine sehr glückliche Tochter Joanna."

Nachdem Don Gaspar noch eine weitere Anzahl Verwünschungen ausgestoßen hatte und ziemlich laut gewesen war, so daß fast das gesamte, selbstredend hinter Türen, Vorhängen und spanischen Wänden aufmerksam lauschende chinesische, indische oder malayische Dienstpersonal keine Mühe gehabt hatte, alles gut zu verstehen; nachdem die beiden Viegas ihrer übereinstimmenden Meinung, was Herrn Ch'ü und Joanna betraf, kräftigen Ausdruck gegeben hatten, lasen sie noch einmal den Brief der beiden Schänder der Familienehre und unterstrichen sich gegenseitig dessen bedeutendste Passagen, indem sie auch diese mit vernehmlicher Stimme vorlasen. Auf diese Weise erfuhren die Bediensteten in sehr kurzer Zeit, was geschehen war, freuten sich sehr und sorgten sogleich dafür, daß auch das übrige Hauspersonal, die Gärtner und Sänftenträger, die Marktleute, Schauermänner, Händler, Eckensteher und Kulis und durch diese wieder die portugiesischen Herrschaften, die Kaufleute, Schiffer, Amtspersonen, Priester und Offiziere der kleinen Garnison aufs genaueste unterrichtet wurden.

In einer fernöstlichen Stadt genügt es ja, wenn der Hausboy etwas erlauscht, um sofort die gesamte Gemeinde zu informieren.

Während also die beiden Viegas noch den Fall besprachen und sich nun langsam beruhigten, lief die frohe Botschaft, daß es endlich eine gesellschaftliche Abwechslung gegeben habe, bereits durch Macao.

Die Herren Viegas hatten nach einiger Zeit ausgetobt. Nun nahm Don Gaspar seinen Sohn mit sich in das abgeschlossene Privatkontor, um die Angelegenheit mit mehr Ruhe und Überlegung zu bedenken.

Don Diego, der seine eigentlichen Gefühle viel besser als sein Vater zu verbergen wußte und sich von Anfang an nur künstlich erregt hatte, war es jetzt, der immer neues Öl ins Feuer goß. Er genoß den lodernden Zorn des Vaters und tat alles, um ihn am Brennen zu erhalten. Aber Don Gaspar war schon dabei, nach jener ersten und spontanen Explosion zum praktischen Denken zurückzukehren.

„Mit einem finsteren Heiden ist sie durchgebrannt!“ entrüstete sich Don Diego. „Was wird die Kirche, was wird die christliche Gesellschaft, was werden die Jesuiten dazu sagen?!“

Don Gaspar schaute seinen Sohn mißbilligend an.

„Das kann gebessert werden“, sagte er, „Herr Ch'ü wird getauft werden. Joanna schreibt ja, daß Pater Ricci sie beide gesegnet habe. Wir müssen uns erkundigen, ob das stimmt.“

„Du sprichst ja bereits wie der Großvater eines Chinesenbalgs! Vergiß nicht, daß dein Enkel ein Mischling sein wird!“

„Mein Sohn ist auch einer!“ erwiderte Don Gaspar, und Don Diego wurde vor Ärger noch dunkler, als er schon war. Er hatte einen dummen Fauxpas begangen.

„Stell dir nur vor, was deine Geschäftsfreunde in Macao, Goa und gar in Lissabon sagen werden! Eine Viegas, die mit einem Chinesen davonläuft! Aber für mich hat Joanna aufgehört, eine Viegas zu sein!“

Gerade jedoch durch die Schwarzmalerei seines Sohnes und durch dessen offensichtliche Hetze gegen Joanna wurde Don Gaspar veranlaßt, die Dinge ruhiger und klarer zu sehen. Er las nochmals den Brief, schüttelte einige Male den Kopf und knurrte, unterließ es jedoch nun, in neue Entrüstungsstürme auszubrechen.

Als Tochter hatte er Joanna zwar abgeschrieben, doch betrachtete er nun die geschäftliche und gesellschaftliche Seite. Seine Überlegungen waren durchaus nicht so ungünstig, wie es anfangs geschienen hatte.

Joanna war sein Liebling gewesen und war es wohl auch heute noch.

Don Gaspar hatte in seinem Leben nie viel Zeit für Familie und Kinder gehabt. Seine weltweiten Geschäfte und Reisen, seine Leidenschaft, viel Geld zu erwerben und Reichtümer, ja sogar Macht anzuhäufen, hatten ihn meist so gänzlich absorbiert, daß nur wenig Platz für persönliche Beziehungen geblieben war. Er besaß zwar, wie jeder gute Christenmensch, Frau und Kind, aber im Grunde besaß er sie nur etwa ebenso wie seine Schiffe, Lagerhäuser, Bankguthaben und Faktoreien, die ja auch in aller Welt verstreut waren und die er meist gar nicht sah. Sie gehörten ihm zwar und gehörten ihm auch wieder nicht, weil er sie nur selten sah, nur wenig direkten Kontakt mit all seinen Besitzungen hatte. Es war nur das Wissen um den Besitz, das ihn befriedigte, nicht der körperlich spürbare Gebrauch von ihm, der ihn mit dem Bewußtsein von Reichtum und Macht erfüllte. Im Grunde eine große Illusion!

Natürlich besaß er die „Sao Luiz“ oder die „Sao Cruz“, die „Sao Miguel“ und die ganz neugebaute „Sao Hernando“, aber diese Phantome von Eigentum fuhren irgendwo im Indischen Ozean, in der Sundasee, sie lagen in Lissabon vor Anker oder schwojten vor der Reede von Macao. Er sah sie nicht jeden Tag, er fuhr nur selten auf einem der Schiffe, sie waren eigentlich nur als Gedanken, als Wissen um ihre Existenz und als Vorstellungen vorhanden. Diese Illusionen waren es, die ihn reich und mächtig und auch glücklich machten.

Genauso war es ihm mit seiner Familie ergangen.

Sie existierte zwar, berührte jedoch weder seine Haut noch sein Herz.

Donna Theresa saß wohl um diese Stunde hinter den Gittern ihres Miradors und stickte. Sie war seine Gattin, die Mutter Joannas. Er hatte sie einmal in einer Zeit, die wie hinter Nebelschleiern lag, auf milde Weise geliebt, dann bald schon der Geschäfte wegen verlassen und – wenn er ehrlich zu sich selbst war – beinah vergessen. Es war eine Sündenstrafe, daß der Mensch so leicht vergessen konnte. Er war imstande, das Leben und alles, was einmal Wahrheit, Echtheit und heißer Atem gewesen war, in sich selber zu verlieren, als sei es nie dagewesen. Der Mensch lebte immer nur nach vorwärts, für den Augenblick, für das Jetzt. Was ihn nicht in der Haut ritzte oder nicht sein Herz erregte, empfand er nicht und vergaß es.

Auch Joanna, die er einstmals als kleines Mädchen ihrer schwarzen Kulleraugen und langen Locken wegen, ihrer Drolligkeit und ihres Trotzkopfes wegen sehr geliebt hatte, war dann von ihm – der langen Reisen und Kolonialaufenthalte halber – fast vergessen worden. Er hatte sie erst als heranwachsendes Mädchen wiedergesehen, und es war eine andere Joanna gewesen als jene, die er einst hinterm Nebel der Jahre gelassen hatte. Aber auch diese eigenwillige Vierzehnjährige und werdende Schönheit hatte er geliebt. Sie war ja sein Kind, seine einzige Tochter, die ihm gehörte.

Er mochte diese heranwachsende, kleine Kratzbürste, die so sehr zu Eskapaden und Eigensinn neigte. Sogar die Rebellion, die in ihr war, gefiel ihm irgendwie, weil sie so ähnlich seinem eigenen Freiheitsdrang war, den er als Mann und in den Kolonien immer ausgetobt hatte. Er mochte sie. Eine innere Beziehung war da zwischen dem großmächtigen Vater und der schönen und zum Ausbruch neigenden Tochter, doch er war stets zu sehr mit seinen Geschäften, seinen Plänen und seinen Pflichten beschäftigt gewesen, als daß er Zeit und Gelegenheit gefunden hätte, diese aufkeimenden tieferen Beziehungen zu kultivieren. So war auch die junge Dame, die unterdessen neben ihm herangewachsen war, an ihm vorübergegangen, ohne seine Haut zu ritzen oder sein Herz zu bewegen.

Sie gehörte ihm nicht, sie war nur da – aber meist sah er sie so wenig wie etwa die „Sao Miguel", die weitab im Hafen von Lissabon lag.

Nein: Don Gaspar besaß nichts. Nicht einmal seine Frau oder seine Kinder besaß er. Alle sagten, daß er unendlich reich und mächtig sei, aber in Wirklichkeit hatte er immer nur das, was er im Augenblick auf dem Leibe trug, sein Essen und Trinken und einiges Geld in der Tasche.

Das war sein wahres Leben: er träumte den Traum von großen Reichtümern und hatte niemals Zeit gehabt, aus diesen Reichtümern wirkliches Leben und echten Besitz zu machen. Sogar Joanna, sein Liebling, und vielleicht der einzige Mensch, an dem er tatsächlich hing, hatte ihn niemals angerührt. Und jetzt war sie fortgelaufen und – wenn er ganz ehrlich war – hatte keine große Lücke hinterlassen, sondern nur einen Kratzer auf der Haut, den sein Stolz, seine Selbstgefälligkeit und sein Ansehen abbekommen hatten. Joanna war nur eine Illusion von Besitzenwollen gewesen, und jetzt rannte sie selber hinter einer Illusion drein, die sie Liebe oder Besitzenwollen nannte.

Mit seinem Sohn Diego, dem Ergebnis seiner indischen Heirat, hatte er, was seine Familienmitglieder nächsten Grades anbelangte, als einzigem längerandauernde und engere Beziehungen gehabt. Diego würde einst sein Erbe und Nachfolger sein und war von Don Gaspar dazu erzogen worden.

Doch es war seltsam: dieser Junge, mit dem Don Gaspar längere Zeit zusammengewesen war und den er sogar als Knaben schon auf seinen Reisen und zu seinen Geschäften mitgenommen hatte, dem er also den Anteil am eigenen Leben ermöglicht hatte, war nie in seinem Herzen, höchstens an seiner Seite gewesen. Sie waren dasselbe Fleisch und Blut – wenn man von der dunkelhäutigen Mutter absah –, aber sie waren niemals nur eine Seele gewesen, wie das bei Joanna in wenigen, glücklichen Augenblicken möglich gewesen wäre. Diego war der Nachfolger. Der Mann, der fortsetzen würde, was Don Gaspar begonnen hatte: das Geschäft, das Ansammeln von Reichtümern, den Aufbau der Macht und der ebenso wie sein Vater vor lauter Betriebsamkeit niemals dazukommen würde, irgend etwas wirklich zu besitzen. Auch er würde mit den Illusionen seiner primitiven Vergnügungen, mit zahllosen hübschen Mädchen, mit dem Genuß hervorragender Leckerbissen und Weine, schönen Kleidern und viel Geld dahinleben und im Grunde nicht wissen, warum er all das tat, genoß und besaß.

Diego war kein Sohn, der dem Vater aus der Seele geschnitten war, er war nur ein Erbe. Aber: vielleicht hatte der Vater keine Seele, aus der man etwas schneiden konnte. Nachdem Don Gaspar sehr lange geschwiegen hatte und von dunklen Gedanken gestreift worden war, raffte er sich auf und besprach mit Diego, was zu tun sei.

Er hatte sich nun ziemlich beruhigt und sah die praktische Seite der Ereignisse. Es war eine ganz realistisch zu behandelnde Angelegenheit.

Wenn er die Stellung, den großen Reichtum Herrn Ch'üs (an den er in übertriebener Weise glaubte) und die ungemein nützliche Geschäftsverbindung mit ihm bedachte, so war vielleicht gegen eine familiäre Bindung mit dem Chinesen nichts einzuwenden. Ein dem Hause Viegas verschwägerter Mandarin so hohen Grades würde sich vielleicht ernsthaft um die Erfüllung jener Versprechungen bemühen, die er ja schon anläßlich des Geschäftes mit dem „Östlichen Jadestern" gemacht hatte. Herrn Ch'ü traute es Don Gaspar zu, daß er endlich eine gewisse Öffnung Chinas erreichen würde. Diese Öffnung wäre ja schon Goldes wert gewesen, hätte sie sich nur auf die freie Zufuhr und Handelsschaft mit Kanton und einigen Kwantung-Häfen bezogen oder wäre sie nur auf das Handelshaus Viegas beschränkt. Im Gegenteil: käme diese Aufschließung gleichzeitig mit einer Begrenzung auf die Viegas zustande, so würde die Firma eine Art Monopolstellung einnehmen, und selbst der große Huitzinga würde trotz seines Stützpunktes auf Formosa und seiner Piratenflotte auf die Zwischenhandelsbeziehungen der Viegas angewiesen sein.

Die Vorstellung war so verlockend, daß Don Gaspar bereit war, sehr viel für deren Verwirklichung zu tun.

Wenn dieses Welt-Geschäft nicht anders als über verwandtschaftliche Bindungen zu tätigen war, so mußte Don Gaspar seiner Joanna sogar dankbar sein, daß sie den Weg gegangen war, über den er sich zunächst so erregt hatte.

Er beschloß also, seinen anfänglichen Zorn zu begraben, seine Racheschwüre vorläufig zu vergessen und abzuwarten, ob nicht am Ende doch noch etwas Gutes herauskam.

Etwas anderes war die Haltung, die man der Gesellschaft gegenüber einnehmen würde. Um mit den Chinesen zu sprechen: das Gesicht mußte gewahrt bleiben! Es durfte kein Schatten auf das blanke Schild der Viegas fallen.

Deshalb teilte Don Gaspar seinem Sohne Diego recht überraschende Entschlüsse mit, die dieser überhaupt nicht erwartet hatte und die ihm offenbar auch nicht zusagten.

Er befahl, daß fortan nur von einer Heirat Joannas mit Herrn Ch'ü und einer lange schon geplanten Abreise nach Kanton gesprochen werden sollte. Diese Heirat habe in aller Stille zwar, aber völlig ordnungsgemäß im Kloster Sao Martin stattgefunden. Pater Ricci – das schrieb ja Joanna selbst – hatte den Bund gesegnet.

Selbstredend war Pater Ricci auf diese Version zu vergattern. Er brauchte ja den Unterschied zwischen einem Segen und einer sakramentalen Eheschließung nicht besonders zu betonen. Alles, was man von ihm verlangen würde, war Schweigen beziehungsweise eine gewisse Verwischung der Begriffe. Eine kleine Stiftung für Sao Martin konnte diese Bitte verstärken.

Im übrigen würde die große und einflußreiche Familie Viegas den sicherlich entstehenden üblen Gerüchten mit vornehmer Zurückhaltung begegnen. Ihre Version stand fest. In zwei Wochen würde es irgendeine andere Sensation geben, und die Gesellschaft würde Joanna vergessen.

Die Viegas jedoch konnten abwarten, wie sich die Verbindung mit Herrn Ch'ü für die großen Geschäfte auswirkte.

Damit hielt Don Gaspar den Purpurbrief Herrn Ch'üs an die Flamme einer Kerze und ließ ihn langsam verkohlen. Es war nicht notwendig, daß irgendein kompromittierendes Dokument herumlag, vielleicht in die Hände der Dienerschaft fiel und bekannt wurde. Für Don Gaspar war der Vorfall erledigt. Nur Diego schien wenig glücklich zu sein.

13

Die Affäre der Joanna Viegas und der große moralische Triumph des Herrn Ch'ü wurden selbstverständlich bis in alle Einzelheiten in der ganzen Kolonie Macao bekannt. Es waren keine vierundzwanzig Stunden vergangen und schon wußte jeder von den Strohhütten der Chinesen bis zum Alkaldenpalast der Portugiesen Bescheid.

Sogar der Verlauf der Unterredung, welche die beiden Kantonreisenden kurz vor ihrer Abfahrt mit Pater Ricci gehabt hatten, wurde mit großer Akribie berichtet. Nur die richtige Bewertung jenes Segens, den der Pater erteilt hatte, entzog sich der gleichmäßigen und korrekten Beurteilung durch die Stadtschwätzer. Denn es hatte, wie es ganz natürlich war, auch in Sao Martin lauschende Ohren an den Türen und den Astlöchern der dünnen Holzwände gegeben, und meistens waren diese Ohren gelb oder braun. Das dienende Personal wurde ja auch in Sao Martin von Indern oder Chinesen gestellt. So kam es, daß etwa Pi-shan nun genauestens über die feinen Unterschiede unterrichtet war, welche Christenpriester beim Vollzug einer Heirat zu machen pflegten.

Sie wußte, daß es zunächst notwendig war, eine gewisse Taufe zu empfangen, was durch Übergießen von Wasser geschah, und daß ein Mensch – sogar ein hoher Mandarin wie Herr Ch'ü – diesen Vorzug des Wasserübergießens nur erhalten konnte, wenn er vorher im Christentum unterrichtet und sehr fromm geworden war.

Pi-shans Reaktion auf den Skandal Joannas und Herrn Ch'üs war für Pater Ricci von allen Äußerungen, die er im Zusammenhang mit der Angelegenheit erfahren hatte, die wohl überraschendste. Er nahm immer noch chinesischen Sprachunterricht bei Pi-shan und übte sich fleißig im Gespräch mit ihr. Er versuchte jetzt sogar mit Pi-shan noch einmal das Buch „I-king" durchzusprechen und all die schwierigen Ausdrücke zu wiederholen, die er bei Herrn Ch'ü gelernt hatte.

Aber Pi-shan wollte plötzlich nicht mehr das Buch „I-king" lesen, sondern verlangte nach der Bibel. Sie wußte, daß diese das Grund- und Lehrbuch der Christen war und meinte, daß man dies ins Chinesische übersetzen sollte.

Nach den üblichen chinesischen Umschweifen sollte Pater Ricci bald erfahren, daß eben dieser Wunsch Pi-shans nach den Evangelien ihre Reaktion auf die Joanna-Affäre war.

Das „blumenhafte Trostmädchen" hatte sich, seit sie in Sao Martin und in häufiger Gesellschaft mit Pater Ricci war, offensichtlich verändert. Sie, die vordem die Ergebenheit, Sanftmut und Wesenlosigkeit in Person war, hatte angefangen, so etwas wie Eigenpersönlichkeit und Willen zu entwickeln.

Immer noch betrat sie zwar das Zimmer des Paters mit vielen Bücklingen, begrüßte ihn sogar durch Hinknien und Sprechen sehr blumenhafter Formeln, doch stand sie nun schon unaufgefordert auf, nahm in einem Stuhl Platz und nahm oft den Verlauf des Unterrichts selber in die Hand. Sie war eine gestrenge Lehrerin, die dem Pater keine Schlamperei in den Tonhöhen und keine Zaghaftigkeit in der Pinselführung beim Schreiben der Zeichen hingehen ließ. Gelegentlich wagte sie es nun schon, ihn sehr höflich zwar, aber auch sehr bestimmt wegen unästhetischer Strichführung oder unkorrekter Verbindung zweier Begriffswörter zu kritisieren.

Ihr früher so maskenhaftes Puppengesicht war immer noch allmorgendlich sehr schön zugerichtet, mit Reispuder und Purpursalbe getönt, die Augenbrauenbögen waren fein mit Antimon geschwärzt, die Lippen rot wie Korallen gemalt und die langen Wimpern sehr schön getuscht. Auch ihre Kleidung war stets korrekt, ja fast feierlich; denn Herr Ch'ü hatte ihr noch ins Kloster eine ganze Kiste mit prachtvollen Seidengewändern, Bändern, Silberglöckchen, Jadeaufputz und anderem Tand zugesandt.

Sie machte von all diesen Herrlichkeiten eifrigen Gebrauch, wechselte jeden Tag die Kostümierung und vergaß niemals, nach dem frühen Morgen stundenlange Kosmetik zu betreiben. Pater Ricci hatte sich längst daran gewöhnt, daß seine Lehrerin wie eine Dame der chinesischen Gesellschaft auftrat und allgemein die Bewunderung, ja das Entzücken der Klosterbewohner erweckte.

Er selber registrierte die Bemühungen Pi-shans um Schönheit und Geschmack, war jedoch vom Gegenstand der Unterrichtsstunden so sehr gepackt, daß er kaum Zeit auf die Betrachtung der schönen Gemälde oder Statuen verwandte, die ihm Pi-shan alltäglich und in immer wechselnder Folge darbot.

Erst jetzt, als sie so unerwartet nach dem Bibeltext fragte, fiel ihm Pi-shan wieder auf. Er sah, daß sich ihr Gesicht und vor allem dessen Ausdruck verändert hatte.

In diesem maskenhaften und fast ein wenig starren Bildnis einer schönen Chinesin war plötzlich ein Leben erwacht, das es früher nicht gegeben hatte.

Seele war durch die Puderschicht und das Rouge durchgebrochen, aus den durch Atropin vergrößerten und glänzend gemachten, aber bisher so ausdrucksarmen Augen leuchteten nun eine Flamme und ein Eigenwille, deren Existenz Pater Ricci überraschte.

Jetzt erst fiel ihm auf, daß Pi-shan gelegentlich beinah europäische

Kleidung trug und sich sogar das leider völlig glatte Haar, ähnlich wie Senhorita Joanna, frei über die Schultern fallen ließ. Es war ein kohlschwarzes, sehr kraftvolles Haar, das fast einem Pferdeschwanz glich, wenn es nicht zu Zöpfen geflochten war.

Herr Ch'ü mußte ihr mit solchen kleinen Hilfen, die Mode betreffend, unter die Arme gegriffen haben. Oder war es Don Diego?!

Durch Zufall erfuhr Pater Ricci auch, daß Pi-shan bei demselben Schneider gleich um die Ecke von Sao Martin gewesen war, der auch Pater Riccis Bonzenkutte geschneidert hatte, und daß sie Geld gehabt hatte, allerhand Änderungen an ihren europäischen Kleidern anbringen zu lassen.

Woher hatte Pi-shan dieses Geld? Ins Kloster war sie nur mit ihrem Toilettenköfferchen gekommen und hatte dort kaum einen Kaesch zu sehen bekommen, da die „Societas" weder ihre Diener noch sich selbst mit besonderen Mitteln auszustatten pflegte. In Sao Martin diente man für Essen, Wohnen, Kleidung. Geld kam lediglich durch die kleinen Spenden und Almosen chinesischer und portugiesischer Geschäftsleute herein, die sich damit die Gunst der wichtigen „Societas" erkaufen wollten. Und Geld hatte eigentlich nur der Pater Prokurator, der für das Kloster einkaufte. Dieser gab gelegentlich dem Koch oder dem Gärtner einige Kaesch, sicherlich jedoch nicht Pi-shan, die er sowieso für einen überflüssigen und störenden Gast und Mitesser hielt.

Vermutlich war es doch Herr Ch'ü gewesen, der Pi-shans Finanzen aufgebessert hatte. Oder sie hatte durch einen der chinesischen Diener einen ihrer wunderschönen Jadeohrringe verkauft und sich auf solche Weise mit Bargeld versorgt.

Aber all diese kleinen Veränderungen und von eigenwilligem Unternehmungsgeist zeugenden Vorgänge hatten sich langsam vermehrt und endlich ihren Ausdruck in dem Begehren gefunden, die Bibel zu lesen.

Pater Ricci, dem dies alles erst jetzt recht bewußt wurde, erfuhr auch sogleich, woher der Wind wehte.

„Ist es wahr, Hochwürdiger", fragte Pi-shan mit einem Augenaufschlag, den sie früher niemals gewagt hätte, „daß man getauft sein muß, um ein Christ zu werden, und daß man die Bibel lernen muß, bevor man getauft wird?"

„Das ist freilich wahr, liebe Pi-shan."

„Und es ist auch wahr, daß Christen nur solche Mädchen wirklich lieben und heiraten dürfen, die getauft sind und selber Christen sind?"

„Auch das trifft zu."

Pi-shan lächelte den Pater fast verschmitzt an; ihr Puppengesicht verwandelte sich in das eines jungen Mädchens, das einen Scherz im Hinterhalt hat.

„Ich habe, o Hochwürdiger, in meinem bisherigen, sehr unwürdigen und kurzen Leben freilich die Erfahrung gemacht, daß es Christen gibt, die auch mit Mädchen schlafen, die keine Christen sind. Diese Mädchen können sehr schön und sehr lieb sein, nur getauft sind sie nicht. Vielleicht gilt diese Regel mit der Taufe nur für die chinesischen Männer – wie etwa Herrn Ch'ü, der Senhorita Joanna ein Kind gemacht hat. Sie ist ja Christin, und er kann es nicht werden, ohne getauft zu sein. Wie ist es aber nun, wenn ein chinesisches Mädchen sehr schön und sehr lieb ist, und wenn nun ein Christenmann mit ihr vielleicht schlafen möchte? Muß dann das Mädchen auch zuerst getauft sein?! Das begreife ich nicht, da ich bereits andere Dinge erlebt habe. Die Christen, die ich kannte, haben in einem solchen Falle eigentlich niemals nach der Religion des Mädchens gefragt, haben einfach mit diesen Mädchen geschlafen und gar nichts gefragt. Warum aber, Hochwürdiger, fragen Sie danach?"

Pater Ricci versuchte die komplizierten Zusammenhänge christlicher Lebens- und Glaubensregeln zu erklären, was aber bei Pi-shan nur Abscheu erregte.

Sie fand diese Art, über völlig natürliche Dinge zu sprechen und sie mit religiösen Tabus zu belegen, höchst widerwärtig und sprach es auch aus, daß ihr die europäische Art zu leben und die Menschen als Einzelpersonen zu beachten eigentlich bisher sehr gut gefallen habe, daß sie jedoch das Verhalten der Christen hinsichtlich der Liebesbeziehungen zweier Menschen für ziemlich töricht und verkrampft hielte.

Der Pater klagte sich jetzt selber an, daß er es bisher versäumt hatte, Pi-shan christlichen Religionsunterricht zu geben und daß er vor lauter Eifer, die Sprache zu erlernen, ganz auf deren rechte Inhalte vergessen habe.

Schließlich war er als Missionar und „Seelenfänger“ nach China ausgesandt worden. Seinen ersten möglichen Täufling, Herrn Ch'ü, hatte er abgewiesen, hier vor ihm stand eine nächste Bewerberin um die Taufe. Bei ihr hatte er vergessen, daß ja auch sie eine Chinesin und damit eine potentielle Proselytin war.

Fortan würde er Pi-shan Religionsunterricht geben und sie einführen in die hohen Gründsätze, die Glaubenswahrheiten und die Denkungsart des Christentums. Das mochte – soweit es anging – sogar in Chinesisch geschehen. Damit übte er sich gleich in der Tätigkeit, die auszuüben ihm bevorstand.

„Wir werden die Bibel übertragen, Pi-shan!“ rief er aus, „du wirst meine gelehrige Schülerin in der Religion sein, so wie ich der deine hinsichtlich der Sprache bin.“

„Ich will aber“ – und zum ersten Male, seit Pater Ricci das blumenhafte Trostmädchen kannte, sprach sie aus, daß sie etwas wollte – „nicht nur ein gelehrige Schülerin sein, ich will bald getauft werden, um einen Christen lieben zu können!“

Da wußte Pater Ricci, daß auch sein zweiter Katechumene nicht aus Drang zu Christus oder aus religiöser Sehnsucht, sondern aus sehr praktischen Gründen nach dem Sakrament verlangte, das ihn zur Gemeinschaft der Kirche führen würde.

Trotzdem beschloß er, sofort mit seiner Missionstätigkeit zu beginnen.

Es würde ihm eine Freude sein, Pi-shans Seele zu retten. Das Mädchen war ihm lieb und wert geworden.

14

Der Winter brauste mit Regenstürmen und schäumender Brandung über die Halbinsel Macao hin. Einmal zerstörte ein Taifun die Hälfte des Chinesenviertels und versenkte viele Sampans auf den Sandbänken. Nach dieser Katastrophe, die weiter landeinwärts auf der Halbinsel Heng-Shan noch übler gehaust hatte, kamen viele Bauern, deren Hütten fortgeblasen, deren Reisterrassen weggeschwemmt und deren Ziegen ertrunken waren, und brachten ihre überschüssigen Töchter zu den Kaufleuten Macaos. Huitzinga, der von dem Taifun gehört hatte und bald darauf mit einem großen Schiff auf die Reede einlief, hatte die Folgen des großen Windes geahnt und nahm eine Schiffsladung voller Mädchen mit fort. Viele Familien wurden dadurch gerettet, viele Mädchen hatten eine schönere Zukunft vor sich, und die Portugiesen Macaos verdienten sogar jetzt, da der Handel durch Stürme und bewegtes Meer ziemlich lahmgelegt war, eine Menge Geld.

Es war nicht zu leugnen, Macao hatte eine sehr günstige Lage. Es blühte mit Recht immer mehr auf und war dabei, bald wichtiger als die Malakkasiedlungen und selbst Goa zu werden.

Wie es Don Gaspar vorausgesehen hatte, war das Gerede um Joannas Kantonausflug in der Stadt völlig verstummt. Selbst in den Damenkränzchen der Portugiesen war das Thema vergessen, seit die junge Frau eines angesehenen Kaufmanns im Bett eines spanischen Offiziers auf Fort Estoril ertappt worden war.

Der junge Capitano bot dem Kaufmann – so sagte man – zwar Duell und Satisfikation an, aber dieser war klug genug, darauf nicht einzugehen, sondern den Vorfall auf sich beruhen zu lassen, was er so weit trieb, daß er sogar während der Sonntagsmesse in Sao Paolo den höflichen Gruß des Capitanos vor aller Augen freundlich erwiderte. Daraufhin begann die gesamte Kolonie daran zu zweifeln, ob der Skandal wirklich stattgefunden habe.

Es war auch zu bedenken, daß die junge Donna aus sehr gutem Hause stammte, eine bedeutende Mitgift gehabt hatte und mit mehr als siebzig Prozent am Geschäft ihres Gatten beteiligt war. Zudem waren Scheidung oder ähnliche harte Maßnahmen für Katholiken sowieso verboten. Der betroffene Kaufmann hatte zwar eine Zeitlang für Gesprächsstoff gesorgt, jedoch nicht nur seine moralische Überlegenheit, sondern auch sein Vermögen behalten. Die Damenkränzchen Macaos waren sehr befriedigt.

Senhorita Joanna und Herrn Ch'ü hatte man über solchen Geschehnissen völlig vergessen. Selbst Don Gaspar Viegas war über das lange Schweigen Herrn Ch'üs nicht allzusehr beunruhigt. Während des Winters kamen sowieso nur wenige Schiffe von Kanton oder Whampoa heraus, und so konnte Don Gaspar auch nichts von Herrn Ch'ü erfahren.

Er wartete geduldig dem Frühjahr entgegen.

Aber auch dann, als im März der Goldlack und der Jasmin in den Gärten zu blühen begannen, die vom Winter zerzausten Glyzinien, Fuchsien, Hibiskus und Bougainvillea wieder farbenprächtig über Mauern und Balkone zu klettern anfingen, blieb das Schweigen zwischen Kanton und Macao bestehen. Herr Ch'ü schien verschollen und Joanna mit ihm.

Wenn Herrn Ch'üs Berechnung stimmte, so sollte Joanna etwa im Mai oder Anfang Juni mit einem Kind niederkommen und damit Don Gaspar zum Großvater machen.

Aber auch dies beunruhigte Don Gaspar nur wenig. Worauf er mit wachsender Spannung wartete, war die Nachricht Herrn Ch'üs über die Öffnung des Chinamarktes und den Gang der künftig gemeinsamen Geschäfte.

Doch nichts kam aus Kanton.

Auch für Pater Ricci bedeutete das Verschwinden Herrn Ch'üs aus Macao einen Verlust, den er um so mehr bedauerte, je länger er andauerte.

Jetzt erst, als Herr Ch'ü nicht mehr da war, erkannte der Pater, wie sehr er sich an ihn gewöhnt hatte und daß sich eigentlich trotz aller Ungereimtheiten, Schlechtigkeiten und Zynismen, die Herr Ch'ü auf die höflichste, aber zugleich deutlichste Art von sich gab, zwischen ihnen eine Beziehung entwickelt hatte, die als Freundschaft bezeichnet werden konnte. Diese – wohl gegenseitig bestehende Beziehung – beruhte vielfach auf der hohen Achtung, die jeder vor der bedeutenden Bildung des anderen hatte.

Pater Ricci hatte zudem in Herrn Ch'ü einen hervorragenden Lehrer verloren, der sich sehr bemüht hatte, ihm die gehobene Sprache der Gelehrten und zugleich deren Inhalte auszudeuten. Hier lagen nämlich Pi-shans Grenzen. Und auf diese Grenzen wurde nun auch Pater Ricci wieder zurückverwiesen. Herr Ch'ü fehlte ihm an allen Ecken und Enden.

Mit Pi-shan gab er sich viel Mühe. Er hatte begonnen, mit dem Chinesenmädchen zusammen die Evangelien auf chinesisch durchzusprechen, und er gab ihr – so gut es in seinem immer noch unvollkommenen Chinesisch mit etwa 8000 Wörtern und Schriftzeichen anging – Religionsunterricht. Aber dabei lernte er selbst nicht mehr an Wörtern, Schriftzeichen und Ausdeutungen, weil ihm Pi-shan mit ihren höchstens 5000 bis 6000 Synonymen bereits unterlegen war. Er konnte nur noch wiederholen und vertiefen.

Sein Drang, mehr zu erlernen und ein gutes „Mandarin“ sprechen und schreiben zu können, dem Herrn Ch'ü reichlich Nahrung gegeben hatte, war unerfüllbar geworden.

Doch er fand schon einige Wochen nach Herrn Ch'üs Abreise eine Ersatzlösung. Ganz in der Nähe von Sao Martin hauste in einer sehr bescheidenen Hütte jener Bonze, dem Pater Ricci die Kutte abgeschaut hatte und den er für eine Art chinesischen Franziskaner hielt. Denn wie einen der „minderen Brüder des Poverello aus Assisi“ sah er allmorgendlich den Bonzen mit der Bettelschale ausziehen, sah ihn immer die gleiche braunrote Kutte tragen und niemals eine Sänfte benutzen.

Dabei liefen ihm die Chinesen und auch die malayischen Diener der Portugiesen zu, saßen zu seinen Füßen und lauschten andächtig seinen Predigten. Auch Pater Ricci hatte einige Male vernommen, was der Bonze gesagt hatte, und er mußte zugeben, daß es eine gute und würdige Religion war, die da verkündet wurde.

Von Goa her, wo es einige Bonzen dieser Art gegeben hatte und wo auch ein verborgener und beinah verfallener Höhlentempel Buddhas fortbestand, während ansonsten die „Buddhismus“ genannte Religion in Indien beinah ausgestorben war, kannte Pater Ricci einige Grundprinzipien dieser Lehre. In China schien sie offenbar noch stärker verbreitet, auch Herr Ch'ü hatte ja gesagt, es gäbe drüben – in Kanton und Shiu-hing oder anderswo – riesige Klöster mit buddhistischen Mönchen. Aus den Briefen des heiligen Franz Xaver wußte die „Societas“ zudem, daß der Buddhismus in seiner „Zen“-Form auch in Japan sehr bedeutend war.

Man würde sich demnach mit dem Buddhismus und dem Bonzentum eingehender beschäftigen müssen, wenn man die Absicht hatte, später einmal christliche Mission in China zu betreiben. Zudem entdeckte Pater Ricci, daß der Bonze keineswegs ungebildet war, wie das in Europa von vielen Franziskanern leider zu sagen war.

So suchte er des öfteren das Gespräch mit dem alten Manne und fand es auch bald, da der Bonze recht passabel Portugiesisch und er selbst immerhin schon ein gängiges Chinesisch sprach. Der Mönch, ein Mann von undefinierbarem Alter, aber sicherlich weit über die

Sechzig, kam Pater Ricci sehr freundlich entgegen, wobei der Umstand mitspielen mochte, daß der Pater sich das gleiche Kleid gewählt hatte, wie es der Bonze selber trug. Sie trafen sich also auf „franziskanischer Basis".

Der Unterschied der beiden Religionen mußte nicht unbedingt ein Hindernis für die Beziehungen zweier Priester sein; denn offensichtlich war auch der Bonze Priester seiner Glaubensgemeinschaft. Pater Ricci jedoch suchte nicht das Trennende zwischen Christentum und Buddhismus, sondern freute sich über die vielen Parallelen und Analogien.

Schon in Indien hatte er gestaunt, als man ihm erzählte, Gautama Buddha, der etwa 500 Jahre v o r Christus aufgetreten war, sei als Sohn einer jungfräulichen Mutter namens Maya geboren und der Sohn des Weltengottes; auch hatte er eine Darstellung der Gandharakunst gesehen, die den jungen Buddha als „guten Hirten" mit dem Lamm auf den Schultern zeigte. Wie Christus hatte auch Buddha zwölf Jünger oder Apostel gehabt. War Johannes der Lieblingsjünger Jesu gewesen, so war es Ananda bei Buddha; hatte Judas den Herrn verraten, so war es bei Buddha Vetter Derivatha, und beide – Christus sowohl wie Buddha – waren nach Beendigung ihrer Lehr- und Pilgerzeit in Glorie in die Ewigkeit zurückgekehrt: Christus in den Himmel, Buddha in einen Zustand, der Nirwana genannt wurde.

Jesus wurde in seinen Heiligen wiedergeboren, Buddha in den zahlreichen Bodhisattvas. Nur in einem Punkte unterschieden sich Christentum und Buddhismus offenbar grundlegend: das eine lehrte Hoffnung, forderte Taten und sogar Märtyrertum, das andere jedoch gipfelte im Erlöschen aller Wünsche, in der absoluten Untätigkeit und in der inneren Meditation. Wenn beide Religionen Friede, Liebe zu allen Geschöpfen und Erbarmen mit dem Leben verlangten, so trafen sich ihre ethischen Ziellinien abermals – nur daß der Christ auf seine mystische Vereinigung mit Gott, der Buddhist auf das selige Eingehen ins Nichts zielte.

So deutlich wurden gelegentlich die Analogien zwischen den beiden Religionen, daß Pater Riccis Meinung, es müsse leicht sein, die Brücke zwischen den buddhistischen Chinesen und seiner eigenen Mission zu schlagen, sich immer mehr festigte.

Wenn ihm der alte Bonze eine der Predigten Buddhas aus dem „Pali-Kanon“ vortrug, so glaubte der Pater beinah den Anfang eines Evangelientextes zu hören.

In diesem hoben die Kapitel meist mit den Worten an: „In jener Zeit begab sich Jesus mit seinen Jüngern nach Jericho . . .“ Der Bonze aber begann: „In jener Zeit begab sich der Erhabene mit seinen Jüngern in den Garten Anathapindikos . . .“ Und beide fuhren fort: „Da erzählte der Erhabene folgendes Gleichnis . . .“

Pater Ricci bat eines Tages den Bonzen, jenen Unterricht fortzusetzen, den Herr Ch'ü seinerzeit abgebrochen hatte. Der Bonze sagte zu.

Bald erwies es sich, daß der Buddhist nicht viel weniger gebildet war, als es Herr Ch'ü gewesen war. In China traf man offenbar eine Menge sehr wohlbelehrter Leute. Man konnte ihnen nur damit imponieren und vielleicht auf sie einwirken, wenn man selber über ein hohes Maß an Wissen verfügte.

War Herr Ch'ü in seiner praktischen oder realistischen Art jedoch mehr an mathematischen, physikalischen oder mechanischen Gegenständen interessiert gewesen, so konzentrierten sich die Wissensgebiete des Bonzen auf Meditation, Religionsphilosophie und Literatur, wie es einem guten Buddhisten eben anstand.

Pater Ricci war jede Form der Lehre recht, wenn sie ihn nur tiefer in die chinesische Gelehrten- und Gebildetensprache einführte und ihm deren Inhalte öffnete.

Schon durch Herrn Ch'ü und anläßlich der Kommentierung des Buches „I-king“ hatte der Pater von der „klassischen Literatur“ der Vorzeit erfahren, die in diesem Lande hochgeachtet wurde und offensichtlich immer noch lebendig war. Der buddhistische Bonze berichtete ihm nun von einer ganz anderen Seite des chinesischen Geisteslebens. Er sprach von der Periode der Sui und T'ang, einer Zeit, die etwa 800 Jahre zurücklag und die sehr reich an religiöser und philosophischer Literatur gewesen war.

Damals waren die Philosophie des Lao-tse, der Tao'ismus und der schon vor rund 1400 Jahren von Indien und Tibet herübergekommene Mahayana-Buddhismus die Staatsreligionen Chinas geworden: beides Denksysteme, die in ihren Ursprüngen mehr als 2000 Jahre alt waren. Der Bonze hing einer buddhistischen Sekte an, die damals unter den T'ang-Kaisern der Mönch Lü-tsung als Vinaya-Schule gegründet hatte und die den Urbuddhismus mit straffer mönchischer Disziplin und Konzentration auf Meditation und Vergeistigung wiederherstellen wollte.

Interessant war auch, daß der Bonze erwähnte, zu jener frühen Zeit – also vor fast 1000 Jahren – seien auch andere fremde Religionen über Turkestan und Tibet in China eingedrungen: der Perser A-to-pen habe das Christentum in seiner „nestorianischen" Form verkündet; die Mohammedaner in Turkestan hätten den Islam in die chinesischen Westprovinzen getragen und einige Parsi wären mit dem Sonnen- und Feuerkult eines gewissen Zoroaster und der Lehre des Mani, dem Manichäismus, aufgetreten. Seit dieser Zeit besäßen die Chinesen ihre Symbolik des Yang und Yin, was im Persischen Ormuzd und Ahriman, bei den Indern Vishnu und Shira oder bei den Christen Himmel und Hölle, Gott und Teufel bedeute. Pater Ricci lernte viel über chinesische Philosophie und Religion hinzu, und da er bereits durch Herrn Ch'ü ausgiebig über die fortschwelende Naturreligion, die Mythen und Geisterlehre, vor allem jedoch über die offenbar bei Gebildeten heute vorherrschende Sozial- und Sittenlehre des Kung-fu-tsianismus unterrichtet worden war, drang er sehr bald zu einer Erkenntnis durch, die ihm später bei seiner Missionstätigkeit helfen konnte.

Er stellte fest, daß dieser große und hochstehende Kulturkreis, der wohl – was Bevölkerungszahl und geographisches Einflußgebiet anbelangte – der bedeutendste der Erde war, in seiner langen Geschichte niemals eine eigene Religion hervorgebracht hatte. Denn Buddhismus, Parsiglaube und Manichäismus, Islam oder Nestorianertum waren alle von außen und missionarisch nach China hereingetragen worden. Die Lehre des berühmten Meisters Kung-fu-tse jedoch war keine Religion, sondern eine Sozialethik.

„Warum nur haben diese klugen und kulturell so hochstehenden Leute niemals einen Erlöser, keinen Propheten, sondern nur Philosophen, keine Visionäre, sondern nur Mandarine hervorgebracht?" fragte er den Bonzen.

„Wir sind ein sehr realistisches Bauernvolk", sagte dieser, „Religion in Ihrem Sinne jedoch, ehrenwerter Doktor Li, ist eine Schöpfung von Hirtenvölkern, sie wächst in Steppen und Wüsten, nicht aber auf den fruchtbaren Reisterrassen und in den Fruchthainen eines Landes, das man zu Recht ‚Blüte der Mitte' nennt."

Und er fuhr fort:

„Das chinesische Landvolk, und dies ist die Masse der Millionen in diesem Reich, lebt seit alters eingebettet in die große Harmonie der Natur. Es ist ein zum Leben erwachter Teil der Natur; zwischen die gelbe Erde und den blauen Himmel, zwischen Pflanze, Tier und Elemente hineingeboren, empfindet es alles sehr realistisch. Man fühlt die großen Kräfte, die auf unser Dasein einwirken, und personifiziert sie als Geister, Dämonen oder Erd- und Himmelsgötter, als Drachen, Monster oder als das Fortwirken der Ahnen, deren Kult man ehrfürchtig betreibt – aber im Grunde ist alles Natur, ist einfache Tatsache, Erscheinungsform und kein schwieriges und abstraktes System mit einem Götterhimmel, wie ihn etwa Indien sich geschaffen hat.

Aus diesem Grunde ist Meister Kung-fu-tse mit seinen praktischen Lebensregeln so populär. Er verlangt keine Mystik und keine Glaubenssätze, sondern lehrt einfach das rechte Verhalten in der Gesellschaft, inmitten der Natur und ihrer Gegebenheiten. Was Buddha anbelangt, so findet auch er die Zustimmung vieler Chinesen. Denn Buddha hat niemals von Gott gesprochen, hat die von Christen und Mohammedanern erdachte Unsterblichkeit der Seele und die Erlösung auf ihr praktisches und sichtbares Maß reduziert: auf den Umschwung des Lebens- und Schicksalsrades, das dem Nirwana – dem Nichtmehr-Sein und dem Nichtmehr-Leiden – entgegenrollt. Dies entspricht ganz der chinesischen Auffassung von der unendlichen Fortsetzung des Daseins in der Ahnenreihe, im einfachen Kreislauf von Leben, Tod und Wiedergeburt. So denken eben Bauern, die alle Jahre diesen Kreislauf auf ihren Feldern und die ihn stets bei ihren Tieren erleben.

Ich bin nicht sicher, daß Sie, hochzuverehrender Doktor Li, mit dem, was Sie von dem Opfertod Christi, der Auferstehung und der Erlösung, von Jüngstem Gericht und persönlicher Unsterblichkeit des Menschen in Gott erzählt haben, bei Chinesen großen Eindruck machen werden. Sie werden ihnen zwar höflich zuhören und beifällig nicken, aber im Grunde bleiben, was sie seit tausend Generationen sind: Realisten."

Was den Bonzen anbelangte, so erfuhr der Pater jedenfalls, daß zutraf, was dieser behauptete. All seine Versuche, ihn von christlichen Wahrheiten zu überzeugen, verliefen im Nichts. Er anerkannte zwar die hohen sittlichen Werte, von denen der Pater sprach, fand sowohl die Heilsgeschichte wie die Erlösungslehre interessant, aber er versuchte alles sogleich in buddhistische Philosophie oder in den Symbolismus eines im Kern nüchternen und illusionslosen Bauern umzudeuten.

Deshalb ging Pater Ricci auch sehr behutsam vor, wenn er seine Missionierungskünste an dem Bonzen erprobte. Er hatte ja noch ein anderes Objekt seiner Bemühungen in dem blumenhaften Trostmädchen Pi-shan, und er hegte die starke Hoffnung, bei Pi-shan mehr Erfolg zu haben.

Der Bonze jedoch erwies sich auf andere Weise nützlich.

Er führte den Pater in die chinesische Literatur ein. So entdeckte Pater Ricci, daß es in China etwa um die gleiche Zeit, als im Abendlande Isidorus von Sevilla eine erste Enzyklopädie des Wissens geschrieben hatte, auch schon einen gewissen Tu-Fu als Schöpfer eines „Lexikons des allgemeinen Wissens" – genannt das „T'ung-tien" – gegeben hatte, ja daß etwa um das gleiche Jahr auch bereits ein großes „Lexikon der Medizin" mit allen Regeln der Akupunktur, der Chirurgie und pharmakologischen Medizin entstanden war, alles Werke, die ein gebildeter Chinese kennen und Pater Ricci wohl in den folgenden Jahren lesen mußte und die allesamt schon seit einem halben Jahrtausend bestanden.

Der Bonze hatte gelegentlich auch seine lyrischen Stunden. Dann zitierte er für den Pater die herrlichen Verse eines Li-Tai-peh oder des Tu-Fu. Eines dieser Gedichte, die schon in der T'ang-Zeit entstanden waren, gefiel Pater Ricci so ausnehmend gut, daß er es in Chinesisch auswendig lernte – was ihm ja, angesichts seines erstaunlichen Gedächtnisses, nicht weiter schwerfiel. Es lautete:

„Da unser ganzes Leben
Nichts ist als ein großer Traum,
Weshalb dann Hasten und Streben
Drin geben so großen Raum!"

Er beschloß, diese Verse bei Gelegenheit Don Gaspar Viegas vorzutragen.

Auf sich selbst bezog er sie nicht. Er hastete und strebte ja nicht für sich selbst oder seinen Ehrgeiz. Ihm war eine Aufgabe übertragen, die kein Traum, sondern ein klarer Befehl Jesu Christi war: Gehet hin und lehret alle Völker!

Für diese Aufgabe bereitete sich Pater Ricci unablässig und systematisch vor. Er wußte, daß der Tag kommen würde, an dem ihn das Schicksal rief. Für diesen Tag mußte er bereit sein.

Neben seinen eifrigen und immer erfolgreicheren Sprachstudien vervollkommnete er sich in allen Künsten, die ihm dereinst in China helfen konnten.

Schon immer hatten ihm Pi-shan und Herr Ch'ü gesagt, daß es nicht genüge, die chinesischen Schriftzeichen leserlich wiederzugeben: sie mußten auch ästhetisch sein. Man maß in China die Qualität eines Gebildeten nicht nur daran, w a s er schrieb, nach Inhalt, Stil und feiner Wortwahl, sondern ebenso sehr nach der Schönheit seiner Schriftzüge. Von einem Mandarin forderte man nicht nur Schriftsätze, sondern kalligraphische Kunstwerke, richtige Schriftbilder von hohem künstlerischen Rang. Deshalb waren chinesische Zeichen auf den Bildrollen, Urkunden oder Büchern, selbst wenn man sie nicht lesen konnte, stets ein künstlerisches Vergnügen.

Sie waren sozusagen jüngere und schlichtere Brüder der feinen chinesischen Tuschemalereien auf den Rollbildern, mit denen sie oft eine Einheit bildeten. Der chinesische Maler pinselte denn auch, wenn er sein Bild in einem einzigen Arbeitsgang vollendet hatte, stets ein „Ko-Gedicht" an den Rand oder an eine passende freie Stelle, weil erst Malerei plus Poesie plus Kalligraphie jene Einheit der Kunst ergaben, die der Kenner lobte.

Da chinesische Maler wie Schreiber stets mit dem Marderhaarpinsel, den sie in die vom Stein geriebene und mit einem Lösungsmittel flüssig gemachte Rußtusche tauchten, mit einem einzigen, jeweils sehr sicherem Strich die Form oder das Zeichen hinsetzen mußten, die gültig war, gab es nur den Weg, diese Kunst durch jahrelange und unablässige Übung zu erlernen. Auf einem chinesischen Rollbild oder einem Schriftsatz konnte man nicht radieren, auswaschen oder kaschieren. Da saß der Strich entweder, oder die gesamte Papierrolle war vertan. Man hatte Pater Ricci berichtet, daß auf der Han-Lin-Akademie zu Peking oder in der berühmten Malschule von Su-tschou ein Adept zwanzig Jahre lang nur Pinselübungen in der Darstellung von Bambus und Bambusblättern – sogenannte Po-hi-Malerei – betreiben mußte, bevor er zur Schaffung eines Ka-kimo-no, eines Gesamtbildes, zugelassen würde. Auch ein höhergestellter Amtsschreiber hatte fünf Jahre lang Bambusblätter zu malen und Schriftzeichen zu üben, ehe man ihn anstellte.

Und so begann Pater Ricci denn ebenfalls fleißig den Pinsel zu gebrauchen und die ästhetische Qualität seiner Schrift zu verbessern.

Daneben beaufsichtigte er die Herstellung immer neuer und verbesserter Räderuhren, Astrolabien und anderer mechanischer Instrumente, die ihm Chandra und Chura lieferten, er zeichnete Karten und versuchte sich, nachdem er eine vorher genau auf Sektoren vermessene Weltkarte gezeichnet hatte, nach dem Vorbilde Martin Behaims einen Globus anzufertigen, was ihm auch nach einigen anfänglichen Mißerfolgen ganz prächtig gelang.

Als Priester war er zudem verpflichtet, regelmäßig die Messe zu lesen, auch sein Zulauf aus der portugiesischen Kolonie als Beichtvater war groß. Trotzdem fand er noch Zeit, seine Sprachübungen, die Bibelstunden und religiösen Unterweisungen mit Pi-shan fortzusetzen. Meist konnten diese nur noch am späten Abend stattfinden, wenn der Pater aller Pflichten ledig war und sein Tagespensum an Wörtern und Zeichen, neuerlernten chinesischen Wendungen und Ausdrücken nach den ausgedehnten Diskussionen mit dem Bonzen in sein Heft eingetragen hatte. Das „Wörterbuch" umfaßte nun schon mehr als 8000 Redewendungen und Stichwörter.

Dann – wenn der Pater die Öllampen in seinem Studio entzündet hatte – pochte es leise an die Tür, Pi-shan streckte den Kopf vorsichtig herein und fragte, ob es dem Hochwürdigen genehm sei, seine Sprachstunde zu nehmen und sie weiterhin im Christentum zu belehren.

Sie kam nun meist auf europäische Weise gekleidet und mit Zöpfen ins Zimmer, verneigte sich mehrmals und nahm in einem Scherenstuhl Platz, während sie früher den Hocksitz auf einem Kissenberg bevorzugt hatte. Ihr neues Selbstbewußtsein wurde deutlich, denn sie wartete nun oft nicht mehr, daß der Pater sie ansprach oder mit seinen Pinselübungen zu Ende war, sondern begann unbesorgt zu plaudern und Fragen zu stellen.

Eines Abends im Juni, als vor den geöffneten Fenstern die riesigen Leuchtpunkte der tropischen Johanniskäfer tanzten, brachte sie den Pater durch ihre Neugierde oder Wißbegierde in nicht geringe Verlegenheit.

Pi-shan sagte: „Hochwürdiger und Gelehrter, Sie haben mich gelehrt, daß Christentum eine Religion der Liebe sei. Das will ich gerne glauben, schon deshalb, weil Sie es gesagt haben, Hochzuverehrender. Aber bitte – erklären Sie mir –, warum lieben Sie mich dann nicht?!"

Pater Ricci legt den Tuschepinsel fort. Er schien sehr überrascht durch diese Frage. „Aber ich liebe dich ja, Pi-shan! Ich liebe dich, wie ich alle Menschen zu lieben bemüht bin. Und dich liebe ich sogar ganz besonders!"

„Nein, verzeihen Sie, Wohlbelehrter, daß ich widerspreche. Ich bin sehr unwürdig und töricht, ich weiß es. Aber: Sie lieben mich nicht, obwohl ich Sie sehr liebe."

„Pi-shan, kleine Schwalbe, ich meine damit, daß ich deine Seele liebe. Ich bin Priester. Es ist meine Pflicht, die suchenden und verirrten Menschen zu lieben, aber ich liebe nicht nur aus Pflichtgefühl und mit kaltem Herzen. Ich biete den Menschen mein Herz aus gutem Willen an. Auch dir, liebes Kind . . ."

„Nein", beharrte das „blumenhafte Trostmädchen" starrköpfig und schüttelte den Kopf, daß die schwarzen Zöpfe tanzten. „Nein, Doktor Li, das tun Sie nicht! Wenn Sie mich wirklich liebten, hätten Sie mich längst aufgefordert, mit Ihnen zu schlafen. Aber eben dies tun Sie nicht, Ehrenwerter. Und ich warte schon sehr lange darauf."

Pater Ricci fiel aus allen Wolken und wandte sich Pi-shan nun voll zu.

„Wie kannst du nur so etwas sagen, Mädchen! Das hat doch mit der echten Liebe nichts zu tun und wäre außerdem eine große Sünde. Selbst wenn ich kein Priester wäre, dürftest du dich nicht auf solche Weise einem Manne anbieten."

Pi-shan schüttelte den Kopf noch heftiger.

„Davon verstehe ich wirklich sehr viel", rief sie, „vergeben Sie, bedeutender Po-hi! Ich widerspreche schon wieder. Doch über Liebe weiß ich sehr gut Bescheid. Ich bin ja in einem sehr vornehmen

Chrysanthemen-Haus ausgebildet worden, bevor ich zu Herrn Ch'ü kam, der mich um eine bedeutende Summe Silbertaels gekauft hat. Immer, wenn Männer ein Mädchen lieben, dann wollen sie als erstes mit ihm ins Bett gehen, und manchmal ist dieses Mädchen dann sehr hochgeehrt.

Aber das Mädchen liebt vielleicht nicht. Nur ihr Körper liebt und tut alles, was sie im Chrysanthemen-Haus gelernt hat. Nur sehr selten fliegt etwas in ihre Seele, das wie ein kleiner goldener Vogel ist und die Seele zum Glühen bringt. Das könnte Liebe sein. Und die Männer sind meist sehr bald satt, selbst wenn es Chinesen sind. Sie lieben das Mädchen dann nicht mehr, drehen sich um und gehen. Der kleine goldene Vogel fliegt gleich davon, und das Mädchen bleibt ganz allein zurück.

Es zweifelt dann daran, daß es überhaupt eine Seele hat, die wie ein zarter Käfig für den goldenen Vogel war; denn was das Mädchen auch fühlt, es ist nur Leere und Widerwillen gegen sich selbst."

Nun seufzte Pi-shan tief und schlug die langen Wimpern auf. Ihre schrägen Augen mit der Mongolenfalte schienen größer als sonst zu sein.

„Seit ich Sie, o Hochgeschätzter, kennenlernen durfte und in diesem Kang der Christen lebe, dem mich die Herren Viegas geschenkt haben, lernte ich Menschen kennen, die mir das Gefühl gaben, selber ein Mensch, ja fast so wichtig wie ein Mann – vergeben Sie vielmals – zu sein. Ich glaube jetzt, daß ich eine Seele habe, die wie ein Käfig aus Rosenzweigen ist und die auf den goldenen kleinen Vogel wartet. Der fliegt hinein, bringt Wärme und echtes Empfinden und sehr viel Sehnsucht. Nun aber nistet der Vogel schon sehr lange in meiner Seele, und da er keine Nahrung, keinen Tropfen Wasser erhält, ist er in Gefahr zu verkommen. Warum, o Verehrter, bemerken Sie ihn nicht, warum füttern Sie ihn nicht, warum wollen Sie nichts von mir wissen als chinesische Vokabeln und ein paar Schriftzeichen? Nein, Hochwürdiger, Sie lieben mich nicht, und ich bin sehr traurig."

Der Pater war in großer Verlegenheit. Er hatte sehr wenig Erfahrung mit den Unfällen der Liebe und hatte in seinem bisherigen Leben alle Versuchungen und Möglichkeiten, die es auch in Rom und Lissabon durch liebeshungrige Frauen und Mädchen gegenüber einem rassigen und hübschen jungen Studenten oder sogar dem Priester gegeben hatte, mit leichter Hand abgewehrt. Er war zu sehr auf seine Studien, auf sein Lebensziel als im Geiste Wirkender eingestellt gewesen, als daß ihn derartige Angebote besonders beirrt hätten.

So offen wie bei Pi-shan war ihm diese sicherlich reizvolle Seite des Lebens noch nie begegnet. Er schaute das Chinesenmädchen nun plötzlich mit anderen Augen an: wie jung und schön sie war, wie ihr herzförmiges Gesicht erglüht war und die schwarzen Jettaugen funkelten! Sie neigte sich ihm entgegen.

Er war allein mit dem Mädchen, das rötliche Licht der Öllampen und das Tanzen der phosphoreszierenden Johanniskäfer vor dem Fenster machten die plötzlich entstandene Zweisamkeit noch eindringlicher.

Jetzt begriff er die Weisheit der Klausur, für deren Aufhebung im Falle Pi-shans er selbst gesorgt hatte. Jesuiten waren hier großzügiger als andere Orden. In Frankreich, Spanien oder Portugal kamen viele Patres der „Societas", wenn Politik oder Klugheit es forderten, ganz allein in die Gemächer von Damen der Gesellschaft, um Beichte und Segen zu erteilen. Aber zugleich blieben sie ihren Gelübden treu; denn – was immer sie taten – es galt der oberste Satz des Ordens „ad maiorem Dei gloriam!" – zur höheren Ehre Gottes!

So versuchte Pater Ricci, der schönen Pi-shan den Sinn des priesterlichen Zölibats und der mönchischen Gelübde zu erklären und sie darauf hinzuweisen, daß es für den wahrhaft religiösen Menschen eine höhere Art von Liebe gäbe, die sich nicht mit körperlichem Ausdruck, in Umarmungen, Küssen und Sex erschöpfe.

„Du mußt noch viel lernen, kleiner, goldener Vogel Pi-shan!" sagte er und strich ihr mit einer mitleidigen Gebärde über den schwarzen Scheitel. „Die höchste und wahre Liebe eines Christen richtet sich auf den, der niemals untreu wird, der niemals enttäuscht und der alles umfaßt: unser Dasein, unser Denken, unser Fühlen und unser ganzes Wesen – auf Gott allein. Ich bin nur ein Mensch, dem eine gewisse Spanne Zeit gegeben ist, um zu wirken; eine Erscheinung, die kommt und vergeht und die deine Liebe mit Sicherheit in Schmerz verwandeln würde. Denn auch ich bin schon jetzt dazu bestimmt, alt und häßlich, leidenschaftslos und krank zu werden, bestimmt zu enttäuschen durch Verlust von Jugend und

Kraft und um zu sterben. Nichts kann man mit seiner Liebe festhalten, Pi-shan, am wenigsten einen Menschen. Nur Gott ist unveränderlich, ist ewig, ist immer deine Heimat.

Ihm allein sollst du dich zuwenden. Er wird dich trösten und deine Seele erwecken, daß sie kein Käfig mehr für einen goldenen Vogel, sondern das weit geöffnete Gefäß für deinen Gott sein wird."

Aus Pi-shans schwarzen Augen rollten ein paar Tränen. Sie zog sich ein wenig in ihren Sessel zurück und starrte zu Boden. Dann sagte sie sehr bescheiden: „Ehrenwerter, Großer, mein Dr. Li! Ich glaube, daß ich noch sehr wenig von Ihrer Religion verstanden habe. Sie aber werden mich unterrichten und mich lieben, auch wenn Sie nicht mit mir schlafen wollen."

15

Ende Juni 1583 war wieder die Zeit gekommen, daß den Portugiesen von Macao laut Erlaß des Vizekönigs erlaubt wurde, den Hafen von Whampoa anzulaufen und dort für drei Markttage zu ankern.

Dieses bedeutende Ereignis war die einzige offizielle Handelsverbindung, die das Reich der Mitte mit den Fremden zuließ. Aber sogar diese Markttage unterstanden der strengen Kontrolle durch die chinesischen Hafenaufseher.

Schon Tage vorher rüsteten sich auf der Reede von Macao die großen Galeonen und Barkassen aus. Lastkähne fuhren hinaus zu den Schiffen und brachten all die hunderterlei Waren, die man in Whampoa abzusetzen hoffte, während die Kaufherren ihre Listen bereit machten, was sie alles einkaufen wollten.

Da das Geschäft unter Kontrolle stattfinden würde, gingen mit den Lastbooten nur jene Handelsartikel an Bord, die von den chinesischen Behörden zugelassen waren: also venezianische Kristallspiegel, Messer und Waffen aus Brescia oder Toledo; Nürnberger Tand, wie Spielzeug und Glaskugeln; böhmische oder Muranogläser; Wollstoffe aus Burgund, Brabant und vom Niederrhein; Linnen von Flandern, Samt aus Frankreich und Portugal; Kamelhaarwaren aus Arabien, irisches Leinen, Maroquainleder und Ziselierware aus Andalusien, aus der Algarve, oder schöne Lederwaren von Florenz;

Heilmittel, die aus Afrika, aus Goa oder Malakka, und Gewürze, die von den Molukken kamen. Opium dagegen, schöne Mädchen, Pulver und Kanonen, die man nebst Musketen und Handfeuerwaffen verhandelte, durften nicht dabei sein. Diese Waren liefen das ganze Jahr über durch die Hände der Schmuggler von Hong-Kong oder Kow-lun, und weder die Portugiesen noch die chinesischen Behörden wußten offiziell davon.

Alle Kaufherren, vor allem jene, die keine so guten Verbindungen wie etwa die Herren Viegas hatten und daher vornehmlich auf die wenigen Markttage von Whampoa angewiesen waren, erhofften sich ein gutes Geschäft von diesem Ausflug. Sie träumten von einem Großeinkauf von Perlen, Porzellan, Tee, Seide und vor allem von Edelmetallen wie Gold und Silber, das in China weit unter Weltmarktpreis zu ergattern war.

Pater Ricci, der nun wenigstens einmal die Nase in das Vorzimmer Chinas stecken wollte, bat Don Gaspar, daß er ihn auf der inzwischen eingelaufenen „Sao Miguel" mitnähme, und der Kaufherr gestand ihm dies zu. Diesmal hatte er nichts zu verbergen.

So fuhr eines Morgens die große Flotte – ein Konvoi von beinah zwei Dutzend großen und kleinen Schiffen – die rund 150 km den Perlstrom hinauf und steuerte Kantons Hafen Whampoa an.

Die Flotte hielt sich von Macao aus gute zwölf Meilen von der Küste entfernt, weil hier eine Kette von Untiefen, Sandbänken und Inselchen die Fahrrinne bedrohte. Die „Sao Miguel" voraus, liefen die Schiffe die Lin-tin-See und die Tschu-kiang genannte riesige Bay nordwärts und erreichten nach etwa viereinhalbstündiger Fahrt bei gutem Winde die große Insel Tai-kak-tau und damit die sich nun rasch verengende Einfahrt, die von den Chinesen Tschuen-pi-kan, von den Portugiesen aber die „Tigris-Bocca" genannt wurde. Bereits die Südspitze der Insel Tai-kak-tau war stark befestigt: man sah große Erdwälle, sogar gemauerte Redouten und eine wimmelnde Menge von Tatarensoldaten, die den herankommenden Schiffen entgegenblickten. Das gleiche Schauspiel und die gleiche Kulisse war auch auf dem gegenüberliegenden Festlandufer von Tai-ping im Osten zu sehen: Befestigungen und Soldaten in jeder Menge.

Das, was fehlte und worauf Don Gaspar den Pater nicht ohne Spott aufmerksam machte, waren lediglich die Kanonen. Außer ein paar stumpfen, vermutlich von mohammedanischen Geschützgießern hergestellten Kurzrohren und zwei oder drei erbeuteten Holländerkanonen war nichts von einer Artillerie zu sehen, die diese Sperrforts erst wirksam gemacht hätte. Das gleiche galt für die berühmten „Tigerforts", die an der engsten Stelle der „Bocca" auf kleinen Inseln lagen.

Dafür ankerten im Schatten der Wälle eine große Anzahl von Kriegsdschunken, alte ziemlich verrottete Kästen mit Geranien und Fuchsien an der Reling, die mit alten Drehbrassen und vielen Soldaten bestückt waren. Da die Flotte der Portugiesen mit ihren reihenweise übereinander angeordneten Bronzegeschützen neuester Bauart sehr dicht an den Dschunken der Tigerforts vorüberzog, konnte Pater Ricci die teilweise phantastische Rüstung des chinesischen Militärs genau beobachten.

Da gab es schreckliche Gesichtsmasken, Helme oder Kopfputz von bizarrer Gestalt, Watte- und Eisenpanzer, hohe Schulterstützen, bunte Bänder, gefältelte Röcke und gepluderte Hosen, dazu Hellebarden, zackige Sensenlanzen, breite Krummschwerter, nagelgespickte Keulen, Tartschenschilde und bemalte Banner, ja sogar Drachenfahnen, die aus einem Luftsack mit eingebautem Kohlentopf bestanden.

Wenn der Wind in diese drachenförmig aufgeplusterten Windsäcke fuhr und den mit allerhand Qualmkraut beschickten Kohlenpott anheizte, dann schien es, als stoße der Drache Feuer und Rauch aus.

Vielleicht konnten die Chinesen mit solchem Tand die primitiven Mongolen erschrecken, die Portugiesen lachten nur darüber. Sie wußten, daß eine Breitseite der „Sao Miguel" den Spuk in Gedankenschnelle fortpusten würde.

Trotzdem demonstrierten die Chinesen den Fremden ihre Macht und militärische Stärke. Als die Schiffe auf die Enge von Tschukiang zuliefen und nun schon des gefährlichen Fahrwassers wegen anfingen, Segel zu streichen, begann ein Schauspiel, das für Neulinge wie Pater Ricci von großer Eindruckskraft war.

Die Forts auf den beiden Seiten des Perlflusses begannen ein Feuerwerk abzubrennen. Plötzlich zischten Raketen in den Himmel und zersprühten in Blau, Gelb, Grün und Rot. Feuerschlangen wanden sich zuckend und krachend über den wolkenlosen Himmel, und große Lichtbomben zersprangen mit schrecklichem Knall.

„Aber da haben die Chinesen ja ihre Artillerie!" rief der Pater. „Warum verwenden sie diese Raketen nicht, wenn sie auf holländische Piraten treffen? Es muß doch ein leichtes sein, diese Raketen mit Eisen und Blei zu laden und zu furchtbaren Waffen zu machen!"

Don Gaspar zauste verächtlich lächelnd an seinem Knebelbart à la Philipp II.

„Weil sie Idioten sind!" erwiderte er. „Was glauben Sie, Pater, welche Unsummen die Burschen alljährlich mit solchem Kindertand verpulvern?! Das war in Macao vordem auch so. Beim Frühlingsfest, Laternenfest, beim Fest des blauen, des weißen oder des gelben Drachens und noch einem Dutzend anderer Feste, bei Geburtstag, Hochzeit, Beerdigung und Kindstaufe haben sie Unmengen von Raketen, Feuerrädern und Knallern verschossen, bis ihnen der Alkalde diesen Unsinn verboten hat, weil jedesmal ein paar Dutzend Strohdächer in Flammen aufgegangen waren! Das Feuerwerkspiel ist eine der liebsten Beschäftigungen der Gelben. Wenn sie nicht so schlitzohrig und durchtrieben wären, würde ich sagen, es sind große Kinder."

„Und sie, die uns Europäern doch so aussichtslos in Artillerie und Schußwaffen unterlegen sind", fragte Pater Ricci, „sind nie auf den Gedanken gekommen, ihre Raketen und Bomben als Waffen zu nutzen?"

„Nein, wie ich schon sagte! Herr Ch'ü, an den Sie sich ja wohl noch erinnern, hat mir einmal erzählt, die Chinesen hätten das Schießpulver schon mehr als tausend Jahre v o r uns Europäern erfunden gehabt. In den Abwehrkämpfen der Han-Dynastie gegen die Huang-nu, die wir Hunnen nennen, haben sie sogar Raketensalvengeschütze eingesetzt und ihre Große Mauer damit verteidigt. Sie haben jedoch, kaum daß die Hunnenschlachten gewonnen und die Mongolen zurückgewiesen waren, sofort wieder das köstliche Schießpulver für Neujahrsfeste und ähnliches verwendet und ihre Raketenartillerie vergessen. Sie sind die reinen Kinder, was das Militär anbelangt. Das ist übrigens einer der sympathischsten Züge bei ihnen. Herr Ch'ü sagte, China habe in seiner sehr langen Geschichte niemals einen Angriffskrieg geführt – die einzige Ausnahme war vor dreihundert Jahren die Yüan-Dynastie. Und das waren keine Chinesen, sondern Mongolen, die China erobert hatten.

Nein, Pater, aus dieser Ecke droht keine Gefahr. Sie verachten das Kriegshandwerk und alles Soldatische dazu. Das ist anders als bei uns daheim!"

„Dann verstehe ich eines nicht, Don Gaspar! Wenn die Chinesen militärisch so schwach sind, weshalb haben dann Portugiesen, Holländer oder diese neuerdings auftauchenden Japaner nicht längst die Häfen mit Gewalt geöffnet und das Land besetzt?!"

Der Kaufherr kraute den Bart nun eingehender, und sein strenges Gesicht nahm einen sehr verdrießlichen Ausdruck an.

„Ganz einfach, Hochwürden! Weil die Chinesen einfach zu viele sind. Wenn Sie ein paar Hundert totschießen, stehen hinterm nächsten Hügel einige Tausend auf. Wir müssen uns, obschon wir die Stärkeren sind, wie bettelnde Hunde vor ihren Türen benehmen. Die Chinesen sind offenbar durch ihre Anzahl unsterblich. Gegen sie kann man nicht Krieg führen."

Dann fügte er, beinah mißmutig geworden, hinzu: „Warten Sie nur, bis Sie Whampoa gesehen haben! Und von Whampoa nach Kanton sind es immer noch an die zehn Meilen, Kanton aber ist eine Stadt vierzigmal so groß wie Whampoa!"

Der immer enger gewordene, jedoch immer noch eine Meile breite Perlstrom begann sich nun zu verästeln. Schären mit Dutzenden kleiner Inseln, Nebenarmen und Kanälen tauchten auf; an den Ufern rechts und links kletterten Reisterrassen, Pinien- und Palmenhaine über den Hügel; zwischen die Täler und Berge, die Strände und Inseln waren zahllose kleine Dörfer hingestreut. An einer Flußbiegung in Richtung Westen kam eine Insel von etwa dem fünffachen Ausmaß der gesamten Macao-Halbinsel empor. Und an einer einigermaßen gerade verlaufenden Flußstrecke sah man zum ersten Mal das ferne, aber unerreichbare Kanton: ein Gewirr von Dächern, Festungsmauern und Torbauten, aus dem wie spitze, sich vielfach wiederholende Regenschirme die Pfeiler der Pagoden emporstrebten. Das Häusermeer erstreckte sich, so weit Pater Ricci sehen konnte, vom Strom bis an die Hänge des Wolkenberges. Das war eine Millionenstadt, genau wie Marco Polo sie einst beschrieben hatte.

Doch die Insel direkt in der Fahrrinne, das war Whampoa.

Lange Kaimauern, zahlreiche Hafenbecken und ein schier unübersehbares Meer von Sampans, Dschunken, Kähnen und Lastschiffen kroch zwischen diesen Hafenanlagen hin und her. Das Ufer war, so weit man sehen konnte, mit den bunten Segeltuch- und Strohdächern der Verkaufsstände bedeckt, eine zehntausendköpfige Menge schob und drängte sich in den Gassen der Marktstände.

Bald erkannte man auch schon die bunt bemalten, vornehmen Sänften der Hong-Kaufleute und Mandarine, die zum Kai heranschwankten, um die fremden Schiffe zu begrüßen. Militär in bizarren Rüstungen und mit vielfach gezackten Hellebarden sperrte das Volk aus, man sah, wie in kürzester Frist breite Straßen entstanden, die zu den Lagerhäusern führten, in denen sicherlich alle Schätze Chinas eingelagert waren und aus denen bereits die ersten Zweiräderkarren mit vorgespannten Kulis zum Hafen durchbrachen. Über allem lag eine undefinierbare Wolke von Geschrei.

Als die „Sao Miguel", sanft an den Kai gesteuert, festzumachen begann, bemerkte Pater Ricci, daß diese Wolke nicht nur aus Lärm und Gezwitscher, sondern auch aus allen Gerüchen des Orients bestand: es roch nach Gewürzen, Nelken, Fäkalien, Fischküchen und dem Schweiß von zehntausend gelben Menschen.

So kam Pater Ricci zum ersten Mal in das eigentliche China, und es wurde ihm angst und bange bei dem Gedanken, als einzelner Mensch und mit nichts im Gepäck als seinem unerschütterlichen Glauben, dieses Land – von dem er hier nur einen Vorposten zu sehen bekam – für Christus erobern zu wollen.

Man war in Whampoa angekommen.

16

Es war nun schon beinahe ein halbes Jahr her, daß Herr Ch'ü Macao verlassen hatte. Aber selbst ihm, der die Gelassenheit in Person war, kam es vor, als sei er schon Jahre unterwegs.

In China hat man immer Zeit. Der Lebensrhythmus ist anders als im europäisch bestimmten Macao mit seinem Vierundzwanzigstundentag. Seit Herr Ch'ü sein schönes Haus auf dem Pinienhügel damals in großer Hast und Heimlichkeit verlassen hatte und in mondloser Nacht mit Joanna zusammen sich hatte zu der aus Kow-lun herbeigerufenen Sampan-Dschunke hinausrudern lassen, war er schlagartig wieder zu einem Voll-Chinesen geworden.

Die Besatzung des Ruderbootes bestand nur aus chinesischen Seeleuten, auch an Bord empfing ihn ein „Beamter des Beamten", also einer seiner chinesischen Angestellten, den die Firma „Ch'ü und Wang" gesandt hatte. Und da er Kanton und Festlandchina zum Ziele hatte, war alle europäisierende Tünche von Herrn Ch'ü wie alte, schlechte Farbe abgeblättert. Zur nicht geringen Verwunderung Joannas war er noch viel chinesischer geworden, als sie das für möglich gehalten hätte.

Jetzt war er nur noch ein hoher Mandarin, ein Herr von Rang, dem man sich nur mit Unterwürfigkeit nahen konnte und hinter dessen gleichbleibender Höflichkeit stahlharter Wille stand. Joanna dachte an das Wort Lao-tses, das ihr Herr Ch'ü schon öfter zitiert hatte: „Die Hand im Samthandschuh schlägt überall dort durch, wo die gepanzerte Faust scheitert!"

Joanna bekam beinahe ein wenig Angst vor ihrem geliebten Ch'ü, verwechselte jedoch dieses Gefühl sogleich mit einer erhöhten Ehrfurcht.

Von nun an lebte Herr Ch'ü wieder nach chinesischer Zeiteinteilung. Die europäischen Uhren hatte er schon vergessen.

Der chinesische Tag beginnt nach europäischer Zeiteinteilung um elf Uhr abends und kennt nur Doppelstunden. Er hat demnach nur zwölf, nicht vierundzwanzig Abschnitte, was unwillkürlich alle Lebensvorgänge verlangsamt und ihnen mehr Muße gibt.

Herr Ch'ü war schon auf der vornehmen Sampan-Dschunke für Joanna beinahe unerreichbar geworden. Sie sah und sprach ihn nur noch, wenn er sie ausdrücklich rufen ließ, und es war notwendig geworden, daß sie ihr hitziges Temperament sehr im Zaume hielt. Kam sie ungerufen, so wies er sie mit eisiger Strenge zurück, war aber bei anderer Gelegenheit und wenn es ihm paßte, liebevoll und zärtlich wie je zuvor.

Deshalb nahm auch Joanna seine unerwartete Kälte bescheiden hin und begnügte sich mit dem, was sie freiwillig erhielt. Ohne daß sie es selber bemerkte, war sie ganz plötzlich in eine gewisse Demutshaltung und Unterwürfigkeit zurückgedrängt worden.

Die Dschunke segelte bei glattem Wind das Ästuar hinauf, kam ungeschoren an den Tigerforts und den Polizeikontrollen vorbei, weil der „Beamte des Beamten“ nun bereits das Mandarinschild mit dem Silberfasan zwischen zwei Laternen am Bug aufgestellt hatte. Das war Passierschein genug.

Im Morgengrauen waren sie in Whampoa, eine Stunde später an den riesigen Stadtmauern Kantons, vor der Insel Sham-mien, angekommen. Angesichts des erst heraufdämmernden Tages bog die Dschunke in den künstlichen Kanal ein, der an dieser Seite die haushohen Festungsmauern Kantons umschließt. Sie fuhren nun lautlos in einer Art tiefen Burggrabens entlang, bis der gewaltige, von drei Galerien überdachte Turmbau des Südtores aufstieg und die von der Morgensonne angestrahlte siebenstöckige Pagode Fu-thap in all ihrer Porzellan- und Glöckchenpracht aufleuchtete. Hier – und sehr nahe am „Tempel der 500 Götter“ – legte das Schiff an.

Eine Sänfte wurde aus dem Schiff herbeigezaubert, Herr Ch'ü stieg ein und verschwand, ohne sich von Joanna zu verabschieden. Der „Beamte des Beamten“ dienerte sie in eine zweite Sänfte, deren Vorhänge sogleich geschlossen wurden, und auch Joanna schwankte, im Laufschritt von Kulis getragen, die Lände hinauf zur Stadt.

Herr Ch'ü besaß selbstverständlich, wie es sich für einen Herrn seines Ranges geziemt, ein schönes Stadthaus, dessen Pracht jenem auf dem Pinienhügel nicht nachstand. Auch dieses lag hinter hohen Mauern und glich von außen einer Festung. Dahinter aber war es sehr vornehm. Eine Schar Dienerschaft kniete vor Joanna nieder. Man brachte sie in ihre Gemächer.

Für Herrn Ch'ü war die Rückkehr in seinen eigenen Lebensbereich sehr teuer geworden. Er hatte Kanton genau, wie der Vizekönig es erwartet hatte, am Vorabend des Laternenfestes erreicht, und sich gleich zur Audienz angemeldet.

Das Laternenfest findet traditionsgemäß stets einen halben Monat nach dem Neujahr statt. Da Neujahr an dem Tage gefeiert wird, an dem der erste Neumond nach Eintritt der Sonne in das Zeichen des Wassermannes am Himmel steht und mit ihm der neue Zyklus des Jahres und seiner zehn Monate anhebt, war es nach europäischer Zeitrechnung Ende Januar 1583, als Herr Ch'ü wieder den Boden Kantons betreten hatte.

Der Jahresbeginn wird auch vom Planeten Jupiter bestimmt, der deshalb auch auf Chinesisch „Jahresstern“ genannt wird. Der Name dieses neuen Jahres war in Peking am Himmelsaltar festgesetzt worden. Er lautete „Jahr der Wildgans im 67. Zyklus des Bambusbären“. Neujahrstag war zugleich der große Zahltag der Chinesen, an dem es üblich ist, alte Rechnungen zu begleichen, seine Konten abzuschließen und alle Gläubiger zu bezahlen. Da es nach chinesischem Gesetz erlaubt ist, daß die Gläubiger in der Neujahrsnacht sogar die Türen und Fenster des säumigen Schuldners aufbrechen dürfen, um sich an dessen Hausrat oder Schätzen schadlos zu halten, und weil die Wucherer an solchem Tage ihre Schuldner weder schlafen noch essen oder friedlich ausgehen lassen, hatte Herr Ch'ü über Kow-lun und seine Kantoner Banken längst Auftrag gegeben, seine Konten auszugleichen. Dies war natürlich nur gegenüber jenen Leuten und Ämtern geschehen, die Macht genug besaßen, einem Mandarin gegenüber ärgerlich zu werden.

Es hatte ihn viel Geld gekostet; denn er war ja beinahe bankrott gewesen, als er auf die Reise mit der Kaiserdschunke gegangen war.

Nun jedoch war er zum Laternenfest heimgekehrt.

Beim Neujahrsfest, das das große Freudenfest der Nation ist, und das mit gewaltigem Feuerwerk, mit zahllosen öffentlichen Vergnügungen des Volkes und unter üppigen Mahlzeiten der Behörden und der oberen Schicht stattfindet, schließen bereits zehn Tage vorher alle Ämter die Büros, Prozesse werden ausgesetzt, die Amtssiegel verschlossen, und sogar das Geschäftsleben steht still.

Beim Laternenfest, das im Rang hinter Neujahr zurücksteht, beginnt die Arbeitsruhe nur drei Tage vorher. Die eigentliche Feier konzentriert sich nur auf die Nacht, die morgen kommen würde.

Wenn Joanna besser aufgemerkt hätte, würde sie gesehen haben, daß bereits die Dschunken, Sampans und sogar die Lastboote auf dem Perlfluß mit Papiergirlanden, Blumengewinden und zahllosen Lampions in den phantastischsten Formen übersät waren – die freilich noch nicht brannten. Diese Vorbereitungen, wobei sich jedermann bemühte, Dschunke, Boot, Haus oder Hütte mit Papierlaternen aller Größen und in Form von Vasen, Fächern, Schiffen und Häusern zu schmücken, wurden bereits am Tage vorher getroffen. Morgen abend würden ganz Whampoa, Honan und Fati und das gesamte, große Kanton in einem bunten Lichtermeer erstrahlen.

Heute an der Lände, als sie in die Sänfte einstieg, hatte ihr der „Beamte eines Beamten“ mit feierlicher Verbeugung einen wunderschönen Fächer aus Elfenbein und Papier überreicht: eine Geste, die auf das Laternenfest hinwies.

Die Legende berichtet, daß vor etwa 800 Jahren Kaiser Yui-tsung das Fest eingeführt habe, als ihm die Illumination am Palaste eines reichen Kaufherrn gut gefiel. Seither wird das Laternenfest als großartiges Schauspiel und als Volksfest jährlich wiederholt. Bei diesem ersten Laternenfest des Kaisers Yui-tsung sei es geschehen, daß die Tochter eines Mandarins, der die durch die vielen Lichter ausgestrahlte Hitze lästig wurde, ihre Gesichtsmaske – wie sie vornehme Damen damals aus Schicklichkeitsgründen trugen – abnahm und sich mit ihr Kühlung zufächelte. Doch die Mandarinstochter war gut genug erzogen, daß sie die Maske, um sich zu verbergen, dicht vor das Gesicht hielt und damit wedelte. Da ihren Begleiterinnen jene anmutige Bewegung großen Eindruck machte, taten sie es ihr nach – und damit war der Fächer erfunden.

Seither war es auch üblich, einer Dame zum Laternenfest einen kunstreich bemalten Fächer zu schenken. Der „Beamte eines Beamten“ hatte daran gedacht.

Joanna hatte angefangen, wie eine Chinesin zu leben. Sie ahnte es nur noch nicht. Nun betrat sie ihre Gemächer, und ein Schwarm von Zofen und Bedienerinnen umgaben sie, ihre Wünsche zu erfragen – doch verstand sie kaum ein Wort dieser schnatternden und singenden Sprache. Es war zunächst sehr schwierig. Dann richteten sich die klugen Chinesenmädchen nach Joannas Gebärden und Zeichen, bald lachten sie allesamt und waren sehr fröhlich.

Herr Ch'ü jedoch hatte andere Sorgen. Er war nicht zum Neujahrsfest beim Vizekönig vorgeladen worden, obwohl es üblich ist, am zweiten Tage alle Staatsbesuche zu erledigen, die roten Glückwunschkarten auszugeben und Narzissen zu verteilen – soferne man am ersten Tage seine Schulden bezahlt hatte.

Der Vizekönig wünschte ihn zum Laternenfest zu sehen.

Um die Besuchsstunde zu Mittag stand Herr Ch'ü vor dem hohen Herrn, der ihn in Sonderaudienz unter vier Augen empfing.

Der Vizekönig, der ja ein heimlicher Feind von Oheim Wang-P'ai, dem ihm unterstellten Gouverneur von Kwan-tung und daher auch nicht eben Herrn Ch'üs Freund war, empfing ihn voller Liebenswürdigkeit. Nachdem man beiderseits zahlreiche Höflichkeiten und Glückwünsche ausgetauscht hatte, erlaubte sich Herr Ch'ü ein zwar wertvolles, aber nur angemessenes Geschenk, einen schönen Chrysolith-Schmuck mit Goldfassung, zu überreichen, den ihm eine Chinesengemeinde in Java für den Kaiser ausgehändigt hatte. Der Vizekönig nahm das schöne Angebinde mit übertriebenem Entzücken entgegen und legte ihn sogleich beiseite.

Der Plan, diesen törichten Vetter vierzehnten Grades namens T'sai mit dem Auftrag der Einbringung des Kaiserzinses zu betrauen, war dank Oheim Wang und dem Veto des mächtigen Eunuchen Ma-T'ang fehlgeschlagen, und letztlich hatte sich der Vizekönig mit dem Gedanken arrangiert. Er hielt Vetter T'sai für einen Dummkopf und Herrn Ch'ü für einen klugen Kopf. Dieser Ch'ü würde wissen, was zu geschehen hatte. Daß die Kaiserdschunke „Östlicher Jadestern" verlorengegangen war, ließ vieles erhoffen. Herr Ch'ü war jedenfalls bedeutend gewitzter als Vetter T'sai. Mit dem Chrysolith-Schmuck würde die Angelegenheit nicht getan sein.

Der Vizekönig besaß die unendliche Gnade und Höflichkeit, Herrn Ch'ü zum Mandarinsessen einzuladen, schlug ihm jedoch vorher – als Zeichen seiner besonderen Wertschätzung – ein kleines Mahjong-Spiel vor oder das Glasperlenspiel oder eine Partie Domino oder was immer der liebe Herr Ch'ü gerne spielte.

Jeder Chinese ist ein geborener Spieler. An jeder Straßenecke saßen die bettelarmen Kulis und würfelten, warfen ihre Mahjongstäbchen oder teilten Karten aus. Dabei ging es um Kaesch. Die Mandarine oder Kaufherren pflegten höhere Beträge zu verspielen.

Bei solch einem Spiel hatte Herr Ch'ü jede Gelegenheit, seine Beute mit dem Manne zu teilen, der ihm so haushoch übergeordnet war.

Einen Vizekönig von Kanton konnte man nicht einfach bestechen. Das wäre zu grob und außerdem zu kompromittierend gewesen. Man hatte hier feinere und dezentere Wege. Herr Ch'ü würde sehr schlechtes Mahjong spielen und eine sehr angemessene Summe verlieren. Anschließend sollte kein Wort mehr über den „Östlichen Jadestern" gesprochen werden, es sei denn, Herr Ch'ü würde einem untergeordneten Schreiber den entsprechenden Bericht über den Verlust des Kaiserschatzes diktieren, den dann der Vizekönig absegnen und bestätigen konnte.

Doch Herr Ch'ü, der ja mit allen Wassern zwischen Hoang-ho und Perlfluß gewaschen war, hatte sich eine neue und elegantere Variante der Bestechung ausgedacht. Er sagte plötzlich, das Laternenfest finde am 9. Tage des 60-Tage-Zyklus im Monat des Reihers statt, während es natürlich der 10. Tag – nach europäischen Begriffen Freitag und nicht Donnerstag – war.

Der Vizekönig begriff sofort und stritt höflich eine Weile mit Herrn Ch'ü um den Wochentag, während dieser bei aller Unterwürfigkeit jedoch hart blieb und behauptete, es sei am Donnerstag. Das trieben die beiden Herren eine Weile, bis Herr Ch'ü endlich ausrief, er setze sogar 100.000 Taels, daß er recht habe.

Der Vizekönig meinte, er würde sogar 150.000 Taels, also ein wahres Vermögen, einsetzen und sicherlich die Wette gewinnen.

Nichts außer Spielen bereitete einem Chinesen mehr Vergnügen als Wetten. Sie bestätigten den Einsatz, und der Vizekönig rief sogleich einen Beamten des Vorzimmers, der den Kalender nachsehen mußte und natürlich bestätigte, daß es am Freitag sei.

Herr Ch'ü schlug vor Entsetzen die Hände zusammen, daß seine Fingernagelschoner klirrten, und schien sehr betrübt, als er eine Anweisung für die verlorene Wette ausschrieb. Dann gingen die beiden Herren sehr vergnügt zum Mandarinsessen. In Beamtenkreisen erzählte man sich später, es sei bei diesem Gastmahl gewesen, daß die beiden hohen Herren Freundschaft geschlossen hätten. Sogar Vetter T'sai, von dessen weiterem Schicksal noch zu hören sein wird, bestätigte diese Theorie gegenüber Pater Ricci, als er ihn zu Whampoa traf.

Der höchst angenehme Verlauf des Mandarinsessens und die für Herrn Ch'ü besonders ehrenden Umstände blieben jedenfalls nicht ohne Auswirkungen.

Das Mandarinsessen fand auf sehr hohem Niveau statt. Der Ort war nicht etwa der Palast des Vizekönigs, sondern ein berühmtes Restaurant, dessen Festraum dafür vorbereitet war. Es war ein Mahl der 22 Köstlichkeiten, bei dessen Zubereitung alle geehrten Feinheiten chinesischer Kochkunst beachtet und zudem nur sehr reiche oder sehr hochgestellte Männer eingeladen waren.

Wie üblich wurde alles in Schalen und Schälchen aus Reisporzellan oder Silber, Tassen aus Nephrit und auf Platten aus Bergkristall serviert, von den hohen Herren mit Eßstäbchen aus Elfenbein oder Silber oder mit flachen, runden Löffelchen auf die eleganteste Weise konsumiert, wobei nicht unbemerkt blieb, daß Seine Exzellenz, der erhabene Vizekönig, dreimal während des Stunden und Stunden andauernden Essens Herrn Ch'ü einen besonderen Leckerbissen vorlegte. Das war eine um so bedeutendere Ehre, als etwa Seine Exzellenz Herrn General Wu-T'ang, dem Kommandeur der Garnison von Kanton, die gleiche Ehre nur zweimal erwiesen hatte.

Wie üblich bei derartigen Mandarinsessen kamen alle Delikatessen einer großen Küche auf den Tisch, nicht nur die drei Grundstoffe Schwein, Ente und Karpfen mit den dazugehörigen Gemüsen, dampfenden Reisschüsseln und Glasnudeln, sondern auch die sogenannten ehrenvollen Gerichte, wie etwa die „sieben Juwelenspeisen", Hundepfotenfilet, Rattensteak, Haifischflossen, vergrabene Eier, Schlangenblut, sogar die kostbaren Drachenaugen, die jedoch in Essig eingelegte Augen von verstorbenen Giftschlangen waren, die unvergleichliche Speise aus Bergnatternfleisch, Abbalone – einem Tiefseefisch – und Krebsen, dann die Schwalbennester und zum Abschluß eine etwas fad schmeckende Suppe von Hühnerfleisch und Aal. Dazu gab es Batterien von Gewürzen und die immer wieder aufgefüllten Schälchen mit heißem Reiswein, später auch die Nephritkrüge mit Chrysanthemen- oder Jasminbranntwein, der ja bekanntlich aus Mandschuhirse zubereitet, mit Duftstoffen versetzt und hauptsächlich im Norden Chinas getrunken wird. Da im Reich der Mitte stark alkoholische Getränke nach dem Gewicht verkauft werden, bezeichnete man die Trinker je nach der Menge, die sie während eines Tages vertrugen, nach den Graden eines 1- bis 5-Tschin-Mannes.

Der Vizekönig tat sich sehr viel darauf zugute, ein 4-Tschin-Mann zu sein, und leerte daher Glas um Glas. Herr Ch'ü jedoch, der sicherlich ein 5-Tschin-Mann hätte sein können, erwies sich nur als 3-Tschin-Mann und bewies durch derart dezente und taktvolle Art, wie genau er Rangunterschiede zu beachten wußte.

Der Vizekönig gewann Herrn Ch'ü schließlich sehr lieb und erwies ihm die ausgezeichnete Ehre, sich vor allen Gästen nach dem Wohlbefinden der ehrenwerten Frau Mutter des Herrn Ch'ü zu erkundigen.

Später bot er Herrn Ch'ü mit schon schwerer Zunge an, in sein einstiges Amt als Ober-Kommissar für den Fremdenhandel und als Hafengouverneur von Whampoa zurückzukehren, was Herr Ch'ü auch unter vielen Verneigungen annahm.

Freilich überwältigte ihn sein angeborenes Pflichtgefühl so sehr, daß er dem Vizekönig vorschlug, daß er neben diesem Amt als Fremdenkommissar auch noch seine ungemein nützliche Tätigkeit als Ober-Steuereinnehmer der Provinz Kwan-tung ausüben wolle, was ihm sicherlich von Oheim Wang-P'ai in Shiu-hing genehmigt würde.

Der Vizekönig war gerührt vom Amtseifer Herrn Ch'üs und bat ihn, öfter im Regierungspalast vorzusprechen, besonders dann, wenn er die Zölle von den Fremden und die Steuern von den Untertanen Kwan-tungs eingenommen habe. Denn auch der Vizekönig war sehr diensteifrig und an allen Vorgängen interessiert.

Sie dienten schließlich alle dem Himmelssohn auf dem Drachenthrone.

Mit Vetter T'sai ging es nicht so gut voran. Jedoch er durfte zufrieden sein. Man hatte ihn zum Gehilfen des Hafenkommissars von Whampoa, also zum „Beamten eines Beamten" berufen, was in Whampoa recht einträglich sein konnte, Vetter T'sai jedoch innerlich wurmte, weil dieser Ober-Kommissar ausgerechnet Herr Ch'ü hieß. Abgemildert wurde der weiterschwelende Zorn Vetter T'sais nur dadurch, daß Herr Ch'ü außer durch Einzug gewisser Gebühren und Zollaufschläge von seinem Amt offenbar keinen Gebrauch zu machen gedachte, sondern schon seit der Zeit kurz nach dem Laternenfest nach seinem zweiten Amtssitz Shiu-hing verschwunden war und somit dem unwürdigen Vetter T'sai – der immerhin ein Vetter vierzehnten Grades des Vizekönigs war – alle wirklichen Amtshandlungen überließ. Vetter T'sai gebot deshalb ziemlich unbeschränkt über alle jene Unterorgane, die wiederum „Beamte eines Beamten" und daher sehr schlecht besoldet waren.

Deshalb war es ein sehr eindrucksvoll in rotem Seidenkleid und mit „adlergeschmücktem Goldknopf" auf der Satinmütze, in einer

Sänfte, der ein Hasenwappen vorangetragen wurde, daherkommender Mandarin T'sai, der die einlaufenden Schiffe am Kai von Whampoa empfing.

Steuermann Hernando Gomez, der Schwarzbart, der jetzt auf der „Sao Miguel" fuhr, erkannte Vetter T'sai sofort. Sein Gesicht verfinsterte sich. Und auch Vetter T'sai hatte den Mann erkannt, der ihm seinerzeit über die Reling des „Östlichen Jadesterns" geholfen hatte.

Und da Vetter T'sai aus all seinen Erlebnissen nicht das geringste dazugelernt hatte, womit er den meisten Menschen glich, rief er sofort in seinem holprigen Portugiesisch Steuermann Gomez an und wollte wissen: „Welches Schiff?!"

„Die ‚Sao Miguel' ", brummte dieser. „Da liegt sie ja vor Ihren Augen, Tuan!"

Daraufhin befahl Vetter T'sai, diese Galeone als erste und besonders genau auf Schmuggelware zu untersuchen, bevor sie die Erlaubnis erhielte, auszuladen.

„Der Purpur-Vogel da drüben", sagte Steuermann Gomez zu Pater Ricci, „ist der Begleiter von Herrn Ch'ü vom ‚Östlichen Jadestern'. Er macht uns Schwierigkeiten!"

Der Pater begab sich zu Vetter T'sai und begrüßte ihn höflich auf chinesische Weise. Dann begann er ein Gespräch auf Chinesisch, was den Hafenkommissar sehr verwunderte. Pater Ricci fragte vor allem nach dem Wohlergehen des Herrn Ch'ü.

„Herr Ch'ü ist nicht hier. Er ist mit seiner neuen Konkubine nach Shiu-hing gereist!"

„Und Sie, Ehrenwerter, haben nichts weiter von ihm gehört? Man sagt, es sei ihm ein Kind geboren worden?"

„Das Kind einer Konkubine und des Herrn Ch'ü ist ganz unwichtig. Man spricht in Kanton nicht von solchen Kleinigkeiten."

Vetter T'sai wandte sich brüsk und schon beinah unhöflich ab. Der als Bonze verkleidete Europäer, der die Unverschämtheit besaß, die chinesische Sprache zu mißhandeln, war ihm sehr widerwärtig.

Dann ließ er seine Sänfte über die Laufbretter auf die „Sao Miguel" tragen, wo ihm Don Gaspar mit finsterer Miene entgegentrat.

Don Gaspar, dem das ganze Theater von Whampoa zuwider war und der es seit seiner langwährenden Bekanntschaft mit Herrn Ch'ü gewohnt war, bevorzugt behandelt zu werden, ärgerte sich gewaltig, daß man ausgerechnet ihm Schwierigkeiten machen wollte. Die anderen Portugieser-Schiffe begannen bereits auszuladen und würden ihm, wenn er nicht schleunigst auf dem Markt erschien, arge Konkurrenz machen. Er war daher – was in China immer ein Fehler ist – sehr kurz angebunden.

„Wieviel?“ fragte er und maß den Purpurgekleideten mit verächtlichem Blick.

Vetter T'sais schwarze Kohleaugen blieben ausdruckslos, funkelten jedoch stark. Er war und blieb ein kleiner oder höchstenfalls mittlerer Beamter, ein aus der Unbedeutendheit zu Amt und Würden emporgekommener Mann, der nun endlich über eine gewisse Macht verfügte. Lange hatte er warten müssen, um auch einmal an den Trog heranzukommen, aus dem die großen Tiere fraßen.

Er vermochte der Versuchung nicht zu widerstehen, sowohl seinen Hunger zu stillen wie seine Macht zu gebrauchen. Darum verhielt er sich ebenfalls völlig unchinesisch, verzichtete auf alle umständlichen Höflichkeitsfloskeln und rhetorischen Umwege und nannte einen Betrag, der doppelt so hoch war, als es Don Gaspar aus früheren Zeiten gewohnt war. Das Feilschen war kurz. Vetter T'sai blieb sehr hart.

Knirschend vor Wut bezahlte Don Gaspar die neue Landgebühr und den Zoll. In seinem Inneren verfluchte er seinen „Schwiegersohn“ Ch'ü, der ihn so schmählich im Stich gelassen hatte und ihm, anstatt den Whampoahandel zu erleichtern oder gar auszuweiten, wie er versprochen hatte, diesen Purpurhai vor die Nase gesetzt hatte. Zum Teufel mit allen Chinesen! Der Handel mit ihnen wurde immer schwieriger und kostete Geld! Und von Herrn Ch'ü keine Nachricht ...

17

Herr Ch'ü hatte andere Sorgen als seine Geschäftsverbindung mit den Viegas. Und er hatte vor allem Zeit. Die Dinge würden sich langsam in seinem Sinne entwickeln. Wenn sie reif waren, konnte man wieder an Macao und die Viegas denken.

Das Verhältnis zum Vizekönig war bestens geregelt. Nun mußte er dringend Oheim Wang-P'ai in der Provinzhauptstadt Kwantungs, Shiu-hing, aufsuchen, was er auch sofort nach dem Laternenfest getan hatte. Ebenso war es notwendig, ein größeres Geschenk an den mächtigen Eunuchen Ma-T'ang zu schicken, das auch glücklich angekommen war und Herrn Ch'ü einen sehr wohlwollenden Brief des großen Mannes eingebracht hatte. Auch Oheim Wang-P'ai war sehr befriedigt vom Ergebnis der Javareise und bestätigte seinen hochgeehrten Neffen in seiner alten Position als Oberaufseher des Steuerwesens von Kwan-tung. Er wußte nun, daß er stets auf die Dankbarkeit Ch'üs rechnen durfte, so daß auch er keinen Schaden erleiden würde.

All diese notwendigen und großartigen „Geschenke", die Herr Ch'ü hatte verteilen müssen, die Bezahlung seiner riesigen Schulden und der Unterhalt seiner zahlreichen Besitzungen von Macao über Kanton bis Kow-lun, Shiu-hing und Nam-yang hatten jedoch so ungeheure Summen verschlungen, daß er zum Abschluß seiner Fahrt mit dem „Östlichen Jadestern" zwar sagen konnte, er sei saniert und für einige Zeit in finanzieller Sicherheit, aber er durfte nicht behaupten, reich und völlig unabhängig zu sein. Der Beuteanteil am Kaiserzins von Java, dessen Verlust unterdessen offiziell dem schrecklichen Piraten Hui-tsing-Ah zugeschrieben worden war, reichte für einige Zeit, aber sicherlich nicht bis ans Ende der Tage Herrn Ch'üs und schon gar nicht für eine so umfangreiche Familie, wie sie Herr Ch'ü – den Göttern sei Dank – sein eigen nennen konnte. Da gab es einige Dutzend Vettern und Oheime, mehrere hundert Verwandte etwas entfernteren Grades, die alle ihre Saugnäpfe und Tentakel in das berühmte und hochgeehrte Faß hängen ließen, das Herr Ch'ü hieß.

Es war also klar, daß Herr Ch'ü, wenn er sein gewohntes Leben in Luxus, Wohlbehagen und hohem Ansehen weiterführen wollte, viel unternehmen mußte, um sich Dauereinnahmen aus wirklich großen Geschäften zu verschaffen. Sonst würde er bald schon dort stehen, wo er vor seiner Ausfahrt nach Java gewesen war.

Da Herr Ch'ü jedoch durch seine Ahnen, insbesondere durch seinen ehrenwerten, in die Unterwelt eingegangenen Jade-Vater – diesen großen Dichter, Philosophen und Mandarin – mit bedeutender Intelligenz gesegnet worden war, würde es sicher geschehen, daß ihm die richtigen Wege einfielen, um alles in schönste Harmonie zu bringen.

Seine Stellung als Ober-Kommissar des Hafens zu Whampoa und in Macao sowie der Posten als Finanzverwalter der Provinz Kwantung waren sehr ehrenvoll, aber – wie alle chinesischen Beamtenpositionen – sehr schlecht honoriert. Deshalb war es notwendig, daß jeder Beamte sich unter Ausnutzung seiner Amtsstellung eine entsprechende Summe hinzuverdiente, was bei einem Hafenkommissar und einem Steuereintreiber nicht allzu schwer war. Weder Vetter T'sai noch die vielen kleinen Steuereinnehmer in Kwan-tung würden es wagen, Herrn Ch'ü um seinen Anteil zu prellen. Es mochte geschehen, daß sie ihrerseits Gebühren, Zölle und Steuersätze ein wenig erhöhten, um selber nicht zu kurz zu kommen, grundsätzlich aber ging zuvor Herrn Ch'üs Prozentsatz ab, so wie Herr Ch'ü seinerseits genötigt war, von seinen Einnahmen den Vizekönig, Oheim Wang-P'ai und den sehr einflußreichen Eunuchen Ma-T'ang zu befriedigen.

Eine enge Geschäftsverbindung mit den Portugiesen oder sogar mit Hui-tsing-Ah wäre hier besser; denn hier rechnete man mit klaren Anteilen und mit vernünftigen Sätzen. Darum trachtete Herr Ch'ü sehr danach, diese Möglichkeiten zu erweitern und endlich dahin zu kommen, wohin seine ganze Lebensabsicht zielte: endlich an dem Punkte zu sein, wo andere arbeiteten, handelten, riskierten und Geld scheffelten, er selber aber nur noch abkassierte und Zeit fand, sein schönes und bequemes Leben in Würde und Genuß zu verbringen. Diese Einsicht war einfach und ein Ergebnis seiner hohen Intelligenz.

Er bereitete also alles vor, um seine langfristigen Pläne zu verwirklichen. Sie würden sowohl ihm selber, der Familie, wie auch den Leuten von Macao sehr viel Nutzen bringen. Aber es würde Zeit kosten, und daher widerstrebte es Herrn Ch'ü, vorzeitig Nachrichten auszusenden und etwa nichtssagende Botschaften zu geben, wie es die Europäer oft taten. Es hatte keinen Sinn, nach Macao zu schreiben: „Mir und Joanna geht es gut, wir befinden uns momentan in Shiu-hing!" oder: „Wartet nur ab, bald wird etwas Gutes geschehen! Mein Sohn ist noch nicht geboren worden!"

Das war Unsinn. Besser, man schwieg, bis man tatsächlich etwas zu melden hatte.

Ging es Joanna wirklich gut?

Seit sie mit ihrem geliebten Herrn Ch'ü nach Kanton abgereist war, fühlte sie sich wie eine Gefangene, manchmal auch wie eine Sklavin, wenn sie auch versuchte, sich dies alles auszureden.

Schon als sehr junges Mädchen war sie einst ausgebrochen, weil sie diesen Zustand der Gesellschaft, in dem man Mädchen und Frauen in Tabus, Moralregeln und Sittenkodices, in Schlafzimmer, Miradores und Damenklubs eingesperrt hatte, nicht ertragen wollte. Sie hatte genug am Beispiel ihrer Mutter und ihrer Tanten gehabt und wollte nicht werden wie sie: Gefangene der Wohlanständigkeit und des guten Rufes, Sklavinnen der Religion und der Familie, arme Geschöpfe, die ihr einziges Leben damit verbrachten, daß sie Kinder gebaren, den Haushalt beaufsichtigten, dem Mann um den Bart gingen und endlich als Matronen ein gutes Beispiel der Frömmigkeit abgaben.

Und nun hatte sie sich Herrn Ch'ü in die Arme geworfen. Er war ein Chinese und ein Heide dazu. Aber er war der Mann ihrer Träume, einfach ein Mensch, den sie liebte und in dem sie nur den Menschen, den Mann und nicht den Fremden sah.

Niemals war jemand so zärtlich, so erotisch besitzergreifend, so männlich und stark gewesen wie Ch'ü. Sicherlich war es die große Liebe, die zwischen ihnen erstanden war. Einmal hatte er ihr in all seiner sinnlichen Zartheit ein chinesisches Gedicht über die Liebe ins Ohr geflüstert.

„Was bedeutet Liebe in China, mein Mädchen?!
Schmetterlinge gaukeln um ihre Wiege!
Es ist das Seidenland, wo die Liebe
Aus dem Erdboden und aus den Wellen strömt.
Wo die Gärten von Liebe duften und
Die Luft getränkt ist von Liebe:
Dort, wo die Seide wächst und die Jade erblüht!"

Inzwischen war sie nach China gekommen und eingetreten ins Seidenland. Alles war wahr geworden wie in dem Gedicht. China war das Land der schmeichelnden Stoffe. Die Verse damals hatten noch eine Zeile gehabt, in der es hieß:

„Die Luft Chinas ist gleich der Seide,
und Seide ist stoffgewordene Liebe!"

Chinas Tee ist gleich flüssigem, gelbem Brokat; Nephrit aber – aus dem Amulette und Liebestalismane hergestellt werden – ist wie grüner Damast; und der glänzende, rote oder schwarze Lack der zierlich geschnitzten Möbel gleicht erstarrtem, rotem oder schwarzem Atlas. Die Jade jedoch, als Königin aller Herrlichkeiten, ist Seide, die schmeichelnd und hauteng die Körper der Mädchen umschließt.

Joanna hatte ihr Wunder der Liebe endlich gefunden. Und Liebe war es auch, das sie für immer an Ch'ü binden würde. Sie war bereit, um seinetwillen Chinesin zu werden und ganz in der Welt des Geliebten aufzugehen. Europa hatte sie hinter sich geworfen und keinerlei Bedauern verspürt.

Es war schwer, Chinesin zu werden. Es war viel schwieriger, als sie es sich in ihrem ersten Liebesrausch vorgestellt hatte, Herkunft, Tradition und seine Rasse abzuschütteln und sich einer fremden Welt zu ergeben. Immer wieder fragte die Europäerin in ihr nach dem unverständlichen Sinn des Fremden, immer wieder widersprach das Christliche in ihr dem Chinesischen. Sie begriff nur langsam oder überhaupt nicht. Sie war nicht – wie sie gemeint hatte – frei eingetreten in die Welt ihrer Liebe, sie war deren Gefangene.

Seit sie in dem Kantoner Haus Herrn Ch'üs angelangt und, von einem Schwarm Dienerinnen umgeben, keinen Schritt, keine Regung, keine Handlung mehr allein und ungestört vornehmen konnte, empfand sie die Enge des goldenen Käfigs, in dem sie saß.

Jetzt wußte sie, daß das chinesische Leben in der strengen Abgeschlossenheit des Kangs verläuft, daß eine vornehme Chinesin das Haus nur zum Zwecke gesellschaftlicher Pflichten oder bei hohen Festlichkeiten verlassen kann. Herr Ch'ü hatte ihr einmal das chinesische Schriftzeichen für „Frau" aufgemalt und ihr gezeigt, daß es durch einen einzigen Nebenstrich in das Symbol für „Besen" umgewandelt werden konnte. Das war weder herabwürdigend noch kränkend für eine Frau, aber es zeigte an, daß der Besen das häusliche Zepter und das Haus der Bereich der Frau sei.

Als weibliches Wesen, das geliebt und geheiratet wurde, war sie dazu bestimmt, dem Manne zu dienen, Kinder zu gebären und den Kang zu hüten. Der Mann mußte hinaus ins Leben, ihm war auch

Untreue erlaubt, standen Genuß und Sexualität frei zur Verfügung. Eine Frau, die geachtet und ernstgenommen werden sollte, verblieb im Haus und war dessen Herrin und Sklavin zugleich.

Das war offenbar nicht anders als in Europa, wo die verheirateten Damen in den Miradors saßen und stickten, tief verschleiert und bewacht zur Kirche gingen und sofort wieder heimkehrten in ihren Käfig.

Für Joanna, die immer ausgebrochen war, wurde diese gelinde Gefangenschaft in den Häusern des Herrn Ch'ü in Kanton und Shiu-hing und später in Nam-yang, wo der große Familien-Kang der Sippe Ch'ü-Wang stand, besonders verschärft, weil sie die Sprache nicht verstand und nur sehr schwer einige wenige und meist falsch ausgesprochene Brocken erlernte. Nur eine einzige ihrer Zofen konnte einige Wortfetzen Portugiesisch, sonst fanden alle Unterhaltungen in Gesten, Zeichen, verzweifeltem Aneinandervorbeireden statt. Joanna fühlte sich sehr allein; denn ihr Herr und Meister Ch'ü war viel abwesend. Er war kein Mensch, der von morgens früh bis spät abends nur dem Liebesgeflöte gehörte. Er liebte zwar den Genuß, aber dieser beschränkte sich nicht nur auf Eros. Gute Geschäfte, politische Intrigen und Vergnügungen gesellschaftlicher Art wechselten ab und machten seinen Tageslauf erst würzig.

Meist kam er spät abends: Dann freilich erwartete er, daß ihn Joanna – trotz ihrer nun deutlicher werdenden Schwangerschaft – mit offenen Armen empfing und zu all den erregenden Liebesspielen bereit war, die er unermüdlich ausüben konnte.

„Wann heiraten wir endlich, Liebster?" fragte sie eines Tages in Shiu-hing.

„Ich habe bereits die Geomanten und Astrologen beauftragt", antwortete Herr Ch'ü, „daß sie den rechten Platz und den glücklichsten Tag erforschen, an dem unsere Hochzeit stattfinden kann. Es ist sehr wichtig, den geeigneten Tag auszuwählen, und auch der Ort, an dem man heiratet, sollte sicher vor bösen Erdgeistern oder dunklen Kraftströmen sein. Ich glaube, daß wir in Nam-yang, wo meine erste Gattin und meine Familie wohnen, am 11. August – nach deinem Kalender – Vermählung feiern werden. Es ist der Festtag der jungen Mädchen!"

Joanna schmollte ein wenig, weil Herr Ch'ü von seiner „ersten

Gattin“ und „Hauptfrau“ gesprochen hatte, was ihn wiederum veranlaßte, ihr einige Grundauffassungen Chinas über Ehe und Liebe beizubringen.

Die Frau war – nach mystischem Göttergebot und der Ordnung der Natur – dem Manne, den sie heiratete, mit Leib und Seele untertan. Sie war vom Schicksal her, und zwar von Geburt an, für den einen Mann bestimmt, der sie zur Gattin nehmen würde.

Das ging so weit, daß man oft schon Kinder zweier großer Familien miteinander verlobte und damit für ewig aneinander band. Herr Ch'ü zum Beispiel hatte als Fünfzehnjähriger eine zwölfjährige Braut erhalten, die aber bald darauf verstorben war. Das änderte nichts an dem Versprechen. Herr Ch'ü war stellvertretend mit einer „Papierbraut“ – einer Figur in den Kleidern des dahingeschiedenen Mädchens – getraut worden, die seitdem seine wahre „erste Gattin“ war und im Kang zu Nam-yang immer noch auf einer Art Thronsessel einen Ehrenplatz einnahm, vor dem sich alle anderen Damen des Kangs tief zu verneigen hatten. Diese Hochzeit hatte natürlich spät nachts stattgefunden, weil sie ja eine Unterweltsehe besiegelte.

Herr Ch'ü war nicht gebunden gewesen, der Toten die Treue zu halten. Er konnte ungeniert eine andere „erste Gattin“ nehmen, die ihm jedoch leider bis heute keinen Sohn geschenkt hatte. Die Nebenfrauen waren gehalten, nicht nur der „Papierbraut“, sondern auch der Hauptfrau täglich die Reverenz zu erweisen.

Wäre etwa Herr Ch'ü anstatt der Braut gestorben, so hätte das verwitwete Mädchen ins Haus der Ch'ü-Wangs einziehen müssen, den Eltern Herrn Ch'üs zu dienen gehabt und hätte nie mehr heiraten dürfen. Es hätte sich auch niemand begehrt, weil er ja dann mit dem Geist des dahingeschiedenen Herrn Ch'ü hätte um die Jungfernschaft des Mädchens kämpfen müssen, was sehr gefährlich war.

Joanna wurde es angst und bange, als sie dies hörte. Doch auch jetzt vertraute sie fest auf die Allmacht der Liebe, die alle Hemmnisse überwinden würde. Herr Ch'ü war sehr aufmerksam und lieb zu ihr. Alles andere zählte nicht.

Aber es kam noch schlimmer.

Zum ersten Mal übte Herr Ch'ü an ihr und ihrem Europäertum harte Kritik.

„Du kannst, o liebliche Joanna“, sprach er, „von großem Glück reden, daß ich ein sehr aufgeklärter und moderner Mensch bin, der gewisse Vorstellungen unserer Ahnen abgelegt hat. Wäre ich das nicht, so könnte ich dich bestenfalls als meine Konkubine bei mir behalten, so wie ich eine Zeitlang Pi-shan hatte.

Denn du, o sehr liebesfähiges Mädchen, warst keineswegs Jungfrau, als ich dich zum ersten Mal nahm. Du hattest dich schon vordem gewissen Männern hingegeben, was ich sofort bemerkt habe. Ein vornehmer Chinese, wie ich es bin, heiratet jedoch niemals ein Mädchen, das schon anderen Männern gehört und mit ihnen geschlafen hat.“

Joanna errötete tief und schämte sich ein wenig. Dann kam der Trotz in ihr hoch.

„Ich war ja auch nicht die erste Frau in deinem Leben, verehrter Ch'ü! Wir haben uns nichts vorzuwerfen!“

„Das ist ganz falsch! Ein Mann verliert gar nichts, wenn er eine Frau nimmt. Er gibt nur. Eine Frau aber ist wie ein Gefäß, in das man sich ergießt. Es ist niemals mehr hernach das gleiche wie vordem. Außerdem erlischt in einer Frau niemals das Bild des ersten Mannes, der sie nahm – ein Mann jedoch kann vergessen.

Wenn du also keine Jungfrau mehr warst, so gehörst du im Grunde nicht schicksalsbestimmt nur mir, sondern gehörst allen oder niemandem und kannst nicht mehr die Hauptfrau eines Chinesen werden, der auf sich und seine Ahnen etwas hält.

Wie gut, daß ich hier großzügig bin und dich trotz alledem sehr liebe!“

„Du wirst mich also nicht als Hauptfrau einsetzen, Ch'ü, du willst mich für immer zur zweiten Garnitur machen?“

Herr Ch'ü, der der Schicklichkeit halber auch im Bett einen weiten Seidenumhang trug, warf diesen nun ab und lächelte. Dann umarmte er Joanna.

„Das wird sich finden, meine Orchidee! Du wirst mir als erstes nun einen Sohn schenken, das wird deinen Rang sehr erhöhen. Aber meine ‚erste Gattin‘ kann ich auf keinen Fall verstoßen, sie hat mir keinen Anlaß gegeben.“

Dann nahm er sie abermals, und Joanna war beinahe glücklich.

18

Am 11. August 1583 fand die Vermählung Herrn Ch'üs zu Nam-yang unter dem Beisein von mehr als zweihundert Personen aus der Familie statt. Es war genau vier Wochen nach der Geburt eines Knaben, den Joanna ohne Komplikationen und unter Assistenz von zahlreichen Hebammen und Ärzten zur Welt gebracht hatte. Das Kind – ein sehr europäisch aussehendes kleines Wesen mit schwarzen Haaren, stumpfer Nase und schwarzen Kugelaugen – erhielt den Namen Ch'ü-Wang-Tsai und war damit vom Kang als Sohn des Herrn Ch'ü anerkannt.

Dieser war sehr glücklich und zeichnete Joanna dadurch aus, daß er sie nach der Hochzeit nicht etwa seiner „ersten Gattin" – einer etwas herben und sehr stillen Frau von prachtvollem Aufputz –, sondern seiner sehr ehrenwerten Mutter zuführte und damit festlegte, daß Joanna nicht wie die übrigen Nebenfrauen der Hauptfrau, sondern nur der Ha-num, der Obersten Gebieterin des Frauenhauses, unterstellt sein würde.

Doch die Frauen des Hauses Ch'ü waren sich längst einig über die Fremde.

Sie mochten sie allesamt nicht.

Diese Jo-ah-nah verstand kein Chinesisch, konnte sich nicht benehmen und stellte alle gewohnten Lebensregeln und Manieren auf den Kopf. Außerdem war sie ungebildet, selbstherrlich und trotzig.

Die Frauen des Kangs würden sie mit aller Höflichkeit sehr klein machen.

Und Herr Ch'ü war nicht immer in Nam-yang. Gleich nach der Hochzeit war er wieder nach Shiu-hing und dann nach Kanton gereist. Die Früchte seiner Intelligenz waren nun endlich gereift, er würde seine Pläne in Fakten umsetzen.

Jetzt sollte Macao von ihm endlich Nachricht erhalten.

19

Der 28. August des Jahres 1583 war ein strahlend blauer Sommertag, wie er auf dem Meer unter dem Wendekreis nicht selten ist.

Nur lag eine ungewisse Schwüle in der Luft, die sich mit hohem Wasserdunst angereichert hatte. Die Menschen in Macao sagten, das Wetter sei taifunverdächtig.

Aber es wehte kaum eine Brise, die Luft schien zu stehen und langsam ins Kochen zu geraten. Schon die zahlreichen Inselchen, die sich zwischen den Waldhügeln von Wung-kum (oder Montanha, wie die Portugiesen sagten) bis zum Lan-tschau-Kanal hinüber erstreckten, schienen hinter einem Schleier von Dunst zu verschwimmen. Das Ladronearchipel im Südosten von Macao, das schon am offenen Nan-Hai – dem Südchinesischen Meer – lag, war nur noch als blauer Schatten zu erkennen. Der Horizont verschwamm mit der See. Es herrschte dicke Luft im Golf, man erwartete einen baldigen Wetterumschwung, obschon der Himmel kein Wölkchen aufwies und erst gestern die „Sao Jorge", eines der neuesten Schiffe der Viegas, eingelaufen war und der Kapitän von dem schönen Wetter über der offenen See berichtet hatte.

Die „Sao Jorge" führte diesmal eine Ladung neuer Waffen mit sich, die an Mynheer Huitzinga geliefert werden sollten, weil dieser damit ein großes Geschäft weiter nördlich an der Chinaküste vorhatte. Andere freilich behaupteten, er liefere diese Kanonen, Musketen und Pulversäcke an die Japaner, deren Landung in Korea täglich erwartet wurde. Für Don Gaspar Viegas jedenfalls war das Eintreffen der „Sao Jorge" ein großer Glücksfall; denn bei dem Waffengeschäft würde er sich mit baren Silbertaels, mit Perlen, Seide und Tee bezahlen lassen, wie es mit Huitzinga ausgemacht war.

Mynheer Huitzinga weilte – aber auch das war nur ein Gerücht – verkleidet und heimlich in Macao. Auch er hatte auf die „Sao Jorge" gewartet.

So groß war die Feindschaft zwischen Katholiken und Reformierten in den Kolonien nicht, daß man sich nicht ein wenig im Handel unterstützt hätte. Und obschon auch der Alkalde von Macao, jener jüngere Bruder Don Gaspars, den chinesischen Behörden von Kanton zuliebe einen bedeutenden Kopfpreis auf Mynheer Huitzinga ausgesetzt hatte, so hinderte ihn das nicht, persönlich mit Huitzinga im Hause der Viegas zu Abend zu essen und ein wenig über Geschäfte zu plaudern.

Der bevorstehende Krieg zwischen Japan und China schien manche Möglichkeiten für die nützliche Entwicklung des Welthandels in sich zu bergen. Macao oder die Holländer von Formosa mußten sich nur klug genug verhalten.

Der Tag war also schwül und mit Spannung geladen, aber er schien auch glücklich zu sein.

Gegen Abend, als endlich eine kleine erfrischende Brise vom Golf heraufwehte, kam eine Mandarinsyacht von den Lantau-Inseln her auf. Die Schiffer auf der Reede von Macao und die Beobachter auf der befestigten Höhe hinter dem Pinienhain hatten das langsame Kreuzen dieser Yacht schon lange beobachtet, waren sich aber der großen Entfernung wegen nicht schlüssig geworden, welchen Kurs sie steuerte und ob sie Macao anlaufen würde.

Jetzt wußten sie es, als die Mandarinsyacht plötzlich zu höherer Fahrt auflief und mit vielen Wendungen und Drehungen des einzigen Segels sich quer über den Kantonstrom lavierte. Sie hatte genauen Kurs auf Macao.

Eine Sensation bahnte sich an. Die Leute liefen am Hafen zusammen. Oben in den Villen und Kangs des Pinienhügels standen die Herren jetzt auf den Terrassen und beobachteten das Einlaufmanöver der Yacht.

Man sah sie nun schon sehr deutlich; denn die leichte Brise, die sich verstärkt hatte und nun wie ein irre gewordenes Füllen nach allen Richtungen der Windrose umsprang, hatte auch sehr viel Dunst fortgeblasen. Der große gelbe Sonnenball stand wie ein riesiger Scheinwerfer hinter dem Pinienhügel und beleuchtete genau das hereinkommende Schiff.

Es war nicht nur eine Mandarinsyacht, sondern offensichtlich ein Regierungsschiff, wie es nur sehr hohe Beamte oder offizielle Missionen benutzen konnten.

Der flache Rumpf aus dunkelbraunem Mahagoniholz schnitt elegant die Wellen. Über der niederen Reling voller Blumenkästen war auf der gesamten Länge der Yacht eine schönbemalte Sampanhütte aus feinem Strohmattengeflecht erbaut, aus der wieder die gestreiften Sonnentücher von Balkons hervorkamen. Am Heck steckten auf zwei langen Bambusstäben große beschriftete Lampions und eine Wappenfahne, doch als Mandarinsyacht wies sich das Schiff endgültig durch den kreisförmigen, seidenen Sonnenschirm in der Mitte des Freibords aus.

Am Hauptmast war das plumpe, durch zahlreiche Querrahen geteilte Bastsegel ausgespannt, und oben wehte eine resedagrüne Flagge, deren Bild man jedoch nicht ausmachen konnte.

„Resedagrün?!" dachte Don Gaspar, „das ist doch die Mandarinsfarbe Herrn Ch'üs?! Sollte er es sein, der zurückkam: er und Joanna?!"

Mynheer Huitzinga, dem weniger an Herrn Ch'ü und Joanna gelegen war, kalkulierte wie ein Kaufmann und Pirat, was er ja beides war. Er sagte sich: wenn eine Mandarinsyacht, noch dazu mit Regierungsbanner, überraschend Macao anläuft, so hat das etwas zu bedeuten. Das kann gut oder schlecht sein. Ist es gut, dann gibt es neue Geschäfte, an denen ich mich beteiligen werde; ist es jedoch schlecht, und man will etwa meine Auslieferung, so will ich mich rasch samt der Ladung der „Sao Jorge" aus dem Staube machen. Sein Freund Don Gaspar würde ihm schon behilflich sein.

Mynheer Huitzinga war innerlich für alle Fälle gerüstet, ihm konnte im Leben kaum noch etwas passieren, das ihn überrascht hätte. Er hatte schon viel zuviel hinter sich. Aber es war nichts Böses, was da nahte, sondern nur eine fast unglaubliche Überraschung.

Die Mandarinsyacht, deren Name „Die Nephrit-Wildente" nun schon von den scharfen Augen der Chinesen erkannt worden war, setzte einen hohen Offizier in voller Pracht an Land, eine Sänfte mit dem Blumenwappen von Kwan-tung wurde ausgeladen, die der Offizier bestieg. Dann ließ er sich zuerst ins Kloster Sao Martin tragen, gab dort unter höflichen Verneigungen einen Purpurbrief für den „ehrenwerten Po-hi Li-Ma-tou" – also Pater Ricci – ab und eilte sogleich weiter zum Pinienhügel, wo er vor dem Portal der Villa Viegas anhielt. Hier bat er den Hausherrn Don Gaspar zu sich und überreichte dem alsbald Herbeigeeilten einen zweiten Brief. Dieser war auf weißem Kaiserpapier und mit lateinischen Lettern geschrieben.

Don Gaspar dankte dem Offizier und lud ihn höflich ein, sein Gast zu sein.

Das nahm der Mann, der offenbar ein Mandschu oder nördlicher Yüan war, wie etwas an, das man als selbstverständlich erwartet hatte.

Er kam vom Gouverneur von Kwan-tung, dem ausgezeichneten Kuan Wang-P'ai aus Shiu-hing. Herr Ch'ü, der Neffe und hervorragende Gehilfe des Gouverneurs, hatte ihm persönlich die beiden Briefe zur Bestellung übergeben und ihm den Auftrag des Gouverneurs mündlich bestätigt.

„Wie?!" rief Don Gaspar, „z w e i Briefe? Wer hat denn noch einen erhalten?"

„Ich komme vom Kloster Sao Martin", antwortete der Offizier, was der Hausdolmetscher der Viegas sogleich übersetzte. „Der Brief war ein Purpurbrief und an einen Doktor Li gerichtet."

„Und der Auftrag, o Ehrenwerter?"

„Ich habe Befehl, mit meiner Yacht so lange in Macao liegen zu bleiben, bis dieser Doktor Li und sein Gefolge bereit sind, mit mir nach Shiu-hing zu kommen. Sie werden dort Gäste des Gouverneurs sein."

Don Gaspar war es, als treffe ihn der Schlag. Er zauste völlig verwirrt seinen Knebelbart und blickte fassungslos auf Mynheer Huitzinga, der nun hinzugetreten war.

„Das bedeutet ja die Öffnung Chinas!" fuhr es ihm durchs Gehirn, „wenn das stimmt, dann bekommt endlich der erste Europäer seinen Fuß zwischen die Tür?! Das kann nur Herrn Ch'üs Werk sein!"

Jetzt erst entsann er sich seiner Gastgeberpflichten, klatschte in die Hände, so daß die Dienerschaft angelaufen kam. Er gab Auftrag, ein Gastmahl zu richten und den Offizier zunächst in sein Zimmer zu führen.

Dann riß er den wohlversiegelten Brief auf und las.

Pater Ricci war nicht in Sao Martin gewesen, als die Botschaft aus Kwan-tung abgegeben worden war. Der Pater Prokurator, der inzwischen gewohnt war, daß mit Pater Ricci die seltsamsten Dinge passierten, hatte den Purpurbrief entgegengenommen. Er wäre sehr begierig gewesen zu wissen, was drinnen stand und wer aus Kwan-tung mit Ricci wohl auf chinesisch korrespondierte. Da jedoch Neugierde und Ungeduld seelische Fehlleistungen und Anfänge von Disziplinlosigkeit sind, der gute und getreue Soldat der „Societas" andererseits verpflichtet ist, sich ständig durch Selbstkritik und Selbstbeherrschung zu exerzieren, nahm Pater Prokurator den Fall zum Anlaß, sich selbst sogleich Geduld und innere Stille zu verordnen. Er legte den Purpurbrief beiseite, ging seinen täglichen Pflichten nach und wartete ganz einfach, bis Pater Ricci erscheinen würde.

Dieser war – wie so manchen Nachmittag – wieder bei dem buddhistischen Bonzen. Sie lasen dort chinesische Literatur und diskutierten in Chinesisch über Religion.

Das portugiesisch-italienisch-chinesische Wörterbuch des Paters hatte unterdessen bereits einen Umfang von fast 10.000 Stichwörtern und Ausdrücken angenommen. Der literarische Bildungsstand Riccis war damit dem eines mittleren Beamten oder des chinesischen Mittelstandes gleichgekommen. Er hatte in knapp einem Jahr durch ungeheuere Ausdauer, Fleiß und Mühe, aber vor allem dank seiner großen Musikalität und des absoluten Gedächtnisses geschafft, was selbst Marco Polo nicht erreichen konnte: er sprach, schrieb und las Chinesisch wie ein Chinese.

Jetzt übte er es in der Diskussion mit dem buddhistischen Mönch, die ihn zwang, viele Ausdrücke und Wendungen zu gebrauchen, die weit über die Alltagssprache hinausgingen. So sehr hatten sich beide in die Gegenstände ihres Interesses vertieft, daß sie weder von dem Straßengeschrei, welches die Ankunft der Mandarinsyacht verursacht hatte, noch von dem Auflauf dicht vor ihrer Hütte Notiz nahmen, den das Auftauchen der Regierungssänfte ausgelöst hatte. Erst als jähe Windstöße die klapperigen Bretter- und Bambuswände der Behausung rüttelten, schreckten sie empor.

Auch Pater Ricci war in einem Jahr Macao bereits allergisch gegen plötzliche Böen geworden. Sie zeigten meist Unwetter, wenn nicht gar Taifune an.

Jetzt verabschiedete sich der Pater, um das fester gebaute Sao Martin zu erreichen, und bot auch seinem buddhistischen Freund dieses Asyl für den Fall eines Taifuns an. Doch der alte Bonze lächelte nur.

„Ruhig wandelt der Erlöste", sagte er, „weder Furcht empfindet er noch Hast. Aufgehört hat für ihn das Rad des Lebens zu rollen."

„Ich verstehe", gab der Pater zurück, „wir Christen würden sagen: alles liegt in der Hand des Herrn! Warum sollten wir Angst empfinden oder davonzulaufen versuchen?"

Die beiden verstanden sich wirklich.

Als Pater Ricci vor die Hüttentüre trat, sah er, daß es beinahe dunkel geworden war, was jedoch nicht nur an der fortgeschrittenen Tageszeit lag, sondern durch hochaufgetürmte schwarzblaue Wolken verursacht wurde, die mit dem zunehmenden Heulen des Windes vom offenen Meer heraufzogen. Ein Blick zur Bucht sagte ihm ferner, daß alle Schiffe die Reede verlassen und den Sturmhafen auf der anderen Seite der Halbinsel aufgesucht hatten. So konnte er auch die Mandarinsyacht nicht mehr sehen.

Pater Ricci eilte mit wehender Bonzenkutte um die paar Ecken und erreichte Sao Martin.

In seiner Studierstube angelangt, legte er sorgfältig die Fensterläden vor, entzündete dann die Öllampen und wollte sich eben wieder den Notizen des Wörterbuches zuwenden, als es an die Türe pochte. Der Pater glaubte, es wäre Pi-shan, die ja kaum eine Gelegenheit versäumte, ihn aufzusuchen, aber es war dann der Pater Prokurator Juan Bautista, der eintrat.

„Dieser Brief ist für Sie abgegeben worden!" sagte er, „und ein Bote von Don Gaspar Viegas war hier. Man wird Sie in etwa einer Stunde mit einer Sänfte abholen. Don Gaspar wünscht Sie zu sprechen."

Pater Ricci übernahm nicht ohne Verwunderung den versiegelten Brief, las die in schönster Kalligraphie gepinselte chinesische Adressierung: „Zu übergeben dem hochehrenwerten Po-hi Li-Ma-tou aus Fernwest in Macao."

„Ein Purpurbrief!" rief Pater Ricci, „da steckt Herr Ch'ü dahinter!"

„Was bedeutet das: ein Purpurbrief?" fragte der Prokurator, den nun doch die Neugierde übermannte.

„Aber Pater Juan Bautista! Sie sind nun mehr als vierzehn Jahre in Macao und i c h muß Ihnen sagen, was ein Purpurbrief in China bedeutet? Es ist ein hochamtliches Dokument, die Mitteilung einer sehr hohen Regierungsstelle und meist in wichtigen Angelegenheiten. So etwas wird in China auf Purpurpapier geschrieben, mit dem Amtssiegel verschlossen und durch eine höhere Amtsperson zugestellt."

„Es war ein Offizier des Gouverneurs von Kwan-tung, der den Brief gebracht hat!"

„Ja, und dies hier ist das große Amtssiegel von Kwan-tung! Dort ist unser Herr Ch'ü zu Hause. Denn wer sonst könnte mir schreiben?!"

Pater Ricci löste nun vorsichtig das Siegel und entfaltete den Purpurbrief.

Es war tatsächlich ein sehr amtliches Dokument mit Stempelzeichen und kunstreicher Unterschrift Wang-P'ais, des Gouverneurs von Kwan-tung.

Der Inhalt betraf eine ungemein höflich, ja freundlich gehaltene Einladung für den hochgeschätzten und gelehrten Po-hi Li-Ma-tou, seinen Wohnsitz nach Shiu-hing zu verlegen und dort Gast des Gouverneurs zu sein.

Es hieß ferner in dem Schreiben, daß der Regierung zu Ohren gekommen sei, Dr. Li sei ein hervorragender Mathematiker, Gelehrter und Mechaniker, der auch Landkarten zeichnen könne, wovon sich die Amtsstellen gerne persönlich überzeugen wollten. Deshalb erfolge diese Einladung für Dr. Li und jenen beliebigen Personenkreis, der zu ihm gehöre und den er mitbringen möchte, mit dem vollen Einverständnis auch des Vizekönigs von Kanton und im Namen des Gouverneurs von Kwan-tung.

Pater Ricci glaubte zu träumen, er meinte ein Wunder zu erleben.

In einer jähen Regung fiel er auf die Knie, hob die Arme wie betend empor und rief: „Ich danke dir, mein Gott, mein Vater!

Du hast mich geführt und wirst mich weiterführen! Nun ist es geschehen ..."

Der Pater Prokurater begriff immr noch nicht völlig. Er stand ungläubig daneben, schaute den für ihn unlesbaren Purpurbrief an und schüttelte den grauen Kopf.

„Soll das vielleicht heißen, daß man Sie nach China eingeladen hat?!" sagte er zweifelnd. „Es kann doch nicht sein, daß China plötzlich seine Tore öffnet; für Sie, der Sie erst ein Jahr in Macao gelebt haben!"

„Es ist so, Pater. Das Wunder ist eingetreten. Sie aber, Pater Juan Bautista, werden nun in die Zwangslage versetzt sein, alle Mittel von Sao Martin und der Societas von Macao zusammenzukratzen, um meine Expedition nach Kwan-tung auszurüsten. Denn ich werde dort meine erste Missionsstation gründen, eine Kirche bauen und darf außerdem den Chinesen trotz ihrer Gastfreundschaft nicht allzusehr auf der Tasche liegen, wenn ich nicht alles Ansehen einbüßen will.

Pater Prokurator: ich brauche Geld, viel Geld, und ich brauche es für die Chinamission!"

„Wir haben kein Geld", erwiderte Pater Juan Bautista. „Der Orden ist arm und erhält sich mühsam in Sao Martin. Wie sollen wir von hier aus eine zweite Station, Kirchenbau und Unterhalt der Chinamission finanzieren? Ich wüßte nicht wie! Es gibt auch weder Liegenschaften noch Kirchenschätze, die wir beleihen könnten."

„Ganz ruhig, Pater! Wir werden auch dies haben, wenn Gott es für notwendig findet. Er hat uns die Tore geöffnet, und er wird uns auch die Stiefel schicken, mit denen wir durch sie hineingehen können! Und nun schicken Sie mir bitte meinen Schiffsgefährten Pater Ruggieri und die beiden Handwerker Chandra und Chura. Sie will ich nach China mitnehmen."

Als Pater Ruggieri, gefolgt von dem indischen Uhrmacher und dem malayischen Mechaniker, ins Zimmer trat, wußte er bereits, was geschehen war. Pater Prokurator hatte trotz aller Disziplinierung die ebenso unwahrscheinliche wie wunderbare Kunde von der Einladung Pater Riccis nach China als Sensation verkündet. Sie hatte sich wie ein Lauffeuer durch Sao Martin verbreitet und war alsbald durch die chinesische Dienerschaft auf die Straße gelangt.

Pater Ruggieri war mehr entsetzt als hochgestimmt.

„Man wird Ihnen den Kopf abschlagen, Pater!“ rief er, „man wird Sie als Fremden in eine Schlangengrube werfen! Das kommt von diesem Herrn Ch'ü! Vertrauen Sie ihm oder einem anderen Chinesen?“

„Ich vertraue Gott!“ erwiderte Pater Ricci, „und ich werde reisen. Wir alle werden die Reise antreten, wie der Ordensgeneral es befiehlt und wie Christus es gewünscht hat, als er sagte: Gehet hin und lehret a l l e Völker!“

In diesem Moment brach draußen der Regensturm los. Als das Wasser wie in Bächen vom Himmel prasselte und gegen die Fensterläden hämmerte, atmeten alle auf. So begann kein Taifun. Wenn sich das Wetter so bald schon in erlösendem Regen entspannte, so waren kein großes Unwetter und kein Taifun zu erwarten, sondern nur ein Gewitter, das in wenigen Stunden vorbeiziehen würde.

Von der Klosterpforte wurde gemeldet, die Sänfte des Hauses Viegas sei eingetroffen, den Pater auf den Pinienhügel zu holen.

Im Hause Viegas auf dem Pinienhügel herrschte große Aufregung. Vier Herren waren bereits mitten in einer Konferenz, als Pater Ricci eintraf.

Neben Don Gaspar und seinem Sohne Diego war auch Don Affonso, der Alkalde von Macao und jüngere Bruder Don Gaspars, anwesend. In dem vierten, sehr großen, rotblonden und grobschlächtigen Mann erkannte der Pater sofort den gefürchteten Piraten Huitzinga. Man teilte sich mit, was geschehen war.

In dem auf Kaiserpapier geschriebenen, weißen Brief von Don Gaspar hatten außer sehr persönlichen Dingen einige ungemein erstaunliche Tatsachen gestanden.

Diese letzteren hatte Don Gaspar natürlich für sich behalten und sie sogar seinem Sohne Diego nur teilweise zur Kenntnis gebracht.

Der Brief war aus dem Pinsel Herrn Ch'üs geflossen.

Er sprach Don Gaspar mit der Anrede „Hochzuverehrender zweiter Vater“ an und teilte mit, daß Joanna nun mit Herrn Ch'ü verheiratet sei und im Kang zu Nam-yang wohne. Die Eheschließung sei auf chinesische Weise erfolgt, werde jedoch bei Gelegenheit durch eine kirchliche Trauung nachgeholt. Außerdem sei der „ehrenwerte und hochgeschätzte Herr Zweite Vater nun auch zum Großvater eines ungewöhnlich gesunden und hervorragenden Enkels geworden, der ebenfalls in Nam-yang wohne und unter der Pflege zahlreicher Ammen und Dienerinnen prachtvoll gedeihe.

Herr Ch'ü, der höchst unwürdige und wertlose Erzeuger dieses hoffnungsreichen Sohnes, habe all seine hohen Positionen in Kanton und Shiu-hing wieder eingenommen, sein Vermögen sei in Ordnung und sein Einfluß bedeutend. Er würde demnächst auf gewisse Vorschläge zurückkommen, die eine Fusion der Firmen „Ch'ü und Wang" mit dem hochangesehenen Hause Viegas zum Ziele hätten: Kow-lun und Macao könnten noch viel enger zusammenarbeiten. Besonders für die Waffen, die mit der „Sao Jorge" in Macao angekommen seien, bestünde großes Interesse und ein hervorragender Markt.

Um nun der künftigen Zusammenarbeit neue und besssere Wege zu bahnen, habe Herr Ch'ü unter großen Gefahren und Mühen zwar, aber immerhin einige Maßnahmen eingeleitet, die das Haus Viegas und seine Freunde in Macao sehr interessieren dürften.

Den nun folgenden Teil des Briefes hatte Don Gaspar seinen Partnern zur Kenntnis gebracht, nur Pater Ricci unterrichtete er nur mangelhaft. Dem erzählte er dafür unter vier Augen von Joanna und dem Kind und daß Herr Ch'ü immer noch nach der christkatholischen Trauung verlange. Wahrscheinlich auch nach der Taufe für sich und das Kind. Geschäftlich jedoch taten sich durch die Tätigkeit des Herrn Ch'ü ganz neue Möglichkeiten auf.

Ch'ü hatte beim Vizekönig erreicht, daß den Portugiesen von Macao und speziell der Firma Viegas künftig ein zweiter Handelstag und Markt pro Jahr in Whampoa eingeräumt werde und daß auch die Kontrollen der Warenlisten fortan großzügiger gehandhabt würden. Wegen des Schmuggelgeschäftes über Hong-Kong könne man unbesorgt sein. Herr Ch'ü habe ein gewisses Abkommen sowohl mit dem Chef der Kriegsdschunken von Kanton wie mit dem Zollkontrolleur in Kow-lun getroffen. Da ihn jedoch dieses Arrangement alljährlich eine größere Summe Geldes koste, erwarte er eine geringfügige Beteiligung der Firma Viegas an den Unkosten.

Der Handel würde demnach einen ungewöhnlichen Aufschwung nehmen. Sowohl Don Diego wie Don Affonso und der gewaltige Huitzinga nickten beifällig. Der Holländer stieß sogar freundliche

Grunztöne aus. Er trank den starken Reisschnaps aus Wassergläsern, doch man merkte ihm keinerlei Wirkung an.

Dies konnte man als sehr erfreuliche Nachrichten bezeichnen. Herr Ch'ü war ein Goldstück, ein wahrer Vater des Fernosthandels!

Offenbar kam die Sache mit dem „Reich der Mitte" allmählich in Schwung. Nun gab es schon zweimal im Jahr freien Markt in Whampoa, und auch Hong-Kong und Kow-lun rückten aus der Gefahrenzone. Worauf die Kaufleute jedoch letztlich zielten: die Öffnung Chinas für den Welthandel und die ungehinderte Zufahrt auch in andere Häfen des riesigen Landes, das war noch nicht erreicht.

Es war jedoch angedeutet, ja begonnen.

Denn Herr Ch'ü teilte auch mit, daß es ihm geglückt sei, sowohl den Vizekönig wie seinen Oheim, den Gouverneur, zu veranlassen, diesen hochgelehrten Dr. Li nach China – und zwar nach Shiu-hing – einzuladen, damit er dort seine Wissenschaft und seine Künste vorführe.

Die Türe sei zwar nicht offen, jedoch einen Spalt weit aufgestoßen. Der Pater könne herein. Und damit würden auch andere folgen. Man mußte langsam vorgehen.

Zunächst sollte man zusehen, daß das Experiment mit Dr. Li gelinge. Es sollte ein Anfang sein. Wenn man ein Prinzip erst einmal durchlöchert habe, so sei es bereits erschüttert.

Mochte Pater Ricci seine Missionsstation auf chinesischem Boden gründen. Herr Ch'ü war sicher, daß einige Jahre nachher auch Faktoreien daneben stehen würden.

Er riet also: „Unterstützt Dr. Li, so gut Ihr könnt! Es zahlt sich jedenfalls aus!"

Diese Passagen des Ch'ü-Briefes las Don Gaspar Pater Ricci natürlich nicht vor. So war dieser sehr erstaunt, als er lediglich eine sehr angeregte, ja freundliche Konferenz von Herren vorfand, die alle herzlichen Anteil an seinem Anliegen nahmen. Sie wußten schon von der überraschenden Einladung nach Kwan-tung, gratulierten ihm überschwenglich, und sogar Huitzinga, der doch Protestant und Papistenfeind war, meinte besinnlich, er fände es großartig, wenn das Licht des Christentums nun auch den gelben Heiden leuchte. Er dachte dabei freilich an die Ladung der „Sao Jorge“, für die ja nun ein zweites Angebot neben der japanischen Bestellung vorlag.

Man würde sehen, was die Chinesen bezahlten.

Als Pater Ricci fast beschämt von seinen finanziellen Sorgen sprach und daß er den Boden Chinas nicht als Bettler betreten wolle, überschütteten ihn die Herren mit Hilfsangeboten. Sogar der Alkalde und Mynheer Huitzinga waren bereit, der „Societas“ mit größeren Summen unter die Arme zu greifen.

Doch die Viegas ließen es sich nicht nehmen, als Familiare des Ordens und alte Gönner die Kosten der gesamten Expedition zu tragen.

Als Pater Ricci, versehen mit zahlreichen guten Ratschlägen, die kleine Konferenz verließ, war er alle Sorgen wegen der Finanzierung los. Er konnte sogar ausreichend geeignete Geschenke für seine Chinareise einkaufen oder herstellen lassen; denn das wußte er schon und hatte es erfahren, daß in China jedermann Geschenke erwartete, mit dem man zu tun haben würde.

Und Geld war eben auch in der Mission das Blut aller Wirtschaft.

Aber nun hatte er Geld im Überfluß. Die Kaufleute bezahlten, damit das Wort Christi erfüllt werde. Sie waren eben doch gute Christen und wenn schon nicht dies, so wenigstens gute, christliche Geschäftsleute.

Denn Pater Ricci durchschaute recht wohl, woran sie allesamt dachten.

Am folgenden Morgen bekam Pater Ricci ein paar Zeilen von dem alten Franziskanerpater Pietro d'Alfaro, der noch immer als resignierter Pater Provinzial im Kloster auf dem Berg lebte und seine letzten Tage in Gebet, Besinnung und Armenpflege verbrachte.

Dieser weißhaarige Ostasienkenner, der ihm einst bei seiner Ankunft gesagt hatte, „nach China zu gelangen sei ebenso utopisch, wie den Mond zu erreichen“, hatte von der Einladung für Pater Ricci nach Kwan-tung vernommen und schrieb ihm nun seine Segenswünsche.

„Lieber Bruder im Herrn!“ war da zu lesen. „Gehen Sie mit allen guten Wünschen. Gott sei mit Ihnen! Es wird ein sehr schwerer Weg sein, so schwierig wie jener zum Mond, aber gefährlicher und mit größeren Gewichten belastet.

Denn Sie werden nicht nur Christus, sondern auch Europa nach China tragen, und im Kielwasser Ihres Schiffleins werden die Piraten segeln. Die Küste, an der Sie landen, wird auch nicht jene der Phäaken sein, sondern von einem Volke bewohnt, das weder die Begriffe der Barmherzigkeit noch der wahren Menschlichkeit kennt. Sollten Sie mit Gottes Hilfe tatsächlich eine Straße eröffnen, auf der Christus nach China kommen kann, so gedenken Sie dann Ihrer franziskanischen Brüder, damit auch ihnen die Tore aufgetan werden!

Wir sind nur die minderen Brüder und sprechen zu den Mühseligen und Beladenen, zu den Armen und Unterdrückten. Sie werden China jedoch nur aufschließen können, wenn Sie von oben beginnen und die Mächtigen, die Gelehrten und die Reichen gewinnen. Denn diese bestimmen, was das Volk für gut oder schlecht hält.

Denken Sie dann an uns mindere Brüder des heiligen Franz, die wir die Törichten und die Habenichtse ansprechen wollen. ‚Societas Jesu' und ‚Minoriten' gemeinsam könnten ein Land wie China verwandeln.

Ich segne Sie, Pater Ricci, mein Bruder im Herrn! Denn ich werde Sie nicht mehr wiedersehen, weil ich sterbe im Angesicht der unerreichbaren Küste Chinas, so wie Ihr großer heiliger Franz Xaver unerfüllt im Angesicht Chinas gestorben ist. Amen."

Dann kam Pi-shan in seine Studierstube getrippelt. Ihre Augen funkelten, die mit Reispuder getönten Wangen glühten.

„Ich gehe mit Ihnen, Hochgeehrter, nach Shiu-hing. China ist meine Heimat, und Sie werden jemanden brauchen, der Ihnen sagt, wie diese Leute sind. Auch muß ich dolmetschen."

Pater Ricci wollte Pi-shan nicht mitnehmen.

Welchen Eindruck würde es machen, wenn er mit einem „blumenhaften Trostmädchen" als Begleiterin in Shiu-hing ankäme!

Pi-shan hatte zwei sehr wirksame Argumente dafür, daß sie trotzdem mitkam:

Ihr Religionsunterricht war noch nicht so weit gediehen, daß sie als Katechumenin hätte angesprochen werden können. Und sie sehnte sich doch sehr nach der Taufe. Sie wünschte Christin zu werden. Konnte der Pater – um China zu missionieren – einer Chinesin abschlagen, was er den Millionen da drüben predigen würde? Durfte er eine Seele verlieren, um ein Volk zu gewinnen?

Christus – so plapperte Pi-shan, die eben doch schon einiges aus den Evangelien aufgenommen hatte – ist wegen eines einzigen Lammes in die Wüste gegangen, um es zu holen.

„Ich bin auch ein verlorenes Lamm", sagte sie, „bitte holen Sie mich, Pater!"

Dem konnte sich Pater Ricci nicht verschließen. Er begriff auch Pi-shans zweites Argument: daß nämlich nach der Abreise des Paters sehr bald Don Diego in Sao Martin auftauchen würde oder Huitzinga oder gar beide, und daß sie Pi-shan mit sich fortnähmen. Dann würde sie wieder sein, was sie gewesen war: ein „blumenhaftes Trostmädchen" und ein Spielzeug für Männer, nicht aber eine junge Dame, die nach der höheren Liebe strebte.

Sie hatte sich alles gemerkt, was ihr Pater Ricci einst beigebracht hatte. Nun, da sie offenbar entschlossen war, ein Leben nach solchen Regeln zu führen, konnte er sie nicht zurückstoßen und sich selbst und ihrem ungewissen Schicksal überlassen. So gab er endlich nach und bestimmte, daß ihn außer Pater Ruggieri, Chandra und Chura auch noch das Mädchen Pi-shan begleiten sollte, wenn er die Mandarinsyacht nach Shiu-hing bestiege.

Die Vorbereitungen für die Fahrt ins Ungewisse dauerten bis in den September. Aber in China hatte man ja Zeit. Der Gardeoffizier, der die Mandarinsyacht auf die Reede von Macao gebracht hatte, genoß während dieser Wochen die großzügige Gastfreundschaft der Viegas. Seine Mannschaft trieb sich im Hafen umher und saß entweder fischend am Kai oder belegte die umliegenden Speisehäuser; denn auch ihnen hatten die Viegas reichlich Geld geschickt. Sie aßen dreimal am Tage Kutteln, Fisch oder Knoblauchgemüse, tranken dazu Reiswein und heißen Tee, was sie sehr vergnügt machte.

Pater Ricci und sein künftiges Chinagefolge jedoch nützten die Tage, indem sie vom frühen Morgen bis zum späten Abend alles zusammentrugen, was sie in einem völlig fremden und vermutlich nur unzureichend ausgerüstetem Lande für einen sehr langen Aufenthalt brauchen würden. Da wurden Werkzeuge und Geräte besorgt, die man für handwerkliche und baumeisterliche Arbeiten, für mechanische und zeichnerische Erzeugnisse, zum Malen, Schnitzen,

Zimmern und Schreiben nach europäischer Art haben mußte; Pater Ricci stellte aus eigenen Beständen und bei Durchsicht der Lagerhäuser der Viegas an Geschenken zusammen, was immer als selten, typisch europäisch, als interessant und ungewöhnlich gelten konnte: da waren nicht nur Spiegel aus Venedig, farbige Gläser aus Murano, lichtbrechende Prismen aus Böhmen, Toledanerklingen und Arabesken aus Andalusien, sondern auch Kunstwerke aller Art dabei, die meist Kopien der großen Werke waren, wie sie die Renaissance in Italien, Frankreich oder Spanien hervorgebracht hatte.

Pater Ruggieri, dessen besonderes Talent in der Malkunst lag und der schon viele Jahre seine Freizeit mit dem Kopieren berühmter Bilder verbracht hatte, besaß – wie sich jetzt zeigte – einige Nachschöpfungen von Heiligenbildern, worunter ein besonders gelungenes die bekannte Madonna von Santa Maria Maggiore in Rom zeigte. Auch diese Gegenstände sowie Malgerät, Rötel, Zeichenpapier, Malleinwand und Meißel, Stichel, Radiernadel und Kupferplatten wurden verpackt.

Pater Ricci selbst steuerte seine Sammlung an Landkarten, Atlanten und Erdgloben bei, fügte die Bücher über Medizin, Botanik, Zoologie und Alchimie hinzu und veranlaßte, daß Chandra all seine fertigen und im Bau befindlichen Uhren, Chura seine Astrolabien, Sternhöhenmesser, astronomischen Meßgeräte, Zirkel, Lineale, Waagen und Tabellen sowie sein Werkzeug mitnahmen.

Immer wieder gingen wohlverpackte Ballen und Kisten zur Mandarinsyacht hinaus und wurden in deren Rumpf verstaut.

Die „Societas" – das sah man – richtete sich auf einen vielleicht jahrelangen Aufenthalt in China ein, und auch Pater Ricci dachte, daß er wohl nicht so rasch nach Macao zurückkehren würde. Er ahnte nicht, daß er es nie mehr tun würde, daß er in Chinas Erde begraben werden sollte.

Sogar Pi-shan traf Vorbereitungen, als wäre sie es, die zur Mission auszöge. Sie verschnürte den dicken Packen von Pater Riccis chinesischem Wörterbuch sorgfältig zwischen zwei Holzplatten, umhüllte ihn mit Seidenstoff und fügte ihn zu einem dünnen Manuskript, das in Chinesisch geschrieben und von ihr selbst mit viel Mühe auf Hartpapier gepinselt worden war. Sie hatte eine primitive Übertragung des Markus-Evangeliums begonnen, freilich mehr nach dem Gedächtnis und nach den Vorstellungen, die ihr von Pater Riccis Unterricht geblieben waren. Das Buch Pi-shans konnte nützlich sein, wenn man mit einfacheren Menschen über das Christentum sprach. In Shiu-hing wollte sie es vollenden.

Von den chinesischen Büchern der Klosterbibliothek nahm der Pater das „I-king“ und einen zufällig dort gelandeten Band des „Tung-tien“ – jener chinesischen Enzyklopädie der T'ang-Zeit – mit, daneben den Prachtband „Keng-tschi-t'u“ aus der Sung-Epoche, der von Reisanbau und Seidengewinnung handelt. Sein Freund, der buddhistische Bonze, erschien ebenfalls, um ihm ein Abschiedsgeschenk zu machen. Er brachte den Rechtskodex „Ta-Ming-lü“ aus dem Beginn der Ming-Zeit mit, der heute noch in Gültigkeit war, und meinte, dies wäre nützlich, damit Dr. Li Bescheid über chinesische Rechtsauffassungen wisse. Bei dieser letzten Gelegenheit einander zu sehen sprach der Bonze auch zum ersten Mal über sich selbst, und es stellte sich zu Pater Riccis nicht geringer Verwunderung heraus, daß er – viele Jahre bevor er buddhistischer Mönch geworden war – ein hoher Mandarin und Jurist in bedeutender Staatsstellung gewesen war. Doch wie viele seines Glaubens hatte er eines Tages Familie, Standesposition, Vermögen, Besitz und alle weltlichen Bindungen plötzlich verlassen und war in die Vereinsamung gegangen. Der Rest seines Lebens – so meinte er – gehöre ihm selbst, der Meditation, dem Nachdenken über Ewiges und der Selbsterlösung.

Sogar Pater Prokurator Juan Bautista steuerte ein bescheidenes Angebinde für den scheidenden Pater bei, dessen wohl endgültiger Abgang ihn irgendwie erleichterte, ja befreite. Er übergab ihm das schöne silberne Kruzifix, das den Hauptschmuck am etwas ärmlichen Altar von Sao Martin dargestellt hatte.

Pater Ricci würde es auf den Altar der ersten von ihm auf chinesischem Festlandboden gegründeten Kirche stellen.

So kam der 9. September des Jahres 1583 heran, der Tag der Einschiffung. Die gesamte Bewohnerschaft des Klosters, Patres wie Bedienstete, aber auch die Franziskaner mit Pietro d'Alfaro, die Kaufmannschaft, angeführt von den drei Viegas, die Handwerker, Geschäftsleute, Marktschreier und zahlreiche Chinesen, Inder und Malayen waren am Kai versammelt, als der Pater mit seinem kleinen

Gefolge in das Flachboot stieg, das sie zur „Nephrit-Wildente“ hinaustragen sollte. Die Mandarinsyacht hatte den Regierungswimpel in Resedagrün gesetzt und ein Mandarinsschild aufgerichtet; Blumenkränze hingen über die niedere Reling zum ölig glatten Wasser. Die auf der Reede ankernden Portugieserschiffe hatten zahllose Wimpeln über die Toppen geflaggt und machten die Geschütze fertig, um einen Abschiedssalut zu schießen.

Jetzt erst spürte man, wie beliebt und geachtet Pater Ricci in der kurzen Zeit seines Macaoaufenthaltes gewesen war, aber man empfand auch, daß alle, die von seiner Reise wußten, schwere Bedenken wegen des Ausganges des Experimentes hatten. Würde er das Abenteuer heil überstehen? Mit dem Leben davonkommen? Erfolg haben? Man wußte, wie launenhaft chinesische Behörden gelegentlich sein konnten. Es war durchaus möglich, daß sie heute nach dem Pater riefen, ihn mit allen Ehren nach China hereinholten und ihm morgen den Kopf vor die Füße legen ließen. Darum weinten einige Frauen, deren Beichtiger und Berater er gewesen und die zu seinen gelegentlichen Predigten nach Sao Martin gekommen waren.

Macao bangte um Pater Ricci. Auch die Viegas taten es. Für sie und die Kaufmannschaft hing sehr viel vom Ausgang dieser Reise ab.

Dann stieß das Boot mit den chinesischen Ruderern ab, man winkte sich zu, und Pater Ricci, der aufrecht am Bug stand, hob noch einmal segnend die Hände über die Gemeinde von Macao.

„Gott segne dich!“ rief der alte Franziskaner Pietro d’Alfaro mit seiner schwachen Greisenstimme und fügte dann beinahe schluchzend hinzu: „Da fährt er und kommt niemals wieder!“

Doch man verstand die Worte nicht mehr, weil in diesem Augenblick die Schiffe Salut zu feuern begannen. Die Mandarinsyacht nahm Anker auf, drehte bei und nahm Pater Ricci an Bord.

21

Am 10. September 1583 zogen Dr. Li – wie er sich seit Erreichen chinesischen Bodens nun nennen ließ – und seine Gefährten in Shiuhing ein.

Die Fahrt hatte über den Hong-Kong-Golf nach Nordwesten geführt, wo der liebliche Westfluß – auch Jasminstrom genannt – sich zum Trichter erweitert. Am Mundstück dieses Trichters, eingebettet in flache Reisterrassen und Obsthaine, über denen schüttere Pinienwälder standen, lag die stark ummauerte Kleinstadt Shiuhing.

Die „Nephrit-Wildente" steuerte in einen von stumpfen Wehrtürmen flankierten Hafen, dessen Kai von einer buntgekleideten Menschenmenge wogte. Ein auf- und abgehendes Meer von spitzen Strohhüten brodelte über den Kais.

Es war wie in Whampoa damals: Menschenmassen bestimmten das Bild und demonstrierten die Stärke Chinas.

Pater Ruggieri, der mit Dr. Li am Vorderdeck stand, wandte sich an diesen. Er schien ein wenig bleich geworden zu sein, sein Asketengesicht war wie verfallen, die lange Gestalt gebeugt.

„Haben Sie eigentlich Angst, Dr. Li?"

Der Pater schwieg eine Weile, ließ sich einhüllen von dem aufwogenden Geschrei der Neugierigen und Fremden, schaute mitten hinein in die Masse der gelben und braunen Gesichter, die er für Christus gewinnen wollte. Dann schüttelte er leise den Kopf. Sein El-Greco-Antlitz war wie entrückt.

„Wie sollte ich armseliger Diener meines Herrn Angst empfinden, da *Er* mich führt?! Und er führt mich, wie er in diesem Augenblick, da wir hier in China landen, all die tapferen Brüder unserer ‚Societas' führt, die in dieser Stunde einsam und verlassen über die Ströme Nordamerikas paddeln, von wilden Indianerstämmen umringt zu ihren selbstgebauten Holzkirchen eilen. Wie sollte ich Angst empfinden, da in eben dieser Stunde sich andere Mitglieder unseres Ordens durch den Urwald am Amazonas oder Parana kämpfen, um den verlorenen Seelen hinter Strom und Dschungel das Licht zu bringen; da wieder andere mit den wilden Polenheeren nach Rußland reiten, um dieses große Volk zur Kirche zurückzuholen, oder als verkappte Staatsmänner an der Seite rücksichtsloser britischer, schwedischer oder holländischer Fürsten, bedroht von ketzerischen Notabeln und tückischen Politikern die Sache der katholischen Kirche betreiben, da wieder andere am Hof der indischen Großmoguln den Kampf mit Islam und Hindutum aufnehmen, und da zehntausend Bettelbrüder in den Hospitälern der Welt das Werk der Liebe an Pestkranken,

Aussätzigen und Cholerakranken versehen?! Keiner von all diesen Brüdern hat mehr Angst als die gelegentliche des Fleisches, die auch unser Herr am Ölberg erlitt. Doch die wirkliche Furcht, die der Seele, kann den nicht umfassen, dessen Herz nur in Gott ruht.

Nein, Pater Ruggieri, in diesem Sinne habe ich keine Angst."

Sie legten an; Soldaten in schrecklichen Rüstungen und mit bizarren Hellebarden schufen eine Gasse mitten durchs Volk. Dr. Li betrat als erster chinesischen Boden.

Gleich nach der Ausschiffung, als Tatarensoldaten einen weiten Kordon um den Liegeplatz der „Nephrit-Wildente" gezogen hatten, standen Dr. Li und sein Gefolge ziemlich unbedarft herum und wußten nicht, wie es weitergehen sollte. Der Gardeoffizier, der ihnen die Einladung überbracht hatte, trat heran und sagte mit einer sehr leichten Verbeugung, er werde dafür sorgen, daß die vielen Kisten, Ballen und Gepäckstücke der ehrenwerten Fremden sicher ins Gouvernementsgebäude gebracht und dort eingelagert würden, bis man wisse, wo die ausgezeichneten Ausländer wohnen könnten. Er, der bisher so ehrerbietig und höflich gewesen war, hatte sich nun mit der Ankunft in seinem Heimatland schlagartig in einen sehr zurückhaltenden, ja kühlen Chinesen höheren Ranges verwandelt.

Er sagte auch, daß Sänften erwartet würden, die Fremden zum Palast des sehr wichtigen und hervorragenden Gouverneurs Wang-P'ai zu bringen. Wang-P'ai wolle die Ausländer unverzüglich vor seinem Thronsitz sehen.

Das alles – auch, daß die Sänften noch nicht bereit standen, sondern erst kommen sollten, daß kein Empfangskomitee am Hafen stand, wohl aber die Volksmenge mit Schreien, Gelächter und Rumor die Lände belagerte – versprach nicht allzuviel Gutes. Man hatte demnach genau die Ankunft der Fremden erwartet, vermutlich schon Meilen flußabwärts durch eine Beobachtungsstation gemeldet bekommen, so daß sich das Gerücht über das Eintreffen der Ausländer in der Stadt verbreiten konnte, und doch war keine entsprechende Vorsorge für deren Empfang getroffen worden. Wollte man sie bewußt brüskieren? Hatte sich der sehr wichtige und hervorragende Gouverneur seine Einladung inzwischen anders überlegt oder waren Umstände eingetreten, die es ihm angemessen erscheinen ließen, sich nicht als Fremdenfreund zu deklarieren?

Dr. Li fragte Pi-shan, die ja die chinesischen Verhältnisse besser zu beurteilen vermochte als er selbst.

Auch das „blumenhafte Trostmädchen“ war der Meinung, es könne Schwierigkeiten geben oder sie seien bereits eingetreten. Die offizielle Freude über die Ankunft der Gäste schien sich jedenfalls in Grenzen zu halten.

Pi-shan instruierte die beiden Patres, wie sie sich zu verhalten hätten, wenn der vorhergesagte Empfang beim Gouverneur stattfände. Sie erklärte ihnen, daß es notwendig sei, den Kotau zu machen, also eine kniefällige Verneigung, wobei man mit der Stirne den Boden berühren müsse. Auch sollte sich Dr. Li, als der Chinesisch sprechende Anführer der Delegation, auf eine sehr höfliche und blumenreiche Rede vorbereiten, die zu halten wäre. Er müsse völlig als Bittsteller erscheinen und dürfe die Einladung auf dem Purpurpapier keinesfalls erwähnen oder gar sich auf sie berufen. Dadurch würde der Gouverneur sehr an Gesicht verlieren und gezwungen sein, sich sofort zu entscheiden, ob er die Einladung wahrhaben oder gänzlich ableugnen wolle. Pi-shan kannte die Zeremonien. Sie war lange genug die Konkubine Herrn Ch'üs gewesen.

Von Herrn Ch'ü war wieder einmal nichts zu sehen. Vielleicht weilte er gar nicht in Shiu-hing, war dienstlich verhindert, was ihn außerhalb aller eventuell entstehenden Schwierigkeiten halten würde.

Das Volk, unter dem sehr viele Kulis, kleine Händler, Geschäftsleute und auch Bauern waren, machte sich unterdessen über die Ausländer lustig. Diese standen zur Gruppe geballt in dem freien Raum zwischen militärischem Kordon und Kaimauer und warteten auf das Eintreffen der Sänften.

Dr. Li verstand genau, was an Witzen, Unflat und Ausrufen aus der brodelnden Masse hochkam. Wortfetzen, ganze Sätze und Zurufe drangen an sein Ohr, und keiner in der Volksmenge ahnte, daß er das verstehen konnte. Da wunderte sich ein Garkoch, der aus seinem Laden fortgelaufen war, über das Aussehen der fremden Männer und schrie seine Beurteilungen der Schar seiner Gäste zu, die meist Kulis waren.

„Seht doch, was sie für lange Nasen haben! Wie häßlich sie sind! Und die großen Augen, die denen von Ochsenfröschen gleichen! Als ob es keine Menschen von dieser Welt wären!“

Ein anderer Mensch, muskulös und nackt bis zum schmuddeligen Hosenbund, offenbar ein Lastträger oder Schauermann, kritisierte die Kleidung der beiden Jesuiten.

„Der eine ist wie ein Bonze gekleidet, hat aber beinah einen Mandarinshut auf dem verkrüppelten Kopf! Der andere ist ein Schwarzrock, zugeknöpft bis zum Halse, damit man vermutlich die Striemen nicht sieht, welche das Henkersseil hinterlassen hat! Verbrecher sind das, Ausländer, schlechtes Piratenpack!"

Weniger apostrophiert wurden der Inder und der Malaye, deren Typus den Chinesen wohl vertrauter erschien. Es gab ja auch in Südchina braunhäutige und großäugigere Leute wie etwa die Thais, die Laoten oder Tibeter, und manche von diesen kamen gelegentlich auf Schiffen oder mit Karawanen auf die Märkte. Pi-shan wurde allgemein als „blumenhaftes Trostmädchen" eingestuft, gründlich abtaxiert und als der einzig begreifliche und menschenähnliche Zug am Auftritt der Fremden angemerkt. Doch gleich wieder wandte sich das Interesse der Menge jenen beiden „rotgesichtigen, langnasigen Barbaren" zu, die da an Land gekommen waren.

Niemals vordem hatten Leute in Shiu-hing einen anderen Menschen als einen Chinesen oder Südchinesen gesehen. Nach Macao kamen sie nicht und außer den beiden holländischen Seeräubern, deren Enthauptung unter großem Zulauf vor drei Jahren stattgefunden hatte und woran sich nicht mehr alle erinnern konnten, war niemals zuvor oder nachher ein fremdes Gesicht in der Stadt gesichtet worden.

Wenn Dr. Li den überwiegenden Tenor der Ausrufe und des Geschreis abwog, dann mußte er ihn als ablehnend, höhnisch und feindselig bezeichnen.

Er und Pater Ruggieri, aber auch die restlichen Reisegefährten waren sehr froh, als endlich eine Kolonne von Sänften mit Trägerkulis auftauchte und der Gardeoffizier sie bat, einzusteigen und ihm zu folgen. Der Offizier bestieg die prunkvolle Regierungssänfte, die man in Macao benützt hatte; die Tragsessel, auf die Dr. Li, Pater Ruggieri, Chandra, Chura und zuletzt Pi-shan genötigt wurden, waren gewöhnliche Straßensänften, wie man sie als Taxen an jeder Straßenecke mieten konnte.

Auch das sprach nicht für besondere Ehren.

Sie zogen in Shiu-hing ein. Alle Straßen und Gassen waren mit Menschen, Basthüten und Strohkegeln gesäumt, die hin- und herwogten, von Mauern und Terrassen herabnickten und einen fortlaufenden Strom von Lärm erzeugten, in dem die fünf Taxisänften hinter dem Prunktragstuhl des Offiziers herschwankten.

Manchmal besaßen die sänftentragenden Kulis die Frechheit, die Sänften inmitten einer Volksmenge abzusetzen und mit den Fingern auf die fremden Vögel zu deuten, die sie dahinschleppten. Dr. Li kam es vor, als ziehe er mit einem fahrenden Zirkus in eine italienische Stadt ein und er und seine Gefährten seien seltsame Tiere, die man zur Schau stellte.

Die Kavalkade durchschritt ein gewaltiges Stadttor mit mehrfach übereinander geschweiften Ziegeldächern, sie kam an langen Magazinen und aneinandergereihten Läden vorüber, vor denen die Waren auf Brettergestellen ausgelegt waren. Ein Platz wurde umrundet, auf dem unter einem seltsam geformten Felsen eine Fontäne hervorkam. Sogar auf diesem Stein kauerten Kinder und Kulis. Weiber kreischten vor Vergnügen und klatschten in die Hände. In einer Nebenstraße wurde ein tempelartiges Gebäude mit buntglasiertem Dach und bizarren Dachreiterfiguren sichtbar; die Häuser zum Zentrum hin waren stattlicher, lagen nun meist hinter hohen Mauern, über die Zypressen, Palmen und Akazien schauten.

Einmal ließ der Zug einem Aufmarsch von Mandarinssänften den Vortritt, vor denen sich viele Menschen zu Boden warfen. Vermutlich eilten diese Würdenträger zum Gouverneurspalast, um dem sensationellen Empfang beizuwohnen; denn sie nahmen den gleichen Weg, wie ihn der Offizier einschlug.

Eine Anzahl schwer beladener Kamele wurde angehalten, um nun ihrerseits den Sänften den Vortritt zu lassen. Die Treiber schimpften lauthals, als die Regierungssänfte vorüber war, und einige Steine flogen in Richtung der Fremden.

Dann endlich war das Gewölk von gelben Gesichtern, Strohhüten und Geschrei durchstoßen: ein weiter Platz öffnete sich, und die Tatarenwache vor einem weitaufgesperrten Tor ließ die Kolonne passieren. Das Volk blieb zurück. Man war im Palast. Ebenerdig ging es zu einem von roten Lacksäulen getragenen Saal, einer Art Audienzhalle, die über drei flachen Stufen unter einem mächtigen roten Ziegeldach lag. Drei Seiten der Halle waren mit durchsichtig gemachten und bemalten Papier- oder Pergamentwänden geschlossen.

In diesem Saal war der Gouverneur Wang-P'ai mit all seinen Mandarinen und Offizieren. Dr. Li, der in der ersten Sänfte gleich hinter dem Gardeoffizier saß, hatte seiner Gefolgschaft gesagt, sie sollten nur alles genauso machen, wie er selbst es tun würde. Als nun der Offizier vor der untersten Treppe anhielt und ausstieg, verließ auch Dr. Li seinen Tragstuhl und wartete, bis seine Getreuen versammelt waren. Der Offizier wies ihm schweigend und diesmal ohne jede Verneigung den Weg über die drei Stufen und in die Empfangshalle.

Ein schöner Seidenteppich bedeckte den Boden, viele Teppiche reihten sich aneinander und an der Rückwand des mit Lack- und Goldverzierungen, Vasen und bronzenen Räuchergefäßen reich dekorierten Saales thronte auf einem erhabenen Podest hinter einer kniehohen Schranke aus Rosenholzschnitzerei Wang-P'ai, der erhabene Gouverneur von Kwan-tung. Er war ganz in schwarzglänzende Seide gekleidet. Auf der Brust trug er das goldgestickte Bild eines Berglöwen, auf der Satinkappe den geblümten Korallenknopf. Sein Vollmondgesicht war ausdruckslos und sehr flach.

Dr. Li und sein europäischer Gefährte hatten ihren großen Auftritt. Sie handelten ganz nach den Anweisungen, die Pi-shan noch am Hafen gegeben hatte, während das „blumenhafte Trostmädchen" selbst ganz unauffällig die Regie in die Hände nahm.

Da ein langer Teppichstreifen von roter Farbe und mit bestickten Blumenrändern quer auf den vielen Seidenteppichen über den Estrich der Audienzhalle direkt auf die Rosenholzschranke und auf einen besonders prächtigen, aber etwas abgetretenen Belag zuführte, der einem sehr großen Gebetsteppich der Mohammedaner glich, schritt Dr. Li in seinem rotbraunen Bonzenkaftan, mit dem Birett auf dem Haupte, und indem er den sehr erschrockenen Pater Ruggieri mit sich zog, diesen Weg entlang und auf den Gouverneur zu. Pi-shan sorgte dafür, daß Chandra und Chura, die beide gewisse verhüllte Pakete trugen, einigen Abstand hielten und dann erst nachfolgten. Sie sollten diesen weiten Abstand auch vor der Rosenholzschranke einhalten und im übrigen alles nachahmen, was Dr. Li tun würde. Pi-shan selber blieb bescheiden, wie es einem Mädchen und noch dazu einem ihres Standes geziemte, vor der Halle und unter den roten Lacksäulen stehen. Sie wurde nicht beachtet.

Die beiden Patres wandelten unterdessen sehr ruhig auf die erlauchte Versammlung zu; denn rechts und links vom schwarzseidenen Gouverneur Wang-P'ai saßen so unbeweglich und steif wie Ölgötzen etwa zwei Dutzend Mandarine in allen möglichen Farben: Dunkelgrün, Azurblau, Rosenrot, Amethystfarben und Indigoblau. Es waren offenbar die Kuans oder höheren Beamten der Provinzialverwaltung, die sich das Schauspiel nicht entgehen lassen wollten.

Schweigen beherrschte den Saal, nur von weit draußen drang das Lärmen der Volksmenge über die dicken Mauern zum Innenhof.

Dr. Li, immer gefolgt und imitiert von Ruggieri, warf sich vor dem Diwan des Gouverneurs nieder, vollführte dreimal den Kotau, indem er sich in tiefer Kniestellung, die Hände flach vor sich ausgestreckt, zur Erde beugte und mit der Stirne den Teppich berührte. Der Gouverneur und seine Beamtenschaft registrierten den Vollzug der gebührenden Begrüßung. Etwas wie Spannung lief durch die Halle. Wang-P'ai belebte sein glattes Vollmondgesicht ein wenig.

„Wer seid Ihr? Und was wollt Ihr hier? Sprechen Sie!"

Nun begann Dr. Li – immer noch kniend – in einigermaßen flüssigem Mandarin-Chinesisch seine wohlüberlegte Ansprache. Als er Chinesisch sprach, ging ein erstauntes Raunen durch die Beamtenschaft. Zum ersten Mal verloren sie etwas von ihrer Starre.

„Sehr zu bewundernder und hochgestellter Herr Gouverneur, verehrungswürdige Kuans des Himmelssohnes!" begann er, „die beiden höchst unwürdigen und nebensächlichen Fremden mit ihren ganz gleichgültigen Dienern, die Sie hier erblicken, sind Männer, die den Herrn des Himmels und Schöpfer der Erde anbeten. Sie kommen aus Fernwest, einem Lande, das am äußersten Rande der Welt liegt. Aber die Kunde von der Großartigkeit des Reiches der Mitte und der Duft seiner Schönheit haben sie angezogen, so daß sie viele Monate, ja Jahre, über die Gewässer des blauen Drachens gefahren sind und keine Gefahren gescheut haben, hierher zu kommen, um Euch Erhabene zu sehen!"

Ein beifälliges Murmeln durchlief die Reihen der Mandarine, und Gouverneur Wang-P'ai nickte mit dem Kopf. Er stellte fest, daß die Fremden gewisse Manieren besaßen.

Dr. Li fuhr fort: „Unser ganzer Wunsch ist es, uns die hohen Tugenden anzueignen, die in der Blume der Mitte üblich sind, dem Himmelssohne auf unsere sehr bescheidene Weise zu dienen und ganz still in Shiu-hing leben zu dürfen.

Bitte vielmals, Euer Ehrwürden, weist diesen unseren flehentlichen Wunsch nicht zurück! Alles, was wir erbitten, wäre die Erlaubnis, hier wohnen zu dürfen, um unserem Gott Gebete darzubringen. Weist uns also in Eurer Güte und Gnade einen Platz an, auf dem wir eine kleine Behausung und eine Kapelle erbauen dürfen! Wir versprechen auch, sehr friedliche Bürger zu sein und niemals das wichtige und großartige Leben der hier beheimateten Menschen stören zu wollen!"

Damit wiederholte Dr. Li seine Kotaus und schwieg dann.

Wang-P'ais Gesicht glänzte nun vor Wohlwollen. Ein kurzer Blick schweifte über die doppelte Reihe seiner steif thronenden Mandarine, die jedoch keinerlei Reaktion zeigten.

Er erwiderte mit einer leisen, beinah flüsternden Stimme.

„Ich zweifle nicht an Ihrer Redlichkeit, ehrenwerte Fremde! Ihre Bitte wird Ihnen also gewährt werden, und ich will auch beim Vizekönig anfragen, ob Sie hier für längere Zeit wohnen dürfen. Vorläufig jedenfalls will ich Ihnen ein passendes Grundstück vor den Mauern dieser Stadt anweisen lassen, was morgen geschehen wird. Dort mögen Sie, o Ehrenwerte, sowohl ein Haus wie einen kleinen Tempel errichten. Bis Sie also über ein entsprechendes Haus verfügen, werden Sie samt Ihren Dienern in einem nicht sehr wichtigen Flügel dieses Palastes einige Zimmer erhalten."

Es war geschafft! Man hatte die Männer der „Societas" nicht abgewiesen oder gar festgesetzt, sondern sie als Gäste willkommen geheißen. Damit war die Audienz wohl beendet, aber der Gouverneur und die Mandarine blieben starr auf ihren Sitzen. Pi-shan hatte Doktor Li gesagt, was nun kommen müsse: die Geschenke!

So winkte der Pater seinen Gefolgsleuten Chandra und Chura, die nun samt ihren unter Tüchern verhüllten Paketen, aus lauter Ehrfurcht mehr kriechend als gehend, an die Rosenholzschranke vorkamen und dem Pater ihre Mitbringsel übergaben.

Dr. Li enthüllte zuerst das Bild. Pater Ruggieri hatte es schon vor langer Zeit gemalt. Es stellte die berühmte Madonna von Santa Maria Maggiore in Rom dar und war in Renaissancemanier in leuchtenden Ölfarben gemalt.

Als Dr. Li das Gemälde hochhielt und es, ehrfürchtig sich verneigend, dem Gouverneur anbot, indem er sagte, was es darstelle und daß sie es aus Europa mitgebracht hätten, um Herrn Wang-P'ai in aller Hochachtung zu erfreuen, winkte dieser gnädig, so daß aus dem Hintergrund zwei Diener hervorsprangen, das Bild samt Goldrahmen übernahmen und es vor dem Thronsitz des Gouverneurs aufbauten.

Kaum hatte sich der hohe Beamte von diesem unerwarteten und nie gesehenen Anblick erholt, als Dr. Li noch ein weiteres wertvolles Geschenk enthüllte. Es war ein an der Universität Coimbra in Portugal angefertigter Glaskörper aus reinstem Kristall, ein hohes Dreiecksprisma, in dem sich die Sonnenstrahlen regenbogenfarbig brachen. Da durch die offene Seite der Halle ein breites Sonnenband bis vor die Rosenschranke und zum Hochsitz des Gouverneurs fiel, hielt Dr. Li das Prisma, es drehend und wendend, in die volle Sonne. Wechselnde Farbeffekte sprühten aus dem gebrochenen Licht. Diesmal gaben sogar die Mandarine ihrer Verwunderung Ausdruck. Ein staunendes Gemurmel durchwehte ihre Reihen.

Der Gouverneur streckte die fleischige Hand mit den krallenartigen Fingernagelschonern aus.

„Geben Sie her, Verehrter! Was ist dies? Ein Edelstein solcher Größe?!"

„Man nennt es Prisma, Eure Hoheit!" antwortete Dr. Li. „Ich habe es Ihnen als Geschenk zugedacht!"

„Nein, nein", wehrte Wang-P'ai ab, „das geht nicht an! Es ist zu wertvoll!"

Es war unmöglich, angesichts aller Mandarine sich einen so bedeutenden Wert von den Fremden geben zu lassen. Der Verdacht der Korruption wäre zu nahegelegen. Es gab jedoch eine verbrämte Form für die Annahme des Geschenkes, das Wang-P'ai natürlich unbedingt haben wollte.

„Sie werden mir dieses Prisma leihen, Ehrenwerter. Ich werde es meiner Familie zeigen und später zurückgeben."

Außerdem winkte er einen Diener herbei, der ein Päckchen gestickter Taschentücher brachte, welche nun als Gegengeschenk Dr. Li übergeben wurden. Damit war ein Austausch von Gaben erfolgt, den niemand mehr als Bestechung bezeichnen konnte.

Weil offenbar keine weiteren Geschenke zu erwarten waren, hob der Gouverneur die Hand und erlaubte den Fremden zu gehen.

Rückwärts schreitend, sich ständig verneigend und lächelnd – alles, wie Pi-shan es angeraten hatte –, verließen die Patres und ihr Gefolge die Halle.

Dr. Li hatte immerhin Zeit gefunden, all diese Beamten und Mandarine auf den Sitzreihen zu beobachten. Er hatte Herrn Ch'ü gesucht.

Er registrierte die Brustschilder des Pfaus, der Gans, des Hasen, des Pelikans und der Wildente, sah die Pfauenfedern über den Satinkappen wippen, was hohe Orden bedeutete, sah auch die Ränge der Militärs im Einhorn, Drachen, im Phönix und in der Schildkröte – was alles Unverwundbarkeit und langes Leben bedeutete –, die aber nicht als gestickte Brustschilder, sondern als vergoldete oder silberne Amulette getragen wurden; nur eines entdeckte er nicht: das resedafarbene Kleid Herrn Ch'üs und das ausgezeichnete Brustschild des Silberfasans.

Herr Ch'ü war nicht unter den Anwesenden, obschon es sicher er gewesen war, der alles arrangiert hatte. Schließlich war Wang-P'ai sein Oheim, der Vizekönig sein Freund.

Dr. Li hatte noch etwas übersehen.

Fast am Ende der Mandarinskette saß ein Herr im azurblauen Seidengewand, der einen „liliengeprägten Goldknopf" als Zeichen seines noch niederen Ranges trug. Im Gesicht dieses noch sehr jungen Beamten stand verzerrt die Fratze des Hasses. Die schmalen Augenschlitze sprühten vor Abscheu. Dieser Mensch vermochte sich offenbar nicht ebenso im Zaume zu halten wie die übrigen ausdruckslos dreinschauenden Mandarine.

Aber Dr. Li bemerkte dieses Gesicht so wenig, wie es der Gouverneur gesehen hatte. Der junge Beamte hieß Shen-wang-ku, er war erst kürzlich zum Brustschild der Wachtel aufgestiegen und aus der Gefängnisverwaltung in die Staatskanzlei versetzt worden. Einige sagten, er sei Mitglied eines Geheimbundes, der gegen die allgemeine Korruption auftrat, die Gesellschaft verändern wollte und alle Fremden haßte, die das Verderben nach China getragen hatten.

Shen wußte genau, daß es Herrn Ch'üs Werk war, diese Fremden entgegen dem klaren Edikt des Kaisers ins Land zu holen. Und Shen haßte von allen korrupten Spitzenbeamten Herrn Ch'ü am meisten. Dann haßte er den Gouverneur und aus Grundsatz alles, was unchinesisch und fremd war.

Er verabscheute sogar dieses Ölbild und das Prisma, weil sie von außen gekommen waren.

22

Es gab einige unter den Mandarinen, die über die Einstellung Herrn Shens Bescheid wußten. Auch Herr Ch'ü, der einen gut funktionierenden Spitzeldienst unterhielt, war im Bilde.

Schon vor längerer Zeit war sein Auge auf den jungen Shen gefallen. Er hatte sogar Erkundigungen eingezogen, woher dieser kam und was er früher getrieben hatte. So wußte Herr Ch'ü, daß Shen seinerzeit bei den Studentenunruhen in Kanton einer der Hauptschreier gewesen und nur durch einen Zufall der Polizei und der Aufmerksamkeit der Behörden entgangen war. Im allgemeinen gab es für derartige Elemente ein Berufsverbot, ja meist schon eine strikte Zurückweisung von den offiziellen Studien.

Wer einmal als Staatsfeind aufgefallen war, hatte keine Chance, von dem gleichen Staat, den er stürzen wollte, gefördert oder gar als Beamter angestellt zu werden. Über solche Unruhestifter wurden „schwarze Listen" beim Geheimdienst geführt, die den einmal Eingetragenen meist ihr Leben lang wie Gespenster folgten.

Herr Shen war all diesen Maßnahmen mit viel Glück entkommen. Er war durch die Maschen geschlüpft und Beamter geworden. Nun saß er in der Staatskanzlei von Shiu-hing. Die Geheimbünde gewannen immer mehr an Kraft.

Zwei Grundwogen von Unzufriedenheit waren im gesamten Reich aufgestanden. Das Volk forderte mehr Gerechtigkeit und mehr Harmonie innerhalb der Gesellschaft, die Gegensätze zwischen reich und arm waren zu groß geworden. Diese Massenunruhe traf sich mit einer nationalen Welle, die vor allem die Gebildeten aufrührte.

Die militärische und politische Schwäche der Ming-Regierung in

Peking hatte das auf seine Einzigartigkeit stolze und einstmals überlegene Reich der Mitte dahin gebracht, daß heute die frechen Inselzwerge aus Japan und sogar die hergelaufenen Fremden aus dem fernen Westen China einen Nasenstüber nach dem anderen geben konnten, daß die Küsten, die Seefahrt, die Inseln und Häfen, ja sogar die an den großen Strömen gelegenen Städte nicht mehr sicher waren.

Während der Kaiserhof in Peking sich bei Laternenfesten, Hofjagden und schlemmerhaften Orgien selber einredete, er sei noch immer der Nabel der Welt, hatten sich Fremde in Macao oder Formosa festsetzen können, und japanische oder europäische Piraten brandschatzten chinesisches Eigentum und verkauften chinesische Menschen in die Sklaverei. Die Eunuchenherrschaft neben dem Himmelssohn war dabei, nicht nur das Nationalgefühl Chinas zu verhökern, sondern auch seine innere Sicherheit immer mehr zu verspielen. Wie in den finsteren Tagen der Vergangenheit gab es schon wieder Räuberbanden auf dem Lande, Wegelagerer an den Straßen, Überfälle in den Städten und immer mehr Terroranschläge der Geheimbünde.

Das riesige Land begann unruhig zu werden.

Längst wußte man, daß von Peking ausgehend ein geheimer Bund vor allem unter den Intellektuellen, vor allem den hohen Mandarinen, die eifersüchtig auf die Eunuchen und die Generäle waren, entstanden war, der sich „Östlicher Wald“ nannte. Die Bauern hatten den Geheimbund „Rote Kopftücher“ gegründet. In den Provinzen Shen-si, Shan-tung, Ho-nan, Fu-kien und neuerdings auch in Kwantung hatte es Bauernunruhen gegeben, die mit Militärgewalt hatten niedergeworfen werden müssen. Aber die „Roten Kopftücher“ waren deshalb nicht etwa aufgelöst oder bescheidener geworden. Sie bestanden fort und nahmen an Mitgliedern zu.

Gefährlicher jedoch war die Tatsache, daß die Bewegung, die ursprünglich von den Intellektuellen Pekings ausgegangen war und sich vor allem gegen die verhaßten Eunuchen, die Cliquenwirtschaft des Kaiserhofes und die Korruption der Behörden gerichtet hatte, vor allem durch den Aufruhr der jungen Studenten eine Wendung genommen hatte, die auf grundsätzliche Veränderung der Gesellschaftsstruktur zielte, und daß eben diese Ideen immer stärkeren Anhang unter den Intellektuellen fanden. Selbst hohe Mandarine und reiche Kaufleute gefielen sich darin, sich fortschrittlich und revolutionär zu geben, was freilich nur in vertrauten Kreisen und sehr heimlich geschah. Dieses Unwesen hatte auch Shiu-hing erreicht.

Herr Ch'ü kannte die Einstellung seiner höheren Beamtenkollegen und mancher schwerreicher Geschäftspartner genau. Oheim Wang-P'ai, der eigentlich hätte von Amts wegen gegen diese Leute einschreiten müssen, glaubte nicht an Gespenster und schloß die Augen. Er war ziemlich satt und mit seiner Position zufrieden.

Außerdem stand sogar der Vizekönig von Kanton in dem Ruf, ein sehr dem Neuen aufgeschlossener Mann zu sein, der mit dem mächtigen Eunuchen Ma-T'ang auf Kriegsfuß stand. Der Vizekönig fand es nicht schlecht, wenn dieser Eunuchengesellschaft und dem verderbten Pekinger Hof ein wenig eingeheizt wurde.

Er war zudem ein „Ming-Chinese" im alten Sinne, also ein Südstaatler, der das Überhandnehmen der allzu tüchtigen Nordchinesen, dieser Mandschus und Han-Leute, in den Ministerien Pekings nur mit Unwillen beobachtete. Die letzten Ming-Kaiser waren ganz in die Hände der Nordlichter und der Eunuchen geraten.

Warum auch hatten sie, die aus dem Süden stammten, die Hauptstadt von Nanking nach Peking verlegt! Das mußte ja schiefgehen!

Die entweder laxe oder sogar progressive Haltung sehr hoher Regierungsstellen spiegelte sich natürlich verstärkt bei gewissen unteren Behörden wider.

Herr Ch'ü, der selber ein Intellektueller von hohen Graden war, hatte großes Verständnis für die Vereinigung „Östlicher Wald", war jedoch vorsichtig genug, sich ihr nicht anzuschließen.

Er gab der Bewegung einige Chancen. Schließlich war in der Geschichte Chinas immer schon dem Sturz und Wechsel einer Dynastie und eines Gesellschaftssystems die Gründung eines Geheimbundes oder eine Bauernvereinigung wie die „Roten Kopftücher" vorausgegangen. Auch die Mings waren vor zweihundert Jahren auf diese Weise auf den Thron gelangt. Ihr Begründer Tschu-Yüan-tschang, der als Kaiser dann T'ai-tsu genannt wurde, war ein Bauer gewesen, den sie „zinnoberrot wie ein Schwein" geheißen hatten.

Solch ein „zinnoberrotes Schwein" konnte jederzeit wieder aufstehen und alles umwerfen. Der Anfang war gemacht, die „Roten Kopftücher“ marschierten in einigen Provinzen schon gegen das Militär.

Doch die Geheimbündler vom „Östlichen Wald“ – die Intellektuellen, die unzufriedenen Mandarine und Gelehrten, die Studenten und geistigen Potenzen des Landes – waren sozusagen die Seele der Unruhe. Sie schürten alles durch ihre freien Reden, ihr ideologisches Geschwätz und ihren Nationalismus und förderten die Bewegung vor allem durch Duldung. Herr Ch'ü bemerkte sehr wohl, wieviel den Aufrührern die Sympathisanten unter den Gebildeten nützten.

Da gab es Polizeibeamte, die bei der Verfolgung von Terroristen der Geheimbünde nicht nur beide Augen zudrückten, sondern diese sogar bei bevorstehenden Verhaftungen warnten; Mandarine, die jugendliche Protestierer in ihren Kangs versteckten; wohlhabende Kaufleute, die sich die Freundschaft der Rebellen mit heimlichen Geldspenden zu erkaufen glaubten, und sogar Richter, die aus Furcht vor der Rache des „Östlichen Waldes“ oder der „Roten Kopftücher“ sehr milde Urteile sprachen und Gefangene entkommen ließen.

Weil aber der Staat selber sich nicht mehr ausreichend gegen seine Zerstörer wehrte, hörten auch viele Bürger auf, sich zu wehren und meinten, sie wüßten nicht, was sie verteidigen sollten.

Nein – Herr Ch'ü unterschätzte die Geheimbünde so wenig wie die um sich greifende Unmutsbewegung, die sich gegen die Staatsform der Ming-Kaiser richtete. Er wußte, daß Geheimbünde in seinem Lande wie Schneebälle im Gebirge sein konnten, die zu Lawinen anwuchsen und plötzlich alles hinwegfegen würden.

Er hielt sich selbst für einen typischen Intellektuellen, der viel zu klug und zu gebildet war, um sich – wie ein junger Student oder ein armer Bauer – für irgendwelche Ideen oder neue Gesellschaftsformen zu erhitzen. So etwas widerstrebte ihm von Grund auf. Nur Narren leisteten sich in dieser sehr gefährlichen Welt den Luxus von Charakter oder Gesinnung. Der wirklich Überlegene suchte seinen Vorteil und würde zusehen, wie er möglichst ungeschoren und auf angenehmste Weise durch das sowieso zu kurze und zu schwierige Leben kam.

Längst schon hatte er beschlossen, sich nach keiner Seite hin zu exponieren. Man konnte niemals sagen, welche Seite obsiegen würde.

Was man sicher wußte, war die Tatsache, daß die jeweils unterliegende Partei die Rechnung bezahlen würde.

Herr Ch'ü hatte von Jugend auf etwas gegen das Bezahlen von Rechnungen gehabt. Obschon ihm gut bekannt war, daß Herr Shen – dieser junge Heißsporn – eine der treibenden Kräfte im „Östlichen Wald" von Shiu-hing war und seine Finger in allerhand gefährlichen Begebenheiten stecken hatte, unternahm er nichts gegen ihn.

Er schloß zwar nicht seine Augen, jedoch seine Lippen, ließ aber Herrn Shen unter der Hand wissen, wie gut er orientiert war. Das würde Shen die Gelegenheit geben, später einmal dankbar zu sein. Darüber hinaus behielt man den jungen Herrn, der aus seiner unbegreiflichen Abneigung gegen Herrn Ch'ü wenig Hehl machte, stets im Auge und auch ein wenig in der Hand.

Da Herr Shen wie alle diese jungen Revoluzzer sehr nationalistisch dachte und von einem gereinigten, in sich selber ruhenden und zu den alten Werten zurückkehrenden China träumte, war er selbstredend auf übertriebene Weise fremdenfeindlich. Herr Ch'ü hatte sich vorsichtigerweise auch hier etwas abgeschirmt und war deshalb, als Pater Ricci mit seinem Gefolge in Shiu-hing eintraf, wie zufällig nach Kanton und anschließend nach Nam-yang zu seiner Familie gereist. Er hatte natürlich dank seiner ausgezeichneten Geschäftsbeziehungsweise Verwandtschaftsbeziehungen zum Vizekönig und zu seinem Oheim Wang-P'ai die Einreise der Fremden ermöglicht, ja sogar veranlaßt, weil es vielerlei nützliche Gründe dafür gab, aber er hielt zugleich alle Türen offen, die ihm erlaubten, im Falle des Mißlingens der Aktion nach rückwärts zu entweichen. Er jedenfalls nahm nicht am Empfang der Jesuiten teil. Er wartete ab, ob sie Fuß fassen konnten.

Dann war immer noch Zeit, auf der Bildfläche zu erscheinen, genau wie immer noch Zeit war, diese Schmeißfliege von Shen an der Wand zu zerquetschen.

Wichtig erschien ihm, daß er sein bisheriges Lebensprinzip beibehalten konnte: alles zu wissen, an nichts zu glauben, ein gutes Leben zu führen und sich keinen Gefahren und Anstrengungen zu unterwerfen. Die Klugheit solcher Einstellung war sogar aus der Philosophie und klassischen Literatur zu beweisen. Es gab schließlich für alles Zitate, und es gab für alles Entschuldigungen, es kam nur auf die geistreiche Formulierung an.

Herr Ch'ü war beinahe rundum mit sich selbst zufrieden: wirtschaftlich ließen sich seine Pläne ausgezeichnet an. Das Haus Viegas hatte ihn wissen lassen, daß es auf seine Vorschläge, Handel und Schmuggel betreffend, mit Vergnügen einging. Sogar wegen dieser Waffen auf der „Sao Jorge" würde man vielleicht ins Geschäft kommen. Herr Ch'ü wußte von allem, was in Macao, Kanton oder in Kwan-tung vorging. Seine Fäden reichten sogar nach Fu-kien und Ho-nan hinüber, ja durch den Eunuchen Ma-T'ang bis in die Nähe des Himmelsthrones.

Es gab viele Interessenten für Pulver, Munition, Musketen und Kanonen in dieser grimmiger werdenden Zeit. Ma-T'ang hatte ihn wissen lassen, daß der Eunuch Shih-Hsing, der zum General der Nordarmee gegen die Japaner ernannt worden war, sehr erfreut wäre, wenn er gute europäische Waffen für seine Soldaten kaufen könnte.

Aber es war immer schwierig, mit hohen Regierungsstellen Geschäfte zu machen. Dabei ging viel Geld durch Bestechung, Korruption und durch den Dienstweg verloren, man mußte Zugeständnisse machen und anerkennen, daß die Regierung kein Geld hatte und – was noch schlimmer war – daß man solchen Handel um des Vaterlandes willen bei kleinstem Gewinn abwickeln sollte. General Shih-Hsing würde ein schwieriger und unangenehmer Geschäftspartner sein.

Es gab da ein Angebot von Tschang-Sien-tschung, dem Bauernführer aus Fu-kien, der die „Roten Kopftücher" dieser Provinz anführte. Die Kulis, Kleinbauern, Pächter und bürgerlichen Mitverschworenen von Fu-kien hatten eine große Sammlung veranstaltet, um Geld zu haben. Damit wünschten sie moderne Waffen einzukaufen und hatten diesen Wunsch auf allerlei Umwegen an Herrn Ch'ü herangetragen, weil dieser im Rufe stand, nicht nur ein sehr ehrenwerter, sondern auch geschäftstüchtiger Beamter zu sein und weil er zudem gute Beziehungen nach Macao besaß.

Leider vermutete Herr Ch'ü, daß die „Roten Kopftücher" nur sehr wenig Geld besäßen und am Ende an seine Rechtschaffenheit und seinen Nationalsinn appellieren könnten. Somit war zu überlegen, ob man sich nicht doch besser an Hui-tsing-Ahs ursprünglicher Absicht beteiligen und die Ladung der „Sao Jorge" an die Japaner verkaufen sollte. Das wäre auch moralisch am meisten zu vertreten; denn dann waren diese mörderischen Waffen außer Landes geschafft und bildeten keine Gefahr auf chinesischem Boden. Die verdammten Inselzwerge bezahlten sehr gut, sie hatten Perlen und Silberbarren.

Auch politisch saß Herr Ch'ü im richtigen Boot. Seine gute Beziehung zu dem sehr wichtigen Vizekönig hatte sich dank einiger Beteiligungen am Steueraufkommen von Kwan-tung, den Schmuggelgeschäften von Hong-Kong und Kow-lun sowie den nun zum allgemeinen Nutzen des Landes ausgeweiteten Markttagen von Whampoa sehr vertieft. Herr Ch'ü hatte sogar erreichen können, daß Vetter T'sai, der beim letzten Whampoamarkt den Viegas große Schwierigkeiten bereitet hatte, von diesem einträglichen Posten abgelöst worden war – obgleich er ein Verwandter vierzehnten Grades des Vizekönigs war.

Herr T'sai war anderweitig entschädigt worden. Man hatte ihn an der kürzlich zu Kanton stattgefundenen Mandarinsprüfung teilnehmen lassen. Mit Hilfe einer Empfehlung des Vizekönigs hatte er diese Prüfung bestanden und war sogleich zum Mandarin vom „weißen Porzellanknopf" und „Brustschild der grünen Ente" befördert worden. Er war die Treppe hinaufgefallen, saß allerdings jetzt in der Registratur der Polizei von Kanton, wo es kaum eine Möglichkeit gab, sich zu dem mageren Beamtengehalt etwas hinzuzuverdienen.

Alles lief gut.

Es blieb nur noch der private und intime Sektor des Lebens, auf den Herr Ch'ü immer schon größten Wert gelegt hatte.

Und hier gab es gewisse Spannungen, ja sogar Unfälle, die Herrn Ch'ü einige Sorge machten.

Die Heirat mit Joanna zeigte Schattenseiten.

Herr Ch'ü jedoch liebte Schattenseiten überhaupt nicht. Besonders auf dem Gebiet seiner Lebensgestaltung, der Familie und der Liebe verabscheute er Schattenseiten.

Die erste Schwierigkeit mit Joanna bestand darin, daß Herr Ch'ü angefangen hatte, für das eigenwillige Mädchen echte Sympathie zu empfinden und daß ihn ein unerklärliches, aber sehr kraftvolles

Gefühl immer wieder nach Nam-yang trieb, um Joanna zu umarmen. Sie war seit der Geburt des kleinen Jungen noch schöner und fraulicher geworden, ihr Busen hatte sich vergrößert, was für den chinesischen Geschmack eine besondere Delikatesse darstellte. Auch ihr großes Temperament im Bett war gewachsen. Sie entwickelte einen Appetit, der an den Herrn Ch'üs heranreichte.

Sie wollte ihn gar nicht mehr aus Nam-yang entlassen, und Herr Ch'ü ging auch immer sehr ungern.

Für ihn, der entweder die pflichtgemäßen Liebesbemühungen seiner Haupt- und Nebenfrauen oder die routinemäßigen, aber meist kalten Künste der Konkubinen gewohnt war, bedeutete es eine Entdeckung, daß sich ein Mädchen ihm völlig und mit Begeisterung hingab, ja ihm nicht nur das gab, was er wollte, sondern auch von ihm nahm, was er nun immer leidenschaftlicher verschenkte. Es war ein stets sich erneuerndes Vergnügen, mit Joanna zu schlafen.

Darüber hinaus aber konnte man mit diesem Mädchen sogar wie ein Mensch sprechen – freilich zur Betrübnis Herrn Ch'üs immer noch auf Portugiesisch. Denn Joanna schien trotz all ihrer Bemühungen unfähig, mehr als ein paar Wörter Chinesisch zu sprechen. Er hatte sie für sehr ungebildet gehalten und war auch jetzt noch dieser Meinung. Sie hatte keine Ahnung von Mathematik, Astronomie, Naturwissenschaften oder von klassischer Literatur und war nicht wie Pi-shan durch eine ausgezeichnete Schule in einem Chrysanthemenhaus gegangen.

Doch glich sie dies auf andere Weise aus.

Er konnte mit ihr über seine geheimsten Pläne, Absichten und auch Sorgen reden, und sie reagierte wie ein guter Freund. Es war ihre Stärke, zuzuhören, aber dann auch recht realistischen und menschlich vernünftigen Rat zu geben.

Obschon sie nicht Chinesisch sprach und somit eigentlich vom tieferen Wesen ihres Gatten ausgeschlossen schien, begriff sie ihn irgendwie mit dem Gefühl einer liebenden Frau. Oft, wenn Herr Ch'ü bedeutende Entscheidungen zu treffen hatte und eben in Kanton oder Shiu-hing weilte, dachte er mit einer gewissen Sehnsucht an Joanna und wünschte, sie wäre da, um mit ihr reden zu können. Nicht nur nach ihrer Umarmung und Hingabe sehnte er sich, sondern manchmal mehr noch nach ihrem Wort. Sie war ihm entschieden zu nahe gekommen. Er dachte oft, er könne nicht ohne sie sein. Joanna war sein exotischer Traum und zugleich seine Gefährtin, der er gelegentlich Gleichstellung und eine beinah mütterliche Hilfsfunktion zugestand.

Es war gefährlich, sich eine Frau so nahekommen zu lassen. Herr Ch'ü ärgerte sich sehr, in eine Art Abhängigkeit von Joanna gekommen zu sein. Es beunruhigte ihn.

Dabei war er ganz offenbar im Begriffe, sich in seine Nebenfrau zu verlieben, wollte dies aber nicht wahrhaben.

Joanna war schwierig.

Sie vermochte sich nicht in den Kang einzufügen und war weiter davon entfernt, eine Chinesin zu werden, als je zuvor.

Dem stand vor allem eines im Wege: früher und in ihrer ersten, heillosen Verliebtheit hatte sie das gewollt. Nun aber wünschte sie es nicht mehr und hatte sich entschlossen, nur sie selber zu sein: Joanna, die Tochter Don Gaspar Viegas, eine Portugiesin, Europäerin und Christin!

Der Frauenklüngel im Kang hatte ihr jeden Geschmack daran verdorben, sich den chinesischen Sitten und Traditionen unterzuordnen.

Wie kam sie dazu, vor der Mutter Herrn Ch'üs mit demütig niedergeschlagenen Augen zu knien, vielleicht gar den Kotau zu üben und sich von der Hauptfrau oder sogar von diesen anderen Chinesenweibern herumschubsen zu lassen?! Es war in dem sehr großen Kang Herrn Ch'üs nicht möglich, irgendeinen Schritt, eine Tätigkeit oder selbst intime Verrichtungen allein zu tun. Immer schnatterte jemand um sie herum, machte Bücklinge oder rief sie an, sie wurde wie ein unmündiges Kind behandelt und mußte gelegentlich sogar die ehrenwerte Mutter bedienen.

Nicht einmal den kleinen Ch'ü ließen sie ihr. Eine ganze Schar Ammen, Dienerinnen und Pflegemütter wieselte um das Körbchen mit Klein-Ch'ü, fütterte ihn, legte ihn trocken, spielte, piepste und lachte mit ihm oder hielt die leibliche Mutter ferne von ihm, wenn sie meinten, das Kind müsse schlafen und nun dick werden. Man hatte ihr das Kind fortgenommen, und man ließ sie nicht zur Ruhe kommen. Joanna durfte das Haus nicht verlassen, sogar bei den Spaziergängen im Park, die hinter den hohen Mauern des Kangs stattfanden, wurde sie von zwei oder drei Frauen begleitet, die unablässig in dieser Gänsesprache auf sie einredeten.

Als sie sich einmal bei ihrem Gatten beschwerte, schaute dieser verständnislos.

„Aber sieh doch, meine Pfirsichblüte, was für ein wunderschöner Garten dies ist! Da gibt es Teiche voller bunter Enten und voller Goldfische; Steintreppen und sehr seltene Felsen mit Zwergbäumen und duftenden Blumen! Schau nur die alten Platanen, die Palmen, die Jakarandas und Schirmpinien! Wo findest du einen glückseligeren Ort?! Sogar ein Käfig aus Bambus mit vielen bunten Vögeln ist da, und wir besitzen eine Grotte, in der ein schwarz-weißer Bambusbär angekettet ist. Was willst du noch mehr, mein wunderbarer Schwan?!"

„Ich will die Freiheit, ich will das Leben!" rief Joanna voll Zorn und stampfte heftig auf dem kiesbestreuten Weg. „Wenn du nicht hier bist, komme ich mir vor wie eine Gefangene, wie der angekettete Bambusbär!"

„Aber, meine Orchidee, ich b i n ja da? Möchtest du etwa schon wieder zu Bett gehen?"

„Nicht alles kommt auf das Bett an!" widersprach Joanna. „Und oft bist du nicht da. Dann bin ich diesen schnatternden Weibern ausgeliefert, die mir alles zuwider tun und die mich kratzen und beißen würden, wenn du nicht wärst! Denke dir nur, sie versuchten mir neulich ernsthaft diese spanischen Stiefel aufzudrängen, mit denen ihr eueren kleinen Mädchen die Füße verkrüppelt, damit sie möglichst klein werden. Deine ehrenwerte Mutter meinte, ich habe unanständig große Füße. Und dabei hatte ich schon in der Klosterschule die nettesten und zierlichsten Füße von allen!"

Herr Ch'ü lächelte etwas sauer. Er erklärte Joanna, daß es in China üblich sei, den besonders vornehmen und hübschen Mädchen schon im frühen Kindesalter die Füße einzuschnüren, damit sie später auf die vornehmste Weise trippeln könnten. Je winziger die Füße, um so schöner, meinte Herr Ch'ü.

„Ja, und um so verkrüppelter!" empörte sich Joanna und fragte ihn, ob ihm vielleicht ihre Füße nicht mehr gefielen. Dazu funkelte sie lebhaft mit ihren großen Augen. Herr Ch'ü fand sie hinreißend und verspürte nun lebhafte Lust, mit ihr sogleich ins Bett zu gehen.

Er ging mit einem Scherz über Joannas Klagen hinweg, indem er sagte, die Einbindung der Füße bei Chinesinnen geschähe vor allem darum, daß eine Frau nicht allzu weit und zu leicht aus dem Kang laufe. Darum gebe es in Nam-yang weniger Seitensprünge als in Macao.

Aber Joanna war weder zum Scherzen noch für das Bett aufgelegt.

Sie fragte ihren Gatten, wann endlich er die Heirat auf christkatholische Weise nachholen wolle? Sie sei es satt, wie eine Chinesin behandelt zu werden.

Es gab also Schwierigkeiten mit Joanna, und in dieser Hinsicht hatte Herr Ch'ü einige Sorgen.

Er beschloß, nur noch abzuwarten, wie sich die Einbürgerung der Jesuiten in Shiu-hing anließe und bis man wisse, daß keinerlei unerwünschte Folgen aus der Einreise derselben erwüchsen. Sobald sich die Patres in Shiu-hing einigermaßen durchgesetzt hätten und es nicht mehr gefährlich sein würde, als ihr Freund aufzutreten, wollte er in diese Stadt reisen.

Er würde Joanna mitnehmen und zu Dr. Li bringen.

Der würde nicht nur Rat wissen, sondern ihm auch jene Bitte, die er in Macao abgeschlagen hatte, in Shiu-hing wohl erfüllen müssen.

23

Dr. Li und sein kleines Gefolge hatten es tatsächlich geschafft, in Shiu-hing und damit innerhalb des chinesischen Staatsgebietes Fuß zu fassen.

Das war jedoch nicht ohne anfängliche Mißverständnisse und gewisse Hindernisse abgegangen.

Wiederum war es die schöne Pi-shan, die Dr. Li einen entscheidenden Rat gab. Sie sagte ihm bald nach der Begrüßungsaudienz im Gouverneurspalast, wie er es am besten anstellen müsse, um zu einem ihm entsprechenden und günstig gelegenen Grundstück für die kommende Missionsstation zu kommen.

Pi-shan sagte, er sollte nicht warten, bis der Gouverneur etwa am anderen oder einem folgenden Tage ihm irgendeinen Platz zuweise, sondern er müsse sich schon vorher und selbst einen solchen aussuchen und dann nur noch darum bitten, daß ihm dieser übereignet würde. Denn der Gouverneur hatte zwar vor einer großen Versammlung wichtiger Leute ein Versprechen abgegeben, würde es auch sicherlich einhalten, doch war es im übrigen seine Sache, zu bestimmen, wann und wo. Man laufe, wenn man die Dinge nicht selber in die Hand nehme, Gefahr, entweder sehr lange warten zu müssen oder sich mit einer minderwertigen Lage, mit allzu großer Entfernung von der Stadt oder anderen Mißhelligkeiten zufrieden geben zu müssen.

Pi-shan erkundigte sich demnach noch am gleichen Nachmittag, an dem die Audienz stattgefunden hatte, bei den Leuten des Palastes, wo möglichst nahe an den Stadtmauern die besten Regierungsländereien lägen, auf denen man bauen könne. Das konnte sie als Chinesin recht wohl tun, niemand fand etwas dabei, ihr die betreffenden Baugrundstücke zu nennen.

Es wurde vor allem ein sehr schönes Gelände inmitten eines großen Naturparks im Westen Shiu-hings genannt, das nach den Lobreden der Chinesen geradezu ein Nobelviertel für die kommende Neustadt sein mußte. Pi-shan schlug Dr. Li und Pater Ruggieri vor, sofort morgen früh mit dem ersten Hahnenschrei und sobald die Tore aufgesperrt würden, diesen Platz aufzusuchen und dort ein Baugrundstück auszuwählen. Der Gouverneur brauchte dann nur noch zu bestätigen, was Dr. Li gefunden hatte.

So wanderte man tatsächlich zu dritt am folgenden Morgen zu dem betreffenden Park, kam auch zu einer Zeit, als die Mehrzahl der Bewohner Shiu-hings noch schlief oder erst dabei war, die Waren auf die Bretter auszulegen, die Werkstätten zu säubern und die Morgensuppe zu essen, durch das gewaltige Tor, das zum Hafen führte, folgte einer Straße am Ufer des „Jasminflusses" und erreichte noch in Sichtweite der trutzigen Stadtmauern und Rundtürme Shiu-hings jene parkähnliche Gegend, von der man Pi-shan berichtet hatte.

Sie lag wirklich sehr günstig auf einem Steilufer über dem Strom, war also hochwassersicher und mit festem Untergrund, aber guter Erde bedeckt und savannenartig von alten Baumgruppen bestanden. Von einer besonders schönen, mit Asphodelien und Sternblumen bedeckten Wiese blickte man wie von einem Podest über den „Jasminfluß" hin, der – wie Dr. Li feststellte – hier etwa dreimal so breit wie der Tiber in Rom war. Einige wenige Sampans trieben stromab, ganz weit flußaufwärts und im Südwesten gelegen sah man, wie sich die Straße zu einer wie aus Filigran gesponnenen Brücke hinzog, die mit kühnem Bambusgerüst eine Engstelle des Flusses überspannte.

Der einzige Schatten, der auf dieses herrliche Grundstück fiel, war eine nahe dem Wiesenplateau gelegene Baustelle. Hier hatte man angefangen, eine große Grube wie für Grundmauern auszuheben und das Land zur Anhöhe hin zu terrassieren.

Dr. Li jedoch meinte, man sei mit den eigenen Wünschen weit genug von den unbekannten Nachbarn entfernt, daß man sich nicht stören würde. Im Gegenteil bewies ihm die fremde Baustelle, daß es sich bei diesem Gelände offenbar um ein Stück Landes handelte, das zur Bebauung freigegeben war.

Was er nicht ahnen konnte, war freilich die Tatsache, daß die Vereinigung der Akademiker, Mandarine und Großkaufleute von Shiu-hing hier begonnen hatte, einen Lustpark anzulegen, dessen Mittelpunkt ein sogenannter Glücksturm oder eine Pagode sein sollte. Aus dieser Unkenntnis würden Dr. Li noch genug Ungelegenheiten erwachsen.

Am kommenden Mittag ließ der Gouverneur die Jesuitenpatres zu sich rufen. Er hatte inzwischen das Prisma seiner großen Familie vorgeführt, die über die Lichtbrechung gestaunt hatte. Viele Bekannte und Besucher waren in seinem Hause gewesen, das Wunder zu bestaunen, und Herr Wang-P'ai hatte sehr viel an Gesicht dazugewonnen. Das Prisma war „Juwel ohne Preis" genannt worden. Von Rückgabe war keine Rede mehr. Das Bild der Madonna von Santa Maria Maggiore war unterdessen in der Audienzhalle, und zwar genau über dem Hochsitz des Gouverneurs, aufgehängt und zur allgemeinen Besichtigung freigegeben worden. Herr Wang-P'ai war sehr stolz darauf, daß sehr viele Neugierige – darunter Mandarinsfamilien, wohlhabende Kaufleute und Akademiker – gekommen waren, das Bild der „westlichen Göttin" anzusehen. Auch diese Gabe gedachte er zu behalten.

Diesmal brachte ihm Dr. Li eine andere Kostbarkeit mit, die alsbald noch mehr Aufsehen erregen sollte, als Prisma und Ölbild zusammen. Es war eine sehr fein gezeichnete Karte der gesamten Welt, leider jedoch mit Beschriftung in Portugiesisch und vorläufig ziemlich unverständlich.

Von diesen Karten des Paters hatte Herrn Wang-P'ai bereits sein ausgezeichneter und sehr kluger Neffe, Herr Ch'ü, erzählt. Er war hocherfreut, daß er nun eine solche erhalten hatte. Man würde später darüber sprechen.

Als ihm Dr. Li mitteilte, er habe bereits ein sehr gutes Baugrundstück vor den Stadttoren gefunden und ihm die Lage beschrieb, erinnerte sich der Gouverneur zwar sogleich an dieses Regierungsland, vergaß jedoch völlig, daß dort bereits die Akademiker-Vereinigung zu bauen begonnen hatte. Da er sehr guter Laune war, sagte er die Übertragung der Parzelle sogleich zu und befahl, man solle Sänften heranschaffen. Er würde mit den Fremden zum „Westlichen Asphodelien-Park" gehen, um ihnen dort ein Grundstück anzuweisen.

Damit war sein Wort gegeben, Zeugen waren anwesend, und Herr Wang-P'ai konnte nun nicht mehr aus der Sache heraus, ohne sehr viel Gesicht zu verlieren.

Diesmal kamen keine Taxisänften für Dr. Li, Ruggieri, die beiden Gehilfen und Pi-shan, sondern man stieg in wappengeschmückte Regierungssänften. Die Bediensteten des Palastes hatten in der Zwischenzeit dafür gesorgt, daß nicht nur die meisten der Mandarine, sondern auch die halbe Stadt davon wußte: der Gouverneur würde den Fremden ein Grundstück im „Westlichen Asphodelien-Park" zuweisen und die „fremden Teufel" würden dort ein Haus und einen Tempel bauen.

Durch die Dienerschaft – wozu die Geschwätzigkeit Chandras und Churas, die sich mit einem malayisch sprechenden Torhüter unterhalten hatten, viel beigetragen hatte – war in der Stadt auch bekannt geworden, welche Zauberdinge die Kisten und Ballen bargen, die den Fremden gehörten. Das „Juwel ohne Preis" und das Götterbild waren nur ein Anfang dessen gewesen, was die „fremden Teufel" noch hervorbringen würden. So war in kürzester Zeit ein Volksauflauf zusammengekommen, der der Kavalkade des Gouverneurs und der Fremden durch die Stadt folgte, und als sie gar auf die Hochfläche des „Westlichen Asphodelien-Parks“ kamen, war dieser weithin mit Schaulustigen bedeckt. Herr Wang-P'ai ließ einige Polizeisoldaten rufen, die sogleich auf Köpfe und Rücken der Leute einzuschlagen begannen.

Schon während des Weges durch die Stadt war Dr. Li aufgefallen, daß sich diesmal weder schmähende oder spöttische Zurufe ereigneten, noch gar sich eine anfangs spürbare Feindseligkeit rührte. War dieser Stimmungsumschwung dem wunderbaren Prisma und dem Madonnenbild zuzuschreiben oder dem günstig verlaufenen Empfang beim Gouverneur?! Vielleicht hing er auch mit jenen Stockträgern zusammen, die vor der Gouverneurssänfte herliefen und die ungeniert auf Köpfe und Rücken der Bürger einhieben, wobei es Dr. Li auffiel, daß viele der Betroffenen am Straßenrand niederknieten und sich bei dem vorüberschwebenden Gouverneur für die Schläge bedankten.

Während die Gesellschaft sich dem „Westlichen Asphodelien-Park“ näherte, war Herrn Wang-P'ai plötzlich die Erinnerung gekommen, daß er hier in der Nähe bereits dem Akademiker-Verein die Erlaubnis zur Errichtung einer Pagode und eines Lustgartens gegeben hatte. Er verzog sein Vollmondgesicht zu einer schmerzlichen Maske.

Das war eine schlimme Sache. Es würde Feindschaft geben, Schwierigkeiten mit den Mandarinen und den Reichen, andererseits mußte er zu seinem Wort stehen. Schon zu viele wußten davon.

Auf dem Parkgelände verließ Herr Wang-P'ai die Sänfte, winkte einige Beamte und Geomanten heran und begab sich, gefolgt von Dr. Li und seinen Leuten, zu der Stelle, die sich die Fremden für ihre Station ausgesucht hatten. Sogleich tauchten nun auch einige höhere Beamte und ein sehr wohlhabender Kaufmann aus dem Akademiker-Verein auf, die eifrig auf den Gouverneur einsprachen.

Herr Wang-P'ai besah sich die Situation, dann befahl er, einen etwas abgelegenen Winkel des Feldes abzustecken, den er den Fremden geben wollte.

Sehr enttäuscht sah Dr. Li, welch kleines Eckchen die „Societas“ bekommen sollte, während die inzwischen zahlreich angekommenen Akademiker ihrer Befriedigung Ausdruck verliehen. Kühn trat er vor den Gouverneur, verbeugte sich so tief er nur konnte, und sagte:

„Euer Hochgeboren und Ehrwürden! Dieses Grundstück ist viel zu klein, um darauf ein Wohnhaus und eine Kirche zu erbauen! Wir sind auch gerne bereit, eine Kleinigkeit zu bezahlen, wenn wir mehr Land bekommen!"

„Darauf kommt es nicht an!" antwortete der Gouverneur. „Eine Pagode benötigen Sie nicht. Dort drüben wird sowieso eine erbaut werden!"

„Wir müssen aber eine Kirche haben!" beharrte Dr. Li.

„Ebenfalls unnötig! Ich werde Sie mit der Leitung des Tempels beauftragen, der eben in Shiu-hing zu meinen und meiner Ahnen Ehren errichtet wird."

„Es liegt ein Mißverständnis vor, Euer Ehren!" erwiderte Dr. Li, der keinerlei Furcht zeigte. „Wir sind Christen, die weder Menschen noch Götzen verehren. Wir beten nur zu dem einzigen Gott des Himmels und der Erde. Daher brauchen wir eine eigene Kirche!"

Herr Wang-P'ai schien sehr schockiert. Sein Vollmondgesicht wurde platt wie ein Pfannkuchen und drückte Verwirrung aus. Wie konnte es das geben, daß diese „fremden Teufel" einen Himmelsgott kannten, der dem gebildetsten Volke der Erde, den Chinesen, unbekannt geblieben wäre?!

Er fand sich jedoch alsbald zurecht und seine Würde wieder.

„Das macht nichts aus, ehrenwerter Doktor Li! Ich erlaube Ihnen hiemit, Ihre Götterbilder in meinem Tempel aufzustellen. Was diesen Himmelsgott anbelangt, so müssen wir gelegentlich darüber sprechen!"

Dann aber rief er die Beamten und Geomanten noch einmal und vergrößerte das Gründstück dennoch auf die dreifache Größe. Die Jesuiten waren nun mit ihrem Platz sehr zufrieden.

Ganz anders aber reagierten die umstehenden Akademiker. Sie machten finstere Gesichter, flüsterten durcheinander, und einige machten sogar ihrem Unmut Luft.

Besonders jene Herren, die dem „Östlichen Wald" nahestanden und sehr nationalistisch gesinnt waren, ärgerten sich gewaltig, daß der Gouverneur den „fremden Teufeln" diesen schönen Platz auf ihre Kosten geschenkt hatte.

Sie streuten sogleich das Gerücht aus, die fremden Spitznasen seien nichts anderes als Spione aus Macao, und der letzte Zweck ihrer unverschämten Anwesenheit sei es, die künftige Eroberung Chinas – und Shiu-hings insbesondere – vorzubereiten. Es würde wie seinerzeit in Macao gehen: auch dort habe der Himmelssohn in seiner unbegreiflichen Güte den Portugiesen nur eine kleine Landzunge übertragen, damit sie leben und Handel treiben konnten. Und was hatten diese „fremden Hunde" getan? Sie hatten Forts gebaut, Kanonen aufgestellt und terrorisierten von Macao aus die Küsten Chinas!

Genauso würden diese Zauberer und Spione handeln.

Pater Ricci und Pater Ruggieri, die alsbald spürten, wie sich die Stimmung nun wieder gegen sie wandte, erkannten, daß sie nur einen Pyrrhussieg errungen hatten. Nun besaß die „Societas" zwar ein ausreichend großes und auch sehr gut gelegenes Baugrundstück, hatte aber zugleich eine Schlappe hinsichtlich der ziemlich unsicheren Duldsamkeit der chinesischen Oberschicht erlitten. Es war ein wahres Glück, daß der Gouverneur – wohl durch Herrn Ch'ü angeregt und durch gewisse Geschenke noch geneigter gemacht – bei seinem Wort blieb!

Trotzdem beschlossen sie, sobald wie möglich mit dem Bau von Missionshaus und Kirche zu beginnen, bevor der Wind wieder umschlug. Mit den Tatsachen würden sich dann auch die Akademiker abfinden müssen.

Da Dr. Li von Don Gaspar Viegas und einigen anderen Gönnern der „Societas" vorläufig mit ausreichenden Geldmitteln ausgestattet war, konnte er noch am späten Nachmittag die Aufträge an chinesische Bauleute, Handwerker und Materiallieferanten ausgeben. Bereits zwei Tage nach der Grundstücksübereignung begannen mehrere Dutzend Kulis, die Baugruben auszuheben.

Dann griff der Himmel selber ein.

Gewaltige Regengüsse lähmten jegliche Bautätigkeit. Sogar die geduldigen und Kummer gewohnten chinesischen Tagwerker gaben den aussichtslosen Kampf gegen die Regenfluten und den nachrutschenden Lehm auf. Der Bau stand still, kaum daß er begonnen hatte. Es sollte sich als Glück für die junge Mission erweisen.

Während der erzwungenen Ruhepause wohnten Dr. Li und sein Gefolge in einem Seitenflügel des Gouverneurspalastes, zu dem man auch ihr umfangreiches Gepäck gebracht hatte, ohne daß ein einziges Stück abhanden gekommen wäre.

Jetzt hatte Dr. Li genug Zeit, zusammen mit Ruggieri die Meßtischblätter für den geplanten Kloster- und Kirchenbau zu zeichnen und sich Gedanken über den Charakter der chinesischen Architektur zu machen.

Wie auf anderen Gebieten des Lebens war auch hier sehr vieles ganz anders als in Europa. Was Pater Ricci und besonders dem künstlerisch und zeichnerisch sehr interessierten Pater Ruggieri von Macao über Whampoa bis Shiu-hing aufgefallen war, wurde jetzt festgestellt: daß es nämlich in chinesischen Städten kaum eine Monumentalarchitektur gab, die jener Europas zu vergleichen gewesen wäre.

Das einzige, was bei den Chinesen an steinernen Bauwerken hervorragte, schienen nur Festungsmauern, Wacht- und Tortürme oder etwa vielstöckige Pagoden zu sein. Tempelbauten traten nicht durch ihre Wucht und Größe oder besondere Architektur, sondern eher durch ihre Bemalung, die Ausstattung mit mehrfachen und geschweiften Dächern voller bizarrer Firstreiter und Wasserspeier oder lackrote Säulen hervor. Was bedeutende Privathäuser, wie etwa jenes des Herrn Ch'ü auf dem Pinienhügel von Macao, oder gar Palastreviere gleich jenem von Shiu-hing, in dem sie eben hausten, anbelangte, so war eine Nebeneinanderstellung mit ähnlichen Bauten Europas noch weniger sinnvoll.

In diesem Lande schien es keine Bauten wie die römische Peterskirche, den Florentiner Palazzo Strozzi, keine Schlösser wie Sagres in Portugal, Klöster gleich Monte Cassino oder El Escorial, Stadtbilder wie Coimbra, Nürnberg oder Lissabon zu geben. Alles – mit Ausnahme der Stadtmauern, Torbauten und Befestigungen – war in leichter Holz- und Ziegelbauweise und in sehr menschlichen Formaten gestaltet. Auch der Gouverneurspalast, in dessen Nebenbau sie wohnen durften, war kein Palais im europäischen Sinne, sondern mehr ein hoch und stark ummauertes Areal von parkähnlicher Gestaltung, in das die verschiedenen, meist nur ebenerdigen und oft sogar durch lackierte Holzgalerien miteinander verbundenen Gebäude als Teil einer ausgezeichneten Gartenarchitektur eingeordnet waren. Der Gouverneurspalast war eigentlich ein um Audienzhalle und Repräsentationsgebäude gruppiertes Pavillonsystem, das an die geschickt in die Landschaft eingefügten und mit ihren vielerlei Holz- und Strohhütten planvoll verstreuten Bauerngehöfte im Lande erinnerte.

Die Chinesen schienen eben auch bei der Entwicklung ihrer Baugedanken jene praktischen und erdverbundenen Bauern geblieben zu sein, die sie wahrscheinlich seit jeher gewesen waren. Pater Ruggieri, der auf solche Dinge zu achten pflegte, stellte auch fest, er habe nirgendwo so etwas wie „Bau- oder Kunststile“ von wechselndem Charakter wie in Europa gesehen, sondern nur immer die gleichen Grundformen und, bestenfalls, wechselndes Dekor.

Nun: auf Stilübungen etwa der Renaissance oder des eben im Abendlande sich entfaltenden Barock konnten sich die Patres Ricci und Ruggieri bei ihrer Planung natürlich nicht einlassen, dazu reichten weder die Geldmittel noch würden sie geeignete Handwerker finden, solche Baugedanken umzusetzen. Trotzdem wichen sie mit der Planung deutlich von chinesischen Vorbildern ab, entwarfen zum Beispiel ein zweistöckiges und damit für chinesische Verhältnisse ziemlich ungewöhnliches Modell, das wiederum bedeutend kraftvollere Fundierung und Grundmauern voraussetzte. Auch die Kirche – so wie Pater Ruggieri sie zeichnete – würde keinerlei Ähnlichkeit mit einer Pagode oder einem Tempel haben.

Die Regenzeit gab den beiden Patres also viel Gelegenheit zum Planen und zum Nachdenken, aber sie gab ihnen auch die Frist, den leidigen Streit mit dem Akademikerverein wegen des Bauplatzes gütlich beizulegen.

Völlig unerwartet kam eine Abordnung dieses sehr einflußreichen Vereins in das Quartier der Jesuiten und schlug ihnen unter vielen Verneigungen und Höflichkeitsfloskeln einen Vergleich vor. Die hohen Herren waren sehr betrübt, daß der von ihnen geplante Lustgarten mit seinem „neunstöckigen Glücksturm“ um das Grundstück beschnitten werden sollte, das der Gouverneur unglücklicherweise den Fremden geschenkt hatte. Außerdem würden Kloster und Kirche eben in der schönen Aussicht liegen, die man von den Terrassen des „seligen Asphodeliengartens“ auf Fluß und Stadt Shiu-hing zu haben wünschte.

Die Akademiker schlugen einen Tausch vor. Sie boten für Dr. Lis

Grundstück ein doppelt so großes, nur wenige Steinwürfe davon entferntes, das direkt über dem Jasminfluß lag und mit alten Bäumen bestanden war. Als Entgelt für die bereits ein wenig ausgehobene Baugrube waren die Akademiker bereit, mehrere Fuhren gebrannter Ziegel aus ihren eigenen Bauhöfen zu liefern und Dr. Li überhaupt bei seinem Bauvorhaben zu unterstützen.

Man fuhr, begleitet von Pi-shan, die ihren Landsleuten nicht so recht trauen wollte, in Rikschas – überdachten Zweiräderkarren, die von Kulis gezogen wurden – trotz des nachlassenden Regens zum Asphodelien-Park hinaus, besah sich die neuen Grundstücke und wurde handelseinig, was beiderseits große Befriedigung auslöste. Pi-shan hatte vor allem darauf geachtet, ob die Akademiker nicht etwa versuchten, ihrem Dr. Li eines der zahlreichen Gräberfelder anzudrehen, die man überall und oft auf den besten Acker- oder Parkflächen antraf. Denn dann wäre es unmöglich gewesen zu bauen. Es hätte einen Volksaufstand zur Folge, wenn jemand es wagte, die Grabesruhe der ehrenwerten Vorfahren zu stören. In dieser Hinsicht waren die Chinesen – so erklärte es Pi-shan – unerbittlich. Es gab Gegenden mit so wenig guten Ackerböden, daß die kinderreichen Bauernfamilien nicht genug Reis oder Hirse anbauen konnten, und trotzdem benützte man die besten Böden für ausgedehnte Gräberfelder. Denn Gräber wie Häuser kamen genau dorthin, wo es die Geomanten oder „Ri-shis" nach ihren bedeutenden und sehr wichtigen Methoden bestimmten.

Auch Dr. Li müsse einen derartigen „Ri-shi" bemühen, bevor er Kloster und Kirche bauen könne – andernfalls konnte es sein, daß kein der Naturkräfte bewußter Chinese später sein Haus oder die Kirche betreten würde. Es sei ein Glück gewesen, daß der Regen die Verzögerung gebracht hatte. Die erste Baugrube war überstürzt und ohne Geomantenbefragung ausgehoben worden.

Obschon Dr. Li von Aberglauben wenig hielt und der festen Überzeugung war, daß ein über das Land ausgesprochener Segen und die christliche Weihe des Grundsteines wirksam genug seien, erlaubte er es doch, daß sich die eifrige Pi-shan um die Herbeizitierung eines bekannten Geomanten und „Ri-shi" bemühte.

Der Pater, der in der klassischen Bildung des alten Griechenlands und Roms erzogen worden war, wußte, daß auch die Zeitgenossen des Perikles oder des Appius Claudius allerhand Vorzeichen, Auspizien und Opfergebräuche ausgeübt hatten, bevor sie an dem für geeignet befundenen Platz die Umgrenzung des „Pomariums" durch eine Pflugfurche und die Grundsteinsetzung vorgenommen hatten.

Als der große Regen nach vierzehn Tagen endlich aufgehört hatte und die Sonne herbstlich golden durch die Wolkendecke brach, begaben sich Dr. Li und sein Gefolge zu dem neuen Grundstück und steckten die Grundrisse ab. Der Geomant überprüfte unterdessen mit einem kurios bemalten Kompaß, einem Pendel und einigen Wünschelruten die Güte des Bauplatzes.

Pi-shan sagte, er stelle das „Fang-shue" – den Geist des Ortes – fest.

Sie erklärte auch, wie die tao'istische Lehre den Chinesen völlig mit den Kräften des Himmels, des Wassers und der Erde verbinde, so daß er mit den Geistern und Dämonen ebenso in Harmonie zu leben verstünde wie mit den Göttern. Nach chinesischem Glauben verlaufen überall auf der Erde, in und unter ihr, magnetische Kraftströme.

Die wichtigsten sind jene des „Blauen Drachens" – meist unterirdische Wasseradern, die sehr gesundheitsschädlich sein können, wenn man zum Beispiel direkt über ihnen sein Bett aufstellen wollte – und die des „Weißen Tigers", die in gewissen magnetischen Spannungen bestünden, deren Ausgewogenheit ungemein wichtig für diejenigen sind, die inmitten ihres Strahlungsnetzes leben werden.

Ende September begann endlich der Bau.

Diesmal schien alles glatter und rascher voranzugehen. Bauarbeiter-Kulis meldeten sich zuhauf, um Erdarbeiten zu verrichten, Ziegel zu schleppen und Sand oder Wasser zu tragen, Kalk zu löschen oder ähnlich schwere Hilfsdienste zu tun. Aber auch tüchtige Handwerker, vom Maurer bis zum Zimmermann, vom Schlosser bis zum Tischler fanden sich, um für ein paar Kaesch am Tag zu arbeiten. Die Akademiker hatten Wort gehalten, sie lieferten Ziegel, Bauholz und andere Materialien. Die beiden Patres, die nun von früh bis spät auf dem Bauplatz weilten, führten die Aufsicht, erklärten die Pläne und legten auch selber mit Hand an.

Seit einiger Zeit trug auch Pater Ruggieri eine Bonzenkutte, ja er bemühte sich sogar, etwas Chinesisch zu lernen, um mit den Bauleuten sprechen zu können.

Eines Tages erschien auch Herr Wang-P'ai mit kleinem Gefolge wieder und stieg vollmondgesichtig und ölig lächelnd aus seiner Regierungssänfte, um den Fortgang der Arbeiten zu begutachten. Er staunte ebenso wie die Einwohner von Shiu-hing über die feste und mehrstöckige Bauweise, die ungewohnte Einteilung des Ordenshauses, das neben Wirtschaftsräumen, Speiseraum, Bibliothek und Schlafzellen auch einen Platz für eine künftige Schule vorsah. Auch bei der in Entstehung begriffenen Kirche konnte sich Herr Wang-P'ai nicht vorstellen, welcher Art Tempel das werden sollte. Aber er traute diesen Fremden sehr viel zu. Das „Juwel ohne Preis", dieses lichtbrechende Prisma, und die ihm übergebenen Landkarten hatten ihm die höchste Meinung über die Jesuiten vermittelt.

So zog er unvermittelt einen auf schönes Purpurpapier geschriebenen, vielfach gesiegelten und gestempelten Schutzbrief hervor, den er Dr. Li mit höflichen Worten überreichte. Dr. Li möge dieses amtliche Dokument, das die ehrenwerten Fremden dem ausdrücklichen Schutz des Gouverneurs unterstellte, und das jeden Chinesen aufforderte, deren Eigentum ebenso wie die Personen der Fremden zu achten, an die Kirchentür nageln.

Nunmehr waren die Patres ganz offiziell in China aufgenommen, ihre erste Missionsstation entstand bereits, und die anfänglich etwas schwankende Volksmeinung hatte sich an die Anwesenheit der Fremden gewöhnt. Sie schien nicht mehr unfreundlich zu sein. Es machte ganz den Eindruck, als hätten es Dr. Li und seine Gefährten geschafft. Bald würde man mit der wirklichen Missionierung beginnen können.

Wie günstig die Dinge standen, drückte sich auch darin aus, daß eines späten Oktobertages wieder jener Gardeoffizier, der schon in Macao gewesen war, auf der Baustelle im Asphodelien-Park erschien und mit vielen Verneigungen eine mit Jasminöl duftend gemachte Einladungskarte für die beiden Jesuiten überbrachte. Der Gouverneur bat die beiden „hochgeschätzten und sehr gelehrten Herren" zu einem Mandarinsessen, bei dem auch andere Gäste anwesend sein würden.

Es sah ganz so aus, als würden die Patres nun auch offiziell von der guten Gesellschaft Shiu-hings akzeptiert. Es war sehr glücklich gewesen, daß man sich mit der Akademiker-Vereinigung so gut arrangiert hatte.

An dem betreffenden Abend bürsteten Pater Ricci, alias Dr. Li, und Pater Ruggieri, der Künstler, ihre Bonzenkutten säuberlich aus, rasierten sich noch einmal Bart und Haupthaar, um ganz jenen buddhistischen Bettelmönchen oder Bonzen zu gleichen, von denen sie glaubten, daß sie in China in ebenso hohem Ansehen stünden wie in Europa etwa die Franziskaner. Schließlich galten die armen Brüder der Bettelorden so viel, daß sich viele hohe Herren – Karl V. oder Lorenzo von Medici etwa – hatten in Franziskanerkutten einsargen lassen. Vielleicht wollten sie damit in der Ewigkeit den lieben Gott über ihre üppige Vergangenheit hinwegtäuschen, wenn sie in der Kutte armer Mönche an die Paradiespforte klopften?!

Jedenfalls hatte ja Pater Ricci-Dr. Li schon in Macao diesen Analogieschluß zwischen Franziskanertum und buddhistischen Bonzen gezogen und sich ausgedacht, daß er als Chinese gerade in jener Aufmachung den Chinesen am raschesten nahekommen würde. Deshalb betonte er das Bettelmönchstum auch durch seinen Lebensstil und verzichtete bewußt auf die Benutzung einer Sänfte oder Rikscha. Er und Pater Ruggieri, der ihn ja getreulich kopierte, gingen auf Sandalen den langen Weg vom Klosterbauplatz bis zum Gouverneurspalast bescheiden zu Fuß, obschon ihnen ausdauernd die trabenden Füße von Sänften- und Rikschakulis folgten und die Taxileute ihnen pausenlos ihre Beförderungsmittel anboten.

Nein, sie wollten Bescheidenheit und Volksverbundenheit demonstrieren und ahnten nicht, daß sie damit unaufhörlich an „Gesicht“ verloren.

Der Tataren-Offizier, der die Patres schon am Palasttor erwartete, war sehr erstaunt, ja beinahe entsetzt, als er die beiden Ehrengäste des Gouverneurs zu Fuß daherkommen sah und ihr Gefolge an Taxi-Kulis und Straßenjungen bemerkte. Die hochgelehrten Fremden, von deren Künsten und Fähigkeiten soviel Aufhebens gemacht wurde, sahen ja aus wie gewöhnliche Bonzen!

Der Offizier in seiner bizarren „Drachenrüstung“ geleitete Dr. Li und Pater Ruggieri jedoch sehr höflich in den Hof und den Gouverneurspark, wo rings um einen hellerleuchteten Pavillon riesige, bunte Lampions leuchteten, die an langen, schräg gestellten Bambusstangen hingen. Hier würde das Festmahl stattfinden.

Wang-P'ai persönlich kam ihnen rundlich und mondgesichtig entgegen. Er trug ein Mandarinskleid aus schwarzem und rotem Atlas, sein Brustschild und die Satinkappe, die sehr derjenigen der Jesuiten glich – nur daß sie von einem geblümten Korallenknopf gekrönt war.

Als Dr. Li und Ruggieri höflich im Kotau auf den ausgelegten Seidenteppich niederfallen wollten, hatte er die hohe Gnade, dies zu verhindern, indem er sich selber leicht verneigte und die Hände gekreuzt vor die Brust legte, worauf es auch die beiden Jesuiten bei einer sehr tiefen Verbeugung beließen.

Auch Herr Wang-P'ai schien ein wenig verwundert darüber, daß seine Gäste wie schon früher in diesen schäbigen Bonzenkutten erschienen waren, doch ließ er sich davon nicht beirren und stellte sie seinen übrigen Gästen vor.

Das hell von Lampions und Laternen erleuchtete Teehaus war von einer sehr ausgezeichneten Gesellschaft und deren Geschnatter angefüllt. Sogar Damen waren diesmal anwesend: ein Getümmel von Seide und Atlas, von Brokat und Samt in Rot, Blau, Gold, Grün und Silber, alles Mandarine mit ihren Frauen, die hochgesteckte, mit Edelstein- und Perlkämmen geschmückte Frisuren und von Stirnbändern herabfallende Fransen von Seidenfäden oder Glasperlenschnüren wie Gesichtsschleier trugen. Dr. Li war einen Augenblick von so viel Pracht verwirrt, Ruggieri verbeugte sich unausgesetzt und murmelte die eingelernten Phrasen der Begrüßung.

Dann erblickte Dr. Li den, auf den er so lange gewartet hatte: Herrn Ch'ü-Tai-su, Mandarin vom Kristallknopf mit dem Brustschild des Silberfasans! Er trug ein Seidengewand mit herrlichen Ko-Stickereien an Ärmel und Kragen in Resedagrün. Und neben ihm, in ihrem rosenfarbenen Kimonokleid als Chinesin aufgemacht, stand schwarzäugig und olivenfarben Joanna, die Tochter Don Gaspar Viegas.

Der Gouverneur bat zu Tisch.

Dr. Li hatte einen Ehrenplatz gegenüber dem Gouverneur und Joanna an der Seite Herrn Ch'üs zugewiesen bekommen. Auf seiner anderen Seite saß eine ziemlich dicke chinesische Dame, die sehr bescheiden zu Boden blickte und vornehm schwieg.

Die Tafel bestand aus einer Anzahl dicht nebeneinander gestellter, runder Tischchen, deren krumme Lackbeine nur fußhoch waren, so daß man mit untergeschlagenen Füßen auf Seidenkissen kauerte, was auf die Dauer für Europäer sehr ermüdend und unbequem, für Chinesen jedoch alltäglich war.

Die Diener begannen zu servieren, und der Gouverneur stellte huldvoll ein Schälchen mit süß-saurem Schweinefleisch, das in Honig gebraten war, vor Dr. Li und machte ihn auf dessen Vorzüge aufmerksam. Andere hohe Gäste reichten sich gegenseitig, als Zeichen von Wertschätzung und Hochachtung, mit den Elfenbeinstäbchen Leckerbissen zu, so daß zunächst ein Höflichkeitsgeschnatter rings um die Tischchen lief.

Dr. Li hatte längst schon gelernt, manierlich mit Stäbchen zu speisen, und machte davon eifrig Gebrauch. Er war sogar kühn genug, die Geste Herrn Ch'üs, der ihm ein besonders schmackhaftes Stück gequetschter Szechuan-Ente vorgelegt hatte, mit der gleichen Geste zu erwidern, indem er nach einiger Zeit seinem Tischnachbarn das Flakon mit der Sojasoße reichte.

Pater Ruggieri quälte sich mit den Stäbchen und mehr noch mit dem Dutzend chinesischer Redensarten, die er mühsam genug gelernt hatte. Er wiederholte sich ständig und geriet bei seinen sehr höflichen Tischgenossen in den Ruf, ziemlich ungebildet zu sein. Man schätzte ihn als „Beamten eines Beamten“ und als Dr. Lis Gehilfen ein.

Endlich begann Herr Ch'ü mit Dr. Li auf eine Weise zu sprechen, wie sie es seinerzeit auf der „Sao Luiz“ getan hatten: ohne größere Umschweife und über einen festen Gegenstand. Seltsamerweise benutzte Herr Ch'ü nun nicht mehr die chinesische, sondern die portugiesische Sprache, obwohl das Geschnatter und Gekicher ringsum ohnedies die sehr leisen Worte Herrn Ch'üs verschlang.

Trotz dieser Vorsicht schweifte der rasche Blick Herrn Ch'üs häufig ans Ende der Tafel, wo in azurblauer Seide der Mandarin Shen ziemlich schweigend saß. Und gelegentlich begegneten sich ihre Augen wie zwei Degenklingen, die sich kreuzen. Der sehr niedere Mandarin Shen war auf ausdrücklichen Wunsch von Herrn Ch'ü eingeladen worden, obschon sonst keiner am Tische saß, der nicht wenigstens den Achatknopf getragen hätte. Über den Schultern der meisten Herren wippten zudem eine oder mehrere Pfauenfedern, hohe Orden, wie sie nur Peking verlieh. Auch Herr Ch'ü trug drei dieser Federn. Herr Shen hatte keine.

„Po-hi Li-Ma-tou, Ehrenwerter!" flüsterte Ch'ü, „ich bin vor allem deswegen nach Shiu-hing geeilt, um die Freude Ihres Anblikkes zu genießen!"

„Da hast du dir aber Zeit gelassen", dachte Dr. Li, erwiderte jedoch höflich und nun ebenfalls das Portugiesisch benutzend: „Mir geht es genauso, Verehrter! Ich habe sehr viel an Ihre Hochwichtigkeit gedacht!"

„Danke, geehrter Lehrer. Nun aber werden wir uns öfter sehen, wonach mein ganzes Herz drängt."

„Ich werde entzückt sein, sehr Ehrenwerter, wenn Sie mir demnächst die unverdiente Auszeichnung zukommen ließen, den Neubau meines Klosters zu besuchen!"

„Das werden Joanna, die meine sehr angesehene Gattin und die ausgezeichnete Mutter meines Sohnes ist, und ich Unwerter selbst gerne tun. Wir brauchen nämlich Ihren bedeutenden Schutz, Dr. Li, ich meine den Schutz vor bösen Einflüssen und unguten Geistern. Sie werden so gütig sein, unseren sehr ausgezeichneten und begabten, aber noch sehr kleinen Ch'ü zu taufen und bei dieser Gelegenheit endlich Joannas lang gehegten Wunsch erfüllen, uns nach christlich-katholischem Ritus zu trauen. Sie hat keine Ruhe sonst."

Nach einiger Zeit fügte er mit listigem Lächeln hinzu: „Und ich auch nicht!"

Dr. Li saß in der Klemme. Er wußte nun zwar, was Herrn Ch'ü veranlaßt hatte, nach Shiu-hing zu kommen und vermutlich auch die Einladung zu diesem Essen zu arrangieren, aber es hatte sich unterdessen nichts an der Sachlage verändert.

So erwiderte er, vorsichtig die Worte abwägend: „Hochzuverehrender Herr Ch'ü, was Ihren hervorragenden Sohn anbelangt, zu dessen Geburt ich Sie und Joanna übrigens besonders beglückwünsche, so gibt es hier keine Schwierigkeiten! Bringen Sie ihn zu mir ins Kloster, und ich werde ihn mit Vergnügen taufen. Bei Ihnen selbst, Ausgezeichneter und Ehrenwerter, kann und darf ich das jedoch nicht und damit kann ich Sie auch nicht nach katholischem Brauch trauen. Dazu müßten Sie zuerst Christ sein und die Regeln und den Glauben unserer Religion angenommen haben. Das aber bedeutet eine Prüfung in unseren Dogmen. Hat vielleicht unsere kluge und verehrte Joanna Sie unterdessen im katholischen Glauben unterwiesen? Das würde alles vereinfachen."

Herr Ch'ü legte dem Pater einige Morcheln mit Guavefrüchten vor.

Dann wechselte er einige höfliche Worte mit seinem Oheim Wang quer über den Tisch auf chinesisch, worauf ihm dieser persönlich die Schale mit Reiswein füllte. Plötzlich wandte sich Herr Ch'ü, als sei ihr Gespräch niemals unterbrochen gewesen, wieder Dr. Li zu und fragte in Portugiesisch, was das für eine seltsame Religion sei, die einem kleinen, neugeborenen Kind zugestand, was sie dessen ehrenwertem und wohlbelehrtem Vater verweigere: die Taufe nämlich.

Aber er ließ Dr. Li gar nicht zu einer Entgegnung kommen, sondern beendete das Thema ziemlich abrupt.

„Ich habe viel über Ihre Religion und auch über Sie, Verehrter, nachgedacht! Doch bin ich zu keinem Ende gekommen. Was mir notwendig erscheint, hochzuschätzender und sehr gelehrter Freund, ist ein demnächst stattfindendes Gespräch über den Sinn Ihrer Religion. Auch mein Oheim Wang, der sehr bedeutende Gouverneur dieser Provinz, ist sehr daran interessiert!"

Dies war – neben vielen höflichen Redensarten – das praktische Ergebnis des Mandarinsessens im Hause des Herrn Wang-P'ai. Mit Joanna konnte der Pater kein Wort wechseln.

24

Herr Ch'ü und Joanna blieben in Shiu-hing.

Aber trotz jener Andeutung über kommendes Zusammensein sah und hörte Dr. Li lange Zeit nichts mehr von den beiden. Er wußte nur, daß der große Ch'ü mit seiner europäischen Frau in der Stadt weilte, weil dies gelegentlich von anderen chinesischen Würdenträgern erwähnt wurde.

Seit die beiden Jesuiten beim Gouverneur zum Mandarinsessen eingeladen und der guten Gesellschaft vorgestellt worden waren, wurden sie offensichtlich zu dieser gezählt. Immer wieder kamen höfliche Einladungen in die Kangs von hohen Mandarinen oder reichen Kaufleuten zum Tee oder zum Essen. Meist jedoch bezogen sich diese nur auf Dr. Li, nicht aber auf Pater Ruggieri, den man nicht für gleichwertig hielt. Sein Chinesisch war zu schlecht.

In Dr. Lis portugiesisch-italienisch-chinesischem Wörterbuch, an dem er immer noch eifrig weiterarbeitete, standen nun schon an die 12.000 Begriffe. Damit konnte er sich in der hochgestochenen und etwas bildungsstolzen Gesellschaft Shiu-hings recht gut behaupten. Aber trotz dieser Anerkennung, die Dr. Li gefunden hatte, spürte er doch immer wieder eine gewisse Herablassung, welche gerade die Akademikerkreise ihm gegenüber deutlich zeigten. Es gab da etwas, das die Herren Mandarine veranlaßte, sich dem Fremden gegenüber überlegen zu fühlen und ihm diese Überlegenheit auch durch Mißachtung der sonst so sehr gepflegten guten Manieren zu demonstrieren.

Noch war Dr. Li nicht voll akzeptiert. Pater Ruggieri wurde sogar meist übersehen.

Was mochte es sein, daß sie Dr. Li nicht für voll nahmen? Sie bewunderten offensichtlich seine bedeutenden Kenntnisse in Mathematik, Astronomie, Chemie und Physik, sie bestaunten seine seltsamen Instrumente, Apparate, sein Prisma und seine Karten und gaben manchmal sogar zu, daß es in China Gleichwertiges nicht gäbe. Und doch zeigten sie ihm ein durch nichts begründetes Überlegenheitsgehabe, das Dr. Li oft an das Benehmen des europäischen Adels gegenüber Bürgerlichen erinnerte. Da war es ja auch üblich, daß irgendein spanischer Grande, ein italienischer Conte, ein deutscher Reichsgraf, der kaum lesen und schreiben konnte und im übrigen dumm wie Bohnenstroh war, lediglich auf sein Wappen pochend, im Bewußtsein seiner Ahnenreihe und seiner Titel einem hochgradigen Gelehrten oder genialen Künstler nur deswegen, weil dieser aus bäuerlichem oder bürgerlichem Geschlecht stammte, Verachtung, Arroganz und Hochnäsigkeit zeigte.

Worauf aber waren diese Chinesen so stolz?!

Hier gab es doch weder Adel noch Feudalismus! China war ein

sehr demokratisches Land. Jeder Schweinehirt oder Kuli konnte, wenn er nur die Schulen durchlief und die Mandarinsprüfungen bestand, zu jedem beliebigen Rang aufsteigen und wurde von dieser im Grunde klassenlosen Gesellschaft akzeptiert. Dr. Li wußte inzwischen, daß selbst die meisten der großen Kaiserdynastien mit all ihren „Himmelssöhnen“ aus bäuerlichem oder bürgerlichem Blute hervorgegangen waren.

Die Chinesen verehrten zwar ihre hochgeschätzten Ahnen sehr intensiv, aber sie rechneten sich diese nicht in dem Sinne gegenseitig vor, wie das in Europa üblich geworden war. Es konnte also nicht im Bereich der Abstammung oder der sozialen Schichtung liegen, wenn diese Mandarine eine gewisse Arroganz zeigten. Sie fühlten sich durch ganz andere Fakten überlegen.

Herr Ch'ü hatte Pater Ricci früher einmal ein Zitat des großen Kung-fu-tse-Schülers Meng-tse gesagt, an das er nun – da er Dr. Li geworden war – öfter denken mußte: „Wo Bildung ist, gibt es keine Klassenunterschiede!“ Und Herr Ch'ü hatte hinzugefügt: „Durch Bildung werden selbst die Söhne des gemeinen Volkes groß, ohne Gelehrsamkeit vermischen sich die Söhne der Großen mit der gemeinen Menge!“

Vielleicht lag hier der Schlüssel zum Verständnis jener leicht reservierten Haltung, welche die Oberschicht immer noch gegen Dr. Li einnahm?

Dr. Li glaubte zu erkennen, daß weder sein Wortschatz, der dem eines mittleren Beamten glich, noch seine Kenntnis der chinesischen Literatur ausreichten, um die ganze Anerkennung der Oberschicht zu erringen. Und doch sagte er sich, daß es dies nicht allein sein konnte; denn zugleich anerkannten ja die gleichen Männer, die ihn oft wie einen minderwertigen Menschen behandelten, seinen Vorrang an naturwissenschaftlichem Wissen.

Einer dieser Mandarine, den er einmal um eine chinesische Definition von Wissenschaft gebeten hatte, gebrauchte ein Wort Meister Kung-fu-tses: „Wissenschaft bedeutet Kenntnis der Menschen!“

Und da man vordem eben von Menschlichkeit gesprochen hatte, mengte sich ein sehr junger Mandarin namens Shen, ein Mensch in Azurblau mit dem weißen Knopf, ein und sagte: „Und Menschlichkeit ist Liebe zum Volk! Auch das ist ein Wort Meister Kungs.

Liebe zum Volk jedoch heißt Gerechtigkeit, Unterdrückung der Korruption und Vermeiden ungerechtfertigter Bereicherung!"

Worauf ihn einige hohe Mandarine beinah böse angeschaut hatten.

Oft versuchte es Dr. Li bei derartigen Gesprächen, einige christliche Ideen und Lehren hineinzumischen und seine Zuhörer zum Nachdenken über religiöse Maximen zu bringen. Er begann seine Missionierung sehr vorsichtig und wollte zuerst die Neugierde der Gebildeten erwecken, bevor er mit einer systematischen Belehrung nachstoßen konnte.

Wenn etwa vor Beginn eines Gastmahls der Hausherr etwas Reiswein für die Geister der Ahnen versprengte oder ein Schälchen mit Opfergaben vor ein Götzenbild stellte, so fügte auch Dr. Li einen Segenswunsch hinzu, der sehr christlich klang, und auch er sprach von der Harmonie, die zwischen Himmel, Erde und Mensch herrschen müsse und die nur durch Religion zu erreichen sei.

Als man ihn daraufhin fragte, was dies denn sei, was er unter Religion verstünde, hielt er nicht etwa ein Kolleg über christliche Dogmatik, sondern übersetzte einfach das Wort aus dem Alt-Lateinischen mit „religio" ist gleich „Bindung", Bindung des Menschen nämlich an etwas Höheres. Damit fand er auch Beifall und allgemeines Kopfnicken.

Und dennoch blieb immer noch eine gläserne Wand zwischen ihm und den Hochgestellten – irgendeine hindernde Schwelle, über die er nicht hinwegkam.

Er wußte nicht, was es war.

Seine Studien der chinesischen Sprache und der klassischen Literatur betrieb er am späten Abend und in der Nacht. Auch setzte er Pi-shans Religionsunterricht fort. Das Mädchen zeigte ihm ihre naive Übertragung des Markus-Evangeliums ins Chinesische, er korrigierte sie und fand sie sehr nützlich.

Der Bau von Ordenshaus und Kirche war gut vorangekommen. Gegen Ende November stand der Rohbau, und die Dächer sollten gedeckt werden. Aber nun, wo es um Dachziegel, Arbeitslöhne und Inneneinrichtung ging, zeigte sich, daß das mitgebrachte Geld zu Ende ging. Pater Ruggieri, der die Verwaltung der Kasse übernommen hatte, kam zu Dr. Li und drückte seine Bedenken wegen der Finanzen aus.

Das war eine um so schlimmere Sache, als die Jesuitengesellschaft in Shiu-hing weder irgendwelche Einnahmen noch Besitzungen, Kredit oder Gönner hatte. Wie sollte es weitergehen, wenn man eines Tages zugeben mußte, sich nicht nur wie Bettelmönche zu kleiden, sondern auch tatsächlich solche zu sein?!

Was Geld und Besitz anbelangte, waren die Chinesen sehr realistisch.

Sogar die einfachen Kulis und Tagwerker bemaßen das Niveau ihrer Hochachtung nach dem Vermögen dessen, mit dem sie zu tun hatten. Von den oberen Schichten war ganz zu schweigen. Deren Sympathie und Achtung galten nur dem, der über ausreichende Mittel verfügte oder den sie für einigermaßen reich hielten.

Dr. Li mußte demnach unter allen Umständen Geld beschaffen, um nicht den halbfertigen Bau und seine gesellschaftliche Position zu verlieren.

Da konnten im Grunde nur wieder die Viegas oder Macao überhaupt helfen. Er schrieb also einen entsprechenden Brief an Don Gaspar, in dem er von seinen Erfolgen und Nöten sprach, und den er mit einem Begleitschreiben an Herrn Ch'ü im Gouverneurspalast sandte. In diesem zweiten Schreiben teilte er Herrn Ch'ü seine Sorgen mit und bat ihn um Beförderung des Briefes an die Viegas.

Da es gewiß eine Weile dauern würde, bis Antwort kam, überbrückte Dr. Li die momentane Ebbe in der Kasse des Paters Ruggieri, indem er ein zweites Prisma – das er in seinem Gepäck mitführte – an einen reichen Kaufmann in Shiu-hing für 50 Silbertaels verkaufte.

Dieses Geschäft, das alsbald bekannt wurde, gab dem Kaufmann sehr viel Gesicht, weil er damit dem Gouverneur gleichkam. Viele Leute besuchten nun den Kaufmann in seinem Hause, nur die Mandarine blieben fern. Sie besichtigten nach wie vor das Prisma des Gouverneurs, und dieser selbst, der anfangs über den Verkauf eines zweiten „Juwels ohne Preis" ziemlich ärgerlich gewesen war, wurde wieder beruhigt. Jetzt wurden Haus und Kirche mit Glasurziegeln gedeckt, und immer mehr Akademiker kamen samt ihren Familien, um das wunderschöne Gebäude anzusehen. Dabei benahmen sie sich höchst ungeniert, liefen durch alle Räume, prüften die Festigkeit der Mauern oder die Täfelung der bereits verputzten Kirche und erklärten – ohne viel nach Dr. Lis Zustimmung zu fragen –, daß dies sehr gute Räume für künftige Festessen, auch für Gelage und intimere Veranstaltungen seien. Sie versprachen, nach deren Fertigstellung davon Gebrauch zu machen.

Wieder begegnete Dr. Li dieser unausgesprochenen Herabsetzung und Mißachtung, die er offenbar nicht überwinden konnte und deren Ursachen er nicht begriff.

Und dann endlich kam Herr Ch'ü. Es waren mehr als vier Wochen seit dem Mandarinsessen im Hause des Gouverneurs vergangen. Vielleicht war Herr Ch'ü wegen der abermaligen Ablehnung seiner Wünsche verstimmt gewesen und hatte darauf gewartet, daß die Jesuiten langsam nachgiebiger sein würden.

Er kam ohne Joanna und ohne das Kind. Auch sprach er diesmal weder von Taufe noch von Trauung.

Eingehend besichtigte er Kloster- und Kirchenbau, ließ sich alle Funktionen und Pläne erklären und schien sehr befriedigt.

„Vielleicht", sagte er, „wird eines Tages eine schöne und sehr fest gemauerte Faktorei daneben stehen! Es ist ein sehr geehrter Bau!"

Dann gingen sie in die kleine Bretterklause, die sich Pater Ricci-Li seit seinem Auszug aus dem Gouverneurspark neben die Baustelle gestellt hatte. Der große Mandarin setzte sich unaufgefordert auf einen der primitiven Stühle.

„Wieviel Geld brauchen Sie, Hochzuverehrender?" sagte er.

Dr. Li war ziemlich überrascht. Er hatte nicht gedacht, daß die Antwort von Don Gaspar schon eingetroffen wäre.

„500 Silbertaels wären notwendig, wenn alles seine Ordnung bekommen soll!"

„Gut, Verehrungswürdiger! Ich bringe Ihnen 1000 mit! Damit werden Sie eine Weile auskommen. Und Don Gaspar wird mir alles zurückbezahlen, ich bin jetzt sein Teilhaber im Kow-lun- und Whampoa-Geschäft."

Dr. Li war sehr gerührt und ebenso überrascht. Er bedankte sich vielmals und setzte dann ein wenig schelmisch mit dem Zeigefinger drohend hinzu: „Ihre Großzügigkeit, Ehrenwerter, besitzt aber keinerlei Einfluß auf meine Ansicht hinsichtlich der Trauung!"

„Das weiß ich inzwischen, Hochwürdiger", lächelte Herr Ch'ü. „Nein, über dieses sehr wissenswerte Thema werden wir demnächst sprechen, wenn ich Sie zu einem Religionsgespräch mit meinem Oheim, dem hochachtbaren Herrn Wang-P'ai, einladen werde! Dann wollen wir auch den kleinen, sehr talentierten Ch'ü taufen. Es geht natürlich nicht, daß dieses Kind getauft ist und sein hochachtbarer Vater etwa nicht."

Dr. Li sprach Herrn Ch'ü nun auch daraufhin an, was das seltsame Verhalten der Akademiker ihm gegenüber zu bedeuten habe.

Da erlaubte sich Herr Ch'ü, sein wie aus knorrigem Eichenholz geschnittenes Gesicht in mildem Lächeln widerspiegeln zu lassen. Er gab Pater Ricci einige ebenso einleuchtende wie deutliche Erklärungen.

„Sie haben, o Hochwürdiger, einige sehr entscheidende Fehler und Irrtümer begangen, die zwar nicht auf einen modernen und überlegenen Menschen wie mich, jedoch auf die rückständigen und oft sehr traditionsgebundenen Mandarine der Provinz einen ungünstigen Eindruck gemacht haben.

Es ist ganz unmöglich, daß Sie sich wie ein Bonze kleiden und zurichten! Legen Sie sich die kostbaren Seidengewänder eines Hochgestellten zu, lassen Sie Haupt- und Barthaar wachsen, das sind Dinge, die einem Chinesen Ehrfurcht abnötigen! Die Bettelmönche des verehrungswürdigen Bodhisattva Amitabha stehen nicht sehr hoch im Kurs in diesem Lande. Es sind zu viele Schwindler, Faulpelze und Idioten darunter. Es ist bezeichnend, daß der Vetter T'sai des Vizekönigs, ein sehr widerlicher Mensch, als er Schiffbruch erlitten hatte, und in ziemlich unzureichender Bekleidung den Heimweg suchen mußte, sich die Kutte eines Bonzen gestohlen hat. Zu diesem ekelhaften T'sai paßte die Bonzenkutte; nicht aber zu Ihnen, der Sie ein großer Gelehrter sind!

Das ist aber nur e i n Fehler, Hochwürdiger. Sie haben leider noch mehrere andere gemacht."

„Und welche, Verehrter?!"

„Sie dürfen niemals zu Fuß mit Sandalen gehen, wenn Sie nicht das Gesicht verlieren wollen. Jetzt besitzen Sie 1000 Taels! Lassen Sie sich eine Mandarinssänfte mit einem schönen Wappen anfertigen und benützen Sie künftig diese, wenn Sie Besuche machen. Sonst müssen sich ja Ihre Gastgeber schämen, wenn Sie wie ein Landstreicher ankommen! Ferner müssen Sie bei jeder Einladung nicht nur kleine Geschenke mitbringen, sondern diese auch – wie es die Sitte will – im Vorraum in das Gästebuch eintragen. Tun Sie das nicht, und der Gastgeber findet am nächsten Tage bei Durchsicht seines Buches Ihren Namen und Ihr Geschenk nicht, fühlt er sich entweder beleidigt oder er hält Sie für einen Bauern. Und dann ist da noch etwas!"

Pater Ricci hatte sehr aufmerksam zugehört und nickte zustimmend. Er verstand nun manches. Die Bonzen in China waren offenbar doch nicht mit den Franziskanermönchen des christlichen Abendlandes zu vergleichen.

„Was habe ich weiter falsch gemacht, mein wohlwollender und gescheiter Herr Ch'ü?"

„Sie müssen Ihren Namen, wenn Sie ihn nennen und wenn Sie ihn, wie ich Ihnen rate, alsbald auf schöne purpurrote Visitenkarten drucken lassen, ein wenig ändern oder aufpolieren! Ich habe Ihnen seinerzeit den Namen eines Po-hi Li-Ma-tou verliehen, das bedeutet auf Portugiesisch Dr. Ricci Matteo. Es ist ein Familienname und Vorname. Im Chinesischen tut man das nicht. Man empfindet es als grobe Taktlosigkeit, wenn man jemanden mit dem Vornamen anspricht. Die Höflichkeit gebietet den Gebrauch eines Ehrennamens. Dieser jedoch fehlt Ihnen.

Deshalb rate ich Ihnen, lassen Sie auf Ihre Karten drucken: Po-hi Li-Ma-tou Hs'i-T'ai. Dann haben auch Sie einen Ehrennamen, der soviel wie Fernwest bedeutet."

„Ich werde all Ihre wohlgemeinten Ratschläge befolgen, hochverehrter Herr Ch'ü. Nur die Bart- und Haupthaare werden eine Zeit brauchen, dies ebenfalls zu tun!"

Beinahe hätte Herr Ch'ü laut gelacht, was unverzeihlich gewesen wäre. Er nickte beifällig und antwortete schnell mit einem Zitat des Meisters Kung-fu-tse.

„Der Edle ist universal!" rief er aus. „Deshalb wird auch dies bei Ihnen vermutlich rascher gehen als bei den andern."

Dr. Li änderte seine Lebensform langsam. Er folgte den guten Ratschlägen des Herrn Ch'ü, rasierte sich nicht mehr das Haupt kahl und ließ einen Kinnbart wachsen, der schon bald seine Wangen und sein Kinn mit bläulich-schwarzen Schatten bedeckte. Was die Kleidung anbelangte, so ließ er sich einen der Mandarinsgewandung ähnlichen Kaftan aus schwarzer Seide anfertigen, zu dem eine breite, mit Goldstickereien bedeckte Schärpe und, um den Kragen gewunden, das Zingulum getragen wurde. Auf ein Brustschild verzichtete er, da er kein Recht besaß, sich eines chinesischen Akademikergrades zu rühmen. Anstelle seines inzwischen schäbig gewordenen Priesterbiretts ließ er eine etwas höhere, jedoch ähnlich geformte Kopfbedeckung für sich und Pater Ruggieri bei einem chinesischen Hutmacher anfertigen, ließ aber auch dabei die Mandarinsknöpfe fort.

Auch Visitenkarten nach Angaben des Herrn Ch'ü ließ er drucken, die er fortan bei Einladungen verwendete. Pater Ruggieri tat es ihm in allen Dingen gleich. Zum Abschluß solcher Verwandlung schaffte er sich eine vornehme Sänfte mit dunkelroten Vorhängen und mit aufgemalten Wappenbildern an. Als Wappenbild wählte er das Kreuz des Herrn auf der einen Seite, das IHS-Zeichen auf der anderen. Da die Privatsänften der oberen Stände fast ausnahmslos mit Blumenmustern, mythologischen Darstellungen oder bizarren Drachen bemalt waren, beschloß Pater Ricci etwas Ähnliches tun zu lassen. Und zwar sollte der kunstreiche Pater Ruggieri diese Arbeit vornehmen, was auch geschah.

Wenn schon vornehm – so sagte sich Pater Ricci –, dann gleich richtig, und wenn schon Bilder, dann solche, die Neugierde und Diskussion erwecken würden. Man konnte die Mission auch mit der „biblia pauperorum" beginnen, wie das seinerzeit Giotto oder die Freskenmaler der Maniera greca getan hatten.

Auch in dieser Frühzeit des christlichen Abendlandes, als nur wenige im einfachen Volk lesen und schreiben konnten, hatten die Kirchenmaler die langen Erzählfolgen der Leidensgeschichte Christi, des Jesus- oder Marienlebens, das Wirken der Heiligen und andere evangelische oder biblische Geschichten einfach an die Kirchenwände gemalt, damit die Leute etwas zum Sehen und Besprechen bekamen. Wenn dann noch eine gewisse Erläuterung durch einen klugen Priester hinzukam, so wurde aus Schauen und Neugierde alsbald Religionsunterricht und Mission.

Das gleiche beschloß Dr. Li nun mit der neuen Staatssänfte zu beginnen und später durch Pater Ruggieri in der Kirche fortsetzen zu lassen.

Dieser malte einige dramatische Szenen von Christi Kreuzestod und seiner Auferstehung auf die frisch lackierten Wände der Sänfte. Wenn Dr. Li nun in all seiner Pracht vor einen Kang getragen wurde und seine Träger-Kulis den Tragstuhl vor dem Hause absetzten und auf seine Rückkehr warteten, sammelten sich alsbald Neugierige aus der Dienerschaft oder von der Straße an, um die seltsamen Bilder zu betrachten und die Träger zu befragen, was diese zu bedeuten hätten.

Pater Ricci hatte seine Sänften-Kulis längst belehrt, was Inhalt und Bedeutung der Bildszenen seien, und diese gaben alles nicht ohne Stolz wieder.

Oft entstanden längere Diskussionen mit Passanten oder den Hausbewohnern über diese sehr geheimnisvollen Dinge. Viele begannen sich für die christlichen Lehren zu interessieren. Sie würden später, wenn die Kirche fertig war und ihre Gottesdienste aufnahm, in die neue Jesuitenkirche laufen, um mehr zu erfahren.

Dann sollten sie staunen über die große „biblia pauperorum“, die Pater Ruggieri bereits mit viel Kunstfertigkeit und Phantasie an die nackten Wände zu pinseln im Begriffe war. Dr. Li würde die Kanzel besteigen und mit der Erklärung und Ausdeutung der Bildstreifen beginnen.

Vorerst jedoch war die Sänfte die Reklametafel der „Societas“. Und sie tat ihre Wirkung, so wie das veränderte Aussehen und Auftreten der Patres die ihre tat. Wenn er nunmehr eingeladen wurde, so lief alles ganz anders ab als zuvor. Die feine Gesellschaft begann ihn nun sehr ernst zu nehmen und wie einen von Ihresgleichen zu behandeln.

Jetzt nahm Dr. Li die an „Dr. Li-H'si-T'ai“ – den „Doktor Li aus Fernwest“ – addressierten Einladungskarten aus den Händen der Diener entgegen und las sie. Diese Einladungen lauteten jetzt so, wie es einem hochgestellten Gast gebührte: „Wir haben die Becher, Schalen und Teller gespült und allerlei Gemüse-, Fisch- und Fleischspeisen für ein Gastmahl in unserem Hause vorbereitet. Wir bitten sehr, Euer Ehrwürden, uns die Auszeichnung zu erweisen, an diesem bescheidenen Mahle, das am Abend des kommenden Neumondes stattfinden wird, teilzunehmen!“

Unterzeichnet waren solche Billetts meist mit den roten Stempeln einer hochgestellten Familie und dem Handzeichen eines Mandarins.

Traf Dr. Li dann mit seiner Staatssänfte im Hause seiner Gastgeber ein, so begab er sich in seinen hochhackigen Satin- oder Seidenschuhen in das Kabinett, in welchem das Besucherbuch auflag und wo ein Haushofmeister die Geschenke entgegennahm. Er pinselte zuerst seinen chinesisch geschriebenen Namen auf eine Zeile des Gästebuches und schrieb daneben die Art seines Geschenkes, also etwa „Farbiges Glas“ oder „Buntes Bild, mit Öl gemalt“.

Dann erst schritt er – selber auftretend und aussehend wie all diese Exzellenzen des akademischen Geisteslebens – in den Festsaal, begrüßte und wurde begrüßt, nahm mit graziösen Bewegungen die von Dienern zum Willkomm kredenzten hauchdünnen Porzellantassen mit grünem oder braunem Tee in Empfang und wartete ab, bis der Hausherr als Trankopfer für die Geister ein Glas Wein auf den Boden leerte. Dann ließ er sich zu seinem Platz geleiten, bewunderte auch den Familienmitgliedern gegenüber die schöne Blumendekoration in Vasen und Schalen, bemerkte die Feinheit des bemalten Porzellans in seiner tiefblauen oder rosafarbenen Pracht, er lobte die schönbestickten Tücher, die wie Altardecken von den Tischen zur Erde hingen, und benahm sich nun ganz wie ein vornehmer und hochgestellter Chinese.

Das verlief jetzt alles anders als vorher, als er im bescheidenen Bonzengewand, kahlgeschoren und rasiert dabeigesessen war und so viele gute Manieren außer acht gelassen hatte. Wenn er daran zurückdachte, wurde ihm nachträglich noch heiß und kalt.

Wenn jetzt bei Tische, wie üblich, mit Eifer diskutiert wurde, wurde er immer wieder und oft sogar zuerst um seine Meinung befragt. Man lauschte ihm ehrerbietig, wenn er sich äußerte. Da aber die Gegenstände, die bei den Tischgesprächen abgehandelt wurden, sich fast ausschließlich mit Lebensphilosophie, kung-fu-tsianischer Ethik, Tugendlehre und rechtem Staatsverhalten befaßten und ungemein geistreich unter Verwendung zahlloser Zitate durchgesprochen wurden, war es für Dr. Li ein Leichtes, immer wieder in seine chinesischen Philosophenzitate auch christliche Wahrheiten miteinzuflechten. Er begann die Missionierung, ohne daß die Betroffenen dies zu bemerken schienen. Vor allem wollte er sie neugierig auf die Kirche machen. Die wirklich Suchenden würden dann wohl von selber kommen. Das war sicher eine bessere und vor allem echt jesuitische Methode, die sich sehr von jener der Dominikaner unterschied, die etwa mit aller Macht der Inquisition die Leute zuhauf auf die Marktplätze trieben und ihnen zwangsweise Predigten verpaßten.

So schien alles recht gut voranzugehen, und Dr. Li war sich fast schon sicher, daß seine erste Missionsstation einen bedeutenden Bekehrungserfolg erreichen würde. Er hielt jetzt die China-Mission nicht mehr für so schwierig, wie es aus der Distanz Goas oder auch noch Macaos ausgesehen hatte.

Schon war es ihm geglückt, den alten Franziskaner-Provinzial Pietro d'Alfaro zu widerlegen, der ihm gesagt hatte, nach China zu kommen wäre genauso unmöglich wie den Mond zu betreten.

Er würde, nachdem er die dicht verschlossenen Tore Chinas aufgebrochen hatte, bald auch die ebenso unzugänglichen Herzen der Chinesen zu öffnen wissen. Zu seinem großen Trost hatte er in einem der mitgeführten Bücher, die von China sprachen, den Brief eines Landsmannes aus Italien entdeckt, der zur Mongolenzeit – also um 1294 – nach China gekommen war, um dort als Missionar zu wirken. Dieser Giovanni di Montecorvino war lange am Kaiserhof Jentsungs, des Ur-Urenkels Kublai-Chans, gewesen und 1307 von Papst Clemens V. sogar zum Erzbischof von China ernannt worden.

Dieser Montecorvino schrieb in einem Bericht nach Rom:

„Unter dem Himmel dieses großen Landes leben Menschen aller Rassen und Religionen. Man gibt hier jedoch allen Gewissensfreiheit, denn die Chinesen sind der Ansicht – oder vielmehr in dem Irrtum befangen –, daß jeglicher nach seiner Art selig werden könne. Das gibt uns die Möglichkeit, in völliger Freiheit zu predigen, und wir dürfen sagen, daß wir – die unter Juden und Islamiten nur sehr wenige Missionserfolge hatten – in China bereits sehr viele Menschen bekehrt haben."

Das war es! China war tolerant. Es kannte keine Religionskriege und Ketzerverfolgungen. Die Mission würde viel leichter sein, als alle in Macao und Europa angenommen hatten.

Denn, was einem Montecorvino vor 250 Jahren gelungen war, würde einem Pater Ricci auch möglich sein. Und er sprach Chinesisch, was Montecorvino nicht gekonnt hatte. Seine an der Psychologie der „Societas" geschulten Methoden waren zudem viel wirksamer als jene des ehemaligen „Erzbischofs von China" – dessen kurzlebiger

Missionserfolg ja auch schon nach einem Menschenalter restlos untergegangen war. Für einige Zeit war Pater Ricci sehr euphorisch, als alles so wunschgemäß zu laufen schien. Aber er sollte sich alsbald korrigieren müssen. China war immer voller unvorhersehbarer Überraschungen.

Wenn er seine Aufgabe mit jener Montecorvinos vor 250 Jahren verglich, so hatte er eines übersehen: Montecorvino hatte unter den weltoffenen Mongolenkaisern gewirkt, doch die waren schon ein Menschenalter nach Jen-tsung durch die nationalchinesischen Ming gestürzt worden. Die Ming-Dynastie jedoch hatte sich ganz im Sinne alt-chinesischer Abkapselung sofort wieder feindlich gegen alles Fremde eingestellt und China zugeschlossen wie eine Auster.

Wahrscheinlich waren die Chinesen tolerant, was Religion anbelangte, aber – was Pater Ricci noch nicht verstanden hatte – sie waren auch diesem Thema gegenüber ziemlich indifferent. Es interessierte sie nur mäßig, und sie wünschten keinesfalls missioniert zu werden, dazu waren sie viel zu realistisch. Ihr hohes Maß an Selbstgefälligkeit, ihre Überzeugtheit, daß es nichts Großartigeres auf der Welt gäbe als China, hinderte sie daran, sich ernsthaft mit einem fremden Kulturkreis zu befassen. Sie waren allergisch gegen jede Manipulation ihrer in sich selbst ruhenden Seelen.

Was sie an Dr. Li anzog, war nicht so sehr die Neugierde auf eine andere Religion, sondern vielmehr sein hervorragendes und selbst für die gebildeten Chinesen überraschendes Wissen in den Naturwissenschaften.

Sie bewunderten das Prisma, nicht das Madonnenbild.

Diese ihm noch nicht klargewordenen Hindernisse einer Missionierung sollten Dr. Li alsbald deutlich gemacht werden.

Gegen Mitte Dezember kam die Einladung des Herrn Ch'ü zu einem Religionsgespräch, das in engstem Kreise im Hause des Gouverneurs stattfinden sollte.

Es gab nur ein „kleines Mandarinsessen"; dann wurden Reiswein und Fruchtsäfte gereicht. Als Ort hatten Herr Ch'ü oder der Gouverneur einen sehr kleinen Pavillon gewählt, der ziemlich abseits im Park lag und wahrscheinlich meist anderen und intimeren Zwecken diente.

Anwesend waren außer dem rundgesichtigen Herrn Wang und

Herrn Ch'ü nur noch dieser unbedeutende, junge Mandarin in Azurblau mit dem Porzellanknopf, der Shen hieß und wiederum von Herrn Ch'üs unbegreiflicher Großzügigkeit zugezogen war, und – zu Dr. Lis nicht geringer Überraschung – Joanna Viegas, die uneheliche Gattin Herrn Ch'üs und Mutter des kleinen Ch'ü.

Darum vermutete der Pater zuerst, daß es wieder einmal um Taufe und Trauung gehen würde, in welchen beiden Sakramenten die Chinesen offenbar nur einen Formalismus ohne jegliche moralische, religiöse oder geistige Folgen sahen.

Aber der Pater täuschte sich.

Die Chinesen wollten sich tatsächlich diesmal sehr ernsthaft über den Charakter des Christentums orientieren. Herr Ch'ü führte – offenbar in Verabredung mit der übrigen Gesellschaft – das Wort. Auch Joanna schwieg zunächst und griff erst sehr spät in das Gespräch ein. Sie saß da wie eine Chinesin, nur daß sie die Augen nicht niederschlug, sondern mit großen, runden Augen am El-Greco-Gesicht des Paters hing. Sie hatte einen Zug in ihrem strenger gewordenen Antlitz, der von Nachdenklichkeit und auch von Leiden sprach. Sie hatte sich sichtbar verändert.

„Wir haben uns, o Hochwürdiger", begann Herr Ch'ü, „Gedanken über Ihre Religion gemacht. Sie selbst und vor allem meine ausgezeichnete Gattin Jo-an-nah (er sprach den Namen sehr chinesisch aus) haben mir alles erzählt, was Ihre Religion berichtet: die sehr erstaunliche Geschichte vom leiblichen Sohn des Himmelsgottes, der ein Mensch geworden ist, der gepredigt hat, gefangen und gefoltert wurde und der dann an einem Kreuze starb. Wir haben auch vernommen, daß dieser Jesus Christus aus seinem Grabe auferstanden ist und auf einer Wolke in den Himmel hinauffuhr. Dort sitzt er nun und paßt auf, daß alle Menschen nach seinen Angaben leben, aber er tut nichts mehr dazu, sie besser zu machen, sie daran zu hindern, sich gegenseitig abzuschlachten – was sie dann Krieg nennen – oder all die Verbrechen zu verhindern, die andauernd und ärgerlicherweise auf dieser Welt geschehen. Er schweigt. Nur seine Priester reden den Menschen gut zu und haben allerhand Zeremonien erfunden, um die Menschen im Zaume zu halten. Wenn ich recht verstanden habe – aber mein bescheidener Verstand ist nur begrenzt und sehr unzureichend –, dann ist dies der Hauptinhalt der Religion, die Sie,

Erhabener, Christentum nennen und zu der man nur nach einigem Unterricht durch die Taufe gelangen kann. Was ich Sie, o Wohlbelehrter, nun fragen wollte, ist dies: warum wünschen Sie, daß wir Chinesen, die wir doch im Besitz einer sehr hohen Ethik durch unseren Meister Kung-fu-tse sind, Ihre Religion annehmen? Auch wir versuchen es doch seit langer Zeit, nach den Regeln der Moral, der richtig gelenkten Gesellschaft und den wohlüberlegten Gesetzen des Staates zu leben. Wozu meinen Sie, o Gelehrter, sollen wir Christen werden?"

„Es geht hier nicht um Moral und nicht um Ethik, Verehrungswürdiger!" antwortete Dr. Li. „Worum es einzig geht, ist Gott! Und zu ihm gelangen Sie und auch ich nur durch den Glauben – ich meine den rechten Glauben."

„Was ist der rechte Glaube?" warf nun überraschend der junge Mandarin ein.

„Gibt es denn einen rechten und einen unrichtigen Glauben? Ist nicht jeglicher Glaube eben nur Glaube, ganz unterschieden vom Wissen?"

„Der Glaube an Gott, mein verehrter Freund, ist eine Gnade, die dem Menschen, der sie besitzt, erst die volle Menschenwürde verleiht. Denn alles kommt aus Gott, alles geht zu ihm. Erst wenn wir uns willig einfügen in dieses große Aus- und Einatmen des Ganzen, werden wir ein Teil davon und des Gottes teilhaftig, der in allem und auch in uns lebt. Wir werden unverletzbar, unsterblich und unzerstörbar durch diesen Glauben. Diese Einsicht und Gnade will ich nach China tragen; denn Sie alle werden dann bessere und höhere Menschenwesen sein, als sie es vordem waren. Jesus Christus hat uns als Sohn Gottes diese Hoffnung, diesen Glauben und auch die Liebe zu den Menschen, ja zur gesamten Schöpfung, gebracht, die wir – seine Priester – nun weitertragen wollen."

„Warum sagen Sie, mein sehr Geehrter", fuhr nun Herr Ch'ü wieder fort, „daß erst der Glaube an Gott dem Menschen seine volle Würde verleiht?! Könnte es nicht sein, daß auch ein der Sozialethik des Meisters Kung-fu-tse Verpflichteter sehr viel Gesicht und sehr viel Menschenwürde besäße?!"

„Meister Kung-fu-tse war ein großer und sehr bedeutender Lehrer. Ich bewundere ihn und seine Lebensregeln. Sicherlich wird es gute und sehr moralische Menschen geben, die genau nach der Ordnung Meister Kungs leben und die ihre Menschenwürde dadurch gewinnen. Wie aber ist es mit dem Volk, mit den Unsicheren, den Ungelehrten und den Schwankenden? Ja, wie steht es sogar mit den Hochgebildeten, die so klug sind, daß sie alle Regeln Meister Kungs zu variieren verstehen und für all ihr Tun und Denken stets eine passende Entschuldigung und Erklärung in der klassischen Literatur finden? Ich habe solche Menschen gekannt, sehr geehrter Freund! Sie haben großartige Veranlagungen und bedeutenden Intellekt, aber dieser Intellekt ist so bedeutend, daß er die echte Moral und das Ewige in ihnen völlig erstickt hat. Ich frage Sie nun, o Hochgelehrter: was ist die Selbstauffassung solcher Menschen? Was halten diese selber von sich? Und was halten sie von dem Ziel und dem Inhalt des Lebens?"

Herr Ch'ü antwortete mit einem der berühmtesten Zitate aus dem Meng-tse, jenem zusammenfassenden Leitsatz des chinesischen Lebens: „In fünf Beziehungen verläuft das rechte Leben des Menschen: zwischen Vater und Sohn bestehe Anhänglichkeit, zwischen Herrscher und Beamten Gerechtigkeit, zwischen Gatten und Gattin vornehmens Verhalten, zwischen Freunden Glaube und zum Volke Liebe!

Wer dies alles erfüllt, o Hochwürdiger, der lebt in Würde."

„Und wenn er stirbt? Wir alle sind bestimmt, aus dieser Welt fortzugehen. Keiner von uns allen – selbst Sie nicht, hochachtbarer Herr Gouverneur, und auch Sie nicht, sehr wohlbelehrter Herr Ch'ü – hat die irdische Ewigkeit gepachtet. Es ist leicht, frivol und guter Dinge zu sein, solange man jung, gesund und in angenehmen Verhältnissen ist. Wie aber ist es, wenn Alter, Krankheit und Tod näherrücken und sich das Sinnen und Grübeln auf den Tod richtet?! Was werden Sie dann sein, Herr Gouverneur und Herr Ch'ü?"

„Niemand ist wiedergekehrt, es uns zu sagen", erwiderte der rundliche Herr Wang-P'ai, der sich angesprochen fühlte und fast ein wenig beleidigt erschien, weil man ihm einen gewöhnlichen Tod zutraute. „Man begräbt die Toten, ihre Geister gehen zu den Ahnen ein – vielleicht, keiner kann es mit Sicherheit sagen."

„Vergeben Sie mir Unbescheidenem, Herr hochgelehrter Gouverneur: e i n e r ist wiedergekehrt und hat uns verheißen, daß drüben die Hoffnung und die Erlösung auf uns wartet. Es war Jesus Christus. Und e i n e Religion gibt Antwort auf das, was Sie alle nicht wissen: das Christentum!"

„Wozu soll es gut sein, einen derartigen und nicht zu beweisenden Glauben zu haben?" erwiderte Herr Ch'ü. „Das gewöhnliche Volk, das man vielleicht durch die Ethik Meister Kung-fu-tses im Zaum halten kann, wird größenwahnsinnig werden, wenn jeder einzelne meint, eine unsterbliche Seele zu haben und ewig fortzuleben. Sie werden den Tod nicht mehr fürchten und damit schrecklicher als ein Geheimbund von gelehrten Idealisten werden."

„Ganz im Gegenteil wird es sein, verehrter Herr Ch'ü!

Betrachten Sie einen gewöhnlichen und nicht allzu gescheiten Menschen. Wenn er von sich selber annehmen muß, er sei nur ein Stück belebten Lehms, das von gewissen magnetischen Kräften und chemischen Umsetzungen bewegt wird, und das mit Sicherheit wieder zu Lehm wird, während das Ich, die Persönlichkeit, sich im Nichts oder in der grauen Mythologie eines Ahnenkultes verliert, ein solcher Mensch, der von sich selber nichts hält, wird durch eine reine Sozialethik nur so weit in Schach gehalten werden, als er fürchten muß, mit den Gerichten oder der Polizei in Konflikt zu geraten. Er wird bei all seinen Geschäften und Taten stets so weit gehen, als er glauben darf, nicht ertappt zu werden und keine bösen Folgen auf sich zu ziehen. Er ist letztlich nur ein mehr oder minder gut dressiertes Tier und manchmal auch ein sehr gescheiter Denkapparat.

Der andere jedoch, der echte Christ, der an Gott und die Ewigkeit glaubt, wird ganz anders handeln: Er unterläßt Ungerechtigkeiten, Verbrechen und Sünden nicht nur der Polizei und der Gerichte wegen, sondern um Gottes und seiner Seele willen. Er ist der wahrhaft moralische und gute Mensch."

„Darin steckt ein wahrer Kern!" rief der blaue Mandarin aus. „Nennen wir es Gott, Idee oder Geist – wer an so etwas glaubt, der kann nicht Unrecht tun, nicht Korruption und nicht Gewalt leiden. Es ist sehr zu beachten, was der geehrte Doktor Li gesagt hat!"

Da mengte sich zum Erstaunen aller Joanna Viegas ein und durchbrach damit wieder einmal alle chinesischen Formen.

„Und wie sehr haben sich diese Grundsätze", rief sie temperamentvoll, „im christlichen Abendland ausgewirkt, Pater Ricci?! Gibt es dort keine Ungerechtigkeiten, keine Menschenausbeutung und keine Gewalt mehr – weil die Menschen an Gott glauben? Was ist dort im Christentum so viel anders oder gar besser als hier in China? Sind die Menschen dort bessere Menschen geworden, nur weil sie christlich getauft sind?"

Dr. Li schaute Joanna ein wenig verwundert an. Er hatte das Mädchen, das ja einmal sein Beichtkind gewesen war, für eine gute Katholikin gehalten – was sie ja wohl auch war –, aber dieser Ausbruch, der so viel Kritik am Christentum enthielt, machte ihn zweifeln, ob Joanna nicht etwas zuviel vom Heidentum des Herrn Ch'ü angenommen habe. Alle erwarteten seine Antwort; denn hier hatte eine Europäerin an Europa, eine Christin am Christentum Kritik geübt, und es war wichtig, was der Pater darauf zu sagen haben würde.

„Du hast ganz recht, Joanna", antwortete Dr. Li. „Auch im christlichen Abendland steht nicht alles zum Besten. Aber die Menschen dort sind nicht deswegen ungerecht, ausbeuterisch und gewalttätig, w e i l sie Christen sind, sondern weil sie eben k e i n e sind. Sie haben Christi Wort in all den fünfzehnhundert Jahren, in denen sie sich dazu bekennen, niemals oder immer nur sehr bruchstückhaft aufgenommen. Es liegt nicht am Christentum, sondern an den Menschen. Menschen aber kann man immer nur einzeln und persönlich gewinnen und verändern, deshalb haben wir noch viel Arbeit vor uns. Mich hat Christus nach der ‚Blume der Mitte' ausgesandt, hier die Menschen zu lehren, zu gewinnen und für Gott zu erobern!"

„Ich werde Ihnen helfen, so gut ich es kann!" sagte Joanna, die nun wieder sehr bescheiden geworden war. Herr Ch'ü und Oheim Wang nickten freundlich.

„Dann werden wir demnächst den kleinen Ch'ü taufen", sprach der Gouverneur gewichtig. „Er ist mein leiblicher Großneffe dritten Grades, und er soll einen Christennamen erhalten!"

„Wir werden ihn taufen", bestätigte Dr. Li. „Und auch Herr Ch'ü wird die Erfüllung seiner Wünsche erleben, sofern sich der Erleuchtete und Hochgebildete, so wie heute abend, noch mehr und ernsthaft um den Glauben bemüht."

Das Gespräch endete harmonisch, obschon Dr. Li den Eindruck hatte, keinen der Chinesen von der Stichhaltigkeit seiner Argumente überzeugt zu haben.

Höchstens der junge Mandarin namens Shen hatte tiefer hingehört. Er war eine suchende Seele . . .

25

Weihnachten und die Jahreswende 1584 wurden von den Jesuiten mit ihrer kleinen Gefolgschaft im engsten Kreise gefeiert. Eine besondere Überraschung für Pater Ricci brachte die schöne Pi-shan zustande, als sie zur Feier der Heiligen Nacht mit ihrer etwas piepsenden Stimme ein Marienlied in lateinischer Sprache sang.

Die kleine Gemeinschaft hauste um diese Zeit immer noch in jenen kleinen Holz- und Strohhütten nahe dem Bauplatz, die sie nach chinesischer Armeleuteart errichtet hatten. Der kunstreiche Pater Ruggieri hatte eine Weihnachtskrippe aufgebaut und ein Christkind geschnitzt, das nun in seiner Strohwiege lag. Er war es auch gewesen, der mit Pi-shan das Marienlied einstudiert hatte.

Dr. Li oder Pater Ricci, wie ihn seine Getreuen bei sich immer noch nannten, hatte nur noch wenig Zeit für Pi-shan gehabt. Sogar den abgebrochenen Religionsunterricht hatte Pater Ruggieri übernehmen müssen.

Mit dem einstigen „blumenhaften Trostmädchen" war eine deutliche Veränderung vor sich gegangen. Sie las viel in der kleinen Bibliothek, die von den Jesuiten aus Macao mitgebracht worden war, schrieb und verbesserte auch ihr naives Manuskript über das Markus-Evangelium und huschte nur wie ein Schatten durch den Alltag der Mission. Die Patres hatten meist am Bau von Kloster und Kirche zu tun, mußten zu Einladungen oder Gesprächen in die Stadt oder arbeiteten in ihren Hütten, sei es wie Dr. Li an Kartenzeichnungen, oder wie Pater Ruggieri an allerhand Ölbildern, Schnitzwerk oder an den Fresken in der Kirche. Chandra und Chura hatten als tüchtige Handwerker viel am Bau zu schaffen, so blieb Pi-shan meist sich selbst überlassen.

Als Frau, noch dazu als ehemaliges „blumenhaftes Trostmädchen", konnte sie nicht allein in die Stadt gehen, ohne sogleich als das abgestempelt zu werden, was sie nicht mehr sein wollte. Sie war viel zu hübsch und zu jung, um unbelästigt zu bleiben, und durfte es nicht wagen, gleich den armen Kulifrauen oder den wohlbekannten Hausfrauen zu Markte zu laufen. Wäre sie – unbeschützt wie sie in Shiu-hing war – öffentlich aufgetreten, hätten sich sicherlich unerwünschte Bewerber für sie gefunden. Denn Pi-shan liebte es immer noch, sich mit Kosmetik zu befassen und schöne, bunte Kleider zu tragen. Sie gab sich allerdings wieder völlig chinesisch und hatte aufgehört, die von Joanna seinerzeit geschenkten europäischen Moden zu tragen. Auch ihre hochgesteckte Frisur hatte wieder ihre einstige Form.

Pater Ricci ging sie aus dem Wege. Er sah sie ja doch nicht und er brauchte sie auch nicht mehr, seit er ein besseres Chinesisch als Pi-shan sprach und kaum mehr Ratschläge hinsichtlich seines Verhaltens benötigte.

Pater Ruggieri hatte bei Pi-shan die freigewordene Position als Chinesisch-Schüler eingenommen, so weit es seine arg strapazierte Zeit nur zuließ. Der gute, meist ganz unauffällige Mann mit seiner langen und immer dürrer werdenden Don-Quichotte-Gestalt bemühte sich sehr um die Sprache, kam aber nicht voran. Sein Kopf schien ihm jetzt schon zu zerspringen, da er kaum ein paar Dutzend Wörter und Wendungen erlernt hatte und dies, obschon auch Pater Ruggieri außer Latein und Griechisch ebenfalls vier europäische Sprachen perfekt beherrschte. Auch er war musikalisch, was er ja durch das Einstudieren des Marienliedes bewiesen hatte, aber weder sein Gehör noch sein Gedächtnis reichten aus, es Pater Ricci nur im entferntesten gleich zu tun. Ruggieri war nur 42 Jahre alt, zehn Jahre älter als Ricci, und davon hatte er mehr als ein Jahrzehnt im tropischen Goa verbracht – das machte sich nun bei ihm bemerkbar. Er war noch nie ein Athletentyp, aber auch keine Matadorfigur wie Pater Ricci gewesen, eher ein krank und anfällig aussehender Mann von mäßiger Vitalität.

Gelegentlich fragte ihn sogar Ricci, ob er sich krank fühle oder wie ihm das oft feucht schwüle Klima Shiu-hings bekomme.

Ruggieri hatte niemals geklagt und schattenhaft seine Pflicht getan, doch er spürte oft, daß er den Höhepunkt seiner Kraft und

Gesundheit bereits überschritten hatte und daß sein Gedächtnis, seine Konzentrationsfähigkeit und seine Spannkraft nachließen. Er war dabei, frühzeitig alt zu werden. Daß er nicht mehr Chinesisch lernen konnte, bewies ihm, wie weit er hinter dem genialen und unzerstörbaren Dr. Li zurücklag. Trotzdem mühte er sich weiter, bei Pi-shan zu lernen. In den langen Nächten, in denen er nicht mehr schlafen konnte, mühte er sich, Strich um Strich das großartige Wörterbuch Pater Riccis abzuschreiben. Es sollte eines Tages an die „Societas" in Macao geschickt werden, damit es dort künftigen Missionaren dienlich sein konnte.

Er schlug dem vielbeschäftigten Dr. Li auch kurz nach der Jahreswende, als nun die Chinesen ihr Neujahr mit Raketen, Böllern, Feuerrädern und bengalischer Beleuchtung feierten, vor, Pi-shan die Zulassung zur Taufe zu gewähren. Das Mädchen war nun tatsächlich wohl unterrichtet in der Glaubenslehre, über Pi-shans christlichen Lebenswandel bestanden nicht die geringsten Zweifel. Sogar im kirchlichen Sinne mußte man das einstige „blumenhafte Trostmädchen" als fromm und wohlanständig bezeichnen.

Pater Ricci war, nachdem er noch einmal mit Pi-shan gesprochen und sich ihres Glaubensbekenntnisses versichert hatte, einverstanden.

Das schöne und so selbstbewußt gewordene Mädchen erklärte dem Pater sogar, es habe die Absicht, eine Nonne zu werden, so wie er selber ein Mönch sei. In Christus würden sie dann beide verbunden sein, und sie könne ungestört von der Welt jenes „höhere, nur Gott geweihte Leben" führen, von dem Pater Ricci seinerzeit in Macao zu ihr gesprochen hatte und in dem zugleich eine edlere Form der Liebe beschlossen lag.

Dr. Li war von diesen naiven Erklärungen sehr gerührt, riet jedoch Pi-shan, sich in ihren jungen Jahren einen solchen Entschluß sehr wohl zu überlegen.

Er meinte – und dabei sah er Pi-shan mit seinem Asketengesicht so eindringlich und liebevoll an, daß dem Mädchen Tränen in die Augen schossen und sie die Wimpern niederschlug –, er meinte also, es sei nicht die rechte Art, sich mit seinen Enttäuschungen in ein Kloster zu flüchten und Christus darzubringen, was vom Leben verworfen worden sei. Mit der Aufnahme von Pi-shan in die christliche Gemeinschaft jedoch war er einverstanden, und die Zeremonie der Taufe wurde in aller Stille vollzogen.

Pi-shan erhielt zu Ehren der Madonna von Santa Maria Maggiore den Namen „Maria“. Sie war der erste Mensch chinesischer Rasse, den Dr. Li taufte.

Der „kleine Ch'ü“ sollte der zweite sein. Dr. Li hatte dem großen Herrn Ch'ü vorgeschlagen, diese Feier gleich nach der bevorstehenden Einweihung der Kirche in festlichem Rahmen zu begehen. Das konnte zugleich ein Anreiz für chinesische Adepten werden, sich ernsthafter mit der Religion zu befassen.

Den Gedanken, eine Nonne zu werden und sich von der Welt zurückzuziehen, verfolgte Pi-shan-Maria übrigens selber nicht mehr weiter.

Da war vor einiger Zeit ein Mandarin im azurblauen Kleid, mit Porzellanknopf und Brustschild der Wachtel mit seiner Sänfte zur Baustelle im Asphodelien-Park gekommen, um sich alles anzusehen und mit den Patres zu plaudern. Dieser noch sehr junge Mandarin hieß Shen-wang-ku und war von ganz anderer Art als die übrigen hohen Herren gewesen, die man ja reichlich im Revier der „Societas“ sah. Während die meisten der Akademiker ziemlich arrogant, ungemein selbstbewußt und den einfachen Leuten gegenüber herablassend waren, auf tiefe Verbeugungen der anderen und auf alle Ehrenbezeugungen sich selbst gegenüber achteten, benahm sich Herr Shen wie ein freundlicher Mensch, dem sein Rang nicht zu Kopf gestiegen war.

Er war Pi-shan gleich aufgefallen, als er zum erstenmal kam und vor seiner Sänfte keine der üblichen Stockträger herliefen, die dem Volk den Rücken gerbten, und als Herr Shen den Bauarbeitern, die beim Anblick seines Mandarinkleides sogleich niederknieten und sich verneigten, zuwinkte, sich zu erheben. Dieser Shen mißachtete die Unterwürfigkeit, die die Sitte forderte, und er verabscheute offenbar diese Haltung, die zwischen Akademikern und Volk eine Beziehung wie zwischen Herren und Hunden schuf.

Shen konnte auch lachen, was schon beinahe ungehörig war, Pi-shan jedoch sehr gefiel. Sie hatte eben einige Bauplanrollen für Pater Ruggieri aus der Hütte geholt und war dann mit ihren winzigen Füßen über den mit Bauholz und Ziegeln bedeckten Platz getrippelt, als sie den azurblauen Mandarin sah, sich eilfertig verneigte und dabei über einen Balken stolperte. Herr Shen hatte sie lachend aufgefangen, bevor sie fallen konnte, und ein paar freundliche Worte gesprochen.

Dabei hatten sie sich einen Moment lang angesehen, und Pi-shan spürte genau, daß sie auf Herrn Shen einigen Eindruck gemacht hatte. Dabei trug sie an diesem Tage nur ihr verhältnismäßig schlichtes rosenrotes Kleid mit den Ko-Stickereien und nicht einmal das veilchenblaue mit den aufgemalten Orchideen.

Dieser Mandarin Shen war seither ziemlich oft wiedergekommen, und Pi-shan-Maria hatte ihn fast jedesmal sehr zufällig gesehen. Einmal hatte er sie sogar wie eine Dame zuerst begrüßt.

Shen ging meist sofort in die Hütte von Dr. Li, dessen Karten, Werkzeuge und Instrumente er bewunderte und mit dem er oft lange Gespräche führte.

Herr Shen fragte den Pater, wie es im Christentum mit Gerechtigkeit, Barmherzigkeit und Harmonie mit dem Volke stünde. Er gestand offen, anfangs ein sehr großer Gegner der Fremden und damit auch der Jesuiten gewesen zu sein, doch habe ihn einiges nachdenklich gemacht. Pater Ricci diskutierte mit Herrn Shen auch über diese Fragen und flocht seine religiösen Belehrungen nur gelegentlich ein.

Shen hatte nämlich das Leben und die Tätigkeit der Jesuiten ziemlich genau beobachtet und viele Erkundigungen über sie eingezogen. Er, der wie alle jungen Nationalisten Macao und die Fremden wie die Pest haßte, ja fest davon überzeugt war, daß alles Üble: Rauschgifthandel, Mädchenhandel, Waffenschiebungen, Korruption und schamlose Ausbeutung des Volkes durch die Mächtigen und Reichen nur von den Fremden ausgehe und von den Geschäftsleuten Macaos, den holländischen Piraten Formosas und den gierigen Inselzwergen Japans über die „Blume der Mitte" gleich einem Vogelnetz ausgeworfen worden sei, begann den Unterschied zwischen den Gottesmännern und den fremden Teufeln zu erkennen. Deshalb hatte er seinen ursprünglichen Haß gegen alles Ausländische, gegen das Prisma und das Madonnenbild ebenso wie gegen die Jesuiten revidiert und hatte begonnen, sich für die Mission zu interessieren.

Macao war ja für die Festlandchinesen und hier wiederum vor allem für die junge Opposition das Böse schlechthin. Wenn man einem Gegner etwas Schlechtes nachsagen wollte, so pflegte man zu sagen: „Das ist ein Mann, der nach Macao geht!“ Abfälliger konnte man über einen Menschen kaum reden.

Die Jesuiten waren aus Macao gekommen.

Aber sie waren anders. Herr Shen hatte dies durch viele Beobachtungen festgestellt. Dieser Dr. Li war ein Mann, der nicht nur ausgezeichnet chinesisch sprach und hochgebildet war, ja in vielen Sachgebieten sogar den Chinesen überlegen schien, man mußte auch hohe Achtung vor seiner persönlichen Lebensführung haben.

Es war bekannt, daß Dr. Li für sich selbst und seine Gesellschaft keinerlei Ansprüche stellte. Er trat zwar neuerdings wie ein Mandarin auf, besaß Sänfte und schöne Kleider, betrieb jedoch sonst keinerlei Luxus. Als die Chinesen, die ja nicht nur vom Buddhismus her ebenfalls Askese und Fastenzeiten übten, sondern dies auch aus alteingespielter ethischer Lebenshaltung taten, über die Art der christlichen Fastentage lächelten, weil die Patres dabei zwar kein Fleisch, aber dafür reichlich Fisch aßen, war Dr. Li sofort zum „Fasten mit Grünzeug“ übergegangen. Wenn er nicht eben zu einem Mandarinsessen eingeladen war, aß und trank Dr. Li so einfach wie ein Kuli.

Das war durch die Arbeiter längst publik geworden.

Die Barmherzigkeit, von der Dr. Li bei den geistreichen Religionsgesprächen in den Akademiker-Kangs gesprochen hatte, übte er auch praktisch. Es war in ganz Shiu-hing bekannt geworden, daß Dr. Li den sehr armen Leuten, den kinderreichen Kulifamilien und manchen Kranken Reis zuteilte und ihnen Essen, ja sogar Kleidung aus dem Vermögen der „Societas“ oder seinem eigenen schenkte. Einmal hatte er am Wegrand einen alten, schwer kranken Mann gefunden, der im Sterben lag.

Dieser Mensch ohne Familie wurde von den übrigen Chinesen nicht mehr beachtet. Er war zum Tode bestimmt, hatte offenbar weder Söhne noch Enkel, und auch seine Standesgenossen, die Hafenarbeiter und Fäkalienträger, kannten ihn nicht besonders gut. Solche Menschen ließ man natürlich liegen und war nicht so töricht, deren Sorgen zu den eigenen zu machen. Dr. Li jedoch baute für diesen unbekannten Menschen eine kleine Bretter- und Strohhütte, gab ihm ein Lager und pflegte ihn, als wäre er ein ehrenwerter

Verwandter. Das war jedoch der alte Kuli sicherlich nicht, denn er war ja Chinese und Dr. Li war ein „fremder Teufel".

Diese Haltung Dr. Lis hatte auf viele einfache Menschen großen Eindruck gemacht. Er hatte den Sterbenden, der laut nach der Religion der Nächstenliebe rief, sogar noch auf dem Sterbebett getauft und zum Christen gemacht. Ihm also hatte er gewährt, was er einem Mandarin vom Kristallknopf und Silberfasanschild versagt hatte.

Bei den Akademikern war dieser Fall lange diskutiert worden. Viele hatten daran Anstoß genommen und waren der Meinung, Dr. Li habe sehr viel an Gesicht verloren. Seine Einstellung Herrn Ch'ü gegenüber empfanden alle als empörend.

Bisher hatte niemand etwas von Bestechlichkeit bei Dr. Li vernommen, und man wunderte sich besonders in den höheren Mandarinskreisen sehr. Diese Jesuiten schienen nicht im geringsten korrupt zu sein, was sehr verdächtig war.

Auch Herr Shen, der immer stärkere Sympathien sowohl für Pi-shan wie für die Jesuiten empfand, fand, daß in diesem Punkt irgend etwas nicht stimmen konnte.

Vielleicht waren die Fremden eben doch raffinierter, als man glauben wollte, vielleicht waren sie nicht besser, aber klüger als ihre Artgenossen in Macao.

Nachdem Herr Shen sich schon sehr oft und lange mit Dr. Li unterhalten hatte und im übrigen sowohl die Lebensführung wie die gesellschaftliche Haltung desselben für so vorzüglich befunden hatte, daß er ihn am liebsten für die Vereinigung „Östlicher Wald" angeworben hätte – der er ja selbst sehr heimlich angehörte –, blieb nur noch eine Frage offen: woher nahmen die Jesuiten die beträchtlichen Mittel, um so groß bauen zu können, um diese wertvollen Geschenke zu kaufen und sich Mandarinskleider, Sänfte und sogar noch Mildtätigkeit leisten zu können?!

Da Herr Shen schon während der Studentenunruhen in Kanton sich mit vielen anderen jungen Protestierern von vielen alt-chinesischen Formeln und Phrasen abgelöst hatte, weil man diese in jungen Kreisen für Heuchelei und Lüge hielt, wurde es ihm nicht schwer, sehr unmanierlich vorzugehen und Dr. Li eines Tages direkt zu fragen: „Wer bezahlt eigentlich Ihre Mission?! Wer gibt Ihnen das viele Geld, das Sie offenbar haben, und welche Hinterabsichten verfolgen die Leute, die Ihnen das Geld geben? Oder – was ich nicht glaube – sind Sie persönlich so reich?"

Dr. Li antwortete ebenso offen, wie er gefragt worden war, und sagte, daß er das Startkapital durch Don Gaspar Viegas und weitere Summen durch die Vermittlung des Herrn Ch'ü bekommen habe. Denn ohne Geld konnten selbst die Jesuiten nicht bauen, nicht wirken und nicht Mildtätigkeit üben.

„Aha!" rief Herr Shen, „dachte ich es doch! Also doch am Ende Macao! Die ‚fremden Teufel' und ihre verderbten chinesischen Zuträger stecken dahinter! Ich bin sehr enttäuscht, ehrwürdiger Vater."

„Das hat überhaupt nichts zu bedeuten", wehrte sich Dr. Li, „irgendwoher müssen wir ja Geld bekommen. Wir nehmen es für den guten Zweck, verkaufen uns aber nicht. Wir haben weder mit den Geschäften Macaos noch mit denen des Herrn Ch'ü etwas zu tun, und wir werden auch nie damit zu tun haben."

Herr Shen schien dies zu glauben. Jedoch war er immer noch ziemlich enttäuscht.

„Warum, o Hochachtbarer", fragte er, „beginnen Sie Ihre Mission nicht ganz unten beim einfachen Volk, so wie Sie ja auch den armen Alten gepflegt und getauft haben? Kann es gut gehen, wenn Sie damit bei den Reichen und Mächtigen beginnen und sich zuerst um diese und um deren Hilfe bemühen? Ihre Religion ist doch – soferne ich etwas davon begriffen habe – eine Religion der Liebe und Gerechtigkeit, geschaffen – wie Sie selbst sagten – für die Mühseligen und Beladenen!

Sie sollten wissen, daß es in China etwas Ähnliches gibt. Ein Geheimbund existiert, der sich ‚die Roten Kopftücher' nennt, auch er kämpft für die Mühseligen und Beladenen, meist für die ausgebeuteten Bauern, Kleinpächter und Dorfkulis. Seine Führer sind selber Bauern, seine Ideen kommen von wohlmeinenden Akademikern, die sich ‚Östlicher Wald' nennen. Diese Ideen sind sehr einfach und denen verwandt, die Sie auch lehren: Gerechtigkeit, Liebe der Menschen untereinander und Harmonie, und dies in einem Reich, das korrupt und verfault ist. Aber keiner von diesen Leuten nimmt das Geld von den Mächtigen, weil damit sogleich die gesamte Bewegung von diesen ebenfalls korrumpiert würde. Warum stützt sich

Ihre Mission also auf die Großen, weshalb wendet sie sich nicht an das Volk?!"

„Weil das Volk am leichtesten durch die Großen zu gewinnen ist, mein kluger Freund! Wir wenden uns ganz bewußt zuerst an die Oberschicht der Gebildeten und der Mächtigen, weil die Mühseligen und Beladenen stets bereit sind, deren Beispiel anzunehmen. Die Masse ergibt sich nicht den Argumenten, sie beugt sich den Persönlichkeiten; sie nimmt nicht Wahrheiten, sondern Beispiele an. Deshalb führt der Weg zur Missionierung auch in China über die Oberen und darum habe ich mich ganz gezielt dieser Schicht zugewandt." Dr. Li war in Eifer geraten. Sein scharf geschnittenes Asketengesicht brannte vor Überzeugung.

„Ich erzähle Ihnen nun etwas aus der Geschichte des christlichen Abendlandes, und zwar aus jener Zeit, als die christliche Religion dabei war, die europäischen Völker zu gewinnen. Einst waren es arme Fischer und Hirten gewesen, die das Wort Christi in die Welt hinaustrugen. Sie hatten vor allem die Massen der Sklaven, der armen Bauern, der unterdrückten Arbeiter angesprochen, während die gebildete Oberschicht sich nur langsam der Wahrheit beugte. Erst als an die Stelle der bescheidenen Fischer und Hirten gebildete Bischöfe und wohlbelehrte Priester getreten waren, hatte die christliche Religion auch bei der Oberschicht Erfolge.

Dann aber kam die sogenannte Völkerwanderung: wilde, sehr ungebildete und naive Bauern- und Kriegerstämme fielen in die Länder ein, die bereits christlich geworden waren. In dieser Flut von Barbarei und Gewalt wäre die Religion untergegangen, hätten nicht die Missionare eben diese Völker für sich gewonnen. Doch sie erkannten, daß die Taufe einzelner Bauern gar nichts bewirkte und daß es einzig die großen Häuptlinge, die Könige und Herrscher waren, die bestimmten. Deshalb verbündeten sie sich mit diesen Großen und Mächtigen, unterstellten die Mission deren Schutz und überzeugten diese Männer davon, daß es von beiderseitigem Nutzen für Religion und Königtum sei, sich zusammenzutun. Die Könige gaben das Geld, schenkten das Land, auf dem Kirchen und Klöster gebaut werden konnten, und Könige waren es, die dem Volk befahlen, die Arbeit der Priester nicht zu stören, sondern sich ihr zu beugen. So wurde in Europa jene gewaltige Vereinigung – mächtiger sicherlich als Ihr ‚Östlicher Wald' und die ‚Roten Kopftücher' – geschaffen, die man katholische Kirche nennt. Sie erst hat Könige, Völker und Reiche christlich gemacht und sie wiederum vermochte nur zu wirken, weil die Mächtigen und die Großen auf ihre Seite getreten waren."

Herr Shen hatte aufmerksam gelauscht. Er begriff offenbar die Logik der aufgezeigten Linie. Dann aber stellte er – der doch kaum etwas von den europäischen Verhältnissen wissen konnte – eine Frage, die Dr. Li wie ein Schlag ins Gesicht traf.

„Und sagen Sie mir, wohlbelehrter Vater: ist dieser Katholischen Kirche die Verbindung mit den Königen, den Mächtigen und den Oberen sehr gut bekommen? Hat nicht am Ende Ihr schönes Christentum dabei Schaden gelitten? Ich frage noch einmal, Hochehrwürdiger, wird nicht auch Ihre Mission dadurch Schaden erleiden, daß sie so eng mit Macao und Menschen wie diesem Ch'ü verbunden ist?!"

„Wir werden wachsam sein, lieber Shen!" antwortete Dr. Li, aber es klang ihm selber ein wenig banal.

Doch Herr Shen, dieser junge Heißsporn aus dem „Östlichen Wald", begnügte sich nicht mit diesem Versprechen. Er war jetzt ernsthaft am Schicksal der Mission interessiert.

„Sehr Ehrwürdiger und Geehrter", sagte er, „wenn Sie sich schon dafür entschieden haben, die Gerechtigkeit und Volksliebe von oben her zu verbreiten, warum gehen Sie dann nicht einen viel konsequenteren Weg? Sie wenden sich an die Akademiker und die Mandarinskaste, unter denen viele sehr korrupt und an religiösen Fragen durchaus uninteressiert sind. Warum jedoch schreiben Sie nicht all Ihre guten Absichten direkt an den erhabenen Himmelssohn in Peking, der auf seinem Drachenthron sitzt und über alles gebietet: über Akademiker, Mandarine, Volk und leider auch über Eunuchen! An den Kaiser von China sollten Sie sich wenden, das wäre der einfachste Weg!"

Dr. Li war wie vom Donner gerührt.

Das war freilich der einfachste, aber auch der kühnste Weg.

„Wie sollte ich solch einen Brief expedieren? Und wie würde ihn der Himmelssohn aufnehmen, selbst vorausgesetzt, er bekäme ihn je?"

„Schreiben Sie, ehrwürdiger Vater! Ich selbst will Ihren Brief unter die Amtspost mischen und dem staatlichen Kurierdienst anvertrauen!“

26

Bald nach dem Laternenfest wurden Kloster und Kirche fertig.

Herr Shen kam und pinselte eigenhändig mit roter Farbe über den Türsturz der Kirche, die der Gottesmutter geweiht war, die Worte: „Tempel der Blumen der Heiligen“.

Er betrat als erster der Mandarine das Gotteshaus noch einen Tag vor der offiziellen Einweihung, ließ sich die Bilderfolge aus dem Christus- und Marienleben erklären, die Pater Ruggieri mit großer Kunst an die Kalkwände gemalt hatte. Vor dem Altarbild der Madonna von Santa Maria Maggiore, das Ruggieri abermals kopiert hatte, verbeugte er sich tief, meinte aber dann zu Dr. Li gewandt, es wäre besser, anstatt der Himmelskönigin den großen Weltengeist zum Schutzherrn der Kirche zu machen.

„Jeder Altar der Christen“, erwiderte Dr. Li, „ist letztlich dem einen Gott geweiht. Die Madonna ist nur eine erhabene Mittlerin zwischen den Menschen und Gott.“

„Dann aber sollten die Leute hier auch wissen, daß es nur dieser eine und geistige Gott ist, zu dem sie beten werden. Wir brauchen kein Bild von ihm, weil es sicherlich auch gar keines gibt. Wir schreiben einfach seinen Namen an die Wand!“

Und Herr Shen rief abermals nach seinem Diener, der mit Farbtopf und Pinsel herbeikam. Er schrieb in großen chinesischen Zeichen den Namen T'IEN-CHU auf die weiße Wand hinter dem Altar.

„Dies ist der chinesische Name für den Herrn des Himmels!“ sagte er.

Ohne es zu wissen hatte Dr. Li soeben eine historische Begebenheit miterlebt. Denn der Name „T'ien-Chu“ für den Himmelsherrn oder für Gott wurde von nun an überall für den christlichen Gottesbegriff gebraucht, bald seines bisherigen tao'istischen oder buddhistischen Inhalts entleert und fortan völlig von der Mission in Anspruch genommen.

Auch Pater Ricci sprach künftig, wenn er Gott meinte, nur noch von T'ien-Chu, dem Himmelsherrn, dem Geist über allem.

Kirche und Kloster waren also vollendet, und nachdem die Kulis den Bauplatz mit großer Peinlichkeit gesäubert, Erde aufgebracht und Blumen gepflanzt hatten, stand die Station mit ihren bunt glasierten Dächern, schneeweiß gekalkt und stattlich am Rand des Asphodelien-Parks. Sie war nahe an alten Baumgruppen und nur wenige hundert Schritte vom Steilabfall des Flußufers entfernt. Man sah von dem Kirchenplatz aus die Drachenboote, Dschunken, Sampans und Lastkähne über den breiten Strom ziehen und zur anderen Seite hin die trutzigen Stadtmauern und Torwerke Shiu-hings.

Auf der Bergseite waren unterdessen die Blumen- und Steinterrassen sowie die vielstöckige Pagode des Lustgartens fertiggestellt worden, die dem Akademikerverein gehörten, aber obwohl diese Anlagen dem Niveau nach die Jesuitenmission überragten, wurden sie doch durch deren schmuckes, fremdartiges Aussehen und deren exponierte Lage in den Schatten gestellt. Die Akademiker würden sehr neidisch werden, wenn sie erst den Unterschied der beiden Bauwerke bemerkten.

Daß die Missionsstation mehr Interesse als der etwas exklusive Lustgarten erweckte, wurde auch sogleich bei der Kirchenweihe deutlich. Es kamen viel mehr Menschen aus Shiu-hing und Umgebung, als zur Eröffnung des Akademikergartens erschienen waren. Zum ersten Mal überwog der Besucherstrom der Bürger, einfachen Leute und Kaufleute bei weitem die Zahl der erschienenen Mandarine samt deren Gefolge.

Da auch der Gouverneur, Herr Wang-P'ai, gekommen war, hatten die Mandarine und hohen Offiziere nicht umhingekonnt, ebenfalls zu erscheinen, obschon es bereits eine ganze Anzahl gab, die sich vorgenommen hatte, diesen Dr. Li und sein Haus durch Abwesenheit zu bestrafen.

So wurde die Kirche feierlich eingeweiht. Der Gouverneur thronte vor dem Altar, die Mandarine füllten das Presbyterium, und das gewöhnliche Volk drängte im Schiff bis zum letzten Platz, ja es stand Kopf an Kopf auf dem frisch angelegten Wiesengrund vor der Kirche und zertrampelte diesen gründlich. Da ihrer Gewohnheit entsprechend die einfachen Leute ein wenig zu essen oder zu trinken mitgebracht hatten – ein paar Frühlingsrollen, etwas Blätterteig mit Krabben oder ein Tongefäß mit Jasminwein –, war ein lebhaftes Geschnatter und Gelärme entstanden. Alle unterhielten sich in und vor der Kirche sehr ungeniert und warteten, bis die Bambusstockträger kommen und Ruhe einprügeln würden.

Das wurde auch notwendig, als sich der Gouverneur erhob, ein paar freundliche Worte sprach und eine Weihegabe in Form eines Jadesteines auf den Altar niederlegte.

Dann begab sich Dr. Li zur Ambo, die man anstelle einer zu aufwendigen Kanzel angefertigt hatte, und begann seine Predigt.

Ursprünglich hatte er geplant, den Festakt als Rahmen einer Tauffeier zu gestalten, die am unschuldigen Haupte des „kleinen Herrn Ch'ü" vollzogen werden sollte. Da Herr Ch'ü, der Große und Wichtige, es bisher nicht für nötig gefunden hatte, einen Katechumenenunterricht zu nehmen und sich ernstlich mit den Inhalten der katholischen Religion vertraut zu machen, konnte natürlich auch seinem Ersuchen nach persönlicher Taufe und Trauung noch immer nicht stattgegeben werden. Dr. Li würde niemals einen Menschen in die Gemeinschaft der Christen aufnehmen, der aus seinem Atheismus oder Materialismus kein Hehl machte und sich in Wirklichkeit gar nicht für die Religion interessierte. Daran würde auch der Umstand nichts ändern, daß Herr Ch'ü ein sehr bedeutender Mann war, der der „Societas" schon manchen Gefallen erwiesen hatte.

Es erhob sich zudem die Frage, ob Herrn Ch'ü neuerdings noch an Taufe und kirchlicher Trauung viel lag. Er war in der letzten Zeit merklich kühler und reservierter geworden. Auch was die Tauffeier für „Klein-Ch'ü" anbelangte, hatte er einen Rückzieher gemacht und gefordert, daß diese sehr heimlich und spät abends stattfinden sollte. Dr. Li hatte diesem Wunsche um Joannas und des Kindes willen entsprochen und dem Knaben den Namen Gaspar verliehen. Joanna wollte das so, und Herrn Ch'ü war es gleichgültig, vielleicht hielt er es sogar für geschäftlich förderlich, wenn der Alte in Macao öfter durch den Namen seines Enkels an seine Verbindung mit Herrn Ch'ü erinnert würde.

So fand die Kircheneröffnung demnach ohne Taufe und auch ohne Messe statt; denn vor so vielen Heiden durfte man nicht das heilige

Sakrament demonstrieren. Das sollte ein Vorzug sein, den nur wirklich Bekehrte und Gläubige haben würden.

Dr. Li beschränkte sich darauf, die Bilder an den Wänden zu erklären und einige religiöse Belehrungen anzubringen.

Etwas anderes, als Neugierde auf mehr erwecken, konnte er nicht. Durch zahlreiche Gespräche vor allem in den Kangs der Hochgestellten wußte er ja, wie wenig erlösungsbedürftig und wie realistisch diese Menschen dachten. Die Oberschicht bestand zum allergrößten Teil aus reinen Intellektuellen, die zwar klug und gebildet genug waren, alles zu zerreden und als nichtig zu beweisen, jedoch nichts wirklich Ergreifendes dafür anzubieten hatten. Sie wollten gar keine Religion, ganz gleich wie sie aussah. Er erinnerte sich nur zu gut, wie er im Teehaus eines Mandarins vom Achatknopf vor sehr vielen Akademikern über den Kreuzestod Christi und die Erlösung gesprochen hatte – ein Vorgang, zu dem er sich nie wieder würde hinreißen lassen.

Sie hatten alles ganz sachlich aufgenommen. Das Kreuzeszeichen war für sie identisch mit dem chinesischen Zahlenzeichen für „Zehn"; bei der Geißelung und Dornenkrönung hatten sie das chinesische Strafgesetz zitiert und zu debattieren angefangen, ob diese Strafen im Falle Christi zulässig gewesen seien. Sie waren zu dem Schluß gekommen, er habe als Aufrührer gegen den Gouverneur eigentlich Stäupung, Nasenabschneiden und Augenausstechen verdient. Als Dr. Li aber auf die Kreuzigung und den Opfertod Christi gekommen war, hatte ein Mandarin mit dem Goldknopf unter Mißachtung aller Höflichkeit schallend gelacht und gemeint, was das für ein seltsamer Gott sei, der fähig wäre, zu sterben, zu leiden und sich von ein paar Barbaren hinrichten zu lassen.

Daraufhin war die Gesprächsrunde in beleidigender Nichtbeachtung der Erzählung Dr. Lis über das Religionsthema hinweggegangen und hatte sich betont arrogant über kung-fu-tsianistische und tao'istische Probleme unterhalten. Sie zeigten ihm, wie haushoch Chinas rationalistische Philosophie und Sozialethik der Religion überlegen war, die er verbreiten wollte.

Es hatte demnach keinen Zweck, die Mission auf solche Weise zu beginnen. Auch Herr Ch'ü bewies ja immer wieder, wie wenig er im Grunde an den Wahrheiten der Kirche interessiert war. Für diese Herren Akademiker gab es nur eine einzige Kultur, das war die chinesische; sie hielten nichts von dem, was aus diesen winzigen Randländern der Erdscheibe ins Reich der Mitte kam.

Deshalb beschränkte sich Dr. Li bei seiner Ansprache auf die Bilderklärungen. Er konnte versuchen, Neugierde zu wecken – nicht mehr. Die Kirche war zwar brechend voll, aber wohl fast alle, die hier waren, hatten nur ihren Chinesenstolz von Shiu-hing aufs Asphodelienfeld hinausgetragen, sie wollten gar nichts lernen, sondern nur sehen und hören. Am Ende würden sie mit der Überzeugung nach Hause gehen, daß sie eben weit überlegene Chinesen wären und selbst Dr. Li nur ein spitznäsiger Barbar sei.

Sein gutes Verhältnis zu den Akademikern, das sich durch seine Nachgiebigkeit bei der Bauplatzverteilung, durch die ehrenden Einladungen beim wohlwollenden Gouverneur Wang-P'ai und durch die Bewunderung für seine seltsamen Geschenke, vielleicht auch durch seine gesellschaftliche Umrüstung auf „vornehm", entwickelt hatte, begann sichtbar abzukühlen. Die erste Sensation wegen des Prismas, dem Ölbild, den Meßinstrumenten und Karten war abgeklungen. Die Herren Akademiker hatten sich an ihn und seine Seltsamkeiten gewöhnt und begannen sich über seine Religionsgespräche zu langweilen. Wenn er Fortschritte erzielen wollte, mußte er ihnen von einer Seite beikommen, die ihr Selbstbewußtsein erschütterte und sie von ihren hohen Rössern herabholte.

Wie es zu Anfang gewesen war: daß er nämlich bewiesen hatte, in wie vielen Fachgebieten die abendländische Wissenschaft der chinesischen überlegen war, so mußte es wieder sein. Diese Intellektuellen – und auf sie war er angewiesen – konnte man nur mit einer Gelehrsamkeit überwinden, die der ihren überlegen war. Ihre Selbstgefälligkeit, die ihnen als den geistigen Exzellenzen des Reiches der Mitte offenbar zustand, mußte gebrochen werden.

Pater Ricci hatte schon einen Plan, wie er das bewerkstelligen wollte!

Er würde mit Zuckerbrot und Peitsche hantieren. Dies meinte er natürlich im Sinne der Psychologie, wie sie Ignatius von Loyola entdeckt und gelehrt hatte.

Zunächst mußte er den Herren Akademikern zeigen und beweisen, daß China eben nicht das Reich der Mitte und der Nabel der

Welt, sondern nur ein Teilgebiet der sehr viel größeren Welt war. Das würde sie im Mark treffen. Es würde sie erschüttern und damit aufgeschlossener auch für religiöse Wahrheiten des Westens machen.

Dann jedoch durfte man diese Intellektuellen-Clique nicht zuviel „Gesicht" verlieren lassen. Man mußte bestätigen, wie großartig ihre alte Kultur war, wie visionär bereits Lao-tse und Kung-fu-tse gewesen waren und daß sie eigentlich allesamt als Vorläufer der christlichen Lehre gelten konnten.

Indem er durch die Zerstörung des Mythos vom „Reich der Mitte" ein Vakuum schuf, würde er die Möglichkeit bekommen, dieses auf dem Umweg über alt-chinesische Lehren mit christlichen Ideen aufzufüllen.

Noch während er seine Predigt vor so vielen starren Masken, vor so viel ausdruckslosem Lächeln und so viel Hochmut hielt, beschloß er, dem Gouverneur und damit allen Akademikern eine chinesisch beschriftete Weltkarte zu zeichnen, die all diese Arroganz vernichten mußte.

Ja, er würde einen großen Globus herstellen, vielleicht auch einen Atlas mit Weltkarten und diese in Holz schneiden und vervielfältigen, und er würde alle Kenntnisse über Größenverhältnisse, Entfernungen und Gestaltung des Erdballs verwenden, die Europa heute besaß.

Diese primitiven, quadratischen Karten vom Reich der Mitte, das fast das ganze Blatt bedeckte, während am Rande einige Inselchen im Ozean herumschwammen und die Namen aller übrigen Länder trugen, sollten entlarvt werden als das, was sie waren: als Traumgebilde des Hochmutes! Trug auf diesen chinesischen Landkarten doch das Reich der Mitte den anspruchsvollen Namen: „Alles, was unter dem Himmel ist!"

Dr. Li würde diesen Traum zerstören.

Er wußte, daß es fünf Erdteile gab: Asien mit 100 Reichen, von denen China freilich das größte war, Europa mit 70 Reichen, Afrika mit 100 zum Teil noch unentdeckten Reichen, die beiden Amerika mit ebenfalls sehr vielen Staaten und Magellanland oder Ozeanien mit zahllosen Inselgruppen.

Das war die Welt! Und China war nur ein Stück von ihr.

Die Illusion von „allem, was unter dem Himmel ist“ würde platzen – und mit ihr jener Hochmut, der die Akademiker hinderte, das Christentum ernst zu nehmen.

27

Herrn Ch'üs Stimmung war nicht die beste.

Am Himmel seines fortgesetzten Wohlbehagens zogen dunkle Wolken herauf. Nun war aber Herr Ch'ü kein Schlechtwettermann, sondern einer, der nur für eitel Sonnenschein geschaffen war. Sorgen, Kämpfe und Mißhelligkeiten mochte er nicht, dazu war er viel zu intelligent.

Sein eigener Kang in Shiu-hing war beim letzten Regen beschädigt und durch den großen Sturm Mitte Februar am Dach beschädigt worden, auch viele Teppiche, Ölpapierwände und sogar einige kostbare Vasen und Rosenholzschnitzereien waren zu Schaden gekommen. So war Herr Ch'ü genötigt gewesen, die Gastfreundschaft seines Oheims, des Gouverneurs, in Anspruch zu nehmen, und mit Joanna und dem „kleinen Herrn Ch'ü“ in einen der größeren Pavillons im Palastgarten umgezogen. War dies schon Ärger genug gewesen, so kam nun noch der große Betrag hinzu, den die Wiederherstellung des Ch'ü-Hauses verlangte. Auch aus Nam-yang hatte man ihm geschrieben, daß er viel Geld schicken müsse, der dortige Haupt-Kang kostete große Summen Unterhaltes. Zu allem Überfluß teilte ihm sein Haushofmeister im Stadtpalais zu Kanton mit, daß er Geld für die Bezahlung der Dienerschaft, für einige Renovierungen und außerdem für die Wahrung des Gesichts von Herrn Ch'ü benötigte.

Die Situation war gar nicht so günstig.

Das große Vermögen, das er durch den Hälfteanteil am „Östlichen Jadestern“ erworben hatte, war arg zusammengeschmolzen. Er hatte seine riesigen Schulden bezahlt, den Vizekönig, Oheim Wang-P'ai und sogar den sehr mächtigen Eunuchen Ma-T'ang sowie eine Reihe kleinerer, aber nicht unbedeutender Beamter – wie etwa den Zolldirektor von Kow-lun und den Chef der Kriegsdschunken im Perlstrom – für ihre Gefälligkeiten bezahlen müssen und auch einen etwas aufwendigen Lebensstil geführt, wie er das von Jugend auf gewohnt war. Die Konten bei seinen Banken in Kanton, Shiu-hing und Nam-yang waren erschreckend zusammengeschmolzen, nur in den Lagerhäusern Kow-luns und in der Firma „Ch'ü und Wang" am dortigen Platze steckten noch einige Beträge, die ins Gewicht fielen.

Wenn Herr Ch'ü die Situation realistisch betrachtete, so war er beinahe wieder dort, wo er vor seiner Javafahrt gewesen war: kaum ein Jahr vorüber und schon wieder genötigt, Schulden zu machen!

Und gerade dieser von den Göttern verlassene „Östliche Jadestern" machte ihm Sorgen. Der blaue Mandarin, dem er die Vollmacht für Kow-lun gegeben hatte, war so töricht gewesen, das ausgezeichnete Schiff mit einer Ladung Opium und kleinen Mädchen nach Kanton einschmuggeln zu wollen. Man hatte die Dschunke, die jetzt andere Augen besaß und „Duftende Wolke" hieß, an der Bauart erkannt, beschlagnahmt und durchsucht. Dabei war sehr viel Schuggelware zutage gekommen. Der blaue Mandarin war verhaftet worden. Es hatte Herrn Ch'ü eine große Menge Taels gekostet, daß der „Blaue" – dieser unbegabte Provinz-Mandarin – aus dem „Kang der Seufzer" in Kanton entkommen konnte, bevor er den Folterknechten alle Zusammenhänge gebeichtet hatte. Seither war der „Blaue von Kow-lun" verschollen. Nicht einmal Herr Ch'ü wußte, wo sich dieses dumme Schwein versteckte.

Dann war die Steuereintreibung in Kwan-tung sehr schlecht ausgefallen. Die Steuereinnehmer, die Herrn Ch'ü unterstanden, meldeten übereinstimmend, daß die Landbevölkerung zunehmend aufsässiger würde, daß viele zu den „Roten Kopftüchern" gezählt werden mußten und nur noch ungern Steuern bezahlten. Man mußte froh sein, die normal verordneten Beträge hereinzubekommen, der Profit – von dem so viele „Beamte der Beamten", die Verwaltung selbst und schließlich die sehr hohen Herren lebten – war bedeutend zusammengeschmolzen. Das aber war Herrn Ch'üs größte laufende Einnahme gewesen. Er war sehr ärgerlich.

Es war gänzlich unmöglich, diese Verringerung des Steueraufkommens etwa dem Vizekönig klarzumachen. Er glaubte nichts, weil er nichts glauben wollte, und bestand auf der vollen Höhe seines Anteils. Sogar Oheim Wang-P'ai ließ sich seine „Handsalben" nur geringfügig schmälern.

Das Übelste von allem war jedoch, daß Macao überhaupt nichts von sich hören ließ. Wenn wirklich einmal Nachricht von dort kam, dann sah sie schlecht aus oder war ein dummes Gerücht.

Niemals wäre Herr Ch'ü mehr auf seine Geschäftsverbindungen mit Macao angewiesen gewesen als eben jetzt, da ihm von allen Seiten das Wasser in die Schuhe lief. Aber sein „Schwiegervater", Don Gaspar, schien mit Stummheit geschlagen zu sein. Er gab nicht einmal Antwort auf einige dringliche Briefe, die Herr Ch'ü geschrieben hatte, und er hatte bis heute vergessen, so lächerliche Auslagen wie die 1000 Taels für Dr. Lis Mission zu begleichen. Von dem großen Kow-lun-Geschäft war seit der Aufbringung der „Duftenden Wolke" – alias „Östlicher Jadestern" – keine Rede mehr, und die „Sao Jorge" mit all ihren schönen Waffen, an deren Verkauf sich Herr Ch'ü sehr gerne beteiligt hätte, war spurlos von der Reede Macaos, ja sogar aus dem Meer verschwunden. Kein Geld, keine Anteile, keine Rendite!

Es war augenblicklich für Herrn Ch'ü, selbst bei aller Freizügigkeit und Glaubwürdigkeit, welche ihm seine verschiedenen Ämter gewährten, unmöglich, ausgerechnet jetzt nach Macao zu fahren, um selbst nach dem Rechten zu sehen.

Die gegenwärtige Stimmung bei der Bevölkerung sowohl wie vor allem bei der immer nationalistischer werdenden Oberschicht stand auf Sturm. Macao war mehr denn je zuvor ein Reizwort für alle Politiker. Der Fremdenhaß nahm deutlich zu.

Es war demnach nicht gut, sich durch eine Macao-Reise im gegenwärtigen Augenblick noch stärker zu exponieren, als dies sowieso schon geschehen war.

Junge Beamte wie dieser gefährliche und widerwärtige Shen-wang-ku wagten es sogar gelegentlich, ihre spitzen Zungen an Mandarinen vom Silberfasanschild und Kristallknopf zu wetzen, auf eine gewisse Macao-Vergangenheit anzuspielen und diese in ein schiefes Licht zu setzen.

Diese jungen Idioten! Viele von ihnen lebten direkt oder indirekt von Macao und den ertragreichen Geschäften, die man von Shiu-hing bis Kanton mit den Fremden auf allerlei Umwegen machte, und dann protestierten sie dagegen! Sie waren eben weder Politiker noch wirkliche Intellektuelle, sondern nur älter gewordene Studenten. Jedoch eine Lösung mußte gefunden werden. Herrn Ch'üs Geld ging zu Ende, und an seine Vermögenswerte in Macao und Kow-lun konnte er momentan nicht heran, weil dies den Verdacht seiner Gegner nur verstärkt hätte. Der Blaue von Kow-lun aber war unauffindbar.

Natürlich war Herr Ch'ü viel zu gescheit, als daß ihm nicht ein Ausweg und eine Methode eingefallen wären, die ihm nicht nur aus der Krise heraushelfen, sondern einem anderen in eine solche hineinhelfen würde. Am klügsten war es, Herrn Shen persönlich mit einer Mission in Macao zu beauftragen: erstens bekam er damit endlich den persönlichen Kontakt zu Don Gaspar wieder, zweitens aber würde fortan auch Herr Shen zu den Macaoreisenden gezählt werden und damit bedeutend weniger laut protestieren können. Er beschloß also, all seine Anfragen, Geldforderungen und Geschäftsvorschläge in einem ausführlichen Brief niederzulegen und diesem Shen durch Oheim Wang-P'ai den Befehl geben zu lassen, die Macaoaktion durchzuführen.

Schließlich war Herr Shen Beamter und hatte nur den Rang eines Wachtelträgers mit „liliengeprägtem" Goldknopf, was immer noch ziemlich niedrig war.

Es gab außerdem noch einen dritten Grund, Herrn Shen für einige Zeit von Shiu-hing fortzuschaffen.

Herr Ch'ü hatte einige Schwierigkeiten mit seiner Gattin Joanna. Sie standen seit kurzem nicht mehr so ausgezeichnet zueinander, wie Meister Kung-fu-tse das empfohlen hatte. Es war ein großer Fehler gewesen, Joanna aus dem Kang in Nam-yang herauszunehmen und mit nach Shiu-hing zu bringen.

Es hatte offenbar der großen Liebe geschadet. Joanna wurde immer aufsässiger, lästiger und europäischer. Sie hatte aufgehört, eine Chinesin zu werden.

Herr Ch'ü, der sie immer noch sehr liebte, aber nicht mehr so oft wie vor einem Jahr mit ihr zu Bett ging, hatte zu seinem nicht geringen Erstaunen entdeckt, daß die liebliche, leidenschaftliche und schöne Joanna eine sehr böse Zunge besaß. Sie benahm sich manchmal wie eine alte Kang-Mutter, nicht wie eine unterwürfige Geliebte.

Ja, sie wagte es immer öfter, Herrn Ch'ü, der so etwas nicht gewohnt war, nackte Wahrheiten ins Gesicht zu sagen. Jetzt war nicht mehr die Rede davon, daß Joanna Chinesin werden wollte, nun versuchte sie aus ihm einen Europäer zu machen.

Es wäre gut gewesen, man hätte sie noch eine längere Zeit der Erziehung des Frauenhauses in Nam-yang überlassen.

Herr Ch'ü, dieser hochgebildete und ausgezeichnete Mandarin sehr bedeutenden Grades, bekam oft Vorwürfe zu hören. Es gefiel Joanna durchaus nicht, wenn er zusammen mit einigen Freunden höherer Position in einem Chrysanthemenhaus oder in einem Teehaus sich mit Tänzerinnen bei Musik, Tanz und Reiswein amüsierte.

Sie verweigerte sich ihm dann, wenn er müde und abgekämpft nach Hause kam, um sich bei wahrer Liebe zu erholen, und sie hielt ihm seine Eskapaden vor, als seien sie nicht das natürliche Recht eines Mannes.

Ja, sie hatte kürzlich sogar gesagt, was er davon halten würde, wenn sie es ebenso triebe?! Das war ein undenkbarer Gedanke, den man nicht einmal erwähnen sollte! Denn schließlich war Joanna eine Frau, noch dazu jene des Herrn Ch'ü!

Manchmal dachte er dann, wenn er solche leidenschaftliche Streitszenen und bittere Vorwürfe hinter sich hatte und alleingelassen auf seinem Sorgenlager ruhte, an die schönen und harmonischen Zeiten mit dem „blumenhaften Trostmädchen" Pi-shan. Er bekam richtige Sehnsucht nach dieser ausgeglichenen und friedlichen Periode seines Lebens.

Was war Pi-shan für ein hingebungsvolles und dabei wohlerfahrenes Mädchen gewesen, eine richtige Erfrischung für einen müden und vom Dasein hart mitgenommenen Mann! Natürlich liebte er seine Joanna auf seine Weise, ja, er gestand sich ein, daß ihm ihr Selbstbewußtsein, ihre Persönlichkeit und ihr Mut besonders gefielen und für ihn eine Art exotischen Reiz abgaben, aber neuerdings war ihm sogar diese Seite Joannas zu viel und zu lästig. Pi-shan wäre besser gewesen, friedlicher und unterwürfiger ...

Was er gerade jetzt in seiner prekären und schwierigen Situation brauchte, war Trost, keine Vorwürfe, war Zuspruch, nicht aber Beeinflussung.

Ein Mann wie Herr Ch'ü, der sein Leben lang gewohnt war, vom

Glück begünstigt zu werden, alle Hindernisse dank seiner Intelligenz und seiner vielen Beziehungen zu nehmen und somit in Zufriedenheit, Wohlbefinden und Luxus zu leben, hatte eine angeborene Animosität gegen Kämpfe und Schwierigkeiten. Diese machten ihn sehr traurig und verschafften ihm Kopfschmerzen.

Beides jedoch mochte Herr Ch'ü überhaupt nicht.

Und so beschloß er, auch an diesem Punkte seines gegenwärtigen Daseins etwas zu verändern, um wieder besser schlafen und froher gesinnt sein zu können.

Er würde Joanna nach Nam-yang in das Frauenhaus zurückschicken. Ein Vorwand würde sich finden lassen; der kleine Herr Ch'ü war ja wunschgerecht getauft, was vielleicht politisch gesehen auch ein Fehler war. Die Trauung konnte später einmal stattfinden. Jedenfalls war es Herrn Ch'ü momentan angesichts der zunehmenden Fremdenfeindlichkeit unmöglich, dem unausstehlichen Bohren Joannas nachzugeben und sich noch mehr mit den Fremden einzulassen. Noch dazu dieser starrsinnige Dr. Li nicht bereit war, von seinen Bedingungen abzugehen, und vermutlich die Trauung oder Taufe des Herrn Ch'ü an die große Glocke hängen würde.

Es war genug! Er hatte sich von Joanna schon zu weit auf die europäische und christliche Bahn treiben lassen. Im Akademikerverein tuschelte man bereits über ihn. Joanna mußte nach Nam-yang zurückkehren.

Und dann wollte er die Mission besuchen. Dort gab es ja immer noch dieses schöne und angenehme „blumenreiche Trostmädchen" Pi-shan, das ihn einst sehr geliebt hatte. Wahrscheinlich würde sie gerne mit einem hohen Mandarin mitgehen und in seinem Pavillon wohnen wollen. Dr. Li konnte einige Taels als Entschädigung für Pi-shan bekommen. So viel besaß Herr Ch'ü noch, und die Jesuiten waren, wie Herr Ch'ü genau wußte, auch schon wieder mit ihrem Geld ziemlich am Ende.

Das also konnte man arrangieren. Herr Ch'ü würde wieder besser schlafen und eine sehr schöne Zeit haben. Pi-shan wäre eine wahre Erholung auf eine böse gewordene Joanna, eine schöne Chinesin nach einer allzu leidenschaftlichen Portugiesin.

Und so würde sich alles zum Guten hin wenden.

Um die Zeit, als am Jasminfluß die Baumblüte einsetzte, bedeckten sich Ebene und Hügelland mit wechselnden Farben.

Zuerst war gleich einer rosa Wolke die Mandelblüte auf die Berge gefallen, dann kam das sattere Rosarot der Pfirsiche hinzu, etwas später die weiß-rote Pracht der Kirschen und bald darauf das Blau, Violett und Rot der Jakarandas. Sogar die Bäume, die „Flamme des Waldes" genannt werden, standen wie lodernde Purpurfackeln am Rande der Haine.

Die Palmen ließen ihre goldgelben Blütendolden aus dem Gefächer ihrer Wedel hängen; Guave, Papayas, Mango und Tulpenbäume trugen schon grüne Früchte, und die tiefgrünen Buschen der Orangen- und Mandarinenbäume bedeckten sich mit den sattroten Bällen der ersten Ernte.

Die vielstufige Pagode im Akademikergarten leuchtete durch ihre Geranien- und Fuchsiengehänge in den Stockwerken in allen Farben und richtete sich stolz über den Blumenterrassen empor. Auch die zertrampelten Gärten des Klosters hatten sich wieder erholt und brachten neue Blumen hervor.

Die blaue Jakaranda bei der Kirche stand wie ein Ball aus Azurfiligran vor dem Weiß der Wand. Es kamen nicht mehr so viele Menschen zu der Kirche, die „Blume der Heiligen" genannt wurde. Sogar die vertikal gestellte, an die weiße Wand gemalte Sonnenuhr – die eine Zeitlang die Sensation von Shiu-hing gewesen war, weil die Chinesen nur horizontale Sonnenuhren kannten – hatte ihre Anziehungskraft verloren. So wurden die Beete nicht mehr zertrampelt, die wenigen Besucher hielten sich an die mit weißen und roten Kieseln bestreuten Wege.

Das Landvolk arbeitete in diesen Wochen auf den Terrassen am Flußufer. In langen Reihen wateten Männer, Frauen, Mädchen und sogar Kinder unter ihren kegelförmigen Strohhüten durch die überfluteten Felder und versetzten die grünen Büschel der Reispflanzen, die sie gebündelt in ihren Schürzen trugen. Da um diese Jahreszeit die Schlangen und Ratten aus ihren Löchern zu kommen pflegten, um die zahllosen Frösche in den Reissümpfen zu besuchen, geschah es immer wieder, daß die bis zu den Knien im Schlammwasser watenden Menschen gebissen wurden. Einige starben. Gegen den Biß einer gefleckten Tigerschlange, einer Kobra oder der fingerdünnen, grünen Baumotter war kein Kraut gewachsen, da half weder das berühmte chinesische „Unsterblichkeitspulver“ noch Drachenaugen, Schlangenblut oder getrocknete und zerstoßene Eidechsen. Reiskultur war eben sehr arbeitsaufwendig und auch gefährlich, woran natürlich niemand dachte, wenn er Reis aß.

Trotzdem man wußte, wie aussichtslos es war, einen von der Kobra oder Tigerschlange gezeichneten Menschen noch retten zu wollen, brachten einige Kulis ihre Frauen oder Kinder manchmal zu Dr. Li ins Kloster, damit er einen Versuch mache. Meist kamen die Sterbenden schon in Agonie oder von Krämpfen geschüttelt an, und die beiden Jesuiten hatten fast niemals Erfolg mit ihren medizinischen Künsten.

Die Landleute hielten jedoch viel von ihnen, seit es sich herumgesprochen hatte, daß Dr. Li und sein Gehilfe Kranke geheilt hätten. Sie galten als fremde Zauberer, und weil das einfache Volk immer geneigt ist, sich an das Unwahrscheinliche und Wunderbare zu klammern, kamen immer wieder Kulis in der kühnen Hoffnung, die Ausländer mit ihrem seltsamen Kreuzgott könnten mehr als die chinesischen Ärzte.

Dann aber hatte sich der Fall mit dem Kind eines beinah reichen Grundbesitzers – noch dazu einem ehrenwerten Knaben – ereignet, der durchaus nicht von einer gefleckten oder aufgeblähten Schlange oder einer giftigen Ratte gebissen, sondern von einer Halskrankheit befallen worden war.

Zuerst war der Grundbesitzer, der seiner drei ihm gehörenden Reisäcker wegen bei den Kulis und Pächtern in sehr hohem Ansehen stand, mit dem kranken Kind zu dem tao'istischen Magier gelaufen. Doch dieser hatte genau nach den Anweisungen eines mehr als tausend Jahre alten Medizinbuches gehandelt und dem Knaben mit aller Kunst den Puls gefühlt, aus dessen Schlag er genau den Herd der Krankheit feststellen konnte.

Als der Magier erkannte, daß es dem Kind im Hals fehle und daß es unweigerlich an Ersticken sterben müsse, hatte man sicherheitshalber noch die ehrenwerten Ahnen befragt. Ein Tisch wurde mit Sand bestreut und darauf ein mit Anfragen an die Verstorbenen gerichteter Brief verbrannt. Flamme und Rauch stellten unschwer die magische Verbindung mit den Ahnen her, und als man nun einen Aprikosenzweig vorsichtig auf den mit Sand und Asche bedeckten Tisch warf, konnte der Magier ziemlich genau aus den Abdrücken die Antwort der Ahnen ablesen.

Auch diese waren der Meinung, daß der Junge zu sterben habe.

In seiner letzten Verzweiflung trug der Vater das Kind in das Kloster, damit die „fremden Teufel“ versuchen sollten, es zu retten.

Auch Dr. Li sah sogleich, daß hier alle Kunst vergebens war. So versuchte er nur noch die Seele des sterbenden Knaben zu bewahren. Dieser war noch sehr klein, und wenn man ihn wenigstens taufte, so konnte seine Seele sündenfrei in die Ewigkeit eingehen. Der Pater murmelte also seine Gebete, segnete den Jungen und goß ihm das Wasser über das Haupt.

Dann starb das Kind unter großen Erstickungskrämpfen.

Dr. Li hätte aus Indien wissen müssen, daß bei primitiven oder heidnischen Völkern nichts gefährlicher für einen Ausländer ist, als einem Kind etwa die Hand aufzulegen, ihm etwas zu schenken oder über dasselbe eine Segensformel zu sprechen. Geschieht dem Kinde in den folgenden Tagen etwas Böses, wird es krank oder stirbt es gar, so wird die Schuld daran unweigerlich der Begegnung mit dem Fremden angelastet. Er hat es verzaubert, verhext oder durch Magie getötet.

Auch der Grundbesitzer und seine ziemlich primitive Frau, die zwar genau gewußt hatten, daß sie einen hoffnungslosen Fall, ja einen schon Sterbenden, ins Haus der Jesuiten geschleppt hatten, verließen schreiend und lamentierend das Kloster, rannten zu dem Tao-Mann zurück und beschuldigten die Jesuiten, sie hätten ihren einzigen Sohn durch Zauber umgebracht. Der Magier, dem die medizinische Konkurrenz der Patres schon lange ein Dorn im Auge gewesen war, bestätigte diese Diagnose unter zahlreichen Beschwörungen, und alsbald lief das Gerücht durch Shiu-hing, die Jesuiten hätten ein Kind gemordet.

Einige hohe Herren aus dem Akademiker-Club, die aus ihrer Fremdenfeindlichkeit trotz Prisma, Kircheneinweihung, Sonnenuhr und Gouverneurseinladung kein Hehl machten, halfen mit, daß sich dieses Gerücht und auch die feindselige Einstellung gegenüber den Jesuiten aufheizte.

Plötzlich brachten die Kulis keine Schlangenbisse mehr ins Kloster, und der Besucherzulauf in die Kirche versiegte fast völlig.

Es liefen auch noch andere, sehr beunruhigende Gerüchte in Shiuhing um.

Es waren Männer aus Kanton gekommen, die behaupteten, die bösen Inselzwerge aus Japan stünden kurz vor einer massiven Landung an den chinesischen Küsten und hätten sich mit den Fremden von Macao und Formosa verbündet, um das Reich der Mitte zu erobern. Die Macaoleute hätten den Japanern Waffen geliefert, in Kanton aber sei ein Schiff vollgestopft mit Rauschgift aufgebracht worden, das aus Kow-lun gekommen sei, jedoch den Macaoleuten gehört habe.

Es mußte jedem national denkenden Chinesen klar sein, daß sich die Ausländer verschworen hatten, die „Blume der Mitte“ zu zerstören: sei es durch Piraterie, durch Invasion oder durch Vergiftung mit Opium. Und wer konnte schon mit Sicherheit sagen, ob diese „fremden Teufel“ im Kloster auf der Asphodelienwiese nicht als Spione und Vortrupp ausgesandt waren, bei all diesen Plänen mitzuhelfen. Schließlich waren auch sie aus Macao gekommen.

Was die Akademiker-Vereinigung auf dem Pagodenhügel anbelangte, so gab es dort viele hochgestellte Herren, denen der Anblick dieses Kloster- und Kirchenbaues am fernen Rande ihres Lustgartens sehr zuwider war und die der Meinung waren, die Natur sei bedeutend besser zu betrachten, wenn dieser weiße Kasten nicht dastünde. Eines Nachts prasselte eine Salve großer Feldsteine auf das schön glasierte Ziegeldach der Kirche. Aber niemand hatte sie geworfen.

Am Morgen besahen die Patres den Schaden. Einige schöne rote Ziegel waren abgebrochen und mußten ersetzt werden.

Es war sehr notwendig geworden, daß irgend etwas geschah, der Volksstimmung eine andere Wendung zu geben und die Akademiker wieder friedlicher zu machen.

Eben jetzt wurde Dr. Lis große Weltkarte fertig.

Monatelang hatte er an diesem Werk gearbeitet. Es war wohlüberlegt gewesen, dem überzogenen chinesischen Selbstbewußtsein und der Anmaßung, China als „alles, was unter dem Himmel" ist zu bezeichnen, einen Dämpfer zu versetzen. Aber Dr. Li hatte alle Seiten seines Unternehmens abgewogen: die psychologischen wie die politischen. Es würde gut sein, diesem eingebildeten Akademikerklüngel etwas Nachdenklichkeit und vielleicht auch Bescheidenheit beizubringen, indem man ihnen bewies, daß China – ihr geliebtes „Reich der Mitte" – zwar ein sehr großes Land, aber eben doch nur der Teil einer noch größeren Welt sei. Es wäre jedoch schädlich gewesen, ihr Selbstbewußtsein völlig zu zerstören. Das hätte sie nur noch fremdenfeindlicher gemacht und in ihnen die Furcht vor einem Überwältigtwerden durch fremde Mächte verstärkt. Also hatte Dr. Li die abendländischen Atlanten umgedreht, nicht wie üblich Europa in die Mitte der Weltkarte gestellt, sondern China, so daß nun das Abendland weit links und Amerika ebenso weit rechts von China und Asien lag und China tatsächlich als „Mitte" gelten konnte. Zugleich würden die Formate und Maßstäbe zeigen, welche Rangordnung auf der Erde hinsichtlich der Größenverhältnisse bestand.

Diese erste Weltkarte, die China zu sehen bekommen würde, wurde von Dr. Li auf chinesisch beschriftet und mit unsäglicher Mühe in eine Lindenholzplatte geschnitten. Da er sich längst schon eine Druckereieinrichtung nach chinesischer Art angeschafft hatte, war es für Pater Ruggieri keine große Schwierigkeit, von dem Druckstock eine ganze Serie von Weltkarten abzuziehen.

Das erste, sehr gut gelungene Exemplar malte Dr. Li mit Wasserfarbe schön aus: die Ozeane blau, die Länder in verschiedenem Couleur und die Gebirge braun.

Dieses Prachtwerk überreichte er als erstem dem immer noch wohlwollenden Gouverneur Wang-P'ai.

Dieser besaß zwar schon einige Kartenbilder von Details der chinesischen Küste, die ihm Dr. Li gleich zu Anfang geschenkt hatte, aber eine Weltkarte dieser Art hatte er noch nie gesehen. Es war leicht, sie dem Gouverneur zu erklären, da sie ja chinesisch beschriftet war, und dieser war auch hochentzückt.

Sogleich – da er den Holzschnitt-Druck erkannt hatte – bat er um mehrere Exemplare dieser Karte, die er an alle hochgestellten Freunde in der Stadt, der Provinz und sogar in Kanton verschicken wollte.

Herr Wang-P'ai ging sogar so weit, daß er seinen eigenen roten Hausstempel auf jedes einzelne Exemplar drückte, um anzuzeigen, daß er persönlich der Herausgeber sei. Aber all dies war ganz im Sinne von Dr. Li, der ja nun wußte, daß seine Arbeit die weiteste Verbreitung finden und sehr eingehend diskutiert werden würde.

Das erste Exemplar ließ Herr Wang-P'ai im Audienzsaal des Palastbezirks an sehr sichtbarer Stelle aufhängen und gab es zur allgemeinen Besichtigung frei.

Wie damals bei dem Prisma und dem Madonnenbild drängten sich alsbald die Mandarine, die großen Herren und Beamten, aber auch reiche Kaufleute und Offiziere Tag für Tag vor der Karte und besprachen die Sensation.

Die Wirkung, die sich der Pater erhofft hatte, trat ein.

Einerseits schraubte sich der Hochmut der Akademiker wegen der Bedeutung und Größe ihres Landes deutlich zurück, tat es aber doch nicht so sehr, daß sie aus der neuen Einsicht nur Fremdenfurcht bezogen hätten; denn sie bemerkten recht wohl, wie weit entfernt und wie winzig im Vergleich zu China etwa Portugal oder Holland waren. Die allgemein hochgepeitschte Angst, diese Macao- oder Formosaleute könnten sich mit dem Gedanken tragen, das Reich der Mitte zu erobern, fiel in sich zusammen. Es war sehr unwahrscheinlich, daß Leute, die durch den halben Erdball von ihrem kleinformatigen Heimatland getrennt waren, daran denken könnten, ein Riesenreich wie China aufzufressen. Dazu waren ihre Zähne nicht scharf genug und ihr Magen zu klein.

Da die Weltkarte, von der bald schon neue Auflagen gedruckt werden mußten, sehr großen Erfolg hatte und sich über Kwan-tung, Kanton, ja sogar die Provinz Fu-kien verbreitete, kam Dr. Li neuerdings zu großer Berühmtheit. Denn man wußte natürlich, daß er es gewesen war, der den Chinesen diese neue Wissenschaft gebracht hatte. Gouverneur Wang-P'ai war nur der Patenonkel dafür.

Jetzt erhielt auch das Kloster wieder stärkeren Zulauf. Akademiker kamen, um Karten zu kaufen und mit Dr. Li zu diskutieren. Er versuchte jedesmal in die Gespräche über Geographie, Mathematik, Astronomie und Kartographie auch religiöse Thesen einzustreuen und das Interesse der Chinesen, das sich ja fast ausschließlich auf Naturwissenschaften und Philosophie richtete, auch auf die Fragen der Religion zu lenken. Viele hörten ihm zu, nickten höflich, und einige dachten sogar darüber nach.

Dr. Li versäumte niemals, seine religiösen Einflechtungen so weit wie möglich mit den Lehren des hochgeschätzten Meisters Kung-fu-tse zu verbinden und so allmählich den Eindruck zu erwecken, als handle es sich beim Christentum nur um eine Art Vollendung und Überhöhung lang vorhandener chinesischer Philosophien.

Jetzt zum ersten Mal hörten sie ihm zu, diskutierten ernsthaft mit ihm und nahmen nicht mehr von Anfang an eine Haltung aus Arroganz, Hochmut und Überlegenheit ein. Aber nur einer von den Akademikern nahm systematischen Religionsunterricht bei ihm. Es war der junge Herr Shen, der einstmals der entschiedenste Gegner der Fremden gewesen war.

Aber nicht nur Herr Shen, auch Herr Ch'ü erschien nun öfter im Kloster zu den „Blumen der Heiligen".

Herr Ch'ü kam wegen Pi-shan, Herr Shen, um über das Christentum mehr zu erfahren, und auch wegen Pi-shan. Dr. Li hatte diese Motivierung längst durchschaut.

Er wußte auch, daß Joanna mit dem „kleinen Herrn Ch'ü" nach Nam-yang zurückgebracht worden war. Von einer Taufe Herrn Ch'üs und einer christlichen Trauung war schon lange nicht mehr die Rede.

Herr Shen aber kam auf dem Umweg über die soziale Frage und seinen revolutionären Geist zur Mission. Er fand, daß die Lehre und das Leben Jesu Christi sehr deutlich von Gerechtigkeit und Menschenliebe sprachen, ja unbedingter diese Tugenden forderten, als dies selbst bei Meister Kung der Fall war.

Dr. Li vermutete, daß dieser freundliche und für einen Chinesen beinah leidenschaftliche Mensch irgendwie mit den Geheimbünden zu tun hatte. Er erwähnte oft die Ideen der Vereinigung „Östlicher Wald" und fand viele Worte des Verständnisses für die Bauernbewegung der „Roten Kopftücher". Vor allem aber vertiefte er sich ernsthaft suchend in die christliche Lehre.

Eines Tages im Mai traf Herr Shen bei seinem üblichen Besuch im Kloster auf der Asphodelienwiese Dr. Li nicht an. Da man ihm sagte, der Pater würde bald zurückkehren, nahm er auf der Bank unter dem blauen Jakarandabaum Platz und begann zu meditieren.

Wie beinahe immer, wenn er kam, erschien wie zufällig Pi-shan-Maria und trippelte in ihrem schönen himmelblauen Rosenkleid an ihm vorüber.

Sie wurde sehr höflich aufgefordert, an der Seite Herrn Shens Platz zu nehmen, worauf sie gewartet zu haben schien. Sie setzte sich unter vielen Verneigungen und in gehörigem Abstand zu Herrn Shen.

„Herr Ch'ü erscheint nun sehr oft im Kloster", sagte sie. „Er ist ein sehr großer Mann und trägt den Kristallknopf."

„Ja, er nimmt einen hohen Rang ein, und der achtbare Herr Wang-P'ai ist sein direkter Oheim!"

„Herr Ch'ü hat mich einst aus dem Chrysanthemenhaus freigekauft. Er war sehr gütig zu mir."

„Ich weiß es. Herr Ch'ü ist häufig sehr gütig, besonders, wenn ein Mädchen so schön ist wie Sie, geehrte Orchidee!"

„Warum, o hochzuverehrender Herr Shen, nennen Sie mich Unwürdige eine Orchidee, weshalb gebrauchen Sie nicht das Wort Chrysantheme? Es wäre passender."

„Weil Sie, o Hochachtbare, eine Orchidee und keine Chrysantheme sind. Das ist sehr einfach."

Pi-shan senkte den Kopf, und leichte Röte breitete sich unter der zarten Schicht von Reispuder über ihre Wangen.

„Dieser gütige Herr Ch'ü will mir die Ehre erweisen, mich wieder in sein geehrtes Haus aufzunehmen, er will mir viele und außerordentlich schöne Kleider kaufen!"

„Und was haben Sie, meine Orchidee, darauf geantwortet, als Herr Ch'ü Sie mit soviel Ehre und Güte bedacht hat?"

„Ich habe gesagt, daß die Chrysanthemen verblüht sind und daß sie in den Klostergärten nicht wachsen können."

„Sie haben sehr weise geantwortet, o Pfirsichblüte! Aber Herrn Ch'ü wird so etwas nicht gefallen. Er hat seine portugiesische Frau nach Nam-yang geschickt und ist sehr einsam in seinem Kang."

„Nein – es hat ihm nicht gefallen. Und Herr Ch'ü ist nicht nur ungemein gütig, er ist auch sehr mächtig. Ich verspüre ein wenig Angst!"

Herr Shen, der trotz seines Mandarinranges keine Fingernagelschoner trug und überhaupt nicht über längere Nägel verfügte – was eine ganze Anzahl seiner Kollegen als ungemein proletarisch empfand –, ballte die Fäuste. Er benötigte einige Zeit, um seine Gesichtszüge unter Kontrolle zu bringen.

„Sie sollten keine Furcht empfinden, liebliche Orchidee! Das steht der Braut eines Mandarins nicht an. Außerdem wird nicht einmal Herr Ch'ü es wagen, der Braut eines Mandarins etwas Unerwünschtes anzutun."

„Aber – ich bin ja gar nicht die Braut eines Mandarins, Hochgeehrter!"

„Doch, Pi-shan-Jadeperle, Sie sind es oder Sie werden es sein, sobald ich von jener Reise zurückkomme, die Herr Ch'ü durch den hochachtbaren Herrn Wang-P'ai für mich hat anordnen lassen."

„Sie sprechen von einer Maßnahme, geehrter Herr Shen, der Sie nicht nahetreten dürfen. Sie sind aus hochachtbarer Familie, wie ich weiß, und sicherlich hat ihre ausgezeichnete Familie für Sie bereits ein ebenso hochgeehrtes Mädchen aus besten Kreisen ausgesucht, die Sie heiraten werden!"

„Das ist allerdings richtig. Es gibt eine Puppenbraut, und es gibt den dringlichen Wunsch meines hochgeehrten, aber leider schon zu den Ahnen fortgegangenen Herrn Vaters, daß ich ein Mädchen der Familie Tung heirate. Ich jedoch werde dies nicht tun, obwohl mein ehrenwerter Vater tot ist und ich lebe. Er wird zahlreiche Enkel von einer anderen Frau erhalten, die im Augenblick neben mir sitzt."

„Aber Herr Shen – Gütiger und zu Bewundernder! So etwas dürfen Sie nicht einmal im Scherz aussprechen! Ich war ein Chrysanthemenmädchen, ein blumenhaftes Trostmädchen, und ich werde Nonne werden!"

„Sie waren dies oder jenes, Pi-shan-Pfirsichblüte! Sie haben auch, wie ich wohl weiß, lange Zeit im Kang des Herrn Ch'ü gelebt, bis er Sie den Portugiesen geschenkt hat. Aber all dies ist nicht wahr, weil es vergangen ist und Sie heute kein Chrysanthemenmädchen mehr sind, sondern Pi-shan."

„Sie wissen bestimmt nicht, Gebieter und Wohlbelehrter, daß ich Christin bin und daß Doktor Li mich getauft hat. Ich habe einen Christennamen, der lautet Maria!"

„Sie haben sehr wohl getan, Christin zu werden! Auch ich trage mich mit dem Gedanken. Sie waren eine von diesen zahlreichen, armen Mädchenkindern, die man an Chrysanthemenhäuser verkauft und dem Vergnügen der Reichen und Mächtigen vorgeworfen hat. Es ist mir lange schon in der Seele zuwider, daß man die Kinder meines Volkes auf solche Weise ausbeutet und zu Gegenständen erniedrigt. In diesem Lande herrscht weder Gerechtigkeit noch Menschenliebe! Jesus Christus aber ruft die Mühseligen und Beladenen zu sich, Doktor Li speist die Hungrigen, pflegt die Kranken, er liebt das Volk, das bisher schweigend alles erduldet hat.

Ich werde Christ sein, wie Sie, liebliche Pi-shan, reine Pi-shan!"

„Auch Herr Ch'ü will sich taufen lassen, Ehrenwerter! ... Vielleicht! Es ist möglich ..."

„Herr Ch'ü wird niemals etwas anderes sein als ein Mann, der gut leben will und der Macht über andere ausübt. Es wird keine Rolle spielen, ob er Christ ist oder nicht."

„Herrn Ch'ü wird es sicherlich nicht gefallen, wenn Sie nicht dieses Tung-Mädchen, sondern vielleicht eine andere heiraten!"

„Nein, er wird vieles versuchen, aber ich werde auch vieles versuchen. Er weiß schon, warum er mich auf die Reise schickt. Sie aber, meine duftende Nelke, werden eine gute Christin sein und keineswegs in den Kang des Herrn Ch'ü ziehen!"

Die Mandarinssänfte Dr. Lis schwankte den rotbestreuten Kiesweg herauf.

Herr Shen ergriff Pi-shans Hand.

„Kommen Sie, Maria", sagte er, „der Pater soll uns segnen. Dann kann uns niemand wirklichen Schaden antun!"

29

Herr Ch'ü war ein sehr kluger Mann. Was immer er betrachtete, sah er durch die scharfen Gläser des Intellekts. Ihm konnte kaum etwas passieren, weil er die Dinge realistisch beurteilte und seine Pläne nach der Logik ausrichtete. Diese ganze Traum- und Nebelwelt, die hinter den Tatsachen, den kausalen Zusammenhängen und den nützlichen Erwägungen stand und die Gefühle, Ahnungen, Intuitionen und Instinkt hochkommen ließ, verachtete er. Verstand war seine Richtlinie, nicht Glaube; Schlauheit akzeptierte er, nicht jedoch Gespür.

Er war gut durchgekommen mit dieser Methode.

Nun aber machte er einen schwerwiegenden Fehler. Aus einer Anzahl sehr einleuchtender und nützlicher Gründe hatte er beschlossen, Herrn Shen als Kurier nach Macao zu schicken. Und dabei hätte er fast noch im letzten Moment die Möglichkeit gehabt, für diesen Auftrag einen anderen, vermutlich sehr zuverlässigen Botschafter auszuwählen. Doch lehnte er – entgegen seinem tiefinnerlichen Unbehagen, das er gegenüber Herrn Shen empfand – es ab, jenen anderen zu beauftragen.

Die Argumente, die für Shen sprachen, waren logisch und wohlausgerechnet. Also blieb Herr Ch'ü bei seinem ursprünglichen Plan und verwarf seine dunklen Gefühle.

Pater Ruggieri sollte nämlich dringend nach Macao zurück. Dr. Li hatte Herrn Ch'ü bei seinem letzten Besuch im Kloster um eine Beförderungsmöglichkeit nach Macao gebeten.

Wieder einmal war die Mission in Geldnot geraten. Da Macao und vor allem Don Gaspar Viegas, der alte Protektor der „Societas", nichts von sich hören ließen, mußte Dr. Li daran denken, von seinem einzigen Stützpunkt, den er in Ostasien besaß, neue Unterstützungen zu erbitten. Es war dringlich geworden.

Dazu kam, daß Pater Ruggieri, der wackere und bescheidene Mitkämpfer Dr. Lis, zunehmend unter dem tropischen Klima litt, immer öfter erkrankte und – obschon er selber es nicht wahrhaben wollte – nur noch unter Schmerzen seine vielen Pflichten erfüllen konnte.

Nach eineinhalb Jahrzehnten Fernostaufenthalt und nur mit einer sehr schwankenden Gesundheit ausgestattet, war für Pater Ruggieri der Zeitpunkt gekommen, den viele Europäer erlebten: daß sie wieder einmal die kraftvollere Luft Europas, die gemäßigteren Temperaturen, die geringere Luftfeuchtigkeit und die gesündere Ernährung ihrer Heimat nötig hatten. Vielleicht war Pater Ruggieri auch wirklich sehr krank. Er hustete unausgesetzt, konnte nicht mehr schlafen und war morgens in Schweiß gebadet, während ihn oft in der prallen Sonne Frostschauer überflogen. Dr. Li hatte ihm jedenfalls verordnet, nach Macao zurückzukehren, dort die

Geldangelegenheiten in Ordnung zu bringen und sich gründlich von einem europäischen Arzt untersuchen zu lassen.

Da sich Ruggieris Zustand ebenso wie die Finanzlage in der letzten Zeit deutlich verschlimmert hatten, betrieb Dr. Li die Organisation einer Macaofahrt mit aller Vehemenz. Er sprach Herrn Ch'ü darauf an, da er vernommen hatte, daß dieser eine Dschunke nach Macao ausrüsten lasse.

Für einen Augenblick hatte Herr Ch'ü eine sehr günstige Lösung seiner Kurierprobleme zu sehen geglaubt. Pater Ruggieri – zuverlässig und treu wie Gold – würde die etwas gefährlichen und diskreten Briefe sicher bestellen. In Herrn Shens Händen waren sie wie das Treibpulver von Raketen und sehr gefährlich!

Aber – so dachte Herr Ch'ü mit bedeutender Geistesschärfe – wie anders würden sich dann die anderen Probleme lösen: dieser Shen mußte irgendwie mit Macao in Zusammenhang gebracht und belastet werden, auch war es um Pi-shans willen gut, wenn er für einige Zeit abwesend sein würde. Diese Fragen konnte Pater Ruggieri nicht erledigen. Auch würde Ruggieri vermutlich in Macao bleiben, wenn nicht gar nach Europa zurückkehren, und somit keine Antwortpost überbringen können. Man mußte ihm dann jedenfalls einen zweiten Mann mitgeben, und das war schlecht.

Also beließ er alles bei der anfänglichen Planung, was ein großer Fehler sein würde, und erlaubte lediglich, daß Pater Ruggieri mit der Dschunke des Herrn Shen mit nach Macao fahren konnte, was für die unbeschreibliche Güte Herrn Ch'üs sprach.

So übernahm demnach Herr Shen, der übrigens die Prüfung für die nächsthöhere Rangstufe glanzvoll bestanden hatte und nun zum Mandarin mit dem „weißen Porzellanknopf" und vom „Regenbogen-Entenschild" befördert worden war, die wohlversiegelten und in doppeltes Purpurpapier eingeschlagenen Briefe für Don Gaspar Viegas und das Kommando über die Dschunke „Silberner Delphin", die eine Schnellsegel-Barke war. Er ging Ende Juni bei günstigem Winde den Strom hinab und aufs Meer.

Mit dieser Rangerhöhung war Herr Shen überraschend schnell aufgestiegen. Er verließ, indem er den Goldknopf mit der Lilie ablegte, die Kategorie der „Mandarine der Erde", also den gehobenen, mittleren Beamtendienst und reihte sich nun in die unterste Stufe der

„Mandarine des Himmels", in den höheren Beamtendienst, ein. Freilich stand er immer noch so viele Rangstufen unter Herrn Ch'ü, daß er Herrn Ch'ü so wenig gefährlich werden konnte wie in Europa etwa ein Ministerialrat seinem Minister.

Shen war also abgefahreen und hatte Pi-shan allein gelassen. Vorher jedoch hatte er mit Dr. Li gesprochen, sich offiziell nach christlicher Weise mit dem ehemaligen blumenhaften Trostmädchen verlobt und den Pater gebeten, auf Pi-shans Wohl und auch ein wenig auf Herrn Ch'üs Machenschaften zu achten.

Dr. Li hatte seinen Segen erteilt und versprochen, daß Pi-shan unbelästigt bleiben sollte. Er war sehr froh, daß sie nun doch keine Nonne werden würde.

Der Abschied der beiden Verlobten war sehr zeremoniell und zurückhaltend gewesen. Shen behandelte Pi-shan wie eine Dame aus gutem Hause, und sie dankte ihm dafür, indem sie sich wie eine solche benahm.

Beim Abschied, der ohne Umarmung oder Zärtlichkeit nur durch gegenseitige Verneigungen stattgefunden hatte, war Herr Shen sehr geheimnisvoll gewesen. Er hatte eine Andeutung gemacht, als plane er etwas sehr Wichtiges. Über Herrn Ch'üs Zukunft sah er düstere Wolken heraufsteigen und sagte Pi-shan, sie brauche vor diesem hochgeehrten Mandarin keine Furcht mehr zu haben. Es würde sich sehr bald vieles ändern.

Was er nicht erwähnte, war die Tatsache, daß er schon vor Wochen einen Brief aus Kanton bekommen hatte, der von einem gewissen T'sai-shen stammte – ebenfalls einem Mandarin vom weißen Porzellanknopf mit dem Entenschild –, der im übrigen ein Vetter vierzehnten Grades des Vizekönigs war und augenblicklich bei der Kantoner Polizeidirektion in einem sehr wichtigen Posten saß. Dieser Vetter T'sai war ihm zu Dank verpflichtet, weil er ihm einstmals aus dem „Kang der Seufzer" herausgeholfen hatte.

Aber Vetter T'sai schrieb nicht wegen seiner ungelöschten Dankesschuld, sondern weil er wußte, daß Herr Shen diesen widerlichen Herrn Ch'ü so wenig mochte wie er selber. Er deutete verschiedene Umstände an, die sehr zum Nachteil Herrn Ch'üs sein würden, und schlug Herrn Shen vor, sich bei Gelegenheit mit ihm in Whampoa zu treffen. Er habe öfter am Hafen zu tun, wo er in seiner Eigenschaft als Geheimpolizist die Schiffe kontrolliere, die der von Herrn Ch'ü bestochene Chef der Kriegsdschunken an den Tigerforts ungeniert passieren lasse.

Das war eine sehr interessante Verbindung, die dafür sprach, daß Vetter T'sai ein Mann war, den der „Östliche Wald" sehr gut gebrauchen konnte. Auch er kämpfte offenbar gegen Korruption und Volksverrat.

Als der „Silberne Delphin" die Mündung des „Westflusses" – der auch Jasminstrom genannt wird – verlassen hatte und auf das offene Meer zusteuerte, begab sich Herr Shen zum Piloten der Dschunke und befahl diesem, den direkten Kurs von Macao umzulegen und zuerst Whampoa anzulaufen. Pater Ruggieri wurde beruhigt, daß man später schon noch nach Macao kommen würde.

Vetter T'sai stand in seiner veilchenblauen Robe, den weißen Porzellanknopf auf dem Haupte und die Regenbogenente auf dem gestickten Brustschild, bereits am Kai, als der „Silberne Delphin" anlegte. Seine Sänfte wartete ein paar Schritte hinter ihm, und die Bambusstockträger hielten das Volk in gehörigem Abstand.

Das Treiben am Hafen zu Whampoa war lebhaft wie immer. Die Händler, die unter ihren Strohdächern und bunten Planen genau beobachteten, was am Kai vorging, dachten nichts anderes, als daß dieser Polizeimensch in Violett wieder einmal ein Opfer gefunden habe und einen armen Schiffer um seine Schmuggelware betrügen würde. Aber sie irrten alle; denn der „Silberne Delphin" war ein Regierungs-Schnellsegler, und über die ausgeworfene Gangway kam ein Mandarin gegangen, der Herrn T'sai herzlich und mit vielen Verneigungen begrüßte.

Vetter T'sai hatte mit tiefer Befriedigung bemerkt, daß Herr Shen nur den gleichen Rang wie er selber einnahm und nicht etwa höher eingestuft war. Er liebte es nicht, die Rangerhöhungen von Mandarin-Kollegen zu bewundern. Als Beamter hatte er seine Gesprächspartner lieber einige Stufen unter sich oder wenigstens auf gleicher Ebene. Man würde sich also gut verstehen und ein echtes menschliches Verhältnis zueinander finden, wie Meister Kung es empfahl.

Vetter T'sai bat Herrn Shen, der als getreuer Geheimkurier die Mappe mit den sehr wichtigen Briefen des Herrn Ch'ü bei sich trug und keinen Moment aus den Augen ließ, sogleich in ein nahe gelegenes Teehaus, wo er in einem kleinen Kabinett im ersten Stockwerk einen sehr diskreten Tisch hatte reservieren lassen.

Die Tigerforts hatten ihm rechtzeitig durch Signale die Ankunft des „Silbernen Delphins" gemeldet.

Kaum hatten die beiden Herren Platz genommen und ihre Teeschalen gefüllt, teilte sich der Perlenvorhang, der das Kabinett den Blicken anderer Besucher entzog, und zur Überraschung von Herrn Shen erschien ein „blauer Mandarin" sehr niederen Ranges, der gar nicht mehr aufhörte, seine Bücklinge zu vollführen.

Vetter T'sai erklärte, dieser Herr sei ein „Beamter von Beamten" und in Kow-lun stationiert. Er stehe zwar in Herrn Ch'üs Diensten, werde aber dringend von der Geheimpolizei gesucht, da er den „Kang der Seufzer" in Kanton ohne Zustimmung der Polizei verlassen habe. Seither sei er verschwunden und selbst er – Vetter T'sai, der doch bei der Geheimpolizei eine wichtige Rolle spielte – wisse nicht, wo man den „Blauen von Kow-lun" finden könne.

Hier jedoch sei er.

Der „Blaue" nahm sehr geehrt Platz und hörte zu, wie Vetter T'sai umständlich seinen Verwandtschaftsgrad mit dem Vizekönig erläuterte. Auch Herr Shen war ganz Aufmerksamkeit.

Von den widerlichen Vorfällen, die sich seinerzeit in Shiu-hing abgespielt hatten, als Vetter T'sai auf seinem Heimweg nach Kanton war und die ekelhafte Bonzenkutte trug, erwähnte er nichts. Er fand es auch für besser, keine Dankesworte für seine damalige Befreiung zu sprechen. Herr Shen fand dieses Verhalten zwar sehr unhöflich und beinah beleidigend, verstand aber, daß es Vetter T'sai unangenehm sein mußte, die Stunden seiner Schmach zu erwähnen und diesen niedrigen „Beamten eines Beamten" einzuweihen. Er sprach lieber von Herrn Ch'ü, auf dessen hochgeehrte Persönlichkeit er unschwer überzuleiten verstand, als er mit seiner Genealogie fertig war.

Der „Blaue" schenkte untertänig neuen Tee ein und lächelte über sein breites Pfannkuchengesicht.

„Die Sache ist diese", fuhr Vetter T'sai fort. „Dieser hochgeborene und ausgezeichnete Herr Ch'ü ist einigermaßen mit meinem sehr geehrten Vetter vierzehnten Grades, der Vizekönig von Kanton und damit auch der Vorgesetzte von Herrn Ch'üs bedeutendem

Oheim, dem Gouverneur von Kwan-tung, ist, befreundet. Er hat auch einige sehr gute Beziehungen zu dem mächtigen und großen Eunuchen Ma-T'ang, der wiederum nahe am Ohr des Himmelssohnes sitzt. Aber Herr Ch'ü hat in der letzten Zeit sehr wenige Geschenke geschickt und war sehr geizig, was die Verteilung seiner Steuer- und Zolleinnahmen anbelangt. Es war fast eine Beleidigung, was er meinem Vetter vierzehnten Grades, der Vizekönig von Kanton ist, zugedacht hat.

Der hochgeehrte Vizekönig liebt Herrn Ch'ü gar nicht mehr so stark, wie er das früher getan hat. Und der Eunuch Ma-T'ang, der ungemein mächtig ist und sogar meinen Vetter, den hochachtbaren Vizekönig, sehr streng behandeln könnte, hat seinen Besuch in Kanton angesagt. Ihm gefallen die Zustände hier im Süden überhaupt nicht mehr. Er wird demnächst visitieren. Wir wollen sein Augenmerk auf den geehrten Herrn Ch'ü lenken!"

„Das müssen wir wohl, sehr verehrter Herr T'sai!" sagte Herr Shen. „Es wird zum Nutzen des Staates sein! Wie aber wollen wir es beginnen, ohne selber sehr großen Schaden zu nehmen; denn Herr Ch'ü ist sehr klug, er ist mächtig und hat gute Beziehungen. Wir stehen im Rang tief unter ihm!"

„Leider ist es so! Sie haben recht, geehrter Herr Shen. Einen Herrn Ch'ü kann man nur anschwärzen, wenn man handfeste Beweise hat, so daß selbst diejenigen sehr hohen Beamten, die ein wenig von Herrn Ch'üs ungemein verwerflichen Geschäften profitiert haben, nicht anders können, als sich zu entrüsten."

„Wie wahr Sie sprechen, o Bedeutender! Woher nehmen wir solche unwiderlegbaren Beweise? Wären diese nicht stichhaltig, so könnte die Rakete am Boden explodieren und einige von uns vielleicht verletzen."

„Ich habe mich in meiner wichtigen Eigenschaft als Polizeimann sehr bemüht, solche Beweise aufzuspüren. Hier zum Beispiel sitzt ein bedeutender Zeuge und trägt ein blaues Gewand!"

Der Mandarin aus Kow-lun und einstige Vertreter der Firma „Ch'ü und Wang" nickte eifrig, sein törichtes Bauerngesicht strahlte, aber es war eine Portion Schläue darin.

„Was hat dieser sehr geehrte Beamte eines Beamten zu erzählen?" fragte Herr Shen.

„Es ist gut, was er weiß, es reicht aus, um die Firma in Kow-lun und all ihre Schiffe zu beschlagnahmen. Es ist eine einzige Geschichte von geehrtem Raub, Betrug, Bruch der Gesetze, Schmuggel, Opium-, Waffen- und Mädchenhandel und sogar von Mord und Totschlag – aber es ist eben nur eine Geschichte, kein Beweis. Man wird die Vermögenswerte in Kow-lun fortnehmen, aber nicht Herrn Ch'ü belasten können; denn dieser wird selbstverständlich diesen blauen ‚Beamten eines Beamten' beschuldigen, alles ohne sein Wissen und Einverständnis unternommen zu haben. Es wird ihn viel Geld kosten, sich herauszuwinden – aber er wird es schaffen, all seine Untaten anderen anzulasten. Es gibt keine handschriftlichen Anweisungen von diesem geehrten Ch'ü, keine Zeugen für das Schicksal des ‚Östlichen Jadesterns'. Niemand war aufzufinden, der etwas über das Schicksal der Besatzung und der kostbaren Ladung hätte berichten können. Kein Mensch kann schlüssig nachweisen, wie weit Herr Ch'ü überhaupt in die Sache verwickelt war und welche Freunde er bestochen hat.

Es gibt leider nichts Schriftliches, das ihn überführen müßte!"

Herr Shen ergriff diesmal selber den Basthenkel der mit blauen Schriftzeichen bemalten Porzellankanne und schenkte höflich zuerst Herrn T'sai, dann sogar dem vor lauter Geehrtsein kichernden „Blauen" ein, bevor er sich selber eine neue Tasse erlaubte.

„Verehrter Vetter des Vizekönigs, T'sai", sagte er, „es gibt etwas Schriftliches, und wie ich vermute, ist es von Herrn Ch'üs Pinsel persönlich geschrieben! Vermutlich gleicht dieses Schriftstück einem vollen Geständnis des geehrten Herrn Ch'ü; denn – wie ich wohl weiß – schickt er mich mit diesen Briefen nach Macao, damit ich Geld für ihn auftreibe. Da wird er ja wohl einiges darüber schreiben, w a r u m ihm die ‚fremden Teufel von Macao' Geld schicken sollen!

Die Briefe habe ich hier!"

„Wenn das zutrifft, liebenswerter Herr Shen!" triumphierte der Vetter vierzehnten Grades, „dann haben wir diesen gar nicht mehr geehrten Ch'ü endlich wie einen Fisch an der Angel!"

„Was wir jetzt brauchen", ergänzte Herr Shen, „ist ein sehr warmes Messer mit flacher Klinge, um die Siegel unbeschädigt zu lösen, und etwas Wasserdampf, um den Klebstoff des Umschlags ohne Spuren zu öffnen. Dann wollen wir sehen, was Herr Ch'ü seinen Freunden in diesem verderbten Macao zu schreiben hat!"

„Nicht nötig, nicht nötig!" lächelte Vetter T'sai übers ganze Gesicht. „Sie werden die unbeschreibliche Güte haben, Hochgeehrter, und mit mir zur Polizei kommen, wo ich eine sehr bedeutende Stellung einnehme, und dort werden Sie noch bessere Methoden vorfinden, um einen sehr dicht verschlossenen Brief zu öffen.

Wir wollen gleich gehen!"

30

Mit vierwöchiger Verspätung – was jedoch in China nur wenig bedeutet – lief der „Silberne Delphin" in die Reede von Macao ein.

Was Pater Ruggieri sofort auffiel, war die Tatsache, wie leer der Ankergrund war. Kein einziges Schiff von einiger Bedeutung war zu sehen: keine Galeone, keine Karracke, keine Lastdschunke, nur ein paar lächerliche Sampans und zwei oder drei leere Lastkähne; es sah aus, als wäre der Hafen tot oder ein Taifun im Anzug.

Beides schien zuzutreffen, obschon der Himmel so seidig blau und wolkenlos wie eh und je an einem schönen Hochsommertag war. Doch der Taifun, vor dem sich Macao zu ducken schien, war nicht durch Wind und Wetter bedingt. Er war politischer und wirtschaftlicher Natur.

Die sonst so lebhafte und lärmende Kolonie war in eine Depression geraten. Überall sah man traurige und finstere Gesichter, sogar die chinesischen Händler auf dem Markt schienen ihr Geschäft nur mit halber Kraft und unter sehr geringem Stimmaufwand zu betreiben. Ganz zu schweigen von den paar Portugiesen, denen Pater Ruggieri und Herr Shen begegneten und die einhergingen, als habe man ihnen die Börse gestohlen.

Das war, indirekt gesehen, tatsächlich der Fall gewesen.

Die Geschäfte lagen darnieder, kein Mensch in Macao hatte augenblicklich Bargeld zur Verfügung. Man hörte vom Bankrott einiger Handelshäuser.

Als Pater Ruggieri ins Kloster Sao Martin kam, herzlich vom Pater Prokurator Juan Bautista und den Mitbrüdern begrüßt, erfuhr er sogleich, was geschehen war. Man war in Sao Martin genausogut unterrichtet wie in ganz Macao; denn es war ein allgemeines, die gesamte Kolonie betreffendes Schicksal, das Macao zu Boden geworfen hatte.

Es hatte damit begonnen, daß das große Schiff „Sao Miguel", das mit wertvoller Ladung – man sprach von Kanonen, Gewehren und Munition – von Goa nach Macao unterwegs gewesen war, bei Hai-nan in einen Taifun geraten und gesunken war. Don Gaspar hatte gerast, als er die Nachricht erhielt, aber auch seine Raserei hatte den schweren finanziellen Rückschlag nicht geringer gemacht. Nach einiger Zeit hatte Don Gaspar sich mit einem anderen Handelshaus zusammengetan, Botschaft mit einem Schnellsegler nach Goa und zu den Malakkasiedlungen ausgesandt, man möge auf Rechnung des Hauses Viegas und des zweiten Handelshauses irgendeine große Galeone mit der gleichen Fracht nach Macao beordern. Die „Sao Luiz" mußte eigentlich auf dem Wege von Lissabon ums Kap herum nahe bei Goa stehen.

Wenn sie nur bald eintraf, so konnte sie die Waren bringen, die Macao dringlich benötigte. Von der „Sao Luiz" oder einem anderen Portugiesenschiff war jedoch bis heute keinerlei Kunde eingetroffen. Man hing wie ein Fisch an der Angel und schnappte nach Luft. Alle Geschäfte lagen am Boden.

Noch schlimmer waren zwei andere Vorfälle gewesen.

Da hatte Don Gaspar diesem holländischen Piraten Huitzinga tatsächlich die „Sao Jorge" mitsamt ihrer unbezahlbaren Fracht an Waffen gegen einen riesigen Kaufpreis überlassen, und dieser unzuverlässige und brutale Meeresbandit war mit der schönen „Sao Jorge" nach Norden davongesegelt. Jedermann wußte, daß er die Ladung sehr gut an die Japaner verkauft hatte.

Die Holländer waren ja nach der Austreibung der Portugiesen und Spanier aus Japan die einzigen geblieben, die auf den Inseln noch eine Faktorei betreiben durften. In Deshima auf Kiu-shu saßen sie hinter Festungswall und bewehrtem Hafen, und aller Japanhandel lief über sie.

Seit sich aus den innerjapanischen Kämpfen der großen Fürstengeschlechter der bedeutende Feldherr und Shogun Toyotomi Hideyoshi zur Spitze durchgerungen hatte und fast den gesamten Kriegsadel sowie die zahllosen Gefolgschaften der Samurais hinter sich gebracht hatte, betrieb das Inselreich eine zunehmend aggressive und nach außen hin gerichtete Politik. Der Shogun lenkte die Kriegswut der Japaner bewußt nach dem gegenüberliegenden Festland. Er wollte nicht nur für sein rasch wachsendes Inselvolk neuen Lebensraum erkämpfen, sondern auch von den inneren Spannungen ablenken. Das konnte nur auf Kosten des schwach werdenden China der Ming-Dynastie gehen, das ja über kaum eine nennenswerte Kriegsflotte, über keine modern ausgerüstete Armee und überhaupt keinen Kriegsgeist verfügte.

Korea vor allem, das mit seinem weit gegen Japan vorspringenden Halbinselcharakter geografisch sowieso fast ein Teil des japanischen Inselbogens war, bot sich als erstes Ziel einer Invasion an. Toyotomi Hideyoshi rüstete, wie allgemein bekannt war und von den Japanern auch nicht abgeleugnet wurde, seit langer Zeit schon zum Sprung aufs Festland. Das, was ihm noch fehlte, um das Unternehmen von Anfang an zum Erfolg zu führen, waren gute, moderne, am besten europäische Waffen.

Die Holländer sollten sie ihm liefern.

Die Holländer jedoch wandten sich an ihren Landsmann Huitzinga, von dem sie wußten, daß er ausgezeichnete Handelsverbindungen zu Macao besaß. Die dortigen Portugiesen verfügten über große Arsenale von Kanonen, Gewehren und Munition, die meist in Goa, aber auch in den Malakkasiedlungen eingelagert waren. Sie hatten bereits die indischen Mogulkaiser erfolgreich mit Waffen versorgt. Ihre Magazine lagen also näher und waren vermutlich preiswerter, als es Waffentransporte von den Niederlanden bis Japan gewesen wären.

Außerdem standen die Niederlande in schweren nationalen und religiösen Kämpfen gegen ihre spanischen Oberherren, und es war mehr als unsicher, ob von dort auch nur eine Kanone und eine Kiste Gewehre zu haben war. Man brauchte diese wichtigen Waffen selbst, um die politischen Gegner niederzuwerfen. Dann kam noch die gefahrvolle Verschiffung längs den feindlichen spanischen und portugiesischen Küsten, an ganz Afrika vorbei bis zum Kap der Stürme und quer durch den Indischen Ozean, um die Straße von Ceylon zur Sundasee und endlich nordwärts ins Taifunmeer bis Formosa und Deshima auf Japan hinzu, die bei hoher Verlustquote und langer Anreise die Fracht immens verteuern mußte. So gab es eigentlich keinen anderen Ausweg als das Geschäft mit den Portugiesen, die zwar verfluchte Papisten und politische Gegner, aber eben doch gute Christenmenschen waren.

Deshalb hatte der wackere Mynheer Huitzinga die Fahrt nach Macao angetreten, die Gefahr mißachtet, daß irgend jemand die törichte Idee haben könnte, den auf ihn ausgesetzten Kopfpreis zu kassieren, und hatte mit seinem Freunde Don Gaspar das Geschäft mit der „Sao Jorge" abgewickelt.

Einen Moment lang hatte man in Macao geschwankt, ob sich nicht das gleiche Geschäft mit dem Eunuchen Ma-T'ang und dem chinesischen Eunuchengeneral Shih-Hsing oder gar mit dem Bauernführer der „Roten Kopftücher" tätigen ließe, aber am Ende hatten dann doch Huitzinga und Japan den Zuschlag erhalten.

Es war nicht nur eine Frage des Preises, sondern auch der weitschauenden Politik gewesen. Mit Huitzinga und Japan mußte man gut zusammenleben, sie beherrschten mit ihren Schiffen und Kanonen weite Teile der Meere, die Chinesen jedoch bedeuteten auf hoher See nichts, es sei denn Beute.

So war die „Sao Jorge" mit Mynheer Huitzinga nach Norden abgefahren.

Und nun wartete ganz Macao seit Monaten vergeblich auf ihre Rückkehr und auf das Eintreffen des in Waren und Silberbarren vereinbarten Kaufpreises.

Die „Sao Jorge" blieb verschollen. Mynheer Huitzinga ließ nichts von sich hören. Doch selbst diese Mißhelligkeit hätte die Wirtschaft Macaos kaum erschüttert. Bisher hatte man immer einen sehr langen Atem und eine weite Kreditspanne gehabt, weil der laufende Handel mit China nicht nur über Whampoa, sondern mehr noch über Kow-lun und Hong-Kong ständig weiterlief und bedeutende Gewinne erbrachte.

Für Opium, junge Mädchen, Spiegel aus Venedig, Stoffe auf Flandern, Färbemittel aus Indien und Gewürze von den Molukken war immer Bedarf auf dem Festland.

Gerade hier aber war Macao von einem schweren Schicksalsschlag getroffen worden. Alles Unglück traf zusammen.

Seit das Haus Viegas mit der Firma „Ch'ü und Wang" in Kow-lun sehr eng alliiert war, hatte eine ganze Menge der Geschäfte, die früher Herr Ch'ü persönlich von Macao oder Kanton aus eingeleitet hatte, in den Händen seines Vertreters, des „Blauen von Kow-lun", gelegen. Herr Ch'ü war leider ein Mensch, der persönlich nicht sehr gerne arbeitete und der lieber andere mit seinen Geschäften betraute und diesen das Risiko überließ. Mit dem „Blauen von Kow-lun" hatte er einen großen Mißgriff getan.

Der idiotische Provinz-Mandarin war als Prokurator der Firma „Ch'ü und Wang" größenwahnsinnig geworden und hatte sich zuviel zugetraut. War von diesem „Blauen" doch eine ungemein wertvolle Fracht an Opium, Chrysanthemenmädchen und anderen Dingen, die in Kanton gebraucht wurden, ausgerechnet auf den ehemaligen „Östlichen Jadestern" verladen und frech über Whampoa eingeschleust worden. Der „Blaue" vertraute auf die ausgezeichneten Beziehungen und Handsalben des Herrn Ch'ü, die sich auf den Zollinspektor und den Chef der Tigerfort-Dschunken bezogen. In Whampoa war er samt seinem „Östlichen Jadestern" aufgebracht worden, hatte Schiff und Ladung eingebüßt und zu allem Unheil auch noch gestanden, daß er im Auftrag von Macao gereist sei.

Wer konnte schon damit rechnen, daß der „Östliche Jadestern", dem man andere Augen aufgemalt und den hübschen Namen „Duftende Wolke" verliehen hatte, ausgerechnet dort festmachen würde, wo ein gewisser Tscheng-Hsiang – ehemals Kapitän des „Östlichen Jadesterns" – als Hafenmeister Dienst tat.

Die Wirkung dieses Bubenstreichs war verheerender als selbst der Verlust der „Sao Miguel" und das Ausbleiben der „Sao Jorge"! Zollinspektor und Chef der Kriegsdschunken wurden sofort abgelöst und durch sehr national und streng denkende Beamte ersetzt. Nicht nur die Werte der „Duftenden Wolke", der Verbindungsmann zu Kow-lun und das Schmuggelgeschäft waren verloren, sondern zur Maßregelung der Macaoleute war jener zweite Markttag in Whampoa gestrichen und die Küstenkontrolle verstärkt worden. Sogar in den Buchten von Hong-Kong waren chinesische Kriegsdschunken aufgekreuzt. Das Chinageschäft hatte fast völlig aufgehört zu florieren. Es war tot.

Nicht genug damit, verschlechterte sich zusehends das politische

Klima, seit die Japaner nun bereits ihre ersten Flottenvorstöße gegen Korea begonnen hatten. China war dabei, seine Fremdenfeindlichkeit bis zur Siedehitze zu steigern; denn man gab an allen Unglücksfällen den Macaoleuten die Schuld und haßte sie mit der gleichen Inbrust wie im Norden die japanischen Inselzwerge.

So mußte Don Gaspar Viegas dem armen und kranken Pater Ruggieri, als dieser ihn auf dem Pinienhügel aufsuchte und um Hilfe für die Mission bat, eingestehen, daß er selber wie ein Fisch auf dem Trockenen zappelte und froh wäre, wenn ihm irgendwer Geld brächte. So voller Sorgen war Don Gaspar, daß er erst sehr spät und als Pater Ruggieri schon dabei war, sich sehr traurig zu verabschieden, sich nach seiner Tochter Joanna erkundigte. Das, was er erfuhr, vermochte ihn auch nicht aufzuheitern.

Don Diego, der Joanna sonst gar nicht sehr wohlgesinnt war, ging sogar so weit, Herrn Ch'ü und alle Chinesen zu verfluchen.

Den Brief Herrn Ch'üs hatten Don Gaspar und Don Diego schon gestern gelesen, als Herr Shen ihn gebracht hatte. Auch dieser Ch'ü forderte nichts anderes als Geld und lieferte dafür nur leere Versprechungen.

Aber er würde anstatt einem einzigen Kaesch nur einen Brief erhalten, in dem die Lage sehr drastisch geschildert wurde. Man bat Herrn Ch'ü – soferne er weitere Summen über Kow-lun zu erhalten wünsche – dringend, seine Beziehungen spielen zu lassen und seine Amtsvollmachten zu gebrauchen, um die ekelhafte Situation seiner Geschäftspartner zu bessern.

Geld würde er erst dann wieder sehen, wenn dafür etwas geleistet war – aber keine neue Affäre „Östlicher Jadestern"!

So war die Reise nach Macao für beide Herren, Ruggieri und Herrn Shen, eine einzige Pleite. Macao brauchte selber Hilfe und konnte keine geben.

Pater Ruggieri war vom Arzt untersucht worden, für schwer krank befunden und auf Heimatkurs gesetzt worden. Mit der nächsten Schiffsgelegenheit nach Goa würde er nach Süden abgehen, um dann nach Lissabon oder Rom zurückgeschickt zu werden. Es war ein strikter Befehl des Paters Prokurator.

Von jetzt ab war Pater Ricci – alias Dr. Li – ganz allein in dem großen China.

Er verlor seine einzige europäische Hilfskraft, bekam keinen Kaesch Unterstützung und würde sich alsbald einer wachsenden Opposition der Nationalchinesen gegenübersehen. Wehe ihm erst, wenn die Japaner wirklich in Korea landen würden! Dann war eine Welle von Fremdenhaß zu erwarten.

Sogar Herr Shen erkannte diese Tragik, und er empfand starkes Mitgefühl mit dem verlassen in Shiu-hing wartenden Dr. Li.

Im übrigen war er – trotz aller Absagen – mit dem Verlauf seiner Macaoreise sehr zufrieden. Ende August schiffte er sich wieder ein, um nach Hause zu segeln.

31

Dr. Li und seine kleine Gefolgschaft in Shiu-hing ahnten nichts von den Gewitterwolken, die sich über ihnen zusammenzogen.

Seit die Weltkarte herausgekommen war und sogar in Kantoner Mandarinskreisen Furore gemacht hatte, schien die Stellung der „Societas" gefestigter denn je. Zu dem dicken, vollmondgesichtigen Gouverneur Wang-P'ai hatte Dr. Li immer schon ein recht angenehmes Verhältnis gehabt. Oheim Wang, der auch beim Volk von Shiu-hing und in der von ihm verwalteten Provinz Kwan-tung sehr beliebt war, hatte der Mission ja den ersten amtlichen Schutzbrief ausgestellt, dessen Abschrift immer noch an der Kirchentüre hing. Er war es auch gewesen, der Dr. Li und sein Wirken bisher gegen alle Intrigen und Anfeindungen abgeschirmt hatte.

Ihm wollte Dr. Li eine besondere Freude machen und damit zugleich das gute Klima, das zwischen Mission und Gouverneurspalast herrschte, vertiefen.

Wie viele hochgestellte Chinesen war Seine Exzellenz, Herr Wang-P'ai, ein leidenschaftlicher Sammler von mechanischem Spielzeug, vor allem von Uhren. Diese Vorliebe teilte Herr Wang-P'ai sogar mit dem Himmelssohn in Peking, dessen Uhrensammlung weltberühmt war.

Deshalb ließ Dr. Li durch seinen indischen Uhrmacher Chandra eine besonders schöne Räderuhr anfertigen, die bei jeder vollen Stunde eine entsprechende Zahl von Glockentönen vernehmen ließ.

Dieses kleine Kunstwerk war von einer Konstruktionsart, wie sie in China bisher unbekannt war: von zwei Gewichten und einem Pendel angetrieben, lief sie mehrere Tage lang, ohne von der genauen Zeitmessung abzuweichen.

Als Dr. Li dieses noble, ja außerordentliche Geschenk dem Gouverneur überbrachte, strahlte dieser übers ganze Gesicht und konnte sich nicht genugtun in Versicherungen seiner ewigen Freundschaft. Wie schon so oft, wurde auch dieses Geschenk im Saal der Audienzhalle ausgestellt, von Mandarinen und Volk wie ein Weltwunder bestaunt und viel diskutiert. Herr Wang-P'ai gewann sehr viel an „Gesicht".

Aber nicht alle Leute in Shiu-hing stimmten in die Bewunderung und das Lob für die Jesuitenmission und Dr. Li im besonderen ein. Während die Mehrzahl immer wieder die hohe Gelehrsamkeit, die ausgezeichnete Bildung und das technische Geschick des Dr. Li rühmte, gab es eine Gruppe – besonders unter den Intellektuellen und hohen Beamten –, denen Dr. Li und seine Sensationen längst schon ein Dorn im Auge waren.

Wie das bei Beamten ganz allgemein der Fall ist, hatten es diese Leute nicht allzu gerne, daß ein anderer, noch dazu ein Außenseiter und Fremder, beim Gouverneur in höchsten Ehren stand und ausdauernd von sich reden machte, da doch eigentlich alle Verehrung den Amtspersonen zustehen würde.

So war die Beziehung Dr. Lis besonders zum Akademikerverein von Shiu-hing immer schon gewissen Schwankungen unterworfen gewesen. Das hatte mit dem Grundstückskauf begonnen und sich über gelegentliche Religionsgespräche fortgesetzt; in diesen Kreisen hatten Prisma, Weltkarte und nun Pendeluhr eher negative Wirkungen gehabt.

Als besonders ausdauernder und konsequenter Gegner Dr. Lis und seiner Missionsstation hatte sich der Vorsitzende des Akademikervereins erwiesen. Dieser Mandarin vom Amethystknopf mit dem Schild des Bergadlers hieß Liu-Chieh-chai und stand nur eine einzige Rangstufe unter Herrn Ch'ü, der ja gleich nach dem Gouverneur der höchste Beamte bei der Kwan-tung-Regierung war. Man sagte, daß Herr Liu ein Vetter achten Grades des Vizekönigs von Kanton wäre, von welcher erhabenen Tatsache Herr Liu jedoch keinen Gebrauch machte. Dann gab es ein anderes, sehr unwahrscheinliches, aber doch bedeutendes Gerücht, daß Herr Lius Oheim T'ang in Hang-chouw – ein Mann von etwa fünfzig Jahren – ein Sohn des mächtigen Eunuchen Ma-T'ang und einer Konkubine sei, und dies sei geschehen zu einer sehr frühen Zeit, als der Eunuch noch keiner gewesen sei. Man hatte die Jahre nachgerechnet und die Möglichkeit entdeckt, daß das Gerücht stimmen könne – freilich hätte dann der mächtige Ma-T'ang bereits im zarten Alter von zwölf Jahren einen Sohn gezeugt, was in China ja durchaus nicht unwahrscheinlich sein mochte.

Wie sich die Dinge auch verhielten, das eine war sicher: Der Mandarin vom Amethystknopf, Herr Liu-Chieh-chai, war ein sehr bedeutender Mann, dem eine glanzvolle Karriere bevorstand. Er war zudem erst vierzig Jahre alt, also nicht viel älter als es Herr Ch'ü war. Mit einigem Glück konnte er diesen überleben, dann würde er in der Rangliste Kwan-tungs gleich hinter dem Gouverneur stehen.

Herr Liu verwaltete das Gericht von Shiu-hing und war Jurist. Er galt als streng, war konservativ und sehr nationalchinesisch gesinnt. Seinen Spuren war auch Dr. Li wiederholt begegnet, wenn auf dem Marktplatz der Stadt etwa die Menschen mit Bambusstangen gestäupt, in Käfigen ausgestellt oder, in die wunderschönen Halsklammern eingesperrt, dem allgemeinen Spott ausgeliefert worden waren. Auch Hinrichtungen mit dem Krummschwert, die Herr Liu anordnete, waren nicht selten. Sie fanden gleich vor dem Stadttor und am Flußufer statt, damit man anschließend die Körper der Delinquenten ins Wasser des Jasminflusses werfen konnte, während die Köpfe eine Zeitlang auf Stangen aufgespießt über dem Tor hängen blieben.

Dieser ausgezeichnete Herr Liu war der Vorsitzende des Akademikerverbandes und zugleich ein großer Liebhaber von Recht und Ordnung. Die Fremden jedoch liebte er nicht. Gegen Dr. Li hatte er immer schon eine natürliche Abneigung empfunden. Dieser – im übrigen sehr korrekte Beamte – machte der Mission Schwierigkeiten, wo er nur konnte: einmal ließ er den Weg sperren, der von der Asphodelienwiese zur Stadt führte, und bezog sich dabei auf eine sehr alte Verordnung, dann wieder befahl er, aus Rücksicht auf die Gesundheit der Bevölkerung, die große Abfallgrube Shiu-hings von der Stadtmauer fort und gleich neben die Jesuitenkirche zu verlegen, doch korrekterweise so, daß sie genau an der Grundstücksgrenze der Mission verlaufen sollte. Es gab viele andere Schikanen, die Herr Liu auf völlig gesetzlichem Wege ausübte. Jedesmal hatte der gute, dicke Wang-P'ai eingreifen und Dr. Li vor Unbill bewahren müssen.

Doch Herr Liu schien nicht zu ruhen und zu rasten, er tat unentwegt seine Pflicht, und da er noch dazu – was sehr unverständlich und schlecht war – als unbestechlich galt, war ihm als Juristen schwer beizukommen. Er brauchte keinerlei Bestechungsgelder anzunehmen, weil er aus einer sehr reichen Familie stammte, deren Vorväter sich bereits so reichlich hatten bestechen lassen, daß sich der Enkel Ehrlichkeit leisten konnte. Ihm gegenüber hatte sogar der Gouverneur einen schwierigen Stand. Trotzdem half er Dr. Li, wo es nur möglich war. Bald sollte der Pater diese Hilfe wieder benötigen.

Überraschenderweise war der andere wichtige Mann in Shiu-hing, der für die Mission unangenehm zu werden drohte, ausgerechnet Dr. Lis alter „Freund", Herr Ch'ü. Dieser sehr hohe Mandarin kam jetzt öfter – beinahe allzuoft –, um Dr. Li zu besuchen. Aber er wollte Dr. Li gar nicht so gerne sehen, sein Eifer galt ganz offenbar der schönen Pi-shan, für die er sich um so mehr zu entflammen schien, je abweisender das Mädchen war.

Herr Ch'ü war es nicht gewohnt, daß man ihm Nein sagte. In seinem bisherigen Leben hatte er noch immer alles bekommen, was er wollte.

Nun aber wollte er dieses blumenhafte Trostmädchen zurückhaben, das doch im Grunde so ganz unbedeutend und beinahe nur ein Gegenstand war. Er hatte es sich in einer üblen Stimmung, als er innerlich mit seiner anstrengenden Gattin Joanna gehadert hatte, in den Kopf gesetzt, wieder einmal eine Erholungszeit mit Pi-shan zu verbringen, und war mehr als erstaunt, daß ihm dieses Nichts von weiblichem Wesen plötzlich mit eigenem Willen und noch dazu mit einer Ablehnung begegnete.

Nun wäre so eine Ungehörigkeit nicht weiter schlimm gewesen, hätte sich nicht Dr. Li so angestellt.

Natürlich hatte Herr Ch'ü Pi-shan damals Don Gaspar Viegas

geschenkt und der wieder hatte sie an Dr. Li weitergegeben, aber es war doch auch klar, daß den Jesuiten das Geld ausgegangen war und sie solches dringend brauchten. Warum gab sich also Dr. Li nicht mit der angebotenen Abfindung zufrieden, weshalb beharrte er auf seinem und – was noch lächerlicher war – auf Pi-shans Recht?!

Es gab nur eine Erklärung dafür: so gebildet und korrekt Dr. Li sonst auch sein mochte, hier hatte er eine Schwäche. Pi-shan war seine Konkubine, die er trotz aller schönen Reden über Zölibat und priesterliche Keuschheit wie eine Sklavin im Kloster hielt. Das ärgerte Herrn Ch'ü sehr. Besonders jedoch ärgerte es ihn, daß dieser widerliche Shen offenbar bevorzugt und gerne von Pi-shan empfangen wurde und daß Dr. Li solchen Unmanierlichkeiten deutlich Vorschub leistete.

So sah sich der ehrenwerte Herr Ch'ü genötigt, zu schärferen Mitteln zu greifen. Man hatte in der Mission offenbar vergessen, wer er war.

„Hochwürdiger, Ehrenwerter und Ausgezeichneter!" sagte er eines Tages, als er Pi-shan wieder einmal nicht angetroffen hatte, „ich habe Ihnen seinerzeit 1000 Tael ausgehändigt, als Sie mich in großer Verlegenheit darum baten. Ihr ausgezeichnetes Gedächtnis wird sicherlich diesen geringfügigen Umstand nicht vergessen haben?

Ich hatte eigentlich daran gedacht, dieses Chrysanthemenmädchen zurückzunehmen und die 1000 Tael für unwichtig zu halten, doch ist es leider so gekommen, daß ich momentan an gewisser Knappheit das Bargeld betreffend leide und Sie daher bitten muß, mir demnächst diese kleine Summe zurückzuerstatten!"

„Aber verehrter Herr Ch'ü", erwiderte der sehr betroffene Pater, „Sie haben die betreffende Summe doch nur vorgestreckt! Don Gaspar Viegas hat sie bezahlt!"

„Leider, leider, Ehrwürdiger. Er hat sie nicht bezahlt, ich bin in großer Bedrängnis. Meine Freundlichkeit kommt mich teuer zu stehen!"

„Sie werden die große Güte haben, mit Ihrer Forderung zu warten, bis das Schiff aus Macao zurückkommt. Dann wird Don Gaspar die 1000 Taels und mehr schicken, und ich selbst werde eilen, Ihnen den Betrag zu bringen!"

„Das ist nicht nötig, Pater, Hochwürdiger! Sie schicken Pi-shan mit dem Geld, und es wird für Sie, sehr Geehrter, alles viel billiger sein.“

Nun bestätigte sich, wie richtig Dr. Li gehandelt hatte, als er diesem Herrn Ch’ü wiederholt die Taufe verweigert hatte. Dieser Mann würde sich noch sehr wandeln müssen, ehe er den Weg zum Christentum fand.

Doch seit einiger Zeit strebte er auch gar nicht mehr nach einem Christentum, das für ihn sowieso nur eine Formel, eine nebensächliche Zeremonie und eine Farce gewesen wäre. Joanna, die ihn vielleicht bisher gedrängt hatte, lebte ja nunmehr im Kang zu Namyang und schlug sich mit Ch’üs Mutter, der Hauptfrau und allen Nebenfrauen herum. Und dort wurde bestimmt nicht über die Evangelien gesprochen.

Dann aber verschlechterten sich die Dinge von einem Tag auf den anderen. Wie eine Bombe schlug die Nachricht ein, daß die Japaner in Korea gelandet waren und daß dieser giftige Inselzwerg Toyotomi Hideyoshi das Reich der Mitte in einer seiner Außenprovinzen angegriffen hatte. Die Japaner waren mit einer großen Armee von Samurais gekommen, führten moderne Kanonen und viele Gewehre mit sich und trieben die chinesischen Truppen vor sich her.

Die Macaoleute jedoch hatten diese Waffen geliefert.

Nun war es klar, daß sich die Fremden gemeinsam zum Verderben Chinas verschworen hatten und daß sie demnächst auch in Shiu-hing und Kanton landen und mit ihren Kanonen schießen würden!

Der bisher nur schwelende Fremdenhaß, den Dr. Li wenigstens für seine Person überwunden geglaubt hatte, brach in hellen Flammen aus. Und er stand allein und verlassen auf diesem nun schwankend und fast unhaltbar gewordenen Posten.

Der sehr wichtige und erhabene Herr Liu, Oberrichter von Shiuhing und ungemein korrekter Jurist, war die Seele der Fremdenhetze. So wie er China über alles liebte, so sehr haßte er die Fremden.

Noch immer hing der Schutzbrief des Gouverneurs an der Kirchentür, und erst vor kurzem hatte dieser Dr. Li Herrn Wang-P’ai eine sehr wertvolle Uhr geschenkt. Der Vorsitzende des Akademikervereins und seine Gesinnungsgenossen waren kluge und sehr gebildete Leute. Sie kannten die Geschichte, und auch über die Mündigkeit der Bürger waren sie durchaus im Bilde.

Es war immer schon so gewesen, wenn neue, aggressive Ideen und revolutionäre Ideologien aufkamen, daß sich vor allem und zuerst die Jugend dafür begeistern ließ. Die Fünfzehn- bis Zwanzigjährigen waren in jenem Alter, in dem man gerne Räuber und Polizist oder Chinese und Tatar spielte, Abenteuer erlebte und sich mit Vergnügen gegenseitig auf die Köpfe schlug. Wenn es Politiker verstanden, diese Naturkraft auf die rechten Mühlen zu lenken, so war sofort ein Haufe beisammen, der – ohne viel nach Sinn oder Unsinn zu fragen – jene Aktivitäten unternahm, die den Älteren und Gebildeten ebenso töricht wie gefährlich erschienen, ihnen jedoch gelegentlich politisch recht nützlich sein konnten.

Für den Akademikerverein war es sehr leicht, die unruhige Jugend für ihre Ideologie einzuspannen. Es gab ja genug Professoren und Schullehrer unter seinen Mitgliedern, die sofort bereit waren, die umstürzlerischen Gedanken des „Östlichen Waldes" in die Köpfe von Studenten, Schülern und anderen Jugendlichen einzupflanzen.

Wer beruflich mit der Erziehung und Lehre der kommenden Generation befaßt ist, empfindet immer eine besondere Bereitschaft, fortschrittlich zu wirken und an der Spitze aller Ideologien zu marschieren. Denn schließlich bedeutet ja jede kommende Jugend das Versprechen der Geschichte, daß es später besser werden würde, und jedes Kind ist ein Stück neugeborener Zukunft. Wer immer die Gesellschaft oder den Staat verändern wollte, mußte hier die Hebel ansetzen.

Und genau dies taten die Lehrer von Shiu-hing.

Plötzlich war der Fremdenhaß ebenso allgegenwärtig wie der Nationalismus.

Studentendemonstrationen mit bunten Spruchbändern zogen schreiend und tobend zum Gouverneurspalast, und da sie nicht genau wußten, wie sie etwa die Invasion der Japaner in Korea stoppen sollten, forderten sie die sofortige Ausweisung der Fremden aus Shiu-hing. Dr. Li – so brüllten sie – sei ein Vortrupp von Macao, ein sehr gefährlicher Spion, der Chinas Untergang vorbereite.

Doch der wackere Wang-P'ai ließ seine Tatarentruppen mit Bambusstöcken auf die Köpfe der Studenten einhauen, so daß diese wieder etwas klarer wurden. Es gab also nur diese Demonstration und dann keine weitere mehr. Herr Liu sprach beim Gouverneur vor und erklärte als Jurist, daß das Vorgehen der Tataren sehr ungesetzlich gewesen sei, und forderte die Bestrafung des Obersten, der die Soldaten befehligt hatte. Der Gouverneur, der es sich mit seinem Staats- und Hofjuristen sowie mit dem Akademikerklub auch nicht verderben wollte, gestand Herrn Liu dies zu und bestrafte die schuldigen Offiziere. Schließlich handelte es sich dabei ja nur um Soldaten. Jedermann verachtete Polizei und Militär. Der Gouverneur gewann an Beliebtheit, als er diese Maßnahmen ergriff.

Trotzdem hielten sich die Studenten fortan still.

Auf Kirche und Kloster Dr. Lis jedoch fielen schon in der folgenden Nacht große Feldsteine, so daß die zerbrochenen Ziegel wie Hagelschloßen von oben herabprasselten. Da es sehr dunkel war und der Mond erst später aufging, konnte niemand in der Mission – weder Dr. Li noch Chandra, Chura oder Pi-shan – erkennen, woher und von wem die Feldsteine kamen. Der Schaden war bedeutend, und in der nächsten Nacht fielen die Steine noch dichter. Die Ohnmacht der Fremden spornte die jugendlichen Randalierer nur an.

Eines frühen Morgens, als man eben in der Kirche versammelt war, um zu beten, donnerten abermals große Brocken aufs Dach. Diesmal war Chandra, der Inder, sehr flink. Der große, mächtige Mann sprang wie ein Wiesel über die Kirchenbänke und dann zur Tür hinaus. Da sah er eben noch einen etwa Sechzehnjährigen, wie er ausholte und einen Feldstein gegen das Kloster schleudern wollte.

Chandra lief dem Burschen nach und faßte ihn. Am Kragen seines Leinenkittels schleppte er den Jungen ins Kloster. Daß es dabei ein paar kräftige Maulschellen absetzte, war so natürlich, daß sogar die drei alten Bonzen, die gerade des Weges kamen, zu lachen begannen. Auch sie schienen sich zu freuen, daß einer der Krakeeler seine Lektion bekam. Die Mönche Buddhas waren nicht für Gewalttaten und Rumor. Der Vorfall war aber auch vom Pagodenhügel aus beobachtet worden und wurde sofort Herrn Liu gemeldet.

Chandra schubste den halbstarken Attentäter in den Bibliotheksraum, wo Dr. Li bereits auf ihn wartete. Was den Inder anbelangte, so forderte er, daß der Bengel entweder eine ausgiebige Tracht Prügel erhielte oder der Polizei übergeben würde.

Dr. Li wünschte keine der beiden Maßnahmen, sondern ermahnte den trotzig schweigenden Jungen und befahl ihn dann laufen zu lassen, was Chandra, wenn auch murrend, tat. Die Gefangenschaft des Lausejungen hatte insgesamt keine zehn Minuten gedauert. Die drei Bonzen standen noch auf dem Wege, als er aus dem Kloster gerannt kam und spornstreichs das Weite suchte.

Für den Akademikerverein war die Angelegenheit jedoch so wenig beendet wie für Dr. Li. Man fand in den verhetzten Nationalistenkreisen sofort entsprechende Zeugen und Ankläger, auch der erziehungsberechtigte, ehrenwerte Vater des Jungen – ein armer Kuli vom Hafen – fand sich nach kurzem Zureden durch hochachtbare Mandarine bereit, Klage zu erheben.

So kam der Fall zum Oberrichter, Herrn Liu, und mußte, da er ja nun ein Dienstvorgang und aktenkundiger Fall geworden war, mit aller Sorgfalt juristisch behandelt werden. Wenige Tage später erschienen zwei Gerichtsbüttel im Kloster, wiesen einen Haftbefehl vor und führten Dr. Li zum Gerichtsgebäude ab. Der mutige Chandra lief, ohne vorgeladen zu sein, hinterdrein und schwor unausgesetzt, er werde diesen Chinesenteufeln die Wahrheit sagen.

Dr. Li wurde dem Gerichtshof vorgeführt, dem der Mandarin vom Amethystknopf, Herr Liu, präsidierte. Der Pater mußte demütig niederknien und sich vor dem hohen Gericht verneigen. Als er sich dann erheben wollte, drückten ihn zwei Gerichtsdiener wieder in die Demutshaltung zurück. Herr Liu sprach: „Sie haben der Verhandlung kniend zu folgen!"

Die Anklage lautete auf Sklavenhandel. Auf ein solches Verbrechen stand in einem Lande, das seine jungen Bauernmädchen offen an die Chrysanthemenhäuser und die jungen Kulis von den Hütten ihrer Eltern weg auf die Felder oder in die Bergwerke der Mächtigen verschacherte, die Todesstrafe. Dr. Li begriff sofort, daß man ihn nun völlig fertigmachen wollte. Die Fremdenhasser hatten gesiegt.

Sie würden Macao hinrichten – nicht ihn, den nebensächlichen Dr. Li. Keine Prismen, keine Weltkarten und Uhren konnten ihn retten, wenn nicht ein Wunder geschah.

Es traten sofort Zeugen auf, die gesehen haben wollten, wie der Junge mit Gewalt in das Kloster gezerrt und dort festgehalten wurde. Er sei seitdem nicht wieder aufgetaucht und vermutlich –

wie wahrscheinlich viele andere verschwundene Kinder – mit einem Schiff nach Macao gebracht worden. Eine zweite Anklage, die von einem namentlich nicht genannten, sehr glaubwürdigen Zeugen stammte, besagte, daß im Kloster seit langem ein Chinesenmädchen namens Pi-shan festgehalten und dort zu Konkubinendiensten gezwungen würde, was abermals Sklavenhandel bedeute.

Die Reihe der Zeugen marschierte auf, sagte brav aus, kniete nieder und wurde von Herrn Liu gnädig entlassen.

Da geschah der erste Zwischenfall. Der riesige Chandra sprang völlig respektlos auf, verließ den Zuhörerraum, wo alles demütig auf dem Boden kauern mußte, und begab sich vor die Gerichtsschranken. Dort schüttelte er eine Serie großer Feldsteine aus dem Ärmel und rief: „Da, seht euch das an! Solche Brocken haben sie uns seit Tagen aufs Dach geworfen, obschon der Schutzbrief des Gouverneurs an der Tür hängt! Und da habe ich einen von diesen Bengeln ertappt und geohrfeigt. Er war keine zehn Minuten im Kloster, weil ihn Dr. Li in seiner unverständlichen Gutmütigkeit laufen ließ! Was soll der ganze Quatsch über Sklavenhandel?!"

Herr Liu, der sehr gestrenge Oberrichter, schlug mit dem Bambusstock auf den Tisch. Dann erklärte er Chandras Auftreten als grobe Mißachtung des Gerichtes und verurteilte ihn auf der Stelle zu zwanzig Stockschlägen auf die Fußsohlen.

Es kam jedoch nicht mehr zur Ausführung des sehr gerechten Urteils, weil in diesem Moment die Türsteher auseinanderstoben und Gouverneur Wang-P'ai mit einigem Gefolge erschien. Jetzt mußten alle niederknien, und als sich alle wieder erhoben, erhob sich auch Dr. Li. Herr Wang persönlich zog ihn empor und sagte: „Warum knien Sie, verehrter Freund?!"

Pi-shan war zum Gouverneurspalast gelaufen und hatte Herrn Wang mobilisiert. Es kamen aber auch die drei Bonzen mit, die bezeugen konnten, daß der Junge nach wenigen Minuten das Kloster verlassen habe. Was Pi-shan anbelangte, so sagte sie selber aus, daß sie keineswegs als Sklavin gehalten würde, sondern gar nicht irgendwo anders leben wolle als dort. Als sie anfing, Dr. Lis hohe Menschenliebe und Freundlichkeit den Chinesen gegenüber zu loben, unterbrach sie der Vorsitzende Liu und meinte, der Fall sei ja nun geklärt und weitere Kommentare wären überflüssig.

Nun aber griff der Gouverneur ein und befahl in seiner Eigenschaft als Vorgesetzter des Richters, daß alle falschen Zeugen, einschließlich des Vaters des Bengels, auf der Stelle jeweils zehn Bambusschläge auf das nackte Hinterteil bekämen.

Dr. Li legte ein gutes Wort für seine Gegner ein, was der Gouverneur freilich zurückwies.

„Nein, Hochverehrter! Sie sollen nur sehen, daß in China Gerechtigkeit herrscht. Diese Verbrechen sind so schlimm, daß Gnade fehl am Platze wäre."

So erhielten die Zeugen ihr Teil. Herr Liu aber verabschiedete sich mit sehr saurer Miene vom Gouverneur, weil ihn andere Pflichten riefen.

32

Herr Shen war mit dem „Silbernen Delphin" abermals über Whampoa gefahren und hatte diesmal sogar Kanton und den Vizekönig aufgesucht.

Den Antwortbrief Don Gaspar Viegas hatte man auf der dortigen Polizei ebenso sorgfältig geöffnet und kopiert wie schon den Brief des Herrn Ch'ü. Don Gaspar machte in seinem Schreiben Herrn Ch'ü arge Vorwürfe, daß dieser all seine Versprechungen gebrochen habe, daß er mit seiner Beteiligung am Kow-lun-Schmuggel, am Opiumgeschäft und sogar mit den für Bestechungsgelder angeforderten Summen, die Herr Ch'ü angeblich vom Vizekönig bis herunter zum Hafenkommissar allzu reichlich verstreut habe, sehr schwer betrogen worden sei und daß er deshalb kein Geld schicken könne.

Die Waffenlieferungen an Huitzinga seien ebenfalls noch nicht bezahlt und die Sache mit dem „Östlichen Jadestern" habe nichts als Verluste eingebracht.

Man fand nun von Macao bestätigt, was schon in Form von Abrechnungen im Briefe des Herrn Ch'ü gestanden hatte. Alle Schiebergeschäfte und Verbrechen des Herrn Ch'ü lagen offen zutage.

Der Vizekönig war entsetzt aus allen Wolken gefallen. Er hatte natürlich keine Ahnung gehabt, welch ein Schurke dieser hohe Mandarin gewesen war. Daß man ihn – der eine untadelige Beamten-

Vergangenheit hinter sich hatte – in diese Sache verwickeln wollte, erschien ihm als der empörendste Zug von allem. Er schwor, gründlich durchzugreifen und diesen widerlichen Herrn Ch'ü zu vernichten.

Um dies alles vorzubereiten, war es auch gut, den nicht unbedeutenden Herrn Wang-P'ai aus dem Wege zu schaffen, weil dieser immerhin der ehrenwerte Oheim dieses ganz unwürdigen Neffen war.

Man erwartete in Kanton jeden Tag nun die Ankunft des kaiserlichen Kontrolleurs aus dem Norden: den sehr mächtigen Eunuchen Ma-T'ang.

Da das Gerücht, der Oberrichter von Shiu-hing, Herr Liu-Chieh-chai, Mandarin vom Amethystknopf, sei ein naher Verwandter des Herrn Ma-T'ang, auch dem Vizekönig zu Ohren gekommen war, hatte er auch schon eine angenehme Lösung bei der Hand.

Den sehr wertvollen Gouverneur von Kwan-tung, Herrn Wang-P'ai, würde man eine Treppe hinauffallen lassen und dem kontrollierenden Eunuchen Ma-T'ang – der sehr mächtig war – vorschlagen, Herrn Wang zum „Ling-si-tao" – also zum „Sachverständigen der westlichen Regionen" – zu ernennen. Dies entsprach etwa der Position eines Vizekönigs. Nur lagen diese westlichen Regionen in Sze-chuan, Yün-nan und Tibet und waren sehr weit von den Bereichen entfernt, in denen man Oheim Wang noch einmal begegnen konnte. Den freigewordenen Posten in Shiu-hing als Gouverneur von Kwan-tung würde man als eine Art Handsalbe dem Eunuchen Ma-T'ang für seinen entfernten Verwandten Liu-Chieh-chai anbieten und dann den kaiserlichen Kontrolleur direkt auf Herrn Ch'ü loslassen. Das wiederum hatte den Vorteil, daß man sich selbst nicht exponierte und sich den vielleicht später wieder sehr mächtigen Herrn Ch'ü zum Todfeinde machte. Mit diesen Nachrichten, die aber sehr geheim waren und vorerst verschwiegen werden mußten, kehrte Herr Shen nach Shiu-hing zurück.

Er hatte noch erlebt, daß Vetter T'sai wegen seiner ausgezeichneten Polizeiarbeit zum Mandarin mit dem „rosafarbenen Porzellanknopf" und dem „Brustschild der Haubenlerche" befördert wurde. Der Vizekönig, der diese Rangerhöhung persönlich aussprach, hatte zu Vetter T'sai – den er ungemein schätzte – gesagt: „Lieber und sehr Geehrter! Ich habe mich geirrt: Sie haben doch das Zeug zu einem höheren Beamten in sich!"

In Shiu-hing angekommen, meldete sich Herr Shen zuerst im Gouverneurspalast und überbrachte Herrn Ch'ü den unversehrten Brief Don Gaspars.

Dann begab er sich in sein eigenes Haus, packte alle seine ererbten Zauberbücher und Hausgötzen zusammen und ließ sich in die Mission auf der Asphodelienwiese bringen. Pi-shan und Dr. Li empfingen ihn mit großer Freude.

Nachdem sie sich begrüßt hatten, legte Herr Shen alle Relikte seiner Vergangenheit feierlich vor dem Altar mit dem Marienbild nieder.

Er sagte: „Dr. Li, ich bin gekommen, um endgültig ein Christ zu werden! Bitte taufen Sie mich, und dann will ich nach christlicher Weise Pi-shan zu meiner ersten und einzigen Gemahlin machen."

Diese Geste rührte Dr. Li aufs tiefste. Er umarmte Herrn Shen, was in China beinah eine Beleidigung war, von Herrn Shen aber lächelnd hingenommen wurde.

„Seien Sie mir willkommen, mein Bruder!" sprach er. „Einem Manne wie Ihnen will ich gerne das Sakrament spenden! Ich werde Sie nur kurz unterrichten und prüfen, dann aber in die Gemeinschaft der Christen aufnehmen. Sie waren es schließlich, der als erster den Namen T'ien-Chu für den einzigen Himmelsgott an die Wand dieser Kirche geschrieben hat. T'ien-Chu selber hat Sie uns zugeführt."

Auch Herr Shen zeigte nun Anzeichen einer starken Gemütsbewegung.

„Hochwürdiger Pater", erwiderte er, „ich habe T'ien-Chu zu danken, daß er mich durch Sie die reine Lehre von Gerechtigkeit und Menschenliebe hat finden lassen. Sie ist besser als der ‚Östliche Wald', bei dem zu viele Hochstudierte sind, die zwar alles wissen, aber nichts glauben, und die über alles klug reden können, aber nichts durch ihr Leben erfüllen! Ja – ich will von ganzem Herzen ein Christ werden!"

Dann teilte er Dr. Li mit wenigen Worten mit, daß es bald in Shiu-hing und Kanton große Veränderungen geben werde, die jedoch nicht zum Vorteil der Mission sein würden. Dr. Li möge lieber alle Vorbereitungen für eine gute Abreise nach Macao treffen. Und Macao habe im Augenblick kein Geld und sei sehr verwirrt.

Darüber erschrak Dr. Li, der geglaubt hatte, seit dem Prozeß und dem spektakulären Eingreifen des Gouverneurs in Shiu-hing ganz sicher zu sein.

„Der Gouverneur", verriet Herr Shen, „wird nicht mehr lange Gouverneur sein. Man wird ihn weit weg befördern. Vielleicht wird Herr Liu sein Nachfolger. Herr Ch'ü jedoch hat ausgespielt. Der Eunuch Ma-T'ang wird ihn vernichten."

Eine Woche später wurde Herr Shen auf den Namen Paul Shen getauft. Dr. Li sprach die lateinische Taufformel „Paulus, ego te babtizo in nomine Patris et Filii et Spiriti Sancti. Amen" auf chinesisch, was da lautete: „Pau-lus, o-ote pa-ti tso yin no-mini Pa-te-li szu o-te Fei-lii o-te szu-pei-li tu szu San-ko-ti, Ya-mang!"

Tags darauf fand in aller Stille die Hochzeit von Paulus Shen und Pi-shan-Maria statt. Die ersten Katholiken chinesischer Herkunft waren gewonnen.

33

Einen Monat später brach das Unheil herein.

Es traf viele.

In Kanton war mit großem Gefolge und viel Tataren-Polizei der großmächtige Eunuch Ma-T'ang als beauftragter Kontrolleur des Himmelssohnes eingezogen. Sogar der Vizekönig zitterte vor diesem Besucher.

Die Spitzel Ma-T'angs hatten so ziemlich alles und einiges mehr, was der Vizekönig von den Vorgängen in seiner Stadt und der Provinz Kwan-tung wußte, herausgebracht. Ma-T'ang wußte einfach alles.

Zuerst ließ er ein Donnerwetter niedergehen, weil ein gewisser Fremder, von dem man sagte, er habe die neue Weltkarte gezeichnet, es gewagt hatte, ein Handschreiben an Seine göttliche Majestät den Himmelssohn persönlich zu richten. Dieses Schreiben war mit der normalen Amtspost bis zu Ma-T'ang gelangt, der es natürlich geöffnet und voll Abscheu gelesen hatte.

So eine Unverschämtheit war selten vorgekommen, vom Kaiser zu verlangen, sich mit einer neuen Religion der Fremden in dem Augenblick zu befassen, da diese Fremden dabei waren, das Reich der Mitte zu überfallen! Die Angelegenheit mußte sofort untersucht und die Schuldigen bestraft werden!

Dann war da die Sache mit der Waffenlieferung aus Macao, die über den Piraten Huitzinga direkt in die Hände der japanischen Inselzwerge gelangt war. Hierin schien ein gewisser Herr Ch'ü verwickelt, der es abgelehnt hatte, diese Waffen an den sehr mächtigen Eunuchengeneral Shih-Hsing zu verkaufen. Dieser Herr Ch'ü war offenbar ein sehr nachlässiger und durch seine Macaofreundschaften schwer belasteter Mann. Nicht einmal die Steuern konnte er richtig einziehen. Man bezahlte ihm entweder zu wenig, oder er behielt den Löwenanteil für sich.

Auch hier mußte durchgegriffen werden. Überhaupt sollte Schluß gemacht werden mit allen, die China schädlich waren. Vor allem mit Macao und seinen heimlichen Gönnern. Der Vizekönig konnte hier bereits seine ausgezeichnete Vorarbeit aufzeigen und den Plan vorlegen, mit dem alles zu ändern war. Er sei den Verbrechern lange schon auf der Spur und habe nur noch auf die Ankunft des erlauchten Ma-T'ang gewartet.

Der große Eunuch – der auch körperlich sehr stattlich war mit seinen rund 300 Tschin oder 180 Kilo Lebendgewicht – war mit den Absichten des Vizekönigs einverstanden. Es gefiel ihm sehr gut, daß man bei der Nachfolge Herrn Wang-P'ais an seinen nahen Verwandten Liu gedacht hatte, nur bei der Vernichtung des Herrn Ch'ü wollte er mehr Taktgefühl sehen.

Herr Ch'ü war selbstredend untragbar geworden. Aber es hatte Zeiten gegeben, da er sich als sehr nützlicher Beamter erwiesen hatte. Vielleicht konnte man später wieder mit ihm sprechen. Im Augenblick jedenfalls gab es zu viele Mitwisser der Affären, als daß man der Gerechtigkeit hätte in den Arm fallen können.

Ch'ü würde seine Ämter verlieren – sollte aber keinen persönlichen Schaden erleiden. In Shiu-hing würde jedoch der nahe Verwandte, Herr Liu-Chieh-chai, der bisherige Oberrichter, Verwaltung, Steuereintreibung und Gouvernement sogleich übernehmen und alle Dinge ins rechte Lot bringen. – Der Vizekönig begriff, daß er selber mit einem blauen Auge, ja vielleicht sogar mit einer Belobigung und der teuren Freundschaft des Herrn Ma-T'ang davonkommen würde, und ordnete sofort alle Maßnahmen an.

In Shiu-hing vollzog sich das Revirement rasch und unter viel Geschrei. Die Bevölkerung klagte sehr um den guten, dicken Gouverneur Wang-P'ai. Man weihte ihm einen Tempel, in dem man als Reliquie die Seidenschuhe Herrn Wangs aufstellte. Große Schrifttafeln am Eingang des Tempels verkündeten alle guten Taten des scheidenden Gouverneurs.

Für Dr. Li und seine Mission war der Fortgang Gouverneur Wangs ein schwerer Schlag. Fast gleichzeitig mit dem Oheim verschwand der Neffe von der Bildfläche. Herr Ch'ü zog sich aus gesundheitlichen Gründen von allen Ämtern zurück und reiste nach Nam-yang, wo ihn sein Kang und auch Joanna mit großem Weheklagen empfingen.

Und dann kam der neue Machthaber und hieß Liu-Chieh-chai.

Dr. Li bekam die Veränderung schon am nächsten Tag zu spüren. Zwei Polizeiposten kamen und rissen den Schutzbrief des alten Gouverneurs von der Kirchentür. Einige Stunden später erschien ein sehr niedriger Mandarin, der einen Erlaß Herrn Lius brachte.

Diese Verordnung besagte, daß die Missionsstation samt Kloster und Kirche über 600 Taels Schätzwert an das Gouvernement zu verkaufen sei. Die Jesuiten würden ja sowieso nach Macao abreisen wollen.

Herr Paul Shen, der sich eilends auf den Weg zum Kloster machte, brachte die näheren Erklärungen. Der neue Gouverneur wünschte unter allen Umständen, die Jesuiten aus Shiu-hing zu verjagen. Zudem ärgerte er sich als einstiger Vorsitzender des Akademikervereins über die Maßnahme Herrn Wang-P'ais, durch die den Fremden ein so schönes Stück der Asphodelienwiese übertragen worden war, das besser zu dem Lustgarten der Pagode dazugepaßt hätte. Da die Mission nun aber schon dastand und zudem mit ihren festgebauten, schneeweiß gekalkten Wänden sehr stattlich aussah, dachte Herr Liu daran, das Objekt persönlich zu erwerben und aus der Kirche einen kleinen Ehrentempel für sich selbst zu machen.

Schon als Oberrichter hätte er Anspruch auf eine derartige Ehrung gehabt. Jetzt als Gouverneur war sie beinahe eine Pflichtübung. Schließlich besaß ja auch Herr Wang-P'ai bereits einen Ehrentempel. Herr Liu würde die Mission kaufen.

Da – die Arbeit ungerechnet – Dr. Li und die „Societas" in den

Bau wenigstens 3000 Taels hineingesteckt hatten, erschienen 600 Taels Abfindung genug, wenn man bedachte, daß die Station ja bereits etwas abgenützt, durch Steinwürfe beschädigt und außerdem angesichts der Heimreise der Jesuiten nutzlos war.

Dr. Li lehnte das Angebot ab.

Er bat Paul Shen, als Käufer aufzutreten und die Missionsstation zu übernehmen. Als Chinese würde man ihm nichts anhaben können; als Christ konnte er Kloster und Kirche über Wasser halten, bis bessere Zeiten kommen würden.

Aber sogar Paul Shen lehnte ab.

„Ich kann unmöglich helfen!" sagte er, „meine Macht reicht nicht aus, um gegen den Gouverneur aufzutreten. Er steht zudem dem ‚Östlichen Wald' sehr nahe, er würde niemals verstehen, daß ich mich für Sie, hochwürdiger Dr. Li, einsetze. Ihr Kloster kann ich nicht retten, aber den Geist des Christentums will ich hochhalten und ausbreiten, wenn Sie nun abreisen!"

„Ich will aber nicht abreisen!" erwiderte Dr. Li starrsinnig, „ich habe nicht vor, aufzugeben, was so aussichtsreich begonnen hat! Morgen gehe ich selbst zum Gouverneur und werfe mich ihm zu Füßen. Herr Liu ist Jurist und hat als solcher ein Empfinden für Recht!"

Paul Shen riet Dr. Li dringend von einer solchen Maßnahme ab. Er meinte, sie sei aussichtslos; denn sowohl Beschlagnahme der Mission wie Ausweisung seien fest beschlossene Angelegenheit. Er sagte: „Sie müssen verstehen! Seit der Invasion der Japaner und dem Waffengeschäft von Macao weht ein anderer Wind in China!"

„Weder ich persönlich noch das Christentum haben mit diesen Dingen das geringste zu tun!"

„Das weiß ich und es wissen einige andere. Aber China weiß es nicht, und Herr Liu will es nicht wissen. Unternehmen Sie nichts, Hochwürdiger, es ist sinnlos!"

Am folgenden Morgen ließ sich Dr. Li zum letzten Mal mit der Sänfte zum Gouverneurspalast tragen, warf sich im Kotau vor seinem Todfeind Liu nieder und bat, in Shiu-hing bleiben zu dürfen.

Der einstige Oberrichter sah ihn aus schmalen Augenschlitzen verächtlich an und spuckte dann aus.

„Scheren Sie sich zum Teufel!" schrie er dann in einem jähen

Wutausbruch, „morgen früh sind Sie unterwegs nach Macao! Das ist mein letztes Wort!“

Paul Shen besorgte Dr. Li eine kleine Frachtdschunke. Man brachte das Gepäck, die Instrumente, Uhren, Karten, Werkzeuge und die geringe persönliche Habe der drei letzten Mitglieder der „Societas“, Dr. Lis, Chandras und Churas, an Bord.

Paul Shen und Pi-shan standen am Kai, eine unübersehbare Menge schrie und tobte am Hafen. Viele schrien Verwünschungen, einige warfen Steine.

Immer wieder vernahm man das Wort von den „fremden Teufeln“ und vom „verfluchten Macao“. Die Abschiedsrufe Paul Shens und Pi-shans gingen in dem Lärm unter. Das Schiff legte mühsam ab.

Alles war umsonst gewesen: das Prisma, das Madonnenbild, die Sonnenuhr und die Pendeluhr, sogar die Weltkarte hatte China nicht erschüttert. Und auch alle Mühe, Opferbereitschaft und Menschenliebe Dr. Lis hatte das Tor nicht aufgesprengt.

Christus war unerwünscht in diesem Lande. Denn Christus war – wie Dr. Li selber – ein Europäer. Er war aus Macao gekommen.

3. Buch

YÜ-MING — Das ist das Leben

Auch ich bin aus meinem Haus vertrieben. Durch fremde Länder nehme ich meinen Weg ohne einen bestimmten Wohnort.
Dunkel, dunkel ist der Geist der Menschen! Vergebens bietet ihnen die Tugend die Hand. Und es eilen die Jahre dahin, bald nahet ein trostloses Alter!

Meister Kung-fu-tse im Tschun-tsi'u

1

Alles war trist.

Der Himmel über Kanton hing voller blauschwarzer Regenwolken, das Licht hatte sich verblutet und flimmerte grau hinter Regenschleiern.

Unablässig trommelten die Wasserstürze auf das Strohmattendach des Sampans und zerstäubten in feinen Dunst, der atembeschwerend auf Pater Ricci niedersank. Er lag in der Dämmerung auf einem schlichten Strohlager in der Mitte des Bootes. Ein armer Hund, der sich in sich selber verkroch und der dem Sterben des Tages zusah ...

Allein, gänzlich allein ..., verlassen von allen.

Der Monsun war gekommen; „mausim" nannten die Araber diese Jahreszeit der großen Regen. Das Leben im Hafen und auf den Märkten hatte auf halbe Flamme zurückgedreht. Die Menschen kauerten in ihren Höhlen, auf den Schiffen, sie lagen träge in der Sampanstadt, in der Stadt der Ärmsten und der Habenichtse. Aber sie waren in Familien, in Gruppen und in Rudeln geballt, sie blieben in dieser tristen Stimmung nicht allein.

Pater Ricci, der Fremde, der ehemalige Dr. Li und berühmte Gelehrte aus Fernwest, hatte niemanden, keinen Freund, keinen Gefährten, keine Hoffnung.

Er hatte nur seinen Glauben.

Eine graue Zeit war über ihn hereingebrochen und umhüllte ihn mit Trübsal.

Im Unterboden des Sampans wühlte eine Ratte. Manchmal gab sie Piepslaute von sich; um die Perlenvorhänge des Eingangs tanzten die Motten, die sich vor dem Regen unter das vorstoßende Dach des Wohnbootes geflüchtet hatten. Die Miete für diese letzte Wohngelegenheit der Gescheiterten und Ausgestoßenen betrug zehn Kaesch am Tag, eine Summe, die sich der Pater eben noch leisten konnte. Aber das Geld ging zu Ende. Hätte er nicht eine seiner Weltkarten verkaufen können, er wäre schon als Bettler in der Masse der Kulis untergegangen.

So aber hauste er auf einem Sampan der schwimmenden Stadt von Kanton-Whampoa. Das war eine Ansammlung von Booten, die sich alle gleichsahen: lange Schwimmkörper, die in der Mitte von einem runden Gewölbe aus Strohmatten überdacht waren, in denen man essen, schlafen und träumen konnte. Sie lagen dicht im Sampanhafen, einer Nebenbucht des Perlstromes, und Laufstege verbanden sie untereinander. Nur zu Pater Riccis Boot führte kein Brett, er mußte an den nächsten Sampan heranrudern, drei oder vier Ruderschläge weit, um über das Nachbarboot an Land zu kommen.

Tagsüber war er durch das Hafengelände gestreift, wie so manchen nutzlosen Tag. Er war sinn- und ziellos durch die engen Gassen Whampoas mit den Teestuben, Büchertrödlern, den nach Hammelfett, Tran und Knoblauch duftenden Garküchen, vorüber an Juwelierläden, Bänkelsängern und Porzellanbuden geschlendert, er hatte zugesehen, wie die Köche der Restaurants ihre Delikatessen einkauften: lebende Schlangen in Körben, denen man mit einem raschen Griff mittels eines Messerchens die Haut bei lebendigem Leibe abzog, bevor man die Köpfe abschlug; fette Ratten in Käfigen, Hunde und Katzen; faule Eier und Ginsengwurzeln, Nashornpulver und tausenderlei Gewürze.

Da waren die alten, weisen Chinesen mit ihren hängenden Fadenbärten, die sich den Luxus leisteten, ein Gläschen frisches Schlangenblut als Aphrodisiakum zu trinken, und die gierig zusahen, wie der Händler der Kobra die Halsader öffnete und in ein Purpurglas austropfen ließ, das der Alte dann begierig leerte.

Vor ein paar Tagen hatte sich der Pater entschlossen, seine seidenen Mandarinsgewänder, die so sinnlos geworden waren, zu verkaufen und gegen eine schlichte, schwarze Jesuitenkutte umzutauschen, die ihm der Schneider dafür anfertigen mußte.

Nun war er wieder Pater Ricci, der Jesuit, geworden, so wie er angefangen hatte – seinerzeit, vor einem Zeitalter in Macao.

Von Macao wollte er nichts mehr wissen. Er wollte nie mehr dorthin zurück. Das war beschlossen. Er blieb in China, selbst wenn er im Sampanhafen gelandet war, wo sich die Ärmsten zusammenballten. Draußen auf dem Perlfluß schaukelten wie triefende Wasservögel die Drachensegel der Dschunken, und fern ragten die gewaltigen Stadtmauern Kantons mit den dreifach überdachten Torwerken empor.

Es war sehr weit ins christliche Abendland, weit bis Lissabon oder Rom oder ins heimatliche Macerata.

Ob wohl der Fliederbaum im väterlichen Garten noch blühte? Und ob die Jungen am Fluß unten noch spielten? Auf den kargen Höhen würden die Schafe weiden, von San Giorgo läuteten eben die Glocken zum Abendgebet.

Aber nein: in Europa war es jetzt heller Mittag, die Leute hielten Siesta, und die Sonne flirrte heiß über den weißen Häusern.

Über Kanton wühlte der Monsun die Natur auf, alles war grau.

Aus diesem sterbenden Licht würde zuerst die Nacht und dann ein neuer Tag kommen. Pater Ricci hoffte noch immer, er glaubte an seine Mission.

Sie hatten ihn wie einen Hund aus Shiu-hing fortgejagt. Aber er war nicht nach Macao gefahren. Er klammerte sich an China, er würde neu beginnen. Noch war er da. Da lag er nun auf dem Stroh, starrte zur Decke, durch die der Regen stäubte. Die Ratte raschelte im Unterboden des Sampans, und das Tageslicht zerfloß wie eine Brühe, die man in Sand geschüttet hatte.

Ein wahrhaft großer Mann war immer allein. Er hatte keine Gefährten.

Führer oder Bannerträger zu sein war nicht nur eine Auszeichnung, die das Schicksal manchmal verlieh, es war auch eine schwere Last, den Schultern eines Menschen aufgebürdet, der stark genug war, sie zu tragen.

Pater Ricci war sich seiner Situation voll bewußt. Sie war aussichtslos, wenn der Verstand sie beurteilte. Aber sie war auch voller Verheißung, wenn man nur fest an die Aufgabe glaubte, die zu erfüllen Jesus Christus und durch ihn die „Societas“ aufgerufen hatte. Ihn – Pater Matteo Ricci – hatten sie gerufen. Er würde gehorchen und alles erfüllen oder untergehen.

Nein, er konnte gar nicht untergehen, denn Gott war mit ihm. Er würde ihn führen. Gleich nach seiner Ankunft in Whampoa hatte er Briefe nach Macao befördern können, die nach Europa gingen. Ein Frachtboot war nach dem verfluchten Macao ausgelaufen. Pater Ricci schrieb an seine Familie.

„Nichts betrübt einen Hirten mehr, als seine Herde unter Wölfen zurückzulassen!“ Er konnte nicht loskommen von dem Gedanken, Paul Shen, Pi-shan und die wenigen zum Christentum Bekehrten, die er in Shiu-hing zurückgelassen hatte, ihrem Schicksal überlassen zu haben.

Aber seine Gedanken gingen jetzt auch oft zurück nach Macerata, zur Familie, zu den Brüdern, den Schwestern und Eltern.

„Wenn Sie dieses Schreiben bekommen sollten“, schrieb er an seinen Bruder, der inzwischen Arzt und Apotheker geworden war, „dann bitte ich Sie, mir ausführlich über die Familie zu berichten, von jedem, was er tut, wie es ihnen allen – diesen Lieben – ergeht und wer gut lebt und wer nicht. Dann werde ich mich trösten und ihnen helfen durch meine armen Gebete!“

Für Pater P. Costa, einen ihm befreundeten hohen Jesuiten-Offizier, legte er ein Schreiben bei, in dem es hieß: „Jedesmal, wenn ich mich meiner lieben Freunde und Mitbrüder in Europa erinnere, was ich sehr oft zu meiner Erbauung tue, dann fühle ich, daß mir große Hoffnung und Kraft zufließt. Denn ich weiß, daß mich der Herrgott nur darum der erbaulichen Gegenwart so vieler guter Menschen beraubt hat, weil er will, daß ich hier eine bedeutende Aufgabe erfülle.“

Er gedachte jetzt in den vielen Stunden der Leere auch seines Abschieds in Shiu-hing: wie er noch einmal am Abend vor seiner Abreise zum neuen Gouverneur gerufen worden war, der ihm – um seinen Rechtsbruch zu kaschieren – eine Entschädigung von 600 Taels für die Mission angeboten hatte, und wie er deren Annahme standhaft verweigert hatte.

Dann hatte er Herrn Liu-Chieh-chai ohne Zorn die Schlüssel der Missionsstation ausgehändigt und ihn sogar gesegnet. Der gestrenge Herr hatte darauf mit einer sehr eigenartigen Geste geantwortet.

Am Morgen der Abreise war ein Bote angelangt, der eine amtliche Bescheinigung überbrachte, in welcher ausdrücklich festgelegt wurde, daß die Jesuiten nicht wegen irgendwelcher Gesetzesübertretungen, sondern nur wegen ihres Europäertums ausgewiesen worden seien. Herr Liu nahm Bezug auf eine alte Verordnung des Himmelssohnes. Er testierte Dr. Li außerdem in überschwenglichen Lobesworten die Eigenschaften der Frömmigkeit, Ehrenhaftigkeit und Gelehrsamkeit.

Dann jedoch ließ er die Angehörigen der Mission auf die Dschunke nach Macao schaffen.

Die Fahrt sollte über Whampoa gehen. Ein Brief an den Admiral der Tigerfort-Flotte wurde dem Piloten mitgegeben, daß der Gouverneur von Shiu-hing nichts mit Macao zu tun haben wolle und daß der Admiral dafür Sorge tragen möge, daß dieser unangenehme Dr. Li durch ein Regierungsboot nach der Kolonie hinausbefördert würde. In Whampoa hatten sie ihn abgesetzt und ihm befohlen, auf die Nachricht des Admirals zu warten. Er wollte nicht nach Macao.

Chandra und Chura, seine beiden letzten Begleiter, hatten eine Überfahrtsgelegenheit nach Macao gefunden und waren mit Vergnügen nach Hause gefahren. Pater Ricci jedoch blieb. Er lebte seither auf dem Sampan und wartete auf den Fortgang der Dinge.

War er ein Narr?! Ein verbohrter Ideologe, ein religiöser Fanatiker?

Warum konnte er nicht leben wie andere Menschen auch?

Don Gaspar Viegas hatte sich andere Lebensziele erwählt: er wurde reich und immer reicher, er scheffelte Geld, sammelte Schiffe, Faktoreien und Macht. Und er verbarg dies alles hinter einer Papierwand von Wohlanständigkeit, Religion und Bürgerlichkeit. Sein Leben war ausgefüllt vom Erwerbsleben, von Aktivitäten, die sich in realen Erfolgen niederschlugen, ein Leben ohne Liebe, ohne Glaube, ohne Hoffnung, ein vergoldetes Nichts! Und Herr Ch'ü, dieser hochgebildete und kluge Intellektuelle, der an gar nichts als an sein Wohlleben und seinen Ehrgeiz dachte, der an nichts glaubte und der nichts erstrebte als Vergnügen, Ehrerbietung der Umwelt und Anerkennung seiner hohen geistigen Kapazität, der so viel Dampf plaudern und alles „beweisen" konnte, war ebenfalls eine taube Nuß im Angesicht der ewigen Dinge. Ein Nichts mit der Aura der Bildung.

Nein, diese Art Leben würde Pater Ricci niemals führen! Er glaubte an Gott. Der Herr und Schöpfer aller Dinge war seine

Mitte, ihm hatte er sich verpflichtet und um ihn allein lohnte es sich zu dienen.

Gott gab alles zurück, in dem er ihm Sicherheit und Glaube schenkte. Vor Pater Ricci stand das goldene Tor der Ewigkeit weit geöffnet. Es war ein wundervolles und reiches Leben, wenn es auch durch Niederungen, Qual und Demütigung führte. Am Ende stand der Erlöser, der seinen getreuen Knecht Matteo Ricci mit ausgebreiteten Armen empfangen würde.

Er wußte, daß er den rechten Weg ging. Er würde ihn bis zum Ende gehen.

Es war falsch gewesen, von Macao aus zu missionieren. China warf Don Gaspar Viegas und Pater Ricci in den gleichen Topf.

Den nächsten Versuch würde Pater Ricci von Kanton aus unternehmen – soferne man ihn nicht demnächst zwangsdeportierte.

Er wartete und vertraute auf Gott.

Die Regierungsdschunke kam in der späten Dämmerung. Ein hoher Mandarin im violetten Gewand mit dem Haubenlerchenschild fragte sich im Sampanhafen nach dem Wohnplatz des Paters durch. Alle kannten den Schwarzrock, den „fremden Teufel". Aber viele mochten ihn auch. Er war so bescheiden und so hilfsbereit. Er hatte Kranke besucht, Kinder gesegnet, seine kargen Nahrungsmittel mit den Ärmeren geteilt.

So stand Herr T'sai, der Vetter vierzehnten Grades des Vizekönigs, sehr bald auf einer Laufplanke zu Pater Riccis Sampan. Der Perlvorhang wurde zurückgeschoben. Pater Ricci fuhr aus seinen Träumen hoch und sah den hohen Mandarin.

„Jetzt ist es aus!" dachte er, „nun holen sie mich auf das Schiff des Admirals, das nach Macao fährt!"

„Sind Sie, sehr Geehrter, ein gewisser Dr. Li?" fragte Vetter T'sai. „Ich habe den ehrenden Auftrag vom Vizekönig, der mein Vetter vierzehnten Grades ist, Sie nach Kanton zu bringen. Mein Vetter, der Vizekönig, hat Ihre Weltkarte gesehen und davon gehört, daß Sie wertvolle Uhren herstellen können. Er wünscht Sie zu sprechen!"

Pater Ricci würde noch nicht nach Macao fahren. Der Vizekönig rief ihn.

Das war die letzte, ja die allerletzte Chance.

2

Als der sehr hochgestellte Mandarin vom Kristallknopf, Herr Ch'ü-Tai-su, die Stadt Shiu-hing aus gesundheitlichen Gründen verlassen mußte und in seinen heimatlichen Kang in der Stadt Nam-yang zurückkehrte, war er tatsächlich ein beinah schwerkranker Mann. Er hatte einen Tiefpunkt seines bisher so heiteren Lebens erreicht.

Tiefpunkte liebte er nicht, sie waren ihm ungewohnt, und er reagierte wie ein Leidender auf sie.

Sein Vater war ein hochangesehener Dichter und Historiker, zudem am Ende seines Lebens ein hochgestellter Mandarin am Pekinger Kaiserhof und väterlicher Freund des mächtigen Ma-T'ang gewesen. Ganz China kannte den Namen des großen Ch'ü, niemand neidete dem Hause Ch'ü den altererbten Reichtum und die Ehren, die es auf sich gezogen hatte.

Der nunmehrige Herr Ch'ü, Mandarin vom Kristallknopf und Silberfasanschild, hatte als Sohn aus solchem Hause eine wunderbare und glatte Lebensbahn vor sich gehabt. Es fehlte weder an Geld noch an hohen Beziehungen, alle Türen standen einem jungen Mann aus dem verehrungswürdigen Hause Ch'ü offen. Es war eine Spielerei für Herrn Ch'ü, den Sohn, gewesen, zu studieren, Prüfungen zu machen und rasch auf der Beamten- und Ehrenleiter aufzusteigen. Bis jetzt hatte er es, mit knapp 33 Jahren, bereits zu einer Position als eine Art Minister oder Staatssekretär in Kwan-tung und Kanton gebracht und war auch geschäftlich sehr erfolgreich gewesen. Alle Türen hatten die Eigenschaft, sich vor Herrn Ch'ü von selber zu öffnen. Aber es war nicht nur sein hochgeachteter Name, der ihm dazu verhalf, sondern ebenso seine bedeutende Intelligenz. Er hatte die Doktorprüfung in Peking als erster unter vierhundert Bewerbern abgelegt.

Ein seltsamer Mensch, dieser Herr Ch'ü!

Auf der einen Seite war er ein wahrer Leuchtturm unter den Intellektuellen, ein kluger Schüler, Musterstudent, Auszeichnungsprüfling und Superbeamter gewesen, auf der anderen wußte jedermann von ihm, daß er nur höchst ungern wirkliche Arbeit tat, daß er ein Schöngeist, vergnügter Lebemann und geistreicher Zyniker war. Er hatte stets die angenehmen Seiten des Lebens geliebt und war den echten Schwierigkeiten aus dem Wege gegangen. Eine seiner Hauptbegabungen bestand darin, daß er die Arbeit so gut zu organisieren wußte, daß für ihn selbst am Ende keine mehr übrigblieb und er sich seinen Liebhabereien: Frauen, gutem Essen und Trinken, aber auch wichtigen Büchern, Musik, Tanz und kulturellen Anliegen, widmen konnte. – Mit dieser Methode war Herr Ch'ü bisher sehr gut durchgekommen.

Einwände, die nur sehr selten und sehr schüchtern gegen diesen seinen Lebensstil etwa vom hochgelehrten und poetischen Herrn Vater, von gewissen Freunden oder auch von diesem klugen Pater Ricci vorgebracht worden waren, hatte Herr Ch'ü dank seiner hohen Intelligenz und seines ausgezeichneten Bildungsstandes leichter Hand abzufertigen gewußt. Er hatte es beinah geschafft, sein Verhalten sich selbst gegenüber zu begründen und zu rechtfertigen, aber er war zu intelligent, um an seine eigene Philosophie zu glauben. Ganz innen, wo der Mensch meist eine unbestechliche Instanz mit sich führt, war eine Stimme, die ihm sagte: alles ist sehr hohl, ziemlich leer und entbehrt jeder Moral.

Nun war er wieder zu intelligent, um nicht dieser Stimme mit schönen und sehr zutreffenden Zitaten aus Lao-tse, Meister Kung oder anderen Klassikern antworten zu können. Er war sicher, hätte er seine Orientierung über das Christentum bei Pater Ricci weiter fortgesetzt und dieses Buch, das Bibel hieß, wirklich studiert, er würde es bald geschafft haben, sich selbst und seine Lebensart auch mit Bibelzitaten zu untermauern.

Und doch wußte er insgeheim, daß alles Betrug und Vernebelung war.

Im letzten Grunde war dieses Menschendasein eine einzige Illusion. Tradition und Kultur hatten die Bühne, auf der getanzt wurde, mit den Kulissen von Religion, Philosophie und Morallehren umstellt, und die Narren, die niemals ausstarben, orientierten sich sogar daran.

Aber Herr Ch'ü war kein Narr. Er war sehr gescheit, sogar gescheit genug, um zu wissen, daß auch Gescheitheit nur Illusion war. Das einzige, was realen, spür- und fühlbaren Wert besaß, war das Leben selbst. Man mußte es genießen, so gut und so lange es anging – denn alles weitere war ebenfalls nur Illusion.

So war im Endeffekt die Lebensanschauung Herrn Ch'üs, das Endprodukt von sehr viel Intellekt und Studium, von Bildung und Erziehung, einfach, ja beinahe primitiv gewesen. Er glaubte an nichts, sprach über alles und genoß sein Dasein, so gut es anging.

Das war bisher recht glatt gegangen. Selbst zeitweise Krisen, wenn ihn Schulden und Krediterschöpfung bedrängten, wenn sogar die ausgedehnte und sehr ehrenwerte Verwandtschaft nichts mehr leihen und helfen wollte, hatte Herr Ch'ü stets zu meistern gewußt. Irgendwie war ihm das Glück zu Hilfe gekommen, und er hatte alle Widrigkeiten zu lösen verstanden. Alles Blei des Schicksals war unter seinen glückhaften Händen zu Gold geworden. So wie auch beim letztenmal, als ihm der „Östliche Jadestern" aus der Patsche geholfen hatte.

Es war demnach der erste wirkliche Nackenschlag, den der verdiente Herr Ch'ü erhielt, als zuerst die nützliche Verbindung mit Macao und Kow-lun offenbar zerrissen war und als anschließend der Korruptionsskandal auf ihn zuzurollen begann, den er diesen beiden Intriganten, Vetter T'sai und Herrn Shen, zu verdanken hatte, wie ihm der Vizekönig freundlicherweise mitgeteilt hatte.

Unbegreiflicherweise war es der mächtige und hervorragende Eunuch Ma-T'ang gewesen, der darauf bestanden hatte, daß Herr Ch'ü seine Ämter verlor und aus gesundheitlichen Gründen nach Nam-yang zurückgeschickt wurde.

Ein Tiefpunkt aller erster Größenordnung war damit erreicht. Noch niemals zuvor war Herr Ch'ü so sehr darniedergelegen.

Mit diesem Zustand mußte er sich erst abfinden, er war ihn nicht gewohnt und beinahe erstaunt, daß ihm nicht sofort ein Glücksfall zu Hilfe kam.

Sehr bedrückt reiste er nach Nam-yang zurück, wohin ihm die Kunde von seinem Sturz und seiner völligen Entmachtung bereits vorausgeeilt war.

Der Familien-Kang und das Frauenhaus empfingen ihn mit lautem Wehklagen, Joanna mit Vorwürfen.

Diese entsetzliche, nur schwer zu ertragende Joanna!

Herr Ch'ü liebte sie sogleich wieder, als er sie – schwarzlockig und großäugig, mit einem prallen Busen ausgestattet, wie ihn keine Chinesin hatte – auf sich zufliegen sah. Auch diese so unmanierliche, sogar vor zuschauenden Beobachtern gezeigte Leidenschaftlichkeit fand er unerklärlicherweise sympathisch. Und diese Eigenwilligkeit, diese Verweigerung des Aufgehens in Unterwürfigkeit und Demut, diese Persönlichkeit, die aus einer Geliebten einen Freund und Partner machte!

Sie war und blieb eben eine Exotin. Herr Ch'ü liebte sie sehr. Er dachte nicht mehr an derartige blumenhafte Trostmädchen wie etwa Pi-shan.

Jetzt, da er, der stets Überlegene und Zynische, erstmals als Geschlagener nach Hause kam und nicht mehr weiterwußte, brauchte er Joanna mehr denn je. Sie war stark und klug, an ihrem Busen konnte er Ruhe finden, sie würde sogar Rat wissen.

Statt dessen jedoch machte sie ihm Vorwürfe und gab ihm Belehrungen wie einem Schuljungen!

Darin zeigte sie wieder einmal mehr, daß sie keine Chinesin war, die genau gewußt hätte, wie man Herrn Ch'ü trösten, beraten und aufrichten konnte, ohne daß er – der mächtige Mandarin – nur im geringsten „Gesicht verlor".

Joanna aber degradierte ihn durch Temperament und Offenheit zu einer Position, von der nur das Gefühl des Beleidigtseins zurückbleiben konnte.

„Wie konntest du nur, bei deiner Intelligenz", rief Joanna, „auf Macao bauen! Meinst du, daß diese Leute, wie mein Bruder Diego oder gar dieser Huitzinga, nur einen Augenblick zögern würden, dich ans Messer zu liefern, wenn es ihr sicherer Vorteil wäre?! Und dann dieser ‚Blaue' von Kow-lun! Warum fällst du auf derartige Typen herein? Auch die Sache mit Vetter T'sai war hahnebüchern. Mußtest du den Burschen denn gleich über Bord werfen lassen! Hätte es nicht genügt, ihn unter Deck einzusperren? Das kommt daher, weil du den christlichen Wertskalen gegenüber zu zynisch bist. Für dich sind Leben und Tod ja gar nichts! Du winkst nur, und schon geschieht ein Mordanschlag! Und nun hast du die Quittung. Man hat dich gefeuert, wie man einen kleinen Schreiber hinauswirft!"

„Dieser schwarzbärtige Steuermann Gomez war schuld!" verteidigte sich Herr Ch'ü, „er hat dem ekelhaften Vetter T'sai zwar über die Reling geholfen, aber überhaupt nicht darauf geachtet, daß er auch lange genug unter Wasser geblieben wäre! Ein gravierender Fehler!"

Joanna entrüstete sich schrecklich. Sie fand es ungeheuerlicher als alles andere, daß Ch'ü angesichts eines offenbaren Mordanschlages nur dessen mangelhafte technische Durchführung beklagte. Ja, hatte dieser Mensch denn überhaupt keine Moral?!

Überall merkte man, daß er ein scheußlicher Heide war, daß er vom Christentum keine Ahnung hatte, ein Zustand, den Joanna nun endlich ändern mußte!

Als Herr Ch'ü ziemlich bedrückt die weiteren Vorgänge in Shiuhing berichtete, winkte Joanna energisch ab.

„Das wissen wir in Nam-yang längst! Glaubst du etwa, hier könne das geringste verborgen bleiben? So ein Frauen-Kang gleicht einem Waschhaus in Lissabon, die klatschen über Dinge, die erst morgen passieren werden! Und obschon ich kaum diese Schnatter- und Piepssprache verstehe, habe ich doch begriffen, daß ein gewisser Herr Ch'ü seine schöne Pi-shan wiederhaben wollte und auch in diesem Punkte eine saftige Ohrfeige bezogen hat! Ich glaube, das, was dir am nötigsten wäre, ist wirklicher und ernsthafter Religionsunterricht; denn du bist ein abscheulicher Heidenmensch, mit dem sich ein katholisches Mädchen überhaupt nicht einlassen sollte!"

Herr Ch'ü versuchte an dieser Stelle von Joannas Hauspredigt den Absprung zu dem Niveau, auf dem sie sich immer – ohne Sprachschranke und Philosophie – am schnellsten und gründlichsten verstanden hatten und auf dem sie beide nur zwei Menschen waren, die voller Leidenschaft zueinander drängten.

Aber Joanna, die seit der Geburt des „kleinen Herrn Ch'ü" immer mehr zur jungen Mutter wurde und nun oft die Rolle als Geliebte vergaß, wies ihn zurück.

„Das Garstigste jedoch", rief sie und drohte mit dem Finger, „was du und deine Mandarin-Clique sich geleistet haben, ist die Vertreibung von Pater Ricci! Er war der beste Mensch von ganz Shiuhing! Ein Heiliger! Ein Nachfolger des heiligen Franz Xaver! Und ihr habt ihn davongejagt wie einen Straßenköter. Dabei hat er euch nur Gutes gebracht und war bestrebt, eure schwarzen oder gelben Seelen zu retten. Ich fange an, euch Chinesen zu hassen, wenn so etwas möglich wird!"

Da Herr Ch'ü nun genug von den Vorhaltungen Joannas, den Klagen über das Leben im Kang und den Anschuldigungen gegen seine Kaste hatte und zudem sehr stark an praktischer Liebe interessiert war, versprach er Joanna alles, was sie wünschte: er würde sich Religionsunterricht geben lassen, vermutlich ein sehr guter Christ werden und überhaupt sein Leben ändern.

Er war nicht sehr glücklich über die Art seiner Heimkehr und war auch nicht glücklich über Joanna, er war nur begierig, für eine Weile alle Unbill des Lebens zu vergessen. Er wollte zu Bett.

Nun endlich gab Joanna nach. Auf dieser Basis verstanden sie sich immer noch gut. Sie ließ sich, als sei sie plötzlich schwach geworden, von Herrn Ch'ü zu den Kissen tragen. Und küßte ihn ...

3

Der hochgetürmte Zweiräderkarren, den ein träger Wasserbüffel zog, schwankte holpernd und knarrend über die Landstraße. Staub wolkte auf, die Spuren zahlloser Räder hatten den Weg ausgefurcht. Häufig begegneten sie anderen Karren, die Reisstroh, Zuckerrohr oder Ballen mit Baumwolle geladen hatten. Halbnackte braungelbe Kinder trotten auf dem Dammweg neben der Straße her, nur die von Sonne, Lehm und Schweiß ausgemergelten Kulis, die mit ihren Stachelstöcken die Büffel oder die weißen Buckelochsen antrieben, liefen im Staub der Straße.

Auch Pater Ricci und der junge, schmale Pater Almeida gingen im dicken Nebel der gelblichen Staubwolken. Sie verstanden es nicht besonders gut, einen Wasserbüffel vor dem Karren zu führen. Das grauschwarze Tier mit der an vielen Stellen abgeschabten Lederhaut und dem schweren Gehörn blieb alle Augenblicke stehen und mußte angetrieben werden.

Selbst dem Wasserbüffel war es zu schwül. Gelegentlich strebte er schnellen Trotts von dem Furchenpfad fort, zu den überfluteten Reisfeldern und Sümpfen hinüber, die den Wegrand säumten. In einigen Tümpeln suhlten sich andere Büffel, von denen nur noch Nüstern, Augen und Gehörn aus dem lehmigen Wasser hervorsahen. Schwärme blauer Fliegen summten über ihnen.

So weit man sehen konnte, war die Ebene von den Wasserspiegeln der Reisfelder bedeckt. Wasserdampf hing in der schweren Luft, wenn der Straßenstaub sich gelegt hatte. Der Himmel über der Fat-shan-Provinz war von der Farbe geschmolzenen Bleis, wenn es sich mit einer gelben Schwefelhaut überzieht: glühendes Metall und doch zugleich auch gelber Staub. Weit im Südwesten, wo die Ausläufer der Yung-kaita-Berge wie blaue Schatten lagen, ballten sich turmhohe, weiße Wolken, die vielleicht Regen bringen konnten.

Das Klima war sehr ungesund. Pater Ricci, der unterwegs manchmal mit vorüberwandernden Bauern und ihren Kindern sprach, sah an deren roten Augen und rissigen Lippen, daß viele an Fieber litten. Es waren ausgetrocknete, abgearbeitete und unterernährte Menschen. Sie zogen mit ihren Ackergeräten in langen Reihen über die schmalen Dammwege zwischen den Reisfeldern hin, andere liefen neben ihren Karren her. Alle hatten zu tun. Es war ein fleißiges, ameisenhaftes Volk.

Nicht einmal sah Pater Ricci auf der langen Fahrt, seit sie Kanton verlassen und die Richtung ins Inland genommen hatten, Gruppen von Menschen im Schatten der Maulbeerbäume oder Weiden liegen und ausruhen, wie das mit Sicherheit im heimatlichen Italien während der Mittagshitze der Fall gewesen wäre.

Sie schienen nicht zu ruhen, nicht zu essen, nicht zu trinken; sie waren alle unterwegs, arbeiteten auf den Feldern oder trieben ihre Tiere an. China war ein Land der Arbeit.

Die Ebene war dicht besiedelt. Immer wieder duckten sich niedere Lehmgehöfte mit ihren graugelben Strohdächern, den Flechtzäunen und Koppeln unter die wenigen Baumgruppen. Sie lagen meist an Teichen oder kleinen Wasserläufen, die bedeckt waren von Enten und Gänsen, während in den Koppeln schwarze und weiße Schweine herumwühlten und Karpfen, Goldfische und Barsche in den Tümpeln schwammen. In diesem Lande wurde eben alles genutzt: die Erde, das Wasser und sogar die Luft mit ihren Vögeln, denn der Pater erkannte recht wohl die gelegentlich zwischen Maulbeerbäumen ausgespannten Vogelnetze.

„Wie weit ist es noch bis Shiu-chow?“ seufzte Pater Almeida. „Was ist das für eine Stadt?!“

Der junge Pater, den sie ihm da aus Macao nachgesandt hatten, war ein Spanier. Kein sehr kräftiger Mensch, jedoch voll guten Willens. Er sprach weder Chinesisch noch hatte er eine besondere Ausbildung für die Chinamission aufzuweisen.

Pater Almeida war eine Notlösung. Der ehrwürdige Pater Visitator Alexander de Valignano in Goa hatte den erst fünfundzwanzigjährigen und soeben zum Priester geweihten Pater Almeida nach Macao gesandt, damit er dort für die Chinamission ausgebildet werde. Die letzten Berichte, die ihm der Pater Prokurator in Macao über den höchst erfolgreichen Fortgang der Mission Pater Riccis zugeleitet hatte, ließen es geraten erscheinen, Verstärkung für Ricci zu schicken. Man würde bald mehr geeignete Priester brauchen, wenn die Mission in China sich ausbreiten konnte.

So war Almeida, kaum in Macao angekommen, nach Kanton in Marsch gesetzt worden, als man in Sao Martin durch die zurückkehrenden Gehilfen Chandra und Chura von dem Unglück Pater Riccis und der Austreibung der „Societas" aus Shiu-hing gehört hatte. Pater Ricci brauchte sofortige Hilfe. Vielleicht vermochte er noch etwas zu ändern.

Jetzt torkelte, von der drückenden Hitze und von Staub, Wasserdunst und Dürre gleichermaßen erschöpft, der arme Spanier wie ein Gespenst hinter Pater Ricci drein, der immer noch rüstig ausschritt.

Wie weit war es nach Shiu-chow?!

Pater Ricci, der die in Whampoa gekaufte schwarze Jesuitenkutte trug und es aufgegeben hatte, Dr. Li zu sein, dachte zurück.

Er hatte nur noch eine einzige Chance gehabt. Aus dieser letzten jedoch war das Wunder geworden. Gott hatte ihn nicht verlassen.

Als ihn Vetter T'sai mit allen Ehren zum Vizekönig geleitet hatte, war eine Hoffnung in ihm aufgekeimt. Der amethystfarbene Mandarin hatte sogar eine Wache auf dem Sampan zurückgelassen, damit Eigentum und Gepäck des Paters nicht von Bedürftigen fortgetragen würde.

Wenn aber der Vizekönig ihn schon mit allen Ehren abholen, sein Gepäck bewachen ließ und auch der amethystfarbene Mandarin sehr freundlich war, so konnte es sich doch unmöglich um die Vollstreckung und die nun anlaufende Verschickung nach Macao handeln. Ein Sinnes- oder Stimmungswandel mußte stattgefunden haben! Pater

Ricci war also guten Mutes mit Vetter T'sai nach Kanton gefahren und dem Vizekönig vorgeführt worden.

Dieser Vizekönig war, das wußte Pater Ricci aus seiner Shiuhing-Zeit, der Vorgesetzte von Gouverneur Wang-P'ai gewesen. Er würde auch dem gestrengen Herrn Liu-Chieh-chai gegenüber die gleiche Stellung einnehmen. Man war demnach bei einer oberen Instanz gelandet.

Tatsächlich erlebte Pater Ricci bei seiner Audienz im Palast des Vizekönigs sehr eigenartige Dinge. Alles änderte sich. Der Pater begriff die Zusammenhänge nur langsam; denn sie waren vielfältiger Natur und erst aus ihrer chinesischen Umhüllung zu schälen.

Der Vizekönig schien ein toleranter Mann zu sein, wahrscheinlich auch einer, der diesem „Östlichen Wald" nahestand, jedoch nicht den unbedingten Fremden- und Fortschrittshaß dieser Vereinigung teilte. Er hatte eine ärgerliche Visitation durch den sehr mächtigen Eunuchen Ma-T'ang hinter sich. Nun aber war Herr Ma-T'ang wieder abgereist und der Vizekönig war wie eh und je der Herr seiner Entschlüsse.

Er hatte seine Position behauptet, sogar Lob geerntet, und konnte mit einer langen Ruhezeit rechnen. Nur eines besaß er – im Gegensatz zu dem Gouverneur von Kwan-tung und jetzigem Missionschef für die westlichen Bereiche, Herrn Wang-P'ai – nicht: man hatte ihm keine Pendeluhr und kein Prisma geschenkt. Er wußte aber, wieviel Gesicht man durch den Besitz solcher Köstlichkeiten gewann. Außerdem war er sehr neugierig. Er bat Pater Ricci, ihm beides zu besorgen und ihm außerdem bei nächster Gelegenheit diese berühmte Weltkarte zu erklären.

Der Vizekönig war aber nicht nur neugierig, er war auch sehr auf Gerechtigkeit bedacht. Ihm gefiel das Verhalten des neuen Gouverneurs in Shiu-hing, Herrn Liu-Chieh-chai, gar nicht.

Daß dieser angebliche Verwandte Ma-T'angs seine Rangerhöhung sofort dafür ausgenutzt hatte, sich die schöne Jesuitenmission ohne Entgelt anzueignen, um daraus einen Ehrentempel für sich selbst zu machen, war nicht nur unschön, sondern auch sehr unkorrekt. Denn Herr Liu hatte bis heute dafür kein Tael Entschädigung bezahlt, was dem Vizekönig durch einen Mandarin namens Shen gemeldet worden war. Für einen Juristen und ehemaligen Oberrichter war ein solches Verhalten sehr unanständig. Auch mit der radikalen Austreibung der Jesuiten war der Vizekönig nicht einverstanden.

Im Gegensatz zu dem Fanatiker Liu vermochte er politisch zu denken.

Der Eunuch Ma-T'ang, der die Ausweisung der Jesuiten gebilligt hatte, war abgezogen. Die Vernunft konnte wiederkehren.

Warum sollte man die Beziehungen zu Macao durch derartige Maßnahmen provozierend verschlechtern? Welchen einleuchtenden Grund gab es, diese Mission zu schließen, aus der, soviel man wußte, nur Nützliches und Gutes hervorgegangen war?!

Fremdenhaß war kein guter politischer Ratgeber! Mochten „Östlicher Wald" und Nationaldenken die Chinesen noch so sehr in Erregung bringen, durch törichte und rachsüchtige Aktionen wie diese Austreibung unterband man weder den Opiumhandel noch das Waffengeschäft der Fremden. Man ärgerte sie nur und mußte mit deren verstärkten Gegenmaßnahmen rechnen. Nun lag Macao mit all seinen Kanonen und Kriegsschiffen leider an der Mündung des Perlstromes, an dessen Enge, kaum 150 Kilometer aufwärts, Kanton gelegen war.

Ein vernünftiger Vizekönig dieser Stadt und Provinz würde keine unnötige Feindschaft mit Macao provozieren, sondern warten, bis sich die militärischen Machtverhältnisse gründlich geändert hätten. Man sah ja, was moderne Waffen ausrichten konnten! Die Nachrichten aus Korea meldeten, daß die 300.000 Mann, die Toyotomi Hideyoshi gelandet hatte, mit europäischen Kanonen, Musketen und Granaten ausgerüstet seien und die riesigen Armeen des Himmelssohnes nur so vor sich herjagten! Wenn man dies bedachte, so durfte man nicht die bevölkerungsmäßige Überzahl Kantons gegen das kleine Macao anführen und seinem Fremdenhaß einfach die Zügel schießen lassen. Deshalb hatte der Vizekönig beschlossen, die Shiuhing-Angelegenheit wieder einzurenken, ohne den fragwürdigen Verwandten Ma-T'angs direkt vor den Kopf zu stoßen. Außerdem hielt man sich damit die Wege für spätere Verhandlungen mit gewissen im Macaohandel tätigen Personen offen. Aus dem Macaohandel jedoch hatte auch der Vizekönig schon einigen Nutzen gezogen.

Er bot deshalb Pater Ricci an, anstatt in Shiu-hing zu missionieren, die Stadt Shiu-chow zu seiner Residenz zu wählen. Ein passendes Grundstück für den Bau einer Station und Kirche würde ebenso wie entsprechende Finanzhilfe für den Bau vom Vizekönig gestellt werden. Damit war zugleich die leidige und nicht ganz korrekte Affäre von Shiu-hing aus der Welt geschafft.

Shiu-chow aber lag sehr weit im Hinterland: ein unbedeutender Platz von höchstenfalls 5000 Einwohnern, der selbst von den eifrigsten Anhängern der Nationalpartei nicht zum Stützpunkt der Portugiesen ernannt werden konnte.

So war Pater Ricci in letzter Minute gerettet und die Chinamission vor der Liquidation bewahrt worden. Sogar die Einreise von Pater Almeida hatte der Vizekönig genehmigt.

Dann waren sie mit dem Ochsenkarren losgezogen, den neuen Ort ihres Wirkens aufzusuchen. Das aus Shiu-hing und von Pater Almeida aus Macao mitgebrachte Gepäck war aufgetürmt und mit Stricken verschnürt worden. Sie verließen – zwei einsame Männer im schwarzen Priesterkleid – das Westtor von Kanton und nahmen die Landstraße unter die Beine.

4

Shiu-chow war eine kleine, von niederen Lehmmauern umgebene Stadt inmitten von Reissümpfen und baumlosen Feldern. Sie konnte nicht mit Shiu-hing verglichen werden.

Die breit und behäbig in die Flußgabel des Peh-Kiang und Sui-Kiang hingelagerte Siedlung war durch diese beiden ziemlich willkürlich fließenden Wasserläufe in ihrem Wachstum sehr eingeengt und hatte angefangen, sich auf das westliche Ufer des Sui-Kiang auszubreiten, wo eine von Pfahlbefestigungen und Wällen umzogene Neusiedlung entstanden war. Um die Stadtteile miteinander zu verbinden, war eine auf großen Lastkähnen verankerte Bambusbrücke geschlagen worden.

Wie in manchen europäischen Städten gab es also auch in Shiuchow demnach die etwas gehobenere Klasse der „Mauerbürger“ und die weniger geachtete der „Pfahlbürger“, alle zusammen bildeten gegenüber der reinen Landbevölkerung den Haufen der „Spießbürger", weil sie im Falle der Bedrohung gehalten waren, mit Bambusspießen auf Mauern und Wälle zu eilen.

Es war eine Landstadt, hatte aber immerhin ein stark ummauertes Kloster buddhistischer Mönche, die jeden Morgen in ihren rotbraunen Kutten mit den Bettelschalen ausschwärmten, um sich ihre Nahrung aus den Töpfen der Bürger zu holen. Diese Mönche arbeiteten im Gegensatz zur übrigen Bevölkerung kaum jemals. Sie saßen den langen, lieben Tag, wenn sie von ihrer Bettelfahrt zurückgekehrt waren, unter den überdachten Gängen der Innenhöfe, meditierten oder leierten ihre Gebetslitaneien. Weil offenbar einige Bonzen von der tibetanischen Tantraschule hergekommen waren und wie alle Mongolen und Chinesen eine große Leidenschaft für mechanische Vorrichtungen empfanden, hatten sie sich Gebetsmühlen angefertigt, die ihnen auch noch die Arbeit des Betens abnahmen.

Diese Mühlen, die Pater Ricci hier zum erstenmal sah, waren entweder große Bronzetrommeln in senkrechte Achsen eingespannt, die man durch Vorüberstreichen mit der Hand in Gang setzte, oder auch nur Windräder, die vom Luftstrom zur Frömmigkeit angehalten wurden. Jede Umdrehung bedeutete ein sehr wirksames Gebet; denn auf den Trommeln oder den Windrädern war in chinesischen Zeichen allerhand Frommes aufgeschrieben.

Die Mönche selbst kauerten oft stundenlang in der Hocke da und wiederholten in monotonem Rhythmus immer den gleichen Satz: „Om mani padme hum!", was sehr ermüdend, aber zugleich auch stimulierend wirkte. Man geriet dadurch in eine gewisse Meditation und Selbsthypnose und kam dem Nirwana schon um einiges näher. Der Satz bedeutete – so erklärte man Pater Ricci: „Sei gegrüßt, o Erhabener in der Lotosblüte!" Der Erhabene war Bodhisattva Amitabha, von dem auch Herr Ch'ü schon gesprochen hatte.

Lotos gab es in Shiu-chow auch. Er schwamm mit großen roten, blauen und weißen Sternen auf den zahlreichen Karpfen-, Goldfisch- und Ententeichen, die rings um Stadtmauer und Pfahlwerk lagen.

Das alles wäre eine Idylle gewesen, wenn nicht das höchst ungesunde Klima der inmitten von Reissümpfen und glühender Sonnenhitze gelegenen Stadt alles erschwert hätte. Doch Pater Ricci schien unzerstörbar. Ihm konnten weder die hohe Luftfeuchtigkeit noch die sengende Sonne etwas anhaben; er ertrug auch die summenden Schwärme der Mücken und Fliegen mit großer Gelassenheit, die Pater Almeida den Schlaf raubten und die ihm Fieber und Schwächezustände bescherten.

Pater Ricci verbrachte zwei Jahre in Shiu-chow, bevor etwas Besonderes geschah. Aber schon am Ende des ersten Jahres mußte er seinen Gefährten, der an heftigem Wechselfieber erkrankt war, auf einem Ochsenkarren nach Kanton und von dort nach Macao zurückschaffen lassen. Er begleitete den armen Spanier persönlich bis zum Schiff nach Whampoa und verabschiedete sich unter Segenswünschen von ihm. Der Arme mußte schleunig nach Europa zurück, er war in größter Lebensgefahr und vertrug die Tropen nicht.

Macao reagierte auf diese Maßnahme recht unerwartet.

Eines Tages, als Pater Ricci allein und wieder einmal an seinem Wörterbuch arbeitend in seinem inzwischen neugebauten Kloster saß, meldeten sich zwei junge Chinesen bei ihm. Der eine hieß Chung-Ming-jen, war jedoch in Macao auf den Namen Sebastian Fernandez getauft worden; der andere nannte sich Huang-Ming-shah und hatte den christlichen Namen Franz Martinez angenommen. Sie erklärten, Jesuitenbrüder zu sein, konnten bereits ein wenig Latein und baten Pater Ricci, sie weiter auf Priestertum und Vollmitgliedschaft der „Societas“ vorzubereiten.

Pater Ricci war mehr als erstaunt.

Was sollte dies wohl bedeuten?

Niemals hatte er davon gehört, daß Sao Martin in Macao einen Chinesen getauft oder gar zum Konfeß für den Orden gewonnen hätte. Weshalb also gab es jetzt auf einmal Proselyten, ja sogar dienende Ordensbrüder, die christliche Namen trugen und doch Chinesen waren? Hatte Pater Juan Bautista in Macao plötzlich eine neue Form der Missionierung gefunden?

Aber Sebastian Fernandez und Franz Martinez waren gar nicht Macaos Bekehrte, es waren indirekt seine eigenen Katechumenen. Sie kamen aus Shiu-hing.

Als ganz junge Heißsporne und Mitstreiter des „Östlichen Waldes“ waren sie in Shiu-hing auf Paul Shen gestoßen, der mit ihnen die Ideale der Gerechtigkeit und Volksliebe teilte und allgemein in eingeweihten Kreisen als einer der führenden Köpfe der jungen

Opposition galt. Paul Shen jedoch war Pater Riccis erster wirklich Bekehrter.

Er hatte die Taufe empfangen, war Christ geworden und betrieb offenbar in Shiu-hing – übrigens mit stillschweigender Duldung des gestrengen Herrn Liu – eine eifrige Werbung für die christliche Gemeinschaft. Er hatte die beiden Jungen überzeugt, daß die christliche Lebensauffassung am besten dazu angetan sei, die zerrüttete chinesische Gesellschaft zu erneuern. Gouverneur Liu, der als Nationalist und Sympathisant des „Östlichen Waldes" alles gut hieß, was der Veränderung Chinas zum Besseren dienen konnte, hatte Herrn Shen keine Steine in den Weg gelegt, da er überzeugt war, im Sinne des „Östlichen Waldes" zu handeln. Nur von den Fremden, den „Teufeln aus Macao", wollte er immer noch nichts wissen. Herr Shen jedoch hatte die jungen Leute, nachdem sie in seinem Hause durch ihn selbst und seine ehrenwerte Gattin Pi-shan die ersten Unterweisungen in der christlichen Lehre und in dem – von Pi-shan mit so viel rührender Gläubigkeit ins Chinesisch übersetzte – Markus-Evangelium empfangen hatten, sehr heimlich nach Macao ins Kloster Sao Martin geschickt, wo man sich der Novizen eifrig annahm. Sie waren beide fest entschlossen, Priester und Jesuiten zu werden. Pater Juan Bautista hatte sie Pater Ricci zur Unterstützung und zugleich zur weiteren Unterrichtung zugesandt.

Die beiden neuen Mitbrüder nützten Pater Ricci sehr viel. Sie studierten nicht nur mit dem typischen Eifer von bildungshungrigen Chinesen, machten erstaunliche Fortschritte in Latein, Dogmatik und Theologie, sondern sie erwiesen sich auch als hervorragende Katecheten.

Ihre Landsleute nahmen gerne etwas von ihnen an. Es gab schon einige Dutzende von Taufbewerbern, die sich ernsthaft mit der christlichen Lehre befaßten. Sebastian und Franz waren unermüdlich dabei, Häuser zu besuchen, Gespräche zu führen, ganzen Gruppen von Interessierten Predigten zu halten und nebenbei sich in Werken der Armen- und Krankenpflege zu üben. Ihr Beispiel und Pater Riccis Vorbild, seine Gelehrsamkeit und Kunstfertigkeit in so vielen Dingen taten in Shiu-chow eine fühlbare Wirkung. Die Mission machte Fortschritte.

Aber – sie machte Fortschritte fast ausschließlich bei den kleinen

Leuten, den Handwerkern, Markthändlern, den Kulis und Bauern.

Die Nobilität – auf die alles ankam – blieb im allgemeinen zurückhaltend und uninteressiert, genau wie in Shiu-hing.

Es gab auch in Shiu-chow Mandarine und Bonzen, die zwar Pater Riccis Pendeluhr, sein Prisma, die Weltkarte und die Sonnenuhr an der kleinen Kirche bestaunten, mit ihm über mathematische, astronomische, physikalische und chemische Probleme diskutierten, von ihm aber keine religiösen oder philosophischen Belehrungen anzunehmen bereit waren. In diesem Punkte blieben sie die weit überlegenen, auf ihre eigene Kultur und Literatur stolzen Chinesen und im übrigen die Realisten oder Agnostiker, die sie von Natur aus waren. Sie schätzten den Intellekt, nicht aber den Glauben.

Anfangs hatte Pater Ricci, noch gezeichnet von seiner Enttäuschung über Shiu-hing, stets die schwarze Kutte des Jesuiten getragen, die er sich in Whampoa wieder hatte anfertigen lassen. Der Dr. Li schien ein für allemal abgelegt zu sein.

Solange er bei dieser Haltung geblieben war, hatte er die milde Herablassung der Mandarine und die ebenso milde Sympathie der buddhistischen Bonzen genossen; die einen hielten ihn für einen schäbigen, aber gebildeten Bettelmönch, die anderen akzeptierten ihn als solchen.

Dann hatte er erkannt, daß Herrn Ch'üs Ratschlag von damals eben doch richtig gewesen war: man mußte Mandarin unter Mandarinen sein, wenn man wirken wollte.

Da hatte er sich abermals in die Seidengewänder eines Hochgestellten gehüllt, wieder eine Sänfte angeschafft und sich benommen, wie ein Gelehrter sich benehmen soll. Diesmal wollte er jedoch die Farce auf einen festen Unterbau stellen. Er entschloß sich, den Mandarin nicht nur zu spielen, sondern wirklich einer zu werden.

Sein chinesisches Wörterbuch und damit, dank seines absoluten Gedächtnisses, auch sein praktischer Sprachschatz, hatten sich unterdessen auf etwa 30.000 Wörter und Schriftzeichen vermehrt, was einem Bildungsstand entsprach, den bereits höhere Beamte und ausgezeichnete Gelehrte besaßen. Auch hatte er in all den Jahren ständig chinesische Klassiker gelesen, sich in den in China geschätzten Wissenschaften gebildet und einen Großteil der großen Literatur durchstudiert. Er konnte sich wohl zutrauen, auch eine chinesische

Mandarinsprüfung zu bestehen und damit irgendeinen der begehrten Knöpfe und Brustschilder zu erwerben.

Eines Tages fuhr er nach Kanton, brachte Papier, Schreibpinsel und Tusche mit und meldete sich kühn bei den alljährlich stattfindenden Staatsprüfungen an.

Zu diesem Ereignis kamen Studenten, Beamte, gebildete Leute aus allen Schichten von weit her in die Regierungshauptstadt. Von der hohen Schule, die von den ausgezeichnetsten und sehr hohen Mandarinen des Vizekönigs geleitet wurde, war ein riesiger Hof im Palastgarten vorbereitet worden, der nun mit vielen Hunderten von kleinen Holzkabinen bedeckt war. Für jeden Bewerber war eine Kabine vorgesehen, so daß einer nicht vom anderen abschreiben oder sich mit diesem besprechen konnte. Aufsichtspersonal würde während der Prüfungstage in den Gängen patrouillieren und die Bewerber überwachen.

Solch eine Prüfung war für jedermann offen, sei er nun der Abkömmling eines Ministers oder der eines gewöhnlichen Kulis. Entscheidend war nur das, was er leistete. Deshalb durfte auch niemand seinen wahren Namen auf die Papierbögen schreiben, sondern er bekam eine Nummer, die an seiner Kabine angebracht war.

Das würde bewirken, daß die korrigierenden und beurteilenden Mandarine völlig unparteiisch ihre Zensuren verteilten. Erst beim Aufruf der Prüfungsergebnisse am elften und letzten Tag des Staatsexamens konnte festgestellt werden, wer welchen Rang erlangt hatte.

Die Prüfungsfragen behandelten Themen aus der klassischen Literatur, aus der Naturwissenschaft und Mathematik, aus Politik und Geschichte. Für jede besonders feine stilistische Wendung, für jedes fundierte Zitat aus Philosophie oder Poesie zeichnete der Korrektor ein Kreuz mit roter Tusche an den Rand der Bögen.

Dann wurden für jedes Thema noch jeweils 20 Kreuze für die Gewichtigkeit von Inhalt und Lösung der Fragen, weitere 10 für die Ästhetik der Kalligraphie und schließlich 10 für den Gesamteindruck der Arbeit vergeben. Aus der Addition der roten Kreuze, von denen die kleinen schwarzen Kreise, die für Fehlschlüsse, Schreibfehler, Irrtümer, ungenaue Zitate und schlechten Stil vergeben wurden, abgingen, ergab sich sehr gerecht der Gesamtstand der

Plus-Punkte. Die Endnote wurde aus den Arbeiten aller zehn Prüfungstage errechnet.

Pater Ricci, der jetzt wieder den Namen Dr. Li führte und in einem mandarinähnlichen Gewand erschienen war, war ohne Schwierigkeiten zugelassen worden. Er bekam eine Kabine, las die auf vorgedruckten Seidenpapierbögen bezeichneten Fragen und begann seine Arbeit zu schreiben. Für jedes Thema gab man den Kandidaten vier Stunden Zeit. Am elften Tag, als die Prüfungen zu Ende waren, erschien der Vizekönig mit den allerhöchsten Mandarinen. Ein sehr alter und würdiger Gelehrter verlas die lange Liste derer, die die Prüfung bestanden hatten. Gleichzeitig gab er bekannt, welchen Rang die Prüflinge künftig einnehmen konnten.

Die Liste begann am Ende: eine lange Reihe derer, die durchgefallen waren und nun nach Hause gehen konnten, um etwas besser zu studieren. Von den rund 400 Kandidaten schieden mehr als die Hälfte aus.

Dann wurden die Namen der unteren Ränge bekanntgegeben. Manche stießen schon Freudenschreie aus, wenn sie nur bei den Mandarinen vom Goldknopf – mit seinen verschiedenen Prägungen –, also bei den niederen Beamtenrängen, genannt wurden. Pater Riccis Name war nicht dabei.

Es folgten die Ränge vom weißen, vom bemalten und geblümten Porzellanknopf. Wieder gab es Freudenausbrüche, und abermals war Pater Riccis Name nicht genannt worden. Es kamen die Rangstufen vom Bergkristall, vom Achat- und Türkisknopf. Die Zahl derer, die noch nicht genannt worden war, hatte sich auf ein halbes Dutzend verringert. Es waren meist ältere, schon mit hohen Rängen ausgezeichnete Mandarine, die es noch einmal versucht hatten, höher zu klettern, da sie es in der normalen Stufenleiter offenbar nicht geschafft hatten. Vier von diesen erhielten den reinen Kristallknopf – einen Rang, der jenem Herrn Ch'üs entsprach. Sie waren sehr glücklich, knieten vor ihrem Abgang vor dem Vizekönig und dem Prüfungskomitee nieder und bedankten sich. Ein Name war versehentlich ausgelassen worden. Es war der des fünften Mandarins, der bereits den durchsichtigen blauen Knopf, also das Zeichen der Rangstufe unter Herrn Ch'ü, trug und der nun erwartete, diesmal den Kristallknopf geschafft zu haben.

Man hatte ihn falsch eingereiht. Er war nur bis zum Bergkristall gekommen, also eine Stufe unter der, die er bereits innehatte. Er ging, nachdem er vor dem Vizekönig seinen Kotau gemacht hatte, fort und hängte sich auf. Er hatte alles Gesicht verloren, ein Weiterleben hatte keinen Zweck mehr für ihn.

Und dann erhob sich der alte Gelehrte und schaute fragend in die Runde.

„Ein einziger Kandidat hat die sehr hohe Stufe des ‚geblümten Korallenknopfes' erreicht! Sein Name lautet: Po-hi Li-Ma-tou aus Fernwest! Wir gratulieren diesem hervorragenden Gelehrten zu seinem neuen Rang!"

Dr. Li kniete vor dem Vizekönig nieder und nahm aus dessen Hand den „geblümten Korallenknopf" entgegen. Nun war er in eine der höchsten Mandarinsstufen aufgerückt und konnte fortan mit Recht den roten Knopf und das Brustschild des Pfaus tragen.

In dieser Aufmachung kehrte er nach Shiu-chow zurück.

Dr. Li war wahrhaft wiederauferstanden.

Der Ruhm des „fremden Teufels", der die Staatsprüfung mitgemacht und als Erster unter 400 Bewerbern abgeschlossen hatte, lief durch das Land.

Man sprach im Regierungspalast des Vizekönigs zu Kanton ebenso darüber wie am Hafen zu Whampoa; es war in Shiu-hing genauso bekannt geworden, wie in Nam-yang. Shiu-chow war stolz darauf, dieses Jahr den höchsten Mandarinsrang, der in Kanton vergeben worden war, durch diesen Fremden in seine Mauern eingeholt zu haben. Ganz Kwan-tung kannte nun die seltsame Geschichte des Dr. Li, der diese Zaubergläser mit den Regenbogenfarben gemacht, die neue Weltkarte gezeichnet, gewisse Uhren konstruiert und nun sogar den Mandarinsrang vom „geblümten Korallenknopf" erworben hatte. Der Vizekönig in Kanton pflegte hochgestellte Besucher vor seine kostbare Pendeluhr und die im Audienzsaal aufgehängte Weltkarte zu führen und zu sagen: „Sehen Sie, sehr Geehrte, das ist er: Dr. Li, den ich sehr gut kenne und der mit mir in angenehmer Verbindung steht!"

Natürlich war die Kunde von dem Ereignis auch nach Macao gedrungen, das nun den altgewohnten Handel mit China sowohl auf legalem Wege in Whampoa wie auf weniger legalen Umwegen auch in Kow-lun und Hong-Kong wieder aufgenommen hatte. Sao Martin war sehr stolz auf seinen berühmten Vertreter. Pater Prokurator Juan Bautista erklärte, er habe von Anfang an gesagt, daß dieser Pater Matteo Ricci es schaffen würde. Er ließ drei Messen für ihn und die blühende Mission von Shiu-chow lesen. Don Gaspar Viegas' Hoffnungen, doch noch auf den Spuren des Paters tiefer nach China vorstoßen zu können, wuchsen wieder, und er erlaubte sich durch den zur Priesterweihe nach Macao zurückgekehrten Sebastian Fernandez alias Chung-Ming-jen, einen größeren Betrag als Hilfe für die Mission nach Shiu-chow zu schicken. Es ging jetzt in Macao wieder besser mit den Geschäften, und Don Gaspar war dadurch in der Lage, ohne selbst in Schwierigkeiten zu geraten, spendenfreudig zu werden. Er und sein Haus verdankten Gottes Hilfe sehr viel und drückten diesen Dank auch in einer entsprechenden Summe für die „Societas" aus.

Die „Sao Luiz" mit einer zweiten großen Waffenlieferung war endlich in Macao angekommen, und Mynheer Huitzinga hatte nicht nur die schöne „Sao Jorge" von Formosa zurückgeschickt, sondern auch prompt alle an die Japaner gelieferten Waren bezahlt. Diese wieder waren deshalb so großzügig und reell gewesen, weil sie in Korea eine ungeheure Beute in Tempeln, Privathäusern und Hafenschuppen gemacht hatten. Alles fügte sich schön und harmonisch zum schicksalshaften Glückskreis oder, wie die Chinesen sagen: zum Wu-ki!

Sogar der neue Mandarin, der als Prokurator die Firma „Ch'ü und Wang" in Kow-lun übernommen hatte und sie angeblich für die beschlagnahmende Kanton-Regierung verwaltete, entpuppte sich als ein Vertreter Herrn Ch'üs und arbeitete gut mit dem Hause Viegas zusammen. Die Geschäfte waren zur Normalität zurückgekehrt, die Trauertage für Macao hatten ein Ende gefunden.

Auch der Vizekönig von Kanton, der ein toleranter Mann war, sah die jüngste Entwicklung sehr gerne. Er ließ sich eben jetzt eine neue Sommerresidenz auf einem Hügel oberhalb des Perlstromes bauen, in der auch eine rot angestrichene, siebenstöckige Pagode stehen würde.

Und doch glich diese freundlichere Epoche im Verlauf der Zeit noch nicht dem großen „Wu-ki, dem Kreis der Harmonie mit dem

Ewigen“, sondern eher der Wellenlinie „Yu-ming“, die das Dasein in die Hälften des lichten Yang und des dunklen Yin teilte; denn das Ganze, China nämlich, litt eben in jenen Tagen großen Schaden, der sich freilich mehr auf den Norden bezog. Im Süden, in Kanton, unterhalb der alten Trennlinie des Yang-tse-kiang, die südliche Ming- von den nördlichen Han-Chinesen schied, in Kwan-tung, Kiang-tsi, Fu-kien oder sogar in Tsche-kiang war es friedlicher geworden. Die Überfälle der japanischen oder holländischen Piraten richteten sich neuerdings mehr auf die Küstenstädte zwischen Tsingtau und Tien-sin. Auch das Anwachsen der Mandschumacht jenseits der Großen Mauer war eine Sorge, die vor allem den Norden betraf. Der Himmelssohn in Peking, nicht der Vizekönig von Kanton, wurde bedrängt.

Sogar die revolutionäre Tätigkeit der „Roten Kopftücher“ hatte stark nachgelassen, und das Wirken des „Östlichen Waldes“ war eher segensreich als schädlich. In dieser sehr nützlichen, wenn auch geheimen Gesellschaft spielte neuerdings Herr Ch'ü eine größere Rolle. Er kämpfte in vielen Reden und Gesprächen für Gerechtigkeit, Ausrottung der Korruption und für echte Liebe zum Volk.

Seine Nebenfrau Joanna, die eine Fremde und Christin war, hielt ihn sehr unter Druck, wie man allgemein wußte.

Seit seinem damaligen Unfall mit der Gesundheit, der ihn zur vorübergehenden Aufgabe seiner Amtsgeschäfte gezwungen hatte, war Herr Ch'ü nicht mehr der Alte. Irgendwie schien sein Wille gebrochen, sein Selbstbewußtsein geknickt und seine hinter großer Höflichkeit versteckte Stahlhärte aufgeweicht.

Er verließ oft viele Tage lang seinen Kang in Nam-yang nur, um den Einladungen hochgestellter, aber dennoch provinzieller Personen zu folgen, seine zahlreichen Gläubiger zu besänftigen oder den Ahnengräbern die Ehre zu erweisen. Man berichtete, daß er viel las und studierte, seine Gattin Joanna unterrichtete ihn außerdem in allen Dingen der christlichen Religion. Vielleicht trug sich Herr Ch'ü mit der Absicht, die Prüfung zum Mandarin mit einem Korallenknopf, sei es der sehr bedeutende mit den Blumen oder gar der glatte, abzulegen. Aber vielleicht auch scheute er vor dem tragischen Schicksal jenes Mandarins zurück, der sich in Kanton erhängen mußte, weil er, anstatt erhöht zu werden, eine Rangstufe tiefer gesunken war. Ein Beamter – war er nun im Dienst oder außer Dienst – hatte kein leichtes Los. Herr Ch'ü gewann in diesen Jahren viele Sympathien unter den Mandarinen und auch unter den Kaufleuten.

Man erzählte sich ferner, er habe jetzt wieder die Finger in dem Kow-lun-Geschäft und schicke auch gelegentlich Botschaften nach Macao. Jedenfalls war klar, daß Herr Ch'ü langsam, aber sicher etwas vorbereitete, das sich eines Tages zeigen würde. Man durfte ihn wegen seiner großen Schulden nicht allzusehr bedrängen, es konnte immerhin sein, daß er übermorgen schon wieder in einem sehr hohen Sattel saß.

Als die Nachricht von der erstaunlichen Prüfung des Dr. Li aus Kanton in Nam-yang eintraf, gab es kaum einen höheren Mandarin, der sich mehr gefreut hätte als Herr Ch'ü. Nur seine temperamentvolle Gattin Joanna schien noch vergnügter zu sein.

Sie war – wie man es von einer Ausländerin nicht anders erwarten konnte – ganz außer sich vor Freude und stellte den Pater Herrn Ch'ü als leuchtendes Vorbild hin.

Deshalb beschloß Herr Ch'ü, in dieser Angelegenheit zu handeln.

Pater Ricci, dem ja schließlich er selbst den Namen eines Dr. Li verliehen hatte, war nun eine Berühmtheit. Er würde über kurz oder lang noch mehr sein – soferne alles gutging! Denn das „Yu-ming" war eben eine Wellenlinie und schwankte immer zwischen Yang und Yin.

Diese uralte Weisheit, die schon vor 2000 Jahren im Buche „I-king" niedergeschrieben war, sollte alsbald auch Dr. Li selber erfahren.

Er war nach Shiu-chow zurückgekehrt, geehrt empfangen worden und hatte zahllose Einladungen per Sänfte und in den purpurgoldenen Gewändern eines Mandarins vom „geblümten Korallenknopf mit dem Brustschild des Pfaus" absolvieren müssen. Dann war die bedeutende Geldspende aus Macao eingetroffen, und die Mission konnte daran denken, den längst fälligen Anbau für Schule und Novizenhaus in Auftrag zu geben. Der Zulauf zu Kirche, Schule und Katechumenenunterricht, den jetzt meist der brave Huang-Ming-shah oder vielmehr Franz Martinez abhielt, nahm stark zu. Man konnte schon ein halbes Jahr später eine Schar von etwa 30 getauften Chinesen zählen, die freilich noch immer den niederen Ständen angehörten.

Die Mandarinskaste verharrte bei aller Bewunderung für Dr. Li nach wie vor bei ihrem Bildungshochmut und in ihrer Interesselosigkeit gegenüber allen rein religiösen Fragen. Aber Dr. Li startete einen neuen und wichtigen Angriff auf die starre Haltung der Oberschicht.

Lange schon wußte er, daß der gebildete Chinese sich niemals Emotionen und schon gar nicht dem einfachen Glauben ergab, sondern nur von der Seite des Intellekts her erobern ließ. Um einen Mandarin zu überzeugen, mußte man ihm ein Buch in die Hand geben können, in dem in klassischer Sprache, gut formuliert und mit Zitaten gespickt, die Wahrheit so überzeugend dargestellt war, daß er sich schon aus literarischen Gründen mit dem Thema befaßte. Predigten und Diskussionen verpufften bei diesen Leuten im Leeren, sie waren anderntags vergessen.

Deshalb setzte sich Dr. Li hin und begann einen Katechismus in chinesischer Sprache zu entwerfen, eine echt klassische Schrift, die von glanzvollem Stil leuchtete und viele Zitate aus der chinesischen Literatur und Philosophie enthielt und die sicherlich von vielen Hochgebildeten, sobald sie erst einmal gedruckt war, auch gelesen und überdacht werden würde. Es war im Herbst des Jahres 1591 – also in seinem siebten China- und seinem fünften Shiu-chow-Jahr –, als er sich an diese späterhin weitberühmte Arbeit machte.

In diesem Jahr glaubte er seine Position in Siu-chow so sehr gefestigt zu haben, daß er sich bereits eine Demonstration des Christenglaubens leisten konnte.

Als die Chinesen, wie üblich, auch in Shiu-chow darangingen, das Neujahrsfest 1591/92 zu feiern, die Dschunken und Sampans auf dem Sui-Kiang mit Lampions illuminierten, das Land vor den Mauern sich weithin mit den angezündeten Laternen der Bauern erleuchtete und Raketen, Böllerschüsse und Feuerräder abgebrannt wurden, die Volksmenge aber tanzend und singend die Straßen füllte, verließ Dr. Li, gefolgt von dem Novizen Franz Martinez, an der Spitze einer Prozession seine Kirche.

In festlicher Illumination, geschmückt mit Papierblumen und Öllampen, trugen sie das Bild der Madonna mit dem Kind und die

Statue des heiligen Johannes sowie ein großes Kreuz auf die Straße, und die Katechumenen und chinesischen Christen sangen dazu eine Marienhymne, die Franz Martinez extra einstudiert hatte.

Der Erfolg war gewaltig. Die Massen drängten zur Kirche, in die das Heiligenbild zurückgekehrt war, und viele hundert Personen hörten die Predigt Dr. Lis, der in seiner prächtigen Mandarinskleidung vor dem Altar stand. An diesem Festtage, an dem es Tradition war, den armen Mönchen des Bodhisattva Amitabha nicht nur die übliche Bettelschale mit Reis, Hühnerfleisch und allerlei Leckereien zu füllen, sondern ihnen auch ein paar Münzen zu spenden, zeigte sich, daß viele Haushaltungen den Bonzen die Tür wiesen und Vergleiche mit dem Christenkloster anstellten.

Die Buddhisten forderten ständig Gaben. Die Christen des Dr. Li jedoch speisten die Armen an der Klosterpforte, pflegten Kranke und taten viel Gutes. Das war sehr ärgerlich für die Mönche, die vergeblich ihre Gebetsmühlen in Gang setzten und mit den Bettelschalen klapperten.

Sie hatten sich sowieso schon deutlich von Dr. Li und seinem Verein zurückgezogen, seit dieser begonnen hatte, die Bonzenkutte abzulegen und sich wie ein Mandarin zu gebärden. Die Frage, die sie nun öfter als früher stellten, war die der Bettler: woher nahm Dr. Li all das Geld für seinen Aufwand?

Er trug kostbare Kleider, besaß eine schön lackierte und bemalte Sänfte und hatte seine Station und Kirche in all den Jahren immer wieder ausgebaut und vergrößert. Da er nirgendwo bedeutende Gönner hatte und auch seine Anhänger nicht zum Betteln ausschickte, wurde diese Frage um so dringlicher, und die Antworten, die man sich in Shiu-chow gab, um so geheimnisvoller.

Auch die reicheren Kaufleute und die Mandarine, die sowieso auf Dr. Lis Rang ein wenig neidisch waren, stellten sich diese Frage: Woher kam Dr. Lis Reichtum?!

Sie wußten ja nichts von den gelegentlichen, aber nun wieder großzügiger fließenden Spenden aus Macao; denn Dr. Li hütete sich, seine Mission abermals mit dem verabscheuten Namen in Verbindung zu bringen.

Selbst hier im tiefen Inland wußte man nur zu genau, was Macao bedeutete, und haßte es sehr.

Irgendein hochgestellter Mandarin, der aus Kanton zur Visite gekommen war, hatte eine Erklärung dafür, die auch den Vizekönig beschäftigte, weil er daran dachte, sie wirtschaftlich zu seinen Gunsten zu nutzen.

Es gab nur eines: die „Societas" und insbesonders dieser superkluge Dr. Li besaßen das lang und überall auf der Welt gesuchte Geheimnis des „lapis philosophorum", jenes „Steines der Weisen", der ein Pulver aus weißem oder rotem Staub sein sollte, das die Fähigkeit hatte, unedle Metalle in edle zu verwandeln.

In uralten Zeiten waren gewisse Geheimnisse des Buches „Almagest" durch die Araber in die Ostprovinzen Chinas gekommen. Dieses Buch wiederum bezog sich auf noch ältere Weisheiten eines gewissen Hermes Trismegistos, der in Ägypten gelebt haben soll. Man nannte deshalb die geheime Wissenschaft der Alchimie auch die „hermetische" oder „verschlossene" Kunst, und sie wurde auch in China seit alten Zeiten betrieben. Das Urproblem aller „hermetischen Kunst" jedoch war es, aus vorhandenen Stoffen andere, nicht vorhandene zu machen. Da doch der Weltenbau ganz allgemein aus einer Reihe völlig gleicher Urbausteine bestand und aus diesen Urbausteinen alles, Erde, Wasser, Stein, Metall oder sogar Luft, zusammengesetzt war, mußte es möglich sein, durch Veränderung der Struktur von Stoffen andere, ungleich wertvollere zu erzeugen. Dieses Kunststück konnte der „Stein der Weisen" – auch „Roter Löwe" oder „Glühender Purpur" genannt – hervorrufen.

Einem derartigen Wunderstein oder Pulver schrieb man in China zudem verjüngende, sittlich verbessernde und – was für Chinesen besonders wichtig war – die Zeugungsfähigkeit erhöhende Kräfte zu.

Es war ganz klar, daß Dr. Li diesen „Stein der Weisen" besaß!

Dafür gab es Beweise. Dr. Li wurde niemals krank, obschon er in einer Fiebergegend lebte; er hatte große sittliche Kraft und besaß immer genügend Geld.

Schon hatte der Vizekönig durch den besagten hohen Mandarin vorfühlen lassen, ob ihm Dr. Li nicht beim Gold- oder Silbermachen behilflich sein könne.

Aber dieser wahrhaft „hermetisch" verschlossene Mann mit dem geblümten Korallenknopf hatte kurzweg abgelehnt. Auch den örtlichen Mandarinen in Shiu-chow wollte er nicht mit ein wenig Silbermacherei beispringen.

Das war kein schöner Zug an ihm und verspielte ihm einige Sympathien.

Die buddhistischen Bonzen aber verbreiteten einfach: Dr. Li sei ein Zauberer.

So schlug der launische Wind der Volksgunst, der nun so lange schon die Segel der Mission gebläht hatte, plötzlich und ohne ersichtlichen Grund um.

Zwar hielt die wachsende Christengemeinde nach wie vor zu Dr. Li, aber viele andere Bürger von Shiu-chow waren schon wieder bereit, dem Fremden – trotz seines geblümten Korallenknopfes – eines auszuwischen. Diesmal waren es die Bonzen und Betreiber der Gebetsmühlen, die hinter der Hetze standen.

Eines Abends, als Dr. Li, von Franz Martinez assistiert, eben die Messe las und etwa 30 christliche Chinesen in der Kirche knieten, prasselten Steine auf das schön glasierte Dach, und draußen erhob sich höhnisches Geschrei.

Dr. Li wünschte nicht, daß die Gemeinde auf diesen Überfall gewalttätig reagierte. Er bat alle, im Kirchenraum zu bleiben, und wollte selber und allein hinausgehen, um die Randalierer zu besänftigen.

Doch er hatte nicht mit dem Temperament seiner Anhänger gerechnet. Auch Chinesen konnten recht wild und aggressiv werden, wenn man ihnen grob kam. Plötzlich stürzte eine ganze Schar meist junger Männer aus der Kirche, und da sie draußen einen von Bonzen angeführten Haufen tobender Kulis und Kleinbürger – ebenfalls wieder junge Leute – antraf, war das Handgemenge alsbald im Gange.

Die sonst so friedlichen buddhistischen Mönche verhielten sich diesmal gar nicht sehr freundlich, sondern hetzten die Raufenden durch Schmähreden auf Dr. Li auf. Einige Stadtbüttel standen daneben und grinsten, taten jedoch nichts, um den Handel zu schlichten. Ihr Chef war einer jener Mandarine, dem Dr. Li das Geheimnis der Goldmacherei verweigert hatte, und der seither sein erklärter Feind war.

Die Christen wurden rücksichtlos von der Übermacht zusammengeschlagen und konnten sich am Ende nur mühsam in die Kirche zurückretten. Die Polizei lächelte dazu und hatte nichts gesehen.

Es begann wie in Shiu-hing. Nur, daß Dr. Li diesmal nicht wehrlos war. Als Mandarin vom „geblümten Korallenknopf und Pfauenschild" hatte er jeden Anspruch auf die Hilfe der Behörden. Er war ja sogar mit dem Vizekönig in Kanton gut bekannt.

Dennoch verzichtete er auf jede Anzeige und wollte seinen Feinden in einer öffentlichen Predigt vergeben.

Doch es kam anders. Denn am Tage nach diesem Vorfall traf Herr Ch'ü aus Nam-yang in Shiu-chow ein. Es war der richtige Zeitpunkt.

5

Der unzerstörbare Herr Ch'ü hatte die Jahre der Dürre und Enthaltsamkeit überstanden. Er war wiedergeboren als der alte, kaum veränderte Herr Ch'ü. Im Gegensatz zu den meisten anderen Menschen, die aus den Zeiten ihres Unglücks und der gesundheitlichen Störungen kaum etwas lernen, hatte Herr Ch'ü einige Erfahrungen registriert und eine gewisse Moral daraus gebildet. Er war eben sehr intelligent.

Die meisten Menschen und auch Völker sind es nicht. Darum ist es ein weit verbreiteter Irrtum, daß Individuen oder Völker aus ihren Katastrophen auch nur das geringste lernen. Herr Ch'ü hatte beinahe laut gelacht, als ihm Joanna bei seinem „Religionsunterricht" mitgeteilt hatte, die Christen glaubten daran, daß Gott Naturereignisse wie Krieg, Taifun, Hochwasser oder Pestilenz dazu benütze, die Menschen wachzurütteln, fromm zu machen und zu belehren. Als ob jemals ein Volk oder ein Mensch nach einem Unglück besser geworden wäre!

Das Gegenteil war meist der Fall. Die Leute warfen alle Katastrophen, kaum daß sie überstanden waren, wie nasse Säcke hinter sich, vergaßen sie sogleich und lebten anschließend noch schlechter, weil sie während der Katastrophe zu wenig Zeit und Gelegenheit dazu gehabt hatten.

Lernfähig waren nur wenige Menschen, und diese wurden meist höhere Mandarine.

Herr Ch'ü hatte selbstredend keine sittlichen oder religiösen Erkenntnisse aus seinen mageren Jahren abgeleitet, aber es genügte, daß er die praktischen Lehren begriffen hatte. Vor allem, daß er künftig bei seinen Unternehmungen bedeutend vorsichtiger sein mußte, daß er die Menschen, mit denen er zusammenzuarbeiten gezwungen war, noch gründlicher als bisher überprüfte und niemandem mehr vertraute, und dann: daß es beim politischen Geschäft nicht genügte, Freunde zu haben, man mußte Mitschuldige haben. Es war einfach zu wenig, mit dem Vizekönig oder dem sehr mächtigen Eunuchen Ma-T'ang auf vertrautem Fuße zu stehen; man mußte seine Freunde auch fest in der Hand haben, indem man sich rechtzeitig die Beweise für ihre Schuld verschaffte. Nur dann konnte man sie als getreue Freunde ansehen, die mit Sicherheit helfen würden; denn nur dann würden sie es sich nicht leisten können, etwa Herrn Ch'ü ein zweites Mal fallen zu lassen.

Herr Ch'ü hatte demnach die Jahre seiner Klausur nicht gänzlich nutzlos verbracht. Er war noch weiser und intelligenter geworden, und dies in einem Grade, daß er schon weise und intelligent genug war, dies zu verbergen.

Zuerst war er wirklich innerlich geknickt und mutlos geworden, als ihn ein hartes Schicksal aus so angenehmer Lebensweise und großer Karriere herausgerissen hatte. In diesem Zustand des Aufgeweichtseins war er seiner geliebten Joanna in die Hände gefallen; hatte Trost gesucht und Belehrungen empfangen, war ermüdet vom bitteren Lebenskampf zu ihr gekommen und war getadelt worden, weil er müde war. – In jenen Stunden der Schwäche hatte der „Religionsunterricht" seinen Anfang genommen oder die Fortsetzung; denn auch Dr. Li hatte ja schon begonnen, Herrn Ch'ü eine Religion beizubringen, die dieser weder brauchte noch wollte.

Joanna war schlimmer als Dr. Li gewesen; denn sie war eine Frau und daher fanatischer als jeder Mann, selbst wenn dieser Mann ein Europäer war.

Auch Joanna war Europäerin und blieb es. Das hatte Herr Ch'ü bei aller Liebe, die zwischen ihnen im Bett die allerschönsten Blüten trieb, deutlicher als je zuvor gespürt.

Dauernd wollte Joanna recht behalten, wollte belehren und die eigene Persönlichkeit auf Kosten eines Mannes entfalten, der eigentlich nichts anderes als eben Liebe von ihr verlangte. Sie hatte jedoch keine Ahnung von dem, was in einem Chinesen vorging. Sie versuchte stets, weiße Gedanken in gelbe Köpfe einzutrichtern.

Da war Dr. Li anders und klüger gewesen. Er hatte nicht nur die Sprache gelernt, sondern auch die Mentalität des Volkes, zu dem er sprach, studiert, und diese sogar angenommen. Joanna aber war nach einem kurzen Anlauf während ihrer ersten und sehr leidenschaftlichen Zeit trotzig und selbstbewußt zu ihrem Europäer- und Christentum zurückgekehrt.

Langsam aber unaufhaltsam hatten sich Joanna und Herr Ch'ü voneinander entfernt. Es war nicht so gewesen, wie die verliebte Joanna einst geglaubt hatte, daß eine sehr große Liebe imstande sei, alle Unterschiede von Rasse, Herkunft und Tradition zu überwinden. So etwas nahm man nur an, solange man dringend zu Bett gehen wollte und wenn man überzeugt war, daß Liebe vor allem eine Angelegenheit guten Einvernehmens im Bett sei. Joanna hatte ihre Meinung revidieren müssen. Pater Ricci hatte damals recht gehabt, als er sie vor dieser überstürzten „Heirat" gewarnt hatte.

Der Irrtum war ihr, nicht Herrn Ch'ü unterlaufen. Das Ergebnis dieses Irrtums war der „kleine Herr Ch'ü", der jetzt immerhin bereits als Achtjähriger den Kang von Nam-yang mit seinen Streichen in Aufregung hielt.

Herrn Ch'üs persönliche Auffassung von Liebe war realistischer und vernünftiger gewesen. Er hatte von Joanna nicht mehr erwartet, als er bekommen hatte: sehr interessante und angenehme Stunden im Bett, schließlich einen Sohn und nicht zuletzt eine bedeutende Mitgift. Alles das hatte er auch erhalten, mit Ausnahme der letzteren. Die Mitgift war zu gering und zu fragwürdig gewesen, selbst als er sich nach einigen Jahren mit Don Gaspar wieder vertragen hatte. Man hatte ihm, als Schwiegersohn der Viegas und ihr Geschäftspartner, lumpige 20 Prozent am Kow-lun-Geschäft und nur 10 Prozent an Whampoa eingeräumt; als eigentliche Mitgift war Joanna – und damit Herrn Ch'ü – ein zwar sehr großes und modernes, jedoch leider im Meer verschollenes Schiff namens „Sao Miguel" überschrieben worden. Herr Ch'ü, der von Hochseeschifffahrt nur wenig verstand, hatte erst nachher erfahren, daß die „Sao Miguel“ bereits zu dem Zeitpunkt, als Don Gaspar sie ihm großzügig überschrieben hatte, in der Hainansee versunken war.

Mit der Mitgift hatte man ihn betrogen und in gewissem Sinne mit Joanna auch.

Denn es gab eine Zeit, in der Herr Ch'ü diese großäugige und schwarzlockige Exotenblume wirklich geliebt hatte. Es war für ihn ebenso neuartig wie aufregend gewesen, einer Frau mit Persönlichkeit und Selbstbewußtsein zu begegnen. Anfangs hatte er Joannas kleine Trotzaktionen und geistigen Strampeleien als reizvoll empfunden, später waren sie ihm lästig geworden.

Besonders lästig wurden sie, als sie in Religionsunterricht und gewisse Frömmeleien ausarteten und Herrn Ch'ü nicht mehr aufregten, sondern langweilten.

Das hatte bereits in Shiu-hing begonnen, als Herr Ch'ü Joanna nach Hause geschickt und plötzliche Sehnsucht nach Pi-shan empfunden hatte. Aber es war ihm nicht direkt bewußt geworden. Ja, nach seiner trostlosen Heimkehr mit diesen gesundheitlichen Störungen hatte es sogar eine kürzere Epoche neuer Leidenschaft und Liebe gegeben.

Doch dann waren der „Religionsunterricht“ und diese nörgelnden Belehrungen gekommen. Herr Ch'ü war sehr traurig geworden, Joanna sehr fraulich.

In diesem ersten und zweiten Jahr des Wellentals in seinem „Yüming“ hatte er sich weitgehend gefügt, war beinahe ein Christ und ganz gewiß ein sehr wertvolles Mitglied der Geheimverbindung „Östlicher Wald“ geworden. Es sah so aus, als krieche aus der abgefallenen Schale eines einst lebenslustigen, genießerischen und auch leichtsinnigen Herrn Ch'ü ein geläuterter Weiser hervor. Die Leute begriffen nicht, daß es immer noch der Intellektuelle, der Zyniker und realistische Erfolgsmensch war, der sich nun lediglich eines anderen Kleides bediente.

Er hatte damals sehr an Beliebtheit beim Volke und an neuem Ansehen bei der örtlichen und provinziellen Mandarinschaft gewonnen; denn es war ein sehr guter Anblick, wie Herr Ch'ü nun ernst, bescheiden und noch gebildeter als vorher war. Es erwies sich wieder einmal, wie wahr der Philosoph Shang-Yang gesprochen hatte, als er in dem sehr gelehrten Buche „Shang-chün-shu“ schrieb, daß Einsicht nur der Besiegte und Moral nur der Unglückliche habe.

Damals hatte auch Herr Ch'ü Einsicht und sogar Moral gezeigt. Am Anfang, bis er den Schock seiner Niederlage verkraftet und neuen Boden unter den Füßen gewonnen hatte ...

In diesen beiden ersten Nam-yang-Jahren hatte sich Joanna sehr zu ihren Ungunsten verändert. Der „Religionsunterricht“ endete immer öfter mit Streitigkeiten und Keifereien, wurde endlich durch die starke Ermüdung Herrn Ch'üs seltener abgehalten und hörte schließlich ganz auf, als Herr Ch'ü sich plötzlich wieder der Vorzüge einer seiner Nebenfrauen entsann, die ihm dann auch glücklich zu Beginn des dritten Jahres einen Sohn schenkte.

Diese Nebenfrau, ein sehr schönes Mädchen aus der Provinz Szechuan, das Herr Ch'ü vor Jahren ihrer nicht unansehnlichen Familie in Szechuan sehr preiswert abgekauft hatte, stieg als Mutter eines Sohnes nun sofort im Rang neben Joanna auf. Der gesamte Kang, insbesondere die ehrenwerte Mutter und Ha-num, und all die anderen Frauen ließen diese neue Situation sogleich Joanna verspüren, die sich nun ziemlich mürrisch auf die Erziehung des „kleinen Herrn Ch'ü“ zurückzog und anfing, diesem Portugiesisch und die Bibel beizubringen.

Zum Ärger Joannas und entgegen ihrem unwürdigen Protest hatte die ehrenwerte Mutter Herrn Ch'üs darauf bestanden, daß auch der Sohn des Szechuan-Mädchens den Namen „Ch'ü“ erhielt und somit als Vollmitglied der Familie und Erbe anerkannt wurde. Es gab nun neben dem „kleinen Herrn Ch'ü“ auch den „ganz kleinen Herrn Ch'ü“.

Aber viele im Kang nannten bei sich und untereinander den „kleinen Herrn Ch'ü“ nur „den Sohn der Fremden“ oder einfach „den Portugiesen“, während sie von dem anderen Jungen als „dem kleinen Herrn Ch'ü“ oder „dem Sohn unseres Herrn“ sprachen. Der Erstgeborene des Hauses Ch'ü war leider ein Halb-Chinese und trug mit seiner geraden Nase und den großen Kulleraugen allzu deutlich die Merkmale einer fremden Mutter. Die anderen Frauen im Kang mochten den kleinen, putzigen Kerl nicht besonders und überließen ihn nun – nachdem sie ihn ursprünglich Joanna fast aus den Händen gerissen hatten – gerne dem Einfluß der Mutter.

Das Kind spürte diese gläserne Trennwand, die sich langsam ringsherum aufbaute, und reagierte mit Trotz, Bosheit, Ungehorsam und dummen Streichen.

Joanna aber, die faul und nutzlos in ihrem Gemach oder im Garten herumhing, kandierte Früchte und Zuckerrohr in Mengen aß, um ihren Zorn auf Herrn Ch'ü zu besänftigen, wurde zusehends dicker. Sie schien den Weg vieler Portugiesinnen zu nehmen, die nach dem ersten Kind und dem Ende der großen Leidenschaft rasch rundlich und ein wenig formlos werden.

Herr Ch'ü besuchte sie nur noch selten, war jedoch immer sehr gut zu ihr.

Aber er hatte nun viel zu tun, mußte studieren, Briefe schreiben und bald auch schon wieder Geschäfte betreiben. Er war ein geplagter Mann.

Damals, als bereits Gras über die betrüblichen Vorfälle einer lang vergangenen Zeit gewachsen war, brachte Herr Ch'ü das Kow-lun- und Whampoa-Geschäft wieder in Gang. Er besuchte den Vizekönig, der ihm überhaupt nicht gram war und davon sprach, daß er eine sehr teuere Sommerresidenz habe bauen müssen und kaum wisse, woher er das viele Geld nehmen sollte. Er erwies sich auch als ein realistisch denkender Mann von großem wirtschaftlichem Verständnis, sagte einige freundliche Worte über verflossene Geschäftsverbindungen, erwähnte die Nützlichkeit der Fremden in Macao und meinte, daß er nichts dagegen habe, wenn sich Herr Ch'ü seiner Kow-lun-Firma wieder annähme. Diese war ja gar nicht ernsthaft beschlagnahmt und verstaatlicht worden, sondern nur in vorübergehende Zwangsverwaltung genommen, weil dieser „Blaue" damals so törichte Dinge angestellt habe.

Würde ein ehrenwerter und verläßlicher Mann wie Herr Ch'ü persönlich die Dinge wieder in die Hand nehmen, so wäre dies vermutlich zum Nutzen aller, also auch des Staates.

Sogar mit Vetter T'sai, der unterdessen Polizeidirektor geworden war und das amethystfarbene Mandarinskleid trug, gab es keine größeren Schwierigkeiten mehr. Herr Ch'ü war so höflich, diesem weit im Rang unter ihm stehenden Mandarin, der immerhin ein Vetter vierzehnten Grades des Vizekönigs war, einen Höflichkeitsbesuch abzustatten, wodurch Vetter T'sai sehr an Gesicht gewann.

Herr Ch'ü dankte Vetter T'sai für die damalige ausgezeichnete Arbeit bei der Entlarvung des „Blauen", durch die ja leider auch der völlig unschuldige Herr Ch'ü in Mitleidenschaft gezogen worden war, und Vetter T'sai, der inzwischen wirklich die hervorragenden Eigenschaften eines höheren Beamten angenommen hatte, erwiderte diese Höflichkeit mit einer anderen. Er erwähnte wie nebenbei, daß er wohl wisse, daß er seinerzeit nicht über Bord des „Östlichen Jadesterns" gefallen und beinah ertrunken wäre, wenn Herr Ch'ü noch an Bord gewesen wäre. Nur jener widerliche Schwarzbart mit dem scheußlichen Namen Gomez sei so unaufmerksam gewesen, daß dieses Unglück habe passieren können.

Mit Befriedigung stellte Vetter T'sai fest, daß das Wort des Philosophen Wang-An-Shih in seinem ausgezeichneten „Memorandum der zehntausend Worte" zutreffe: „Es gibt keine Tat, die nicht ihr Urteil in sich selbst trüge!" Kürzlich, als die Fremden wieder zum Markt in Whampoa zugelassen worden und mit zwei großen Schiffen erschienen seien, war auch Steuermann Gomez auf dem großen Segler „Sao Luiz" gesehen worden. Er war offenbar an Land gegangen und hatte sich ins Getümmel der Massen gemischt, denn am Abend habe man seine Leiche mit einem Messerstich im Rücken aus dem Hafenbecken gefischt. Vielleicht habe er, von seinem Gewissen bedrängt, verächtlichen Selbstmord begangen?

Auch Herr Ch'ü hatte diesen Ausgang der Geschichte als sehr befriedigend empfunden.

Am Ausbau des Whampoahandels und auch anderer Geschäfte zeigte sich Vetter T'sai sehr interessiert; denn er fand: man könne ja die „fremden Teufel" ablehnen, sich jedoch ihrer Waren bedienen. Es wäre zum Nutzen Chinas.

Und dann hatten die beiden Herren festgestellt, daß sie beide einer gewissen, sehr geheimen Vereinigung angehörten. Sie waren fast gerührt gewesen.

Herr Ch'ü jedoch konnte nun endlich wieder ungeniert, wenn auch sehr inoffiziell, nach Macao fahren und dort nach dem Rechten sehen.

Er war sehr freundlich aufgenommen worden. Die Geschäfte der Kolonie hatten sich wieder eingependelt und florierten. Es herrschte eitel Sonnenschein.

Endlich war sich Herr Ch'ü mit seinem Schwiegervater Don Gaspar über alle strittigen Fragen einig geworden. Nach Joanna fragte Don Gaspar nur nebenbei, nach dem Befinden seines geehrten Enkels überhaupt nicht.

Von allen Besitztümern, die Don Gaspar im Laufe seines Lebens zusammengerafft hatte, waren Joanna und der unbekannte Enkel – der ja doch nur ein Halb-Portugiese war – vermutlich diejenigen, deren Verlust er am leichtesten ertragen konnte.

Viel schlimmer war zum Beispiel der Totalverlust der „Sao Miguel" samt Fracht, wovon Herr Ch'ü damals noch nichts wußte, obwohl es sich bei diesem Schiff ja um die Mitgift Joannas handelte.

Herr Ch'ü fragte auch beiläufig, was die eben auf der Reede von Macao vor Anker liegende „Sao Jorge" an Ladung mitführte, aber Don Gaspar erwiderte nur, daß er dies im Augenblick nicht genau wisse. Er müsse die Ladelisten nachsehen.

Da verstand Herr Ch'ü, daß die „Sao Jorge" wieder einmal mit Waffen vollgestopft war, und er zögerte nicht, Don Gaspar ein sehr nützliches Geschäft vorzuschlagen. Denn der Weg für die völlige Rehabilitierung Herrn Ch'üs ginge ebenso wie der für die endliche Öffnung weiterer China-Häfen für den Macaohandel über das Waffengeschäft. Sowohl der sehr mächtige Eunuch Ma-T'ang wie auch der Eunuchengeneral Shih-Hsing, der Ma-T'angs bester Freund war, waren an Waffen sehr interessiert. Wahrscheinlich wäre Herr Ch'ü seinerzeit nicht so schäbig behandelt worden, wenn Don Gaspar die Waffen nicht an Huitzinga, sondern an Shih-Hsing geliefert hätte. Man mochte es in China nicht, wenn Japan Kanonen, Musketen und Granaten erhielt. Die chinesischen Armeen hatten inzwischen fast die gesamte Provinz Korea an Toyotomi Hideyoshi verloren, in Tien-tsin und Tsing-tau zitterten die Leute bereits in ihren Betten.

Schließlich waren sich die beiden Verwandten auch darüber einig, daß man nun endlich den so hochangesehenen Dr. Li – der ja immer noch als einziger Europäer mitsamt seinen Gehilfen mitten in China saß – in die Politik einspannen müsse.

Doch daran hatte der weitschauende Don Gaspar lange schon gedacht. Er hatte, um die Sache in Schwung zu bringen, an den Visitator für fernöstliche Angelegenheiten der „Societas", Alexander de Valignano, geschrieben. Die „Societas", die ja in ihren Niederlassungen in Goa, auf Malakka und in Macao fast ausschließlich vom Geld und der Hilfe des Hauses Viegas und einiger anderer frommer „Familiares“ aus dem Kaufherrenstande existierte, war ziemlich abhängig von dem, was Leute wie Don Gaspar in all ihrer unbeschreiblichen Güte taten.

Ordens-Visitator Alexander de Valignano hatte deshalb auch sogleich und sehr positiv geantwortet und ein versiegeltes Schreiben für Pater Ricci beigefügt, das Don Gaspar nun Herrn Ch'ü übergab, damit er es bei Gelegenheit bestelle.

Herr Ch'ü reiste sehr befriedigt aus Macao ab, begab sich nach Kow-lun und ordnete auch hier alles aufs Beste, um bald darauf wieder in Nam-yang zu erscheinen. Das Schreiben an Dr. Li bewahrte er auf, bis die Zeit kam.

Er hatte in all diesen Jahren die Schicksale Dr. Lis und der Mission aufmerksam verfolgt und mit großer Bewunderung von der Mandarinsprüfung vernommen, die Dr. Li so erfolgreich abgelegt hatte. Diese Nachricht hatte den Ausschlag gegeben, daß er nun mit Eifer betrieb, was er lange schon plante: seine spektakuläre Rangerhöhung.

Zwar war er sein Leben lang ziemlich arbeitsunlustig gewesen, weil er fand, daß es so viele wichtigere Dinge gäbe, die betrieben sein mußten; aber das Studieren gehörte für ihn nur selten zur Arbeit. Da er hochbegabt und intelligent war, hatte er es immer schon leicht gehabt, die Stufenleitern der Schulen und der Prüfungen zu durchlaufen. Er war mit einem guten Gedächtnis ausgestattet und konnte sich sehr viel merken. So aber wünschten sich alle Professoren ihre Studenten: daß sie möglichst wortgetreu das aufsagen konnten, was die Professoren schon einmal gesagt oder geschrieben hatten. Wenn ein Mann wie Herr Ch'ü außerdem noch in der Lage war, all sein aufgespeichertes Wissen zur rechten Zeit und zum richtigen Thema wiederzugeben, mußte er notwendigerweise ein Musterstudent sein. Deshalb hatte Herr Ch'ü damals in Peking die Doktorprüfung zum Mandarin vom Kristallknopf mit dem Silberfasanschild als Jahrgangsbester bestanden.

Diesmal ging er nach Kanton und stellte sich der Kommission. Es war zwei Jahre nach Dr. Lis Prüfung, als auch er den geblümten Korallenknopf und das Brustschild des Pfaus errang. Der Vizekönig bestellte ihn noch an diesem Tage zum General-Visitator für die Provinz Kwan-tung.

Und als solcher war er nun nach Shiu-chow gekommen: ein sehr hoher Beamter, der mit dem Donnerkeil des Vizekönigs ausgerüstet war, um nach dem Rechten zu sehen. In Wirklichkeit aber wünschte Herr Ch'ü nur Pater Ricci – seinen alten Freund Dr. Li – zu sehen. Er trug den Brief des Ordens-Oberen bei sich.

Als er eintraf, war eben der Skandal mit den Steinwerfern und dem totalen Versagen der Polizei im Gange. Herr Ch'ü fuhr energisch dazwischen!

Dr. Li versuchte Herrn Ch'ü vergeblich in seinem Eifer zu bremsen. Er machte weder eine offizielle Anzeige, noch wünschte er die Bestrafung der Missetäter. Sein Anliegen war es vielmehr, das vorzuleben, was er im Namen Christi lehrte: „Liebet euere Feinde, tuet Gutes denen, die euch hassen!"

Keine Rache demnach, keine Prügelstrafe für die säumigen Polizisten, die dem Tumult ohne Reaktion oder höchstens mit Vergnügen zugesehen hatten!

Herr Ch'ü war hier anderer Meinung.

„Dr. Li, Hochwürdiger!" sprach er, „mit Verbrecherliebe können Sie keinen Staat regieren! Glauben Sie mir ganz bescheidenem Regierungsbeamten, daß Nachsicht und Vergebung völlig falsche Mittel sind, um Gesetzesbrecher zur Ordnung zu bringen.

Wenn die Strafjustiz soweit aufgelockert wird – und sei es im Namen der von Ihnen, o Verehrungswürdiger, so hochgepriesenen Menschlichkeit –, daß für Gewalttäter oder Korrupte überhaupt kein Risiko mehr dabei ist, Verbrechen zu begehen, dann werden die Untaten überhandnehmen. Jedermann wird sich ausrechnen, wie billig er durch derartiges Menschlichkeitsgerede davonkommt, und jedermann wird nun Dinge tun, die er vordem aus Furcht vor den Folgen nicht getan hätte. Ich werde also scharf durchgreifen, den Polizeichef des Amtes entsetzen, den schuldigen Polizeibeamten die Bastonaden geben lassen und alle aufzugreifenden Raufbolde und Steinwerfer samt einigen Bonzen in den Block sperren lassen, bis sie blau im Gesicht sind. Das wird ihre Seelen sehr verbessern."

„Meinen Sie nicht, hochgelehrter Freund", erwiderte Dr. Li, „daß man versuchen sollte, die Herzen der Menschen zu bessern, anstatt ihre Fußsohlen zu schlagen? Verzeihen ist eine christliche Tugend."

„Eine christliche Tugend mag es sein, Verehrungswürdiger, aber eine Dummheit ist es auch. Der Zugang vieler Menschen zum Herzen befindet sich auf ihrem Hinterteil. Erst wenn sie Schmerz verspüren, werden sie einsichtig. Und deshalb erfolgt die gerechte Strafe!"

Herr Ch'ü in seiner Strenge ließ sich nicht aufhalten. Die Polizei von Shiu-chow erhielt ihre öffentlichen Stockschläge, was sie gegenseitig aneinander ausführte; der unangenehme Polizeichef verlor seinen Posten, und als einige christliche Jungchinesen, die bei der Prügelei dabei gewesen waren, zufällig auf der Schiffsbrücke über den Sui-Kiang zweien der Haupträdelsführer des nächtlichen Anschlags begegneten und diese festnahmen, drohte diesen tatsächlich der Block.

Jetzt kamen die als sehr fremdenfeindlich bekannten Väter der Missetäter im Kloster angerannt und bettelten Dr. Li kniefällig an, ihre ungeratenen Söhne zu retten.

Dr. Li erklärte wahrheitsgemäß, daß er mit den Aktionen des Herrn Ch'ü nichts zu tun habe, und versprach, für die beiden Jungen zu bitten.

Dadurch wurde die Strafe, die zuerst auf drei Wochen Block gelautet hatte, auf drei Tage vermindert. Die Halbwüchsigen kamen also sehr früh frei, bedankten sich aber nicht bei Dr. Li oder Herrn Ch'ü, und die Väter haßten Dr. Li nun um so mehr.

Herr Ch'ü, der die Menschen gut kannte und der vieles voraussehen konnte, ließ zum Schutze der Jesuitenmission einen Schutzbrief im Namen des Vizekönigs an die Tür der Kirche anschlagen, in dem zu lesen war, daß fortan jedermann, der das Geringste gegen die Mission oder die Christen tun würde, mit sehr harter Strafe zu rechnen habe. Alle Bürger von Shiu-chow, die nun sahen, wie hoch die Beziehungen Dr. Lis reichten, billigten diese Maßnahmen und erklärten, daß sie immer schon Freunde der Christen gewesen seien. Auch die Bonzen bekamen einen Denkzettel – diesen jedoch mit Maßen, da es viele von ihnen in Kwan-tung gab und sie eine gewisse Macht über die öffentliche Meinung besaßen. Die Bonzen mußten lediglich die zerbrochenen Ziegel auf dem Dach der Kirche erneuern. Dann erst übergab Herr Ch'ü seinen versiegelten Brief.

„Nun haben wir Ordnung geschafft, Ehrenwerter", sagte er, „Sie tragen den geblümten Korallenknopf, der einen sehr hohen Rang angibt. Dieser Auszeichnung hat jedermann Rechnung zu tragen. Wo kämen wir Beamte hin, wenn wir uns nicht Achtung zu verschaffen verstünden. Man soll wissen, daß niemand einen Mandarin vom Korallenknopf mit dem Brustschild des Pfaus belästigen darf. Im Gegenteil, man hat sich ihm im Kotau zu nahen! Beachten Sie dies, o Geehrter, sonst verderben Sie im Kleid Ihres hohen Ranges die guten Sitten! Denn – wie ich meine – werden Sie, o außerordentlich Geschätzter, alsbald zu noch höheren Ehren aufsteigen. Es gibt sehr viele, die Ihnen sehr wohlwollen! Lesen Sie nur diesen Brief, den Ihr Ordens-Oberer geschrieben hat. Don Gaspar hat ihn mir ausgehändigt."

Und Dr. Li las.

Alexander de Valignano schrieb voller Freundlichkeit und Anerkennung. Er hatte vom Aufbau einer neuen Station in Shiu-chow und von Dr. Lis Mandarinsprüfung lange schon gehört und lobte die Leistungen des Paters. Er wußte auch, daß in Shiu-chow schon an die hundert Chinesen getauft worden waren und daß sich die „Societas" – dank der hervorragenden und opfervollen Leistungen Pater Riccis – nun in China (er schrieb ausdrücklich „China" und nicht etwa „Kwan-tung", was anzeigte, wie wenig Ahnung man selbst in Goa von der ungeheueren Größe dieses Landes hatte!) sehr großer Hochachtung erfreue.

Das alles sei verdienstvoll und würde vom *Herrn* gebührend belohnt werden.

Dann aber fuhr Pater Superior Alexander de Valignano fort, und es lag leichte Kritik in seinen Worten:

„Da Sie, verehrter Mitbruder, es jedoch in beinahe acht Jahren nur fertiggebracht haben, etwa acht Dutzend, noch dazu gesellschaftlich meist unbedeutende Leute, der heiligen Kirche zuzuführen, sollten Sie nun daran denken, bessere Methoden der Mission anzuwenden! Haben Sie denn vergessen, daß es in China mehr als siebzig Millionen Menschen gibt, von denen Sie kaum eine Handvoll für Christus gewonnen haben?"

Dann schlug er Pater Ricci vor, dieses winzige Landstädtchen Shiu-chow aufzugeben und sich jenen Bereichen zuzuwenden, in welchen größere Wirkungen erzielt werden konnten. Für die Mission in Shiu-chow versprach Alexander de Valignano einen anderen Pater als Ersatz für Ricci zu senden.

Er selber jedoch müsse sich freimachen für größere, ja für politische Aufgaben. Und dann meinte der Pater Visitator, er möge sich nur an den Rat der Kaufleute von Macao, insbesondere aber an den des verdienstvollen Don Gaspars Viegas, halten. Diese Männer des Weltlebens würden China und seine Verhältnisse sehr gut kennen und betrachteten alles von einer höheren Warte.

Sie seien der einhelligen Meinung, daß Shiu-chow keine Ausgangsposition für eine wirkliche Öffnung Chinas für das Christentum wäre und daß man den Versuch machen müsse, in den großen Städten, insbesondere denen mit bedeutenden Seehäfen, zu arbeiten. Auch sei zu beachten, daß die Bekehrung einiger Kulis und Kleinbürger fast ohne Bedeutung sei, wenn die Oberschicht sich ablehnend verhalte.

Pater Ricci möge sein ganzes Augenmerk auf diese Oberschicht, am besten gleich auf den Kaiser und den Hof von Peking richten.

Gelänge es, dort einen Einbruch zu erzielen, so würden die Neu-Christen bald nicht mehr an den Fingern, sondern in Millionen abzuzählen sein.

Diese Gedankengänge begriff Dr. Li völlig, es waren ja fast seine eigenen. Aber in der Arbeitsfülle der vergangenen Jahre hatte er sich beinah vergessen.

Warum hatte er sich denn schon in Shiu-hing an die Mandarine und an den Gouverneur gehalten?! Weshalb war er denn Mandarin vom Korallenknopf geworden?! Natürlich mußte man die geistliche Elite Chinas gewinnen, wenn man die Massen an sich ziehen wollte. Mit den Einzelbekehrungen von hier einem Gemüsehändler, dort einem Kuli und hier einem jungen Sausewind und dort einer vom Leben verkrüppelten Bürgerfrau war China nicht in hundert Jahren christlich zu machen. Denn nur die Oberschicht gab den Ton an, dem die Massen folgen würden.

Wie aber sollte dies gelingen?

Er hatte den Einbruch in das starre Mauerwerk der Intellektuellen, der Hochgebildeten und Mächtigen durch wissenschaftliche Überraschungen, durch mechanische Wunder, physikalische, astronomische, mathematische und kartographische Kenntnisse, durch

Prisma, Pendeluhr, Sonnenuhr, Weltkarte, Madonnenbilder und Wörterbuch versucht, und trotzdem waren diese hochnäsigen und religiös gänzlich uninteressierten Mandarine, Beamten und Bonzen geblieben, was sie waren: Menschen mit viel Bildung und meist ohne Moral, Menschen mit viel Wissen und ohne jeden Glauben.

Eben war er dabei, seinen „Chinesischen Katechismus" abzuschließen. Vielleicht würden dieses Lehrbuch, das auf chinesische Weise in chinesischer Schrift, in dem hierzulande so hochgeschätzten klassischen Stil, gespickt mit Zitaten aus Bibel, Literatur, Philosophie und Wissenschaft, geschrieben war, die hohen Kreise, an die er sich tatsächlich wenden mußte, lesen. Vielleicht würden sie lesen, was sie als Predigt und Aufruf, als vorgelebte und demonstrierte Weisheit nicht anzunehmen bereit waren.

Der „Katechismus" war seine ganze Hoffnung! Aber den konnte er auch in Shiu-chow schreiben, dazu mußte er nicht in die Hafenstädte und nicht an den Kaiserhof! Und selbst, wenn dieses Buch fertig sein würde, mußte er es als getreuer Sohn seines Ordens und der gestrengen Kirche zuerst der Heiligen Inquisition zur Begutachtung vorlegen, um die Druckgenehmigung zu bekommen. Das konnte Jahre dauern, wenn sich überhaupt eine Inquisitor fand, der genug von China verstand, um diesen sehr chinesischen Text gutheißen zu können.

Dr. Li sah einen langen Kreuzweg vor sich.

Dann las er den Brief des Paters Visitator weiter, so wie ein Frontoffizier den Tagesbefehl seines sehr fernen Generals liest: mit allem Respekt, allem inneren Vorbehalt und aller Einsicht in die Unmöglichkeit des Befehls.

„Lieber Mitbruder in Jesu!" hieß es da. „Sie weilen nun schon sehr lange in Fernost und haben die meisten Brücken zum christlichen Abendland hinter sich verbrannt. Deshalb ist Ihnen verständlicherweise auch ein wenig der Blick für das Ganze und Große abhanden gekommen.

Sie wissen schon, es gibt den Blickkreis des Frosches, der in seinem Sumpfloch sitzt und nichts mehr als Schilf, Wasser und Schlamm erkennt und der auf die Fliege starrt, die vor seiner Nase tanzt. Und es gibt den Gesichtskreis des Adlers, der hoch im Blauen über diesem Sumpfe kreist und der sieht, daß dort unten nur ein kleines Wasserloch inmitten eines winzigen Stückes Sumpf zwischen Wäldern, Höhen und Wiesen liegt und ein Nichts inmitten der Landkarte ist.

Der Frosch sieht das Wasserloch und die Fliege, der Adler deren Einordnung ins Ganze und den Himmel.

Ihr Shiu-chow ist solch ein Sumpfloch. Die ‚Societas' jedoch schwebt dem Adler vergleichbar in der dünnen Luft der Höhe.

Hören Sie also, was sich inzwischen ereignet hat und wie die Dinge sich ins Ganze einordnen; denn in Shiu-chow wird Ihnen nichts klarwerden.

Im Jahre des Herrn 1571 hat die Christenheit noch einen weltbewegenden Sieg über seinen alten Todfeind, den Islam, in der Seeschlacht von Lepanto errungen und das Mittelmeer vor den Türken und Barbaresken gerettet. Im Jahr darauf triumphierte noch der Katholizismus in Frankreich über die Hugenotten, es geschah in der sogenannten Bartholomäusnacht zu Paris. Das haben Sie noch mitbekommen, als Sie in Rom waren und in die ‚Societas' eintraten.

Der weltbewegende Kampf von Reformation und Gegenreformation erschütterte Europa, als wir Sie nach dem Osten schickten. Es war ein Kampf zwischen England und Spanien geworden, um die sich die beiden Lager scharten, zugleich ein Ringen um die Vormacht auf den Meeren und damit um die künftige Beherrschung der Erde.

Philipp II., unser großer Schutzherr, der Vorkämpfer der katholischen Kirche, maß sich mit dem England der Königin Elizabeth, um deren Fahnen sich die aufständischen Niederländer, bald auch die Skandinavier und die norddeutschen Fürsten sammelten. Zwischen diesen beiden Supermächten mußte die Entscheidung fallen.

Wir haben sie verloren oder doch beinah verloren, mein lieber Ricci!

1588 – also vor nunmehr sechs Jahren – hat eine gewaltige Seeschlacht der spanischen Armada und der englischen Flotte in der Irischen See stattgefunden. Spaniens Flaggen versanken im Meer, seine Schiffe trieben als Wracks an die Küsten. Die Reformation scheint nunmehr zu triumphieren. Während Sie um ein paar chinesische Seelen ringen, hat der Papst beinah Europa verloren.

Unser heiliger Ignatius von Loyola hat gesagt, wir seien ‚des Papstes leichte Reiterei', der Vortrupp der Kirche. Wir, die ‚Societas', stehen jetzt an vorderster Front, wir müssen die heilige Kirche retten! Auch Sie sind ein Offizier dieser Truppe.

Da die Schlacht sich geändert hat, werden sich auch die Befehle für einen Offizier ändern, der in vorgeschobener Position liegt.

Es hat sich eine ganz neue Sachlage ergeben. Unter den Bannern Hollands, das sich nunmehr von Spanien die Freiheit erkämpfen wird, und den Fahnen Englands, dessen Schiffe fortan die Ozeane erobern werden, greift die Reformation nach dem Erdball. Bald werden spanische und portugiesische Schiffe nur noch gejagtes Entenvolk vor den holländischen Falken und den englischen Adlern sein.

Diese beiden, von der katholischen Kirche abgefallenen Nationen beherrschen jetzt schon das Meer und damit die entlegensten Küsten. Sie müssen damit rechnen, daß Holländer und bald auch Engländer in größerer Menge in Ostasien auftauchen. Schon haben holländische Ketzer das Handelsmonopol mit Japan auf Deshima an sich gerissen, während die Katholiken ausgewiesen sind, und andere Holländer sitzen in Formosa. Kürzlich haben sie sich auf die festlandnahen Inseln Amoy und Kimoy ausgedehnt. Zwar halten die Spanier noch die Philippinen, die Portugiesen Goa, Malakka und Macao fest – aber dafür kreuzen schon heute Holländer vor Ceylon und Java. Wir sind dabei, Ostasien zu verlieren, wo mehr als die Hälfte der Menschheit wohnt.

Wenn es also nicht unter allen Umständen und mit allen Mitteln und sehr bald gelingt, sich des einzigen Gegengewichtes gegen die Ausbreitung des protestantischen Geistes – Chinas nämlich – zu bemächtigen, dann hat die Weltkirche das Spiel verloren. Dann haben wir eine Über-Armadaschlacht und eine Niederlage zu beklagen, von der sich die in Europa schwer bedrängte Kirche nicht mehr erholen kann.

Nur China mit dem Gewicht seiner Millionen kann das Blatt wenden. Wir müssen es gewinnen, wir: die ‚Societas'!

Und die ‚Societas' in China, das sind im Augenblick nur Sie, mein Bruder Ricci! Denken Sie an die Perspektive des Adlers, wenn Sie in Ihrem Sumpfloch Entscheidungen treffen! Sie müssen China, nicht ein paar Kulis erobern; Sie müssen heraus aus diesem vergessenen Shiu-chow und in die großen Städte, zu den wirklich Mächtigen, am besten zum Kaiser nach Peking!

Was immer Sie tun, lieber und tapferer Bruder, Sie sollen es wie ein rechter Offizier des heiligen Ignatius tun: frei sich entscheidend, aber ans Ganze denkend und groß im Planen, nicht im Kleinen sich verlierend!

Deshalb gebe ich Ihnen den dringenden Rat – nicht den Befehl –, die Diktionen der Herren von Macao zu überlegen und jedes, wirklich aber auch jedes Mittel anzuwenden, damit China uns und nicht eines Tages den Holländern und Engländern seine Tore öffnet oder – was noch schlimmer wäre – öffnen muß!

Don Gaspar Viegas wird Sie beraten!"

Dr. Li war erschüttert. Er schaute wie ein ratloses Kind zu Herrn Ch'ü auf, der ihn schweigend mit seinem maskenhaften Gesicht beim Lesen beobachtet hatte und nunmehr den Hauch eines Lächelns zeigte.

Niemals zuvor hatte Dr. Li einem der ekstatischen Heiligen des El Greco mehr ähnlich gesehen als jetzt, da er seine Ratlosigkeit dem Marienbilde zuwandte.

„Gott, hilf mir!" flüsterte er, „Maria, sei du mir gnädig!"

Er wußte es jetzt. Viel hatte er falsch gemacht, viel versäumt, sich in dieser bis zuletzt so angenehmen Kleinstadt wohlgefühlt und das Ganze vergessen.

Es war zu wenig, was er erreicht hatte, es war ein Nichts. Selbst seinen Korallenknopf und das Brustschild des Pfauen konnte er fortwerfen.

Der Pfau war das Symbol des Hochmuts und des Stolzes. Auch er war hochmütig geworden durch seine bescheidenen Erfolge, die so gar nichts bedeuteten; und er war stolz gewesen auf das Unwahrscheinliche, daß er China aufgesperrt, daß er Mandarin geworden, Chinesisch gelernt und die erste Mission aufgebaut hatte.

Er hatte das Große vergessen.

Aber: der Pfau war in der Antike auch das Zeichen für ewiges Leben gewesen. Nichts war zu Ende, nichts verloren. Es würde weitergehen, besser begonnen werden und gezielter angelegt sein. Gott war ja mit ihm, Gott würde ihn führen!

Er faßte schon wieder Mut, riß seinen brennenden Blick vom Madonnenbild und wandte sich Herrn Ch'ü zu.

„Sie wissen vermutlich, was in diesem Briefe steht?!" sagte er.

„Don Gaspar Viegas hat Sie geschickt und Ihnen alles gesagt. Worum geht es?! Was ist zu tun?!"

Herr Ch'ü lächelte nun sehr deutlich, seine goldenen Nagelschoner glitten über das Pfauenschild, das er trug.

„Es geht um Waffenhandel, Hochehrwürdiger!" sagte er mit sehr sanfter Stimme, „man wird Sie bitten, sich in dieses Geschäft einzuschalten."

Und als Dr. Li wie von einer Hornisse gestochen zurückfuhr, lächelte er noch eindringlicher. Dann begann er dem Pater den Plan zu erklären.

6

Die Veränderungen im Leben und Wirken Dr. Lis, die durch die neue Strategie der „Societas" eintreten sollten, ließen sich Zeit – etwas, das es in China in Mengen gab. Daß sie jedoch ernsthaft kommen würden, deutete sich bereits an.

Bald nach der Abreise des Herrn Ch'ü erschien von Kanton heraufkommend ein junger Jesuitenpater namens Franz de Petris, den ihm der ehrwürdige Pater Visitator mit dem Auftrage zusandte, er möge sich umgehend in Dr. Lis Missionsstation einarbeiten, um sie jederzeit übernehmen zu können.

Wie Pater de Petris, ein erst achtundzwanzigjähriger Portugiese von krankem und bleichem Aussehen, sagte, war der gute Pater Antonio Almeida, Dr. Lis verflossener Gehilfe in Shiu-chow, im Hospital von Sao Martin zu Macao an Wechselfieber gestorben. Shiu-chow war eine Sumpf- und Fiebergegend, über der zahllose Mücken- und Fliegenschwärme tanzten, die manchmal wie dunkle Wolken vor einer dampfziehenden Sonne standen. Fast alle Leute, sogar die ans Klima gewöhnten Chinesen, krankten gelegentlich an Schüttelfrösten und hohem Fieber. Nur Dr. Li hatte noch niemals auch nur eine Minute Schwäche verspürt. Er schien unzerstörbar.

Trotzdem war er sehr froh über die Hilfe. Denn obschon unterdessen sowohl Sebastian Fernandez wie nun auch Franz Martinez, die beiden christlichen Chinesen, zu Priestern ausgeweiht waren, gab es Arbeit in Fülle.

Aber auch der Neue, Pater Franz de Petris, blieb nicht lange. Er bekam kein Fieber, er brachte es bereits mit. Es war ihm zum ersten Mal schon im heißen Goa zugeflogen, in Macao und Whampoa hatte es sich wiederholt.

Pater de Petris war so wenig tropentauglich wie es Pater Almeida gewesen war. Er starb in Shiu-chow, wo er kaum drei Monaten gewirkt hatte.

Und gerade jetzt wäre Unterstützung für Dr. Li nötig gewesen; denn die Zahl der Bekehrungen – leider nur unter den einfachen Leuten – hatte stark zugenommen. Die Gemeinde bekam viel Zulauf, vor allem von jungen Menschen.

Zuerst mußte die Bestattung Pater Franz de Patris in die Wege geleitet werden. Hiebei ergaben sich einige Schwierigkeiten, die kaum vorauszusehen waren.

Es war zum ersten Mal, daß ein angesehener Jesuit auf chinesischem Boden gestorben war. Sogar die Mandarine von Shiu-chow kamen, um Dr. Li davon zu überzeugen, daß es sehr stark auf die Ausstattung des Toten mit Sarg, prachtvollen Kleidern und einigen Eßwaren ankäme, wenn dieser nicht sein Gesicht verlieren sollte. Denn die Stadt hatte vernommen, daß Dr. Li seinen Gefährten in einem Armensarg, in bescheidener Kutte und ohne alle Beigaben beerdigen wolle.

In China jedoch mußten sich Ansehen des Toten und Aufwand bei seiner Bestattung entsprechen.

So gab Dr. Li vier kostbare Taels für einen Prunksarg mit Bronzebeschlägen und frommen Malereien aus, kaufte Blumen und sprengte Weihwasser in Mengen aus. Nur die vom christlichen Hauspersonal und der Gemeinde dargebrachten Speise- und Trankopfer wollte er nicht zulassen, weil dies doch zu heidnisch war.

Dann monierten die Leute von Shiu-chow, daß die drei Jesuitenpatres bei der Bestattung in ihren schwarzen Habits anstatt in gehöriger, weißer Trauerfarbe erschienen. Weiß – die ausgeblutete, im Nichts beheimatete Farbe – war in China das Kolorit von Trauer und Tod; Schwarz bedeutete zwar Geheimnis und stille Freude, aber zugleich auch Vergessen. – Wie also konnte ein so gebildeter Mensch wie Dr. Li ohne weiße Kleider auftreten, wenn man seinen Mitbruder zur ewigen Ruhe brachte?!

Wieder einmal schloß der Pater einen Kompromiß. Er befahl zwar der Christengemeinde, die dunkle Trauerkleidung zu tragen, erlaubte es aber dem noch nicht getauften Hauspersonal des Klosters, sich in weiße Trauergewänder zu hüllen.

Darüber entstand eine lange Debatte, an der auch ein sehr reicher und alter Kaufherr namens Kuo teilnahm, der von Nam-yang herübergekommen war.

„Warum vermeiden Sie, Hochwürdiger", fragte der Kaufmann aus Nam-yang, „den traditionellen Ausdruck der Trauer in Weiß? Ist solches in Christenländern üblich? Ich selbst war noch niemals in Macao oder sonstwo, wo es Christen gibt. Die einzigen Christen, denen ich bisher begegnet bin, sind ein gewisser Mandarin Shen aus Shiu-hing und Herr Ch'ü natürlich!"

Dr. Li staunte über diese Rede. Herrn Shen kannte er gut, daß aber Herr Ch'ü ein Christ sei, war ihm neu. Doch der Kaufmann Kuo beharrte darauf und sagte, er wisse das sehr bestimmt. Seine Gattin Jo-an-Ah habe ihn getauft, und Herr Ch'ü selber habe in Nam-yang so viel und ausgezeichnet über Dr. Li gesprochen, daß er – Kuo – sich deshalb entschlossen habe, nach Shiu-chow herüberzukommen.

Der Pater schüttelte nur den Kopf über solche Neuigkeiten, die er nicht glaubte, und ging nun auf die Fragen Herrn Kuos ein.

„Warum wir nicht im Sinne der Chinesen trauern, geehrter Herr Kuo", sagte er, „ist sehr einfach aus unserem Glauben heraus zu erklären. Für einen guten Christen ist der Tod kein Anlaß zu Klage und Trauer. Er geht ja endlich zur Ewigkeit ein und erhebt seine Seele zur Seligkeit in Gott. Wenn wir um ihn weinen, so geschieht es lediglich aus Abschiedsschmerz, weil wir einen Bruder verloren haben, der uns vorausging. Seinetwegen jedoch vergießen wir keine Träne, wissen wir doch, daß er im Frieden und in der Anschauung des *Herrn* ist."

„So glauben Sie also, Hochverehrter und Würdiger, daß es wirklich ein Leben nach diesem Leben gibt und daß wir – wie auch die Bonzen es lehren – eingehen können in das Wehen des großen Weltengeistes T'ien-Chu?"

„Das ist so sicher wie die Auferstehung des Herrn Jesus Christus, mein gelehrter Vater! Was könnte denn sterben in dieser Welt, da kein Grashalm spurlos vergeht, kein Blatt Papier zu zerstören ist, weil es nur Asche und Rauch, niemals aber Nichts wird! Nicht einmal der sterbliche Leib unseres Paters de Petris kann sich in Nichtsein auflösen: er wird nur Erde und Staub zu Staub, aus dem er gekommen ist. Der Körper vermählt sich wieder mit der Erde, wenn wir ihn begraben, doch die Seele geht hinauf in den Himmel und zu Gott. Christus hebt sie empor."

„Was ist diese Seele, von der Sie sprechen, Hochwürdiger und Weiser? Gibt es nicht Erscheinungen – ich sage nicht Dinge! –, die den Blasen gleichen, die im Wasser aufsteigen: sie schweben eine Weile silbern im Wasser, schillern ein wenig und sind deutlich zu sehen, doch wenn sie das Ende ihres Weges an der Oberfläche erreicht haben, zerplatzen sie und sind nicht mehr da! Vielleicht können Dinge nicht mehr vergehen, wenn sie einmal in dieser Welt sind, Geehrter, aber Erscheinungen gehen spurlos dahin. Oder haben Sie jemals eine Luftblase gesehen, die schon zerplatzt war? Unsere Erscheinung ist, solange wir leben, einer schillernden Luftblase gleich, und zerspringt, wenn sie die Ebene zwischen Leben und Tod durchstößt!"

„Daß dies nicht so ist, hochgeehrter Herr Kuo, das lehrt und beweist unser Glaube! Denn weder unsere Körperlichkeit noch die Erscheinung unseres Lebens ist das Wesentliche am Menschen, sondern seine Seele, die sich erst diesen Körper und dieses Erscheinungsbild schafft. Bedenken Sie, ehrwürdiger Herr, daß wir Menschen das einzige Wesen dieser Schöpfung sind, das über sich selbst nachzudenken in der Lage ist und das zur Gotteserkenntnis durchzustoßen vermag. Das hat schon der weise Lao-tse als das entscheidende Merkmal, das uns etwa vom Tier trennt, erkannt. Hätte Lao-tse ein halbes Jahrtausend später gelebt, er wäre sicherlich Christ geworden!"

Nun wurde Herr Kuo, der ein alter Herr mit einem dünnen Fadenbart und sehr langen Fingernägeln war, ganz erregt. Er erzählte, daß er eben diese Auskunft habe erhalten wollen.

Er sei ein ziemlich alter Mann, der an der Schwelle des Grabes stünde. Er habe im Laufe eines sehr erfolgreichen Lebens ein großes Vermögen zusammengetragen, das nun bald in die Hände der Söhne und Enkel übergehen werde.

Man würde viel Geistergeld an seinem Grabe verbrennen, damit es ihm im Jenseits an nichts fehle und er genug Kapital habe, die guten und bösen Dämonen im Schattenreich zu bestechen. Und sein Grabmal auf dem Ahnenhügel würde prächtig aussehen, viele Opfer würden dargebracht werden, eine Zeitlang würden zahlreiche Kinder und deren Kindeskinder zu seinem Grab kommen und dort opfern.

Aber er habe nie daran geglaubt, daß irgend etwas von alledem wahr sei, was man von dieser schattenhaften Jenseitsfahrt erzählt habe.

„Eines Tages, als ich schon sehr alt war", fuhr Herr Kuo fort, „als ich bereits aufgehört hatte, noch mehr Geld zu erwerben, Häuser zu bauen und Freude an den Mädchen zu empfinden, erkannte ich, daß wir eigentlich in einem noch so erfolgreichen und gesegneten Leben nichts erwerben können, das bleibt. Nicht einmal uns selber vermögen wir festzuhalten, auch wir zerfließen uns unter den Händen der Zeit. Wo ist denn der kühne Knabe, der ich einst war? Ist er nicht längst wie eine Luftblase geplatzt und dahingegangen? Und wo ist der junge Mann, der so vergnügt geheiratet und Kinder gezeugt hat? Die Zeit hat ihn ausgelöscht, ohne eine Spur von ihm selbst zu hinterlassen. Nur in seinen Kindern und Enkeln existiert er fort – aber das ist kein Leben, das ist nur ein Gedanke! Ich bin also schon ein Dutzendmal gestorben, von der Zeit ausgelöscht und fortgeblasen worden, bevor ich hier vor Ihnen, hochwerter Gelehrter, stand. Und doch glaube ich immer noch, Ich zu sein und zu leben. Was aber werde ich behalten, jenseits meiner letzten Stunde, was wird von meinem Ich bleiben, wenn ich den letzten Atemzug getan habe? Die Blumen auf dem Grab, die rasch welken; der Rauch der Opferstäbe und des verbrannten Papiergeldes, der schnell verweht, oder nur das Gedenken meiner Söhne, Töchter und Enkel, die eines Tages vergessen haben werden, wer dieser Herr Kuo war. Verstehen Sie, Hochwürdiger, daß dies die Frage ist, die mich seit meinen älteren Jahren beschäftigt. Ich habe meditiert wie ein Bonze, ich habe mich in Bodhisattva Amitabha versenkt, ich habe gelebt wie ein Asket aus Tibet, mich nur noch von Kräutern, Gemüse und Reis ernährt und nicht einmal Fisch gegessen! Und ich habe viele Sekten und Religionen versucht. Keine gab mir die Antwort, die ich suchte. Denn ich will nicht sein wie eine Luftblase, die spurlos zerplatzt.

Dann hat mir Herr Ch'ü von Ihnen, Hochragender und Begnadeter, berichtet, und ich bin nun in meinen alten Tagen den weiten Weg von Nam-yang herübergekommen, um von Ihnen die überzeugende Antwort zu bekommen!

Sagen Sie mir jetzt nur: warum tragen Sie nicht das Weiß der Trauer, wenn Ihr Mitbruder stirbt? Haben Sie wirklich Anlaß zur Freude und sehen Sie wirklich eine sichere Hoffnung?"

„Lieber Geehrter!" antwortete Dr. Li, „ich habe diese sichere Hoffnung; denn Jesus Christus hat sie uns gebracht. Er ist die Erlösung. Und ich bringe sie Ihnen und China!"

Zum ersten Mal war Dr. Li einem Gottsucher und ernsthaft nach Religion Strebenden unter den gebildeten Ständen dieses Landes begegnet. Es war für ihn eine große Verheißung, besagte sie doch, daß auch in Chinas und seiner gebildeten Seele nicht nur die Urangst aller Menschen, sondern auch der Urtrieb zum Göttlichen steckte. In diesem alten, sehr reichen und klugen Manne war sie hervorgebrochen. Er hatte alles liegen- und stehenlassen und war gekommen, Christus zu finden.

Dr. Li persönlich erteilte Herrn Kuo in den folgenden Wochen Religionsunterricht, gab ihm den inzwischen fertiggestellten Katechismus Chinas zu lesen und übte sich mit ihm in nächtelangen Diskussionen über Religion.

Doch dieser Herr Kuo war keiner von diesen hochgestochenen und supergescheiten Mandarinen von Shiu-hing, Kanton oder Shiu-chow, die Diskussionen nur um der Diskussionen willen abhielten und die Gelegenheit benutzten, ihre profunde Bildung wie Pfauengefieder zu spreizen; Herr Kuo suchte ehrlich, drängte mit aller Kraft seiner müde gewordenen Seele zur Wahrheit und war dankbar für jede Erkenntnis, die ihm aus christlicher Sicht entgegenkam.

Schon nach drei Monaten war er ein Muster-Katechumene und empfing im Herbst des Jahres 1594 aus der Hand Dr. Lis die Taufe.

Er nahm den Namen Josef an.

Dann ging er glücklich und zufrieden nach Nam-yang zurück, wo er nach Dr. Lis eigenen Worten „eine Trompete des Wortes Gottes" wurde.

Wieder zwei Monate später reiste Dr. Li selber nach Nam-yang, um Josef Kuo aufzusuchen! Er fand eine kleine Christengemeinde vor, die begierig auf seine Predigt wartete. Auch zwei Mandarine niederen Grades waren darunter. Josef Kuo hatte sie durch sein Vorbild und seine Beredsamkeit gewonnen.

Es schien, als sei ein Durchbruch erzielt.

Und doch wußte er, daß dies alles nur Kleinkram war, selbst wenn es wichtig war, einen so hochangesehenen Mann wie Josef Kuo bekehrt zu haben. Das Große und Ganze, von dem der Pater Visitator in seinem Briefe gesprochen hatte, war nicht im geringsten bewegt worden.

Dr. Li suchte Herrn Ch'ü in seinem Kang auf, um zu hören, wie weit der Plan der „Societas" – und damit auch Macaos Hoffnungen auf den echten Durchbruch – gediehen sei. Aber er traf Herrn Ch'ü nicht an. Der hohe Herr war nach Norden gereist, um einen sehr wichtigen Staatsgast an der Grenze Kwan-tungs zu begrüßen und herabzugeleiten.

Für wenige Minuten durfte er Joanna sprechen.

Er war sehr erschrocken, sie zu sehen. Viele Jahre waren vergangen, seit er sie nicht mehr zu Gesicht bekommen hatte: zuletzt in Shiu-hing, vor einem Menschenalter, wie ihm erschien.

Joanna war nicht mehr das schöne, großäugige und schwarzlokkige Mädchen von einst. Eine als Chinesin verkleidete, fett und fahl gewordene portugiesische Donna trat ihm entgegen. Man hätte sie sich – in anderer Kleidung – gut in einem Mirador zu Lissabon in der Gefangenschaft von Tradition und Sitte vorstellen können. Sogar ihr einstmals feuriges Temperament schien sie verloren zu haben. Joanna gab sich würdig und müde.

Er fragte sie nach dem „kleinen Herrn Ch'ü", und sie antwortete tonlos: „Sie nennen ihn den ‚Fremden'! Sein kleiner Bruder, der ‚ganz kleine Herr Ch'ü', darf ihn ungestraft schlagen und er schlägt zurück. Mein Sohn wird ein ziemlich garstiger Junge! Wenn ich es könnte, so würde ich ihn schon morgen nach Macao zum Großvater bringen."

Der Pater segnete sie, und Joanna küßte ihm, wie in alten Zeiten, die Hand. Er wußte nicht, was er als Trost hätte sagen sollen, und verabschiedete sich rasch.

7

Allmählich wurde Dr. Li unruhig, als er so lange Zeit nach dem Besuch Herrn Ch'üs nichts mehr hörte. Jetzt hielt es ihn schon nicht mehr in Shiu-chow.

Einmal reiste er sogar in das alte Shiu-hing, wo er Herrn Shen – unterdessen zum Mandarin vom Achatknopf befördert – und dessen Frau Pi-shan-Maria inmitten einer großen Kinderschar antraf. Frau Pi-shan-Maria hatte einen sehr christlichen Kindergarten eröffnet. Die Christengemeinde, die meist von Herrn Shen selber getauft und belehrt worden war, zählte etwa hundert Mitglieder. Das war eine frohe Überraschung für Dr. Li, der nun doch sah, daß selbst Shiu-hing als Station nicht vergeblich gewesen war. Er versprach, einen seiner beiden chinesischen Mitbrüder als Priester nach Shiu-hing abzuordnen.

Aber gerade in Shiu-hing, wo doch eigentlich gar keine rechtmäßig eingerichtete Christengemeinde bestand, begegnete Dr. Li wieder und noch stärker als in dem unter mehr Aufsicht lebenden Shiu-chow einer Eigenschaft der Chinesen, die sehr gefährlich erschien: dem Fanatismus.

Wenn diese Chinesen, vor allem die sehr jungen Leute, einmal für eine Ideologie oder eine religiöse Sache gewonnen waren, verwandelten sie sich nur allzu gerne in echte Fanatiker. Alles wurde unter ihren Händen zu Geheimbund und Politik. Viele der jungen Christen hatten sich auf die Ideale der Gerechtigkeit und der Volksliebe eingeschworen und sahen im Christenglauben nur eine Fortsetzung und Überhöhung des Bundes der „Roten Kopftücher" oder des „Östlichen Waldes".

Da sie aber immer drängender nach Verwirklichung dieser Gedanken strebten und tief von der Einzigartigkeit ihres neuen Glaubens überzeugt waren, begannen sie aggressiv gegen alle zu werden, die diesen Glauben nicht teilten.

Entflammbarkeit der Massen schien eine Volkseigenschaft der Chinesen zu sein. Davon bekam Dr. Li, als er im späten Herbst 1594 nach dem vertrauten Shiu-chow zurückkehrte, eine Probe zu spüren.

In seiner Abwesenheit hatte der etwas ekstatische und kampflustige Pater Sebastian Fernandez einige allzu flammende Predigten gehalten, das Heidentum mit Spott und Hohn gegeißelt und den Glaubenseifer der jungen Christengemeinde gewaltig aufgeladen. So geschah es, daß ein Gewitter wie aus heiterem Himmel losbrach.

Eine Schar junger Christen stürmte plötzlich in eine Pagode der Kung-fu-tsianer, besudelte sie, warf einige Götzenbilder von den Balustraden herab und brach dann sogar in naheliegende Bürgerhäuser ein, wo sie wahllos Ahnenaltäre, Götzenbilder und alte Zauberbücher zerstörten oder fortschleppten. Einige dieser Bücher verbrannten sie im „Höllenfeuer", gewisse Götzenstatuen und Bilder vergruben sie in der Erde als „Würmerfraß".

Sie schrien, daß ihnen das Heidentum ein Greuel sei und daß Gott sie ausgesandt habe, alles Dämonen- und Zauberwerk zu vernichten. Denn Gott allein sei wahr!

Sie führten sich wie Kreuzritter oder mohammedanische Derwische auf. Die Polizei griff nur sehr zögernd ein, weil sie es nicht mit Dr. Li verderben wollte.

Doch dieser trat als erster den Narren entgegen und verbot ihnen jeden weiteren Angriff auf die Glaubenswelt ihrer Eltern und auf die Symbole, die anderen Menschen heilig waren.

Er sagte zu seiner jungen Gemeinde: „Christus hat eine Religion der Liebe, nicht eine des Kampfes, eine Lehre der Barmherzigkeit, nicht eine des Hasses gepredigt. Wenn ER lieber am Kreuze starb, als seine Feinde durch den Blitzstrahl Gottes vernichten zu lassen, so werdet i h r es doch fertig bringen, mit eueren heidnischen Nachbarn zu leben!"

Da senkten sie ihre Köpfe und kehrten zum Frieden zurück.

Bald darauf deuteten alle Anzeichen darauf hin, daß Dr. Lis verhältnismäßig friedliche Tage in Shiu-chow sich ihrem Ende näherten.

Seit er das Schreiben des ehrwürdigen Paters Visitator Alexander de Valignano empfangen hatte und über die Einordnung seiner Missionsaufgabe in den Rahmen weltgeschichtlicher Entwicklungen aufgeklärt worden war, wußte er, daß sein bisheriges Wirken bei allen erstaunlichen Erfolgen im Grunde nur einen Fortschritt gebracht hatte: es war gelungen, der „Societas" einen schmalen Spalt der verschlossenen Tore Chinas zu öffnen. Alles andere: der Aufbau der Missionen in Shiu-hing und dann in Shiu-chow und die Bekehrung von ein paar hundert unbedeutenden Leuten war ein Nichts, gemessen an den die Menschheit umspannenden Plänen der Kirche und ihrer Kampforganisation, der „Societas".

Die Kaufleute in Macao hatten weitergeblickt als Pater Ricci. Pater Valignano hatte durchaus recht, wenn er ihm empfahl, sich künftig an den Rat Macaos zu halten. Im Kontor der Firma Viegas verstand man mehr von Strategie; der kleine Missionspater war lediglich der bessere Taktiker. Er konnte versiegelte Tore öffnen und ein paar Kleinstädte einnehmen, Macao jedoch plante das Land zu erobern. Und die „Societas" plante dasselbe, wenn auch aus anderen Gründen.

Der Weg, um solche großen Ziele zu erreichen, führte zum Großen, und das Große war nur zu erfassen, indem man die großen Leute – nicht einige Kulis – zu Freunden machte. Dazu würden ihm die Viegas und ihr durchtriebener Verbindungsmann Ch'ü verhelfen. Seine nächste Aufgabe würde also nicht mehr Mission im engeren Sinne, sondern Politik im weitesten Sinne sein. Und die Waffen, die Macao an das bedrängte China zu liefern imstande war, würden die Lockspeise für die großen Fische werden.

Sein Zaubertand, wie das Prisma, die Weltkarte oder die Pendeluhr, waren nur geeignet gewesen, die Aufmerksamkeit einiger Mandarine und Gelehrter zu gewinnen. Die Kriegswaffen jedoch würden die gewichtigen Generäle, die Minister und vielleicht endlich den Kaiser anziehen.

Fortan gab es für Pater Ricci alias Dr. Li nur noch ein Fernziel, und das hieß Peking, nur eine bedeutende Bezugsperson, und das war der Kaiser.

Wieder dachte Dr. Li an den alten Franziskanerpater Pietro d'Alfaro in Macao zurück, der ihm gleich zu Beginn seiner Tätigkeit gesagt hatte, nach China hineinzugelangen sei ebenso unmöglich wie den Mond zu erreichen!

Er war nach China hineingelangt. Was er aber nunmehr anstrebte, schien schwieriger als den Mond zu erreichen. Vom Norden, von Peking und dem Himmelssohn sprachen selbst hochgestellte Chinesen wie von etwas Außer- oder Überirdischem und zogen nie in Betracht, dorthin gelangen zu können.

Dr. Li – der Fremde, der Mann aus Macao und immer noch nicht voll akzeptierte Ausländer – würde es schaffen. Peking und der Kaiser, darauf richtete er sich nun aus! Es war Wahnsinn oder Hybris! Selbst Herr Ch'ü lächelte nur mitleidig, als er von so hohen Absichten sprach; denn Herr Ch'ü, der selber in Peking gelebt und studiert hatte, kannte die Verhältnisse genau und auch die Chancen, die ein Fremder haben würde, auch nur in den Umkreis der „verbotenen Stadt" zu gelangen. Er sagte zu Dr. Li nur ein Wort: „Unmöglich!"

Doch dieses gleiche Wort hatte einst auch Pater d'Alfaro gesagt, und nun stand Dr. Li trotzdem auf chinesischem Boden.

Die wohlausgeklügelten Pläne Herrn Ch'üs waren realistischer. Er hatte sie gemeinsam mit Don Gaspar und seinen Geschäftspartnern in Macao entwickelt. Der Brief des Ordens-Visitators, den Don Gaspar veranlaßt hatte, kam diesen Plänen lediglich ideologisch entgegen.

Man zog in Rom, Goa und Macao am gleichen Strang und hatte ähnliche Absichten: China endlich zu öffnen, sei es für den Handel oder für die Mission; China endlich zu gewinnen, sei es für die portugiesisch-spanische oder christlich-katholische Sache und den Riesenmarkt oder die Riesenkirche Chinas wie einen Wall und Damm den imperialen Absichten des englisch-holländischen Protestantismus entgegenzusetzen.

Pater Ricci würde der geeignete Verbindungsmann, sozusagen der erste Botschafter des katholischen Abendlandes sein. Ihn, der so ausgezeichnet Chinesisch sprach und sogar den Rang eines hohen Mandarins bekleidete, würde man zur rechten Position emporschieben, damit er die entscheidenden Kontakte und später vielleicht die entsprechenden Verträge erlangte. Die Zusage Macaos, die über die Verbindungen Herrn Ch'üs gelaufen war, nunmehr auch an China moderne Waffen zu liefern, würde die Mitgift des Paters sein, mit der er sich einführen konnte.

Das erste Anzeichen dafür, daß die Dinge nun ins Rollen kamen, bestand in der überraschenden Ankunft von neuen Hilfskräften für Dr. Li in Shiu-chow.

Für den verstorbenen Pater de Petris kam nun ein hagerer, von der Tropensonne gegerbter Spanier: Pater Lazzaro Cattaneo. Er brachte zwei Novizen des Ordens mit, die kurz vor der Priesterweihe und Konfession standen: Johannes Barrades und Dominikus Fernandez, beide waren Chinesen aus Shiu-hing.

Pater Cattaneo überreichte Dr. Li ein Handschreiben von Don Gaspar, in dem noch einmal sehr knapp die Aufgabe umrissen war, deren Erfüllung Macao sowohl wie Goa von ihm erwarteten. Dann stand zu lesen:

„Vermutlich wird demnächst durch die Vermittlung unseres Freundes, Herrn Ch'ü, ein sehr hochgestellter und wichtiger Staatsmann bei Ihnen, hochwürdiger Pater, Besuch machen. Es wäre bedeutsam, nicht nur die Freundschaft dieses Mannes zu gewinnen, sondern sich ihm auch anzuschließen, um in noch höhere Kreise vorzudringen!"

Schon drei Tage später schickte Herr Ch'ü einen Eilboten. Dr. Li und das Kloster möchten sich vorbereiten und all ihre Wunderdinge überprüfen, denn es sei mit dem Eintreffen von Generalissimus Shih-Hsing zu rechnen.

Dr. Li wußte, wer das war. Der Name des alten Generals war in ganz China bekannt. Herr Shih-Hsing war einer jener ausgezeichneten Eunuchen der Pekinger Palastschule, der es zu höchsten Ehren und am Ende sogar zum Oberbefehlshaber des Landheeres gebracht hatte. Vor einigen Jahren, als sich die ersten, katastrophalen Niederlagen der Chinesen in Korea gegen den Japaner Toyotomi Hideyoshi abzeichneten und aller Welt die Schwäche der chinesischen Armee deutlich geworden war, hatte der Kaiser Generalissimus Shih-Hsing nach Verleihung aller Orden und Ehrenzeichen sehr gnädig in Pension geschickt. Herr Shih-Hsing war in seine südliche Heimat, nach Kuang-si, zurückgekehrt, wo er wie ein Satrap gelebt haben soll.

Nun aber, da auch die jüngeren Generäle in Korea eine Niederlage nach der anderen erlitten hatten und der Krieg im Norden bedrohliche Formen angenommen hatte, war der Himmelssohn anderen Sinnes geworden. Er hatte Generalissimus Shih-Hsing mit allen Ehren zurückgerufen und zum Kriegsminister ernannt.

Wenn er also jetzt nach Shiu-chow kam, so war er auf dem Wege nach Peking, um sein Amt als Oberster Militär Chinas anzutreten. Er würde unbegrenzte Vollmachten haben und einer der Männer sein, die unmittelbar das Ohr des Himmelssohnes besaßen.

Der Generalissimus reiste mit großem Gefolge zu Schiff den Peh-Kiang von Kanton herauf. Er würde den Sui-Kiang links liegen lassen und die Wasserstraße bis zur Chu-kuan-Shan-Gebirgsschwelle nehmen, dort über die ausgebaute und mit Rollbahnen für Schiffstransporte versehene Paßhöhe weiterreisen und ab Ping-shek den Shui-Kiang und Siang-Kiang bis zur großen Seenplatte in der Provinz Hu-peh befahren und dann bis Nanking dem gewaltigen Stromlauf des Yang-tse-kiang folgen. Von Nanking aus würde er dann den ausgebauten Kaiserkanal benutzen, der über beinah 800 Meilen oder 1200 Li den Süden Chinas mit Peking verband.

Da es im Peh-Kiang von Kanton bis Shiu-chow flußaufwärts ging, wurden die Prunkschiffe des Generalissimus getreidelt. Das bedeutete, daß Hunderte und Aberhunderte von halbnackten Kulis an aufgespleißten Tauen, die sie über die schwitzenden Oberkörper gespannt hatten, die Schiffe Schritt für Schritt gegen die Strömung ziehen mußten. Sie liefen rechts und links auf den staubverhüllten Uferwegen dahin, während die Flotte langsam um die Flußbiegung bog und sich der Stelle näherte, an der Peh-kiang und Sui-kiang unterhalb der Pontonbrücke über den Sui zusammenflossen.

Alle Türme von Shiu-chow waren beflaggt, auf den Mauern wurde Feuerwerk abgebrannt.

Es waren zwar kleine, aber ungemein prächtig geschmückte Dschunken mit flachem Kiel, die den günstigen Südostwind nutzten und bemalte Bastsegel gesetzt hatten. Vom niederen Bord hingen kostbare Teppiche und Tücher herab, die im Wasser nebenherschleiften. Auch auf den Dschunken waren allerlei Banner, bunte Sonnenschirme, Wappentafeln und Räuchergefäße aufgestellt, und sie waren mit vielen Blumen geschmückt.

Auf dem vordersten Schiff, das mit gelben Augen nach Shiu-chow starrte und seinen Namen „Erlauchter Donnerkeil" in Goldlettern trug, war in der Mitte unter einem gestreiften Sonnensegel eine Art Thron oder Diwan errichtet. Der Generalissimus, umringt von Offizieren und schönen Mädchen, saß in einem Kissenberg in der Stellung eines meditierenden Bonzen und sah aus wie ein Naturereignis.

Dr. Li, der mit anderen Honoratioren am Hafenkai wartete, schätzte den Generalissimus sogleich auf wenigstens vierhundert

Pfund Gewicht oder mehr ein, wenn das alles zu ihm gehörte, was da an schwabbelndem Fleisch unter Purpurgewändern und Goldstickereien verborgen lag. Herr Shih-Hsing besaß mindestens drei gleich einer Pagode aus Fett aufgebaute Doppelkinne, sein Gesicht war fahlgelb und eher von der Bräune eines Südchinesen als vom hellen Gelb der Han-Leute gezeichnet. Es glich einem Mond der vollen Reife, in den jemand mit schmalen Kohlestrichen Augen und Mund eingezeichnet hatte.

Das also war der neue Kriegsminister, die Schwerthand des Himmelssohnes, und offenbar Herrn Ch'üs guter Freund. Denn Herr Ch'ü, der in Kotaustellung vor diesem militärischen Fleischberg kniete, genoß die Ehre einer intensiven Unterhaltung und zeigte soeben mit ausgestreckten goldenen Krallen auf den Kai und dort ganz deutlich auf Dr. Li.

Der Generalissimus wollte sofort Dr. Li sprechen. Von Shiu-chow, seinen Mandarinen und sonstigen Würdenträgern nahm er keine Notiz.

Als der „Erlauchte Donnerkeil" festgezurrt war, wurde Dr. Li als erster an Bord geholt.

Herr Ch'ü mußte dem Generalissimus Wunderdinge über Dr. Li erzählt haben. Herr Shih-Hsing besaß aber schon seit einiger Zeit eine der Weltkarten des berühmten Paters und war längst schon neugierig, dieses Fabelwesen aus Fernwest persönlich kennenzulernen.

Nur so war der beinah triumphale Empfang zu verstehen, der Dr. Li auf dem Palastschiff zuteil wurde.

Tatarengarde, krummbeinig, schnauzbärtig und schrägäugig in phantastischen Wattepanzern, mit geschweiften, sehr bizarren Helmen auf den Rundköpfen, präsentierten die runden Tartschenschilde, senkten die gezackten Hellebarden; hohe Offiziere, die in ihren bemalten Panzerröcken mit Schulterflügeln, den roten Röcken und geschweiften Helmen wie mythologische Wesen aussahen, umringten den Pater und geleiteten ihn vor den Diwan des Kriegsministers.

Der hatte sich jetzt ebenfalls einen aus Gold- und Silberblech gehämmerten, reich ziselierten und mit Drachenfiguren geschmückten Prunkhelm aufsetzen lassen. Auf dem mächtigen Brustkorb leuchtete in Perlstickerei das erhabene Bild des Einhorns – das Symbol höchsten militärischen Ranges beim Landheer. Und über die gewaltigen Schultern mit ihren aufgeschweiften Metallplatten nickte ein ganzer Strauß von Pfauenfedern und ein Büschel Paradiesvogel-Schwänze: alles Orden und Ehrenzeichen, die Herr Shih-Hsing im Laufe seines Lebens aus der Hand des Himmelssohnes empfangen hatte.

Die goldfarbenen Paradiesvogelfedern waren besonders selten und kostbar. Sie wurden aus Neuguinea oder Borneo eingeführt und nur sehr selten an Würdenträgern verliehen.

Herr Shih-Hsing verhinderte durch eine gnädige Geste den Kotau des Paters und bat ihn höflich, zu seinen Füßen Platz zu nehmen.

Dr. Li betrachtete ihn vorsichtig und mit Erstaunen, ohne sich dies anmerken zu lassen. So etwas von Seltsamkeit und musealer Qualität hatte er noch nicht einmal in den vatikanischen Sammlungen Roms gesehen, und diese waren gewiß voller Merkwürdigkeiten! Herr Shih-Hsing war wirklich der Gipfel an Würde und Rang, den sich ein Menschengehirn hatte ausdenken können. Und er war – aus der Nähe betrachtet – beinahe noch dicker, als es der erste Anblick vermuten hatte lassen.

Denn Herr Shih-Hsing war Eunuch.

In sehr früher Jugend war er in die Palastschule von Peking aufgenommen worden, wo man ihn sogleich aller Möglichkeiten beraubt hatte, jemals weitere Shih-Hsings in die Welt zu setzen. Er war zu einem sogenannten „weißen Eunuchen“ gemacht worden, worunter man ein ehemals männliches Wesen verstand, dessen Hoden entfernt worden waren. Nur die Eunuchen des sehr niederen Dienstes, die man als „dunkle“ bezeichnete, verloren bei dieser Operation ihre gesamten Genitalien. Sie waren vorgesehen für Ämter im Frauentrakt der Paläste, und man versicherte sich durch eine derart radikale Beschneidung ihrer gänzlichen Unfähigkeit, irgendwelches Unheil im „Purdah“ oder „Harem“, wie Inder oder Araber das nannten, anzurichten.

Die „weißen Eunuchen“ jedoch, zu denen Herr Shih-Hsing sich stolz zählen durfte, empfanden sich durchaus noch als Männer, wenn auch mit begrenzteren Möglichkeiten. Das betonten die meisten von ihnen auch, indem sie stets von ihren mannhaften Empfindungen sprachen und sich meist mit einem Schwarm sehr junger

Mädchen umgaben. Herr Shih-Hsing glaubte daran, daß ein richtiger Mann – und sei er Eunuch – nur dann wirklich impotent sei, wenn man ihm Hände und Zunge abschneide. Er persönlich hatte einen großen Bedarf an weiblicher Liebe und übte sie beinah öffentlich aus, wennschon sie ihm im Grunde und bei zunehmendem Alter oft lästig fiel.

Um seinem Männlichkeitskomplex zu schmeicheln, sprach er auch von seinem Neffen, der ihn begleitete und sehr traurig aussah, nicht als einem Verwandten, sondern er nannte ihn stets „mein lieber Sohn".

Wenn man den Generalissimus hätte tief beleidigen wollen, so wäre dies am sichersten durch einen Zweifel geschehen, den man über die Berechtigung dieses Wortes geäußert haben würde. Aber dies alles erfuhr Pater Ricci erst später und durch Herrn Hsü-Ta-jen, der im Range eines Obersten Adjutant des Generalissimus und nebenbei kein Eunuch war.

Herr Shih-Hsing war also ein Mitglied der hochachtbaren und exklusiven Palastschule von Peking geworden und damit in die einflußreiche Bruderschaft der Eunuchen aufgenommen worden.

Palastschule mit Eunuchenkorps und Harem waren zwei Säulen des Regierungssystems der Ming-Kaiser.

In der Schule erzogen sie sich jene hervorragenden Staatsdiener, die sie in die wichtigsten Positionen ihres Riesenreiches einsetzen konnten. Dadurch, daß es sich um Eunuchen handelte, verhinderte man die Entstehung von Familienpolitik und die Erblichkeit der höchsten Staatsämter, die früher einmal unter den T'ang- und Sung-Kaisern so viel Unheil angerichtet hatte. Die Palastschule in Peking war das exklusivste und beste Institut des Landes, berühmter selbst als die Han-lin-Akademie. Denn aus ihr gingen die gut ausgebildeten, nur der eigenen, sehr vergänglichen Clique und dem Kaiserhaus verpflichteten Spitzenbeamten hervor. Wie Herr Hsü-Ta-jen, mit dem sich Dr. Li ganz besonders anfreundete, nachmals erklärte, gab es im gegenwärtigen China etwa 100.000 Eunuchen und Spitzenbeamte – die sich trotz ihrer sehr begrenzten Möglichkeiten fortwährend vermehrten. Daß dies auf Kosten der gelehrten Mandarinsschicht vor sich ging, empfanden viele als ärgerlich. Auch gab es im Volke ein gewisses Unbehagen über das krebsartige Wachstum der

Beamtenschaft im allgemeinen. Dieser Stand, der doch meist außer Papier, schwulstigen Reden und viel Ärger für den Bürger nichts Nützliches außer ein bißchen Ordnung und Verwaltung produzierte, erfreute sich einer steigenden Unbeliebtheit unter den Bauern, Bürgern, Handwerkern und sogar schon den Kaufleuten. Das traf besonders auf die Eunuchen zu. Diese wurden ihrer Unmännlichkeit und Perversität wegen verachtet und ihres Intrigantentums willen zugleich gefürchtet.

Als Herr Hsü-Ta-jen dies erklärte, spürte Dr. Li genau, daß er selber kein Freund der Eunuchen und auch nicht des Generalissimus war. Vielleicht gehörte Herr Hsü-Ta-jen auch zum Bunde „Östlicher Wald", der ja gegen diese Zustände ankämpfte.

Ähnlich wichtig wie die Palastschule war der Harem für die Kaiser geworden. Er war durchaus nicht eine Art Bordell, wie viele Leute im christlichen Abendlande meinten, sondern viel eher eine politische und gesellschaftliche Einrichtung von großer Bedeutung. Die Kaiser ließen die vielen schönen Mädchen, die ihnen meist als Geschenke der großen Provinzfamilien nach Peking zugesandt wurden, in einer besonderen Schule erziehen, so daß sie meist mehrere asiatische Sprachen beherrschten, Musik, Tanz, aber auch Staatswissenschaften, Geschichte und Literatur aufs vollkommenste erlernten.

Wer hier versagte – und sei ein Mädchen noch so schön und reizvoll –, wurde von den Palastorganen aus dem Harem ausgeschieden, bevor solch ein Wesen jemals den Kaiser auch nur zu Gesicht bekommen hatte.

Die meisten seiner Damen und Mädchen kannte der Himmelssohn sowieso nicht. Sie wurden aber an fremde Gesandtschaften für deren Häuptlinge, Chane oder Könige, oder an die Vizekönige, Gouverneure und Befehlshaber sehr entfernter Provinzen verschenkt, was für die Ausgezeichneten höchste Ehre bedeutete, wurden sie doch durch eine derartige Geste „Verwandte des Himmelsthrones".

Auf solche Weise band man die wichtigsten politischen Kräfte an den Kaiser und entsandte zugleich mit jeder verabschiedeten Haremsdame eine Trägerin chinesischer Kulturmission, aber auch eine Aufseherin und Spionin an fremde Höfe, in Grenzprovinzen oder in Gouverneurspaläste.

Dr. Li verstand diese Zusammenhänge gut, er teilte nicht die Meinung der Puritaner im Abendlande, daß alle Vielweiberei nur Sünde und Unzucht sei. Sie bedeutete oft Politik und manchmal auch das letztmögliche, gesellschaftliche Refugium für arme Mädchen, die sonst auf der Straße gelandet wären.

Durch Herrn Hsü-Ta-jen erweiterte er seine Kenntnis über die höheren Schichten und das Regierungssystem Chinas bedeutend. Er hielt sich sehr an den freundlichen Adjutanten. Herr Hsü war es auch gewesen, der ihn dem Generalissimus vorgestellt hatte. Herr Ch'ü, der bescheiden danebensaß, hatte nur freundlich genickt.

Er war Mandarin, Herr Hsü jedoch trug die Abzeichen des Obersten und war Militär. Es gab also auch hier Kasten: Mandarine gegen Eunuchen, Gelehrte gegen Offiziere und unter allen: das Volk!

Nur Herr Shih-Hsing stand über der Sache.

Sein Rang als Generalissimus und Kriegsminister war so schwindelerregend hoch, daß er gar nicht daran dachte, irgendwer könne an seiner Hoheit zweifeln oder irgendwelche Kastenunterschiede zur Sprache bringen: er war kein Eunuch, sondern ein Minister, kein gewöhnlicher Soldat, sondern der Krieg persönlich!

Er zeigte sich auch als ungemein höflich und sprach Dr. Li mit dem ausgezeichneten Titel „Euer Herrlichkeit" an, der ihm trotz Korallenknopf nicht zugestanden wäre. Dann sprach er über viele Dinge, die er gar nicht wissen wollte, was abermals ein Zeichen besonderer Höflichkeit war, und erkundigte sich erst sehr spät nach der gegenwärtigen Wohnung und Tätigkeit Dr. Lis.

Damit forderte er mit Zwang eine Einladung Dr. Lis heraus, der den Generalissimus bat, das Kloster und die Werkstätten in Chiuchow zu besichtigen.

Er wußte nicht, welche Metapher angemessen sei, einen so hervorragenden Mann wie Herrn Shih-Hsing anzureden. Alle Superlative, wie „Euer Gnaden", „Euer Hochehrwürden" und „Eure Erleuchtetheit" waren ja längst in der Unterhaltung mit Herrn Ch'ü, Gouverneur Wang-P'ai oder dem Vizekönig erschöpft, und Herr Ch'ü hatte ihm keine besondere Anweisung für die Titulatur des Generals gegeben. Selber gebrauchte er so verstiegene Wendungen, daß sie Dr. Li widerstrebten. Da er aber nun selber zu „Eurer Herrlichkeit" avanciert war, mußte er etwas anderes erfinden.

Er griff auf das alte byzantinische Hofzeremoniell zurück, von dem man ja sagte, es sei vom Chinesischen her beeinflußt gewesen. So wurde Generalissimus Shih-Hsing zum ersten Male in seinem sicher an Ehren reichen Leben mit „Vir Illustrissime“ angesprochen – was Dr. Li dahin übersetzte und erklärte, daß dies in Fernwest die zweithöchste Anrede sei und nur für Prinzen und Minister gebraucht würde. Lediglich der „Pluralis majestatis“ stehe noch darüber, und der gehöre dem Kaiser.

Shih-Hsing war offensichtlich geschmeichelt und ließ sich fortan gerne als „Vir Illustrissime“ titulieren. Sogar sein Gefolge nahm diese Manier alsbald an.

Am Nachmittag befahl der General seine Sänfte, um Dr. Li zu besuchen.

Solch ein Prunkstück hatte Dr. Li noch nie zuvor gesehen. Sie war doppelt so groß und breit wie eine gewöhnliche, hatte vornehme grün angestrichene Tragestangen, jedoch für acht anstatt vier oder zwei Träger, und war mit ihren Lack- und Ziselierarbeiten, ihren Brokatvorhängen, Fransen und Malereien ein wahres Museumsstück. Eine Tatarengarde in Paraderüstung folgte dem Tragstuhl, in dem der Herr Kriegsminister wie ein Riesenpudding dahinschwankte. Voraus liefen Bambusstockschwinger, die vergnügt auf die Köpfe der Leute einhieben, obschon diese ehrfürchtig die Straße freigemacht hatten. Die Bevölkerung kniete demütig am Wegrand, rief Dank- und Segenswünsche, und die Kinder taten das, was Kinder bei allen festlichen Gelegenheiten oder beim Aufzug berühmter Persönlichkeiten tun: sie jubelten und schwangen Papierfähnchen.

Der Kriegsminister und Generalissimus war sehr wenig an der Kirche, ihren Fresken und Gemälden, aber dafür besonders an den Instrumenten, Globen, Astrolabien, den Prismen und Landkarten interessiert. Auch er hatte von den Gerüchten gehört, daß Dr. Li ein Gold- und Silbermacher sei, und wünschte daher die Alchimistenwerkstatt zu sehen. Als er hören mußte, eine solche gäbe es nicht, war er sichtlich enttäuscht.

Dr. Li schenkte ihm eines der Prismengläser, von denen er sich reichlich Nachschub aus Europa bestellt hatte. Der Generalissimus war sehr aufgekratzt, als er wieder zum Schiff zurückkehrte.

Von Herrn Ch'ü hatte er andeutungsweise erfahren, daß Dr. Li ein sehr einflußreicher Verbindungsmann zu Macao sei und sehr nützlich sein könne, wenn es um den Ankauf weiterer Waffen für Chinas darniederliegende Armee ginge. Daß dieser Mandarin aus Fernwest nicht nur interessant und gelehrt, sondern auch politisch wichtig sein könnte, hatte Herr Shih-Hsing sich schon auf der Reise nach Shiu-chow gedacht, als ihm Herr Ch'ü die verschiedensten Aufschlüsse über ihn gegeben hatte.

Er hatte längst beschlossen, den Pater als Reisebegleiter mitzunehmen. Das würde nicht nur die langweilige Fahrt nach Peking auflockern und amüsanter machen, vermutlich waren auch Verbindungen zu knüpfen, die ihm in seiner neuen Position als Kriegsminister nützlich sein mußten.

Denn er hatte eine schwierige Aufgabe vor sich.

China war ein Land, dem kein anderes an Größe und Volkszahl nahekam. Es war reich, mächtig und im Grunde unschlagbar. Aber es war eben aus diesem Selbstbewußtsein und seiner kulturellen Höhe heraus auch zu einer völlig antimilitaristischen Haltung gelangt. China verachtete den Soldatenstand.

Der Generalissimus besaß in seiner Sammlung von Elfenbeinschnitzereien eine kleine Figurengruppe. Sie zeigte einen alten Gelehrten mit Bart, Pilgerstab und Buchrolle in der Hand, der auf einem Felsen saß, und ein Soldat mit dem Langschwert auf dem Rücken kniete vor ihm. Der Soldat – noch dazu ein Offizier – küßte dem Gelehrten den Fuß.

Das war Chinas Auffassung von den Rangstufen. In Japan wäre ein entsprechendes Netsuke-Werk umgekehrt dargestellt worden: der Gelehrte würde hier dem General den Fuß küssen. Und weil dies in China so war, taugte auch die Armee nichts. Sie bestand aus schnell zusammengetrommelten Kulis, aus ehemaligen Fäkalienträgern, Landstreichern, Tataren und anderem mongolischen Landsknechtvolk. Ihre Ausrüstung war mittelalterlich. Sie besaßen meist nur Bambuslanzen, Schwerter, Schilde, Pfeile und Bogen. Die paar Kanonen stammten noch aus der Mongolenzeit oder von den Turkmenen und Arabern; Gewehre, wie die Japaner sie hatten, hatten solchen Seltenheitswert, daß ganze Kompanien zusammenliefen, wenn irgendwo eine Feuerwaffe zu sehen war.

Kein Wunder, daß die 300.000 Mann, die der Himmelssohn

gegen die Japaner Toyotomi Hideyoshis in Korea eingesetzt hatte, wie Spreu von den 35.000 Japanern auseinandergeblasen worden waren!

Was Generalissimus Shih-Hsing zu tun hatte, um China aus solcher schmählichen Situation wieder emporzureißen, war ganz klar: es mußte eine disziplinierte Armee aus Bauern geschaffen werden, wie es sie in den Anfangszeiten der Ming gegeben hatte, und diese Armee mußte portugiesische Kanonen, Granaten und Musketen in ausreichendem Maß bekommen. Auch eine Flotte sollte endlich geschaffen und modern ausgerüstet werden. Es lagen große Aufgaben vor dem neuen Kriegsminister. Er bedurfte der Hilfe der Fremden dazu. Darüber war er sich klar.

Ein Wundermann wie dieser Dr. Li und ein einflußreicher Fremder von seiner Art würde hiebei bedeutende Hilfe leisten können. Er wollte ihn unbedingt an seiner Seite haben, wenn er nach Peking fuhr.

Die Frage war nur, wie das Anerbieten so zu tarnen war, daß Dr. Li daraus keine falschen Schlußfolgerungen zog, und die herrschende Kaste aus Eunuchen, Mandarinen und hohen Offizieren daraus weder Eifersucht noch Verdacht ableiten konnte. Die Fremden waren immer noch sehr unbeliebt. Niemand brachte sich gerne in Verbindung mit Macao oder Formosa, von den Japanern völlig zu schweigen.

Der Generalissimus hätte es in Peking niemals so weit gebracht, wäre ihm nicht auch in diesem Falle sogleich eine Lösung eingefallen. Die Verbindung mit Dr. Li mußte fort aus dem politischen Bereich! Man konnte ja großes Interesse an seinen wissenschaftlichen Kenntnissen, etwa an seiner Weltkarte, zeigen, und ihn als gelehrten Unterhalter anwerben.

Oder als Arzt! Dr. Li war ja wohl so etwas wie ein Seelenarzt; denn er bemühte sich – wie Herr Shih-Hsing natürlich wußte – ausdauernd um die seelische Verfassung der Menschen. Er wollte sie zu irgendeiner Religion bekehren, was in ungefähr das gleiche war.

Das war gänzlich unverdächtig und führte zum gleichen Ergebnis.

Als Dr. Li am folgenden Tage wieder das Prunkschiff des Kriegsministers besuchte, fand er diesen in trauriger Stimmung vor. Herr Shih-Hsing zitierte einige sehr betrübliche Stellen aus dem pessimistischen Philosophen Kuei-Ku-tse und erging sich in Anmerkungen zu dem Werk des Lie-tse, das von „der strömenden Leere des Tao" und der Verwirrung des Geistes durch das Gefühl spricht. Viele hohe Beamte und Offiziere hörten ehrfürchtig zu.

Endlich stellte Dr. Li die erwartete Frage nach der Ursache solch trister Stimmung bei diesem „Vir Illustrissime". Da seufzte Herr Shih-Hsing tief auf und berichtete von dem traurigen Schicksal seines „Sohnes".

Dieser hoffnungsvolle, junge Mann hatte in Peking an der Doktorprüfung teilgenommen, sei aber unbegreiflicherweise durchgefallen und seitdem von Melancholie erfaßt. Man könne von einer seelischen Erkrankung sprechen.

Dr. Li war sehr ergriffen und wünschte den jungen, sehr ehrenwerten Herrn zu sehen. Dieser erschien auch sofort, seufzte ebenfalls und gab auf alle höflichen Fragen kaum Antwort, so daß dem Generalissimus beinah die Tränen kamen.

Schließlich bat er Dr. Li – als einen großen Gelehrten –, sich des Jünglings als Seelenhirt anzunehmen und ihn zu kurieren. Er lud ihn ein, die Reise als sein Gast mitzumachen und – wenn der Himmel es füge – mit ihm nach Peking zu kommen. Als Arzt und Tröster des „Sohnes".

Dr. Li, der ja beauftragt war, möglichst die Freundschaft des hochgestellten „Vir Illustrissime" zu gewinnen und mit ihm ins Gespräch zu kommen, war hocherfreut, was er natürlich nicht zeigen durfte. Er nahm das Angebot an.

Schon am folgenden Tage ließ er all sein Gepäck mit den Instrumenten, Büchern und Geschenken an Bord bringen, bat auch darum, seinen Assistenten Johannes Barrades mitnehmen zu dürfen, was freundlich gewährt wurde.

Johannes Barrades war Chinese.

Dann treidelten sie flußaufwärts und den fernen Hügelketten im Westen entgegen. Es war eine große Flotte, die von zahllosen Kulis gezogen wurde.

Den „Sohn" oder Neffen sah Dr. Li übrigens während der wochenlang andauernden Fahrt nicht ein einziges Mal wieder. Der Neffe verbrachte seine Zeit bei den Mädchen und war überhaupt nicht mehr traurig.

Doch die erwünschten Gespräche mit dem Generalissimus fanden statt. Herr Shih-Hsing suchte sie, und Dr. Li fügte sich gerne.

8

Es war eine langwierige und anstrengende Reise.

Langwierig war sie für alle, da man nur sehr langsam vorankam und in den Hügeln sogar Sänften und Karren benutzen mußte, aber anstrengend war sie vor allem für die Kulis. Diese wechselten sich ab. Sie wurden meist nach einigen Tagesreisen entlassen und durch andere ersetzt, die von den Behörden aus den umliegenden Dörfern und Städten zusammengetrieben wurden. Am ärgsten hatten es die, denen die Aufgabe zufiel, die gesamte Flotte mit allem Gepäck und allen Vorräten über die Rollbahn der Wasserscheide am Ausläufer des Chu-kuan-Shan-Gebirges zu transportieren.

Als die Schiffe allesamt wohlbehalten bei Ping-shek oberhalb der großen Stadt Chen-hsien wieder auf den Wassern des Shui-Flusses schwammen und nun mit der Strömung dem Stromsystem des Yang-tse-kiang entgegenglitten, ging die Fahrt rascher voran. Nun brauchte man vorläufig keine Kulis mehr.

Auf dem Siang-Kiang erreichten sie nach vier Wochen die sehr große Stadt Chang-sha und bald dahinter das Seenplateau der Provinz Hu-peh. Honan und Kwan-tung lagen schon hinter ihnen. Jede dieser Provinzen war größer und volkreicher als ganz Portugal und sogar als Italien gewesen.

Herr Shih-Hsing war an vielen Fragen interessiert, nur nicht an Religion.

Er zitierte zwar gelegentlich alte chinesische Philosophen oder ein passendes Wort aus dem buddhistischen Pali-Kanon, denn er war sehr gebildet und zeigte dies auch sehr gerne, aber er war mehr von den geistreichen Formulierungen und dem klassischen Stil als von den eigentlichen philosophischen oder gar religiösen Inhalten fasziniert. Er machte sich die Gedanken eines Kriegsministers.

Welche Kanonentypen gab es im Westen?

Wie stellten es die Portugiesen an, daß ihre Geschosse nicht nur zum Gegner hinüberflogen, sondern dort auch explodierten?

Wie oft konnte ein Musketenschütze in einer Minute wohl laden und schießen?

Waren Pulver und Blei wirklich den lautlos schwirrenden Pfeilen überlegen?

Ein Pfeil flog gezielt über 120 Schrittlängen. Konnte eine Kugel ebenso weit fliegen und dann noch treffen und durchschlagen?

Wie führten die europäischen Schützen ihre Munition mit, war es nicht sehr gefährlich, sich im Gefecht mit Pulverflaschen zu behängen?

Was kostete ein Faß Schwarzpulver in Macao?

Gab es in Europa eine Stahlsorte, die hart genug war, daß Kugeln nicht durchgingen?

Welche andere Waffen wandten die Barbaren des Westens noch an, wenn sie untereinander Krieg führten, was sie ja – wie man vernahm – ausdauernd taten?

Herr Ch'ü und ein ausführlicher Brief von Don Gaspar Viegas hatten Dr. Li auch über diese an sich dem Evangelium so fern liegenden Dinge ausgiebig orientiert. Da er bei der Anfertigung mancher Instrumente sich schon im Bronzegießen versucht hatte, wußte er auch, wie Kanonen hergestellt wurden.

Er gab also Antwort, so gut er konnte, setzte auch noch eigenes Wissen hinzu und erzählte etwa von Leonardo da Vincis Entwürfen für Seriengeschütze und Maschinengewehre und wies Herrn Shih-Hsing auf die Möglichkeiten von Raketengeschützen hin, wie die Han-Dynastie sie ja schon vor mehr als 1500 Jahren gegen die Huang-nu angewandt hatte.

Er sympathisierte mit dem angegriffenen China und hielt die Japaner für bösartige Räuber, die ja auch die Christenmissionen aus ihrem Lande vertrieben hatten.

Es war also nichts Schlechtes, wenn er dem armen Kriegsminister sein Wissen preisgab und ein wenig Hilfe für die Verteidigung eines Reiches leistete, von dem niemand sagen konnte, es habe in seiner Geschichte einen Angriffskrieg geführt. Die Mongolenzeit war eine Ausnahme gewesen, aber da hatten ja nicht Chinesen, sondern die Nachkommen des Dschingis-Khan in China geherrscht.

So waren es fast ausschließlich militärische oder politische Gespräche, die geführt wurden. Generalissimus Shih-Hsing verstand es meisterhaft, alles Wissenwerte aus dem Pater herauszuholen, und er machte sich abends, wenn Dr. Li sein Brevier betend an der Reling auf und ab ging oder den wundervollen Sonnenuntergängen über der Parklandschaft der Seen mit ihren Enten und Schwanenscharen entzückt zusah, eine Menge Notizen.

Versuchte Dr. Li jedoch dem Gespräch eine Wendung zu geben, die ihm nicht paßte, dann bog er solche Unternehmungen sofort ab, stellte neue Fragen und änderte das Thema. Dieses Verhalten galt nicht nur für die wenigen religiösen Anspielungen, die Dr. Li wagte, sondern ganz besonders drastisch auch für alle Versuche, gewisse politische oder wirtschaftliche Zusagen als Gegengabe für militärische Hilfe einzuhandeln.

Wenn Dr. Li etwa von den Hindernissen für eine ausreichende Belieferung Chinas durch Macao sprach, die darin bestanden, daß alle Waren so umständlich über Whampoa und Kanton und selbst hier in den großen Zwischenräumen der erlaubten Markttage befördert werden mußten, dann antwortete der Generalissimus entweder gar nicht oder er wand sich mit einer blumigen Redensart heraus.

China blieb offenbar hart gegenüber den Vorschlägen, andere und besser gelegene Häfen für den europäischen, speziell den portugiesischen Handel aufzuschließen.

Als Herr Shih-Hsing ein einziges Mal nur die Gründe anführte, warum China alle Häfen vor den räuberischen Holländern und einem englischen Schiff gesperrt habe, mußte Dr. Li ihm sogar zustimmen. Darauf antwortete dieser kurzangebunden: „Das gleiche gilt für die Leute aus Macao! Sie müßten uns erst sehr lange und sehr deutlich beweisen, daß sie besser sind als die anderen! Diese Beweise jedoch fehlen bis heute."

„Macao wird Ihnen, Vir Illustrissime, alle gewünschten Waffen liefern!" sagte Dr. Li. „Ich bin sicher, daß man Ihnen hilft. Wäre dies nicht ein Beweis guten Willens?"

Der Generalissimus lächelte wie ein Vollmond.

„Das wäre nur ein Beweis dafür, daß die Macaomänner gute Geschäftsleute sind! Über ihre anderen Absichten sagt er nichts aus."

Es schien so, als habe der General Dr. Li nur gewisser Auskünfte und Geschäftsverbindungen wegen mit auf die Reise genommen. In

Sachen der Mission oder der Politik kam er keinen Schritt weiter. Der Chinese war ihm sehr überlegen.

Und doch sah es so aus, als gelänge es dem Pater, die echte Freundschaft Herrn Shih-Hsings zu gewinnen. Ein beinah katastrophales Ereignis trug dazu bei.

9

Seit Tagen fuhr die kleine Flotte auf dem Yang-tse-kiang. Pater Ricci hatte zuerst, als sie aus dem Tung-ling-Hu kommend dieses Gewässer erreicht hatten, geglaubt, man führe in einen neuen See ein. „Kiang" bedeutet chinesisch Fluß oder Strom, „Hu" ist gleich See. Dr. Li erkannte keinen Unterschied, so gewaltig und breit war dieses Wasser. Man konnte kaum von einem Ufer zum nächsten sehen.

Den Namen übersetzten die chinesischen Schiffer mit „Vater-Meer-Strom".

Dieser ungeheuere Wasserlauf kam 1000 Li (etwa 5200 Kilometer) weit aus den Hochgebirgen im fernen Südwesten eines so riesigen Landes, daß man erst jetzt und angesichts des Stromes eine Ahnung von seiner Ausdehnung bekam.

Andere Chinesen, vor allem die einfachen Matrosen, nannten den Yang-tse-kiang auch den „Gelben Drachen". Denn die Wasser waren vom Lehm der durchströmten Lößterrassen und Berge dunkelgelb gefärbt.

Sie flossen langsam, fast träge dahin. Irgendwo in der Provinz Szechuan oder Hu-peh mußten ausgiebige Regengüsse gefallen sein; denn der Yang-tse-kiang führte Hochwasser. Sogar die zahlreichen mit ihm verbundenen Seen waren durch aufgestautes Wasser gelblich gefärbt und die Ufer vielfach überflutet. Trotzdem schien es überall, wo es notwendig war, grasbewachsene Dämme zu geben, die das Bauernland vor größerer Unbill beschützten. Es war eine der vornehmsten Aufgaben der chinesischen Kaiser, den „Gelben Drachen" durch Damm- und Schleusenbauten in Zaum zu halten und die Harmonie zwischen Yang und Yin auch hier zu wahren.

Irgendwo weit im Norden sollte es nochmal einen „Gelben Drachen" – den Hoang-ho – geben, der dem Yang-tse-kiang an Kraft und Gewalt in nichts nachstand. Auch er war von den Chinesen seit alters in die Fesseln eines Dammsystems geschlagen, aber sowohl Hoang-ho wie Yang-tse-kiang richteten dennoch durch ihre Hochwasser alljährlich bedeutende Schäden an, was die geduldigen chinesischen Bauern auf den Uferhöhen jedoch hinnahmen, wenn es nicht allzu schlimm wurde. Denn im Yang und Yin der „Gelben Drachen" wohnte eben auch die Wellenlinie des Yü-ming – das „Schicksalhaft Benennbare" –, das aber vom großen Wu-ki, dem Kreis der ewigen Ordnung, umfaßt und gemildert wurde. Das Yü-ming des Stromes schwang, als die Flotte des Generalissimus einfuhr, zur Yin-Seite hinüber. Die Fluten rollten beängstigend hoch daher, ausgerissene Maulbeerbäume, riesige entwurzelte Platanen und gelegentlich das verlorene Strohdach eines Gehöfts trieben in den Wassern.

Die Stromfahrt war nicht allzu gefährlich geworden, denn die Fahrrinne war breit, die Kiele lagen hoch über Grund, und die Wogen waren von erträglicher Höhe. Doch alle Schiffsbesatzungen hatten offensichtlich Angst vor einer Strecke, die vor ihnen lag. Sie nannten sie „den berüchtigten Bereich der achtzehn Stromschnellen".

Eine Strecke hinter der Stadt Kan-tschou querte eine gewaltige Felsrippe den Weg des „Gelben Drachens". Der Yang-tse-kiang hatte sich aber durch die Steinbarriere durchgefressen und sie in zahlreiche Klippen, Platten, Riffe und Fahrrinnen aufgelöst. Über diese Strecke von vielen Li schoß der gewaltige Strom wie im Unmut über den Widerstand mit erhöhter Geschwindigkeit unter Schäumen und Brausen abwärts, um endlich die freie Ebene zu gewinnen und sich den Weg zum weit entfernten Meer zu bahnen.

Vor der Einfahrt zu den Stromschnellen legten die Schiffe der kleinen Flotte in einer hügelumstandenen Bucht an und machten fest.

Oben auf der Höhe stand ein Tempel, der dem Flußgott des „Gelben Drachens" geweiht war. Hier pflegte jeder Flußkapitän und jeder gewöhnliche Schiffer zuerst ein Opfer darzubringen oder zu beten, bevor er die Fahrt durch die Schnellen wagte.

Dr. Li und sein Gefährte Johannes Barrades waren zwar auf einer kleineren als der Staatsdschunke des Generalissimus samt ihrem Gepäck eingeschifft worden, aber Dr. Li hatte die meiste Zeit in Gesellschaft Herrn Shih-Hsings auf dem großen Schiff verbracht. Nach dem Tempelbesuch jedoch versäumte es der Generalissimus, den Pater auf seine Staatsbarke einzuladen, und so ging Dr. Li auf das zweite und kleinere Schiff zurück. Das sollte sich als schicksalhaft erweisen.

Es hatte überhaupt einige Veränderung in der Reisegesellschaft gegeben.

Schon vor Tagen hatte Oberst Hsü-Ta-jen, der Adjutant Herrn Shih-Hsings, sie in der Stadt Chu-chow verlassen, um mit der chinesischen Eilpost zu Land nach Nanking weiterzufahren. Nanking war die alte Hauptstadt des Südens und sollte beinah so prächtig wie Peking sein. Es lag weit am Unterlauf des vielfach gewundenen Yang-tse-kiang und schon sehr nahe am Meer. Vor etwa sechs Menschenaltern hatten die Ming-Kaiser Nanking, das gelegentlich von japanischen und anderen Piraten heimgesucht worden war, verlassen und waren in die sichere Festungsstadt Peking umgezogen. Das Volk sagte, damit habe der Abstieg der Mings begonnen, sie seien selber verfluchte Nordleute geworden. Und deshalb galt Nanking heute auch für eine Hochburg der Geheimgesellschaft „Östlicher Wald" und war ein Hauptplatz der „Roten Kopftücher".

Generalissimus Shih-Hsing, der für seine militärischen Absichten an der Mandschu- und Koreagrenze den Rücken frei haben mußte, entsandte deshalb seinen verläßlichen Adjutanten Hsü-Ta-jen nach Nanking, um den als Sympathisant der Geheimgesellschaften geltenden Stadtkommandanten abzulösen.

Herr Hsü-Ta-jen, der sich viel mit Dr. Li unterhalten und von diesem nicht nur eine Weltkarte, sondern ebenfalls ein Prisma erhalten hatte, war ihm sehr nahe gekommen, schien auch an religiösen Fragen interessiert und versicherte des öfteren, er sei ein moderner Mensch ohne Fremdenfeindlichkeit. Als er sich von dem Pater verabschiedete, sagte er, er sähe sich als einen lebenslangen Freund desselben, und dieser möge es nicht versäumen, ihn bei Gelegenheit in Nanking aufzusuchen.

Das sollte noch Bedeutung erlangen.

Nach dem Tempelbesuch ließ Generalissimus Shih-Hsing auch seine zahlreichen Mädchen und den angeblichen „Sohn" nicht wieder auf das Staatsschiff, sondern befahl ihnen, eine kleinere Barke zu benützen, die es leichter haben würde, durch die Riffe und Untiefen zu lavieren.

Dann fuhr die Flotte unter den Segenswünschen der Tempel-Priester wieder auf den Yang-tse-kiang hinaus und nahm den Weg in die Stromschnellen. Die Schiffe gingen in Kiellinie: die Generalsdschunke voraus, dann die Barke mit den Mädchen und dem „Sohn", und dann diejenige, an deren Bord Dr. Li und Johannes Barrades standen. Der Rest der Schiffe folgte in weiterem Abstand.

Als die Schnellen begannen und die gelben Wasser in Wirbeln und sich aufbäumenden Wogen zwischen den Felsplatten und Riffen dahinschossen, war es eine Freude, den Steuerkünsten der Staatsbarke zuzusehen. Hier stand der beste Steuermann vom Yang-tse-kiang am Ruder und nahm mit Geschick all die engen Fahrrinnen, kurvte gewandt durch die Felsenschären und gewann immer wieder freies Fahrwasser.

Vielleicht hatte der Steuermann des nachfolgenden Fahrzeugs, auf dem die Mädchen angstvoll geduckt kauerten, zu sehr auf die Künste seines Vorläufers und zu wenig auf die eigenen geachtet, jedenfalls geschah nun ganz plötzlich das Unglück. Die kleinere Barke lief krachend auf eine Felsplatte auf, hing fest und begann zu sinken. Ein Schrei flatterte von dem verlorenen Schifflein herüber. Die gesamte nachfolgende Flotte hatte gesehen, was passiert war, und alles schien wie gelähmt.

Niemand schien bereit, auch nur das geringste für die sinkende Barke und deren Insassen zu tun. Es ging um Minuten!

Da sprang Dr. Li an das Steuer seines Schiffes, stieß den völlig verdatterten Piloten beiseite und übernahm das Kommando.

Mit seinem kühn geschnittenen Antlitz, von windzerzausten Haupt- und Barthaaren umflattert, stand er auf dem Heck und dirigierte die Barke mit einigen gewagten Ruderbewegungen aus der reißenden Fahrrinne in das Stillwasser, das in der Biegung der Platte zurückfloß und einen kleinen Teich bildete.

Das Manöver gelang, die über den Felsen herankriechenden Mädchen, der „Sohn" und die Besatzung konnten gerettet werden, bevor die gescheiterte Barke endgültig von den Fluten losgerissen wurde und wirbelnd versank.

Aber noch waren die Stromschnellen nicht überstanden.

Kurz vor dem Ende der Enge, als Dr. Li längst das Steuer wieder an den Piloten abgegeben hatte, erlaubte sich auch dieser einen Fehler. Er hatte eine unter Wasser aufsteigende Felsbarriere übersehen, obschon sich an dieser die schäumenden Wasser mit weißen Kronen brachen, und riß im letzten Moment das Schiff so stark herum und in die Strömung zurück, daß die Barke sich sehr schief legte und einen gefährlichen Ruck machte. Dr. Li und Johannes Barrades, die eben oben auf dem Heck und dicht an der niederen Reling gestanden hatten, verloren das Gleichgewicht und stürzten in die wirbelnden Fluten.

Der „Gelbe Drache" verschlang sie beide sogleich. Ihre schweren Gewänder zogen sie in die Tiefe – und keiner von ihnen war Schwimmer. Das war eine Disziplin, die in den Jesuitenkollegs nicht gelehrt wurde.

Dr. Li fühlte, wie er versank, wie die gelbgrauen Wasserstürze ihn überdeckten und eine Urgewalt ihn hinabriß. Jetzt war alles zu Ende. Alle Anstrengungen und Entbehrungen waren umsonst gewesen, er konnte die Aufgabe der „Societas" nicht mehr erfüllen und China für den einzig wahren Glauben gewinnen. Trotzdem aber wußte er mit einer großen, fast mystischen Sicherheit, daß ihm nichts Böses geschehen konnte, solange diese Aufgabe nicht zu Ende gebracht sei.

Im halben Dunkel der gelbgrauen Schleier griff er um sich. Da glitt ein von der Barke herabhängendes Tau zwischen seine Hände, als habe sein Engel es ihm zugeworfen. Er hielt sich fest, zog sich empor, tauchte auf.

Sie zerrten ihn an Bord. Sein erstes Wort galt dem Gefährten Johannes Barrades. Doch dieser kehrte nie mehr zurück. Der Yang-tsekiang behielt ihn für sich.

10

In der nächsten größeren Stadt, nun schon in der freien Ebene, die Meile um Meile dem Meere entgegenlief, legte die Flotte an.

Generalissimus Shih-Hsing hatte genug von der Schiffahrt. Er stieg aus und begab sich sofort zum Gouverneurspalast, wo man ihn als geehrten Gast empfing.

Noch einmal sprach er zu Dr. Li, dem er für die Rettung seiner Frauen und seines „Sohnes" dankte. Auch er versicherte, für Zeit und Ewigkeit ein Freund des Paters zu bleiben. Nun war also doch noch eine engere Beziehung zu dem Fettgebirge entstanden, der hohe Herr Kriegsminister würde dem Pater die Wege nach Peking ebnen.

Alles hatte sich zum Guten gewendet. So dachte Dr. Li.

Aber Herr Shih-Hsing war Chinese, Eunuch noch dazu.

Außen war alles Lächeln, innen alles Gedanke. Er hatte schon auf der Schiffsreise, je mehr man nach Norden gekommen war, allerhand politische Gedanken gewälzt.

Er wäre eben kein Minister, hätte er Gefühlen wie Dankbarkeit oder Redensarten, die wie Versprechen klangen, praktischen Raum bei seinen Entscheidungen eingeräumt. Ein guter Minister mußte Menschen benützen und wegwerfen können, sonst taugte er nichts.

Er gehörte der Politik, nicht den Menschen; die Unerschütterlichkeit seiner Position war wichtiger als die Beziehung zu irgendeinem Bekannten, mit dem er nicht einmal verwandt war.

Ein Fremder – trotz Korallenknopf und Brustschild –, ein Jesuit, den man auf seine Nützlichkeit hin geprüft hatte und den man nicht mehr unbedingt brauchte, das war Dr. Li. Es war nicht gut, in Begleitung eines Fremden in Peking zu erscheinen. Noch immer bestand der Befehl des Himmelssohnes hinsichtlich der Fremden.

Seine Feinde am Hof – und auch deren gab es genug, und sie hatten ihn schon einmal aus dem Amt befördert – würden einen derartigen Fehler nicht ungenützt lassen. Was er wissen wollte, hatte er von Dr. Li erfahren. Das Waffengeschäft würde auch ohne Dr. Li ablaufen. Die Macaoleute waren an Geld, nicht an irgendeinem Vertreter ihrer Anliegen interessiert. Wahrscheinlich war alles auch über Herrn Ch'ü abzuwickeln. Generalissimus Shih-Hsing hatte längst beschlossen, Dr. Li nicht nach Peking – nicht einmal in die Außenstadt – mitzunehmen.

Er würde von hier aus mit der Sänfte und in der Kutsche reisen und nie mehr eine Dschunke betreten.

Am Tage bevor er ohne Abschied nach Norden abreiste, ließ er durch einen Adjutanten dem fremden Mann aus Macao sagen: er wäre gerne bereit, Dr. Li samt allem Gepäck durch seine kleine Barke nach Nanking befördern zu lassen. Dort konnte er Oberst Hsü-Ta-jen besuchen. Ein entsprechender Geleitbrief wurde übergeben.

Und damit war alles aus. Die Pekingreise würde in Nanking enden.

Am 31. Mai 1595 landete die Barke mit Dr. Li im Hafen von Nanking.

Die Soldaten und Diener, die Generalissimus Shi-Hsing dem fremden Pater mitgegeben hatte, behandelten ihn mit größter Ehrerbietung. Sie sprachen ihn nur mit „Eure Herrlichkeit“ an, manche nahten sich sogar im Kotau.

Das war in China selbst für Mandarine vom hohen Rang Dr. Lis nicht üblich, sondern es entsprach Ehrungen, die im allgemeinen nur Gouverneure, Staatssekretäre oder beim Militär Generäle beanspruchen durften.

Deshalb wiegte sich Dr. Li, der schon wieder dabei war, seine Enttäuschung über das unzuverlässige Verhalten des Kriegsministers zu verdrängen, in dem Irrglauben, jetzt sei er wohl endgültig von den Chinesen akzeptiert und habe wenigstens erreicht, in die Oberschicht aufgenommen zu sein. Von dort würde der Weg weiterführen. Schließlich war ja auch der Militärgouverneur von Nanking, als der zweitgrößten Metropole des Reichs, Herr Hsü-Ta-jen, eine sehr wichtige Person. Und Herr Hsü-Ta-jen war Dr. Lis eingeschworener Freund.

Er ließ also sein Gepäck mit der gesamten Ausrüstung an Instrumenten, Büchern und Geschenken an Land bringen und durch den Offizier, der ihm beigegeben war, ein Quartier besorgen. Dann verabschiedete er die Generalsbarke und begab sich in die Stadt.

Der Offizier hatte Dr. Li in einem hübschen Vorstadthaus, das inmitten eines Parks lag, untergebracht. Der Besitzer war ein Arzt, der sich freute, daß ein so hoher Mandarin bei ihm wohnen würde.

Als jedoch Dr. Li über den Parkweg auf das pavillonartige Haus zuging, stürzte ihm ein alter Herr mit flatternden Gewändern entgegen und schien sehr aufgeregt, als er diesen eigenartigen Mandarin und Logiergast sah.

Der Mann, der da in Purpur und Gold vor ihm stand, der eine

mitraähnliche Mandarinsmütze mit dem geblümten Korallenknopf und das Brustschild des Pfauen trug, besaß einen üppigen Vollbart, hatte große runde Augen in einem hageren und fremdartigen Gesicht, aus dem eine für chinesische Begriffe unanständig lange Nase hervorstieß, und dieser Mensch war ein Fremder. Der alte Arzt machte bei aller Höflichkeit, deren er sich befleißigte, aus seinem Entsetzen kein Hehl.

Mit vielen gewundenen Worten erklärte er Dr. Li, daß er nicht geahnt habe, daß der hohe Mandarin, den der Offizier angekündigt habe, ein Europäer sei. Nanking aber sei eine sehr fremdenfeindliche Stadt, die vom „Östlichen Wald" beherrscht werde. Man würde ihn steinigen, wenn er einen Fremden in sein Haus aufnähme.

Das war kein gutes Vorzeichen.

Dr. Li zeigte sein Dokument vor, das ihm Generalissimus Shi-Hsing freundlicherweise ausgestellt hatte und das ihm den Aufenthalt in Nanking erlaubte. Auch sagte er dem alten Arzt, er würde nicht lange bleiben und alsbald in das Haus seines guten Freundes Hsü-Ta-jen umziehen.

Als er den Namen Hsü-Ta-jen genannt hatte, ging es wie ein Leuchten der Erleichterung über das Gesicht des alten Herrn.

„Das ist sehr gut, Eure Herrlichkeit. Herr Hsü-Ta-jen ist nicht nur der Befehlshaber der Garnison, sondern auch Polizeichef von Nanking, ein sehr verdientes Mitglied des ‚Östlichen Waldes'!"

Dr. Li sollte mit seiner Ankündigung, daß er nicht lange bleiben würde, freilich in einem anderen Sinne, als er dachte, recht behalten.

Er ging zum nächsten Sänften-Taxistand, um sogleich Herrn Hsü-Ta-jen aufzusuchen, wobei er vorsichtshalber einige „Geschenke" mitnahm.

Nanking war eine riesige, aber auch schöne Stadt.

Die starken Befestigungen, Kanonentore und Ringwälle reichten bis dicht an die Ufer des hier meilenbreiten Yan-tse-kiang, und man sah an den klafterhohen Lehmstrichen dieser dicken Mauern, daß diese zugleich die Funktion eines Hochwasserdammes gegenüber dem gewaltigen Strom ausübten. Es gab in Nanking, das sich immer noch „Hauptstadt des Südens" nannte, drei solcher Mauerringe, wobei der erste, den Dr. Li soeben durch ein ungeheueres Torwerk passierte, nur die Vorstädte mit ihren Parks, Seen und Waldgruppen umgab. Als er den Sänftenkuli nach dem Umfang dieser Mauer befragte, antwortete dieser: „Eines Tages haben sich bei Sonnenaufgang zwei Reiter von diesem Tor aus in entgegengesetzten Richtungen in Bewegung gesetzt, um die Stadt zu umkreisen. Sie haben sich erst bei Sonnenuntergang getroffen. Die Mauer hat demnach einen Umfang von zwei Tagesritten!"

Diese Geschichte mochte stimmen; denn so weit Dr. Li auch sehen konnte, liefen die Villenviertel, Parkanlagen und die Quartiere mit zusammengeflickten Hütten und zeltähnlichen Behausungen, die aus Lehm, Brettern, Bambus und Stroh gebauten Armenviertel auseinander. Und überall wurden sie in der Ferne von Türmen und Mauerkronen überragt. In der zweiten und eigentlichen Stadt Nanking, die hinter einer noch höheren, von zwölf kanonenbewehrten Torwerken beschützten Stadtmauer lag, drängten sich ummauerte Kangs, Tempelbauten, Pagoden, Kaufhäuser, Ladenketten und Bürgerquartiere, die sich langsam an eine bewaldete Anhöhe heranschoben. Diese bildete offenbar das Herz Nankings; denn sie war abermals von Festungsmauern und Tortürmen umgeben und hatte an den Abhängen nur Parkanlagen, Tempel, Pavillons und Denkmäler, während der „rosenfarbene Wolkenhügel" – wie der Kuli ihn nannte – von einer ungeheueren Palastanlage gekrönt wurde. Hier ragte die berühmte, aus schneeweißem Porzellan erbaute Kaiserpagode empor. Es war der Bezirk des alten Kaiserpalastes, den jedoch die Ming vor etwa zweihundert Jahren verlassen hatten, um nach Peking umzuziehen.

Die Sänftenträger wußten genau, wo Herr Hsü-Ta-jen zu finden war. Sie brachten Dr. Li an einen kasernenartigen Festungsbau, der hinter altersschwarzen Mauern lag und sehr unfreundlich aussah. Das war die Stadtkommandantur und zugleich das Präsidium der Polizei. Dr. Li fragte sich zu Herrn Hsü-Ta-jen durch und wurde untertänig, aber zugleich mit offenbarem Erstaunen zu ihm gebracht.

Herr Hsü-Ta-jen, der sich noch vor kurzem als der lebenslange Freund und Gönner Dr. Lis bezeichnet hatte, empfing ihn stehend in einem schlichten Arbeitsraum. Er benahm sich sehr kühl und bot Dr. Li erst nach Übergabe der Geschenke einen Platz an. Aber sogar jetzt verhielt er sich unhöflich und grob.

„Sie, Verehrter, haben mir keinen sehr großen Gefallen getan, als Ihnen die Idee kam, mich hier zu besuchen! Was fällt Ihnen ein, nach Nanking, ausgerechnet nach Nanking zu kommen! Keine Stadt ist fremdenfeindlicher als diese hier. Man hat hier weder die Mongolentage noch die Überfälle der japanischen Piraten vergessen. Auch die Brandschatzungen der Holländer an der Küste und im Binnenland sind in sehr frischer Erinnerung. Und da wagen Sie es, nach Nanking zu kommen?! Kennen Sie nicht den Befehl des Himmelssohnes, der es Fremden überhaupt untersagt, chinesischen Boden zu betreten?!"

Dr. Li war ebenso erstaunt über diesen Empfang wie erschreckt von der Veränderung, die mit seinem „lebenslangen Freund" Hsü vor sich gegangen war. Doch dieser erklärte sich selbst: „Das ist kein leichtes Pflaster für einen Militärgouverneur, mein Lieber! Sie kennen ja die Mißachtung der Chinesen für das Militär, sogar für höhere Offiziere. Wer sich in dieser Stadt gegen den ‚Östlichen Wald' stellt, steht auf verlorenem Posten, selbst wenn er Befehlshaber ist. Die Kaufleute und Mandarine geben hier den Ton an. Ich kann es mir nicht leisten, einen kaiserlichen Befehl zu mißachten und einen Fremden zu empfangen!"

Dr. Li überreichte sein Dokument, das ihm der Kriegsminister ausgestellt hatte. Aber Herr Hsü-Ta-jen wies das Papier verächtlich zurück, ohne es zu lesen.

„Glauben Sie etwa, Geehrter, daß mir dieser Fettkloß von Eunuchengeneral helfen würde, wenn hier etwas passiert?! Der kümmert sich nur um sich selbst und seine Weiber, mit denen er nichts anfangen kann, und gibt große Sprüche von sich, wie er die Japaner besiegen wird! Diesen Wisch dürfen Sie ruhig in die Gosse werfen, er ist das Papier nicht wert, auf das er geschrieben ist!

Es tut mir leid oder nicht, Sie müssen Nanking sofort verlassen!"

Dr. Li entfernte sich, da er einsah, daß mit diesem Herrn kaum ein Handel zu schließen war. Er kehrte zu seinem Quartiergeber, dem Arzt, zurück.

Er war sehr bedrückt, einsehen zu müssen, daß sich abermals all seine Hoffnungen zerschlagen hatten. In China wechselte der Wind offenbar rascher als sonstwo, und auf die Freundlichkeiten der Oberschicht war nicht zu bauen.

Er hatte sich täuschen lassen, als er meinte, nun endlich den echten Anschluß an die große und einflußreiche Gesellschaft gefunden zu haben. Sein Weg nach Peking war nicht einmal nach Nanking gegangen. Von seiner Mission her betrachtet, stand er wieder dort, wo er schon in Shiu-hing gestanden hatte: kurz vor dem Hinauswurf. Doch war es nicht Dr. Lis Art, irgend etwas, das er sich vorgenommen hatte, vorzeitig aufzugeben und sich sofort jeder Mißhelligkeit zu beugen. Noch hoffte er auf eine Wende.

So ließ er einige Tage, ja Wochen verstreichen, in denen er sich ruhig verhielt und das Arzthaus so wenig wie möglich verließ, um dann noch einmal einen Versuch bei seinem eigenartigen „Freund" Hsü zu machen. In dieser Wartezeit unterhielt er sich sehr interessant mit dem alten Arzt, sprach mit ihm sowohl über chinesische wie europäische Medizin, ließ sich sogar gegen sein gelegentlich auftretendes Rheuma akupunktieren, was erstaunlicherweise auch sehr gut half, und brachte das Gespräch dann auf philosophische, literarische und schließlich religiöse Fragen. Bei dem alten Herrn fand er überraschenderweise recht viel Verständnis und schließlich auch Sympathie; denn der Arzt war längst zu dem Schluß gekommen, daß hinter all dem Unsinn von Alchimie, physiologischer und anatomischer Betrachtungsweise des Lebens und Todes eine höhere Kraft, ja ein lenkender und gesetzgebender Geist stünde, den man sehr wohl als „den Gott überhaupt" bezeichnen konnte. Die Auffassung der Christen von Welt, Mensch und Gott schien ihm überlegenswert.

Er war es, der Dr. Li vor einem weiteren Besuch bei Oberst Hsü warnte. „Eure Herrlichkeit", sagte er, „Sie müssen die Situation dieses sehr hohen Offiziers verstehen: Sie brüskieren ihn mit Ihrem Besuch. Man wird ihn für einen Fremdenfreund halten, was in Nanking beinah tödlich sein kann. Und Oberst Hsü ist doch ein eifriges Mitglied jenes Geheimbundes, der nicht so geheim ist, daß nicht jedermann wüßte, halb Nanking und vor allem die maßgeblichen Leute gehören dazu!"

Trotzdem versuchte es Dr. Li noch einmal im Militärgouvernement.

Herr Hsü ließ ihn jedoch zuerst festnehmen und dann hinauswerfen. Er bedeutete ihm, daß er innerhalb von 24 Stunden die Stadt zu verlassen habe.

Als Dr. Li sehr bedrückt nach Hause kam und sein Quartier aufsuchen wollte, fand er den alten Arzt vor, der stöhnend im Bett lag. Polizei war hier gewesen und hatte ihn, als Quartiergeber eines „fremden Teufels", mit Bambusstöcken verprügelt. Er kündigte Dr. Li die Zimmer und bat ihn, das Haus so bald wie möglich zu verlassen.

Doch er war trotz der Schmerzen, die von seiner Rückseite ausgingen, immerhin noch im Kopf so klar und im Herzen so anständig, daß er dem Pater eine Adresse gab, wo er bleiben konnte. Er sagte, daß sein Studienkamerad Wang-Chi-tou in der bekannten „Gelehrtenstadt" Nan-shan als Arzt praktiziere und dort den Ruf genieße, einer der bedeutendsten Mediziner zu sein. Dr. Li möge nach Nan-shan reisen, dort sei man toleranter und gescheiter als in diesem verfluchten Nanking.

In Nanking lebten schon zu viele Menschen auf einem Haufen. Sie hatten aufgehört, Menschen zu sein und waren Ameisen geworden, bösartige, giftspritzende Ameisen.

Der alte Arzt weinte. Es war jedoch nicht seines Rückens wegen, sondern wegen der Würde, die man geschlagen hatte. Ein Leben lang hatte er den Menschen geholfen, und nun hatte er alles Gesicht verloren.

Dr. Li mietete schon am folgenden Morgen ein Boot, fuhr den Yang-tse-kiang abwärts und ging in Nan-shan an Land.

Nan-shan war eine Universitäts- und Gelehrtenstadt, zugleich der bekannteste Kurort der Provinz Kiang-si, sie war weitläufig inmitten von Gärten, Kanälen und Flußadern des Yang-tse-kiang erbaut und hatte mit ihren vielen geschwungenen Brücken und Inselchen eine gewisse Ähnlichkeit mit Venedig. Die Stadt gefiel Doktor Li schon auf Anhieb. Er suchte den Arzt Wang-Chi-tou auf, zeigte seine Empfehlung vor und wurde freudig empfangen.

11

In Nan-shan spielte die Politik nur eine nebensächliche Rolle. Hier beschäftigte sich alles, was Rang und Namen hatte, mit Wissenschaft, Kunst und Literatur. Deshalb waren die bedeutendsten

Gelehrten und Schriftsteller, Dichter, Maler und Kunstfreunde der umliegenden Provinzen Kiang-si, Shan-tung, An-hui und Tschekiang in diesen auch landschaftlich schönen Ort gezogen, der zudem den Vorzug hatte, eine Universität und einige Heilquellen zu besitzen.

Durch seinen neuen Gastfreund Dr. Wang-Chi-tou war Dr. Li sogleich in die große Gesellschaft eingeführt worden. Der Doktor kannte bereits die berühmte Weltkarte und war selig, als ihm Doktor Li eines seiner Prismengläser schenkte.

In Nan-shan wurde der Pater zum ersten Male auch mit der chinesischen Malerei und Keramik näher bekannt. Er sah die Sammlungen der großen Naturalisten der Ming-Epoche: die Landschaftsbilder des Wang-Mien, des Hia-Tschou oder des Hie-Schi-tschen; lernte die Werke des Blumenmalers Lin-liang und des Lu-ki, die wunderschönen Frauenbildnisse des T'ang-Yin und die bekannten Bambusbilder des Yao-Kuang-hiao kennen; er wurde einem Freund und Nachlaßverwalter des großen Kalligraphen und Poeten Tscheng-ming vorgestellt und sah in den großen Kangs der Mandarine zum ersten Mal bewußt die wunderbaren Porzellane der Mingzeit: die Drei-Farben-Glasur auf dunkelblauem Grund, das rote Kupferoxyd auf weißem Grund mit dem aus Turkestan eingeführten Kobaltblau und die riesigen Vasen mit überglasiertem Email auf blauem Untergrund.

Die Provinz Kiang-si, in der er ja jetzt war, galt als eine der Hauptstätten des Porzellans.

Dr. Wang besaß eine große Bibliothek, in der neben den üblichen Klassikern auch die neuesten Romane der chinesischen Literatur standen, und Dr. Li las mit Interesse die Bücher „Hao-kin-tschouan" oder „Die Geschichte einer guten Gefährtin" und den Sittenroman „King-p'ing-mei" oder „Pflaumenblüte".

Jetzt entdeckte er auch das chinesische Theater, das mit beinah dem gleichen Aufwand an Prachtgewändern, Kulissen und Theaterdonner über die Bühnen lief wie daheim in Europa die bekannten „Jesuitenopern" und „frommen Spektakel". Dabei erlebte er sogar die Uraufführung des Dramas „Der Päonien-Pavillon" von Tang-Hien-tsu mit und lernte den Dichter kennen. Das Stück war eine der reizvollsten Liebesgeschichten der chinesischen Literatur und bewies dem Pater, daß es auch in China echte Gefühle, zartes Empfinden und eine Art von Liebe gab, die er nur in Europa beheimatet geglaubt hatte.

Am meisten jedoch beeindruckte ihn die chinesische Oper. Er, der Palestrina und Orlando di Lasso gehört und geliebt hatte, war überrascht, hier in Nan-shan einer Musik zu begegnen, die gar nicht weit vom europäischen Tonsystem entfernt war.

Er war bisher der Meinung gewesen, chinesische Musikalität erschöpfe sich in der uralten Fünftonleiter mit den verwaschenen chromatischen Halbtönen, aber sein Mentor, Dr. Wang, erklärte ihm, daß das, was er in der neuen Oper „Si-kuy-ki" vernommen habe, ein „Neutönerstück" sei. Denn eben jetzt erst war mit dem Komponisten Tschu-Tsai-yü ein Mann aufgetreten, der eine achtteilige Tonleiter mit Halbtönen festgelegt habe und diese bei seinen Schöpfungen anwende.

Es waren gute und geistvoll ausgefüllte Tage und Wochen, die Dr. Li in dieser Stadt der Künste und Gelehrsamkeit erlebte. Und sie waren nützlich genug für seine Pläne, die er niemals vergaß.

Denn nun hagelte es Einladungen für den hochgelehrten, ja berühmten Gast des großen Dr. Wang. Der Pater in seinem purpurgoldenen Mandarinsgewand wurde in den Salons der hochgestellten und bekannten Persönlichkeiten herumgereicht. Jetzt nahm man ihn wirklich ernst, hörte ihm zu und diskutierte alle Fragen, die eine Gesellschaft von Wissenschaftlern, Dichtern, Künstlern und Gesellschaftslöwen interessieren konnte.

Über Nan-shan würde er sich einen anderen Pfad nach Peking bahnen, als es der war, den ihm der Generalissimus hätte zeigen sollen. Denn Dr. Li lernte hier ungemein bekannte und bedeutende Männer kennen, deren Beziehungen sogar bis zum Kaiserhof reichten.

Da Nan-shan landschaftlich so reizvoll, eine Kur- und Bäderstadt mit Universität und Theater war, hatte es auch den Rang eines Refugiums für hohe „Pensionisten" angenommen. Hier lebten – mehr oder weniger in Verbannung – die sogenannten „Könige" und „Prinzen" aus Peking. Das waren meist Personen kaiserlichen Geblütes, entfernte Vettern, Oheime oder sogar jüngere Brüder des Himmelssohnes, die in der Hauptstadt unerwünscht waren. Auch die

Familie der Ming hatte – wie etwa der Vizekönig von Kanton – ihre „Vettern vierzehnten" Grades gleich dem Vetter T'sai, und auch in ihrer Großfamilie war es üblich, daß man all diese Vettern und Oheime in guten Positionen unterbrachte. Einige aus diesem Kreise jedoch hatten Eigenschaften, wie etwa politische Begabung, persönlichen Ehrgeiz oder sichtbares Machtstreben, die für den Thron gefährlich werden konnten. Man setzte ihnen großzügige Pensionen aus und schickte sie nach Nan-shan.

Sie waren dort keine „Freigefangenen", wurden nur sehr oberflächlich von der Geheimpolizei überwacht, aber man sah es in Peking auch nicht gerne, wenn die „Könige" und „Prinzen" von Nan-shan auf Reisen gingen. Es war nicht gut für die Regierung, wenn diese Herren sich in Provinzstädten ehren ließen, mit Generälen plauderten oder die Vizekönige aufsuchten.

Es war besser, daß die Herrschaften kaiserlichen Geblütes ein schönes, den Künsten und der Literatur gewidmetes Leben im abgelegenen Nan-shan führten und Ruhe gaben. In Peking konnte es nur einen Himmelssohn geben, der China regierte. Und leider wurde der Himmelssohn seinerseits meist von den Eunuchen regiert.

Dr. Li jedenfalls lernte nun plötzlich eine Menge Leute kennen, die ziemlich genau über Peking, den Kaiserhof und den Himmelssohn selber Bescheid wußten. Nan-shan war für ihn sehr nützlich. Wieder einmal stand er vor einem verschlossenen Tor, das er aufbrechen mußte, um zum Ziele zu gelangen. Aber er hatte nun wenigstens das Tor gefunden, wenngleich es noch nicht geöffnet war.

Alles kam darauf an, sich in dieser ausgezeichneten und gewichtigen Gesellschaft fest zu etablieren und deren unbegrenzte Hochachtung, als Vorstufe für politische Hilfe, zu gewinnen.

Seine Weltkarte und sein Atlaswerk waren ebenso wie seine Prismen, die Pendeluhr und die Einrichtung einer vertikalen Sonnenuhr bald allgemein bekannt. Als Dr. Li an der Mauer des Universitätsgebäudes eine neue Sonnenuhr angebracht hatte, beschriftete er sie mit chinesischen Zeichen und setzte den Spruch darunter:

„Stein und Stilus und Linien nützen nichts, wenn die Sonne nicht scheint.

So nützen gute Gesetze und Ratschläge nichts, wenn nicht göttliche Wirksamkeit ihnen Hilfe verleiht!"

Das waren wieder sehr geschickte Anspielungen, die sich auf die Sozialethik des Meisters Kung-fu-tse bezogen, sie zwar anerkannten, aber durch den Gottesgedanken überhöhten. Das Motto machte viele nachdenklich und lenkte ihre Bestrebungen aufs Religiöse hin.

Nach der gleichen Methode verfuhr Dr. Li auch in den zahllosen Diskussionen, die sich bei den Einladungen, Mandarinsessen und Gesellschaften ergaben. Immer ging er von der chinesischen Philosophie und Literatur aus, um vorsichtig in eine christliche Gedankenwelt hinüberzuleiten. In Nan-shan brachte er auch, infolge des zunehmenden Interesses der hochgebildeten Gesellschaft an religiösen Fragen, zum ersten Mal seinen „Katechismus auf Chinesisch" in vielen Abschriften in Umlauf, und man fand dieses Buch allgemein für stilistisch hervorragend, philosophisch gut unterbaut und von klassischem Gewicht. Doch der wirkliche Star der Universitätsstadt wurde Dr. Li erst durch eine Art Taschenspielertrick, wie er nur einem Genie wie ihm möglich war.

Er setzte sein „absolutes Gedächtnis" ein.

Dr. Li hatte lange schon ein Phänomen beobachtet, das China mit Europa gemein hatte: die Beurteilung des Bildungsstandes von anderen nach der Qualität ihres Gedächtnisses. Chinesische Studenten mußten ganze Bücher auswendig lernen, um ihre Prüfungen zu bestehen. Wer am leichtesten, raschesten und korrektesten zitieren konnte, war der große Mann.

Wissen war also Stoffsammlung, es glich dem langsamen Auffüllen einer Flasche, in die man Tropfen um Tropfen kostbare Fakten hineingoß.

Der gute Student hatte eine Menge Bildungsgüter aufzunehmen, wobei man dann häufig darauf vergaß, auch zu überprüfen, ob dieser Student es verstand, aus Bildungsgütern Bildungswerte zu machen, das heißt das rein materielle Wissen in geistige Bezüge und Systeme zu verwandeln.

Eine Bibliothek von tausend Büchern erschien besser als eine von nur fünfhundert, wobei nicht danach gefragt war, ob man damit auch umgehen konnte.

Waren die Professoren nicht selbst solche Bildungsautomaten? Beamte der Wissenschaft, denen es aufgetragen war, möglichst viel Stoff und Fakten in sich hineinzufressen, um dieses Hineingefressene dann, am Katheder stehend, wie Reiher auszuspeien, was sie dann Vorlesung oder Lehre nannten. Die Studenten hatten das Ausgespieene gehorsam aufzupicken und bei der Prüfung abermals auszuspeien.

Nur wenige waren es, denen es mehr auf das Erfassen der Zusammenhänge oder auf das Neudurchdenken, die schöpferische Weiterentwicklung des Wissens ankam. Und da sie selber nur Gedächtnismaschinen waren, wollten sie auch andere dazu erziehen. Sie beurteilten alles nach der Merkfähigkeit und hielten das für das letzte Kriterium der Bildung.

Gerade hier aber wollte Dr. Li sie überzeugen.

Einmal hatte er den Versuch mit der Weltkarte gemacht, indem er die Selbstgefälligkeit und das Überlegenheitsgefühl der chinesischen Oberschicht aufgerüttelt und zugleich erschüttert hatte. Nun würde er sich endgültig an die Spitze setzen, so daß sie ihn hören mußten, indem er all ihre Gedächtniskünste schlug. Er brachte bei einer dieser literarischen Tafelrunden vor sehr erlauchter Gesellschaft die Sprache auf die Wichtigkeit der Merkfähigkeit, die es einem hohen Mandarin, wie etwa ihm selbst, erlaube, so schwierige Bücher wie das „I-king" oder das „Li-ki" auswendig zu lernen.

Ein Professor der Universität versuchte nun einen Test und unterzog Dr. Li unter der Aufmerksamkeit und dann unter dem Beifall der Gesellschaft einer Prüfung. Er gab Dr. Li ein schmales Gedichtbändchen von etwa 500 Schriftzeichen in die Hand und bat ihn, sich dieses Bändchen durchzulesen und zu erproben, wie lange er wohl brauche, um es auswendig zu können.

Der Pater las das Bändchen einmal und dann ein zweites Mal durch.

Dann sagte er alles fehlerlos auf.

Die Mandarine, Professoren, Hoheiten und Gelehrten ringsum hatten atemlos zugehört. Sie klatschten Beifall.

Doch der Professor gab keine Ruhe. Er meinte, wahrscheinlich habe der geehrte Dr. Li dieses Gedichtbändchen von früher her schon gekannt und deshalb sei es ihm so leicht gefallen, es auswendig zu lernen.

„Bitte, hochgelehrter Professor", erwiderte Dr. Li. „Schreiben Sie jetzt und vor allen geehrten Gästen hier irgendwelche 500 Wörter in chinesischen Schriftzeichen auf ein Blatt Papier. Es braucht zwischen den Wörtern keinerlei Zusammenhang zu bestehen, was die Angelegenheit zweifellos sehr erschweren wird. Dann will ich das Experiment noch einmal wiederholen!“

Der alte Herr tat, wie ihm geheißen, und pinselte frisch darauf los, bis er 500 unzusammenhängende Schriftzeichen beisammen hatte. In der Tischrunde wurde kein Laut mehr hörbar, alle starrten Dr. Li gebannt an.

Der überlas diesmal nur ein einziges Mal alles und reichte dem Professor das Blatt zur Kontrolle zurück. Dann sagte er ohne zu stocken die 500 Wörter auf. Und als die Gesellschaft in hellen Jubel ausbrach, was ganz gegen alle guten Sitten verstieß, hier jedoch angebracht schien, winkte Dr. Li ab und sagte: „Und nun, wenn Sie wollen, hoch geehrte Herrlichkeiten, werde ich alles noch einmal, und zwar von hinten aufsagen.“ Was er auch tat. Denn er hatte ein optisches Gedächtnis, das ihm erlaubte, jedes Blatt Papier, das er einmal gelesen hatte, in seinem untrüglichen Gedächtnis zu speichern und auf Wunsch von dort abzulesen.

Seit dem Vorfall hielten ihn selbst die Professoren für ein Weltwunder. Die Universität verlieh ihm den Titel „Sheng-jen“, was soviel wie „Erleuchteter“ bedeutet und den höchsten Ehrentitel darstellt, den Chinas Universitäten einem Gelehrten zu verleihen imstande sind.

Nach chinesischer Tradition, die in den ältesten Klassikern festgehalten ist, wird etwa alle fünfhundert Jahre eine großer Gelehrter, ein Weltlehrer oder Heiliger geboren, der gleich dem Meister Kung-fu-tse die Menschen aufrüttelt und etwas Neues bringt. Ein „Sheng-jen“ ist etwas so Seltenes, daß dieser Titel zum letzten Mal vor vierhundert Jahren dem „Thomas von Aquin“ Chinas, Meister Chu-Hsi, verliehen worden war. Die Ehrenurkunde, die ihm die berühmte Universität von Nan-shan überreichte, zitierte bei seiner Laudatio sinnigerweise den Philosophen und Staatsmann Chu-Hsi.

„Mit Eifer und Reinheit“, hieß es da, „ehren Sie den Herrn des Himmels, dringen aufs Genaueste ein in die Irrtümer der Wissenschaft. Großartig sind Ihre herrlichen Instrumente und Ihre Mathematik, undurchdringlich und weit Ihre Prinzipien und Fundamente. Nichts entfällt Ihrem Gedächtnis . . .“

Und dann kamen die Worte des Chu-Hsi:

„Sie werden Vernunft und Wissen leuchten lassen über China, um den Aberglauben zu beseitigen. Wenn es Männer wie Sie gibt, werden sich die höchsten Staatsgrundsätze entfalten, um die Volksmoral zu heben und China zu erneuern!"

Das klang sehr nach den Programmpunkten des „Östlichen Waldes", aber es war auch beinahe schon ein Bekenntnis zur höheren Stufe des Christentums.

Dr. Li wurde durch diese Ehrung in ganz China berühmt.

Seine „Weltkarte" und sein „Katechismus auf Chinesisch", der unterdessen von der Heiligen Inquisition von Goa als druckfertig erklärt worden war, wurden in zahllosen, sich immer wieder erneuernden Auflagen im ganzen Reich der Mitte verbreitet.

Von jetzt ab waren Arrogranz und Gleichgültigkeit der Oberschicht in dieser Stadt der Gelehrten und Künstler, der Prinzen und Mandarine gegenüber religiösen Dingen gebrochen. Sie kamen in Gruppen und Scharen, baten Dr. Li um religiöse Belehrung, und viele erstrebten die Taufe.

12

Dr. Li war im Juni 1595 nach Nan-shan gekommen.

Im Sommer 1597 – zwei Jahre später also – hatte er von Nanshan aus seinen Ruhm in allen gebildeten Kreisen Chinas verbreitet und war ein „Sheng-jen" geworden. Schon gab es einige buddhistische Tempel, die sein Phantasie-Abbild in die kolossalen Altarbilder ihrer „Himmelsdarstellungen" aufnahmen. Da sah man dann Doktor Li, den erhabenen Sheng-jen, in seiner schwarzen Jesuitenkutte mitten unter all den Bodhisattvas des erhabenen Gautama sitzen: ein Erleuchteter unter Erleuchteten, ein Wiedergeborener unter Wiedergeborenen und einer der Vollendeten.

Ende September, als Nan-shan unter der Hitze stöhnte und die Zeit der Taifune herannahte, lief eine Regierungs-Dschunke, vom Gelben Meer hereinkommend, in den Hafen von Nan-shan ein. Ihr entstieg kein anderer als Herr Ch'ü.

Es mußten sehr wichtige Dinge sein, die Herrn Ch'ü dazu gebracht hatten, sich auf eine gefährliche Seereise von Kanton bis zur Yang-tse-kiang-Mündung einzulassen. Zwar fuhren die chinesischen Schiffe in diesem Teil des Meeres fast stets in Sichtweite der Küste, aber die Meeresbahn führte immerhin durch die sehr schwierige Straße von Fu-kien, zwischen den von Holländern okkupierten Inseln Amoy, Kimoy und Formosa hindurch, und in der Höhe der Riu-kiu-Inseln mußte man sogar mit dem Auftauchen japanischer Seeräuber rechnen. Dazu kam die mit jedem Tage wachsende Taifungefahr. Die Zeit der Äquinoktialstürme war nahe.

Und doch war Herr Ch'ü gekommen.

Er trug jetzt das schwarz-goldene Kleid eines Mandarins vom glatten Korallenknopf mit dem Brustschild des Goldfasans, hatte ein Anrecht auf die Anrede „Euer Exzellenz" und war Visitator der Östlichen Südprovinzen geworden. Der Vizekönig von Kanton war ihm gleichgestellt und sogar ein wenig abhängig von ihm. Er hatte Karriere gemacht.

In der Provinz Kiang-si jedoch, die seinem Amtsbereich nicht mehr unterstand, hatte er nichts zu bestellen.

Warum also kam er von Kanton herauf?!

Er sagte zu Dr. Li, er sei gekommen, um ihm persönlich gratulieren zu können, weil er ein „Sheng-jen" geworden sei. Aber Dr. Li wußte natürlich sofort, daß dies nicht der Wahrheit entsprach. Der Besuch bei Dr. Li war nur ein persönlicher Seitensprung bei einer durchaus politischen Aktion. In Wirklichkeit war Herr Ch'ü unterwegs nach Nanking, wo er mit einem vom Kriegsminister Shih-Hsing beauftragten General wegen neuer Waffenlieferungen verhandeln sollte. In Macao lagen jetzt drei Galeonen, die „Sao Jorge", die „Sao Luiz" und die neugebaute „Sao Theodoro", mit Kanonen und Munition bis zum Schanzdeck vollgestopft vor Anker. Nur die Preise waren gestiegen. Das Geschäft mußte rasch und erfolgreich abgewickelt werden, denn den Herren Viegas und Ch'ü war zu Ohren gekommen, daß dieser ketzerische Pirat Huitzinga neuerdings bereit war, von Formosa direkt nach Nanking oder sogar Tien-tsin zu liefern und – wenn dies wegen der immer noch bestehenden Hafensperre nicht zugelassen würde – die Waffen zu erhöhten Preisen an die Japaner auszuliefern. Huitzinga war weder für die Macaoleute noch für China ein ehrlicher Handelspartner.

Außerdem betrieb er ungeniert Seeraub zum Schaden all seiner Geschäftsfreunde. Es war bekannt geworden, daß er japanische wie chinesische Schiffe auf hoher See gekapert, die Mannschaften ins Meer geworfen und kürzlich sogar eine portugiesische Karracke angegriffen habe. Es war sehr notwendig, daß Herr Ch'ü mit dem General sprach, außerdem konnte er eine so wichtige Provision nur persönlich kassieren.

Für Dr. Li brachte er einen neuen, schwer versiegelten Brief des Paters Visitator Alexander de Valignano und einen anderen, kürzeren des Don Gaspar Viegas mit.

„Was in diesem letzteren steht, Hochehrwürdiger, Eure Herrlichkeit", sagte Herr Ch'ü, dessen Gesicht noch mehr einem geschnitzten Wurzelstock gleichsah und nun sehr zahlreiche Falten zeigte, „das kann ich Ihnen gleich sagen. Sie brauchen ihn gar nicht zu lesen!"

Dann erwähnte er, daß er Don Gaspar das Unsinnige seines Ansinnens wohl ein dutzendmal zu sagen versucht habe. Doch dieser habe darauf bestanden, seine törichten Ratschläge anzubringen. Diese hatten nur einen einzigen Inhalt: Dr. Li müsse sobald wie möglich nach Peking reisen, den Kaiser aufsuchen und diesen endlich dahinbringen, mit Macao einen Handelsvertrag abzuschließen. Sonst würde Huitzinga oder gar ein Engländer einen solchen erzwingen. Diese Ketzer gingen sehr brutal vor und betrieben eine Politik, deren stärkste Argumente Kanonen seien. Auch England lieferte seit neuestem Waffen.

Aber – das sagte Herr Ch'ü – es würde für den Pater ebenso unmöglich sein, Peking auch nur von weitem zu sehen, wie es für Huitzinga oder irgendeinen Engländer nicht möglich war. Am Kaiserhof waren alle Türen verschlossen, daran hatte sich nicht das geringste geändert. Selbst einen „Sheng-jen" würde man hinauswerfen.

Dr. Li antwortete auf diese Reden Herrn Ch'üs überhaupt nicht. Ihm war es heute gleichgültig geworden, was Don Gaspar Viegas für seinen Handel befürchtete oder erstrebte. Der Ausflug mit dem Kriegsminister hatte ihm zu deutlich gezeigt, wie wenig auf dem Umweg über den Waffenhandel oder sonstige Geschäfte bei den hochgestellten Politikern für die Mission zu erreichen war. Er glaubte viel eher daran, daß ihn sein „Sheng-jen"-Titel, seine Zähigkeit und eine der vielen Beziehungen, die er in Nan-shan gewonnen hatte, eines Tages nach Peking führen würden.

Um Don Gaspar, dem Herr Ch'ü sicherlich Bericht geben würde, zu vertrösten, erwähnte er Hoffnungen solcher Art und wies vor allem auf seine engen Freundschaften mit einigen Hoheiten hin. Da gab es einen ehemaligen Vizekönig von Kie-nan, den Prinzen Ch'ien-ch'ai, der ein Katechumene Dr. Lis und sein ganz persönlicher Freund geworden war. Dieser Mann von höchst angenehmen Manieren hatte jahrelang in der innersten Palaststadt des Kaisers gelebt, kannte alle und jeden und trug heute noch das goldgelbe Kleid eines Ming-Verwandten.

Herr Ch'ü, der im ständigen Umgang mit Europäern wohl einen Teil seiner guten Manieren verloren hatte, erlaubte sich laut zu lachen.

„Ach, Dr. Li, Eure Herrlichkeit! Welchen Illusionen geben Sie sich schon wieder hin?! Mögen Sie Prinzen und kaiserliche Vettern so viele kennen als nur angeht, keiner von diesen wird auch nur einen Nagelschoner Ihretwegen riskieren, um Ihnen die Straße nach Peking zu öffnen! Wissen Sie, Hochwürdiger, warum diese Leute in Nan-shan leben? Weil sie in Peking unerwünscht sind! Die werden sich allesamt hüten, das Augenmerk der Hof-Eunuchen auf sich zu lenken, indem sie sich in politische Unternehmungen einlassen. Und ein Vorstoß an den Kaiserhof ist sogar ein hochpolitisches Unterfangen. Begraben Sie, Eure Herrlichkeit, alle Hoffnungen, die Sie auf derartige abgehalfterte Hofschranzen setzen! Prinz hin und König her! Diese Menschen sind alle schon tot. Sie wissen es nur noch nicht."

Dr. Li ließ sich jedoch nicht beirren. Er hoffte ernsthaft auf Prinz Ch'ien-ch'ai.

Um das leidige Thema zu begraben, fragte er Herrn Ch'ü nach persönlichen Dingen.

„Wie geht es Ihrer Gattin Joanna, verehrte Exzellenz?!"

Herrn Ch'üs starre Züge wurden noch starrer. Seine Augenlider schlossen sich fast.

„Es gibt keine Gattin Joanna mehr, Hochwürdiger Sheng-jen! Sie ist samt jenem Knaben, der einstmals mein Sohn gewesen ist, nach Macao davongelaufen!"

„Aber nicht doch, Exzellenz! In Macao lebt Don Gaspar, der Joannas Vater ist. Sie wird ihn vermutlich besuchen?"

„Sie hat ihn besucht. Und Don Gaspar hat sie über Goa nach Lissabon zurückgeschickt. Sie wird nie mehr nach China kommen, und ich will sie auch nicht mehr sehen. Diesen Knaben, der einmal mein Sohn war, hat sie auf einem Schiff mitgenommen."

Dann verabschiedete sich Herr Ch'ü sehr kurz angebunden und ging, um selber sein Schiff zu besteigen und stromauf nach Nanking zu fahren.

Noch immer hielt Dr. Li den schweren Siegelbrief seines Oberen, des ehrwürdigen Paters Visitators, ungeöffnet in Händen. Angesichts des IHS-Siegels der „Societas", von der er so lange schon abgetrennt war, verwandelte sich der große „Sheng-jen" in den bescheidenen Pater Ricci zurück. Er erbrach die Siegel und las voller Begierde.

Wiederum standen die erfreulichen Fakten am Anfang.

Alexander de Valignano beglückwünschte Pater Ricci zu seinen gewaltigen Fortschritten und vor allem zur Erlangung der hohen „Sheng-jen"-Würde. Der Orden war sehr stolz auf seinen getreuen Frontoffizier.

In Anbetracht seiner Verdienste wurde Pater Ricci hiemit und offiziell zum „Oberen aller Chinamissionen" ernannt. Er sollte fürderhin in seinen Entschlüssen und Maßnahmen von keiner übergeordneten Stelle, auch nicht mehr vom Pater Visitator in Goa, abhängig sein. Man hatte eingesehen, daß die richtigen Befehle nur direkt an der Front gegeben werden konnten. Pater Ricci stieg damit in der militärischen Hierarchie der „Societas" sozusagen vom Stabsoffizier zum General auf: zu einem kleinen Abschnittskommandeur freilich nur. Der höhere General saß immer noch in Goa und der Generalissimus lenkte alles von Rom aus.

Das wurde dem Pater sofort klar, als er weiterlas. Alexander de Valignano erteilte ihm zwar keine Befehle, gab ihm jedoch abermals Ratschläge, wie sie der weiterschauende Vorgesetzte dem Rangniedrigeren geben kann.

Er schrieb: „Sie werden zum Erzbischof von China befördert werden, sobald dafür der richtige Zeitpunkt gekommen scheint. Uns will dünken, dies sei dann der Fall, wenn Sie Peking erreicht und mit dem Kaiser gesprochen haben.

Es ist viel geschehen, seit ich Ihnen zuletzt Bericht über die Gesamtlage gegeben habe.

Die katholische Sache hat weitere Positionen eingebüßt. In England hat man die Hoffnung der Kirche, die katholische Königin Maria Stuart, enthauptet und damit die Krone der protestantischen Königin Elizabeth, der Tochter Heinrichs des Abtrünnigen, wohl für lange Zeit gefestigt. England strebt seitdem mit Macht als Führungskraft der Reformation empor. Seine Flotte wächst, die Meere beginnen englisch zu werden. Schon beherrschen englische Piraten und Kaperschiffe den Atlantik und haben den katholischen Spaniern die Karibische See mit all ihren Inseln entwunden. Keine der Gold- und Silberflotten Spaniens, die das Geld bringen sollen, das wir für den weltweiten Kampf der Gegenreformation brauchen, kann den Atlantik ungeschoren überqueren. Bald werden die spanischen und auch die portugiesischen Schiffe von der See verschwunden sein.

Wie vorauszusehen war, greift England – und mit ihm das im Protestantismus verbündete Holland – nach den Kontinenten der Erde. In England und in Holland sollen Handelskompanien für den Ostindien-Handel gegründet werden.

Was wird in nächster Zukunft mit Goa, mit Malakka und mit Macao geschehen, wenn die Protestanten erst einmal in Indien, auf Ceylon und dann vor den Toren Chinas sitzen? Wir können uns nur noch auf das dahinsiechende Spanien und das kleine Portugal stützen. Denn sogar das katholische Frankreich ist dabei, aus der Front der Gegenreformation auszuscheiden. Vor wenigen Jahren ist dort auf den katholischen Guisenkönig Heinrich III. von Valois der Hugenotte Heinrich IV. von Bourbon gefolgt. Er wird zwar nicht fähig sein, das katholische Volk Frankreichs auf die andere Seite zu führen, aber er wird es auch nicht für den Papst und die Kirche ins Feld rücken lassen. Wir müssen auf Frankreich verzichten.

Das Heilige Römische Reich der Deutschen aber hat sich endgültig in ein Gewirr von protestantischen und katholischen Fürstentümern aufgeteilt und ist keine Macht mehr, die der Kirche zu Hilfe kommen kann. Es steht vor dem Bürgerkrieg.

Pater: die ‚Societas‘ ist beinah allein! Sie steht und fällt mit dem Kampfgeist und der Anstrengung, die seine einzelnen Mitglieder zu leisten imstande sind.

Auf Sie, Pater Ricci, nicht auf Deutschland, Frankreich oder Italien kommt es im Fernen Osten an! Sehen Sie zu, daß Sie nach Peking kommen, den Kaiser gewinnen und hier einen letzten Damm aufrichten, bevor die Welt in tausend Sekten auseinanderfällt und protestantisch wird.

Noch ein anderer Riese, der nicht katholisch ist und sich früh schon vom Mutterleibe der Kirche losgerissen hat, naht mit tapsenden, aber weit ausgreifenden Schritten den Pforten Chinas. Er wird daran rütteln, wenn Sie nicht bis dahin ein katholisches Schloß eingebaut haben. Es ist Rußland, das finstere Zarenreich, das seit einigen Jahren – wie jetzt erst bekannt und im Westen völlig gleichmütig hingenommen wird – das Uralgebirge überquert und die Eroberung von Sibirien begonnen hat.

Nehmen Sie eine Ihrer Weltkarten zur Hand, Pater Ricci, und schauen Sie sich an, wohin die Straße führen wird! Zum Amurstrom und zum freien Meer des Ostens. Und dort liegt China, eingeklemmt zwischen Japaner, europäische Seeräuber und nun auch Rußland. Alle aber, die sich China nahen, sind Nicht-Katholiken und werden dereinst unsere Todfeinde sein. Wollen Sie, daß die 70 Millionen Chinesen zu ihnen stoßen?!

Darum rufe ich Sie noch einmal auf, ja ich flehe darum: brechen Sie auf in diese Stadt Peking und dringen Sie zum Kaiser vor! Koste es, was es wolle: China muß katholisch werden und es muß es bald werden, sonst ist alles verloren.

Gott wird Sie führen, Pater Ricci! Sie sind jetzt der allein verantwortliche Obere der Mission in China: erobern Sie das Reich und das Volk, das Gott Ihnen geschenkt hat. Die ganze ‚Societas' betet für Sie!"

Nach Peking! Nach Peking! das war der Ruf, in dem alles zusammenfloß. Die Zeit war gekommen, in der das letzte und größte der Wagnisse reifte.

Pater Ricci würde, wenn es nicht anders sein konnte, zu Fuß nach Peking laufen oder kriechen, wenn er nicht mehr gehen konnte. Es würde nichts geben, ihn aufzuhalten. Hatte Gott ihn bis hierher geführt, so würde er ihn auch noch nach Peking geleiten! Er beschloß sogleich, alle Hebel in Bewegung zu setzen, die Reise nach Peking in Gang zu bringen. – Noch wußte er nicht wie, er wußte nur: daß.

13

Joanna und der „kleine Herr Ch'ü", der nun ein kräftiger Junge von über zehn Jahren war, hatten die Flucht aus dem Kang zu Nam-yang auf abenteuerliche Weise geschafft.

Obschon sie beide schon seit langem von nichts anderem träumten, als herauszukommen aus dieser Gefangenschaft des goldenen Käfigs, war doch sehr lange Zeit vergangen, bis sich ihnen eine Gelegenheit dazu bot.

Für eine Frau und ein Kind war es beinah unmöglich, aus einem chinesischen Kang auch nur unbemerkt auf die Straße zu gelangen. Der Kang war wie alle vornehmen Besitzungen ummauert und bewacht. Als Nebenfrau des großen Herrn Ch'ü konnte Joanna kaum jemals allein sein. In diesem Hause war niemand allein und jeder für sich. Joanna war die Einsamste von allen. Sie hatte nur ihren kleinen, etwas gelbgesichtigen Ch'ü, dessen Backenknochen nun immer mehr hervortraten und der zwar nach europäischen Begriffen recht apart aussah in seiner leisen Mischung aus Ost und West, aber eben doch sofort als Halbblut erkennbar war.

Der große Ch'ü hatte sie seit langem mehr oder weniger verlassen, war viel auf Geschäfts- oder Dienstreisen oder bei seinen Mädchen, von denen er einige neue als Dienerinnen in sein erlesenes Haus aufgenommen hatte. Obschon er reichlich mit jener Art Liebe gesegnet war, die er wohl immer gewollt hatte, tat dies seiner Eifersucht keinen Abbruch.

Natürlich reizte ihn diese fett und unattraktiv gewordene Frau nicht mehr. Seit sie angefangen hatte zu keifen, Konfekt zu essen und von Religion zu reden, war sie ihm sogar lästig geworden. Er hätte Pi-shan viel lieber gehabt.

Aber es genügte ja wohl, daß er diese Joanna einmal vor Jahren beinahe geliebt hatte, um sie ihm in einer an Zwangsvorstellung grenzenden Weise als sein Besitz erscheinen zu lassen, den er nur unter starkem Gesichtsverlust aufgeben konnte. An eine Verbindung mit einem anderen Mann war überhaupt nicht zu denken. Was einem Herrn Ch'ü einmal in sehr tiefem Sinne gehört hatte, durfte niemals ein anderer nehmen; eine angetraute Nebenfrau, die ihm seinen Erstgeborenen geschenkt hatte, konnte schon um des Erben wegen nicht mehr das Bett eines fremden Mannes teilen. So etwas hätte der gesamten Familie Schande bereitet.

Doch an ein Ausbrechen Joannas in dieser Richtung war bei der strengen Ordnung des Kangs nicht zu denken. Es war nicht einmal notwendig, dieser Exotin die Füße zu schnüren, damit sie nicht weglaufen konnte. Das hätte in ihrem Alter sowieso nichts mehr genutzt und sie nur noch bockiger gemacht.

Joanna wurde zwar nicht mehr geliebt und nicht einmal begehrt, aber sie wurde sozusagen als Relikt der Vergangenheit wie eine gepreßte Blume im Harem aufbewahrt und würde aufbewahrt werden, bis sie so alt wie die Ha-num war. Vielleicht konnte sie sogar dieses ehrenvolle und sehr unterhaltsame Amt mit den Jahren erlangen.

Herr Ch'ü kam kaum mehr zu ihr. Er hatte nur wenig Zeit, und wenn er kam, dann wollte er seinen Erstgeborenen, diesen „Fremden", sehen, den keiner im Kang mochte.

Ein seltsamer Junge war der „kleine Herr Ch'ü". Man spürte auf Schritt und Tritt den Fremden an ihm. Schon dieses unchinesische Aussehen und die Unverfrorenheit, mit der er in Gegenwart seines erlauchten Herrn Vaters Portugiesisch anstatt Chinesisch sprach, stießen ein wenig ab. Daß er nach europäischer Manier eingekleidet wurde, hatte Herr Ch'ü auf Anraten seiner Mutter, der Ha-num, unterbunden. Die Pluderhosen, das Samtwams und die gestärkte Goletta, die Joanna hatte für ihn anfertigen lassen, wurden von den anderen Frauen fortgenommen und durch anständige chinesische Gewänder ersetzt. Doch sogar diese trug der Junge, als wäre er nur ein verkleideter Portugiese.

Sein Benehmen sprach allen guten Manieren Hohn: er war schon als Knäblein besonders wild und ausgelassen gewesen. Je älter er geworden war, um so mehr erwies sich, daß er den Trotz, das Selbstbewußtsein und die Starrköpfigkeit seiner Mutter geerbt hatte. Sogar eigenen Willen entwickelte er in Gegenwart seines ehrenwerten Herrn Vaters – schlimmer konnte es kaum noch kommen.

Da war dieser sehr liebe und geehrte „ganz kleine Herr Ch'ü" von ganz anderem Format: still, diszipliniert, unterwürfig und dabei ungemein klug, war er der Liebling des gesamten Kangs geworden und übertraf den anderen „kleinen Herrn Ch'ü" in fast allen Tugenden, auf die es ankam. Der „ganz kleine“ konnte wunderschön malen, schrieb eine kalligraphische Schrift, tanzte und sang gehorsam, was ihm die Frauen beibrachten. Seine Spiele im Park waren nicht so lärmend und kampfbetont wie die des „Fremden“; er hielt sich etwa kleine Singvögel an feinen Fäden, die er ihnen um die Beine band und fliegend hinter sich herzog. Der „Fremde“ hatte sich ein Holzschwert gemacht und führte wie ein gemeiner Soldat Scheinkämpfe mit den Bäumen auf und erschreckte die Mädchen.

Manchmal überlegte Herr Ch'ü, ob er nicht besser die Nebenfrau aus Szechuan im Rang erheben sollte, damit der „ganz kleine Herr Ch'ü“ zum Erben würde und der „Fremde“ damit zum „Vetter ersten Grades“ herabgedrückt würde. Aber er hatte noch immer eine gewisse Scheu vor Joannas böser Zunge und ihrem Trotz. Den erstgeborenen „kleinen Herrn Ch'ü“ konnte er nicht sehr gut leiden. In seiner Gegenwart sprach er ausschließlich Chinesisch.

Auch das war ein besonderes Hindernis für Joanna, daß sie in all den Jahren kaum mehr als einige Dutzend Wörter der Landessprache gelernt hatte. Kein Wunder, daß sie allein und vereinsamt war. Wer konnte oder wollte denn schon mit der „Portugiesin“ reden? Es war bitter für sie, wenn die Frauen und Mädchen in ihrer Gegenwart miteinander schnatterten und girrten, dann plötzlich laut lachten oder kicherten, und sie hatte kein Wort verstanden. Stets kam ihr der Verdacht, man habe sich über sie lustig gemacht und man lache sie aus. Aber das kam daher, weil sie die einfachsten Späße nicht verstand.

Für Joanna wurde jede ohne sie geführte Unterhaltung zur gezielten Bosheit, jede unbegriffene Geste oder Form zur Schikane. Mochte sie hier vielleicht auch irren, so gab es doch genug kleine Nadelstiche durch die übrigen Kang-Insassinnen, die man auch ohne Sprachkenntnisse richtig bewerten konnte. Von der allmorgendlichen Frisier- und Schminkzeremonie bis zum Essen mit Stäbchen, von den zur Lektüre angebotenen Romanen, die chinesisch gedruckt waren, bis zum zu heiß eingeschütteten Bade waren ihre Tage voll mit Widrigkeiten, über die sie mit niemandem reden und über die sie sich – seit Herrn Ch'üs Fortbleiben – auch nicht beschweren konnte.

Aus dieser fremden Umgebung, die mit jedem Tag fremder zu werden schien, fand Joanna nur einen Fluchtweg: Gebete und Frömmigkeit. Sie kehrte zu dem zurück, was ihr in frühester Jugend eingeimpft worden war: zur Religion.

Sie verbrachte Stunden damit, Rosenkränze zu murmeln, Kreuze zu schlagen und sich beschwerend an einen Gott zu wenden, den sie für einen Portugiesen hielt. Chinese jedenfalls war er keiner. Auch Herr Ch'ü würde niemals ein Christ sein. Er hatte bis heute keine Anstalten gemacht, Taufe und Trauung nachzuholen. Seinen Religionsunterricht hatte er abgebrochen und nie wieder aufgenommen.

Er war eben Chinese. Langsam kam Joanna dahin, alles Chinesische zu hassen.

Sie hielt sich sehr an das einzige nicht voll-chinesische Wesen, das es in ihrer Umgebung gab: an ihren Sohn, den „kleinen Ch'ü". Nicht einmal seinen christlichen Taufnamen Gaspar durfte sie gebrauchen, der Junge war und blieb der „kleine Herr Ch'ü", und selbst dieses Prädikat, das seinen Vorrang als Erstgeborenen auswies, war fragwürdig und fadenscheinig geworden, seit ihn fast alle den „Fremden" nannten. Natürlich nur, wenn Joanna nicht dabei war.

Dann wieder haderte Joanna mit ihrem Schicksal. Sie gab alle Schuld an der unglücklichen Entwicklung dem Chinesen- und vor allem dem Heidentum des Herrn Ch'ü.

Wäre er wenigstens Christ geworden, vielleicht würde sich alles anders entwickelt haben!

In ihrem immer stärker werdenden Drang zur Frömmigkeit hatte Joanna darum gebeten, daß gelegentlich einer der chinesischen Priester aus Shiu-hing oder von Shiu-chow zu ihr herüberkommen durfte. Sie wollte die Beichte ablegen und kommunizieren.

Es war schwierig genug gewesen, die Frauen des Kangs dahin zu bringen, daß man sie wenigstens bei der Beichte für einige Zeit allein ließ. Da es sehr ungehörig war, eine Gattin des Herrn Ch'ü mit einem Manne allein zu lassen, drängten sich die Damen wenigstens hinter einem dünnen Papierschirm, der einige Löcher hatte, so daß man den seltsamen Zeremonien der Christin zusehen konnte. Die Worte verstand natürlich niemand, da Latein oder Portugiesisch gesprochen wurde. Sie waren jedoch sehr feierlich, und ihr Inhalt war sicherlich keine unerlaubte Schweinerei..

Als Joanna und auch ihr Sohn Gaspar-Ch'ü sich endlich zu dem

Entschluß durchgerungen hatten, den Kang, das Besitztum des Herrn Ch'ü und Nam-yang als Flüchtende zu verlassen und nach Macao zu gehen, geschah dies von seiten Joannas, weil sie den gegenwärtigen Zustand nicht bis an ihr Lebensende auszuhalten bereit war und für den Jungen hauptsächlich aus Abenteuerlust. Auch er fühlte sich in dem Frauenhaus nicht wohl und dachte mit beinah noch größerem Entsetzen daran, daß er schon in wenigen Monaten in einen anderen Pavillon umziehen sollte, um Unterricht und Erziehung zu bekommen, weil er für das Haus voller Mädchen allmählich zu groß wurde.

Es war bekannt geworden, daß eines dieser neugekauften „blumenhaften Trostmädchen" tatsächlich bereits versucht hatte, den „kleinen Herrn Ch'ü" zu verführen. Er sah so exotisch und interessant aus und war groß für sein Alter.

Also Flucht! Die Frage war nur das Wie!

Joanna erinnerte sich an ihre Jungmädchenjahre, als ihr immer etwas eingefallen war, die aufmerksamen Tias und Donnas, die Familie oder die Klosterschwestern in die Irre zu führen, damit sie eine verbotene Liebesstunde hatte feiern können. In dieser Hinsicht war sie sowohl in Lissabon wie in Goa sehr großartig gewesen und sogar in Macao hatte lange Zeit niemand bemerkt, wie sie heimlich zu Herrn Ch'üs Nachbargrundstück und Pavillon geschlichen war.

Sie entwarf einen Plan, der schließlich zum Tragen kam. Es lief über die Priester.

Eines Tages, als der Chinese Diego Cao, einer dieser neuausgeweihten Priester, die aus Macao herübergeschickt worden waren, zur Beichtabnahme erschien, sagte sie ihm auf Portugiesisch, das Hochwürden Diego recht gut sprach, daß er zum nächsten Seelsorgegang den Jesuitenpater Lazzaro Cattaneo schicken sollte. Pater Cattaneo war der Nachfolger Pater Riccis in der Shiu-chow-Mission.

Mit diesem Mitglied der „Societas" sprach sie ganz offen.

Wie oft hatten die frommen Patres sie ermahnt, dieses Heidenleben ohne Trauung und in wilder Ehe aufzugeben und zu einem christlichen Lebenswandel zurückzukehren! Jetzt wollte sie dies endlich tun, nach Macao entlaufen und dort einen frommen Lebenswandel führen.

Pater Lazzaro lobte sie sehr dieses christlichen Entschlusses wegen, hatte jedoch einige Bedenken der Chinesen wegen, die vielleicht die von den Jesuiten unterstützte Flucht der Gattin und des Sohnes des Herrn Ch'ü anders und feindselig sehen könnten. Besonders um den Jungen ging es Pater Lazzaro. Er wußte, wie unerbittlich chinesische Väter in Sachen ihrer Erstgeborenen sein konnten.

Aber Joanna hatte ein unschlagbares Argument! Gaspar-Ch'ü war getauft und damit ein christliches Kind, das man schnellstens aus dieser üblen Heidenwelt fortbringen mußte, ehe der Satan seine Seele bekam.

Das sah Pater Lazzaro ein und fand auch sonst den Plan gut. Er bedang sich lediglich aus, daß er nicht gezwungen werden dürfe, eine Lüge auszusprechen.

Diese Lüge oder vielmehr dieses Lügengewebe sprach Joanna selbst aus, als der Pater gegangen war. Herr Ch'ü weilte ja auf längerer Dienstreise im Süden und würde noch nicht so rasch zurückkommen. Bevor er das tat, lief er meist zuerst Kanton an, wo er einen Kang besaß.

So erzählte Joanna, Herr Ch'ü habe den Wunsch geäußert, sie möge den „kleinen Herrn Ch'ü" nach Kanton bringen, der Pater aus Shiu-chow wolle sie dorthin bringen.

Auf diese Weise reisten Joanna und der kleine Herr Ch'ü auf bequeme Weise und mit der Zustimmung der geehrten Ha-num nach Kanton-Whampoa.

Hier freilich ergab sich eine gewisse Schwierigkeit, weil kein geeignetes Schiff im Hafen lag, um die etwas obskuren Passagiere nach Macao zu bringen. Da entsann sich Joanna dessen, was ihr Herr Ch'ü in besseren Tagen über einen gewissen Vetter, Herrn T'sai, erzählt hatte und daß er mit diesem eng befreundet sei. Dieser T'sai war ein hoher Mandarin, der am Hafen viel zu sagen hatte. Er konnte ihr helfen.

Pater Lazzaro, dem die Sache allmählich unheimlich wurde, brachte Joanna und den Jungen in einem Gasthaus unter, stellte die Verbindung zu Vetter T'sai her und verabschiedete sich dann, um nach Shiu-chow zurückzukehren.

Er war sich nicht mehr ganz sicher, ob er im Sinne des HERRN gehandelt hatte.

Die beiden Gatten waren zwar nach christ-katholischem Ritus

weder getraut noch verheiratet, hatten aber doch elf Jahre miteinander gelebt. Und der Junge war Herrn Ch'üs Kind.

Doch alle weiteren Sorgen übernahm nun Herr T'sai.

Er begriff sofort, daß diese fette Portugiesin, die mit Herrn Ch'ü verheiratet war, durchzubrennen gedachte und den Erstgeborenen des Herrn Ch'ü entführen wollte. Das war selbstredend ungeheuerlich. Herr Ch'ü würde gewaltig an Gesicht verlieren, wenn alles ruchbar wurde.

Seit Herr Ch'ü und Vetter T'sai damals Versöhnung gefeiert und sich Freundschaft geschworen hatten, haßten sie sich noch heftiger als zuvor. Das war ganz natürlich. Denn bei jeder Versöhnung verliert jeder der beiden Partner ein wenig an Gesicht, und Freundschaft zwischen ehemaligen Rivalen schließt man sowieso nur, um den anderen besser verderben zu können. Auch das war natürlich.

Bisher hatte Vetter T'sai, der jetzt eine sehr hohe Stellung bei der Polizei von Kanton bekleidete, keine günstige Gelegenheit gehabt, seinem lieben Freund Herrn Ch'ü etwas Böses anzutun, um ihn ein wenig zu läutern. Diese Gelegenheit bot sich nun an, und niemand würde je erfahren, wer es gewesen war, der die Flucht der Frau und des Kindes von Herrn Ch'ü zu so glücklichem Abschluß gebracht hatte.

Vetter T'sai besorgte den beiden ein gutes Schiff nach Macao.

Macao nahm die Heimkehrer mit gemischten Gefühlen auf.

Man kannte sie nur noch dem Namen nach. Als hübsches und temperamentvolles Mädchen von achtzehn Jahren war Joanna von Macao fortgelaufen, nun kehrte sie als Dreißigjährige und als dickgewordene, ältere Frau in das Haus im Pinienhain zurück. Sie war ein wenig farblos und faul geworden, der Schmelz der Jugend war gründlich dahin, und zu allem Überfluß brachte sie aus einer wilden Ehe mit einem Chinesen einen schlaksigen Jungen mit, der nicht in dieses Haus paßte.

Don Gaspar Viegas, der inzwischen seinen Knebelbart à la Philipp II. mit schwarzer Farbe einließ und die zahllosen Falten seines gegerbten Gesichtes mit Puder überdeckte, ging leicht gebeugt, war sichtlich gealtert und fast noch herrischer als zuvor. Er zeigte keinerlei Freude über die Heimkehr seiner verlorenen Tochter, begrüßte sie kühl und abweisend und fragte sie nur, wie sie sich das denke: so einfach davonzulaufen und einen Mann wie Herrn Ch'ü sitzenzulassen!

Herr Ch'ü gewann zunehmend an Bedeutung. Er führte heute das Waffengeschäft mit den Chinesen, leitete die Geschäfte von Kow-lun in hervorragender Weise, und seine Verbindungen in Kanton bedeuteten für das Haus Viegas bares Geld. Er war außerdem an der neugebauten „Sao Theodoro" zur Hälfte beteiligt und hatte sich durch geschickte Verträge gesichert, daß es der „Sao Theodoro" niemals ergehen würde wie seinerzeit der „Sao Miguel", die bei Hainan gesunken war. Würde so etwas geschehen, so ging es allein auf das Konto Viegas, und Herrn Ch'üs Anteile mußten auf die „Sao Luiz" übertragen werden.

Am liebsten hätten Don Gaspar und Don Diego, der unterdessen fettleibig und ein wenig schwammig geworden war, Joanna wieder nach Nam-yang zurückgeschickt. Erst als Joanna in einem Ausbruch vergangener Leidenschaftlichkeit dem Vater die unerträgliche Situation des Kangs, das Verhalten Herrn Ch'üs und all ihre sonstigen Leiden geschildert hatte, wobei sie auch mit Tränen nicht sparte, erwachte in Don Gaspar eine schwache Erinnerung an die Gefühle, die er einst seiner Lieblingstochter gegenüber empfunden hatte. Er brummte, daß es wohl möglich sei, Joanna und den Bastard aus gesundheitlichen Gründen – so wie die Jesuiten dies mit ihren tropenkranken Patres zu tun pflegten – über Goa nach Lissabon zu transportieren. In drei Tagen laufe die „Sao Jorge" diese Tour, um gewisse Waren in Europa zu holen.

Damit war auch Don Diego einverstanden. Ihm ging es darum, seine Halbschwester so rasch wie möglich aus Macao zu entfernen, da sie in der Kolonie nur dem guten Ruf der Firma und dem Ansehen Don Diegos schaden könne. Denn Don Diego stand kurz vor seiner Verehelichung mit einer sehr wohlhabenden Kaufherrentochter aus altem portugiesischen Geschlecht.

Dem Neffen, der albern und gelbgesichtig herumstand, schenkte er kein Wort der Aufmerksamkeit. Er haßte grundsätzlich alles, was Mischling hieß, und behauptete gerne, daß diese Sorte von Menschen von beiden Eltern nur die schlimmen Eigenschaften erben würde. Ausnahme sei natürlich, wenn sich zwei Hochrassen vermählten, wie etwa indische Brahmanen und europäische Patrizier.

Die Familie Viegas hatte übrigens in Lissabon alles in die Wege geleitet, um alsbald geadelt zu werden. Die Jesuiten hatten eine Empfehlung in dieser Richtung geschrieben. Einer der Ihren war Beichtvater des Königs.

In der Stadt Macao – oder vielmehr in der Europäerkolonie – war das Auftauchen Joannas mit einem Kinde die Sensation der kommenden Tage. Alle wußten, daß der Junge ein Mischblut war. Sie sprachen von ihm nur als dem „fremden Knaben".

Schon drei Tage nach ihrer Ankunft in Macao stand Joanna mit Gaspar-Ch'ü an der Hand auf dem Schanzdeck der „Sao Luiz", mit der sie vor zwölf Jahren einst angekommen war. Die „Sao Luiz" hievte Anker auf und drehte auf See zu.

Am Kai standen fremde Menschen und schauten dem Manöver zu. Don Gaspar und Don Diego waren nicht darunter. Sie hatten zu tun.

Joanna fiel jetzt erst auf, daß Don Gaspar dem Jungen nicht ein einziges Mal die Hand aufs Haupt gelegt oder die Wange zum Kuß dargeboten hatte. Das einzige Geschenk, das er seinem Enkel gemacht hatte, war bares Geld gewesen: eine kleine Summe, die er auf der langen Reise ausgeben könne, wenn man Malakka, Goa, Malindi oder einen Platz an der afrikanischen Küste anlaufen würde.

Don Diego aber hatte noch nicht einmal mit Gaspar-Ch'ü gesprochen. Der Junge war unter den Weißen offenbar so einsam wie unter den Gelben. Er war ein Halbblut, ein armseliges Nichts, von dem weder die einen noch die anderen etwas wissen wollten. Es war genauso gekommen, wie Pater Ricci es damals gesagt hatte.

Und auch Joannas Leben war zu Ende. Zwölf Jahre China und zwei Jahre Goa, die Tropen hatten sie fertig gemacht! Und wie gerne hatte sie damals gelebt, wie feurig und blutvoll war sie gewesen! Auszubrechen war ihre Leidenschaft gewesen!

Aber auch darin hatte der Pater recht behalten, daß Leidenschaft, die man für Liebe hält, keine Leitlinie für das Leben sein kann.

Wenn man sehr jung ist, dann glaubt man dies nicht. Ist man jedoch alt und gereift, dann hat man meist schon die Rechnung bezahlt.

Joanna wußte, daß sie teuer bezahlt hatte.

Sie riß ihren Blick vom entschwindenden Ufer Macaos los und

schaute mit leerem Auge hinaus auf das Meer, das mit Nebelschwaden und Glitzern emporstieg.

Sie fuhr heim nach Europa ... einem sehr einsamen Mirador entgegen ...

14

Nach Peking! Nach Peking!

Jeden Tag sagte es sich Dr. Li vor. Er dachte an nichts anderes mehr, er begann von Peking zu träumen. Und jeder Tag zeigte ihm, wie hoffnungslos alles war.

Herr Ch'ü hatte recht gehabt.

Diese Stadt, die sogar für Chinesen wie eine Legende war, von der die Geographen Europas und der übrigen Welt nicht wußten, ob sie identisch sei mit dem sagenhaften Kambalu des Marco Polo oder mit dem verbotenen Tatu des Ruysbroeck, war auch für hohe Beamte, Würdenträger oder Generäle nur mit Sondergenehmigung zu betreten; Karawanen und Schiffszüge, die sie versorgten, wurden angeblich nur unter strengster Bewachung in weit entfernten Vorstädten abgefertigt, während die Menschen sogleich wieder zurückgeschickt wurden. Für Fremde lag sie außerhalb dieser Welt und jenseits aller Landkarten, auf denen nicht einmal ihr Standort sicher verzeichnet war.

Obwohl Dr. Li dies alles wußte, hatte er alle Vorbereitungen getroffen, die Reise sofort antreten zu können, wenn der Ruf an ihn erginge.

Er hatte sehr dringlich an Macao geschrieben, man möge ihm Verstärkung schicken und ihm ganz bestimmte „Geschenke“ zugehen lassen.

Die Verstärkung brauchte er, damit ein Mitbruder der „Societas“ die in Nan-shan eroberte Position übernehmen und die dort bedeutungsvoll emporgewachsene Christengemeinde betreuen könne. Nan-shan durfte nicht wieder verlorengehen.

Mit all seinen Gelehrten und Mandarinen, der Universität und seiner Funktion als Zentrum von Kunst, Theater und Literatur war es wichtiger, als seine Größe vermuten ließ. Es war die eminent wirksame Basis der christlichen Mission geworden; denn in Nan-shan war es zum ersten Mal gelungen, die intellektuelle Kruste und die Bildungsarroganz der geistigen Oberschicht Chinas aufzusprengen. Wenn es je einen Weg zur christlichen Umformung Chinas geben würde: von hier konnte er seinen Ausgang nehmen.

Peking freilich wäre der Stoß ins Herz, der Kaiser noch bedeutsamer als all seine Intellektuellen. Nur wenn Dr. Li in Peking war, verlor Nan-shan an Bedeutung; nur wenn er zum Kaiser vorgedrungen war, konnte er auf all diese Hautevolee von Nan-shan verzichten: denn Chinas Herz war Peking, sein Geist der Kaiser!

Macao schickte Pater Lazzaro Cattaneo, der sich bei gewissen Vorfällen im Hause des sehr mächtigen Herrn Ch'ü für ganz Kwantung unmöglich gemacht hatte, und der vom Orden aus Shiu-chow abberufen worden war. Mit Lazzaro Cattaneo kam noch ein soeben zum Priester geweihter Chinese namens Yu-Wen-hui, der seit seinem Eintritt in die „Societas" Emanuel Pereira hieß. Auch die erwünschten „Geschenke" brachten die beiden Patres mit.

Jetzt sprach Dr. Li ganz unverblümt mit seinem Freund Ch'ien-ch'ai, „pensioniertem" Vizekönig von Kie-nan, der „herrliche Sheng-jen" mit dem „erlauchten Prinzen"! Wenn es jemanden gab, der den richtigen Weg nach Peking zeigen und verschiedene Türen öffnen konnte, dann war es Ch'ien-ch'ai, der ein „Vetter dritten Grades" – also ein Neffe – des Himmelssohnes war und der lange am Hofe gelebt hatte.

Dr. Li und Ch'ien-ch'ai waren echte Freunde geworden.

Prinz Ch'ien-ch'ai war ein langer, hagerer Mann von sehr heller Hautfarbe, den aber hohe Backenknochen und enge Schlitzaugen als Abkömmling nördlicher Jutschenstämme oder vielleicht als Mandschu auswiesen. Seine Mutter war eine Prinzessin aus alter „Kitan-Familie" jenseits der Großen Mauer gewesen.

Eben aber dieser Schuß Mandschu-Blut, den Prinz Ch'ien in sich trug, war dem allmächtigen Eunuchen-Minister Shih-Hsing verdächtig erschienen und hatte ihm um so mehr politisches Unbehagen bereitet, als die Mandschu-Stämme immer unruhiger und kriegerischer auftraten. Er hatte dem Himmelssohn geraten, den Prinzen vorsichtshalber aus Peking und dann auch aus all seinen Ämtern zu entfernen. Es bestand immerhin die Möglichkeit, daß der Prinz eine

Trumpfkarte im Ränkespiel der Mandschu-Chans und des „Östlichen Waldes“ werden konnte.

So war Prinz Ch'ien – ohne eigentlich in Ungnade zu fallen oder angeklagt zu werden – über Nacht zum „Pensionär“ von Nan-shan geworden.

Es war dem Prinzen gleichgültig gewesen, da er niemals politischen Ehrgeiz besessen und seine hohen Ämter sowieso als lästig empfunden hatte. Sein ganzes Interesse galt den schönen Künsten: Theater, Oper, Literatur, Malerei und Plastik; er verbrachte einen großen Teil seiner Zeit in seiner ausgezeichneten, in vielen Jahren gesammelten Bibliothek und studierte jedes Fachgebiet der Wissenschaften, das ihm nur unterkam. Auf dieser Basis war er auch Dr. Lis spezieller Freund geworden, als er dem fremden Gelehrten die hohe Ehre erwies, ihn zunächst als Gast und dann als ständigen Bewohner in seinen palastartigen Kang zu holen.

Doch aus dieser kühlen und distanzierten Beziehung zweier hochgebildeter und wissenschaftlich versierter Männer – die noch dazu etwa gleichaltrig waren – hatte sich bald ein engeres, menschlich wärmeres Verhältnis herausgeschält. Die beiden Freunde saßen oft nächtelang in einem der Pavillons, sprachen über Gott, Religion und Philosophie. Da Dr. Li auch in diesen anspruchsvollen Diskussionen es stets verstand, die ihm wohlbekannten Lehren des hochverehrten Meisters Kung-fu-tse mit dem Christlichen zu verbinden und die geistige Brücke zwischen konfutsianischer Sozial-Ethik und katholischer Sittenlehre zu schlagen, fand er recht williges Gehör beim Prinzen, wenn er anfing, diesem langsam und unmerklich Religionsunterricht zu erteilen.

Schließlich war es Herr Ch'ien selber, der an solchen Abenden mehr und mehr zu wissen verlangte und der immer seltener die bei hohen Intellektuellen üblichen Einwände der reinen Verstandesmenschen vorbrachte.

Als Prinz Ch'ien einmal seufzend sagte, daß es für einen Menschen, der sein Leben lang zu Logik, Mathematik und zu kausalem Denken erzogen worden sei, schwer sei, Sätze wie jenen des Anselm von Canterbury anzunehmen, der da lautete: „Credo ut intellegam!“ – „Ich glaube, um zu wissen“ –, erzählte ihm Dr. Li aus der unerschöpflichen Schatzkiste seiner theologischen und historischen

Kenntnisse die berühmte Anekdote von Bernhard von Clairvaux und Abälard.

Bernhard von Clairvaux war der große Mystiker und Visionär einer Epoche des Abendlandes, die man „Gotik“ nannte, aber Abälard war Universitätsprofessor von Paris, ein rein intellektueller Typ, ein Mann der Logik und des Verstandes, der nichts gelten lassen wollte als das, was er exakt und nach den Regeln der Naturwissenschaften beweisen konnte. Es war klar, daß diese beiden großen Männer aufeinanderprallen mußten. Sie trafen sich bei einer Disputation in der französischen Stadt Soissons. Vergeblich entfaltete Bernhard von Clairvaux vor Abälard alle Herrlichkeit des katholischen Glaubens, umsonst sprach er von Gottes Geburt, Kreuzestod, Erlösung und Auferstehung und von der Seligkeit des Eingehens der befreiten Seele in einen Himmel, der für ihn gleich einer feurigen Rose mit den vielen Blättern ihrer Geistessphären um das Geheimnis der Gottheit brannte.

Auf alles hatte Abälard sachliche, naturwissenschaftliche Einwände, alles zerlegte er mit Logik, Mathematik und Realismus in seine Teile und machte jenes Nichts daraus, das die Seele allen Intellekts war. Er war einer von jenen Professoren, die kunstvoll das Vakuum schaffen und beweisen konnten, das sie aber nicht imstande waren, mit jenem Irgendetwas aufzufüllen, aus dem Glück, Friede und Geborgenheit der Menschen kam. Abälard konnte nicht glauben, er war nur zum Wissen begabt.

Da sagte Bernhard von Clairvaux folgendes:

„Nimm an, o Abälard, du wärest blind geboren! Würdest du nicht alle Farbenpracht der Blumen, die Bläue des Himmels, das Strahlen der goldenen Sonne und die Schönheit der Welt leugnen – weil du sie nie gesehen hast! Und dennoch gäbe es die Farbe, das Licht und die Schönheit!

Nimm an, o Abälard, du wärest taub geboren! Würdest du nicht ableugnen die Herrlichkeit der Musik, das donnernde Rollen des Meeres, den Paukenschlag des Donners und das Wunder einer Menschenstimme, die ein Liebeslied singt? Weil du nicht hören könntest. Und dennoch wären die Töne da, der Donner und das Lied!

So aber, o Abälard, bist du ohne das Organ des Glaubens geboren und versuchst das Geheimnis der Schöpfung als ein Blinder oder

Tauber zu ergründen, und darum kannst du nur annehmen, was du begreifst. Dir fehlt die Gnade des Glaubens, o armer Abälard!"

Diese Geschichte machte auf Prinz Ch'ien einen sehr bedeutenden Eindruck. Er kam noch oft auf sie zurück. Dann übersetzte er sie ins Tao'istische.

Die Lehre des uralten Philosophen Lao-tse, genannt der Tao'ismus, war die eigentliche chinesische Volksreligion – wenn in China überhaupt das Wort „Religion" angebracht wäre. „Tao" entsprach etwa dem Begriff einer Weltvernunft oder eines mystischen Weltgeistes, der alles mit seinen Gesetzen und seinem Atem durchdringt.

Tao'ismus ist mehr Mystik, die Lehre Meister Kung-fu-tses mehr Reglementierung und Intellekt; das eine war Volksreligion, das andere Weltanschauung der Mandarine.

Peking und der Kaiserhof mit all seinen Eunuchen hatten sich für den Tao'ismus entschieden. Er verband das Kaiserhaus viel mehr mit der Volksseele, als es der reine Konfutsianismus je getan hätte, und eben hier lag schon eine der wesentlichen Ursachen für den fortlaufenden Konflikt der von Eunuchenministern beherrschten kaiserlichen Regierung mit der ganz intellektuellen Mandarin- und Gelehrtenschicht.

Daraus war schon vor dem Überhandnehmen von Korruption und intellektueller Zersetzung der Geist des „Östlichen Waldes" geboren worden. Die Bauernbewegung der „Roten Kopftücher" war ganz auf den Tao'ismus ausgerichtet.

Und da Prinz Ch'ien sehr lange in Peking gelebt hatte, war auch er dem „Tao" ebenso eng verbunden, wie er es als Gelehrter dem Meister Kung-fu-tse war.

Die religiösen Aussagen Dr. Lis maß er nicht nur an der ethischen und logischen Reglementierung Meister Kungs, sondern er suchte und fand auch stets Analogien zu Lao-tse und seinem „Tao".

So geschah es auch, als Dr. Li die Anekdote von Bernhard und Abälard erzählt hatte. Der Prinz ließ sich diesmal überzeugen, weil er eine Parallele sah, die zum Tao und seinen mystischen Gedanken bestand.

„Wie ausgezeichnet, Eure Herrlichkeit!" rief er beinahe entzückt aus. „Ich glaube, Sie haben völlig recht mit dem, was Sie über den Kontrast von Wissen und Glauben sagen! Dieser wunderbare Bernhard hat alles sehr plastisch ausgedrückt. Er spricht fast wie Lao-tse. Auch dieser hat einmal gesagt, daß unsere Erkenntnisfähigkeit – also die Futterkrippe, aus welcher sich aller Intellekt ernährt – ziemlich begrenzt sei. Lao-tse sagt: es sind fünf Quellflüsse, die unser Wissen und unsere Meinungen speisen, damit sie zum Strom der Persönlichkeit werden. Wir können sehen, hören, fühlen, schmecken und riechen, das bedeutet, daß wir fünf Sinne haben. Was immer aus dieser großen Schöpfung von uns erfaßt werden kann, kommt durch eine dieser fünf Pforten. Der Geist baut aus diesem Material alles zusammen, was wir Phantasie, Vorstellung, Anschauung, Denken oder sogar Vision und Traum nennen. Nur fünf Quellen speisen den Strom, der am Ende ICH heißt. Nun spricht Lao-tse: das Tao jedoch ist ein Meer, ist eine Welt voller Bäche und Flüsse, die aber nicht in unser Ich fließen können, weil wir eingeengt sind von den Gebirgen unserer körperlichen Existenz. Wir besitzen nun mal nur fünf Sinne, nur fünf Quellen – aber es gibt deren unendlich viele, die jenseits der Grenzscheiden unserer physischen Existenz liegen, und es gibt das Meer, dem wir zwar entgegenströmen, das wir aber erst erblicken, wenn wir schon sterben und aufhören ein Fluß zu sein. Es wäre zu denken, daß es Wesen geben könnte, die nicht fünf, sondern zehn oder hundert Sinne und Quellen haben und die dem Tao so viel näher sind, wie ein Bodhisattva dem Nirwana näher ist als ein stumpfsinniger Kuli.

Vielleicht ist das ‚Glaubenkönnen' schon eine sechste Quelle, aus der wir unser ICH speisen können!"

Von da an hatte Prinz Ch'ien ausdrücklich verlangt, im christlichen Glauben unterrichtet zu werden. Er hatte die Absicht geäußert, die Religion seines geliebten Freundes Dr. Li – des ehrwürdigen Sheng-jen – anzunehmen.

Das Verhältnis Dr. Lis zu dem kaiserlichen Prinzen war immer enger geworden.

Er hatte Seiner Hoheit schon ein Prisma, eine Weltkarte, einen Globus und eine „Sphära" – eine Art Himmelsglobus – und eine Pendeluhr geschenkt und war dafür von Prinz Ch'ien mit ungemein generösen Gaben überhäuft worden. Er hatte von dem Prinzen eine Menge altchinesischer Kostbarkeiten: Lackschalen, Porzellane, Vasen, Bronzen und Elfenbeinschnitzereien, aber auch blanke Silberbarren, Körbe mit Delikatessen und sogar eine Menge Geld für die Mission erhalten. Am Ende wohnte Dr. Li als Dauergast in einem der schönsten Pavillons des prinzlichen Kangs.

So herzlich und nahe war die Beziehung der beiden hochgestellten Männer geworden, daß Dr. Li sogar ein Buch mit dem Titel „Freundschaft" geschrieben hatte, das er dem Prinzen widmete. In diesem schmalen Band hatte er wie in einer Anthologie mit verbindenden Texten viele Aussprüche abendländischer Dichter, Kirchenlehrer und Philosophen über die Freundschaft zusammengestellt und in Vergleich zu ähnlichen Worten der chinesischen Literatur gesetzt. Das Buch, das alsbald gedruckt wurde, erlebte eine sehr große Auflage und Verbreitung in China. Man beurteilte es überall als ein ausgezeichnetes und wahrhaft klassisches Werk. Prinz Ch'ien war sehr glücklich und stolz, daß es ihm zugeeignet worden war.

Lange hatte Dr. Li über seine Fernziele geschwiegen, er hatte kein Wort über die Absicht geäußert, nach Peking und zum Himmelsthron vorstoßen zu wollen.

Nun aber glaubte er, es sei an der Zeit, darüber zu sprechen. Seinem Herzensfreund Ch'ien konnte er alles sagen. Er bat ihn eines Tages in nüchternen Worten um die Vermittlung bei seiner Absicht.

Schon einige Male hatte Dr. Li Andeutungen in dieser Richtung gemacht, wennschon er niemals zuvor es ausgesprochen oder gar darum gebeten hatte. Der Prinz war diesem Thema stets ausgewichen.

Nun, da ihn sein Freund Dr. Li direkt und unverblümt bat, fuhr er förmlich zurück und verlor beinah seine chinesische Gelassenheit.

„Nein!" rief er. „Das ist unmöglich! Eure Herrlichkeit hat sich in seinen Gedanken verirrt! Ich bin bereit, alles für Sie zu tun, mein hochgeachteter Freund – aber dies nicht! Nein, es ist unmöglich!"

Dann erklärte er sich dem tief enttäuschten Dr. Li.

Es war die gleiche Erklärung, die ihm schon der kluge Herr Ch'ü gegeben hatte: Prinz Ch'ien war staatspolitisch auf Eis gelegt worden. Man würde ihn ungeschoren lassen, so lange er sich für seine Maler, Keramiker, Bronzegießer und Dichter, für Theater, Oper und Wissenschaft interessierte und in Nan-shan blieb. Dann bekam er seine reichlich bemessene Apanage, behielt seine Besitzungen und sein Privatleben.

Nur eines durfte er nicht: sich in politische Dinge einmengen!

Und ein Mann, der mit der Empfehlung des Prinzen Ch'ien reisen würde, war nicht nur ein verdächtiger Mann, er war auch ein toter Mann. Spätestens in Tien-tsin, wo der mächtige Eunuch Ma-T'ang wie ein Höllenhund an den Zufahrtswegen nach Peking saß, würde die Reise Dr. Lis in einem sehr unangenehmen Käfig enden.

Nach Peking zu kommen, war rundweg unmöglich. Daran konnte auch Prinz Ch'ien nichts ändern. Seine Empfehlung würde nur alles verschlimmern und den Frieden, den Dr. Li in Nan-shan genoß, sehr jäh beenden.

So war auch diese Hoffnung Dr. Lis zerschlagen. Es war seine letzte und einzige gewesen. Dies geschah um die Jahreswende 1597/1598. Man hatte soeben das chinesische Neujahr wie immer mit Raketen, Feuerrädern und Kaskaden gefeiert. Wie jedes Jahr, war in Peking von den Beamten des „Drachenpavillons" der exakte Jahresanfang „Tscheng" errechnet und ein astrologisch-astronomischer Almanach für das kommende Regierungsjahr herausgegeben worden. Dieses Buch war gedruckt und an alle Regierungsstellen und wichtigen Persönlichkeiten des riesigen Reiches verschickt worden. Auch Prinz Ch'ien hatte seinen Jahresalmanach bekommen, was eine unerhörte Auszeichnung war.

Um seinen Freund Dr. Li zu trösten, schenkte er ihm diesmal seinen Almanach. Diese Geste sollte größte Bedeutung haben und am Ende doch noch die Hilfe sein, die Dr. Li brauchte, um nach Peking reisen zu können.

15

Dr. Li – der „Sheng-jen" und Mandarin, Oberster der Chinamission der „Societas" – hatte in den rund 16 Jahren seines Aufenthaltes im „Reich der Mitte" ein beinah unglaubliches Fachwissen erworben. Sein Wortschatz, niedergelegt in seinem berühmten Wörterbuch, war inzwischen mit rund 40.000 Schriftzeichen und Wörtern dem jedes chinesischen Spitzen-Mandarins gleich; er kannte die gesamte klassische Literatur und Philosophie; war ausgezeichnet orientiert über die Lehren Meister Kung-fu-tses, des Tao'ismus und der verschiedenen Sekten des Buddhismus und Lamaismus; er kannte die Psychologie und die Gebräuche des Volkes, war in allen chinesischen Wissenschaften graduiert und ein anerkannter Gelehrter in ganz speziellen chinesischen Fachgebieten, wie Akupunktur, Pharmakologie, Homöopathie, Alchimie, Geomantie und einem Dutzend anderer Wissensgebiete. Das vor etwa zweihundert Jahren als Sammlung begonnene und nun erst vollendete chinesische Universal-Lexikon des „Yung-la-to-tien" enthielt kaum etwas, das Dr. Li unbekannt geblieben wäre. Er war ein Phänomen!

Dazu kam seine gründliche Ausbildung an abendländischen Jesuiten-Universitäten und durch Spitzengelehrte des Westens; er beherrschte nicht nur europäische Theologie, Philosophie und ein halbes Dutzend Sprachen, er war auch eine Spitzenkapazität der Naturwissenschaften, ein Meisterschüler des berühmten Clavius in Rom.

Dies alles und mehr noch hatte Platz gefunden in diesem einzigen Kopf, der immer noch dem eines El-Greco-Heiligen glich. Er war ein Italiener, genau hundert Jahre nach Leonardo da Vinci geboren und doch diesem Weltgenie in vielen Disziplinen gleichend, ein Wunder der Natur, eine Sonderschöpfung des lieben Gottes, der sein Mentor und seine Mitte war.

Als er den „Almanach" des neuen Jahres in Händen hielt, ein Werk, das nur Auserwählten zugänglich war, entdeckte er dennoch einen Winkel der chinesischen Welt, der ihm bisher weitgehend unbekannt geblieben war.

Er las ihn gründlich, studierte Seite um Seite und überdachte ihn.

Es war ein Staatsgrundwerk. Und er las es kritisch, überprüfte es und fing es an zu verbessern.

Längst wußte er, daß das höchste Gesetz chinesischen Lebens – wenn China überhaupt sich den Bereichen von Religion und Weltanschauung näherte, vom hohen Roß seines Intellektualismus herabstieg und den gewöhnlichen Realismus seiner Bauernseele verließ –, daß dieses Allgemeine und Überhöhende in China nicht „T'ien-Chu" oder „Herr des Himmels", sondern „Tao" hieß.

Tao, das war das Gesetz des Weltalls, nach dem sich die Gestirne bewegten, Sonne und Mond über das Firmament wandelten, nach dem sich die beiden Himmelsleuchten gelegentlich verfinsterten oder die Halme aus dem Boden sprossen, die Bäume ihre Blätterkronen wölbten, die Bäche rieselten und das Meer sich im Atemzug von Ebbe und Flut gleich einer riesigen Brust senkte und hob. Nach uralter, von Lao-tse erstmals deutlich ausgesprochener Auffassung war es die Aufgabe des Menschen, sich diesem Tao einzufügen und ein sich hingebender Teil des Ganzen zu sein.

In diesem Sinne war auch Meister Kung-fu-tses Lehre nur eine Anweisung für die menschliche Gesellschaft, wie sie sich diesem Weltgesetz einzuordnen habe. Für viele Chinesen stand Lao-tse mit seinem Tao immer noch sehr hoch über Meister Kung-fu-tse mit seinen zehntausend Lebensregeln, so wie der Lehrer über dem Schüler steht. Nur die Gelehrtenschicht hatte sich weitgehend von der mystischen Schau des Lao-tse gelöst, weil sie zu sehr im Visionären und nur Erfühlbaren blieb, während Kung-fu-tse realistisch, praktisch und mit dem Intellekt zu begreifen war.

In Peking aber, wo der Kaiser thronte und verantwortlich war für die große Harmonie des Reichsschicksals mit Erde, Himmel, Meer und Elementen, mit Aussaat und Ernte, Bändigung der Ströme und Ordnung des Staates, hatte man ganz offiziell am Tao'ismus festgehalten und diesem auch offiziell den Vorrang eingeräumt.

Denn wie bei allen sehr alten Völkern war auch bei den Chinesen der Kaiser das Bindeglied zwischen Irdischem und Himmlischem, zwischen Zeit und Ewigkeit, ja zwischen Menschen und Göttern. Er war verantwortlich dafür, daß Yang – die Harmonie – den Vorrang vor Yin – dem Chaos – behielt; daß die Ordnung über der Unordnung stand.

Immer waren Dynastien gestürzt worden, wenn dieses Gesetz verletzt worden war: sei es durch inneren Zerfall der Gesellschaft, durch Angriffe fremder Völker, durch andauernde Naturkatastrophen oder durch Störung im Lebensrhythmus des Volkes.

Die erste und wichtigste Aufgabe des Himmelssohnes war es demnach, sein Volk so zu leiten, daß menschliches Tao mit dem himmlischen im Einklang stand und daß seine Gesetze, Regeln und Regierungsmaßnahmen sich einfügten ins Weltganze.

Das aber konnte nur geschehen, wenn der Kalender in Ordnung war und ein „Tagewähler" erarbeitet war, nach dem die glücklichen und unheilvollen Tage festgelegt, die richtigen Einstrahlungen der

Gestirne, der erdmagnetischen Kräfte und der unsichtbaren Geisterwelt auf das menschliche Dasein eines kommenden Jahres festgestellt werden konnten. Der „Almanach" vollbrachte dieses Werk jeweils für ein Jahr im voraus und für die Angelegenheit des Reichs und des Volkes.

Die astrologischen Kalender, die aus diesem „Almanach" herausfiltriert und berechnet wurden, übersetzten das Allgemeine ins Spezielle, indem sie angaben, an welchem Tag etwa ein Junge zum ersten Mal in die Schule gehen, ein Brautpaar sich verloben und wann es heiraten sollte, wann man einen Hausbau beginnen und wann man eine Reise antreten durfte.

Schon vor beinahe 3000 Jahren hatte einer der „Jade-Kaiser" mit Namen Jao die Herausgabe eines „Buches der Weisungen für die Zeiten" angeordnet, das seither alljährlich als „Almanach" erschien.

Es gab als eine der wichtigsten Regierungsstellen das Gremium des „Drachenpavillons" – ein Ministerium für Mathematik, Astronomie und Astrologie –, das über ein an der südlichen Palastmauer von Peking aufgerichtetes Observatorium verfügte und das diesen Almanach mit allergrößter Sorgfalt errechnete. Wenn die hohen Beamten des „Drachenpavillons" am Neujahrstag das „Tscheng" – den richtigen Jahresbeginn – herausgefunden hatten, zogen sie mit dem feierlich auf Kissen und in einer eigenen Sänfte getragenen „Almanach" zum Himmelsaltar, wo der Kaiser sie mit großem Hofstaat erwartete.

Auf der runden Plattform dieses Tempels gab es einen Stein, der den „Nabel der Welt" bezeichnete. Ihm stand der Himmelssohn gegenüber, wenn er den Almanach empfing, den Namen des neuen Jahres verkündete und befahl, den Almanach ins Land zu verschikken.

Die Astronomie der Chinesen, die sehr weitgehend mit Astrologie verbunden war – das wußte Dr. Li seit langem –, war sehr bedeutend. Man hatte in diesem Land längst errechnet, daß ein Jahr 365 Tage und sechs Stunden dauerte, daß 19 Sonnenumläufe mit 325 Mondumgängen übereinstimmten. Mit Hilfe gewisser astronomischer Geräte und von Wasseruhren waren die Kulminationszeiten der wichtigsten Gestirne, die Mondbahn und die Bahn der sichtbaren Planeten festgelegt worden.

Diese Berechnungen des „Drachenpavillons", die dann im „Almanach" niedergelegt wurden, enthielten unter anderem auch die genauen Zeitpunkte eventuell bevorstehender Mond- und Sonnenfinsternisse. Niemand im Reich würde also durch solche Naturerscheinungen beunruhigt oder überrascht werden. An derartigen, allen sichtbaren Himmelserscheinungen maß das Volk der mehr als siebzig Millionen die Richtigkeit aller Rechnungen, die zwischen Tao und Regierung gemacht wurden. Denn würde etwa der Punkt „Tscheng" nicht stimmen, der Kalender in Unordnung sein, so würde das bedeuten, daß nichts mehr in Harmonie war und daß von Saat und Ernte, Geburt und Tod bis zu Gesetz und Ordnung alles ins Gleiten geriet.

Es war demnach von ungeheuerer Bedeutung, welche Arbeit die Männer vom „Drachenpavillon" leisteten. Observatorien wie in Peking – wenn auch kleiner und nicht ganz so vollkommen ausgestattet – gab es auch in anderen Städten, besonders dort, wo Universitäten waren. Nan-shan besaß ebenfalls ein Observatorium.

Dr. Li hatte es oft besucht, die Instrumente geprüft und zu bedienen gelernt und sich gelegentlich mit Himmelsbeobachtung beschäftigt.

Es war ein ummauerter Platz mit einem gepflasterten Podium aus Stein, auf dem schräge Rampen, ausgerichtet auf Fixsterne wie Jupiter oder Venus, errichtet waren; Schatten- und Sonnenmesser mit genauen Meßlatten und bronzenen Kreissektoren, riesige Zirkel zur Messung von Gestirndistanzen, Himmelsgloben und den Astrolabien oder Sphäroiden der Europäer ähnliche Instrumente waren aufgebaut. Auch Darstellungen des Planetensystems mit allen Umlaufbahnen durch Messingringe und Ellipsen aus Bronze gab es, daneben Beobachtungskreise mit verschiebbaren und schwenkbaren Linealen, die jedes Bogensegment am Himmel genau feststellen konnten.

Für Dr. Li war es keine große Schwierigkeit, den Umgang mit diesen wissenschaftlichen Instrumenten zu begreifen. Er hatte schließlich bei Clavius, dem Mann, der die Gregorianische Kalenderreform verwirklicht hatte, studiert und sich immer schon sehr für astronomische Vorgänge interessiert. Bei Clavius hatte er eine Reihe von Vorlesungen und praktische Übungen über das 1524 erschienene Buch „Cosmographia" des Petrus Apianus mitgemacht, eines großen Gelehrten, der eben in dem Jahre gestorben war, als Matteo Ricci geboren wurde: genau hundert Jahre nach Leonardo da Vinci!

Und er hatte das aufregende Buch des Domherrn von Frauenberg, des Deutschen Nikolaus Kopernikus „De revolutionibus orbium coelestium" von 1542 mit brennendem Eifer durchstudiert – noch bevor es von der Inquisition verboten wurde. Die Sonne im Mittelpunkt eines Planetensystems! Die Erdscheibe mit dem Grab des Erlösers im Mittelpunkt genauso unsinnig wie der „Nabel der Welt" im Kaiserpalast von Peking!

Es war so, wie schon der alte Aristarch von Samos es 2000 Jahre vorher im alten Griechenland gelehrt hatte: die Sonne war die Mitte, und die Erde nur Planet unter Planeten!

Bei Petrus Apianus hatte Dr. Li damals gelernt, die Monddistanz für die geographische Längenmessung zu nutzen und die Methode zu begreifen, wie man Mond- und Sonnenfinsternisse auf die Minute genau vorausbestimmen konnte. Er hatte sich in seinen Studentenjahren, ja sogar noch innerhalb der „Societas", aus Neigung viel mit Astronomie beschäftigt. Das mathematische Genie lag in der Familie.

Ein Onkel von ihm, Ostilio Ricci, Professor an der Universität Pisa und später in Padua, hatte ihm die frühen Schriften eines seiner begabtesten Studenten, eines gewissen Galileo Galilei, zugeschickt. Von diesem Manne, der unterdessen selbst einen Lehrstuhl in Padua besaß, hatte er noch einmal gehört, als man ihm aus Macao einen Brief seines alten Studienkameraden, des Paters Gerardo Petrucci, nachsandte, und dieser erwähnte, daß ein gewisser Professor Galilei jetzt sogar an einem Fernrohr arbeite, mit dem man die Sterne fast vom Himmel herabholen konnte.

Da stand auch zu lesen, daß so etwas Ähnliches bereits von dem Holländer Jan Lippersheym in Middelburg versucht worden sei und daß nun die katholische Seite auch auf diesem, an sich gleichgültigen Sektor mit den Protestanten gleichziehe.

Die Sterne durch ein Fernrohr sehen!

Das würde vieles erklären und vieles erleichtern. Dr. Li war jedenfalls am Puls seiner Zeit und wohl unterrichtet über alle Vorgänge der mathematischen und astronomischen Wissenschaften.

So durfte er es wagen, einige Vorhersagen des „Almanach", teils mit den Instrumenten des Observatoriums von Nan-shan, teils mit eigenen Geräten und Berechnungen einer Prüfung zu unterziehen.

Er entdeckte Erstaunliches und sehr Aufregendes.

Der offizielle „Almanach“ gab für den 16. März 1598 für abends 21.25 Uhr eine totale Verfinsterung der Mondscheibe an. In diesem Moment würde der Mond durch den Erdschatten treiben und seine helle Scheibe in Finsternis hüllen.

Dr. Li berechnete mit großer Sorgfalt Sonnen- und Erdbahn, setzte den Umlauf des Mondes dazu in Beziehung und kam darauf, daß die Finsternis mit Sicherheit nicht am 16., sondern erst am 18. März, und zwar um zehn Uhr abends und auch dann nur partiell stattfinden würde. Er setzte von dieser Entdeckung die Universität in Kenntnis, die darüber beinah aus den Fugen geriet.

Ein Irrtum des „Almanachs“! Das war unerhört! Es war eine Staatsaktion, die das Reich in Unruhe versetzen würde.

Viele der Herren an der Hochschule waren insgeheim Mitglieder der Vereinigung „Östlicher Wald“. Sie überprüften Dr. Lis Berechnungen und fanden sie zu ihrem aus Entsetzen und Entzücken gemischten Erstaunen für richtig. Für sie war es ein Beweis dafür, daß die Ordnung Chinas im argen lag, daß die Harmonie, welche zu gewährleisten der Ming-Kaiser in Peking verpflichtet war, gestört war und der „Östliche Wald“ auf richtigem Kurs lag, wenn er Opposition betrieb.

Ein Fehler des „Almanach“ – das mußte die Eunuchenwirtschaft in Peking erschüttern! Denn auch die Männer vom „Drachenpavillon“ waren ja meistenteils Eunuchen und nicht mehr wie in früheren Tagen gelehrte Mandarine.

Die Professoren schrieben jetzt viele Briefe, die nach Peking, nach Nanking, nach Kanton und andere große Städte, an Universitäten und Mandarin-Vereinigungen gingen. Gewaltige Aufregung erfaßte das gelehrte China: der „Sheng-jen“ aus Nan-shan hatte gesprochen und den „Almanach“ des Irrtums bezichtigt!

So kam der 16. März heran, der Himmel über ganz China war wolkenlos. Die Mondscheibe stand silbern schimmernd am Himmelsbogen. Tausende und Abertausende von Augen richteten sich auf das ruhig dahinziehende Gestirn. Halb China starrte zum Mond hinauf. Doch das Silbergesicht, in dessen Mitte der Hase saß, schwamm ungetrübt durch die glitzernde Leere des Firmaments. Es gab keine Mondfinsternis.

Am 18. März abends 22 Uhr trat sie pünktlich ein; partiell zwar nur, aber deutlich sichtbar zwischen Kanton und Peking. Und wieder blickten Hunderttausende von Augenpaaren zum Himmel. Als der Mond anfing, sich mit dem Schatten zu überziehen, wußte es ganz China, daß nicht der „Drachenpavillon" und der „Himmelssohn", sondern der Fremde, der „Sheng-jen" aus Nan-shan, recht gehabt hatte.

16

Drei Tage nach diesem Ereignis bekam Nan-shan hohen Besuch.

Herr Wang-Chung-ming, Mandarin vom reinen Korallenknopf mit dem Brustschild des Goldfasans und Visitator der Mittelprovinzen Hu-penh, Ho-nan, Anhui, Tsche-kiang und Kiang-si mit dem Amtssitz in Nanking, ein Mann, der selbst den Vizekönigen und Gouverneuren übergeordnet war, erschien in Nan-shan. Er nahm Quartier im Hause des Prinzen Ch'ien und verlangte sogleich den „Sheng-jen" Dr. Li zu sehen.

Er hatte zwei Gründe für diese Absicht: einen privaten und einen hochpolitischen. Der private Grund lag in der ein wenig betrüblichen Tatsache, daß der Visitator, den man nur mit „Eure erlauchte Exzellenz" ansprechen durfte, einen Sohn besaß, der ihm Kummer bereitete.

Dieser junge Mann glich den Söhnen vieler sehr hochgestellter und reicher Familien: er taugte nicht viel, wollte nicht lernen, sondern das Leben genießen, und fiel bei allen Prüfungen durch. Dabei hätte er alle Voraussetzungen für eine steile Karriere gehabt; denn sein einflußreicher Vater liebte ihn sehr.

Aber ohne die entsprechenden Prüfungen konnte selbst die „erlauchte Exzellenz" seinem Sprößling keine höheren Ämter verschaffen.

In Nanking hatte er von den Gedächtniskünsten des Dr. Li gehört und auch das kleine Büchlein in chinesischer Sprache gelesen, das der berühmte Mann über die Technik des Lernens und die Übung des Gedächtnisses verfaßt hatte. Da sah er die Möglichkeit, daß etwa Dr. Li seinen Sohn auf die richtige Bahn bringen und zum studentischen Musterexemplar machen könne. Er bat also den großen „Sheng-jen“, sich als Erzieher seines mißratenen Sohnes anzunehmen.

Der andere Grund war für Dr. Li aufregender.

Exzellenz Wang-Chung-ming dachte einen Streich gegen die Eunuchen von Peking und den „Drachenpavillon“ zu führen. Er würde dem Himmelssohn eine Kalenderreform vorschlagen. Da auch die Exzellenz längst zu den „Progressiven“ gezählt wurde und als hoher Mandarin und Kung-fu-tsianer dem Unwesen der Eunuchen und Tao'isten sehr kritisch gegenüberstand, war es begreiflich, daß er dieser abgewirtschafteten Clique einen Hieb versetzen wollte, der ihr zu denken geben würde.

Wenn es mit rechten Dingen zugegangen wäre, hätte Exzellenz Wang-Chung-ming längst schon nach Peking berufen und dort Staatsminister werden müssen. Das hatten die Eunuchen bisher ausdauernd verhindert und statt dessen erst kürzlich wieder einen der Ihren auf einen Ministersessel gehoben.

Nun aber würde Herr Wang-Chung-ming mit einer Sensation in Peking auftreten: der Reform des gesamten Kalenders, die zugleich eine Gesellschaftsveränderung und eine Erneuerung des erschütterten Staates sein mußte.

Dr. Li aber würde sein Werkzeug sein.

„Eure Herrlichkeit, Sheng-jen Doktor Li“, sagte der hohe Herr, „ich werde demnächst nach Peking reisen. Am 17. Tage des achten Mondes wird dort der Himmelssohn Geburtstag feiern, und ich habe die Absicht, ihm dazu meine Glückwünsche darzubringen. Wenn Sie es wünschen, werde ich Sie in meinem Gefolge in die Hauptstadt mitnehmen. Wir können dann – soferne es Eurer Herrlichkeit beliebt – diesen unfähigen Leuten vom ‚Drachenpavillon‘ einige Wahrheiten sagen, die sie gar nicht so gerne hören werden. Doch wie dem auch sei: sie werden nicht leugnen können, daß die Mondfinsternis nicht am 16., sondern am 18. März stattgefunden hat! Das wird einige hart treffen. Sie aber, Eure Herrlichkeit, werden einen ungeahnten Aufstieg erleben.“

Dr. Li war wie vom Donner gerührt. Er konnte zunächst nicht

antworten. Zu überraschend war das Glück über ihn hereingebrochen. Als er schon nicht mehr weitergewußt hatte und keine Hoffnung mehr sah, hatte Gott – der ihn führte – alles gewendet. Er würde nicht auf abenteuerliche Weise den Versuch einer Pekingreise unternehmen müssen. Er wurde eingeladen, als Gast einer Exzellenz dorthin zu kommen.

„Untertänigen Dank, Eure erlauchte Exzellenz!" sagte er, „ich bin bereit, dorthin zu gehen, wohin mich mein Schicksal führt."

4. Buch

WU-KI — Das Ewige: Der Kreis schließt sich

„Herr, führe mich, damit ich nicht dorthin gehe, wo ich will, sondern dahin, wo du willst. Denn Du bist der Anfang und das Ende . . .“

Die Heilige Schrift

1

Pater Ricci, alias Dr. Li, war 46 Jahre alt und hatte davon sechzehn in China verbracht, als er am 25. Juni 1598 die Reise nach Peking antrat. Den chinesischen Jesuitenpater Yu-Wen-hui, der auf den Namen Emanuel Pereira getauft war, hatte er als Begleiter mitgenommen. Sein Gastgeber und Beschützer war die Exzellenz, Herr Wang.

Der Minister hatte eine wunderschöne Staatsbarke im Hafen von Nan-shan liegen, welche die Reisenden zunächst nach Nanking bringen würde.

Diese Barke war ein verhältnismäßig kleines Schiff von der Bauart einer Fluß-Schute mit sehr flachem Kiel, am ganzen Rumpf phantastisch mit Drachen und Ornamenten bemalt und mit allerlei Aufbauten versehen.

Auf dem Heck gab es sampanähnliche, gerundete Strohmattendächer, hier standen auf Stangen Wappen und Titelinschriften des hohen Herrn, die Ruderleute kauerten hier im Schatten der Matten. Dann folgte eine sehr hohe Stange mit einem Feuerkorb, der bei Nacht angezündet wurde, und eine noch höhere Stange mit einem mehrstufigen Sonnenschirm aus Purpurseide. Das gesamte Mitteldeck war von einem kastenförmigen, sehr schön in Lackfarben bemalten Häuschen eingenommen. In diesem kleinen Lusthaus saßen die hohen Herren auf Kissen, rauchten Pfeifen oder tranken Tee, während zum Bug hin ein weiterer Kasten in Gestalt eines kleinen, rundum geschlossenen Pavillons stand, der sogar ein Ziegeldach, die üblichen Fuchsien- und Geranienkästen und eine Anzahl von aufgemalten Bildern aufwies.

Zum ersten Male fand Dr. Li, daß einige Bootsleute, die an der

Reling oder am Bug kauerten und von Zeit zu Zeit die Leute an den langen Stangen zum Staken ablösten, ungeniert Opium rauchten. Der süßliche Duft des Krauts drang beinah lähmend in die Teekajüte. Dr. Li hatte bemerkt, daß die Flußschiffer kleine braunschwarze Kügelchen auf den glimmenden Tabak ihrer Pfeifen legten und den Rauch gierig einsogen. Einige von ihnen machten einen verlorenen oder verträumten Eindruck und schauten durch die hohen Herrschaften förmlich hindurch. Sie hatten kleine Pupillen und einen starren Ausdruck in den Gesichtern. Einige schienen nicht völlig Herr ihrer Sinne zu sein und taumelten mehr als sie gingen.

Dr. Li machte die Exzellenz, die behäbig in den Kissen lag, auf diesen Umstand aufmerksam, und diese seufzte ziemlich gleichgültig.

„Ja", sagte er, „da haben Sie, Eure Herrlichkeit, richtig beobachtet! Sie rauchen Opium. Viele tun dies. Meist jedoch können es sich nur Kaufleute oder Beamte von Beamten leisten, denn es ist teuer. Ich bezahle eben meine Leute zu gut."

„Sonst haben Eure erlauchte Exzellenz keine Einwände gegen dieses Laster?" fragte Dr. Li. „Man hat mir gesagt, es sei sehr schädlich!"

„Auch hierin haben Sie, Eure Herrlichkeit, wieder recht! Opium ist wirklich ziemlich schädlich. Vor allem für die, die es rauchen. Und für mich, weil die Leute, die es tun, meist sehr faul und unzuverlässig werden. Man sagt, daß einige von ihnen sogar Verbrechen begehen, nur um zu Geld zu kommen und neues Opium kaufen zu können. Es ist eine Art Sucht. Der Handel mit Opium ist verboten. Man kann es nur heimlich kaufen. Die Holländer und Portugiesen bringen es ins Land."

„Und Sie, Eure Exzellenz, nehmen diese Tatsache so gelassen hin?"

Herr Wang seufzte abermals.

„Was soll man tun? Sich ständig aufregen? Sehr viele haben angefangen, dieses Zeug zu rauchen. Es schenkt ihnen Träume, und das ist nicht übel, weil sie meist sehr arm und unzufrieden sind. Genießen sie aber Opium, so träumen sie, anstatt zu rebellieren. Das ist besser für die herrschende Klasse. Wir haben unter dieser Bevölkerungsschicht eine Menge, die dem Geheimbund der ‚Roten Kopftücher' angehören."

„Sie erwähnten, Eure Exzellenz, daß der Handel mit Opium verboten ist. Warum werden dann nicht jene bestraft, die es besitzen?! Sie müssen es doch irgendwo erhandelt haben? Es zersetzt die Volkskraft und verdirbt die Seelen!“

„Abermals gebe ich Ihnen recht, Eure Herrlichkeit! Man sollte es tun, und manchmal geschieht es auch. Manchmal wieder ist es praktischer, nichts zu sehen und nichts zu hören. Ich zum Beispiel bin sehr gütig zu meinem unwürdigen Schiffsvolk, und deshalb lieben sie mich sehr. Ich brauche keine Furcht vor nächtlichen Überfällen der ‚Roten Kopftücher‘ zu haben. Denn wir werden im Norden durch sehr weite Gebiete fahren, die von den ‚Roten Kopftüchern‘ verseucht sind. An der ganzen Misere mit dem Opium sind lediglich die Fremden – verzeihen Sie, Eure Herrlichkeit, ich meine damit nicht Sie! – schuld. Sie bringen das Opium über Kanton ins Land, und von dort aus wird es durch profitgierige Kaufleute überall verteilt. Früher war Opium bei uns nur als Medizin, als Schlafmittel oder bei Operationen bekannt. Erst seit diese Holländer auf Formosa begonnen haben, die Bauern zur Anlage von Mohnfeldern anzuhalten und Opium zu kochen, ist es bei uns zur wahren Landplage geworden. Eine Kiste Opium kostet die Holländer auf Formosa etwa fünfzig Kaesch, also ein halbes Tael. In Kanton bekommen sie dafür 20 Tael für die Kiste und in Nanking bezahlen die Leute soviel für ein paar Tschin, daß man an der Kiste schon 100 Tael Silbers verdient. Die Fremden und auch unsere Kaufleute verdienen sehr gut an diesem Gift. Jeder kann sehr viel Geld bekommen, wenn er als Visitator nicht jede Opiumpfeife sieht und einige Kisten durchgehen läßt.“

Die Exzellenz lächelte fein, als sie sah, daß Dr. Li sie verstanden hatte. Doch dieser gab keine Ruhe.

„Erlauchte Exzellenz!“ rief er, „kennen Sie den Philosophen Shang-Yang, den einstigen Berater des Herzogs von Ch’in, der vor etwa 2000 Jahren gelebt hat?“

„Natürlich kenne ich Shang-Yang! Er leitete eine der neun Rechts- und Philosophieschulen der ‚Kämpfenden Staaten‘ und lehrte die Staatskunst. Er war es, der an die Stelle von Moral und Güte die Furcht und Strafe und die Hoffnung auf Belohnung setzte, ein Mann, der sehr realistisch gedacht hat.“

„Dann, Eure erlauchte Exzellenz, wissen Sie auch, was Shan-Yang über die Methode gelehrt hat, wie man einen Staat, den man erobern und umwerfen will, am sichersten klein bekommt, wie man ihn erobert, bevor noch die Truppen marschieren?!"

„Es ist mir so ungefähr bekannt, Eure Herrlichkeit. Aber weshalb zitieren Sie diesen Shang-Yang? Er gilt als Zyniker und böser Mensch!"

„Mit Erlaubnis Eurer erlauchten Exzellenz zitiere ich nur ein wenig aus den Schriften des Shang-Yang! Er sagt, daß man einen Staat, den man zu erobern, und ein Volk, das man zu unterwerfen gedenkt, am leichtesten durch Befolgung einiger Grundsätze zerstört: Zunächst bringe es dahin, daß dieses Volk dem Sexualwahn verfällt, daß sich Scham und gute Sitte auflösen. Schicke Agenten aus, die der Jugend dieses Volkes erzählen, sie sei ganz frei und bedürfe keiner Reglementierung des Sexuallebens mehr. Das wird sie schwach und weichlich machen. Dann hetze sie gegen jegliche Autorität auf, so daß niemand mehr den Offizieren, Beamten und Mandarinen gehorcht. Das wird die Wehrkraft, die Wirtschaft und den Fleiß dieses Volkes zerstören, es arm machen und in ständige Krisen stürzen. Und schließlich pumpe dieses Volk voll mit Rauschgiften, Alkohol und ständigen Vergnügungen, es wird ihm den Rest geben und es unfähig machen, auch nur den geringsten Widerstand zu leisten. Es wird eine leichte Beute derer werden, die zuerst das Volk zersetzt haben, ehe sie Truppen ausschickten, um es für eine neue Ordnung zu unterwerfen. Sollte China nicht gelegentlich, Eure erlauchte Exzellenz, an die zynischen Ratschläge des Shang-Yang denken, wenn es die Augen vor dem Opiumhandel verschließt?"

Die Exzellenz sah gar nicht mehr freundlich aus, ein deutlicher Unmutsschatten hatte sich auf ihrer glatten Stirn ausgebreitet. Die Lider schlossen sich zu schmalen Schlitzen. Eine Weile – während die Barke ruhig ins offene Fahrwasser hinausglitt und nun von Kulis an Stricken stromaufwärts getreidelt wurde – schaute Exzellenz Wang auf den Strom hinaus, wo große Dschunken und niederbordige Frachtschiffe vorübertrieben. Er tat, als interessiere ihn das Leben des Yang-tse-kiang sehr. Dann wandte er sich wieder Dr. Li zu.

„Sie haben ständig recht, Eure Herrlichkeit! Schon wieder muß ich Ihnen zustimmen. Aber Sie haben den Shang-Yang nicht vollständig zitiert. Er sagt nämlich auch: willst du einen Staat gründlich umwerfen und erobern, so versichere ihn zunächst deiner friedlichen Absichten, überzeuge ihn von der Unsinnigkeit der militärischen Rüstung und bringe ihn dahin, seine Armee abzubauen und die Festungen verfallen zu lassen. Dann schließe Verträge mit ihm, die ihn in Sicherheit wiegen und sende seiner Regierung Geschenke, damit sie an Freundschaft glaubt. Denn dann erst, wenn all dies geschehen ist und der Krieg psychologisch und politisch schon gewonnen ist, beginne den richtigen Krieg. Er wird dir rasch und ohne viel Opfer den Sieg bescheren. Auch das hat Shang-Yang schon vor 2000 Jahren geschrieben."

Dr. Li war überrascht und sogar etwas betreten von dieser Rede der Exzellenz; denn er verstand recht wohl, was diese ausdrücken wollte. Aber der hohe Herr, der sich vermutlich über die Belehrungsversuche des Paters ein wenig geärgert hatte, wurde noch deutlicher.

„Wie man mir schon in Nan-shan sagte", fuhr er fort, „wollen auch Sie, Eure Herrlichkeit, nach Peking, um über gewisse Verträge zu sprechen, die es den Fremden erlauben würden, noch stärker auf unser Reich einzuwirken und es frei betreten zu dürfen. Man hat mir erzählt, daß Macao ebenso wie Formosa sehr gerne einige offene Häfen haben würden. Weshalb wollen die Fremden mit uns Freundschaft schließen? Warum wünschen Sie Verträge, aus welchen Gründen schicken sie uns Geschenke?

Eure Herrlichkeit, auch wir haben den Shang-Yang gelesen und sind sehr nachdenklich geworden."

Dr. Li fuhr empor. Er war an einem wunden Punkt getroffen. Sein Asketengesicht rötete sich, die schwarzen Augen blitzten.

„Aber Eure erlauchte Exzellenz! Sie wissen doch ganz genau, daß ich in all den Jahren nur Gutes getan, für die Wissenschaft und das Wohl Chinas gewirkt habe und daß es mir ferne liegt, Politik zu machen oder erobern zu wollen!"

„Sie, Eure Herrlichkeit, sind ein sehr kluger und ein sehr guter Mensch, das ist auch uns klar. Aber wissen wir denn, wer Sie geschickt hat? Das, was Sie von Jesus Christus erzählen, mag sehr gut und es mag sogar wahr sein. Aber das Opium ist auch wahr und für manche ist es sogar gut. Seien Sie sich darüber klar, daß wir noch nicht in Peking sind und daß der Fremdenhaß in unserem Lande wieder zunimmt. Vorgestern erhielt ich die Nachricht, daß dieser Japaner Toyotomi Hideyoshi abermals Waffen über Macao erhalten hat, daß gewisse Fremde, die sich Engländer nennen, als Gesandte bei den mongolischen Dschahar und ihrem Chan Lin-tan sowie bei den Mandschus im Norden gewesen sind, um mit diesen uns sehr feindlich gesonnenen Völkern Waffenkäufe und Handelsverträge abzuschließen. Das ist allgemein bekanntgeworden, und das Volk hat darauf sehr ärgerlich reagiert. Ich glaube zum Beispiel nicht, daß Sie in Nanking an Land gehen sollten. Und ich weiß noch nicht, ob es mir gelingen wird, Sie heil nach Peking zu bringen."

Das war ein bedeutender Dämpfer auf die Freude Dr. Lis, nun endlich die ersehnte Reise angetreten zu haben.

Exzellenz Wang hatte ihm noch in Nan-shan die vorgesehene Reiseroute beschrieben. Die Barke würde bis Nanking fahren und dann einen Seitenkanal benützen, der Nanking mit dem „Kaiserkanal" verband.

Dieser Kanal, von dem Dr. Li schon Wunderdinge gehört hatte, sollte mehr als 800 Meilen die Provinzen von Hang-tschou an der Grenze Tsche-kiangs über die Shan-tung-Halbinsel unter Überquerung der Ströme Yang-tse-kiang, Huei, Hoang-ho bis Tien-tsin durchqueren und in den Pei-ho bei Peking einmünden, wo dann der Endhafen war. Er wurde chinesisch „Jün-liang-ho" oder „Kornverschiffungsfluß" genannt, war unter mehreren Kaisern vor sehr langer Zeit erbaut worden und hatte vor allem den Zweck, die Versorgung der Hauptstadt sicherzustellen und dem kaiserlichen Hof die Möglichkeit einer raschen, nicht durch Küstenräuber und Piraten bedrohten Verbindung mit dem Süden zu geben. Er strebte in einer ziemlich geraden Linie auf sein Ziel los, nahm unterwegs die Wasser vieler Flüsse auf und gab in Dürrezeiten selber Wasser an die Landwirtschaft ab, durchstieß Hügelketten wie etwa das Tu-shan-Gebiet und war eine Schlagader der chinesischen Wirtschaft.

Der gesamte „Tributreis" des Yang-tse-kiang-Gebietes wanderte auf dem Kaiserkanal nordwärts. Die im Süden lebenden „Ming-Chinesen" liebten daher diese Wasserstraße nicht besonders, da sie eine Ader in ihm sahen, die den Bauern das Blut aussaugte. Es kam in der Nacht immer wieder zu Überfällen und Plünderungen der

Schiffe, die den Kaiserkanal benützten. Deshalb wunderte sich Doktor Li, daß ein so hoher Beamter wie Seine Exzellenz diese Route gewählt hatte.

War er sich seines guten Verhältnisses zu den „Roten Kopftüchern" so sicher?! Ging seine Abneigung gegen die Eunuchen in Peking so weit, daß er mit den Geheimbünden zusammenspielte?!

Es wäre sehr schädlich gewesen, wenn die Barke, die ganz ohne Militärschutz reiste, unterwegs den „Roten Kopftüchern" oder anderen Wegelagerern begegnen sollte. Die Exzellenz führte große Kostbarkeiten und viel Geld mit sich und Dr. Li selber hatte alles zusammengekratzt, was die „Societas" an „Geschenken" für den Himmelssohn, die Eunuchen und Minister hatte auftreiben können.

Im Laderaum des Schiffes lagen wohlverpackt Ölgemälde, Pendeluhren, Prismen, astronomische Instrumente, kostbare Bücher, Globen, Atlanten und als neueste Errungenschaft – von der bisher nicht einmal die Gelehrten Nan-shans und die Exzellenz etwas ahnten – einige Taschenuhren, wie sie in Nürnberg hergestellt wurden, wahre Wunder der Technik, die ohne Pendel, ohne Wasser, Sand oder sichtbaren Antrieb die genaue Zeit anzeigten, Glockenspiele und sogar einfache Melodien hören ließen. Es sollten Einführungsgaben für den Himmelssohn sein – soferne Dr. Li jemals Peking erreichte.

2

Nanking war in Aufregung.

Als die Barke der Exzellenz den Hafen anlief, sah man überall Menschenansammlungen, hörte Geschrei und Gelärme. Hinter den Mauerringen der Riesenstadt stieg es wie fernes Brausen hervor, dazwischen dröhnten die erzenen Schläge von Tempelglocken und Gongs.

Plötzlich öffnete sich eine Gasse, und die Ankömmlinge sahen, wie eine kriegsmäßig bewaffnete Tatarenabteilung in ihrem raschen Trippelschritt aus den Gewölben des Torbaus herauskam und zu einer Anzahl von Transportschiffen eilte, die am Kai aufgereiht lagen.

Die Exzellenz hatte gleich einen ihrer opiumsüchtigen Diener ausgeschickt, um zu erfahren, was die Stadt so sehr in Aufregung versetzte. Der Mann kam zurück und meldete, ein Teil der Garnison von Nanking sei nach Norden befohlen worden und reise eben ab. Im ganzen Lande seien die Truppen in Bewegung. Bei Tien-tsin versammle sich eine große Armee.

Bald erfuhr man noch mehr.

Die Japaner Toyotomi Hideyoshis hatten in Korea bei der Stadt Pjöng-jang einen Sieg über die Chinesen errungen und sich nun fast völlig in den Besitz dieser großen, China tributpflichtigen Halbinsel gesetzt. Außerdem waren, von der japanischen Insel Kiu-shu herüberkommend, japanische Seeräuber ins Gelbe Meer eingefahren und hatten kleine Küstenorte der Shan-tung-Halbinsel gebrandschatzt. Deshalb zog Kriegsminister Shih-Hsing jetzt alle verfügbaren Kriegsdschunken in den Häfen zwischen Hang-tschou und Tien-tsin zusammen. Die Entblößung der südlichen Küsten wiederum hatten die „rotgesichtigen, spitznäsigen Barbaren aus dem Südmeer", die sich Holländer nannten und auf Amoy, Kimoy und Formosa saßen, genützt, und hatten die wohlhabende Küstenstadt Fu-tschou in Fukien überfallen.

Überall hörte man aus der Volksmenge den Ruf: „Tod den Fremden!" oder „Schlagt die japanischen Spione tot!"

„Eure Herrlichkeit", sagte die Exzellenz zu Dr. Li, „Sie sehen selbst! Die Stunde ist nicht günstig für einen Landgang. Sie sind ein Sheng-jen und ein hoher Mandarin dazu, aber ich weiß nicht, ob diese Umstände genügen werden, wenn die Behörde und noch mehr das Volk erkennt, daß Sie ein Fremder sind!"

Das sah der Pater ein, konnte sich jedoch nicht verkneifen, an die Exzellenz die Frage zu richten, ob er denn auch nach sechzehn Jahren Chinaaufenthalt und so vielen Verdiensten um das Land immer noch ein „Fremder" sei.

„Nicht Sie, Eure Herrlichkeit, nicht Sie sind fremd – nur Ihr Gesicht! Ein aufgeregter Kuli versteht den Unterschied nicht, und manche Beamte wollen ihn im Augenblick nicht verstehen. Es gilt jetzt sehr national zu sein, wenn man beliebt bleiben will. Sogar ich werde daran denken müssen. So wie die Dinge heute liegen, nützen Ihnen weder Weltkarte noch Pendeluhr weiter, und ich muß Eure Herrlichkeit ernsthaft bitten, während unseres Nanking-Aufenthaltes an Bord der Barke zu bleiben und möglichst die Kajüte nicht zu verlassen!“

Trotzdem irrte die Exzellenz, obschon sie eine Exzellenz war. Weltkarte und Pendeluhr sollten dennoch ihre Wirkung tun.

Der hohe Herr verließ die Barke in einer Staatssänfte und ließ sich in seinen schönen, kühlen Kang in der Parkvorstadt tragen, wo sein mißratener Sohn auf ihn wartete. Die beiden Jesuitenpatres ließ er in der engen und heißen Kabine des Schiffes zurück, wo sie nun inmitten der großen Sommerhitze wohnen, essen und schlafen sollten. Nanking zeigte sich wieder einmal von seiner übelsten Seite.

Es hatte einige Veränderungen gegeben, seit der Pater vor rund drei Jahren die Metropole fluchtartig verlassen hatte. Oberst Hsü-Ta-jen war von Generalissimus Shih-Hsing an die Koreafront gerufen worden, auch der Vizekönig hatte gewechselt. Dieser neue Herr, der seinen Wohnsitz in der Gartenstadt Kü-yung – etwa eine Tagesreise stromauf von Nanking entfernt – hatte, hieß Chao-K'o-huai und war ein alter Freund der Exzellenz. Deshalb suchte Herr Chao auch sofort den Kang der erlauchten Exzellenz auf, als ihm seine Beamten meldeten, Herr Wang-Chung-ming sei angekommen.

Nachdem sich die beiden Herren in der üblichen weitschweifigen Art vornehmer Chinesen begrüßt hatten, zeigte die Exzellenz dem Freund die kostbaren Geschenke, die er von Dr. Li erhalten hatte: Weltkarte und Pendeluhr.

„Das ist doch nicht etwa der große Sheng-jen aus Nan-shan?“ staunte der Vizekönig, und als ihm dies stolz bestätigt wurde, äußerte er ganz unverblümt, daß auch er solch eine Karte und wenn möglich eine Uhr haben müsse.

Die Exzellenz erwiderte, daß dies leicht zu arrangieren sei; denn der große Sheng-jen sitze auf seiner Barke am Hafen und schwitze in der Sonne.

Der Vizekönig hatte viel weniger Bedenken wegen der Anti-Fremden-Demonstrationen oder dem Vorwurf der Fremdenfreundlichkeit als die Exzellenz und schickte sofort eine Sänfte, Pferde und Gepäckkulis an den Hafen. Ein Haushofmeister sollte Dr. Li die freundliche Einladung des Vizekönigs in die Sommerresidenz nach Kü-yung überbringen. Der Vizekönig war vorsichtig genug, sein Zusammentreffen mit dem Fremden in die weit entfernte Gartenstadt zu verlegen.

So wurde Dr. Li plötzlich abgeholt und mit einem geringen Teil seines Gepäcks, denn er wußte wohl, daß er bei einer solch ehrenden Visite der Geschenke bedürfen würde, nach Kü-yung gebracht. Seinem Mitbruder, dem chinesischen Pater Emanuel Pereira, sagte er seine baldige Rückkehr zu. Er wollte jedenfalls wieder am Hafen sein, bis die Barke abfuhr.

Dieses Versprechen konnte er nun leider nicht einhalten. Während der Vizekönig Dr. Li in seinem wunderschön gelegenen Kang zu Kü-yung mit tausend Diskussionen und interessanten Gesprächen festhielt, kam die Exzellenz zum Kai zurück und sprach mit Pater Pereira.

Wie schon seinerzeit der Kriegsminister hatte auch er ein Unbehagen angesichts der sehr langsamen und nicht ungefährlichen Fluß- und Kanalfahrt verspürt und sich kurzfristig für den Landweg entschlossen. Er hatte sein Gepäck und seine Begleitung in Kutschen umladen lassen und würde unter militärischer Bedeckung auf dem Landweg nach Peking reisen. Doch im Gegensatz zu Generalissimus Shih-Hsing stand er zu seinem Wort, die Patres in die Hauptstadt mitzunehmen.

Er schrieb eine Passier-Order für die Barke und ihre Insassen aus, überließ das Schiff samt der opiumsüchtigen Besatzung Emanuel Pereira und Dr. Li, wenn dieser zurückkommen würde. Dann gab er dem Pater noch einmal den Rat, möglichst in der Kajüte zu bleiben, stets nur chinesische Gewänder zu tragen, und vielleicht in Tien-tsin an einen sehr mächtigen Eunuchen namens Ma-T'ang wertvolle Geschenke zu senden. In Peking würde man sich dann wieder treffen. Sobald die Barke dort im Kaiserkanal-Hafen angelangt sei – weit außerhalb der eigentlichen Stadt Peking –, würde die Exzellenz dies erfahren und sofort Sänften und Pferdekarren schicken. Die Patres konnten dann in dem Kang der Exzellenz fürs erste verschwinden und das weitere sollte sich finden.

Daraufhin entfernte sich die Exzellenz samt mißratenem Sohn und überließ die Barke ihrem Schicksal. Vielleicht hatte Herr Wang eben doch Angst vor den „Roten Kopftüchern" oder zumindest vor dem neu auflodernden Fremdenhaß. Als sehr hoher Beamter legte er also eine gewisse Distanz zwischen die möglichen Ereignisse und seine eigene Person. Wenn alles gutging, würde er ja ganz sicher zur Stelle sein. Unterdessen verbrachte Dr. Li beinahe vierzehn Tage beim Vizekönig in Kü-yung. Er glaubte, die Barke sei immer noch am Kai in Nanking, was natürlich ein Irrtum war.

Der Vizekönig entpuppte sich, wie die meisten hohen Mandarine, als ein wissenschaftlich ungemein interessierter Mann, der von Dr. Li möglichst alles über die Methoden und Ergebnisse der abendländischen Physik, Astronomie, Kartographie und Technik erfahren wollte. Er war begeistert davon, den berühmten Sheng-jen aus Nanshan als Gast bewirten zu dürfen und sich mit ihm so eingehend aussprechen zu können. Als ihm Dr. Li – außer der üblichen Weltkarte und einem Prisma – noch ein Ölbild von Jesus Christus schenkte, zeigte sich der hohe Herr ungemein taktvoll. Er besah das Gemälde – eine Kopie nach einem etwas manieristischen Meister der Zeit, das effektvoll und ein wenig aufhimmelnd geraten war – und verneigte sich höflich davor.

„Man sieht sogleich, Eure Herrlichkeit", sagte er, „daß es sich hiebei um das Bildnis keines sterblichen Menschen, sondern um einen Gott handelt. Ich will es also nicht in meinem Tee-Pavillon aufhängen, sondern ihm einen eigenen dafür geeigneten Raum geben!"

Dieser Raum wurde bald gefunden, Dr. Li weihte ihn aus, und so erhielt Kü-yung seine erste Kapelle. Der Vizekönig schien bei all seinem intellektuellen Interesse an den Naturwissenschaften auch für religiöse Betrachtungen nicht verschlossen zu sein. Dr. Li nützte jede Gelegenheit, um mit ihm über das Christentum und die Religion zu sprechen, und tat dies wie meist, indem er bei Lao-tse und Meister Kung begann und bei Christus endete.

Der Vizekönig, der schon früher Dr. Lis bekanntes Buch über die „Freundschaft" gelesen hatte, sagte ihm eines Abends spontan, er wünschte, daß auch ihm ein Exemplar in diesem Sinne gewidmet wäre. Er fühle sich fortan als der bescheidene Freund des Paters.

So vergaßen die beiden Herren beinah die Zeit und wurden erst aufgestört, als ein zufälliger Bote aus Nanking die Nachricht brachte, die Barke sei schon vor zehn Tagen in den Kaiserkanal eingefahren.

Doch auch jetzt wußte der Vizekönig Hilfe. Er beorderte ein schnell segelndes oder ruderndes Regierungsschiff, das mit Dr. Li an

Bord nun eilig hinter der Barke herjagte. Beim Abschied hatte der Vizekönig ihm gesagt, er könne jederzeit wieder nach Nanking oder Kü-yung kommen, er werde ihn mit offenen Armen empfangen.

Dies sollte noch Bedeutung gewinnen.

Dr. Li erreichte die sehr langsam dahintreibende Barke bereits in Tsching-kiang und stieg zu Pater Emanuel Pereira um.

Die Fahrt war fortan ruhig und verlief ohne Zwischenfälle. Am Heck stand immer noch die Standarte der Exzellenz. Man begegnete ganzen Schiffszügen von Reiskähnen und schwerbäuchigen Transportdschunken, die voller johlender und gestikulierender Truppen waren. Alle strebten nach Norden, alle krochen in der prallen Sommerhitze mehr rudernd und stakend als segelnd dahin. Es gab fast keinen Wind.

Die Patres lagen stundenlang unter den Schattensegeln. Dr. Li studierte schon wieder ein chinesisches Buch. Diesmal war es die „Geographie" des „Ta-ming-i tschung-tschi". Aber auch in diesem Standardwerk fand er keine genaue Angabe über den geographischen Standort Pekings. Die Stadt war auch den Geographen geheimnisvoll und verboten. War es ein Wunder, daß in europäischen Atlanten die größte Wirrnis über diese Stadt, ja über China überhaupt herrschte?!

Marco Polo hatte von dem Reich „Cathay" und seiner Hauptstadt „Kambalu" berichtet. Seither hatten Portugiesen und Holländer die Kunde von China und Peking nach Hause gebracht. Aber keiner hatte bisher zu sagen gewußt, wie sich Cathay-Kambalu zu China-Peking verhielten. Waren es zwei Reiche und zwei Metropolen oder nur ein einziger Staat und eine einzige Stadt, die da irgendwo zwischen Ozean und Mongolei und zwischen Indien und dem rauhen Norden lagen?!

Vielleicht würde Dr. Li auch diese Frage endgültig lösen!

In der achten Woche ihrer Schiffsreise, am 3. September 1598, erreichten die beiden Jesuiten die große Festung und Hafenstadt Tien-tsin, die an den Mündungen von Wei-ho und Pei-ho die Bucht von Tschi-li am Gelben Meer bewacht.

Hier verläuft der Kaiserkanal in dem ausgedehnten Hafenbecken, um sich dann nordwestwärts nach Peking zu wenden, das angeblich nur noch 120 Meilen entfernt war. Tien-tsin war überfüllt mit schwerbewaffneten Kriegsdschunken und mit Transportschiffen. Hier zog sich eine bedeutende Flotte zusammen, um vermutlich über den Golf hinweg eine Invasion Koreas zu versuchen.

Als die kleine Barke in der Dämmerung in das Durcheinander der zahllosen Schiffe hineinfuhr und selber in einer Kiellinie von Transportern mitschwamm, achtete niemand groß auf sie. So gelang es dem kleinen Schifflein, ohne jede Kontrolle durch den sonst so gefürchteten Hafen von Tien-tsin zu kommen und sich, ohne Licht fahrend, zur Einfahrt in den Peking-Kanal zu schlängeln.

Als es Morgen wurde, trieb sie bereits hinter Reisschiffen und Gemüsekähnen auf dem völlig unbewegten Wasser des Kanals. Die Opiumraucher mußten zu ihrem großen Leidwesen rudern, da das Segel völlig bewegungslos am Mast hing. Die Fahrt wurde womöglich noch langsamer.

In der Morgenfrühe des 7. September – dem Vortage von Mariä Geburt – weckte Pater Emanuel Pereira Dr. Li, indem er ihn heftig am Arm rüttelte.

„Erheben Sie sich, Hochwürdiger!“ rief er, „Peking liegt vor uns! Man kann schon ganz deutlich die riesigen Mauern und Torwerke sehen!“

Dr. Li stürzte sogleich aus der Kajüte und blickte nach Westen. Hinter der Barke flammte der Osten rotgolden im Licht der heraufsteigenden Sonne und warf seine Strahlenbündel wie Feuer auf die ferne Silhouette einer gewaltigen Stadt, von der man nichts sah als endlose, grau dahinziehende Zyklopenmauern, über die kein anderes Bauwerk ragte.

Peking – das war nur eine Wand, die den Horizont gegen Westen abschloß. Von der Stadt sah man nichts.

Denn die Schiffe, die jetzt schwarz und müde den Kanal heraufruderten, strebten alle einem riesigen Hafenbecken entgegen, in dem bereits Kahn an Kahn und Sampan an Sampan vertäut lagen. Das Ende der Reise auf dem Kaiserkanal war erreicht. Hier mußte jedes Fahrzeug anlegen. Hinter den Kaimauern war ein ungeheuerer Platz, auf dem sich Waren stapelten, Karren ratterten und Pferde angekoppelt standen. Trotz der Morgenfrühe war schon lebhafter Betrieb, und Tausende von Menschen lärmten durcheinander. Der Pekinghafen war von Mauern und Torwerken umgeben, die alles festhielten und kontrollierten, was hinaus zur eigentlichen Stadt strebte. Nur ein schmaler Stichkanal durchbrach die Festungswerke. Das war die Fortsetzung der Wasserstraße zu dem etwa fünf Meilen entfernten Peking. Aber nur Personen kaiserlichen Geblütes oder hohe Eunuchen mit Sondererlaubnis durften ihn benützen. Nach Angaben des Schiffsführers endete dieser Kanal dicht vor den Mauern Tatus.

„Tatu?“ fragte Dr. Li, „was ist Tatu?“

„Die verbotene Stadt in der Stadt!“ antwortete der Schiffsführer. „Keiner von uns wird je Tatu von innen sehen, ja wir werden nicht einmal Peking von innen sehen! Am Hafen hier ist alles zu Ende.“

Sie lagen etwa bis Mittag am Kai. Dann erschien der Haushofmeister der Exzellenz. Herr Wang war schon vor Tagen in Peking eingetroffen. Er hatte Karren für das Gepäck und verhängte Sänften für die Jesuiten geschickt.

Die Exzellenz besaß einen sehr schönen Kang inmitten eines Parks, der nahe dem Tor zur Chinesenstadt beim Tempel der Erde lag.

Diesen Kang bot die erlauchte Exzellenz ihren Gästen als Unterschlupf an.

Dr. Li war in Peking!

3

An dem Tage im September, als Dr. Li endlich die Bannmeile von Peking überschritt und sich am Ziel seines sechzehn Jahre währenden Strebens wähnte, weilte Herr Ch'ü in der Stadt Su-tschou: rund 1000 Meilen entfernt im Südosten des Landes.

Wenn ein Mann wie Herr Ch'ü – noch dazu unter so dramatischen Umständen, wie es geschehen war – eine verhältnismäßig kleine Stadt wie Su-tschou mit seinem Besuch beehrt, dann ist es selbstverständlich, daß sich diese Nachricht weit im Lande verbreitet. Sogar in Nanking, Hang-tschou und Nan-shan wußte man von der Anwesenheit dieses hochgeehrten und mächtigen Beamten und man wußte auch von seinem bedauernswerten Unglück. Immerhin war Herr Ch'ü ein Mandarin in Schwarz und Gold und mit einem Bündel Pfauenfedern für seine Verdienste ausgezeichnet, Visitator im Süden und einer der reichsten Männer der Kwan-tung-Provinz. Und an den Fährnissen wie an den Glücksfällen solcher Leute nimmt nicht nur die gute Gesellschaft, sondern auch das einfache Volk immer mehr Anteil, als etwa an den oft tragischeren oder wunderbareren Geschicken von Ihresgleichen.

Auch Herr Ch'ü war wie Seine Exzellenz Wang-Chung-ming, die ja mit ihm ranggleich war, auf dem Wege nach Peking gewesen, um dem Himmelssohn zu seinem erhabenen Geburtstag die Aufwartung zu machen. Solche Audienzreisen waren für jeden hochgestellten Beamten von Zeit zu Zeit eine Art Pflichtübung. Herrn Ch'üs lieber und sehr geschätzter Freund, der sehr mächtige Eunuch Ma-T'ang, hatte ihn wissen lassen, daß es auch für den Visitator des Südens an der Zeit wäre, sich wieder einmal in Peking sehen zu lassen. Es gab einige ebenfalls sehr mächtige Eunuchen im Kaiserpalast, die an dem Ast sägten, auf dem sich Herr Ch'ü so behaglich niedergelassen hatte. Da waren persönliches Erscheinen und eine spendierfreudige Hand sehr gute Mittel, um sich als guter Beamter in Erinnerung zu bringen.

So war Herr Ch'ü also von Kanton aus, wo er jetzt meist residierte, wenn er nicht eben in Macao oder Nam-yang zu tun hatte, zu seiner Reise aufgebrochen. Seine Absicht war es gewesen, seinen alten Freund Dr. Li im nahegelegenen Nan-shan zu besuchen, weil dies so ziemlich am Wege lag und er sowohl von Su-tschou wie von Nan-shan aus den Kaiserkanal benutzen konnte.

Aber Dr. Li weilte schon nicht mehr in Nan-shan, und Herr Ch'ü war nur bis Su-tschou gekommen.

Von Kanton aus hatte Herr Ch'ü wie schon früher den gefährlicheren Seeweg an der Küste entlang genommen, weil dieser schneller war. Auch für Herrn Ch'ü war seit neuestem die Schiffahrt über die Fu-kien-Straße und Formosa-See nicht mehr ungefährlich. Das Verhältnis zu dem Piraten Huitzinga war stark eingetrübt, weil dieser alte Wassergeuse Macao einige Male schmählich betrogen und sich selber in verschiedene Handelsgeschäfte eingelassen hatte, die früher nur durch Vermittlung Macaos getätigt worden waren.

Bis vor etwa einem Jahr waren die Holländer mit Huitzinga an der Spitze im Waffengeschäft gänzlich von den Portugiesen abhängig gewesen. Das hatte sich jedoch geändert, seit diese Engländer in den chinesischen Meeren aufgetaucht waren.

Auch England lieferte Kanonen, Granaten und Gewehre, und es

lieferte bessere und billigere Ware. Sogleich hatten sich die protestantischen Holländer und die anti-papistischen Engländer zueinander hingezogen gefühlt und im Fernen Osten wiederholt, was sie in Europa während des immer noch tobenden Krieges der Reformation mit der Gegenreformation auch taten: sich nämlich zusammenzuschließen, was sehr zum Schaden der Spanier auf den Philippinen und der Portugiesen von Macao geschehen war.

Das Geschäft war in der letzten Zeit bedeutend härter geworden.

Immer wenn Geschäft in Politik übergeht, verbiestert die Welt. Aber vielleicht – so dachte Herr Ch'ü sehr weise – sind Geschäfte und Politik nur zwei verschiedene Formen ein und desselben Kampfes um die vollen Tröge.

Auch im Opiumgeschäft, aus dem die Firma Viegas und Ch'ü schöne Gewinne gezogen hatte, war vieles anders geworden.

Bisher hatte Huitzinga die Menge des Opiums aus Formosa geliefert und dieses zum Vorteil der Macaoleute über deren Beziehungen in Kow-lun, Hong-Kong und Whampoa in Kanton eingeschleust. Nun aber war Huitzinga dabei, sich eine eigene Verkaufsorganisation über die Inseln Amoy und Kimoy sowie über das von ihm geplünderte Fu-tschou aufzubauen. Tatsächlich hatte er einen verabscheuungswürdigen Mandarin mittleren Ranges gefunden, der korrupt genug war, diesem verderblichen Handel Tür und Tor zu öffnen. Dieser Mandarin war kein anderer, als der nach Fu-tschou versetzte Vetter T'sai, dessen scheußliche Gestalt ebenso an Umfang zunahm wie seine Guthaben bei Kantoner und Nankinger Banken.

Ein besonders widerwärtiges Gerücht besagt sogar, daß der Visitator des mittleren Bereichs, Exzellenz Wang-Chung-ming, Bestechungsgeldern nicht unzugänglich sei und die Hände im Spiel habe.

Es wäre wirklich notwendig gewesen, daß der Geheimbund vom „Östlichen. Wald", in dessen sehr geheimer Führungsspitze Herr Ch'ü eine bedeutende Rolle spielte, in dieses Rattennest hineingestochen hätte.

Im übrigen war dies ein Grund mehr, daß Herr Ch'ü die Reise nach Peking auf sich genommen hatte. Er hatte vernommen, daß Exzellenz Wang ebenfalls dorthin unterwegs war. Da er nun verhindert war, die Reise persönlich fortzusetzen, hatte er seinen sehr mächtigen Freund, den Eunuchen Ma-T'ang, durch Eilboten benachrichtigt, damit dieser in Peking gewisse Vorkehrungen gegen diese verdächtige und sehr schädliche Exzellenz treffe.

Opium war nicht mehr das, was es einmal in den Anfangszeiten gewesen war.

Nun bestand die Gefahr, daß die Engländer in großem Stil in das Geschäft einstiegen. Sie sollten sich – wie sehr sichere Quellen besagten – in Indien, und zwar in Madras sowohl wie in Bengalen festgesetzt haben und die dort lebenden Hindubauern zwingen, Mohn anzubauen, um selber Opium herstellen zu können. Wenn dies aber geschah, dann würden sie nicht nur die Portugiesen völlig aus dem Handel werfen, sondern auch ihren protestantischen Freund, den Holländer Huitzinga, ausscheren lassen.

Nein: das Geschäft war nicht mehr friedlich und glatt, alles war härter geworden! Zwar blühte das Waffengeschäft des Don Gaspar noch sehr gut. Man war nicht nur mit den chinesischen Generälen, sondern auch mit gewissen Privatpersonen in sehr nützlichem Kontakt und lieferte an Generalissimus Shih-Hsing ebenso wie an diesen Bauerngeneral Tschang-Sien-tschung, der die „Roten Kopftücher" anführte. Aber die Chinesen bezahlten in ihrer Verachtung für alles Militärische viel schlechter als die Japaner, deren Hauptlieferant wieder Huitzinga geworden war. Der einzige Lichtblick in dieser Situation war nur die Kriegslage. Es sah nicht so aus, als ob der Krieg in Korea bald zu Ende ging, im Gegenteil, er konnte sich auf die Mandschurei ausweiten, wo jetzt ein sehr kampflustiger Chan am Ruder war. Alle Parteien würden noch sehr lange Bedarf an Kanonen, Pulver, Granaten und Feuergewehren haben.

Auch Don Gaspar Viegas und sein besonders habgieriger und intriganter Sohn, Don Diego, waren sichtlich härter geworden.

Don Gaspar zeigte, je älter er wurde – und er hatte vergangenen Monat seinen 73. Geburtstag gefeiert –, immer unangenehmere Züge.

Herr Ch'ü verstand nicht ganz, was das bedeutete, aber er wußte, daß es etwa einer großen Rangerhöhung als Mandarin gleichkam, wenn Don Gaspar, ja die gesamten Viegas, jetzt plötzlich adelig geworden waren.

Don Gaspar Viegas hieß seit neuestem Don Gaspar de Viegas y

Favara und ließ überall ein Wappen anbringen, das zwei gekreuzte Schwerter und darüber nochmal ein Kreuz zeigte. Dieses letztere Kreuz war wie der obere Teil des Schriftzeichens für „alt" und bestand aus zwei gleich langen Balken. Es hieß das Templerkreuz und wurde für Verdienste bei Kreuzfahrt und Missionierung vergeben.

Aber für die Mission des Dr. Li gab Don Gaspar schon lange nur noch das Notwendigste; denn er hatte es aufgegeben, auf die geschäftliche Vermittlung der Jesuiten in China zu bauen. Sie sollten erst in Peking sein, dann würde man weitersehen.

Herr Ch'ü empfand schon lange keine besondere Sympathie für Don Gaspar mehr. Seit Joanna damals so überraschend nach Lissabon abgereist war und den „kleinen Herrn Ch'ü", der nicht mehr Herrn Ch'üs Sohn war, mitgenommen hatte, war eine spürbare Abkühlung der Freundschaft entstanden.

Herr Ch'ü würde der Familie Viegas niemals vergessen, daß sie ihn hatte sehr viel Gesicht verlieren lassen. Er wartete seither geduldig auf eine Gelegenheit, diesen Barbaren, die seine Geschäftspartner waren, die Schmach heimzuzahlen, die sie ihm angetan hatten. Aber das würde genauso kommen, wie die berechtigte und sicher läuternde Strafe für diesen Vetter T'sai, von dem Herr Ch'ü längst wußte, daß er Joanna und dem „kleinen Herrn Ch'ü" damals das Schiff nach Macao besorgt hatte. Was Vetter T'sai anbelangte, so hatte er diesen sowieso schon so gut wie an der Angel: er kannte alle seine üblen und korrupten Geschäfte, die er mit Huitzinga machte.

Don Gaspar war schwieriger zu treffen. Er saß in Macao, fuhr nur gelegentlich nach Goa, kam wieder und war für chinesische Methoden, die seiner Erziehung und Besserung nützlich wären, unerreichbar. Don Gaspar war ein alter, bösartiger Geier geworden, der einzig an Geld, Profit, ans Zusammenraffen immer noch größerer Reichtümer und an die Macht dachte, die er leider von Macao über Goa bis Lissabon ausüben konnte.

Solche Menschen, die so hart und unliebenswürdig waren, weder die weisen Regeln Meister Kungs noch die Manieren der guten Gesellschaft zu beachten, konnte Herr Ch'ü, der immer schon ein hochgebildeter Mann gewesen war, im Herzen nicht ausstehen. Menschen, die er liebte und achtete, glichen dem Dr. Li.

Dieser Mann aus Fernwest war zwar als Mensch töricht wie ein Kind vor dem ersten Schultag, aber er war auch ehrenwert und sehr gut. Ihn schätzte Herr Ch'ü, und deshalb besuchte er ihn auch immer wieder, wenn sich eine Gelegenheit wie bei dieser Pekingreise ergab. Aber Dr. Li war nicht mehr in Nan-shan. Und Herr Ch'ü konnte nicht nach Peking kommen.

Da er Botschaft nach Nan-shan geschickt und um den Besuch Dr. Lis gebeten hatte, den er umständehalber nicht selber aufsuchen konnte, kam eines Tages im September der Vertreter Dr. Lis – Pater Lazzaro Cattaneo – nach Su-tschou herüber, um nach dem Rechten zu sehen. Man hatte ihm von der schweren Erkrankung des Herrn Ch'ü berichtet. Man sagte ihm, daß Herr Ch'ü wahrscheinlich sterben müsse, und so war er gekommen, ihn zu trösten, womöglich zu bekehren und mit den Sakramenten der Kirche zu versehen: ausgerechnet Pater Lazzaro Cattaneo, der Mann, der damals Joanna und dem „kleinen Herrn Ch'ü" zur Flucht verholfen hatte.

Herr Ch'ü empfing ihn sehr freundlich.

Der Pater, ein noch junger Mann von Mitte Dreißig, empfand großes Mitleid mit Herrn Ch'ü, als er diesen abgezehrt, hager wie ein Knotenstock, mit fahlen, eingefallenen Wangen, auf denen Fieberflecken brannten, wie einen Schatten seiner selbst im Bett liegen sah.

Er fragte sogleich, wie es ihm ergehe und wie es zu dieser furchtbaren Erkrankung gekommen sei. Herrn Ch'ü waren beinahe alle Haare ausgefallen, wodurch er sehr an Gesicht verlieren würde.

Natürlich sagte Herr Ch'ü, ihm gehe es ausgezeichnet. Über die Ursachen seines Mißgeschicks aber schwieg er, obwohl er sie genau kannte.

Ein Mädchen hatte ihn vergiftet.

Seit Joanna ihn verlassen hatte, war Herr Ch'ü wieder ganz zu seinen früheren Lebensgewohnheiten zurückgekehrt. Er hatte Joanna am Schluß weder begehrt noch geliebt. Sie war fett, böse und unerträglich geworden – alles Eigenschaften, die Herr Ch'ü besonders bei Frauen verabscheute, die er ins Bett nehmen wollte.

Trotzdem war irgendeine Bindung zwischen ihm und Joanna entstanden gewesen, die nicht ohne weiteres zerriß. Er hatte einmal ihre Persönlichkeit und die beinahe Gleichwertigkeit einer Frau mit dem Manne erlebt, und das hatte ihn tiefer beeindruckt, als er sich eingestand.

Sie war schon etwas Einmaliges gewesen, eine Exotin äußerlich und innerlich! Deshalb hatte er es sehr bedauert, als sie nicht mehr faul und träge, konfektessend und keifend in ihrem Pavillon saß und dem Denkmal einer Zeit glich, die einmal schön gewesen, aber nun verwittert war. Sie war einfach da gewesen, und das allein hatte Herrn Ch'ü mit einer gewissen Ruhe erfüllt. Irgendwo gab es eben doch noch eine Erinnerung an die junge Joanna, an Leidenschaft, Liebe und Eigenwilligkeit. Es genügte schon, daß er wußte: Joanna saß in Nam-yang.

Sie hatte ihm diesen Knaben geboren, der nun in Europa lebte und sicherlich völlig verdarb.

Als Joanna fortgelaufen war, hätte er sie aus vielen Gründen, die nicht nur mit seinem Gesicht vor der Gesellschaft zu tun hatten, am liebsten zurückgeholt. Als er einsah, daß dies unmöglich war, hatte er sich ganz in den einstigen Herrn Ch'ü zurückverwandelt. Stets umgab ihn auf seinen Dienst- und Geschäftsreisen ein Schwarm auserlesener Mädchen, so wie damals, als er von Java gekommen war. Da er, Küng-fu, dem Kriegsgott, sei Dank, stets über genug Geld verfügte, konnte er es sich leisten, die Schar seiner Begleiterinnen immer wieder durch besondere Besonderheiten zu ergänzen oder auszuwechseln. – Aber schon in dieser ersten Zeit nach dem Verschwinden Joannas hatte er die warnenden Finger der Götter zu sehen bekommen. Seit Joanna fort war, hatte sein Privatleben, das bisher so ausgeglichen, problemlos und heiter gewesen war, keinen rechten Auftrieb mehr gehabt. Sogar das Unglück – etwas, das Herr Ch'ü grundsätzlich ablehnte – hatte ihn verfolgt.

Es hatte damit begonnen, daß er, der bisher Unerschöpfliche, gewisse Schwächen seiner Potenz verspürt hatte: ein wahrer Schicksalsschlag für einen Chinesen! Kaum hatte er diese neuen Grenzen seiner Leistungsmöglichkeiten einmal erkannt, als sich dieser schreckliche Gedanke in ihn hineinfraß wie ein Geschwür. Wann immer er sich mit einem Mädchen in Liebesumarmung befand, mußte er plötzlich daran denken, wie unersättlich er damals bei Joanna gewesen und mußte erproben, ob sich dies wohl wiederholen ließe. Es ließ sich meistens nicht wiederholen.

Denn indem Herr Ch'ü an seine schwankende Potenz dachte, verlor er sie gänzlich. Einige Male erlebte er ausgesprochene Niederlagen, was ihn noch mehr dazu veranlaßte, über seine Potenz und die Ursachen für deren Nachlassen nachzudenken. Und das wieder machte ihn noch mehr unfähig, mehr zu leisten.

Einmal lachte ein Mädchen sogar. Er verkaufte sie sogleich an ein Blumenschiff. Herr Ch'ü war auf dem Wege, ein älterer Herr zu werden, dabei zählte er kaum 45 Jahre. Es war ein Skandal.

Dann sah er dieses „blumenhafte Trostmädchen" Ŏr-shih, das in einem Chrysanthemenhaus soeben Premiere haben sollte und auf das ihn die Besitzerin des Hauses aufmerksam gemacht hatte. Ja, man hatte ihn sogar extra eingeladen, weil er Stammgast war und als Feinschmecker galt.

Er hatte Ŏr-shih noch am gleichen Abend für sehr viele Taels gekauft.

Eine Zeitlang schienen seine nachlassenden Fähigkeiten wieder zur vollen Blütenpracht erwacht. Ŏr-shih liebte ihn mit der ganzen Kraft ihrer fünfzehn Jahre; es war eine sehr angenehme Zeit.

Selbstredend nahm er ständig anregende Aphrodisiaka, wie frisches Schlangenblut, Tigeraugen oder geschabtes Nashornpulver, aber er war auch sehr zufrieden mit dem neuen Mädchen.

Und dann war es auf einmal zu Ende. Die alten Schwierigkeiten tauchten wieder auf, Ŏr-shih in ihrer Naivität merkte nichts und feuerte ihn an, der alte zu sein, bis er es satt hatte und sich von ihr wie von einem Kampfplatz zurückzog, auf dem man nur Niederlagen erleidet.

Ŏr-shih war untröstlich. Etwas Unglaubliches geschah: ein chinesisches Mädchen machte ihm Szenen! Ŏr-shih schämte sich nicht, zu weinen, laut zu klagen und Vorwürfe auszusprechen! Vergeblich drohte er ihr, sie an ein Blumenschiff zu verkaufen, sie blieb dabei, ihn zu lieben, anzuflehen und mit Drohungen über einen ekelhaften Selbstmord zu belästigen.

Er verließ sie gänzlich und dachte nun ernsthaft daran, sie fortzugeben.

Da bat sie ihn um eine letzte Ehre. Sie wollte für ihn ein ganz intimes Mahl zubereiten und ihm Lieder vorsingen.

Es war sein Unglück, daß er eine so gütige Seele hatte und darauf einging. Das war auf der Schiffsreise nach dem Norden geschehen. Bei diesem Gastmahl mußte sie ihm das Gift eingegeben haben. Sie nahm, wie das schon viele sehr unmanierliche Ehefrauen und Geliebte getan hatten, geschabte Bambussplitter und mischte sie unter die im übrigen sehr gut zubereiteten und trefflich gewürzten Speisen.

Wer diese glasharten Bambussplitter ißt, gilt als verloren. Die vielen feinen Messerchen zerschneiden die Darmwände, und der Vergiftete blutet sich langsam aus den Gedärmen zu Tode. Kein Arzt und Polizeimensch kann jedoch Bambussplitter im Magen oder Darm nachweisen.

Als er die ersten Wirkungen dieser Kur verspürt hatte, war ihm sofort klargeworden, daß Ŏr-shih ihm das angetan hatte. Sie war bei dem hohen Seegang vor Nang-po über Bord gefallen und ertrunken. Er aber hatte befohlen, sofort nach Su-tschou einzulaufen, von dem er wußte, daß es viele und ausgezeichnete Ärzte besaß. Er war todkrank hier angekommen.

Su-tschou lag an einem Fluß, der sich so sehr zum Meer hin erweitert, daß er wie ein See wirkt, und viele Häuser der Stadt waren auf kleinen Inselchen oder gar auf Pfahlrosten erbaut. Die Gassen liefen über hochgeschweifte, rot angestrichene Holzbrücken, und bunte Gondeln fuhren unten durch. Dazwischen gab es Trauerweiden, blühende Bäume und rankende Blumengirlanden in allen Farben.

Ein chinesisches Sprichwort sagte: „Im Himmel gibt es das Paradies! Auf Erden aber Su-tschou."

Es war eine wundervolle und ausgezeichnete Stadt, schöner noch als das berühmte Nan-shan, das weiter nördlich im Ästuar des Yangtse-kiang lag.

Herr Ch'ü war hergekommen, um zu sterben.

Das sagten die berühmten Ärzte, die ihn untersucht und seinen Puls gefühlt hatten. Und das meinte auch Pater Lazzaro Cattaneo.

Nur Herr Ch'ü meinte es nicht. Er mochte diesen Pater nicht.

„Eure erhabene Exzellenz", sagte der Schwarzrock in seinem schlechten Chinesisch, „Sie stehen im Angesicht des Todes und sollten Ihr Gewissen erforschen, alle Sünden bereuen und Gott um Barmherzigkeit anflehen! Vielleicht kann ich Ihnen dann eine Art Nottaufe spenden, die alles reinwaschen wird."

„Ich werde nicht sterben, Geehrter", erwiderte Herr Ch'ü tapfer und blickte den Pater voller Abscheu aus seinen tiefen Augenhöhlen an. „Sie werden entschuldigen, sehr Geehrter, aber ich werde nicht sterben!"

„Woher wollen Sie das wissen, erlauchte Exzellenz?! Die Ärzte sagen es anders."

„Die sehr hochachtbaren Ärzte wissen nicht, daß ich ein ausgezeichnetes Horoskop habe. Darin ist festgelegt, daß ich noch nicht sterben werde, und wenn ich wirklich sterbe, so wird das in Nam-yang der Fall sein."

„Niemand kann dem Tode entrinnen, Exzellenz! Wenn es beschlossen ist, dann hilft es nicht, daß man in Ausreden davonläuft. Ich rate Ihnen, Erlauchter, tun Sie Buße!"

Herr Ch'ü seufzte. Er tat es nicht seines Zustandes oder der Todesangst wegen, sondern um so viel Unverstand, wie ihn dieser Christenpriester zeigte.

Obwohl ihm das Sprechen Anstrengung bereitete, gab er doch Antwort.

„Natürlich haben Sie recht, Hochwürdiger, daß niemand dem Tode entkommen kann. Das ist eine sehr alte Weisheit. Aber man kann auch nur an dem Ort und zu dem Zeitpunkt sterben, der vom Herrn des Himmels festgelegt ist. Da ich nun aus meinem Horoskop weiß, daß ich in Nam-yang und in sehr hohem Alter sterben werde, kann ich ja wohl – und das wird Ihnen, Verehrter, doch eingehen?! – nicht hier und heute sterben. Also reden wir nicht weiter vom Tode. So gefährlich Bambussplitter auch sein mögen, ich werde sie wahrscheinlich überleben."

„Trotzdem kann es Ihnen nicht schaden, erlauchte Exzellenz, sich ein wenig mit dem Gedanken an den Tod und mit Gottes Gnade zu beschäftigen! Sie sollten Ihre Sünden beichten, was Sie sehr erleichtern wird."

„Ich werde sie beichten, Hochwürdiger, sobald mein Freund, der ausgezeichnete Dr. Li, dieser Sheng-jen des Himmels, gekommen sein wird. Ihnen aber danke ich für all Ihre Mühe. Vergessen Sie nicht, daß ich kein Christ bin."

Der Pater sah, daß alles vergeblich war, und zog sich nach einigen freundlichen Redensarten zurück.

Er würde Pater Ricci benachrichtigen. Doch dieser war ferne in Peking.

Bis er von dort zurückkam, hatte Herr Ch'ü vermutlich das Zeitliche gesegnet.

4

Pater Ricci, Dr. Li, der „Sheng-jen" und hohe Mandarin – und dennoch: „der Fremde" –, war tatsächlich in Peking gelandet.

Auf der Fahrt vom weit entfernten Hafen zur Stadtmauer sah er nicht mehr von Peking als eben diese ungeheuere Mauer, die sich schnurgerade und abweisend quer durch eine lehmgelbe Ebene zog. Dahinter stand nur die Ahnung von einer Riesenstadt, kein aufragender Turm, keine emporstrebende Pagode, keine Silhouette, nur der gelbliche Himmel, durch den Staubfahnen wehten und das Sonnenlicht trübe machten. Ganz ferne im Norden meinte Dr. Li einmal eine bläuliche Hügelkette zu sehen, die aber fast im Staubdunst verlorenging.

Sehr weit entfernt, schon den Horizont des Westens begrenzend, zog wie eine gezackte Linie, die Dunkleres vom Gelben trennte, die Gratkontur eines Gebirges ins Ungewisse. Das waren – wie der Haushofmeister sagte – die Drachenberge, in denen die Grabgewölbe der Ming-Kaiser lagen.

Der erste und fast einzige Eindruck, den Dr. Li von Peking hatte, war die Mauer mit urweltlich daraus hervorstoßenden, mehrfach überdachten Torbauten und der unendliche Staub, der alles in erdigen Geruch und Nebelhaftigkeit hüllte.

Peking breitete sich auf einer Hochebene aus, die fast baum- und strauchlos und gelb von unendlichem Lehm war. Dr. Li stellte gleich fest, daß hier ein ausgesprochenes Binnenklima herrschte, dessen Sommer sehr heiß waren und dessen Winter krasse Kälte versprachen. Dem Breitengrad nach lag es auf der gleichen Höhe wie etwa Neapel, das war aber auch das einzige, was es mit dieser schönen Mittelmeerstadt gemeinsam hatte.

Die Menschen, denen die Sänften begegneten, trugen allesamt Tücher, Masken oder Wollbauschen vor Nase und Gesicht, um sich vor dem aufgewirbelten Staub zu schützen, der lästiger schien als die zahllosen Fliegen.

Als sie sich auf etwa hundert Steinwürfe der Mauer genähert hatten, tauchten die ersten Hütten und Bauerngehöfte auf. Buckelochsen, langhaarige Yaks und Kamele mit langen, zerzottelten Pelzen schwankten unter Lasten vorüber, Zweiräderkarren, Rikschas und vornehme Kutschen zogen vorbei, wirbelten noch mehr Staub empor und strebten dem Torbau entgegen, der wie ein gähnender Abgrund in das Dunkel eines Gewölbes zu führen schien.

Hinter dem Stadttor, das sie anstandslos passieren konnten, als der Haushofmeister den Soldaten seinen Ausweis vorgezeigt hatte, sah es sofort anders aus.

Da traten die niederen Häuser – meist aus Holz, Lehm und Stroh gebaut – bis dicht an die Mauer heran, die außen und innen von Straßen und Wassergräben umzogen war. Es war ein unübersehbares Häusermeer. Erst nachdem sie einige schmutzige Gassen passiert hatten, kamen sie in ein schöneres Viertel mit ummauerten Gärten, in denen die Kangs und Pavillons der vornehmen Leute mit bunten Ziegeldächern sich verbargen. Seine Exzellenz besaß einen sehr großen Park mit mehreren voneinander abgesetzten, aber manchmal durch bemalte Holzgalerien verbundenen Gebäudegruppen. Hier erst erblickten die Patres einige bedeutendere Bauwerke. Sie standen hinter großen, abgezirkelten und mit Steinbalustraden umfriedeten Plätzen rechts und links ihres Weges.

Der Haushofmeister erklärte, daß dies zur Rechten der Tempel der Erde und links der des Himmels sei, zu welchen der Himmelssohn einmal im Jahr herauskomme, um die gebührenden Opferzeremonien vorzunehmen.

Dr. Li und Pater Pereira erhielten ein hübsches Nebengebäude im Kang der Exzellenz zugewiesen. Sie waren jetzt in der sogenannten Chinesenstadt Pekings, die sich als ein großes, von Kanälen und Mauern umgebenes Rechteck vor das eigentliche „Tatu“, die von noch höheren und wuchtigeren Mauern umzogene Tataren- oder Mongolenstadt, lagerte.

Diese Einteilung stammte noch aus der Zeit des Mongko- und Kublai-Chans, als die Mongolen über China geherrscht hatten. Die Tatarenstadt war ohne Sondergenehmigung unbetretbar, in ihr lag als Herzstück und, nochmals von Festungswerken umgeben, die verbotenste der verbotenen Städte mit dem Kaiserpalast.

Vom obersten Rundgang einer kleinen Pagode, die in Herrn Wang-Chung-mings Garten stand, sah Dr. Li über das flache Dächermeer hinüber zu der weit entfernten Zweiten Mauer und über diese hinweg zu den grünen Hügeln, die den Horizont abschlossen. Diese Fata Morgana am gelbverschleierten Himmel schien mit Pagoden, Tempeln und Parkanlagen bedeckt, dieses Rayon gehörte zu den Palastgärten des Himmelssohnes und durfte nur vom inneren Hofstaat betreten werden.

„Ich muß Ihnen, Eure Herrlichkeit", sagte die Exzellenz, „leider einen dringlichen Rat geben: Bitte verlassen Sie niemals diesen Kang ohne meine Einwilligung, und selbst wenn Sie es tun, dann tragen Sie nur chinesische Gewänder, einen sehr dichten Gesichtsschleier oder eine Staubmaske, damit niemand Sie als Fremden erkennt. Wie ich gehört habe, ist die Stadt jetzt ungemein fremdenfeindlich, seit die Japaner in Korea vormarschieren und nun schon in die Nähe der großen Mauer gekommen sind. Man vermutet überall Spione und Agenten der Japaner und der Holländer. Würden Sie also, Eure Herrlichkeit, aufgegriffen, so könnte ich Ihnen nicht helfen!"

Das waren ziemlich schlechte Aussichten für ein Vordringen zum Kaiserthron! Vorerst mußte man froh sein, in der Stadt zu sein; in der Außenstadt freilich! Exzellenz Wang hatte sich eine Aufenthaltsbewilligung für einen Freund – nicht aber für einen Fremden – erwirkt, die auf vier Wochen lautete. Man würde also einige Zeit haben, den Coup, den sich jeder anders dachte, vorzubereiten.

Auch hier hatte Exzellenz Wang vorgesorgt.

Er war mit einem der hohen Palast-Eunuchen, einem Staatssekretär namens Mao-T'eng, befreundet, der Zutritt zur Tatarenstadt und zum Kaiserpalast hatte. Dieser hohe Herr, der mit „durchlauchter Gnadenbringer" anzusprechen war, sollte eventuell eine Audienz beim Himmelssohn erwirken.

War man erst so weit, dann konnte Dr. Li seine ausgesuchten Geschenke überbringen und Exzellenz Wang vielleicht über die Kalender-Reform sprechen, die den Herren vom „Drachenpavillon" sehr schwer im Magen liegen würden.

Aber obwohl Exzellenz Wang-Chung-ming ein alterfahrener Beamter und ziemlich hochgestellter Würdenträger war, hatte er in seinem bisherigen Leben auch noch niemals den Vorzug gehabt, den Kaiserpalast betreten zu dürfen – es sei denn die große Audienzhalle im zweiten Vorhof. Weiter war auch er noch nicht vorgedrungen.

Und deshalb war es ein wenig naiv von ihm, zu glauben, sein Eunuchenfreund würde ihm gerade jetzt diesen ehrenvollen Zutritt verschaffen.

Denn er hatte nicht mit dem Spitzeldienst der Geheimpolizei gerechnet und auch nicht mit den Intrigen seiner persönlichen Gegner.

Die Geheimpolizei, die in ihren obersten Spitzen natürlich ebenfalls von Eunuchen geleitet wurde, hatte schon in Nanking gewußt, was Exzellenz Wang plante. Nun konnte niemand weniger als eben die Eunuchen-Clique daran interessiert sein, daß die Angelegenheit mit dem fehlerhaften „Almanach" und der falsch berechneten Mondfinsternis vor dem innersten Kreis des Kaiserpalastes zur Sprache käme. Die Herren mit den hohen Stimmen und den breiten Doppelkinnen begriffen nur zu sehr, daß dieser Anschlag ihnen allen galt und daß alles eine Verschwörung des „Östlichen Waldes" war. Exzellenz Wang konnte ruhig seine bedeutende Position als Visitator des mittleren Bereichs behalten und noch einige Zeit ausschöpfen, solange er brav seine Geschenke an die richtigen Adressen in Peking sandte und sich politisch still verhielt; aber er war natürlich untragbar, sobald er an der Position der Eunuchen als Klasse rüttelte. Wenn er nun diesen „Sheng-jen" vorführen würde, der die Mondfinsternis so genau zu berechnen verstand, so bedeutete das nicht mehr und nicht weniger als eine Intrige gegen die hohen Kollegen vom „Drachenpavillon" und damit gegen die ganze Eunuchenherrschaft.

Das war eben wieder einmal ein Versuch der Mandarinsklasse, sich ins Licht zu rücken und den Eunuchen eines auszuwischen. Deshalb war von Anfang an vorgesorgt, daß sowohl Exzellenz Wang nach angemessener Zeit und dieser „Sheng-jen" als Fremder bereits nach vier Wochen Peking unverrichteter Dinge verlassen würden. Auch der Palasteunuch Mao-T'eng war von diesen Maßnahmen bereits unterrichtet. Sein Besuch im Kang der Exzellenz würde reinen Höflichkeitscharakter haben. Was später mit Exzellenz Wang geschehen würde, hing von einigen Beschlüssen ab, die erst noch gefaßt werden sollten.

Aber auch die persönlichen Gegner Herrn Wangs waren nicht müßig gewesen.

Da war ein sehr instruktiver Brief eines Herrn Ch'ü, des ehrenwerten Visitators des südlichen Bereichs, bei dem sehr mächtigen Eunuchen Ma-T'ang eingelaufen, der Seine Exzellenz der Zusammenarbeit mit den Holländern in Fu-tschou und des Rauschgifthandels beschuldigte. Die „erhabene Gnadenterrasse" – wie Herr Ma-T'ang anzusprechen war – hatte sich vor allem darüber sehr geärgert, daß es dieser Wang-Chu-ming nicht für nötig gefunden hatte, ihn an den Geschäften zu beteiligen und daß er bis heute keinerlei größere Geschenke nach Peking gesandt hatte. Einzig dieser nicht sehr wichtige Palasteunuch Mao-T'eng hatte vermutlich ein weniges bekommen. Aber auch dieser hatte nicht mit Ma-T'ang geteilt.

Der zweite Riegel, der schon vorgeschoben war, kam demnach von dem sehr mächtigen Ma-T'ang. Und ohne Ma-T'ang ging in der Palaststadt überhaupt nichts.

Dr. Li jedoch wartete pochenden Herzens im Kang der Exzellenz auf die große Stunde, daß der Palasteunuch käme und die Möglichkeit überprüfe, ob eine Audienz beim Himmelssohn anberaumt werden könne.

Dr. Li wollte ja weder die Stellung der Eunuchen erschüttern noch das Opiumgeschäft verderben, er wünschte nicht einmal am Waffenhandel teilzunehmen oder sich eine Rendite zu verschaffen, alles, was er wollte, war: diesen Menschen das Christentum zu bringen und China in die katholische Kirche hineinzuführen.

Dies aber konnte nur über den Kaiser gelingen.

Dabei war es schon eine politische „persona non grata" gewesen, noch bevor er die Barke der Exzellenz Wang bestiegen oder den Fuß auf den Lehm Pekings gesetzt hatte. Nur ahnte er es nicht.

So kam also der „durchlauchte Gnadenbringer" in seiner vergoldeten Staatssänfte mit einem Rudel Bambusstockschwinger im Kang der Exzellenz an, und dort wurde ihm alsbald Dr. Li vorgeführt. Dieser trug sein schönstes Mandarinsgewand und hatte vorsorglich seine „Geschenke" aufgebaut. Aus einem guten Instinkt heraus hatte er seinen Hauptschlager, die „Nürnberger Taschenuhr", noch zurückbehalten. Aber eine schöne Pendeluhr mit Schlagwerk, ein besonders großes Prisma, ein Ölbild der Gottesmutter und eine Prachtausgabe der Weltkarte waren vorhanden.

Der „durchlauchte Gnadenbringer" rauschte in den Pavillon, schwer und wuchtig in seinen Brokatgewändern und seiner starren Seidenpracht. Er verneigte sich knapp vor Dr. Li, der einen Kotau exerzierte, und war gnädig genug, dem fremden „Sheng-jen" die Erlaubnis zum Aufstehen zu erteilen.

Als Palast-Eunuch war Herr Mao-T'eng natürlich ein Neutrum. Und als solches benahm er sich auch. Er sagte weder ja noch nein. Sein Gesicht glich einem Kürbis, in den man zwei schmale Schlitze für die Augenwülste und einen Schnitt für den Mund gemacht hatte. Die kleine Nase war in den Fettpolstern der Backen so wohl eingebettet, daß sie nur noch verstohlen hervorlugen konnte.

Dann begutachtete er ausführlich die Geschenke, ließ auch die Pendeluhr einige Male schlagen, was ihm offensichtlich am meisten gefiel, und überging alles andere mit mehrmaligem Grunzen. Die Sachen gefielen ihm immerhin gut genug, daß er sie von seinen rasch hereingerufenen Leuten allesamt einpacken und forttragen ließ, aber er äußerte sich nicht zu den Audienzwünschen Dr. Lis. Selbst die Exzellenz, die ihn vorsichtig ansprach und die den Kompromißvorschlag machte, Herr Mao-T'eng möge vielleicht diese geringen Geschenke dem Himmelssohn persönlich und mit Empfehlungen von der Exzellenz und dem „fremden Sheng-jen" übergeben oder übergeben lassen, beachtete er nicht.

Ganz plötzlich widerfuhr Dr. Li die ausgezeichnete Ehre, von dem „durchlauchten Gnadenbringer" direkt angesprochen zu werden. Der Eunuch wandte sich ihm zu und fragte mit seiner Diskantstimme, ob es wahr sei, daß Dr. Li Silber machen könne. Daran sei die Hofkasse vielleicht interessiert.

So war also auch dieses Gerücht schon bis Peking vorgedrungen.

Wahrheitsgemäß verneinte Dr. Li und erklärte die Unsinnigkeit eines derartigen Glaubens. Der Eunuch kniff die Augen noch mehr zusammen und schwieg lange. Dann wandte er sich wieder der Exzellenz zu, die eine sehr untertänige Haltung eingenommen hatte.

„Nein", sagte er, „Eure erhabene Exzellenz, ich glaube nicht, daß wir seine Göttlichkeit, den Himmelssohn, mit derartigen Kleinigkeiten belästigen dürfen! Der ausgezeichnete Göttliche hat das erleuchtete Haupt voller Kriegssorgen. Die Japaner rücken vor, und die Mandschurei ist ein Hexenkessel. Man schlägt dort die Kriegstrommeln, die Dschaharen und Jutschen, die Kitan und Mandschus sammeln ihre Heere. Wer weiß, was noch alles auf uns zukommt! Es ist nicht der rechte Ort und nicht die rechte Zeit, um mit solchen Dingen den Herrscher des Drachenthrones zu inkommodieren!"

Er verabschiedete sich kurz, nahm noch einmal die Kotaus entgegen und ließ sich samt den „Geschenken" zum Kang hinaustragen.

Exzellenz Wang war völlig geknickt.

Er hatte begriffen, daß mächtigere Leute, als er es war, den Zutritt zum Kaiser verstellt hatten und daß aus der Kalenderreform so wenig werden würde wie aus anderen Anliegen, etwa einen Regierungsposten in Peking betreffend.

Irgendwer hatte ihn ausmanövriert.

Die Exzellenz gab Dr. Li den Rat, möglichst bald nach Nanking oder Nan-shan zurückzukehren; denn in Peking – das war klar – würde er niemals einen Fuß über die Schwelle auch nur der Tatarenstadt setzen. Und in vier Wochen lief sowieso die Aufenthaltsgenehmigung ab.

Dr. Li reagierte in seiner gewohnten Weise: er gab nicht auf, bevor nicht alles verloren war, und sagte, in diesen vier Wochen wolle er alles Menschenmögliche versuchen, doch noch in die Kaiserstadt zu gelangen. Daraufhin beschwor ihn Exzellenz Wang händeringend, ihn nicht in weitere Ungelegenheiten zu bringen, schließlich war er Beamter!

Trotz dieser Haltung seines Gastgebers und der offenbaren Aussichtslosigkeit des Unternehmens blieb Dr. Li die ihm noch verbleibenden drei Wochen im Kang.

In den ersten Tagen stellte er unter Anwendung der Apian-Methode und der Berechnungen seines Lehrers Clavius die genaue Gradnetzposition Pekings fest und gab damit den abendländischen Geographen endlich die genaue Lage der Stadt, die sie bald als Tatu, bald als Kambalu und dann wieder als Peking oder manchmal mit allen drei Namen und dreimal an verschiedenen Orten aufgeführt hatten. Es war ganz klar: China war identisch mit dem Chathay der mittelalterlichen Karten, und Peking war die Stadt, die unter so vielerlei Namen bekannt war.

Schon nach einer Woche wurde er kühner und verließ mit einer dichten Gesichtsmaske getarnt den Kang, lief kreuz und quer durch die Chinesenstadt und suchte einen Ausschlupf in die Tatarenstadt und zum Kaiserpalast.

Es war unmöglich!

Immer wieder stand er vor einer ungeheueren Mauer oder vor schwer bewachten Torwerken, die nur mit Sonderausweisen zu passieren waren.

Er war zwar in Peking, aber Peking blieb so verschlossen wie eh und je.

Es war Ende September geworden, und es begann plötzlich wie mit Kübeln zu gießen. Vom Meer her wälzten sich dunkelblaue Wolken heran und ließen Peking hinter einer gläsernen Wand von Regen verschwinden. Die Straßen, die meist ungepflastert waren, verwandelten sich nun aus Staubbahnen in lehmige Sümpfe.

Anfangs Oktober stürzten die Temperaturen, die bisher heiß und trocken gewesen waren, spürbar hinunter. Der Herbst kündigte sich an und versprach einen kalten Winter.

Exzellenz Wang drängte zum Aufbruch.

Er stellte seine Sänften, Karren und Kulis zur Verfügung, als die beiden Jesuiten mit dem Rest ihrer „Geschenke“ den Weg zum Kornhafen nahmen. Bis dahin dauerte seine Freundlichkeit und Fürsorge an, dann verabschiedete er sich sehr rasch, indem er sagte, hier gäbe es Schiffe genug, um nach Nanking zu kommen.

Das traf sogar zu. Denn die Lastkähne, die den Tribut an Reis, Hirse und Fleisch nach Peking gebracht hatten, kehrten nun leer zurück und nahmen gerne Passagiere mit, die einige Taels bezahlen konnten.

Die Laderäume waren nur mit einigen Lederwaren, Pelzen oder Keramik aus grobem Ton belegt, die Peking liefern konnte. Es war Platz genug, um Schlafstellen für zwei Reisende zu schaffen.

Dr. Li machte einen Fehler.

Um Geld zu sparen und den Verlust auszugleichen, den die Mission durch den sinn- und zwecklosen Verlust der Gegenstände erlitten hatte, die Herr Mao-T'eng mitgenommen hatte, belegte er für sich und Pater Pereira Plätze auf einem alten Lastkahn anstatt auf einer schneller segelnden und rudernden Barke, die auch zu haben gewesen wäre.

Der Lastkahn stakte meist nur mit wenigen Stangen, da sich das Treideln mit vielen Kulis nicht lohnte. So fuhr das schwerfällige Schiff sehr langsam.

Zwar kam man in dem unscheinbaren Prahm sehr gut durch das gefährliche Tien-tsin, das immer noch von Kriegsdschunken und Militär wimmelte, aber die Fahrt auf dem Kaiserkanal verlangsamte sich dann so stark, daß man anfangs November in den Wintereinbruch kam.

Der Himmel verhüllte sich mit Schneegestöber, der Wind pfiff über die nordchinesische Ebene und ließ alles erstarren. Die Schiffsleute holten ihre schäbigen Schafspelze hervor, denn sie kannten die Gegend und die Jahreszeit. Die beiden Jesuiten aber froren erbärmlich. Noch dazu gingen ihnen jetzt Geld und Nahrungsmittelvorräte aus, so daß zur Kälte auch noch der Hunger kam. Es war eine Qual, den ganzen Tag unter den Warenballen zu liegen, den grauen Schneehimmel anzustarren, zu hungern und zu frieren.

Dr. Li holte sein Wörterbuch wieder einmal hervor und ergänzte es durch einige Feinheiten, indem er jetzt auch noch zu jedem Wort die richtige Tonhöhe mit europäischen Zeichen angab. Dann, als sie erst in Lin-tsing waren, fror der Kanal zu, und das Schiff lag im Eis fest.

5

Die Lage der beiden Jesuiten wurde mehr als unangenehm, sie war nicht ungefährlich.

Was war dies für ein Klima! Dr. Li, der ja immer seine Gradmessungen und geographischen Notizen durchzuführen pflegte, um später die von ihm herausgegebenen Karten verbessern zu können, hatte auch jetzt, da sie südlich von Tien-tsin im zugefrorenen Kaiserkanal festsaßen, die Höhe und Breite errechnet und war auf etwa 120 Grad Ost bei 38 Grad Nord gekommen. Die Mittagshöhe über dem Wendekreis entsprach etwa jener des Peloponnes oder Siziliens, auf der Iberischen Halbinsel der Breite von Murcia oder in Portugal jener von Sines. Aber es konnte im Peloponnes ebenso wie im hochgelegenen Innern Siziliens im Winter schneien und sehr kalt werden, sowohl die Sierra la Sagra in Spanien, wie die Serra de Monchique in Portugal hatten ihre Schneehäupter und ihre eisigen Nächte. Hier jedoch, in China, wo man zwischen Shan-si-Gebirge im Westen und dem Gelben Meer im Osten nur eine verhältnismäßig tief gelegene Ebene durchschnitt, gab es im Winter Temperaturen und Schneestürme dazu, die eigentlich nur sehr viel nördlicher gelegene Länder kannten.

Dr. Li, der sich über alles Notizen machte, suchte auch dafür eine Erklärung, die sich durch nachkommende Geographen bestätigen sollte. Er vermutete, daß die eisigen Luftmassen, die seltsamerweise nicht vom Gebirge, also von Westen her, sondern von der östlichen Meerseite kamen, auf das Vorhandensein einer kalten Strömung hindeuteten. Es mußte so sein, daß sich die Luft über dem eisigen Meer mit Kälte anreicherte und dann beladen mit Schnee und Eisregen über das Land herfiel. Für ihn und Pater Pereira jedenfalls, die keinerlei Winterausrüstung besaßen, bedeutete dies Zähneklappern und blaugefrorene Hände.

Dazu kam, daß ihnen die Lebensmittel ausgegangen waren und die Schiffer nur sehr unwillig mit ihnen teilen wollten. Wenn sie hier auf dem freien Feld nahe Lin-tsing auf dem Kahn überwintern sollten, so mußte etwas geschehen, und zwar gründlich.

Mit dem stillschweigenden Ertragen aller Mühsal war es hier nicht mehr getan.

Dr. Li, der sowieso nicht lange nutzlos stillsitzen konnte, nahm die Dinge in die Hand. Beladen mit einigen Weltkarten und einem Prisma aus dem Gepäck, kletterte er übers Eis, die Dammböschung hinauf und marschierte wacker durch Regen und Sturm auf die entfernte Stadt Lin-tsing zu, wo es ihm tatsächlich gelang, seine seltenen „Waren" an einige reiche Mandarine zu verkaufen.

Mit dem Erlös erwarb er für sich und Pater Pereira zwei dicke Schafpelzmäntel, ausreichend Lebensmittel und am Schluß noch ein Pferd. Das war eines dieser dicht behaarten, struppigen Steppenpferdchen, wie die Mongolen sie nach China gebracht hatten und die beinah unsterblich waren. Diesen kurzbeinigen, ungemein geduldigen Tieren machten weder Schnee noch Eisregen etwas aus. Bekamen sie eine Handvoll Reisstroh und etwas Hirse, so konnten sie tagelang vor sich hintraben.

Dr. Li hatte diese Art Pferdchen überall im Norden des Landes gesehen.

Er hatte seines erworben, weil er die Absicht hatte, auf dem Landweg nach Nan-shan zurückzukehren. Es entsprach nicht seinem Temperament, auf einem Kahn zu überwintern und kostbare Zeit zu verschlafen.

So ließ er Pater Pereira als Wache bei dem Gepäck und machte sich selbst auf den Weg von rund 700 Meilen. Den Mitbruder würde er im Frühjahr in Nan-shan wiedersehen, er war ja jetzt wohlversorgt.

Eine kleine, vom dicken Schafpelz verhüllte Gestalt, so kauerte der berühmte „Sheng-jen" im Fellsattel des Steppenpferdchens und zockelte im gleichmäßigen Trott, den sein Reittier vorschrieb, südwärts, den Uferstraßen des Kanals folgend.

Es war anstrengend und nicht ungefährlich zugleich, was er unternahm. Anfangs machten ihm noch Schnee, Regen und Oststurm zu schaffen, später waren es die vom Wasser aufgeweichten Lehmstraßen, die spürbare Feindseligkeit der Landbevölkerung gegen alles Fremde und sogar die „Roten Kopftücher".

Einmal, als er schon die bleigraue Fläche des Hung-tse-Hu-Sees vor sich sah, bemerkte er eine endlose Kette bewaffneter Bauernsoldaten, die auf einem Hochdamm entlangzogen. Ihre selbstgefertigten Spieße, Gabeln und Bambuslanzen hoben sich deutlich vom tristen Abendhimmel ab, und man erkannte auch die roten Wimpel, die sie trugen. Als Dr. Li sein Pferdchen anhielt und, hinter einer Weidengruppe versteckt, nun schon aus größerer Nähe den Vorbeimarsch beobachtete, fiel ihm auf, daß fast alle dieser Männer rote Kopftücher trugen. Sicherlich war ihr Ziel der Kaiserkanal, wo ja Frachtschiffe in den Seitenbuchten ankerten.

Diese Lastkähne, die nordwärts fuhren, waren hochbeladen mit den Tributen der Südprovinzen für Peking oder die Armee in Tien-tsin. Da mochten sich die ausgeplünderten Bauern etwas von dem zurückholen, was ihnen der Staat in seiner selbsterklärten Autorität vorher abgenommen hatte.

Dr. Li wich jedoch derartigen Begegnungen lieber aus. Man wußte nicht, wie die Leute auf Fremde reagieren würden.

Als er die Seenplatte hinter sich hatte, wurde das Klima spürbar wärmer und das Wetter freundlicher. Trotzdem war der Pater sehr erschöpft, als er endlich gegen Ende Dezember seine Ausgangsposition vor der Pekingreise, Nan-shan nämlich, wieder erreicht hatte. Da er es kaum gewagt hatte, die Dörfer auf seinem Wege zu betreten, hatte er fast immer im Freien übernachtet und äußerst sparsam aus seinem mageren Schnappsack gelebt; kein Wunder, wenn er jetzt abgezehrt, halb erfroren und todmüde in der Stadt anlangte, wo er Hilfe wußte.

Er ritt zum Kang seines Freundes, des Prinzen Ch'ien-ch'ai, wo er in dem altgewohnten Pavillon auch Pater Lazzaro Cattaneo antraf.

Und dieser erzählte ihm sogleich vom tragischen Schicksal des Herrn Ch'ü.

Dr. Li vergaß seine eigene Mühsal. Er richtete sich auf, als sei er nur eben von einem Spaziergang zurückgekommen, und der Mitbruder erkannte, daß dieser unbeugsame, schmale Mann vor ihm keinen wohlverdienten Erholungstag einlegen, nicht einmal ein Bad nehmen und ordentlich ausschlafen würde, sondern schon wieder im Geist unterwegs war. Als Pater Lazzaro sagte, Herr Ch'ü habe ausdrücklich nach Dr. Li verlangt, schlang dieser nur noch rasch einige Bissen hinunter und bat um die Besorgung eines Bootes, damit er unverzüglich nach Su-tschou aufbrechen könne.

„Lebt Herr Ch'ü noch?" fragte Dr. Li.

„Er war am Sterben", erwiderte Pater Lazzaro, „vielleicht ist er auch schon tot!"

„Bitte beeilen Sie sich, mein Bruder! Ich habe diesem Manne zweimal die Taufe versagt, ich bin ihm verpflichtet, und es ist hohe Zeit, daß er die Segnungen der Kirche erfährt! Seine Seele soll nicht verlorengehen!"

So brach Dr. Li, kaum seinen Pekingabenteuern entronnen, ohne Verzögerung aus Nan-shan auf, um Herrn Ch'ü in Su-tschou zu retten.

6

Herr Ch'ü, der großmächtige Herr Ch'ü, war noch nicht tot.

Er war es nur fast.

Sein Zustand hatte sich sichtlich verschlimmert. Nun waren ihm sämtliche Haare ausgefallen, die Zähne waren gefolgt. Sein Zahnfleisch blutete, und sein Mund war wie der eines sehr alten Mannes eingefallen, weil den Wangen die Stütze der Zähne fehlte. Sein klein gewordenes Wurzelholzgesicht hatte seine einstige Straffheit verloren, war von Runzeln und tiefen Falten bedeckt, fahlgelb und irgendwie durchsichtig. Die fortgesetzten Blutungen und der völlig mangelnde Appetit hatten bewirkt, daß er alle Kraft verloren hatte. Die Ärzte waren nunmehr der Meinung, daß diese inzwischen verstorbene Ör-shih nicht nur Bambussplitter, sondern – was viel schlimmer war – sogar Tigerhaare in das Essen gemischt habe.

Es gab kein Mittel, Herrn Ch'üs Verfall aufzuhalten.

Alle – außer Herrn Ch'ü selber – glaubten, daß er sehr bald sterben würde. Deshalb kamen von überall her die großen Mandarine, um dem ebenso wichtigen wie reichen Herrn Ch'ü ihre Abschiedsbesuche zu machen, was sie mit sehr großem Takt und größter Höflichkeit taten. Sie sprachen mit ihm über die geehrten Ahnen, die sich bestimmt freuen würden, wenn Herr Ch'ü demnächst zu ihnen stieße, und sie trösteten ihn, indem sie auf das Vorhandensein eines hoffnungsvollen Sohnes in Nam-yang hinwiesen, so daß weder der Familie noch Herrn Ch'ü selber ein bedeutender Schaden durch den Tod entstünde. Andere wieder schilderten dem hochgeachteten Visitator des Südens die bevorstehende Pracht seiner Beerdigung, bei der es weder an Feuerwerk noch an verbranntem Papiergeld, weder an Beigaben noch an Festschmäusen fehlen werde, und einige, die mit zartestem Feingefühl beobachtet hatten, daß die Erwähnung von Festschmäusen Herrn Ch'ü Übelkeit verursachte, gingen auf das philosophische Gebiet über, indem sie Zitate aus den Klassikern brachten, die von Tod, Schattenwelt und Vergänglichkeit handelten.

Sogar Vetter T'sai war von Fu-tschou, dessen Gouverneur er ja seit einiger Zeit war, herübergekommen und hatte die Mühe einer derartigen Reise im Winter nicht gescheut, um seinen alten Freund Ch'ü aufzusuchen. Dessen Unglück war ja wie ein Lauffeuer durch die

Provinzen gegangen. Vetter T'sai sah sehr gerne nach dem Rechten. Als er Herrn Ch'ü in diesem schrecklichen Zustand sah, funkelten seine Äuglein vergnügt, während er sein puddingförmig gewordenes Gesicht in mitleidige Falten zu legen versuchte.

„Wie geht es Ihnen, erlauchte Exzellenz?" zwitscherte er. „Ich habe gehört, daß Sie sich eine Erkältung zugezogen haben?"

„Ja, ja", erwiderte Herr Ch'ü mit sehr schwacher Stimme, der er vergeblich mehr Festigkeit zu geben versuchte, „eine Erkältung, ganz recht! Sie wird bald vorüber sein, ich fühle mich schon sehr viel besser."

„Wie mich das freut, erhabene Exzellenz! Ich glaube, die Ärzte sind auch dieser Meinung, wenn ich nicht irre. Man möchte sich auch gar nicht vorstellen, was unser Staat und besonders der Süden, den Sie ja kontrollieren, ohne Sie und Ihr unermüdliches Wirken wäre! Das Leben könnte nicht weitergehen!"

Es war der blanke Hohn. Vetter T'sai, dem man auf Ehre und Gewissen versichert hatte, daß Herr Ch'ü die folgenden drei Tage nicht mehr überstehen werde, war der Überzeugung, sich nun sehr viel herausnehmen zu können. Herr Ch'ü, so schwach er war, wußte das natürlich und nahm es zur Kenntnis. Seine Beine, sein Magen, sein Gedärm und neuerdings auch sein Herz waren schwach geworden, nicht aber sein hellwacher Intellekt. An dieser Stelle fehlte ihm nichts.

So antwortete er mit recht gut gewählten Worten, indem er sich freundlich nach Vetter T'sais Amt und seinen Geschäften erkundigte. Er rühmte Fu-tschou als eine unbezwingliche Bastion Chinas, in der kein Fremder versuchen würde, etwa Opium oder Waffen für die „Roten Kopftücher" einzuschmuggeln, und er lobte – wenn auch mit beinahe ersterbender Stimme – die hohe Auffassung der Fu-tschouer Beamten, die niemals Bestechungsgelder annahmen, keinesfalls mit solch einem widerlichen Menschen wie etwa dem gesuchten Verbrecher Huitzinga Geschäfte betrieben, und er sagte, fast mit letzter Kraft, daß er als Visitator Herrn T'sai, diesem hochgeachteten „Vetter siebzehnten Grades" des Vizekönigs von Kanton, versichern könne, wie wohlbekannt höheren Ortes die Verdienste Herrn T'sais seien.

Es war vermutlich der allgemeinen Schwächung Herrn Ch'üs zuzuschreiben, daß er den sonst unverzeihlichen Fauxpas begangen hatte, den Verwandtschaftsgrad Herrn T'sais um drei Stufen herabzuschrauben. Aber dafür teilte er Vetter T'sai etwas sehr Erfreuliches mit. Bald schon würde nämlich der sehr mächtige Eunuch Ma-T'ang sich mit den Verdiensten Herrn T'sais befassen und ihm eine Nachricht zukommen lassen. Er selber – Herr Ch'ü – habe Ma-T'ang dazu angeregt.

Vetter T'sai wurde noch gelber im Gesicht, als er schon war. Er verneigte sich ein wenig mühsam, weil er schon sehr fett geworden war. Mit gut verborgener Abscheu sah Herr Ch'ü auf der Mandarinskappe Herrn T'sais den Kristallknopf funkeln, den er selbst einmal getragen hatte. Der Silberfasan auf Vetter T'sais ungeheuer breit gewordener Brust glich mehr einem Schwan, er hatte Übergewicht bekommen.

Der sehr ehrenwerte Vetter mußte sich leider verabschieden, aber er gab der Hoffnung Ausdruck, in schon wenigen Tagen von Herrn Ch'ü etwas sehr Erfreuliches zu hören. Dann ging er, und Herr Ch'ü war sehr erschöpft.

Welch eine Qualle ist dieser Beamte, dachte Herr Ch'ü! Mit solchen Leuten hatte er nun gelebt, sie waren sein Umgang, seine Helfer und seine Todfeinde, seine Kollegen und seine Neider gewesen; um sie aus dem Felde zu schlagen, sie in der Rangleiter zu überholen, an Reichtum und Macht zu übertreffen, hatte er gelebt.

Aber dieser Vetter T'sai war besonders ekelerregend! Er konnte nicht sterben, solange es Menschen wie diesen T'sai gab. Er mußte schon darum am Leben bleiben, um noch genug von diesem Gewürm und insbesondere Vetter T'sai in den Staub zu treten.

Unmöglich durfte er diesen Leuten den Triumph lassen, daß er starb und sie weiterlebten! In diesem Sinne hatte ihn der Besuch Vetter T'sais ungemein gestärkt. Er fühlte sich tatsächlich ein wenig wohler, es war nicht gelogen.

Und noch bei einem anderen mußte Herr Ch'ü sehen, wie es ausging: bei Dr. Li. Allmählich interessierte es ihn wirklich, wie es mit Dr. Li fortlaufen sollte. Niemals zuvor war er einem Menschen wie Dr. Li begegnet. Der Mann beunruhigte ihn langsam.

Gestern war ein Schreiben der Kanzlei des sehr mächtigen Eunuchen Ma-T'ang eingetroffen, in dem man Herrn Ch'ü Verschiedenes mitteilte. Und da stand tatsächlich zu lesen, daß der fremde

„Sheng-jen“ in Peking gewesen sei und um eine Audienz beim Himmelssohn nachgesucht habe.

Das war Dr. Li!

Er hatte es also tatsächlich geschafft, er war nach Peking gekommen! Aber dieser kleine, schmalgesichtige Pater aus Fernwest, in dessen Asketengesicht brennende Augen standen, hatte ja bereits so vieles geschafft, was jeder vernünftige Mensch als unmöglich bezeichnet hatte. Herr Ch'ü dachte zurück, wie er dem Pater zuerst auf dem Schiff der Viegas begegnet war, wie ihm dieser all die modernen wissenschaftlichen Gerätschaften, die Seekarten und mathematischen Methoden zur Ortsbestimmung gezeigt hatte. Er entsann sich seiner langen und interessanten Gespräche mit dem Pater an Bord der „Sao Luiz“ und später in Macao. Damals hatte er bedauert, daß Dr. Li nicht Chinesisch sprach.

Und da hatte es dieser in nur einem einzigen Jahre erlernt und hatte nach einem Jahrzehnt sogar ein dreisprachiges Wörterbuch herausgegeben, das den Wortschatz eines Spitzengelehrten umfaßte; hatte Bücher in Chinesisch geschrieben und Vorträge vor Akademien und Universitäten gehalten. Er war ein Phänomen!

Dieser kleine Fremde aus Fernwest hatte Chinas Weltbild umgestoßen und dem alten Reich der Mitte eine neue Weltkarte geschenkt, er hatte sogar den „Almanach“ des „Drachenpavillons“ – den es seit 2000 Jahren gab – verbessert und eine Mondfinsternis genauer berechnet als die klügsten Gelehrten.

Welch ein Mann!

Damals, als er in Macao ankam, mit nichts im Gepäck als ein paar Instrumenten, seinem Kopf und einem seltsam unerschütterlichen Glauben, hatte er ins verbotene China eintreten wollen. Es war unmöglich gewesen, und ein Jahr später war er schon dabei, eine Mission in Shiu-hing aufzubauen. Es gab kein Unmöglich für ihn.

Alle hatten ihm gesagt, daß er niemals nach Peking kommen würde: Vizekönige, Gouverneure, Kriegsminister und höchste Mandarine.

Nun war er dort gewesen.

Er wollte den Himmelssohn sprechen, was gänzlich undenkbar war.

Aber er würde es erreichen: Wenn diesmal nicht, dann bei einer anderen Gelegenheit. Jetzt glaubte auch Herr Ch'ü daran, daß für Dr. Li nichts unmöglich war. Ihn führte ein Gott!

Was waren solche Kreaturen wie dieser Vetter T'sai gegen einen Mann von der Art eines Dr. Li?! Da sah man, daß in diesem großen Tierpark, der Welt hieß, die widersprüchlichsten und seltensten Exemplare herumliefen: ein Vetter T'sai neben dem Dr. Li. Deshalb konnte man die Menschen gleichzeitig verachten und bewundern; denn sie waren eben alles, was denkbar war.

Und: was war er selber? Wie würden Zeit und Nachfahren sein Bild sehen? Wie ihn – den großen Herrn Ch'ü – einordnen in den endlosen Reigen der Erscheinungen?! Wie konnte er sich selber sehen, wenn das Rad des Lebens umschwang?

Wie er so dalag, körperlich erschöpft und von seiner Krankheit durchwühlt, begann er unwillkürlich Vergleiche zwischen sich selbst und Dr. Li anzustellen.

Jetzt, da er so nahe dem Rand der Ewigkeit war, wollte er auch etwas über sich selbst wissen.

Er entsann sich noch recht gut, wie ihm seinerzeit auf der „Sao Luiz" der Pater seine Lebensgeschichte berichtet hatte. Sie waren ja ungefähr gleichen Alters und hatten sich bei gleich hohem Bildungsstand angefreundet, weil sie beinah die gleiche Sprache des Geistes sprachen. Und doch nicht.

Es war immer eine Glaswand wie zwischen Chinesisch und Portugiesisch dazwischen gewesen. Sie waren sich körperlich und intellektuell nahe, aber seelisch sehr entfernt gewesen; ihre Daseinskurven hatten sich auf der Ebene der Zeit geschnitten, waren jedoch wie die Bahnen von Gestirnen bei ihrer Begegnung durch den unendlichen Raum distanziert gewesen.

Es lag an der unterschiedlichen Bewertung der Werte, an der Differenz, die es zwischen Religiosität und Intellektualismus gibt.

Herr Ch'ü hatte mehr Chancen für ein großes Leben gehabt als Matteo Ricci. Er: der Sohn eines berühmten Dichters und Gelehrten, aus reichem Hause stammend, von Anfang an gesegnet mit den Beziehungen einer weitverzweigten und einflußreichen Familie, war wie von selbst in die hochfliegende Karriere hineingelaufen. Da war alles schon vorgeplant, bevor er auch nur anfing, das erste Buch zu lesen und den ersten Pinselstrich zu tun. Kamen zu solcher Startposition dann noch ein ausgezeichneter Verstand und hoher Intellekt, etwas Schlauheit und moralische Überlegenheit hinzu, dann mußte am Ende ein Herr Ch'ü herauskommen, den alle bewunderten und der am Ende das Brustschild des Goldfasans tragen durfte.

Matteo Ricci war nur der Sohn eines kleinen Landapothekers gewesen, keine große Familie, wenig Geld, kaum Beziehungen und keine Protektoren. Auch er war sehr klug, sehr begabt, ein außerordentliches Talent.

Und was hatten sie beide aus diesen Gottesgeschenken der Anfänge gemacht: einen Herrn Ch'ü und einen Dr. Li. Wieder ein anderer hatte sich in einen Don Gaspar Viegas oder in einen Vetter T'sai verwandelt.

Jetzt, da ihn neue Wellen von Schmerz und großer Brechreiz durchfluteten und er beinah zu zweifeln anhob, ob er überleben würde, begann Herr Ch'ü über sein Leben nachzudenken.

Er hatte immer nach dem reinen Verstande gelebt. Er war und blieb ein Intellektueller. Das heißt, er konnte denken und nüchtern sehen. Das hatte er getan. Es war ihm zum Erfolg gereicht. Bei einem Herrn Ch'ü hatte es niemals Illusionen religiöser, mystischer oder nur gefühlsmäßiger Art gegeben, die das nackte Daseinsgesetz verhüllt haben würden.

Dieses lautete: es ist gut, wenn ich gesund bin, gut und angenehm lebe, ziemlich alt werde und über viel Geld, Vergnügen, Macht und Besitz verfüge, und es ist dumm, lästig und sehr bedrückend, wenn ich arm, verwirrt, ohnmächtig, krank oder abhängig bin.

Also hatte Herr Ch'ü seinen hohen Intellekt dazu benützt, sich ein Leben nach seinen Vorstellungen zu schaffen: nicht allzuviel persönliche Arbeit und wenn, dann nur solche, die einem Spaß macht, die viel Genuß, viel Erfolg, Reichtum und Befriedigung des Ehrgeizes bringt.

Er war ein Realist, ein Lebemann und Erfolgsmensch geworden, hatte immer wieder Karriere gemacht und war ungemein vernünftig geblieben.

Es war ein schönes und reiches Leben gewesen, selbst wenn es nun zu Ende gehen sollte. Und hier steckte die Lüge!

Da Herr Ch'ü tatsächlich sehr krank war, begriff er sie sogleich. Es war nämlich kein schönes Leben gewesen; denn für das, was war, gab es keine Zinsen. Es war vorbei, lag wie hinter einem Nebel und war keinen Kaesch wert! Dann gab es nämlich nur noch den einen Schritt nach vorne und der hieß Tod, hieß Nichts! Jetzt war Herr Ch'ü sogar bereit, die so dramatisch erkämpften Inhalte seines Daseins auf den einfachsten Nenner zurückzuführen. Was war denn eigentlich so schön gewesen, als er jung oder auch nur in den mittleren Jahren gewesen war?!

Er hatte viele und reizvolle Mädchen gehabt, er hatte stets hervorragend gegessen, niemals schlecht getrunken, Geld zusammengezählt und seine Selbstliebe und seinen persönlichen Ehrgeiz mit den Pfauenfedern-Orden, den Knöpfen und Brustschildern der Mandarinsränge geschmückt, und er hatte geatmet.

Nun aber lagen die Mandarinsgewänder und die Pfauenfedern achtlos hingeworfen, weil er krank war; seine Schwäche und die abnehmende Kraft seiner Natur verboten ihm die Mädchen, vor gutem Essen graute ihm, und selbst das Trinken verursachte ihm Übelkeit. Die Begierden waren noch irgendwo im Untergrund versteckt, aber das Oberbewußtsein wollte nichts mehr von ihnen wissen. Es war tatsächlich zu Ende.

Und dafür hatte Herr Ch'ü mit all seinen Chancen, seinem Intellekt, seinem Wissen gelebt? Die Kerzen waren erloschen, und es wurde dunkel.

Er hatte die falschen Kerzen angezündet, nun erntete er die Nacht.

In dieser trüben Stunde fiel ihm jene Diskussion ein, die er mit Dr. Li einstmals in Shiu-hing gehabt hatte, bei der dieser von der „Selbstauffassung" des Menschen gesprochen hatte. Es war ein Kontrastbild gewesen: der eine, der von sich selbst, seiner Existenz und seiner Seele nichts hielt, weil er alles intellektuell zersetzt hatte, der sich also mit Mädchen, Essen, Trinken und Ehrgeiz begnügte, weil er ja bald schon in Nichts untersinken würde, und der andere, der an seine Gottes-Kindschaft glaubte und einer höheren Welt zustrebte.

Dr. Li war offenbar diesen anderen Pfad gegangen.

Sein Glaube hatte ihn nach China und nach Peking geführt und er würde ihn zum Kaiser führen. Dr. Li hatte ein Ziel und besaß eine Mitte.

In diesem Moment, da Herr Ch'ü beinahe Sehnsucht nach Doktor Li empfand, wurde ihm dieser gemeldet. Er war von Nan-shan herübergeeilt und kam gerade aus Peking.

7

Als sie sich sahen, erschraken sie beide.

Herr Ch'ü erkannte den Pater kaum wieder. Dieser war ganz dünn und knochig geworden. Der schon graumelierte Kinn- und Backenbart schien verfilzt und unbeschnitten, das bekannte El-Greco-Gesicht hatte sich auf seine Struktur zurückgezogen, es war hager, fast krankhaft schmal und tief sonnengebräunt. Nur die Augen glichen noch immer zwei lodernden Fackeln.

Daß Herr Ch'ü selber kaum mehr der Alte war und eher einem Toten als einem Lebenden glich, las er an dem Gesichtsausdruck des Paters ab. Nichts mehr erinnerte an den großen, stolzen Mandarin, nicht einmal der Intellektuelle hohen Grades war sichtbar geblieben. Was da vor Dr. Li in den Kissen lag, war ein armseliges, zusammengeschrumpftes Altmännergesicht mit der ekelhaften Blässe des nahen Todes. Aber auch in Herrn Ch'üs Gesicht blitzten noch immer zwei jettschwarze Augen, und es war nicht das Fieber, das ihnen den Glanz gab. Dieser Mann lebte noch sehr stark, und er würde weiterleben. Sie begrüßten sich mit den gebräuchlichen Formeln. Dr. Li sprach Herrn Ch'ü mit dem ihm zustehenden Titel „Eure erlauchte Exzellenz" an, und dieser nickte bestätigend dazu. Dann fragte Herr Ch'ü.

„Sie waren in Peking, wie ich hörte, Hochwürdiger Sheng-jen?"

„Ich war dort, aber ich konnte den Himmelssohn nicht sprechen!"

„Seien Sie glücklich, Hochwürdiger, sehr Geehrter! Seien Sie glücklich darüber, daß Sie leben und daß Sie wieder zurückgekommen sind!"

„Ich möchte aber den Kaiser sprechen, Eure erlauchte Exzellenz! Es ist meine Aufgabe, ihn zu sprechen!"

„Sie werden es, Hochwürdiger, ich bin sicher, daß Sie eines Tages mit dem Himmelssohn sprechen werden."

Dr. Li war überrascht. Zum ersten Mal geschah es, daß Herr Ch'ü an den Erfolg seiner Mission glaubte. Früher hatte er stets widersprochen und Zweifel angemeldet.

„Warum, erlauchte Exzellenz, glauben Sie mir plötzlich?“

„Weil ich Sie jetzt besser kenne als vor einigen Jahren. Sie können alles erreichen, was Sie wollen!“

„Nicht ich, verehrte Exzellenz, Gott ist es, der mich führt. Er hat mir diese Aufgabe gestellt, ich habe sie nur zu erfüllen.“

Herr Ch'ü seufzte sehr tief und verbarg seine tief in den Höhlen liegenden Augen. Nach langer Pause sagte er mit leiser Stimme.

„Was ist das, Hochwürdiger: Gott?! Ich habe Götter in den Tempeln gesehen, Sie haben mir einstmals das Bild Ihres T'ien-Chu gezeigt oder die Bilder von Jesus Christus und Santa Maria, und ich habe die großen Statuen des Gautama Buddha gesehen, aber ich habe niemals Gott gesehen.“

„Gott kann man nicht sehen, erlauchte Exzellenz! Gott gleicht dem ‚Wu-ki‘ des Lao-tse, das er ‚das große Unbenennbare‘ nennt und als Kreis darstellt, weil es ohne Anfang und ohne Ende ist.“

„Hochwürdiger, ich war niemals ein Tao-Anhänger, weil mir all diese Geheimnisse, mystischen Behauptungen und visionären Vorstellungen im Herzen zuwider waren. Mein Leitbild habe ich eher bei Meister Kung gefunden, der vom Leben und nicht von den Göttern, der von den richtigen Verhaltensregeln und nicht von unbeweisbaren Ideen sprach. Darum begreife ich auch Ihren Christus nicht, der ein Gott gewesen sein soll und den man dennoch wie einen gewöhnlichen Verbrecher ans Kreuz schlagen konnte, wo er dann wie ein gewöhnlicher Mensch gestorben ist. Das alles widerspricht meinem Verstand. Wie also kann ich an Gott glauben, wenn nicht einmal Sie ihn gesehen haben? Denn Ihnen, Hochwürdiger Sheng-jen, würde ich vielleicht glauben.“

„Aber, verehrte Exzellenz! Ich habe ihn ja gesehen, ich habe ihn gehört, ich habe ihn mit allen Sinnen, mit meinem ganzen Sein und Dasein umfaßt, ich lebe ja nur aus *Ihm*, der alles geschaffen hat und der alles lenkt! Sehen Sie nicht, daß er mich trägt?!“

Lange starrte Herr Ch'ü dem Pater ins entflammte Antlitz. Unter der Kraft und Härte dieses Blickes konnte man vergessen, daß er aus dem Gesicht eines Sterbenden kam. Dieser Mensch war immer noch viel zu stark, um zu sterben.

„Nehmen wir an, Geehrter und Würdiger, ich würde Ihnen glauben und meinen Verstand so weit unterdrücken, daß er sich vor einem Geheimnis beugt, das vielleicht Wahrheit ist, ohne daß wir es sehen, verstehen und beweisen können, was müßte ich tun, um Ihnen ähnlich zu werden, um ebenfalls von Ihrem Gott getragen zu werden?!"

„Jesus Christus hat einem reichen Jüngling, der ebenso fragte, wie Sie es eben getan haben, die Antwort gegeben: Gehe hin, gib all deine Habe den Armen und folge mir nach! Er meint damit nicht, daß Sie Ihr ganzes Vermögen auflösen sollen, erlauchte Exzellenz, aber er fordert, daß Sie fortan nicht mehr nur für Ihr eigenes Wohlleben, Ihr Behagen und Ihren Ehrgeiz leben sollen, sondern auch für die anderen, in denen Gott sich genauso spiegelt wie in Ihnen. Werden Sie ein Menschenfreund, Exzellenz, lieben Sie Ihren Nächsten und Sie werden Gottes Freund sein und *Ihn* im Mitmenschen lieben. Dann werden Sie entdecken, wie herrlich es ist, eine heilige Pflicht zu tun, ein hohes Ziel zu haben, das über dieses begrenzte und unvollkommene Dasein hinausreicht. Und Gott wird Sie führen!"

Herr Ch'ü dachte an Vetter T'sai, dieses abscheuliche Insekt, an Don Gaspar, diesen alten Geier, an Ma-T'ang, dieses scheußliche Monstrum, und er bekam eine Gänsehaut bei der Vorstellung, daß er all diese Leute lieben sollte, nur weil sie Mitmenschen waren. Aber so hatte es Dr. Li wahrscheinlich nicht gemeint: Insekten, Geier und Monstren waren wohl ausgenommen von der Menschenliebe.

Das, was blieb, war ein Weg, eine Möglichkeit, eine Hoffnung. Sein Intellekt – vielleicht doch schon von der fortschreitenden Krankheit geschwächt – protestierte diesmal nur schwach. Man konnte ja versuchen, im Dunkel zu finden, was ihn seine 46 Jahre im hellen Tageslicht nicht hatten entdecken lassen: den Sinn dieses Daseins, das Ziel, das jenseits von Ehrgeiz, Mädchen, Essen und Trinken und auch jenseits vom Intellekt lag.

„Hochwürdiger", sprach er mit schwacher Stimme und sah sehr elend aus, „ich glaube, Sie sollten mir noch ein wenig Unterricht in Ihrer Religion geben und mich dann endlich taufen. Ich möchte ein Christ werden!"

Dr. Li legte ihm sanft die Hand auf die fieberheiße Stirn und segnete ihn.

Herr Ch'ü sah sehr friedlich aus.

Drei Tage später, eben an dem Tage, von dem die Ärzte gesagt hatten, er würde der letzte in Herrn Ch'üs bewegtem Leben sein, erteilte Dr. Li dem großen Mandarin im Beisein vieler hochgestellter Besucher das Sakrament der Taufe. Er gab ihm den Namen des großen Apostels Ostasiens: Franz Xaver.

Mochte es sein, daß der zähe Körper Herrn Ch'üs das Gift überwunden oder daß dieses sehr unmanierliche Mädchen Ŏr-shih doch keine Tigerhaare genommen hatte, jedenfalls war die Tatsache nicht zu übersehen, daß es Herrn Ch'ü von diesem Tage an wieder besser ging.

In wenigen Wochen bekam er wieder Fleisch auf die Knochen, sogar die Falten glätteten sich und seine fahlen Wangen hatten eine gesündere Farbe. Nur die Haare und die Zähne wuchsen nicht mehr.

Als Herr Ch'ü nach einiger Zeit mit wackeligen Beinen aufstand und die ersten Schritte nach seiner wunderbaren Genesung versuchte, schlotterten zwar die Kleider an ihm und er war sichtlich ein alter Mann geworden, aber es war nicht abzuleugnen, daß er lebte und mit jedem weiteren Tag kräftiger wurde.

Die Ärzte hatten sich offenbar geirrt, als sie prophezeit hatten, er würde sterben. Da Ärzte jedoch niemals irren oder dies wenigstens nicht zugeben können, verbreiteten sie überall in Su-tschou, Herr Ch'ü sei der Gegenstand eines Wunders geworden. Dieser fremde „Sheng-jen" Dr. Li habe ihn mittels der Taufe geheilt.

Von nun an betrieb man in Su-tschou an vielen Kranken die Wasserkuren. Einige aber, die verstanden hatten, daß es sich hier um mythische und sehr heilige Vorgänge handelte, bewarben sich bei Dr. Li oder Pater Lazzaro Cattaneo um Katechumenenunterricht und Taufe. Die christliche Gemeinde von Su-tschou wuchs so beträchtlich, daß Macao zwei neuausgeweihte, chinesische Priester schicken mußte.

Herr Ch'ü blieb noch eine Weile zur Kur in Su-tschou und war sehr zufrieden. Bis zum Frühjahr war er beinahe wieder der alte Herr Ch'ü, wenngleich seine Schönheit ein wenig gelitten hatte, woran das Fehlen der Haare und der Ausfall der Zähne viel Schuld trug. Noch von Su-tschou aus ließ er gegen Vetter T'sai eine Untersuchung einleiten, so daß dieser abgesetzt und sogar eine Zeitlang in den „Kang der Seufzer" gesteckt wurde.

Schlimmer als der Verlust seiner Schönheit traf Herrn Ch'ü der nun völlige Verlust seiner Potenz. Dies war eine Wirkung, die man weder vom noch mäßigen Alter Herrn Ch'üs noch von der Taufe hatte erwarten können. Auch der Appetit Herrn Ch'üs auf ausgezeichnete Speisen war fortan begrenzt. Er vertrug seit dieser Magen- und Darmgeschichte seine Lieblingsgerichte nicht mehr. Das waren Szechuan-Ente, geräucherte Gans, verfaulte Eier, süß-saures Schweinefleisch und in Fett gebratene Schlangeneier. So lange er noch rekonvaleszent und ziemlich schwach auf den Beinen war, hatte er die ihm von den Krankheitsfolgen aufgezwungene Askese mit großer Gelassenheit ertragen. Aber es lag in der Natur des Lebens, daß er gegen April und Mai zu, als die Apfel- und Kirschblüte wie Schnee auf den Gärten von Su-tschou lag, wieder im beinahe vollen Besitz seiner Kräfte war und nun auch die dazugehörigen Begierden empfand. Von jetzt an war es schwieriger, auf das zu verzichten, dem er auf dem Krankenlager schon abgeschworen hatte: auf Mädchen, gutes Essen und starkes Trinken.

Auch der Ehrgeiz regte sich wieder. Vetter T'sai war das erste Opfer gewesen.

8

Für Dr. Li, dessen erster Vorstoß nach Peking gescheitert war, erhob sich nun die Frage, wie es weitergehen sollte.

Er erinnerte sich des Ratschlages seiner Oberen, daß man China nur von den Zentren her aufbrechen und nur auf dem Umwege über die Oberschicht erfassen konnte. Für eine derartige Politik waren sowohl Nan-shan wie auch Su-tschou, bei all ihren Vorzügen, nur recht teilweise geeignet. Zwar lebten in beiden Städten sehr viele ausgezeichnete Leute, sie waren Plätze der Künste, der Literatur und der Gelehrten, aber die großen Männer dort verbrachten ihre Zeit entweder als Verbannte ohne Einfluß, wie Prinz Ch'ien-ch'ai, oder als Professoren, die zwar ihren Ruf in Mandarinskreisen, jedoch keinerlei politische Wirkung besaßen. Und dort hatte Dr. Li bereits soviel an Aussaat geleistet wie möglich war. Wichtiger war, daß er vor allem in Nan-shan einige Persönlichkeiten aus Nanking kennengelernt hatte, die ihm weiterhelfen konnten. Nanking, das war der Schlüssel!

Wenn er schon nicht in Peking als der Reichshauptstadt auftreten durfte, so sollte es wenigstens Nanking, die alte Hauptstadt des Südens, sein.

Auch Herr Ch'ü, der nun dabei war, nach Kanton zurückzukehren und seine lange vernachlässigten Dienst- und Privatgeschäfte wiederaufzunehmen, riet ihm dazu, Nanking zum Hauptplatz der China-Mission zu machen.

Diese Metropole hatte sich schon zweimal als recht abweisend erwiesen. Wenn ihm schon Nanking nicht wohlgesonnen war, meinte Dr. Li, so war es doch der Vizekönig von Nanking – jene „erlauchte Exzellenz" Chao-K'o-huai, bei dem er vor seiner Abreise nach Peking einige Tage als Gast in Kü-yung geweilt hatte. Es gab also einen guten Ausgangspunkt für seinen dritten Auftritt in Nanking.

Dr. Li fuhr, begleitet von zwei neuangekommenen Patres aus Macao, mit einem Boot voller Geschenke zuerst nach Kü-yung und dann nach Nanking, wurde auch von seinem kunstsinnigen Freund, dem Vizekönig, sehr freundlich empfangen und alsbald in die gute Gesellschaft eingeführt.

Da Nanking immer noch die Funktion einer Unterregierungshauptstadt ausübte, gab es eine Menge hochgestellter Männer, die im Rang nur der Pekinger Zentralregierung nachstanden. Er lernte sie alle kennen und gewann die meisten auch alsbald als Freunde. Da war der Justizminister Chao-Hsin-t'ang, der Finanzminister Chang-Meng-nan, der Präsident der hiesigen Eunuchen-Schule Kuo-Ming-lun, der kaiserliche Zensor Chuh-Shih-lin und der Oberbefehlshaber der Truppen, der nun nicht mehr Oberst Hsü, sondern General Li-Huan hieß. Sogar in den alten Kaiserpalast auf dem „rosafarbenen Wolkenhügel" wurde Dr. Li eingeladen, wo der gefürchtete und alles kontrollierende Eunuch Feng-Pao residierte. Doch auch diesen sehr gestrengen und distanzierten Mann konnte Dr. Li für sich gewinnen, so daß auch die Eunuchen fortan nichts mehr gegen seinen Aufenthalt und sein Wirken einzuwenden hatten.

Da Dr. Li beschlossen hatte, künftig die alte Hauptstadt Nanking zur Residenz der „Societas" und zur Leitstelle der China-Mission zu machen und dort auch wohlaufgenommen war, wurde es notwendig, eine geeignete Unterkunft, ja am besten ein eigenes Haus zu finden. Von Macao, wo Don Gaspar de Viegas y Favara zusammen mit seinem Partner Herrn Ch'ü wieder einmal eine größere Stiftung gemacht hatte, kamen nun bedeutendere Summen, und man kündigte Dr. Li an, daß Pater Cattaneo mit zahlreichen und kostbaren Geschenken zum Gebrauch der Mission auf dem Landwege unterwegs sei. Don Gaspar hatte also sein Wort wahr gemacht, er würde geben, sobald Dr. Li in Peking gewesen sei.

Bei der Suche nach einem geeigneten Gebäude sprach Dr. Li natürlich auch mit seinem Freund, dem Vizekönig.

Zu seiner Überraschung begleitete ihn dieser sofort in die Hauptstraße der vornehmen Innenstadt und zeigte ihm einen sehr großen Kang, der am Fuße des „rosafarbenen Wolkenhügels", also nicht nur im Zentrum, sondern auch noch an einem der schönsten Plätze lag. Diese ausgedehnte Gebäudegruppe hinter einer hohen Mauer stand völlig leer. Der Vizekönig sagte, sie sei ein Neubau, der für die Aufnahme eines Ministeriums geschaffen worden war, und er nannte den ziemlich hohen Baupreis.

„Dieses Gebäude können Sie haben, Eure gelehrte Herrlichkeit!" erklärte er. „Es gehört der Regierung, und diese ist bereit, es an die ‚Societas' zu verkaufen!"

„Wunderschön, erhabene Exzellenz! Nur fürchte ich, daß die schmale Kasse der ‚Societas' nicht in der Lage sein wird, dieses herrliche Grundstück und Haus zu erwerben!"

„Bezahlen Sie, was und wann Sie wollen, geehrte Herrlichkeit! Wir werden froh sein, alles loszuwerden; denn mit diesem Besitz hat es eine besondere Bewandtnis: es ist ein Geisterhaus! Kein normaler Mensch kann darin wohnen. Es spukt und poltert, Gegenstände fliegen durch die Luft und Dämonen treiben nachts ihr Unwesen. Vielleicht jedoch können Sie, ausgezeichnete Herrlichkeit, damit fertig werden!"

Dr. Li ließ sich die Geschichte ausführlich berichten. Er hörte, daß man beim Bau des Hauses alle mythologischen Vorschriften genau beobachtet habe, aber vermutlich irgendeine Zeremonie vergessen oder falsch ausgeführt habe. Geomanten und Astrologen waren befragt, Opferpriester aller Glaubensrichtungen und sogar buddhistische Tantramönche hinzugezogen worden – es nutzte nichts! Bisher hatte es keiner auch nur eine Nacht lang in dem Gespensterhaus ausgehalten. Darum war der Vizekönig auch bereit, das gesamte Objekt für die Hälfte des reinen Erstellungspreises abzugeben.

Dr. Li schlug sofort ein. Er sagte, christliche Priester fürchteten sich nicht vor Dämonen, da ihr Herr und Gott auch den Dämonen gebiete. Er würde das Gespensterhaus ausweihen, den Exorzismus vornehmen und künftig mitsamt seinen Brüdern der „Societas" sehr ruhig darin wohnen. Der Kauf kam zustande, und tatsächlich waren auch alle Spukgeschichten alsbald zu Ende.

Aber gerade solche Vorkommnisse verstärkten den Ruf, den Doktor Li und seine Brüder nicht nur bei der gewöhnlichen Bevölkerung, sondern leider auch bei vielen hohen Herren genossen, noch mehr: man hielt den „Sheng-jen" nicht nur für unsterblich und unverwundbar, man traute ihm seit der wunderbaren Genesung Herrn Ch'üs auch zu, das Wasser des ewigen Lebens und Zauberkräfte zu besitzen. Die Legende über die angeblichen Alchimistenkünste Doktor Lis, sein Silber- und Goldmachen mit dem „Stein der Weisen", feierte alle Augenblicke fröhliche Urständ.

Natürlich wurde nun auch in Nanking seine Weltkarte, von der Dr. Li inzwischen eine neue, im Maßstab vergrößerte und verbesserte Ausgabe herausgebracht hatte, ebenso wie seine Prismen, Pendeluhren und Globen bestaunt. In einer sehr gelehrten Mandarinsversammlung hatte er zudem den unwiderleglichen Beweis geliefert, daß die Erde eine Kugel sei und daß diese Kugel auf allen Seiten bewohnt würde, ohne daß irgendwer in das Weltall hinausfiele. Dann klärte er die chinesische Oberschicht darüber auf, daß die Sonne viel größer als die Erde und der Mittelpunkt eines ganzen Planetensystems sei. Die Himmelskörper kreisten nach ewigen Gesetzen um eine Mitte, und um dies zu demonstrieren, benützte Doktor Li sogar ein chinesisches Jo-Jo-Spiel.

Bekannt wurde auch Dr. Lis Zusammenstoß mit den buddhistischen Bonzen.

Es gab in Nanking mehrere buddhistische Klöster und mehrere Sekten dieser Religion. Der ursprünglich im ersten nachchristlichen Jahrhundert von Indien nach China herübergekommene Buddhismus war damals schon sehr stark mit hinduistischen und tantristischen Gedanken vermengt, mit Göttern, Bodhisattvas und „Heiligen" angereichert, aus dem „kleinen Schiff des Hinayana" zum „großen Schiff des Mahayana-Buddhismus" geworden. Auf diesem Schiff hatten sich inzwischen alte magische, schamanenhafte und polytheistische Vorstellungen niedergelassen. Zwar konnten sich alle einigermaßen glaubenswilligen Ewigkeitssucher auf dem „Mahayana" niederlassen, weil der Buddhismus von Natur aus sehr tolerant war und keine feste Hierarchie wie etwa die katholische Kirche besaß, aber es war natürlich auch das eingetreten, was jeder ursprünglich beachtenswerten religiösen Auffassung und Lehre geschieht, die weder ein Oberhaupt noch verbindliche Dogmen besitzt: der Buddhismus war wie ein Brei auseinandergelaufen und hatte heute tausenderlei Riten, Zeremonien, Meinungen und Erklärungen. Doktor Li verglich sein Schicksal mit dem, was soeben im Abendlande mit dem Christentum überall dort geschah, wo die neu erklärte, protestantische „Gewissensfreiheit" verkündet worden war: jeder Schuster und Dorfpastor verkündete seine eigene Auffassung von Religion, so daß diese selbst und ihr Stifter bald hinter einer Wolke von Sekten verschwunden sein würden.

Dem Buddhismus war es bereits so ergangen. Er war in viele voneinander verschiedene und sich gelegentlich sogar bekämpfende Lehrmeinungen auseinandergefallen. Buddha stand nur noch wie eine ferne Riesengestalt im Nebel der Zeit.

In Nanking gab es nun zwei herrschende Sekten: die „Gelben Mönche" des in Tibet vor etwa 180 Jahren von Abt Tsongkapa begründeten reformierten Lamaismus und die neuerdings immer stärker auftretenden „Roten Mönche" des ebenfalls tibetanischen Lamapriesters Phagsapa. Beide Orden waren sich spinnefeind, hielten jedoch in der Öffentlichkeit Friede und breiteten sich immer mehr über ganz China, die Mongolei und Mandschurei aus. Nanking war für beide eine Hochburg.

Kurz bevor Dr. Li in der Stadt seßhaft geworden war und noch anläßlich jener Mondfinsternis, die der „Almanach" so falsch berechnet hatte, waren die oberen Bonzen sowohl der „Gelben" wie der „Roten Lamas" aufgetreten und hatten in einer Reihe öffentlicher Vorträge dem erwartungsvollen Volke, aber auch den Mandarinen eine Erklärung über die Ursachen der Finsternis gegeben. Übereinstimmend hatten „Gelbe" wie „Rote" erklärt, der „Gott Holohan" verursache das Phänomen. Dieser Naturgeist war im verzauberten Tibet beheimatet und schob gelegentlich die Gestirne nach Belieben hin und her. Da nach Auffassung der Mönche die Sonnenscheibe ein Loch in der Mitte hatte, verfinsterte sich der Mond immer dann, wenn er, von Holohan geschoben, sich gerade über diesem Loch befand.

Und nun baute Dr. Li ein kleines Planetarium mit Erde, Mond und Sonne, ließ die kleinen Gestirne auf ihren Bahnen kreisen und demonstrierte vor einer sehr gelehrten Versammlung, wie eine Mondfinsternis immer dann entsteht, wenn sich die Erde zwischen Sonne und Mond schiebt, so daß der von der Sonne angestrahlte Mond in den Erdschatten gerät. Es war so einleuchtend, daß kein Zweifel mehr blieb.

Nur die Bonzen waren tief verärgert. Denn das Volk sagte sich natürlich, wenn diese Mönche schon in einfachen Dingen der Natur so schwer irren, wie mag es da erst bei ihren phantastischen Erzählungen von Leben und Tod, Göttern und Ewigkeit aussehen? Die Mission erhielt starken Zulauf.

Da traten selbstredend auch seltsame Käuze und Schwindler, Narren und Phantasten an Dr. Li heran. Aber das war der Pater schon gewohnt. Es konnte auf dieser Erdenwelt keine noch so einfache Sache geben, daß sich nicht einer fand – sei es ein Professor oder ein visionärer Tagewerker –, der es noch besser wußte und der alles ins Närrische verzerrte. So war es schon auf dem Konzil zu Nicäa vor 1200 Jahren im Christentum und auf dem Konzil zu Pataliputra vor 1800 Jahren im Buddhismus gewesen; Buddha, Lao-tse und Jesus Christus hatten in den Händen der Ausleger, Umdeuter und Schriftkundigen alle das gleiche Schicksal erfahren. Nur Meister Kung mit seinen Regeln und seiner Sozialethik war beinah unverändert geblieben – aber Kung-fu-tse war ja auch ein Realist und kein Prophet, ein nüchterner Tatsachenmensch und kein Visionär gewesen. Nur Glaube konnte sich ändern, Intellekt blieb immer der gleiche.

Einer trat auf, der behauptete, er sei selber 300 Jahre alt und er kenne den großen „Sheng-jen“ von früher, als er 350 Jahre alt gewesen sei. Dieser Narr oder Scharlatan verehrte Dr. Li sehr und dichtete ihm an, er wisse, daß dieser früher einmal Gold gemacht und Tote erweckt habe.

Die Wirkungen solcher Verehrung waren eher negativ als erfreulich, und Dr. Li hatte mehr zu tun, sich von der Legendenbildung seiner Freunde als von der Feindschaft der Bonzen zu distanzieren. Das Volk hätte nur zu gerne „Wunder" gesehen, die Dr. Li nicht wirken konnte und wollte.

Die Spannung, die seit der Angelegenheit mit der Mondfinsternis zwischen der „Societas", die sich unterdessen auf etwa ein Dutzend Patres meist chinesischer Abstammung vermehrt hatte, und den Buddhistenklöstern bestand, hatte sich verstärkt. Die „Roten" und „Gelben" waren übereingekommen, einen ihrer berühmtesten Gelehrten, den Ober-Bonzen San-hui, nach Nanking einzuladen, damit er Doktor Li in einer großen Diskussion besiege.

Dieses Zusammentreffen zwischen christlicher und buddhistischer Mission fand im Hause des Vizekönigs statt, eine große Anzahl Gelehrter und hoher Beamter war eingeladen. Da derartige Streitgespräche traditionsgemäß bei ausgedehnten Mandarinsessen veranstaltet wurden, hat Nanking diesen Wettkampf zweier hochgebildeter Männer nachmals das „Duell der Töpfe und Becher" genannt.

Herr San-hui war kein gewöhnlicher Bettelmönch und auch kein hergelaufener Bonze. Er kam im schlichten, aber nicht unsauberen Kuttengewand eines Tsongkapa-Mönches, mit kahlgeschorenem Kopf, war ein großer, sehr stattlicher Mann chineso-tibetanischer Abstammung und mit dem Dalai-Lama in Lhasa persönlich befreundet. Er trat durchaus nicht wie ein Minorit oder Lama, sondern mit großem Selbstbewußtsein auf.

Zudem merkte Dr. Li sofort, daß dieser hohe buddhistische Geistliche nicht in all dem Zauberkram und der blühenden Mythologie des Mahayana befangen war, daß er kein Tantrist und Esotheriker, sondern ein später Apostel des Ur-Buddhimus war.

Ihn beschäftigte zunächst die Frage, ob der Mensch von Natur aus böse oder gut sei, ob er Gott gliche und zu Gott zurückkehren könne. Dann aber ging es immer mehr um die Fragen, die zwischen Christen und Buddhisten am meisten strittig waren: um die Wiedergeburtslehre, die Möglichkeit des Bodhisattvatums und um die Anerkennung eines persönlichen Gottes an Stelle des wesenlosen Nirwana.

Dr. Li, der von jeher dem Kung-fu-tsianismus und der Logik

seiner Spielregeln zugeneigt war, hatte stets versucht, auf den Grundrissen eines völlig intellektualisierten Kung-fu-tsianismus ein visionäres Christentum aufzubauen.

Zu Buddhismus und Tao'ismus waren seine Beziehungen schwächer und kühler, weil sie dem Religionsbegriff zwar näher standen als Meister Kung, aber Erfahrung, nicht Offenbarung als Voraussetzungen hatten und der einen Wahrheit widersprachen, die er eben nur im Christentum zu sehen vermochte.

So kam es zu bedeutenden Kontroversen zwischen ihm und Herrn San-hui, welchen die große Tafelrunde mit höchstem Interesse folgte. Dank seiner umfassenden Bildung und der Schule der Logik, die er im Jesuitenseminar zu Rom mitgemacht hatte, trieb er den Ober-Bonzen am Ende in die Enge und widerlegte ihm eine ganze Reihe der Kernsätze, die dieser brachte. Da er sich sehr oft auf Meister Kung stützte, aber auch die tao'istischen und buddhistischen Experten zu zitieren wußte, alles mit abendländischer Philosophie unterlegte und überhaupt die Sympathien der Versammlung mehr genoß als der Buddhist, klatschte man ihm immer häufiger Beifall und erklärte ihn am Ende zum Sieger.

Der Mönch aus Tibet war stolz und fair zugleich. Er verneigte sich tief vor Dr. Li, dessen Diskussionssieg er anerkannte.

Dann sagte er: „Ehrwürdige Herrlichkeit, was immer wir sagen und denken, so gleichen wir uns doch darin, daß wir Menschen voll des guten Willens sind und daß wir beide aus diesem Leben in ein anderes pilgern. Wir schwingen am Rad des Daseins, dessen Nabe im Osten Gautama Buddha und im Westen Jesus Christus heißt. Sie wandern Ihrem Gott und dem Himmel entgegen, ich aber über viele Stufen des Seins ins Nirwana. Der ewige Weltengeist wird uns beide führen!"

Einer der Teilnehmer dieses „Duells der Töpfe und Becher", der weithin bekannte Gelehrte Li-Chou-wu, der sehr alt und früher einmal Vizekönig gewesen war, schrieb nach dieser Disputation an einen Freund in Peking*):

„Dr. Li ist ein außerordentlich eindrucksvoller Mensch.

Im Innern ist er ganz klar und außen sehr schlicht. Wenn eine

*) Dieser Originalbrief ist erhalten und heute in der Bibliothek der „Societas" zu Rom.

Gesellschaft von mehr als zehn Leuten durcheinanderredet und alle gegenseitig ihren Standpunkt wahren, steht er zur Seite und läßt sich nicht zur Einmischung provozieren oder in Verwirrung bringen. Unter all den Menschen, die ich gesehen habe, ist keiner, der ihm vergleichbar wäre. Alle, die entweder zu anmaßend oder zu schmeichlerisch sind, die entweder ihre Klugheit zur Schau tragen oder zu borniert und verständnislos sind, müssen hinter ihm zurückstehen. Er ist wirklich ein Sheng-jen!"

Da Nanking schon aus althergekommener Opposition gegen Peking eine Hochburg der Geheimverbindung „Östlicher Wald" war, wurden er und seine Mitbrüder gelegentlich auch mit diesen Problemen konfrontiert.

Der „Östliche Wald" oder die Vereinigung „Tung-lin", wie sie auf chinesisch genannt wurde, war vor allem eine Intellektuellen-Partei, die eine Gesellschaftsveränderung im Sinne von Gerechtigkeit und mehr Volksnähe erstrebte.

Während die hohen und sehr gebildeten Herren über die besten Methoden diskutierten, Bücher schrieben und geistige Systeme produzierten, durch die alles zum Besseren zu wenden sei, mengte sich Dr. Li überhaupt nicht in die Politik, die er seinen Mitbrüdern als eine innere Angelegenheit der Chinesen erklärte.

Er tat einfach etwas, um Gerechtigkeit, Volksnähe und Menschenliebe zu verwirklichen. Sobald er sich das Geld zusammengescharrt hatte, um etwas unternehmen zu können, gründete er in Nanking ein Hospital, ein Waisenhaus und eine aus chinesischen Christen unter Führung eines Jesuitenpaters bestehende Bruderschaft, die sich der Armen, der Gefangenen und sogar der Aussätzigen annahm. Dabei nahm er jedermann in diese sozialen Einrichtungen auf: er fragte weder nach Herkunft noch nach Rang. Er und sein Orden übten jene Menschlichkeit praktisch aus, die der „Östliche Wald" nur gelehrt diskutierte.

Und auch dies gewann ihm viel Sympathien. Die Bekehrungserfolge wuchsen sichtbar. Einen bedeutenden Schritt der Mission nach vorne konnte Dr. Li buchen, als sich das Haupt der höchst angesehenen Großfamilie Ch'in taufen ließ und seinen gesamten Clan hinter sich herzog. Im Palaste der Ch'in wurde sogar eine kleine katholische Kirche eingerichtet.

Trotzdem blieb Dr. Li seinem Grundsatz treu, einen Taufbewerber erst dann anzunehmen, wenn er von dessen Wandlung, Lehre und Überzeugung fest überzeugt war. Ihm waren zehn echte Christen wertvoller als tausend allzu rasch Getaufte. An den Prokurator zu Macao, dem die statistischen Zahlen der Missionierung zu gering erschienen, schrieb er einen Brief, in dem es hieß: „Die Zeit, seit wir in China sind, ist noch nicht eine Zeit der Ernte, nicht einmal des Säens, sondern eine Zeit, die unzugänglichen Wälder zu öffnen und mit den wilden Tieren und Schlangen zu kämpfen, die heute noch darinnen hausen. Andere werden kommen und die Gnade des Herrn haben, das zu vollenden, was wir nur vorbereiten. Sie werden dann von Bekehrung und Eifer wirklicher Christen chinesischer Abstammung zu berichten haben und sie werden die vielen Nullen hinter die Zahlen setzen, von denen wir jetzt die Einsen schreiben!"

Macao und Goa schrieben zurück und sandten diesmal sehr viel Geld und teuere „Geschenke". Sie schrieben: „Die Zeit ist gekommen, hochwürdiger Pater, daß Sie ein zweites Mal nach Peking gehen, den Kaiser sprechen und unsere Sache zum Siege führen! Brechen Sie auf und holen Sie sich das Pallium des Erzbischofs von China und den Kardinalshut! Sie warten beide in Peking auf Sie! Und auch Christus wartet. Er wartet auf China."

9

Von diesen Aufrufen war Dr. Li keineswegs überrascht, er kannte sie. Erstaunt war er lediglich über ihre Dringlichkeit und über den Umfang und Reichtum der Geschenke, die man ihm aus Macao zusandte. Noch nie zuvor hatte die Mission soviel bares Geld, noch nie zuvor so ansehnliche „Geschenke" erhalten.

Pater Lazzaro Cattaneo, der alles von seiner Macaoreise mitbrachte, breitete die Gaben im Jesuitenhaus vor den staunenden Augen seiner Mitbrüder aus.

Da gab es eine große Standuhr, mehrere Pendeluhren mit Gewichten, ein Muttergottesbild von der Hand eines römischen Künstlers, dazu Prismen aller Größen, Spiegel aus Venedig, Glasvasen aus Murano, Ballen des feinsten irischen und flandrischen Linnens, Kleiderstoffe, die mit farbigen Mustern bedruckt waren, goldene Kelche, viele Bücher und einige Orgeln. Die Krone von allem war eine Nürnberger Taschenuhr, die von einer Feder angetrieben wurde und ein Spielwerk besaß. Dieses wunderbare goldziselierte und mit einem Emaillezifferblatt versehene Stück steckte in einem Etui aus purem Gold und konnte bei jeder vollen Stunde eine Melodie spielen.

Dies alles und noch einiges aus Dr. Lis persönlicher Sammlung dazu sollte dem Himmelssohn in Peking überreicht werden. Ganz Nanking lief herbei, die Ausstellung zu besichtigen, und ganz Nanking wußte, wofür all die Herrlichkeiten und Wunderwerke bestimmt waren. Und da alle es wußten, erfuhren es auch die hohen Eunuchen und erfuhr es der Geheimdienst, daß Dr. Li nun ein zweites Mal, reich beladen mit Schätzen, nach Peking fahren und den Kaiser aufsuchen würde.

Schon liefen die Kuriere mit solchen Meldungen übers Land.

Sowohl Reichhaltigkeit der Unterstützung wie auch der fordernde Unterton des Briefes an Dr. Li gingen weitgehend auf Don Gaspar de Viegas y Favara zurück. Er wünschte nun endlich Ergebnisse zu sehen, ihn bedrängte die Zeit.

Don Gaspar saß jetzt häufiger als vordem in dem kleinen Pavillon, der im Park auf dem Pinienhügel auf dem schönsten Aussichtspunkte stand und den er als sein „Kontor" bezeichnete. In diesem in einem kolonialen Mischstil zwischen Portugiesisch und Chinesisch erbauten Haus gab es einen sehr großen Büroraum, dessen Wände von Regalen voller Folianten und Papieren umzogen waren. Ein Globus stand dort und ein riesiges Stehpult, daneben ein großer, kostbar eingelegter Sekretär, der eine Schreibfläche und zahllose Schubladen, Geheimfächer und Konsolen besaß.

Aber die Bücher waren nicht mit jenen zu vergleichen, die etwa Dr. Li mit sich herumschleppte: weder Literatur noch Wissenschaft enthielten sie: es waren Geschäftsbücher, die voll mit Zahlen, Konten und Warenlisten beschrieben waren.

Vor dem „Kontor-Pavillon", wie die Bewohner des palastartigen Besitzes auf der Kuppe des Pinienhügels ihn nannten, gab es eine großzügig unter Rundbogen und Überdachung liegende Terrasse.

Von dieser von Meerwind und Pinienduft umwehten Schattenzone aus hatte man den herrlichsten Blick über Macao und die Meeresbucht hin. Man konnte die Dschunken mit ihren gespreizten oder hochgetürmten Drachensegeln vorüberziehen sehen, wenn sie von Kanton heraufkamen, und an klaren Tagen sprang der Blick mühelos über die hingestreute Inselbrücke bis hinüber zu den spitzen Hong-Kong-Bergen, die wie die Andeutung eines Schattens über dem östlichen Horizont standen. Sogar naturliebende und schönheitsbesessene Chinesen hatten Don Gaspar schon oft um diesen wunderbaren Platz und die Aussicht beneidet.

Aber Don Gaspar genoß weder den Blick über eines der großartigsten Panoramen der Welt noch die herrliche Salz- und Harzluft. Er benützte die Terrasse, obschon sie mit schöngeschnitzten Stühlen und Tischen ausgestattet war und sogar eine Art Ruhebett besaß, niemals. Die wunderbare Aussicht hatte er ebensowenig beachtet wie etwa die üppig blühenden Jakarandabäume oder die aufgefächerten Palmen gleich neben dem Pavillon. Er hätte nicht sagen können, ob die Jakarandas blau oder violett blühten und die Phönixpalmen gelbe Blütendolden oder olivenförmige Ölfrüchte trugen. Und hätte man ihn, der hier nun schon seit zwanzig Jahren lebte, gefragt, ob die Dächer von Macao mit Ziegel, Stroh oder glasierter Keramik gedeckt waren, ob die Inselchen im Golf bewaldet oder felsig seien und wie viele Bergkegel man auf den nahen Ladronen zählen konnte, er hätte keine Antwort darauf gewußt; denn nichts von alledem hatte er jemals bewußt gesehen.

Außerdem verbrachte er seine Zeit, wenn er auf dem Pinienhügel weilte, meist im Kontor, nicht auf der Terrasse.

Dies aber geschah nun immer häufiger. Seit Jahren war Don Gaspar nicht mehr in Goa gewesen, seit einem Jahrzehnt nicht mehr in Lissabon. Macao war seine Residenz, von der aus er sein Imperium regierte. Und von Macao wußte er vor allem, wie viele Schiffe auf Reede lagen, welche zu erwarten waren und was die Lagerhäuser an Waren bargen. Er wühlte in seinen Kontobüchern, rechnete Summen zusammen, stellte Kalkulationen, Gewinn- und Verlustrechnungen und Bilanzen auf; manchmal studierte er auch eine der Weltkarten, die Pater Ricci gezeichnet hatte. Auf einer solchen Karte hatte er die Standorte seiner Schiffe, Faktoreien und

Stützpunkte eingetragen. Was die Schiffe anbelangte, die sich inzwischen auf mehr als ein Dutzend hochseegängige beliefen, so veränderte er jeden Tag deren Position, wenn sie gerade auf See waren.

Er wußte über jedes Detail seiner weltweiten und sehr verflochtenen Geschäfte Bescheid. Ihm entging keine noch so geringe Veränderung bei den Preislisten, kein Posten über „Warenschwund" oder ungewöhnlichen Verlust durch Verderbnis, Unwetter oder Marktverschlechterung.

Durch diese ständige Aufmerksamkeit und Überprüfung der Bücher war er ja auch zuerst auf die verdammten Schliche und Betrügereien seines Sohnes Diego gekommen. Don Gaspar war ein sehr raffinierter Kaufmann, und er war sehr einsam.

Die große Auseinandersetzung hatte hier, in diesem „Kontor-Pavillon" stattgefunden. Als Don Gaspar die unumstößliche Gewißheit darüber gehabt hatte, was sein sauberer Herr Sohn seit Jahren hinter seinem Rücken getrieben hatte, war er mit allem Zorn, den ein betrogener Kaufmann aufzubringen in der Lage ist, in das Rattennest hineingefahren. Er hatte Don Diego sofort nach dessen Rückkehr aus Goa zu einer Unterredung unter vier Augen in sein Kontor bestellt.

Da seine Aufpasser sehr gute Arbeit geleistet hatten, besaß Don Gaspar alle Beweise schwarz auf weiß, ganz abgesehen von der unbestechlichen Aussage der Kontobücher. Es konnte kein Feilschen und kein Ableugnen geben. Don Diego mußte alles zugeben. Jahrelang hatte dieser betrügerische Sohn gefälschte Verträge mit den Chinesen über Waffenlieferungen und deren Endpreise, ja sogar bei den Abrechnungen über den Whampoamarkt oder Kow-lun-Schmuggel vorgelegt. Welches Geschäft immer durch seine Hände gegangen war, Diego hatte sich die Hände daran abgeputzt und den eigenen Vater betrogen. Und es war in den letzten Jahren sehr viel über Don Diego gelaufen.

Don Gaspar hatte sich einen Nachfolger und würdigen Erben heranziehen wollen und seinen Sohn immer mehr an den wichtigen Entscheidungen beteiligt. Je älter Don Gaspar wurde, um so deutlicher zog er sich auf die Oberleitung seines Handelsimperiums zurück und um so mehr Einzelgeschäfte überließ er seinem Kronprinzen. Das hatte der Lumpenhund dazu genützt, ausgiebig zu betrügen,

Unterschleife zu begehen und die Bilanzen zu fälschen. Vermutlich hatte ihm dieser abscheuliche Ch'ü dabei geholfen und mit ihm die Profite geteilt; wenn es nicht überhaupt dieser schlitzohrige Herr Ch'ü war, der Don Diego auf die Möglichkeiten gewisser Nebengewinne hingewiesen hatte.

Die Idee mit der „Sao Jorge" jedenfalls stammte sicherlich von Herrn Ch'ü.

Der hatte niemals vergessen, wie ein Chinese eben niemals vergißt, daß man ihm seinerzeit ausgerechnet die „Sao Miguel" als Mitgift für Joanna zugeschrieben hatte, dieses unglückliche Schiff, das bereits vor Heinan gescheitert war. Jetzt revanchierte er sich sinnigerweise, indem er Don Diego dazu überredet hatte, die „Sao Jorge" samt wertvoller Ladung „untergehen" zu lassen. Den Kapitän hatte man gekauft, die Mannschaft in Malakka abgeheuert und durch eine neue ersetzt, aber die „Sao Jorge" war gar nie untergegangen. Sie war auf einer kleinen Werft in Pinang umgerüstet, auf den Namen „Torquemada" umgetauft und auf Don Diegos Rechnung für den Indienhandel der Firma Pereira y Gomez eingesetzt worden. Die Ladung – lauter schöne Musketen und einige Feldschlangen dazu – hatten die Japaner via Huitzinga bekommen und gut bezahlt. Don Diego war seit drei Jahren mit einer Tochter der Firma Pereira y Gomez verheiratet.

Das war das übelste Stück gewesen, noch dazu man die Waffenladung zu Schleuderpreisen an Huitzinga weitergeleitet und damit noch einmal das Haus Viegas geschädigt hatte.

Fast noch mehr hatte es Don Gaspar getroffen, als er erfahren mußte, Don Diego – sein schöner und gewitzter Sohn – sei rauschgiftsüchtig. Der Narr hatte das Opiumrauchen begonnen.

Deshalb bekamen seine sonst so tiefbraunen Gesichtszüge einen gelblichen Schimmer, darum also wurde sein Gesicht immer hagerer, während der Körper zur richtigen Babufigur eines wohlhabenden Inders anschwoll. Und der starre, aus verengten Pupillen kommende Blick, der manchmal wie abwesend war!

Alles das wußte Don Gaspar und konnte es auch beweisen, als er seinen Sohn in das Kontor rief. Er begann die Auseinandersetzung ziemlich gelassen und steigerte sich erst später in Raserei.

„Warum eigentlich betrügst du mich, Diego?" fragte er. „Warum stiehlst du das Geld, das dir sowieso schon gehört? Du bist doch mein einziger Erbe, wenn man von Joanna absieht, die nur eine Abfindung bekommen soll."

Don Diego hatte an diesem Abend noch keine Opiumpfeife geraucht und war deshalb sehr klar im Kopf. Seine wieselflinken Augen waren bereits über die vielen Papiere auf dem Sekretär des Vaters hingehuscht und hatten Siegel und Namen der Firma Pereira y Gomez sowie den großgeschriebenen Namen „Torquemada" erhascht. Von diesem Moment an wußte auch er Bescheid und beschloß, überhaupt nichts zu leugnen. Don Gaspar war schließlich sein Vater und würde ihm nicht ans Leben gehen.

Diego würde nicht leugnen, er würde sich verteidigen; er wollte gar nichts mehr verbergen, sondern nur noch erklären. „Vater", erwiderte er, „dieses Gerede von der Erbschaft hängt mir langsam zum Halse heraus. So, wie du aussiehst, wirst du hundert Jahre alt!"

„Ich sterbe dir wohl zu langsam?! Du kannst den Tod deines eigenen Vaters nicht mehr erwarten? Wie?! Und darum nimmst du dir jetzt schon, was du nicht sofort bekommst! Eine hübsche Schlange habe ich da ernährt und großgezogen! Man möchte nicht glauben, daß du eine christliche Erziehung genossen hast!"

„Ich habe überhaupt keine Erziehung genossen, verehrter Vater! Ich bin nur ausgebildet worden, um später einmal ein ebensoguter und ehrlicher Geschäftsmann zu werden, wie du es bist. Berufe dich nicht so sehr auf dein Christentum. Es ist ziemlich brüchig!"

Don Gaspar schlug mit der Faust auf den Tisch. Er begann wütend zu werden.

Dieser mißratene Bursche brachte es fertig, am Ende noch ihn zum Angeklagten zu machen.

„Ich bin dir immer ein guter Vater gewesen!" schrie er, „du hast von klein auf stets alles bekommen, was du nur haben wolltest. Niemals hat es dir am geringsten gemangelt!"

„Du bist kein guter Vater gewesen, lieber Vater!" erwiderte Don Diego zynisch grinsend, „du verwechselst das: du bist nur ein guter Geschäftsmann gewesen, was ich nicht bestreiten will. Und wenn du sagst, ich hätte immer alles von dir bekommen, so willst du wohl sagen: ich habe immer genug Geld erhalten. Auch das würde stimmen.

Aber als einen Vater, so wie ich ihn mir vorstelle, habe ich dich niemals erlebt!"

„Zum Donnerwetter, was willst du eigentlich, du kleiner Betrüger und Dieb!

Habe ich nicht ein Leben lang nur geschuftet und mich abgeplagt, um für meine Kinder und die Familie einmal ein Vermögen zu hinterlassen? Ich habe ziemlich klein und unbedeutend mit einem Küstensegler angefangen, die Viegas waren nicht mehr als die anderen Spießbürger von Lissabon auch! Und heute: Reichtum, eine Flotte, Faktoreien, Lagerhäuser, Geld auf allen Konten, Einfluß und Macht, ja sogar den Adelsbrief für die Viegas! Das ist alles mein Werk, das Ergebnis eines langen, mühe- und risikoreichen Lebens. Für wen aber habe ich alles getan?

Für euch doch, für die Erben! Damit die künftigen Viegas dereinst besser leben, mehr bedeuten und größer sind als die alten. Ich allein habe es geschafft. Und du Narr bist mein unwürdiger Sohn, der alles einst erben soll.

Du, dem im Grunde schon alles gehört, fälschst Abrechnungen deiner eigenen Firma, machst Schiebergeschäfte zum Nachteil deines eigenen Geschäfts und läßt Schiffe untergehen, die heute unter vollen Segeln für eine andere Firma fahren, und all dies, um ein paar Jahre früher ans ganz große Geld heranzukommen. Ein Betrüger, ein Verbrecher und Lump bist du, Diego!

Ich habe ein Leben lang nichts anderes gekannt als harte Arbeit, Einsatz und Mühe, nichts habe ich für mich verbraucht, keine Zeit gehabt, um das zu genießen, was ich erworben habe! Und dann muß ich erleben, daß mich mein Sohn bestiehlt und sich an dem bereichert, was ich so schwer zusammengetragen habe!"

Don Diego, auf den die Aufregung und der Zorn des alten Mannes eher belustigend als bedrohlich wirkte, lachte Don Gaspar ins Gesicht. Er nahm jetzt unaufgefordert Platz und schlug die Beine in den neuen, farbig gepufften Hosen übereinander und zog sein kostbares Samtwams zurecht. Seine gelblichen Finger spielten mit der schweren goldenen Ehrenkette, die er umgehängt hatte.

„Du bist wirklich ein armer Mann, Vater!" sagte er. „Tatsächlich hast du nie etwas von deinem Vermögen gehabt, es sei denn schöne Frauen, gutes Essen und ein wenig Ansehen! Auch deine Kinder haben nie etwas von deinem großen Reichtum gehabt. Joanna hat versucht, aus dem Käfig deines Vermögens und Ansehens auszubrechen und ist eine kleine und später eine große Hure geworden. Heute sitzt sie mit einem Halb-Chinesen an der Hand in ihrem Mirador zu Lissabon. Es war ihr Herr Vater, der es zuließ, daß sie sich an einem Farbigen fortwarf, und er tat es, weil ihm diese Verbindung damals geschäftlich recht günstig erschien. Auch deine Tochter, lieber Vater, hast du am Ende zu Geld gemacht.

Genau wie mich, deinen Sohn! Was war ich denn für dich? Zuerst ein Lehrjunge, dem man später das Geschäft übergeben konnte, dann ein billiger Superkargo, dem man Geschäfte anvertrauen konnte, die in der Hand keines anderen sicher waren. Aber habe ich je etwas von diesem Vermögen, den Schiffen, den Faktoreien, den Konten und deiner Macht besessen?! Ich wurde mit Taschengeld und dann mit Almosen abgespeist. Das Geschäft, nicht die Familie, das Geld, nicht der Sohn waren Hochaltar und Hohepriester in deinem sinnlosen Leben, lieber Vater. Und nun frage dich selbst: Warum hast du eigentlich so gelebt?! Weshalb hast du all die Mühe, die Plage, den Kampf und sogar die Kargheit deines Lebens auf dich genommen, wenn du und auch wir – deine Kinder – niemals das geringste davon haben sollen?!

Du mußt verstehen, daß ich mir ein wenig davon genommen habe, um ein großer Viegas zu sein, bevor ich alt, krank und schon beinahe tot bin."

Don Gaspar sah ein, daß er mit diesem völlig amoralischen und zynischen Menschen, den er bis heute niemals richtig durchschaut hatte, durch keinerlei Vorhaltungen zu Rande kommen würde. Er trommelte vor ohnmächtiger Wut mit den Fäusten auf das Pult. Aber noch gab es einen Punkt, wo er Diego in seinem Selbstbewußtsein treffen konnte.

„Du bist noch viel verkommener, als ich dachte! Aber, was ist von einem Rauschgiftsüchtigen schon zu erwarten? Wie lange schon rauchst du Opium? Gib Antwort!"

Don Diego fuhr hoch. Dieser Schlag hatte gesessen. Er traf ihn in den Resten seiner Ehre und seines Schamgefühls; denn Opiumrauchen galt überall in den Kolonien als ein niedriges, asiatisches Laster, das moralisch gleichbedeutend mit dem Aussatz war.

„Ich rauche nur gelegentlich eine Pfeife, und das tun andere auch, wenn auch nur heimlich! Don Affonso Pereira und Onkel Alkalde haben ebenfalls schon Opium geraucht!“

„Wie konntest du Narr dich auf so etwas einlassen!“ schrie Don Gaspar. „Es war deine Aufgabe, Opium zu verkaufen, nicht aber es zu rauchen! Kein Opiumhändler macht jemals Gebrauch von diesem Giftzeug, weder Huitzinga noch Herr Ch'ü. Nur Idioten wie du lassen sich von ihrer Neugierde und Leerheit dazu verführen, es mit den Gifträumen zu versuchen: wie ein Kuli oder ein vertrottelter, alter Chinese!“

„Das Haus Viegas hat sehr schön an diesen Idioten verdient“, kreischte Diego in heller Empörung, und Don Gaspar brach nun seinerseits in ein höllisches Gelächter aus.

„Ja“, sagte er, „aber nicht dadurch, daß wir das Zeug selber gefressen haben!“

Don Diego starrte den alten Mann wie einen Todfeind an. Man sah, daß es ihn im Halse würgte und er in Versuchung war, auszuspucken.

„Du bist ein Schwein, Vater!“ sagte er, „und deshalb bin auch ich eines!“

Dann verließ er den Pavillon ohne Gruß.

Don Gaspar schickte ihn mit dem nächsten auslaufenden Schiff nach Goa zurück. Dort konnte er die Warenlisten in den Lagerhäusern führen, wenn er wollte. Einen anderen Posten würde er nicht mehr bekommen.

Und Don Gaspar überlegte ernstlich, ob er nicht sein Riesenvermögen am Ende der Kirche vermachen sollte.

Er fragte sich, warum er eigentlich dieses Imperium aus Handel, Geld und Macht aufgebaut hatte, wenn er am Ende nicht wußte, was er damit anfangen sollte.

Er war sehr einsam. Seine Gattin saß – vermutlich alt und runzelig geworden – immer noch in ihrem Mirador zu Lissabon und fraß sich mit Konfekt zu Tode. Vielleicht würde ihr Joanna – die einst seine Lieblingstochter gewesen war – jetzt dabei Gesellschaft leisten und auf die Straße hinunterschauen, auf der ein Fremder daherkam, dem man den Mischling ansah und den niemand liebte.

Nun hatte er auch noch den Sohn und Erben verloren – aber es war auch möglich, daß er niemals irgendeinen Menschen besessen hatte: weder Gattin noch Tochter noch Sohn.

Was übrigblieb, war er selbst: ein alter Mann von fünfundsiebzig Jahren, der nicht mehr lange leben würde.

Und das Geld!

Zu allem jedoch hatte Don Gaspar nur ein Wort: warum? Welchen Sinn hatte dies alles gehabt?

10

Das Jahr 1600 brach an und wurde in Rom als „Heiliges Jahr“ mit großen Festen, Prozessionen und unter Anteilnahme von Hunderttausenden katholischer Pilger aus ganz Europa gefeiert. Aber es glich nicht mehr den Säkularfeiern vergangener Zeiten. Zwar kamen noch immer eine Million oder mehr Gläubige zu den Apostelgräbern und zum Stuhle Petri, aber es fehlten die Fürsten, die Könige und der Kaiser.

Seit die mittelalterliche Kirche die Kaiser besiegt hatte, gab es keinen höchsten Ordner des Abendlandes, kein weltliches Schwert mehr, das dem geistlichen zu Hilfe gekommen wäre und es vor der Willkür der Zaunkönige rings um das schon untergegangene „Reich“ beschützt hätte.

Die weltlichen Fürsten einer veränderten Welt betrieben Politik, nicht Religion.

In ihren Händen wurde der erschütternde Kampf zwischen Reformation und Gegenreformation zum Ringen um nationale Macht, um Dynastie und Hausmacht. Der Papst saß alleingelassen, ja dem Zufall der Politik ausgeliefert, in seinem Vatikan. Er verlor ständig an Macht und Bedeutung. Ihn verteidigte vor allem die „Societas“, die eine Art Generalstab des Katholizismus geworden war. Aber auch die „Societas Jesu“ schien auf der Verliererstraße zu sein.

Vier Jahre vor der Säkularfeier war trotz aller Schach- und Winkelzüge jesuitischer Beichtväter und eingeschleuster Agenten eine Koalition des katholischen Frankreich mit den protestantischen Mächten England und Niederlande gegen die alte Vormacht der Kirche, das bankrotte und dahinsiechende Spanien, zustande gekommen, und Spanien war besiegt worden. Um die gleiche Zeit war auch das kühne Unternehmen der Jesuiten, mit Hilfe des Jesuitenkönigs von Polen einen „falschen Demetrius“ auf den Zarenthron von Moskau zu setzen und damit die Großmacht einer fernen Zukunft, Rußland, katholisch zu machen, gescheitert. Der Bojar Boris Godunow hatte den Angriff verhindert und sich selbst zum Zaren gemacht.

Rußland hatte einen „vaterländischen Krieg“ gegen die Jesuiten und Polen verkündet und sich dem Zugriff der katholischen Kirche und damit des Westens entzogen.

Die Engländer hatten sich nun in Indien, die Holländer auf Ceylon, Java und in Malakka festgesetzt. Selbst im fernen Amerika waren die Protestanten im Vordringen, indem sie durch Freibeuter die reiche Karibik, die aus Peru und Mexiko heimkehrenden Schatzflotten plünderten und anfingen, in den noch unerforschten Norden des Doppelkontinents Kolonisten auszuschicken, die alsbald dem katholischen Kanada und dem katholischen Mittel- und Südamerika gefährlich werden würden.

Der Weltkampf ging einem Höhepunkt entgegen. Im Kern des Abendlandes, dem alten, aber nun durch Fürstenegoismus und Glaubensspaltung zerrütteten Deutschen Reich, trieb alles auf einen großen Krieg hin, in dem sich noch einmal Reformation und Gegenreformation messen würden. Jesuitenpatres saßen als Beichtväter und Berater an den wichtigsten Stellen des katholischen Lagers und schmiedeten schon die künftige Liga im erzkatholischen Bayern und im treuen Habsburgerreich.

In diesem Jahre 1600 wurde in England das Kind eines Landedelmannes geboren, das den Namen Oliver Cromwell tragen sollte; in Spanien kam Pedro Calderon de la Barca zur Welt, und in Italien wurde der Philosoph Giordano Bruno wegen Ketzerei durch die Inquisition verbrannt, weil er gelehrt hatte, es gäbe eine in Zeit und Raum unendliche Welt, die von unzähligen Sonnensystemen erfüllt sei.

In England maß Francis Bacon, der Universalgelehrte, der den praktischen Nutzen anstatt der ewigen Seligkeit als Sinn und Zweck der Wissenschaft erklärt hatte, die Schallgeschwindigkeit in der Luft; in Prag arbeiteten die beiden bedeutenden Astronomen Tycho de

Brahe und Kepler zusammen, und Professor Galileo Galilei erkannte das Trägheitsgesetz der Körper.

Um diese Zeit kamen zuerst in Italien Messer und Gabel als Eßbestecke auf, die Mode führte Perücken und Schleppen, Spitzenkrägen und Puffärmel ein.

Am 19. Mai dieses Heiligen Jahres 1600 brach Dr. Li, begleitet von Pater Diego Pantoja und den chinesischen Jesuiten Sebastian und Emanuel, zu seiner zweiten Pekingreise auf. Jetzt oder nie mußte die „Societas" den Drachenthron erobern.

Die Möglichkeit einer Reise zum Kaiser war Dr. Li diesmal durch seine sorgsam gepflegte Freundschaft mit den einflußreichen Eunuchen Nankings entgegengewachsen. Der Eunuch Chuh-Shih-lin, Direktor der Pagenschule von Nanking, hatte ihm einen Geleitbrief ausgestellt, und ein anderer Eunuch von sehr hohem Rang, der Gouverneur des alten Kaiserpalastes auf dem „rosa Wolkenhügel" zu Nanking, Herr Feng-Pao, überließ den Jesuiten für sich und ihre zahlreichen Geschenke sogar seine eigene Staatsbarke. Sie durften mit Staatswappen und dem persönlichen Banner des Ober-Eunuchen Feng-Pao fahren, was ihrem Schiff bei allen Schleusenstationen die absolute Vorfahrt und die Ausnahme bei den Zollplätzen garantierte.

Denn Dr. Li wählte wieder den Weg auf dem Kaiserkanal.

Die Reise ging glatt. Schon Anfang Juli 1600 fuhr ihre wunderschöne Staatsbarke in die Festungs- und Hafenstadt Tien-tsin ein.

Tien-tsin war immer noch ein Sammelplatz der Kriegsflotte und einer der belebtesten Umschlagplätze des Handels. Von dort aus führte der Kaiserkanal direkt nach Peking, Dr. Li kannte das alles bereits. Das letzte Mal war sein Schifflein unbemerkt durch alle Kontrollen geschlüpft.

Diesmal aber wurde er bereits erwartet und angehalten.

Denn selbstverständlich hatten die Eunuchen von Nanking sowohl wie die Geheimpolizei dem großen Monstrum von Tien-tsin, dem sehr mächtigen Eunuchen Ma-T'ang, Meldung darüber gemacht, daß der fremde „Sheng-jen" mit sehr wertvollen Geschenken auf dem Wege zum Kaiser sei. Ma-T'ang war schon lange neugierig, die Bekanntschaft des berühmten Mannes zu machen. Er war auch begierig, die Geschenke zu sehen.

Die „erhabene Gnadenterrasse“ Ma-T'ang durfte sich schmeicheln, einer der einflußreichsten Eunuchen des Kaiserhofes zu sein. Zumindest war er einer der brutalsten und korruptesten.

Er war fast ebenso breit wie hoch, ein zwar kleiner, aber sehr massiger Mann – sofern dieser Ausdruck für ihn angebracht war. Er liebte die Pracht, die Ehrungen und das gute Leben und nahm sich alles, was er bekommen konnte.

Seit Tien-tsin zu einem so wichtigen Umschlagplatz und Seehafen geworden war und der Großteil des Waren- und Personenverkehrs, der nach Peking oder an die Front in Korea zielte, über diese Festungs- und Hafenstadt lief, hatte er sich selbst zu deren oberstem Kontrolleur und Meister gemacht. Er zog alle Steuern und Zölle am Kaiserkanal, in der Stadt und deren Umgebung ein und schickte etwa 10 Prozent davon nach Peking. Der Rest ging für seine persönlichen Unkosten und Aufwendung auf.

So bedeutend war aber sein Einfluß in der Pekinger Eunuchen-Clique, daß ihm sogar Visitatoren, Vizekönige und Gouverneure aus dem tiefen Süden ihre „Geschenke“ oder vielmehr Anteile an den Steuer- und Geschäftseinnahmen mit tiefer Verehrung zusandten, weil sie sonst nicht lange auf ihren Posten gesessen hätten.

Auch Herr Ch'ü gehörte ja seit langen Jahren zu der Klientel des Herrn Ma-T'ang, der wirklich sehr mächtig, aber zugleich auch sein Freund war.

Darum hatte er dem Pater – noch bevor dieser die Reise nach Peking angetreten hatte – aus Macao einen Brief geschrieben, in dem er ihn ausdrücklich darauf aufmerksam machte, wie wichtig es sei, Herrn Ma-T'ang durch einige sehr wertvolle Geschenke zu erfreuen und durch die diskrete Überreichung einer bedeutenden Summe bei guter Laune zu halten. Dr. Li aber, der der „Societas“ unnötige Kosten ersparen wollte und auch an seinen „Geleitbrief“ und die Vermittlung des ebenfalls sehr mächtigen Eunuchen Feng-Pao glaubte, hatte es versäumt, seine Ankunft in Tien-tsin in der von Herrn Ch'ü empfohlenen Weise anzukündigen.

Das war inzwischen von anderer Seite geschehen. Herr Ma-T'ang, die „erhabene Gnadenterrasse“, erwartete ihn bereits.

Es begann damit, daß trotz Geleitbrief und Staatsstandarte die Barke mit den Jesuiten von Polizeibooten festgehalten und in einen

Seitenhafen geschleppt wurde. Hier blieb sie zunächst unter Bewachung liegen, und es geschah gar nichts. Die Polizeioffiziere zuckten lediglich die Schultern und beriefen sich auf „höheren“ Befehl. Und dann kam Ma-T'ang.

Ein Staatsschiff, wie Dr. Li und seine Gefährten noch keines gesehen hatten, glitt, von einigen Dutzend Ruderern angetrieben, träge um die Biegung des Hafenbeckens. Es war ein zweistöckiges Schiff, in der Art eines schwimmenden Hauses mit Dächern, Balustraden und Umgängen gebaut, sehr bunt mit Drachen und Gespenstervögeln bemalt und nicht nur mit den üblichen Blumenkästen behängt, sondern sogar von kleinen Bäumen auf den Terrassen bestanden. Das war kein Schiff mehr, sondern ein schwimmender Palast, der auch dem Kaiser Ehre gemacht hätte.

Der ganz erhabene Eunuch Ma-T'ang ruhte unter einem Baldachin in der Mitte des ersten Stockwerkes und war durch die rotgolden bemalten, reich geschnitzten Säulen des Umgangs zu sehen.

Dieses riesige Prunkschiff fuhr dicht an die dagegen winzige Barke heran.

Dr. Li und seine Mitbrüder sahen sich genötigt, tief unter dem hochragenden Staatsschiff stehend, ihre Kotaus dem Erhabenen hinauf in sein erstes Stockwerk zu schicken. Herr Ma-T'ang winkte gnädig ab.

Selbstredend konnte man einer „erhabenen Gnadenterrasse“ derartigen Umfangs nicht zumuten, sich von seinem Lager zu erheben, damit er vielleicht geruhe, die fraglichen Geschenke an den Kaiser auf der Barke zu begutachten. Deshalb befahl Herr Ma-T'ang, alles Gepäck der Jesuiten auf das Staatsschiff herüber zu transportieren, auch diese selbst herbeizuzitieren und alles vor seiner „erhabenen Gnadenterrasse“ auszubreiten.

Vergeblich protestierte Dr. Li, daß die empfindlichen Uhren und Instrumente durch die etwas rauhe Behandlung beim Umladen zu Schaden kommen könnten. Herr Ma-T'ang war gnädig genug, diese Reden zu überhören.

Es gefiel ihm sehr gut, was er da alles zu sehen bekam. Als Dr. Li ihm das kostbare Marienbild zeigte, rief der Eunuch beglückt aus: „Das ist eine sehr schöne Frau! Ich werde dafür sorgen, daß sie im Harem des Kaisers einen Ehrenplatz findet!“

Er war überhaupt sehr besorgt, daß alle Geschenke den richtigen Weg nähmen. Seine Fürsorge ging für den Geschmack Dr. Lis viel zu weit.

„Überlaßt nur alle Geschenke mir selbst!“ sagte er, „ich werde sie persönlich dem Kaiser übermitteln!“

„Erhabene Gnadenterrasse“, antwortete Dr. Li mit fester Stimme, ich wäre in all meiner Unwürdigkeit untröstlich, wenn ich eine so ausgezeichnete Persönlichkeit, wie Sie es sind, mit solchen Zumutungen belästigen wollte. Ich kann Ihre hervorragende Liebenswürdigkeit keinesfalls annehmen und werde selber dafür sorgen, daß der ausgezeichnete Himmelssohn alles richtig bekommt. In Peking habe ich eine ganze Reihe sehr hochgestellter Mandarine zu Freunden, die mir an die Hand gehen werden!“

Ma-T'angs Äuglein wurden schmaler. Er hüstelte.

„Was sind schon Mandarine, Eure Herrlichkeit?! Wenn ich selbst dem Kaiser – dem ich zehntausend Lebensjahre wünsche – einen Brief schreibe, so antwortet er mir schon am nächsten Tage. Einem Mandarin aber antwortet er überhaupt nicht oder erst sehr spät.“

So ging es eine Weile hin und her; dann befahl Ma-T'ang plötzlich.

„Ich bin für diese Stadt, den Hafen und die Zufahrt nach Peking verantwortlich! Sie und Ihre Gefährten werden also fortan auf meinem Schiff wohnen, auch die Geschenke bleiben hier! Ihre Barke schicke ich sofort nach Nanking zurück. Sie kann viele Grüße an den nur sehr wenig wichtigen Besitzer dieses kleinen Schiffleins überbringen. Herr Feng-Pao wird sich freuen, wenn ich ihn grüße.“

Und so geschah es. Das Schiff der Jesuiten wurde zurückbeordert, und sie selber saßen als Gefangene der „erhabenen Gnadenterrasse“ samt ihren Geschenken in Tien-tsin fest.

Der sehr mächtige Herr Ma-T'ang versuchte es zuerst mit Freundlichkeiten.

Noch am gleichen Abend gab er auf seinem schwimmenden Palast ein Fest zu Ehren der Jesuiten, die solchen Aufwand noch nie zuvor gesehen hatten.

Sie saßen mit untergeschlagenen Beinen auf Seidenkissen unter den Ehrengästen sehr nahe bei Ma-T'ang, der ein erhöhtes Podium einnahm. Man reichte ihnen auf Silberschälchen und Lacktabletts allerhand Köstlichkeiten zu essen, goß ihnen fleißig Reiswein und Sorbett ein und bediente sie mit größter Höflichkeit.

Dann traten Tänzerinnen, Zauberer, Jongleure, Marionetten und Pantomimenspieler auf; es folgten Akrobaten von unglaublicher Behendigkeit, Messerwerfer und Schwertkämpfer von solcher Geschicklichkeit, daß Dr. Li bei sich dachte: welch ein Glück für die armen Kreuzritter, daß sie niemals bis China gekommen waren! Diese Meister des Nahkampfes und der katzenartigen Schnelligkeit hätten aus all den tapferen Normannen, Deutschen und Provenzalen nur Hackfleisch gemacht.

Und er begann nun auch zu ahnen, warum diese „erhabene Gnadenterrasse" so viel und immer mehr Geld brauchte. Dieses Luxusleben, dieser Aufwand und diese Üppigkeit, die sich einzig auf einen Mann konzentrierte, mußte Riesensummen verschlingen. Doch das Fest auf dem Prunkschiff ging zu Ende.

Als Herr Ma-T'ang an einem der nächsten Tage jedoch alle Kisten und Koffer mit den Geschenken vom Schiff abholen ließ, um sie „sicherheitshalber" in seinem Stadtpalast einzulagern, protestierte Dr. Li abermals sehr heftig und drohte, sofort nach Peking zu schreiben.

Dies entlockte zwar der „erhabenen Gnadenterrasse" nur ein teigiges Lächeln, aber er zog nun doch andere Saiten auf.

Plötzlich befahl er die Jesuiten vor seinen Thron, nachdem er ihnen vorher durch einen Offizier hatte mitteilen lassen: sie hätten in Sack und Asche, in den ihnen zustehenden Kleidern armer Bonzen zu erscheinen, sie müßten eine runde Kulimütze tragen und die vorgeschriebenen Kotaus vollführen.

Als diese entwürdigenden Zeremonien vorüber waren, teilte Herr Ma-T'ang seinen Gästen mit, sie könnten nicht länger auf diesem geehrten Schiff wohnen, sondern müßten in ein Lamakloster umziehen, wohin sie gehörten.

In diesem Kloster, wohin man nach langen Protesten Dr. Lis dann endlich auch sämtliche Gepäckstücke mit den Geschenken brachte und in einem verschlossenen Raum aufbewahrte, wurden Dr. Li und seine Gefährten in armseligen Zellen einquartiert, sehr schlecht verpflegt und ständig unter Bewachung gehalten. Vor jeder Pforte des Klosterkomplexes zogen starke Wachen auf.

Nun war die Gefangenschaft keine Farce mehr, sondern Tatsache.

Zehn Wochen gingen dahin, es wurde September.

Zunächst hatten Dr. Li und sein europäischer Mitbruder Pater Diego Pantoja die Möglichkeit einer Flucht erwogen, deren Unmöglichkeit aber eingesehen. Außerdem hätte ihre persönliche Rettung die Aufgabe der Pekingreise und den Verlust aller Geschenke bedeutet. Dabei hatte die „erhabene Gnadenterrasse" in all ihrer unendlichen Gier das wichtigste aller Geschenke, die goldene Taschenuhr mit dem Spielwerk, noch gar nicht gesehen. Dr. Li trug sie am Körper verborgen, um wenigstens dieses kostbare Stück zu retten.

Schließlich gelang es einem der chinesischen Mitbrüder, durch einen zum alltäglichen Hausbettel ausziehenden Bonzen einen Brief hinauszuschmuggeln, in dem Dr. Li von allen durch Ma-T'ang erlittenen Unbillen Kunde gab.

Dieser Brief war an Herrn Ch'ü gerichtet, der ja behauptet hatte, ein enger Freund der „erhabenen Gnadenterrasse" zu sein. Der Kapitän einer Schnellsegler-Dschunke, die nach Süden fuhr, nahm ihn gegen Bestechungsgeld mit an Bord.

Jetzt hing das ganze Schicksal der Patres von Besorgung und Wirkung des Briefes ab.

Vielleicht konnte sie Herr Ch'ü herausholen.

Schließlich war er ein Christ.

11

Herr Ch'ü hatte die meisten Folgen seiner geehrten Krankheit vor etwa eineinhalb Jahren überwunden. Er war ziemlich gesund und lebte viel in Macao in seinem schönen Kang auf dem Pinienhügel.

Indem er wieder zu beinah all seinen vollen Kräften gekommen war, regte sich auch sein Intellekt mit erneuter Frische. Er überdachte jetzt sehr häufig seine damalige Schwäche, die er beim Besuch Dr. Lis gezeigt hatte.

Die Sache mit Vetter T'sai, die ihn seinerzeit sehr geärgert hatte, war bereits bereinigt. Dieses ekelhafte Insekt war künftig nicht mehr in der Lage, ihn oder irgend jemand anderen zu ärgern.

Herr Ch'ü hatte alles nach seiner völligen Genesung geregelt, und Vetter T'sai war wegen seiner Missetaten abgesetzt und in den „Kang der Seufzer" gekommen, was vielleicht seiner gänzlichen Läuterung gedient hätte, wäre er am Leben geblieben. Obschon Herr Ch'ü dafür gesorgt hatte, daß Vetter T'sai in diesem „Kang der Seufzer", in dem er seiner Verwandtschaft sehr entfernten Grades mit dem Vizekönig wegen vielleicht nur recht kurze Zeit verbracht haben würde, von einem seiner engeren Freunde betreut wurde und somit für eine ordentliche Unterbringung des immerhin ihm einst freundschaftlich verbundenen T'sai bemüht gewesen war, hatte sich Vetter T'sai seinen Sturz so stark zu Herzen genommen, daß er eines Morgens erhängt in seinem Käfig aufgefunden wurde.

Selbstmord war aber eine ziemlich ehrenrührige Angelegenheit und schadete der Versetzung in die Ahnenreihe.

Herr Ch'ü bedauerte Vetter T'sai von Herzen. Es hätte nicht zu einem so schlimmen Ende mit ihm kommen müssen. Da war es schon besser, an einer Erkältung zu sterben, da verlor man nicht soviel an Gesicht.

Aber Herr Ch'ü hatte jetzt öfter den Eindruck, daß er noch einiges aus dieser Krisenzeit von Su-tschou zu bedauern habe. Da war nicht nur Vetter T'sai. Da war vor allem er selber.

Er hatte einer Anwandlung nachgegeben und war Christ geworden.

Nachdenklich, wie er immer gewesen war, empfand er das Christentum aber als eine ziemlich lästige und anstrengende Religion, die noch dazu fast keinen Sinn hatte. Jetzt, da er verhältnismäßig gesund und fast problemlos in seinem schönen Hause zu Macao saß, ging er der Christenreligion ganz rationell auf den Grund.

Dr. Lis Lehren hielten weder der Logik noch der Vernunft stand.

Da war ein Problem, das Herrn Ch'ü vor allem während seiner Krankheit, als er in geistig sehr geschwächtem Zustand der Möglichkeit seines Ablebens ins Auge hatte sehen müssen, ungemein beschäftigt hatte. Was war, wenn man starb und sich die sogenannte Seele vom Körper trennte?!

Dr. Li hatte von einem Himmel und von der ewigen Seligkeit gesprochen, jedoch auf eine entsprechende Frage Herrn Ch'üs geantwortet, daß es „in der ewigen Anschauung Gottes" keinen Sex mehr geben würde, wodurch natürlich und logischerweise dieser Himmel jeglichen Wert und auch seinen Charakter als Himmel verlor. Da war sogar Joanna bei ihrem Religionsunterricht annehmbarer gewesen, weil sie sagte, daß die Liebe zweier Menschen auch den Tod überdauere. Wenn aber schon Liebe, dann natürlich auch Sex, sonst war sie ja keine.

Aber Dr. Li mußte das wohl besser wissen. Er war schließlich Priester und überhaupt ein hochstudierter Mann. Joanna war da nur mangelhaft unterrichtet gewesen und hatte ihre Wunschträume ausgesprochen.

Herr Ch'ü war an einer „ewigen Seligkeit" ohne das Hauptvergnügen des Sex überhaupt nicht interessiert. Bei aller Klugheit, über die er verfügte, und bei allem Intellekt, der ihn auszeichnete, hatte er stets das Yang und Yin des Daseins in der rechten Waage gehalten, also das männliche und das weibliche Prinzip vereinigt in Wu-ki, dem Kreis. Manche erklärten ja das Symbol von Yang und Yin sowieso als das Bild zweier sich begattender Fische oder als Fischblasenmuster – also wiederum als die Seligkeit des Sex!

Die Christen jedoch in ihrer Unlogik priesen den Himmel und das christliche Leben als einen Zustand des endlosen Gesanges, den sie Hymnen, und des Gebetsgeleiers, das sie wie die buddhistischen Bonzen Litaneien nannten. Die Bonzen waren praktischer und realistischer, sie überließen diese Tätigkeit den Mühlen und den Wind.

Herr Ch'ü wurde demnach nicht mehr von der „ewigen Seligkeit" angezogen, die er für nutzlos und langweilig hielt.

Dann war noch etwas, das ihn abstieß.

Dr. Li hatte von Herrn Ch'ü gefordert, daß er Liebe zu seinem Nächsten, aber auch zu seinen Feinden empfinden und üben solle, weil Jesus Christus das auch so gehalten habe. Für Herrn Ch'ü in gesundem und neuerdings stark intellektualisiertem Zustande war diese Forderung nicht nur blanker Unsinn, sondern auch schädliche Schwäche.

Zugegeben, daß man durch eine derartige Lehre seine eigenen Feinde ziemlich schwächen konnte, und es war sicherlich gut, wenn diese uns liebten, anstatt verfolgten. Für Vetter T'sai zum Beispiel wäre es sehr gut gewesen, wenn ihn Herr Ch'ü geliebt und ihm Böses mit Gutem vergolten hätte. Aber wäre es auch für Herrn Ch'ü wünschenswert gewesen, gegenüber Vetter T'sai so zu handeln und dem Insekt, indem man es gleich einer Wanze in seinem Bette beließ, die Gelegenheit zu geben, noch einmal kräftig zuzubeißen?!

So etwas widersprach einfach den Gesetzen des Lebens, die darauf beruhten, daß der Starke den Schwachen und der Tiger die Gazelle fraß!

Dr. Li hatte gesagt, es sei Gottes Wille, daß sich die Geschöpfe untereinander und dadurch indirekt ihn selber liebten, anstatt sich zu bekämpfen und aufzufressen. Wie unlogisch! Wie wenig scharf durchdacht!

Wenn dies tatsächlich Gottes Wille war, warum hatte er dann seine Schöpfung so aufgebaut, daß der Adler den Fuchs schlug, der Fuchs den Hasen fraß und der Hase die Blume pflückte, die ihrerseits wieder das Gras niederdrückte? Warum gab es dann Giftschlangen, Tiger und Drachen, wenn es Gottes Wille war, daß nur Liebe herrschte? Der gleiche Gott, der angeblich forderte, daß man sich stets wie ein Heiliger und Bodhisattva benahm, hatte Menschentypen geschaffen, die von Anfang an nur an Mord, Betrug, Raub und Gemeinheit denken konnten.

Und wenn ihm schon bei seiner Schöpfung dieser Fehler unterlaufen war, warum ließ Gott dann diese Typen leben? Einen Vetter T'sai etwa? Oder einen Don Gaspar?

Dieser Gott, von dem Dr. Li gesprochen hatte, war angeblich gerecht. Gerechtigkeit war – nach Dr. Li – jener Ablauf einer Kausalkette von menschlichen Taten, die wir vom Anfang bis zum Ende übersehen können und wobei Ursache und Wirkung moralisch in Übereinstimmung kommen. Schicksal jedoch war jene längere, nicht mehr in den Anfängen und nicht im Endergebnis überschaubare Kette, die aus der vorgeburtlichen Existenz hinüber in die Reihe der Wiedergeburten reicht und die dem Auf- und Abschwingen des Lebensrades entspricht. Das lehrten die Buddhisten. Die Christen hatten, auf primitivere Art, auch so etwas Ähnliches mit ihrer Bußanstalt Fegefeuer, mit Hölle und Himmelssphären, wo es dann wieder Rangunterschiede gab. Nur ließen sie jedes Leben mit dem Tag der Geburt beginnen, als ob all die Millionen Menschen, die täglich auf die Welt kamen, jeden dieser Tage neu geschaffen würden.

Wieder sehr unlogisch! Woher und wohin sollte dieser unendliche

Strom neu geschaffenen Menschendaseins münden, wie sich ewig vermehren, ohne den Kreis des Wu-ki zu zersprengen und das All samt Himmel und Hölle platzen zu lassen?

Und warum diese Pflicht, emporzustreben, angeblich von Gott so gewünscht, wenn dieser gleiche Gott es zuließ, daß alles Dasein zunächst in den Dreck fiel?!

Er hatte es doch gar nicht nötig, diesen höchst erstrebenswerten Himmelszug zu veranstalten, wenn er es von Anfang an in der Hand hatte, alle Menschen gut, klug und edel zu machen. Warum wartete er so sehnsüchtig, daß das verlorene Lamm zurückkehre? Er hätte es nicht zulassen sollen, daß es verlorenging.

Das alles widersprach viel zu sehr den sehr klarsichtigen Überlegungen, die ein hochgradiger Mandarin anstellen konnte. Einem Schwerkranken mochte durcheinandergeraten, was Logik und was Wunschtraum war.

Am meisten aber ärgerte sich Herr Ch'ü noch nachträglich über die Behauptung des Paters, daß alle Menschen vor Gottes Angesicht gleich wären. Er hatte aber zugegeben, daß darüber schon die alten römischen Mandarine oder Senatoren sehr ärgerlich gewesen seien, wenn man sie gleichsetzen wollte mit Ruder- und Bergwerkssklaven, mit Kulis und Barbaren.

Es gab keine Gleichheit. Auch das war eine fromme Lüge und ein Wunschtraum. Um festzustellen, daß Gleichheit barer Unsinn war, brauchte man noch nicht einmal seinen Verstand anzustrengen, das sagte einem jeder Blick in ein fremdes Antlitz, jede Begegnung mit anderen menschlichen Wesen. Jeden Tag wurden künftige Mandarine und Piraten, geehrte Damen der Familien und „blumenhafte Trostmädchen", Weise wie Dr. Li oder Herr Ch'ü und Dummköpfe gleich Vetter T'sai, geboren. Nur Narren konnten behaupten, sie seien allesamt gleich und ein und dasselbe, nur weil sie kopfähnliche Gebilde auf den Hälsen hatten und auf zwei Beinen gingen!

Nein, dieses Christentum war voller Fehler, Irrtümer und Narrheit! Es war keine Religion für Herrn Ch'ü.

Sehr enttäuscht war Herr Ch'ü auch von den praktischen Wirkungen der Taufe. Tao'ismus, Tantrismus und die Lehren des Mahayana hatten alle eine Reihe von medizinischen, magischen und biologischen Riten, Zaubereien und Verfahren. Man kannte die Akupunktur, die verschiedenen Lebenswässerchen, Elixiere, sogar Beschwörungen und Wunderkuren. Herr Ch'ü war der stillen Hoffnung gewesen, die Taufe sei auch so etwas, obschon Dr. Li diese Meinung grundsätzlich abgelehnt hatte.

Und doch hatte Dr. Li gesagt, man werde neugeboren durch die Taufe und gereinigt. Beides war jedoch unrichtig gewesen. Herr Ch'ü war weder neugeboren noch gereinigt.

Nun war es so gewesen, daß Herrn Ch'üs scharfer Intellekt und seine tiefe Einsicht in den Realismus alles Natürlichen, auch seine profunde Kenntnis der klassischen Literatur und Philosophie, ihn zu der klaren Erkenntnis gebracht hatten, daß letztlich die echteste Freude und das wahre Vergnügen am Leben durch drei sehr körperliche Vorgänge bewirkt werde: durch Sex, gutes Essen und schönes Trinken. Alle anderen Genüsse des Daseins, wie etwa Lesen guter Bücher, Musik, Tanz, Beschäftigung mit Kunst und die Befriedigung von Ehrgeiz, Machtstreben und Familiensinn, kamen in der Rangleiter der Werte erst hinter diesen Grundfunktionen eines wohlgeordneten Lebens.

In diesen Grundfunktionen aber war Herr Ch'ü nun bedroht. Nach seiner Genesung mußte er feststellen, daß zwar der starke Drang nach Liebe in ihm immer noch vorhanden war, ihm jedoch nun gänzlich die Möglichkeit fehlte, sie so ausgiebig auszuüben wie in jüngeren Jahren. Damit war die Hälfte des Lebens fort!

Und sogar sein einst ausgezeichneter Appetit bei Mandarinsessen hatte sich durch die Schwächung seines Magens und Darms so sehr verringert, daß er heute sogar in den besten Leckereien nur herumstocherte und kaum Lust empfand, sie zu genießen. Damit war beinah die andere Hälfte des Lebens verloren!

Dabei war er fast sicher gewesen, daß die Taufe diese Störungen beheben würde. Dr. Li hatte doch gesagt, sie sei eine Wiedergeburt und eine Reinigung.

Die Potenz Herrn Ch'üs, die erste Forderung, die man als vernünftiger Mensch an eine echte Wiedergeburt stellen mußte, war nicht wiedergekehrt; und die Reinigung seines von der Krankheit verseuchten Blutes war so mangelhaft geschehen, daß er kaum noch aß und trank und immer magerer wurde. Er war sehr enttäuscht und ein wenig verärgert über das Christentum.

Wie man es auch ansah, es hielt nicht stand.

Ein vornehmer Freund, dem er seine Beschwerden und Bedenken anvertraut oder vielmehr angedeutet hatte, war der Ansicht gewesen, daß es nur einen Weg gäbe, die schwindende Genußmöglichkeiten der Jugend in die älteren Jahre zurückzuholen, und dies sei der maßvolle Genuß von Opium. Da käme dann als Traum wieder, was als Realität zu Ende war. Jedenfalls sei Rauschgift viel besser als jede Religion, es sei vor allem wirklicher und spürbarer.

Dieser vornehme Freund rauchte seit langem Opium und empfahl es sehr. Aber dieser Mensch zählte bereits mehr als sechzig Jahre, da waren derartige Fluchtwege verständlich. Herr Ch'ü hoffte immer noch auf die Wiederkehr seiner einstigen Leistungsfähigkeit. Mit dem Opium wollte er noch eine Weile warten.

Das Christentum jedoch würde er nur sehr vorsichtig und maßvoll beachten.

Das Beste, was er von dieser Religion der „fremden Teufel" kannte, war Dr. Li selbst. Vor ihm hatte er die höchste Achtung, ja er empfand sogar etwas wie echte Freundschaft für den Pater.

Vielleicht konnte er mit ihm sprechen, wenn er von Peking zurückkam.

Dieser großartige Mensch und Gelehrte lebte ganz anders als Herr Ch'ü. Manches, was er tat, war närrisch, nutzlos und sehr schädlich für ihn selbst – aber es war auch irgendwie imponierend und groß. Herrn Ch'üs völlig wiedererwachter Verstand war ausreichend, dies zu erkennen, und hinter diesem Verstand gab es sogar ein Gefühl, das Bewunderung, Sympathie und Hochachtung hieß.

Er war daher sehr erfreut und dann ziemlich erschüttert, als er den Hilferuf Dr. Lis aus Tien-tsin ausgehändigt bekam.

Es war natürlich sehr gefährlich und ebenfalls närrisch, nutzlos und schädlich, irgend etwas gegen einen Ma-T'ang zu unternehmen. Zu seiner eigenen Überraschung fand Herr Ch'ü jedoch in sich den Entschluß, es trotzdem zu versuchen. Er war – um Dr. Lis willen – zum ersten Mal in seinem Leben bereit, etwas völlig Selbstloses und vielleicht sogar Gefahrvolles für einen anderen Menschen zu tun, von dem keinerlei Vorteil zu erwarten war.

Sein ganzer Verstand war dagegen – aber Herr Ch'ü war dafür.

So schrieb er den Eilbrief, den er mit Geheimkurier an den großen

Palast-Eunuchen und Ersten Minister Wei-Tschung-Sien in Peking sandte und der Dr. Li wahrscheinlich helfen würde.

Herr Ch'ü hatte viele Verbindungen, wozu auch die Möglichkeit zählte, sich direkt an die „unbeschreibliche Gnadenwolke", Herrn Wei-Tschung-Sien, zu wenden. Dieser ungekrönte König der Eunuchen-Clique war noch viel näher am Ohr des Himmelssohnes als selbst der sehr mächtige Herr Ma-T'ang. Gegen ihn war Ma-T'ang nur ein mildes Lüftchen, das die Wellen kräuselte. Herr Wei aber war der Sturm.

Der Brief, der sehr geschickt abgefaßt war und in dem deutlich gemacht war, wieviel mehr Herr Wei dazu geeignet sei, dem Kaiser die Geschenke zu übergeben, als es dieser gierige Ma-T'ang war, ging im November nach Peking ab und erreichte schon Anfang Dezember den Schreibtisch der „unbeschreiblichen Gnadenwolke".

Dr. Li und seine Gefährten saßen noch immer in der Gefangenschaft zu Tien-tsin.

12

Am Tage nach „Tscheng", dem Jahresanfang, im 28. Regierungsjahr des Kaisers Shen-tsung in der Periode Wan-Li, begab sich der Himmelssohn in den Saal jenes Pavillons, der den Namen „Einsamkeit am Wasser" trägt. Der Göttliche weilte jetzt oft in diesem etwas abgelegenen Teil seines riesigen Palastes, der zwischen murmelnden Bächen, kleinen Teichen und verkrüppelten Pinien lag.

Wenn die Himmelsmajestät aus dem ungeheuren Labyrinth von Sälen, Treppen und Terrassen des Palastes Sin-ching heraustrat und die rot oder weiß bestreuten Kieswege beschritt, über die hochgeschwungenen roten Lackbrücken wandelte und von deren Scheitelpunkt hinabblickte auf roten, blauen und weißen Lotos, der im Winter aus Papier war, auf das wohlgeordnete Gestrüpp von Papyrus, Goldschilf und Wasserlilien am Rande der Teiche, wo sich seltsame Enten aus aller Herren Länder duckten und sich edle Schwäne gleich stillen Schiffen bewegten, war er zwar sehr einsam, nicht jedoch allein.

Er hatte es sich verbeten, daß ihm der Hofstaat auf Schritt und

Tritt folgte, wußte aber, daß hinter den Gebüschen, an den zum Schriftzeichen „Harmonie und Friede“ in Rot und Gold aufgerichteten Tordurchgängen, im Schatten der Krüppelpinien und selbst unter den Podesten der Pavillons die Geheimdienstmänner, die Eunuchen-Beamten, die Palastwachen und Offiziere der Tatarengarde standen: unsichtbar zwar, wie ihnen befohlen, doch allgegenwärtig. Er war niemals allein, er war nur einsam.

Kaiser Shen-tsung hatte den Drachenthron im Alter von zehn Jahren bestiegen, war nun also 38 Jahre alt, ein schlanker, beinahe hochgewachsener Mann mit einem schmalen Kopf und durchgeistigtem Gesicht. Ein Mann ohne Söhne, ein Ende der Dynastie der direkten Linie.

Aber er war gar kein Mensch, er war ein Prinzip.

Prinzipien sind immer einsam, von der Masse nur halbverstanden, von der nächsten Umgebung mit Scheu und beinahe Furcht betrachtet.

So, wie dieser Riesenpalast und seine zur Philosophie verflochtene Anlage mit all ihren Höfen, Ummauerungen, Hallen, Sälen und Pavillons, den Gärten und Pagoden, Tempeln, Terrassen und Treppen letztlich nur der sakrale Ausdruck einer uralten Kultur und das Architektur gewordene Symbol Chinas war, so war der Mann, um den herum das größte Reich der Erde all dies aufgerichtet hatte, nicht mehr irgendeine Persönlichkeit, sondern ein menschgewordener Gedanke.

Er war die Stimme der Millionen und Abermillionen, mit der China zur Ewigkeit sprach, das personifizierte Prinzip der Harmonisierung von Irdischem und Göttlichem, der jahrtausendealte Aufschrei der Volksseele zum stummen Himmel. Er glich jenem aus bemalten und beschnitzten Balken hochaufgezimmerten Tor, dessen Sinn „Harmonie und Friede“ bedeutete und durch das man von einem Wegabschnitt zum anderen hindurchschritt; er hatte die gleiche Funktion wie die gebogene Lackbrücke über dem Lotosteich, auf der er stand und über die man von einem Ufer zum anderen schritt. In ihm verbanden sich Erde, Himmel, Natur und Göttliches zur Harmonie des Daseins. Wenn er – Shen-tsung – Friede mit sich selbst hatte, dann hatte auch die Welt Friede, wenn er – Shen-tsung – in erhabener Harmonie mit dem Himmel lebte, dann herrschte auch Harmonie in den Provinzen, Ländern und Städten des Reiches, das „alles war, was unter dem Himmel war“.

All diese Hallen und Höfe hatten ihren tiefen, mystischen Sinn. Da gab es eine „Halle des freudigen Herzens“, den Pavillon „Einsamkeit am Wasser“ – zu dem er nun so oft ging –, den Raum „der friedlichen Seele“, den Saal „des heiteren Gedankens“ und das Meditationsgemach „des friedlichen Ruhmes“, und dort oben auf den Parkhügeln über dem Palastkomplex Sin-ching stand mit sieben Etagen der „Turm der entfernten Segel“.

All diese Orte waren den Stimmungen und Gedanken der Himmelssöhne nachgebaut. Hierher mochten sie sich zurückziehen, die Gedanken strömen lassen, nachdem sie sich vordem in Meditation gesammelt und zur Konzentration verdichtet hatten. Es war eine geheimniserfüllte Zone, die geschaffen war für jenes höhere Menschentum, in dem sich Chinas Seele erfüllen und dem Göttlichen vereinen konnte.

Gestern war der Tag „Tscheng“, der offizielle Jahresanfang, gewesen und Kaiser Shen-tsung war der Tradition gehorchend mit all seinem Hofstaat, den großen Eunuchen-Ministern und hohen Mandarinen, den Gelehrten des „Drachenpavillons“, den Priestern der verschiedensten Tempel und allen kaiserlichen Prinzen in die Chinesenstadt hinausgezogen, um das übliche Opfer an den Tempeln des Himmels und der Erde zu bringen und am „Nabel der Welt“ das alte Bündnis der Götter mit den Menschen zu erneuern.

Unter dem Gedröhn der riesigen Erzgongs, dem Läuten der Tempelglocken und den Kanonenschüssen, die von den Zyklopenmauern der Tatarenstadt aufwolkten, war der kaiserliche Aufmarsch aus den Toren der vielen Mauerdurchbrüche herausgekommen, durch ein Spalier von Lanzenträgern, Reitertruppen und bizarr gerüsteten Soldaten gegangen, bis er den weiten Platz am Himmelstempel erreicht hatte.

Die Menschenmenge war unübersehbar gewesen: Millionen, die einen fernen Schimmer des Himmelssohnes erhaschen wollten, von einer hohen, in helles Sonnengelb gekleideten Gestalt, die ganz einsam die breite Treppe zu dem in drei Etagen mit jeweils geschweiften Ziegeldächern erbauten Rundbau hinaufwandelte, während die weißen Steinballustraden der Terrassen ringsum angefüllt waren vom Meer der buntgekleideten, sich in tiefem Kotau verneigenden Mandarine.

Auch das Volk war aufs Angesicht gefallen, ein unübersehbares Kornfeld hingemähter Ehrfurcht, nur noch ein einziges, zehntausendfach atmendes Wesen.

Er aber – Kaiser Shen-tsung – ging allein über die dreifach abgesetzte Treppe und vollbrachte einsam das Opfer des Bundes.

Und als er es dargebracht hatte, wußte er plötzlich, daß die Harmonie gestört war, daß weder dieses Volk da unten noch die gleich Paradiesvögeln schillernde Oberschicht in Harmonie mit dem Göttlichen war und daß er selber – Kaiser Shen-tsung – nicht mehr Ordnung und Friede und nicht mehr Harmonie besaß.

Die Welt war einem Pendel gleich auf dem Wege, von der Harmonie zum Chaos umzuschwingen. Die Zeit der Ming ging zu Ende.

Und die Ewigkeit schwieg.

Weil er lange schon dieses Empfinden hatte, weil er wußte, wie einsam er und wie alleinverantwortlich er für all dies war, weilte er so oft im Pavillon, der „Einsamkeit am Wasser" genannt wurde.

Und er betrat den runden Raum mit seinen undurchsichtigen, ölgetränkten Papierwänden, den ausgebreiteten Seidenteppichen, kostbaren Bronzeschalen und kunstvoll emaillierten Räuchergefäßen, der nur eine offene Seite hatte. Durch dieses riesige Fenster sah man hinaus auf den sich zum flachen Goldfischteich erweiternden Bach, der von Schilf und Papyrus, von Büschen und schneebedeckten Pinien umstanden war und über den wie große, flache Fußstapfen die Trittsteine hinliefen. Alles war Bedeutung, alles Philosophie: der kleine, runde Raum, der sich zum größeren der fließenden Wasser erweiterte, die Trittsteine, die im Leeren verliefen und in einer Baumlücke zu enden schienen, hinter der nur noch der graue, ausgeblutete Winterhimmel stand.

Es war der Raum, in dem der Mensch lebte und die Welt sich bewegte. Es wußte nur niemand: wohin?

Denn wie die Wasser des Baches über die weißen Kiesel forthüpften und plätscherten, so rannen und sprangen die Sekunden, Minuten und Stunden dahin, und aus dem Raum strömte die alles verschlingende Zeit.

Was aber war Zeit? Wer konnte sie fassen, wer sie begreifen?!

Kaiser Shen-tsung hatte sich zwischen zwei glühenden Kohlenbecken auf den Kissen in Meditationshaltung niedergelassen und schaute in den stillen Garten hinaus. Er allein war verantwortlich gegenüber Göttlichem und Menschlichem; wenn er die letzten Fragen nicht löste, würde sie niemand lösen.

Das Reich war in Unordnung. Unruhe herrschte in den Provinzen, Korruption unter den Beamten, Herrschsucht und Machtlüsternheit unter den Eunuchen, die Bauern begannen zu rebellieren. Im Norden, hinter der Großen Mauer, welche die Ming erneuert und als Festungswerk ausgebaut hatten, war in dem neuen Mandschuren-Chan Nurhatschi ein großer Mann aufgestanden. Er hatte sein Heer neu organisiert und in acht Bannerschaften eingeteilt, kleine bewegliche Truppenteile geschaffen und war dabei, sich mit Hilfe dieser „fremden Teufel", die Engländer und Holländer genannt wurden, mit Kanonen und Gewehren auszurüsten. Er war heute schon den chinesischen Heeren überlegen und wartete vor den Toren Chinas auf die Stunde, die kommen würde.

Im fernen Korea waren die chinesischen Truppen geschlagen, und die Japaner drangen vor. Von Litan, dem Chan der mongolischen Dschaharen, hatte man einen schändlichen Frieden durch jährliche Tributzahlungen erkaufen müssen. Von Westen her näherten sich andere Fremde, die Kosaken oder Russen genannt wurden, den nur noch lose mit China verknüpften Außenprovinzen am Amur, Ussuri und in den eisigen Steppen des Nordens. Die Küsten waren schutzlos vor den Piraten, den Schmugglern und den fremden Kaufleuten, die China verdarben und wie eine große Plantage auszubeuten im Begriffe waren.

Selbst im Palastbezirk rührten sich Geheimbünde, Widerstand und Opposition.

Die Ordnung war erschüttert, das Reich in Gefahr, die Ming gingen zu Ende.

Es war die Zeit, die sie verschlang. Diese ewig und unaufhaltsam dahinrinnende Zeit, die den Raum auflöste, ihn durchmaß und vergaß.

Bis vor rund zweihundertfünfzig Jahren die Ming gekommen und in einem gewaltigen Volksaufstand die fremde Yüan-Dynastie der Mongolen gestürzt hatten, hatte es Dutzende von Dynastien gegeben, die China beherrschten. Man rechnete fünfzehn Großabschnitte der chinesischen Geschichte. Die Ming hatten den 16. Abschnitt eingeleitet und waren eine der großen Dynastien gewesen.

Chinas Zeit hatte vor viertausend Jahren die Kaiser zu zählen begonnen.

Er selbst – Shen-tsung – stand am Ende dieser Reihe, er glich dem Trittstein über dem Teich, dessen Konturen schon in den Horizont hinüberglitten und von dem man nicht mehr wußte, was diesseits und jenseits der Zeit lag.

Gab es noch einen anderen Stein, der Ming hieß und den Weg dort fortsetzte, wo man nur noch grauen Nebel, Schneehimmel und das Nichts zu sehen meinte?!

Er – Kaiser Shen-tsung – war das Prinzip, das Bindeglied zwischen Raum und Zeit, zwischen Erde und Himmel. Er mußte das Reich retten und bewahren.

Er – ein sehr einsamer Mensch.

Er fühlte sich ohnmächtig und schwach. Es hatte Zeiten gegeben, da die Kaiser noch Kaiser gewesen waren: T'ai-tsu, Tsch'eng-tsu und selbst Ying-tsu, seinen geehrten Ahnen, waren große Ming-Herrscher gewesen. Die Zeit hatte sie verschlungen, sie waren nur noch Legende und Schatten.

Er selbst, Shen-tsung, war kein großer Kaiser mehr. Er war ein Gefangener der Eunuchen, eine Spielpuppe des Hofes, ein sinnentleertes Prinzip. Das Reich schwang hinüber von Harmonie zum Chaos, vom Yang zum Yin. Es war fast unmöglich, etwas zu tun. Die Zeit hatte ihn gelähmt und war dabei, ihn zu verschlingen. Die Ming stürzten hinab. Immer wieder ergriff ihn das Problem der Zeit, die er nicht aufhalten und nicht bewältigen konnte.

Wo war sie zu fassen, wie zu erklären?!

Man konnte sie in kleinste Teile zerlegen und messen, aber es war unmöglich, sie in Ketten zu legen. Er hatte schon sehr früh angefangen, Uhren zu sammeln, weil ihn nichts mehr interessierte als die Frage der Zeit.

Aber auch diese vielfältig konstruierten Instrumente konnten ihm die Zeit nur anzeigen, nicht jedoch erklären.

Plötzlich erinnerte er sich an eine Nachricht, die ihm gestern noch, nachdem man die Opfer am Himmelsaltar gebracht hatte, sein

Minister und Ober-Eunuch Wei-Tschung-Sien mitgeteilt hatte. Diese alljährliche Zeremonie in der Chinesenstadt war beinah das einzige Ereignis, bei dem der Kaiser jemals den Palastbezirk und seine sakrale Abgeschlossenheit verließ. Gleich nach den Feiern am Altar des Himmels und der Erde verschwand er wieder hinter den dreifachen Mauern und in der mystischen Ferne seines legendären Palastes. Bei solcher Gelegenheit konnten auch die Minister einmal ohne offizielle Audienz und ohne die beinah unüberwindlichen Schranken des Nimbus ein Wort an den Himmelssohn richten.

Wei-Tschung-Sien, der große Mann des Hofes, hatte ihm gesagt, daß es da irgendwo in Tien-tsin einen fremden Gelehrten gäbe, der auf dem Wege nach Peking sei, um dem Kaiser eine neue, sehr interessante Uhr und andere sehr seltene Geschenke zu überbringen. Diese Uhr werde durch ein Pendel angetrieben und könne sogar Musik machen, ein Schlagwerk verkünde die vollen Stunden.

Kaiser Shen-tsung klatschte in die Hände.

Wie durch Zauberei tauchten von allen Seiten Gestalten auf. Kriechend nahte sich ein Palasteunuch zweiten Grades, schlug dreimal mit der Stirn auf den Teppich und hob dann das feiste, ausdruckslose Gesicht wie geblendet dem Himmelssohne entgegen.

„Ich möchte die Uhr des fremden Gelehrten haben!“ befahl der Kaiser. „Man soll diesen Barbaren herbeischaffen, damit ich die Uhr bekomme. Beeilt euch!“

13

Dr. Li und seine Begleiter genossen noch immer die fragwürdige Gastfreundschaft des Bonzenklosters. Vor allen Toren standen die Wachen.

„Die erhabene Gnadenterrasse“, Herr Ma-T'ang, hatte im vergangenen Vierteljahr nicht mehr geruht, sich der Jesuitenpatres zu erinnern. Er war lediglich einmal mit einer sehr großen Leibwache erschienen, hatte alle Geschenkkisten aufbrechen lassen und sich nochmals die köstlichen Dinge besehen, die ihm vorenthalten werden sollten. Er hatte nur sehr wenig mitgenommen, weil es sich schließlich um Geschenke für den Himmelssohn handelte.

Gerne hätte er sie persönlich überbracht. Diese Fremden waren ganz unwichtig und in Peking ziemlich unerwünscht.

So war Herr Ma-T'ang nicht nur überrascht, sondern aufgestört, als am 9. Januar 1601 christlicher Zeitrechnung ein Eilkurier den kaiserlichen Befehl überbrachte, die Fremden samt all ihren Geschenken sofort nach Peking zu schaffen.

Da war irgend etwas schief gelaufen! Es gab vermutlich ein gewaltiges Schwein unter den höheren Beamten, das sich der Sache der Jesuiten angenommen und den Kaiserhof benachrichtigt hatte. Die „erhabene Gnadenterrasse" würde sich um dieses Schwein kümmern müssen.

Dr. Li war ebenfalls überrascht, als am Morgen des 10. Januar 1061 ein Riesenlärm im Hof des Buddhistenklosters entstand, Pferde und Karren vorgeführt wurden und ein Rudel Lastträger damit begann, die Geschenkkisten und das Gepäck der Patres aufzuladen. Er lief auf den Hof und fragte einen der herumstehenden Offiziere, was das zu bedeuten habe.

Der Mann antwortete höflich: „Ja, wissen Sie denn nicht, Eure Herrlichkeit, daß Sie mit all Ihren Brüdern nach Peking reisen werden? Der Himmelssohn persönlich wünscht Sie zu sehen?!"

Es ging alles sehr rasch. Noch am Vormittag erschien die „erhabene Gnadenterrasse", um seine Gäste zu verabschieden.

„Ich hoffe sehr, Eure Herrlichkeit", sagte er salbungsvoll, „daß Ihnen der kurze Aufenthalt in Tien-tsin gefallen hat. Meine bescheidene und höchst unwürdige Person hat alles getan, um Ihnen – erhabener Sheng-jen – die kleine Ruhepause so angenehm wie möglich zu machen. Und vergessen Sie, Eure Herrlichkeit, ja nicht, daß auch der Weg Ihrer Rückreise – die sicherlich bald stattfinden wird – über Tien-tsin führt. Hier aber wird es immer einen sehr unwichtigen Mann namens Ma-T'ang geben, der sich auf Ihr Erscheinen freut!"

Die Kolonne der Packpferde, Karren und Kulis zog unter militärischem Schutz aus dem Kloster. Für die drei Jesuitenpatres hatte Ma-T'ang sogar Pferdesänften gestellt. Die Reisegesellschaft nahm den Landweg nach Peking.

Da man nur kleine Tagestouren zurücklegte und in den gut ausgestatteten Rasthäusern der Regierung übernachtete, dauerte es dennoch länger als auf dem Kaiserkanal, bis die Hauptstadt erreicht war.

Wieder, wie schon einmal, stieg die ungeheuere Mauer vor den Augen Dr. Lis empor. Doch diesmal fegten keine Staubstürme, die mit gelbem Lehm gesättigt waren, über die trostlose Ebene, sondern Schneefahnen wehten, und eine grimmige Kälte biß sich in die Knochen fest.

Herr Ma-T'ang hatte jedoch in seiner unbeschreiblichen Großzügigkeit und Güte die Reisenden mit Pelzen ausgerüstet, so daß die Begegnung mit dem Winter zu ertragen war. Jetzt begriffen die Patres auch, weshalb der Landweg gewählt worden war: der Kaiserkanal war nämlich mit dickem Eis bedeckt, und aller Verkehr war lahmgelegt. Einer ihrer Begleitreiter war vorausgesprengt und hatte ihre Ankunft gemeldet. Deshalb kam der kleinen Gesellschaft bereits am großen Torbau eine vornehme Mandarinsgruppe entgegen, verließ ihre dickvermummten Sänften, um Dr. Li und seine Begleiter zu begrüßen, und bot ihre Dienste als Stadtführer an.

Man setzte sich wieder in Bewegung. Die Packpferde mit ihren eisbedeckten Zottelfellen und den Dampfwolken vor den Nüstern trotteten weiter, die Karren rumpelten über die festgefrorenen Fahrrinnen, und die Kulis rieben sich die blaugewordenen Hände. Dr. Li hatte den Vorhang der Sänfte zurückgeschoben und schaute dem beinah erstorbenen Leben und Treiben auf den Straßen zu.

Diesmal durfte er auf Schleier und Gesichtsmaske verzichten. Er war ja offenbar Gast des Kaisers. Einer der Mandarine hatte ihm gesagt, er würde im Kang des Staatssekretärs Kung-Sü wohnen, der in der Tatarenstadt lag.

Nicht ohne Triumphgefühle durchquerte Dr. Li nun die zweite der Zyklopenmauern Pekings, vor der er vor fast zwei Jahren ohnmächtig und hoffnungslos gestanden war. Der zweite Mauerring Pekings war aufgesprengt.

Dr. Li betrat die Tatarenstadt und war Gast eines hohen Regierungsbeamten. Nun war der Weg zum Dritten Ring und zum Kaiserpalast sicherlich nicht mehr sehr weit.

Er war weiter, als Dr. Li in seinem Optimismus glaubte.

Der „erlauchte Gnadenthron", Herr Kung-Sü, war ein liebenswürdiger Gastgeber, der den Patres und ihrem großen Gepäck einen Seitenflügel seines palastartigen Hauses zur Verfügung stellte und ihnen täglich ausgezeichnete Mahlzeiten durch seinen Leibkoch zubereiten ließ. Aber auch er bat darum, daß die Jesuiten, mit oder ohne Gesichtsmasken, möglichst innerhalb der Kang-Mauern blieben. Bald schon kam Botschaft vom ungemein mächtigen Herrn Wei-Tschung-Sien, den man mit „unbeschreibliche Gnadenwolke" anzusprechen hatte.

Der hohe Herr befahl, daß die Geschenke, auf die der göttliche Himmelssohn ungeduldig warte, zum Kaiserpalast gebracht würden. Von den Jesuiten sagte er nichts. Die Majestät wollte die Geschenke, nicht ihre Überbringer sehen. Nach langem Hin und Her sah Dr. Li ein, daß es hier keinen Ausweg und kein Verhandeln gab. Er mußte sich fügen.

Die drängende Frage tauchte auf, ob nun auch dieser zweite Vorstoß nach Peking im Nichts enden sollte. Man war zwar bis in die Tatarenstadt und in Sichtweite der dritten Mauer, hinter der der kaiserliche Bezirk und das eigentliche „Tatu" lag, gekommen, aber das Ziel, der Kaiser, schien nach wie vor unerreichbar. Kaiser Shentsung dachte nicht daran, „fremde Teufel" zu empfangen, die laut seinem eigenen Befehl nicht einmal China, geschweige denn Peking, betreten durften.

Doch Dr. Li, der alles überlegte und bisher immer einen Ausweg gefunden hatte, fand einen Trick, durch den er am Ende doch noch an sein Ziel gelangte. Er erklärte sich also bereit, alle Geschenke dem von der „unbeschreiblichen Gnadenwolke" ausgesandten Hof-Eunuchen zu übergeben. Ein Protokoll wurde angefertigt, das alle Gegenstände aufführte.

Es waren: Ein Ölgemälde der Maria von Santa Maria Maggiore in Rom, ein wunderschönes Christusporträt, angeblich vom heiligen Lukas persönlich und nach dem Original gemalt, ein kostbar ausgearbeitetes Evangeliar mit rotem Saffianeinband, der mit Edelsteinen besetzt war, ein Kreuz, das mit Emaille und Juwelen belegt war, ein Atlas in vergoldetem Einband, zwei Prismen, ein Klavichord und eine Orgel, acht Venezianerspiegel, mehrere Flaschen, aus Nashorn gearbeitet, mehrere Ballen Stoffs aus Flandern, Brokat aus Damaskus, Samt aus Frankreich und Wolltücher vom Rhein sowie eine große Pendeluhr, deren Zifferblatt chinesisch beschriftet und deren stark vergoldetes Gehäuse mit Drachen und Kukris bemalt war. Diese Uhr vor allem wünschte der Kaiser zu sehen.

Der Palast-Eunuch übernahm alle Gegenstände mit großer Sorgfalt und ließ sie dann von seinen Dienern fortbringen. Als er jedoch schon im Fortgehen war, hielt ihn Dr. Li noch einmal zurück.

„Eure ungewöhnliche Durchlaucht", sprach er, „ich habe noch ein besonderes Anliegen und ein ganz besonderes Geschenk für die Erhabenheit des Himmelssohnes, dem ich zehntausend Jahre wünsche! Dieses kostbarste aller Geschenke wird Chronometer genannt und gilt sogar im Abendland als ein Juwel außergewöhnlicher Art. Ich möchte diesen Schatz keinem anderen als Ihnen und der ‚unbeschreiblichen Gnadenwolke', Herrn Wei-Tschung-Sien, anvertrauen, damit er auch sicher in die Hände der Majestät gelangt."

Dann zog er aus seiner schwarzen Jesuitenkutte, die er jetzt wieder trug, weil er als Sheng-jen sowieso über allen Kleidervorschriften stand, das goldene Etui mit dem „Nürnberger Ei" hervor und klappte es vor den staunenden Augen des Eunuchen auf. Er hatte die Taschenuhr vorher ganz aufgezogen, so daß sie vernehmlich tickte. Das Zifferblatt war chinesisch beschriftet, die Zeiger stellten kleine Drachen in feinster Goldziselierung dar, und das Gehäuse war mit Edelsteinsplittern und eingeschmolzener Emaille belegt.

Dann erklärte er dem Eunuchen, der vor Aufregung schwer zu atmen begonnen hatte, wie die Zeit abzulesen war und daß alle vollen Stunden ein Glockenspiel mit einer Melodie ertönen würde. Aber er vergaß völlig zu erwähnen, wie die Uhr aufzuziehen war, wenn die Feder abgelaufen war.

Der Höfling bedankte sich mit zahlreichen Verbeugungen, nahm Etui und Uhr und verabschiedete sich rückwärts schreitend von Dr. Li.

Pater Diego Pantoja, der all diesen Vorgängen mit kaum verborgenem Mißvergnügen zugesehen hatte, wandte sich – kaum daß der Eunuch verschwunden war – an Dr. Li.

„Den sehen wir nie wieder, Hochwürden“, rief er. „Und unsere Geschenke sind wir auch los! Jetzt können wir gleich die Koffer packen und nach Nanking zurückreisen. Denn nun wird sich kein Mensch mehr um uns scheren.“

„Nein, lieber Bruder“, antwortete Dr. Li mit feinem Lächeln, „das ist ganz falsch! Spätestens in 48 Stunden wird dieser höfliche Eunuch wieder vor uns stehen, und er wird mich dringend bitten, in den Palast zu kommen! Denn dann ist die Uhr abgelaufen und bleibt stehen. Ich werde sie reparieren müssen.“

Genauso geschah es.

Der Hof-Eunuch war eilends mit den Geschenken zur Kaiserstadt zurückgekehrt, und die kostbaren Gegenstände hatten die gesamte Rangleiter des Hofstaates durchlaufen, um endlich – von der „unbeschreiblichen Gnadenwolke“ persönlich dargereicht – beim Himmelssohne zu landen, der in der „Halle des freudigen Herzens“ schon ungeduldig darauf wartete.

All den Krimskram beachtete Kaiser Shen-tsung kaum. Er stürzte sich sofort auf die Pendeluhr, ließ sie an der Wand aufhängen und setzte sie eigenhändig in Betrieb. Es war ihm erklärt worden, wie man die Gewichte aufzuziehen und das Pendel in Gang zu bringen hatte. Als die Uhr zu ticken begann und dann gar nach wenigen Minuten, die volle Stunde anzeigend, mit einem Glockenspiel aufwartete, stieß der Kaiser einige Laute des Entzückens aus. Er befahl, das köstliche Stück sofort in den berühmten „Uhrenpavillon“ zu bringen, wo es schon an die hundert verschiedener Uhren gab, die zwischen Persien, Indien, Szechuan und China angefertigt worden waren.

Herr Wei-Tschung-Sien genoß die unerhörte Gnade, sich aus tiefem Kotau erheben und dem Himmelssohne in diesen Pavillon folgen zu dürfen. Diener, die stets zwischen Kniefall, Kriechen und Uhrentragen hin und her gerissen wurden, befestigten die Pendeluhr an der Wand und entfernten sich endlich, in die sie tief befriedigende Kriechhaltung zurückkehrend, rückwärts aus dem langgezogenen Pavillon.

Hier würde die Majestät heute sicherlich mehrere Stunden verbringen und dem Schlagwerk der Pendeluhr lauschen.

Dies war der rechte Augenblick für Herrn Wei, die Krone aller

Geschenke zu überreichen: die Taschenuhr in ihrem goldenen Etui.

Kaiser Shen-tsung war vor Staunen sprachlos!

Eine Uhr ohne sichtbaren Antrieb und im Taschenformat, so daß sie stets mitzuführen war: das war so unerhört, als sei das Problem der Zeit nun endgültig gelöst!

Wer solch eine Uhr besaß, konnte die Zeit fortan wie eine Gefangene mit sich tragen. Oder – so dachte Kaiser Sheng-tsung – war es umgekehrt?! Daß der Mann, der diese Uhr ständig mit sich trug, sich selber damit zum Gefangenen der Zeit machte, sich von ihr hetzen und bestimmen ließ und nicht mehr loskam von der Vergänglichkeit, die da unablässig in seiner Tasche tickte?!

Wie immer er jedoch dieses Juwel ansah, so war doch sicher, daß er niemals zuvor etwas Kostbareres und Herrlicheres besessen und seiner Sammlung einverleibt hatte. Er verlieh dem schon wieder im Kotau liegenden Eunuchen Wei auf der Stelle den hohen Orden vom Paradiesvogelstrauß.

Tag und Nacht trug Kaiser Shen-tsung die Taschenuhr mit sich, vernahm mit Schauern des Entzückens das Glockenspiel zur vollen Stunde und wartete schon mit Ungeduld auf die folgende Stunde, um es noch einmal zu vernehmen. Er verglich wohl ein dutzendmal die Zeiger der neuen Uhr mit denen seiner übrigen Sammlung und fand, daß sie ganz genau liefen, was seine Freude noch erhöhte. Sogar während der Nacht, als die Majestät einsam in seinem Pavillon der „Zehntausend Wahrträume“ ruhte, wachte er immer wieder auf, wenn das süße Glockenspiel ertönte, und schob eine der Öllampen heran, um zu sehen, welche Zeit es sei.

Aber am Morgen des zweiten Tages nach der Ankunft der Geschenke geriet der gesamte Palast Sin-ching in große Erregung.

Die Majestät des Himmelssohnes hatte eigenhändig und persönlich den Gong geschlagen und zitternd vor Verstörtheit nach Herrn Wei-Tschung-Sien verlangt.

Die köstlichste aller Uhren hatte aufgehört zu ticken. Die Zeiger standen still, das Schlagwerk setzte aus. Die Uhr war gestorben.

„Bringt mir sofort den Mann“, befahl der Kaiser, „der diese Uhr gemacht hat! Er hat sie wieder in Gang zu setzen!“

„Bringt sofort diesen Fremden in den Palast!“ schrie die „unbeschreibliche Gnadenwolke“ den verdatterten Hof-Eunuchen an, der die Geschenke geholt hatte. „Seine Zauberuhr hat aufgehört zu gehen! Er muß sie sofort reparieren!"

So kam es, daß sich Dr. Lis Prophezeiung erfüllte.

Eine kaiserliche Schnell-Sänfte mit vier Kulis wurde im Laufschritt in den Kang des Herrn Kung-Sü getragen, aus einer zweiten Sänfte sprang der Hof-Eunuch, ro rasch ihn seine verfetteten Beine tragen konnten.

In ganz unchinesischer Aufregung rief er schon im Garten zu Dr. Li hinauf, der vor den Pavillon getreten war.

„Kommen Sie, Eure Herrlichkeit! Kommen Sie rasch! Sie müssen augenblicklich zum Kaiser!"

„Ich bin bereits fertig", erwiderte Dr. Li lächelnd. „Ich habe Sie seit einer Stunde erwartet!"

Dann schaukelten die Sänften zurück durch die Tatarenstadt und der dritten Mauer entgegen, wo das An-Men-tien – das gewaltige Torwerk – zum Kaiserpalast emporragte. Jetzt endlich öffneten sich die Tore Tatus, der gänzlich verbotenen Stadt.

15

Dr. Li – einst Pater Matteo Ricci – zählte an diesem 30. Januar des Jahres 1601 nach der Geburt des Erlösers 49 Jahre, wovon er 19 in China, 20 im Fernen Osten zugebracht hatte. Er war ein kleiner Italiener mit einem El-Greco-Gesicht, das nun von einem Backen- und Kinnbart umkränzt war und zeitlos wie das eines Heiligen aussah. Ihn hatte Christus auserwählt und die Kirche ausgesandt, damit er sich und damit der christlichen Religion den Weg zum Kaiser von China bahne.

Fast zwei Jahrzehnte eines opfervollen, gefahrvollen Lebens hatte er darangesetzt, um mit Zähigkeit, Glaubensstärke und höchster Anspannung seines Geistes diese Aufgabe zu erfüllen.

Und nun war die Stunde der Erfüllung gekommen, der Auftrag näherte sich seiner Vollendung. Er durchschritt das An-Men-tien.

Als die Sänfte aus dem Halbdunkel des Gewölbes wieder ins Licht vorstieß und das ungeheure Bauwerk dieses dreifach überdachten Torbaues verließ, öffnete sich ein gepflasterter Innenhof von unübersehbarer Größe. Eine Gruppe bemalter Garde-Elefanten, die sich eben ordnete, und ein schwer gerüstetes Regiment Tatarensoldaten, das sich zur Wachablösung anschickte, verschwanden beinah in dieser Weite.

Die Seiten des Hofes waren umstellt von meist rot oder golden bemalten, ebenerdigen Gebäuden, deren glasierte Ziegeldächer in Grün, Gelb, Rot und Blau in der Wintersonne glänzten. Auf den Firsten und an den Dachbalken saßen Löwen, Vogel Greifen, Drachen und Tiger aus Keramik in grellbunten Farben – alles Schreckgestalten gegen die bösen Geister der Luft, die diese abwehren sollten. Das Gebälk war mit großer Sorgfalt mit Blumenornamenten und Schnörkeln bemalt.

In diesem ersten Vorhof, dessen Gebäude den Beamten als Kanzleien und den Wachsoldaten als Unterkünfte dienten, wandelten einige hohe Mandarine in ihrer Seidenpracht; denn diesen ersten Hof durften auch Mandarine und höhere Beamte aus den Provinzen betreten. Weiter jedoch kamen selbst Großwürdenträger des Reichs nur bei besonderen Anlässen, wenn Audienzen abgehalten oder besondere Zeremonien veranstaltet wurden. Wie verloren lagen in den Hof hingestreut einige offene, kleine Tempel, vor denen Stein- und Bronzefiguren, Räuchergefäße und Erzschalen standen. Durch ein zweite Mauer und ein riesiges, tempelartiges Gebäude schwankten die Sänften zum nächsten Hof.

Dieser war etwas kleiner, aber immer noch groß genug, eine Armee aufzunehmen. Es war der Hof der Eunuchen, wo die Ministerien lagen und ein mit Porzellanziegeln gedecktes, dreifach geschweiftes Riesendach eine Halle überspannte, die auf zahllosen, rotlackierten Holzsäulen ruhte. Breite und sehr flache Treppen führten hinauf. Das war das Gebäude „Tai-ho-tien", der Thron- und Audienzsaal Chinas, in dem der legendäre Drachenthron weitentrückt über tausend Balustraden, Bronzegefäßen, Kostbarkeiten und Teppichen stand.

Alles, was Dr. Li sah, hatte den zarten Hauch von Buntheit und stolzer Pracht und besaß die edelsten Proportionen. Aber dem Manne, der aus der Stadt Michelangelos kam und der Palladios Werke gesehen hatte, fiel auch auf, daß selbst diese großartigsten der Repräsentationsbauten Chinas fast ausschließlich aus Holzkonstruktionen bestanden: keine steinernen Wände, keine wuchtigen Sockel und kein Maßwerk gotischer Dome! Es kam immer wieder die Grundform des an Stangen emporgehobenen Zeltes der Vorzeit zum Ausdruck, über dem nur das schwer und prunkvoll gewordene Doppel- und Dreifachzelt einer aufgeblühten Kultur zur Geltung kam.

Auch durch die offene „Halle der vollendeten Harmonie“ glitten die Sänften und hinüber zum dritten Hof, den Sin-ching, die Palaststadt des Kaisers, abschloß. Und diesen schon sakralen Bezirk durften nur die allerhöchsten Eunuchen und die Wachsoldaten betreten; denn hinter den großen Sälen von Sin-ching fächerte sich der Palast wie ein Kang in Dutzende von Gebäudegruppen, in Pavillons und Gärten auf, als deren Abschluß ein künstlich aufgeschütteter Berg sich hinbreitete, dessen Kammlinie von der Pagode „der entfernten Segel“ und zahlreichen Fächerpinien gekrönt wurde.

Dr. Li blickte hinauf zu diesen beinah olympischen Höhen, sah über die Gärten mit ihren Flußläufen, Brücken und Teichen hin und sah wohl auch diese einsame, noch schwache Krüppeleiche nahe der Pagode, an deren Ast sich 43 Jahre später der letzte Ming-Kaiser erhängen würde, während die Truppen seiner Feinde bereits die Palaststadt plünderten. Doch davon konnte Dr. Li noch nichts wissen.

Er war unterwegs zum Kaiser des größten und gewichtigsten Reiches der Erde.

Man brachte ihn zu einem langen, schmal wie ein Korridor gebauten Pavillon abseits von Sin-ching und am Rande der Gärten.

„Belieben Sie auszusteigen, Eure erhabene Herrlichkeit!“ sagte der Hof-Eunuch, „wir sind am Ziel! Dies ist der Uhren-Pavillon, und dort werden Sie Ihre wundervolle Taschenuhr vorfinden, die einiger Reparatur bedarf!“

Dr. Li betrat den Pavillon und fand sich in einem Uhrenmuseum wieder.

Hundertfach tickte, strömte, raschelte und kroch die von den Uhren in Stücke gehackte Zeit an ihm vorbei.

Er selber kam sich vor, als stehe er mitten in einem unaufhaltsamen Fluß, der von einer Ewigkeit zur anderen strebte! Es war der 30. Januar 1601, der sich eben unterm Sonnenlicht zerrieb und wie der Sand in der indischen Uhr verrieselte. Nichts konnte man aufhalten, auch nicht das Schicksal und niemals Gottes Willen. Gott hatte es so gewollt, daß er von Rom nach Lissabon, von Lissabon nach Goa und von Goa nach Macao kam. Und nun hatte er ihn von Macao auf verschlungenen Umwegen nach Peking ins Haus des Kaisers geführt. Die Straße aber war die Zeit gewesen.

Auf der Straße der Zeit gehen wir unseren Weg zu Gott. Es ist gut, das Ziel zu erkennen und sich nicht auf dem Weg zu verirren. Das Gestrüpp der verfilzten Jahre bringt so manchen Wanderer von der Straße ab und läßt ihn in der Üppigkeit des Dschungels oder in der Trostlosigkeit der Wüste verderben. Wohl dem, der den inneren Kompaß besitzt, der auf das einzige, auf das ewige Ziel zeigt!

Dr. Li wäre in diesem Augenblick am liebsten niedergekniet und hätte seinem Schöpfer und Herrn gedankt für die Gnade seiner Führung. Er wußte, daß er ein wunderbares und erfülltes Leben gehabt hatte.

Er dachte in diesem Moment sogar an Herrn Ch'ü und an Don Gaspar, die einst seine Antipoden gewesen waren, die keinen inneren Kompaß besaßen und die sinnlos im Kreise gegangen waren. Niemals würden sie jenes Glück empfinden, das Dr. Li nun empfand.

Welche Gnade, die Straße der Zeit geradlinig bis zum Ziele gegangen zu sein!

Er blickte sich immer wieder in diesem seltsamen Kabinett der Uhren um und entdeckte Wunder über Wunder. Aber er war allein geblieben: kein Hofbeamter, keine „Gnadenterrassen" und „Gnadenwolken", keine Eunuchen-Minister, keine Diener ... Kein Kaiser!

Er war in der Herzkammer des Reichs, und er würde wieder und wieder kommen, so lange, bis er den Himmelssohn sah.

Dort auf dem eingelegten Tischchen lag auf Samt und in ihrem goldenen Etui die Taschenuhr. Sie zu reparieren war sein Geschäft.

Dr. Li trat an das Tischchen heran und zog sein Instrumentarium an Uhrmacherwerkzeug hervor; denn die Sache mußte einen ernsthaften Anstrich haben.

Er hatte sich auf diesen ersten Besuch im Kaiserpalast vorbereitet und heute sein gold-purpurnes Mandarinskleid mit dem Goldfasanschild angelegt. In den weiten, mit Ko-Stickereien bedeckten Ärmeln hatte er die kleine Ledertasche mit den Instrumenten verborgen gehabt, die nun auf dem Tisch lagen.

Dann nahm er den kleinen Vierkantschlüssel und zog die Uhr auf. Sie fing sofort wieder zu ticken an: für weitere 48 Stunden!

Dr. Li fühlte es mehr, als daß er es hörte. Hinter ihm hatte jemand das Kabinett mit den lautlosen Schritten einer Katze betreten. Seide rauschte, Brokat knisterte. Er wandte sich um und sah eine hohe Gestalt im sonnengelb flammenden Kleid, den purpurnen Drachen auf der Brust.

Der Kaiser!

Die Neugierde hatte ihn herbeigezogen.

Dr. Li sank in tiefem Kotau zu Boden und verharrte in Demutsstellung.

„Erheben Sie sich!“ sprach eine volle und dunkle Stimme, die gar nicht zu einem Chinesen paßte.

Dr. Li richtete sich auf und blieb schweigend, in Ehrfurcht erstarrt, neben dem Tischchen stehen.

Kaiser Shen-tsung kam näher, ohne den fremden Mandarin zu beachten. Er beugte sich über die kostbare Uhr und stellte fest, daß sie tickte. Aber die Zeiger wiesen eine unrichtige Stunde aus.

„Sie geht falsch!“ sagte er sachlich, „sie ist eben doch nur eine Uhr aus dem Westen!“

„Sie wird richtig gehen, Eure göttliche Majestät“, wagte Dr. Li zu flüstern, „sie wird genau die gleiche Stunde anzeigen wie die Uhren Chinas!“

Jetzt warf ihm Kaiser Shen-tsung einen kurzen Blick zu und maß ihn prüfend.

„Dann tun Sie etwas, damit West und Ost übereinstimmen!“

„Nur deshalb, Eure göttliche Majestät, bin ich vom fernen Westen der Erdkugel bis China gekommen, um Übereinstimmung zu bringen!“

Abermals flog ein knapper und diesmal gründlich prüfender Blick zu Dr. Li. Der Kaiser schwieg.

Dr. Li aber stellte mit einigen schnellen Griffen die Zeiger der Uhr auf die richtige Stunde und Minute, dann reichte er sie in tiefer Demutshaltung den begierig zugreifenden Händen des Himmelssohnes.

„Tatsächlich! Sie geht! Sie zeigt die richtige Zeit!“

Kaiser Shen-tsung schien die Anwesenheit des Fremden völlig vergessen zu haben. Er sah nur die Uhr an.

Eine Weile standen sie beide völlig verlassen in diesem Strome von Zeit, der sie ringsum wie der unaufhörliche Pulsschlag der Ewigkeit umrauschte.

Plötzlich klatschte die Majestät in die Hände, und wie aus dem Boden gewachsen stand der allmächtige Eunuch Wei-Tschung-Sien im Raum. Er fiel in den Kotau.

„Wei“, befahl der Kaiser, „geben Sie diesem Fremden eine Pfauenfeder! Er hat sich ausgezeichnet!“

Dann verließ er, immer noch die Uhr in der Hand haltend, das Kabinett.

16

Als die „unbeschreibliche Gnadenwolke“ Wei-Tschung-Sien Dr. Li hinauskomplimentierte, bemühte er sich sehr um Höflichkeit. Er verdankte es diesem Fremden, daß er den „Paradiesvogelstrauß“ – einen sehr hohen Orden – erhalten hatte. Er war ihm wohlgesinnt. Doch auf dem Wege durch die goldlackfarbene Zedernholzgalerie kam Minister und Haupt-Eunuch Ta-kuan, der Erzrivale Herrn Weis, mit kleinem Gefolge des Weges.

Ta-kuan, ebenfalls im Range einer „unbeschreiblichen Gnadenwolke“, war seiner besonderen Fremdenfeindlichkeit wegen bekannt. Er bekleidete das hohe Amt eines Innenministers für das gesamte Reich, während Herr Wei nur Hof-Minister war.

Die beiden wetteiferten stets um die Gunst der Majestät und standen politisch hinter zwei verschiedenen Fronten. Es gab da – weil Kaiser Shen-tsung leider kinderlos geblieben war – im inneren Palast zwei Mingprinzen, die sich Hoffnungen auf die Nachfolge auf den Drachenthron machen konnten. Herr Ta-kuan hatte auf den einen, Herr Wei auf den anderen gesetzt. Die Himmelsmajestät jedoch war noch nicht zu einer Entscheidung gekommen. Vielleicht hoffte sie immer noch, daß seine Kaiserin, Hsiao-Tun, ihm trotz fortgeschrittenen Alters einen Sohn schenken könne.

Als Dr. Li den Minister wie eine gewaltige Seidenwolke in Purpur und Gold heranrauschen sah, verstand er sogleich den Wink Herrn Weis und warf sich im tiefen Kotau zu Boden.

Der gewaltige Eunuch übersah ihn gänzlich. Er wandte sich an Herrn Wei. Die beiden Minister hatten sich gegenseitig durch ein leichtes Neigen begrüßt, wobei jeder darauf bedacht war, sich kein Jota tiefer zu beugen, um nicht an Gesicht zu verlieren.

„Ich hoffe, sehr Geehrter“, sagte Herr Ta-kuan, „daß wir dieses Insekt nicht mehr im Palast sehen werden! Es paßt nicht in den Inneren Hof.“

„Es war, o Geehrter, nur einer notwendigen Verrichtung halber im Uhrensaal! Es ist ein Fremder – das sagt wohl alles!“

„Wie erfreulich“, erwiderte die goldfarbene Purpurwolke, „daß wir wenigstens diesmal einer Meinung sind . . . Geehrter!“

Dann schritt er so dicht an dem niedergebeugten Dr. Li vorüber, daß die Säume seines Prachtkleides ihn streiften. Dr. Li erhob sich.

„Er liebt keine Fremden?“ fragte er Herrn Wei. „Er kennt mich doch gar nicht, unbeschreibliche Gnadenwolke!“

Herr Wei lächelte sanft.

„Nein, er liebt die Fremden nicht. Er liebt auch mich nicht, obwohl ich kein Fremder bin. Aber er kennt Sie sehr gut; denn Ma-T'ang hat ihm alles über Eure Herrlichkeit geschrieben.“

„Trotzdem werde ich wiederkommen!“

„Vielleicht! Wenn es der Himmelssohn befiehlt.“ Und dann setzte er noch tiefer lächelnd hinzu: „Und wenn die Uhr wieder aufzuziehen ist!“

Kaum achtundvierzig Stunden später war es nötig geworden, die Uhr abermals aufzuziehen. Man holte eilends Dr. Li herbei, der schon im vollen Mandarinskleid wartete.

Diesmal stand die göttliche Himmelsmajestät bereits im Kabinett.

„Ich liebe diese Uhr“, sprach er, als Dr. Li sich aus dem Kotau erhob. „Sie sollen immer rechtzeitig kommen, um sie in Ordnung zu halten! Ich mag es nicht, wenn die Zeit nicht stimmt!“

„Mit dieser Uhr, göttliche Majestät, ist es wie mit dem Lernen. Kung-fu-tse sagt: ‚Lernen ist wie Rudern gegen den Strom! Hörst du auf, so treibst du zurück!‘

Auch diese Uhr bedarf der ständigen Wartung, sonst kommt sie ganz aus dem Tritt der Zeit."

„Das ist sehr wahr, und Sie haben einen schönen Vergleich gebracht!"

Der Kaiser hatte die Gnade, eine Sentenz des Han-Ying, der die Kommentare zum „Buch der Lieder" geschrieben hatte, hinzuzufügen: „Doch täglich strebend, mehr und mehr, lern ich vom Dem, das Licht ist ewiglich!"

Worauf Dr. Li mit einer anderen sehr passenden Sentenz antwortete und ein Wort aus der Heiligen Schrift zitierte, das von Anfang und Ursprung all unseres Wissens handelte.

Bevor sie es sich versahen, waren sie in ein Gespräch verflochten, das nicht mehr von Uhren, sondern von Vergänglichkeit und Zeit handelte. Dr. Li zog die Uhr auf, stellte die Zeiger nach und sprach unterdessen weiter.

Kaiser Shen-tsung war sehr interessiert an dem, was Dr. Li sagte. Manchmal fragte er direkt, woher Dr. Li seine Weisheiten habe, und nun nannte der Pater zum ersten Mal den Namen Jesu Christi und Gott.

Die Majestät wurde nachdenklich.

„Man hat mir berichtet, Eure Herrlichkeit, Sie seien ein echter Sheng-jen, ein Jahrhundert-Gelehrter! Entspricht dies der Wahrheit?"

Zum ersten Mal hatte der Kaiser Dr. Li als Person angesprochen und gleich den richtigen Titel gebraucht. Das schien Dr. Li ein Zeichen dafür, daß er sich eingehend über ihn erkundigt hatte. Er gab der Majestät also knapp Bescheid über seine Mission in China, sein bisheriges Wirken und seine Erlebnisse. Kaiser Shen-tsung hatte die Güte, aufmerksam zuzuhören.

Ganz unvermittelt, und nachdem er sich mit einem kurzen Blick auf die Uhr davon überzeugt hatte, daß diese wieder in Ordnung war, rief er aus:

„Hochgeschätzte Herrlichkeit Sheng-jen! Sie sollten mit mir Tee im Pavillon ‚Einsamkeit am Wasser' trinken, wir können dort ein wenig plaudern!"

So kam es, daß Pater Ricci, alias Dr. Li, alias der „Sheng-jen von Nan-shan", an diesem Nachmittag Tee aus hauchdünnen Porzellanschalen trank und über eine Stunde die Ehre der Unterhaltung mit der Majestät genoß.

Kaiser Shen-tsung bestellte ihn für die gleiche Stunde in zwei Tagen.

17

Was nunmehr geschah, war ein Wunder.

Nachdem sich diese Tee-Nachmittage und Diskussionen im Pavillon der „Einsamkeit am Wasser" einige Male wiederholt hatten, befahl der Himmelssohn etwas Niedagewesenes: der fremde „Sheng-jen" sollte in den Inneren Palast einziehen und dort wohnen.

Es war besser, wenn jemand nahe war, der die Uhren versorgte und in Gang hielt.

Vergeblich intrigierte die „unbeschreibliche Gnadenwolke" Ta-Kuan in seiner Eigenschaft als Innenminister und Oberhaupt aller Enuchen. Er stieß mit all seinen Maßnahmen auf den klaren Willen des Kaisers und auf die watteartige Höflichkeit des Hofministers Wei-Tschung-Sien. Die beiden Höflingsparteien fielen noch mehr auseinander als bisher, der Palast Sin-ching knisterte vor Spannung.

Aber Dr. Li zog in den Palast ein und genoß die Ehre, mit Kaiser Shen-tsung Tee zu trinken, sehr oft.

Inzwischen hatte die Majestät auch die übrigen Geschenke Dr. Lis geruht einer näheren Besichtigung zu würdigen. Das Christusbild ließ er in der „Halle der vollkommenen Harmonie" aufhängen, das Marienbild schenkte er seiner erlauchten Gemahlin Hsiao-Tun, die es voll Ehrfurcht empfing. Die Kaiserin war an religiösen Fragen sehr interessiert. Da sie kinderlos geblieben war, was ein wahrhaft schreckliches Schicksal für die Hauptfrau des Kaisers bedeutete, hatte sie große seelische Probleme und neigte schon seit Jahren zu vermehrter Frömmigkeit.

Als nun der fremde Sheng-jen im Palast aufgetaucht war und von einer noch sehr unbekannten Religion sprach, was er meist mit großem Takt in seine Diskussionen über klassische Literatur und chinesische Philosophie einzuflechten wußte, erwachte die Neugierde der erlauchten Dame, und sie bat eines Tages ihren Gemahl, daß sie Religionsunterricht bei dem Fremden nehmen dürfe. Hofminister Wei stimmte zu, nachdem sichergestellt war, daß dieser Unterricht in einem Raume stattfinden würde, in dem Kaiserin Hsiao-Tun mit ihren Cousinen und Hofdamen hinter einem Rosenholzgitter in tiefer Verschleierung sitzend allen Anstandsregeln entsprach und der „Sheng-jen" in einem abgeteilten Raume verweilend sozusagen gegen die Wand sprach.

Aber diese „Wand" war sehr lebendig. Die Kaiserin und ihre Damen stellten zahllose Fragen und hatten Einwände, stellten Gegensätze und Gleiches zwischen chinesischem und christlichem Denken auf. Die Unterrichtsstunden wurden sehr lebhaft.

Kaiser Shen-tsung entdeckte seine Liebe zu Klavichord und Orgel, die er beide unter den Geschenken des Paters entdeckt hatte.

Er nahm nun Musikunterricht und spielte oft stundenlang auf einem der beiden Instrumente. Noch lieber jedoch schienen der Himmelsmajestät die Teestunden zu sein, bei denen er Dr. Li über viele wissenschaftliche Dinge befragte, die man in China bisher anders oder gar nicht gesehen hatte.

Und dann kam er zum ersten Mal auf das Gebiet der Politik.

Das geschah an einem warmen Maientag, als draußen im Steingarten die echten Lotosblüten sich zu öffnen begannen, die gelben Dotterblumen die Ränder des Teiches säumten und die ersten Wasserlilien blühten. Längst waren Schnee und Eis gegangen. Um die Trittsteine murmelte der klare Bach, und die bunten Enten flatterten unruhig über die Teiche.

„Man hat mir berichtet, Eure Herrlichkeit", begann Kaiser Shentsung, „daß Sie es waren, der den ‚Almanach' damals verbesserte und der die Mondfinsternis errechnete. Das halte ich für sehr verdienstvoll. Man wird Ihnen eine zweite Pfauenfeder verleihen; denn es hängt sehr viel von einem richtigen Kalender ab. In China müßte vieles verändert werden, was im argen liegt. Der Kalender ist nicht mehr in Ordnung!"

„Eure göttliche Majestät, ich glaube, nicht der Kalender, sondern der Geist müßte verändert werden. Es liegt am Geist, wenn das Land nicht mehr in Ordnung ist!"

„Welchen Geist meinen Sie, Eure gelehrte Herrlichkeit? Den der

Mandarine, jenen der Regierung oder den des Volkes ... oder sprechen Sie einfach vom Geist dieser Zeit?!"

„Ich meine, wenn es mir erlaubt ist, o göttliche Himmelsmajestät, von der Religion! Denn die Religion ist immer der Kern und die Seele eines Volkes und seiner Geschichte. Aus diesem Zentralfeuer des höheren Menschendaseins kommt alles, was an Erscheinungen vorhanden ist: die Kultur, die Kunst, der gesellschaftliche Zustand, die Politik und die Literatur eines Volkes. Ist ein Volk und Reich im Besitz eines rechten Glaubens und eng und mystisch mit Gott verbunden, so wird es groß und stark in sich ruhend voranschreiten; hat es aber Glauben und Beziehung zu Gott verloren, so fällt es auseinander, verwirrt sich und stürzt alsbald hinab ins geschichtliche Dunkel. Alle Größe, die es in dieser Welt gibt, kommt letztlich aus der Verbindung zu dem, was über dem Irdischen und im Geiste ist. Darum, göttliche Majestät, sollte China nicht den Kalender, sondern den Geist ändern!"

Die Himmelsmajestät war sehr nachdenklich geworden. Sie saß in der von ihr bevorzugten Meditationshaltung fast regungslos, einer Statue gleichend, in den Kissen und starrte in den Garten.

Da sah er, daß die Erde wieder zu neuem Leben erwacht war, die Büsche, das Schilf und die Laubbäume grünten. Blumen hatten die Kelche geöffnet und Tiere, wie diese Zierenten, Goldfische und die fern im Park schlagenden Nachtigallen, waren wie Pulsschlag, Bewegung und Atem des Daseins unter diesem seidigen, von den weißen Federstrichen der Wolken durchzogenen Himmel. Die murmelnden Wasser aber durcheilten die Szene, als seien sie die Mahnung der Zeit, daß alles Seiende nur dem flüchtigen Augenblick der Jahreszeit gehört und eingespannt ist zwischen Beginn und Ende.

So wie die Ming-Dynastie, so wie das Reich der Mitte.

Kaiser Shen-tsung, der dazu erzogen war, in allem das Allgemeine – das Erde, Menschen und Himmel Verbindende – zu sehen, empfand in diesem Augenblick tiefer als je zuvor, was sein Gast mit „Geist" meinte.

Dieser Geist war gleich „Wu-ming", das „große Unbenennbare", der göttliche Hauch in allem Dasein, der Erde, Menschheit und Himmel die Gesetze gab. Lao-tse hatte diesen Geist auch „Wu-ki", das Ewige ohne Anfang und Ende, genannt. Es war der harmonische Zusammenklang von allem, wie es sich im Kreis symbolisierte.

Aber das „Wu-ki“ atmete genauso aus und ein wie die ganze Weltenbrust, und auch „Wu-ki“ unterlag dem großen Pulsschlag der Zeit. Der Kreis konnte sich dehnen und zur vollen, harmonischen Rundung werden oder zusammenfallen wie die Haut eines verschrumpften Apfels.

Der Geist der Zeit glich diesem Bild des Gartens, das Kaiser Shen-tsung so oft vom Pavillon „Einsamkeit am Wasser“ betrachtet hatte: der mit dünner Eisschicht bedeckte Lotosteich, der Schnee, auf die Pinien gestäubt, das träge Gleiten der Enten oder das plätschernde Frühlingsbächlein mit Blumen an den Rändern, das sanfte Wiegen des Lotos auf dem Teich, aus dessen Tiefen gold- und silberglitzernd die Scharen der Fische stiegen, und das Jubeln der Vögel, die ins strahlende Firmament aufflogen, das bunte Aufflammen der Laubbäume im Herbst, die satte Pracht des Zierschilfs und des Papyrus, das überreife Dahinwelken der roten Beeren im Gesträuch, und die Unruhe der Schwäne, die jetzt manchmal davonflogen.

Die Atmosphäre über dem Bild wechselte, so wie der „Geist“ über dem Reich sich im Pulsschlag der Geschichte veränderte und die Jahreszeiten von Harmonie und Chaos heraufführte. Und durch alles strömte unaufhaltsam und wie ein Stück endloser Ewigkeit das murmelnde Wasser, lief die Zeit vom Vergangenen quer durch die kurze Bildmitte der Gegenwart hinüber zu jenem Horizont der Zukunft, der hinter Nebel, Dunst oder Waldkulisse lag.

Was aber war die Jahreszeit der Ming?! Trieben sie bereits unter heraufziehenden Wolkenbänken und brechendem Licht zum Rand des Horizonts hin, hinter dem alles versank?!

Kaiser Shen-tsung begriff nun auch tiefer als je zuvor, daß es keinem menschlichen Wesen – und sei er auch der Himmelssohn über dem Reich, „das alles war, was unter dem Himmel ist“ – möglich sein konnte, Atmosphäre oder Geist zu verändern, so wie es niemals möglich sein würde, bei aller Machtvollkommenheit oder Einsicht, diesem Bilde dort draußen eine andere Beleuchtung oder eine andere jahreszeitliche Atmosphäre zu geben, als es das ewige Atmen der Weltenbrust zuließ.

Dr. Li, der das fast maskenhaft starre Gesicht des Kaisers beobachtet hatte, ahnte, was in ihm vorging. Längst hatte er die schreckliche Einsamkeit dieses Mannes begriffen und hatte gefühlt, wie dieser noch junge Mann unter der ungeheueren Verantwortung litt, die auf seinen Schultern lag.

Aber er verspürte auch die tiefe Resignation des Kaisers, dieses immer wieder durchklingende Gefühl, nichts ändern zu können, die schicksalhafte Ergebenheit des Asiaten in das Vorherbestimmte.

Im Grunde lebten sie alle in einer Welt ohne Hoffnung. Sie kämpften tapfer gegen das Unabänderliche, aber sie beugten sich am Ende dem Fatum.

Welch eine Fackel würde Christus für all diese Menschen sein, wenn sie sich nur entschließen wollten, gläubig zu ihm aufzuschauen!

Und Kaiser Shen-tsung fuhr fort.

„Sie haben davon gesprochen, gelehrte Herrlichkeit, daß China seinen Geist, nicht nur den Kalender, verändern müsse! Ich muß zwei Fragen an Sie stellen, ehrwürdiger Sheng-jen. Die erste lautet: welchen Geist hat das heutige China? und die zweite: welchen sollte es haben?"

Als Dr. Li bereits zu einer Antwort ansetzte, hob der Himmelssohn kurz abwehrend die Hand mit den sehr langen Goldkrallen.

„Sie werden sich wundern, gelehrte Herrlichkeit, daß der Herrscher auf dem Drachenthron Sie – einen Fremden – frägt, welchen Geist sein Reich und Volk habe und welchen es haben sollte?!

Nun, das ist einfach! Weil ich selber ein Fremder bin. Sechzehn Jahre ist es her, daß ich diese Palaststadt nicht mehr verlassen habe, seit sechzehn Jahren komme ich nur einmal im Jahr zum Fest des Neujahrs aus Tatu und der Tatarenstadt hinaus ins Chinesenviertel: niemals ins Land, niemals unter mein Volk, niemals auch nur in die Vorhöfe von Sin-ching. Was ich von China weiß, erfahre ich aus dem Munde meiner Minister, und es ist sehr ungewöhnlich, daß ich mit einem Menschen außerhalb des Hofstaates spreche. Aus diesem Grunde widerfährt Ihnen, hochwürdiger Sheng-jen, die unglaubliche Ehre, daß der Himmelssohn Ihnen Fragen stellt!"

Dr. Li verneigte sich bis zur Kotaustellung. Diesmal tat er es gerne. Er hatte die innere Not dieses Mannes verstanden und empfand hohe Achtung vor seiner Haltung.

Zuerst sprach er von dem Philosophen Shang-Yang und nannte

dessen zynische Leitsätze, wie ein Volk zu verderben sei: Korruption, Aufhebung alter Autorität und ehrwürdiger Tabus, vor allem freie Sexualität, Rauschgift, Lässigkeit und Willkür des Rechtswesens, Verachtung der Wehrkraft und Zynismus der geistigen Oberschicht. Das war schon vor 2000 Jahren erkannt und formuliert worden. Dann aber – nachdem er vorsichtig und ins Gewand von Zitat und Historie gehüllt die Zustände des Landes angedeutet hatte – kam er auf die Ursachen solchen Verfalls zu sprechen.

„Im Abendland, o göttliche Himmelsmajestät, gab es vor Zeiten einen Geschichtsschreiber namens Livius, der einmal sagte: Mehr Völker sind am Wohlstand als an der Not zugrunde gegangen!

Diese Gefahr droht auch dem großartigen Reich der Ming.

China ist ein sehr großes und ungemein mit Naturschätzen, kluger Bevölkerung und überquellenden Ernten gesegnetes Reich. Große Reichtümer haben sich in den Städten zusammengeballt, die Provinzen sind voll von Landgütern, Bergwerken, Schatzgruben und ausgezeichneten Werkstätten. China ertrinkt zugleich im Überfluß und in der Armut; denn all diese Reichtümer sind in den gierigen Händen einer Oberschicht zusammengeballt, während die Masse der Bauern, der Kulis und der kleinen Handwerker darbt und ausgebeutet wird. Die Harmonie zwischen Oben und Unten ist zerstört.

Nun aber ist es so, daß diese Reichtümer im Besitz der Beamten- und Kaufmannsschicht keine gute Wirkung auf deren Söhne und Töchter ausgeübt haben, so wie die krasse Not keine läuternde Wirkung für die Armen besaß.

Die Oberschicht ist ganz intellektuell, rationalistisch und zynisch geworden. Sie hat sich im Grunde von allen einstmals hochgeschätzten Lebensregeln des Meisters Kung und von den oft sehr wahren Lehren der alten Philosophen gelöst, sie ist so hochgebildet und so dialektisch gewandt, daß sie alle Werte der Vergangenheit zwar zersetzen und verneinen, nicht aber ersetzen und erneuern kann. Sie hat gänzlich die Mitte verloren und lebt nur noch dem Genuß.

Das einfache Volk aber verfiel dem finsteren Aberglauben, der Dummheit und Unwissenheit. Es blickt neiderfüllt in die Höhen und träumt von den gleichen Idolen wie die hohe Gesellschaft: von mehr essen, besser leben und mehr Besitz. Auch das Volk hat keine Mitte mehr.

Dazu kommt in China noch jene Lähmung der Tatkraft, die von den Buddhisten ausgeht, deren Lebensideal nur noch Meditation, Betteln, Leben auf Kosten anderer und Eingehen ins geistige Nichts bedeutet. Mit solcher Haltung wird China weder wirtschaftlich noch militärisch sich in einer Welt behaupten können, die immer aggressiver wird.

Verzeihen Sie mir, göttliche Himmelsmajestät, wenn ich so hart ausspreche, was einfach Tatsache ist.

Aber Ihr Reich, der große Staat der Ming, ist in Gefahr, an seiner Sinnentleerung zugrunde zu gehen. Sinnentleerung, werden Eure Göttlichkeit fragen, was ist das? Es ist die Welt ohne Gott, das Vakuum der Seelen, die Blindheit des Geistes, der nur noch das Materielle, das Nützliche und das Praktische, nicht aber das Weben des Weltengeistes sieht. Nur eine Ordnung, die durch das Göttliche gebändigt und erhöht ist, wird auf die Dauer bestehen; eine Gesellschaft aber, die nichts mehr besitzt als ihre Interessengemeinschaften, ihr sinnenfreudiges und sinnentleertes Dasein, die zwischen kaltem Intellekt und Geld dahinpendelt, wird sich ändern oder wird sterben müssen!"

„Wie aber soll sie sich ändern, Herrlichkeit? Was wäre der rechte Geist?!"

Da begann Dr. Li noch einmal von der Lehre des Kung-fu-tse zu sprechen; denn er war sehr vorsichtig mit dem Aussprechen christlicher Gedanken. Zudem fand er bei Kung-fu-tse am meisten, was Brücken zur höheren Ethik des Christentums baute. Schon bei seinen Diskussionen in Shiu-hing, Shiu-chow, Nan-shan und Nanking hatte er immer zuerst den Hebel beim Kung-fu-tsianismus angesetzt und von dort ausgehend den ersten Schritt zum Höheren und zu Christus gewagt.

Was den Buddhismus, den Dr. Li eben nur in seiner entarteten Mahayanaform und auf chinesisch kennengelernt hatte, anbelangte, oder was gar den Tao'ismus anbetraf, der Dr. Li seiner Mystik und Zauberei wegen abstieß, so empfand er sie als schädlich für ein so kluges und kulturmächtiges Volk, wie es die Chinesen waren. Doch Meister Kung und seine moralischen und gesellschaftlichen Regeln fand er nützlich und vielfach so stark dem christlichen Denken verwandt, daß er – fast einem geheimen Mitglied des „Östlichen Waldes" ähnlich – eine Renaissance dieser alten Lebenshaltung Chinas empfahl.

Nur in einem Punkte blieb er unnachgiebig: Tao'ismus, Buddhismus und auch Kung-fu-tsianismus hatten gemeinsam, daß sie den Glauben an einen persönlichen Gott ablehnten und sich gerade damit jenes Kernes jeder echten Religion beraubten, um den herum allein neues Denken, Glaube und Hoffnung sich kristallisieren konnten.

Darum sagte er zu Kaiser Shen-tsung, daß jener neue Geist Chinas – aus dem heraus dem Reich der Ming Weiterleben und neue Blüte kommen könnten – in einer Ausfüllung alter kung-fu-tsianischer Lebensregeln mit dem christlichen Gottesglauben, dem Glauben an Liebe, Gerechtigkeit und Erlösung, bestünde.

„Geben Sie, göttliche Himmelsmajestät, Ihrem Volk", rief Dr. Li am Ende emphatisch, „eine neue und feste Mitte, indem Sie es zur Bindung an jenen einzigen und alles durchdringenden Weltengeist zurückführen! Versuchen Sie, die Flamme der Religion anzuzünden, Majestät, und Intellekt und Geld werden davor erblassen, das Feuer Gottes und seines Sohnes Jesu Christi werden China die innere Kraft geben, unsterblich als Reich der Mitte zu sein!"

18

Auf diese Unterredung mit Kaiser Shen-tsung, bei der die Himmelsmajestät zum ersten Mal über Politik und Religion gesprochen hatte, folgten noch zahlreiche, die ähnlich verliefen. Dr. Li sprach jetzt sehr offen über die Möglichkeiten einer christlichen Missionierung und einer Öffnung des Landes gegenüber dem katholischen Portugal und Spanien.

Lange schon war es dem Pater klargeworden, daß dieser einsame Mann auf dem Drachenthron im Herzen einen einzigen Gott trug und nach der letzten Wahrheit suchte. Es gelang ihm bald, den Kaiser davon zu überzeugen, welche Kraft in der Hinwendung zu einer echten Religion lag, und er führte auch das Beispiel des Islams an, der ja in einem einzigen Jahrhundert, dem siebten nachchristlichen nämlich, arme Wüstenstämme zu Trägern einer hohen Gottesidee gemacht und sie in einem einzigen Schwung nach Indien und

Turkestan, ja bis in die Sundasee auf der einen Seite und bis zum Atlantik auf der anderen geführt habe. Nicht die Waffen, nicht die Kampfkraft oder überlegener Reichtum, sondern einzig eine Idee und der Glaube an Gott hatte die Moslems zu Herren eines Riesenreiches gemacht. Und auch das Abendland hatte seine ungeheuere Kraft, Vielfalt und Kulturwirkung letztlich nur jener Mitte im Glauben, dem Gottesgedanken und der Idee Jesu Christi zu verdanken. Denn von allen großen Religionen, erklärte der Pater, sei die christliche die beste.

Einmal erwiderte Kaiser Shen-tsung, daß das Christentum leider eine Religion der Fremden, der verhaßten „Teufel aus dem Westen" sei und daß es starke Kräfte in China gäbe, die alles ablehnten, was vom Ausland kam.

Dr. Li erwiderte lächelnd: „Die Religion Jesu Christi ist keine Religion des Westens oder des Ostens, sie ist eine der Menschen. So wie der eine und unendliche Gott alles erschaffen hat, alles trägt und führt, was existiert, so ist auch das Christentum universal. Unser Herr hat nicht ohne Sinn und hintergründige Bedeutung kurz vor seinem Tode zu Petrus gesagt: Gehet hin und lehret a l l e Völker. Damit, Eure verehrungswürdige Himmelsmajestät, meinte er auch die Chinesen. Und da ich sein Sendbote bin, stehe ich hier in Ihrem Palast zu Peking!"

Dr. Li war nun fast jeden Tag beim Kaiser. Er führte stundenlange Gespräche mit ihm. Der Riesenpalast bezeichnete ihn bereits als den „Ersten Berater" der Majestät. Das brachte natürlich die Parteien am Kaiserhof wie im Lande in Bewegung.

In der „unbeschreiblichen Gnadenwolke", dem Innenminister Ta-Kuan, einem der einflußreichsten Hof-Eunuchen, hatte Dr. Li sowieso einen eingeschworenen Feind. Zur ausgesprochenen Fremdenfeindlichkeit Herrn Ta-Kuans kam jetzt auch noch die aufgestörte Eifersucht des hohen Beamten auf einen Eindringling, der ihn in der Gunst des Herrn überrundet hatte. Der als brutal und intrigant bekannte Eunuch Ma-T'ang aus Tien-tsin erschien in Peking, setzte sich in der Clique der Palasteunuchen im Innersten Bezirk von Sinching fest und reihte sich sehr bald in die Front ein, die Herr Ta-Kuan gegen den Hofminister Wei und Dr. Li aufgebaut hatte.

Das große Intrigenspiel begann.

Herr Ma-T'ang hatte inzwischen durch seine Spitzel herausgebracht, wer seinerzeit diesem widerlichen Fremden samt seinen höchst unwerten Geschenken den Weg nach Peking gebahnt hatte, indem er den Hofminister Wei eingeschaltet hatte.

Es verletzte Herrn Ma-T'angs zarte und empfindliche Seele sehr stark, daß es ausgerechnet sein alter Protegé und Verehrer, Herr Ch'ü – dieser sehr unwürdige Visitator des Südens – gewesen war, und Herr Ma-T'ang veranlaßte einige Maßnahmen, die für Herrn Ch'ü äußerst gesundheitsschädlich und finanziell nachteilig gewesen wären, hätte ihre Durchführung nicht ausgesetzt oder gar aufgehoben werden müssen.

Es war nämlich durch seine Spitzel dem Hofminister Wei zu Ohren gekommen, was in der Clique Ta-Kuan und Ma-T'ang für Suppen gekocht werden sollten, und da er in Gegenwart des Dr. Li beim Kaiser einige Worte in dieser Sache fallenließ und sich auch Dr. Li sehr für den verdienten Herrn Ch'ü einsetzte, gab der Himmelssohn einen strikten Befehl heraus, daß einem gewissen Mandarin Ch'ü, dem sehr verdienten Visitator des Südens, kein Haar gekrümmt werden dürfe.

Die Beziehungen zu Kanton und Macao verbesserten sich sehr.

Seine göttliche Himmelsmajestät hatte verfügt, daß den Portugiesen aus Macao künftig bedeutende Einfuhrerleichterungen, auch eine Anzahl von Häfen eröffnet werden sollten. Denn aus Macao kamen nun öfter als je zuvor Nachschubsendungen für Dr. Li und die Jesuiten von Peking, auch Geld floß reichlich, so daß Dr. Li noch fester Fuß in der Hauptstadt fassen konnte.

Er erhielt vom Kaiser persönlich die Erlaubnis, in der Chinesenstadt ein Grundstück zu kaufen und dort eine Jesuitenmission zu bauen. Der Himmelssohn besaß die unerhörte Gnade, sogar den Bau einer größeren Christenkirche zu genehmigen und deren Entstehung durch eine großzügige Spende zu unterstützen.

Don Gaspar Viegas, dessen Geschäfte unglaublich wuchsen und der sofort die Stapellegung von drei weiteren Kriegs-Handelsschiffen von bedeutender Tonnage befahl, war entzückt über die Erfolge des Paters in Peking. Er trug sich schon mit Plänen, in Kanton, Nanking und vielleicht auch Tien-tsin, wenn nicht gar in Peking, je ein Kontor zu eröffnen.

In der neuen Jesuitenmission der Hauptstadt trafen nun, von Macao und Goa ausgeschickt, auch eine größere Anzahl von Patres – Europäer, Inder und Chinesen – ein, um Dr. Li bei seiner verdienstvollen Missionsarbeit zu unterstützen. Der alt gewordene Visitator des Ostens, Alexander de Valignano, lobte Dr. Li sehr und kündigte ihm die baldige Übersendung des erzbischöflichen Palliums an. Um den Kardinalshut zu bekommen, müsse der Pater – der ja nun schon seit Jahren der „Obere der Chinamission" war – allerdings bei Gelegenheit nach Rom kommen. Die „Societas" war sehr stolz auf Dr. Li – soweit eine so bescheidene und selbstkritische Vereinigung wie der Jesuitenorden überhaupt jemals stolz war.

Es schien nun geschafft! China wurde nun sicherlich den Protestanten, all diesen Engländern und Holländern, verschlossen, und die katholische Kirche hatte die beste Aussicht, die Schlacht im Fernen Osten zu gewinnen.

Es löste in Macao und später dann in Goa und Rom, die ja keine Ahnung von den wahren Zuständen in China hatten, großen Jubel aus, als bekannt wurde: Kaiser Shen-tsung habe am 18. Mai 1602 ein Dekret erlassen, das sich scharf gegen die weitere Ausbreitung und die Betätigung der Buddhisten und Tao'isten richtete. Man sah in diesem Edikt eine Vorstufe des Verbotes anderer Religionen und einen ersten Schritt zum offiziellen Übertritt Chinas zum Katholizismus.

Aber natürlich lagen die Verhältnisse völlig anders. Dr. Li wußte es besser, und er war auch in seinen Schachzügen viel vorsichtiger und taktvoller, als das die Leute in den sehr entfernten Kontoren und Konklaves gerne hatten.

Buddhisten und Tao'isten waren nicht so sehr um des Christentums, als vielmehr der kung-fu-tsianischen Staatsreligion willen zurückgeschnitten worden. Das war ein großer Erfolg des Geheimbundes „Östlicher Wald" und der meist kung-fu-tsianischen Mandarinsschicht gegenüber der Eunuchenclique, die ja mehr den Bonzen und Magiern zugeneigt war: Verstand und Intellekt hatten demnach einen Sieg über religiöses Sektierertum errungen. Die progressive Opposition im Lande und im Palast war im Vormarsch gegen die alten Mächte, die sich starr an das Mittelalter klammerten.

Dabei wurde jedoch auch den politischen Beobachtern sowohl in der Mandarinsschicht, wie unter Eunuchen, Bonzen und Magiern klar, daß diese Hinwendung des Kaisers zur Lehre des Meisters Kung und der Versuch einer Renaissance altüberkommener Sozialethik mit ihrer Tendenz zu Gerechtigkeit, Lastenausgleich, Beamtentum und Staatslenkung zugleich eine Förderung der nun überall frei wirkenden christlichen Missionen bedeutete. Denn die Christen verkündeten ja ähnliche Ideale, nur daß sie dazu noch einen Sinn hineinbrachten, indem sie auf die verpflichtende Gotteskindschaft des Menschen und damit auf die Sozialbindung allen Eigentums hinwiesen.

Manchen Kreisen der Hof-Eunuchen schienen diese Maßnahmen sogar willkommen, und sie versäumten es nicht, diese sichtbare Bevorzugung christlicher Gedanken, die Unterstützung der Mission und die ehrenvolle Anerkennung, die Kaiser Shen-tsung besonders diesem Dr. Li gewährte, recht deutlich, ja überdeutlich in den Vordergrund zu rücken, um die Fremdenfeindlichkeit vor allem derer zu schüren, die von den Maßnahmen gegen Tao'ismus und Buddhismus betroffen waren. Denn die Politik, die gegen die Mandarinsschicht gut war, mußte für die Eunuchenpartei wirken. Leute dagegen wie diese ungeheuere Purpurwolke von Ta-kuan, der sich immer noch im Innenministerium zu halten vermochte, taten alles, um die Fremden, die Missionen und damit Dr. Li in Mißkredit zu bringen.

Sie zielten, da sie beim Himmelssohn ins Hintertreffen gekommen waren, zunächst auf die Männer seiner Umgebung – vor allem auf diesen angeblichen Sheng-jen Dr. Li –, meinten aber den Kaiser selber.

Das zeigte sich besonders, als etwa im vierten Jahre des Pekingaufenthaltes von Dr. Li die Nachfolgerfrage in ein akutes Stadium eintrat.

Es war nun völlig klar, daß die altgewordene Kaiserin Hsiao-Tun – die im übrigen samt einem Dutzend ihrer Hofdamen und Cousinen sich hatte taufen lassen – keine Kinder mehr bekommen würde. Um die Kontinuität der Ming-Dynastie zu gewährleisten, mußte Kaiser Shen-tsung demnächst eine Entscheidung über den designierten Thronerben treffen.

Die Eunuchen-Clique, angeführt von der Purpurwolke Ta-kuan, hatte sich längst für einen ältlichen Vetter des Kaisers entschieden, der ein wenig dämlich und auch sehr friedlich war, also sehr leicht zu lenken sein würde. Aber der Himmelssohn selbst bevorzugte einen Vetter ersten Grades, also einen Neffen von etwa fünfundzwanzig Jahren, der an der Han-lin-Akademie studiert hatte und seiner modernen Ideen wegen als ein etwas unsicherer Posten in der Rechnung der Eunuchen-Minister galt. Dr. Li enthielt sich auch in dieser Frage einer direkten Einmischung in die chinesische Politik. Die Ratschläge, die er bei den immer noch stattfindenden Teestunden dem Kaiser gab, bezogen sich stets nur aufs Allgemeine und Ideologische, nie auf Personen oder spezielle Sachverhalte.

Und da geschah es, daß eine kleine Druckschrift ohne Verfassernamen auftauchte und ihren Weg von Hand zu Hand und Mund zu Mund in Palast, Stadt und Land machte.

In diesem Pamphlet wurde die göttliche Himmelsmajestät, Kaiser Shen-tsung, der übelsten Verbrechen bezichtigt, die ein Chinese dem anderen vorwerfen konnte. Es hieß da: er sei seiner ehrwürdigen und hochgeehrten Mutter, der Dame des kaiserlichen Kangs, ungehorsam gewesen; dann habe er diesen Prinzen, der ein Vetter ersten Grades war, nur darum vorgeschoben, weil dieser sein Lustknabe gewesen sei; und endlich beschuldigte man ihn, seine Pflicht gegenüber dem Reich der Mitte vernachlässigt zu haben, indem er „fremde Teufel" am Hofe duldete und diesen Barbaren aus dem Südmeer Tür und Tor geöffnet habe.

Letzterer Vorwurf wurde durch sehr übertriebene Vorfälle untermauert. Man las von Rauschgifthandel, Mädchenhandel, Waffenlieferungen an die „Roten Kopftücher" und die Mandschus, Ausplünderung des chinesischen Volksvermögens durch sehr ungerechte Preise für europäische Waren. Sogar die alte Legende, daß die Macaoleute planten, gemeinsam mit Japanern, Mandschus und Revolutionären China zu erobern und die Chinesen zu Sklaven zu machen, tauchte in diesem Pamphlet auf.

Zum ersten Mal seit all den Jahren, die Dr. Li nun den Kaiser kannte, erlebte er ihn wütend.

Was da geschehen war, überschritt die Grenzen des Erträglichen!

Man hatte nicht nur Hochverrat gegen den Himmelssohn, sondern ein Sakrileg begangen! Wie konnte es irgendwer wagen, um seiner Parteiinteressen willen den Mittler zwischen irdischer und göttlicher

Welt wie einen gewöhnlichen Parteifunktionär anzugreifen und in den Kot der Straße zu ziehen!

Der Kaiser befahl eine sofortige, sehr strenge Untersuchung durch die Geheimpolizei. Er wünschte den Schuldigen zu fassen und zu bestrafen.

„Ein Staat, der die Achtung vor seinen höchsten Autoritäten selbst zerstört!" rief der Kaiser, „ist seinen Untergang wert! Ein Kaiser, der nicht mehr die Kraft und den Mut hat, sich gegen solche Politikermethoden zur Wehr zu setzen, muß fallen!"

„Erlauben Sie mir zu sagen, göttliche Himmelsmajestät!" erwiderte Dr. Li diesmal sehr direkt, „daß der Zerfall jeglicher Ordnung mit der Mißachtung der Autoritäten beginnt, sich in der Auflösung aller Wertskalen fortsetzt und endlich in einer sogenannten Freiheit endet, die dem Chaos mehr verwandt ist als einer neuen Harmonie!"

Die Nachforschungen der Polizei erbrachten bald ein Ergebnis. Hofminister Wei hatte den entscheidenden Hinweis gegeben. Der Verfasser, Initiator und Druckleger der Schmähschrift war kein anderer als Innenminister Ta-kuan.

Kaiser Shen-tsung befahl ein Exempel zu statuieren.

Und nun lernte Dr. Li wieder eine Seite der chinesischen Seele kennen, die ihm zwar schon bekannt schien, aber doch nicht so kraß aufgefallen war: diese Möglichkeit des Asiaten, von einem Augenblick zum andern aus Sanftheit in Grausamkeit, aus höchster philosophischer Überlegenheit in animalische Rachsucht zu verfallen.

Diese palasterschütternde Purpurwolke Ta-kuan war einst der hochgeehrte Hauslehrer des Himmelssohnes, später dessen Berater und dann Innenminister gewesen. Seine Verdienste drückten sich in Büscheln von Pfauenfedern und Paradiesvogelsträußen aus. Nicht nur der Palast, auch Peking und ganz China hatten vor seinen Launen gezittert.

Jetzt aber stürzte er und fiel so tief, wie ein Mensch auf dieser Erde nur fallen konnte.

Alles geschah auf direkten Befehl des Kaisers – des gleichen Mannes, mit dem Dr. Li so viele geistreiche, empfindsame und tiefschürfende Gespräche geführt, den er so oft als Lyriker Gedichte schreibend im Pavillon „Einsamkeit am Wasser" oder malend an der „Pagode der entfernten Segel" angetroffen hatte.

Der Eunuch Ta-kuan wurde kahlgeschoren, in sackartige Gewänder gesteckt und durch alle vier Höfe der Palaststadt gejagt. Im großen Vorhof der Beamten und Soldaten, dicht vor dem An-mentien, empfingen ihn eine unübersehbare Menschenmenge und eine Versammlung hoher Mandarine. Man hatte eigens zu diesem Zwecke die Tore von Tatu für einige Stunden geöffnet.

In der Mitte des Platzes stand eine Tribüne mit brennenden Kohlenbecken und vielerlei raffiniertem Folterwerkzeug. Ärzte waren bereit, die Arbeit der Henker zu kontrollieren, damit nicht durch ein Versehen der Delinquent zu früh starb. Dann wurde Ta-kuan langsam die Haut abgeschält, sein Körper in genau 1600 Stücke – unter Schonung von Kopf und Knochengerüst – zerschnitten. Denn genau 1600 Schriftzeichen hatte das Pamphlet enthalten. Der noch zuckende Kopf aber wurde in einen Eisenkäfig gesteckt, der mit Schlangen angefüllt war.

Das Sterben der „unbeschreiblichen Gnadenwolke“ dauerte mehr als zehn Stunden. Als man dem Himmelssohn davon berichtete, war er sehr zufrieden. Er las an diesem Abend mit Dr. Li zusammen zuerst Gedichte von Li-T'ai-Peh und dann einige Psalmen von David.

19

Der Bach am Pavillon „Einsamkeit am Wasser“ murmelte und sprudelte weiter dem Horizont entgegen. Er war die Zeit: immer wechselnd und doch in jedem Augenblick sich selber gleichend. Die hundert Uhren im „Korridor der Zeit“ tickten, schlugen, pendelten und rieselten unablässig. Die Jahre liefen davon.

Pater Matteo Ricci, alias Dr. Li, wurde älter.

Er war nun ein kleiner, etwas gebeugter Mann, dessen Asketengesicht hinter einem weißen Vollbart verschwand. Nur die Augen blitzten jugendlich und feurig wie je. Nun trug er das Pallium, Zeichen der Erzbischofswürde; sein Palais stand hinter der „rosafarbenen Mauer“ des Palastbezirks, der vordem unbetretbar gewesen war. Allein in Peking wirkten an die zwanzig Patres der „Societas“. In der Chinesenstadt gab es ein Kontor der Viegas.

Die göttliche Himmelsmajestät hatte Dr. Li und der „Societas“ eine große jährliche Rente ausgesetzt, so daß niemand mehr auf die zufälligen Unterstützungen aus Macao angewiesen war. Die Christen hatten festen Fuß in der Kaiserstadt und damit im ganzen Lande gefaßt. Hunderte von europäischen, indischen und chinesischen Mitgliedern der „Societas“ wirkten in den Provinzen. Nanking, Shiu-chow und Nan-shan waren zu Hauptplätzen der Mission geworden. Viele Tausende aus den oberen Ständen hatten sich bekehrt, Zehntausende von armen Bauern und Kulis waren ihrem Beispiel gefolgt. Es bestanden bereits an die 300 Kirchen und Gemeinden im ganzen Land.

Dr. Lis Einfluß war es zu danken, daß nun die Öffnung Chinas nicht nur auf die portugiesische und spanische Kaufmannschaft, sondern auch auf andere christliche Orden ausgedehnt worden war. Die Franziskaner und Dominikaner kamen in Scharen.

Dr. Li hatte sein Versprechen eingelöst, das er vor beinah dreißig Jahren in Macao dem alten Franziskanerpater Pietro d'Alfaro gegeben hatte. Die Bettelorden traten auf.

Aber das waren keine hochgebildeten und toleranten Jesuiten, sondern oft sture Eiferer. Einige von ihnen begannen die Chinamission damit, daß sie erklärten, der Himmelssohn sei ebenso wie Meister Kung als Heide zum Höllenfeuer bestimmt und all die ehrwürdigen Ahnen, die über ganz China verstreut in ihren Grabhügeln ruhten, seien verdammt in alle Ewigkeit. Da die Patres der „Societas“ ganz im Sinne von Pater Matteo Riccis Toleranz und seinem Einfühlungsvermögen in die Wesensart der Chinesen predigten und missionierten, gerieten sie bald in Konflikte mit den Fanatikern im braunen oder schwarz-weißen Habit. Die Ordensoberen der konkurrierenden Mönchsvereinigungen begannen sich gegenseitig in Rom, beim Papst, bei den Kurienkardinälen und bei den einflußreichsten Fürsten des Abendlandes anzuschwärzen. Die „Societas“ entdeckte, daß sie selbst innerhalb der katholischen Kirche bedeutende und neiderfüllte Feinde besaß.

Anders freilich sahen die Chinesen den Unterschied zwischen jenen Patres, die ihrem Dr. Li, dem „Sheng-jen von Nan-shan“, glichen und jenen anderen. Ein chinesischer Richter, der auf Befehl des Visitators des Südens, Herrn Ch'ü, über einige Dominikanerpatres zu

Gericht saß, weil diese die Inquisition einzuführen versucht hatten, schrieb in seiner Urteilsbegründung: „Die Jesuiten kenne ich gut. Es sind wahrhaftige Gottesgesandte und wackere Menschen, die uns Bücher, Karten, Uhren, Fernrohre und andere nützliche Gegenstände gebracht haben. Ihr anderen aber seid falsche Prediger. Ihr kennt weder die Wissenschaften der Mathematik und der Sternenkunde, noch habt ihr uns Uhren und Bücher geschenkt!"

Und der hochmächtige Visitator des Südens, Herr Ch'ü, fügte handschriftlich hinzu: „Offenbar gibt es drei Formen vom Christentum: jenes, das Dr. Li gebracht hat und das Liebe, Barmherzigkeit und Gerechtigkeit bedeutet; jenes, das die anderen Mönche lehren und das in Haß, Verfolgung und Fanatismus endet; und schließlich das dritte, das uns die Händler, Geschäftsleute und christlichen Europäer vorleben. Von allen drei Formen kann man nur dem ersteren zustimmen!"

Dr. Li gewann immer mehr Freunde in allerhöchsten Kreisen. Die kaiserliche Familie zählte bereits mehr als vierzig Mitglieder, die christlich geworden waren. Ein sehr berühmter Mann in Peking war auch der Direktor des hydraulischen Amtes, Herr Dr. Li-Chih-tsao, den Dr. Li wegen ihrer gemeinsamen Interessen an Geometrie, Astronomie und Mathematik kennengelernt hatte. Dieser Dr. Li-Chih-tsao erlernte als erster Chinese das Wurzelrechnen, Logarithmieren und andere höhere Rechnungsarten von Dr. Li. Ebenso bedeutend war auch der Freund Dr. Lis, der bei den Mandarinsprüfungen zu Peking den ersten Rang errungen und den Doktorgrad erlangt hatte: Dr. Hsü, ein Mann aus Nanking, woher er den Pater und jetzigen Erzbischof kannte. Dr. Hsü war schon in Nanking eines der führenden Mitglieder der Christengemeinde gewesen. Dieser Mann, der ebenfalls bei Dr. Li in die Lehre ging, erlernte die klassischen Sprachen des Abendlandes so ausgezeichnet, daß er Platon und Aristoteles, dann aber auch noch sechs von den dreizehn Büchern der „Euklidschen Elemente" ins Chinesische übersetzte.

Dr. Li selber, der in den letzten Jahren ein wenig kränkelte und nun öfter Fieberanfälle bekam, schrieb unermüdlich Bücher. Sein chinesischer Katechismus war in neuer verbesserter Auflage erschienen, dann folgten die „25 Merksprüche", die ein Gegengewicht zu den „42 Merksprüchen" der buddhistischen Sutren bilden sollten. Sehr berühmt und in ganz China verbreitet wurden die „Paradoxa", ein im glänzenden Stil eines Literaten geschriebenes Werk, das vor allem die Kung-fu-tsianer begeisterte.

In diesem Buch zeigte Dr. Li einige paradoxe Weisheiten auf, die das Christentum lehrte. Eine davon besagte: daß wir gut leben, wenn wir stets den Tod vor Augen haben.

Es war das alte: „Media vita in morte sumus!"

Denn öfter als früher gedachte nun auch Dr. Li seines eigenen Todes, den er nahen fühlte. Eine große Aufgabe hatte ihn bisher getragen, ein Auftrag war zu erfüllen gewesen. Je sicherer der Erfolg war, je weniger er das Gefühl hatte, dem Schicksal noch etwas schuldig zu sein, um so weniger fühlte er sich ans Dasein gebunden. Er merkte, wie sich langsam die Bande lösten, die ihn am Leben festgehalten hatten. Es war alles erfüllt, was ihm aufgetragen war. Doktor Li war nicht mehr wichtig.

Sein Lebensgefühl glitt ihm langsam aus den Händen, er dachte an das Jenseits und an den nicht mehr fernen Tag, an dem er vor Gottes Thron hintreten konnte, um zu sagen: Hier bin ich, Herr, ich habe getan, was ich konnte! Das Tor ist aufgestoßen, mögen andere nun hindurchgehen!

Er wurde sichtbar alt und gebrechlich, obschon er erst achtundfünfzig Jahre zählte – doch die Zeiten in den Tropen zählten doppelt, und er war immerhin nun beinah ebensolange in China, als er alt gewesen war, da er in Macao an Land ging.

Manchmal überfiel ihn jetzt eine Sehnsucht nach der Heimat, nach dem stillen Macerata und nach den Wegen seiner Jugend.

Davon sprach er eines Tages, als er mit Kaiser Shen-tsung im Pavillon „Einsamkeit am Wasser" saß.

„Ich weiß, daß ich in China sterben werde, erhabener Himmelssohn! Aber gelegentlich denke ich daran, noch einmal nach Europa zu fahren und an den Bächen meiner Jugend zu sitzen!"

Der Kaiser, der diese Wendung falsch auffaßte und meinte, Doktor Li – sein alter Freund – wolle vor dem Tode davonlaufen, wehrte ab. Er dachte ziemlich chinesisch und meinte, es sei dem Pater prophezeit, daß er in Peking sterben müsse, und dieser wolle nun – im Vertrauen auf sein Horoskop – nach Europa entwischen.

Der Himmelssohn war nun beinah der einzige in der kaiserlichen

Familie, der noch nicht Christ geworden war und der auch keine Anstalten machte, es zu werden.

Er konnte sich diese Eskapade politisch nicht leisten.

Seit der Groß-Eunuch Ma-T'ang die Nachfolge des hingerichteten Innenministers Ta-kuan angetreten hatte, wurde die Fremdenfeindlichkeit im Lande wieder stärker. Die Partei Ma-T'angs, die am liebsten alle „fremden Teufel" aus dem Lande gejagt hätte und zum alt-chinesischen Wesen zurückgekehrt wäre, wurde immer stärker. Der „Östliche Wald" trat nationalbewußter denn je auf, die „Roten Kopftücher" vermehrten ihre Rebellionen, und auch der fortschwelende Krieg mit den Japanern, die Spannungen mit den Mandschus und das freche und herausfordernde Benehmen der fremden Kaufleute, der Franziskaner und Dominikaner beunruhigten nicht nur das Volk, sondern auch die großen Mandarine und am meisten die Eunuchen, die in all den Veränderungen nur eine Schwächung ihres Einflusses sehen mußten.

Es war keine günstige Zeit für einen Kaiser, sich zur Religion der Fremden zu bekennen. Aber er war Dr. Lis unverbrüchlicher Freund und verzichtete trotz aller heimlicher Kritik des Hofes weder auf die Beratung noch auf die persönlichen Gespräche, die ihm in all den Jahren so viel bedeutet hatten.

Als daher Dr. Li vom Sterben und von der Sehnsucht nach Europa sprach, meinte Kaiser Shen-tsung, den Freund von solch gänzlich nutzlosem Unternehmen abbringen zu müssen.

„Es ist alles vergeblich, hochwürdige Herrlichkeit", sagte er. „Niemand entrinnt dem vorbestimmten Los. Da gibt es eine schöne Legende vom Jadekaiser Jao, die Ihnen, Ausgezeichneter, alles erklärt.

Da saß T'ien-Chu, der Herr des Himmels, in seiner Wolkenburg und rief seinen Diener Tod. ‚Hol mir den Jadekaiser!' sagte er, ‚Seine Zeit ist um. Darum begib dich sofort ins weiße Schloß der Drachenberge und hole den Kaiser!'

Und der Tod, der alles auf Erden genau sah, antwortete! ‚Herr des Himmels, Kaiser Jao, den man den Jadekaiser nennt, befindet sich in seinem Palast zu Peking!'

Der Herr des Himmels aber befahl: ‚Geh ins weiße Schloß der Drachenberge und tu, wie ich dich geheißen habe!'

Um die gleiche Stunde rief der Jadekaiser seine Astrologen und

Magier und ließ sich die Zukunft weissagen. Die Weisen jedoch schüttelten die Köpfe und sagten: ‚Göttlicher Himmelssohn, der Herr des Himmels hat soeben den Tod ausgeschickt, dich zu holen! Es ist Gefahr im Verzuge!‘

Da rief der Jadekaiser erschrocken aus: ‚Sattelt sofort die Pferde! Ich will ins weiße Schloß der Drachenberge reiten, damit der Tod mich nicht findet!‘ “

Als Kaiser Shen-tsung geendet hatte, schaute Dr. Li lange wortlos auf den Bach mit den Trittsteinen hinaus, der sich am Horizont verlor. Bald würde auch er über die Trittsteine gehen und im Nebel der Zeit verschwinden.

Doch er würde ein Ziel hinter allen Nebeln und Schatten wissen: das war Gott. Dann schüttelte Dr. Li den weiß gewordenen Kopf.

„Nein, erlauchte Himmelsmajestät, ich werde nie mehr nach Europa fahren! Ich denke nicht an Flucht, es war nur ein Traum!“

20

Das Unheil zog langsam wie eine Schlechtwetterzone herauf.

Die Epoche der Ming-Dynastie näherte sich einem Ende, das schon vorauszusehen war. Schicksalsschläge häuften sich.

Dr. Li und die „Societas“ aber hatten ganz auf die Ming gesetzt. Sie würden mit ihnen stehen oder fallen. Der alte und müde gewordene Dr. Li gab sich darüber keiner Täuschung hin.

Zuerst folgten zwei Jahre hintereinander, in denen in den fernen Bergen des Kuen-lun und Nan-shan kaum Schnee und Regen fielen und die riesigen Stromgebiete des Yan-tse-kiang und Hoang-ho unter gnadenloser Sonne stöhnten. Die Reisterrassen blieben trocken; die Hirse verdorrte auf den Feldern der Ebene; über die Obstplantagen des Südens fielen ungeheuere Heuschreckenschwärme her und fraßen sie kahl. Hungersnot kam übers Land, Hunderttausende von Bauern verließen die Äcker und Dörfer und zogen mit ihrer letzten Habe in die Städte am Meer, wo sie das Heer der arbeitslosen Kulis vermehrten. Dann aber brachen alle Schleusen des Himmels auf, und im dritten Jahr verschwand das Licht hinter den gläsernen Wänden eines unaufhörlich prasselnden Regens. Die große Flut kam. Yang-tse-kiang und Hoang-ho schwollen zu reißenden gelben Drachen an und wälzten sich vernichtend aus den zentralasiatischen Gebirgen zur fruchtbaren Landschaft diesseits der Großen Mauer.

Doch diese war unter der Lotterwirtschaft der Eunuchen-Minister ebenso verfallen wie die Dämme an den Strömen und so brachen sie beide: die Mauer und die Dämme. Die gelben Drachen wurden frei und fraßen das Land, die Dörfer, die kleinen Städte. Millionen wurden obdachlos, verloren allen Besitz, vegetierten inmitten einer Insel- und Sumpflandschaft, die im gelben Lehm zu versinken drohte. Hunderttausende kamen in den Hochwassern um.

Das Elend des Bauernvolkes berührte jedoch weder die Steuereintreiber noch die Wucherer der Städte, die mit Polizeitruppen rücksichtslos Tribute und Abgaben, Zinsen und Hypotheken einzogen. Die Korruption der Beamten und der Eunuchen-Clique erreichte ungeahnte Ausmaße.

Niemals hatten Leute wie etwa Herr Ch'ü, der geehrte Visitator des Südens, mehr und schneller Geld verdient als jetzt, da ganze Provinzen Chinas in Hunger, Elend und Katastrophen versanken. Es gab kaum mehr Beamte, die nicht käuflich waren. Die Zahl der Staatsfunktionäre, der beamteten Parasiten und sogar der Generäle vermehrte sich von Tag zu Tag. Kaiser Shen-tsung schien zu gänzlicher Ohnmacht verurteilt, alle Vorschläge, die ihm seine Minister machten, liefen auf die Einrichtung neuer Ministerien und die Vermehrung des Beamtenapparates hinaus. Seine wohlgemeinten Dekrete wurden kaum in Peking und fast gar nicht mehr in den Provinzen beachtet.

Auch Dr. Li, sein Berater, konnte ihm nur noch den Rat geben, zu beten. Er stand der Menge der Probleme ebenso ratlos gegenüber wie der Himmelssohn selber.

„Und wenn ringsum die Welt untergeht, göttliche Himmelsmajestät", sagte er, „so müssen wir dennoch an das Gute glauben und selber das Rechte tun! Irgendwie hat auch die Ordnung die Eigenschaft, ansteckend zu wirken, nicht nur das Chaos! Vertrauen Sie Gott!"

Doch nun verschlechterte sich auch die äußere Lage Chinas rapide. Es war, als hätten sich alle Mächte des Himmels und der Erde dazu verschworen, die Ming-Zeit zu beenden. Russische Kosaken hatten jetzt den „Schwarzen Drachen“, einen Strom im Norden, der auch Amur genannt wurde, erreicht und bauten sich dort ohne Erlaubnis des Kaisers eine Festung namens Harbin. Sie drangen langsam und stetig in die Außenprovinzen ein.

Das hielt Minister Ma-T'ang, der jetzt fast unbeschränkt die Regierung führte, für nicht einmal schädlich; denn die Russen mußten damit mit Notwendigkeit auf zwei andere Todfeinde Chinas stoßen und für eine Weile den schwach gewordenen Chinesen die Last des Abwehrkampfes abnehmen: die Mandschus und die Japaner. Toyotomi Hideyoshi und seine Samuraiheere hatten endgültig in Korea triumphiert. Kurz vor seinem Tod hatte Toyotomi Hideyoshi, der sich nun Shogun oder Imperator nannte, dem Tenno von Japan 40.000 abgeschnittene Chinesenköpfe übers Meer zugeschickt, um ihm zu beweisen, welch große Siege er errungen hatte; ein andermal waren es zwanzig Säcke voller abgeschnittener Ohren. Korea war verloren. Die Japaner standen am Ostteil der Großen Mauer. Der Krieg verlagerte sich aufs Gelbe Meer, wo nun anstelle des von den Japanern erschlagenen Piraten Huitzinga dessen Sohn, ein japanisch-holländischer Mischling namens Koxinga, der große Seeteufel war.

Koxinga verbündete sich mit den Japanern und Engländern und eroberte das von Huitzinga nur teilweise besetzte Formosa zur Gänze.

Seine gut mit englischen Kanonen bestückten Schiffe griffen Macao an und hätten um ein Haar Kanton dazu gezwungen, den Whampoamarkt für die Protestanten zu öffnen, wären nicht portugiesische Schiffe den Chinesen rechtzeitig zu Hilfe gekommen. Aber die Engländer versuchten es noch einmal, sie gründeten in Hong-Kong vorübergehend, auf Amoy eine bleibende Handelsniederlassung unter dem Schutz der Kanonen. Andere Piratenführer wagten es sogar, die Ströme aufwärts zu fahren. Sie brandschatzten die gesamte Provinz Fu-kien und erschienen eines Tages sogar mit zahlreichen Kanonenbooten vor den Mauern von Nanking. Die Regierung mußte schließlich einen zwölf Meilen breiten Küstenstreifen am Gelben Meer und an der Formosastraße von der Bevölkerung evakuieren, was das Flüchtlingselend des Inlands noch weiter vermehrte. Niemals waren „blumenhafte Trostmädchen“ und Bergwerks-, Schiffs- und Plantagen-Kulis billiger gewesen und niemals wurden sie freudiger angeboten als jetzt, da Hunderttausende am Rande des Hungertodes standen.

Sehr schlimm war es, daß die Mandschus ihr Reich inzwischen von der japanischen Koreagrenze bis zum Amur nach Norden ausgedehnt hatten und nun weitere Bannerschaften ihrem Heere einverleibten. Einem massiven Angriff dieser noch halbbarbarischen Halb-Chinesen konnte der Kaiser nur dadurch begegnen, daß er den Mongolen-Chan der Dschahar durch riesige Jahrestribute als Bundesgenossen erkaufte, und seinen designierten Thronerben, Prinz Tschuan-Lie, mit einem chinesischen Heer an die Große Mauer schickte.

Doch kaum war Prinz Tschuan-Lie abgerückt, als der schreckliche Bauernaufstand in Shan-tung ausbrach. Dort hatte sich ein Geheimbund namens „Weißer Lotos“ gebildet – was soviel wie „die Totenblume“ bedeutete.

Als die letzten verfügbaren Polizeitruppen aus Peking zur Shantung-Halbinsel eilten, erhoben sich tief im Süden die „Roten Kopftücher“ zur Revolution. Es wurde offenbar, daß die Führer der „Roten Kopftücher“ mit mächtigen Männern in Peking zusammenspielten, die ihnen alle wichtigen Nachrichten zukommen ließen. Jedermann und auch der völlig ohnmächtige Kaiser Shen-tsung wußte, daß der „Östliche Wald“ heute sogar im Palast hinter der rosafarbenen Mauer seine geheimen Mitglieder hatte, die oft unerkannt in den höchsten Regierungspositionen saßen. Manche behaupteten, daß auch der allmächtige Premier-Minister Ma-T'ang diesem Geheimbunde nicht fernstünde.

Ma-T'ang war niemals ein Freund Dr. Lis und der Fremden gewesen. Er duldete zwar die fortdauernde Freundschaft des Himmelssohnes mit dem „Sheng-jen“ und Erzbischof, weil er vielleicht noch nicht mächtig genug war, gegen die Himmelsmajestät aufzutreten, aber er ließ keinen Zweifel, wie er über die Öffnung Chinas und die Anwesenheit der Europäer in Peking und anderen Städten dachte.

Er, der für gewöhnlich Dr. Li aus dem Wege ging und dessen Erscheinen im Palaste Sin-ching demonstrativ zu übersehen pflegte, trat ihm eines Tages in den Weg, forderte den Kotau von ihm und sprach den am Boden Liegenden höhnisch an. Er berichtete über ein Vorkommnis, das sich in der Nähe von Shiu-hing – dem frühesten Wirkungsort Dr. Lis – ereignet hatte.

Dort hatten Regierungstruppen aus Kanton die von den „Roten Kopftüchern“ besetzte Stadt erstürmt, das ehemalige Missionshaus der Jesuiten niedergebrannt und bei der Verfolgung der Aufrührer die zwei schlimmsten Rädelsführer ergriffen. Es waren ein christlicher Mandarin namens Shen und dessen wie ein Mann kämpfende Gattin Pi-shan gewesen. Beide waren auf der Stelle hingerichtet worden, obschon sich Frau Pi-shan immer wieder auf die Fürsprache des Sheng-jen Dr. Li, des bekannten Freundes des Kaisers, berufen hatte.

Zum ersten Mal waren chinesische Christen in die Aufstände verwickelt, und die „unbeschreibliche Gnadenwolke“ Ma-T'ang versäumte nicht, diesen Umstand herauszustellen.

„Es sind Ihre Glaubensbrüder, Eure Herrlichkeit“, sagte er, „die hinter all diesen verdammenswerten Unruhen stecken. Einige Ihrer Patres im Süden haben ja sogar verkündet, Seine göttliche Himmelsmajestät wäre fürs Höllenfeuer bestimmt, weil sie, ebenso wie ich selbst übrigens, kein Christ sei. Sie dürfen versichert sein, Eure hochgeehrte Herrlichkeit, daß wir sehr wachsame Augen auf die Umtriebe gewisser Christen und Fremden gerichtet haben.“

Dr. Li, der mit seinen weißen Haaren und dem erzbischöflichen Pallium um den Hals mit seinen rheumatischen Knochen noch immer in tiefer Demutshaltung vor der „unbeschreiblichen Gnadenwolke“ auf dem Boden lag, wagte es, zu erwidern. Immerhin war der Kaiser sein Freund.

„Geehrter Herr Ma-T'ang“, sagte er, ganz bewußt die richtige Titulatur übergehend, „Sie lieben die Fremden nicht, das weiß ich. Aber Sie brauchen die Gaben, die Fremde Ihnen stets zu bringen bereit sind!“

„Wir brauchen, Herr Dr. Li“, entgegnete nun auch Ma-T'ang sehr unwirsch, „weder Ihre Karten noch Uhren, auch Ihre Bücher und lächerlichen Prismen sind völlig unwichtig. Was wir von Europa brauchen, sind seine Kanonen, nicht sein Geist! Schreiben Sie sich das auf; denn wie man mir sagt, können Sie es ja!“

Damit rauschte er als eine neue Purpur- und Goldwolke davon. Dr. Li durfte sich erheben.

Er wußte genau, daß die Mission, das Christentum, ja alles Fremde in diesem Menschen einen unversöhnlichen Feind hatten.

Die Anspielung auf die Kanonen, die sie beide gemacht hatten, betraf die jüngste Entwicklung der Dinge.

Da Pater Matteo Ricci nun sichtlich zu kränkeln begann und verfiel, hatte die „Societas" bereits einen künftigen Nachfolger für ihn nach Peking geschickt. Es war Pater Johann Adam Schall von Bell bei Köln, der in kaum weniger Disziplinen als Dr. Li ausgebildet und ein hervorragender Wissenschaftler war. Dieser noch junge Mann, der kaum älter war, als es Matteo Ricci bei seiner Landung in Macao gewesen war, hatte nach dem berühmten Wörterbuch Chinesisch gelernt und sprach es sehr passabel. Seiner besonderen astronomischen Kenntnisse wegen hatte ihn Kaiser Shen-tsung zum Direktor der kaiserlichen Sternwarte und zum Chef des bekannten „Drachenpavillons" gemacht. Pater Schall sollte nun endlich die fällige Kalenderreform durchführen. Es ging jedoch nur sehr schleppend voran, weil die Eunuchen den Fremden sabotierten und ihn mit anderen Aufgaben überlastet hatten.

Pater Schall verstand es nämlich, nicht nur Glocken, sondern auch Geschütze zu gießen. Er war eben dabei, die erste chinesische Kanonengießerei in Peking einzurichten. Das Reich der Mitte brauchte am dringlichsten Waffen, um sich seiner zahlreichen Feinde zu erwehren. Die „Societas" leistete auch diesen Dienst, um der Mission die Gunst oder doch wenigstens die Duldung der Chinesen zu erhalten.

Dr. Li begannen die Dinge aus den Händen zu gleiten. Er war müde geworden. Nicht, daß er jetzt, da beinah alles erreicht und sein Part im großen Spiel gespielt war, aufgehört hätte zu kämpfen! Aber er hatte nun oft das Gefühl, daß das, was kommen mußte, nun die Sache anderer Männer sein müsse. Diese neue Welt, die da mit Macht heraufdrang, war nicht mehr die seine.

Manchmal ergriff ihn die unwiderstehliche Sehnsucht, aus dieser wirren und unverbesserlichen Welt in jene andere hinüberzugehen, wo Gottes Leuchten und Friede war. Er gab nichts auf, aber er betrachtete vieles schon, als stünde er auf dem anderen Ufer, und seine Leidenschaft für das Kämpfen war erlahmt. Nicht, daß er glaubte, alles sei vergeblich gewesen und Gott habe ihn umsonst all diese Wege geführt, er wußte recht wohl, daß nichts auf der Welt vergeblich war und daß es irgendwie weiterwirken und Frucht tragen würde. Aber er fühlte auch, daß es seine Aufgabe gewesen war, auszusäen. Gott würde andere ausschicken, die Früchte zu ernten. Darum wirkte er jetzt vornehmlich in der Armen- und Krankenpflege, schrieb in seinen stillen Stunden chinesische Bücher, war der große Heilige von Peking. Die Christengemeinden im ganzen Lande, die Bekehrungen besonders unter der Oberschichte, machten gute Fortschritte, die Zahl der Priester wuchs. Somit war das Feld bestellt, der Same ausgestreut, und er würde niemals mehr gänzlich verwehen. Alles konnte die Gewalt, das Schicksal oder die Niedrigkeit der Menschen ausrotten, doch niemals eine Idee, niemals einen göttlichen Anruf. Dies würde nicht im Leeren verhallen, so wie Leben, Lehre und Leiden Christi seit 1600 Jahren nicht mehr fortzudenken waren aus dieser wahnsinnigen und kranken Welt, und wie auch das Christentum in diesen langen und bewegten Zeitläufen zwar nicht alles, aber doch viel gebessert und verändert hatte.

Auch sein Werk würde Dauer haben und selbst nach einem möglichen Untergang des Ming-Reiches weiterexistieren.

Es war alles getan. Dr. Li erwartete nun den letzten Anruf seines Herrn. Er würde ihm gehorsam und getreu folgen und als ein bescheidener Diener ins Haus des Vaters zurückkehren.

21

Es waren die Händler, die auf den Spuren Dr. Lis ins Land gekommen waren, die Geschäftsleute, die im Kielwasser der „Societas" China überflutet hatten, die alles verdarben und eine wachsende Fremdenfeindlichkeit hervorriefen, in deren Eintopf man bald auch die Jesuiten und mit ihnen das Christentum werfen würde.

Die einen, die draußen vor den Toren Chinas saßen und von dort aus die Küsten plünderten, die politische Schachzüge veranlaßten und die Feinde des Landes unterstützten, waren ebenso schlimm wie die anderen, die jetzt offene Tore fanden und diesen Vorzug nur dazu benützten, um Rauschgift, haushoch überteuerte Waren, Waffen für jedermann und Sittenverderbnis einzuführen. Das geschah in zunehmendem Maße, so daß Inflation und Wirtschaftskrise der im Börsengeschäft noch nicht erfahrenen Chinesen, eine Ausblutung der chinesischen Währungsgrundlage, des Silbers, und ein gewaltiges

Importdefizit emporwuchsen. Diese nun glücklich zugelassenen Geschäftsleute, die aus dem Reich der Mitte Silber, Seide, Tee, Jade und Porzellan schiffsladungsweise nach Europa verfrachteten, diese Leute führten den Chinesen nicht nur ihren sehr freien Lebenswandel mit Häusern voller junger Mädchen, alkoholischen und erotischen Orgien, Betrug und harter Ausnutzung chinesischer Not, sondern auch Geschäftsmethoden vor, die selbst den ziemlich gewieften Hong-Kaufleuten von Kanton und Whampoa noch unbekannt waren. Und all dies galt den kleinen Leuten, den Betrogenen und höhnisch Überspielten wie ein Aushängeschild für Christentum.

Sie sahen nicht den ferne nach Peking entschwundenen Dr. Li, sie sahen Don Gaspar de Viegas y Favara und seinen Anhang.

Don Gaspar hatte nun das fünfundachtzigste Jahr seines reich gesegneten Lebens überschritten. Er war alt, gesund und adelig, daneben so reich, daß er nicht mehr genau wußte, wieviele Millionen goldener Eskudos ihm gehörten. Er kannte nur die Zahl seiner Schiffe und Faktoreien, nicht die all der anderen Besitzungen. Sogar die Gicht – das übliche Leiden der Reichen in jener Zeit – hatte Don Gaspar verschont. Krank war nur Dr. Li – er war gesund geblieben.

In dieser Zeit, als das alte, törichte Europa sich schon zum Dreißigjährigen Kriege rüstete, Japan endgültig ein generelles Verbot des Christentums aussprach und fromme Protestanten in Amerika die Kolonie Virginia gründeten, hatte Don Gaspar an die 300 Millionen Eskudos Umsatz gemacht und sein Grundkapital mit 640 Prozent Rendite verzinst.

Das war fürwahr ein wunderbares Ergebnis, für das zu leben und zu arbeiten es sich wohl gelohnt hatte.

Wie auch früher schon gönnte sich Don Gaspar persönlich nur wenige Freuden. Noch immer nicht hatte er die Jakarandabäume blühen gesehen, noch immer nicht den Blick von seiner Terrasse über die Macaobucht genossen oder bewußt das Schlagen der Nachtigallen im Pinienhain vernommen. Für solchen Firlefanz hatte er wenig Zeit gehabt. Zwar waren viele Mädchen aller Hautfarben vorübergehend sein Vergnügen gewesen, besessen oder geliebt hatte er keine. Alle Gastmähler waren verzehrt, alle Flaschen geleert. Sein Interesse an solchen nebensächlichen Dingen war lange schon erloschen!

Er hatte ein reiches, erfolgreiches und schönes Leben gehabt, aber er hatte auch kein Leben gehabt – wenigstens keines wie andere.

Die zu ihm gehören sollten, waren nun tot. Wie triumphal und genußvoll, sie alle überlebt zu haben! Donna Theresa, die wegen Verfettung in ihrem Mirador vom Schlag gerührt worden war und nun in einer prächtigen Marmorgruft zu Lissabon von dem vielen Sticken und Konfektessen ausruhte; auch Joanna war früh schon dahingegangen. Don Gaspar hatte es ein Jahr später erfahren, aber es hatte ihn nicht sehr erschüttert. Und sogar Don Diego war in Goa zu Tode gekommen. Ihn hatte ein indischer Diener, dem er seine junge Frau fortgenommen hatte, in die Ewigkeit befördert, indem er ihm eine Kobra ins Bett gelegt hatte. Es war nicht schade um ihn. Don Gaspar besaß einen sehr guten Lagerverwalter und Prokuristen in Goa, der vielleicht nicht einmal ein Betrüger war.

Don Gaspar besaß unendlich viel. Er wußte nur nicht, wozu.

Er wußte auch nicht, warum er all diese Dinge, das Geld, die Besitzungen, Schiffe, Kontore und Menschen zusammengerafft hatte. Aber er dachte auch gar nicht mehr darüber nach. Vermutlich würde er der „Societas" sehr viel vererben, damit die Patres für seine Seele beten konnten. Einen anderen Teil wollte er unbedingt an die Franziskaner leiten; denn der Bettelorden des heiligen Franz vergab geweihte Kutten, in denen man sich begraben lassen konnte.

Kam der unsterbliche Teil dann in der bescheidenen Franziskanerkutte im Jenseits an, wurden unbedingt Petrus und all die Himmelsrichter getäuscht und ließen die arme Seele fraglos ins Paradies. Und auch dort würde es Don Gaspar vermutlich recht gut gehen. Er hatte schließlich eine Menge frommer Stiftungen gemacht. Und selbst darüber dachte er nicht mehr nach.

Seit er nicht mehr zu Schiff fahren wollte, saß er wie ein alter Geier in seinem Kontor auf dem Hügel von Macao, sah die Bücher durch und zählte die Gewinne zusammen. Und manchmal war er sehr einsam und gar nicht sehr glücklich. Mit seinem Nachbarn auf dem Pinienhügel, Herrn Ch'ü, der seit einiger Zeit fast ausschließlich in Macao lebte, verkehrte Don Gaspar nicht mehr. Sie hatten sich beide zu oft betrogen, als daß nicht eine Spur von Bitterkeit zurückgeblieben wäre. Man begrüßte sich gelegentlich mit größter Höflichkeit, denn schließlich war auch Herr Ch'ü sehr reich und daher ein achtbarer Mann. Aber seine politische Macht schien ziemlich angekratzt, seit dieser Ma-T'ang Premierminister in Peking war und bei einem Aufstand der „Roten Kopftücher“ in der Gegend von Shiu-hing einige belastende Papiere gefunden worden waren, die von gewissen Waffenlieferungen und sonstigen Verbindungen zu den Rebellen gesprochen hatten. Wie man hörte, sollte auch der Vizekönig von Kanton Herrn Ch'ü auf den Fersen sein! Dieser hohe Beamte, der ein enger Freund von Ma-T'ang war, sollte sehr rachsüchtig sein. Es handelte sich um den Tod eines Vetters vierzehnten Grades aus der Familie des Vizekönigs, mit dem Herr Ch'ü entfernt zu tun gehabt hatte.

Dieser Ch'ü war noch gar nicht sehr alt: wie Dr. Li zählte er etwa 58 Jahre, keine Zahl für einen munteren Chinesen. Trotzdem war Herr Ch'ü – wie das Hauspersonal überall mit Vergnügen herumerzählte – bereits völlig impotent.

Deshalb hielt er sich auch eine so große Anzahl blutjunger Mädchen und lud alle möglichen Zauberer, Magier, Alchimisten und Wahrsager in seinen Kang, ließ überall nach Anregungsmitteln forschen und war sehr hinter dem „Elixier des ewigen Lebens“ her, wie alle Welt wußte.

Jeder Sektenapostel hatte bei Herrn Ch'ü großen Erfolg; denn er suchte unablässig nach dem Sinn des Daseins und nach einer Garantie dafür, daß er nicht oder doch sehr spät sterben müsse. Das war erstaunlich, fand Don Gaspar, für einen Mann, der so hochstudiert, so intellektuell und nüchtern wie Herr Ch'ü war beziehungsweise einmal gewesen war. Vielleicht kam es daher, weil Herr Ch'ü – wie er einmal verlegen erzählt hatte – sich hatte taufen lassen und eigentlich Christ war. Doch machte er kaum jemals Gebrauch von den Segnungen der Kirche, seit er in Sao Martin gewesen und vom sehr alten Pater Prokurator Juan Bautista erfahren hatte, daß die katholische Kirche kein spezielles Sakrament für Potenzstörungen besäße.

Jetzt lebte er inmitten seiner zahlreichen Jungmädchen, las Zauberbücher und freute dich darüber, daß sein Sohn, der „ganz kleine Herr Ch'ü“, inzwischen die Prüfung zum Mandarin mit dem Achatknopf bestanden hatte und auch im Geschäftsleben sehr tüchtig war.

Don Gaspar war manchmal nahe daran, daß ihm dieser Herr

Ch'ü leid tat. Er fand, daß dieser trotz seines finanziellen Erfolges im Grunde ein bedauernswertes Geschöpf war. Was half ihm jetzt all seine Gescheitheit, wenn er sich nicht einmal mehr in Kow-lun und in Whampoa blicken lassen konnte?!

Für die Begriffe Don Gaspars hatte Herr Ch'ü ein vertanes Leben.

Aber er selber hatte immer noch nicht die Blütenpracht der Jakarandas bemerkt und nicht auf die wunderschöne Bay von Macao hinausgeschaut. Er kauerte immer noch im Kontor und saß keinen Abend auf der Terrasse des Pavillons.

Dafür hatte Don Gaspar überhaupt keine Zeit.

22

Am Abend des 3. Mai 1610 kam Dr. Li sehr erschöpft von einem Besuch bei Kaiser Shen-tsung im Pavillon „Einsamkeit am Wasser" in das Erzbischöfliche Palais zurück. Er fiel auf sein karges Lager und sagte zu einem herbeigeeilten Pater, er möge die „Societas" verständigen und auch sonst alles vorbereiten, da er jetzt sterben werde.

„Aber Eminenz!" rief der junge chinesische Pater, „das kann doch nicht sein! Sie können doch nicht sterben!"

„Doch, Bruder", erwiderte Dr. Li lächelnd, „es ist so: jetzt gehe ich heim zu dem, der mich ausgesandt hat."

Die Jesuiten hatten selbst gute Ärzte unter ihren Brüdern, aber sie holten dennoch die sechs besten Mediziner Pekings ans Krankenlager ihres Erzbischofs und Oberhauptes. Kaiser Shen-tsung entsandte sogar seinen Leibarzt.

Pater Matteo Ricci, in den sich Dr. Li nun wieder in aller Bescheidenheit zurückverwandelte, blieb fest davon überzeugt, daß seine Stunde gekommen sei. Er fieberte, phantasierte auch und erlebte in wirren Träumen noch einmal sein abenteuerliches Dasein. Manchmal rief er China, als sei dies eine Person. Er wollte die Seele Chinas für Christus gewinnen.

Am 11. Mai erwachte er aus heißen Fieberträumen, wurde nun ganz klar und still. Er verlangte und erhielt die Sakramente, empfing die Letzte Ölung und wartete auf den Tod. Die Brüder umstanden sein Lager, und einige weinten.

Da schlug er noch einmal die großen, feurigen Augen auf, sein El-Greco-Antlitz verklärte sich.

„Warum weint ihr, Brüder?“ flüsterte er. „Das Werk ist getan, die Tür ist aufgestoßen,. mögen andere nun hindurchgehen! Mich laßt heim zum Vater!“

Dann starb er ohne jeglichen Todeskampf, indem er einschlief.

Er war müde geworden.

Seine göttliche Himmelsmajestät, Kaiser Shen-tsung, befahl persönlich, daß an der Westseite der Mauern von Peking, wo die „Straße der Steinfiguren“ beginnt, ein Platz für das Mausoleum des Dr. Li freigegeben werde.

Dort begann die Todesstraße, die in schnurgerader Linie auf die fernen Drachenberge zuführte, wo die prachtvollen Schachtgräber der Ming-Kaiser lagen. In die Gruft der Herrscher konnte der Kaiser seinen Freund, den „Sheng-jen“ Dr. Li, nicht aufnehmen, dazu lagen zu große Welten zwischen den Kaisern und dem Fremden; aber er konnte ihn an den Beginn der Prozessionsstraße versetzen, wo die Kondukte mit den Kaisersarkophagen aufbrachen.

Denn Dr. Li gehörte zu China, wie die Kaiser auf dem Drachenthron dazugehörten. Er war aus dem fernen Westen gekommen, aber er hatte Chinas Seele angerührt. Sein Andenken war jetzt schon unsterblich geworden.